石头记 脂砚斋全评本（上）

[清] 曹雪芹 著

霍国玲　紫军　校勘

中国戏剧出版社
CHINA THEATRE PRESS

图书在版编目（CIP）数据

石头记：脂砚斋全评本/（清）曹雪芹著；霍国玲，
紫军校勘 .—北京：中国戏剧出版社，2023.3
ISBN 978-7-104-05172-5

Ⅰ. ①石… Ⅱ. ①曹… ②霍… ③紫… Ⅲ. ①章回小
说—中国—清代 Ⅳ. ① I242.4

中国版本图书馆 CIP 数据核字（2021）第 236680 号

石头记：脂砚斋全评本

责任编辑：齐　钰
责任印制：冯志强

出版发行	中国戏剧出版社
出 版 人	樊国宾
社　　址	北京市西城区天宁寺前街 2 号国家音乐产业基地 L 座
邮　　编	100055
网　　址	www.theatrebook.cn
电　　话	010-63385980（总编室）　010-63381560（发行部）
传　　真	010-63381560

读者服务：010-63381560
邮购地址：北京市西城区天宁寺前街 2 号国家音乐产业基地 L 座

印　　刷	河北盛世彩捷印刷有限公司
开　　本	787mm×1092mm　1/16
印　　张	65.5
字　　数	1280 千字
版　　次	2023 年 3 月　北京第 1 版第 1 次印刷
书　　号	ISBN 978-7-104-05172-5
定　　价	260.00 元（上下）

版权专有，违者必究；如有质量问题，请与出版社联系调换。

《石头记》四大家族主要人物关系图

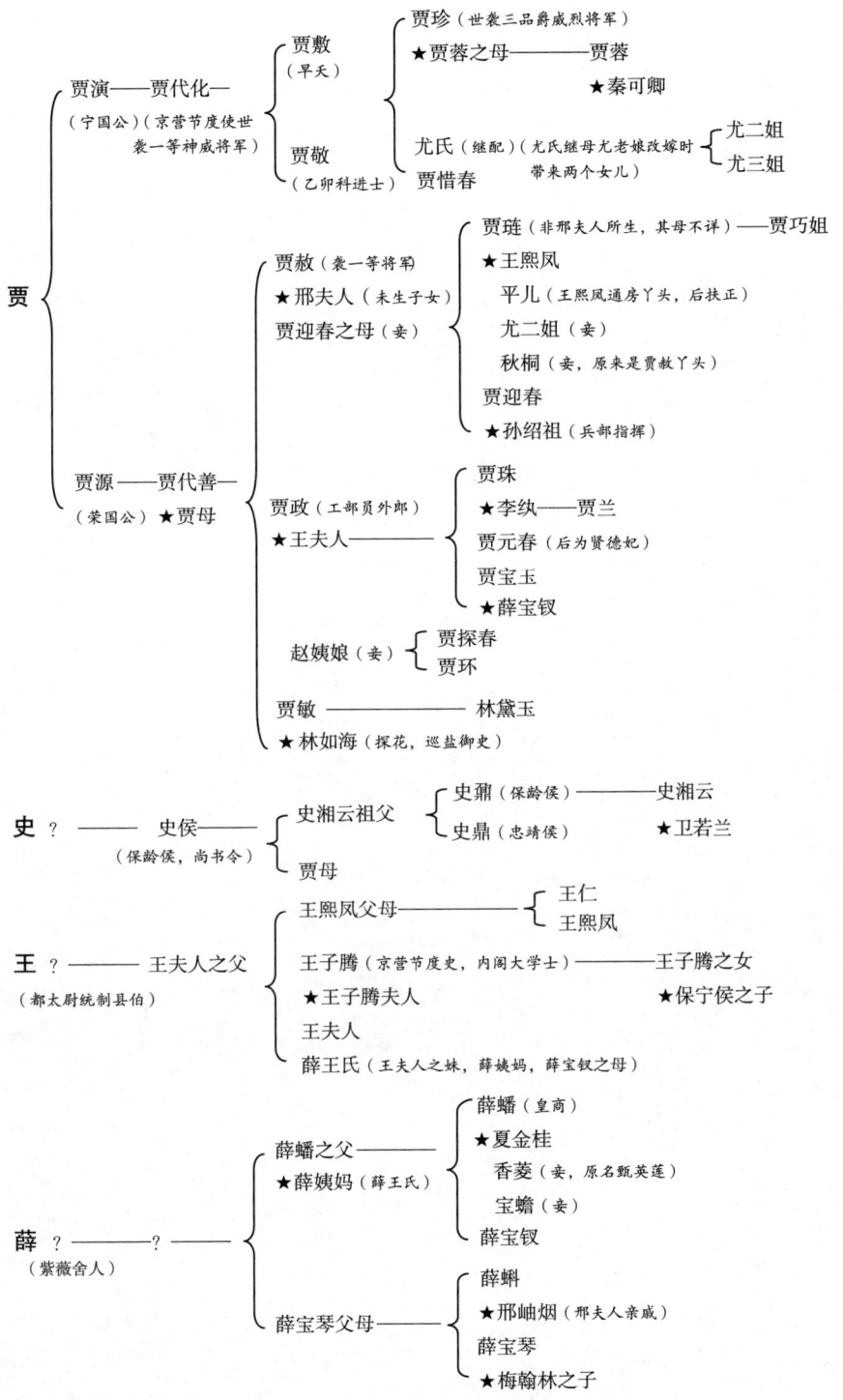

注：★代表夫妻关系。

序

一、曹雪芹去世后流传到后世的是"戚序本"《石头记》

曹雪芹去世于乾隆二十八年除夕（1764年2月1日）。之后他的《石头记》（戚序本）便流传到社会上，人们纷纷传抄，一时"洛阳纸贵"。对于当时传抄的盛况，在程伟元为"程甲本"《红楼梦》写的"序"文中有所反映：

《红楼梦》小说本名《石头记》……好事者每传抄一部，置庙市中，昂其值得数十金，可谓不胫而走者矣。

正在京城任职的戚蓼生购买了一部手抄本，并为之作"序"。该"序"写道：

吾闻绛树两歌，一声在喉，一声在鼻；黄华二牍，左腕能楷，右腕能草。神乎技矣！吾未之见也。今则两歌而不分乎喉鼻，二牍而无区乎左右，一声也而两歌，一手也而二牍，此万万所不能有之事，不可得之奇，而竟得之《石头记》一书。

……

试一一读而绎之：……盖声止一声，手止一手，而淫佚贞静，悲戚欢愉，不啻双管之齐下也。噫！异矣。其殆稗官野史中之盲左、腐迁乎？

首先，戚蓼生将《石头记》看作是一部"一声也而两歌，一手也而二牍"的"奇书"。其次，他将《石头记》作者看作像左丘明、司马迁那样的史学家。可以料想：如果没有清皇宫的干预，后来在社会上流传直到今天的，只能是《石头记》。

不幸的是，在乾隆四十二年（1777年）至四十六年（1781年）的"文字狱"时期，《石头记》被禁封。"文字狱"之后，再次流传的曹雪芹著作，便改头换面成《红楼梦》了。但偶尔还会有《石头记》出现。为此，清廷为了阻止《石头记》的再次流传，采取了两项措施：

其一，继续禁封《石头记》。

这就是直到"辛亥革命"（1911年）推翻清王朝之前，《石头记》始终没有再次出现的原因。

其二，对《石头记》进行改造，使其符合清廷利益的需要。

乾隆五十六年（1791年）春，清廷将查抄来的只有八十回的《石头记》——均是"坊间繕本及诸家所藏秘稿"（见"程乙本"《红楼梦·序》），以及八十回以后"无名氏"的后四十回续书，全部交给程伟元和高鹗，由他们按清廷的旨意：将原《石头记》中明显涉及史实的内容删除，并将书名改为《红楼梦》，还在八十回后又续加了四十回，形成一部百二十回小说，再将脂砚斋批语全部删除。两人仅用了10个月，于同年"冬至后五日"竣工，交宫廷萃文书屋，"集活字刷印"，装订成册，发行全国。这便是"程甲本"《红楼梦》。68天之后，于"壬子花朝后一日"（乾隆五十七年，1792年）又印刷出版"程乙本"。从此，程高本《红楼梦》便完全取代了原本《石头记》。

下图是"程甲本"《红楼梦》的扉页和程伟元之"序"的首页。扉页上写明由"萃文书屋"印制。程伟元的"序"第一句便是："《红楼梦》小说本名《石头记》。"实则承认:"程高本"《红楼梦》是《石头记》的阉割、篡改本。

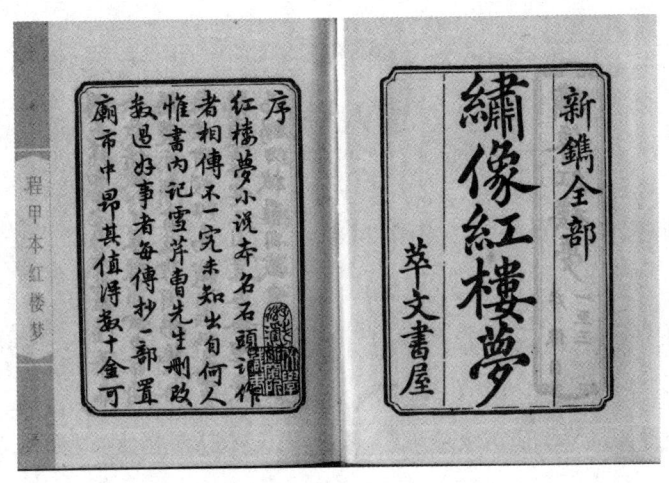

自1791年"程高本"《红楼梦》发行至今,已历经二百多年。在这二百多年中,读者和研究者多数已达成两点共识:

第一,《红楼梦》是一部小说,而对小说的认识,永远不可能达到统一,这就是《红楼梦》研究虽称之为"红学",却不具备任何"学科"特征的道理。结果索隐派、考证派自传说、小说评论派相互对立,各行其是。而在学派内部也是观点纷纭,永无统一认识。因而,早有学者说道:

> 对一门学科来说,研究了一百年,在许多问题上还不能达成比较一致的结论,甚至形成许多死结,我想无论如何不能说这是这门学科兴旺的标志。所谓真理越辩越明,似乎不适合《红楼梦》。倒是俞平伯先生说的"越研究越胡涂",不失孤明先发之见。[①]

第二,《红楼梦》"越研究越胡涂",是因版本选择错了。只要将"程高本"《红楼梦》与"戚序本"《石头记》进行对照、比较,便知"戚序本"《石头记》是曹雪芹的原本、定稿本,是一部表面看是小

---

① 张宝坤选编:《名家解读红楼梦》,山东人民出版社,1998年,第901—902页。

说，是假语村言，实则隐写着真事——隐写着一个女子及作者本人传记的书。

二、《石头记》中的脂砚斋①批语是读者从小说进入隐史的向导

（一）"戚序本"《石头记》中的批语与正文已形成不可分割的整体，均由曹雪芹定稿

"戚序本"《石头记》是曹雪芹著作的定稿本。其批语只有三种：

回前批：批语置于正文前。

夹批：即正文中间的双行小字批，系针对正文的内容所进行的评批或注释。

回后批：批语置于每回的正文之后，往往带有总结性特点，对于读者则有启示作用。

上述各类批语，尽管从口气看，并非全部出于作者之手，但必定经过了作者审定。

（二）关于《石头记》的批书人"脂砚斋"

评批"戚序本"《石头记》者是何人？

由于有些批语是源自题名《脂砚斋重评石头记》的"甲戌本"（二评本）、"己卯本"和"庚辰本"（四评本）——这些都是曹雪芹著作的早期抄本。这些早期抄本，书中没有提及作者是谁，却在书名中特别强调了批书人"脂砚斋"，因而学术界将蒙府本和"戚序本"《石头记》的批书人，也统称作"脂砚斋"。

"脂砚斋"是批书人的笔名，又是书斋的名称。"脂砚"即"红丝石砚"。红丝石产自山东青州。在中国名砚中，以红丝石制作的砚台，因其美观而罕见，位居榜首。任何人只要得到一块红丝石砚，便视为瑰宝。曹雪芹于乾隆三年（1738年）曾在青州活动，有幸得到一块，

---

① 见《解开脂砚斋之谜》《对〈解开脂砚斋之谜〉一文的评价、验证和补充》和《脂砚斋批语与〈石头记〉》，载于霍国玲、霍纪平、霍力君著《红楼解梦》第三集，中国文学出版社，1997年。

放在香山正白旗村39号院使用。因石砚的颜色呈红色，故曹雪芹称其为"脂砚"，亦将自己的书斋题名为"脂砚斋"。

曹雪芹的第二任夫人、花袭人原型柳蕙兰①，第三任夫人许芳卿，既是他写作的助手，也配合他评批作品。"脂砚斋"最早是曹、柳的批书笔名，柳去世后，便成为曹、许二人的批书笔名。自始至终，其核心批语均出自曹雪芹之手。

（三）"脂砚斋"批语是读者从小说进入隐史的向导

《石头记》是一部不同于其他任何文学作品的"奇书"。

《石头记》"奇"就奇在从表面看是一部以"假语村言"写成的小说，但小说中"隐"写着"真事"。读者如何才能从小说中看到隐史呢？唯有遵循脂砚斋批语的启发、诱导和点拨。

那么，没有脂砚斋批语的指引，就不能探察小说背后的隐史吗？

不能。因为《石头记》如同"风月宝鉴"那样，有正、反两面。正面小说，指假语村言，反面历史指"隐"在的"真事"。由于反面历史隐藏在正面小说中，因而在正面（小说）中，必然呈现出"误谬"（脂砚斋语），也就是"谜"。脂砚斋批语的引导作用体现在两个方面：第一，帮助读者发现"误谬"（"谜"）。第二，帮助读者解决"误谬"（"谜"）。"误谬"（"谜"）恰似从正面小说进入背后历史的通道，而脂批则是向导。

那么，脂砚斋批语可以引导我们了解"隐史"哪些方面的内容呢？可以说是多方面的，诸如：

1. 通过脂批了解该书著作权之归属；
2. 通过脂批了解作者的著书目的；
3. 通过脂砚斋的注释，了解书中的生僻之词、典故、书中奇衣奇食；
4. 通过脂批了解全书情节构思过程、小说人物之间的关系及全书通部脉络；
5. 通过脂批了解作者的写作奇法、秘法；
6. 通过脂批了解作者的创作历程；

---

① 见《花袭人原型——柳蕙兰》一文，载于《红楼解梦》第二集。

7. 通过脂批了解有关清皇宫的秘史和曹家的家事；
8. 通过脂批了解《石头记》所传之女子"红玉"的一生事迹；
9. 通过脂批了解曹雪芹的一生经历。

……

如果没有脂砚斋批语，我们所看到的只能是曹著中的小说，如同"程高本"《红楼梦》那样，与其他小说没有任何区别。而当我们看到《石头记》中的批语，并理解了批书人的意图后，便意味着可能将"风月宝鉴"翻转到背面，看到令人惊异的历史。

《石头记》中所隐写的历史，就是红玉与雪芹二人的传记。通过二人的传记，不仅从清代最高层到最底层的整个社会都展现在我们面前，而且也隐写了被乾隆删削的一段清宫秘史。一部书包含双重内容，在人类文化史上尚属首次。

三、《石头记》的整体结构：只有八十回

（一）全书只有八十回，这是作者为《石头记》所设计的整体结构

《石头记》第二回写到"智通寺"。在此处，甲戌本有侧批曰：

> 谁为智者？又谁能通？一叹！

靖藏本有眉批云：

> 是智者，方能通。谁为智者？一叹！

寺门两侧的对联是：

> 身后有余忘缩手，眼前无路想回头。

到此寺游览的雨村，对此有个评价："文虽浅近，其意则深。"此处"甲戌本"有侧批曰：

一部书之总批。

哪部书的"总批"？

原来曹雪芹将"智通寺"比喻为自己的著作《石头记》，将自己比喻为雨村所见的那个既聋且昏、齿落舌钝的龙钟老僧。对这个老僧，"甲戌本"有侧批曰：

是翻过来的。

"翻过来的"，即跌过跤的，意即曾在社会上遭到过巨大挫折的——显然不是指曹家的第一次被抄没，因为此次抄家后，曹雪芹还曾在右翼宗学做过敦诚、敦敏的老师。曹雪芹预料：直到他像老僧那样的年纪，仍不会有人看到《石头记》背面之隐。正是这个原因，书中将寺名题为"智通寺"。楹联"身后有余忘缩手，眼前无路想回头"，即全书的总体结构。此联中的"路"隐指《石头记》一书，即到第八十回便无书可读了，犹如无路可走，必须回过头来，重读带有脂砚斋批语的前八十回内容，答案即在其中。

（二）曹雪芹用"通灵之说"写成《石头记》

《石头记》第一回写道：

我之罪固不免，然闺阁中本自历历有人，万不可因我之不肖，自己护短，一并使其泯灭。

此处，"蒙府本"有侧批曰：

因为传他，并可传我。

"他"指一位女子，"我"指雪芹本人。

《石头记》在"作者自云"中就已说明："借'通灵'之说，撰此《石头记》一书"，亦即为一位女子作传。

《石头记》是从女娲氏炼五彩石补天开始的：

原来女娲氏炼石补天之时，于大荒山、无稽崖炼成高经十二丈、方经二十四丈、顽石三万六千五百零一块。娲皇氏只用了三万六千五百块，只单单的剩了一块未用，便弃在此山青埂峰下。

补天余下的那块顽石，便称作"女娲石"。《南康记》记载道：

归美山，山石红丹，赫若彩绘，峨峨秀上，切霄邻景，名曰女娲石。

原来女娲石是块红石。它所幻化成的通灵玉，自然是块红玉。换句话说，《石头记》即为那块石头（女娲石）所作的传记。由于通灵玉是红玉，《石头记》意即"红玉传"。

脂砚斋在前面引文的"高经十二丈"和"方经二十四丈"处，分别有批语云：

照应十二钗。
照应副十二钗。

具有相同性质的事物才可"照应"。女娲石是块石头，十二钗是人。作者把石头和人等同起来，是在明告读者：女娲石是用来喻指人的。"女娲石"被拟人化成为一个女子。这位女子又被分解成"十二钗""副十二钗""又副十二钗"，即作者通过这诸多十二钗，分别将其容貌、年龄、身份、才学、经历、命运、归宿，等等，记录在《石头记》中。这是曹雪芹独创的一种写作秘法，我们称其为"分身法"。就十二钗来说，她们都是女娲石的分身，也可以说她们的前身都是女娲石。后面将以元春为例，进一步说明此问题。

这块红色女娲石，又能幻化成一块扇坠大小、鲜明莹洁的美玉，被衔入宝玉口中，随宝玉的出生降临人世。此玉便是贾宝玉所佩带的通灵玉。这是一块红玉，因而通灵宝玉亦可称之为"通灵红玉"。

接着，《石头记》又讲了另外一个神话故事：

只因西方灵河岸上三生石畔，有绛珠草一株，时有赤瑕宫神瑛使者，日以甘露灌溉，这绛珠草始得久延岁月。

三生：即指前生、今生和来生。三生石：传说唐代李源与和尚圆观交情甚好；一次圆观对他说：十二年后的中秋月夜，在杭州天竺寺外，和你相见。说完就死了；后来李源如期去杭州，遇见一牧童口唱山歌："三生石上旧精魂，赏月吟风不要论；惭愧情人远相访，此身虽异性常存。"这个牧童就是圆观的后身。作者以"三生石"的故事，喻指绛珠草的前身是女娲石。

对于这段引文，脂砚斋添加了多条批语。

在"有绛珠草一株"后面，戚序本有夹批曰：

点"红"字。细思"绛珠"二字，岂非血泪乎？

绛：意为"深红"。

在"时有赤瑕宫"后面，戚序本有夹批曰：

按"瑕"字本注："玉，小赤也。又，玉有病者。"以此命名恰极！点"红"字二。

这就是说，在"赤瑕宫"三字中竟然点出了两个"红"字。"赤"是红色；"瑕"则指"玉"是"小赤"，且有病，意即"小红玉有病"。

在上引原文的"时有赤瑕宫神瑛使者"后面，"戚序本"有夹批曰：

点"玉"字二。

这是指"瑕"和"瑛"都是"玉字"旁，即相当于点了两次"玉"字。这是曹雪芹的"拆字法"。

两个"红"，两个"玉"，即隐写了两次"红玉"。意强调"绛珠草"即"红玉"，此红玉的前身即女娲石。

其后在原文"这绛珠草……仅修成个女体,终日游于离恨天外,饥则食蜜青果为膳,渴则饮灌愁海水为汤"处,"甲戌本"有侧批曰:

饮食之名奇甚,出身履历更奇甚,写黛玉来历自与别个不同。

脂砚斋通过这条批语,便将绛珠仙子与黛玉勾连在一起。因"绛珠仙子"即"红玉","红玉"即为黛玉的原型。

现在我们将《石头记》中的两个神话故事联系起来,即:绛珠仙子"红玉"的前身,来自女娲石所幻化成的"通灵红玉"——当神瑛使者欲下世为人投胎入世时,绛珠仙子"红玉"便追随他同时入世。神瑛使者入世后便是宝玉。宝玉口中衔着的"通灵红玉",则喻指追随神瑛使者投胎入世的绛珠仙子。此为"以物喻人"法。通灵红玉在人世间经历了一番后,便重返青埂峰,恢复原形,其上便字迹分明,编述历历——石上所记便是其在人世间所历尽的世态炎凉、人情冷暖、悲欢离合、兴衰际遇,即《石头记》中的隐史。

上面所述即"借'通灵'之说"撰写《石头记》的含义。

(三)《石头记》的核心内容是为一位名叫"红玉"的女子作传

曹雪芹创作《石头记》的目的,是为一个名叫"红玉"的女子作传。在传这位女子的同时,也就传了曹雪芹自己。

1. 黛玉原型是曹家买来的小优伶

第十八回开始部分,当黛玉看到宝玉的荷包等佩物都被小厮们解了去,一件无存时,便以为自己为宝玉精心绣制的荷包也被解走了,因而当即便将自己正在做的一个香袋剪了。宝玉"因忙把衣领解了,从里面红袄襟上将黛玉所给的那荷包解了下来,递与黛玉瞧",黛玉见宝玉如此珍藏着自己送他的荷包,十分感动,后悔不该莽撞。作者利用宝黛之间为剪荷包而产生的纠葛,在第十八回写了一首回前诗:

一物珍藏见至情,豪华每向闹中争。
黛林、宝薛传佳句,《豪宴》、《仙缘》留趣名。
为剪荷包绾两意,屈从优女结三生。

可怜转眼皆虚话，云自飘飘月自明。

黛玉原型名红玉，宝玉是曹雪芹的主要分身。这首诗的第一句"一物珍藏见至情，豪华每向闹中争"披露出：雪芹与红玉，少年时虽然平日里争争闹闹，但最终雪芹通过珍藏的荷包，使红玉了解了雪芹的真情。

第三句"为剪荷包绾两意，屈从优女结三生"，意为：通过剪荷包一事，不仅解开了雪芹和红玉之间的误会，而且两人互诉衷肠，肯定了两人之间的恋人关系。尽管其中一个是公子王孙，另一个是曹家买来的小优伶，两人却发誓要做三世夫妻（前生、今生、来生）。

雪芹与红玉笃诚的情爱，有深厚的基础。雍正元年（1723年），雍正生母薨逝，有爵之家纷纷将自家豢养的戏班遣散。戏班解散后，雪芹的祖母便将红玉留在自己身边。当时曹家为教育雪芹等孩子们，便聘请西宾，开办私塾，祖母并让两个女孩——红玉和蕙兰①做雪芹的伴读。这年，雪芹、红玉九岁，蕙兰十岁。这段史实写在甄（谐"真"）宝玉身上。小说中的甄宝玉曾说：

必得两个女儿伴着我读书，我方能认得字，心里也明白，不然，我自己心里糊涂。

自此，三人生活、学习在一起，彼此争先恐后，你追我赶，共同学习诗词曲赋、琴棋书画、经史文章。第二十三回，黛玉对宝玉说："你说你会过目成诵，难道我就不能一目十行么？"这正是雪芹、红玉不仅聪明过人，而且能够互相促进、勤奋好学的写照。雪芹祖父曹寅留下的图书有十万卷之多，使他们随时都能畅游于书林诗海之中。到雍正六年（1728年）南京曹家被抄没时，他们已同学五年。

南京曹家被抄没后，蕙兰和红玉两个伴读丫鬟也随曹家同来北京，先住在蒜市口地区一所有17间半房的院落中。因雪芹的母亲马氏是康

---

① 见《花袭人原型柳蕙兰》，载于《红楼解梦》第二集，中国华侨出版社1996年出版。

熙皇帝的十六公主①，恭王府的前身便是她的公主府②。不久，公主府归还马氏，曹家随之迁入。此时，雪芹和红玉仍居住一起。两人之间虽亲密，但互不知对方的真实想法，难免常生芥蒂。在剪荷包一事发生后，两人关系便发生了质变——反映在第五回：

> 便是宝玉和黛玉二人之亲密友爱处，亦自较别个不同——日则同行同坐，夜则同息同止，真是言合意顺，略无参商。

然而，"可怜转眼皆虚话，云自飘飘月自明"，雪芹、红玉美好的愿望转眼就落空了。

2. 元春身上隐写着一个真正的皇后，她的前身是青埂顽石

第一，元春的前身是女娲石（红玉）。

第十八回写道：

> ……元春入室更衣毕，复出，上舆进园。只见园中香烟缭绕，花彩缤纷，处处灯花相映，时时细乐声喧，说不尽这太平气象，富贵风流。——此时自己回想当初在大荒山中、青埂峰下，那等凄凉寂寞；若不亏癞僧、跛道二人携来到此，又安得能这般世面……

在此段后面，戚序本有夹批曰：

> 自"此时"以下皆石头之语，真是千奇百怪之文。

元春"自己回想当初在大荒山中，青埂峰下，那等凄凉寂寞"，正说明元春是红玉的分身，而红玉的前身，是拟人化的"女娲石"，

---

① 见《曹雪芹的母亲马氏是康熙的公主》，载于《红楼解梦》第四集，2001年新世界出版社出版；并载于《考证曹雪芹》，2015年东方出版社出版。
② 见《曹雪芹在京城内的故居——"恭王府"前身》，载于《红楼解梦》第五集，2002年新世界出版社出版。

这才有元春"凄凉寂寞"之说。

第二，元春省亲时所隐写的红玉，身份是皇后。①

元春省亲时，仪仗中有"曲柄七凤黄金伞"，所乘的是"金黄绣凤版舆"，焚香用的是"销金提炉"。这些与小说中元春的贵妃身份均不相符。据雍正时期的礼仪规定，只有皇后才用黄伞，妃嫔皆用红缎——说明元春背后所隐写的红玉是皇后身份。在省亲时，贾政与元春有一段对话。贾政道："臣，草莽寒门，鸠群鸦属之中，岂意得征凤鸾之瑞。"在此处庚辰本有侧批曰："此语犹在耳。"即这句话真实地反映了此时贾政的原型曹𫖯与红玉的对话。曹𫖯称自己家人为"鸠群鸦属"，而红玉则不同，是"凤鸾"，与曹家没有血缘关系。接着贾政说道："惟朝乾夕惕，忠于厥职外，愿我后万寿千秋，乃天下苍生之同幸也……"——曹𫖯直称红玉为"后"，说明"皇后"正是红玉省亲时的真实身份。

第三，"癞僧、跛道"隐指曹雪芹。

第一回在"一日，正当嗟悼之际，俄见一僧一道远远而来，生得骨格不凡，丰神迥异"处，戚序本有夹批曰：

这是真像，非幻像也。

靖藏本有眉批曰：

作者自己形容。

"一僧一道"谐音"亦僧亦道"，即同指一人——曹雪芹。小说中，贾芹曾管理过和尚、道士。贾芹"芹二爷"是曹雪芹"曹二爷"的分身。因而这里的"癞僧、跛道"隐写的是曹雪芹。他曾管理过清宫的和尚、道士，自然可称"亦僧亦道"。

元春的原型红玉省亲时，不是满足于繁华景象，而是回忆起"癞

---

① 见《香玉皇后的十二幅画像》，载于《红楼解梦》第三集，中国文学出版社1997年出版。

僧、跛道"，说明她即使做了皇后，仍念念不忘雪芹，不忘与雪芹的誓结"三生"的愿景。

3. 红玉为救雪芹悬梁自尽

第五回写宝玉与可卿仙子在太虚幻境成婚。婚后，二人难解难分，携手去游玩，不幸堕入迷津。"只听迷津内水响如雷，竟有许多夜叉、海鬼将宝玉拖下去。唬的宝玉汗下如雨，一面失声喊叫：'可卿救我！'"作者编写这样一段故事，喻意为何？

宝玉与可卿"难解难分"，隐写的是雪芹与红玉在香山卧佛寺西南侧的"广慧庵"①（"警幻仙子"的住处）了却情缘。

为说明这件事，首先需要了解这件事的起因。

雍正七年（1729年），雍正恶治了政敌，巩固了帝位，便开始"选聘妃嫔"和"挑选""公主、郡主之入学陪侍"。要求"仕宦名家之女，皆亲名达部"（第四回）。曹雪芹祖母的兄长李煦原任苏州织造，雍正元年（1723年）李家被抄没，其孙女史湘云的原型李香玉，因父母双亡，曹雪芹的祖母便让曹頫认她做女儿，改名曹香玉。雍正七年，曹香玉时年十四岁，符合参选秀女、才女的条件，须亲名达部。雍正八年（1730年）春便要参选秀女、才女了。李香玉竟因暗恋着雪芹，不肯去参选。小说中的史湘云是李香玉的分身，她说话咬舌，总是将"二哥哥"说成"爱哥哥"（第二十回），作者以这种方法隐写她对曹雪芹的爱恋。曹家本应劝诫李香玉，这是皇家的规定，决不能抗拒。然而雪芹的婶娘（曹頫妻子）出于私心，却使用了"调包计"——反过来威逼、诱骗正在做自己丫鬟的红玉（此前从雪芹处要去）代替李香玉进宫参选。红玉身为丫鬟，只能任凭主子摆布。

红玉参选后竟一举中魁。这件事被作者隐写在第五十回黛玉的灯谜诗中："骥骍何劳缚紫绳？驰城逐堑见狰狞。主人指示风雷动，鳌背三山独立名。"诗中的"骥骍"（lù ěr）是千里马名，喻此时的黛玉（隐写着红玉）。参选才女如同宝马穿过城池，跨越沟堑，飞驰向前，势不可挡。"鳌背三山独立名"喻指黛玉的原型红玉考中了女状元。

---

① 见《香玉皇后故居考论》，载于《红楼圆明隐秘》，工商出版社1997年出版。

从此红玉便以十五岁的"曹香玉"之名，进入圆明园①"汇芳书院"②做了公主、郡主的"入学陪侍"。雍正九年（1731年）九月初，雍正在"汇芳书院"一看到红玉便被迷倒。随后雍正的嫡配皇后乌拉纳喇氏便于当年九月突然薨逝。雍正没有亲临视殓。雍正于十年（1732年）春，纳红玉为皇贵妃③，管理后宫，成为后宫之主。这时雪芹等待红玉回家成婚一事完全落空，只好听从长辈安排，与李香玉结婚。贾琏"琏二爷"和凤姐便是雪芹与李香玉婚后的分身。

红玉于雍正十一年六月十一日（1733年7月21日）生子弘曕，第二天红玉便被册封为皇后，弘曕自然成为雍正的嫡皇子，史书上称他为"圆明园阿哥"。红玉（"曹香玉"）被册封为皇后，曹家则被推恩。皇后之父曹頫封为"公"，之兄曹雪芹封为"侯"④，这就是小说中的贾家被称作"公侯之家"的背景。曹雪芹的祖母和曹頫夫人王氏亦按推恩制度加封。第四十五回，凤姐说："……老太太、太太罢了，原是老封君……""老太太、太太"指曹雪芹的祖母和婶娘王夫人（曹頫妻子）。她们是红玉做皇后以后被推恩加封的。

雍正于十三年（1735年）八月二十三日驾崩，之后乾隆即位，曹香玉（红玉）成为皇太后。乾隆为表示对香玉皇太后的尊崇，于九月三日，以"覃恩"追封曹雪芹的高祖曹振彦为"资政大夫"，原配欧阳氏，继配袁氏为"夫人"；曹尔正为"资政大夫"，配徐氏、梁氏为"夫人"。

乾隆元年（1736年），曹香玉皇太后（红玉）到六郎庄真武庙带发修行。乾隆十一年（1746年）迁入香山广慧庵。曹雪芹于乾隆九年（1744年）开始撰写《红楼梦》——他以小说作为载体，将红玉的传记隐写在小说之中。雪芹为了更多地了解红玉在宫中的生活，便经常居

---

① 见《大观园实隐圆明园》，载于《红楼解梦》第二集，中国华侨出版社1996年出版；并见《红楼圆明隐秘》，工商出版社1997年出版。

② 见《再论大观园实隐圆明园》，载于《红楼解梦》第五集，新世界出版社2002年出版。

③ 见《黛玉原型竺香玉采花图考》，载于《红楼解梦》第八集，东方出版社2007年出版。

④ 见《曹雪芹被封侯爵考》，载于《考证曹雪芹》，2015年东方出版社出版。

住在与广慧庵毗邻的香山正白旗（祖父曹寅的旧居）。此事传到李香玉的耳中，她对红玉便心生忌恨，设计了加害红玉的毒计：说服红玉为雪芹生下一子，然后逼迫她永远与曹雪芹和孩子断绝来往。在小说中，此事隐写在凤姐将尤二姐骗入荣国府，加害尤二姐的故事中。红玉深知自己是皇太后身份，生子之事，一旦消息泄露，雪芹及爱子必死无疑。于是香玉事先让丫鬟将孩子转移走，然后便悬梁自尽。那个转移孩子的丫鬟也撞柱而亡。此事以死无对证，保全了雪芹及爱子的性命。红玉之死和葬，隐写在秦可卿身上。①

在曹香玉皇太后自缢后，乾隆便命审讯曹雪芹的小厮。小说中茗烟（意明朝太监，喻汉人的奴仆）交待出香玉皇太后并非曹家的小姐，而是曹家买来小优伶、丫鬟，因而曹家犯了欺君之罪（曹雪芹在小说中将茗烟改名为"焙茗"，谐音"背明"，意背叛了汉人主子）。为此，曹家遭到扫地出门的恶治。此时的曹家"忽喇喇如大厦倾，昏惨惨似灯将尽"（第五回）。曹香玉皇太后被葬入陶然亭锦秋墩下的地宫，但地面建筑便不再建。②后来她的"陵园"成为没有人管理的乱葬岗子。清廷将曹香玉之名从玉牒（皇家家谱）中删除，还将她的名字从所有历史档案和资料中删除。在小说中，曹雪芹将红玉自缢的时间隐写在尤二姐身上。这一年属兔的秋桐十七岁。书中写道：尤二姐之死"系属兔的阴人冲犯"所致。这一年恰是乾隆十六年（1751年）。查史料，乾隆于十六年（1751年）初，将南京江宁织造府改成自己的行宫（在曹香玉于雍正十一年〔1733年〕被册封为皇后以后，重归曹家所有）。

我们了解了上述史实，便明白为什么在宝玉（曹雪芹之主要分身）落入迷津后，要喊"可卿救我"。可卿是红玉的分身。红玉以自己的自缢保全了雪芹及其爱子的性命。

香玉皇太后（红玉）自缢后，曹家被扫地出门，曹雪芹一度逃禅。待事态平息后，曹雪芹回到香山正白旗。柳蕙兰带着曹雪芹与红

---

① 见《解析秦可卿》（《红楼解梦》第七集），2007年东方出版社出版。
② 见《香玉皇后的陵寝在北京陶然亭公园》，（《红楼解梦》第四集），2001年新世界出版社出版。

玉所生之子，亦辗转来到雪芹所在的旗营——祖父曹寅留下的老宅。[①]曹雪芹开始"滴泪为墨，研血成字"（第五十七回回前批）为红玉重新作传，将书名由《红楼梦》改为《石头记》。

这部《石头记》的创作自乾隆十六年（1751年）开始，直到曹雪芹去世（乾隆二十八年除夕，1764年2月1日）前才完成，历时10年以上。从已发现的曹雪芹著作的一些早期抄本可以看出《石头记》的创作过程："甲戌本"《脂砚斋重评石头记》为二评本（"甲戌"系乾隆十九年，1754年），只有十六回，属较为成熟的书稿。"庚辰本"《脂砚斋重评石头记》为四评本（"庚辰"系乾隆二十五年，1760年），已有七十八回，为较成熟的书稿。"蒙府本"《石头记》八十回，书稿均较成熟，且将原书名中的"脂砚斋重评"五个字删除，说明作者拟将批语与正文融为一体，均由作者进行审定，不再将书稿交亲友们传阅、评批。我们从"蒙府本"还可看到：除回前批、夹批、回后总批外，已没有了眉批，但还有侧批，说明作者还将再审定一次。对于"戚序本"《石头记》，不论从正文还是从批语的角度进行审视，均可说明：这是曹雪芹的定稿本。

（四）《芙蓉女儿诔》是全书即将到结尾的标志

红玉逝后，曹雪芹悲悲切切为其作传。他将自己的书斋取名为"悼红轩"。他上千遍地呼唤着红玉的名字哭她，在第五回竟写出"千红一窟（谐哭）茶"，"万艳同杯（谐悲）酒"。他在"甲戌本·凡例"中用诗句表达当时的悲痛心情：

> 浮生着甚苦奔忙，盛席华筵终散场。
> 悲喜千般同幻渺，古今一梦尽荒唐。
> 谩言红袖啼痕重，更有情痴抱恨长。
> 字字看来皆是血，十年辛苦不寻常！

《石头记》是"一字一泪，一泪化一血珠"哭成的。脂砚斋批曰：

[①] 见《曹雪芹故居考论》，载于《红楼圆明隐秘》，工商出版社1997年出版。

"芹为泪尽而逝"。

《石头记》写到第七十八回的"芙蓉女儿诔"时,这种悲痛达到全书的高潮。

这是一首追悼林黛玉原型红玉的诔文。该诔文一字一泪地叙述了红玉从优伶、丫鬟到成为自己一生至爱的恋人,直至被推上皇后、皇太后的经历。是曹雪芹对红玉的礼赞,也是为红玉所作传记的结束。由于小说只是载体,因而也标志着《石头记》即到尾声。

四、《石头记》是一部有正、反两面的"奇书",必须以科学态度进行研读

现在社会上流行的曹雪芹著作,仍是一百二十回本《红楼梦》小说。小说是作家头脑中的产物,其人物形象、情节发展,都随作家的想象创作,没有固定模式,而由于读者的年龄、性别、学识、经历、民族等的不同,读完小说后的感受、体会、认识也都各自不同。正像欧洲名言所说的:"一千个读者,就有一千个哈姆雷特。"然而曹雪芹的原著《石头记》并非单纯的小说,而是以小说作为载体写成的《红玉传》。曹雪芹在创作《石头记》的过程中,曾将自己的书稿交由亲友传阅、评批,得到的反馈却是纷纷赞扬他的小说写得精彩,竟无一人能够领悟小说背后的隐史。曹雪芹预料,将来《石头记》流传到社会后,大体也是这种情景。因而曹雪芹多次流露出知音难求的感慨。

第二十五回戚序本有回后诗云:

　　愁深魔重复何疑,苦海冤河解者谁。
　　结不休时冤自盛,并天甚小性难移。

第三十二回戚序本有回前批曰:

　　前明显祖汤先生有怀人诗一绝,读之甚合此回,故录之以待知音。
　　无穷无尽却情多,情到无多得尽么。

解到多情情尽处，月中无影水无波。

第四十三回戚序本有回前诗曰：

了与不了在心头，迷却原来难自由。
如有如无谁解得，相生相灭第转流。

第五十三回戚序本有回前批曰：

……谁是知音者？

甚至第五十七回曾引用谚语"黄金万两容易得，知心一个也难求"，表达自己对知音的期待。我们作为《石头记》的读者、研究者，有责任更深入地了解曹雪芹，真正认识曹雪芹，努力争取做曹雪芹的知音。

然而若欲做曹雪芹的知音，就须严格遵照曹雪芹对读者的要求去做。

（一）研读《石头记》要有严肃、认真的态度

第十二回在"（道士）从褡裢中取出一面镜子来——两面皆可照人，镜把上面錾着'风月宝鉴'四字"处，有脂批曰：

凡看书人，从此细心体贴方许你看，否则此书哭矣。

这条批语，批书人将正反两面皆可照人的宝镜说成"此书"。此书即《石头记》，亦可称作《风月宝鉴》——第一回所提到的四个书名之一（另外三个书名即：《石头记》《情僧录》《金陵十二钗》）。《石头记》是曹雪芹以血泪和生命著成，作为"看书人"，若不能"细心体贴"，此书将"哭"矣。

（二）研读《石头记》的重点，须放在读出隐写在书中的"真事"上

《石头记》有正反两面，重点放在哪一面呢？在第十二回"千万不

可照正面"处，庚辰本有侧批曰：

> 谁人识得此句。

戚序本有夹批曰：

> 观者记之，不要看这书正面，方是会看。

在"只照它的背面"处，戚序本有夹批曰：

> 记之。

批书人对读者的谆谆告诫，可谓不厌其烦，不烦其详。要求读者牢记：只关注小说背后的隐史。

（三）研读《石头记》是一种科学探索，需使出"龙象之力"

第十二回在"镜子从里面调过来"处，有脂批曰：

> 此一句力如龙象，意谓正面你方才已自领略了，你也当思想反面才是。

批书人告诫读者：书的正面读者自己可以领悟。在领悟后，就应将精力用于翻转到背面上。为了"思想反面"，必须使出龙象之力。

第十三回，在"至若离合悲欢，兴衰际遇，则又追踪蹑迹，不敢稍加穿凿，徒为哄人之目而反失其真传者"处，"甲戌本"有眉批曰：

> 事则实事，然亦叙得有间架，有曲折，有顺逆，有映带，有隐有见，有正有闰，以至草蛇灰线、空谷传声、一击两鸣、明修栈道、暗度陈仓、云龙雾雨、两山对峙、烘云托月、背面傅粉、千皴万染诸奇。书中之秘法，亦复不少。余亦于逐回中搜剔剖剖，明白注释，以待高明，再批示误谬。

将上面两段脂批综合起来思考，意喻读者必须使出超乎常人的努力，才可能在脂批的引导下，学习并理解曹雪芹的诸多写作奇法、秘法，专心致志，步步深入，解开书中一个个"误谬"（谜），看到隐写在小说背后的"实事"。

读者应当明白：《石头记》研究，属于对客观事物及其规律的探索，已形成一门学科——"石学"。对于科学，马克思有句名言：

> 在科学上面是没有平坦的大路可走的，只有那些在崎岖小路的攀登上不畏劳苦的人，才有希望达到光辉的顶点。

（四）曹雪芹对把《石头记》当作小说读的人的批评

第十二回，在"单与那些聪明俊杰、风雅王孙等照看"处，"戚序本"有夹批曰：

> 所谓无能纨袴是也。

这是作者对把《石头记》只当作小说欣赏和阅读者的批评。这种批评，有时十分严厉，如：

在庚辰本第四十三回的"分位虽低钱却比他们要多"处，有夹批曰：

> 惊魂夺魄，只此一句。所以一部书，全是老婆舌头，全是讽刺世事、反面《春秋》也，所谓痴子弟正照《风月鉴》。若单看了家常老婆舌头，岂非痴子弟乎？

什么叫"痴子弟"——即俗语所说的"傻孩子"。

脂砚斋在戚序本第二十二回回末总批中写道：

> 作者具菩提心，提笔现身说法，每于言外警人，再三再四，而读者但以小说鼓词目之，则大罪过。其先以庄子为引，及偈谒曲句作醒悟之语，以警觉世人，犹恐不入，再以灯谜伸词致意，

> 自解自叹，以不成寐为言，其用心之切之诚，读者忍不留心而慢乎耶。

曹雪芹对迷恋于《石头记》正面小说而不能自拔者，批评得十分严厉，称其为"大罪过"。

想一想：在曹雪芹眼里，香玉皇后、皇太后（即红玉）是一位如林四娘那样的抗清巾帼豪杰，却被乾隆将她从玉牒（历史档案）及所有历史资料中删削得干干净净。而且在她死后，虽然已建地宫，却不在地宫上面建起陵园，以致香玉皇太后死后，竟连一座墓碑也没有留下。后来本属于她的陵园，竟变成一片无人管理的乱葬岗子。曹雪芹冒着可能遭到再一次毁灭他身家性命的危险，将红玉的传记隐写于《石头记》中，在隐写过程中也就同时传了自己。这部隐写着香玉皇后、皇太后和曹雪芹两人传记的《石头记》堪称一部凝聚着数千年中华文化的旷世瑰宝，是将"文"和"史"融为一体的世界文学的珠穆朗玛峰。对于这样一部超级经典，如果只满足于小说阅读，就应该认真领会曹雪芹的批评：这是一种"大罪过"。

愿每个有文化的中国人，都能在一生中，至少精读一遍《石头记》。读后，你定会看到香玉皇后、皇太后和曹雪芹——两位反清英杰、中国最早的启蒙思想家的形象。在研读《石头记》过程中，定会受到雪芹和红玉的熏陶，而对中华文化有更深刻的认识，对人生和世界有新的思考，甚至对自己的心灵，做一次洗礼。

紫军、霍国玲

2022 年 2 月 22 日

校勘说明

一、本书以戚蓼生序本《石头记》为底本。

戚序本，有正书局曾于民国元年（公元1912年）以《国初抄本原本红楼梦》为名石印出版，故又称"有正本"。有正初印本，通称"大字本"，因在稍后，该书局又印行了一种"小字本"。1988年，北京文学古籍刊行社将"大字本"影印出版。2010年，扬州广陵书社将"小字本"影印出版。

由于此抄本原是过录本，难免有一些遗漏、舛误处，因而既以此本作为底本，仍需参照其他抄本加以校勘。

二、本书校勘整理后，采用简化字，以横排形式出版。

三、本书正文的校勘原则是：

（一）用戚序本作为底本，对衍夺讹舛处，以蒙府本作为第一参校本，庚辰本作为第二参校本，并辅以甲戌本、己卯本、甲辰本、列藏本、梦稿本等，进行校勘。其校勘说明置于每回后面，以带方括弧的中文数字作为注号注明，如：[一][二][三]等。

（二）对于原文中明显的错意、错字、别字、漏字等则予改正，注明"校者改"或"校者补"。

（三）为便于读者阅读，书中有极少量用词，依照现在习惯做了改动，如"屠毒"改为"涂毒"，"打谅"改为"打量"，"遭塌"改为"糟蹋"，"工课"改为"功课"，"握脸"改为"捂脸"，"妥贴"改为"妥帖"等。

四、本书评批的校勘原则是：

（一）回前批、回后批和夹批（原抄本中夹在正文中间的批语）：

以戚序本作为底本，参照蒙府本、庚辰本、甲戌本、己卯本、列藏本、甲辰本等对舛误处修正。

若其他抄本中回前批、回后批和夹批，戚序本中没有，则加以补充。对所补充的批语，仍置于该批相应的位置，并在批语前冠以抄本的简称，如"甲"（即"甲戌本"）、"己"（即"己卯本"）、"庚"（即"庚辰本"）、"辰"（即"甲辰本"）、"靖"（即"靖藏本"、"列"（即"列藏本"等。

其他抄本回前批、回后批和夹批，与戚序本相比较，若内容更加详细与丰富，并涵盖戚序本批语时，则采用其他抄本批语，亦在批语前冠以抄本的简称。

（二）侧批（原抄本中竖行右侧的批语）和眉批（原抄本中置于天头的批语）：

戚序本中无侧批和眉批。本书中的侧批和眉批均参照蒙府本、庚辰本、甲戌本、己卯本、靖藏本、列藏本、甲辰本等予以补充。所补充的批语置于该页底部，以阿拉伯字母作为注号注明，如：①②③④……，并在批语前冠以抄本的简称。

（三）当其他抄本中的批语与戚序本相同或相似时，一般只选定戚序本的批语。少量基本相似，但亦有新意的批语，则单列出，并加以注明。

（四）对于所校勘出的错字、别字、漏字、多字，均标以加重号，并在圆括号（　）内说明，如：虽（原无）、妙（原多人）、渲（原作煊）、禁止（原作进）、情（原作亦清）……

五、本书校勘的参校本与主要参考书有：

（一）蒙古王府旧藏抄本《石头记》，书目文献出版社 1986 年影印。

（二）《脂砚斋重评石头记（庚辰秋月定本）》（庚辰，1760年）人民文学出版社 1975 年影印。

（三）《脂砚斋甲戌抄阅再评石头记》（甲戌，1754年）上海古籍出版社 1985 年重新影印。

（四）《脂砚斋重评石头记（己卯冬月四次阅评）》（己卯，1759年）上海古籍出版社 1981 年影印。

（五）列宁格勒抄本《石头记》，中华书局 1986 年影印。

（六）乾隆甲辰（1784年）梦觉主人序本《红楼梦》，书目文献出版社 1989 年影印。

（七）乾隆抄本百廿回《红楼梦》稿本，上海古籍出版社 1984 年影印。

（八）《红楼梦脂评校录》朱一玄辑，齐鲁书社1986年出版。

（九）《新编石头记脂砚斋评语辑校》（增订本）陈庆浩编著，中国友谊出版公司1987年出版。

（十）《红楼梦》中国艺术研究院红楼梦研究所校注，人民文学出版社1992年出版。

（十一）《脂砚斋评批红楼梦》黄霖校点，齐鲁书社1994年出版。

（十二）《红楼梦》曹雪芹著，脂砚斋评，禹克坤校注，同心出版社1996年出版。

（十三）《脂砚斋重评石头记（甲戌校本）》，邓遂夫校订，作家出版社2000年出版。

（十四）《脂本汇校石头记》郑庆山校，作家出版社2004年出版。

（十五）《脂砚斋重评石头记（庚辰校本）》，邓遂夫校订，作家出版社2006年出版。

《石头记》序

  吾闻绛树两歌,一声在喉,一声在鼻;黄华二牍,左腕能楷,右腕能草。神乎技矣!吾未之见也。今则两歌而不分乎喉鼻,二牍而无区乎左右,一声也而两歌,一手也而二牍,此万万所不能有之事,不可得之奇,而竟得之《石头记》一书。嘻!异矣。

  夫敷华掞藻,立意遣词,无一落前人窠臼,此固有目共赏,姑不具论。第观其蕴于心而抒于手也,注彼而写此,目送而手挥,似谲而正,似则而淫,如《春秋》之有微词,史家之多曲笔。①

  试一一读而绎之:写闺房则极其雍肃也,而艳冶已满纸矣;状阀阅则极其丰整也,而式微已盈睫矣;写宝玉之淫而痴也,而多情善悟,不减历下琅琊;写黛玉之妒而尖也,而笃爱深怜,不啻桑娥石女。他如摹绘玉钗金屋,刻画芗泽罗襦,靡靡焉几令读者心荡神怡矣,而欲求其一字一句之粗鄙猥亵,不可得也。盖声止一声,手止一手,而淫佚贞静,悲戚欢愉,不啻双管之齐下也。噫!异矣。其殆稗官野史中之盲左、腐迁乎?

  然吾谓作者有两意,读者当具一心。譬之绘事,石有三面,佳处不过一峰;路看两蹊,幽处不逾一树。必得是意,以读是书,乃能得作者微旨。如捉水月,只挹清辉;如雨天花,但闻香气。庶得此书弦外音乎?

  乃或者以未窥全豹为恨,不知盛衰本是回环,万缘无非幻泡。作者慧眼婆心,正不必再作转语,而万千领悟,便具无数慈航矣。彼沾沾焉刻楮叶以求之者,其与开卷而窘者几希!②

德清戚蓼生晓堂氏

---

① 上述两段文字,《红楼解梦》作者已将其翻译成现代汉语,载于《红楼解梦》第一集第 37 页,供读者参考。
② 上述三段文字,《红楼解梦》作者将其做了阐释,载于《红楼解梦》第三集(下)第 609–611 页,供读者参考。

目 录

序 ……………………………………………… 1—22
校勘说明 ……………………………………… 1—3
《石头记》序 ………………………… 戚蓼生 1—1

第一回
　　甄士隐梦幻识通灵　　贾雨村风尘怀闺秀……………　1
第二回
　　贾夫人仙逝扬州城　　冷子兴演说荣国府……………　20
第三回
　　托内兄如海酬训教　　接外孙贾母惜孤女……………　34
第四回
　　薄命女偏逢薄命郎　　葫芦僧乱判葫芦案……………　53
第五回
　　灵石迷性难解仙机　　警幻多情秘垂淫训……………　67
第六回
　　贾宝玉初试云雨情　　刘姥姥一进荣国府……………　85
第七回
　　尤氏女独请王熙凤　　贾宝玉初会秦鲸卿…………　100
第八回
　　拦酒兴李奶母讨厌　　掷茶杯贾公子生嗔…………　114
第九回
　　恋风流情友入家塾　　起嫌疑顽童闹学堂…………　131
第十回
　　金寡妇贪利权受辱　　张太医论病细穷源…………　140

第十一回
　　庆寿辰宁府排家宴　　见熙凤贾瑞起淫心…………149
第十二回
　　王熙凤毒设相思局　　贾天祥正照风月鉴…………159
第十三回
　　秦可卿死封龙禁尉　　王熙凤协理宁国府…………168
第十四回
　　林如海捐馆扬州城　　贾宝玉路谒北静王…………180
第十五回
　　王凤姐弄权铁槛寺　　秦鲸卿得趣馒头庵…………191
第十六回
　　贾元春才选凤藻宫　　秦鲸卿夭逝黄泉路…………200
第十七回
　　大观园试才题对额　　怡红院迷路探曲折…………215
第十八回
　　庆元宵贾元春归省　　助情人林黛玉传诗…………229
第十九回
　　情切切良宵花解语　　意绵绵静日玉生香…………246
第二十回
　　王熙凤正言弹妒意　　林黛玉俏语谑娇音…………263
第二十一回
　　贤袭人娇嗔箴宝玉　　俏平儿软语救贾琏…………274
第二十二回
　　听曲文宝玉悟禅机　　制灯谜贾政悲谶语…………288
第二十三回
　　西厢记妙词通戏语　　牡丹亭艳曲警芳心…………302
第二十四回
　　醉金刚轻财尚义侠　　痴女儿遗帕惹相思…………313
第二十五回
　　魇魔法姊弟逢五鬼　　红楼梦通灵遇双真…………328
第二十六回
　　蜂腰桥设言传心事　　潇湘馆春困发幽情…………343

第二十七回
　　滴翠亭杨妃戏彩蝶　　埋香冢飞燕泣残红…………358
第二十八回
　　蒋玉菡情赠茜香罗　　薛宝钗羞笼红麝串…………372
第二十九回
　　享福人福深还祷福　　痴情女情重愈斟情…………391
第三十回
　　宝钗借扇机带双敲　　龄官画蔷痴及局外…………402
第三十一回
　　撕扇子作千金一笑　　因麒麟伏白首双星…………410
第三十二回
　　诉肺腑心迷活宝玉　　含耻辱情烈死金钏…………420
第三十三回
　　手足耽耽小动唇舌　　不肖种种大承笞挞…………429
第三十四回
　　情中情因情感妹妹　　错里错以错劝哥哥…………436
第三十五回
　　白玉钏亲尝莲叶羹　　黄金莺巧结梅花络…………447
第三十六回
　　绣鸳鸯梦兆绛芸轩　　识分定情悟梨香院…………459
第三十七回
　　秋爽斋偶结海棠社　　蘅芜苑夜拟菊花题…………469
第三十八回
　　林潇湘魁夺菊花诗　　薛蘅芜讽和螃蟹咏…………484
第三十九回
　　村老妪是信口开河　　痴情子偏寻根究底…………494
第四十回
　　史太君两宴大观园　　金鸳鸯三宣牙牌令…………503
第四十一回
　　贾宝玉品茶栊翠庵　　刘老妪醉卧怡红院…………516
第四十二回
　　蘅芜君兰言解疑语　　潇湘子雅谑补余香…………526

第四十三回
　　闲取乐偶攒金庆寿　　不了情暂撮土为香…………537

第四十四回
　　变生不测凤姐泼醋　　喜出望外平儿理妆…………548

第四十五回
　　金兰契互剖金兰语　　风雨夕闷制风雨词…………557

第四十六回
　　尴尬人难免尴尬事　　鸳鸯女誓绝鸳鸯侣…………568

第四十七回
　　呆霸王调情遭毒打　　冷郎君惧祸走他乡…………579

第四十八回
　　滥情人情误思游艺　　慕雅女雅集苦吟诗…………589

第四十九回
　　白雪红梅园林佳景　　割腥啖膻闺阁野趣…………599

第五十回
　　芦雪庵争联即景诗　　暖香坞雅制春灯谜…………610

第五十一回
　　薛小妹新编怀古诗　　胡庸医乱用虎狼药…………623

第五十二回
　　俏平儿情掩虾须镯　　勇晴雯病补雀金裘…………634

第五十三回
　　宁国府除夕祭宗祠　　荣国府元宵开夜宴…………645

第五十四回
　　史太君破陈腐旧套　　王熙凤效戏彩斑衣…………657

第五十五回
　　辱亲女愚妾争闲气　　欺幼主刁奴蓄险心…………669

第五十六回
　　敏探春兴利除宿弊　　识宝钗小惠全大体…………680

第五十七回
　　慧紫鹃情词试宝玉　　慈姨母爱语慰痴颦…………692

第五十八回
　　杏子阴假凤泣虚凰　　茜红纱真情揆痴理…………707

第五十九回
  柳叶渚边嗔莺咤燕　　绛云轩里召将飞符……　717

第六十回
  茉莉粉替去蔷薇硝　　玫瑰露引来茯苓霜……　724

第六十一回
  投鼠忌器宝玉情赃　　判冤决狱平儿徇私……　734

第六十二回
  憨湘云醉眠芍药裀　　呆香菱情解石榴裙……　743

第六十三回
  寿怡红群芳开夜宴　　死金丹独艳理亲丧……　760

第六十四回
  幽淑女悲题五美吟　　浪荡子情遗九龙佩……　777

第六十五回
  膏粱子惧内偷娶妾　　淫奔女改行自择夫……　790

第六十六回
  情小妹耻情归地府　　冷二郎一冷入空门……　800

第六十七回
  馈土物颦卿思故里　　讯家童凤姐蓄阴谋……　808

第六十八回
  苦尤娘赚入大观园　　酸凤姐闹翻宁国府……　823

第六十九回
  弄小巧用借剑杀人　　觉大限吞生金自逝……　834

第七十回
  林黛玉重建桃花社　　史湘云偶填柳絮词……　845

第七十一回
  嫌隙人有心生嫌隙　　鸳鸯女无意遇鸳鸯……　856

第七十二回
  王熙凤恃强羞说病　　来旺妇倚势霸成亲……　868

第七十三回
  痴丫头误拾绣春囊　　懦小姐不问累金凤……　879

第七十四回
  惑奸谗抄检大观园　　矢孤介杜绝宁国府……　890

第七十五回
  开夜宴异兆发悲音 赏中秋新词得佳谶…………905

第七十六回
  凸碧堂品笛感凄清 凹晶馆联诗悲寂寞…………919

第七十七回
  俏丫鬟抱屈夭风流 美优伶斩情归水月…………931

第七十八回
  老学士闲征姽婳词 痴公子杜撰芙蓉诔…………946

第七十九回
  薛文龙悔娶河东狮 贾迎春误嫁中山狼…………964

第八十回
  懦弱迎春肠回九曲 姣怯香菱病入膏肓…………972

附件一
  《石头记》小说背后的隐史 …………982—1003

附件二
  曹雪芹家族世系表 …………1004—1005

启事 ……………………………………………1006—1008

第一回 [一]

甄士隐梦幻识通灵　贾雨村风尘怀闺秀

　　此开卷第一回也。作者自云：因曾历过一番梦幻之后，故将真事隐去，而借"通灵"之说，撰此《石头记》一书也，故曰"甄士隐"云云。但书中所记何事何人？自又云："今风尘碌碌，一事无成，忽念及当日所有之女子，一一细考较去，觉其行止见识，皆出于我之上。何我堂堂须眉，诚不若彼裙钗女子①？实愧则有余，悔又无益，是大无可如何之日也！当此，则自欲将已往所赖天恩祖德，锦衣纨袴之时，饫甘餍肥之日，背父兄教育之恩，负师友规训之德，以至今日一技无成，半生潦倒之罪②，编述一集，以告天下人：我之罪固不免，然闺阁中本自历历有人，万不可因我之不肖，自己护短，一并使其泯灭③。虽今日之茅椽蓬牖，瓦灶绳床，其晨夕风露，阶柳庭花，亦未有妨我之襟怀，束笔阁墨。虽我未学，下笔无文，又何妨用假语村言 [二]，敷演出一段故事来，亦可使闺阁昭传，复可悦世之目，破人愁闷，不亦宜乎？"故曰"贾雨村"云云。

---

① 蒙侧：何非梦幻？何不通灵？作者托言，原当有自。受气清浊，本无男女别。
② 蒙侧：明告看者。
③ 蒙侧：因为传他，并可传我。

列位看官，你道此书何来？说起根由，虽近荒唐，细按则深有趣味①。待在下将此来历注明，方使阅者了然不惑。

原来女娲氏炼石补天之时②，于大荒山荒唐也！无稽崖无稽也。炼成高经十二丈、照应十二钗。方经二十四丈照应副十二钗。顽石三万六千五百零一块。娲皇氏只用了三万六千五百块③，合周天之数。只单单的剩了一块未用④，便弃在此山青埂峰下。妙！自谓坠落情根，故无补天用。谁知此石自经锻炼之后，灵性已通，锻炼后性方通。甚哉，人生不学也。因见众石俱得补天，独自己无材，不堪入选，遂自怨自叹，日夜悲啼惭愧。

一日，正当嗟悼之际，俄见一僧一道远远而来，生得骨格不凡，丰神迥异⑤，这是真像，非幻像也。来至石下，席地而坐，长谈[三]。见一块鲜明莹洁美玉，且又缩成扇坠大小的可佩可拿⑥。那僧托于掌上，笑道："形体倒也是个宝物了⑦！还只没有实在好处，好极！今之金玉其外、败絮其中者，见此大不欢喜。须得再镌上数字，使人一见，便知是奇物方妙⑧。世上原宜假，不宜真也。然后好携你到隆盛昌明之邦⑨，伏长安。诗礼簪缨之族，伏荣国府。花柳繁华之地，伏大观园。温柔富贵之乡，伏紫芸轩。去安身乐业⑩。"石头听了，喜之不尽，乃问道："不知

---

① 甲侧：自占地步。自首荒唐，妙！
② 甲侧：补天济世，勿认真用常言。
③ 蒙侧：数足，偏遗我，"不堪入选"句中透出心眼。
④ 甲侧：剩了这一块，便生出这许多故事。使当日虽不以此补天，就该去补地之坑陷，使地平坦，而不有此一部鬼话。
⑤ 靖眉：作者自己形容。
⑥ 甲侧：奇诡险怪之文，有如髯苏《石钟》、《赤壁》用幻处。
⑦ 甲侧：自愧之语。
　 蒙侧：世上人原自据看得见处为凭。
⑧ 甲侧：世上原宜假，不宜真也。谚云："一日卖了三千假，三日卖不出一个真。"信哉！
⑨ 甲侧：伏长安大都。
⑩ 甲侧：何不再添一句云："择个绝世情痴做主人。"
　 甲眉：昔子房后谒黄石公，惟见一石。子房当时恨不随此石去。余亦恨不能随此石而去也。聊供阅者一笑。

赐了弟子那几件奇处①，又不知携了弟子到何地方？望乞明示，使弟子不惑。"那僧笑道："你且莫问，日后自然明白的。"说着，便袖笼了这石，同那道人飘然而去，竟不知投奔何方何舍。

后来，又不知过了几世几劫，因有个空空道人访道求仙，忽从这大荒山无稽崖青埂峰下经过，忽见一大石上字迹分明，编述历历。空空道人乃从头一看，原来就是无材补天，幻形入世，八字便是作者一生惭恨。蒙茫茫大士、渺渺真人携入红尘，历尽离合悲欢、炎凉世态的一段故事。后面又有一首偈云：

　　无材可去补苍天②，枉入红尘若许年③。
　　此系身前身后事，倩谁记去作奇传？

诗后便是此石坠落之乡，投胎之处，亲自经历的一段陈迹故事。其中家庭闺阁琐事，以及闲情诗词，倒还全备，或可适趣解闷④；然朝代年纪，地舆邦国⑤却失落无考⑥。空空道人遂向石头说道："石兄，你这一段故事，据你自己说有些趣味，故编写在此，意欲问世传奇。据我看来，第一件，无朝代年纪可考⑦；第二件，并无大贤大忠，理朝廷、治风俗的善政⑧，其中只不过几个异样女子，或情或痴，或小才微善，亦无班姑、蔡女之德能。我纵抄去，恐世人不爱看呢！"石头笑曰："我师何太痴也！若云无朝代可考，今我师竟假借汉、唐等年纪添缀，又

---

① **甲侧**：可知若果有奇贵之处，自己亦不知者；若自以奇贵而居，究竟是无真奇贵之人。
　靖眉：果有奇贵，自己亦不知。若以奇贵而居，即无真奇贵。
② **甲侧**：书之本旨。
③ **甲侧**：惭愧之言，呜咽如闻。
④ **甲侧**："或"字谦得好。
⑤ **甲侧**：若用此套者，胸中必无好文字，手中断无新笔墨。
⑥ **甲侧**：据余说，却大有考证。
　蒙侧：妙在"无考"。
⑦ **甲侧**：先驳得妙。
⑧ **甲侧**：将世人欲驳之腐言，预先代人驳尽。妙！

有何难①？但我想，历来野史，皆蹈一辙，莫如我不借此套者，反倒新奇别致，不过只取其事体情理罢了，又何必拘拘于朝代年纪哉！市井俗人喜看理治之书者甚少，爱看适情闲文者特多。历来野史，或讪谤君相，或贬人妻女②，奸淫凶恶，不可胜数。更有一种风月笔墨，其淫污秽臭，荼毒笔墨，坏人子弟，又不可胜数。至若佳人才子等书，则又千部共出一套，且其中终不能不涉于淫滥，以致满纸潘安、子建，西子、文君，不过作者要写出自己的那两首情诗艳赋来，故假拟出男女二名姓，又必旁出一小人其间拨乱③，亦如剧中之小丑然。且鬟婢开口即者也之乎，非文即理。故逐一看去，悉皆自相矛盾，大不近情理之说。竟不如我半世亲睹亲闻的这几个女子，虽不敢说强似前代所有书中之人，但事迹原委，亦可以消愁破闷；也有几首歪诗熟词，可以喷饭供酒。至若离合悲欢，兴衰际遇，则又追踪蹑迹，不敢稍加穿凿，徒为哄人之目而反失其真传者④。今之人，贫者日为衣食所累，富者又怀不足之心，纵一时稍闲，又有贪淫恋色、好货寻愁之事，那里有工夫去看那理治之书？所以我这一段事，也不愿世人称奇道妙，也不要世人喜悦检读⑤，只愿他们当那醉饱淫卧之时，或避世去愁之际，把此一玩，岂不省了些寿命筋力？就比那谋虚逐妄，却也省了口舌是非之害，腿脚奔忙之苦。再者，亦令世人换新眼目，不比那些胡牵乱扯，忽离忽遇，满纸才人、淑女、子建、文君、红娘、小玉等通共熟套之旧稿。我师以为何如⑥？"

---

① **甲侧：** 所以答的好。
② **甲侧：** 先批其大端。
③ **蒙侧：** 放笔以情趣世人，并评倒多少传奇。文气淋漓，字句切实。
④ **甲眉：** 事则实事，然亦叙得有间架，有曲折，有顺逆，有映带，有隐有见，有正有闰，以至草蛇灰线、空谷传声、一击两鸣、明修栈道、暗度陈仓、云龙雾雨、两山对峙、烘云托月、背面傅（原作传）粉、千皴万染诸奇。书中之秘法，亦复不（原作不复）少。余亦于（原作干）逐回中搜剔刳剖，明白注释，以待高明，再批示误谬。
⑤ **甲侧：** 转得更好。
   甲眉： 开卷一篇立意，真打破历来小说窠臼。阅其笔，则是《庄子》、《离骚》之亚。斯亦太过。
⑥ **甲侧：** 余代空空道人答曰："不独破愁醒盹，且有大益。"

第一回 甄士隐梦幻识通灵 贾雨村风尘怀闺秀

空空道人听了此语，思忖半晌，将这《石头记》本名。再细阅一遍①，因见上面虽有指奸责佞，贬恶诛邪之语②，亦非伤时[四]骂世之旨③；及至君仁臣良，父慈子孝，凡伦常所关之处，皆是称功颂德，眷眷无穷，实非别书可比。虽其中大旨谈情，亦不过实录其事，又非假拟妄称④，一味淫邀艳约、私订[五]偷盟之可比。因毫不干涉时世⑤，方从头至尾抄录回来，问世传奇。因空见色，由色生情，传情入色，自色悟空，遂易名为情僧，改《石头记》为《情僧录》[六]。东鲁孔梅溪则题曰《风月宝鉴》⑥。后因曹雪芹于悼红轩中披阅十载，增删五次⑦，纂成目录，分出章回，则题曰《金陵十二钗》。并题一绝云：

满纸荒唐言，一把辛酸泪！
都云作者痴，谁解其中味？⑧ 甲：此是第一首标题诗。

[七]出则既明，且看石上是何故事。按那石上书云： 以下系石上所记之文。

当日地陷东南，这东南一隅，有处曰姑苏， 是金陵。有城曰阊门，最

---

① **甲侧**：这空空道人也太小心了，想亦世之一腐儒耳！
② **甲侧**：亦断不可少。
③ **甲侧**：要紧句。
④ **甲侧**：要紧句。
⑤ **甲侧**：要紧句。
⑥ **甲眉**：雪芹旧有《风月宝鉴》之书，乃其弟棠村序也。今棠村已逝，余睹新怀旧，故仍因之。
⑦ **甲眉**：若云雪芹"披阅""增删"，然则（原作后）开卷至此这一篇《楔子》又系谁撰？足见作者之笔，狡猾之甚。后文如此处者不少。这正是作者用画家"烟云模糊法（原无）"处。观者万不可被作者瞒蔽（原作弊）了去，方是巨眼。
⑧ **甲眉**：能解者，方有辛酸之泪哭成此书。壬午除夕，书未成，芹为泪尽而逝。余尝哭芹，泪亦待尽。每意觅青埂峰，再问石兄，余不遇癞（原作獭）头和尚何？怅怅！

今而后，惟愿造化主再出一芹一脂，是书何幸（原作本）！余二人亦大快遂心于九泉矣！□□甲午八月泪笔。

是红尘中一二等富贵风流之地①。妙极！是石头口气。这阊门外有个十里街，开口先云势利，是伏甄、封二姓之事。街内有个仁清巷，又言人情，总为土隐火后伏笔。巷内有个古庙，因地方窄狭②，世路宽平者最少。皆呼作葫芦庙③。糊涂也，故假语从此兴也。庙旁住着一家乡宦④，姓甄⑤，真假之甄宝玉亦借此音。后不注。名费，废。字士隐。托言将真事隐去也。嫡妻封氏，风，因风俗来。情性贤淑，深明礼义⑥。八字正是写日后之香菱，见其根源。家中虽不甚富贵，然本地便也推他为望族了⑦。因这甄士隐禀性恬淡，不以功名为念⑧，每日只以观花修竹，酌酒吟诗为乐，倒是神仙一流人品。只是一件不足，如今年已半百，膝下无儿，所谓美中不足也。只有一女，乳名英莲⑨，设云"应怜"也。年方三岁。

一日，炎夏永昼，热日无多。士隐于书房中闲坐，至手倦抛书，伏几少憩，不觉朦胧睡去。梦至一处，不知是何地。忽见那厢来了一僧一道，是从青埂峰下袖石而来，接得无痕。且行且谈。只听道人问道："你携了这蠢物，意欲何往？"那僧笑道："你放心，如今现有一段风流公案，正该结了，这一干风流冤家，尚未投胎入世。趁此机会，就将此蠢物夹带于中，使他去经历。"那道人道："原来近日风流冤孽，又将造劫历世去不成⑩？但不知落于何方何处？"那僧笑道："此事说来好笑，竟是千古未闻的罕事。只因西方灵河岸上三生石畔⑪，妙！所谓"三生石上旧精魂"也。全用幻。有绛珠草一株，点"红"字。细思"绛珠"二字，岂非血泪乎？时有赤瑕宫按"瑕"字本注："玉，小赤也。又，玉有病者。"以此命名恰极！点"红"

---

① 甲侧：妙极！是石头口气。惜米颠不遇此石！
② 甲侧：世路宽平者甚少。亦凿！
③ 蒙：画（原作尽）的虽不依样，却是葫芦。
④ 甲侧：不出荣国大族，先写乡宦小家，从小至大，是此书章法。
⑤ 甲眉：真。后之甄宝玉亦借此音。后不注。
⑥ 甲侧：八字正是写日后之香菱，见其根源不凡。
⑦ 甲侧：本地推为望族，宁、荣则天下推为望族。叙事有层落。
⑧ 甲侧：自是羲皇上人，便可作是书之朝代年纪矣。总写香菱根基，原与正十二钗无异。
　　蒙侧：伏笔。
⑨ 甲戌：设云"应怜"也。
⑩ 蒙侧：苦恼是造劫历世，又不能不造劫历世。悲夫！
⑪ 甲眉：全用幻。情之至，莫如此。今采来压卷，其后可知。

字二。神瑛使者，点"玉"字二。日以甘露灌溉，这绛珠草始得久延岁月。后来既受天地精华，复得雨露滋养，遂得脱却草胎木质，得换人形，仅修成个女体①，终日游于离恨天外，饥则食蜜青果为膳，渴则饮灌愁海水为汤②。只因尚未酬报灌溉之德，故其在五内便郁结成一段缠绵不舒之意③。近日，这神瑛使者凡心偶炽④，乘此昌明太平朝世，意欲下凡，造历幻缘，点"幻"字。已在警幻仙子案前挂了号⑤。警幻亦曾问及：'灌溉之情未偿，趁此倒可了结的？'那绛珠仙子道：'他是甘露之惠，我并无此[八]水可还。他既下世为人，我也去下世为人，但把我一生所有的眼泪还他，也偿还的过他了⑥。'因此一事，就勾出多少风流冤家来⑦，陪他们去了结此案。"那道人道："果真是罕闻。实未闻有还泪之说⑧。想来这一段故事，比历来风月故事更为琐碎细腻了。"那僧道："历来几个风流人物，不过传其大概以及诗词篇章而已；至家庭闺阁中一饮一食，总未述记。再者，大半风月故事，不过偷香窃玉，暗约私奔而已，并不曾将儿女之真情发泄一二⑨。想这一干人入世[九]，其情痴色鬼、贤愚不肖者，悉与前人传述不同矣。"那道人道："趁此何不你我也去世上度脱几个⑩，岂不是一场功德？"那僧道："正合吾意。你且同我到警幻仙子宫中，将这蠢物交割清楚，等[十]这一干风流孽鬼下世已完，

---

① **甲眉**：以顽石草木为偶，实历尽风月波澜，尝遍情缘滋味，至无可如何，始结此木石因果，以泄胸中愊郁。古人之"一花一石如有意，不语不笑能留人"，此之谓耶？

　　蒙侧：点题处，清雅。

② **甲侧**：饮食之名奇甚，出身履历更奇甚，写黛玉来历自与别个不同。

③ **甲侧**：妙极！恩怨不清，西方尚如此，况世之人乎？趣甚，警甚！

　　蒙侧：点题处。清雅！

④ **甲侧**：总悔轻举妄动之意。

⑤ **甲侧**：又出一"警幻"，皆大关键处。

⑥ **甲侧**：观者至此，请掩卷思想：历来小说，可曾有此句千古未闻之奇文？

　　甲眉：知眼泪还债，大都作者一人耳。余亦知此意，但不能说得出。

　　蒙侧：恩情山海债，惟有泪堪还。

⑦ **甲侧**：余不及一人者，盖全部之主惟二玉二人也。

⑧ **蒙侧**：作想得奇！

⑨ **蒙侧**：所以别致。

⑩ **蒙侧**：度脱。请问是幻不是幻？

你我再去①。如今虽已有一半落尘，然犹未全集②。"道人道："既如此，便随你去来。"

却说甄士隐俱听得明白，但不知所云"蠢物"系何东西。遂不禁上前施礼，笑问道："二仙师请了。"那僧道也忙答礼相问。士隐因说道："适闻仙师所谈因果，实人世罕闻者。但弟子愚浊，不能洞悉明白，若蒙大开痴玩，备细一闻，弟子则洗耳谛听，稍能警省，亦可免沉沦之苦。"二仙笑道："此乃天机不可预泄者。到那时只不要忘了我二人，可便跳出火坑矣。"士隐听了，不便再问。因笑道："天机不可预泄，但适云'蠢物'，不知为何，或可一见否？"那僧道："若问此物，倒有一面之缘。"说着，取出递与士隐。士隐接了看时，原来是块美玉，上面字迹分明，镌着"通灵宝玉"四字③，后面还有几行小字。正欲看时，那僧便说："已到幻境④！"又点"幻"字，云书已入幻境矣。便强从手中夺了去，与道人竟过一大石牌坊，上书四字，乃是"太虚幻境"⑤。两边又有一副对联，道是：无极太极之轮转，色空之相生，四季之随行，皆不过如此。

假作真时真亦假　无为有处有还无　甲：叠用"真"、"假"、"有"、"无"字，妙！

士隐意欲也跟了过去，方举步时，忽听一声霹雳，有若山崩地陷。士隐大叫一声，定睛一看⑥，只见烈日炎炎，芭蕉冉冉，醒得无痕，不落旧套。梦中之事便忘了对半⑦。又见奶母正抱了英莲来，士隐见女儿越发生得粉妆玉琢，乖觉可喜，便伸手来抱在怀中，逗他玩耍一会，又带至街前，看那过会的热闹。方欲进来时，只见从那边来一僧一道⑧：那僧则癞头

---

① 蒙侧：幻中幻，何不可幻？情中情，谁又无情？不觉僧道亦入幻中矣。
② 甲侧：若从头逐个写去，成何文字？《石头记》得力处在此。□□丁亥春。
③ 甲侧：凡三四次，始出明玉形，隐曲（原作屈）之至！
④ 蒙侧：幻中言幻，何等法门。
⑤ 甲侧：四字可思。
⑥ 蒙侧：真是大警觉，大转身。
⑦ 甲侧：妙极！若记得，便是俗笔了。
⑧ 甲侧：所谓"万境都如梦境看"也。

跣足，那道则跛足蓬头，^{此是幻象。}疯疯癫癫，挥霍谈笑而至。及到了他门前①，看见士隐抱着英莲，那僧便大哭起来②，又向士隐道："施主！你把这有命无运，累及爹娘③之物，抱在怀中作甚？"士隐听了，知是疯话，也不去睬他。那僧还说："舍我罢，舍我罢！"士隐不耐烦，便抱女儿要进去④，那僧指着他大笑，口念了四句言词道：

　　惯养娇生笑你痴⑤，菱花⑥空对雪澌澌⑦。
　　好防佳节元宵后⑧，便是烟消火灭时⑨。

士隐听得明白，心下犹豫，意欲问他来历。只听得道人说道："你我不必同行，就此分手，各干营生去罢。三劫后⑩，我在北邙山等你，会齐了，同往太虚幻境销号。"那僧道："妙极，妙极！"说毕，二人一去，再不见个踪迹。士隐心中，此时自忖："这两个人必有来历，该试一问，如今悔却晚也。"

　　这士隐正痴想，忽见隔壁⑪〔十二〕葫芦庙内，寄居一穷儒：姓贾名

---

① 甲侧：此门是幻像。
② 甲侧：奇怪！所谓情僧也。
③ 甲眉：八个字屈死多少英雄！屈死多少忠臣孝子！屈死多少仁人志士！屈死多少词客骚人！今又被作者将此一把眼泪，洒与闺阁之中，见得裙钗尚遭逢此数，况天下之男子乎！

　　看他所写开卷之第一个女子，便用此二语以订终身，则知托言寓意之旨。谁谓独寄兴于一"情"字耶？

　　武侯之三分，武穆之二帝，二贤之恨，及今不尽，况今之草芥乎！

　　家国君父，事有大小之殊，其理其运其数，则略无差异。知运知数者，则必谅而后叹也！
④ 蒙侧：如果舍出，则不成幻境矣。行文至此，又不得不有此一语。
⑤ 甲侧：为天下父母痴心一哭！
⑥ 甲侧：生不遇时。
⑦ 甲侧：遇又非偶。
⑧ 甲侧：前后一样，不直云前而云后，是讳知者。
⑨ 甲侧：伏后文。
⑩ 甲眉：佛以世谓劫。凡三十年为一世，三劫者，想以九十春光寓言也。
⑪ 甲侧："隔壁"二字极细极险，记清！

化，假话也。字时飞，实非也。别号雨村者，雨村者，村言粗言粗语也。言以粗村之言，演出一段假话。走了出来。这贾雨村原系湖州①人氏，原是诗书仕宦之族，因他生于末世②，父母祖宗根基已尽[十三]，人口衰微，只剩得他一身一口，在家乡无益③，因进京求取功名，再整基业。自前岁来此，又淹蹇住了，暂在庙中安身，每日卖字作文为生，故士隐常与他交接④。当下雨村见了士隐，忙施礼赔笑道："老先生倚门仁望，敢是[十四]街市上有甚新闻否？"士隐笑道："非也。适因小女啼哭，引他出来作耍，正是无聊之甚。兄来得正妙，请入小斋一谈，彼此皆可消此永昼。"说着，便令人送女进去，自携了雨村，来至书房中。小童献茶。方谈得三五句话，忽家人飞报："严老爷来拜。"炎也。炎既来，火将至矣。士隐慌的忙起身谢罪道："恕诳驾之罪！略坐，弟即来陪。"雨村忙起身，亦让道："老先生请便。晚生乃常造之客，稍候何妨⑤。"说着，士隐已出前庭去了。

这里雨村且翻弄书籍解闷。忽听窗外有女子嗽声，雨村遂起身往窗外一看，原来是一个丫鬟，在那里撷花，生得仪容不俗，眉目清朗⑥，虽无十分姿色，却亦有动人之处。雨村不觉看得呆了。古今穷酸，色心最重。那甄家丫鬟撷了花，方欲走时，猛抬头见窗内有人，敝巾旧服，虽是贫窘，然生得腰宽背厚，面阔口方，更兼剑眉星眼，直鼻权腮⑦。这丫鬟忙转身回避，心下乃想："这人生得这样雄壮，却又这样褴缕，想他定是我家主人常说的什么贾雨村了，每有意帮助周济，只是无甚机会。我家并无这样贫窘亲友，想定是此人无疑了。怪道又说他必非久

---

① **甲侧：** 胡诌也。
② **甲侧：** 又写一末世男子。
③ **蒙侧：** 形容落魄（原作破）诗书子弟。逼真！
④ **甲侧：** 又夹写士隐实是翰林文苑，非守钱房也，直灌入"慕雅女雅集苦吟诗"一回。
　　蒙侧： 庙中安身，卖字为生，想是过午不食的了？
⑤ **蒙侧：** 世态人情，如闻其声。
⑥ **甲侧：** 八字足矣。
　　甲眉： 更好。这便是真正情理之文。可笑近之小说中，满纸"羞花闭月"等字。这是雨村目中，又不与后之人相似。
⑦ **甲侧：** 是莽、曹遗容。
　　甲眉： 最可笑世之小说中，凡写奸人，则用"鼠耳鹰腮"等语。

困之人。"如此想，不免又回头两次①。雨村见他回头，便自为这女子心中有意于他②，便狂喜不禁，自为此女子必是个巨眼英豪，风尘中之知己也。一时小童进来，听得前面留饭，不可久待，遂从夹道中自便出门去了。士隐待客既散，知雨村自便，也不去再邀了。

一日，早又中秋佳节。士隐家宴已毕，乃具一席于书房，却自己步月至庙中，来邀雨村③。雨村自那日见了甄家之婢，曾回头顾他两次，自为是个知己，便时刻放在心上④。今又值中秋，不免对月有怀，因而口占五言一律云⑤：

> 未卜三生愿，频添一段愁。
> 闷来时敛额，行去几回头。
> 自顾风前影，谁堪月下俦？
> 蟾光如有意，先上玉人楼。

雨村吟罢，因又思及平生抱负，苦未逢时，乃又搔首对天长叹，后高吟一联云：

> 玉在椟中求善价　钗于奁内待时飞⑥

恰值士隐走来听见，笑道："雨村兄真抱负不浅也！"雨村忙笑道："岂敢！不过偶吟前人之句，何敢狂诞至此。"因问："老先生何兴？"

---

① **甲眉**：这方是女儿心中意中正文。又最恨近之小说中满纸红拂、紫烟。
　蒙侧：如此忖度，岂得为无情？
② **甲侧**：今古穷酸，皆会替女妇心中取中自己。
　蒙侧：在此处已把种点出。
③ **甲侧**：写士隐爱才好客。
④ **蒙侧**：也是不得不留心。不独因好色，多半感知音。
⑤ **甲侧**：这是第一首诗。后文"香奁""闺情"皆不落空。余谓雪芹撰此书中，亦有（原作为）传诗之意。
⑥ **甲侧**：表过黛玉则紧接上宝钗。前用二玉合传，后用二宝合传，自是书中正眼。
　蒙侧：偏有些脂气。

士隐笑道:"今夜中秋,俗谓'团圆之节',想尊兄旅寄僧房,不无寂寥之感,故特具小酌,邀兄到敝斋一饮,不知可纳芹意否?"雨村听了并不推辞①,便笑道"既蒙谬爱,何敢拂此盛意②。"说着,便同士隐过这边书院中来。

须臾茶毕,早已设下杯盘,那美酒佳肴自不必说。二人归坐,先是款斟慢饮,渐次谈至兴浓,不觉飞觥限斝起来。当时街坊上家家箫管,户户弦[十五]歌,当头一轮明月,飞彩凝辉,二人愈觉豪兴,酒到杯干。雨村此时已有七八分酒意,狂兴不禁,乃对月当杯,口占一绝云③:

时逢三五便团圆④,满把晴光护玉栏⑤。
天上一轮才捧出,人间万姓仰头看。

士隐听了,大叫:"妙哉!吾每谓兄必非久居人下者,今所吟之句,飞腾之兆已见,不日可得接步履于云霓之上矣。可贺,可贺⑥!"乃亲斟一斗为贺⑦。雨村因干过,叹道:"非晚生酒后狂言。若论时尚之学⑧,晚生也或可去充数沽名,只是目今行囊路费一概无措,神京路远,非赖卖字撰文即能到者。"士隐不待说完,便道:"兄何不早言。愚每有此心,但每遇兄时,并未谈及,愚故未敢唐突。今既及此,愚虽不才,

---

① 蒙侧:"不推辞",语便不入俗(原作估)套。
② 甲侧:写雨村豁达,气象不俗。
③ 甲眉:这首诗非本旨,不过欲出雨村,不得不有者。
　　用中秋诗起,用中秋诗收,又用起诗社于秋日。所叹者,三春也,却用三秋作关键。
④ 甲侧:是将发之机。
⑤ 甲侧:奸雄心事,不觉露出。
⑥ 蒙侧:伏笔。作巨眼语,妙!
⑦ 甲侧:这个"斗"字,莫作"升斗"之斗看。
　　可笑!
　　(此条被后人划去,朱笔旁注:"此语批得谬"。)
⑧ 甲侧:四字新而含蓄最广。若必指明,则又落套矣。

'义利'二字却还识得①。且喜明岁大比,兄宜作速入都,春闱一战,方不负兄之所学也。其盘费余事,弟自代为处置,亦不枉兄之谬识矣!"当下即命小童进去,速封五十两白银,并两套冬衣②。又云;"十九日乃黄道之期,兄可即买舟西上,待雄飞高举,明冬再晤,岂非大快之事耶!"雨村收了银、衣,不过略谢一语,并不介意,仍是吃酒谈笑③。那天已交三鼓,二人方散。

士隐送雨村去后,回房一觉,直至红日三竿方醒④。因思昨夜之事,意欲再写两封书,与雨村带至神都,使雨村投谒个仕宦之家为寄足之地⑤。因使人过去请时,那家人去了回来言:"和尚说,贾爷今日五鼓已进京去了,也曾留下话与和尚转达老爷,说:'读书人不在黄道黑道,总以事理为要,不及面辞了⑥。'"士隐听了,也只得罢了。

真是闲处光阴易过,倏忽又是元宵佳节矣。因士隐命家人霍启妙!祸起也。此因事命名。抱了英莲去看社火花灯。半夜中,霍启因要小解,便将英莲放在一家门槛上坐着。待他小解完了来抱时,那有英莲的踪影?急得霍启直寻了半夜,至天明不见,那霍启也就不敢回来见主人,便逃往他乡去了。那士隐夫妇见女儿一夜不归,便知有些不妥,再使几人去寻找,回来皆云音信全无。夫妇二人,半世只生此女,一旦失落,岂不思想?因此昼夜啼哭,几乎不曾寻死⑦。看看一月,士隐先就得了一病;当时封氏也因思女构疾,日日请医调治。

不想这一日三月十五日,葫芦庙炸供,那些和尚不加小心⑧,致使

---

① 蒙侧:"义利"二字,时人故自不识。
② 甲侧:写士隐如此豪爽,又全无一些粘皮带骨之气相,愧杀近之读书假道学矣。
③ 甲侧:写雨村真是个英雄。

蒙侧:托大处。既(原作即)遇此等人,又不得太琐(原作索)细。
④ 甲侧:是宿酒。
⑤ 甲侧:又周到如此。
⑥ 甲侧:写雨村真令人爽快。
⑦ 甲眉:喝醒天下父母之痴心。

蒙侧:天下作子弟的,看了想去。
⑧ 甲眉:写出南直召祸之实病。

油锅火逸，便烧着窗纸。此方人家，多用竹壁①，大抵也因劫数，于是接二连三，牵五挂六，将一条街烧得如火焰山一般。彼时虽有军民来救，那火已成了势，如何救得下！直烧了一夜，方渐渐的熄去，也不知烧了几家。只可怜甄家[十六]在隔壁，早已烧成一片瓦砾场了。只有他夫妇并几个家人的性命不曾伤了。急得士隐惟跌足长叹而已。只得与妻子商议，且将就到田庄上去安身。偏值近年水旱不收，鼠盗蜂起，无非抢田夺地，民不安生，因此官兵剿捕，难以安身。士隐只得将田庄都质变，携妻子与两个丫鬟，投他岳丈家去。

他岳丈名封肃，风俗。本贯大如州人氏。托言"大概如是之风俗"也。虽是务农，家中都还殷实。今见女儿、女婿这等狼狈而来，心中便有些不乐②。幸而士隐还有质变地的银子未曾用完，拿出来托他随分就价，置些许房地，为后日衣食之计③。那封肃便半哄赚些许，与他些薄田朽屋。士隐乃读书之人，不惯生理稼穑等事，勉强支持了一二年，越觉穷了下去。封肃每见面时，说些现成话，且人前人后又怨他们不善过活，一味好吃懒作等语④。士隐知投人不着，心中未免悔恨，再兼上年惊唬，急忿怨痛，已有积伤，暮年之人，贫病交攻，渐渐的露出那下世光景来。

可巧这日拄了拐，挣挫到街上散散心时⑤，忽见那边来了一个跛足道人，疯狂落脱，麻履鹑衣，口内念着几句言词，道：

　　世人都晓神仙好，惟有功名忘不了！
　　古今将相在何方？荒冢一堆草没了。
　　世人都晓神仙好，只有金银忘不了！

---

① 甲侧：土俗人风。
　　蒙侧：交待（原作竹）滑溜婉转。
② 甲侧：所以大概之人情如是，风俗如是也。
　　蒙侧：大都不过如此。
③ 蒙侧：若非"幸而"，则有不留之意。
④ 甲侧：此等人何多之极！
⑤ 蒙侧：几几乎。世人则不能止于几几乎，可悲！

终朝只恨聚无多，及到多时眼闭了。
世人都说神仙好，只有姣妻忘不了！
君生日日说恩情，君死又随人去了。
世人都说神仙好，惟有儿孙忘不了！
痴心父母古来多，孝顺儿孙谁见了？

士隐听了，便迎上来道："你说些什么？只听见些'好'、'了'，'好'、'了'。"那道人道："你若果听见'好'、'了'二字，还算明白。可知世人万般好，便是了，了便是好。若不了，便不好；若要好，须是了。我这歌儿，便名《好了歌》。"士隐本是有宿慧的，一闻此言，心中早已彻悟。因笑道："且住！待我将你这[十七]《好了歌》解注出来何如？"道人笑道："你解，你解！"士隐乃说道：要写情，要写幻境，偏先写出一篇奇人奇境来。

陋室空堂，当年笏满床①；衰草枯杨，曾为歌舞场②。蛛丝儿结满雕梁③，绿纱儿今又糊在蓬窗上④，说什么脂正浓、粉正香⑤，如何两鬓又成霜⑥？昨日黄土陇头送白骨，今宵红灯帐底卧鸳鸯⑦。金满箱，银满箱，转眼乞丐人皆谤⑧。正叹他人命不长，那知自己归来丧⑨！训有方，保不定后日[十八]作强梁⑩。择膏粱，谁承望流落在烟花

---

① 甲侧：宁、荣未败（原作有）之先。
② 甲侧：宁、荣既败之后。
③ 甲侧：潇湘馆、绛芸轩等处。
④ 甲侧：雨村等一干新荣暴发之家。
  甲眉：先说场面，忽新忽败，忽丽忽朽，已见得反复不了。
⑤ 甲侧：宝钗、湘云一干人。
⑥ 甲侧：黛玉、晴雯一干人。
⑦ 甲侧：熙凤一干人。
  甲眉：一段妻妾迎新送死，倏恩倏爱，倏痛倏悲，缠绵不了。
⑧ 甲侧：甄玉、贾玉一干人。
⑨ 甲眉：一段石火光阴，悲喜不了；风露草霜，富贵嗜欲，贪婪不了。
⑩ 甲侧：言父母死后之日。柳湘莲一干人。

巷①！因嫌纱帽小，致使锁枷扛②；昨怜破袄寒，今嫌紫袍长③。乱烘烘，你方唱罢我登场④，反认他乡是故乡⑤。甚荒唐，到头来都是为他人做嫁[十九]衣裳⑥。谁不解得世事如此。有龙象力者方能放得下。

　　那疯跛道人听了，拍掌笑道："解得切，解得切！"士隐便说一声"走罢⑦！[二十]"将道人肩上褡裢抢了过来背着，竟不知回家，同了道人飘飘而去。当下烘动街坊，众人当作一件新闻[二一]传说。

　　封氏闻得此信，哭个[二二]死去活来，只得与父亲商议，遣人各处访寻，那知音信全无。无奈何，少不得依着他父母度日。幸而身边还有两个旧日的丫鬟伏侍。主仆三人，日夜作些针线发卖，帮着父亲过活。那封肃虽然日日抱怨，然也无可如何了。

　　这日，甄家大丫头在门前买线，忽听街上喝道之声，众人都说新太爷到任。丫鬟于是隐在门内看时，只见军牢快手，一对一对的过去，俄而大轿内抬着一个乌纱猩袍的官府过去⑧。丫鬟倒发了怔，自忖这官

---

① 甲眉：一段儿女死后无凭，生前空为筹画计算，痴心不了。
② 甲侧：贾赦、雨村一干人。
　　甲眉：一段功名升黜无时，强夺苦争，喜惧不了。
③ 甲侧：贾兰、贾菌一干人。
④ 甲侧：总收。
　　甲眉：总收古今亿兆痴人，共历幻场。此幻事扰扰纷纷，无日可了。
⑤ 甲侧：太虚幻境、青埂峰一并结住。
⑥ 甲侧：语虽旧句，用于此妥极，是极！
　　　　苟能如此，便能了得。
　　甲眉：此等歌谣，原不宜太雅，恐其不能通俗，故只此便妙极。其说得痛切处，又非一味俗语可到。
⑦ 甲侧：如闻如见。
　　甲眉："走罢"二字真悬崖撒手，若个能行？
　　蒙侧：一转念间登彼岸。
　　靖眉："走罢"二字如闻如见，真悬崖撒手，非过来人，若个能行？
⑧ 甲侧：雨村别来无恙否？可贺，可贺！
　　甲眉：所谓"乱烘烘，你方唱罢我登场"是也。

好面善，倒像在那里会过的①。于是进入房中，也就丢过不在心上②。至晚间，正待歇时，忽听一片声打的门响，许多人乱嚷，说："本府太爷的差人来传人问话③。"封肃听了，唬得目瞪口呆，不知有何祸事。且听下回分解。

【总评】出口神奇，幻中不幻；文势跳跃，情里生情。借幻说法，而幻中更自多情；因情捉笔，而情里偏成痴幻。试问君家识得否，色空空色两无干。

校　记：

［一］甲戌本在此回之前有一个［凡例］：

《红楼梦》旨义。是书题名极多，一曰《红楼梦》，是总其全部之名也；又曰《风月宝鉴》，是戒妄动风月之情；又曰《石头记》，是自譬石头所记之事也。此三名，皆书中曾已点睛矣。如宝玉做梦，梦中有曲，名曰《红楼梦》十二支，此则《红楼梦》之点睛。又如贾瑞病，跛道人持一镜来，上面即錾"风月宝鉴"四字，此则《风月宝鉴》之点睛。又如道人亲眼见石上大书一篇故事，则系石头所记之往来，此则《石头记》之点睛处。

然此书又名曰《金陵十二钗》，审其名，则必系金陵十二女子也。然通部细搜捡去，上中下女子岂止十二人哉！若云其中自有十二个，则又未尝指明白系某某。及至"红楼梦"一回中，亦曾翻出金陵十二钗之簿籍，又有十二支曲可考。

书中凡写"长安"，在文人笔墨之间，则从古之称；凡愚夫妇儿女子家常口角，则曰"中京"，是不欲着迹于方向也。盖天子之邦，亦当以中为尊，特避其"东"、"南"、"西"、"北"四字样也。

此书只是着意于闺中。故叙闺中之事切，略涉于外事者则简，不得谓其不均也。

此书不敢干涉朝廷。凡有不得不用朝政者，只略用一笔带出，盖实不敢以写儿女之笔墨，唐突朝廷之上也。又不得谓其不备。

此书开卷第一回也。作者自云："因曾历过一番梦幻之后，故将真事隐去，而撰此《石头记》一书也。"故曰"甄士隐梦幻识通灵"。但书中所记何事？又因何而撰是书哉？自云："今风尘碌碌，一事无成。忽念及当日所有之女子，一一细推了去，觉其行止见识皆出于我之上。何堂堂之须眉，诚不若彼一干裙

---

① 蒙侧：起初到底有心乎？无心乎？
② 甲侧：是无儿女之情，故有夫人之分。
③ 蒙侧：不忘情的，先写出头一位来了。

钗？实愧则有余、悔则无益之大无可奈何之日也！当此时，则自欲将已往所赖——上赖天恩，下承祖德，锦衣纨袴之时，饫甘餍美之日，背父母教育之恩，负师兄规训之德，以至今日一事无成、半生潦倒之罪，编述一记，以告普天下人。虽我之罪固不能免，然闺阁中本自历历有人，万不可因我不肖，则一并使其泯灭也。虽今日之茅椽蓬牖，瓦灶绳床，其风晨月夕，阶柳庭花，亦未有伤于我之襟怀笔墨者；何为不用假语村言，敷演出一段故事来，以悦人之耳目哉？"故曰"风尘怀闺秀"，乃是第一回提纲正义也。

开卷即云"风尘怀闺秀"，则知作者本意，原为记述当日闺友闺情，并非怨世骂时之书矣。虽一时有涉于世态，然亦不得不叙者，但非其本旨耳。阅者切记之。

诗曰：

> 浮生着甚苦奔忙，盛席华筵终散场。
> 悲喜千般同幻渺，古今一梦尽荒唐。
> 谩言红袖啼痕重，更有情痴抱恨长。
> 字字看来皆是血，十年辛苦不寻常！

［二］"假语村言"四字，原文为"俚语村言"，据庚辰本改。

［三］甲戌本无"来至石下，席地而坐，长谈"一句，而为如下一段：

说说笑笑来至峰下，坐于石边，高谈快论。先是说些云山雾海、神仙玄幻之事，后便说到红尘中荣华富贵。此石听了，不觉打动凡心，也想要到人间去享一享这荣华富贵；但自恨粗蠢，不得已，便口吐人言，（侧批：竟有人问："口生于何处？其无心肝，可笑可恨之极！"）向那僧道说道："大师！弟子蠢物，（侧批：岂敢，岂敢！）不能见礼了。适闻二位谈那人世间荣耀繁华，心切慕之。弟子质虽粗蠢，（侧批：岂敢，岂敢！）性却稍通。况见二师仙形道体，定非凡品，必有补天济世之材，利物济人之德。如蒙发一点慈心，携带弟子得入红尘，在那富贵场中、温柔乡里受享几年，自当永佩洪恩，万劫不忘也。"二仙师听毕，齐憨笑道："善哉，善哉！那红尘中有却有些乐事，但不能永远依恃；况又有'美中不足，好事多磨（原作魔）'八个字紧相连属；瞬息间则又乐极悲生，人非物换。究竟是到头一梦，万境归空。（侧批：四句乃一部书（原无）之总纲。）倒不如不去的好。"这石凡心已炽，那里听得进这话去，乃复苦求再四。二仙知不可强制，乃叹道："此亦静极思动，无中生有之数也！既如此，我们便携你去受享受享，只是到不得意时，切莫后悔。"石道："自然，自然。"那僧又道："若说你性灵，却又如此质蠢，并更无奇贵之处。如此，也只好踮脚而已。（侧批：锻炼过，尚与人踮脚；不学者又当如何？）也罢，我如今大施佛法助你一助，待劫终之日，复还本质，以了此案。（侧批：妙！佛法亦须偿还，况世人之债（原作偿）乎？近之赖债者来看此句，所谓游戏笔墨也。）你道好否？"石头听了，感谢不尽。那僧便念咒书符，大展幻术，（侧批：明点"幻"字。好！）将一块大石登时变成一块鲜明莹洁的美玉，且又缩成扇坠大小的可佩可拿。……

　　［四］原文无"伤时"二字，据庚辰本补。
　　［五］此处的"私订"二字，原文为"私讨"，据甲戌本改。
　　［六］此处甲戌本有"至吴玉峰，题曰《红楼梦》"一句。又，此句自庚辰本以后，各抄本均删去。
　　［七］甲戌本此处有如下一句正文："至脂砚斋甲戌抄阅再评，仍用《石头记》。"
　　［八］原文无"此"字，据庚辰本补。
　　［九］此处的"入世"二字，原文为"入去"，据蒙府本改。
　　［十］原文无"等"字，据蒙府本补。
　　［十一］原文无"来"字，据蒙府本补。
　　［十二］原文无"隔壁"二字，据庚辰本补。
　　［十三］此处的"已尽"二字，原文为"一尽"，据庚辰本改。
　　［十四］原文无"是"字，据己卯本补。
　　［十五］此处的"弦"字，原文写作"弦"，为讳外祖父玄烨（康熙之名）而少写一笔。
　　［十六］此处的"家"字，原文为"氏"，据庚辰本改。
　　［十七］原文无"这"字，据庚辰本补。
　　［十八］此处的"日后"二字，原文为"后日"，据庚辰本改。
　　［十九］此处的"作嫁"二字，原文为"做了"，据蒙府本改。
　　［二十］此处的"走罢"二字，原文为"罢"，据甲戌本改。
　　［二一］此处的"新闻"二字，原文为"新文"，据庚辰本改。
　　［二二］此处的"哭个"二字，原文为"哭了"，据庚辰本改。

第二回

贾夫人仙逝扬州城　冷子兴演说荣国府

　　【回前】以百回之大文，先以此回作两大笔以冒之，诚是大观。世态人情尽盘旋于其间，而一丝不乱。非具龙象力者，其孰能哉！

　　【回前】[一]此回亦非正文本旨，只在冷子兴一人，即"冷中出热，无中生有"也。其演说荣国府一篇者，盖因族大人多，若从作者笔下一一叙出，尽一二回不能得明，则成何文字？故借用冷子兴（原无）一人，略出其文，半使阅者心中，已有一荣府隐隐在心，然后用黛玉、宝钗等两三次皴染，则耀然于心中、眼中矣。此即画家三染法也。
　　未写荣府正人，先写外戚，是由远及近，由小至大也。若使先叙出荣府，然后一一叙及外戚，又一一至朋友、至奴仆，其死板拮据之笔，岂作十二钗人手中之物也？今先写外戚者，正是写荣国一府也。故又怕闲文（原作问反）赘累，开笔即写贾夫人一死，使黛玉入荣府之速也。
　　通灵宝玉于士隐梦中一出，今又于子兴口中一出，阅者已豁然矣。然后于黛玉、宝钗二人目中极精细一描，则是文章锁合处。盖不肯一笔直下，有若放闸之水、燃信之爆，使其精华一泄而无余也。究竟此玉原应出自钗、黛目中，方有照应。今预从子兴口中说出，实虽写而却未写。观其后文，可知此一回则是虚敲旁击之文，则是反逆隐曲之笔。

第二回　贾夫人仙逝扬州城　冷子兴演说荣国府

诗云：　甲：只此一诗便妙极！此等才情，自是雪芹平生所长，余自谓评书，非关评诗也。

　　一局输赢料不真，香销茶尽尚逡巡。
　　欲知目下兴衰兆，须问旁观冷眼人①。

　　却说封肃，因听见公差传唤，忙出来赔笑启问。那些人只嚷②："快请出甄爷来！"封肃忙赔笑道："小人姓封，并不姓甄。只有当日小婿姓甄，今已出家一二年了，不知可是问他？"那些公人道："我们也不知什么'真'、'假'③，因奉太爷之命来问你。他是你女婿，便带了你去亲见太爷面禀，省得乱跑。"说着，不容封肃多言，大家推拥他去了。封肃家内人，各个惊慌，不知何兆。

　　那天约二更时，只见封肃方回来，欢天喜地④。众人忙问端的。他乃说道："原来本府新任的太爷姓贾名化，本湖州人，曾与女婿旧日相交⑤。方才在门前过去，因看见娇杏那丫头买线⑥，所以他只当女婿移住于此。我一一将缘故回明，那太爷倒伤感叹息了一会；又问外孙女儿⑦，我说看灯丢了。太爷说：'不妨，我自使番役务必探访回来⑧。'说了一会话，临走倒送了我二两银子⑨。"甄家娘子听了，不免心中伤

---

① **甲眉**：故用冷子兴演说。
② **甲侧**：一丝不乱。
③ **甲侧**：点睛（原作晴）之笔！
④ **甲侧**：出自封肃口内，便省却多少闲文。
⑤ **蒙侧**：世态精神，迭露于数语间。
⑥ **甲侧**：侥幸也。

　托言当日丫头回顾，故有今日，亦不过偶然侥幸耳，非真识（原为实）得风尘中英杰也。非近日小说中满纸红拂、紫烟之可比。

　甲眉：余批重出。余阅此书，偶有所得，即笔录之；非从首至尾阅过，复从首加批者，故偶有复处。且诸公之批，自是诸公眼界；脂斋之批，亦有脂斋取乐处。后每一阅，亦必有一语半言，重加批评于侧，故又有于前后照应之说等批。

⑦ **甲侧**：细。
⑧ **甲侧**：为葫芦案伏线。
⑨ **蒙侧**：此事最要紧。

感①。一宿无话。

至次日，早有雨村遣人送了两封银子、四匹锦缎，答谢甄家娘子②；又寄一封密书与封肃，托他向甄家娘子要那娇杏做二房③。封肃喜的屁滚尿流，巴不得去奉承，便在女儿前一力撺掇成了④，乘夜只用一乘小轿，便把娇杏送进去了。雨村欢喜，自不必说⑤，乃封百金赠封肃，外又谢甄家娘子许多物事，令其好生养赡，以待寻女儿下落⑥。封肃回家无话。

却说娇杏这丫鬟，便是那年回顾雨村者。因偶然一顾，便弄出这段事来⑦，亦是自己意料不到之奇缘⑧。谁想他命运两济⑨，不承望自到雨村身边，只一年便生了一子；又半载，雨村嫡妻忽染疾下世，雨村便将他扶侧作正室夫人了。正是：

偶因一着错⑩，便为人上人⑪[二]。

却说雨村因那年士隐赠银之后，他于十六日便起身入都，至大比之期，不料他十分得意，已会了进士，选入外班，今已升了本府知府。虽才干优长，未免有贪酷之弊；且又恃才侮上，那些官员皆侧目

---

① 甲侧：所谓"旧事凄凉不可闻"也。
② 甲侧：雨村已是下流人物。看此，今之如雨村者，亦未有也。
③ 甲侧：谢礼却为此。险哉，人之心也！
④ 甲侧：一语道尽。
⑤ 蒙侧：知己相逢，得遂平生，一大快事。
⑥ 甲侧：找前伏后。

士隐家一段小荣枯，至此结住。所谓"真不去，假焉来"也。
⑦ 蒙侧：点出情事。
⑧ 甲侧：注明一笔，更妥当。
⑨ 甲眉：好极！与英莲"有命无运"四字，遥遥相映射。莲，主也；杏，仆也。今莲反无运，而杏则两全。可知世人原在运数，不在眼下之高低也。此则大有深意存焉！
⑩ 甲侧：妙极！盖女儿原不应私顾外人之谓。
⑪ 甲侧：更妙！可知守礼俟命者，终为饿殍。其调侃寓意不小。
甲眉：从来只见集古、集唐等句，未见集俗语者，此又更奇之至。

而视①。不上两年,便被上司寻了一个空隙,作成一本,参他"生性狡猾,擅纂礼仪,且沽清正之名,而暗结虎狼之属,致使地方多事,民命不堪"②等语。龙颜大怒,即批革职③。该部文书一到,本府官员无不喜悦。那雨村心中虽十分惭恨,却面上全无一点怨色,仍是嬉笑自若④;交代过公事,将历年做官积的些资本并家小,送至原籍,安插妥协⑤,却是自己担风袖月,游览天下胜迹⑥。

那日,偶又至维扬地面,因闻得今岁盐政点的是林如海。这林如海姓林名海,表字如海⑦,乃是前科的探花,今已升至兰台寺大夫⑧,本贯姑苏人氏⑨,今钦点出为巡盐御史,到任方一月有余。原来这林如海之祖,曾袭过列侯,今到如海,已经五世。起初时,只封袭三世,因当今隆恩盛德,远迈前代⑩,额外加恩,至如海之父,又袭了一代;至如海,便从科第出身。虽系钟鼎之家,却亦是书香⑪之族。只可惜这林家支庶不盛,子孙有限,虽有几门,却与如海俱是堂族而已,没甚亲支嫡派的⑫。今如海年已四十,只有一个三岁之子,偏又于去岁死了。虽有几房姬妾⑬,奈他命中无子,亦无可如何了。今只有嫡妻贾氏,生

---

① **甲侧**:此亦奸雄必有之理。
② **甲侧**:此亦奸雄必有之事。
③ **蒙侧**:罪重而法轻,何其幸也!
④ **甲侧**:此亦奸雄必有之态。
⑤ **甲侧**:先云"根基已尽",故今用此四字。细甚。
⑥ **甲侧**:已伏下至金陵一节矣。
⑦ **甲侧**:盖云"学海"、"文林"也。总是暗写黛玉。
⑧ **甲眉**:官制半遵古名,亦好。余最喜此等半有半无、半古半今、事之所无、理之必有、极玄极幻、荒唐不经之处。
⑨ **甲侧**:十二钗正出之地,故用真。
⑩ **甲眉**:最可笑近时小说中,无故极力称扬浪子淫女,临收结时,还必致感动朝廷,使君父同入其情欲之界,明遂其意。何无人心之至!不知彼(原作被)作者有何好处?有何谢报到朝廷廊庙之上?直将半生淫污(原作朽),秽渎睿聪,又苦拉君父作一干证护身符,强媒硬保,得遂其淫欲哉!
⑪ **甲侧**:要紧二字!盖钟鼎亦必有书香方至美。
⑫ **甲侧**:总为黛玉极力一写。
⑬ **甲侧**:带写贤妻。

了一女，乳名黛玉①，年方五岁。夫妻无子，故爱女如珍，且又见他聪明清秀②，便也欲使他读书识几个字，不过假充养子之意，聊解膝下荒凉之叹③。

雨村正值偶感风寒，病在旅店，将一月光景方渐愈。一因身体劳倦，二因盘费不继，也正欲寻个作合之处，暂且歇下。幸而两个旧友，亦在此境住居④，因闻得盐政欲聘一西宾，雨村便相托友力，谋了进去，且作安身之计。妙在只一个女学生，并两个伴读丫鬟，这女学生年又极小，身体又极怯弱，功课不限多寡，故十分省力。

堪堪又是一载的光景，谁知女学生之母贾氏夫人，一疾而终。女学生侍汤奉药，守丧尽哀⑤，遂又将要辞馆别图。林如海意欲令女守制读书，故又将他留下。近因女学生哀痛过伤，本自怯弱多病的⑥，触犯旧症，遂连日不曾上学⑦。雨村闲居无聊，每当风日晴和，饭后便出来闲步。

这日偶至郭外，意欲赏鉴那村野风光⑧。忽信步至一山环水旋、茂林深竹之处，隐隐有座庙宇，门巷倾颓，墙垣朽败，门前有额，题着"智通寺"三字⑨，门旁又有一副破旧对联，曰：

---

① **蒙侧**：绛珠初见。
② **甲侧**：看他写黛玉，只用此四字。可笑近来小说中，满纸"天下无二"、"古今无双"等字。
③ **甲眉**：如此叙法，方是至情至理之妙文。最可笑者，近来（原无）小说中，满纸班昭、蔡琰、文君、道韫。
④ **甲侧**：写雨村自得意后之交识也。
又为冷子兴作引。
⑤ **蒙侧**：先要使黛玉哭起。
⑥ **甲侧**：又一染。
⑦ **甲眉**：上半回已终。写仙逝，正为黛玉也。故一句带过，恐闲文有妨（原作防）正笔。
⑧ **甲眉**：大都世人意料此，终不能此；不及彼者，而反及彼。故特书意在村野风光，却忽遇见子兴一篇荣国繁华气象。
⑨ **甲侧**：谁为智者？又谁能通？一叹！
靖眉：是智者，方能通。谁为智者？一叹！

第二回　贾夫人仙逝扬州城　冷子兴演说荣国府

身后有余忘缩手　眼前无路想回头　甲：先为宁、荣诸人当头一喝，却是为余一喝。

雨村看了，因想道："这两句话，文虽浅近，其意则深①。我也曾游过些名山大刹，倒不曾见过这话头，其中想必有个翻过筋斗来的，也未可知②。何不进去试试。"想着走入看时，只有一个龙钟老僧在那里煮粥③。雨村见了，便不在意④。及至问他两句话，那老僧既聋且昏⑤，齿落舌钝⑥，所答非所问。

雨村不耐烦，便仍出来⑦，意欲到那肆中沽饮三杯，以助野趣，于是款步行来。刚入肆门，只见座上吃酒之客有一人起身大笑，接了出来，口内说："奇遇，奇遇！"雨村忙看时，此人是都中古董行贸易的号冷子兴者⑧，旧日在都相识。雨村最赞这冷子兴是个有作为、大本领的人，不赞出，则文不灵活，而冷子兴之谈吐似觉唐突矣。这冷子兴又借雨村斯文之名，故二人说话投机，最相契合。雨村忙亦笑问："老兄何日到此？弟竟不知。今日偶遇，真奇缘也。"子兴道："去年岁底到家，今因还要入都，从此顺路找个敝友说一句话，承他之情，留我多住两日。我也无甚紧事，且盘桓两日，待月半时，也就起身了。今日敝友有事，我因闲步至此，且歇歇脚，不期这样巧遇。"一面说，一面让雨村同席坐了，另整上酒

---

① **甲侧**：一部书之总批。
② **甲侧**：随笔带出禅机，又为后文多少语录不落空。
③ **甲侧**：是雨村火气。
④ **甲侧**：火气。
⑤ **甲侧**：是"翻过"来的。
   蒙侧：欲写冷子兴，偏闲闲有许多着力语。
⑥ **甲侧**：是"翻过"来的。
⑦ **甲眉**：毕竟雨村还是俗眼，只能识得阿凤、宝玉、黛玉等未觉之先，却不识得既证之后。
   　　未出宁、荣繁华盛处，却先写一荒凉小境；未写通部入世迷人，却先写一出世醒人。回风舞雪，倒峡逆波，别小说中所无之法。
   靖眉：雨村毕竟（原作聿意）还是俗眼，只识得双玉等未觉之先，却不晓既证之后。
⑧ **甲侧**：此人不过借为引绳，不必细写。

肴来。二人闲谈慢饮，叙些别后之事①。

雨村因问："近日都中可有新闻没有②？"子兴道："倒没有什么新闻，倒是老先生你贵同宗家，出了一件小小异事③。"雨村笑道："弟族中无人在都，何谈及此？"子兴笑道："你们同姓，实非同宗一族④？"雨村问是谁家。子兴道："荣国府贾府中，可也不玷辱了先生的门楣了⑤？"雨村笑道："原来是他家。若论起来，寒族人丁却不少，自东汉贾复以来，支派繁盛，各省皆有⑥，谁能逐细考查？若论荣国一支，却是同谱。但他那等荣耀，我们不便去攀扯，至今故越发生疏难认了。"子兴叹道⑦："老先生休如此说。如今的这宁、荣两门，也都萧疏了，不比先时的光景⑧。"雨村道："当日宁、荣两宅的人口也极多，如何就萧疏了⑨？"冷子兴道："正是，说来也话长。"雨村道："去岁我到金陵地界，因欲游览六朝遗迹，那日进了石头城⑩，从他老宅门前经过。路北，东是宁国府，西是荣国府，二宅相连，竟将大半条街占了。大门前虽冷落无人⑪，隔着园墙一望，里面厅殿楼阁，也还都峥嵘轩峻；就是后⑫一带花园子里树木山石，此都还有蓊蔚洇润之气，那里像个衰败之家？"子兴冷笑道："亏你是进士出身，缘何不通！古人有云：'百足之虫，死而不僵。'如今虽说不似先年那样兴盛，较之平常

---

① 甲侧：好！若多谈则累赘。
　蒙侧：又抛一笔。
② 甲侧：不突然，亦常问常答之言。
③ 甲侧：雨村已无族中矣，何及此耶？看他下文。
④ 甲眉：同姓即同宗出，可发一笑。
⑤ 甲侧：剖小人之心肺，闻小人之口角。
⑥ 甲侧：此话纵真，亦必谓是雨村欺人语。
　蒙侧：如闻其声。
⑦ 甲侧：叹得怪。
⑧ 甲侧：记清此句！可知书中之荣府，已是末世了。
⑨ 甲侧：作者之意原只写末世。
　　　　此已是贾府之末世了。
⑩ 甲侧：点睛。神妙！
⑪ 甲侧：好！写出空宅。
⑫ 甲侧："后"字何不直用"西"字？
　　　　恐先生堕泪，故不敢用"西"字。

仕宦之家，到底气象不同。如今生齿日繁，事务日盛，主仆上下，安富尊荣者尽多，运筹谋画者无一①；其日用排场，又不能将就省俭，如今外面的架子虽未甚倒②，内囊却也尽上来了。这还是小事。更有一件大事：谁知这钟鸣鼎食之家，翰墨诗书之族③，如今的儿孙，竟一代不如一代了④！"雨村听说，也骇道："这样诗礼之家，岂有不善教育之理？别门不知，只说这宁、荣两宅，是最教子有方的⑤。"

子兴叹道："正说的是这两门呢。待我告诉你：当日宁国公⑥与荣国公⑦是一母同胞弟兄两个。宁公居长，生了四个儿子⑧。宁公死后，长子贾代化袭了官⑨，也生了两个儿子：长名贾敷，至八九岁上便死了，只剩了次子贾敬袭了官⑩，如今一味好道，只爱烧丹炼汞，余者一概不在心上⑪。幸而早年生下一子，名唤贾珍⑫，因他父亲一心想作神仙，把官倒让他袭了。他父亲又不肯回原籍来，只在都中城外和道士们胡羼。这位珍爷倒生了一个儿子，今年才十六岁，名叫贾蓉⑬。如今敬老爷一概不管。这珍爷那里肯读书，只一味高乐不了，把宁国府竟翻了过来，也没有人敢来管他⑭。再说荣府你听，方才说异事，就出在这里。自荣公死后，长子贾代善袭了官⑮，娶的也是金陵世勋史侯家的小

---

① 甲侧：二语乃今古富贵世家之大病。
② 甲侧："甚"字好！盖已"半倒"矣。
③ 甲侧：两句写出荣府。
④ 甲眉：文是极好之文，理是必有之理，话则极痛极悲之话。
　　蒙侧：世家兴败，寄口与人，诚可悲夫！
⑤ 甲侧：一转有力。
⑥ 甲侧：演。
⑦ 甲侧：源。
⑧ 甲侧：贾蔷、贾菌之祖，不言可知矣。
⑨ 甲侧：第二代。
⑩ 甲侧：第三代。
⑪ 甲侧：亦是大族末世常有之事，叹叹！
　　蒙侧：偏先从好神仙的苦处说来。
⑫ 甲侧：第四代。
⑬ 甲侧：至蓉，五代。
⑭ 甲侧：伏后文。
⑮ 甲侧：第二代。

姐为妻①,生了两个儿子:长名贾赦,次名贾政②。如今代善早已去世,太夫人尚在③,长子贾赦袭着官 辰:伏下贾琏、凤姐当家之文。次子贾政,自幼酷喜读书,祖父最疼,原欲以科甲出身的,不料代善临终时遗本一上,皇上因恤先臣,即时令长子袭官外,问还有几子,立刻引见,遂额外赐了这政老爷一个主事之衔④,令其入部习学,如今现已升了员外郎了⑤。这政老爷的夫人王氏⑥,头胎生得公子,名唤贾珠,十四岁进学,不到二十岁就娶了妻,生了一子⑦,一病死了⑧。第二胎生了一位小姐,生在大年初一日,就奇了;不想后来[三]又生了一位公子⑨,说来更奇,一落胎胞,嘴里即衔下一块五彩晶莹的玉来,上面还有许多字迹⑩。就取名叫作宝玉[四]。你道是奇异事不是?" 辰:正是宁、荣二处支谱。雨村笑道:"果然奇异。这人来历,只怕不小!"

子兴冷笑道:"万人皆如此说。因而,乃祖母便觉爱如珍宝。那年周岁时,政老爷便要试他将来的志向,便将那世上所有之物件,摆了无数,与他抓取。谁知他一概不取,只把些脂粉钗环抓来。政老爷便大怒了,说:'将来酒色徒耳!'因此便大不喜悦。独那史老太君,还是命根一样。说来又奇,如今长了七八岁,虽然淘气异常,但其聪明乖觉处,百个不及他。他说起孩子话来也奇怪,他说:'女儿是水作的骨肉,男人是泥作的骨肉⑪。我见了女儿,我便清爽;见了男子,便觉浊臭逼人。'你道[五]好笑不好笑?将来色鬼无疑了⑫!"雨村骇然厉

---

① 甲侧:因湘云,故及之。
② 甲侧:第三代。
③ 甲侧:记真!湘云祖姑史氏太君也。
④ 甲侧:嫡真实事,非妄拟(原作拥)也。
⑤ 甲侧:总是称功颂德。
⑥ 甲侧:记清!
⑦ 甲侧:此即贾兰也。至兰,第五代。
⑧ 甲眉:略可望者,即死。叹叹!
⑨ 甲眉:一部书中第一人,却如此淡淡带出,故不见后来玉兄文字繁难。
⑩ 甲侧:青埂顽石已得下落。
⑪ 甲侧:真千古奇文奇情!
⑫ 甲侧:没有这一句,雨村如何骇然厉色,并后奇奇怪怪之论?

色忙止道："非也！可惜你们不知道这人来历。大约政老前辈也错以淫魔色鬼看待了。若非多读书识字，加以致知格物之功，悟道参玄[六]之力者，不能知也。"

子兴见他说得这样重大，忙请教其端。雨村道："天地生人，除大仁大恶两种，余者皆无大异。若大仁者，则应运而生；大恶者，则应劫而生。运生世治，劫生世危。尧、舜、禹、汤、文、武、周、召、孔、孟、董、韩、周、程、张、朱，皆应运而生，大仁者，修治天下。共工、桀、纣、始皇、王莽、曹操、桓温、安禄山、秦桧等，皆应劫而生①，大恶者，扰乱[七]天下。清明灵秀，天地之正气，仁者之所秉也；残忍乖僻，天地之邪气，恶者之所秉也。今当运隆祚永之朝，太平无为之世，清明灵秀之气所秉者，上至朝廷，下至草野，比比皆是。所余之秀气，漫无所归，遂为甘露，为和风，洽然溉及四海。彼残忍乖僻之邪气，不能荡溢于光天化日之中，遂凝结充塞于深沟大壑之内，偶因风荡，或被云推，略有摇动感发之意，一丝半缕误而泄出者，偶值灵秀之气适过。正不容邪，邪复妒正②，两不相下，亦如风水雷电，地中既不能消，又不能让，必至搏击掀发后始尽。故其气亦必赋人，发泄一尽始散。使男女偶秉此气而生者，上则不能成仁人君子，下亦不能为大凶大恶③。置之于万万人之中，其聪俊灵秀之气，则在万万人之上；其乖僻邪谬不近人情之态，又在万万人之下。若生于富贵公侯之家，则为情痴情种；若生于诗书清贫之族，则为[八]逸士高人④；纵再偶生于薄祚寒门，断不能为走卒健仆，甘遭庸人驱制驾驭，必为奇优名倡。如前代之许由、陶潜、阮籍、嵇康、刘伶、王谢二族、顾虎头、陈后主、唐明皇、宋徽宗、温飞卿、米南宫、石曼卿、柳耆卿、秦少游，近日之倪云林、唐伯虎、祝枝山，再如李龟年、黄幡绰、敬新磨、卓文君、红拂、薛涛、崔莺莺、朝云之流，此皆易地则同之人也。"

---

① **甲侧**：此亦略举大概几人而言。
② **甲侧**：譬得好！
③ **甲侧**：恰极！是确论。
④ **蒙侧**：巧笔奇言，别开生（原无）面。但此数语，恐误尽聪明后生者。

子兴道："依你说，成则公侯败则贼了①？"雨村道："正是这意。你不知，我自革职以来，这两年遍游各省，也曾遇见两个异样孩子②。所以方才你一说这宝玉，我就猜着了八九，亦是这一派人物。不用远说，只金陵城内钦差金陵省体仁院总裁③甄家，你可知道么？"子兴道："谁人不知！这甄府和贾府就是老亲，又系世交。两家来往，极其亲热的。便在下也和他家来往非止一日了④。"

雨村笑道："去岁我在金陵，曾有人荐我到甄府处馆。我进去看其光景，谁知他家那等显贵，却是一个富而好礼之家⑤，倒是个难得之馆。但这一个学生，虽是启蒙，却比一个举业的还劳神。说起来更可笑，他说：'必得两个女儿伴着我读书，我方能认得字，心里也明白，不然，我自己心里糊涂⑥。'又常对跟他的小厮们道：'女儿两个字，极尊贵、极清净的，比那阿弥陀佛、元始天尊的这两〔九〕个宝号，还更尊荣无对的呢⑦！你们这浊口臭舌，万不可唐突了这两个字，要紧⑧。但凡说时，必须先用清水香茶漱了口，才可说⑨，若失错，便要凿牙穿腮'等事⑩，其暴虐浮躁，顽劣憨痴，种种异常。只一放了学，进去见了那些女儿们，其温柔和平，聪敏文雅⑪，竟又变了一个。因此，他尊人也曾下死笞楚过几次，无奈竟不能改。每打的吃疼不过时，他便'姐

---

① 甲侧：《女仙外史》中论魔道已奇，此又非《外史》之立意，故觉愈奇。
② 甲侧：先虚陪一个。
③ 甲侧：此衔无考，亦因寓怀而设，置而勿论。
  甲眉：又一个"真正之家"，特（原作持）与"假家"遥对，故写"假"则知"真"。
④ 甲侧：说大话之走狗。逼真！
⑤ 甲侧：如闻其声。
  甲眉：只一句便是一篇家传。与子兴口中是两样。
⑥ 甲侧：甄家之宝玉，乃上半部不写者，故此处极力表明，以遥照贾家之宝玉。凡写贾宝玉之文，则正为真宝玉传影。
⑦ 甲眉：如何只以释、老二号为譬，略不敢及我先师儒圣等人？余则不敢以玩劣目之。
⑧ 蒙侧：故（原作固）作险笔，以为后文之伏线。
⑨ 甲侧：恭敬。
⑩ 甲侧：罪过！
⑪ 甲侧：与前八字敌（原作嫡）对。

第二回　贾夫人仙逝扬州城　冷子兴演说荣国府　31

姐'、'妹妹'乱叫起来①。听得里面女儿们拿他取笑：'因何打急了只唤姐妹作甚？莫不是求姐妹去说情讨饶？你岂不愧羞！'他回答的最妙。他说：'急疼之时，只叫"姐姐"、"妹妹"字样，或可解疼也未可知②，因叫了一声，便果觉不疼了，遂得了秘法：每疼痛之极，便连叫姐妹起来。'你说好笑不好笑？也因祖母溺爱不明，每因孙辱师责子，因此我就辞了馆出来。[+]这等子弟，必不能守祖父之根基，从师友之规谏的。只可惜他家几个好姊妹都是少有的③。"

子兴道："便是贾府中，现在三个亦不错。政老爷之女，名元春④，现因贤孝才德，入宫作女史去了⑤。二小姐乃赦老爷之妾所出，名迎春⑥；三小姐乃政老爷之庶出，名探春⑦；四小姐乃宁府珍爷之胞妹，名唤惜春⑧。辰：贾敬之女。因史老夫人极爱孙女，都跟在祖母这边一处读书，听得个个不错。"辰：复续前文未及，正词源三叠。雨村道："更妙在甄家的风俗，女儿之名，亦皆从男子之名命字，不似别家另外用那些'春'、'红'、'香'、'玉'等艳字的。何得贾府亦落此俗套？"子兴道："不然。只因现今大小姐是正月初一日所生，故名元春，余者方从了'春'字。上一辈的，却也是从弟兄而来的。现有对证：目今你贵东家林公之夫人，即荣府中赦、政二公之胞妹，他在家时，原名唤贾敏⑨。不信时，你回去细访可知。"雨村拍案笑道："怪道这女学生读至凡书中有'敏'字，他皆念作'蜜'字，每每如是；写的字遇着'敏'字，又减一二笔，我心中就有些疑惑。今听你说，是为此无疑矣。怪道我这女

---

① 甲眉：以自古未闻之奇语，故写成自古未有之奇文。此是一部书中大调侃寓意处。盖作者实因鹡鸰之悲，棠棣之威，故撰此闺阁庭帏之传。
② 蒙侧：闲闲逗出无穷奇语，都只为下文。
③ 甲侧：实点一笔。余谓作者必有。
④ 甲侧："原"也。
⑤ 甲侧：因汉以前例。妙！
⑥ 甲侧："应"也。
⑦ 甲侧："叹"也。
⑧ 甲侧："息"也。
⑨ 蒙侧：黛玉之入荣（原作宁）国府的根源，却藉他二人之口，下文便不费（原作废）力。

学生言语举止另是一样，不与近日女子相同，度其母必不凡，方得其女。今知为荣府之孙女，又不足罕[十一]矣，可伤其母上月竟亡故了。"子兴叹道："老姊妹四个，这一个极小的，又没了。长一辈的姊妹，一个也没有了。只看这小一辈的，将来之东床如何呢！"

雨村道："正方才说这政公，已有了一个衔玉之儿①，又有长子所遗一个弱孙。这赦老竟无一个不成？"子兴道："政公既有玉儿之后，其妾后又生了一个②，倒不知其好歹。只眼前现有二子一孙，却不知将来如何。若问那赦公，也有二子③，长名贾琏，今已二十来往了，亲上作亲，娶的就是政老爷夫人王氏之内侄女④，今已娶了二年。这位琏爷身上，现捐的是个同知，也是不喜读书，于世路上好机变，言谈去的，所以如今只在乃叔政老爷家住着，帮着料理些家务。谁知自娶了他令夫人之后，倒上下无一人不称颂他夫人的，琏爷倒退了一射之地：说模样又极标致，言谈又极爽利，心机又极深细，竟是个男人万不及一的⑤。"

雨村听了，笑道："可知我前言不谬⑥。你我方才所说这几个人，都只怕是那正邪两赋而来一路之人，未可知也。"子兴道："那管正邪，只顾算别人家的帐，你也吃一杯酒才好⑦。"雨村道："正是！只顾说话，竟多吃了几杯！"子兴笑道："说别人家的闲话，正好下酒⑧，即多吃几杯何妨！"雨村向窗外看道⑨："天也晚了，仔细关了城门。我们慢慢进城再谈，未为不可。"于是，算还酒帐⑩。方欲走时，听得后面有

① 蒙侧：灵玉却只一块，而宝玉有两个，情性如一，亦如六（原无）耳悟空之意耶？
② 甲侧：带出贾环。
③ 蒙侧：本家族谱，记不清者甚多，偏是旁人说来，一丝不乱。
④ 甲侧：另出熙凤一人。
⑤ 甲侧：未见其人，先已有照。
　　甲眉：非警幻案下而来为谁？
⑥ 甲眉：略一总住。
⑦ 蒙侧：笔转如流，毫无沾滞。
⑧ 甲侧：盖云此一段话，亦为世人茶酒之笑谈耳。
⑨ 甲侧：画。
⑩ 甲侧：不得谓此处收得索然，盖原非正文也。

人叫道："雨村兄，恭喜了！来这等村野地方何干①？"雨村听说，忙回头看时语言太烦，令人不耐。古人云："惜墨如金。"看此则视墨如土矣。虽演至千万回亦可也。——且听下回分解。

【总评】先自写幸遇之情于前，而叙借口谈幻境之情于后。世上不平事，道路口如碑，虽作者之苦心，亦人情之必有。

雨村之遇娇杏，是此文之总冒，故在前。冷子兴之谈，是事迹之总冒，故叙写于后。冷暖世情，比比如画。

有情原比无情苦，生死相关总在心。也是前缘天作合，何妨黛玉泪淋淋。

校 记：

［一］此"回前批"，在原书中被列入正文，现作改正。

［二］此处的"又半载，雨村嫡妻忽染疾下世，雨村便将他扶侧作正室夫人了。正是：'偶因一着错，便为人上人。'"一段话，原文为"因此十分得宠"，据庚辰本改。

［三］此处的"后来"二字，甲戌本、己卯本、庚辰本、蒙府本均为"次年"。

［四］原文无"就取名叫作宝玉"句，据庚辰本补。

［五］此处的"你道"二字，原文为"你到"，据庚辰本改。

［六］此处的"参玄"二字，原文为"参元"。庚辰本中的"玄"字，写作"玄"（因讳外祖父康熙名玄烨，而少一笔）。

［七］此处的"扰乱"二字，原文为"挠乱"，校者改。

［八］原文无"为"字，据蒙府本补。

［九］原文无"两"字，据庚辰本补。

［十］庚辰本在此句后，有以下一句："如今在这巡盐御史林家坐馆了。你看……"

［十一］此处的"罕"字，原文为"骇"，据庚辰本改。

---

① **甲侧：** 此种套头，亦不得不用。

第三回

托内兄如海酬训教　接外孙贾母惜孤女[一]

【回前】我为你持戒，我为你吃斋；我为你百行百计不舒怀，我为你泪眼愁眉难解。无人处，自疑猜。生怕那慧性灵心偷改。

宝玉通灵可爱，天生有眼堪穿。万年幸一遇仙缘，从此春光美满。随时喜怒哀乐，远却离合悲欢。地久天长香影连，可意方舒心眼。

宝玉衔来，是补天之余；落地已久，得地气收藏，因人而现。其性质内阳外阴，其形体光白温润，天生有眼可穿，故名曰宝玉。将欲得者，尽皆宝爱此玉之意也。

天地循环秋复春，生生死死旧重新。君家著笔描风月，宝玉颦颦解爱人。

却说雨村忙回头看时，不是别人，乃是当日同僚一案参革的号张如圭者。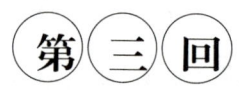他本系此地人，革后家居，今打听得都中奏准起复旧员之信，他便四下里寻找门路①，忽遇见雨村，故忙道喜。二人见了礼，张如圭便将此信告诉雨村，自是欢喜，忙忙的叙了两句②，

---

① 蒙侧：仕（原作此）途窘境，描写得（原作的）当。
② 甲侧：画出心事。

遂作别各自回家。冷子兴听得此言,便忙献计①,令雨村央烦林如海,转向都中去央烦贾政。雨村领其意,作别回去至馆中,忙寻邸报,看真确了。细。

次日,面谋之如海。如海道:"天缘凑巧,因贱荆去世,都中家岳母念及小女无人依傍教育,前已遣了男女船只来接,因小女未曾大痊,故未及行。此刻正思向蒙训教之恩,未经酬报,遇此机会,岂有不尽心图报之理。但请放心。弟已预为筹画至此,已修下荐书一封,转托内兄,务为周旋协佐,方可稍尽弟之鄙诚②,即有所费用之例,弟于家信中,已注明白,亦不劳尊兄多虑矣。"雨村一面打恭,谢不释口,一面又问:"不知令亲大人现居何职③?只怕晚生草率,不敢遽然入都干渎④。"如海笑道:"若论舍亲,与尊兄系同谱,乃荣公之孙:大内兄现袭一等将军之职,名赦,字恩侯;二内兄名政,字存周,二字二名俱颂德而来,与子兴口中作证。现任工部员外郎,其为人谦恭厚道,大有祖父遗风,非膏粱轻薄仕宦之流,辰:复醒一笔。故弟方致书烦托。否则不但有污尊兄之清操,即弟亦不屑为矣⑤。"雨村听了,心下方信了昨日子兴之言,于是又谢了林如海。如海乃说:"已择了正月初六日小女入都,尊兄即同路入都,岂不两便?"雨村唯唯听命,心中十分得意。如海遂打点礼物,并饯行之物,雨村一一领了。

那女学生黛玉,身体方愈,原不忍弃父而往;无奈他外祖母执意要他去,且兼如海说:"汝父年将半百,再无续室之意;且汝多病,年又极小,上无亲母教育,下无姊妹兄弟扶持⑥,今依傍外祖母,及舅氏

---

① **甲侧:** 逼肖!赶热灶者。
② **蒙侧:** 要说正文,故以此作引,且黛玉路中实无可托之人。文笔逼切得宜。
③ **甲侧:** 奸险小人欺人语。
④ **甲侧:** 全是假,全是诈。
   蒙侧: 借雨村细密心思之语,容容易易转入正文,亦是宦途人之口头心头。最妙!
⑤ **甲侧:** 写如海,实系(原作不)写政老。所谓此书有"不写之写"是也。
⑥ **甲侧:** 可怜!
   一句一滴血!一句一滴血之文!

姊妹，正好减我顾盼之忧，何反云不往？"黛玉听了，方洒泪拜别①，随了奶娘，及荣府中几个老妇人，登舟而去②。雨村另有一只船，带二个小童，依黛玉而行③。

有日到了都中④，进了神京，雨村先整了衣冠⑤，带了小童⑥，拿着"宗侄"的名帖〔此帖妙极！可知雨村的品行矣。〕至荣府门前投了。彼时贾政已看了妹夫之书，即忙请入相会。见雨村相貌魁伟，言谈不俗，且这贾政最喜读书人，礼贤下士，拯溺济危，大有祖风⑦；况又系妹丈致意，因此优待雨村，又更不同，便竭力内中协力，题奏之日，轻轻谋了一个复职候缺⑧。不上两个月，金陵应天府缺出，便谋补了此缺⑨。雨村辞了贾政，择日到任去了，不在话下⑩。〔因宝钗故及之。一语过至下回。〕

且说黛玉自那日弃舟登岸时，〔这方是（原作无是）正文起头处。此后笔墨，与前两回不同。〕便有荣国府打发了轿子，并拉行李的车辆久候。这林黛玉常听见⑪母亲说过，他外祖母家，与别家不同。他近日所见的这三等仆妇，吃穿用度，已是不凡了，何况今至其家。因此步步留心，时时在意，不肯轻易多说一句话，多行一步路⑫，只恐被人耻笑了他去。〔写黛玉自幼之心机。辰：黛玉自忖之语。〕自上轿进

---

① 甲侧：实写黛玉。
② 蒙侧：此一段是不肯使黛玉作弃父乐为远游者。以此可见作者之心，保爱黛玉如己。
③ 甲侧：老师依附门生。怪道今时以收纳门生为幸！
   蒙侧：细密如此，是大家风范。
④ 甲侧：繁中减笔。
⑤ 甲侧：且按下黛玉，以待细写。今故先将雨村安置过一边，方起荣府中之正文也。
⑥ 甲侧：至此，渐渐好看起来也。
⑦ 甲侧："君子可欺其方"也，况雨村正在"王莽谦恭下士"之时，虽政老亦为所惑。在作者，系指东说西也。
⑧ 甲侧：《春秋》字法。
⑨ 甲侧：《春秋》字法。
⑩ 蒙侧：了结雨村。
⑪ 甲侧：三字细。
   蒙侧：以"常听见"等字，省下多少笔墨。
⑫ 蒙侧：鞏鞏固（原作故）自不凡。

入城中，从纱窗向[二]外瞧了一瞧，其街市之繁华，人烟之阜盛，自与别处不同。先从街市写来。又行了半日，忽见街北蹲着两个大石狮子，三间兽头大门前，列坐着十来个华冠丽服之人。正门却不开，只有东西两角门有人出入。正门上有匾，匾上大书"敕造宁国府"五个大字。先写宁国府，这是由东向西而来。黛玉想道："这是外祖之长房了。"想着，又往西行，不多远，照样也是三间大门，方是荣国府了①。却不进正门，只进了西角门。那轿夫抬进去，走了一箭之地，将转弯时，便歇下，退出去了。后面的婆子们已都下了轿，赶上前来；另换了三四个衣帽周全十七八岁的小厮上来，复抬起轿子。众婆子步下围随，至一垂花门前落下。众小厮退出，众婆子上来打起轿帘，扶黛玉下轿②。黛玉下了轿。黛玉扶着婆子的手，进了垂花门。两边是抄手游廊，当中是穿堂，当地放一个紫檀架子的大理石的大插屏。转过插屏，小小三间厅，厅后就是后面的正房大院。正面五间上房，皆是雕梁画栋，两边穿山游廊厢房，挂着各色鹦鹉、画眉等鸟雀。台阶之上，坐着几个穿红着绿的丫头，一见他们来了，便忙都笑迎上来，说："刚才老太太还念呢，可巧就来了③"辰：有层次。于是三四人争着打起帘子④，一面听得人回话，说："林姑娘到了⑤。"

黛玉方进入房时，只见两个人搀着一位鬓发如银的老母迎上来，黛玉便知是他外祖母。方欲拜见时，早被他外祖母一把搂入怀中，"心肝儿肉"写尽天下疼女儿的神理。叫着哭起来⑥。几千斤力量写此一笔。当下地下伏侍之人，无不掩面涕泣⑦，黛玉也哭个不住⑧。一时众人慢慢解劝住了，黛玉方拜见了外

---

① 蒙侧：以下写荣国府第，总借黛玉一双俊眼中传来。非黛玉之眼，也不得如此细密周详。
② 蒙侧：以上写款项。
③ 甲侧：如见如闻，活现于纸上之笔。好看煞！
④ 甲侧：真有是事，真有是事！
⑤ 甲眉：此书得力处全是此等地方，所谓"颊上三毫"也。
⑥ 蒙侧：此一段文字，是天性中流出，我读时不觉泪盈双袖。
⑦ 甲侧：旁写一笔，更妙！
⑧ 甲侧：自然顺写一笔。
　　蒙侧：逼真！

祖母①。——此即冷子兴所云之史氏太君也,贾赦、贾政之母②。当下贾母一一的指与黛玉:"这是你大舅母;辰:邢氏。这是你二舅母;辰:王氏。这是你先珠大哥的媳妇珠大嫂。"辰:李纨。黛玉一一拜见过。贾母又说:"请姑娘们来。今日远客才来,可以不必上学去了。"众人答应了一声,便去了两个。

不一时,只见三个奶嬷嬷并五六个丫鬟,簇拥着三个姊妹来了③。第一个肌肤微丰④,合中身材,腮凝新荔,鼻腻鹅脂,温柔沉默,观之可亲。为迎春写照。第二个削肩细腰⑤,长挑身材,鸭蛋脸面,俊眼修眉,顾盼神飞,文彩精华,见之忘俗。为探春写照。第三个身材未足,形容尚小。浑写一个更妙!必个个写去则板。可笑近来小说中,有一百个女子,皆是如花似玉,只一副脸面。其钗环裙袄,三人皆是一样的妆饰⑥。逼肖。黛玉忙起身迎上来见礼⑦,互相厮认过,各归座。丫鬟们斟上茶来。不过说黛玉之母如何得病,如何请医服药,如何送死发丧⑧。不免贾母又伤感起来⑨,因说:"我这些儿女,所疼者独有你母,今日一旦先舍我而去,连面不能一见。今见了你,我怎不伤心!"说着,搂了黛玉在怀,又呜咽起来⑩。众人忙都宽慰解释,方略略止住。总为黛玉自此不能别往。

众人见黛玉年貌虽小,其举止言谈不俗,身体面庞虽怯弱不胜⑪,

---

① **甲眉**:书中正文之人,却如此写出,却是天生地设章法,不见一丝勉强。
② **甲侧**:书中人目太繁,故明注一笔,使观者省眼。
③ **甲侧**:声势如现纸上。
④ **甲侧**:不犯宝钗。
   甲眉:从黛玉眼中写三人。
⑤ **甲侧**:《洛神赋》中云:"肩若削成"是也。
⑥ **甲侧**:是极。
    逼肖!
    蒙侧:欲画天尊,先画众神。如此,其天尊自当另有一番高山世外的景象。
⑦ **甲侧**:此笔亦不可少。
⑧ **蒙侧**:层层不漏,周密之至!
⑨ **甲侧**:妙!
⑩ **蒙侧**:不禁我也跟他哭起来。
⑪ **甲侧**:写美人是如此笔杖(原作伏),看官怎得不叫绝称赏!

却有一段自然风流态度①〔为黛玉写照。众人目中，只此一句足矣。〕便知他有不足之症。因问："常服何药，如何不急为疗治？"黛玉笑道："我自来是如此，从会吃饮食时，便吃药，到今未断。请了多少名医，修方配药，皆不见效。那一年，我才三岁时，听得说来了一个癞头和尚②〔奇奇怪怪一至于此。通部中假借（原无）癞僧、跛道二人，点明情痴幻海。〕说要化我去出家，我父母因不从他。又说：'既舍不得他，只怕他的病一生也不能好的。若要好时，除非从此以后总不许见哭声③〔爱哭的偏写出有人不教哭。〕；除父母之外，凡有外姓亲友之人，概不见，方可平安了此一世。'疯疯癫癫，说了这些不经之谈，〔是作书者自注。〕也没人理他。如今还是吃人参养荣丸④。"〔人生（原作为参）原当自养荣卫。〕贾母道："这正好，我这里正配丸药呢。〔为后葛菱伏脉。〕叫他们多配一料就是了。"

一语未了，只听后院中有人笑声⑤，说："我来迟了，不曾迎接远客⑥。"〔另磨新墨，锐笔独出熙凤一人。未写其形，先使闻声，所谓"绣幡开遥见英雄俺"也。〕黛玉纳罕道："这些人个个皆敛声屏气，恭肃严整如此，这来者系谁，这样放诞无礼⑦？"〔原有此一想。〕心下想时，只见一群媳妇丫鬟围拥着一个人，从后房进来。这个人打扮与众姑娘不同，彩绣辉煌，恍若神妃仙子：头上戴着金丝八宝攒珠髻，绾着朝阳五凤挂珠钗；〔头。〕项下戴着赤金盘螭璎珞圈；〔颈。〕裙边系着豆

---

① 甲眉：从众人目中写黛玉。

草胎卉质，岂能胜物耶？想其衣裙，皆不得不勉（原作免）强支持者也。

② 甲侧：文字细如牛毛！

甲眉：奇奇怪怪，一至于此。通部书（原无）中假借癞僧、跛道二人，点明迷情幻海中有数之人也，非袭《西游》中一味无稽，至不能处便用观世音可比。

③ 蒙侧：作者既以黛玉为绛珠化生，是要哭的了，反要使人先叫他不许哭。妙！

④ 甲眉：甄英莲乃副（原作付）十二钗之首，却明写癞僧一点。今黛玉为正十二钗之冠（原作贯），反用暗笔。盖正十二钗，人或洞悉可知；副十二钗，或恐观者忽（原作惑）略，故须（原作写）极力一提，使观者万勿稍加玩忽之意耳。

⑤ 甲侧：懦笔庸笔何能及此！

⑥ 甲侧：第一笔，阿凤三魂六魄已被作者拘定了，后文焉得不活跳（原作挑）纸上！此等文字（原无）非仙助即神助，否则（原无）从何而得此机括耶？

靖眉：阿凤三魂已被作者勾走了，后文方得活跳纸上。

⑦ 蒙侧：天下事不可一概（原作盖）而论。

绿宫绦双鱼比目玫瑰佩；腰。身上穿着缕金百蝶穿花大红洋缎穿福袄①，外罩五彩刻丝石青银鼠褂；下罩翡翠撒花洋绉裙。一双丹凤三角眼，两弯柳叶吊梢眉②，身量苗条，体格风骚，粉面含春威不露，丹唇未启笑先闻③。为熙凤写照。黛玉连忙起身接见。贾母笑道：熙凤一至，贾母方笑，与后文多少文字作眼。"你不认得他。他是我们这里有名的一个泼皮破落户儿，南省俗谓作'辣子'。你只叫他'凤辣子'就是了④。"黛玉正不知以何称呼⑤，只见众姊妹都忙告诉道："这是琏嫂。"黛玉虽不认识，曾听见母亲说过，大舅贾赦之子贾琏，娶的就是二舅母王氏之内侄女，自幼假充男儿教养的，学名王熙凤。奇想奇文！以女子曰学名固奇，然此偏有学名的反倒不识字，不曰学名者反若彼。黛玉忙赔笑见礼，以"嫂"呼之。这熙凤携着黛玉的手，上下细细的打量了一会⑥，便仍送至贾母的身边坐下，因笑道："天下真有这样标致人物，我今才算见了⑦！况且这通身的气派，竟不像老祖宗的外孙女儿，竟是个嫡亲的孙女⑧，怨不得老祖宗天天口头心头一时不忘。却是极淡之语，偏能恰投贾母之意。只可怜我这妹妹这样命苦⑨，怎么姑妈偏就去世了⑩！"说着，便用帕拭泪。贾母笑道："我才好了，你倒来招我⑪。你妹妹远客才来，身子又弱，也才劝住了，快再休提前言。"反用贾母劝他，熙凤之术亦甚矣。这熙凤听了，忙转悲为喜道："正

---

① **蒙侧**：大凡能事者，多是尚奇好异，不肯泛泛同流。
② **蒙侧**：非如此眼，非如此眉，不得为熙凤，作者读过《麻衣相法》。
③ **甲眉**：试问诸公：从来小说中可有写形追像至此者？
   蒙侧：英豪本等。
④ **甲侧**：阿凤笑声进来，老玉君打诨，虽是空口传声，却是补出一向晨昏起居，阿凤于太君处承欢应候（原作侯），是（原无）一刻不可少之人，看官勿以闲文淡文看（原无）也。
⑤ **蒙侧**：想黛玉此时神情，含浑可爱。
⑥ **甲侧**：写阿凤"全部传（原作转）神"第一笔也。
⑦ **甲侧**：这方是阿凤语言。若一味浮词套语，岂复阿凤哉！
   甲眉："真有这样标致人物"出自阿（原无）风口，黛玉丰姿可知。宜作史笔看。
⑧ **甲侧**：仍归太君，方不失《石头记》文字，且是阿凤身心之至文。
⑨ **甲侧**：这是阿凤见黛玉正文。
⑩ **甲侧**：若无这几句，便不是贾府媳妇。
⑪ **甲侧**：文字好看之极！

是呢！我一见妹妹，一心都在他身上了，又是欢喜，又是[三]伤心，竟忘记了老祖宗。该打，该打！"又忙携黛玉之手，问："妹妹几岁了？"黛玉答道："十三岁了。"又问道[四]："可也上过学？现吃什么药？在这里，不要想家，要什么吃的、什么玩的，只管告诉我；丫头、老婆们不好了，也只管告诉我。"一面又问婆子们："林姑娘的行李东西可搬进来了？带了几个人来①？你们赶早打扫两间下房，让他们去歇歇。"

　　说话时，已摆了茶果上来。熙凤亲为捧茶捧果②。总从黛玉眼中写出。又见二舅母问他："月钱放完了不曾③？"熙凤道："月钱已放完。才刚带着人到后楼上找缎子④，找了这半日，并无有见昨日太太说的那样⑤，想是太太记错了？"王夫人道："有没有，什么要紧。"因又说道："该随手拿出两个来，给你妹妹去裁衣裳的。等晚上想着，叫人再去拿罢⑥，可别忘了！"熙凤道："这倒是我先料着了，知道妹妹不过这两日到的，我已预备下了⑦，等太太回去，过了目，再送来。"试看他心机。王夫人一笑，点头不语。深取之意。辰：很漏凤姐是个当家人。

　　当下茶果已撤，贾母命两个老婆婆[五]带了黛玉去见两个舅舅。时贾赦之妻邢氏忙亦起身，笑回道："我带了外甥女过去，倒也便宜⑧。"贾母笑道："正是呢，你也去罢，不必过来了。"邢氏夫人答了一个"是"字，遂带了黛玉与王夫人作辞，大家送至穿堂前。

---

① 甲侧：当家的人事（原作车）如此。逼（原作毕）肖！
　　蒙侧：三句话不离本行，职任在兹也。
② 蒙侧：熙凤后到，为有事，写其劳能；先为筹画，写其机巧。摇前映后之笔。
③ 甲侧：不见后文，不见此笔之妙！
④ 甲侧：接闲文，是本意避繁也。
⑤ 甲侧：却是日用家常实事。
　　蒙侧：陪笔用得灵活，兼能形容熙凤之为人。妙心妙手，故有妙文妙口。
⑥ 甲侧：仍归前文。妙，妙！
⑦ 甲眉：余知此缎阿凤并未拿出。此借王夫人之语，机变欺人处耳。若信彼果拿出预备，不独被阿凤瞒过，亦且被石头瞒过了。
⑧ 蒙侧：以黛玉之来去候安之便，便将荣、宁二府的气派（原作势排），描写尽矣。

出了垂花门，早有众小厮们拉过一辆翠幄青䌷车来，邢夫人携了黛玉坐上，辰：未识黛卿能乘此否？众婆娘们放下车帘，方命小厮们抬起，拉至宽处，方驾上驯骡，亦出了西角门，往东过荣府正门，便入一黑油漆大门中，至仪门前方下来。众小厮退出，方打起车帘，邢夫人挽了黛玉手，进入院中。黛玉度其房屋院宇，必是荣府中之花园隔断过来的。黛玉之心机眼力。进入三层仪门，果见正房厢庑游廊，悉皆小巧别致，不似方才那边轩峻壮丽①；且院中随处之树木山石皆有。为大观园伏脉。试思荣府之园今在西，后之大观园偏写在东，何不畏难之若此！

一时进入正室，早有许多盛妆丽服之姬妾丫鬟迎着。邢夫人让黛玉坐了，一面命人到外面书房中请贾赦②。一时人来回说："老爷说了：'连日身子不好，见了姑娘，彼此倒伤心③，追魂摄魄！暂且不忍相见④。劝姑娘不要伤心想家⑤，跟着老太太和舅母，是同家里一样。姊妹们虽拙，大家一处伴着，亦可以解些烦闷⑥。或有委屈之处，只管说得，不要外道才是。'"黛玉忙站起来，一一听了。再坐一刻，便告辞。

邢夫人苦留吃过晚饭去，黛玉笑回道："舅母爱恤赐饭，原不应辞，只是还要过去拜见二舅舅，恐领赐去不恭⑦，异日再领，未为不可。望舅母容谅。"邢夫人听说，笑道："这倒是了。"遂令两三个嬷嬷用方才的车好好送了过去。于是黛玉告辞。邢夫人送至仪门前，又嘱咐了几句⑧，眼看着车去了方回来。

一时黛玉进入荣府，下了车。众嬷嬷引着，便转弯穿过一个东西

---

① 蒙侧：分别得历历（原作沥沥），可想如见。
② 甲侧：这一句都是写贾赦，妙在全是指东击西、打草惊蛇之笔。若看其写一人，即作此一人看，先生便呆了！
③ 甲眉：余久不作此语矣，见此语未免一醒。
④ 甲侧：若一见时，不独死板，且亦大失情理，亦不见此等妙文矣！
　　蒙侧：作者绣口锦心，见有见的亲切，不见有不见的亲切，直说横讲，一毫不爽。
⑤ 蒙侧：亦在情理之内。
⑥ 甲侧：赦老亦能作此语。叹叹！
⑦ 甲侧：得体。
　　蒙侧：黛玉之为人，必当有如此身份。
⑧ 蒙侧："又嘱咐了众人（原无）几句"，方是舅母的本等。

的穿堂这一个穿堂是贾母正房之南者，凤姐处所通者则是贾母正房之北。向南，大厅之后仪门内大院落，上房五间大正房，两边厢房鹿顶耳房钻山，四通八达，轩昂壮丽，比贾母处不同。黛玉方知这便是正紧正内室，一条大甬路，直接出大门的。

进入堂屋中，抬头迎面先看见一个赤金九龙青地大匾，上写着斗大三个字，是"荣禧堂"①，后有一行小字，是"某年月日，书赐荣国公贾源"，又有"万岁宸翰之宝"。大紫檀雕螭案上，设着三尺来高青绿古铜鼎，悬着待漏随朝墨龙大画，一边是金蜼彝②，一边是玻璃盒③。地下两溜十六张楠木交椅，又有一副对联，乃是乌木联牌，镶着錾银字迹④，道是：

座上珠玑昭［六］日月　堂前黼黻焕云霞实衬。

下面一行小字，道是："同乡世教弟勋袭东安郡王穆莳拜手书"。先虚陪一笔。

原来王夫人时常居坐宴息，亦不在正室，在东边的三间耳房内⑤。于是老嬷嬷引黛玉进东房门来。临窗大炕上猩红洋罽，正面设着大红金钱蟒靠背，石青金钱蟒引枕，秋香色金钱蟒大条褥。两边设一对梅花式洋漆小几。左边几上，文王鼎、匙箸香盒；右边几上，汝窑美人觚——内插着时鲜花卉，并茗碗唾壶等物。地下面西一溜四张椅上，都搭着银红撒花椅披，底下四副脚踏。椅之两边，也有一对高几，几上茗碗瓶花俱备。其余陈设，自不必细说。此不过略叙荣府家常之礼数，特使黛玉一识阶级座次耳，余则繁。老嬷嬷们让黛玉炕上坐。炕沿上却也有两个锦褥对设，黛玉度其位次，便不上炕，只向东边椅上坐了。写黛玉心意。本房内丫鬟们忙捧上茶来。黛玉一面吃茶，一面打量这些丫鬟们⑥，妆饰衣裙，举止行动，果亦与别家

---

① 蒙侧：真是荣国府。
② 甲侧：蜼音垒，周器也。
③ 甲侧：盒，音海。盛酒之大器也。
④ 甲侧：雅而丽，富而文。
⑤ 甲侧：黛玉由正室一段而来，是为拜见政老耳，故进东房。若见王夫人，直写引至东小正室内矣。
⑥ 蒙侧：借黛玉眼写三等使婢。

不同。

　　茶未吃了，只见一个穿红绫袄、青缎掐牙背心的[七]丫鬟走来①，笑说道："太太说，请林姑娘到那边坐罢②！"老嬷嬷听了，于是又引黛玉出来，到了东廊三间小正房内。正面炕上横着一张炕桌，桌上堆着书籍茶具③。靠东壁面西，设着青缎靠背引枕。王夫人却在西边下首，亦是青缎靠背坐褥。见黛玉来了，便往东让。黛玉料定是贾政之位。因见挨炕一溜三张椅子上，也搭着半旧弹墨椅袱写黛玉心到眼到，但云"为贾府叙坐位"，岂不可笑？④，三字有神。此处则一色旧的，可知前正室中亦非家常之用度也。可笑近今小说中，不论何处，则曰商彝周鼎、绣帏珠帘、孔雀屏、芙蓉褥等样字眼。近闻一俗笑语云：一庄家人进京，回家众人问曰："你进京去，可见些世面否？"庄人曰："连皇帝老爷都见了。"众罕然问曰："皇帝如何景况？"庄人曰："皇帝左手拿一金元宝，右手拿一银元宝，马上捎一口袋人参，行动人参不离口。一时要屙屎，连擦屁股都是鹅黄绫子，所以京中连掏茅厕的人都富贵无比。"试思俗稗官用富贵字眼者，悉皆庄农之一流也。盖彼实未身经目睹，所言皆在情理之外焉。又如人嘲作诗者，亦往往爱说富丽话，故有"胫骨便成金玳瑁，眼睛变作碧琉璃"之诮。黛玉便向椅上坐了。王夫人再四携他上炕坐，他方挨王夫人坐了。王夫人因说："你舅舅今日斋戒去了，点缀宦途再见罢⑤。只是有一句话嘱咐你：你三个姊妹，倒都极好，以后一处念书、认字、学针线，或是偶一玩笑，都有尽让的。但我不放心的，最是一件⑥：我有一个孽根祸胎⑦四字是作者痛哭。是这家里的'混世魔王'⑧，今日因庙里还愿去了⑨，尚未回来，晚间你看见便知了。你只以后不要睬他，你这些姊妹都不敢沾惹他的。"

---

① **甲侧**：金乎？玉乎？
② **蒙侧**：唤去见，方是舅母，方是大家风范。
③ **甲侧**：伤心笔！堕泪笔！
④ **甲眉**：又如人嘲作诗者，亦往往爱说富丽话，故有"胫骨变成金玳瑁，眼睛嵌作碧琉璃（原作璃琉）"之诮。余自是评《石头记》，非鄙薄前人也。
⑤ **甲侧**：赦老不见，又写政老。政老又不能见，是"重不见重，犯不见犯"。作者惯用此等章法。
⑥ **蒙侧**：王夫人嘱咐与邢夫人嘱咐，似同而（原作的）迥异。儿女累心，我欲代伊哭诉一回（原作面）愁苦。
⑦ **甲侧**：四字是血泪盈面，不得已无奈何而下！四字是作者痛哭！
⑧ **甲侧**：与（原作占）"绛洞花主"为对看。
⑨ **甲侧**：是富贵公子。

黛玉亦常听得母亲说过①,二舅母生的有个表兄,乃衔玉而诞,顽劣异常,与甄家子恰对。极恶读书②,最喜在内闱厮混;外祖母又极溺爱,无人敢管。今见王夫人如此说,便知说的是这表兄了。因赔笑道:"舅母说的,可是衔玉所生的这位哥哥?在家时亦曾听见母亲常说,这位哥哥比我大一岁,小名就唤宝玉,虽极憨顽,在姊妹情中极好的③。况我来了,自然只和姊妹一处,兄弟们自是别院另室的④,岂有去沾惹之理?"王夫人笑道:"你不知道缘故:他与别人不同,自幼因老太太疼爱,原系同姊妹们一处娇养惯了的⑤。若姊妹们不理他,他倒还安静些,纵然他没趣,不过出了二门,背地里拿着他的两三个小子出气,咕唧一会子就完了⑥。若这一日姊妹们和他多说一句话,他心里一乐,便生出多少事来。所以嘱咐你别睬他。他嘴里一时甜言蜜语,一时有天无日,一时又疯疯傻傻,只休信他。"黛玉一一都答应着⑦。不写黛玉眼中之宝玉,却先写黛玉心中已早有宝玉矣,幻妙之至!自(冷子兴)口中之后,余已极思欲一见,及今尚未得见,狡猾之至!

只见一个丫鬟来回:"老太太那里传晚饭了。"王夫人忙携黛玉,从后房门,后房门。由后廊往西,是正房后廊也。出了角门,这是正房后西界墙角门。是一条南北宽过道。南边是倒座三间抱厦厅,北边立着一个粉油大影壁,后有一半大门,小小一所房室。王夫人笑指向黛玉道:"这是你凤姐姐的屋

---

① 蒙侧:亦(原作有)曾听得,所以闻言便知,不必用心搜求了。
② 甲侧:是极恶每日"诗云"、"子曰"的读书。
    甲眉:这是一段反衬章法。黛玉心思(原无),用猜度蠢物等句对看(原作去),方不失作者本旨。
③ 甲侧:以黛玉道宝玉名,方不失正文。"虽"字是有情字。宿根而发,勿得泛泛看过。
    蒙侧:黛玉口中心中早如(原作中)此。
④ 甲侧:又腾开一笔。妙,妙!
    蒙侧:用黛玉反衬一句,更有深味。
⑤ 甲侧:此一笔收回,是明通部同处原委也。
⑥ 甲侧:这可是宝玉本性真情。前四十九字迥异之批,今始方知:盖小人口碑累累如是。是是非非任尔口角,大都皆然。
⑦ 蒙侧:客居之苦,在有意无意中写来。

子①，回来你好往这里找他来，少什么东西，你只管和他说就是了。"这院门上也有②四五个才总角的小厮垂手侍立。

王夫人遂携黛玉，穿过一个东西穿堂，这是贾母正室后之穿堂也，与前穿堂是一带之屋。中一带乃贾母之下室也。记清清！便是贾母的后院了。写得清丝不错。于是进入后房门，已有多人在此伺候，见王夫人来了，方安桌椅。不是待王夫人用膳，是恐使王夫人有失侍膳之礼耳。贾珠之妻李氏捧饭，熙凤安箸，王夫人进羹③。贾母正面榻上独坐，两边四张空椅，熙凤忙拉了黛玉在左边第一张椅上坐了，黛玉十分推让。贾母笑道："你舅母和嫂子们不在这里吃饭。你是客，原应如此坐的。"黛玉方告了座，坐了。贾母命王夫人坐了。迎春姊妹三个告了座，方上来。迎春便坐右手第一，探春左第二，惜春右第二。旁边丫鬟执着拂尘、漱盂、巾帕。李、凤二人立于案旁布让。外间伺候之〔八〕媳妇丫鬟虽多，却连一声咳嗽不闻。

寂然饭毕，各有丫鬟用小茶盘捧上茶来④。当日林如海教女以惜福养身，云饭后务待饭粒咽完，过一时再吃茶，方不伤脾胃。夹写如海一派书气，最妙！今黛玉见了这许多事情不合家中之式，不得不随的，少不得一一改过来⑤，因而接了茶。早见人又捧过漱盂来，黛玉也照样漱了口。然后盥手毕，又捧上茶来，这方是吃的茶。总写黛玉以后之事，故只以此一件小事略为一表也。余看至此，故想日前所闻王敦初尚公主，登厕时不知塞鼻用枣，敦辄取而啖之，必为宫人鄙诮多矣。若黛玉不漱此茶，或饮一口，不为荣婢所诮乎？观此则知黛玉平生之心思过人。

贾母便说："你们去罢！让我们自在说话儿。"王夫人听了，忙起身，又说了两句闲话，方引李、凤二人去了。贾母因问黛玉念何书，黛玉道："只刚念了《四书》。"好极！稗官专用"腹隐五车书"等语。黛玉又问姊妹们读何书。贾母道："读的是什么书，不过是认得两个字，不〔九〕是睁眼瞎子罢了！"

---

① 蒙侧：灵活，无一漏空。
② 甲侧：二字是他处不写之写也。
③ 蒙侧：大人家规矩礼法。
④ 蒙侧：作者非身履其境过，不能如此细密完足。
⑤ 蒙侧：幼而学、壮而行者，常情。有不得已，行权达变，多至于失守者。亦千古同（原作用）慨，诚可悲夫！

第三回 托内兄如海酬训教 接外孙贾母惜孤女　47

　　一语未了，只听院外一阵[十]脚步响①，丫鬟进来笑道："宝玉来了②！"余为一乐。黛玉心中正疑惑着："这个宝玉，不知怎生个惫懒人物，懵懂顽童③？倒不见那蠢物也罢了④。"这蠢物却不是那蠢物，却有个极蠢之物相待，妙哩！心中正想着，忽见丫鬟话未报完，已进来了一个年轻的[十一]公子：头上戴着束发紫金冠，齐眉勒着二龙抢珠金抹额；穿一件二色金百蝶穿花大红箭袖，束着五彩丝攒花结长穗宫绦，外罩石青起花八团倭缎排穗褂；登着青缎粉底小朝靴。面若中秋之月，此非套满月，盖人生有面扁而青白色者，则皆可谓之秋月也。用满月者不知此意。色若春晓之花，"少年色嫩不坚牢"，以及"非夭即贫"之语，余犹在心，今阅至此，放声一哭。鬓若刀裁，眉如墨画，脸若桃瓣，睛若秋波。虽怒时而若笑，即瞋视而有情。真真写杀！项上金螭璎珞，又有一根五色丝绦，系着一块美玉。黛玉一见，写宝玉只是宝玉，写黛玉只是黛玉。从中用黛玉一惊，宝玉之面善等字，文气自然笼就，要分开不得了。便吃一大惊⑤，怪甚！心下想道："好生奇怪，倒像在那里见过一般，何等眼熟到如此！"正是。想必在灵河岸上三生石畔曾见过。只见这宝玉向贾母请了安，贾母命："去见你娘来！"宝玉即转身去了。

　　一时回来，再看，已换了冠带：头上周围一转的短发，都结成了小辫，红丝结束，共攒至顶中胎发，总编一根大辫，黑亮如漆，从顶至梢，一串四颗大珠，用金八宝坠脚；身上穿着银红撒花半旧大袄，仍旧戴着项圈、宝玉、寄名锁、护身符等物；下面半露松花色撒花绫裤腿、锦边弹墨袜、厚底大红鞋。越显得面如敷粉，唇若施脂[十二]；转盼多情，语言常笑。天然一段风骚⑥，全在眉梢；平生万种情思，悉堆眼角。看其外貌，最是极好，却难知其底细。后人有《西江月》二词，批宝玉极合⑦，其词曰：

---

① 甲侧：与阿凤之来，相映而不相犯。
② 蒙侧：形（原作刑）容出娇（原作姣）养神情（原无）。
③ 甲侧：文字不反，不见正文之妙。似此，应从《国策》得来。
④ 蒙侧：从黛玉口中故反一句，则下（原作不）文更觉生色。
⑤ 蒙侧：此一惊，方见（原无）下文之留连缠绵，不为孟（原作猛）浪，不是淫邪。
⑥ 蒙侧：总是写宝玉，总是为下文留地步。
⑦ 甲眉：二词更妙。最可厌野史"貌如潘安"、"才如子建"等语。

无故寻愁觅恨，有时似傻如狂。纵然[十三]生得好皮囊，腹内原来草莽。潦倒不通时务，愚顽怕读文章。行为偏僻性乖张，那管世人诽谤！

富贵不知乐业，贫时难耐凄凉。可怜辜负好时光，于国于家无望。天下无能第一，古今不肖无双。寄言纨袴与膏粱：莫效此儿形状①！ "纨袴膏粱"，"此儿形状"，有意思。当设想其像，和（原作合）宝玉之来历同看，方不被作者愚弄。

贾母因笑道："外客未见，就脱了衣服，还不去见你妹妹！"宝玉早已看见多了一个姊妹，便料定是林姑母之女，忙来作揖。厮见毕，归坐。细看形容②，与众各别：两弯似蹙非蹙罥烟眉，奇眉！妙眉！奇想！妙想！一双俊目[十四]。奇目！妙目！奇想！妙想！态生两靥之愁，娇袭一身之病。泪光点点，娇喘微微。闲静时，如姣花照水；行动处，似弱柳扶风③。心较比干多一窍④，更奇妙之至！多一窍固是好，然则未免偏僻了，所谓过犹不及是也。病如西子胜三分。此十句定评。不写衣裙妆饰，正是宝玉眼中不屑之物，故不曾看见。黛玉举止容貌，亦是宝玉眼中看，心中评；若不是宝玉，断不知黛玉终是何等品貌。宝玉看罢，因笑道⑤：看他第一句是何话。"这个妹妹我曾见过的。"疯话。与黛玉同心，却是两样笔墨。观此则知玉卿心中有则说出，一毫窒滞皆无。贾母笑道："可又是胡说，你又何曾见过他？"宝玉笑道："虽然未曾见过他，然我看着面善，心里就算是旧相识认⑥，今日只作远别重逢，亦未为不可。"妙极奇语，全作如是等语焉。人谓曰痴狂。贾母笑道："更好，更好⑦，若如此，更相和睦了。"亦是真话。

---

① **甲眉**：末二句最要紧。只是纨袴与膏粱，亦未必不见笑我玉卿。可知能效一二者，亦必不是蠢然纨袴矣。
② **甲眉**：又从宝玉目中细写一黛玉，直画一美人图。
③ **甲眉**：至此八句，是宝玉眼中。
④ **甲侧**：此一句是宝玉心中。
　蒙侧：写黛玉，也是为下文留地步。
　甲侧：此十句定评，直抵一赋。
⑤ **甲侧**：黛玉见宝玉写一"惊"字，宝玉见黛玉写一"笑"字。一存于中，一发乎外，可见文于下笔，必推敲的准稳，方才用字。
⑥ **甲侧**：一见便作如是语，宜乎！王夫人谓之"疯疯傻傻"也。
　蒙侧：世人得遇相好者，每日（原作日）"一见如故"，与此一意。
⑦ **甲侧**：作小儿语，瞒过世人亦可。

第三回　托内兄如海酬训教　接外孙贾母惜孤女

宝玉便走近黛玉身边坐下，又细细打量一番①，因问："妹妹可曾读书？"黛玉道："不曾读，只上了二年学，些许认得几个字。"宝玉又道："妹妹尊名是那两字？"黛玉便说了名。宝玉又问表字，黛玉道："无字。"宝玉笑道。"我送妹妹一个妙字，莫若'颦颦'二字极妙。"探春便问何出②。宝玉道："《古今人物通考》上说：'西方有石名黛，可代画眉之墨③。'况这林妹妹眉尖若蹙，用取这两个字，岂不两妙！"探春笑道："只恐又是你的杜撰。"宝玉笑道："除《四书》外，杜撰的太多，偏只我是杜撰不成？"又问黛玉："可也有玉无有？"众人不解其语，黛玉便忖度着："因他有玉，故问我有也无，因答道："我没有那个。想来那玉亦是一件罕物，岂能人人有的。"宝玉听了，登时发作起痴狂病来，摘下那玉，就狠摔去④，骂道："什么罕物，连人之高低不择，还说'通灵'不'通灵'呢！我也不要这劳什古子了！"吓得地下众人一拥，争去拾玉。贾母急的搂了宝玉道："孽障！你生气，要打骂人容易，何苦摔那命根子！"宝玉满面泪痕，哭道："家里姊姊妹妹都无有⑤，单我有，我说无趣；如今来了一个神仙似的妹妹，也无有，可知这不是个好东西⑥。"贾母忙哄他道："你这妹妹，原有这个来的，因你姑妈去世时，舍不得你妹妹，无法可处，遂将他的玉带了去：一则权当殉葬之礼，尽你妹妹的孝心；二则你姑妈之灵，亦可收作常得见女之意。因此他只说无有，这个不便自己夸张

---

① 蒙侧：娇（原作姣）惯处如画。如此亲近，而黛玉之灵心巧性，能不被其缚住，反不是情（原作性）理。文从宽缓中写来，妙！

② 蒙侧：借问难说探春，以足后文。

③ 蒙侧：黛玉之泪因宝玉，而宝玉赠曰"颦颦"，初见时已（原作亦）定盟矣。

④ 甲侧：试问石兄，此一摔，比在青埂（原作峯）峰下萧然坦卧，何如？

⑤ 蒙侧：不是写宝玉狂，亦（原作下）不是写贾母疼，总是要下种在黛玉心中，则下文写黛玉之近宝玉之由。作者苦心，妙，妙！

⑥ 甲侧："不是冤家不聚头"，第一场也。

之意①。你如今怎比得他？还不好生慎重戴上，仔细你娘知道了。"说着，便向丫鬟手中接来，亲与他戴上。宝玉听如此说，想一想，竟大有情理，也就不生别论了。所谓小儿易哄。余则谓："君子可欺以其方"云。

当下，奶娘来问黛玉之房舍。贾母便说："今将宝玉挪出来，同我在套间暖阁里，把你林姑娘暂安碧纱橱里②。等过了春天，再与他们收拾房屋，另作一番安置罢。"宝玉道："好祖宗，跳出一小儿。我就在碧纱橱外的床上很妥当，何必又出来，闹的老祖宗不得安静。"贾母想了一想说："也罢了。每人一个奶娘③，并一个丫头照管，余者在外间上夜听唤。"一面早有熙凤命人送了一顶藕色花帐，并几件锦被缎褥之类。

黛玉只带了两个人来：一个是自己奶娘王嬷嬷，一个是十岁的小丫头，亦是自幼随身的，名唤雪雁。新雅不落套，是黛玉之文章也。贾母见雪雁甚小，一团孩气，王妈妈又极老，料黛玉皆不遂心省力的，便将自己身边一个二等丫头，名唤鹦哥者，妙极！此等名号方是贾母之文章。最厌近之小说，不论何处，满纸皆是红娘、小玉、嫣红、香翠等俗字。与了黛玉外，亦照[十五]迎春等例，每人除自幼乳母外，另有四个教引嬷嬷，除贴身掌管钗钏、盥沐两个丫鬟外，另有五六个洒扫房屋、来往使唤的小丫头。当下，王妈妈与鹦哥陪侍黛玉在碧纱橱内。宝玉之乳母李妈妈，并大丫鬟名唤袭人者，奇名新名，必有所出。陪侍在外大床上。

原来这袭人亦是贾母之婢，本名珍珠④。亦是贾母之文章。前鹦哥已伏下一鸳鸯，今珍珠又伏下一琥珀矣。以下乃宝玉之文章。贾母因溺爱宝玉⑤，生恐宝玉之婢无竭力尽忠之心，素喜袭人心地纯良，肯尽职任，遂与了宝玉。宝玉因知他本姓花，又曾见旧人诗句上有"花气袭人"之句，遂回明贾母，即更名袭人。这袭人亦有些痴处⑥：只如（原作知）此写又极好。最厌近今小说中，"千伶百俐"，"这妮子亦通文墨"等语。伏侍贾母时，心中眼中只有

---

① 蒙侧：不如此说，则不为娇（原作姣）养。文笔（原无）灵活之至！
② 蒙侧：女死，外孙女来，不得不令其近己。移疼女儿之心，疼外孙女者，当然。
③ 蒙侧：小儿不禁，情事无违，下笔运用有法。
④ 蒙侧：袭人之情性，不得不点染明白者，为后日归案。
⑤ 蒙侧：贾母爱孙，锡以善人，此诚为能爱人者，非世俗之爱也。
⑥ 蒙侧：世人有职任的，能如袭人，则天下幸甚。

一个贾母；今与了宝玉，心中眼中只有一个宝玉。只因宝玉情性乖僻，每每规谏，宝玉不听，心中着实忧郁①。

是晚，宝玉、李妈妈已睡了，他见里面黛玉和鹦哥犹未安歇，他自在卸了妆，悄悄地进来，笑问："姑娘怎还不安歇？"黛玉忙笑让道："姐姐请坐。"袭人在床沿上坐了。鹦哥笑道："林姑娘正在伤心，自己淌眼抹泪的②，黛玉第一次哭却如此。说：'今儿才来了，就惹出你家哥儿的狂病来，倘或摔坏了那玉，岂不是因我之过③！'因此便伤心④，我好容易劝好了。"袭人道："快休如此，将来只怕比这个更奇怪的笑话儿还有呢！若为他这种行止，你多心伤感，只怕伤感不了呢⑤。快别多心⑥！"辰：应知此非伤感，来还甘露水也。黛玉道："姐姐们说的，我记着就是了。究竟不知那玉是怎么个来历？上头还有字迹？"袭人道："连一家子也不知来历。听得说，落草时从他口里掏出⑦，上面有现成穿眼。癞僧幻术亦大奇矣！让我拿来你看便知。"黛玉忙止道："罢了！此刻夜深了，明日再看不迟⑧。"大家又叙了一会，方才安歇。

次早起来，省过贾母，因往王夫人处来，正值王夫人与熙凤在一处拆金陵来的书信看。又王夫人之兄嫂处遣了两个媳妇来说话的。黛玉虽不知原委，探春等却都晓得，是议论金陵城中所居的薛家姨母之子，姨表兄薛蟠，倚仗势力，打死人命，现在应天府案下审理⑨。如今

---

① 蒙侧：我读至此，不觉放声大哭。
② 甲侧：可知前批不谬。
③ 蒙侧：我也心疼，岂独颦颦！
  甲侧：所谓宝玉"知己"。全用体贴功夫。
④ 甲眉：前文反明写宝玉之哭，今却反如此写黛玉，几被作者瞒过。这是第一次算还，不知下剩还该多少？
⑤ 蒙侧：后百十回黛玉之泪，总不能出此二语。
⑥ 蒙侧："月上窗纱人到阶，窗上影儿先进来。"笔未到而境（原作竟）先到矣。
⑦ 蒙侧：天生带来美玉，有现成可穿之眼，岂不可爱，岂不可惜！
⑧ 甲侧：总是体贴，不肯多事。
  蒙侧：他天生带来的美玉，他自己不爱惜，遇知己替他爱惜，连我看书的人，也着实心疼不了，不觉背人一哭，以谢作者。
⑨ 蒙侧：作者每用牵前摇后之笔。

母舅王子腾得了信息，故遣人来告诉这边，意欲唤取进京之意①。且听下回分解。

【总评】补不完的是离恨天，所余之石，岂非离恨石乎？而绛珠之泪，偏不因离恨而落，为惜其石而落。可见惜其石，必惜其人。其人不自惜，而知己能不千方百计为之惜乎？所以绛珠之泪，至死不干，万苦不怨，所谓"求仁而得仁，又何怨"，悲夫！

校　记：

［一］甲戌本回目为："金陵城起复贾雨村，荣国府收养林黛玉"。在"收养"处，有侧批曰："二字触目凄凉之至！"

［二］原文无"向"字，据庚辰本补。

［三］此处的"是"字，原文为"一"，据蒙府本改。

［四］"黛玉答道：'十三岁了。'又问道"句，据己卯本补。

［五］此处的"老婆婆"，原文为"老婆"。蒙府本为"老嬷嬷"，校者参照此，增一"婆"字。

［六］此处的"昭"字，原文为"照"，据庚辰本改。

［七］此处的"青缎掐牙背心的"数字，原文为"青缎拍牙背心一个"，据蒙府本改。

［八］此处的"之"字，原文为"着"，据庚辰本改。

［九］原文无"黛玉又问姊妹们读何书，贾母道：'读的是什么书，不过是认得两个字，不……'"句，据庚辰本补。

［十］此处的"阵"字，原文为"声"，据蒙府本改。

［十一］此处的"年轻的"三字，原文为"轻年"，据庚辰本改。

［十二］此处的"面如敷粉，唇若施脂"句，原文为"面如团粉施脂"，据庚辰本改。

［十三］此处的"纵然"二字，原文为"总然"，据己卯本改。

［十四］此句甲辰本为："一双似喜非喜含情目"；庚辰本为："一对多情杏眼"；列藏本改为"一双似泣非泣含露目"。

［十五］此处的"照"字，原文无，据蒙府本补。

---

① **蒙侧：**接下文。

第四回

薄命女偏逢薄命郎　葫芦僧乱判葫芦案

【回前】阴阳交结变无伦，幻境生时即是真。秋月春花谁不见，朝晴暮雨自何因。心肝一点劳牵恋，可意偏长遇喜嗔。我爱世缘随分定，至诚相感作痴人。

请君着眼护官符，把笔悲伤说世途。作者泪痕同我泪，燕山仍旧窦公无。

题曰：
　　捐躯报国恩，未报身犹在。
　　眼底物多情，君恩或可待。〔一〕

却说黛玉同姊妹们至王夫人处，见王夫人与兄嫂计议家务，又说姨母家遭了人命官司等语①。因见王夫人事情冗杂，姊妹们遂出来，至寡嫂李氏房中来了②。

原来这李氏即贾珠之妻③。珠虽夭亡，幸存一子，取名贾兰，今方

---

① 蒙侧：又来一位，宝钗将出现矣。
② 蒙侧：慢慢度入法。
③ 甲侧：起笔写薛家事，他偏写宫裁（原作哉），是结黛玉，明李纨本末，又在人意料之外。

五岁，已入学攻书。这李氏亦系金陵名宦之女，父名李守中①，曾为国子监祭酒，族中男女无有不诵诗读书②。至守中承继以来，便说"女子无才便有德③"，故生了李氏，便不十分令其读书，只不过将些《女四书》、《列女传》、《贤媛集》等三四种书，使他认得几个字，记得前朝几个贤女事迹便罢了，却只以纺绩井臼为要，取名李纨，字宫裁④。因此这李纨虽青春丧偶，且居处于膏粱锦绣之中，竟如槁木死灰一般⑤，一概无闻无见，惟知侍亲养子，外则陪侍小姑等针黹诵读而已⑥。今黛玉虽客寄于此，终日有这般姑嫂相伴，除老父外，余者也就毋庸虑及了⑦。

如今且说贾雨村。因补授了应天府，一下马就有一件人命官司，详至案下⑧，乃是两家争买一婢，各不相让，以至殴伤人命。彼时雨村即传原告之人来审。那原告道："被殴死者乃小人之主人。因那日买了一个丫头，不想是拐子所拐来卖的。这拐子先已得了我家的银子，我家小爷原说，第三日方是好日子，再接入门⑨。这拐子便又悄悄卖与薛家，被我们知道了，去找拿卖主，夺取这丫头。无奈薛家原系金陵一霸，倚财仗势，众豪奴将小人的⑩主人竟打死了。凶身主仆已皆逃走，无影无迹，只剩得几个局外之人。小人告了一年的状，竟无人做主⑪。

---

① 甲侧：妙！盖云人能"以理自守"，安得为情所陷哉！
② 甲侧：未出李纨，先伏下李纹、李绮。
③ 甲侧："有"字改得好。
　蒙侧：确论。
④ 甲侧：一洗小说窠（原作巢）臼俱尽，且命名字，亦不见"红"、"香"、"翠"、"玉"恶俗。
⑤ 甲侧：此时处此境，最能越理生事，彼竟不然，实罕见者。
　蒙侧：反有此等文章。
⑥ 甲侧：一段叙出李纨，不犯熙凤。
　蒙侧：此中不得不有如此人（原作又）。天地覆载，何物不有？而才子手中，亦何物不有？
⑦ 甲侧：仍是从黛玉身写来，以上了结住黛玉，复找前文。
⑧ 蒙侧：非雨村难以了结此案。
⑨ 甲侧：所谓"迟则有变"，往往世人因不经之谈，误却大事。
⑩ 蒙侧：一派世境恶习活现。
⑪ 蒙侧：悲夫！千古世情，不过如此。

望大老爷拘拿凶犯，剪恶除凶，以救孤寡，死者感戴天地之恩不尽！"

雨村听了，大怒道①："岂有此放屁的事！打死人命，竟白白走了，再拿不来的？"因发签差公人立刻将凶犯族人拿来拷问，令他们实供藏在何处；一面再动海捕文书。正要发签时，只见案边立的一门子使眼色儿——不令他发签之意。雨村心下甚为怪异②，只得停了手，即时退堂，至密室，使从人皆出，只留门子一人伏侍。这门子忙上前请安，笑问："老爷一向加官进禄，八九年来便忘了我了？③"雨村道："却十分面善，却一时想不起来。"那门子笑道："老爷真是贵人多忘事，把出身之地竟忘了④，不记当年葫芦庙里之事了？"雨村听罢，如雷震一惊⑤，方想起往事。原来这门子，本是葫芦庙内一个小沙弥，因被火之后，无处安身，欲投别庙去修行，又耐不了清冷景况，因想这件生意倒还轻省热闹⑥，遂趁年纪蓄了发，充了门子⑦。一时间雨村那里辨得是他，便忙携手笑道："原来是故人⑧。"又让坐了好谈⑨。这门子不敢坐。雨村笑道："贫贱之交不可忘⑩。你我故人也；二则此系私室⑪，既欲长谈，岂有不坐之理？"这门子听说，方告了座，斜签坐了。

雨村便问："方才何故不令发签？"这门子道："老爷既荣任这一省，难道没抄一张本省的'护官符'⑫来不成？"雨村忙问："何为'护

---

① 蒙侧：偏能用"反叠（原作跌）法"。
② 甲侧：原可疑怪，余亦疑怪。
　 蒙侧：请看文字递（原作第）出递转，闲中皆是要笔。
③ 甲侧：语气傲慢。怪甚！
　 蒙侧：似闲语，是要人。
④ 甲侧：刹心语！自招其祸，亦因夸能恃才也。
⑤ 甲侧：余亦一惊，但不知门子何知，尤为怪甚。
⑥ 甲侧：新鲜字眼。
⑦ 甲侧：一路奇奇怪怪，调侃世人，总在人意臆之外。
⑧ 甲侧：妙称！全是假态。
⑨ 甲侧：假极！
⑩ 甲侧：全是奸险小人态度，活现活跳。
⑪ 蒙侧：如此亲近，其先必有故事。
⑫ 甲侧：可对"聚宝盆"。一笑！
　　　三字从来未见，奇之至！

官符'？我竟不知①。"门子道："这还了得！连这个不知，怎能做得长远[二]②！如今凡做地方官者，皆有一个私单，上面写的是本省最有权、有势、极贵大乡绅的名姓，各省皆然；倘若不知，一时触犯了这样人家，不但官爵，连性命还保不成呢③！所以绰号叫作'护官符'④。方才所说的这薛家，老爷如何惹得他！这一件官司并无难断之处，皆因都碍着情分脸面，所以如此。"一面说，一面从顺袋中取出一张抄写的"护官符"来，递与雨村。看时，皆是本地大族名宦之家的俗谚口碑。其口碑排写明白，下面皆注着始祖官爵并房次，云⑤：此等人家，岂必欺霸方始成名耶？总因子弟不肖，招接匪人，一朝生事则百计营求，父为子隐，群小迎合，虽暂时不罹祸网，而从此放胆，必破家灭族不已。哀哉！

贾不假，白玉为堂金作马。宁国、荣国二公之后，共二十房分，除宁、荣亲派八房在都外，现原籍住者十二房。

阿房宫，三百里，住不下金陵一个史。保龄侯尚书令史公之后，房分共二十，都中现住十房，原籍十房。

东海缺少白玉床，龙王来请金陵王。都太尉统制县伯王公之后，共十二房，都中二房，余在籍。

丰年好[三]大雪，甲：隐"薛"字。珍珠[四]如土金如铁。紫薇舍人薛公之后，现领内库帑银行商，共八房。

……

雨村犹未看完⑥，忽闻传点，人报："王老爷来拜。"雨村听说，忙具衣冠出去迎接⑦。有顿饭工夫，方回来细问。这门子道："四家皆连络

---

① **甲侧**：余亦欲问。
② **甲侧**：骂得爽快。
   蒙侧：真是警世之言。使我看之，不知要哭要笑。
③ **甲侧**：可怜可叹，可恨可气，变作一把眼泪也。
   蒙侧：快论！请问其言是乎？否乎？
④ **甲侧**：奇甚趣甚，如何想来！
⑤ **甲侧**：忙中闲笔。用得好！
   蒙侧：可怜伊等始祖。
⑥ **甲眉**：妙极！若只有此四家，则死板不活；若再有两家，又觉累赘，故如此断法。
⑦ **甲侧**："横云断岭"法，是板定大章法。

有亲，一损皆损，一荣俱荣，扶持遮饰，皆有照应的①。才告打死人之薛，就系'丰年大雪'之'薛'[五]也。不单靠这三家，他的世友亲戚，在都在外者，本自不少。老爷如今拿谁去？"雨村听如此说，便笑问道："据你这样说来，却怎么了结此案？你大约也深知这凶犯躲去的方向了？"

门子笑道："不瞒老爷说，不但凶犯逃躲的方向，我已知道；并这拐卖之人②，我也知道；死鬼买主，也深知道。待我细细说与老爷听③：这个被打之人，乃是本地一个小乡宦之子，名唤冯渊④。自幼父母早亡，又无兄弟，只他一个，守着些薄产过日⑤。长到十八九岁上，酷爱男风，不喜女色⑥。这也是前生冤孽，可巧的遇见这拐子卖丫头，他便一眼看上了这丫头⑦，定要买来做妾，立誓再不交结男子⑧，也再不娶第二个了⑨，所以三日后方过门。谁知道这拐子又偷卖与了薛家⑩。他意欲卷了两家的银子，再逃往他乡去。谁知又不曾走脱。两家拿住，打了个臭死，都不肯收银，只要领人。那薛家公子岂肯让人的！便喝着手下人一打，把个冯公子打了个稀烂⑪，抬回家去三日死了。这薛公子，原是早已择定日子上京去的，头起身二日前，偶然见了这丫头，欲买了就进京的，谁知闹出事来。既打了冯公子，夺了丫头，他便没事人一般，

---

① **甲侧**：早为下半部伏根。
   蒙侧：此四家不相为结亲，则无门当户对者，亦理势之必然。既结亲之后，岂不照应，又人情之不可无。
② **甲侧**：斯何人也！
③ **蒙侧**：放胆一说，毫无避忌。世态人情，被门子参（原作惨）透了。
④ **甲侧**：真真是"冤孽相逢"！
⑤ **蒙侧**：我为幼而失父母者一哭。
⑥ **甲侧**：最厌女子，仍为女子丧生，是何等大笔！不是写冯渊，正是写英莲。
⑦ **甲侧**：善善恶恶，多从"可巧"而来，可畏可怕！
⑧ **甲侧**：谚云："人若改常，非病即亡。"信有之乎！
⑨ **甲侧**：虚写一个情种。
   蒙侧：也是幻中情魔。
⑩ **蒙侧**：一定情即了结，请问是幻不是？点醒"幻"字。人皆不醒。我今日看了，批了，仍也是不醒。
⑪ **蒙侧**：有情反是无情。

只管带了家眷走他的路。他这里自有兄弟奴仆在此料理，并不为此些微小事，值得他一逃①。这且别说，老爷你道这被卖的丫头是谁②？"雨村笑道："我如何得知？"门子冷笑道："这人算来还是老爷大恩人呢③！他就是葫芦庙旁住的甄老爷的女儿，小名英莲的④。"雨村骇然道："原来就是他！闻得养至五岁被人拐去，却如今才来卖呢⑤？"

门子道："这种拐子单管偷拐五六岁的儿女，养在一个僻静之处，到十一二岁时，度其容貌，带至他乡转卖。当日他这英莲，我们天天哄他玩耍；虽隔了七八年，如今十二三岁的光景，其模样虽然出脱得齐整，然大概自是不改，熟人易认。况他眉心中原有米粒大的一点胭脂痣⑥，从胎里带来的，所以我却认得。偏生这拐子又租了我的房舍居住。作者要说容貌势力，要说情，要说幻，又要说小人之居心，豪强之托大，了结前文旧案，铺设后文根基，点明英莲，收叙宝钗等项诸事；只借先之沙弥、今日门子之口层层叙来。真是大悲菩萨，千手千眼一时转动，毫无遗漏（原作露）。可见具大光明者，故无难事。诚然。那日拐子不在家，我也曾问他。他是被拐子打怕了的，万不敢说⑦，只说：拐子是他亲爷，因无钱偿债，故卖他。我又哄之再四，他又哭了⑧，说：'我原不记得小时之事！'这可无疑了。那日冯公子相看了，兑了银子，拐子醉了，他自己叹道：'我今日罪孽可满了⑨！'后听得冯公子三日才令过门，他反转有忧愁之态。我又不忍其形景，等拐子出去，命内人解释他：'这冯公子必待好日期来接，可知必不以丫鬟相看。况他是绝风流之人品，家里又过得，素习最又厌恶堂客，今竟破价买你，后事不言可知。只耐得两三

---

① 甲侧：妙极！人命视为些微小事，总是刻画阿呆耳。
② 甲侧：问得又怪。
③ 蒙侧：当心一脚！请看后文，并无蹴动。
④ 甲侧：至此一醒。
⑤ 蒙侧："闻得"只说一层（原作曾），并无言及要姣杏自道之语。非作者忘怀，欲写世态，故作幻笔。
⑥ 甲侧：宝钗之热，黛玉之怯，悉从胎中带来。今英莲有痣，其人可知矣。
⑦ 甲侧：可怜！
　　蒙侧：世家子女至此，可想见先世亦必有如薛公子者。
⑧ 蒙侧：写其心机，总为后文。
⑨ 蒙侧：天下英雄，失足匪人，偶得机会可以跳出者，与英莲同声一哭！

第四回　薄命女偏逢薄命郎　葫芦僧乱判葫芦案

日，何必忧闷①！'他听如此说，方才略解些，自以为从此得所。谁料天下竟有这等不如意事②，第二日，他偏又卖与薛家了。若卖与第二个人还好，这薛公子浑名人称'呆霸王'，最是天下头一个爱弄性的，且使钱如土③，打了个落花流水，生拖死拽，把个英莲拖去，如今也不知死活④。这冯公子空喜一场，一念未遂，反花了钱，送了命［六］，岂不可叹⑤！"

雨村听了，叹道："这也是他们孽障遭遇，亦非偶然。不然这冯渊如何偏只看准了这英莲？这英莲［七］受了拐子数年折磨，才得个头路，且又是多情的，若能聚合了，倒是一件美事，偏又生出这段事来⑥。薛家纵比冯家有钱，想其为人，自然姬妾众多，未必及冯渊之定情于一人。这正是：梦幻情缘⑦，恰遇一对薄命儿女⑧！且不要议论他，只目今这官司，如何判断才好？"门子笑道："老爷当年何其明，今日何反成了个没主意的人了⑨！小的闻道老爷补升此任，亦系贾府、王府之力；此薛蟠即贾府之亲。老爷何不顺水行舟，作个整人情，将此案了结，日后也好见贾、王二公的面。"雨村道："你说的何尝不是⑩。但事关

---

① 蒙侧：良人者，所望而终身也。
② 甲侧：可怜，真可怜！
　　一篇《薄命赋》，特出英莲。
　蒙侧：天下同患难者，同来一哭！
　靖眉：批书亲见。一篇《薄命赋》，特出英莲。
③ 甲侧："世路难行钱作马"。
　蒙侧："使钱如土"，方能称霸王。
④ 甲侧：为英莲留后步。
⑤ 甲眉：又一首《薄命叹》。英、冯二人一段小悲欢幻景，从葫芦僧口中补出，省却闲文之法也。所谓"美中不足，好事多磨"，先用冯渊作一开路之人。
⑥ 蒙侧：冯渊之事之人，是英莲之幻景中之痴情人。
⑦ 蒙侧：点明白了，直入本题。
⑧ 甲眉：使雨村一评，方补足上半回之题目。所谓此书有"繁处愈繁，省中愈（原文有中）省"；又有"不怕繁中繁，只要繁中虚；不畏省中省，只要省中实"。此则"省中实"也。
⑨ 蒙侧：利欲熏心，必致如此。
⑩ 甲侧：可发一长叹。这一句，已见奸雄。全是假。

人命，况皇上隆恩，起复委用①，实是重生再造，正当殚心竭力图报之时②，岂可因私而废法③？是我实不能忍为者④。"门子冷笑道："老爷说的何尝不是，但只如今世上是行不去的。岂不闻古人云：'大丈夫相时而动'⑤，又曰：'趋吉避凶者为君子'⑥。依老爷这一说，不但不能报效朝廷，亦且自身不保⑦。还要三思为妥！"

雨村低了半日头，方说道⑧："依你怎么样？"门子道："小人已想了一个极好主意在此：老爷明日坐堂，只管虚张声势，动文书发签拿人。原凶是自然拿不来的。原告因是定要将薛家族中及家人拿几个来拷问。小的在暗中调停，令他们报个暴病身亡，合族及地方上共递一张保呈。老爷只说善能扶鸾请仙，堂上设了乩坛，令军民人等只管来看。老爷就说：'乩仙批了，死者冯渊与薛蟠原因夙孽相逢，今狭路既遇，原应了结，薛蟠今已得了无名之病⑨[八]，被冯渊魂已追索去了。其祸皆由拐子某人而起，所拐之人系某乡某姓氏，按例处治，余不累及'等语。小人暗中嘱托拐子，令其实招。众人见乩仙批语与拐子相符，余者自然也不虚了。薛家有的是钱，老爷断一千也得，五百也得，与冯渊作烧埋之费。那冯家也就无甚紧要的人，不过为的是钱，见有了这银子，想也就无话说了。老爷想想，此计如何？"雨村笑道："不妥，不妥⑩。等我再斟酌，或可压伏口声⑪。"二人计议，天色已晚，别无甚话。

---

① 甲侧：奸雄！
② 甲侧：奸雄！
③ 甲侧：奸雄！
　蒙侧：良明不昧势难当。
④ 甲侧：全是假。
⑤ 蒙侧：误尽多少苍生！
⑥ 甲侧：近时错会书意者，多多如此。
⑦ 蒙侧：说了来也是一团道理。
⑧ 甲侧：奸雄欺人。
⑨ 甲侧："无名之症"却是病之名。而反曰"无"。妙极！
⑩ 甲侧：奸雄欺人。
⑪ 蒙侧：一张口就是了结，真（原作其）腐臭！以"再斟酌"收结，真是不凡之笔！

第四回　薄命女偏逢薄命郎　葫芦僧乱判葫芦案

　　至次日坐堂，勾取一应有名姓人犯，雨村详加审问，果见冯家人口稀疏，不过赖此欲多得些烧埋之费①；薛家仗势倚情，偏不相让，故此颠倒。雨村便殉情枉法，乱判断了此案②。冯家得了许多烧埋银子，也就无甚话说了③。

　　雨村既判了此案，急忙作书二封与贾政并王子腾④，不过说"令甥之事已完，不必过虑"。此事皆由葫芦庙内之沙弥新门子所出，雨村诚恐他说出当日贫贱的事来，因此心中大不乐⑤，后来到底寻了个不是，远远充发了他才罢⑥。

　　当下且不说雨村，且说那买了英莲、打死冯渊的薛公子⑦，亦系金陵人氏，本是书香继世之家⑧。只是如今这薛公子，幼年丧父，寡母又

---

① 甲侧：用（原作因）此三四语收住。极妙！此则重重写来，轻轻抹去也。
② 甲侧：实注一笔，更好，不过是如此等事，又何用细写。可谓"此书不敢干涉朝廷廊庙"者，即此等处也，莫谓写之不到，盖作者立意写闺阁尚不暇，何能又及此等哉！
③ 甲眉：盖宝钗一家不得不细写者。若另起头绪，则文字死板，故仍只借雨村一人，穿插出阿呆兄人命一事；且又带叙出英莲一向之行踪，并以后之归结，是以故意戏用"葫芦僧乱判"等字样撰成半回，略一解颐，略一叹世，盖非有意讥刺仕途，实亦出人之闲文耳。

　　又注冯家一笔，更妥。可见冯家正不为人命，实赖此获利耳。故用"乱判"二字为题，虽曰"不涉世事"，或亦有微辞耳。但其意，实欲出宝钗，不得不做此穿插。故云：此等皆非《石头记》之正文。
④ 甲侧：随笔带出王家。
⑤ 甲侧：瞧他写雨村如此，可知雨村终不是大英雄。
⑥ 甲侧：至此了结葫芦庙文字。
　　又伏下千里伏线。
　　起用"葫芦"字样，收用"葫芦"字样。盖云：一部书皆系葫芦提之意也。此亦系寓意处。
　　蒙侧：口如悬河者，当于出言时小心。
　　靖眉：了结葫芦庙（原无）文字，伏下千里线。"葫芦"字样起，盖一部书皆系葫芦提之意也。知乎？
⑦ 甲侧：本是立意写此，却不肯特起头绪，故意设出"乱判"一段戏文，其中穿插，至此，却淡淡写来。
⑧ 蒙侧：为书香人家一叹！

怜他是个独根孤种,未免溺爱纵容①,遂至老大无成;且家中有百万之富,现领着内帑钱粮,采办杂料。这薛公子学名薛蟠,表字文龙[九]从五六岁时,就是性情奢侈,言语放傲。虽也上过学,不过略识几个字儿②,终日惟有斗鸡走狗,游山玩水而已。虽是皇商,一应经纪世事,全然不知,尽赖祖父旧日情分,户部挂了虚名,支领钱粮,其余事体,自有旧伙计、老家人等措办。寡母王氏乃现任京营节度使王子腾之妹,与荣国府贾政的夫人王氏,是一母所生的姊妹,今年方四十上下年纪,只有薛蟠一子③。还有一女,比薛蟠小两岁,乳名宝钗,初见。生得肌肤莹润,举止娴雅④。当日父亲在日,令其读书识字,较之乃兄,竟高超十倍⑤。自父死后,见哥哥不能依贴母怀,他便不以书字为事,只留心针黹、家计等事,好为母亲分忧解劳[十]。近因今上崇诗尚礼,征采才能,降不世出隆恩⑥,除选聘妃嫔外,仕宦名家之女,皆亲名达部,以备挑选,择为公主、郡主之入学陪侍,充为才人、赞善之职。二则自薛翁死后,各省中所有买卖承局、总管、伙计人等,见薛蟠年轻不谙世事,便趁时拐骗起来⑦,京都中几处生意,渐亦消耗⑧。薛蟠素闻得都中乃第一繁华之地,正思一游,便趁此机会,一为送妹待选,二为望亲,三因亲自入都,销算旧帐,再计新支——其实,则为游览上国风光之意。因此早已打点下行装细软,以及馈送亲友各色土物人情等物,择日一定起身,不想偏遇见那拐子卖英莲。见他生得不俗⑨,立意买了,又遇冯家来夺人,因恃强喝令手下豪奴将冯渊打死。他便将家中事务嘱托族人并几个老家人,他便带了母亲、妹子竟自起身长行去

---

① 蒙侧:受(原作爱)病处。富而且孤,自多溺爱。孟母三迁(原作边),故(原作固)难再见。
② 甲侧:这句加于老兄,却是实写。
③ 蒙侧:非母溺爱,非家道殷实,非节度、荣国之至亲,则不能到如此强霸。富贵者其思之。
④ 甲侧:写宝钗只如此。更妙!
⑤ 甲侧:又只如此写来,更妙!
⑥ 甲侧:一段称功颂德,千古小说中所无。
⑦ 蒙侧:我为创家立业者一哭。
⑧ 蒙侧:有治(原作制)人,无治(原作制)法。
⑨ 甲侧:阿呆兄亦知不俗,英莲人品可知矣。

第四回　薄命女偏逢薄命郎　葫芦僧乱判葫芦案

讫①。人命官司，他竟视为儿戏，以为花上几个臭钱，无有不了的②。

在路不计其日③。那日已将入都时，忽闻得母舅王子腾升了九省统制，奉旨出都查边④。薛蟠心中暗喜道："我正想，进京去有个嫡亲母舅管辖，不能任意挥霍；如今却好升出去了，可知天从人愿⑤。"因和母亲商议道："咱们京中虽有几处房舍，只是这十来年无人进京居住，那守看的人，也难定他们不租赁与人，须得先着人去打扫收拾才好。"他母亲道："何必如此招摇！咱们这一进京，原该先拜亲友，或是在你舅舅家⑥，或在你姨娘家⑦。他们家的房舍极是便宜，咱们先去寄住，再慢慢的着人去收拾，岂不消停。"薛蟠道："如今舅舅正升了外省去了，家里自然忙乱起身⑧，咱们这工夫反一窝一块的奔了去，岂不没眼色些？"他母亲道："你舅舅家虽升了去，还有你姨娘家。况这几年来，他们常常捎书来，要咱们进京。如今既来了，你舅舅虽忙着起身，你贾家姨娘家自必苦留。咱们且忙忙收拾房屋，岂不使人见怪⑨？你的意思我也知道⑩，守着舅舅、姨父处住着，未免拘束，不如你各自住着，任意施为⑪。既然如此，你自去挑所房子去住，我和你姨娘、姊妹

---

① **蒙侧**：破销不顾业已（原作己）之事，业已（原作己）如此，倒（原作到）是走的妙。
② **甲侧**：是极！
  人谓薛蟠为呆，余则谓是大彻悟。
③ **甲侧**：更妙！必云程限，则又有落套，岂暇又记路程单哉？
④ **蒙侧**：天下之母舅再无不教外甥以正道者。必使其升任出京，亦是留下文地步。
⑤ **甲侧**：写尽五陵心意。
  蒙侧：写不肖子弟如画。
⑥ **甲侧**：陪笔。
⑦ **甲侧**：正笔。
⑧ **蒙侧**：好游荡不要管束的子弟，惯会说此等语。
⑨ **甲侧**：闲语中补出许多前文，此画家之"云罩峰尖法"也。
⑩ **甲侧**：知子莫若母（原作父）。
⑪ **甲侧**：寡母孤儿一段，写得逼肖（原作逼有）、逼（原无）真！
  蒙侧：使（原作用为）子不得放荡。一逼，再收入本意。
  靖侧：寡母孤儿，逼肖！逼真！

们别了这几年,却要厮守几日,我带了你妹妹投你姨娘家去①,你道好不好?"薛蟠见母亲如此说,情知扭不过②,只得吩咐人夫,一路奔荣国府来。

那时王夫人已知薛蟠官司一事,亏贾雨村就中维持了结,才放了心。又见哥哥升了边缺,正愁又少了娘家亲戚来往③,略加寂寞。过了几日,忽家人传报:"姨太太带了哥儿、姐儿,合家进京,在外下车④。"喜的王夫人忙带了女媳人等,接出大厅,将薛姨妈[十一]等接了进来。姊妹们暮年相见,自不必说悲喜交集,泣笑并见,叙阔一番。又引见了贾母,将人情土物各种酬献了。合家俱厮见过,忙又治席接风。

薛蟠已见过贾政,贾琏又引着拜见了贾赦、贾珍等。贾政便使人上来说:"姨太太有春秋,外甥年轻,不知世路,恐有人引诱生事。咱们东北角上,梨香院⑤一所,十来间白空着,打扫了,请姨太太和哥姐儿住了甚好⑥。"王夫人未及留,贾母也遣人来说"请姨太太就在这里住下,大家亲密些"等语⑦。薛姨妈正欲同居一处,方可拘束些儿子;若另住在外,恐他纵性惹祸⑧,遂连忙道谢应允。又私与王夫人说:"一应日费供给,一概免却⑨,方是处常之法⑩。"王夫人知他家不难于此,遂亦从其愿。自此后,薛家母子就在梨香院中住了。

原来这梨香院,乃当日荣公暮年养静之所,小小巧巧,约有十余间房舍,前厅后舍俱全。另有一门通街,薛蟠家人就走此门出入。西南又有一角门,通一夹道,出了夹道,便是王夫人正房的东院了。每

---

① **甲侧**:薛母亦善训子。
② **蒙侧**:情理如真。
③ **甲侧**:大家尚义,人情大都如(原无)是也。
④ **蒙侧**:开留住之根。
⑤ **甲侧**:好香色!
⑥ **甲眉**:用政老一段,不但王夫人得体,且薛母亦免靠亲之嫌。
⑦ **甲侧**:老太君口气,得情。
　　　　偏不写王夫人留,方不死板。
⑧ **蒙侧**:父母为子弟处每每如此。
⑨ **甲侧**:作者题清,犹恐看官误认今之靠亲投友者一例。
⑩ **蒙侧**:补足。真是一丝不漏!

第四回 薄命女偏逢薄命郎 葫芦僧乱判葫芦案　65

日或饭后，或晚间，薛姨妈便过来，或与贾母闲谈，或和王夫人相叙。宝钗日与黛玉迎春姊妹等一处①，或看书下棋，或作针黹，倒也十分乐业②。只是薛蟠起初之心，原不欲在贾宅居住，深恐姨父管约拘紧，料必不得自在的；无奈母亲执意在此，且贾宅中又十分殷勤苦留，只得暂且居下，一面使人打扫自家的房屋，再作移居之计③。谁知自来此间，住了不上半个月的日期，贾宅族中凡有的子侄，俱已认熟一半，凡[二]是那些纨袴气习者，莫不喜与他来往，今日会酒，明日观花，甚至聚赌嫖娼，渐渐无所不至，引诱的薛蟠，比当日更坏了十倍④。虽说贾政训子有方，治家有法⑤，一则族大人多，照管不到这些；二则现在族长，乃是贾珍，彼系宁府长孙，又现袭职，凡族中大小事体，自有他掌管；三则公私冗杂，且素性潇洒，不以俗务为要，每公暇之余，不过看书下棋而已，<其用笔墨何等灵活，能足前摇后，即境生文，真到不期然而然，所谓水到渠成，不劳着力者也。>余事多不介意。况梨香院相隔两层房子，又另有街门别开，可以出入⑥，所以这些子弟们竟可以放意畅怀行事，因此把薛蟠移居之念渐渐消灭了。要知端的，且听下回分解。

【总评】看他写一宝钗之来，先以英莲事逼其进京，及以舅氏官出，惟姨可倚，辗转相逼来。且加以世态人情，隐耀其间，如人饮醇酒，不期然而已醉矣。

校　记：

[一] 这首回前诗仅见于列藏本和梦稿本，两本所载略有不同，从梦稿本。
[二] 此处的"长远"二字，原文为"常远"，据庚辰本改。
[三] 原文无"好"字，据庚辰本补。
[四] 此处的"珍珠"二字，原文为"真珠"，据庚辰本改。

① 甲眉：金玉初（原作如）见，却如此写。虚虚实实，总不相犯。
② 甲侧：这一句衬出后文黛玉之不能乐业，细甚妙甚！
③ 甲侧：交代结构，曲曲折折，笔墨尽矣。
④ 甲侧：虽说为纨袴设鉴，其意原只罪贾宅，故用此等句法写来。
　　蒙侧：膏粱（原作梁）子弟每习成的风化，处处（原无）皆然，诚为可叹！
⑤ 甲侧：八字特洗出政老来——又是作者隐意。
⑥ 蒙侧：既为（原作无）作姨父的，开一条生路。若无此段，则姨父非木偶即不仁，则不成为姨父矣。

［五］此处的"薛"字，庚辰本为"雪"。

［六］此处的"……花了钱，送了命"句，原文为"……花了性命"，按庚辰本改。

［七］原文无"这英莲"三字，按甲戌本补。

［八］此处"薛蟠今已得了'无名之病'"，原文为"今已得'无名之病'"，按庚辰本改。另，"无名之病"，甲戌本为"无名之症"。

［九］原文为"文起"，按甲戌本改。因本书第七十九回回目为"薛文龙悔娶河东狮"。

［十］原文无"……家计等事，好为母亲分忧解劳"一语，据庚辰本补。

［十一］原文无"妈"字，据庚辰本补。

［十二］此"凡"字，原文为"但"，按庚辰本改。

第五回

灵石迷性难解仙机　警幻多情秘垂淫训

【回前】万种豪华原是幻，何尝造孽？何是风流？曲终人散有谁留？为甚营求？只爱蝇头！一番遭遇几多愁？点水根由，泉涌难酬。

题曰：
　　春困葳蕤拥绣衾，恍随仙子别红尘。
　　问谁幻入华胥境，千古风流造孽人。

第四回中，既将薛家母子，在荣国府中寄居等事，略已表明，此回则暂不能写矣。_{此等实非别部小说之熟套起法。}如今且说林黛玉，_{不叙宝钗，反仍叙黛玉。盖前回只不过欲出宝钗，非实写之文耳。此回若仍续写，则将二玉高搁矣，故急转笔仍归至黛玉，使荣府正文方不至于冷落也。今写黛玉神妙之至，何也？因写黛玉实是宝钗，非真有意去写黛玉，几乎又被作者瞒过。}自在荣府以来，贾母万般怜爱，寝食起居，一如宝玉，_{妙极！所谓一击两鸣法，宝玉身份可知。}迎春、探春、惜春三个亲孙女倒且靠后。_{此句写贾母。}便是宝玉和黛玉二人之亲密友爱处，亦自较别个不同——_{此句细思，有多少文章！}日则同行同坐，夜则同息同止，真是言合意顺，略无参商。不想如今忽来了一个薛宝钗①〔总是奇峻之笔，写手健拔，似新出之一人耳。此处如此写宝钗，前回中略不一写，可知前回中迥非十二钗之正文也〕，年纪虽大不多，然品格端方，容貌丰美，人多谓黛玉所不及。〔此句定评〕想世人目中各有所取也。按黛玉、宝钗二人，一如娇花，一如纤柳，各极其妙，此乃世人性分甘苦不同之故耳〔一〕。而且宝钗行为豁达，随分随时，不比黛玉孤高自许，目下无人，〔将两个行止摄总一写，实是难写，亦是系千部小说中所未敢写者〕故比黛玉大得下人之心。便是那些小丫头们，亦多喜与宝钗去玩笑。因此黛玉心中便有些悒郁不忿之意，〔此一句是今古才人同病。如人人皆似我黛玉之为人，方许他妒，此是黛玉缺处〕宝钗却浑然不觉。〔这还是天性，后文则是又加学力了〕那宝玉亦在孩提之间，况自天性所禀来的一片愚拙偏僻，〔四字是极不好，却是极妙。勿被作者瞒过〕视姊妹弟兄皆出一意，并无亲疏远近之别。〔如此反谓"愚拙偏僻"正从世人意中写也〕其中因与黛玉同贾母一处坐卧，故略比别个姊妹熟惯些。既熟惯，则更觉亲密；既亲密，则不免一时有求全之毁，不虞之隙②。〔八字定评，有趣！不独写宝玉、黛玉二人，亦为古今人亲密者，作当头棒喝〕这一日不知为何，他二人言语有些不合起来，黛玉又气的独在房中垂泪，〔"又"字妙极，补出近日无限垂泪之事矣。此仍淡淡写来，使后文来得不突然〕宝玉又自悔语言冒撞，前去俯就，〔"又"字妙极；凡用二"又"字，如双峰对峙，总补二玉正文〕那黛玉方渐渐的回转来。

　　因东边宁府中花园内梅花盛开，〔元春消息动矣〕贾珍之妻尤氏，乃置酒请贾母、邢夫人、王夫人等赏花。是日，先携了贾蓉夫妻二人来面请。贾母等于早饭后过来，就在会芳园〔随笔带出，字义可思。妙！〕游玩，先茶后酒，不过皆是宁、荣二府女眷家宴小集，并无别样新文趣事可记。〔这是第一家宴，偏为此草草写。如晋人倒食甘蔗，"渐入佳境"一样〕

　　一时宝玉倦怠，欲睡中觉，贾母命人好生哄着，歇息一会再来。贾蓉之妻秦氏便忙笑回道："我们这里有给宝叔收拾下的屋子，老祖宗放心，只管交与我就是了。"又向宝玉的奶娘、丫鬟等道："嬷嬷、姐姐们，请宝叔随我这里来。"贾母素知秦氏是个极妥当的人，〔借贾母心中定评〕生得袅娜纤巧，行事又温柔和平，乃众孙媳中第一个得意之人，见他去

---

① 甲眉：欲出宝钗，便不肯从宝钗身上写来，却先款款叙出二玉，陡然转出宝钗，三人方可鼎立。行文之法，又一变体。

② 甲眉：八字为二玉一生文字之纲。

安置宝玉自是安稳的。又夹写秦氏出来。

当下秦氏引了一簇人，来至上房内间。宝玉抬头，先看见一幅画贴在上面，画的人物甚好，其故事乃是《燃藜图》，也不看系何人所画，心中便有些不快①。又有一副对联，写的是：

世事洞明皆学问　人情练达即文章　按：此联极俗，用于此则极妙。盖作者正为古今王孙公子，劈头下一金针。

及看了这两句，纵然室宇精美，铺陈华丽，亦断断不肯在这里，忙说道："出去！出去！"秦氏听了笑道："这里还不好，要往那里去呢？不然往我屋里去吧。"宝玉点头微笑。一媪媪说道："那里有叔叔往侄儿屋里睡觉的道理？"秦氏笑道："哎哟哟！不怕他恼。他能多大了，就忌讳这些个！上月你没看见我那兄弟来了，虽然和宝叔同年，两个人若站在一处，只怕那一个还高些呢②！"又伏下文，随笔便来，得隙便入，精细之极。宝玉道："我怎么没见过？你带他来我瞧瞧。"侯门少年纨袴活跳下来。众人笑道："隔着二三十里带去？见的日子有哩。"说着大家来至秦氏房中。刚至房门，便有一股细细的甜香袭人③。宝玉便觉眼饧骨软，连说"好香！"刻骨吸髓之情景，如何想得来，又如何写得出？辰：进房如梦境。入房向壁上看时，有唐伯虎画的《海棠春睡图》，妙画。两边有宋学士秦太虚写的对联，其联云：

嫩寒锁梦因春冷　芳气袭人是酒香　艳极！淫极！已入梦境矣。

案上设着武则天当日镜室中设的宝镜，设譬调侃（原作谎）耳。若真以为然，则又被作者瞒过也。一边摆着飞燕立着舞过的[二]金盘，盘内盛着安禄山掷过伤了太真乳的木瓜。上面设着寿昌公主于含章殿下卧的榻，悬的是同昌公主制的连珠帐。宝玉含

---

① 甲侧：如此画、联，焉能入梦？
② 甲眉：伏下秦钟，妙！
　甲侧：又伏下一人。随笔便出，得隙便入，精细之极！所谓"一支笔变出恒河沙数支笔"也。
③ 甲侧：此香名"引梦香"。

笑,辰：摆设就合着他的意。连说："这里好！"秦氏笑道："我这屋子，大约连神仙也住得了。"说着亲自展开了西子浣过的纱衾，移了红娘抱过的鸳鸯枕①。于是众奶母伏侍宝玉卧好，款款散去，只留下袭人、一个再见。媚人、二新出。晴雯、三新出。名妙而文。麝月四新出。尤妙！看此四婢名，则知历来小说难与并肩（原无）。四个丫鬟为伴②。秦氏便分咐小丫鬟们，好生在廊檐下，看着猫儿狗儿打架。细极！

那宝玉刚合上眼，便惚惚的睡去，犹似秦氏在前，遂悠悠荡荡，随了秦氏，至一所在③此梦文情固佳，然必用秦氏引梦，又用秦氏出梦，竟不知立意何属？但见朱栏白石，绿树清溪，真是人迹罕逢，飞尘不到。一篇《蓬莱赋》。宝玉在梦中欢喜，想道："这个去处有趣，我就在此处过一生，纵然失了家，我也愿意，强如天天被父母、师傅打去。"百忙中点出小儿心性。正胡思之间，忽听山后有人作歌曰：

春梦随云散，甲：开口拿"春"字，最紧要。

飞花逐水流。甲：二句比也。

寄言众儿女，

何必觅闲愁。甲：将通部人一喝。

宝玉听了是女子的声音。写出终日与女儿厮混最熟。歌音未息，早见那边走出一个人来，蹁跹袅娜，端的与人不同。有赋为证：

方离柳坞，乍出花房。但行处，鸟惊庭树；将到时，影度回廊。仙袂乍飘兮，闻麝兰之馥郁；荷衣欲动兮，听环佩之铿锵。靥笑春桃兮，云堆翠髻；唇绽樱颗兮，榴齿含香。纤腰之楚楚兮，回风舞雪；珠翠之辉辉兮，满额鹅黄。出没花间兮，宜嗔宜喜；徘徊池上兮，若飞若扬。蛾眉颦笑兮，将言而未语；莲步乍移兮，欲止而仍行。美彼之良质兮，冰清玉润；慕彼之华服兮，闪灼文章。爱

---

① 甲侧：一路设譬之文，迥非《石头记》大笔所屑，别有他属，余所不知。
② 甲眉：文至此，不知从何处想来？
③ 甲侧：此梦文情固佳，然必用秦氏引梦，又用秦氏出梦，竟不知立意何属？——惟批书人知之。

彼之貌容兮，香培玉琢；美彼之态度兮，凤翥龙翔。其素若何，春梅绽雪。其洁若何，秋兰被霜。其静若何，松生空谷。其艳若何，霞映澄塘。其文若何，龙游曲沼。其神若何，月射寒江。应惭西子，实愧王嫱。奇矣哉，生于孰地，来自何方；信矣乎，瑶池不二，紫府无双。果何人哉？如斯之美也①！按此书"凡例"本无赞赋，前有宝玉二词，今复见此一赋，何也？盖二人乃通部大纲，不得不用此套。

宝玉见是一个仙姑，喜的忙来作揖，笑问道："神仙姐姐②不知从那里来，如今要往那里去？我也不知这是何处，望乞携带携带。"那仙姑笑道："吾居离恨天之上，忘愁海之中，乃放春山遣香洞太虚警幻仙姑是也，与首回中甄士隐梦景一照。司人间之风情月债，掌人世之女怨男痴。因近来风流冤孽，四字可畏。缠绵于此处，是以前来访察机会，布散相思。今忽与尔相逢，亦非偶然。此离吾境不远，别无他物，仅有自采仙茗一盏，亲酿美酒一瓮，素练魔舞歌姬数人，新填[三]《红楼梦》仙曲十二支，点题。盖作者自云："所历不过红楼一梦耳。"试随吾一游否？"宝玉听了，喜跃非常，便忘了秦氏在何处，细极！竟随了仙姑，至一所在，辰：士隐曾见此匾对，而僧道不能领入，留此回警幻邀宝玉后文。有石牌坊横建，上书"太虚幻境"四个大字，两边一副对联，乃是：

假作真时真亦假　无为有处有还无　甲：正恐观者忘却首回，故特将甄士隐梦境重一渲染。

转过牌坊，便是一座宫门，上面横书四个大字，乃是："孽海情天"。又有一副对联，大书云：

厚地高天　堪叹古今情不尽
痴男怨女　可怜风月债难偿

---

① 甲眉：按此书"凡例"，本无赞赋闲文，前有宝玉二词，今复见此一赋，何也？盖此二人，乃通部大纲，不得不用此套。前词却是作者别有深意，故见其妙；此赋，则不见长，然亦不可无者也。
② 甲侧：千古未闻之奇称，写来竟成千古未闻之奇语，故是千古未有之奇文。

宝玉看了，心下自思道①："原来如此。但不知何为'古今之情'，又何为'风月之债'？从今倒要领略领略。"宝玉只顾如此一想，不料早把些邪魔招入膏肓了。奇趣妙文！当下随了仙姑进入二层门内，只见两边配殿，皆有匾额对联，一时看不尽许多，惟见几处写着："痴情司"、"结怨司"、"朝啼司"、"夜怨司"、"春感司"、"秋悲司"。虚陪六个。看了，因向仙姑道："敢烦仙姑引我到各司中游玩游玩，不知可使得？"仙姑道："此各司中，皆贮的是普天之下所有的女子过去未来的簿册，尔凡眼尘躯，未便先知的。"宝玉听了，那里肯依，复央之再四。仙姑说："也罢，就在此司内，略随喜随喜罢了。"宝玉喜不自胜，抬头看这司的匾上，乃是"薄命司"三字，正文。两边对联写着：

　　春怨秋悲皆自惹　花容月貌为谁妍

宝玉看了，便知感叹。"便知"二字是字法，最为紧要！进了门来，见有十数个大橱，皆用封条封着。见那封条上，皆是各省地名。宝玉一心只拣自己的家乡封条看，遂无心看别省的了。只见那边橱上封条，大书七字，云："金陵十二钗正册"。正文点题。宝玉因问："何为'金陵十二钗正册'？"警幻道："即贵省中十二冠首女子之册，故为'正册'。"宝玉道："常听人说，金陵极大，"常听"二字，神理极妙。怎么只有十二个女子？如今单我们家里，上上下下，就有几百女孩儿呢。"贵公子的口气。警幻道："贵省女子固多，不过择其善者录之。下边二厨，则又次之。余者庸愚之辈，则无册可录矣。"宝玉听说，再看下首二厨上，果然写着"金陵十二钗副册"，又一个写着"金陵十二钗又副册"。宝玉便伸手将"又副册"厨门开了，拿出一本册来，揭开一看，只见上首页上画着一幅画，又非人物，亦无山水，不过是水墨烘染的满纸乌云浊雾[四]而已。后有几行字，写着：

---

① **甲眉**：菩萨天尊，皆因僧道而有，以点俗人，独不许幻造太虚幻境，以警情者乎？观者恶其荒唐，余则喜其新鲜。

　　有修庙造塔祈福者，余今意欲起太虚幻境，似（原作以）较修七十二司更有功德。

霁月难逢，彩云易散。心比天高，身为下贱。风流灵巧招人怨。夭寿多因诽谤生，多情公子空牵念。 甲：恰极之至！"病补雀金裘"回中，与此合看。

宝玉看了，又见后面画着一簇鲜花，一床破席，也有几句言辞，写着：

枉自温柔和顺，空云似桂如兰；
堪羡优伶有福，谁知公子无缘。 骂死宝玉，却是自悔。

宝玉看了，不解。遂掷下这个，又去开了一副册厨门，拿起一本册来，揭开看时，只见画着一株桂花，下面有一池沼，其中水涸泥干，莲枯藕败，画后书云：

根[五]并荷花一茎香， 却是咏菱，妙！
平生遭际实堪伤。
自从两地生孤木， 甲：拆字法。
致使香魂返故乡。

宝玉看了，仍不解①。他又掷下，再取"正册"看，只见头一页上，便画着两株[六]枯木，木上悬着一围玉带；又有一堆雪，雪下一股金钗。也有四句言词，道：

可叹停机德， 乐羊子妻事。甲：此句薛。
堪怜咏絮才。 此句薛。
玉带林中挂， 甲：此句林。
金钗雪里埋。 寓意深远，皆是生非其地之意。

---

① 甲眉：世之好事者争传《推背图》之说，想前人断不肯煽惑愚迷，即有此说，亦非常人供谈之物。此回悉借其法，为几（原作几）女子数运之机，无可以供茶酒之物，亦无干涉政事。真奇想奇笔！

宝玉看了,仍不解。待要问时,情知他必不肯泄漏;待要丢下,又不舍。遂又往后看,只见画着一张弓,弓上挂一香橼。也有一词:

二十年来辨是非,
榴花开处照宫闱。
三春争及初春景,甲:显极。
虎兔相逢大梦归。

后面又画着两人放风筝,一片大海,一只大船,船中有一女子掩面泣涕。也有四句云:

才自精明志自高,
生于末世[七]运偏消。甲:感叹句。自寓。
清明涕送江边望,
千里东风一梦遥[八]。甲:好句!

后面又画几缕飞云,一湾逝水。其词曰:

富贵又何为!襁褓之间父母违。
转眼吊斜晖,湘江水逝楚云飞。

后面又画着一块美玉,落在泥垢[九]之中。其断语云:

欲洁何曾洁,云空未必空。
可怜金玉质,终陷淖泥中!

后面忽画一恶狼,追扑一美女,欲啖之意。其判曰:

子系中山狼,得志便猖狂。甲:好句!
金闺花柳质,一载赴黄粱。

第五回　灵石迷性难解仙机　警幻多情秘垂淫训

后面便是一座古庙，里面有一美人，在内独坐看经。其判云：

勘破三春景不长，缁衣顿改昔年妆。
可怜绣户侯门女，独卧青灯古佛旁。甲：好句。

后面便是一片冰山，山上有一只雌凤。其判云：

凡鸟偏从末世[十]来，
都知爱慕此生才。
一从二令三人木，拆字法。
哭向金陵事更哀。

后面又是一座荒村野店，有一美人在那里纺绩。其判曰：

势败休云贵，
家亡莫论亲。甲：非经历过者，一句则云"纸上谈兵"。过来人那得不哭！
偶因济刘氏，
巧得遇恩人。

诗后又画一盆茂兰，旁有一位凤冠霞帔的美人。其判云：

桃李春风结子完，
到头谁似一盆兰。
如冰水好空相妒，
枉与他人作笑谈！甲：真心实语。

后面又画着高楼大厦，有一美人悬梁自缢。其判云：

情天情海幻情身，情既相逢必主淫。
漫言不肖皆荣出，造衅开端实在宁。

宝玉还欲看时，那仙姑知道他天分高明，性情颖慧，通部中笔笔贬宝玉，人人嘲宝玉，语语谤宝玉，今却于警幻意中写出此八字来，真是意外之想。此法亦他书中所无。）恐把天机泄漏，遂掩[十一]了卷册。笑向宝玉道："且随我去游玩奇景①（是哄小儿语气。为前文葫芦庙一点。辰：点醒。）何必在此打这闷葫芦！"

宝玉恍恍惚惚，不觉弃了卷册②（是梦中景，妙！）又随了警幻来至后面。但见珠帘绣幕，画栋雕梁，说不尽那光摇朱户金铺地，雪照琼窗玉作宫。更见仙花馥郁，异草芬芳，真好一个所在。（已为省亲别墅画下图式矣！）又听警幻笑道："你们快出来迎接贵客！"一语未了，只见房中又走出几个仙子来，皆是荷袂蹁跹，羽衣飘舞，姣若春花，媚如秋月。一见了宝玉，都怨谤警幻道："我们不知系何'贵客'，忙的接了出来！姐姐曾说今日今时，必有绛珠妹子的生魂前来游玩，（绛珠是谁？请观者细思首回。）故我等久待。何故反引这浊物来，污染这清净女儿之境？③"（奇笔奇文！）宝玉听如此说，吓得欲退不能退④，果觉自形污秽不堪。（贵公子岂容人如此厌弃，反不怒而反欲退？实实写尽宝玉天分中一段情痴来。若是薛阿呆至此闻是语，则警幻之辈共成齑粉矣。一笑。）警幻忙携住宝玉的手，（妙！警幻是多（原作与）情种子。）向众姊妹笑道："你等不知原委：今日原欲往荣府去接绛珠，适从宁府[十二]所过，偏遇宁、荣二公之灵，嘱吾云：'吾家自国朝定鼎以来，功名奕世，富贵传流，虽历百年，奈运终数尽，不可挽回。子孙虽多，竟无一可以继业者⑤。惟嫡孙宝玉一人，禀性乖张，性情怪谲，虽不聪明灵慧，略可望成，无奈吾家运数合终，恐无人引入正路。幸仙姑偶来，望先以情欲声色等事警其痴玩⑥，或能使彼跳出迷人圈子，然后入于正路，亦吾弟兄之幸矣。'如此嘱吾，故发慈心，引彼至此。先以彼家上中下三等女子之终身册籍，令彼熟玩，尚未觉悟；故引彼再至此处，令其再历饮馔声色之幻，或可将来一悟，亦未可知也。"（一段叙出宁、荣二公来，足见作者深意。）

---

① 甲侧：是哄小儿语。细甚！
② 甲侧：是梦中景况。细极！
③ 甲眉：奇笔摅奇文。作书者视女儿珍贵之至，不知今时女儿可知？余为作者痴心一哭！又为近之自弃自败之女儿一恨！
④ 甲侧：贵公子不怒而反退，却是宝玉天分（原作外）中一段情痴。
⑤ 甲侧：这是作者真正一把眼泪。
⑥ 甲侧：二公真无可奈何，开一觉世觉人之路也。

第五回　灵石迷性难解仙机　警幻多情秘垂淫训

说毕，携宝玉入室。但闻一缕幽香，竟不知所焚何物。宝玉遂不禁相问。警幻笑道："此香尘世中既无，尔何能知！此香乃系诸名山胜境内，初生异卉之精，合各种宝林珠树之油所制，辰：细玩此句。名为'群芳髓'。"①宝玉听了，自是羡慕而已。大家入座，小鬟捧上茶来。宝玉自觉香清味异，纯美非常，因又问何名。警幻道："此茶出在放春山遣香洞，又以仙花灵叶上所带宿露而烹，此茶名曰'千红一窟'。"隐"哭"字。宝玉听了，点头称赏。因看房内，瑶琴、宝鼎、古画、新诗，无所不有；更喜窗下亦有唾绒，奁间时渍粉污。是宝玉心事。壁上亦有一副对联，书着：

　　　　幽微灵秀地女儿之心。可奈何而有。　无可奈何天女儿之境。两句尽矣。甲：撰通部大书不难，最难是此等处，可知皆从"无"

宝玉看毕，无不羡慕。因又请问众仙姑姓名：一名痴梦仙姑，一名钟情大士，一名引愁金女，一名度恨菩提，各各道号不一。少刻，有小鬟来调桌安椅，摆设酒肴。真是：琼浆满泛玻璃盏，玉液浓斟琥珀杯。更不用再说那肴馔之盛。宝玉因闻得此酒清香甘冽，异乎寻常，又不禁相问。警幻道："此酒乃以百花之蕊，万木之汁，加以麟乳之醅、凤髓之麯酿成，因名为'万艳同杯'。"与"千红一窟"一对，隐"悲"字。

饮酒之间，又有十二个舞女上来，请问演何词曲。警幻道："就将新制《红楼梦》十二支演上来。"舞女们答应了，便轻敲檀板，款按银筝，听他唱道：

　　　　开辟鸿蒙……故作顿挫之笔。

方歌了一句，警幻便说道："此曲不比尘世中所填传奇之曲，必有生、旦、净、末、丑之别，又有南、北九宫之限。此或咏叹一人，或感怀一事，偶成一曲，即可谱入管弦。若非个中人，三字极妙！不知谁是"个中人"。然则石头亦"个中人"乎？作者与观

---

① 甲侧：好香！
　甲侧："群芳髓"可对"冷香丸"。

者亦"个中人"乎？不知其中之妙。料尔亦未必深明此调。若不先阅其稿，后听其歌，反成嚼蜡矣①。"警幻是个极会看戏人。今之翻剧本看戏者，殆从警幻学来。说毕，命小鬟取了《红楼梦》原稿来，递过。宝玉接起，一面看，一面听，其歌曰：作者能处处惯于自占地步，又惯于陡起波澜，又惯于故为曲折，最是行文秘诀。

第一支

［红楼梦引］开辟鸿蒙，谁为情种？非作者为谁？余曰：亦非作者，乃石头也。都只为风月情浓。趁着这［十三］，奈何天，伤怀日，寂寥时，试遣愚衷。"愚"字自谦得妙！因此上，演出这怀金悼玉的"红楼梦"。"怀金悼玉"四字有深意。读此几句，反厌近之传奇中，必用生旦副末开场，累赘太甚。

第二支

［终身误］都道是金玉良姻，俺只念木石前盟。空对着，山中高士晶莹雪；终不忘，世外仙姝寂寞林。叹人间，美中不足今方信。纵然是齐眉举案，到底意难平。

第三支

［枉凝眸］一个是阆苑仙葩，一个是美玉无瑕。若说没奇缘，今生偏又遇着他；若说有奇缘，如何心事终虚化［十四］？一个枉自嗟呀，一个空劳牵挂。一个是水中月，一个是镜中花。想眼中能有多少泪珠儿，怎禁得秋流到冬尽，春流到夏！语句泼撒，不负自创北曲。

宝玉听了此曲，散漫无稽，不见得好处；自批驳，妙极！但其声韵凄婉，竟能销魂醉魄。因此，也不察其原委，问其来历，就暂以此释闷而已。妙！设言世人亦应如此法看此《红楼梦》一书，更不必追其隐。

---

① 甲眉：警幻是个极会看戏人。近之大老观戏，必先翻阅脚（原作角）本，目睹其词，耳（原作彼）听彼歌，却从警幻处学来。

第四支

［恨无常］喜荣华正好，恨无常又到。眼睁睁，把万事全抛。荡悠悠，把［十五］芳魂消耗。望家乡，路远山高。故向爹娘梦里相寻告：儿今命已入黄泉，天伦呵［十六］，须要退步抽身早！悲险之至！

第五支

［分骨肉］一帆风雨路三千，把骨肉家园齐来抛闪。恐哭损残年，告爹娘，休把儿悬念。自古穷通皆有命［十七］，离合岂无缘？从今分两地，各自保平安。奴去也，莫牵连。探卿声口如闻。

第六支

［乐中悲］襁褓中，父母叹双亡①。纵居那绮罗中［十八］，谁知娇养？幸生来，英豪阔大宽宏量，从未将儿女私情略萦心上。好一似，霁月光风耀玉堂！堪与湘卿作照。厮配得才貌仙郎，博得个地久天长，准折得幼年时坎坷形状。终久是云散高唐，水涸湘江。这是尘寰中消长数应当，何必枉悲伤②！

第七支

［世难容］气质美如兰③，才华复比仙。天生成孤癖人皆罕。你道是，啖肉食腥膻④，视绮罗俗厌；却不知，甲：至语。太高人愈妒，过洁世同嫌。可叹这，青灯古殿人将老；辜负了，红粉朱楼春色阑。到头来，依旧是风尘肮脏违心愿。好一似，无瑕白玉遭泥陷；又何须，王孙公子叹无缘。

第八支

［喜冤家］"冤家"上加一"喜"字，真新！真奇！中山狼，无情兽，全不念当日根由。一味的骄奢淫荡贪欢媾［十九］。觑着那，侯门艳质同蒲柳；作

---

① 甲侧：意真辞切，过来人见之，不免失声。
② 甲眉：悲壮之极！北曲中不能多得。
③ 甲侧：妙卿实当得起。
④ 甲侧：绝妙！曲文填词中，不能多见。

践的，公府千金似下流。叹芳魂艳魄，一载荡悠悠！题只"十二钗"，却无人不有，无事不备。

第九支

　　[虚花悟]将那三春看破，桃红柳绿待如何？把这韶华打灭，觅[二十]那清淡天和。说什么，天上天桃盛，此话（原作休）恰甚。云中杏蕊多。到头来，谁见把秋捱过？则看那，白杨村里人呜咽，青枫林下鬼吟哦。更兼着，连天衰草遮坟墓。这的是，昨贫今富人劳碌，春荣秋落[二一]花折磨。似这般，生关死劫谁能躲？闻说道，西方宝树唤[二二]婆娑，结着[二三]长生果。喝醒大众，是极。甲：末句、关句、收句。

第十支

　　[聪明累]机关算尽太聪明，反送了[二四]卿卿性命①。警拔之句。生前心已碎，死后性空灵。家富人宁，终有个家亡人散各奔腾。枉费了，意悬悬半世心；好一似，荡悠悠三更梦。忽喇喇如大厦倾，昏惨惨似将尽灯[二五]。呀[二六]！一场欢喜忽悲辛。叹人世，终难定！见得到，是极！过来人睹此，能不放声一哭！

第十一支

　　[留余庆]留余庆，留余庆[二七]，忽遇恩人；幸娘亲，幸娘亲，幸[二八]积得阴功。劝人生，济困扶穷。休似俺那爱银钱、忘骨肉的狠舅奸兄！正是乘除加减，上有苍穹。

第十二支

　　[晚韶华]镜里恩情，甲：起得妙！更那堪，梦里功名！那美韶华，去之何迅！再休提，绣帐鸳衾。只这戴珠冠，披凤袄，也抵不了无常性命。虽说是，人生莫受老来贫，也须要阴骘积儿孙。气昂昂，头戴簪缨，簪缨！光闪闪，胸悬金印；威赫赫，爵禄高登，高登！昏惨惨，黄泉路近。问古来将相可还存？也只是[二九]虚名儿，与后人钦敬。

---

① 甲眉：过来人睹此，宁不放声一哭！

第十三支

[好事终] 画梁春尽落香尘。_{六朝妙句。}擅风情，秉月貌，便是败家的根本。箕裘颓堕皆从敬，_{深意他人不解。}家事消亡首罪宁。宿孽总因情。_{是作者具（原作见）菩萨之心，秉刀斧之笔，撰成此书。一句不可更，一字不可改！}

第十四支

[飞鸟各投林]① 为官的，家业凋零；富贵的，金银散尽；_{二句总宁、荣，与"树倒猢狲散"作反照。}有恩的，死里逃生；无情的，分明报应。欠命的，命已还；欠泪的，泪已尽。冤冤相报岂非轻，分离聚合前生定[三十]。欲知命短问前生，老来富贵也真侥幸。看破的，遁入空门；痴迷的，枉送了性命。_{将通部女子一总。}好一似食尽鸟投林，落了片白茫茫大地真干净！_{又照管葫芦庙。甲：与"树倒猢狲散"反照。}

歌毕，还又歌副曲。_{是极！香菱、晴雯辈岂可无？亦不可再。}警幻见宝玉甚无趣味，_{自站地步。}痴儿意尚未悟。那宝玉忙止歌姬不必再唱，自觉朦胧恍惚，告辞求卧。警幻便命撤去残席，送宝玉至一香闺绣阁之中。其间铺陈之盛，乃素未见之物。更可骇者，早有一女子在内，其鲜妍妩媚，有似宝钗；其袅娜风流，则又如黛玉。_{虽为双兼，极妙！}正不知何意，忽警幻道："尘世中多少富贵之家，那些绿窗风月，绣阁烟霞，皆被淫污纨袴与那些流荡女子悉皆玷辱。_{真极！}更可恨者，自古来多少轻薄浪子，皆以'好色不淫'为饰，又以'情而不淫'作案。_{"色而不淫"四字已滥熟于各小说中，今却特贬其说，批驳出矫饰之非，可谓至切至当，亦可以唤醒众人，勿为（原作谓）前人之矫词所惑（原作感）也。}此皆饰非掩丑之语也。好色即淫，知情更淫。是以巫山之会，云雨之欢，皆由既悦[三一]其色、复恋其情所致也。_{"色而不淫"今偏翻案。}吾所爱汝者；乃天下古今第一淫人也。②_{不见下文，使人一惊。多大胆量，敢如此作文！}"

宝玉听了，唬的忙答道："仙姑差矣。我因懒于读书，家父母尚每

---

① 甲夹：收尾愈觉悲惨可畏。
② 甲侧："色而不淫"今翻案。奇甚！

垂训饬，岂敢再冒'淫'字？况且年纪尚小，不知'淫'字为何物。①"警幻道："非也。淫虽一理，意则有别。如世之好淫者，不过悦容貌，喜歌舞，调笑无厌，云雨无休，恨不能尽天下之美女供我片时之趣兴②。此皆皮肤淫滥之蠢物耳。如尔则天分中生成一段痴情，吾辈推之为'意淫'。*二字新雅。*'意淫'二字，惟心会而不可言传，可神通而不可语达③。汝今独得此二字，在闺阁中，固可为良友，然于世道中，未免迂阔怪诡，百口嘲谤，万目睚眦。今既遇令祖宁、荣二公剖腹深嘱，吾不忍君独为我闺阁增光，见弃于世道，是特引前来，醉以灵酒，沁以仙茗，警以妙曲，再将吾妹一人，乳名兼美、*妙！盖指薛、林而言也。*字可卿者，许配于汝。今夕良辰，即可成姻。不过令汝领略仙闺幻境风光尚然如此，何况尘世之情景哉？而今以后，万望解释，改悟前情，留意于孔孟之间，委身于经济之道。"*说出此二句，警幻亦腐矣，然亦不得不然耳。*说毕，便秘授以云雨之事，*这是情之未了一着，不得不说破。*于是推宝玉入房，将门掩上自去。

那宝玉恍恍惚惚，依警幻所嘱之言，未免有儿女之事，*如此方免累赘。*难以尽述。至次日，便柔情缱绻，软语温存，与可卿难解难分。二人因携手出去游玩，忽至一个所在，但见荆榛满地，*略露心迹。*狼虎成群，*凶极！试问观者：此系何处？*迎面一道黑溪阻路，并无桥梁可通。*若有桥（原作"樯"，即少两笔）梁可通，则世路人情犹不算艰难。特用"形如槁木、心如死灰"句以消其念，可谓善于读矣。*正在犹豫之间，忽见警幻从后追来，告道："快休前进，作速回头要紧！"*机锋！辰：点醒世人。*宝玉忙止步问道："此系何处？"警幻道："此即迷津也！深有万丈，遥亘千里，中无舟楫可通，*可思。*只有一个木筏，乃木居士掌舵，灰侍者撑篙，不受金银之谢，但遇有缘者渡之。尔今偶游至此，如堕落其中，则深负我从前谆谆警戒之语矣。"*看他忽转笔作此语，则知此后皆是自悔。*话犹未了，只听迷津内水响如雷，竟有许多夜叉、海鬼将宝玉拖下去。唬的宝玉汗下如雨，一面失声喊叫："可卿救我！"吓得袭人辈众丫鬟们忙上来搂住，叫："宝玉别怕，我们在这

---

① 甲眉：绛芸轩中诸事情景由此而生。
② 甲侧：说得恳切，恰当之至！
③ 甲侧：按宝玉一生心性，只不过是"体贴"二字，故曰"意淫"。

里！"接得无痕迹。历来小说中之梦未见此一醒。

却说秦氏正在房外，嘱咐小丫头们好生看着猫儿狗儿打架，忽听宝玉在梦中唤他的小名，细！又是照应前文。奇奇怪怪之文，令人摸头不着。"云龙作雨"，不知何为龙，何为云，又何为雨矣。因纳闷道："我的小名，这里从无人知道，他如何知道得，在梦里叫将出来？"正是：

　　一枕幽梦同谁诉，
　　千古情人独我痴。

【总评】将一部全盘点出几个，以陪衬宝玉，使宝玉从此倍偏，倍痴，倍聪明，倍潇洒，亦非突如其来。作者真妙心、妙口、妙笔、妙人！

校　记：

[一]"想世人目中各有所取也"和"按黛玉、宝钗二人……"两句正文，蒙府本同此，甲戌本为批语。

[二]原文无"的"字，据庚辰本补。

[三]此处的"新填"二字，原文为"新添"，据庚辰本改。

[四]此处的"雾"字，原文为"露"，据庚辰本改。

[五]此处的"根"字，原文为"种"，据蒙府本改。

[六]此处的"两株"二字，原文为"四株"，据庚辰本改。

[七]此处的"末世"二字，原文为"没世"，据庚辰本改。

[八]此处的"一梦遥"三字，原文为"一望遥"，据庚辰本改。

[九]此处的"泥垢"，原文为"污垢"，据庚辰本改。

[十]此处的"末世"，原文为"没世"，据庚辰本改。

[十一]此处的"掩"字，原文为"捲"，据庚辰本改。

[十二]此处的"府"字，原文为"国"，据蒙府本改。

[十三]"趁着这"三字原文为批语，按甲戌本改作正文。

[十四]此处的"化"字，原文为"花"，据庚辰本改。

[十五]原文无"把"字，据庚辰本补。

[十六]此处的"天伦呵"三字原文为批语，按甲戌本改作正文。

[十七]此处的"有命"二字，庚辰本为"有定"，据改。

[十八]此处的"绮罗中"三字，庚辰本为"绮罗丛"。

[十九]此处的"欢媾"二字，系校者参考各钞本，按其在曲中的词意而改。

此词原文为"顽够"，甲戌本、蒙府本和己卯本均为"还搆"，庚辰本为"还构"。

　　［二十］此处的"觅"字，原文为"觉"，据庚辰本改。

　　［二一］此处的"秋落"二字，庚辰本为"秋谢"。

　　［二二］原文无"唤"字，据蒙府本补。

　　［二三］此处的"结着"二字，庚辰本为"上结着"。

　　［二四］此处的"反送了"三字，蒙府本和庚辰本均为"反算了"。

　　［二五］此处的"将尽灯"三字，庚辰本为"灯将尽"。

　　［二六］"呀"字，原文字体较小。

　　［二七］此处第二个"留余庆"三字，原文无，据蒙府本补。

　　［二八］此处的"幸"字，蒙府本和庚辰本均无。

　　［二九］此处的"也只是"三字，原文为"也正是"，据蒙府本改。

　　［三十］此处的"前生定"三字，庚辰本为"皆前定"。

　　［三一］此处的"悦"字，原文为"恍"，据蒙府本改。

第六回

贾宝玉初试云雨情　刘姥姥一进荣国府

【回前】风流真假一般看，借贷亲疏触眼酸。总是幻情无了处，银灯挑尽泪漫漫。

甲：宝玉、袭人亦大家常事耳，写得是已全领警幻意淫之训。
此回借刘妪，却是写阿凤正传，并非泛文；且伏"二进（原作递）"，"三进（原作递）"及巧姐之归着。
此回（原无）刘妪一进荣国府，用周瑞家的，又过下回无痕，是无一笔写一人文字之笔。

题曰：
朝叩富儿门，富儿犹未足。
虽无千金酬，嗟彼胜骨肉。

却说秦氏，因听见宝玉从梦中唤他的乳名，心中自是纳闷，又不好细问。彼时宝玉迷迷惑惑，若有所失。众人忙端上桂圆汤来。呷了两口，遂起身整衣。袭人伸手与他系裤带时，不觉伸手至大腿处，只觉冰凉一片沾湿，唬的忙退出手来，问道是怎么了。宝玉红涨了脸，把他的手一捻。袭人本是个聪明女子，年纪本又比宝玉大两岁，近来也渐通人事，今见宝玉如此光景，心中便觉察了一半，不觉也羞红了脸①，遂不敢问②。仍旧理好衣裳，随至贾母处来，胡乱吃毕晚饭，过这边来。

袭人忙趁奶娘丫鬟不在旁时，另取出一件中衣来，与宝玉换上。宝玉含羞央告道："好姐姐，千万不要告诉别人要紧！"袭人亦含羞笑问道："你梦见什么故事了③？是那里流出来的那些脏东西？"宝玉道："一言难尽。"说着，便把梦中之事细细说与袭人听了。然后说至警幻所授云雨之事，羞的袭人掩面伏身而笑④。宝玉亦素喜袭人柔媚娇俏，遂强袭人同领警幻所授云雨之事⑤。袭人素知贾母已将自己[一]与了宝玉的，今便如此，亦不为越礼，【甲：写出袭人身份。】遂和宝玉偷试一番。幸无人撞见。自此宝玉视袭人更与别人不同，【甲：伏下晴雯。】袭人待宝玉更为尽职。【甲：一段小儿女之态，可谓追魂摄魄之笔。】暂且别无话说。【甲：一句结住上回《红楼梦》大篇文字，另起本回正文。】

按荣府中一宅中合算起来，人口虽不多，从上至下，也有三四百丁；事虽不多，一天也有一二十件，竟如乱麻一般，并没有个头绪可作纲领。正寻思从那一件事、自那一个人写起方妙，恰好忽从千里之外，芥荳之微，小小一个人家，向与荣府略有些瓜葛⑥，这日正往荣府中来，因此便就从此一家说来，倒还是头绪。你道这一家姓甚名谁，又与荣府有甚瓜葛？诸公若嫌琐碎粗鄙呢，则快掷下此书，另觅好书去醒目⑦；若谓聊可破闷时，待蠢物【甲：妙谦！是石头口角。】细细言来。

方才所说这小小之家，姓王，乃本地人氏，祖上曾作过小小的一个京官，昔年曾与凤姐之祖、王夫人之父认识。因贪王家的势利，便

① 蒙侧：存身份。
② 蒙侧：既少通人事，无心者则再不复问矣；既问，则无限幽思，皆在于伏身之一笑，所以必当有偷试一番。行文轻巧，皆出于自然，毫无一些勉强。妙极！
③ 蒙侧：是必当问者。若不问，则下文涉于唐突。
④ 蒙侧：试想。
⑤ 甲侧：数句文完一回题纲文字。
　　靖眉：一段云雨之事，完一回提纲文字。
⑥ 甲侧：略有些瓜葛，是数十回后之正脉也。真千里伏线！
⑦ 蒙侧：夹（原作加）杂世态，巧伏下文。

第六回　贾宝玉初试云雨情　刘姥姥一进荣国府

连了宗，认作侄子①。甲：与贾雨村遥遥相对。那时只有王夫人之大兄、凤姐之父甲：两呼两起，不过欲观者自醒。与王夫人随在京中的，知有此一门远族，余者皆不认识②。目今其祖已故，只有一个儿子，名唤王成，因家业萧条，仍搬出城外原乡中住去了。王成新近亦因病故，只有其子，小名狗儿。狗儿[二]亦生一子，小名板儿；嫡妻刘氏，又生一女，名唤青儿。甲：《石头记》中，公勋世宦之家，以及草莽庸俗之族，无所不有，自能各得其妙。一家四口，仍以务农为业。因狗儿白日间又作些生计，刘氏又操井臼等事，青、板姊弟两个无人看管，狗儿遂将岳母刘姥姥甲：音老，出《偕声字笺》。称呼逼肖。接来一处过活③。这刘姥姥乃是个久经世代的老寡妇，膝下又无儿女，只靠两亩薄田度日。如今女婿接来养活，岂不愿意，遂一心一意，帮趁着女儿女婿过活起来。

因这年秋尽冬初，天气冷将下来，家中冬事未办，狗儿心中未免烦虑，吃了几杯闷酒，在家闲寻气恼④，甲：病。此病人不少。请来看狗儿。刘氏不敢顶撞。因此刘姥姥看不过，乃劝道："姑夫，你别嗔着我多嘴。咱们村庄人，那一个不是老老诚诚的，守着多大碗儿，吃多大碗的饭⑤？你皆因年小时节，托着你那老的福，甲：妙称！何肖之至！吃喝惯了，如今所以把持不住。有了钱，就顾头不顾尾，没了钱，就瞎生气，成个什么男子汉大丈夫了⑥！甲：为纨袴下针，却先从此等小处写来。如今咱虽离城住着，终是天子脚下。这长安城中，遍地都是钱，只可惜没人会拿去罢了。在家跳蹋也不中用的。"狗儿听说，便急道："你老只会炕头儿上混话，难道叫我打劫、偷去不成⑦？"刘姥姥道："谁叫你偷去呢？也到底大家想方法儿裁度，不然那银子钱

---

① 蒙侧：可怜！
② 蒙侧：强认亲的榜样。
③ 蒙侧：总是用逼（原作过）近法。
④ 甲眉：自"红楼梦"一回至此，则珍馐中之齑耳。
　　　好看煞！
　　蒙侧：贫苦人多有此等景象。
⑤ 甲侧：能两亩薄田度日，方说的出来。
⑥ 甲侧：此口气自何处得来？
　　蒙侧：英雄失足，千古同慨，哭煞天下一切！（疑有脱漏。）
⑦ 蒙侧：古人有错用"盗"字之说，的是此句张（原作章）本。

自己跑到咱家来不成？"狗儿笑道："有法儿还等到这会子呢！我又没有收租的亲戚，【甲：骂死！】做官的朋友①，【甲：骂死！】有什么法子可想的？便有，也只怕他们未必来理我们呢！"

刘姥姥道："这倒不然。谋事在人，成事在天。咱们谋到了，靠菩萨的保佑，有此机会，也未可知。我倒替你们想出一个机会来。当日你们原是和金陵王家【甲：四字便抵一篇世家传。】连过宗的，二十年前，他们看承你们还好，如今自然是你们拉硬屎，不肯去俯就他的②，故疏远起来。想当初，我和女儿还去过一遭。【甲：补前文之未到处。】他家的二小姐着实爽快，会待人的，倒不拿大。如今现是荣国府贾二老爷的夫人。听得说，如今上了年纪，越发怜贫恤老，最爱斋僧敬道、舍米舍钱的。如今王府虽升了边任，只怕这二姑太太还认得咱们。你何不去走动走动，或者他念旧，有些好处，也未可知。只要他发一点好心，拔一根寒毛比咱们的腰还粗呢！"刘氏在旁接口道："你老虽说的是，但只你我这样个嘴脸，怎么好到他们门上去的？他们那些门上人，也未必肯去通报。没的去打嘴现世。③"

谁知狗儿利名心最重，【甲：调侃语。】听如此一说，心下便有些活动起来。又听他妻子这番话，便笑接道："姥姥既如此说，况且当年你又见过这姑太太一次，何不你老人家明日就走一趟，先试试风头再说？"刘姥姥道："哎哟④！可是说的，'侯门似海'，我是个什么东西？他家人又不认得我，我去了也是白去的。"狗儿笑道："不妨，我教你老一个法子：你竟带了外孙子小板儿，先去找陪房周瑞，若见了他，就有些意思了。这周瑞先时曾与我父亲交过一桩事，我们极好的。⑤"

【甲：欲赴豪门，必先交其仆。写来一叹！】刘姥姥道："我也知道他的。只是许多时不曾往他家去走了一趟儿过，又知道他如今是怎样？这也说不得了，你又是个男人，

---

① 靖眉：骂死世人，可叹可悲！
② 蒙侧：天下事无有不可为者。总因打不破，若打破时何事不能？请看刘姥姥一篇议论。便应解得些个才是。
③ 蒙侧："打嘴现世"等字，误尽许多苍生，也能成全多少事体。
④ 甲侧：口声如闻。
⑤ 蒙侧：画出（原作初）当日品行。

第六回　贾宝玉初试云雨情　刘姥姥一进荣国府

又这样个嘴脸，自然去不得。我们姑娘年轻媳妇子，也难卖头卖脚的。倒还是舍着我这副老脸去碰一碰。果然有些好处，大家都有益。便是没银子拿来，我也到那公府侯门见一见世面，也不枉我一生。"说毕，大家笑了一会。当晚计议已定。

次日天未明，刘姥姥便起来梳洗了，又将板儿教训几句。那板儿才五六岁的孩子，一无所知，听见带他进城逛去，甲：音光，去声，游也，出《偕声字笺》。便喜的无不应承。于是刘姥姥带他进城，找至"宁荣街"甲：街名。本地风光。妙!来。荣府大门石狮子前，只见簇簇的轿马，刘姥姥便不敢过去，且掸了掸[三]衣服，又教了板儿几句话，然后蹭①到角门前。只见几个挺胸叠肚、指手画脚的人，坐在大凳上，说东谈西的②。甲：不知如何想来!又为侯门三等豪奴写照。刘姥姥只得蹭[四]上来说："太爷们纳福。"众人打量了他一会，便问："是那里来的?"刘姥姥陪笑道："我找太太的陪房周大爷的，烦那位太爷替我请他老出来。"那些人听了，都不瞅[五]睬，半日方说道："你远远的那墙角下等着③，一会子他们家有人就出来的。"内中有一年老的说道："不要误他的事，何苦耍他。"因向刘姥姥道："那周大爷已往南边去了。他后一带住着，他娘子却在家。你要找时，从这边绕到后街，上后门上去问就是了④。"甲：有年纪人诚厚，亦是自然之理。

刘姥姥听了，谢过，遂手携板儿，绕至后门上。只见门前歇着些生意担子，也有卖吃的，也有卖玩耍物件的，闹闹吵吵，三二十个孩子在那里厮闹。甲：如何想来?合眼如见。刘姥姥便拉住一个道："我问哥儿一声，有个周大娘可在家么?"孩子道："那个周大娘?我们这里周大娘有三个呢，还有两个周奶奶，不知是那一行当差的?"刘姥姥道："是太太的陪房周瑞。"孩子道："这个容易，你跟我来。"说着，跳蹦蹦引着刘姥姥进了后门⑤，至一院墙边，指与刘姥姥[六]道："这就是他家。"

---

① 甲侧："蹭"字神理。
② 蒙侧：世家奴仆，个个皆然，形容逼真。
③ 蒙侧：故套。
④ 蒙侧：转换法。写门上豪奴，不能尽是规矩，故用转换法，则不强硬而笔气自顺。
⑤ 甲侧：因女眷，又是后门，故容易引入。

又叫道:"周大妈!有个老奶奶来找你呢①!"

周瑞家的在内听说,忙迎了出来,问:"是那位?"刘姥姥迎上来问道:"好呀,周嫂子!"周瑞家的认了半日,方笑道:"刘姥姥,你好呀!你说说,能几年,我就忘了②。请家里坐坐罢!"刘姥姥一壁笑说道:"你老是贵人多忘事,那里还记得我们了。"说着,来至房中。周瑞家的命雇的小丫头倒上茶来吃着。周瑞家的又问板儿:"倒长的这么大了!"又问些别后闲话。再问刘姥姥:"今日还是路过,还是特来的③?"刘姥姥便说:"原是特来看看你,二则也请请姑太太的安。若可以领我见见更好,若不能,便借重嫂子转致意罢了。"甲:刘婆亦善于权变应酬矣。

周瑞家的听了,便已猜着几分来意。只因昔年他丈夫周瑞争买田地一事,其中多得狗儿之力,今见刘姥姥如此而来,心中难却其意;甲:在今世,周瑞妇算是怀情不忘的正人。二则也要显弄自己的体面④。听如此说,便笑道:"刘姥姥,你放心⑤。大远的,诚心诚意来了,岂有个不教你见了真佛儿去的?甲:好口角!论那人来客去回话,却不与我相干。我们这里都是各占一样儿⑥:我们男的,他只管春秋两季的地租子,闲时只带着小爷们出门就完了;我只管跟太太奶奶们出门的事。皆因你原是太太的亲戚,又拿我当个人,投奔了我来,我竟破个例,给你通个信去。但只一件,姥姥有所不知,我们这里又不是五年前了。如今太太竟不大管事,都是琏二奶奶管家了。你道这琏二奶奶是谁?就是太太的内侄女、大舅老爷的女儿,小名叫凤哥的。"刘姥姥听了,问道:"原来是他!怪道呢,我当日就说他不错呢!甲:我亦说不错。这等说,我今还得见他了?"周瑞

---

① 甲眉:逼真!孩子口气。
② 甲侧:如此口角,从何处出来?
③ 甲侧:问的有情理。
   蒙侧:刘姥姥此时一团要紧事在心,有问,不得不答。递转递进,不敢陡(原作陟)然。看之令人可怜。而大英雄亦有若此者,所谓欲图大事,不拘(原作据)小节。
④ 甲眉:"也要显弄"句为后文作地步也,陪房本心本意,实事。
   蒙侧:实有此等情理。
⑤ 甲侧:自是有"宠人"声口。
⑥ 甲侧:略将荣府中带一带。

家的道:"这个自然。如今太太事多心烦,有客来了,略可推的,也就推过去了,都是凤姑娘周旋迎待。今儿宁可不会太太,倒要见见他①,才不枉这里来一遭。"刘姥姥道:"阿弥陀佛!这全仗嫂子方便了。"周瑞家的道:"说那里话。俗语说的:'与人方便,自己方便。'不过用我说一句话罢了,害着我什么!"说着,便唤小丫头子到倒厅上,甲:一丝不乱。悄悄的打听打听,老太太屋里摆了饭了没有?小丫头去了,这里二人又说些闲话②。

刘姥姥因说:"这位凤姑娘,今年大不过二十岁罢了,就这等有本事,当这样家,可是难得的。"周瑞家的听了道:"咳,我的姥姥,告诉不得你了。这位凤姑娘年纪虽小,行事却比世人都大。如今出挑[七]的美人一样的模样儿,少说些有一万个心眼子。再要赌口齿,十个会说话的男人,也说他不过。回来你见了,就信了。就只一件,待下人未免太严了些儿。"甲:略点一句,伏下后文。说着,只见小丫头回来说:"老太太屋里已摆完了饭,二奶奶在太太屋里呢。"周瑞家的听了,连忙起身,催着刘姥姥说:"快走,快走!这一下来吃饭,是个空子③,咱们先等着去。若迟了,回事的人多了,难说话。再歇了中觉,越发没了时候了④。"甲:写出阿凤勤劳冗杂并骄矜珍贵等事来。说着一齐下了炕,打扫打扫衣服,又教了板儿几句话,随着周瑞家的,逶迤往贾琏的住宅来。

先至了倒厅,周瑞家的将刘姥姥安插在那里略等一等。自己先过影壁,进了院门,知凤姐未出来,先找着了凤姐的一个心腹通房大丫头⑤,甲:着眼。这也是书中一要紧人。《红楼梦》曲内虽未见有名,想亦在副册内者也。名唤平儿⑥。甲:名字真极,文雅则假。靖:要紧人。虽未见有名,想

---

① 蒙侧:理(原作礼)势必然。
② 蒙侧:急忙中偏不就进去,又添一番议论,从中又伏下多少线索,方见得大家势派。出入不易,方见得周瑞家的处事详细。即至后文,放笔写凤姐,亦不唐突,仍用冷子兴说荣、宁旧笔法。
③ 蒙侧:非身临其境者不知。
④ 甲眉:写阿凤勤劳等事,然却是虚笔,故于后文不犯。
  蒙侧:有曰:"富贵不还乡,如衣锦夜行。"今日周瑞家的得遇刘姥姥,实可谓锦衣不夜行者。
⑤ 蒙侧:三等奴仆,第次不乱。
⑥ 靖眉:观警幻情榜,方知余言不谬。

周瑞家的先将刘姥姥起初来历说明，【甲：亦在副册内者也。】【甲：细。盖平儿原不知此一人耳。】又说："今日大远的特来请安。当日太太是常[八]会的，今儿不可不见，所以我带了他进来了。等奶奶下来，我细细回明，奶奶想也不责备我莽撞。"平儿听了，便做了主意①："叫他进来，先在这里坐着就是了。"【甲：暗透平儿身份。】周瑞家的听了，方出去领了他们进入院来。上了正房台矶，小丫头打起了猩红毡帘，【甲：是冬日。】才入堂屋口，只[九]闻一阵香扑了脸来，【甲：是刘姥姥鼻中。】竟不辨是何气味，身子如在云端里一般。【甲：是刘姥姥身子。】满屋之物，都是耀眼争光，使人头晕目眩②[十]。【甲：是刘姥姥头目。】刘姥姥斯时惟点头、咂嘴、念佛而已③。【甲：六字尽矣。如何想来。】于是来至东边这间屋内，乃是贾琏的女儿大姐儿睡觉之所④。【甲：记清！】平儿站在炕沿边，打量了刘姥姥两眼，【甲：写豪门侍儿。】只得【甲：字法。】问个好，让坐。刘姥姥见平儿遍身绫罗，插金带银，花容玉貌的，【甲：从刘姥姥心中目中略写，非平儿正传。】便当是凤姐儿⑤。【甲：逼肖！】才要称姑奶奶，忽见称周瑞家的是"周大娘"，方知不过是个有些体面的丫头。于是让刘姥姥和板儿上了炕，平儿和周瑞家的对面坐在炕沿上，小丫头们斟了茶，来吃茶。

刘姥姥只听见"咯噔""咯噔"的响声，大有似乎打箩柜筛面的一般，【甲：从刘姥姥心中意中幻拟写出文字。】不免东瞧西望的。忽见堂屋中柱子上挂着一个匣子，底下又坠着一个秤砣般的一物，却不住的乱晃。【甲：从刘姥姥心中目中设譬拟想，真是镜花水月。】刘姥姥心中想着："这是个什么爱物儿？有啥[十一]用呢？"正呆想时，【甲：三字有劲。】听得"当"的一声，又若金钟铜磬一般，不防倒唬的转眼。接着又是一连八九下⑥。【甲：细。是巳时。】方欲问时⑦，只见小丫头子们一齐乱跑，

---

① 蒙侧：各有（原作自）各自的身份。
② 蒙侧：是写府第奢华，还是写刘姥姥粗夯？大抵村舍人家见此等气象，未有不破胆惊心、迷魄醉魂者。
③ 蒙侧：刘姥姥犹能念佛，已自出人头地矣。
④ 蒙侧：不知不觉先到大姐寝室，岂非有缘？
⑤ 蒙侧：的真！有是情理。
⑥ 甲侧：写得出！
⑦ 蒙侧：刘姥姥不认得，偏不令问明。

说:"奶奶下来了①。"平儿、周瑞家的忙起身,命刘姥姥:"只管坐着,等是时候,我们来请你。"说着,都迎出去了。

刘姥姥只屏声侧耳默候。只听远远有人笑声②,约有一二十妇人,衣裙窸窣,渐入堂屋内去了。又见两三个妇人,都捧着大漆捧盒,进这边来等候。听得那边说了声"摆饭",渐渐的人才散出,只有伺候端菜几人。半日鸦雀不闻之后,忽见两个人抬了一张炕桌来,放在这边炕上,桌上盘碗森列,仍是满满的鱼肉在内,不过略动了几样③。板儿一见了,便吵着要肉吃,刘姥姥一巴掌打了他去。忽见周瑞家的笑嘻嘻走过来,招手儿叫他。刘姥姥会意,于是携了板儿下炕,至堂屋中,周瑞家的又向他嘱咐了一会,方蹭到这边屋内来。

只见门外錾[十二]铜钩上悬着大红撒花软帘④,南窗下是炕,炕上大红毡条,靠东边板壁,立着一个锁子锦靠背,与一个引枕,铺着金心闪缎大坐褥,旁边有银唾盒。那凤姐儿家常戴着紫貂昭君套,围着攒珠勒子,穿着桃红撒花袄,石青刻丝灰鼠披风,大红洋绉银鼠皮裙,粉光脂艳,端端正正坐在那里,甲:一段阿凤房室起居器皿,家常正传,奢侈珍贵好奇货注脚,写来真是好看。手内拿着小铜火箸儿,拨手炉内的灰⑤。甲:这一句是天然地设,非别文杜撰妄拟者。平儿站在炕沿边,捧着小小的一个填漆茶盘,盘内一小盖钟。凤姐也不接茶,也不抬头⑥,只管拨手炉内的灰,慢慢的问道:"怎么还不请进来⑦?"一面说,一面抬头要茶时,只见周瑞家的已带了两个人在地下站着了。这才忙欲起身,满面春风的问好,又嗔周瑞家的怎么不早说。刘姥姥在地下已是拜了数拜,问姑奶奶安。凤姐忙说:"周姐姐,快搀起来!别拜罢,请坐。我年轻,不大认得,可也不知是什么辈数,不敢称

---

① 蒙侧:即以"奶奶下来了"之结局,是画云龙妙手。
② 甲:写的(原作得)是(原作侍)仆妇。
③ 蒙侧:白描入神。
④ 甲:从门外写来。
⑤ 甲侧:至平,实至奇。稗官中未见此笔。
　　靖眉:虽平常而至奇,稗官中未见。
⑥ 甲侧:神情宛肖。
⑦ 甲侧:此等笔墨,真可谓追魂摄魄。
　　蒙侧:"还不请进来"五字,写尽天下富贵人待(原作代)穷亲戚的态度。

呼。"[十三]周瑞家的忙回道："这就是我才回的那姥姥了①。"凤姐点头。刘姥姥已在炕沿上坐下了。板儿便躲在他背后，百端的哄他出来作揖，他死也不肯。

凤姐笑道②："亲戚们不大走动，都疏远了。知道的呢，说你们弃厌我们，不肯常来；不知道的那起小人，还只当我们眼里没人似的③。"刘姥姥忙念佛道④："我们家道艰难[十四]，走不起，来在这里，没的给姑奶奶打嘴，就是管家爷们看着也不像。"凤姐笑道⑤："这话没的叫人恶心。不过借赖着祖父虚名，作个穷官儿罢了。谁家有什么！不过是旧日的空架子。俗语说，'朝廷还有三门子穷亲戚'呢，何况你我⑥？"说着，又问周瑞家的回了太太没有⑦。周瑞家的道："如今等奶奶的示下。"凤姐道："你去瞧瞧，要是有事就罢，得闲就回，看怎么说⑧。"周瑞家的答应着去了。

这里凤姐叫人抓些果子与板儿吃，刚问些闲话时，就有家下许多媳妇管事的来回话⑨。平儿回了，凤姐道："我这里陪着客呢，晚上再来回。若有很要紧的，你就带进来。"平儿出去一会，进来说："我都问了，没什么紧事，我就叫他们散了⑩。"凤姐点头。只见周瑞家的回来，向凤姐道："太太说了，今日不得闲，二奶奶陪着便是一样。多谢费心想着。白来逛逛便罢；若有甚说的，只管告诉二奶奶。"刘姥姥道："也没甚说的，不过是来瞧姑太太、姑奶奶，也是亲戚们的情分。"周瑞家的道："没有什么说的便罢；若有说的，只管回二奶奶，是和太太

---

① 甲侧：凤姐云"不敢称呼"，周瑞家的云"那个姥姥"。
　　凡三四句一气读下，方是凤姐声口。
② 甲侧：二笑。
③ 甲侧：阿凤真真可畏、可恶！
　　蒙侧：偏会如此写来，教人爱煞！
④ 甲侧：如闻。
⑤ 甲侧：三笑。
⑥ 蒙侧：点醒多少势利鬼。
⑦ 甲侧：一笔不肯落空，的是阿凤！
⑧ 蒙侧："看"之一字细极！
⑨ 甲侧：不落空家务事，却不实写。妙极，妙极！
⑩ 蒙侧：能事者故自不凡。

第六回　贾宝玉初试云雨情　刘姥姥一进荣国府

一样的①。"一面递眼色与刘姥姥②。刘姥姥会意，未语先飞红了脸，欲待不说，今日又所为何也？只得忍耻说道③："论理，今儿初次见姑奶奶，却不该说，只是大远的奔了你老来，也少不的说了。"

刚说到这里，只听二门上小厮们回说："东府里小大爷来了。"凤姐忙止刘姥姥："不必说了。"一面便问："你蓉大爷在那里呢④？"只听一路靴子脚响，进来了一个十七八岁的少年，面目清秀，身材夭矫，轻裘宝带，美服华冠⑤。刘姥姥此时坐不是，立不是，没藏处。凤姐笑道："你只管坐着，这是我侄儿。"刘姥姥方扭扭捏捏在炕沿上坐了。

贾蓉笑道："我父亲打发我来求婶子，说上回老舅太太给婶子的那架玻璃炕屏，明日请一个要紧的客，借了略摆一摆就送来⑥。"凤姐道："说迟了，昨日已经给了人了。"贾蓉听说，笑着在炕沿下半跪道："婶子若不借，就说我不会说话了，又挨一顿好打呢！婶子只当可怜侄儿罢！"凤姐笑道⑦："也没有见我们王家的东西都是好的不成？你们那里放着那些东西，只是看不见，偏我的就是好的。[十五]"贾蓉笑道："那里如这个好呢！只求开恩罢！"凤姐道："碰一点儿，你可仔细你的皮！"因命平儿拿了楼门的钥匙，传几个妥当人来抬去。贾蓉喜的眉开眼笑，忙说："我亲自带了人拿去，别由他们乱碰。"说着便起身出去了。

这里凤姐忽又想起一事来，便向窗外叫："蓉儿回来！"外面几个人接声说："蓉大爷快回来！"贾蓉忙复身转来，垂手侍立，听何示

---

① 甲侧：周妇系真心为老妪也，可谓得方便。
② 甲侧：何如？余批不谬。
③ 甲眉：老妪有"忍耻"之心，故后有招大姐之事，作者并非泛写，且为求亲靠友下一棒喝。
　蒙侧：开口告人难。
④ 甲侧：惯用此等"横云断山法"。
⑤ 甲侧：如纨裤写照。
⑥ 甲侧：夹写凤姐好奖誉。
⑦ 甲侧：又一笑，凡五。
　靖眉：五笑写凤姐活跃纸上。
　　　　何如？当知前批不谬。

下①。那凤姐只管慢慢的吃茶，出了半日神，方笑道："罢了，你且去罢②，晚饭后，你再来说罢。这会子有人，我也没精神了。"贾蓉应了，方慢慢的退去③。

这里刘姥姥心身方安，才[十六]又说道："今日我带了你侄儿来，也不为别的，只因他老子娘在家里，连吃都没有。如今天又冷了，越想没个派头，只得带了你侄儿奔了你老来。"说着又推板儿道："你那爹在家怎么教导你了？打发咱们作啥事来？只顾吃果子咧。"凤姐早已明白了，听他不会说话，因笑止道：甲：又一笑。凡六。自刘姥姥来，凡笑五次，写得阿凤乖滑伶俐，合眼如立在前。若会说话之人便听他说了，阿凤厉害处正在此。问看官常有将挪移借贷已说明白了，彼仍推聋装（原作妆）哑，这人为阿凤若何？呵呵，一叹！"不必说了。我知道了。"因问周瑞家的道："这姥姥不知可用了早饭没有呢？"刘姥姥忙道："一早就往这里赶咧，那里[十七]还有吃饭的工夫咧。"凤姐听说，忙命人快传饭来。一时周瑞家的传了一桌客馔来，摆在东边屋内，过来带了刘姥姥和板儿过去吃饭。凤姐说道："周姐姐，好生让着些儿，我不能陪了。"于是过东边房里来。

凤姐又叫过周瑞家的去，问他："方才回了太太，说了些什么？"周瑞家的道："太太说，他们家原不是一家子，不过因为一姓，当年又与老太爷在一处做官，偶然连了宗的。这几年来，也不大走动。当时他们来一回，却也没空了他们。今儿来了，瞧瞧我们，是他的好意思④[十八]，也不可简慢了他。便是有什么说的，叫二奶奶裁夺着就是了。"凤姐听了，说道："我说呢，既是一家子，我如何连影儿也不知道？"

说话时，刘姥姥已吃毕饭，拉了板儿过来，舔唇咂嘴[十九]的道谢。凤姐笑道："且请坐下，听我告诉你老人家。方才的意思，我已知

---

① **甲眉**：传神之笔，写阿凤跃跃纸上。
② **蒙侧**：试想"且去"以前的丰态，其心思用意，作者无一笔不巧，无一事不丽。
③ **甲侧**：妙！却是从刘姥姥身边目中写来。
　　　度至下回。
④ **甲侧**：穷亲戚来看，是"好意思"，余又自《石头记》中见了。叹叹！
　甲眉：王夫人数语，令余几（原无）欲哭出。
　靖眉：穷亲戚来是好意思，余又自《石头记》中见了。叹叹！数语令我欲哭。

第六回　贾宝玉初试云雨情　刘姥姥一进荣国府　97

道了。若论亲戚之间，原该不待上门来，就该有照应才是。但如今家里杂事太烦，太太渐上了年纪，一时想不到也是有的①。况是我进来接着管些事，都是不大知道这些亲戚们。二则，外头看着这里，虽是烈烈轰轰的，殊不知大有大的难处[二十]，说与人也未必信罢了。今儿你既老远的来了，又是头一次见我张口，怎好叫你空回去的②。可巧昨儿太太给我的丫头们做衣裳的二十两银子，我还没使呢，你们不嫌少，就暂且先拿了去罢③。"

那刘姥姥先听见告难，只当是没有，心里便突突的④；后来听见给他二十两，喜的浑身又发痒起来⑤，说道："哎，我也知道艰难的。但俗语说：'瘦死的骆驼比马大'，凭他怎么，你老拔根汗毛，比我们的腰还粗呢⑥！"周瑞家的在旁听他说的粗鄙，只管使眼色止他。凤姐听了，笑而不睬，只命平儿把昨日那包银子拿来，再拿一串钱来⑦，都送至刘姥姥跟前。凤姐乃道："这是二十两银子，暂且给这孩子做件冬衣罢。若不拿着，可真是怪我了。这钱，雇了车子坐罢。改日无事，只管来，方是亲戚们的意思。天也晚了，也不虚留你们了，到家里该问好的，问个好儿罢⑧。"一面说，一面就站了起来。

刘姥姥只管千恩万谢的，拿了银钱，随周瑞家的来至外厢。周瑞家的道："我的娘！你见了他，怎么倒不会说了？开口就是'你侄儿'。我说句不怕你恼的话，便是亲侄儿，也要说和软些。那蓉大爷才是他的正紧侄儿呢，他怎么又跑出这么个侄儿来了⑨？" 甲：与前"眼色"真对，可见

文章中无一个闲字。为财势一哭！刘姥姥笑道："我的嫂子⑩，我见了他，心眼儿里爱还爱

---

① 甲侧：点"不待上门就该有照应"数语，此亦于《石头记》再见话头。
② 甲侧：也是《石头记》再见了。叹叹！
③ 蒙侧：凤姐能事，在能体王夫人的心，托故周全，无过不及之弊（原作蔽）。
④ 甲侧：可怜，可叹！
⑤ 甲侧：可怜，可叹！
⑥ 靖眉：如见如闻。此种话头，作者从何想来？应是心花欲开之候（原作侯）。
⑦ 甲侧：这样常例，亦再见。
⑧ 蒙侧：口角春风，如闻其声。
⑨ 蒙侧：不自量者，每每有之，而能不露圭角，形诸无事，凤姐亦可谓人豪矣！
⑩ 甲侧：赧颜如见。

不过来，那里还说的上话来了！"二人说着，又至周瑞家的屋子里坐了片刻。刘姥姥便要留下一块银子与周瑞家的儿女买果子吃。周瑞家的如何放在眼里，执意不肯。刘姥姥感谢不尽，仍从后门去了。要知端详，且听下回分解。正是：

得意浓时易接济，受恩深处胜亲朋！

【总评】梦里风流，醒后风流，试问何真何假？刘姆乞谋，蓉儿借求，多少颠倒相酬。英雄反正用机筹，不是死生看守。

甲："一进荣府"一回，曲折顿挫，笔如游龙，且将豪华举止，令观者已得大概，想作者应是心花欲开之时。

借刘妪入阿凤正文，"送宫花"写"金玉初聚"为引，作者真笔似游龙，变幻难测，非细究至再三再四不计其数，那能领会也？叹叹！

校 记：

［一］原文无"将自己"三字，据庚辰本补。

［二］原文无"狗儿"二字，据庚辰本补。

［三］此处的"掸了掸"，原文为"弹弹"，据庚辰本改。

［四］此处的"蹭"字，甲戌本写作"徬"。

［五］此处的"瞅"字，原文为"揪"，校者改。

［六］原文无"进了后门，至一院墙边，指与刘姥姥"一句，据庚辰本补。

［七］此处的"出挑"二字，原文为"出条"，据庚辰本改。

［八］此处的"常"字，原文为"长"，据庚辰本改。

［九］原文无"只"字，据蒙府本补。

［十］此处的"晕"字，原文为"悬"，据蒙府本改。

［十一］此处的"啥"字，原文为"煞"，校者改。

［十二］此处的"錾"字，原文为"凿"，据庚辰本改。

［十三］原文无"周姐姐，快搀起来！别拜罢，请坐。我（原作我的）年轻，不大认得，可也不知是什么辈数，不敢称呼"一句，据庚辰本补。

［十四］此处的"家道艰难"四字，原文为"家难"，据蒙府本改。

［十五］原文无"偏我的就是好的"一句，据庚辰本补。

［十六］原文无"才"字，据庚辰本补。

［十七］原文无"那里"二字，据庚辰本补。

［十八］此处的"好意思"三字，原文为"好意"，据甲戌本改。

［十九］此处的"舔舌咂嘴"四字，原文为"舔舌打嘴"，校者改。

［二十］此处的"大有大的难处"数字，原文为"大有大用的艰难去处"，据蒙府本改。

第七回

尤氏女独请王熙凤　贾宝玉初会秦鲸卿

【回前】苦尽甘来递转，正强忽弱谁明。惺惺自古惜惺惺，世运文章操劲。无缝机关难见，多才笔墨偏精。有情情处特无情，何是人人不醒。

靖：他小说中一笔作两三笔者，一事启两事者均曾见之。岂有似"送花"一回，间三带四、攒花簇锦之文哉！

题曰：
　　　　十二花容色最新，不知谁是惜花人。
　　　　相逢若问何名氏，家住江南姓本秦。

话说周瑞家的送了刘姥姥去后，便上来回王夫人。不回凤姐，却回王夫人；不交代处，正交代得清楚。谁知王夫人不在上房。问丫鬟们时，方知往薛姨妈那边闲话去了。文章只是随笔写来，便有流丽生动之妙！周瑞家的听说，便转东角门出至东院，往梨香院来。刚至院门前，只见王夫人的丫鬟名金钏，金钏、宝钗互相映射。妙！和一个才留了头发的小女孩儿，站在台矶[一]石上玩。莲卿别来无恙否！见周瑞家的来了，便知有话回，因[二]向内努嘴儿。画。周瑞家的轻轻掀帘进去，只见王夫人和薛姨妈长篇大套的说些家务人情的话①。

周瑞家的不敢惊动,遂进里间来。总用双歧岔路之笔,令人估料不到之文。只见薛宝钗自入梨香院,至此方写。穿着家常衣服②,好!写一人换一副笔墨,另出花样。头上只插着钗儿,坐在炕里边,伏在小炕几上,同丫鬟莺儿正描花样子呢。一幅《绣窗仕女图》,亏想得周到!见他进来,宝钗便放下笔,转过身来,满面堆笑让:"周姐姐坐!"周瑞家的也忙赔笑问:"姑娘好?"一面炕沿边坐了,因说:"这有两三天也没见姑娘到那边逛逛去,只怕是你宝玉兄弟冲撞了不成?"一人不漏,一笔不板。宝钗笑道:"那里的话。只因我那种病又发了两天③,所以且静养两日。"得空便入。周瑞家的道:"正是呢,姑娘到底有什么病根儿,也该趁早儿请个大夫来,好生开个方子,认真吃几剂药,一势除了根才是。小小的年纪,倒坐下个病根儿,也不是玩的。"宝钗听说,便笑道:"再不要提吃药。为这病,请大夫吃药,也不知白花了几许银子钱的!凭你什么名医仙方,不见一点儿效。后来还亏了一个秃头和尚,奇奇怪怪,真如云龙作雨,忽隐忽现,别人逆料不到。说'专治无名之症',因请他看了。他说:我这是从胎带来的一股热毒④,"热毒"二字画出富家夫妇,图一时,遗害于子女,而可不谨慎?幸而我先健壮,浑厚故也,假使(原作是)颦、凤辈,不知又何如治之?还不相干。若吃凡药,是不中用的。他就说了一个海上方,又给了一包末药作引,异香异气的,不知是那里弄来的。他说发了时,吃一丸就好。倒也奇怪,这倒效验些。"卿不知从那里弄来,余(原作予)则深知。是从放春山采来,以灌愁海水和成,烦广寒宫玉兔捣碎,在太虚幻境空灵殿上炮制配合者也。

周瑞家的因问道:"不知是个什么海上方儿?姑娘说了,我们也记着,说与人知道,倘遇见这样的病,也是行好的事。"宝钗见问,乃笑道:"不问这方儿还好,若问起这方儿,真真把人琐碎坏了。东西药料一概都有限易得的,只难得'可巧'二字:要春天开的白牡丹花蕊

---

① 蒙侧:非此等事,不能"长篇大套"。
② 甲眉:"家常爱着旧衣裳(原作常)"是也。
③ 甲眉:"那种病""那"字,与前二玉"不知因何"二"又"字,皆得天成地设之体,且省却多少闲文,所谓"惜墨如金"是也。
④ 甲侧:凡心偶炽,是以孽火齐攻。

十二两①〔凡用十二字样，皆照应（原作无应，校者加）十二金钗。〕夏天开的白荷花蕊十二两，秋天开的白芙蓉花蕊十二两，冬天开的白梅花蕊十二两。这四样花蕊，于次年春分这日晒干，和在末药一处，一齐研好。又要雨水这日的雨水十二钱……"周瑞家的忙道："哎哟哟！这样说来，这就得三年的工夫。倘或雨水这日竟不下雨，可又怎处呢？"宝钗笑道："所以了，那里有这样可巧的雨？便没雨，也只好再等罢了。白露这日露水十二钱，霜降这日的霜十二钱，小雪这日的雪十二钱。把这四样水调匀，和了丸药，再加十二钱蜂蜜，十二钱白糖，丸成龙眼大的丸子，盛在旧磁罐内，埋在花根底下。若发了病时，拿出来吃一丸，用十二分黄柏〔历着炎凉，知着甘苦，虽离别亦自能安，故名曰"冷香丸"；又以谓香可冷得，天下一切无不可冷者。〕煎汤送下。"〔末用黄柏，更妙！可知"甘苦"二字，不独十二钗，世间皆有者。〕

周瑞家的听了，笑道："阿弥陀佛，真巧死了人！等十年未必都这样巧呢！"宝钗道："竟好，自他说了去后，一二年间，可巧都得了，好容易配成一料。如今从南带至北，现就埋在梨花树下。"〔"梨香"二字有着落，并未虚虚白设。〕周瑞家的又道："这药可有名字没有呢？"宝钗道："有②。这也是那癞和尚说下的，叫作'冷香丸'。"〔新雅奇甚！〕周瑞家的听了点头儿，因又说："这发病了时，到底觉怎样？"宝钗道："也不觉什么，只不过喘嗽些，吃一丸也就罢了。"〔以花为药，可是吃烟火人想得出者？诸公且不必问其事之有无，只据此新意妙文，悦我等心目，便当浮三白读之！〕

周瑞家的还欲说话时，忽听得王夫人问③："谁在里头？"周瑞家的忙出去答应了，趁便回了刘姥姥之事。略待半刻，见王夫人无话，方欲退出，〔行文原只在一二字，便有许多省力处。不得此窍者，便正窗下十分扭捏。〕薛姨妈忽又笑道：〔"忽"字、"又"字与"方欲"二字映射。〕"你且站住！我有一宗东西，你带了去罢！"说着，叫："香菱！"〔二字仍从"莲"上来。盖"英莲"者，"应怜"也；"香菱"者，亦"相怜"之意。此改名之"英莲"也。〕只听帘栊响处，方才和金钏玩的那个小丫头进来了，问："奶奶叫我做什么？"［三］〔甲：这是英莲天生成的口气。妙甚！〕薛姨妈道："把那匣子里的花儿拿来！"香菱答应了，向那边捧了小锦匣子来。薛姨妈乃道："这是宫里头做的新鲜样法，堆纱花十二枝。昨

---

① 蒙侧：周岁十二月之像（原作象）。
② 甲侧：一字句。
③ 蒙侧：了结得齐整。

日我想起来，白放着可惜旧了，何不给他们姊妹们戴去。昨儿要送去，偏又忘了。你今儿来的巧，就带了去罢！你家的三位姑娘，每人两枝，下剩六枝，送林姑娘两枝，那四枝给了凤哥儿罢。"妙文！今古小说中，可有如此口吻者？王夫人道："留着给宝丫头戴罢了，又想着他们。"薛姨妈道："姨娘不知道，宝丫头古怪呢！"古怪"二字，正是宝卿身份。他从来不爱惜这些花儿粉儿的。"

甲：可知周瑞一回，正为宝、菱二人所有，正《石头记》得力处也。

说着，周瑞家的拿了匣子，走出房门，见金钏仍在那里晒日阳。周瑞家的因问他道："那香菱小丫头子，可就是时常说临上京时买的、为他打人命官司的那个丫头子①？"金钏道："可不就是。"出明英莲。正说着，只见香菱笑嘻嘻的走来。周瑞家的便拉了他的手，细细的看了一会，因向金钏儿笑道："倒好个模样儿！竟有些像咱们东府里蓉大奶奶的品格儿。""一击两鸣法"，二人之美，并可知矣。再忽然想到秦可卿，灵妙之极！假使说像荣府中所有之人，则死板之至，故远远以可卿之貌为譬，似极扯淡，然却（原作都）是天下必有之情事。金钏笑道："我也是这么说呢。"周瑞家的又问香菱："你几岁投身到这里？"又问："你父母今在何处？今年十几岁了？本处是那里人？"香菱听问，都摇头说："记不得了。"伤痛之极！亦必如此收住方妙。不然，则又将作出"香菱思乡"一段文字。周瑞家的和金钏儿听了，倒反为叹息伤感一回②。

一时，周瑞家的携花至王夫人正房后来。原来近日贾母说孙女们太多了，一处挤着倒不便，只留宝玉、黛玉二人在这边解闷，却将迎、探、惜三人移到王夫人这边房后三间小抱厦内居住，令李纨陪伴照管。不作一笔安逸之笔。如此周瑞家的故顺路往这里来，只见几个小丫头子都在抱厦内听呼唤默坐。迎春的丫鬟司棋与探春的丫鬟待书甲：妙名！贾家四钗之鬟（原作妙），暗以"琴"、"棋"、"书"、"画"四字列名，省力之甚，醒目之甚，却是俗中不俗处。二人正掀帘子出来，手里都捧着茶盘、茶钟，周瑞家的便知他姊妹在一处坐着，遂进房内，只见迎春、探春二人正在窗下下[四]围棋。周瑞家的将花送上，说明缘故。他二人忙住了棋，都欠身道谢，命丫鬟收了。

---

① 蒙侧：点醒从来。
② 蒙侧：西施心疼之态，其时自己也还耐得，倒是旁人替（原作留）伊为多少思虑不尽（原作禁）无穷痛楚之（原无）香菱。其是乎？否乎？

周瑞家的答应了[五]，因说："四姑娘不在房里，只怕在老太太那边呢。"丫鬟们道："在那屋里不是？"用画家"三五聚法"写来，方不死板。周瑞家的听了，便往这屋内来。只见惜春正同水月庵列：即馒头庵。的小姑子智能儿两个一处玩笑①。总是得空便入。百忙中又带出王夫人喜施舍事，一笔能令千百笔用，又伏后文。见周瑞家的进来，惜春便问他何事。周瑞家的便把花匣打开，说明缘故。惜春笑道："我这里正和智能儿说，我明儿也剃了头，同他作姑子去呢！可巧又送了花儿来；若剃了头，可把这花儿戴在那里②？"说着，大家取笑一回。惜春命丫鬟入画来收。曰司棋，曰待书，曰入画；后文补抱（原作宝）琴。"琴"、"棋"、"书"、"画"四字最俗，上添一虚字，便觉新雅许多。

周瑞家的因问智能儿："你是什么时候来的？你师父那秃歪拉往那里去了？"智能儿道："我们一早儿就来了。我师父见过太太，就往于老爷府里去了，叫我在这里等他呢！"又虚陪一个于老爷，可知和尚僧尼者，皆愚人也。周瑞家的又道："十五的月例香供银子，可得了没有？"智能儿摇头说："不知道。"妙！年轻未谙事也。一应骗布施、哄斋供诸恶，俱是老秃贼设局。写一种人，一种人活现！惜春听了，便问周瑞家的："如今各庙月例银子，都是谁管着？"周瑞家的道："是余信管着③。"明点"愚性"二字。惜春听了，笑道："这就是了。他师父一来了，余信家的就赶上来，和他师父咕唧了半日。想是就为这事了。"一人不落，一事不忽，伏下多少后文。岂真为送花哉！

那周瑞家的又和智能儿唠叨了一回，便往凤姐处来。穿夹道，从李纨后窗下过，细极！李纨虽无花，岂可不写者？故用此顺笔便墨间带出，使观者不忽。隔着玻璃窗户，见李纨在炕上歪着睡觉呢，遂[六]越西花墙，出西角门，进凤姐院中。走至堂屋，只见小丫头丰儿坐在凤姐的门槛子上。见周瑞家的来了，连忙二字着紧。摆手儿，叫他往东房里去。周瑞家的会意，慌的蹑手蹑脚的往东边房里来，只见奶子正拍着大姐儿睡觉呢。从不重犯，写一次有一次新样文字。周瑞家的悄问奶子道："奶奶睡中觉呢？也该请醒！"奶子摇头儿。有神理。正问着，只听那一阵笑声，却有贾琏的声音。接着，房门响处，平儿拿着大铜盆出

---

① 甲眉：闲闲一笔，却将后半部线索提动。
② 蒙侧：触景生情，透漏身分。
③ 蒙侧：写家奴每相妒毒，人前有意倾陷。

第七回　尤氏女独请王熙凤　贾宝玉初会秦鲸卿

来①，叫丰儿舀水进去②。妙文，奇想！阿凤之为人，岂有不着意"风月"二字之理哉？若直以明笔写之，不但唐突阿凤声价，亦且无妙文可赏；若不写，又万万不可。故只用"柳藏鹦鹉语方知"之法，略一皴染，不独文字有隐微，亦且不至污渎阿凤之英风俊骨。所谓此书无一（原无）不妙。平儿便进这边来，见了周瑞家的便问："你老人家又跑了来做什么？"周瑞家的忙起身，拿匣子与他，说送花之事。平儿听了，便打开匣子，拿了四枝，转身去了。半刻工夫，手里又拿出两枝来，攒花簇锦文字，故使人耳目眩（原为"眃"，即少一笔）乱。先叫彩明来，吩咐他："送到那边府里，给小蓉大奶奶戴去。""忙中更忙"，"密处不容针"，此等处是也。次后方命周瑞家的回去道谢。

周瑞家的这才往贾母这边来。过了穿堂，顶头忽见他女儿打扮着，才从他婆家来。周瑞家的忙问："你这会子跑来做什么？"他女儿笑道："妈一向身上好？我在家里等了这半日，妈竟不出去。什么事情，这样忙的不回家？我等烦了，自己先到了老太太跟前请了安了，这会子请太太的安去。妈还有什么不了的差事？手里是什么东西？"周瑞家的笑道："哎！今儿偏偏儿的来了刘姥姥，我自己多事，为他跑了半日；这会子又被姨太太看见了，送这几枝花儿与姑娘奶奶们。这会子还没送清白呢！你这会子跑来，一定有什么事情的。"女儿笑道："你老人家倒会猜。实对你说，你女婿前儿因多吃了两杯酒，和人分争起来，不知怎的被人放了一把邪火，说他来历不明，告到衙门里，要递解他还乡。所以我来和你老人家商议商议，这个情分，求那个才了事？"周瑞家的听了道："我就知道的。有什么大不了的事情！你且回去等着。我送林姑娘的花儿去了就回家。此时太太、二奶奶都不得闲儿，你回去等我。这没有什么忙的。"他女儿听说如此，便回去了，还说："妈！好歹快来。"周瑞家的道："是了。小人家没经过什么事的，就急得那样儿了！"说着，便到黛玉房中去了。又生出一小段来，是荣府中常事，亦是阿凤正文。若不如此穿插，直用一送花到底，太板，不是此笔墨矣。

谁知黛玉此时不在自己房中，却在宝玉房中，大家解九连环作戏。妙极！又一花样。此时二玉已隔房矣。周瑞家的笑道："林姑娘！姨太太着我送花来与姑

---

① 甲侧：阅者试掩卷思之。
② 甲眉：余素所藏仇十洲《幽窗听莺暗春图》，其心思笔墨，已是无双；今见此阿凤一传，则觉画工太板。

娘戴。"宝玉听说，先便说："什么花？拿来给我。"一面早伸手接过来了。<small>(瞧他夹写宝玉。)</small>开匣看时，原来是两枝宫制堆纱新巧的假花。<small>(此处方细写花形。)</small>黛玉只就宝玉手中看一看，<small>(妙！看他写黛玉。)</small>便问道："还是单送我一个人的，还是别的姑娘们都有？"<small>(在黛玉心中，不知有何丘壑？)</small>周瑞家的道："各位都有了，这两枝是姑娘的了。"黛玉再看了一看[七]，冷笑道："我就知道，别人不挑剩下的，也不给我。"<small>(吾实不知：黛玉心中有何丘壑？)</small>周瑞家的听了，一声儿也不言语①。宝玉便问道："周姐姐，你为什么到那边去了？"周瑞家的因说："太太在那里，因回话去了，姨太太就顺便叫我带了来。"宝玉道："宝姐姐在家做什么呢？怎么这几日也不过来？"周瑞家的道："身上不大好呢！"宝玉听了，便和丫头说："谁去瞧瞧？就说我和林姑娘打发来问姨娘、姐姐安，<small>("和林姑娘"四字着眼！)</small>问姐姐是什么病？吃什么药？论理我该亲自来的，说我才从学里回来，也着了些凉②，异日再亲来。"说着，茜雪便答应去了。周瑞家的自去无话。

原来这周瑞家的女婿，便是雨村的好友冷子兴，<small>(着眼。)</small>近因古董和人打官司，故遣女人来讨情分。周瑞家的仗着主子的势利，把这些事也不放在心上，晚间只求求凤姐儿。

便至掌灯时分，凤姐已卸了妆，来见王夫人，回说："今儿甄家<small>(又是甄家。)</small>送了来的东西，我已收了，<small>(不必细说方妙。)</small>咱们送他的，趁着他家有年下送鲜的船去，一并都交给他们带了去了。"王夫人点头。凤姐又道："临安伯老太太生日的礼，已经打点了，太太派谁送去？"<small>(阿凤一生奸处。)</small>王夫人道："你瞧谁闲着，只管打发四个女人去就完了，又当什么正经事问

---

① 甲眉：余阅（原作问）"送花"一回，薛姨妈云"宝丫头不喜这些花儿粉儿的"，则谓是宝钗正传。又出（原做主）阿凤、惜春一段，则又知是阿凤正传。今又到颦儿一段，却又将阿颦之天性，从骨中一写，方知亦系颦儿正传。小说中一笔作两三笔者有之，一事启两三（原无）事者有之，未有如此恒河沙数之笔也！

② 甲眉：余观"才从学里来"几句，忽追思昔日形景，可叹！想纨袴小儿，自开口云"学里"，亦如市俗人开口便云"有些小事"，然何尝真有事哉！此掩饰推托之词耳。宝玉若不云"从学房里来凉着"，然则便云"因憨玩时凉着"者哉？写来一笑，继之一叹！

我？①" 虚描一事，真真千头万绪！纸上虽一回两回中或不能写到阿凤之事，然已有阿凤在彼处手忙心忙矣，观此回可知矣。 凤姐又笑道："今日珍大嫂子来，请我明日过去逛逛。明儿倒没有什么事。"王夫人道："没事有事都害不着什么。每常他来请，有我们，你自然不便意。他既不请我们，单请你，可知是他诚心请你散淡散淡，别辜负了他的心。便有事也该过去才是②。"凤姐答应了。当下李纨、迎、探等姊妹们亦曾定省毕，各自归房无话。

次日凤姐梳洗了，先回王夫人毕，方来辞贾母。宝玉听了，也要逛去。凤姐只得答应着，立等换了衣服，姐儿两个坐了车，一时进了宁府。早有贾珍之妻尤氏与贾蓉之妻秦氏婆媳两个，引了多少姬妾、丫鬟、媳妇等接出仪门。那尤氏一见了凤姐，必先笑嘲一阵，手携了宝玉同入上房归坐。秦氏献茶毕。凤姐因说："你们请我来，有什么东西孝敬，就献来，我还有事呢！③"尤氏、秦氏未及答应，地下几个姬妾先就笑说道："二[八]奶奶今儿不来就罢，既来了，就依不得二奶奶了。④"正说着，只见贾蓉进来请安。宝玉因问："大哥哥今日不在家？"尤氏道："出城请老爷安去了。"又道："可是你怪闷的，何不去逛？"

秦氏道："宝叔叔要见我兄弟，今儿巧，来了。瞧一瞧？"⑤宝玉听了，即便下炕走。尤氏、凤姐都忙说："好生着，忙什么？"一面便吩咐人好生小心跟着，别委屈着他。倒比不得跟了老太太，过来就罢了。 "委屈"二字极不通，却是至情，写愚妇至矣！ 凤姐儿道：'既这么着，何不请进这秦小爷来，我也瞧瞧。难道我见不得他不成？"尤氏笑道："罢，罢！可以不必见他，比不得咱们家的孩子们，胡打海摔的惯了。⑥ 卿家"胡打海摔"，不知谁家方珍怜珠惜？此极自相矛盾，却极入情，盖大家妇人（原无）口吻俱如此耳。 人家的孩子都是斯斯文文的惯了的，乍见了你这

---

① 蒙侧：各有（原作自）各自心计，在问答之间，渺茫欲露。
② 蒙侧：用人力（原作刀）者，当有此段心想。
③ 蒙侧：口头心头，惟恐人不知。
④ 蒙侧：非把世态熟于胸中者，不能有如此妙文。
⑤ 甲眉：欲出鲸卿，却先写（原无）小姑娌闲闲一聚，随笔带出，不见一丝造作（原作作造）。
⑥ 蒙侧：偏会反衬，方显尊重。

破落户，被人笑话呢！"凤姐笑道①："普天下的人，我不笑话就罢，竟叫这小孩子笑话我不成？"贾蓉道："不是这话，他生的腼腆，没见过大阵仗儿。婶子见了，没的生气。"凤姐道②："他是哪吒，我也要见一见！别放你娘的屁了。再不带来，看给你一顿好嘴巴子！"贾蓉笑嘻嘻的说："我不敢强，就带他来。"

说着，果然出去带进一个小后生来。较宝玉略瘦巧些，清眉秀目，粉面朱唇，身材俊俏，举止风流，似在宝玉之上。只见怯怯羞羞，有女儿之态③，腼腆含糊的向凤姐作揖问好。凤姐喜的手推宝玉，笑道："比下去了！"〖不知从何处想来？〗便探身一把携了这孩儿的手，就叫他身旁坐了，慢慢问他年纪、读书等事，〖分明写宝玉，却先偏写阿凤。〗方知他学名叫秦钟。〖设云"情种"。古诗云："未嫁先名玉，来时本姓秦。"便是此书大纲目，此话大讽刺处。〗早有凤姐的丫鬟、媳妇们，见凤姐初会秦钟，并未备得表礼来，遂忙过那边里告诉平儿。平儿素知凤姐与秦氏厚密，虽是小后生家，亦不可太俭，遂自做主意，拿了一匹尺头、两个"状元及第"的小金锞子，交付与来人送过去。凤姐犹笑说"太简薄"等语。秦氏等谢毕。一时吃过饭，尤氏、凤姐、秦氏抹骨牌，不在话下。〖一人不落，又带出"强将手下无弱兵"。〗

宝玉、秦钟二人，随便起坐说话。〖淡淡写来。〗那宝玉自一见了秦钟人品，心中如有所失。痴了半日，自己心中又起了呆意，乃自思道："天下竟有这等的人物！如今看了，我竟成了泥猪癞狗了。可恨我为什么生在这侯门公府之家？若生在寒儒薄宦之家，早得与他交结〔九〕了，不枉生了一世。我虽如此比他尊贵，〖这一句不是宝玉本心之语，却是古今历来膏粱纨袴之意。〗可知绫锦纱罗，也不过裹了我这根死木；美酒羊羔，只不过填了我这粪窟泥沟。'富贵'二字，不料遭我荼毒④！"〖一段痴情，翻"贤贤易色"一句筋斗，便伏此后朋友中，无复再敢假谈道义、虚话伦常矣！〗

秦钟自见了宝玉形容出众，举止不群，〖"不群"二字妙！秦卿目中所取正在此。〗更兼金冠绣服，

---

① 甲侧：自负得起。
② 甲侧：此等处，写阿凤之放纵，是为后回伏线。
③ 甲侧：伏笔也。不可不知。
④ 蒙侧：此是作者一大发泄处。

娇婢侈童，这二句是贬，不是奖。此八字遮饰过多少魑魅纨袴，秦卿目中所鄙者。秦钟心中亦自思道①："果然这宝玉，怨不得人人溺爱他。可恨我偏生于清寒之家，不能与他耳鬓交接。可知'贫富'二字限人，亦世间之大不快事。②""贫富"二字中，失却多少英雄朋友！二人一样的胡思乱想。作者又欲瞒过众人。忽又二字写小儿，得神！有宝玉问他读什么书？宝玉问读书，亦想不到之大奇事。秦钟见问，便因而实答。四字普天下朋友来看！二人你言我语，十来句后，越觉亲密起来。

一时摆上茶果吃茶，宝玉便说："我们两个又不吃酒，把果子摆在里间小炕上，我们那里坐去，省得闹你们。"眼见得二人一身一体矣。于是二人进里间来吃茶。秦氏一面张罗与凤姐摆酒果，一面忙进来嘱咐宝玉道："宝叔！你侄儿年小，倘或言语不防头，你千万看着我，不要理他。他虽然腼腆，却性子倔强，不大随和些是有的③。"实写秦钟，双映宝玉。宝玉笑道："你去罢！我知道了。"秦氏又嘱他兄弟一回，方去陪凤姐。

一时，凤姐、尤氏又打发人来问宝玉："要吃什么，外面有，只管去要。"宝玉只答应着，也无心在饮食上，只问秦钟近日家务等事。宝玉问读书，已奇；今又问家务，岂不更奇！秦钟因说："业师于去岁病故，家父又年纪老迈，残疾在身，公务繁冗，因此尚未议及再延师一事，目下不过在家温习旧课而已。再读书一事，也必须有一二知己为伴④，时常大家讨论，才能进益。"宝玉不待说完，便答道："正是呢。我们家却有个家塾，合族中有不能延师的，便可入塾读书。子弟们中，亦有亲戚在内，可以附读。我因上年业师回家去了，也现荒废着。家父之意，亦欲暂送我去，且温习着旧书，待明年业师上来，再各自在家里亦可。家祖母因说一则家学里子弟太多，生恐大家淘气，反不好；二则也因我病了几日，遂暂且耽搁着。如此说来。尊翁如今也为此事悬心。今日回去，何不禀明，就往我们这敝塾中来。我也相伴，彼此有益，岂不是好事？"

---

① **甲侧**：所谓两情脉脉。
② **蒙侧**：总是作者大发泄处，借此以伸多少不乐。
③ **蒙侧**：伏后文。
④ **甲侧**：眼。
    蒙侧：伏线。

秦钟笑道①："家父前日在家提起延师一事，也曾提起这里的义学倒好，原要来和这里的亲翁商议引荐。因这里又事忙，不便为这小事来聒絮。宝叔果然度小侄可以磨墨涤砚，何不速速的作成②，彼此不致荒废，又可以常相谈聚，又可以慰父母之心，又可以得朋友之乐，岂不是美事！③"宝玉道："放心，放心！咱们回去先告诉你姐夫、姐姐和琏二嫂子。你今日回家就禀明令尊，我回去再回明祖母，再无不速成之理的。"二人计议已定。那天色已是掌灯时候，出来又看他们玩了一会牌。算帐时，却又是秦氏、尤氏二人输了戏、酒的东道④，言定后日吃这东道，一面又说传晚饭。

饭毕，因天黑了，尤氏说："先派两个小子，送了这秦相公家去。"媳妇们传出去半日，秦钟告辞起身。尤氏问："派了谁人送去？"媳妇们回说："外头派了焦大，谁知焦大醉了，又骂呢⑤！"秦氏却道[+]：可知骂非一次矣。"偏又派他做什么！放着这些小子们，那一个派不得？偏又惹他去！"便奇！凤姐道："我成日说你太软弱了，纵的家里人这样，还了得呢！"尤氏叹道："你难道不知这焦大的？连老爷都不理他，你珍大哥也不理他。因他从小儿跟着太爷们出过三四回兵，从死人堆里把太爷背了出来，得了命；自己挨着饿，却偷了东西来给主子吃；两日没得水，得了半碗水，给主子喝，他自己喝马溺。不过仗这些功劳情分，有祖宗时都另眼相待。如今谁肯难为他？他自己又老了，又不顾体面，一味的吃酒，一吃醉了，无人不骂⑥。我常说给管事的，不要派他事，权当一个死的就完了。今儿又派了。"凤姐道："我何曾不知这焦大。倒是你们没主意。有这样，何不打发他远远的庄

---

① 甲眉：真是可儿之弟！
② 甲眉：真是可卿之弟！
③ 蒙侧：痛快淋漓，以至于此！
④ 甲侧：自然是二人输。
⑤ 蒙侧：恶恶而不能去，善善而不能用，所以流毒无穷，可胜叹哉！
⑥ 蒙侧：有此功劳，不可轻易摧（原作推）折，亦当处之以（原无）道，厚其赡养（原作瞻仰），尊其等次。送人回家，原非（原作作）酬功之事。所谓汉之功臣不得保其首领者，我知之矣。

子上去就完了①。"说着，因问："我们的车可备齐了？"地下众人都应："伺候齐了。"

凤姐亦起身告辞，和宝玉携手同行。尤氏等送至大厅，只见灯烛辉煌，众小厮都在丹墀侍立。那焦大又恃贾珍不在家，即在家亦不好怎样，更可以恣意的洒落洒落。因趁着酒兴，先骂②大总管赖二，说他不公道，欺软怕硬："有了好差事就派别人，像这样黑更半夜送人的事，就派我。没良心的忘八羔子！瞎充管家！你也不想想，焦大太爷跷起一只腿，比你的头还高呢！二十年头里的焦大太爷眼里有谁？别说你们这一把子杂种忘八羔子们！"

（记清！荣府中则是赖大。又故意错综的妙！）

正骂的兴头上，贾蓉送凤姐的车出去，众人喝他不听，贾蓉忍不得，便骂了两句，使人："捆起来！等明日酒醒了，问他，还寻死不寻死了③！"那焦大那里把贾蓉放在眼里，反大叫起来，赶着贾蓉叫："蓉哥儿④！你别在焦大跟前使主子性儿。别说你这样儿的，就是你爹、你爷爷，也不敢和焦大挺腰子呢！不是焦大一个人，你们做官儿、享荣华、受富贵？你祖宗九死一生挣下这个家业，到如今，不报我的恩，反和我充起主子来了！不和我说别的还可，若再说别的，咱们红刀子进去，白刀子出来！⑤[十一]"

（是醉人口中文法。一段借醉奴口中闲言，补出宁、荣往事。故特为天下世人一笑耳。）

凤姐在车上说："以后还不早打发了这没王法的东西！在这里岂不是祸害？倘或亲友知道了，岂不笑话咱们这样的人家，连个王法规矩都没有？"贾蓉答应："是。"

众小厮见他撒野不堪了，只得上来几个，揪翻捆倒，拖到马圈里去。焦大益发连贾珍⑥都说出来，乱嚷乱叫说："我要往祠堂里哭太爷

---

① 甲眉：这是为后协理宁国府伏线。
② 甲侧：来了！
③ 蒙侧：可怜！天下每每如此。
④ 甲侧：来了！
⑤ 甲侧：忽接此焦大一段，真可惊心骇目。一字化一泪，一泪化一血珠！

靖眉：焦大之醉，伏可卿死。作者秉刀斧之笔，一字一泪，一泪化一血珠！惟批书者知之。

⑥ 甲侧：来了！

去①。那里承望到如今，生下这些畜牲来！每日家偷狗戏鸡，爬灰的爬灰，养小叔子的养小叔子，我什么不知道？咱们'胳膊折了，往袖子里藏'！②"众小厮们听他说出这些没天日的话来，唬得魂飞魄丧，也不顾别的，便把他捆起来，用土和马粪满满的填了他一嘴。

凤姐和贾蓉也遥遥的闻得，便都装作不听见③。宝玉在车上，见这般醉闹，倒也有趣，因问凤姐道："姐姐！你听他说'爬灰的爬灰'，什么是'爬灰'？④"凤姐听了，连忙竖眉瞪目，乱喝道："少胡说！那是醉汉嘴里混嗳。⑤你是什么样的人，不说不听见，还要细问！等我回去回了老太太，仔细捶你不捶你！⑥"吓的宝玉连忙央告："好姐姐，我再不敢了。"凤姐道⑦："这才是。等回去，咱们回了老太太，打发你学里念书去要紧。"说着，自回荣府而来。要知端的，且听下回分解。正是：

不因俊俏难为友，正为风流始读书⑧。

【总评】焦大之醉，伏可卿之病至死。周妇之谈，势利之害真凶。作者具菩提心，于世人说法。

校　记：
[一] 此处的"矶"字，甲戌本、蒙府本与此同，庚辰本为"阶"字。
[二] 原文无"因"字，据庚辰本补。

---

① 甲眉："不如意事常八九，可与人言无二三！"——以二句批是段（原作假），聊慰石兄。
② 甲眉：一部《红楼》，淫邪之处，恰在焦大口中揭明。
　　蒙侧：放笔痛骂一回。富贵之家，每罹（原作掠）此祸。
③ 甲侧：是极！
④ 甲侧：问得妙！
　　蒙侧：暗伏后（原作起）来史湘云之问。
⑤ 甲侧：答得妙！
⑥ 蒙侧：熙凤能事。
⑦ 甲侧：哄得妙！
⑧ 甲侧：原来不读书即蠢物矣。

［三］原文无"只听帘笼响处，方才和金钏玩的那个小丫头进来了，问：'奶奶叫我做什么？'"一句，按庚辰本补入。

　　［四］原文无第二个"下"字，据蒙府本补。

　　［五］原文无"了"字，据庚辰本补。

　　［六］原文无"隔着玻璃窗户，见李纨在炕上歪着睡觉呢，遂"句，按庚辰本补。

　　［七］原文无"再看了一看"，据甲戌本补。

　　［八］原文无"二"字，据庚辰本补。

　　［九］此处的"交结"，原文为"交接"，据庚辰本改。

　　［十］此处的"秦氏却道"，原文为"尤氏都道"，蒙府本为"尤氏道"，校者按文意改。

　　［十一］此处的"咱们红刀子进去，白刀子出来"，原文为"咱们白刀子进去，红刀子出来"，据己卯本改。

第八回

拦酒兴李奶母讨厌　　掷茶杯贾公子生嗔

【回前】幻情浓处故多嗔，岂独颦儿爱妒人？莫把心思劳展转，百年事业总非真。

题曰：
　　古鼎新烹凤髓香，那堪翠斝贮琼浆。
　　莫言绮縠无风韵，试看金娃对玉郎。[一]

　　话说凤姐和宝玉回家，见过众人。宝玉先便回明贾母秦钟要上家塾之事，自己也有了个伴读的朋友，正好发奋①；又着实的称赞秦钟的人品行事最使人怜爱②。凤姐又在旁帮着说"过日他还来拜老祖宗"等语。说的贾母喜悦起来③。凤姐又趁势请贾母后日过去看戏。贾母虽年高，却极

---

① 甲侧：未必。
② 蒙侧："怜爱"二字，写出宝玉真神。若是别个，断不肯透露。
③ 甲侧：止此便十成了，不必繁文再表，故妙。"偷度金针法"。
　 蒙侧：凤姐帮话，是为秦氏。用意曲（原作屈）尽人情。

有兴头①。至后日,又有尤氏来请,遂携了王夫人、林黛玉、宝玉等过去看戏。至晌午,贾母便回来歇息了。<u>甲:叙事有法。若只管写看戏,便是一无见世面之暴发贫婆矣。写"随便"二字,兴高则往,兴败则回,方是世代封君正传。且"高兴"二字,又可生出多少文章来。</u>王夫人本是好清净的,<u>甲:偏与邢夫人相犯,然却是各有各传。</u>见贾母回来,也就回来了。然后凤姐坐了首席,尽欢至晚无话②。

却说宝玉因送贾母回来,待贾母歇了中觉,意欲还去,又恐扰的秦氏等人不便③。因想起近日薛宝钗在家养病,未去亲候,意欲去望他一望。若从上房后角门过去,又恐遇见别事缠绕,再或可巧遇见他父亲④,更为不妥⑤,宁可绕远路罢了。当下众嬷嬷、丫鬟伺候他换衣服,见他不换,仍出二门去了,众嬷嬷、丫鬟只得跟随出来,还只当他去那府中看戏。谁知到了穿堂,便向东北绕厅后而去。偏顶头遇见了门下清客相公詹光⑥、单聘仁⑦二人走来,一见了宝玉,便都笑着赶上来,一个抱住腰,一个携着手,都道:"我的菩萨哥儿⑧!我说做了好梦呢,好容易得遇见了你。"说着,请了安,又问好,唠叨半日,方才去了⑨。这老嬷嬷又叫住,问:"你二位是往老爷跟前去的不是⑩?"他二人点头道:"老爷在梦坡斋⑪小书房里歇中觉呢,不妨事的⑫。"一面说,一面走了。说的宝玉也笑了。于是转弯向北,奔梨香院来⑬。可巧银库

---

① 甲侧:为贾母写传。
② 甲侧:甚细!交代毕。
③ 甲侧:全是体贴工夫。
④ 甲侧:本意正传,实是曩时苦恼,叹叹!
⑤ 甲侧:细甚!
⑥ 甲侧:妙!盖"沾光"之意。
⑦ 甲侧:妙!盖"善于骗(原只有"马"旁)人"之意。
⑧ 甲侧:没理没伦,口气逼(原作毕)肖!
⑨ 甲侧:一路用"淡三色烘染,行云流水"之法,写出贵公子家常不即(原作跡)不离气质。经历过者,则喜其写真;未经者,恐不免嫌繁。
⑩ 甲侧:为玉兄一人,却人人俱有心事,细致!
⑪ 甲侧:使人起遐思。
　　妙!梦遇坡之处也。
⑫ 甲侧:玉兄知己,一笑!
⑬ 蒙侧:吃冷香丸,住(原作往)梨香院,有趣。

房的总领名唤吴新登①与仓上的头领名唤戴良②，还有几个管事的头目，共有七个人，从帐房里出来。一见了宝玉，赶来都一齐垂手站住。独有一个买办名唤钱华的，甲：亦"钱开花"之意，随事生情，因情得文。因他多日未见宝玉，忙上来打千儿请安。宝玉忙含笑携他起来。众人都笑道："前儿在一处看见二爷写的斗方，字儿益发好了。多早晚赏我们几张贴贴③！"宝玉笑道："在那里看见了？"众人道："好几处都有，都称赞的了不得，还和我们寻呢④！"宝玉笑道："不值什么，你们说给我的小幺儿们就是了。"一面说，一面前走，众人待他过去，方都各自散了。甲：未入梨香院，先故作若许波澜曲折。瞧他无意中又写出宝玉写字来，固是愚弄公子之闲文，然亦是暗逗宝玉历来文课事。不然，后文岂不太突兀（原无）？

闲言少述，甲：此处用此句最当。且说宝玉来至梨香院中，先入薛姨妈室中来，见薛姨妈打点针黹与丫鬟们呢。宝玉忙请了安，薛姨妈忙一把拉了他，抱入怀内，笑说："这么冷天，我的儿，难为你想着来，快上炕来坐着罢！"命人倒滚滚的茶来。宝玉因问："哥哥不在家？"薛姨妈叹道："他是没笼头的马，天天逛不了，那里肯在家一日？"宝玉道："姐姐可大安了？"薛姨妈道："可是呢，你前儿又想着打发人瞧他。他在里间里呢，你去瞧他，里间比这里和暖⑤，那里坐着，我收拾收拾就进来，和你说话儿。"宝玉听说，忙下了炕，来至里间门前，只见吊着半旧的红绸软帘⑥。宝玉掀帘，一迈步进去，先就看见薛宝钗坐在炕上作针线，头上挽着漆黑油光的发儿，蜜合色棉袄，玫瑰紫二色金银鼠比肩

---

① 甲侧：妙！盖云"无星戥！"也。

② 甲侧：妙！盖云"大量"也。

③ 甲眉：余亦受过此骗。今阅至此，赧然一笑。此时有三十年前向余作此语之人在侧，观其形，已皓首驼腰矣。乃使彼亦细听此数语，彼则潸然泣下，余亦为之败兴。

  靖眉：沾光、善骗人、无星戥皆随事生情，调侃世人。余亦受过此骗，阅此一笑。三十年前作此话之人，观其形，已皓首驼腰矣。使彼亦细听此语，彼则潸（原作潜）然泣下，余亦为之败兴。

④ 蒙侧：侍奉上人者，无此等见识，无此等迎奉者，难乎免于厌弃，呜呼哀哉！

⑤ 蒙侧：作者何等笔法！"里间（原作问）里"三字，恐文气不足，又贯之以"比这里和暖（原作缓）"。其笔真是神龙云中弄影，是必当进去的神理。

⑥ 甲侧：从门外看起，有层次。

袄，葱黄绫洒线裙，一色半新不旧，看去不觉奢华。唇不点而红，眉不画而翠，脸若银盆，眼如水杏。罕言寡语，人谓藏愚；安分随时，自云守拙①。甲：这方是宝卿正传。与前写黛玉之传一齐参看，各极其妙，各不相犯。使（原有其）人难其左右于毫末。宝玉一面看，一面口内问："姐姐可大愈了？"宝钗抬头②，只见宝玉进来，甲：此则神情尽在烟飞水逝之间，一展眼便失于千里矣。连忙起身笑答道："已经大好了，倒多谢记挂着。"说着，让他在炕沿上坐了，即命莺儿斟茶来。一面又问老太太、姨娘安，别的姐妹们都好③；一面看宝玉④：头上戴着叠丝嵌宝紫金冠，额上勒着二龙抢珠金抹额，身上穿着秋香色立蟒白狐腋箭袖，系着五色蝴蝶鸾绦，项上挂着长命锁、记名符，另外有那一块落草时衔来的宝玉。宝钗因笑说道："成日人家说你的这玉，究竟未曾细细的赏鉴，我今儿倒要瞧瞧。"甲：自回首至此，回回说有通灵玉一物。余亦未曾细细赏鉴，今亦欲一见。说着，便挪近前来。宝玉亦凑了去，从头上摘了下来，递在宝钗手内。宝钗托于掌上，甲：试问石兄：此一托，比在青埂峰下，猿啼虎啸之声何如？只见大如雀卵⑥，耀若明霞⑦，莹润如酥⑧，五色纹缠护⑨。这就是大荒山中青埂峰下的那块顽石的幻相⑩。后人有诗嘲云：

女娲炼石已荒唐，又向荒唐演大荒。
失去幽灵真境界，幻来亲就臭皮囊⑪。

---

① 甲眉：画神鬼易，画人物难。写宝卿，正是写人之笔，若与黛玉并写，更难。今作者写得一毫难处不见，且得二人真体实传，非神助而何？
② 靖眉：十六字乃宝卿正传。参看前写黛玉传，各不相犯，令人左右难其于毫末。
   甲侧：与宝玉"迈步"针对。
③ 甲侧：这是口中如此。
④ 甲侧："一面"二。口中眼中，神情俱到。
⑤ 甲眉：余代答曰："遂心如意！"
⑥ 甲侧：体。
⑦ 甲侧：色。
⑧ 甲侧：质。
⑨ 甲侧：文。
⑩ 甲侧：注明。
⑪ 甲侧：二语可入道，故前引庄叟秘诀。

好知运败金无彩，堪叹时乖玉不光。①
白骨如山忘姓氏，无非公子与红妆。②

那顽石亦曾记下他这幻相，并癞僧所镌的篆文。今亦按图画于后。但其真体最小，方能从胎中小儿口中衔下。今若按其体画，恐字迹过于微细，使观者大费眼光，亦非畅事。故今只按其形式，无非略展放些规矩，使观者便于灯下醉中可阅。今注明此故，方无胎中之儿口有多大，怎得衔此狼犺蠢物等语谤余之谈③。

通灵宝玉正面图式　　　　　　**通灵宝玉反面图式**④

通灵宝玉
仙寿恒昌
莫失莫忘

一除邪祟
二疗冤疾
三知祸福

宝钗看毕⑤，**甲：余亦想见其物矣。前回中总用"草蛇灰线"写法，至此方细细写出，正是大关节处。**又从新〔二〕翻过正面来细看⑥，口内念道："莫失莫忘，仙寿恒昌⑦。"念了两遍，乃回头向

---

① 甲侧：又夹入宝钗，不是虚图对的工。
　　二语虽粗，本是真情。然此等诗只宜如此，为天下儿女一哭！
　靖眉：伏下文，又夹入宝钗，不是虚图对的工。
② 甲侧：批得好。末二句似与题不切，然正是极贴切语。
③ 甲眉：又忽作此数语，以幻弄成真，以真弄成幻，真真假假，恣意游戏于笔墨之中，可谓狡猾之至。
　　做人要老诚，作文要狡猾。
④ 此通灵宝玉的正面和反面图式，均从庚辰本。
⑤ 靖眉：前回中总用"灰线草蛇"细细写法，至此方写出，是大关节处，奇之至！
⑥ 甲侧：可谓真奇之至！
⑦ 甲侧：是心中沉吟（原作音），神理！
　甲眉：《石头记》立誓一笔不写一家文字。

莺儿笑道："你不去倒茶,也在这里发呆①做什么?"甲:请诸公掩卷合目想其神理,想其坐位之势,想宝钗面上口中,真妙!莺儿嘻嘻笑道："我听这两句话,倒像和姑娘的项圈②上的两句话是一对儿③。"甲:又引出一个金项圈来,莺儿口中说出方妙。宝玉听了,笑说道:"原来姐姐那项圈上也有八个字④,甲:补出素日眼中虽见,而实未留心。我也赏鉴赏鉴。"宝钗道:"你别听他的话⑤,没有什么字。"宝玉笑央:"好姐姐,你怎么瞧我的了呢?"宝钗被缠不过,因说道:"也是个人给了两句吉利话儿⑥,所以錾上了,叫天天戴着;不然,沉甸甸的有什么趣儿。"甲:一句骂死天下浓妆艳饰富贵中之脂妖粉怪!一面说,一面解了排扣⑦,从里面大红袄上⑧将那珠宝晶莹、黄金灿烂的璎珞掏[三]了出来。甲:按:璎珞者,头饰也。想近俗即呼为项圈者是矣。宝玉忙托了锁看时,果然一面有四个篆字,两面八个,共成两句吉谶。亦画形相。

图式⑨

 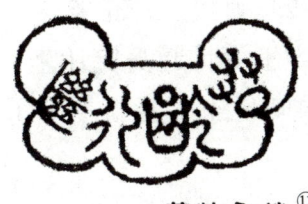

不离不弃⑩　　　　　芳龄永继⑪

---

① 甲侧:阅者试思:此一句是何意思?
② 甲侧:"金针度"矣。
③ 甲眉:恨莺儿不早来听此数语,若使彼闻之,不知又有何等妙论趣语,以悦我心臆?
④ 甲侧:不着而着。
⑤ 甲侧:写宝钗身份。
⑥ 蒙侧:"也是个"等字,移换得巧妙。其雅量尊重,在不言之表。
　甲侧:又惊又喜。
⑦ 甲侧:细!
⑧ 蒙侧:打开。好看煞人。
⑨ 此宝钗项圈上的正面和反面图式,均从庚辰本。
⑩ 己侧:"不离不弃"与"莫失莫忘"相对,所谓愈出愈奇。
⑪ 甲侧:合前读之,岂非一对?
　己侧:"芳龄永继"又与"仙寿恒昌"一对,请合而读之。问诸公历来小说中,可有如此可巧奇妙之文,以换新眼目?

宝玉看了，也念了两遍，又念自己的两遍，因笑问："姐姐这八个字倒与我的是一对①。"甲：余亦谓是一对，不知干支中四注八字，可与卿亦对否？莺儿笑道："是个癞和尚送的。他说，必须錾在金器上②……"宝钗不待他说完，便嗔他不去倒茶③；一面又问宝玉从那里来④。

宝玉此时与宝钗就近，只闻一阵阵凉森森甜甜的幽香⑤，竟不知是何香气，遂问："姐姐熏的什么香？我竟从来未闻见过这味儿⑥。"宝钗笑道："我怕熏香，好好的衣服，熏的烟燎火气的⑦。"宝玉道："既如此，这是什么香？"宝钗想了一想，笑道："是了，是我早起吃了丸药的香气⑧。"宝玉笑道："什么丸药，这么好闻？好姐姐，给我一丸尝尝！"甲：仍是小儿语气。究竟不知别个小儿亦如此，还是只宝玉如此？宝钗笑道："又混闹了，一个药也是混吃的？"

一语未了⑨，忽听外面人说："林姑娘来了⑩！"话犹未了，林黛玉已摇摇⑪的[四]走了进来，一见宝玉，便笑道："哎哟，我来的不巧了⑫！"宝玉等忙起身笑让坐。宝钗因笑道："这话怎么说⑬？"黛玉笑道："早知他来，我就不来了⑭。"宝钗道："我更不解这意。"黛玉

---

① 甲侧：明明是一对儿！

　甲眉："花看半开，酒饮微醉"，此文字是也。

② 蒙侧：和尚在幻境中作如此勾当，亦属多事。

③ 甲侧：写宝钗身份。

　蒙侧："嗔"字一截（原作劫），截（原作劫）得妙。

④ 甲侧：妙神妙理，请观者自思。

⑤ 蒙侧：这方是花香袭人正意。

⑥ 甲侧：不知比"群芳髓"又何如？

⑦ 甲侧：真真骂死一干浓妆艳饰鬼怪。

⑧ 甲侧：点冷香丸。

⑨ 蒙侧：每善用此等转换法。

⑩ 甲侧：紧处愈紧，密不容针之文。

⑪ 甲侧：二字画出身。

⑫ 甲侧：奇文，我实不知颦儿心中是何丘壑？

　蒙侧：怪急语。

⑬ 蒙侧：不得不问。

⑭ 蒙侧：更叫人急煞。

笑说道："要来时，一群都来；要不来，一个也不来①。今儿他来了，明日我来，如此间错开了来着，岂不天天有人来了②？也不至于太冷落，也不至于太热闹了③。姐姐如何反不解这意思？" 甲：吾不知颦儿以何物为心、为齿、为口、为舌，实不知胸中有何丘壑？

宝玉因见他外面罩着大红羽缎对衿褂子④，因问："下雪了么？"地下婆娘们道："下了这半日雪珠儿。"宝玉道："取了我的斗篷来了不曾？"黛玉道："是不是我来了，他就该[五]去了⑤？"宝玉笑道："我多早晚说要去来着？不过拿来预备。"宝玉的奶母李嬷嬷因说道："天又下雪，也好早晚的了，就在这里同姐姐妹妹一处玩玩罢。姨娘那里摆茶果了呢。我叫丫头去取了斗篷来，说给小幺儿们散了罢！"宝玉应允。李嬷嬷出去[六]，命小厮们都各散去不提⑥。

这里薛姨妈已摆了几样细巧茶果，留他们吃茶⑦。宝玉因夸前日在那府里珍大嫂子的好鹅掌、鸭信。甲：为前日秦钟之事，恐观者忘却，故忙中闲笔，重一渲染。薛姨妈听了，也把自己糟的，取了些来与他尝⑧。宝玉笑道："这个须得酾酒才好。"薛姨妈便命人去灌了最上等的酒来⑨。李嬷嬷便上来道："姨太太，酒倒罢了⑩！"宝玉笑央道："好妈妈，我只吃一钟。"李嬷嬷道："不中用！当着老太太、太太，那怕你吃一坛呢。想那日，我眼错不见一会，不知是那一个没调教，只图讨你的好儿，不管别人死活，

---

① 蒙侧：又一转换。若无此，则必有宝玉之穷究，而宝钗之重复，加长无味。此等文章不（原无）是《西游记》的请观世音菩萨，菩萨一到，无不扫地完结者。
② 甲侧：强词夺理！
③ 甲侧：好点缀。
④ 甲侧：岔开文字。
　　避繁章法，妙极，妙极！
⑤ 甲侧：实不知有何丘壑？
⑥ 蒙侧：极力写嬷嬷周旋，是反衬下文。
⑦ 甲侧：是溺爱，非势利。
⑧ 甲侧：是溺爱，非夸富。
　　蒙侧：不写酒，先写糟，将糟引酒。
⑨ 甲侧：愈见溺爱。
⑩ 甲眉：余最恨无调教之家，任其子侄肆行哺啜。观此则知大家风范。

给了你一口酒吃，葬送的我挨了两日骂。姨太太不知道，他性子又可恶①，吃了酒，更弄性。有一日，老太太高兴了，尽着他吃；什么日子，又不许他吃，何苦我白赔在里面②。"薛姨妈笑道："老货③！你只放心吃你的去。我也不许他吃多了。便是老太太问，有我呢。"一面命小丫鬟们："让你奶奶们去也吃一杯，搪搪雪气。"那李嬷嬷听如此说，只得和众人且去吃些酒。

这里宝玉又说："不必烫暖了，我只爱吃冷的。"薛姨妈道："这可使不得！吃了冷酒，写字手打飐儿④。"宝钗笑道："宝兄弟，亏你每日〔七〕家杂学旁搜的⑤，难道不知道酒性最热？若热〔八〕吃下去，发散的就快；若冷吃下去，便凝〔九〕结在内，以五脏去暖他，岂不受害？从此还不快不要吃那冷的呢。"甲：知命知身，识理识性，博学不杂，庶可称为佳人。可笑别小说中，一首歪诗，几句淫曲，便自佳人相许，岂不丑杀！宝玉听这话有理，甲：宝玉亦听得出有情理的话来，与前问读书、家务，并皆大奇之事。便放下冷的，命人暖来方饮。

黛玉嗑着瓜子儿，只抿着嘴笑⑥。可巧⑦黛玉的小丫鬟雪雁走来，与黛玉送小手炉。黛玉含笑问他说："谁叫你送来的？难为他，那里就冷死我了⑧！"雪雁道："紫鹃⑨姐姐甲：又顺笔带出一个妙名来，洗尽"春花"、"腊梅"等套。怕姑娘冷，使我送来的。"黛玉一面接了，抱在怀中，笑道："也亏你倒听他的话。我平日和你说的，全当耳旁风；怎么他说了，你就依，比圣旨还

---

① 甲侧：补出素日。
② 甲侧：浪酒闲茶，原不相宜。
   蒙侧：嬷嬷口气。
③ 甲侧：二字如闻。
④ 甲侧：酷肖！
   蒙侧：点石成金。
⑤ 甲侧：着眼！若不是宝卿说出，竟不知玉卿日就何业。
   甲眉：在宝卿口中说出玉兄学业，是作微露卸春褂（原作挂）之萌耳。是书勿看正面为幸！
⑥ 甲侧：实不知其丘壑自何处设想而来？
   蒙侧：笑的毒。
⑦ 甲侧：又用此二字。
⑧ 甲侧：吾实不知何为心，何为齿、口、舌？
⑨ 甲侧：鹦哥改名也（原作已）。

快些①！"甲：要知尤物方如此，莫作世俗中一味酸妒狮吼辈看去。宝玉听这话，知是黛玉借此奚落他，也无回复之词，只笑两阵罢了②。宝钗素知黛玉是如此惯了的，也不去睬他③。薛姨妈因道："你素日身子弱，禁不得冷的，他们记挂着你，倒不好？"黛玉笑道："姨妈不知道。幸亏是这里，倘或在别人家，岂不恼④？难道说就看的人家连个手炉也没有，巴巴的从家里送来？不说丫头们太过于小心，只当我素日是这等轻狂。"甲：用此一解，真可拍案叫绝，足见其以兰为心，以玉为骨，以莲为舌，以冰为神。真真绝倒天下之裙钗矣！薛姨妈道："你是个多心的，有这样想。我就没这心了。"

说话时，宝玉已是三钟过去了。李嬷嬷又上来拦阻。宝玉正在心甜意洽之时，和宝、黛姊妹说说笑笑的，甲：试问石兄，比当日青埂峰猿啼虎啸之声何如？那肯不吃。宝玉只得屈意央告："好[十]妈妈！我再[十一]吃两钟就不吃了。"李嬷嬷道："你可仔细！老爷今儿在家，堤防问你的书⑤！"甲：不合提此话。这是李嬷嬷激醉了的，无怪乎后文。一笑！宝玉听了此话，便心中大不自在，慢慢的放了酒，垂了头。甲：画出小儿愁蹙之状，楔紧后文。黛玉慌忙的说："别扫了大家的兴！舅舅⑥若叫你，只说姨妈留着呢。这个妈妈，你吃了酒，又拿我们来醒脾了⑦！"一面悄推宝玉，使他赌气；一面悄悄的咕哝说："别理那老货，咱们只管乐咱们的。"那李嬷嬷便向黛玉笑道："林姑娘⑧！你不要助着他了。你倒劝劝他，只怕他还听些。"黛玉冷笑道："我为什么助着他？也不犯着劝他。你这妈妈也太小心了，素日老太太又给他酒吃，如今在姨妈这里，多吃一口，也不妨事。必定姨妈这里是外人，不当在这里的，也未可知。"李嬷嬷听了，又是急，又是笑⑨，说道："真这林姐儿，说

---

① 蒙侧：句句尖刺，可恨可爱，而句意毫无滞碍。
② 甲侧：这才好。这才是宝玉。
③ 甲侧：浑厚天成，这才是宝钗。
④ 蒙侧：又转出此等言语，令人疼煞黛玉，敬煞作者。
⑤ 甲侧：不入耳之言是也。
⑥ 甲侧：二字指贾政也。
⑦ 甲侧：这方是阿颦真意对玉卿之文。
⑧ 甲侧：如此之称似不通，却是老妪真心道出。
⑨ 甲侧：是认不的真，是不忍认真；是爱极颦儿，疼煞颦儿之意。

出一句话来，比刀子还尖。你这算了什么？"宝钗也忍不住笑着，把黛玉腮上一拧①，说道："这颦丫头的一张嘴，叫人恨不是，喜又不是②。"薛姨妈一面又说："别怕，别怕！我的儿③！来了这里，没好的给你吃，别把这点子东西，吓的存在心里，倒叫我不安。只管放心吃，有我呢！越发吃了晚饭去，便是醉了，就跟着我睡。"因命："再烫酒来！姨妈陪你吃两杯，可就吃饭罢④。"宝玉听了，方又鼓起兴来。

李嬷嬷因吩咐小丫头们："你们在这里小心着，我家去换了衣服就来。"悄悄的回姨太太："别由他的性，多给他吃⑤。"说着便去了。这里虽还有三两个婆子，都是不关痛痒的⑥，见李嬷嬷走了，也都自寻方便去了。只剩了两个小丫鬟，乐得讨宝玉的喜欢。幸而薛姨妈千哄万哄，只容他吃了几杯，就忙收过了。作酸笋鸭皮汤，宝玉痛喝了两碗，吃了半碗碧粳粥⑦。一时薛、林二人也吃完了饭，又沏上茶来，大家吃了。薛姨妈放了心。雪雁等三四个丫头已吃了饭，进来伺候。黛玉因问宝玉道："你走不走⑧？"宝玉乜斜倦眼道⑨："你要走，我和你一同走⑩。"黛玉听说⑪，遂起身道："咱们来了这一日，也该回去了。还不知那边怎么找咱们呢！"说着，二人便告辞。

小丫头忙捧过斗篷来⑫，宝玉便把头略低一低，命他戴上斗笠。那

---

① 甲侧：我也欲拧。
② 甲侧：可知余前批不谬。
   蒙侧："恨不是，喜不是"，写尽一向（原作响）含容之量。
③ 甲侧：是接前老爷问书之语。
④ 甲侧：二语不失长上之体，且收拾若干文，千斤力量。
⑤ 蒙侧："家去换衣服"，是含酸欲怒。"悄悄回"的光景，是不露怒。
⑥ 甲侧：写的到。
⑦ 甲侧：美粥名。
⑧ 甲侧：妙问。
   蒙侧："走不走"，语言真是黛玉。
⑨ 甲侧：醉意。
⑩ 甲侧：妙答。
⑪ 甲侧：此等话，阿颦心中最乐。
⑫ 甲侧：不漏。

丫头便将大红毡斗笠，往宝玉头上一遏，宝玉便说："罢，罢！好蠢东西，你也轻些儿！难道没见别人①戴过的？让我自己戴罢。"黛玉站在炕沿上道："罗唆什么，过来，我瞧罢②。"宝玉忙就前来。黛玉用手轻轻拢住束发冠，将笠沿拽在抹额上，将那一朵核桃大的绛绒簪缨扶起，颤巍巍露于笠外。整理已毕，端相了一会，说道："好了，披上斗篷罢！"甲：若使宝钗整理。颦卿又不知有多少文章。宝玉听了，方接了斗篷披上。薛姨妈忙道："跟你们的妈妈都还没来呢，且略等等！"宝玉道："我们倒等他们！有丫头们跟着也够了③。"薛姨妈不放心，因命两个妇女跟随他兄妹方罢。他二人道了扰，一径回至贾母房中。

贾母尚未用晚饭。知是薛姨妈处来，更加欢喜④。因见宝玉吃了酒，遂命他自回房去歇着，不许再出来了。因命人好生管待。忽想起跟宝玉的人来，遂问："李嬷嬷怎不见⑤？"众人不敢直说家去了⑥，只说："才进来了，想有事才去了。"宝玉踉跄回顾道："他比老太太还受用呢，问他做什么！没有他，只怕我还多活两日！"一面说，一面来至自己卧室。只见笔墨在案⑦，晴雯先接出来，笑说道："好，好！要我研了那些墨，早起高兴，只写了三个字，丢了笔就走了，哄的我们等了一日⑧。快来给我写完这些墨才罢⑨！"宝玉忽然想起早起的事来，因笑道："我写的那三个字在那里呢？"晴雯笑道："这个人可醉了。你头里过那府里去，嘱咐我贴在这门斗上的，这会子又这么问我。还怕别

---

① **甲侧：** 别人者，袭人、晴雯之辈也。
② **蒙侧：** 知己最难逢，相逢意自同。花新水上香，花下水含红。
③ **蒙侧：** 伏笔。
④ **甲侧：** 收得好极！正是写薛家母女。
⑤ **甲侧：** 细！
   蒙侧： 逼近。
⑥ **甲侧：** 有是事，大有是事！
⑦ **甲侧：** 如此找前文，最妙，且无逗榫（原作笋）之迹。
⑧ **甲侧：** 憨，活现！余双圈不及。
⑨ **甲侧：** 补前文之未到。
   蒙侧： 娇痴婉转，自是不凡。引后文。

人贴歪了①，我亲自爬高上梯的贴上②，这会子还冻的手僵冷的呢③！"宝玉听了，笑道④："我忘了。你的手冷，我替你捂着。"说着便伸手携了晴雯的手，同仰首看门斗上新书的三个字⑤。

甲：写晴雯，是晴雯走下来，断断不是袭人、平儿、莺儿等语气。

一时黛玉来了，宝玉便笑道："好妹妹！你别撒谎，你看这三[十二]个字那一个好？"黛玉仰头看里间门斗上，新贴的三个字，写[十三]着"绛芸轩"⑥。黛玉笑道："个个都好。怎么写这么好了？明儿也替我写一个匾⑦。"宝玉嘻嘻的笑道："又哄我呢。"说着又问："袭人姐姐呢⑧？"晴雯向里间炕上努嘴⑨。宝玉一看，只见袭人和衣睡着在那里。宝玉笑道："好，好！太早了些⑩！"因又问晴雯道："今儿我那府里吃早饭，有碟子豆腐皮的包子，我想你爱吃，和珍大奶奶说了，只说我留着晚上吃，叫人送过来了，你可吃了？"晴雯道："快别提。一送了来，我知道是我的，偏我才吃了饭，就搁在那里⑪。后来李嬷嬷来了看见，说：'宝玉未必吃了，拿来给我孙孙吃去罢。'他就叫人拿了家去了⑫。"

甲：奶母之倚势，亦是常情；奶母之昏愦，亦是常情。然特于此处细写一回，与后文袭卿之酥酪遥遥一对，足见晴卿不及袭卿远矣。余谓晴有林风，袭乃钗副，真真不错。

接着茜雪捧上茶来。宝玉因让："林妹妹吃茶！"众人笑

---

① 甲侧：全是体贴一人。
② 甲侧：可儿，可儿！
③ 甲侧：可儿，可儿！
④ 甲侧：是醉笑。
⑤ 甲侧：究竟不知是三个什么字，妙！
　 甲眉：是不作"开门（原作词幻）见山"文字。
　 蒙侧：何等景象，真是一幅（原作付）教歌图。
⑥ 甲侧：出题，妙！原来是这三字。
　 蒙侧：照应绛珠。
⑦ 甲侧：滑贼！
⑧ 甲侧：断不可少。
⑨ 甲侧：画。
⑩ 甲侧：绛芸轩中事。
⑪ 蒙侧：与颦儿抿着嘴儿笑的文字一样葫芦。
⑫ 蒙侧：嬷嬷们托大（原作文）处，每每如此。

说:"林妹妹①早走了②,还让呢!"

宝玉吃了半碗茶,忽又想起早起的茶来③,甲:偏是醉人搜寻的细事,亦是真情。因问茜雪道:"早起沏了一碗枫露茶④,我说过,那茶是三四次后才出色的,这会子怎么又沏了这个来⑤?" 辰:可谓闲茶,与前"浪酒"相照。茜雪道:"我原是留着的,那会子李奶妈来了,他要尝尝,就给他吃了⑥。"宝玉听了,将手中的茶杯只顺手⑦往[十四]地下一掷⑧,"豁啷"一声,打个粉碎,泼了茜雪一裙子的茶。又跳起来问茜雪道:"他是你那一门子的奶奶,你们这么孝敬他?不过是仗着我小时候吃过他几日奶罢了⑨。如今逞的他比祖宗还大。如今我又吃不着奶了,白白的养着祖宗似的!撵了出去,大家干净⑩!"说着立刻要去回贾母,撵他乳母。

原来袭人并未睡着,不过故意装睡,引宝玉来抠他玩⑪。先闻得问包子等事,也还可不必起来。后来摔了茶钟,动了气,遂连忙来解释、劝阻。早有贾母遣人来问是怎么了⑫。袭人忙道:"我才倒茶来,被雪滑倒了⑬,失手砸[十五]了钟子。"一面又安慰宝玉道:"你立意要撵他也

---

① 甲侧:三字是接上文口气而来,非众人之称。
② 甲眉:写颦儿去,如此章法,从何设想?奇笔,奇文!
③ 甲侧:醉态。逼真!
④ 甲侧:与"千红一窟"遥映。
⑤ 甲侧:所谓"闲茶"是也。与前"浪酒"一般起落。
⑥ 甲侧:又是李嬷。事有凑巧,如此类是。
⑦ 甲侧:是醉后,故用二字。非有心动气也。
⑧ 甲眉:按警幻情(原作讲)榜,宝玉系"情不情"。凡世间之无知无识,彼俱有一痴情去体贴。今加"大醉"二字于石兄,是因问包子、问茶、顺手掷杯、问茜雪、撵李嬷,乃一部中未有第二次事也。袭人数语,无言而止,石兄真大醉也。

　　余亦云:实实大醉也。虽(原无)难辞(原作碎)醉闹,非薛蟠纨袴辈可比。
⑨ 甲侧:真醉了。
⑩ 甲侧:真真大醉了。
⑪ 蒙侧:只须郎看,不禁(原作进)郎嗔(原作真),是妙法。
⑫ 甲侧:断不可少之文。
⑬ 甲侧:现成之至!瞧他写袭人为人。
　　蒙侧:袭人另有一段居心,一番行止。

好①，我们也都愿意出去，不如趁势连我们一齐撵了，我们也好，你也不愁没有好的来伏侍。"宝玉听了这话，方无了言语，被袭人扶至炕上，脱换了衣服。不知宝玉口内说些什么，只觉口齿绵[十六]缠，眼皮愈加饧涩②，忙伏侍他睡下。袭人伸手从他头上摘下那通灵玉来，用自己的手帕包好，塞在褥下——次日戴时便冰不着脖子。甲：试问石兄：此一幡，比青埂峰下松风明月如何？那宝玉就枕就睡了。彼时[十七]李嬷嬷等已进来了，听见醉了，不敢前来再加触犯，只悄悄的打听睡了，方放心散去③。甲：交代清楚。"塞玉"一段，又为"误窃"一回伏线。晴雯、茜雪二婢，又为后文先作一引。

次日醒来，甲：以上已完正题。以下是后文引子，前文之余波。此文收法，与前数回（原无）不同矣。就有人回："那边小蓉大爷带了秦相公来拜。"宝玉忙接了出去，领了拜见贾母。贾母见秦钟形容标致，举止温柔，堪陪宝玉读书④，心中十分欢喜，便留茶留饭，又命人带去见王夫人等。众人因素爱秦氏，今见了秦钟是这般的人品，也都欢喜。临去时，都有表礼。贾母与了一个荷包并一个金魁星⑤，取"文星和合"之意⑥。又嘱咐他道："你家住的远，或一时寒热饥饱不便，只管在我这里，不必限定了。只和你宝叔在一处，别跟着那一起不长进的东西们学⑦。"秦钟一一的答应，回去禀知。

他父秦业，甲：妙名。业者，"孽"也，盖云"情因孽而生"也。现任营缮郎，甲：官职更妙！设云"因情孽而缮此一书"之意。年近七十，夫人早亡。因当年无儿女，便向养生堂抱了一个儿子并一个女儿。谁知儿子又死了⑧，只剩女儿，小名唤可卿，甲：出名。秦氏究竟不知系出何氏？所谓"寓褒贬，别善恶"是也。秉刀斧之笔，具菩萨之心，亦甚难矣！如此写出可儿来历，亦甚苦矣！又知作者是欲天下人共来哭此"情"字。长大时，生的形容

---

① 甲侧：二字奇，使人一惊。
　蒙侧：先主取西川，方得立基业，而偏不肯取，大与此意同。
② 甲侧：二字带出平素形象。
③ 甲眉："偷度金针法"，最巧。
④ 甲侧：娇（原作骄）养如此！溺爱如此！
⑤ 甲眉：作者今尚记金魁星之事乎？抚今思昔，肠断心摧！
　靖眉：作者抚今之事，尚记金魁星乎？思昔肠断心摧（原作催）！
⑥ 蒙侧：雅致。
⑦ 甲侧：总伏后文。
⑧ 甲侧：一顿。

袅娜，性格风流①。因素与贾家有些瓜葛，故结了亲，许与贾蓉为妻。那秦业至五旬之上，方得了秦钟。因去岁业师亡故，未暇延请高明之士，只暂在家温习旧课。正思要和[十八]亲家②去商议，送往他家塾中去，暂且不致荒废，可巧遇见了宝玉这个机会。又且贾家现今司塾是贾代儒③，乃当今之老儒。秦钟此去，学业料必进益，成名可望，因此十分喜悦。只是宦囊羞涩，那贾家上上下下都是一双富贵眼睛④，赘见礼必须丰厚，一时又不能拿出，为儿子的终身大事⑤，说不得东拼西凑的，恭恭敬敬⑥的封了二十四两礼⑦ 甲：可知"宦囊羞涩"与"东拼西凑"等样，是特为近日守钱房而不使子弟读书之辈一大哭。 亲身带了秦钟，来代儒家拜见。然后听宝玉上学之日，好入塾。 甲：不想"浪酒闲茶"一段，金玉旖旎之文后，忽用此等寒瘦古拙之词收住，亦行文之大变体处。《石头记》多用此法，历观后文便知。 正是：

早知日后闲争气，岂肯今朝错读书⑧。

【总评】一是先天衔来之玉，一是后天造就之金。金水相合，是成万物之象，再遇水而过寒，虽有酒浆，岂能助火？因生出黛玉之讽刺，李嬷嬷之唠叨，晴雯、茜雪之嗔恼，故不得不收功静息，涵养性天，以待再举。识丹道者，当解吾意。

校　记：

[一] 原文无此回前诗，据甲戌本补。
[二] 原文无"新"字，据庚辰本补。
[三] 此处的"掏"字，原文为"掬"字，据甲戌本改。

---

① 甲侧：四字便有隐意。《春秋》字法。
② 甲侧：指贾珍。
③ 甲侧：随笔命名，省事。
④ 甲侧：为天下读书人（原无）一哭，寒素人一哭！
⑤ 甲侧：原来读书是"终身大事"。
⑥ 甲侧：四字可思。近之鄙薄师父者来看。
⑦ 蒙侧：父母之恩，昊天罔极。
⑧ 甲侧：这是隐语微词，岂独指此一事哉？
　　　余则谓（原作为）：读书正为争气。但此争气与彼争气不同。写来一笑！

［四］原文无"摇摇的"三字，据甲戌本补。
［五］此处的"该"字，原文为"讲"字，据庚辰本改。
［六］此处的"出去"二字，原文为"出"字，按庚辰本改。
［七］原文无"日"字，据蒙府本补。
［八］原文无"热"字，据庚辰本补。
［九］原文无"凝"字，据庚辰本补。
［十］原文无"好"字，据庚辰本补。
［十一］原文无"再"字，据庚辰本补。
［十二］原文无"三"字，据庚辰本补。
［十三］此处的"写"字，原文为"看"，据庚辰本改。
［十四］此处的"往"字，原文为"望"，据庚辰本改。
［十五］此处的"砸"字，原文为"轧"，据庚辰本改。
［十六］此处的"绵"字，原文为"线"，据庚辰本改。
［十七］原文无"彼时"二字，据庚辰本补。
［十八］此处的"和"字，原文为"合"，据庚辰本改。

第九回

恋风流情友入家塾　起嫌疑顽童闹学堂

【回前】君子爱人以道，不能减牵恋之情；小人图谋以霸，何可逃侮慢之辱？幻境幻情，又造出一番晓妆新样。

话说秦业父子，专候贾家的人来送上学择日之信。原来宝玉急于要和秦钟相遇，[妙！不知是怎样相遇。]却顾不得别的，遂择了后日一定上学。"后日一早，请秦相公先到我这里，会齐了，一同前去。"打发人送了信。

是日一早，宝玉未起，袭人早已把书笔文物包好，收拾得停停妥妥，坐在炕沿上发闷①。[神理可思。忽又写小儿学堂中一篇文字，亦别书中之未有。]见宝玉醒来，只得伏侍他梳洗。宝玉见他闷闷的，因笑问道："好姐姐！[开口断不可少此三字。]你怎么又不自在了？难道怪我上学去，丢的你们冷清了不成？"袭人笑道："这是那里话。读书是极好的事，不然就潦倒一辈〔一〕子，终久怎么样呢。但只一件：只是念书的时节想着书②，不念的时节想着家些。别和他们

---

① 蒙侧：此等神理，方是此书的正文。
② 蒙侧：袭人方才的闷闷，此时的正论，请教诸公，设（原作投）身处地，亦必是如此方是。真是曲（原作屈）尽情理，一字也不可少者！

一处玩闹①，碰见老爷不是玩的。虽说奋志要强，那功课宁可少些，一则贪多嚼不烂，二则身子也要保重。这就是我的意思，你可要体谅[二]着些。"书正语细嘱一番。盖袭卿心中，明知宝玉他并非真心奋志之人，袭人自别有说不出来之话。袭人说一句，宝玉应一句。袭人道："大毛衣服我也包好了，交出给小子们去了。学里冷，好歹想着添换，比不得家里有人照看。脚炉手炉的炭也交出去了，你可逼着他们添。那一起懒贼，你不说，他们乐得不动，白冻坏了你。"宝玉道："你放心，到外头我自己会调停的②。你们也别闷死在这屋里，常[三]和林妹妹一处去玩笑才好。"说着，俱已穿戴明白，袭人催他去见贾母、贾政、王夫人等。宝玉又嘱咐了晴雯、麝月等人几句③，方出来见贾母。贾母未免也有几句嘱咐的话。然后去见王夫人，又出来书房中见贾政。

偏生这日贾政回家的早，若俗笔则又云不在家矣。试思若再不见，则成何文字哉？所谓不敢作安逸苟且塞责文字。正在书房中与相公们闲话。见宝玉进来请安，回说上学去，便冷笑道："你如果再提'上学'两字，连我也羞死了。这一句才补出已往许多文字。是严父之声。依我说，你竟玩的是正理。仔细站脏了我这地，靠脏了我的门！"画出宝玉的俯首挨壁之形象来。众清客们早起身笑道："老世翁何必如此。今日世兄一去，二三年就可显身成名了，断不似往年仍作小儿之态的。天将饭时，世兄竟快请罢！"说着，便有两个年老的携了宝玉的手，走出去了。

贾政便问："跟宝玉的是谁？"只听外面答应了两声，早进来了三四个大汉，打千儿请安。贾政看时，认得是宝玉的奶母之子，名唤李贵。因说道："你跟他上了几年学，他到底念了些什么书！倒念了些流言混语在肚子里，学了些精致的淘气。等我闲了，先揭揭你的皮，再和那不长进的算帐！"唬得李贵忙双膝跪下，摘了帽子，磕头有声，连连答应"是"④，又回说："哥儿已念到第三本《诗经》，什么'呦呦鹿鸣，荷叶浮萍'，小的不敢撒谎。"说的满座哄然大笑起来。

---

① **蒙侧**：长亭之嘱，不过如此。
② **蒙侧**：无人体贴，自己扶持。
③ **蒙侧**：这才是宝玉的本来面目。
④ **蒙侧**：此等话似觉无味无理，然而做父母的，到无可如何处，每多用此等法术，所谓百计经营、心力俱瘁（原作碎）者。

贾政也撑[四]不住笑了。说道:"那怕再念三十本《诗经》,也都是虚应故事而已。你去请学里太爷安,就说我说的:什么《诗经》、古文,一概不用念,只是先把《四书》讲明背熟,是要紧的。"李贵忙答应"是",见贾政无话,方退了出去。

此时宝玉站在院外静候,待他们出来,便忙忙的走了。李贵等一面掸衣服,一面说道:"可听见不曾?先要揭我们的皮呢!人家的奴才跟主子,赚些好体面,我们这等奴才,白陪着挨打受骂的。从此后也可怜见些才好①。"宝玉笑道:"好哥哥!你别委屈,我明儿请你。"李贵道:"小祖宗,谁敢望请!只求你听一两句话就完了。"说着,又至贾母这边,秦钟已早来等候了,贾母正和他说话儿呢。此处便写贾母爱秦钟一如其孙,至后文方不突然。于是二人见过,辞了贾母。宝玉忽想起未辞黛玉,妙极!何顿挫之至!余已忘却,至此心神一畅,一丝不走。又来至黛玉房中来作辞。彼时黛玉才在窗下对镜,听宝玉来说上学去,因笑道:"好,这一去,可要'蟾宫折桂'了②。我不能送你了。"宝玉道:"好妹妹,等我下了学再吃晚饭。那胭脂膏子也等我来再制。"唠叨了半日,方撤身去了。如此总一句,更妙!黛玉又叫住问道:"你怎么不去辞辞宝姐姐去?"必有是语,方是黛玉。此又系黛玉平生之病。宝玉笑而不答③,竟同秦钟上学去了④。

原来贾家之义学,离此不远,不过一里之遥,系当日始祖所立,恐族中子弟,有不能请师者,即入此中肄业。凡族中有官爵之人,皆有供给银两,按俸之多寡帮助,为学中之费。特举年高有德之人为塾之长,专为训课子弟⑤。今宝、秦二人来了,一一的都相见过,读起书来。自此,二人同来同往,愈加亲密。又兼贾母爱惜,也时常留下这

---

① 蒙侧:可以谓能达主人之意,不辱君命。
② 蒙侧:此写黛玉,差强人意。《西厢》双文,能不抱愧?
③ 蒙侧:黛玉之问,宝玉之笑,两心一照,何等神工鬼斧文章!
④ 靖眉:此岂是宝玉所乐为者?然不入家塾则何能有后回试才、结社文字?作者从不作安逸苟且文字,于此可见。

　　此以俗眼读《石头记》也,作者之意又岂是俗人所能知。余谓《石头记》不得与俗人读。
⑤ 蒙侧:创立者之用心(原作必),可谓(原作为)至矣。

秦钟，住上三天五夜，和自己的众孙一般疼爱。因见秦钟家中不甚宽裕，又助些衣履等物。不上一月之后，秦钟在荣府便熟惯了。〖交代的清。〗宝玉终是不能安分守己的人①〖写宝玉总作如此笔。〗一味的随心所欲，又发了癖性，又特向秦钟悄说道："咱二人一样的年纪，况又同窗，此后不必论叔侄，只论弟兄朋友就是了②。"先是秦钟不肯，当不得宝玉不从，只叫他"兄弟"，或叫他的表号，秦钟[五]也只得混着乱叫起来。

原来，这学中虽都是本族人与些亲戚的子弟，俗语说的好："一龙九种，种种各别。"未免人多了，就有龙蛇混杂，下流人物在内。〖伏一笔。〗自宝、秦二人来了，都生的花朵一般的模样，又见秦钟腼腆温柔，未语先面红，怯怯羞羞，有女儿之风；宝玉又是天生成惯能做小服低，赔身下气，性情体贴，话语缠绵〖凡四语十六字上，用"天生成"三字，真正写尽古今情种人也。〗因此二人又这般亲厚，也怨不得那起同窗人起了嫌疑之念，都背地里你言我语，淫污之谈，布满书房内外。〖伏下文阿呆争风一回。〗

原来薛蟠自来王夫人处住后，便知有一家学，学中广有青年子弟，不免偶动了龙阳之兴。因此也假说来上学读书，不过是三日打鱼，两日晒网，白送些束脩礼物与贾代儒，却不曾有一些进益，只图结交些契弟。谁想这学内就有好几个小学生，图了薛蟠的银钱吃穿，被他哄上手的，也不消多说。〖先虚写几个淫浪蠢物，以陪下文，方不孤不板。辰：伏下金荣。〗更又有两个多情的小学生，〖此处用"多情"二字方妙〗亦不知那一房的亲眷，亦未考真名姓，〖一并隐其姓名，所谓具菩提之心，秉刀斧之笔。〗只因生得妩媚风流，满学中都送了他两个外号，一个叫"香怜"，一个叫"玉爱"。虽都有窃慕之心，"将不利于孺子"之意，〖诙谐得妙，又似李笠翁书中之趣语。〗只是都惧薛蟠的威势，不敢来沾惹。如今宝、秦二人一来了，见了他两个，也不免绻缱羡爱，亦因知系薛蟠相知，故未敢轻举妄动。香、玉二人心中，也一般的留情与宝、秦。因此四人心中，虽有情意，只未发迹。每日一入学中，四处各坐，却八目勾留，或设言托意，或咏桑寓柳，遥以心照，却外面自为避人眼目。〖小儿之态活现，掩耳偷铃者亦然，世人亦复不少。〗不意偏有几个滑

---

① 靖眉：安分守己，也不是宝玉了。
② 蒙侧："悄说"之时何时？舍尊就卑何心？随心所欲何癖？相亲爱密何情？

贼，看出形景来，都背后挤眼弄眉，或咳嗽扬声①，又画出历来学中一群顽皮来。这也非止一日。

可巧这日代儒有事，早已回家去了，只留下一句七言对联，命众对了，明日再来上书。将学中之事，又命长孙贾瑞 又出一掌管贾瑞。 妙在薛蟠如今不大来学中应卯了，因此秦钟趁此和香怜挤眼，使暗号，二人假作出小恭，走到后院说私己话。秦钟先问他："家里的大人可管你交朋友不管？" 妙问，真真活跳出两个小儿来。 一语未了，只听背后咳嗽了一声，太急了些，该再听他二人如何结局，正所谓小儿之态也。酷肖之极！ 二人唬的回头看时，原来窗友名金荣者。 妙名。盖云有金自荣，廉耻何益哉？ 香怜本有些性急，便羞怒相激，问他道："你咳嗽什么？难道不许我们说话不成？"金荣笑道："你们说话，难道不许我咳嗽不成？我只问你们：有话不明说，谁许你们这样鬼鬼祟祟的，干什么故事？我可也拿住了，还赖什么！先得让我抽个头儿，咱们一声儿不言语，不然，大家就奋起来。"秦、香二人急的飞红了脸，便问道："你拿住什么了？"金荣笑道："我现拿住了是真的。"说着，又拍着手笑嚷道："贴的好烧饼！你们都不买一个吃去？"秦钟、香怜又气又急，忙进来向贾瑞前，告金荣无故欺负他两个。

原来这贾瑞最是个图便宜、没行止的人，每在学中，以公报私，勒索子弟们请他②。后又附助着薛蟠，图些银钱酒肉，一任薛蟠横行霸道，他不但不管约，反助纣为虐讨好儿。偏那薛蟠本是浮萍心性，今日爱东，明日爱西，近来又有了新朋友，把香、玉二人又丢开一边。就连金荣亦是当日好友，因有了香、玉二人，便弃了金荣。近日连香、玉亦已见弃。故贾瑞便无了提携帮助之人，他不说薛蟠弃旧迎新，只怨香、玉二人不在薛蟠前提携他了③， 无耻小人，真有此心。 因此贾瑞、金荣等一干人，正醋妒他两个。今见秦、香二人来告金荣，贾瑞心中便不自在起来，虽不好呵叱秦钟，却拿着香怜作法，反说他多事，着实的抢白了几句。香怜反讨了没趣，连秦钟也讪讪的各归座位去了。金荣益发得

---

① **蒙侧**：才子辈偏无不解之事。
② **蒙侧**：学中亦自有此辈，可为痛哭。
③ **靖眉**：前有幻境遇可卿，今又出学中小儿淫浪之态，后文更放笔写贾瑞正照。看书人细心体贴，方许你看。

了意，摇头咂嘴的，口内还说许多闲话，玉爱偏又听见了不忿，两个人隔着桌子咕咕唧唧的角起口来。金荣只一口咬定说："方才明明的撞见他两个，在后院里商议着怎么长短①。[六]"金荣只顾得意乱说，却不防还有别人，谁知早又触怒了一个。你道这一个是谁？

原来此人名唤贾蔷，（新面艳，得空便入。）系宁府中之正派元孙，父母早亡，从小儿跟着贾珍过活，如今长了十六岁，比贾蓉生的还风流俊俏。他弟兄二人最相亲[七]厚，常相共处。宁府中人多口杂，那些不得志的奴仆们，专能造言诽谤主人，不知又编出些淫污之词。贾珍亦风闻得些口声不大好听，自己也要避些嫌疑，如今竟分给房舍，命他搬出宁府，自去立门户过活去了②。这贾蔷外相既美，（亦不免招谤，难怪小人之口。）内性又聪明，虽应名来上学，不过虚掩耳目而已。仍是斗鸡走狗，赏花阅柳从事。上有贾珍溺爱，（贬贾珍最重。）下有贾蓉匡助，（贬贾蓉次之。）因此族中人不敢触逆他。他既和贾珍、贾蓉最好，今见有人欺负秦钟，如何肯依？自己要挺身出来报不平，心中且又忖度一番：（这一忖度，方是聪明人之心机，写得最好看，最细致。）"金荣、贾瑞都是薛大叔的相知，素来我又与薛大叔相好，倘或我一出头，他们告诉了老薛，（先曰薛大叔，次曰老薛，写尽骄侈纨袴。）岂不伤了和气？待要不管，如此谣言，大家都没趣。如今何不用计制伏，又息口声，又不伤脸面。"想毕，也装作出恭，走至外面，悄悄把跟宝玉的书童名唤茗烟者（又出一茗烟。）唤至身边，如此这般，调拨他几句。（如此便好，不必细述。）

这茗烟乃是宝玉第一个得用的，而且又年轻不谙事，今听贾蔷说金荣如此欺负秦钟，连他的爷宝玉都干连在内，不给他个利害，下次越发难制了。这茗烟无故就要欺压人的，如今听了这话，又有贾蔷助着，便一头进来找金荣，也不叫相公，只说："姓金的，你是什么东西！"贾蔷便跺一跺靴子，故意整整衣服，看了看日影儿说："是时候了。"遂先向贾瑞说有事要早走一步。贾瑞不敢强他，只得由他去

---

① 蒙侧："怎么长（原作长么）短"四字，何等韵雅，何等浑含！俚语得文人提来，便觉有金玉为声之象。

② 蒙侧：此等嫌疑不敢认真搜查，悄为分计，皆以含而不露为文，真是灵活至极之笔。

了。这里茗烟走进来，便一把揪住金荣①，问道："我们的事，管你什么相干〔八〕！你是好小子，出来动动你茗大爷！"唬的满室中子弟都怔怔的痴看。贾瑞忙吆喝："茗烟不许撒野！"金荣气黄了脸，说："反了！反了！奴才小子都敢如此撒野！我只和你主子说。"便夺手要去抓打宝玉、秦钟。_{好看之极！}尚未去时，从脑后"飕"一声，早见一方瓦砚飞来，_{好看好笑之极！}并不知系何人打来的，幸未打着，却又打在旁人座上，这座上便是贾兰、贾菌。

这贾菌又系荣府近派元孙，_{先写一宁派，又写一荣派，互相错综得妙。}其母亦少寡独守，这贾菌与贾兰最好，所以二人一同坐。谁知贾菌年纪虽小，志气最大，极是个不怕人、爱淘气的。_{要知没志气小儿，必不会淘气。}他在座上，冷眼看见金荣的朋友暗助金荣，飞砚来打茗烟，偏没打着，反落在他座上，正打在面前，将个砚水壶打了个粉碎，溅了一书墨水。_{这等忙，有此闲处用笔。}贾菌如何依得，便骂："好囚攘的们，这不都动了手了么②！"_{好听煞！}骂着，也便抓起砖砚来要飞。_{先瓦砚，次砖砚，转换得妙极。}贾兰是个省事的，忙按住砚，极口的劝道："好兄弟，不与咱们相干。"_{是贾兰口气。}贾菌如何忍得住，他见按住砚；他便两手抱起书匣子来，照这边抢了来。_{先飞后抢，用字得神，好看之极！}终是身小力薄，却抢到半道，至宝玉、秦钟案上，就落了下来。只听得"豁啷"一声响，砸〔九〕在桌上，书本、纸片、笔、墨等物撒了一桌，又把宝玉的一碗茶也砸〔十〕得碗碎茶流。_{好看之极！不打着别个，偏打着二人，亦想不到文章也。此书此等笔法，与后文踢着袭人，误打平儿，是一样章法。}贾菌便跳出来，要揪打那一个飞砚的。金荣此时随手抓了一根毛竹大板在手，地窄人多，那里经得舞动长板？茗烟早吃一下，乱嚷道："你们还不来动手！"宝玉还有三个小厮：一名锄药，一名扫红，一名墨雨。这三个岂有不淘气的，一齐都嚷道："小妇养的！动了兵器了！"_{好听之极！好看之极！}墨雨遂掇起一根门闩，扫红、锄药手中都是马鞭子，蜂拥而上。贾瑞急的那里〔十一〕拦一回，这里劝一回，谁听他的

---

① **蒙侧**：豪奴辈，虽系主人亲故亦随便欺慢，即有一二不服（原作伏）气者，而豪家多是偏护家人。理之所无，而事之尽有，不知是何心思，实非凡常可能测略。

② **靖眉**：声口如闻。

话,肆行大乱。众顽童也有趁势帮着打太平拳的,也有胆小藏过一边的,也有直立在桌上拍着手儿乱笑,喝着声儿叫打的。登时鼎沸起来①。

外边李贵等几个大仆人,听见里边作反起来,忙都进来,一齐喝住。问是何故,众口不一,这个如此说,那个如彼说。妙!如闻其声。李贵且喝骂了茗烟等四人一顿,处治的好。撵了出去。秦钟的头早撞在金荣的板子上,打去一层油皮,宝玉正拿褂襟子给他揉,见喝住了众人,便命:"李贵,收书!拉马来,我去回太爷去!我们被人欺负了,不敢说别的,按礼来告诉瑞大爷,大爷反派我们的不是,听着人家骂我们,还调唆他打我们。茗烟见人欺负我,他岂有不为我的?他们反打伙儿打了茗烟。连秦钟的头也打破了。还在这里念什么书!"李贵劝道:"哥儿不要性急。太爷既有事回家去了,这会子为这点子事去聒噪他老人家,倒显的咱们没理似的。依我的主意,那里的事情那里了结,何必惊动老人家?这都是瑞大爷的不是,太爷不在这里,你老人家就是学里的头脑了,众人看你行事②。众人有了不是,该打的打,该罚的罚,如何等闹到这步田地还不管?"贾瑞道:"我吆喝着都不听。"如闻。李贵笑道:"不怕你老人家恼我,素知你老人家到底有些不正,所以这些兄弟才不听。就闹到太爷跟前去,连你老人家也脱不过的。还不快些作个主意撕罗开了罢。"宝玉道:"撕罗什么?我必要回去的!"秦钟哭道:"有金荣,我是不在这里念书的了。"宝玉道:"这是为什么?难道有人家来的,咱们倒来不得?我必回明白了众人,撵了金荣去。"又问李贵:"金荣是那一房的亲戚?"李贵想一想道:"也不用问了。若说起那一房的亲戚来,更伤了弟兄们的和气。"

茗烟在窗外道:"他是东胡同的璜大奶奶的侄儿。那是什么硬正仗腰子,也唬我们来了。璜大奶奶是他姑娘。你那姑妈只会打旋磨儿,给我们琏二奶奶跪着借当头③。我看不起他那样的主子奶奶!"李贵忙乱喝不止,说道:"偏这小狗肏的知道,有这些蛆嚼!"宝玉冷笑道:

---

① 蒙侧:燕青打擂台,也不过如此。
② 蒙侧:劝的心思,有个太爷得知,未必然之。故巧为展转,以结其局,而不失其体。
③ 蒙侧:可怜,开口告人,终身是玷。

"我只道是谁的亲戚,原来是璜嫂子的侄儿。我就去问问他去!"说着便要走。叫茗烟进来包书。茗烟进来包书,又得意道:"爷也不用自去,等我去他家,就说老太太有话问他呢,雇上一辆车拉进去,当着老太太问他,岂不省事。"又以贾母欺压,更妙!李贵忙喝道:"你要死!仔细回去我好不好先捶了你,然后回老爷、太太,就说宝玉全是你调唆的。我好容易哄的好了一半,你又来生个新法子。你闹了学堂,不说变法儿压息了才是,反要迈火炕!"茗烟方不敢作声儿。

此时贾瑞也恐怕闹大了,自己不干净,只得委屈着来央告秦钟,又央告宝玉。先是他二人不肯。后来宝玉说:"不回去也罢了,只叫金荣赔不是便罢。"金荣先是不肯,后来禁不起贾瑞也来逼他去赔不是,李贵等只得好劝金荣说:"原是你起的端,你不这样,怎得了局?"金荣强不过,只得与秦钟做了一个揖。宝玉还不依,偏定要磕头。贾瑞只要暂息此事,又悄悄的劝金荣说:"俗语说的好:'杀人不过头点地。'你既惹出事来,少不得下点气儿,磕个头,就完事了。"金荣无奈,只得进前来,与秦钟磕头。且听下回分解。

【总评】此篇写贾氏学中,非亲即族,且学乃大众之规范,人伦之根本,首先悖乱,以至于此极,其贾家之气数,即此可知。挟用袭人之风流,群小之恶逆,一扬一抑,作者自必有所取。

校 记:

[一] 此处的"辈"字,原文为"背",据庚辰本改。
[二] 此处的"体谅"二字,原文为"体量",校者改;后面亦照此改,不再注。
[三] 此处的"常"字,原文为"长",校者改。
[四] 此处的"撑"字,原文为"掌",校者改。
[五] 原文无"秦钟"二字,按庚辰本补。
[六] 此句庚辰本为:"……在后院子里亲嘴摸屁股,两个商议定了,一对一肏,撅草根儿抽长短,谁长谁先干。"
[七] 原文无"亲"字,按庚辰本补。
[八] 此句庚辰本为:"……我们肏屁股不肏屁股,管你鸡巴相干,横竖没肏你爹去就罢了!"
[九][十] 此处的"砸"字,原文为"轧",据庚辰本改。
[十一] 此处的"那里"二字,校者根据文意补。

第十回

金寡妇贪利权受辱　张太医论病细穷源

【回前】新样幻情欲收拾，可卿从此世无缘。和肝益气浑闲事，谁识今朝寻病源？

话说金荣因人多势众〔一〕，又兼贾瑞勒令，赔了不是，给秦钟磕了头，宝玉方才不吵闹了。大家散了学，金荣回到家中，越想越气，说："秦钟这奴才，是贾蓉的小舅子，又不是贾家的子孙，附学读书，也不过和我一样。他因仗着宝玉和他好，他就目中无人。他既是这样，就该行些正经事，人也没的说。他素日又和宝玉鬼鬼祟祟的，只当人都是瞎子，看不见。今日他又勾搭人，偏偏的撞在我眼睛里①。就是闹出事来，我还怕什么不成？"

他母亲胡氏，听见他咕咕嘟嘟的说，因问道："你又要争什么闲气？好容易②我望你姑妈说了，你姑妈又千方百计的向他们西府里的琏二奶奶跟前说了，你才得了这个念书的地方。若不是仗着人家，咱们家里还有力量请的起先生？况且人家学里，茶饭也是现成的。你这二

---

① 蒙侧：偏是鬼鬼祟祟者，多以为人不见其行，不知其心。
② 蒙侧：好容易三字，写尽天下迎逢要便宜苦恼。

年在那里念书,家里也省好大的嚼用呢。省出来的,你又爱穿件鲜明衣服。再者,不是因你在那里念书,你就认得什么薛大爷了?那薛大爷一年不给不给,这二年也帮了咱们也有七八十两银子①。你如今要闹出这学房,再要找这么一个地方,我告诉你说罢,比登天的还难呢②!你给我老老实实的玩一会子,睡你的觉去,好多着呢!"于是金荣忍气吞声,不多一时,他自己去睡了。次日,仍旧上学去了。不在话下。

且说他姑娘,原聘给的是贾家玉字辈的嫡派,名唤贾璜。但其族人那里皆能像宁、荣二府的富势,原不用细说。这贾璜夫妻守着些小小的产业,又时常到宁、荣二府里去请请安,又会奉承凤姐儿并尤氏,所以凤姐儿、尤氏也时常资助资助他③,方能如此度日。却说这日贾璜之妻金氏,因天气晴明,家中又无事,遂带了一个婆子,坐上车,家里走走,瞧瞧寡嫂侄儿。

闲话之间,金荣的母亲偏提起昨日贾家学里那事,从头至尾,一五一十都向他小姑子说了。这璜大奶奶不听则已,听了,一时怒从心上起,说道:"这秦钟小崽子是贾门亲戚,难道荣儿不是贾门的亲戚④?人都别恃势利了,况且都作的是什么有脸的好事!就是宝玉,也不犯着向他到这个田地。等我去到东府,瞧瞧我们珍大奶奶,再向秦钟他姐姐说说,叫他评评这个理⑤。"这金荣母亲听了这话,急的了不得,忙说道:"这都是我的嘴快,告诉了姑奶奶,求姑奶奶快别去说去,别管他们谁是谁非⑥。倘或闹起来,怎么在那里站得住?若是站不

---

① 己侧:因何无故给(原作结)许多银子?金母亦当思之。
  蒙侧:可怜!妇人爱子,每每如此。自知所得者多,而不知所失者大。可胜叹者!
② 己侧:如此弄银,若有金荣在,亦可得。
③ 蒙侧:原来根由如此,大与秦钟不同。
④ 己侧:这贾门的亲戚比那贾门的亲戚。
⑤ 己侧:未必能如此说。
  蒙侧:狗仗(原作伏)人势者,开(原作问)口便有多少必胜之谈。事要三思,免(原作勉)劳后悔。
  靖侧:这个理怕不能评。
⑥ 己侧:不论"谁是谁非",有钱就可矣。
  蒙侧:胡氏可谓善哉。

住[二]，家里不但不能请先生，反倒在他身上添出许多嚼用来呢。"璜大奶奶听了，说道："那里管得许多，你等我去说了，看是怎么样！"也不容他嫂子劝，一面叫老婆子瞧了车，就坐上往宁府里来①。

到了宁府，进了车门，到了东边小角门前下了车，进来见了贾珍的妻尤氏。也未敢气高，殷殷勤勤叙过寒温，说了些闲话，方问道②："今日怎么不见蓉大奶奶③？"尤氏说："他这些日子，不知道他怎着，经期有两个多月没来。叫大夫瞧了，又说并不是喜。那两日，到了下半天就懒怠动，话也懒怠说，眼神也发眩[三]。我说他：'你且不必拘礼，早晚不用照例上来，你竟好生养养罢。就是有亲戚一家儿来，有我呢。就有长辈们怪你，等我替你告诉。'连蓉哥我都嘱咐了，我说：'你不许累掯他，不许招他生气，叫他静静的养养就好了④。他要想什么吃，只管到我这里取来。倘或我这里无有，只管往琏二婶子那里要去。倘或他有了好歹，再要这么一个媳妇，这么的模样儿，这么一个情性的人儿，打着灯笼也没地方找去⑤。'他这为人行事，那个亲戚，那个一家的长辈不欢喜他？所以我这两日好不心烦，焦的我了不得。偏偏今儿早晨他兄弟来瞧他，谁知那小孩子家，不知好歹，看见姐姐身上不大爽快，就有事也不当告诉他，别说是这么点子小事，就是你受了一万分的委屈，也不该向他说才是。谁知他们昨儿学里打架，不知那里附学来的一个人，欺负他了⑥。里头有些不干不净的话，都告诉了他姐姐。婶子，你是知道那媳妇的：虽则见了人有说有笑，会行事儿，他可心细，心又重，不拘听见了什么话儿，都要度量个三日五夜才罢。这病就是打[四]这个秉性上头思虑出来的。今听见了有人欺负了他[五]兄弟，又是恼，又是气。恼的是那群混帐、狐朋狗友的扯

---

① 蒙侧：何等气派！何等声势！真有射石饮羽之力，动天摇地，如项羽喑哕。
② 蒙侧：何故兴致（原作性自）索然？
③ 己侧：何不叫秦钟的姐姐？
④ 蒙侧：只一丝不露。
⑤ 己侧：还有这么个好小舅子。
⑥ 己侧：眼前竟像不知者。
　　蒙侧：文笔之妙，妙至于此。本是璜大奶奶不忿来告。又偏从尤氏口中先出，却是秦钟之语，且是情理必然，形势逼近。孙悟空七十二变，未有如此灵巧活跳。

是搬非、调三惑四的那些人[六]；气的是他兄弟不学好，不上心读书，以致如此学里吵闹。他听了这事，今日索性连早饭也不吃。我听见了，我方才到他那边安慰了他一会子，又劝解了他兄弟一会子。我叫他兄弟到那边府里找宝玉去了，我才瞧着他吃了半盏燕窝汤，我才过来了。婶子，你说我心焦不心焦①？况且如今又没有好大夫，我为他这病上，我心里倒像针扎的。你们知道有什么好大夫没有②？"

金氏听了这半日话，把方才在嫂子家里那一团要向秦氏论理的盛气，早吓的丢在爪窪国去了③。听见尤氏问他有知道的好大夫的话，连忙答道："我们这么听着，实在也没见人说有个好大夫。如今听见大奶奶这个不来，定不得还是喜呢！嫂子倒别叫人混治。倘或认错了，这可是了不得的。"尤氏道："可不是呢。"正说话之间，贾珍从外进来，见了金氏，便向尤氏问道："这不是璜大奶奶么？"金氏向前给贾珍请了安。贾珍向这尤氏说道："让这妹子吃饭去！"贾珍说着话，就过那屋里去了④。金氏此来，原要向秦氏说说秦钟欺负了他侄儿的事，听见秦氏有病，不但不能说，亦且不敢提了。况且贾珍、尤氏待的也很好，反转怒为喜的，又说了一会子话儿，方回家去了。

金氏去后，贾珍方过来坐下，问尤氏道："今日他来，有什么说的事情么？⑤"尤氏答道："倒没说什么。一进来的时候，脸上倒像有些着恼的气色似的，及至说了半天话，又提起媳妇这病，他倒渐渐的气色平静了。又叫让他吃饭，他见媳妇这么病，也不好意思只管坐着，又说了几句儿就去了，倒没有求什么事。如今且说媳妇这病，你到那里寻个好大夫来，给他瞧瞧要紧，可别耽误了。现今咱们家走的这群大

---

① 蒙侧：这会子金氏听了这话，心里当如何料理？实在令人悔杀从前高兴。天下事不得不预为三思，先为防渐。
② 蒙侧：作无意相问（原作间）语，是逼近一分。非有此一句，则金氏犹（原作尤）不免当为分诉。一逼之下，实无可赘之词（原作间）。
③ 己侧：又何必用金母着急？
　　靖眉：吾为趋炎附势，仰人鼻息者一叹。
④ 靖眉：不知心中作何想？
⑤ 蒙侧：金氏何面目再见江东父老？然而如金氏者，世不乏其人。

夫，那里要得①？一个个[七]都是听着人的[八]口气儿，人怎么说，他也添几句文话儿说一遍[九]。可倒殷勤的很，三四人一日轮流倒四五遍来看脉。他们大家商量着立个方子，吃了也不见效，倒弄得一日换四五遍的衣裳，坐起来见大夫，其实于病人无益。"贾珍说道："可是。这孩子也糊涂，何必脱脱换换的，倘或又着了凉，更添一层病。那换了的衣裳任凭是什么好的，可又值什么呢，孩子的身子要紧，就是一天穿一套新的，不值什么。我正进来要告诉你：方才冯紫英来看我，他见我有些抑郁之色，问我是怎么了。我才告诉他说，媳妇忽然身子有好大不爽快，因为不得好太医，断不透是喜是病，又不知有妨无妨，所以我这两日心里着实急。冯紫英因说起他有一个幼时从学的先生，姓张名友士，学问最渊博，更兼医理精明，且能断人的生死②。今年是上京给他儿子捐官，在他家住着呢。这么看来，竟合该媳妇的病，在他手里除灾，亦未可知。我即刻差人拿我的名帖请去了③。今日倘或天晚了不能来，想来明日一定来。况且冯紫英又即刻回家亲自去求他，务必叫他来瞧瞧。等这个张先生来瞧了再说罢。"

尤氏听了，心中甚喜，因说道："后日是太爷寿日，到底怎么办？"贾珍说道："我方才到了太爷那里去请安，兼请太爷来家，受一受一家子的礼。太爷因说道：'我是清净惯了的，我不愿意往你们那是非场中闹去。你们必定说是我的生日，要我去受众人的礼，莫若你把我从前注的《阴骘文》你给我叫人好好的写出来刻去，这我比受众人的头强百倍呢！倘或后日这两家的要来，你就在家里，好好的款待他们就是了。也不必给我送什么东西来，连你后日也不必来。你若心里不安，你今日就给我磕了头去④。倘或后日你来，又跟随多少人来闹我，我必和你不依。'如此说了又说，后日我是不敢去的。且叫赖升来，吩咐他预备两日筵席，要丰丰富富的。你再亲自到西府里去请老太太、

---

① 蒙侧：医毒。非止近世，从古有之。
② 己侧：未（原作为）必能如此。
　　蒙侧：举荐人的通套，多是如此说。
③ 蒙侧：父母之心，昊天罔极。
④ 蒙侧：将写可卿之好事多虑。至于天生之文中，转出好清静之一番议论，清新醒目，立见不凡。

大太太、二太太和你琏二婶子来逛逛。"正说着，贾蓉上来请安，尤氏便把上项的话一一交代了，并说："你父亲今日又听见一个好大夫，业已打发人去请了，想明日必来。你可将他这些日子的病症，细细告诉他。"

贾蓉一一的答应着出去了。正遇着方才去冯紫英家请那张先生的小子回来了，因回道："奴才方才到了冯大爷家，拿了老爷的名帖请那张先生去。那张先生说道：'方才这里大爷也向我说了。但是今日拜了一天的客，才回到家，此时精神实在不能支持，就是去到府上，也不能看脉。'他说等待调息一夜，明日务必到府①。他又说：'医学浅薄，本不敢当此重荐，因我们冯大爷和[十]府上太爷既已如此说了，又不得不去，你先代我回明了太爷就是了。太爷的名帖实不敢当。'叫奴才拿回来了。哥儿替奴才回一声儿罢。"贾蓉复转身进去，回了贾珍、尤氏的话，方出来叫了赖升，吩咐他预备两日的筵席的话。赖升听毕，自去照例料理，不在话下。

且说次日午时间，人回道："请的那张先生来了。"贾珍遂延入大厅坐下。茶毕，方开言道："昨承冯大爷示知老先生人品学问，又兼深通医学，小弟不胜钦仰之至。"张先生道："晚生粗鄙下士，本来见识浅陋，昨因冯大爷示知，大人家谦恭下士，又承呼唤，敢不奉命？但毫无实学，倍增颜汗。"贾珍道："先生何必过谦。就请先生进去，看看儿妇，仰仗高明，以释下怀。"

于是贾蓉同了进去。到了贾蓉居室，见了秦氏，向贾蓉说道："这就是尊夫人了？"贾蓉道："正是。请先生坐下，让把贱内的病源说一说，再看脉，如何？"那先生道："依小弟的意思，先看过脉，再说的为是。我是初造尊府的，也不晓得什么。但我们冯大爷务必叫小弟过来看看，小弟所以不得不来。如今看了脉息，看小弟说的是不是，再将这些日子的病势讲一讲，大家斟酌一个好方儿，可用不可用，那时大爷再定夺。"贾蓉道："先生实在高明，如今恨相见之晚。就请先生看一看脉息，可治不可治，以便使家父放心。"于是家下媳妇们捧过大宁枕来，一面给秦氏拉着袖口，露出脉来。先生方伸手按在右手脉

---

① 蒙侧：医生多是拿三阻四，拿腔作调。

上，调息了次数，宁神诊了有半刻的工夫，方换过左手，亦复如此。诊毕脉，说道："我们外边坐罢。"

贾蓉于是同先生到外边房里炕上坐下，一个婆子端了茶来。贾蓉道："先生请茶。"于是陪先生吃茶，遂问道："先生看这脉息，还治得治不得？"先生道："看得尊夫人这脉息：左寸沉数，左关沉伏；右寸细而无力，右关虚而无神。其左寸沉数者，乃心气虚而生火；左关沉伏者，乃肝家气滞血亏。右寸细而无力者，乃肺经气分太虚；右关虚而无神者，乃脾土被肝木克制。心气虚而生火，应现经期不调，夜间不寐。肝家血亏气滞者，必然肋下疼胀，月信过期，心中发热。肺经气分太虚者，头目不时眩[十一]晕，寅卯间必自汗，如坐舟中。脾土被肝木克制者，必然不思饮食，精神倦怠，四肢酸软。据我看这脉息，应当有这症候才对。或以这个脉为喜脉，则小弟不敢从其教也。"旁边一个贴身伏侍的婆子道："何尝不是这样呢。真正先生说的如神，倒不要我们告诉了。如今我们家里现有好几位太医老爷瞧着呢，都不能说这么真切。有一位说是喜，有一位说是病，这位说不相干，那位说怕冬至，总没有个真实话儿。求老爷明白指示指示。"

那先生笑说道："大奶奶这个症候，可是那众位耽搁了①。要在初次行[十二]经的日期，就用药治起来，不但断无今日之患，而且此时已全愈了。如今既是把病耽误到这个地位，也是应有此灾。实在依我看来，这病尚有三分治得。吃了我的药看，若是夜间睡的着，那时又添了二分拿手了。据我看着脉息：大奶奶是个心性高强聪明不过的人；聪明忒过，则不如意事常有；不如意事常有，则思虑太过。此病是忧虑伤脾，肝木忒旺，经水所以不能按时而至。大奶奶从前的行经的日子，问一问，断不是常缩，必是常长日子的②。是不是？"这婆子答道："可不是，从前没有缩过，或是长两日三日，以至十日都长过。"先生听了道："妙啊！这就是病源了。从前若能以养心调经之药服之，何至于此。这如今显出一个水亏木旺的虚症候来，待用药再看。"于是写了

---

① **蒙侧**：说是了，不觉笑，描出神情跳跃，如见其人。
② **蒙侧**：恐不合其方，又加一番议论，一为合方药，一为夭亡症，无一字一句不前后照应者。

方子，递与贾蓉，上写的是：

益气养荣和肝汤

人参二钱　白术二钱 土炒　云苓三钱　熟地四钱

归身二钱 酒炒　白芍二钱 炒　川芎一钱五分　黄芪三钱

香附米二钱制　醋柴胡八分　怀山药二钱 炒　真阿胶二钱 蛤粉 炒

延胡索一钱五分 酒炒　炙甘草八分

引用建莲子七粒 去心　红枣二枚

贾蓉看了，说："高明的很！还要请教先生，这病与性命终究有妨无妨？"先生笑道："大爷是[十三]最高明的人。人病到这个地位，非一朝一夕的症候，吃了这药，也要看医缘。小弟看来，今年一冬是不相干。总是过了春分，就可望全愈了。"贾蓉也是一个聪明人，也不往下细问了。

于是贾蓉送了先生去了，方将这药方子并脉案都给贾珍看了，说的话也都回了贾珍并尤氏。于是尤氏向贾珍说道："从来大夫，不像他说的这么痛快，想必用药也不错。"贾珍说道："人家原不是混饭吃，久惯行医的人。因为冯紫英我们相好，他好容易求来了。既有这个人，媳妇的病或者就能好。他那方子上有人参，就用前日买的那一斤好的罢。"贾蓉听毕话，方出来叫人打药去，煎给秦氏吃。不知秦氏服了此药病势如何？且听下回分解。

【总评】欲速可卿之死，故先有恶奴之凶顽，而后及以秦钟来告，层层克入，点露其用心过当，种种文章逼之。虽贫女得居富室，诸凡遂心，终有不能不夭亡之道。我不知作者于着笔时，何等妙心绣口，能道此无碍法语，令人不禁眼花缭乱。

校　记：

[一]此处的"人多势众"四字，原文为"人多势重"，据庚辰本改。

[二]原文无"若是站不住"几字，据庚辰本补。

〔三〕此处的"眩"字，原文写作"眃"。

〔四〕此处的"打"字，原文为"把"，据蒙府本改。

〔五〕原文无"他"字，据庚辰本补。

〔六〕此处"调三惑四的那些人"数字，原文为"调三惑四的是那些人"数字，按庚辰本删去"是"字。

〔七〕此处的"一个个"三字，原文为"一个"，校者据词义补第二个"个"字。

〔八〕原文无"的"字，据庚辰本补。

〔九〕此处的"遍"字，原文为"篇"，据庚辰本改。

〔十〕此处的"和"字，原文为"合"，据庚辰本改。

〔十一〕此处的"眩"字，原文写作"眃"。

〔十二〕原文无"行"字，据蒙府本补。

〔十三〕原文无"是"字，据庚辰本补。

第十一回

庆寿辰宁府排家宴　　见熙凤贾瑞起淫心

【回前】幻景无端换境生，玉楼春暖述乖情。闹中寻静浑闲事，运得灵机属凤卿。

话说是日贾敬的寿辰，贾珍先将上等可吃的东西、稀奇些的果品，装了六大捧盒；叫[一]贾蓉带领家下人等，与贾敬送去，向贾蓉说道："你留神，看太爷喜欢不喜欢，你就行了礼来。你说：'我父亲遵太爷的话不敢来，在家里率领合家都朝上行了礼了。'"贾蓉听罢，率领家人去了。

这里渐渐就有人来了。先是贾琏、贾蔷到来，先看了各处的座位，并问："有什么玩意儿没有？"家人答道："我们爷原算计请太爷今日来家，所以并不敢预备玩意儿。前日听见太爷又不来了，现叫奴才们找了一班小戏儿，并一档子打十番的，都在园子里戏台上预备着呢。"

次后又有邢夫人、王夫人[二]、凤姐儿、宝玉都来了，贾珍并尤氏接了进去。尤氏的母亲已先在这里呢。大家见过了，彼此让了坐。贾珍、尤氏二人亲自递了茶，因笑说道："老太太原是老祖宗，我父亲又是侄儿，这样日子，原不敢请他老人家；但是这个时候，天气正凉爽，满园的菊花又盛开，请老祖宗过来散散闷，看着众儿女热闹热闹，是这个意思。谁知老祖宗又不肯赏脸。"凤姐未等王夫人开口，先说道："老太太昨日原要来着呢，因为晚上忽看见宝兄弟他们吃桃儿，老人家又嘴馋，吃了有大半个，五更天明时候就一连起来了两次①，今日早晨略觉身子倦些。因叫我回大爷，今日断不能来了，说有好吃的要几样，还要很烂的②。"贾珍听了笑道："我说老祖宗是爱热闹，今日不来，必定有个缘故，若是这么着，就是了。"

王夫人道："前日听见你大妹妹说，蓉儿媳妇身上有些不大好，到底是怎么样？"尤氏道："他这个病的也奇。上月中秋还跟着老太太、太太玩了半夜，回家来好好的。到了二十后，一日比一日觉懒，也懒怠[三]吃东西，这将近有半个多月了。经期又有两个月没来。"邢夫人接着说道："别是喜罢③？"

正谈着，外头人回道："大老爷、二老爷并一家的爷们都来了，在厅上呢。"贾珍连忙出去了。这里尤氏方说道："从前大夫也有说是喜的。昨日冯紫英荐了他从过学的一个先生，医道很好，瞧了说不是喜，竟是很大的一个症候。昨日开了方子，吃了一剂药，今日头眩[四]的略好些，别的仍不见怎么样大见效。"凤姐儿道："我说他不是十分支持不住，今日这样的日子，他再也不肯不扎挣着上来。"尤氏道："你是初三日在这里见他的，还强扎挣了半天，也是因你们娘儿两个好的上头，他才恋恋不舍得去。"凤姐儿听了，眼圈儿红了半日，半天方说道："真是'天有不测的风云，人有旦夕的祸福'④。这个年纪，倘或就因这个病上怎么样了，人还活着有甚趣儿⑤？"

正说话间，贾蓉进来，给邢夫人、王夫人、凤姐儿前都请了安，方回尤氏道："方才我去给太爷送吃食去，并回说我父亲在家中伺候老爷们，款待一家子，遵太爷的话，并不敢来。太爷听了甚喜欢，说：

---

① **蒙侧**：此一问一答，即景生情，请教是真是（原无）假？非身经其事者，想不到，写不出。

② **蒙侧**：是。

③ **蒙侧**：此书总是一幅（原作副）"云龙图"。

④ **蒙侧**：揣摩得极平常言语，来写无涯之幻景幻情，反做了悟之意，且又转至别处，真是月下梨花，几不能辨（原作变）。

⑤ **蒙侧**：大英雄多在此等处悟得，每能超凡入圣。

'这个才是。'叫告诉父亲、母亲,好生伺候太爷、太太们;叫我们好生伺候叔叔、婶子并哥哥们。还说那《阴骘文》,叫急急的刻了出来,印一万张散人[五]。我将此语都回了我父亲了。我如今得快出去打发太爷们并爷们吃饭去呢。"凤姐儿说:"蓉哥儿,你且站住!你媳妇的病,到底是怎么着?"贾蓉皱皱眉,说道:"不好么!婶子回来,瞧瞧去,就知道了①。"于是贾蓉出去了。

这里尤氏向邢夫人、王夫人道:"太太们在这里吃饭阿,还是在园子里吃去好?小戏儿预备在园子里呢。"王夫人向邢夫人道:"我们索性吃了饭再过去罢,也省好些事。"邢夫人道:"很好。"于是尤氏就吩咐媳妇婆子们:"快送饭来!"门外一齐答应了一声,都各人端各人的去了。不多一时,摆上了饭。尤氏让邢夫人、王夫人并他母亲都上坐了,他与凤姐儿、宝玉侧坐了。邢夫人、王夫人道:"我们来,原为给大老爷拜寿,这不竟是我们来过生日么?"凤姐儿说道:"大老爷原是好养静的,已经修炼的成了,也算得是神仙了。太太们这么一说,这就叫作'心到神知'了②。"一句话,说得满屋里的人都笑起来了。

于是,尤氏的母亲并邢夫人、王夫人、凤姐儿都吃毕饭,漱了口,净了手;才说要往园子里去,贾蓉进来向尤氏说道:"老爷们并众叔叔、哥哥、兄弟们都吃了饭了。大老爷说家里有事,二老爷是不爱听戏、又怕人闹的慌,都才去了。别的一家子的爷们,都被琏二叔并蔷兄弟都让过去听戏去了。方才南安郡王、东平郡王、西宁郡王、北静郡王四家王爷,并镇国公牛府等六家,忠[六]靖侯史府等八家,都着人持了名帖送寿礼来,都回了我父亲,先收在帐房里面,礼单都上了档子了。老爷的领谢的名帖都交给各来人了,各来人也都照旧例赏了,众人都让吃了饭才去了。母亲该请二位太太、老娘、婶子都过园子里坐着罢③。"尤氏道:"也是才吃完了饭,就要过去了。"

凤姐儿说:"我回太太,我先瞧瞧蓉哥儿媳妇,我再过来。"王

---

① 蒙侧:伏线自然。
② 蒙侧:此等趣语也不肯无着落。
③ 蒙侧:人送寿礼,是为园子;回去的人(原做人去的)去了,在的人(原作在),是为可以过园子里坐;园子里坐,可以转入正文中之幻情;幻情里有乖情,而乖情初写,偏不乖。真是慧心神手!

夫人道："很是。我们都要去瞧瞧他，倒怕嫌闹的慌①，说我们问他好罢。"尤氏道："好妹妹，媳妇听你的话，你去开导开导他，我也放心。你就快些来园子里来。"宝玉也要跟了凤姐儿去瞧秦氏去，王夫人道："你看看就过去罢，那是侄儿媳妇。"于是尤氏请了邢夫人、王夫人并他母亲都过会芳园去了。

　　凤姐儿、宝玉方和贾蓉到秦氏这边来了。进了房门，悄悄的走到里间房门口。秦氏见了，就要站起来，凤姐儿说："快别起来，看起猛了头晕②。"于是凤姐儿就紧走了两步，拉住秦氏的手，说道："我的奶奶！怎么几日不见，就瘦的这么着了！"于是就坐在秦氏坐的褥子上。宝玉也问了好，坐在对面椅子上。贾蓉叫："快倒茶来，婶子和二叔在上房还未喝茶呢。"

　　秦氏拉着凤姐儿的手，强笑道："这都是我没福。这样人家，公公婆婆当自己女孩儿似的待③。婶娘的侄儿虽说年轻，却彼此相敬，从来没有红过脸儿。就是一家子的长辈之中，除了婶子倒不用说了，别人也从没不疼我的，也无不和我好的。这如今得了这个病，把我要强的心，一分也没了。公婆跟前未得孝顺一天；就是婶娘这样疼我，我就有十分孝顺的心，如今也不能够了。我自想着，未必熬的过年去呢。"

　　宝玉正眼[七]瞅着那《海棠春睡图》，并那秦太虚写的"嫩寒锁梦因春冷，芳气袭[八]人是酒香"的对联，不觉想起在这里睡晌觉，梦到"太虚幻境"的事来。正自出神，听了秦氏说了这些话，如万箭攒心，那眼泪不知不觉就流下来了。凤姐儿虽心中十分难过，但只怕病人见了众人这个样子反添心酸，倒不是来开导劝解的意思了。见宝玉这个样子，因说道："宝兄弟，你忒婆婆妈妈的了。他病人不过是这么说，那里就到得这田地了？况且能多大年纪的人，略病一病儿，就这么想、那么想的[九]，这不是自己倒给自己添病么？"贾蓉道："他这病也不用别的，只是吃得些饭食，就不怕了④。"凤姐儿道："宝兄弟，太太叫你快过去呢。你别在这里只管这么着，倒招的媳妇也心里

---

① 蒙侧：为下文留地步。
② 蒙侧：知心每每如此。
③ 蒙侧：正写幻情，偏作锥心刺骨语。呼渡河者三，是一意。
④ 蒙侧：各人是各人伎俩，一丝不乱，一毫不遗。

不好。太太那里又惦[+]着你。"因向贾蓉说道："你先同你宝叔过去罢①，我略坐一坐儿。"贾蓉听说，即同宝玉过会芳园来了。

这里凤姐儿又劝了秦氏一番，又低低说了许多衷肠话儿。尤氏打发人请了两三遍，凤姐儿才望秦氏说道："你好生[+一]养着罢，我再来看你。合该你这病要好，所以前日就有人荐了个好大夫来，再也是不怕的了。"秦氏笑道："任凭是神仙，也能治得病，治不得命。婶子，你道我这病，不过是挨日子。"凤姐儿说道："你只管这么想，病那里能好呢？总要想开了才是。况且听得大夫说，若是不治，怕的是春天不好。如今才九月半，还有四五个月的工夫，什么病治不好呢？咱们若是不能吃人参的人家，这也难说了；你公公婆婆听见治得好你，别说一日二钱人参，就是二斤也能够吃得起。好生养着罢，我过园子里去了。"秦氏又道："婶子，恕我不能跟过去了。闲了的时候，还求婶子常过来瞧瞧我，咱们娘儿们坐坐，多说遭话儿。"凤姐儿听了，不觉又眼圈儿一红，遂说道："我得了闲儿，必常来看你。"

于是凤姐儿带领跟来的婆子、丫头并宁府的媳妇、婆子们，从里头绕进园子的便门来②。但见：

> 黄花满地，绿柳横坡。小桥通若耶之溪，曲径接天台之路③。石中清流激湍，篱落飘香；树头红叶翩翩，疏林如画。西风乍紧，初罢莺啼；暖日当暄，又添蛩语。遥望东南，建几处依山之榭；纵观西北，结数间临水之轩。笙簧盈耳，别有幽情；罗绮穿林，倍添韵致。

凤姐儿正看园中景致，一步步行来赞赏。猛然从假山石后走过一个人来，向前对凤姐儿说道："请嫂子安。"凤姐儿猛然见了，将身往后一退，说道："这是瑞大爷不是？"贾瑞说道："嫂子连我也不认得了？不是我是谁！"凤姐儿说道："不是不认得，猛然一见，不想是大爷到这里来。"贾瑞道："也是合该与嫂子有缘。我方才偷出了席，在这个

---

① **蒙侧**：为本。
② **蒙侧**：偏不独行，用此等反克文字。
③ **蒙侧**：点明题目。

清净地方散一散，不想就遇见嫂子也从这里来①。这不是有缘么②？"一面说，一面拿眼睛不住觑着凤姐儿。

凤姐儿是个聪明人，见他这个光景，如何不猜透八九分呢？因向贾瑞假意含笑道："怨不得你哥哥常提起，说你很好[十二]。今日见了，听你这几句话儿，就知道你是个聪明和气的人了。这会子我要到太太那里去，不得和你说话儿，等闲了，咱们再说话儿罢。"贾瑞道："我要到嫂子家里请安，又恐怕嫂子年轻、不见人。"凤姐儿假意含笑道："一家骨肉，说什么年轻不年轻的话。"贾瑞听了这话，再不想到今日得这个奇遇，那神情光景益发不堪难看了。凤姐儿说道："你快去入席去罢，看他们拿住，罚你酒！"贾瑞听了，身上已木了半边，慢慢一面走[十三]着，一面回过头来看。凤姐儿故意的把脚步放迟了些，见他去远了，心里暗忖道："这才是'知人知面不知心'呢，那里有这样禽兽样的人呢③！他如果如此，几时叫他死在我手里，他才知道我的手段！"

于是凤姐儿方移步前来，将转一重山坡，见两三个婆子慌慌张张的走来，见了凤姐儿，笑说道："我们奶奶见二奶奶只是不来，急的了不得，叫奴才们又来请奶奶来了④。"凤姐儿说道："你们奶奶就是这样急脚鬼似的。"于是凤姐儿慢慢的走着，问："戏唱了有几出了？"那婆子回道："有八九出了。"说话之间，已到了天香楼的后门，见宝玉和一群丫头子们那里玩呢。凤姐儿说道："宝兄弟，别忒淘气了⑤。"一个丫头说道："太太们都在楼上坐着呢，请奶奶就从这边上去罢！"

凤姐儿听了，款步提衣上了楼来，见尤氏已在楼梯口等着呢。尤氏便笑道："你娘儿两个忒好了，见了面，总舍不得来了。你明日搬来和他住着罢。你坐下，我先敬你一钟。"于是凤姐儿在邢、王二夫人前告了坐，尤氏的母亲前周旋了一遍，仍同尤氏坐一桌上，吃酒听

---

① 蒙侧："作者何等心思，能在此等事想到如此出言。渐入之妙，无过于此。"
② 蒙侧：重点"有缘"二字，方是笔力。
③ 蒙侧：大英雄气概。作者以此命凤，其有为耶？
④ 蒙侧：别者必将遇贾瑞的事（原无）声张一番，以表清节。此文偏若无事，一则可以见熙凤非凡，一则可以见熙凤包含广大。
⑤ 蒙侧：照应前文。

戏。尤氏叫拿戏单来,让凤姐儿点戏。凤姐儿说道:"太太们在这里,我如何敢点?"邢夫人、王夫人说道:"亲家太太都点了好几出了,你点两出好的我们听。"凤姐儿立起身来,答应了一声,方接过了戏单,从头一看,点了一出《还魂》,一出《弹词》,递过戏单去说:"现在唱《双官诰》①,唱完了,再唱这两出,也就是时候了。"王夫人道:"可不是呢,也该趁早叫你哥哥、嫂子歇歇,他们又心里不静。"尤氏说:"太太们又不常过来,娘儿们多坐会子去,才有趣儿。天还早着呢。"凤姐儿立起身来望楼下一看,说:"爷们都往那里去了?"旁边一个婆子道:"爷们才到凝曦轩,带了打十番的人吃酒去了。"凤姐儿说道:"在这里不便宜,背地里又不知干什么[十四]去了②!"尤氏笑道:"那都像你这正经人呢!"

于是说说笑笑,点的戏都唱完了,方才撤下酒席,摆[十五]上饭来。吃毕,大家才出园子来,到上房坐下,吃了茶,方才叫预备车,向尤氏的母亲告了辞。尤氏率同众姬妾、家人、婆子、媳妇们方送出来,贾珍率领众子侄都在车旁边侍立,等候着呢。见邢、王二夫人,说道:"二位婶娘明日还过来逛逛?"王夫人道:"罢了,我们今日整坐了一日,也乏了,明日歇歇罢。"于是上车去了。贾瑞犹不时拿眼觑着凤姐儿③。贾珍等进去后,李贵才拉[十六]过马来,宝玉骑上,随了王夫人去了。这里贾珍同一家子的兄弟、子侄吃过晚饭,方大家散了。

次日,仍是众族人等闹了一日,不必细说。此后凤姐儿不时亲自来看秦氏。秦氏有几日好些,几日仍是那样。贾珍、尤氏、贾蓉好不心焦④。

且说贾瑞到荣府来了几次,偏都遇着凤姐往宁府那边去了。这年正是十一月三十日冬至,到交节的那几日,贾母、王夫人、凤姐儿日日差人去看秦氏,回来的人都说:"这几日也未见添病,也不见甚好。"王夫人向贾母说:"这个症候,遇着这样大节不添病,就有好大

---

① 蒙侧:点下文。
② 蒙侧:偏是爱吃酸醋。
③ 蒙侧:无有不足不尽处。
④ 蒙侧:陪衬补足。

的指望了。[十七]"贾母说:"可是呢,好个孩子,要是有些缘故,可不叫人疼死!"说着,一阵心酸,叫凤姐儿说道:"你们娘儿两个也好了一场,明日大初一,过了明日,你后日再去看看他去。你细细的瞧瞧他那光景,倘或好些儿,你回来告诉我,我也喜欢喜欢。素日爱吃的,也常叫人做些,给他送过去。"凤姐一一答应了。

到了初二日,吃了早饭,来到宁府。看见秦氏的光景,虽未甚添病,但是那脸上身上的肉,全瘦干了。于是和秦氏坐了半日,说了些闲话儿,又将这病无妨的话开导了一番。秦氏说道:"好不好,春天就知道了。如今现过冬至,又无怎样,或者好,也未可知。婶子回老太太、太太放心罢①。昨日老太太赏的那枣泥馅的山药糕,我倒吃了两块,倒像克化的动似的。"凤姐儿说道:"明日再给你送过来。我到你婆婆那里瞧瞧,就要赶着回去,回老[十八]太太的话去。"秦氏道:"婶子替我请老太太、太太的安罢。"

凤姐答应着就出来了,到了尤氏上房坐下,尤氏道:"你冷眼瞧媳妇是怎么样?"凤姐儿低了半日头,说道:"这实在无法了。你也该将一应的东西,后事用的,也该料理料理,冲他一冲也好②。"尤氏道:"我也暗暗的叫人预备了。就是那件东西,不得好木头,暂且慢慢的办[十九]罢。"于是凤姐儿吃了茶,说了会子话儿,说道:"我要快回去,回老太太话去呢。"尤氏道:"你可缓缓的说,别吓着老人家。"凤姐儿道:"我知道。"

于是凤姐儿就回来了。到了家中,见了贾母,说:"蓉哥儿媳妇请老太太安,给老太太磕头。他说好些了,求老祖宗放心罢。他再略好些,还要给老祖宗磕头来呢。"贾母道:"你看他是怎么样了?"凤姐儿说道:"暂且无妨,精神还好呢③。"贾母听了,沉吟了半日,因向凤姐儿说:"你换换衣服,歇歇去罢!"

凤姐儿答应着出来,见过了王夫人。到了房中,平儿将烘的家常的衣服给凤姐儿换了。凤姐儿方坐下,问道:"家里没有什么事?"平

---

① 蒙侧:文字一变,人于将死时也应有一变。
② 蒙侧:伏下文代办理丧事。
③ 蒙侧:"精神还好呢"五字,写得出神入化。

第十一回 庆寿辰宁府排家宴 见熙凤贾瑞起淫心

儿方端了茶来，递了过去，说："没有什么事。就是那三百两银子的利银，旺儿媳妇送进来，我收了①。再，瑞大爷使人来[二十]打听②奶奶在家无有③，他要来[二一]请安说话。"凤姐儿听了，"哼"了一声，道："这畜生合该求死，看他来怎么样！"平儿因问道："这瑞大爷因为什么只管来？"凤姐儿遂将九月里在宁府园子里遇见他的光景，他把话都告诉平儿。平儿说道："癞蛤[二二]蟆想天鹅肉吃，没人伦的混帐东西，起这个念头，叫他不得[二三]好死！"凤姐儿道："等他来了，我自有道理。"不知贾瑞来时，作何光景，且听下回分解。

【总评】将可卿之病将死，作幻情一劫；又将贾瑞之遇唐突，作幻情一变。下回同归幻境，真风马牛不相及之谈。同范并趋，毫无滞碍，灵活之至，飘飘欲仙。默思作者其人之心，其人之形，其人之神，其人之文，必宋玉、子建一般心性，一流人物。

校　记：

[一]此处的"叫"字，原文为"有"，据蒙府本改。

[二]原文无"王夫人"三字，据蒙府本补。

[三]此处的"懒怠"二字，庚辰本为"懒待"。后文亦有写作"懒待"的，均按"懒怠"统一。

[四]此处的"眩"字，原文写作"眩"。

[五]原文无"人"字，据庚辰本补。

[六]此处的"忠靖侯"，原文为"中靖侯"，据本书第十三回改。

[七]此处的"眼"字，原文为"然"，据庚辰本改。

[八]此处的"袭"字，原文为"笼"，校者改。

[九]此处的"就这么想，那么想的"句，原文为"就这们想，那们想的"，据蒙府本改。

[十]此处的"惦"字，原文为"垫"，据庚辰本改。

[十一]原文无"生"字，据蒙府本补。

[十二]此处的"很好"二字，原文为"狠好"，校者改。后文均按"很好"

---

① 蒙侧：陪。

② 蒙侧：正。

③ 蒙侧：没他。

统一。

［十三］此处的"走"字，原文为"步"，据庚辰本改。

［十四］此处的"什么"二字，原文为"什吗"，据庚辰本改。

［十五］原文无"摆"字，据庚辰本补。

［十六］此处的"拉"字，原文为"拿"，校者改。

［十七］原文无"向贾母说：'这个症候，遇着这样大节不添病，就有好大的指望了'"一句，据庚辰本补。

［十八］原文无"老"字，据蒙府本补。

［十九］原文无"办"字，据庚辰本补。

［二十］原文无"来"字，据庚辰本补。

［二一］原文无"来"字，据蒙府本补。

［二二］此处的"蛤"字，原文为"虾"，据庚辰本改。

［二三］原文无"得"字，据蒙府本补。

第十二回

王熙凤毒设相思局　贾天祥正照风月鉴

【回前】反正从来总一心，镜光至意两相寻。有朝敲破蒙头瓮（原作为繁体甕字，其头为雍），绿水青山任好春。

　　话说凤姐正与平儿说话，只见有人回说："瑞大爷来了。"凤姐急命："快请进来①！"贾瑞见往里让，心中喜出望外，急忙进来，见了凤姐，满面赔笑②，连连问好。凤姐也假意殷勤，让茶让坐。

　　贾瑞见凤姐如此打扮，亦发酥倒，因饧了眼问道："二哥哥怎么还不回来？"凤姐道："不知什么缘故。"贾瑞笑道："别是在路上有人绊住了脚③，不得来？"凤姐道："未可知。男人家，见一个，爱一个，也是有的④。"贾瑞笑道：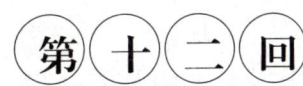"嫂子这话说错了，我就不这样。"渐渐入港。凤姐笑道："像你这样的人，能有几个呢，十个里也挑不出一个

---

① 庚侧：立意追命。
② 庚侧：如蛇。
③ 蒙侧：旁敲远引。
④ 蒙侧：这是钩。

来①。"贾瑞听了，喜的抓耳挠腮，又道："嫂子，天天也闷的很？"凤姐道："正是呢，只盼个人来说话，解解闷儿。"贾瑞笑道："我倒天天闲着，天天过来，替嫂子解解闲闷，可好不好？"凤姐笑道："你哄我呢，那里肯往我这里来。"贾瑞道："我在嫂子跟前，若有一点谎话，天打雷劈！只因素日闻得人说，嫂子是个利害人，在你前一点错不得，所以唬住了。我如今见嫂子，最是有说有笑，极疼人的，奇，妙！我怎么不来？——死了我也愿意②！"凤姐笑道："果然你是明白人，比贾蓉两个强远了。我看他那样清秀，只当他们心里明白，谁知竟是两个糊涂虫③，一点不知人事。"

贾瑞听了这话，越发撞在心坎上，由不得又往前凑了一凑④，觑着眼，看凤姐戴着荷包，然后又问戴着什么戒指。凤姐悄悄道："放尊重着，别叫丫头们看见笑话。"贾瑞如听纶音佛语一般，忙往后退。凤姐笑道："你该去了。"叫去，正是叫来也。贾瑞道："我再坐一坐儿。——好狠心的嫂子！"凤姐又悄悄的道："大天白日，人来人往，你就在这里也不方便。你且去着，晚上起了更你来，悄悄的在西边穿堂儿等我⑤。"贾瑞听了，如得珍宝，忙问道："你别哄我。但只那里人过的多，怎么好躲的？"凤姐道："你只放心。我把上夜的小厮们都放了假，两边门一关，再没别人了。"贾瑞听了，喜之不尽[一]，忙忙的告辞而去，心内以为得手⑥。

盼到晚上，果然黑地里摸入荣府，趁掩门时，钻入穿堂。果见漆

---

① **庚眉**：勿作正面看为幸。□□畸笏。
  蒙侧：游鱼虽有入釜之志，无钩不能上岸；一上钩来，欲去亦不可得。
  靖眉：千万勿作正面看为幸。□□畸笏老人。
② **庚侧**：这倒不假。
③ **庚侧**：反文着眼。
④ **蒙侧**：写呆痴性活现。
⑤ **庚眉**：先写穿堂，只知房舍之大，岂料有许多用处。
  蒙侧：凡人在平静时，物来言至，无不照见。若迷于一事一物，虽风雷交作，有所不闻。即"穿堂儿等"之一语，府第非比凡常，关闭（原作殷）门户，必要查看，且更夫仆（原作朴）妇，势必往来，岂容人藏过于其间？只因色迷，闻声连诺，不能有回思之暇，信可悲夫！
⑥ **庚侧**：未必。

第十二回　王熙凤毒设相思局　贾天祥正照风月鉴

黑无一人，往贾母那边去的门户已锁，倒只有向东的门未关。贾瑞侧耳听着，半日不见人来，忽听"咯噔"一声，东边的门也都关了①。贾瑞急的也不敢作声，只得悄悄出来，将门撼了撼，关的铁桶一般。此时要求出去，亦不能够②，南北皆是大房墙，要跳又无攀援。这屋内又是过门风，空落落；现是腊月天气，夜又长，朔风凛凛，侵肌裂骨，一夜几乎不曾冻死③。好容易盼到早晨，只见一个老婆子先将东门开了，去叫西门。贾瑞瞅他[二]背着脸，一溜烟抱着肩竟跑了。幸而天色尚早，人都未起，从后门一径跑回家去。

原来贾瑞父母早亡，只有他祖父代儒教养。那代儒素日教训最严④，不许贾瑞多走一步，生怕他在外吃酒赌钱，有误学业。今忽见他一夜不归，只料定他在外非饮即赌，嫖娼宿妓⑤，那里想到这段公案⑥，因此气了一夜。贾瑞也捻着一把汗，少不得回来撒谎，只说："往舅舅家去了，天黑了，留我住了一夜。"代儒道："自来出门，非禀我不敢擅出，如何昨日私自去了？据此亦该打，况且撒谎⑦。"因此发狠，到底打了三四十板，还不许吃饭，令他跪在院内读文章⑧，定要补出十天的工课来方罢。贾瑞直冻了一夜，今又遭了苦打，且饿着肚子，跪在风地里读文章，其苦万状。祸福无门，惟人自召。

此时贾瑞前心犹未改⑨再想不到是凤姐捉弄他。过后两日空闲，仍来找寻凤姐。凤姐故意抱怨他失信，贾瑞就发誓。凤姐因见他自投

---

① 庚侧：平平略施小计。
② 蒙侧：此大抵（原作底）是凤姐调遣。不先为点明者，可以少许多事故，又可以藏拙。
③ 庚侧：可为偷情一戒。
　蒙侧：教导之法，慈悲之心尽矣。无奈迷径不悟何！
④ 庚眉：教训最严，奈其心何！一叹。
⑤ 庚侧：展转灵活，一人不放，一笔不肖。
⑥ 庚侧：世人万万想不到，况老学究乎！
⑦ 庚眉：处处点父母痴心，子孙不肖。此书系自愧而成。
⑧ 蒙侧：教令何尝不好，孽（原作业）种故此不同。
⑨ 庚侧：四字是寻死之根。
　庚眉："苦海无边，回头是岸。"若个能回头也？叹叹！□□壬午春，畸笏。

罗网①，少不得再寻别计，令他知过改过②。又约他道："今日晚上，你别在那里了。你在我这房后小过道子里那间空屋里等我，可别冒撞了。" 伏的妙！贾瑞道："果真？"凤姐道："谁可哄你？你不信，就别来③。"贾瑞道："来，来！死也要来！" 不差。凤姐道："这会子你先去罢。"贾瑞料定晚间必妥④，此时先去了。凤姐在这里便点兵派将⑤，设下圈套。

那贾瑞只盼不到晚上，偏生家里亲戚又来了，专能忙中写闲，狡猾之极！直等[三]吃了晚饭才去，那天已有掌灯时分。又等他祖父安歇了，方才进荣府，直往那夹道中屋子里来等着，热锅上蚂蚁一般⑥，只是干转。左等不见人影，右等不见声响，心下自思道："别是又不来了，又冻我一夜不成⑦？"正自[四]胡猜，只见黑魆魆的来了一个人⑧，贾瑞便意定是凤姐，不管皂白，饿虎一般，等那人刚至门前，便如猫捕鼠的一般，抱住叫道："亲嫂子，等死我了！"说着，抱到屋里炕上，就亲嘴，扯裤子，满口里"亲娘"、"亲爹"的乱叫起来⑨。那人只不作声⑩。贾瑞扯了自己裤子，硬帮帮就将顶入。忽见灯光一闪⑪，只见贾蔷举着捻子照道："谁在屋里？"只见炕上那人笑道："瑞大叔要奁我呢。"贾瑞一见，却是贾蓉， 奇绝！直臊的无地可入⑫，不知要怎么样才好，回身就要

---

① 庚侧：可谓因人而使。
② 庚侧：四字是作者明阿凤身份，勿得轻轻看过。
③ 庚侧：紧一句。
　蒙侧：大士心肠。
④ 庚侧：未必。
⑤ 庚侧：四字用得新，必有新文字好看。
　蒙侧：剩文最妙。
⑥ 蒙侧：有心人记着，其实苦恼。
⑦ 蒙侧：似醒非醒语。
⑧ 庚侧：真到了。
⑨ 蒙侧：丑态可笑。
⑩ 庚侧：好极！
⑪ 庚侧：将到矣。
⑫ 庚侧：亦未必真。

跑，被贾蔷一把揪住道："别走！如今琏二婶婶告到太太跟前①，说你无故调戏他②。他暂用了个脱身计，哄你在这边等着。太太气死过去③，因此叫我来拿你。刚才你又认作他，没的说，跟我去见太太！"

贾瑞听了，魂不附体，只说："好侄儿，只说没有见我。明日我重重谢你。"贾蔷道："你谢我，放你不值什么，只不知你谢我多少？况且口说无凭，写一文契来。"贾瑞道："这如何落纸④？"贾蔷道："这也不妨，写一个赌钱输了外人帐目，借头家银若干两。"贾瑞道："这也容易。只是此时无纸笔。"贾蔷道："这也容易。"说毕，翻身出来，纸笔现成⑤，拿来命贾瑞写。他两个作好作歹，只写了五十两，然后画了押，贾蔷收起来，然后撕掳贾蓉⑥。贾蓉先咬定牙不依，只说："明日[五]告诉族中人，评评理。"贾瑞急的至于叩头。贾蔷作好作歹的⑦，也写了一张五十两欠契才罢。贾蔷又道："如今要放你，我就担着不是。又生波澜。老太太那边的门早已关了，老爷正在厅上看南京的东西，那一条路定难过去，如今只好走后门。若这一条路，倘或遇见了人，连我也完了。等我先去哨探了，再来领你。这屋里你还藏不得，少刻就来堆东西。等我寻个地方。"说毕，拉着贾瑞[六]，仍熄了灯，细。出至院外，摸着大台阶底下，说道："这窝儿里好，你只蹲着，别哼一声，等我们来再动⑧。"说毕，二人去了。

贾瑞此时身不由己，只得蹲在那里。心下正盘算，只听头顶上一声响，"唰拉拉"一净桶尿粪从上面直泼下来，可巧浇了他一头一身。贾瑞撑不住，"哎哟"一声，忙又掩住口，更奇。不敢声张，满头满脸

---

① **庚侧**：好题目。
② **庚眉**：调戏还"有故"？一笑。
③ **庚侧**：好大题目。
④ **庚侧**：也知写不得。一叹。
⑤ **庚侧**：二字妙！
⑥ **蒙侧**：可怜至此！好事者当自度。
⑦ **蒙侧**：此是加一倍（原作陪）法。
⑧ **庚侧**：未必如此收场。

浑身皆是尿屎，冰冷打颤①。只见贾蔷跑来叫："快走，快走！"贾瑞如得了命，三脚两步从后门跑到家里，天已三更，只得叫门。开门人见他这般景况，问是怎的。少不得撒谎，说："黑了，失了脚，掉在毛厕里。"一面到了自己房中更衣洗濯，心下方想是凤姐玩他，因此发了一回恨；再想一想那凤姐的模样儿②，又恨不得一时搂在怀内，一夜竟不曾合眼。

自此满心想凤姐③，只不敢往荣府去了。贾蓉两个常常来索银子，他又怕祖父知道，正是相思尚且难禁，更又添了债务；日间工课又紧，他二十来岁人，尚未娶过亲，迩来想着凤姐，未免有那"指头儿告了消乏"等事；更兼两回冻恼奔波，写得历历病源，如何不死呢？因此，三五下里夹攻④，不觉就得了一病：心内发膨胀，口中无滋味，脚下如棉，眼中似漆，黑夜作烧，白昼常倦，下溺连精，嗽痰带血。诸如此症，不上一年，都添全了⑤。于是不能支持，一头睡[七]倒，合上眼还只梦魂颠倒，满口胡说乱话，惊怖异常。百般请医疗治，诸如肉桂、附子、鳖甲、麦冬、玉竹等药，吃了有几十斤下去，也不见个动静。说得有趣。

倏忽又腊尽春回，这病更又沉重。代儒也着了忙，各处请医疗治，皆不见效。因后来吃"独参汤"，代儒如何有这力量，只得往荣府来寻。王夫人命凤姐秤二两给他，王夫人之心慈若是。凤姐回说："前儿新近都替老太太配了药；那整的，太太又说留着送杨提督的太太配药，偏生昨儿

---

① **庚侧**：余（原作全）料必有新奇，解（原作改）恨文字收场，方是《石头记》笔力。

庚眉：瑞奴实当如是报之。

靖眉：此一节可入《西厢记（原作内记）》内（原无），十大快批评中。□□畸笏。

蒙侧：这也未必不是预为埋伏者。总是慈悲设教，遇难教者，不得不现三头六臂，并吃人心、喝人血之象，以警戒之耳。

② **庚侧**：欲根未断。

③ **庚侧**：此刻还不回头，真自寻死路矣！

蒙侧：孙行者非有紧箍儿，虽老君之炉，五（原作太）行之山，何尝（原作河常）屈其一二？

④ **庚侧**：所谓步步紧。

⑤ **庚侧**：简捷之至！

第十二回　王熙凤毒设相思局　贾天祥正照风月鉴

我已送了去了。"王夫人道："就是咱们这边没了,你打发个人往你婆婆那边问问,或是你珍大哥哥那府里再寻些来,凑着给人家。吃好了,救人一命,也是你的好处。"夹写王夫人。凤姐听了,也不遣人去寻,只得将些渣末泡须凑了几钱,命人送去,只说①:"太太送来的,再也没了。"然后回王夫人,只说:"都寻了来,共凑了有二两送[八]去。"然便有二两独参汤,贾瑞固亦不好,但凤姐之毒何如是耶?终是瑞之自失。

那贾瑞此时要命心胜,无药不吃,只是白花钱,不见效。忽然这日有个跛足道人自甄士隐随君一去,别来无恙否?来化斋,口称"专治冤孽之症"。贾瑞偏在内就听见了,直着声叫喊,如闻其声,吾不忍听了。说:"快请那位菩萨来救我[九]!"一面叫,一面在枕上叩首。如见其形,吾不忍看了。众人只得带了那道士进来。贾瑞一把拉住,连叫"菩萨救我!"人之将死,其言也哀。那道士叹道:"你这病非药可医。我有个宝贝与你,你天天看时,此命可保矣。"说毕,从褡裢中妙极!此褡裢犹是士隐所抢背者乎?取出一面镜子来凡看书,从此细心体贴,方许你看,否则此书哭矣。——两面皆可照人,此书表里皆有喻也。镜把上面錾着"风月宝鉴"四字明点。——递与贾瑞道:"这物出自太虚玄[十]境空灵殿上,警幻仙子所制②,言此书原系空虚幻设。专治邪思妄动之症,逼真!有济世保生之功。逼真!所以带他到世上,单与那些聪明俊杰、风雅王孙等照看。所谓无能纨袴是也。千万不可照正面③,观者记之,不要看这书正面,方是会看。只照他的背面,记之!要紧,要紧!三日后我来收取,管叫你好了。"说毕,扬长[十一]而去,众人苦留不住。

贾瑞收了镜子,想道:"这道士倒有意思,我何不照一照试试。"想毕,拿起"风月鉴"来,向反面一照,一个骷髅立在镜内[十二],所谓"须知青冢骷髅骨,就是红楼掩面人"是也。作者好苦心思!唬得贾瑞连忙掩了,骂:"道士混帐。如何吓我!我倒再照照正面是什么。"想着,又将正面一照,只见凤姐站在里面,招手叫他④,奇绝!贾瑞心中一喜,荡悠悠的觉得进了镜子,写得奇峭,真好笔墨!与凤姐云

---

① 蒙侧:"只说"。
② 庚眉:与《红楼梦》呼应。
③ 庚侧:谁人识得此句!
④ 庚侧:可怕是"招手"二字。

雨一番，凤姐仍送出来。到了床上，"哎哟"一声，一睁眼，镜子从里调过来，仍是反面立着一个骷髅。贾瑞自觉汗津津的，底下已遗了一滩精①。心中到底不足，又翻过正面来，只见凤姐还招手叫他，他又进去。如此三四次，到了这次，刚要出镜子来，只见两个人走来，拿铁锁把他套住，拉了就走。贾瑞道："让我拿了镜子再走②。"只说这句，再不能说话了。〖真醉生梦死也。〗〖可怜！大众齐来看此！〗

旁边伏侍贾瑞的众人，只见他先还拿着镜子照，落下来，仍睁开眼拾在手内，末后镜子落下来，便不动了。众人上来看看，已没了气，身子底下，冰凉渍湿一大滩精，这才忙着穿衣抬床。代儒夫妇哭的死去活来，大骂道士："是何妖镜！〖此书不免腐儒一谤。〗若不早毁此物，遗害于世不小。"〖凡野史俱可毁，独此书不可毁。〗〖腐儒。〗遂命拿〔十三〕火来烧，只听镜内哭道："谁叫你们瞧正面了！你们自己以假为真，何苦来烧我？"〖观者记之！〗正哭着，只见那跛足道人从外跑来，喊道："谁毁'风月鉴'？吾来救也！"说着，直入中堂，抢入手内，飘然去了。

当下，代儒料理丧事，各处去报丧。三日起经，七日发引，寄灵于铁槛寺〖所谓"铁门限"是也。先安一开路之人，以备秦氏仙柩有方也。辰：所谓"铁门限"也，为秦氏停柩作引子。〗日后带回原籍。当下贾家众人齐来吊问，荣国府贾赦赠银二十两，贾政亦是二十两，宁国府贾珍亦有二十两，别者族中贫富不一，或三两或五两，不可胜数外，另有各同窗家分资，也凑了二三十两。代儒家道虽然淡薄，倒也丰丰富富完了此事。

谁知这年冬底，林如海的书信寄来，却为身染重疾，写书特来接林黛玉回去③。贾母听了，未免又加忧闷，只得忙忙的打点黛玉起身。宝玉大不自在，争奈父女之情，也不好拦劝。于是贾母定要贾琏送他去，仍叫带回来。一应土仪盘缠，不消烦说，自然妥帖。作速择了日期，贾琏与林黛玉辞别了众人，带了仆从，登舟往扬州去了。要知端的，且听下回分解。

---

① 蒙侧：此一句力如龙象，意谓正面你方才已自领略了，你也当思想反面才是。

② 蒙侧：这是作书者之立意。要写情种，故于此试一深写之。在贾瑞则是"求仁而得仁（原做人）"，未尝不含笑九泉，虽死亦不解脱者。悲夫！

③ 蒙侧：须要林黛玉长住，偏要暂离。

第十二回　王熙凤毒设相思局　贾天祥正照风月鉴

【总评】儒家正心，道者炼心，释辈戒心。可见此心无有不到，无不能入者，独畏其入于邪而不反，故用心炼戒以缚之。请看贾瑞一起念，及至于死，专诚不二，虽经两次警教，毫无反悔，可谓痴子，可谓愚情。相乃可思，不能相而独欲思，岂逃倾颓？作者以此作一新样情种，以助解者生笑，以为痴者设一棒喝耳。

庚：此回忽遣黛玉去者，正为下回可儿之文也。若不遣去，只写可儿、阿凤等人，却置黛玉于荣府，成何文哉？故必遣去，方好放笔写秦，方不脱发。况黛玉乃书中正人，秦为陪客，岂因陪而失正耶？后大观园方是宝玉、宝钗、黛玉等正紧文字，前皆系陪衬之文也。

校　记：

［一］此处的"不尽"二字，原文为"不禁"，据庚辰本改。

［二］此处的"他"字，原文为"的"，校者改。

［三］原文无"等"字，据蒙府本补。

［四］此处的"正自"二字，原文为"正是"，据庚辰本改。

［五］原文无"日"字，据蒙府本补。

［六］原文无"拉着贾瑞"四字，据庚辰本补。

［七］此处的"睡"字，原文为"失"，据列藏本改。

［八］原文无"送"字，据庚辰本补。

［九］原文无"我"字，据蒙府本补。

［十］此处的"玄"字，原文写作"玄"，少一笔。

［十一］此处的"扬长"二字，原文为"佯常"，校者改。

［十二］原文无"……一照，一个骷髅立在镜内"半句，据蒙府本补。

［十三］原文无"拿"字，据蒙府本补。

第十三回

秦可卿死封龙禁尉　王熙凤协理宁国府

【回前】生死穷通何处真？英明难遏是精神。微密久藏偏自露，幻中梦里语惊人。

庚：此回可卿梦阿凤，盖作者大有深意存焉，可惜生不逢时，奈何，奈何！然必写出自可卿之意也，则又有他意寓焉。

荣、宁世家未有不尊家训者。虽贾珍尚（原作当）奢，岂明逆父哉？故写敬老不管，然后恣（原作姿）意，方见笔笔周到。（按：此庚辰本回前二批，原在第十一回前加页上，现参考甲戌本及靖藏本回前批移此。）

诗云：
　　一步行来错，回头已百年。
　　古今"风月鉴"，多少泣黄泉！

甲：贾珍尚奢，岂有不请父命之理？因敬老修炼（原无）要紧，不问家事，故得恣（原作姿）意放为。

不云州名（原缺），妙（原缺）！若明指一州名，似落《西游》之套（原缺）。故曰"至中"之（原缺）地，不待言可知，是光天化日仁风德雨之下（原缺）矣。

不云国名，更妙！可知是尧街、舜巷、衣冠礼（原缺）义之乡也。

今秦可卿托梦阿凤，作者大有深意存焉，协（原缺）理宁府亦□□□□

第十三回　秦可卿死封龙禁尉　王熙凤协理宁国府

□□□□□□□□□凤□□□□□□□□□□□□□在封龙禁尉写，乃褒中之贬（原缺），隐（原缺）去"天香楼"一节，是不忍下笔也。

　　靖：此回可卿梦阿凤，作者大有深意，惜已为末世。奈何，奈何！
　　贾珍虽奢淫，岂能逆父哉？特因敬老不管，然后恣意，足为世实诫。
　　"秦可卿淫丧天香楼"，作者用史笔也。老朽因有魂托凤姐贾家后事二件，岂是安富尊荣坐享人能想得到者？其事虽未漏，其言其意，令人悲切感服，姑赦之，因命芹溪删去"遗簪"、"更衣"诸文，是以此回只十页，删去天香楼一节，少去四五页也。
　　一步行来错，回头已百年，请观"风月鉴"，多少泣黄泉。

　　话说凤姐儿自贾琏送黛玉往扬州去后，心中实在无趣，每到晚间，不过和平儿说笑一回，就胡乱睡了。"胡乱"二字奇！

　　这日夜间，正和平儿灯下拥炉倦绣，早命浓薰绣被。二人睡下，屈指算行程该到何处所谓"计程今日到梁州"是也。不知不觉已交三鼓。平儿已睡熟了。凤姐方觉星眼微朦，恍惚只见秦氏从外走来，含笑说道："婶婶好睡啊！我今日回去，你也不送我一程。因娘儿们素日相好，我不得不走过来别你一别。还有一件心愿未了，非告诉婶婶，别人未必中用。"一语贬尽贾家一族空顶冠束带者。

　　凤姐听了，恍惚问〔一〕道："有何心愿？你只管托我就是了。"秦氏道："婶婶，你是个脂粉队里的英雄①，连那些束带顶冠的男子也不能过你，你如何连两句俗语也不晓得？常言'月满则亏，水满则溢'；又道是'登高必跌重'。如今我们家赫赫扬扬，已将百载，一日倘或乐极悲生②，若应了那句'树倒猢狲散'的俗语③，岂不虚称了一世的诗书旧族了！"凤姐听了此话，心胸大快，十分敬畏，忙问道："这话虑的极是，但有何法可以永保无虞④？"秦氏冷笑道："婶婶好痴也！否

---

① **庚侧**：称得起。
② **庚眉**："倘或"二字，酷肖妇女口气。
③ **庚眉**："树倒猢狲散"之语，今犹在耳，屈指卅五年矣。哀哉，伤哉！宁不痛杀！
　　甲眉："树倒猢狲散"之语，余犹在耳，屈指卅五年矣。伤哉，宁不恸煞！
④ **庚侧**：非阿凤不明，盖古今名利场中患失之同意也。

极泰来,荣辱自古周而复始,岂人力可能常保的?但如今能于荣时筹画下将来衰时的世业,亦可以常保永全了。即如今日诸事都妥,只有两件未妥,若把此事如此一行,则后日可保永全了。"

凤姐便问何事,秦氏道:"目今祖茔虽四时祭祀,只是无一定钱粮;第二,家塾虽立,无一定的供给。依我想来,如今盛时固不缺祭祀供给,但将来败落之时,此二项有何出处?莫若依我定见。趁今日富贵,将祖茔附近多置田庄、房舍、地亩,以备祭祀供给之费,皆出自此处。将家塾亦设于此。和同族中长幼,大家定了则例,日后按房掌管这一年的地亩、钱粮、祭祀、供给之事。如此周流,又无争竞,亦没有典卖诸弊。便是有了罪,凡物可入官,这祭祀产业连官也不入的。便败落下来,子孙回家读书务农,也有个退步。祭祀又可永久。若目今以为[二]荣华不绝,不思后日,终非长策。眼见不日又有一件非常喜事,真是烈火烹油、鲜花着锦之盛。要知道,也不过是瞬息的繁华,一时的欢乐,万不可忘了那'盛筵必散'的俗语①。此时若不早为后虑,临期只恐后悔无益了②。"凤姐忙问:"有何喜事?"秦氏道:"天机不可泄漏。只是我与婶婶好了一场,临别赠你两句话,须要记着——",因念道:

三春去后诸芳尽,
各自须寻各自门③。

① **蒙侧**:"瞬息的繁华,一时的欢乐"二语,可供天下有志事业功名者,同来一哭。但天生人非无所为。遇机会,成事业,留名于后世者,亦必有奇传奇遇,方能成不世之功。此亦皆苍天暗中扶助,虽有波澜,而无甚害,反觉其铮铮有声。其不成也,亦由天命。其奸人倾险之计,亦非天命不能行。其繁华欢乐,亦自天命。人于其间,知天命而存好生之心,尽己力以周旋其间,不计其功之成与否,所谓心安而理尽,又何患乎?一时瞬息,随缘遇缘,呜(原作乌)乎不可!
② **庚眉**:语语见道,字字伤心。读此一段,几不知此身为何物矣!□□松斋。
③ **庚侧**:此句令批书人哭死!
庚眉:不必看完,见此二句,即欲堕泪。□□梅溪。

第十三回　秦可卿死封龙禁尉　王熙凤协理宁国府

凤姐还欲问时，只听二门上传事，云板连叩四下，将凤姐惊醒。人回："东府蓉大奶奶没了。"凤姐闻听，吓了一身冷汗，出了一回神，只得忙忙的穿衣，往王夫人处来。

彼时合家皆知，无不纳叹，都有些伤心①。[三]那长一辈的想他素日孝顺，平一辈的想他素日和睦亲密②，下一辈的想他素日慈爱，以及家中仆从老小想他素日怜贫恤贱、慈老爱幼③之恩，莫不悲嚎痛哭者④。

闲言少叙，却说宝玉因近日林黛玉回去，剩得自己孤恓，也不和人玩耍，与凤姐反对。淡淡写来，方是二人自幼气味相投，可知后文皆非突然文字。每到晚间，便索然睡了。如今从梦中听见秦氏死了，连忙翻身爬起来，只觉心中似戳了一刀的，不忍"哇"的一声，直奔出一口血来⑤。袭人等俱慌忙上来搂扶，问是怎么样，又要回贾母，来请大夫。宝玉笑道："不用忙，不相干⑥，这是急火攻心，血不归经⑦。"说着，便爬起来，要衣服换了，来见贾母，即时要过去⑧。袭人见他如此，心中虽放不下，又不敢拦，只是由他罢了。贾母见他要去，因说："才咽了气的人，那里不干净；二则夜里风大，等明早再去不迟。"宝玉那里肯依。贾母命人备车，多派跟随人役，拥护前来。

一直到了宁国府前，只见府门洞开，两边灯笼，照如白昼，乱哄哄人来人往，里面哭声，摇山振岳。写大族之丧，如此起绪。宝玉下了车，忙忙奔至停灵之室，痛哭一番。然后见过尤氏，谁知尤氏正犯了胃疼旧疾，睡

---

① **甲眉**：九个字写尽天香楼事，是不写之写。
　靖眉：九个字写尽天香楼事，是不写之写。□□常村。
　　　　可从此批。通回将可卿如何死故隐去，是余大发慈悲也。叹叹！□□壬午季春，畸笏叟。
② **庚眉**：松斋云："好笔力。此方是文字佳处。"
③ **庚侧**：八字乃为上人之者当铭于五衷。
④ **庚侧**：老健。
⑤ **甲侧**：宝玉早已看定，可继家务事者，可卿也。今闻死了，大失所望，急火攻心，焉得不有此血？为玉一叹！
⑥ **庚侧**：又淡淡抹去。
⑦ **甲侧**：如何自己说出来了！
⑧ **庚眉**：如此（原作在）总是淡描轻写，全无痕迹，方见得有生以来，天分中自然所赋之性如此，非因色所感也。

在床上①。妙！非此，何以出阿凤！然后又出来见贾珍。彼时贾代儒、代修②、贾敕、贾效、贾敦、贾赦、贾政、贾琮、贾𤩽、贾璜、贾珩、贾㻞、贾琛、贾琼、贾璘、贾蔷、贾菖、贾菱、贾芸、贾芹、贾蓁、贾萍、贾藻、贾蘅、贾芬、贾芳、贾兰、贾茵、贾芝等③都来了。贾珍哭的泪人一般④，正和贾代儒等说道："合家大小，远近亲友，谁不知我这媳妇比儿子还强十倍？如今伸腿去了，可见这长房内绝灭无人了。"说着，又哭起来。众人忙劝道："人已辞世，哭也无益，且商议如何料理要紧⑤。"贾珍拍手道："如何料理？尽我所有罢了！""尽我所有"，为媳妇是非礼之谈，父母又将何以待之？故前此有恶奴酒后狂言，及今复见此语，含而不露，吾不能为贾珍隐讳。

正说着，只见秦业、秦钟并尤氏的几个眷属，伏后文。尤氏姊妹也都来了。贾珍便命贾琼、贾琛、贾璘、贾蔷四个人去陪客，一面吩咐去请钦天监阴阳司，来择准停灵七七四十九日，三日后开丧送讣闻。这四十九日，单请一百单八众禅僧，在大厅上拜大悲忏，超度前亡后化诸魂，以免亡者之罪；另设一坛于天香楼上⑥，是九十九位全真道士，打四十九日解冤洗孽醮。然后停灵于会芳园中，灵前另外五十众高僧、五十众高道，对坛按七作好事。

那贾敬闻得长孙媳死了，因自为早晚就要飞升⑦，如何肯又回家染了红尘，将前功尽弃呢，因此并不在意，只凭贾珍料理。贾珍见父亲

---

① 庚侧：紧处愈紧，密处愈密。
② 庚侧：将贾族约略一总，观者方不惑。
③ 庚侧：所谓"层（原作曾）峦叠翠之法"也。野史中从无此法。即观者到此，亦为写秦氏未必全到，岂料更又写一尤氏哉！
④ 甲侧：可笑，如丧考妣。此作者刺心笔也。
⑤ 庚侧：淡淡一句，勾出贾珍多少文字来。
⑥ 甲侧：删——却是未删之笔。
　 靖眉：何必定用"西"字？读之令人酸鼻（原作笔）！（按：正文"天香楼"，靖藏本为"西帆楼"。）
⑦ 庚侧：可笑，可叹！古今之儒，中途多惑老、佛。王梅隐云："若能再加东坡十年寿，亦能跳出这圈子来。"斯言信矣。
　 蒙侧："就要飞升"的"要"，用得的当。凡"要"者，则身心急切，急切之者，百事无成。正为后文作引线（原作绵）。

第十三回 秦可卿死封龙禁尉 王熙凤协理宁国府

不管,亦发恣意奢华。看板时,几副杉木板皆不中用。可巧薛蟠来吊问,因见贾珍寻好板,便说道:"我们木店里有一副板,叫做什么樯木樯者,舟具也,所谓"人生若泛舟而已"。宁不可叹!,出在潢海铁网山上,所谓"迷津易堕,尘网难逃"也。做了棺材,万年不坏。这还是当年先父带来,原系义忠亲王老千岁要的,因他坏了事①,就不曾拿去。现在还封在店内,也没有人出价敢买。你若要,就抬来使[四]罢。"贾珍听说,喜之不尽,即命人抬来。大家看时,只见帮底皆厚八寸,纹若槟榔,味若檀麝,以手扣之,玎珰如金玉。大家都奇异称赞。贾珍笑问:"价值几何②?"薛蟠笑道:"拿一千两银子来,只怕也没处买去。什么价不价,赏他们几两工钱就是了③。"贾珍听说,忙谢不尽,即命解锯糊漆。贾政因劝道:"此物恐非常人可享者④,殓[五]以上等杉木,也就是了。"夹写贾政。此时贾珍恨不能代秦氏之死⑤,这话如何肯听。

因忽又听得秦氏之丫鬟名唤瑞珠者,见秦氏死了,他也触柱而亡⑥。此事可罕,合族人也都称叹。贾珍遂以孙女之礼殓殡,一并停灵于会芳园中之登仙阁[六]。小丫鬟名宝珠者,因见秦氏身无所出,乃甘心愿为义女,誓任摔丧驾灵之任。贾珍喜之不尽,即时传下,从此皆呼宝珠为小姐。那宝珠按未嫁女之丧,在灵前哀哀欲绝⑦。于是,合族人丁并家下诸人,都[七]各遵旧制行事,自然不得紊乱。两句写尽大家。辰:转叠法,余前文未及。

贾珍因想着贾蓉不过是个黉门监⑧,灵幡经榜上写时不好看,便是执事也不多,因此心下甚不自在。善起波澜。可巧这日正是首七第四日,早有大明宫掌宫[八]内相戴权,妙!"大权"也。先备了祭礼遣人来,次后坐了大轿,打伞鸣锣,亲来上祭。贾珍忙接着,让至逗蜂轩轩名可思。献茶。贾珍

---

① 蒙侧:"坏了事"等字毒极,写尽势利场中故套。
② 甲侧:写个个皆知,全无安逸之笔,深得《金瓶》壶(原作壶)奥。
③ 庚侧:的是阿呆兄口气。
④ 庚侧:政老有深意存焉。
⑤ 蒙侧:"代秦氏死"等句,总是填实前文。
⑥ 甲侧:补"天香楼"未删之文。
  靖眉:是亦未删之文。
⑦ 甲侧:非恩惠爱人,那能如是。惜哉可卿,惜哉可卿!
⑧ 庚侧:又起波澜,却不突然。

心中打算，定了主意，因而趁便就说要与贾蓉捐个前程的话。戴权会意，因笑道："想是为丧礼上风光些①。"贾珍忙笑道："老内相所见不差。"戴权道："事倒凑巧，正有个美缺。如今三百员龙禁尉，短了两员，昨儿襄阳侯的兄弟老三来求我，现拿了一千五百两银子，送到我家里。你知道，咱们都是老相与，不拘怎么样，看着他爷爷的分上，胡乱应了。忙中写闲。还剩了一个缺，谁知永平[九]节度使冯胖子来求，要与他孩子捐，我就没工夫应他。既是咱们的要捐，奇谈！画尽阉官口吻。快写个履历。"贾珍听说，忙吩咐："快命书房里人恭敬写了大爷的履历来。"小厮不敢怠慢，去了一刻，便拿了一张红纸来与贾珍。贾珍看了，忙送与戴权。戴权看时，上面写道：

　　江南江宁府江宁县监生贾蓉，年二十岁。曾祖，原任京营节度使世袭一等神威将军贾代化；祖，乙卯科进士贾敬；父，世袭三品爵威烈将军贾珍。

戴权看了，回手便递与一个贴身的小厮收了，说道："回来送与户部堂官老赵，说我拜上他，起一张五品龙禁尉的票，再给个执照，就把这履历填上，明儿我来兑银子送去。"小厮答应了，戴权也就告辞了。贾珍十分款留不住，只得送出府门。临上轿，贾珍因问："银子还是我到部兑，还是一并送入老相府中？"戴权道："若到部里，你又吃亏了。"不如平准一千二百两银子，送到我家就完了。"贾珍感谢不尽，只说："待服满后，亲带小犬到府叩谢。"于是作别。

　　接着，便又听喝道之声，原来忠靖侯史鼎的夫人来了②。伏史湘云一笔。那王夫人、邢夫人、凤姐等刚迎入上房，又见锦乡侯、川宁侯、寿山伯三家祭礼摆在灵前。少时，三人下轿，贾政等忙接上大厅。如此亲朋你来我去，也不能胜数。只这四十九日，宁国府街上一条白漫漫③人来人往，是有服亲朋并家下人丁之盛。花簇簇官去官来。是来往祭吊之盛。

---

① 甲侧：得！内相机括之快如此。
② 甲侧：史小姐湘云消息也。
③ 庚侧：就简去繁。

贾珍命贾蓉次日换了吉服，领凭回来。灵前供用执事等物，俱按五品职例。灵牌上皆写"天朝诰授贾门秦氏宜人[十]之灵位。"会芳园临街大门洞开，旋在两边起了鼓乐厅，两班青衣按时奏乐，一对对执事摆的刀斩斧齐。更有两面朱红销金大字牌位，竖在门外，上面大书：

防护
内庭紫禁道
御前侍卫龙禁尉

对面高起着宣坛，僧道对坛榜文，榜上大书：

世袭宁国公冢孙妇、防护内廷御前侍卫龙禁尉贾门秦氏宜人之丧①。四大部州至中之地、奉天承运太平之国②，总理虚无寂静教门僧录司正堂万虚、总理元始三一教门道录司正堂叶生等，敬谨修斋，朝天叩佛！

以及"恭请诸伽蓝、揭谛、功曹等神，圣恩普锡，神威远镇，四十九日消灾洗孽平安水陆道场"等语，亦不烦记。

只是贾珍虽然此时心意满足③，但里面尤氏又犯了旧疾，不能料理事务，惟恐各诰命来往，亏了礼数，怕人笑话，因此心中不自在。当下正忧虑时，因宝玉在侧问道④："事事都算妥帖了，大哥哥还愁什么？"贾珍见问，便将里面无人的话说了出来。宝玉听说，笑道："这有何难？我荐一个人与你⑤，权理这一个月的事，管必妥当。"贾珍忙

---

① **庚眉**：贾珍是乱费，可卿却实如此。
② **庚眉**：奇文。若明指一州名，似若《西游》之套，故曰"至中之地"，不待言可知是：光天化日、仁风德雨之下矣。不云（原作亡）国名，更妙！可知是尧街、舜巷、衣冠礼义之乡矣。直与第一回呼应相接。
③ **蒙侧**：可笑。
④ **甲侧**：余正思：如何高搁起玉兄了？
⑤ **甲侧**：荐凤姐须得宝玉，俱"龙华会"上人也。

问:"是谁?"宝玉见座间还有许多亲友,不便明言,走至贾珍耳边说了两句。贾珍听了,喜不自禁,连忙起身笑道:"果然妥帖;如今就去。"说着,拉了宝玉,辞了众人,便往上房里来。

可巧这日非正经日期,亲友来的少,里面不过几位近亲堂客,邢夫人、王夫人、凤姐并合族中的内眷陪坐。闻人报:"大爷进来了。"唬的众婆娘"忽"的一声,往后藏之不迭①,独凤姐款款站了起来②。贾珍此时也有些病症在身,二则过于悲痛了,因拄个拐踱了进来,邢夫人等因说道:"你身上不好,又连日事多,该歇歇才是,又进来做什么?"贾珍一面扶拐③,扎挣着要蹲身跪下请安道乏。邢夫人等忙叫宝玉搀住,命人挪椅子来与他坐。贾珍断不肯坐,因勉强赔笑道:"侄儿进来有一件事要求二位婶婶,并大妹妹。"邢夫人等忙问:"什么事?"贾珍忙笑道:"婶婶自然知道,如今孙子媳妇没了,侄儿媳妇偏又病倒,我看里头,着实不成个体统。怎么屈尊大妹妹一个月④,在这里料理,我就放心了⑤。"邢夫人笑道:"原来为这个。你大妹妹现在你二婶婶家,只和你二婶婶说就是了。"王夫人忙道:"他一个小孩子家⑥,何曾经过这些事,倘或料理不清,反叫人笑话,倒是再烦别人好。"贾珍笑道:"婶婶的意思,侄儿猜着了,是怕大妹妹劳苦了。若说料理不开,我包管必料理的开,便是错一点儿,别人看着,还是不错的。从小儿大妹妹玩笑着,就有杀抹决断⑦,如今出了阁,又在那府里办事,越发历练老成了。我想了这几日,除了大妹妹再无人了。婶婶不看侄儿、侄儿媳妇的分上,只看死了的分上罢!"说着,滚下泪来⑧。

---

① **甲侧:** 素日行止可知。作者自是笔笔不空,批者亦字字留神之至矣。
② **庚侧:** 又写凤姐。
③ **庚侧:** 一丝不乱。
   靖眉: 刺心之笔!
④ **庚侧:** 不见突然。
⑤ **庚侧:** 阿凤此刻心痒矣。
⑥ **庚侧:** 三字愈令人可爱可怜。
⑦ **庚侧:** 阿凤身分。
⑧ **庚侧:** 有笔力。

第十三回　秦可卿死封龙禁尉　王熙凤协理宁国府

　　王夫人心中，怕的是凤姐儿未经过丧事，怕他料理不清，惹人耻笑。今见贾珍苦苦的说到这步田地，心中已活了几分，却又眼看着凤姐出神。那凤姐素日最喜揽事办，好卖弄才干，虽然当家妥当，也因未办过婚丧大事，恐还不妥，巴不得遇见这事。今见贾珍如此一来，他心中早已欢喜。先见王夫人不允，后见贾珍说的情真，王夫人有活动之意，便向王夫人道："大哥哥说的这么恳切，太太就依了罢。"王夫人悄悄的道："你可能么？"凤姐道："有什么不能的！外面的大事，已经大哥哥料理清了①，不过是里头管管，便是我有不知道的，问太太就是了②。"王夫人见说的有理，便不作声。贾珍见凤姐允了，又赔笑道："也管不得许多了，横竖要求大妹妹辛苦辛苦。我这里先与妹妹行礼，等事完了，我再到那府里去谢。"说着，就作揖下去，凤姐儿还礼不迭。

　　贾珍便忙向袖中取了宁国府对牌来，命宝玉送与凤姐，又说："妹妹爱怎样，就怎样。要什么，只管拿这个取去，也不必问我。只求别存心替我省钱，只要好看为上；二则也要同那府里一样待人才好，不要存心怕人抱怨。只这两件外，我再没不放心的了。"凤姐不敢就接牌，凡有本领者断不越礼。接牌小事而必待命于王夫人者，诚家道之规范，亦天下之规范也。看是书者不可草草从事。只见那王夫人道："你哥哥既这么说，你就照看照看罢了。只是别自做主意，有了事，打发人问你哥哥、嫂子要紧。"宝玉早向贾珍手里接过对牌来，强递与凤姐了。又问："妹妹住在这里，还是天天来呢？若是天天来，越发辛苦了。不如我这里赶着收拾出一个院落来，妹妹住过这几日倒安稳。"凤姐笑道："不用。二字句有神。那边也离不得我，倒是天天来的好。"贾珍听说，只得罢了。然后又说了一回闲话，方才出去。

　　一时女眷散后，王夫人因问凤姐："你今儿怎么样？"凤姐儿道："太太只管请回，我须得先理出一个头绪来，才回去得呢。"王夫人听说，便先同邢夫人等回去，不在话下。

　　这里凤姐儿来至三间一所抱厦内坐了，因想：头一件，是人口混杂，遗失东西；第二件，事无专执，临期推委；第三件，需用过费，

---

① 庚侧：王夫人是悄言，凤姐是响应，故称"大哥哥"。已得三昧矣。
② 甲侧：胸中成见，已有是语。

滥支冒领；第四件，任无大小，苦乐不均；第五件，家人豪纵，有脸者不服约束，无脸者不能上进①。此五件，实是宁国府中风俗，不知凤姐如何处治，且听下回分解。正是：五件事若能如法整理得当，岂独家庭，国家天下治之不难。

金紫万千谁治国，裙钗一二可齐家②。

【总评】借可卿之死，又写出情之变态，上下大小，男女老少，无非情感而生情。且又藉凤姐之梦，更化就幻空中一片贴切之情。所谓寂然不动，感而遂通。所感之象，所动之萌，深浅诚伪，随种必报，所谓幻者此也，情者亦此也。何非幻，何非情？情即是幻，幻即是情，明眼者自见。

庚：通回将可卿如何死故隐去，是大发慈悲心也，叹叹！壬午春。

甲："秦可卿淫丧天香楼"，作者用史笔也。老朽因有"魂托凤姐"、"贾家后事"二件，岂是安富尊荣坐享人能想得到处？其事虽未漏，其言其意则令人悲切感服，姑赦之。因命芹溪删去。

校　记：

[一] 此处的"问"字，原文为"间"，据蒙府本改。
[二] 此处的"目今以为"一语，原文为"自今以后"，据庚辰本改。
[三] 此处的"无不纳叹，都有些伤心"一句，庚辰本为："无不纳罕，都有些疑心。"
[四] 此处的"使"字，原文为"便"，据庚辰本改。
[五] 此处的"殓"字，原文为"检"，据庚辰本改。
[六] 此处的"发仙阁"一词，庚辰本为"登仙阁"。
[七] 此处的"都"字，原文为"诸"，据庚辰本改。
[八] 此处的"掌宫"一词，原文为"掌官"，据庚辰本改。
[九] 此处的"永平"二字，原文"永"，据蒙府本补"平"字；庚辰本为

---

① **庚眉：**读五件事未完，余不禁失声大哭。三十年前，作书人在何处耶？
　甲眉：旧族后辈，受此五病者颇多，余家更甚。三十年前（原作间）事，见书（原作知）于三十年后，令余悲恸，血泪盈面！

② **甲眉：**此回只十页。因删去"天香楼"一节，少却四五页也。

"永安",甲戌本为"永兴"。

[十] 本处及后面榜文以及第十四回铭旌上的"宜人",庚辰本为"恭人"。"宜人"或"恭人"指封建时代,妇女根据丈夫或子孙的官职受封的称谓。明、清时四品官的妻子称"恭人",五品官的妻子称"宜人"。

第十四回

林如海捐馆扬州城　贾宝玉路谒北静王

【回前】家书一纸千金重，勾引难防嘱下人。任你无双肝胆烈，多情念起自眉颦。

甲：凤姐用彩明，因自己识字不多，且彩明系未冠之童。

写凤姐之珍贵，写凤姐之英气，写凤姐之声势，写凤姐之心机，写凤姐之骄大。

昭儿回，并非林文、琏文，是黛玉正文。

牛，丑也。清，属水，子也。柳折（原作折）卯字，彪折（原作折）虎字，寅字寓焉。陈即辰。翼火为蛇，巳字寓焉。马，午也。魁拆鬼，鬼，金羊，未字寓焉。侯、猴同音，申也。晓鸣，鸡也，酉字寓焉。石，即豕，亥字寓焉。其祖曰（原作回）守业，即守夜也，犬字寓焉。——此所谓十二支寓焉。

路谒北静王，是宝玉正文。

　　话说宁国府中都总管赖升，闻得里面邀请了凤姐，因传齐同事人等说道："如今请了西府里琏二奶奶管理内事，倘或他来支取东西，或是说话，我们须要比往日小心些。每日大家早来晚散，宁可辛苦这一个月，过后再歇着，不要把老脸面丢了①。那是个有名的烈货，脸酸心硬，一时恼了，不认人的。"众人都道："有理。"又有一个笑道："论理，我们里面，也须得他来整治整治②，都忒不像了。"正说着，只见来旺媳妇拿了对牌来，领取呈文京榜纸札，票上批着数目。众人连忙让坐倒茶，一面命人按数取纸来抱着，同来旺媳妇一路行来，至仪门口，方交与来旺媳妇自己抱进去了。

凤姐即命彩明钉造簿册③。即时传赖升媳妇，兼要家口花名册来查看，又限于明日一早，传齐家人媳妇进来听差等语。大概点了一点数目单册④，问了赖升媳妇几句话，便坐车回家。一宿无话。

至次日，卯正二刻便过来了。那宁国府中婆娘、媳妇闻得到齐，只见凤姐正与赖升媳妇分派，众人不敢擅入，只在窗外听觑⑤。只听凤姐与赖升媳妇道："既托了我，我就说不得要讨你们嫌了⑥。我可比不得你们奶奶好性儿，由着你们去。再不要说你们'这府里原是这样'的话⑦，如今可要依着我行⑧。错我半点儿，管不得谁是有脸的，谁是没脸的，一例现清白处治。"说着，便吩咐彩明念花名册，按名一个一个唤进来看视⑨。

一时看完，便又吩咐道："这二十个，分作两班，一班十个，每日

---

① 庚侧：此是都总管的话头。
② 庚侧：伏线在二十板之误差妇人。
③ 庚眉：宁府如此大家，阿凤如此身份，岂有使（原作便）贴身丫头与家里男人答话交事之理呢？此作者忽略之处。

　　彩明系未冠小童，阿凤便于出入使令者。老兄并未前后看明是男是女，乱加批驳。可笑！

　　且明写阿凤不识字之故。壬午春。

　　靖眉：用彩明，因自身识字不多，且系未冠之童故也。
④ 甲侧：已有成见。
⑤ 庚侧：传神之笔。
⑥ 庚侧：先站地步。
⑦ 庚侧：此话听熟了。一叹！

　　蒙侧："不要说"，"原是这样的话（原作说）"，破尽痼弊（原作固蔽）根底。
⑧ 庚侧：宛转得妙！
⑨ 庚侧：量才而用之意。

在里头单管人客来往倒茶，别的事不用他们管。这二十个，也分作两班，每日单管本家亲戚茶饭，别的事也不用他们管。这四十个人，也分作两班，单在灵前上香添油，挂幔守灵，供饭供茶，随起举哀，别的事也不与他们相干。这四个人，在内茶房收管杯碟茶器，若少一件，便叫他四个人赔。这四个人，单管酒饭器皿，少一件，也是他四个人赔。这八个，单管监收祭礼。这八个，单管各处灯油、蜡烛、纸札，我总支了来，交与你八个，然后按我的定数，再往各处去分派。这三十个，每日轮流各处上夜，照管门户，监察火烛，打扫地方。这下剩的，按着房屋分开，某人守某处，某处所有桌椅古董起，至于痰盒掸帚，一草一苗，或丢或坏，就和守这处的人算帐补赔。赖升家的，每日揽总查看，或有偷懒的，赌钱吃酒的，打架拌嘴[一]的，立刻来回我。你有徇情，经我查出，三四辈子的老脸就顾不成了。如今都有定规，以后那一行乱了，只和那一行说话。素日跟我的人，随身自有钟表，不论大小事，我是皆有一定的时辰。横竖你们上房里也有时辰钟。卯正二刻我来点卯，巳正吃早饭，凡有领牌回事的，只在午初刻。戌初烧过黄昏纸，我亲到各处查一遍，回来，上夜的交明钥匙。第二日仍是卯正二刻过来。说不得咱们大家辛苦这几日罢①，事完了，你们家大爷自然赏你们②。"

说罢，又吩咐按数发与茶叶、油烛、鸡毛掸子、笤帚等物。一面又搬取家伙：桌围、椅搭、坐褥、毡席、痰盒、脚踏之类。一面交发，一面提笔登记，某人管某处，某人领某物，开得十分清楚。众人领了去，也都有了投奔，不似先时只拣便宜的做，剩下的苦差没个招揽。各房中也不能趁乱失迷东西。便是人来客往，也都安静了，不比先前一个正摆茶，又去端饭，正陪举哀，又顾接客。如这些无头绪、荒乱、推托、偷闲、窃取等弊，次日一概都蠲了。

凤姐儿见自己威重令行，心中十分得意。因见尤氏犯病，贾珍又过于悲哀，不大进饮食，自己每日从那府中煎了各样细粥，精致小菜，

---

① 庚侧：所谓"先礼而后兵（原作宾）"是也。
② 庚侧：滑贼。好收煞！
　甲侧：是协理口气，好听之至！

命人送来劝食①。贾珍也另外吩咐每日送上等菜到抱厦内,单与凤姐②。那凤姐不畏勤劳,不畏勤劳者,一则任专而易办,一则技痒而莫遏。"士为知己者死"。不过勤劳,有何可畏?天天于卯正二刻就过来点卯理事③,独在抱厦内起坐,不与众妯娌合群,便有堂客来往,也不迎会④。

这日乃五七正五日上,那应佛僧[二]正开方破狱,传灯照亡,参阎君,拘都鬼,筵请地藏王,开金桥,引幢幡;那道士们正伏章申表,朝三清,叩玉帝;禅僧们行香,放焰口,拜水忏;又有十三众尼僧,搭绣衣,靸红鞋,在灵前默诵[三]接引诸咒,十分热闹。那凤姐必知今日人客不少,在家中歇宿一夜,至寅正,平儿便请起来梳洗。及收拾完备,更衣盥手,吃了两口奶子糖、粳米粥,漱口已毕,已是卯正二刻了。来旺媳妇率领诸人伺候已久。凤姐出至厅前,上了车,前面打了一对明角灯,大书"荣国府"三个大字,款款来至宁国府。大门上门灯朗挂[四],两边一色戳灯,照如白昼,白汪汪穿孝仆从,两边侍立。请车至正门上,小厮等退去,众媳妇上来揭起帘。凤姐下了车,一手扶着丰儿,两个媳妇执着手把灯儿,簇拥着凤姐进来。宁府诸媳妇迎来请安接待。凤姐缓缓走入会芳园中发仙阁[五]灵前,一见了棺材,那眼泪恰似断线之珠,滚将下来。院中许多小厮,垂手伺候烧纸。凤姐吩咐得一声:"供茶烧纸。"只听一棒锣鸣,诸乐齐奏,早有人端过一张大圈椅来,放在灵前,凤姐坐了,放声大哭⑤。于是里外男女上下,见凤姐出声,都忙忙接声嚎哭。一时贾珍、尤氏遣人来劝,凤姐方才止住。

来旺媳妇献茶漱口毕,凤姐方起来,别过族中诸人,自入抱厦内来。按名查点,各项人数都已到齐,只有迎送亲客上的一人未到⑥。即命传到,那人已慌张愧惧。凤姐冷笑道:凡凤姐恼时,偏偏用"笑"字,是章法。"我说是谁

---

① **庚眉:** 写凤之心机。
② **庚眉:** 写凤之珍贵。
③ **庚眉:** 写凤之英勇。
④ **庚眉:** 写凤之骄大。
    如此写得可叹!可笑!
⑤ **庚侧:** 谁家行事,宁不堕泪?
⑥ **庚侧:** 须得如此,方见文章妙用。余前批非谬。

误了，原来是你①！你比他们有体面，所以才不听我的话。"那人道："小的天天都来的早，只有今儿，醒了觉得早些，因又睡迷了，来迟了一步，求奶奶饶过这次。"正说着，只见荣国府中的王兴媳妇来了②，在前探头。

惯起波澜，惯能忙中写闲，又惯用曲笔，又惯错综写，真妙！

凤姐且不发放这人③，却先问："王兴媳妇做什么？"王兴媳妇巴不得先问他完了事，连忙进去说："领牌取线，打车轿网络④。"说着，将个帖儿递上去。凤姐命彩明念道："大轿两顶，小轿四顶，车四辆，共用大小络子若干根，用珠儿线若干斤。"凤姐听了，数目相合，便命彩明登记，取荣国府对牌掷下。王兴家的去了。

凤姐方欲说话时，只见荣国府的四个执事人进来，却都是要支取东西，领牌来的。凤姐命彩明[六]要了帖念过，听了，一共四件，指两件说道："这两件开销错了，再算清了来取⑤。"说着，掷下帖子来。那二人扫兴而去。

凤姐因见张材家的在旁⑥，因问："你为什么？"张材家的忙取帖儿回说："就是方才车轿围作成，领取裁缝工银若干两。"凤姐听了，便收了帖子，命彩明登记。待王兴家的[七]交过牌，得了买办的回押相符，然后方与张材家的去领。一面又命念那一个，是为宝玉外书房完竣，支买纸料糊裱⑦。凤姐听了，即命收帖儿登记，待张材家的[八]缴清，再发给那人去了。

凤姐便说道："明儿他也睡迷了，后儿我也睡迷了⑧，将来都没有人了。本来要饶你，只是我头一次宽了，下次人就难管，不如开发的好。"登时放下脸来，喝命："带出去[九]，打二十板子！"一面又掷

---

① **庚侧**：四字有神，是有名姓上等人口气。
② **庚侧**：偏用这等闲文间住。
③ **庚侧**：的是凤姐做法（原作仿）。
④ **庚侧**：是丧事中用物，闲闲写却。
⑤ **庚侧**：好看煞，这等文字！
⑥ **庚侧**：又一顿挫。
⑦ **庚侧**：却从闲中，又引出一件关系文字来（原作乎）。
⑧ **庚侧**：接得紧，且无痕迹，是"山断云连法"也。
　甲侧：接上文，一点痕迹俱无，且是仍与方才诸人说话神色口角。

下宁国府对牌："出去说与赖升，革他一月银米[十]！"众人听说，又见凤姐眉立①，知是恼了，不敢怠慢。拖人的，出去拖人，执牌传谕的，忙去传谕。那人身不由己，已拖出去挨了二十大板，还要进来叩谢。凤姐道："明日再有误的，打四十，后日的，六十，要挨打的，只管误！"说着，吩咐："散了罢。"窗外众人听说，方各自执事去了。彼时宁国、荣国两处执事，领牌交牌的，人来人往不绝。那抱愧被打之人含羞去了，〖又伏下文，非独为一段阿凤之威势费此笔墨〗这才知道凤姐利害。众人不敢偷安，自此兢兢业业②，执事保全，不在话下。

如今且说宝玉③，因见今日人众，恐秦钟受了委屈，因私与他商议，要同他往凤姐处来坐。秦钟道："他的事多，况且不喜人去，咱们去了，他岂不烦腻。"〖纯是体贴人情〗宝玉道："他怎好腻我们？不相干！只管跟我来。"说着，便拉了秦钟，直至抱厦。凤姐才吃饭，见他们来了，便笑道："好长腿子，快上来罢④。"宝玉道："我们偏了。"凤姐道："在这边外头吃的，还是那边吃的？"宝玉道："这边同那些浑人吃什么！〖奇称！试问：谁是清人？〗原是那边，我们两个同老太太吃了来的。"一面归坐。

凤姐吃毕饭，就有宁国府中的一个媳妇来领牌，为支取香灯事。凤姐笑道："我算着你们今儿该来支取，总不见来，想是忘了。这会子到底来取。要忘了，自然是你们包出来，都便宜了我。"那媳妇笑道："何尝不是忘了⑤，方才想起来，再迟一步，也领不成了。"说罢，领牌而去。

一时登记交牌。秦钟因笑道："你们两府里都是这牌，倘或别人私弄一个，支了银子跑了，怎样⑥？"凤姐笑道："依你说，都没王法了？"宝玉因道："怎么[十一]咱们家没人领牌子做东西⑦？"凤姐

---

① 庚侧：二字如神。
② 庚侧：收拾（原作什）得好。
③ 庚侧：忙中闲笔。
④ 庚侧：家常戏言，逼（原作毕）肖之至！
⑤ 庚侧：下人迎合凑趣。逼（原作必）真！
   甲侧：此妇亦善迎合。
⑥ 庚侧：小人语。
⑦ 庚侧：写不理家务公子之语。

道:"人家来领的时候,你还做梦呢①。我且问你,你们这夜书多早晚才念呢?②"宝玉道:"巴不得这如今就念才好,他们只是不快收拾出书房来,这也无法。"凤姐笑道:"你请我一请,包管就快了。"宝玉道:"你要快也不中用,他们该作到那里的,自然就有了。"凤姐笑道:"便是他们作,也得要东西,拦不住我不给对牌,是难的。"宝玉听说,便猴向凤姐身上,立刻要牌③,说:"好姐姐,给出牌子来,叫他们要东西去。"凤姐道:"我乏的身子上生疼,还搁的住揉搓。你放心罢,今儿才领了纸,裱糊去了,他们该要的,还等叫去呢,可不傻了?"宝玉不信,凤姐便叫彩明查册子与宝玉看了。

正闹着,人回:"苏州去的人昭儿来了。"接得好。凤姐急命唤进来。昭儿打千儿请安,凤姐便问:"回来做什么的?"昭儿道:"二爷打发回来的。林姑老爷是九月初三巳时没的④。二爷带了林姑娘,送林姑老爷灵到苏州,大约赶年底就回来。二爷打发小的来报个信请安,讨老太太示下,还瞧瞧奶奶家里好,叫把大毛衣服带几件去。"凤姐道:"你见过别人了没有?"昭儿道:"都见过了。"说毕,连忙退去。凤姐向宝玉笑道:"你林妹妹可在咱们家住长了⑤。"宝玉道:"了不得!想来这几日,他不知哭的怎样呢!"说着,蹙眉长叹。

凤姐见昭儿回来,因当着人,未及细问贾琏,心中自是记挂,待要回去,争奈事情繁杂,一时去了,恐有些失误,惹人笑话。少不得耐到晚上回来,复令昭儿进来,细问一路平安信息。连夜打点大毛衣服,和平儿亲自检点包裹,再细细追想所需何物,一并包藏,交付昭儿⑥。又细细吩咐昭儿:"好生在外小心伏侍,不要惹你二爷生气;时时劝他少吃酒,别勾引他认得的混帐老婆⑦,果然有这些事[十二],回来打

---

① **庚侧**:言甚是也。
② **庚侧**:补前文之未到。
③ **庚侧**:诗中知有炼字一法,不期于《石头记》中多得其妙。
④ **庚侧**:颦儿方可长居荣府之文。
⑤ **庚侧**:此系无意中之有意。妙!
⑥ **蒙侧**:"追想所需"四字,写尽能事者之所以为(原无)能事者之底(原作的)蕴。
⑦ **甲侧**:切心事耶!

第十四回 林如海捐馆扬州城 贾宝玉路谒北静王

折你的腿"【此一句最要紧。】等语。赶说完了,天已四更将尽,总睡下又[十三]走了困①,不觉又是天明鸡唱,便梳洗过宁府中来。

那贾珍因见发引日近,亲自坐车,带了阴阳司吏,往铁槛寺来踏看寄灵所在。又一一嘱咐住持色空,好生预备新鲜陈设,多请名僧,以备接灵使用。色空忙看晚斋,贾珍也无心茶饭,因天晚不得进城,就在净室胡乱歇了一夜。次日早,便进城来,料理出殡之事,一面又派人先往铁槛寺,连夜另外修饰停灵之处,并厨茶等项,接灵人口。

里面凤姐见日期有限,也预先逐细分派料理,一面又派荣府中车轿人从,跟王夫人送殡,又顾自己送殡去占下处。目今正值缮国公诰命亡故,王、邢二夫人又去打祭送殡;西安郡王妃华诞,送寿礼;镇国公诰命生了长男,预备贺礼;又有胞兄王仁连家眷回南,一面写家信禀叩父母,并带往之物;又有迎春染病,每日请医服药,看医生启帖、症源、药案等事,亦难尽述。又兼发引在迩,因此忙的凤姐茶饭也没工夫吃得,坐卧不能清净②。若到了荣府,宁府的人又跟到荣府;既回到宁府,荣府的人又找到宁府。凤姐如此,心中倒十分欢喜,并不偷安推托,恐落人褒贬,因此日夜不暇,筹画得十分的整肃。于是合族上下,无不称叹者。

这日伴宿之夕,里面两班小戏并耍百戏的,与亲朋堂客伴宿,尤氏犹卧于内室,一应张罗款待,独是凤姐一人,周全承应。合族中虽有许多妯娌,但或有羞口的,或有羞脚的,或有不惯见人的,或有俱贵怯官的,种种之类,俱[十四]不及凤姐举止舒徐,言语慷慨,珍贵宽大;因此也不把众人放在眼里,挥霍指示,任其所为,目若无人。【写秦氏之丧,却只为凤姐一人。】一夜中灯明火彩,客送官迎,那百般热闹,自不用说的。至天明,吉时已到,一班六十四名青衣请灵,前面铭旌上大书:

奉天洪建兆年不易之朝③**诰封一等宁国公**
冢孙妇防护

---

① **庚侧**:此为病源伏线。后文方不突然。
② **庚眉**:总得好。
③ **庚眉**:"兆年不易之朝,永治太平之国。"奇甚,妙甚!

内廷紫禁道
御前侍卫龙禁尉享强寿贾门秦氏宜人之灵位

那一应执事陈设，皆系现赶着新做出来的，一色光艳夺目。宝珠自行未嫁女之礼，又摔丧驾灵，十分哀苦。

那时官客送殡的，有镇国公牛清之孙、现袭一等伯牛继宗，理国公柳彪之孙、现袭一等子柳芳，齐国公陈翼之孙、世袭三品威镇将军陈瑞文，治国公马魁之孙、世袭三品威远将军马尚，修国公侯晓明之孙、世袭一等子侯孝康；缮国公（石守业）诰命亡故，故其孙石光珠守孝，不曾来得。这六家与宁、荣二家，当日所称"八公"的便是。余者更有南安郡王之孙，西宁郡王之孙，忠靖侯史鼎，平原侯之孙、世袭二等男蒋子宁，定城侯之孙、世袭二等男兼京营游击谢鲸，襄阳侯之孙、世袭二等男戚建辉，景田侯之孙、五城兵马司裘良。余者锦卿伯公子韩奇，神武将军公子冯紫英，陈也俊、卫若兰等诸王孙公子，不可枚数。堂客算来亦有十来顶大轿，三四十顶小轿，连家下大小轿车辆，不下百余十乘。连前面各色执事、陈设、百耍，浩浩荡荡，一带摆三四里远。

走不多时，路旁彩棚高搭，设席张筵，和音奏乐，俱是各家路祭：第一座是东平王府祭棚，第二座是南安郡王祭棚，第三座是西宁郡王，第四座是北静郡王的。原来这四王，当日惟北静王功高，及今子孙犹袭王爵。现今北静王水溶，年未弱冠，生得形容秀美，情性谦和。近闻宁国公冢[十五]孙妇告殂，因想当日彼此祖父相与之情，同难同荣，难以异姓相视，因此不以王位自居，前日已曾探丧上祭，如今又设路奠，命麾下各官，在此伺候。自己五更入朝，公事已毕，便换了素服，坐大轿，鸣锣张伞而来，至棚前落轿。手下各官，两旁拥侍；军民人众，不得往还。一时只见宁府大殡浩浩荡荡、压地银山一般从北而至①。早有宁府开路传事人看见，连忙回去报与贾珍。贾珍急命前面驻扎，同贾赦、贾政三人连忙迎来，以国礼相见。水溶在轿内欠身含笑答礼，仍以世交称呼接待，并不妄自尊大。贾珍道："犬妇之

---

① **庚眉**：数字道尽声势。□□壬午春，畸笏老人。

丧，累蒙郡驾下临，荫生辈何以克当。"水溶道："世交之谊，何出此言。"遂回头命长府官主祭代奠。贾赦等在旁还礼毕，复身又来谢恩。

水溶十分谦逊，因问贾政道："那一位是衔宝而诞者①？几次要见一见，却为杂冗所阻，想今日是来的，何不请来一会？"贾政听说，忙回去，急命宝玉脱去孝服，领他前来。那宝玉素日就曾听得父兄亲友人等说闲话，赞水溶是个贤王②，且生得才貌双全，风流潇洒，每不以官俗国体所缚。每思相会，只是父亲拘束严密，无由得会，今见反来叫他，自是欢喜。一面走，一面早瞥见那水溶坐在轿内，好个仪表人材。不知近看时，又是怎样，且听下回分解。

【总评】大抵事之不理，法之不行，多因偏于爱恶，优（原作幽）柔不断。请看凤姐无私，犹能整齐丧事。况丈夫辈受职于庙堂之上，倘能奉公守法，一毫不苟，承上率下，何有不行？

庚：此回将大家丧事详细剔尽，如见其气概，如闻其声音，丝毫不错。作者不负大家后裔。

写秦死之盛，贾珍之奢，实是却写得一个凤姐。

校　记：

［一］此处的"拌嘴"二字，原文为"辨嘴"，甲戌本、己卯本、庚辰本均为"办嘴"，校者据词义改。

［二］此处的"佛僧"二字，原文为"福僧"，据庚辰本改。

［三］此处的"默诵"二字，原文为"点诵"，据庚辰本改。

［四］此处的"朗挂"二字，原文为"廊挂"，据蒙府本改。

［五］此处的"发仙阁"三字，原文为"登发仙阁"，庚辰本为"登仙阁"，参照第十三回改。

［六］此处的"彩明"二字，原文为"他们"，据甲戌本改。

［七］此处的"王兴家的"数字，原文为"王兴"，据梦稿本改。

［八］此处的"张材家的"数字，原文为"张材的"，据甲戌本补"家"字。

① 庚眉：忙中闲笔，点缀玉兄，方不失正文中之正人。作者良苦。□□壬午春，畸笏。

② 蒙侧：宝玉见北静王水溶，是为后文之伏线。

［九］原文无"去"字，按庚辰本补。

［十］此处的"银米"二字，原文为"饭米"，据庚辰本改。

［十一］此处的"么"，原文为"样"，据庚辰本改。

［十二］原文无"果然有这些事"一句，按庚辰本补。

［十三］此处的"又"原文为"又要"，据庚辰本删去"要"字。

［十四］此处的"俱"，原文为"但"，据庚辰本改。

［十五］此处的"冢"，原文为"家"，据庚辰本改。

第十五回

王凤姐弄权铁槛寺　秦鲸卿得趣馒头庵

【回前】欲显铮铮不避嫌，英雄每入小人缘。鲸卿些子风流事，胆落魂销已可怜。

甲：宝玉谒北静王辞对神色，方露出本来面目，迥非在闺阁中之形景。

北静王问玉上字果验否，政老对以未曾试过，是隐却多少捕风捉影闲文。

北静王论聪明伶俐，又年幼时为溺爱所累，亦大得病源之语。

凤姐中火，写纺线村姑，是宝玉闲花野景一得情趣。

凤姐另住，明明系秦、玉、智能幽事，却是为净虚钻营凤姐大大一件事作引。

秦、智幽情，忽写宝、秦事云："不知算何帐目，未见真切，不曾记得，此系疑案，不敢（原无）纂（原作篡）创。"是不落套中，且省却多少累赘笔。昔安南国使有题一丈红句云："五尺墙头遮不得，留将一半与人看。"

话说宝玉举目见北静王水溶头上戴着洁白簪缨银翅王帽，穿着江牙海水五爪坐龙白蟒袍，系着碧玉红挺带，面如美玉，目似明星，真好秀丽人物。宝玉忙抢上来参见，水溶连忙从轿内伸出手来挽住。见宝玉戴着束发银冠，勒着双龙出海抹额，穿着白蟒箭袖，围着攒珠银带，面若春花，目如点漆①。又换此一句，如见其形。水溶笑道："名不虚传，果然如'宝'似'玉'。"因问："衔的那宝贝在那里？"宝玉见问，连忙从衣里取了，递与过去。水溶细细的看了，又念了那上头的字，因问："果灵验否？"贾政忙道："虽如此说，只是未曾试过。"水溶一面极口称奇道异，一面理好彩绦，亲自与宝玉戴上，钟爱之至。又携手问宝玉几岁，读何书。宝玉一一答应。

水溶见他语言清楚，谈吐有致②，一面又向贾政笑道："令郎真乃龙驹凤雏，非小王在世翁前唐突，将来'雏凤胜于老凤'，家声未可量也。"妙极！开口便是西昆体，宝玉闻之，宁不刮目哉？贾政忙赔笑道："犬子岂敢谬承金奖。赖藩郡提携，果如是言，亦荫生辈之幸矣③。"水溶又道："只是一件，令郎如是资格，想老太夫人、夫人辈自然钟爱极矣；但吾辈后生，甚不宜钟溺；钟溺，则未免荒失学业。昔小王曾蹈此辙，想令郎亦未必不如是也。若令郎在家，难以用功，不妨常到寒第。小王虽不才，却多蒙海上众名士，凡至都者未有不另垂青目，是以寒第高人颇聚。令郎常去谈会谈会，则学问可以日进矣。"贾政忙鞠躬答应。

水溶又将腕上一串念珠卸了下来，递与宝玉道："今日初会仓促，竟无敬贺之物，此即前日圣上亲赐鹡鸰香念珠一串，权为敬贺之礼。"宝玉连忙接了，回身奉与贾政④。贾政与宝玉一齐谢过。于是贾赦、贾珍等一齐上来请回舆，水溶道："逝者已登仙界，非碌碌你我尘寰中之人也。小王虽上叨〔一〕天恩，虚邀郡袭，岂可越仙辄而进也？"贾赦等见执意不从，只得告辞谢恩回来，命手下掩乐停音，滔滔然将殡过完⑤，方让水溶回舆去了，不在话下。

且说宁府送殡，一路热闹非常。刚至城门前，又有贾赦、贾政、贾珍〔二〕等诸同僚属下各家祭棚接祭，一一的谢过，然后出城，竟奔

---

① **靖眉**：伤心笔。
② **庚眉**：八字道尽玉兄。如此等方是玉兄正文写照。□□壬午（原作王文）季春。
③ **庚侧**：谦的得体。
④ **庚侧**：转出没调教。
⑤ **庚侧**：有层次，好看煞！

第十五回　王凤姐弄权铁槛寺　秦鲸卿得趣馒头庵

铁槛寺大路行来。彼时贾珍带贾蓉来到诸长辈前，让坐轿上马，因而贾赦一辈的，各自上了车轿；贾珍一辈的，也将要上马。凤姐儿因记挂着宝玉，怕他在郊外纵性逞强①，不服家人的话，贾政管不着这些小事，惟恐有个失闪，难见贾母，因此便命小厮来唤宝玉。宝玉只得来到他车前。凤姐笑道："好兄弟，你是个尊贵人，女孩儿一样的人品，非此一句宝玉必不依，凤姐真好才情。别学他们猴在马上。下来，咱们姐儿两个坐车，岂不好？"宝玉听说，忙下了马，爬入凤姐车上，二人说笑前来。

不一时，只见从那边两骑马压地飞来②，离凤姐车不远，一齐蹲下来，扶车回说："这里有下处，奶奶请歇更衣。"凤姐急命请邢夫人、王夫人的示下③，那人回说："太太们说不用歇了，叫奶奶自便罢。"凤姐听了，便命歇了再走。众小厮听了，一带辕马，岔出人群，往北飞走。宝玉在车内，急命请秦相公。那时秦钟正骑马随着他父亲的轿，忽见宝玉的小厮跑来，请他去打尖。秦钟看时，只见凤姐儿的车往北而去，后面拉着宝玉的马，搭着鞍笼，便知宝玉同凤姐坐车，自己也便带马赶上来，同入一庄门内。

早有家人将众庄汉撵尽。那庄的人家无多房舍，婆娘们无处回避，只得由他们去了。那些村姑庄妇见了凤姐、宝玉、秦钟的人品衣服，礼数款段，岂有不爱看的？一时凤姐进入茅堂，因命宝玉等先出去玩玩。宝玉等会意，因同秦钟出来，带着小厮们各处游玩。凡庄农动用之物，皆不曾见过④。宝玉一见了锹、镢、锄、犁等物，皆以为奇，不知何项［三］所使，其名为何。凡膏粱子弟齐来着眼。小厮从旁一一的告诉了名色，说明原委。宝玉听了，也盖因未见之故也。因点头叹道："怪道古人诗上说，'谁知盘中餐，粒粒皆辛苦'，正为此也⑤。"聪明人自是一喝即悟。一面说，一面又至一间房前，只见炕上有个纺车，宝玉又问小厮们："这又是什么？"小厮

---

① 庚侧：细心人自应（原作因）如是。
　 甲侧：千百件忙事内不漏一丝。
② 庚侧：有气有声，有（原作写）形有影。
③ 庚侧：有次序。
④ 庚侧：真，逼（原作毕）真！
⑤ 庚眉：写玉兄正文，总于此等处。作者良苦。□□壬午季春。

们又告诉他原委。宝玉听说，便上来拧转作耍，自为有趣。只见一个约有十七八岁的村庄丫头，跑了来乱嚷："别动坏了[①]！"众小厮忙断喝拦阻。宝玉忙丢开手，赔笑说道[②]："我因为没见过这个，所以试他一试。"那丫头道："你们那里会弄这个，站开了[③]，我纺与你瞧。"秦钟暗拉宝玉笑道："此卿大有意趣[④]。"宝玉一把推开，笑道："该死的！再胡说，我就打了[⑤]。"说着，只见那丫头纺起线来。宝玉正要说话时[⑥]，只听那边老婆子叫道："二丫头，快过来！"那丫头听见，丢下纺车，一径去了。

宝玉怅然无趣。处处点情，又伏下一段后文。只见凤姐儿打发人来，叫他两个进去。凤姐洗了手，换衣服抖灰，问他们换不换。宝玉不换，只得罢了。家下仆妇们将带着行路的茶壶、茶杯、十锦屉盒、各样小食端来，凤姐等吃过茶，待他们收拾完备，便起身上车。外面旺儿预备下赏封，赏了本村主人。庄妇等来叩赏。凤姐并不在意，宝玉却留心看时，内中并无二丫头[⑦]。一时上了车，出来走不多远，只见迎头二丫头怀里抱着他小兄弟[⑧]，同着几个小女孩子，说笑而来。宝玉恨不得下车跟了他去，料是众人不依的，少不得以目相送。争奈车轻马快，四字有文意。人生难聚，亦未尝不如此也。一时转眼无踪。

走不多时，仍又跟上大殡了。早有[四]前面法鼓金铙，幢幡宝盖——槛寺接灵众僧齐至。少时入寺中，另演佛事，重设香坛。安灵

---

① **庚侧**：天生地设之文。
② **庚眉**：一"忙"字，二"赔笑"字，写玉兄是在女儿分上。壬午季春。
③ **庚侧**：三字如闻。
　甲侧：如闻其声，见其形。
　蒙侧：这丫头是技痒，是多情，是自己生活恐至损坏？宝玉此时一片心神，另有主张。
④ **庚侧**：忙中闲笔，却伏下文。
⑤ **庚侧**：玉兄身份，本心如此。
　甲侧：的是宝玉生性（原作性生）之言。
⑥ **庚眉**：若说话，便不是《石头记》中文字也。
⑦ **庚侧**：妙在不见。
⑧ **庚侧**：妙在此时方见。错综之妙如此！

第十五回　王凤姐弄权铁槛寺　秦鲸卿得趣馒头庵

于内殿旁室之中，宝珠安理寝室相伴。外面贾珍款待一应亲友，也有扰饭的，也有不吃饭而辞的，一应谢过乏，从公侯伯子男一起一起的散去，至未末时方才散尽了。里面的堂客，皆是[五]凤姐张罗接待，先从显官诰命散起，也到晌午大错时方散尽了。只有几个亲戚是至近的，等做过三日安灵道场方去。那时邢、王二夫人知凤姐必不能来家，也便就要进城。王夫人要带宝玉去。宝玉乍到郊外，那里肯回去，只要跟凤姐住着。王夫人无法，只得交与凤姐，便回来了。

原来这铁槛寺，原是宁、荣二公当日修造，现今还是有香火地亩布施，以备族中老了人口，在此便宜寄放。其中阴阳两宅，俱已预备妥帖，好为送灵人口寄居①。大凡创业之人，无有不为子孙深谋至细。奈后辈仗一时之荣显，犹为不足，另生枝叶，虽华丽过先，奈不常保，亦足可叹，怎及先人之常保其朴哉！近世浮华子弟齐来着眼。祖宗为子孙之心细到如此。不想如今后辈人口繁盛，其中贫富不一，或性情参商：所谓"源远水则浊，枝繁果则稀。"余为天下痴心祖宗为子孙谋千年业者痛哭。有那家业艰难安分的，妙在艰难就安分，富贵则不安分矣。便住在这里了；有那尚排场有钱势的，只说这里不方便，一定另外或村庄或尼庵寻个下处，为事毕宴退之所。真真辜负祖宗体贴子孙之心。即今秦氏之丧，族中诸人皆权在铁槛寺下榻，独有凤姐嫌不方便，不用说，阿凤自然不肯将就一刻的。因而早遣人来，和馒头庵的尼姑净虚说了，腾出两间房子来作下处。

原来这馒头庵就是水月庵，因他庙里做的馒头好，就出了这个诨号，离铁槛寺不远。前人诗云："纵有千年铁门限，终须一个土馒头。"是此意。故"不远"二字有文章。当下和尚工课已完，奠过晚茶，贾珍便命贾蓉请凤姐歇息。凤姐见还有几个妯娌陪着女亲，自己便辞了众人，带了宝玉、秦钟，往水月庵来。秦业年迈多病，伏笔。不能在此，只命秦钟等待安灵罢了。那秦钟便只跟凤姐、宝玉，一时到了水月庵，净虚带领智善、智能两个徒弟出来迎接，大家见过。凤姐另至净室，更衣净手毕，见智能儿越发长高了，模样儿越发出息了，因说道："你们师徒怎么这些日子也不往我们那里去？"净虚道："可是这几天都没工夫，因胡老爷府里产了公子，太太送了十两银子来这里，叫请几位师父念三日《血盆经》，忙的没个空儿，就没

---

① 庚眉：《石头记》总于没要紧处闲三二笔，写正文筋骨。看官当用巨眼，不为彼瞒过方好。壬午季春。

来请奶奶的安。"〖虚陪一个胡姓,妙!言是糊涂人之所为也。〗

不言老尼陪着凤姐。且说秦钟、宝玉二人正在殿上玩耍,因见智能过来,宝玉笑道:"能儿来了。"秦钟道:"理那东西做什么?"宝玉笑道:"你别弄鬼,那一日在老太太屋里,一个人没有,你搂着他做什么?这会子还哄我。"〖补出前文未到处,细思秦钟近日在荣府所为可知矣。〗秦钟笑道:"这可是没有的话。"宝玉笑道:"有没有也不管你,你只叫住他,倒碗茶来我吃,就丢开手。"秦钟笑道:"这又奇了,你叫他倒去,还怕他不倒?何必要我说呢。"宝玉道:"我叫他倒,是无情意的;不及你叫他倒的,是有情意的。"〖总作如是等奇语。〗秦钟只得说道:"能儿,倒碗茶来给我。"那智能儿自幼在荣府走动,无人不识,因常与宝玉、秦钟玩笑。他如今大了,渐知风月,便看上了秦钟人物风流,那秦钟也极爱他妍媚,二人虽未上手,却已情投意合了。〖不爱宝玉,却爱秦钟,亦是各有情孽。〗今智能见了秦钟,心眼俱开,走去倒了茶来。秦钟笑说:"给我。"〖如闻其声。〗宝玉叫:"给我!"智能儿抿嘴笑道:"一碗茶也争,我难道手里有蜜!"〖一语逼肖,如闻其语,观者已自酥倒,不知作者从何着想。〗宝玉先抢得了,吃着,方要问话,只见智善来叫智能去摆茶碟子。一时,来请他两个去吃茶果点心。他两个那里吃这东西,坐一坐,仍出来玩耍。

凤姐亦略坐片时,便回至净室歇息,老尼相送。此时众婆娘、媳妇见无事,都陆续散了,自去歇息,跟前不过几个心腹常侍小婢,老尼便趁机说道:"我正有一事,要到府里求太太,先请奶奶一个示下。"凤姐因问何事。老尼道:"阿弥陀佛!〖开口称佛,毕竟可叹可笑!〗只因当日我先在长安县内善才庵〖"才"字妙〗内出家的时节,那时有个施主姓张,是大财主。他有个女儿,小名金哥,〖俱从一"财"字上发生。〗那年都来我庙里进香,不想遇见了长安府府太爷的小舅子李衙内。那李衙内一心看上,要娶金哥,打发人来求亲,不想金哥已受了原任长安守备的公子的聘定。张家若退亲,又怕守备不依,因此说已有了人家。谁知李公子执意不依,定要娶他女儿,张家正无计策,两处为难。不想守备家听了此信,也不管青红皂白,便来作践辱骂:'一个女儿许几家',偏不许退定礼,就

第十五回　王凤姐弄权铁槛寺　秦鲸卿得趣馒头庵

打官司告状起来。守备一闻便问，断无此理。此必是张家惧府尹之势，必先退定礼，守备方不从，或有之。此时老尼，只欲与张家完事，故将言遮饰，以便退亲，受张家之贿也。那张家急了，如何便急了，话无头绪。可知张家理屈。此作者巧摹老尼无头绪之语，莫认作者无头绪，正神处奇处。摹一人，一人必到纸上活现。只得着人上京来寻门路，赌气偏要退定礼。如今的是张家要与府尹攀亲。我想如今长安节度云老爷与老爷最契，可以求太太与老爷说声，打发一封书去，求云老爷和那守备说声，不怕那守备不依。若是肯行，张家连倾家孝顺，也就情愿。"坏极！妙极！若与府尹攀了亲，何惜张财不能再得？小人之心如此，良民遭害如此。

凤姐听了，笑道："这事倒不大①，只是太太再不管这样的事。"老尼道："太太不管，奶奶可以主张了。"凤姐听说，笑道："我也不等银子使，也不做这样的事②。"净虚听了，打去妄想。半晌，叹道③："虽如此说，张家已知我来求府里④，如今不管这事，张家不知道没工夫管这事，不希罕他的谢礼，倒像府里连这点子手段也没有的一般。"

凤姐听了这话，便发了兴头，说道："你是素日知道我的，从来不信什么是阴司地狱报应的⑤，凭是什么事，我说要行就行。你叫他拿三千银子来，我就替他出这口气。"老尼听说，喜不自禁，忙说："有，有！这个不难。"凤姐又道："我比不得他们扯蓬拉牵的图银子⑥。这三千银子，不过是给打发说去的小厮作盘缠使用，赚几个辛苦钱，我一个钱也不要他的⑦。便是三万两，我此刻也拿的出来。"阿凤欺人如此。老尼连忙答应，又说道："既如此，奶奶明日就开恩，也罢了。"凤姐道："你瞧瞧我忙的，那一处少了我？既应了你，自然快快的了结。"老尼道："这点子事，在别人的跟前，就忙的不知怎么样[六]，若是奶奶跟前，再添上些，也不够奶奶一发挥的⑧。只是俗语

---

① 甲侧：五字是阿凤心迹。
② 庚侧：口是心非，如闻已见。
③ 庚侧：一叹转出多少至恶不畏之文来。
④ 庚眉：闺阁营谋说事，往往被此等语惑了。
⑤ 庚侧：批书人深知卿有是心。叹叹！
⑥ 庚侧：欺人太甚！
⑦ 庚侧：对如是之奸尼（原作妮），阿凤不得不如是语。
⑧ 蒙侧："若是奶奶"等语，陷害杀无穷英明豪烈者。誉而不喜，毁而不怒，或可逃此等术法。

说的'能者多劳'，太太因大小事见奶奶妥帖，率性都推给奶奶了，奶奶也要保重金体才是。"一路话，奉承的凤姐越发受用，也不顾劳乏，更攀谈起来。总写凤姐聪明中痴人。

谁想秦钟趁黑无人，来寻智能。刚至后面房内[七]，只见智能独在房中洗茶碗，秦钟跑来，便搂着亲嘴。智能急的跺脚，说着："这算什么！再这么，我就叫唤。"秦钟求道："好人，我已急死了。你今儿再不依，我就死在这里。"智能道："你想怎样？除非等我出了这牢坑，离了这些人，才依你。"秦钟道："这也容易，只是远水救不得近渴。"说着，一口吹了灯，满屋漆黑，将智能抱到炕上①，就云雨起来。那智能百般的挣挫不起，又不好叫的②，少不得依他了。正在得趣，只见一人进来；将他二人按住，也不作声。二人不知是谁，唬的不敢动一动。只听那人"嗤"的一声，撑不住笑了③，二人听声，知是宝玉。秦钟连忙起誓，抱怨道："这算什么？"宝玉笑道："你倒不依，咱们就叫喊起来。"羞的智能趁黑地跑了④。宝玉拉了秦钟出来道："你可还和我强？"秦钟笑道："好人⑤，你只别嚷的众人知道，你要怎样，我都依。"宝玉笑道："这会子也不用说，等一会[八]睡下，再细细的算帐。"一时宽衣安歇的时节，凤姐在里间，秦钟、宝玉在外间，满地下皆是家下婆子，打铺坐更。凤姐因怕通灵玉失落，便等宝玉睡下，命人拿来塞在自己枕边。宝玉不知与秦钟算何帐目，未见真切，未曾记得，此系疑案，不敢纂创。忽又作如此评断，似自矛盾，却是最妙之文。若不如此隐去，则又有何妙文可写哉？这方是世人意料不到之大奇笔。若通部中万万件细微之事俱备，《石头记》真亦觉太死板矣。故特因此二三件隐事，借石之未见真切，淡淡隐去，越觉得云烟渺茫之中，无限丘壑在焉。一宿无话。

至次日一早，便有贾母、王夫人打发了人来看宝玉，又命多穿两

---

① 庚侧：此处写小小风波事，亦在人意外。谁知小秦伏线，大有根处。
　　庚眉：实表奸淫，尼庵之事如此。□□壬午季春。
② 庚侧：还是不肯叫。
③ 庚侧：请掩卷细思，此刻形景，真可喷饭！历来风月文字可有如此趣味者？
④ 庚眉：若历写完，则不是《石头记》文字了。□□壬午季春。
　　蒙侧：请问此等光景，是强是顺？一片儿女之态，自与凡常不同。细极！妙极！
⑤ 庚侧：前以二字称智能，今又称玉兄。看官细思。

件衣服，无事宁可回去。宝玉那里肯回去，又有秦钟恋着智能，调唆宝玉求凤姐再住一天。凤姐想了一想：<注>一想便有许多的好处。真好阿凤。</注>凡丧仪大事虽妥，还有一半点小事未曾安插，可以借此再住一日，岂不又在贾珍跟前送了满情；二则又可以完净虚那事；三则顺了宝玉的心，贾母听见，岂不欢喜？因有此三益，<注>世人只云一举两得，独阿凤一举更添一得。</注>便向宝玉道："我事都完了，你要逛，少不得率性辛苦一日罢了，明儿可是定要走的了。"宝玉听说，千姐姐万姐姐的央求："只住一日，明儿必回去的。"于是又住了一夜。

凤姐便命悄悄将昨日老尼之事，说与来旺儿。来旺儿心中俱已明白，急忙进城，找着主文的相公，假托贾琏所嘱，修书一封，<注>不细。</注>连夜往长安县来，不过百里路程，两日工夫俱已妥帖。那节度使名唤云光，久欠[九]贾府之情，这一点小事，岂有不允之理，给了回书，旺儿回来。且不在话下。<注>庚：一语过下。</注>

却说凤姐等又过一日，次日方别了老尼，着他三日后往府里去讨信，<注>庚：过至下回。</注>那秦钟与智能百般不忍分离，背地里多少幽期密约，俱不用细述，只得含情而别。凤姐又到铁槛寺中照望一番。宝珠执意不肯回家，贾珍只得派妇女相伴。后回再见。

【总评】请看作者写势利之情，亦必因激动；写儿女之情，偏生含蓄不吐：可谓细针密缝。其述说一段，言语形迹无不逼真，圣手神文，敢不熏沐拜读？

校　记：

[一] 此处的"叨"，原文为"叩"，据甲戌本改。
[二] 原文无"贾珍"二字，按庚辰本补。
[三] 此处的"何项"二字，原文为"何向"，据蒙府本改。
[四] 此处的"有"字，原文为"又"，据庚辰本改。
[五] 原文无"是"字，据甲戌本补。
[六] 原文无"样"字，按庚辰本补。
[七] 原文无"内"字，按蒙府本补。
[八] 此处的"会"字，原文为"回"，据庚辰本改。
[九] 此处的"欠"字，原文为"见"，校者改。

第十六回

贾元春才选凤藻宫　秦鲸卿夭逝黄泉路

【回前】请看财势与情根，万物难逃造化门。旷典传来空好听，那如知己解温存。

甲：幼儿小女之死，得情之正气，又为痴贪辈一针灸（原作疚）。凤姐恶迹多端，莫大于此件者：受赃婚以致人命。贾府连日热闹非常，宝玉无见无闻，却是宝玉正文。夹写秦、智数句，下半回方不突然。

黛玉回，方解宝玉为秦钟之忧闷，是天然之章法。平儿借香菱答话，是补菱姐近来着落。①

大观园用省亲事出题，是大关键处，方见大手笔行文之立意。

借省亲事写南巡，出脱心中多少忆昔（原作惜）感今。

极热闹极忙中，写秦钟夭逝，可知除情字，俱非宝玉正文。

大鬼小鬼论势利兴衰，骂尽钻（原作攒）炎附势之辈。

话说宝玉见收拾了外书房，约定与秦钟读夜书。偏那秦钟秉赋最弱，因在郊外受了些风霜，又与智能偷期缱绻未免失于调养②，回来时

---

① 此处原有批语"赵妪讨情闲文，却引出通部脉胳……"，因与本回"凤姐道：'可是别误了正事。才刚老爷叫你做什么？'"句后面的夹批相同，故删去。

② 庚侧：勿笑！这样无能，却是写与人看。

便咳嗽伤风，懒进饮食，大有不胜之态，遂不敢出门，只在家中养息。为下文伏线。宝玉便扫了兴头，只得付于无可奈何，且自静候大愈时再约。所谓"好事多磨"也。奈何。

那凤姐儿已是得了云光的回信，俱已妥协。老尼达知张家，果然那守备忍气吞声的受了前聘之物。谁知那张家父母如此畏势贪财，却养了一个知义多情的女儿①，闻得父母退了前夫，他便一条麻绳悄悄的自缢了。那守备之子闻得金哥自缢，他也是个极多情的，遂也投河而死，不负妻义②。张李两家没趣，真是人财两空。这里凤姐却坐享了三千两③，王夫人等连一点消息也不知道。自此凤姐胆识愈壮，以后有了这样的事，便恣意的作为起来，也不消多记。一段收拾过凤姐心机胆量，真与雨村是一对乱世之奸雄。后文不必细写其事，则知其平生之作为。回首时，无怪乎其惨痛之态，使天下痴人同来一警，或可（原作万）期共入于怡然自得之乡矣。

一日，正是贾政生辰，宁、荣二处人丁都齐集庆贺，闹热非常。忽有门吏忙忙进来，至席前报说："有六宫都太监夏老爷来降旨。"唬的贾赦、贾政等一干人不知是何消息，忙止了戏文，撤去酒席，摆了香案，启中门跪接。早见六宫都太[一]监夏守忠乘马而至，前后左右又有许多内监跟从。那夏守忠也并不曾负诏捧敕，至檐下下马，满面笑容，走至厅上，南面而立，口内说："特旨：立刻宣贾政入朝，在临敬殿陛见④。"说毕，也不及吃茶，便乘马去了。贾赦等不知是何兆头。只得急忙忙去更衣入朝。

贾母等合家人等，心中皆惶惶不定，不住的使人飞马来往探信。有两个时辰工夫，忽见赖大等三四个管家喘吁吁跑进仪门报喜，又说"奉老爷命，速请老太太带领太太等进朝谢恩"等语。那时贾母正心神不定，在大堂廊下伫立⑤，邢夫人、王夫人、尤氏、李纨、凤姐、迎春

---

① 庚侧：所谓"老鸦窝里出凤凰"，此女是十二钗之外副（原作付）者。
② 庚侧：一（原作不）双美满夫妻。
③ 庚侧：如何消缴（原作檄）？造孽（原作业）者不知，自有知者。
④ 庚眉：泼天喜事却如此开宗，出人意料外之文也。□□壬午季春。
⑤ 庚侧：慈母爱子写尽。回廊下伫立，与"日暮倚庐仍怅望"对景，余掩卷而泣。
庚眉："日暮倚庐仍怅望"，南汉先生句也。

姊妹以及薛姨妈等皆在一处，听如此说，同贾母便唤进赖大来细问端的。赖大禀道："小的们只在临敬门外伺候，里头的信息一概不能得知。后来还是夏太监出来道喜，说咱们家大小姐晋封为凤藻宫尚书，加封贤德妃。后来老爷出来也[二]如此吩咐小的。如今老爷又往东宫去了，速请老太太领着太太们去谢恩。"贾母等听了方心神安定，不免又都洋洋喜气盈腮①。于是都按品大妆起来了。贾母带领邢夫人、王夫人、尤氏，一共四乘大轿入朝。贾赦、贾珍亦换了朝服，带领贾蓉、贾蔷奉侍贾母大轿前往。于是宁、荣两处上下里外，莫不欣然踊跃，辰：秦氏生魂先告凤姐矣。个个面上皆有得意之状，言笑鼎沸不绝。

谁知近日水月庵的智能私逃进城②，找至秦钟家下，看视秦钟，不意被秦业知觉，将智能逐出，将秦钟打了一顿，自己气的老病发了，三五日光景呜呼死了。秦钟本自怯弱，又带病未愈，受了笞杖，今见老父气[三]死了，此时痛悔无及，又添了许多症候。因此宝玉心中，怅然如有所失③。虽闻得元春晋封之事，亦未解得愁闷。眼前多少闹热文字不写，却从万人意外撰了一段悲伤，是别人不屑写者，亦别人之不能处。贾母等如何谢恩，如何回家，亲朋如何来庆贺，宁、荣两处近日如何热闹，众人如何得意，独他一个，视有如无，毫不曾介意④。因此众人嘲他越发呆了。大奇至妙之文，却用宝玉一人连用五"如何"（原作为如何），隐过多少繁华势利等文。试思若不如此，必至种种写到，其死板拮据、琐碎杂乱，何可胜哉？故只借宝玉一人如此一写，省却多少闲文，却有无限烟波。

且喜贾琏与黛玉回来，先遣人来报信，明日就可到家。宝玉听了，方略有些喜意。不如（原作知）此，后文秦钟死去，将何以慰宝玉？细问原由，方知贾雨村亦进京陛见，皆由王子腾屡上保本，此来候补京缺，与贾琏是同宗弟兄，又与黛玉有师徒之谊，故同路做伴而来。林如海已葬入祖坟了，诸事停妥，贾琏方进京的。本该出月到家，因闻得元春喜信，遂昼夜兼程而进，

---

① **庚侧：** 字眼，留神！亦人之常情。
② **庚侧：** 忽然接水月庵，似大脱卸（原作泄）。及读至后文，方知为紧收。此大段有如歌疾调迫之际，忽闻戛然檀板截断。真见其大力量处，却便于写宝玉之文。

  甲侧： 好笔杖，好机轴。
③ **庚眉：** 凡用宝玉收拾（原作什），俱是大关键。
④ **庚侧：** 的的真真宝玉。

第十六回　贾元春才选凤藻宫　秦鲸卿夭逝黄泉路

一路俱各平安。宝玉只问得黛玉"平安"二字，余者也就不在意了。

<small>又从天外写出一段离合来，总为掩过宁、荣两处许多琐细闲笔。处处交代清楚，方好启大观园也。</small>

好容易①盼至明日午错，果报："琏二爷和林姑娘进府了。"见面时彼此悲喜交接，未免又大哭一阵，后又致喜庆之词。<small>世界上亦如此，不独（原作读）书中瞬息，观此便可省悟。</small>宝玉心中品度黛玉，越发出落的超逸了。黛玉又带了许多书籍来，忙着打扫卧室，安插器具，又将些纸笔等物分送宝钗、迎春、宝玉等人。宝玉又将北静王所赠鹡鸰香串珍重取出来，转赠黛玉。黛玉说："什么臭男人拿过的！我不要他。"遂掷而不取。宝玉只得收回，暂且无话。<small>略一点黛玉情性，赶忙收住，正留为后文地步。</small>

且说贾琏自回家参见过众人，回至房中。正值凤姐近日多事之时，无片刻闲暇之工，<small>补阿凤二句最不可少。</small>见贾琏远路归来，少不得拨冗接待②，房内并无外人，便笑道："国舅老爷大喜！国舅老爷一路风尘辛苦③。小的听见昨日的头起[四]报马来，说今日大驾归府，略预备了一杯水酒挥尘④，不知赐光谬领否？"贾琏笑道："岂敢岂敢，多承多承⑤。"一面平儿与众丫鬟参拜毕，献茶。贾琏遂问别后家中的诸事，又谢凤姐的操持劳碌。凤姐道："我那里照管得这些事！见识又浅，口角又笨，心肠又直率⑥，人家给个棒槌，我就认作'针'。脸又软，搁不住人给两句好话，心里就慈悲了。况且又没经历过大事，胆子又小，太太略有些不自在，就吓的我连觉也睡不着了。我苦辞了几回，太太又不容辞，倒反说我图受用，不肯习学了。殊不知我是捻着一把汗儿呢。一句也不敢多说，一步也不敢多走。你是知道的，咱们家所有的这些管家奶奶们，那一位是好缠的？<small>独这一句却不假。</small>错一点儿，他们就笑话打趣；偏一点儿，他们就

---

① 庚侧：三字是宝玉心中。
② 庚侧：写得尖利刻薄。
③ 庚侧：娇音如（原作好）闻，俏态如见。少年好夫妻有是事。
④ 庚侧：却是为下文作引。
⑤ 庚侧：一言答不上。蠢才，蠢才！
⑥ 庚眉：此等文字，作者尽力写来，是欲诸公认得阿凤，好看以后之书，勿作等闲看过。

　　甲眉：此等文字，作者尽力写来，欲诸公认识阿凤，好看后文，勿为泛泛看过。

指桑说槐的抱怨。'坐山观虎斗','借剑杀人','引风吹火','站干岸儿','推倒油瓶不扶',都是全挂子的武艺。况且我年轻,头等不压众,怨不得不放我在眼里。更可笑①那府里忽然蓉儿媳妇死了[五],珍大哥又再三再四的在太太跟前跪着讨情,只要请我帮他几日。我是再四推辞,太太断不依,只得从命。依旧被我闹了个马仰人翻②,更不成个体统,至今珍大哥哥还抱怨后悔呢。你这一来了,明儿你见了他,好歹描补描补③,就说我年纪小,原没见过世面,谁叫大爷错委他的。"

正说着,(又用断法方妙。盖此等文断不可无,亦不可太多。)只听外间有人说话,凤姐便问:"是谁?"平儿进来回道:"姨太太打发香菱妹子来,问我一句话,我已经说了,打发他回去了。"贾琏笑道:"正是呢,方才我见姨妈去,不防和一个年轻的小媳妇子撞了个对面,生的好齐整模样④。我疑惑咱家并无此人,说话时因问姨妈,谁知就是上京来买的那小丫头,名叫香菱的,竟与薛大傻子做了房里人,开了脸,越发出挑[六]的标致了。那大傻子真玷辱了他。"(垂涎如见,试问兄宁有不玷平儿者乎!)凤姐道:"哎⑤!往苏杭走了一趟回来,也该见些世面了,(这"世面"二字,单指女色也。)还是这么眼馋肚饱的。你若爱他,不值什么,我去拿平儿换了他来如何⑥?(奇谈,是阿凤口中方有此等语句。)那薛老大(又一样称呼,各得神理。)也是'吃着碗里看着锅里',这一年来的光景,他为要香菱不能到手,(补前文之未到,且并将香菱身份写出来矣。)和姨妈打了多少饥荒。也因姨妈看着香菱模样儿好还是末则,其为人行事,却又比别的女孩子不同,温柔安静,差不多的主子姑娘也跟他不上呢。(何曾不是主子姑娘?盖卿不知来历也。作者必用阿凤一赞,方知莲卿尊重不虚。)故此摆酒请客的费事,明堂正道的与他作亲。过了半月,也看得马棚风一般了。说到这里,可惜了的。"(一段纳宠之文,偏于阿凤口中补出,奸(原作尖)猾幻妙之至。)一语未了,二门小厮传

---

① 庚侧:三字是得意口气。

② 庚侧:得意之至口气。

③ 庚侧:阿凤之弄琏兄如弄小儿。可怕,可畏!若生于小户,落在贫家,琏兄死矣!

④ 庚侧:酒色之徒!

⑤ 庚侧:如闻。

⑥ 甲眉:用平儿口头谎言,写补菱卿一项实事,并无一丝痕迹,而(原多有)作者有多少机括。

报："老爷在大书房等二爷呢。"贾琏听了，忙忙整衣出去。

这里凤姐乃问平儿："方才姨妈有什么事，巴巴的打发了香菱来？"〖必有此一问。〗平儿笑道："那里来的香菱，是我借他暂撒个谎①。奶奶说说，旺儿嫂子越发连个承算也没了。"〖辰：此处系平儿捣鬼。〗说着，又至凤姐身边，悄悄的说道②："奶奶的那利钱银子，迟不送来，早不送来，这会子二爷在家，他且送这个来了③。幸亏我在堂屋里撞见，不然时，走了来回奶奶，二爷倘或问奶奶是什么利钱，奶奶自然不肯瞒二爷的④，少不得照实告诉二爷。我们二爷那脾气，油锅里的钱还要找出来花呢，听见奶奶有了这个体己，他还不放心的花了呢。所以我赶着接了过来，叫我说了他两句，谁知奶奶偏听见了问，我就撒谎说香菱了。"〖一段平儿见识作用，不枉阿凤平日刮目，又伏下多少后文，补尽前文未到。〗凤姐听了笑道："我说呢，姨妈知道你二爷来了，忽喇巴的反打发个房里人来了？原来你这蹄子调鬼⑤。"

说话时，贾琏已进来，凤姐便命摆上酒馔来，夫妻对坐。凤姐虽善饮，却不敢任兴，〖百忙中又点出大家规范，所谓无不周详，无不贴切。〗只陪侍着贾琏对饮。贾琏的乳母赵嬷嬷走来，贾琏、凤姐忙让吃酒，令其上炕去。赵嬷嬷执意不肯。平儿等早于炕沿下设下一几，又有一小脚踏，赵嬷嬷在脚踏上坐了。贾琏向桌上拣两盘肴馔与他放在几上自吃。凤姐又道："妈妈很嚼不动那个，倒没的硌了他的牙⑥。"因向平儿道："早起我说那一碗火腿炖肘子很烂，正好给妈妈吃，你怎么不拿了去？赶着叫他们热来！"又道："妈妈，你尝一尝你儿子带来的惠泉酒⑦。"赵嬷嬷道："我喝呢。奶奶也喝一钟，怕什么？只不要过多了就是了。〖宝玉之李嬷嬷，此处偏又写赵嬷嬷，特犯不犯。先有梨香院一回，两两遥对，却无一笔相重，一事合掌。〗我这会子跑了来，倒也不为饮酒，倒有一件正

---

① 甲侧：卿何尝谎言？的是补菱姐正文。
② 庚侧：如闻如见。
③ 甲侧：总是补遗。
④ 庚侧：可儿，可儿！凤姐竟被他哄了。
　 甲侧：平儿欺看（原作看欺）书人了。
⑤ 庚侧：疼极反骂。
⑥ 庚侧：何处着想？却是自然有的。
⑦ 庚侧：补点不到之文。像极！

经事，奶奶好歹记在心里，疼顾我些罢。我们这爷，只是嘴里说的好，到了跟前就忘了。幸亏我从小儿奶了你这么大。我也老了，有的是那两个儿子，你就另眼照看他们些，别人也不敢呲[七]牙儿的①。我还再四的求了你几遍，你答应的倒好，到如今还是燥屎②。这如今又从天上跑出这一件大喜事来，那里用不着人？所以倒是来和奶奶来说是正经，靠着我们爷，只怕我还饿死了呢。"

凤姐笑道："嬷嬷你放心，两个奶哥哥都交给我。你从小儿奶的儿子，你还有什么不知他那脾气的？拿着皮肉，倒往那不相干的外人身上贴。可是现放着奶哥哥，那一个不比人强？你疼顾照管他们，谁敢说个'不'字儿③？没的白便宜了外人。——我这话也说错了。我们看着是'外人'，你却是看着'内人'一样呢。"说的满屋里人都笑了④。赵嬷嬷笑个不住，又念佛道："可是屋子里跑出青天来了。若说'内人''外人'这些混帐缘故，我们是没有⑤，不过是脸软心慈，搁不住人求两句罢了。"凤姐笑道："可不是呢，有'内人'的他才慈软呢，他在咱们娘儿们跟前才是刚硬呢！"赵嬷嬷笑道："奶奶说的太尽情了，我也乐了，再吃一杯好酒。从此我们奶奶做了主，我就没的愁了。"

贾琏此时没好意思，只是趣笑吃酒，说"胡说"二字："快盛饭来，吃碗子，还要往珍大爷那边去商议事呢。"凤姐道："可是别误了正事。才刚老爷叫你做什么？" 一段赵妪讨情闲文，却引出通部脉络。所谓由小及大，譬如登高必自卑之意。细思大观园一事，若从如何奉旨起造，又如何分派众人，从头细细直写将来，几千样细事，如何能顺笔一气写清？又将落于死板拮据之乡，故只用琏、凤夫妻二人一问一答，上用赵妪讨情作引，下用蓉、蔷来说事作收，余者随笔顺写，略一点染，则跃然洞彻矣。此是避难法。 贾琏道："就为省亲。"二字醒眼之极。却只如此写来。凤姐忙问道："忙"字要紧，特于凤姐口中出此字，可知事关巨要，非同浅细，是此书中正眼矣。"省亲的事竟准了不成？"问得珍重，可知是外方人意外之事也。贾琏笑道："虽不十分准，也有八分准了。"如此故顿一笔，更妙！见得事关

---

① 庚侧：为蔷、蓉作引。
② 庚侧：有是乎？
③ 庚侧：会送情。
④ 庚侧：可儿，可儿！
⑤ 庚侧：有是语。像极，逼（原作毕）肖！乳母护子。
　　甲侧：千真万真是没有。一笑。

第十六回　贾元春才选凤藻宫　秦鲸卿夭逝黄泉路　207

凤姐笑道:"可见当今隆恩。历来听书看戏,古时从来未有的。"_{重大,非一语可了者,亦是大篇文章抑扬顿挫之至。}赵嬷嬷又接口道:"可是呢,我也老糊涂了。我听见上上下下吵嚷了这些日子,什么省亲不省亲,我也不理_{于闺阁中作此语,直与击壤同声者也。}论他。如今又说省亲,到底是怎么个缘故①?"_{补近日之事,启下回之大观园一篇大文,千头万绪,从何处写起,今故用贾琏夫妻问答之间,闹闹叙出,观者已又醒大半。后再用蓉、蔷二人重一渲染,便省却多少赘瘤笔墨。此是避难法。}贾琏道:"如今当今体贴万人之心,世上至大莫如'孝'字,想来父母儿女之性,皆是一理,不是贵贱上分别的。当今自为日夜侍奉太上皇、皇太后,尚不能略尽孝意,因见宫里嫔、妃、才人等,皆是入宫多年,抛离父母音容,岂有不思想之理?在儿女思想父母,是分所当然。父母在家,若只管思念儿女,竟不能见,倘因此成疾致病,甚至死亡,皆由朕躬禁锢,不能使其遂天伦之愿,亦大伤天和之事。故启奏上皇、太后,每月逢二六日期,准其椒房眷属入宫请候看视。于是太上皇、皇太后大喜,深赞当今至孝纯仁,体天格物。因此二位老圣人又下旨意,说椒房眷属入宫,未免有国体仪制,母女尚不能惬怀。竟大开方便之恩,特降谕旨:椒房贵戚,除二六日入宫之恩外,凡有重宇别院之家,可以驻跸关防之处,不妨启请内廷銮舆幸其私第,庶可略尽骨肉之情、天伦之性。此旨一下,谁不踊跃感戴?现今周贵人的父亲已在家里动了工了,修盖省亲别院呢。又有吴贵妃的父亲吴天佑家,也往城外踏看地方去了。_{又一样布置。}这岂不有八九分了?"

赵嬷嬷道:"阿弥陀佛!原来如此。这样说,咱们家也要预备接咱们大小姐了②?"贾琏道:"这何用说呢!不然,这会子忙的是什么?"_{一段闲谈补明多少文章,真是费长房壶中天地也。}凤姐笑道:"若果如此,我可也见个大世面

---

① 庚眉:自政老生日,用降旨截住;贾母等进朝如此热闹,用秦业死岔开;只写几个"如何",将泼天喜事交代完了;紧接黛玉回,琏、凤闲话,以老妪勾出省亲事来。其千头万绪,合榫(原作笋)贯连,无一毫痕迹,如此等,是书多多,不能枚举。想兄在青埂(原作硬)峰上,经煅炼后,参透重关至恒河沙数。如否?余曰:万不能有此机括,有此笔力!恨不得面问:"果否?"叹叹!丁亥春,畸笏叟。

　　甲眉:赵嬷一问,是文章家进一步门庭法则。
② 庚侧:文忠公之嬷。

了。可恨我小几岁年纪,若早生二三十年,如今这些老人家也不驳我没见世面了。_{忽接入此句,不知何意,似属无味。}说起当年太祖皇帝仿舜巡的故事,比一部书还热闹①,我偏没造化赶上②。"老赵嬷嬷道:"哎哟哟,那可是千载希逢的!那时候我才记事儿,咱们贾府正在姑苏、扬州一带监造海舫,修理海塘,只预备接驾一次③,把银子都花的淌海水似的!说起来……"凤姐忙接道④:_{"忙"字妙!上文"说起来……"必未完,粗心看去则说疑阙,殊不知正传神处。}"我们王府也预备过一次。那时我爷爷单管各国进贡朝贺的事,凡有的外国人来,都是我们家养活_{点出阿凤所有外国奇玩等物。}粤、闽、滇、浙所有的洋船货物都是我们家的。"赵嬷嬷道:"那是谁不知道的?如今还有个口号儿呢,说'东海少了白玉床,龙王来请江南王'⑤,这说的就是奶奶府上了。还有如今现在江南的甄家_{甄家正是大关键、大节目,勿作泛泛口头语看。}哎哟哟⑥,好势派!独他家接驾四次⑦,若不是我们亲眼看见,告诉谁谁也不信的。别讲银子成了土泥⑧,凭是世上所有的,没有不是堆山塞海的,'罪过可惜'四个字竟顾不得了⑨。"凤姐道:"我常听见我们太爷们也这样说,岂有不信的⑩。只希罕他家怎么就这么富贵呢?"赵嬷嬷道:"告诉奶奶一句话,也不过是拿着皇帝家的银子往皇帝身上使罢了⑪!谁家有那些钱买这个虚热闹去?_{最要紧语。人若不自知,能作是语者,吾未尝见。}

正说的热闹,王夫人又打发人来瞧凤姐吃了饭不曾。凤姐便知有事等着,忙忙〔八〕的吃了半碗饭,漱口要走⑫,又有二门上小厮们回:

---

① 庚侧:既知舜巡,而又说热闹。此妇人女子口头也。
② 庚侧:不用忙,往后看。
③ 庚侧:又要瞒人。
④ 甲侧:又截得好。
⑤ 庚侧:应前"葫芦案"。
⑥ 庚侧:口气如闻。
⑦ 庚侧:点正题正文。
⑧ 庚侧:极力一写,非夸也,可想而知。
⑨ 庚侧:真有是事,经过,见过。
⑩ 庚侧:对证。
⑪ 庚侧:是不忘本之言。
⑫ 庚侧:好顿挫!

"东府里蓉、蔷二位哥儿来了。"贾琏才漱了口,平儿捧着盆盥手,见他二人来了,便问:"什么话?快说。"凤姐且止步稍候,听他二人回些什么。贾蓉先回说:"我父亲打发我来回叔叔:老爷们已经议定了①,从东边一带,借着东府里花园起,转至北边②,一共丈量准了,三里半大,可以盖省亲别院了。已经传人画图样去了③,明日就得。叔叔才回家,未免劳乏,不用过我们那边去④,有话明日一早再请过去面议。"贾琏笑着忙说:"多谢大爷费心体谅,我就不过去了。正经是这个主意才省事,盖的也容易;若采置别处地方去,那更费事,且倒不成体统。你回去说这样很好,若老爷们再要改时,全仗大爷谏阻,万不可另寻地方。明日一早,我给大爷去请安去,再议细话罢。"贾蓉忙应几个"是"⑤。

贾蔷又近前回说:"下姑苏聘请[九]教习,采买女孩子,置办乐器、行头等事,大爷派了侄儿,带领着来管家儿子两个,还有单聘仁、卜固修两个清客相公,一同前往⑥,所以命我来见叔叔。"贾琏听了,将贾蔷打量了打量⑦,笑道:"你能在这个行么⑧?这个事,虽不算甚大,里头大有藏掖的⑨。"贾蔷笑道:"只好学习着办罢了。"

贾蓉在身旁灯影下悄拉凤姐衣襟,凤姐会意,因笑道:"你也太操心了,难道大爷比咱们还不会用人?偏你又怕他不在行了。谁都是在行的?孩子们已长的这么大了,'没吃过猪肉,也看见过猪跑'。大

---

① 庚侧:简净之至!
② 庚侧:园基乃一部之主,必当如此写清。
③ 庚侧:后一图伏线。大观园系玉(原作王)兄与十二钗之太虚玄境,岂可(原作不)草率(原作索)?
④ 庚侧:应前贾琏口中。
⑤ 庚侧:园已定矣。
⑥ 庚侧:画"蔷"一回伏线。
　　凡各物事,工价重大兼伏隐着"情"字者,莫如此件。故园定后,便先写此一件,余便不必细写矣。
⑦ 庚侧:有神!
⑧ 庚侧:勾下文。
⑨ 庚侧:射利语。可叹!是亲侄。
　甲侧:射利人微露心迹。

爷派他去，原不过是个坐纛旗儿，难道认真的叫他去讲价钱会经纪去呢！依我说就很好。"贾琏道："自然是这样。并不是我驳回，少不得替他筹算筹算。"因问："这一项银子动那一处的？"贾蔷道："才也议到这里。赖爷爷①说，不用从京里带下去，江南甄家还收着我们五万银子。明日写一封书信、会票，我们带去，先支三万，下剩二万存着，等置办花烛、彩灯并各色帘栊、帐幔的使费。"贾琏点头道："这个主意好②。"

凤姐忙向贾蔷道：（再不略让一步，正是阿凤一生绝断处。）"既这样，我有两个在行妥当人，你就带他们去办，这个便宜了你呢。"贾蔷忙赔笑说："正要和婶婶讨两个人呢，（写贾蔷乖处可见。）这可巧了。"因问名字。凤姐便问赵嬷嬷。彼时赵嬷嬷已听呆了话，平儿忙笑推他，他才醒悟过来③，忙说："一个叫赵天梁，一个叫赵天栋。"凤姐道："可别忘了，我可干我的去了④。"说着，便出去了。贾蓉忙送出来，又悄悄向凤姐道："婶子要什么东西，盼咐我开个帐给蔷兄弟带了去，叫他按帐置办了来。"凤姐笑道："别放你娘的屁⑤！我的东西还没处撂呢⑥，希罕你们鬼鬼祟祟的？"说着一径去了。（阿凤欺人处如此。忽又写到利弊，真令人一叹也！）

这里贾蔷也悄问贾琏："要什么东西？顺便置来孝敬。"贾琏笑道："你别兴头。才学着办事，倒先学会了这把戏。我短了什么，少不得写信来告诉你⑦，且不要论到这里。"说毕，打发他二人去了。接着回事人来，不止三四次，贾琏害乏，便传与二门上，一应不许传报，

---

① **庚侧**：好称呼！
   甲侧：此等称呼，令人酸鼻。
② **庚眉**：《石头记》中多作心传神会之文，不必道明。一道明白，便入庸俗之套。
③ **蒙侧**：真是强将手下无弱兵。
   至精至细！
④ **庚眉**：从头至尾细看阿凤之待蓉、蔷，可为一体一党，然尚作如此语欺蓉，其待他人可知矣。
⑤ **庚侧**：有神！
⑥ **庚侧**：像极！的是阿凤。
⑦ **庚侧**：又作此语，不犯阿凤。

俱等明日料理。凤姐至三更时分方下来安歇①,一宿无话。

次早贾琏起来,见过贾赦、贾政,便往宁府中来,合同老管事的人等,并几位世交门下清客相公,审察两府地方,缮画省亲殿宇,一面察度办理人丁。自此后,各行匠役齐集②金、银、铜、锡以及土、木、砖、瓦之物,搬运移送不歇。先令匠人拆宁府会芳园墙垣楼门,直接入荣府东大院中。荣府东边所有下人一带群房尽已拆去。当日宁、荣两宅,虽有一小巷界断不通,然这小巷亦系私地③,并非官道,故可以连属。会芳园本是从北拐角墙下引来一股活水,今亦无烦再引④。其山石、树木虽不敷用,东边住的乃是荣府旧园,其中竹树、山石以及亭榭、栏杆等物,皆可挪就前来。如此两处又甚近,凑来一处,省得许多财力,纵有不敷,所添亦有限。全亏一个老明公号山子野者,妙号,随事生名。一一筹划起造。

贾政不惯于俗务⑤,只凭贾赦、贾珍、贾琏、赖大、赖升、林之孝、吴新登、詹光、程日兴等些人安插摆布。凡堆山凿池,起楼竖阁,种竹栽花,一应点景等事,又有山子野制度。下朝闲暇,不过各处看望看望,最要紧处和贾赦等商议便罢了。贾赦只在家高卧,有芥豆之事,贾珍等或自去回明,或写略节;或有话说,便传呼贾琏、赖大等领命。贾蓉单管打造金银器皿⑥。贾蔷已起身往姑苏去了。贾珍、赖大等又点人丁,开册籍,监工等事,一笔不能写到,不过是喧阗热闹非常而已。暂且无话。

且说宝玉近因家中有这等大事,贾政不来问他的书⑦,心中是件畅

---

① **庚侧**:好文章!一句内隐两处若许事情。
② **蒙侧**:一总。
③ **庚侧**:补明,使观者如身临足到。
④ **庚侧**:园中诸景,最要紧是水,亦必写明方妙。
　　余最鄙近之修造园亭者,徒以顽石土堆为佳,不知(原无)引泉一道。甚至丹青,惟知乱作山石树木,不知画泉之法,亦是恨事。□□脂砚斋。
⑤ **庚侧**:这也少不得的一节文字,省下笔来好作别样。
⑥ **蒙侧**:好差。
⑦ **庚侧**:一笔不漏。

事；无奈秦钟之病日重一日①，也着实悬心，不能乐业。"天下本无事，庸人自扰之。"世上人个个如此，又非此秦钟意切。这日一早起来才梳洗完毕，意欲回了贾母去望候秦钟，忽见茗烟在二门前照壁间探头缩脑，宝玉忙出来问他："做什么？"茗烟道："秦相公不中用了！"从茗烟口中写出，省却多少闲文。宝玉听说，吓了一跳，忙问道："我昨儿才瞧了他来②，还明明白白，怎么就不中用了？"茗烟道："我也不知道，才刚是他家的老头子来，特告诉我的。"宝玉听了，忙转身回明贾母。贾母吩咐："好生派妥当人跟去，到那里尽一尽同窗之情就回来，不许多耽搁了。"宝玉听了，忙忙的更衣出来，车犹未备，顿一笔方不板。急的满地乱转。一时催促的车到，忙上了车，李贵〔十〕、茗烟等跟随。来至秦钟门首，悄无一人，目睹萧条景况。遂蜂拥至他内室，唬的秦钟的两个远房婶母、几个弟兄都藏之不迭。妙！这婶母、弟兄是特来等分绝户家私的，不表可知。

此时秦钟已发过两三次昏了，移床易簀多时矣。余亦欲泣。宝玉一见，便不禁失声。李贵〔十一〕忙劝道："不可，不可！秦相公是弱症，未免炕上挺矼的骨头不受用③，所以暂且挪下床松散些。哥儿如此，岂不反添了他的病？"宝玉听了，方忍住，近前见秦钟面如白蜡，合目呼吸于枕上。宝玉忙叫道："鲸兄！宝玉来了。"连叫两三声，秦钟不睬。宝玉又道："宝玉来了。"

那秦钟早已魂魄离身，只剩得一口悠悠的余气在胸，正见许多鬼判持牌提索来捉他④。看至此一句令人失望，再看至后面数语，方知作者故意借世俗愚谈愚论设譬，喝醒天下迷人，反成千古未见之奇文奇笔。那秦钟魂魄那里肯就去，又记念着家中无人掌管家务扯淡之极，令人发一大笑。余请诸公莫笑，且请再思。，又记挂着父母还有留积下的三四千两银子，更属可笑，更可痛哭。又记挂着智能尚无下落，忽从死人心中补出活人原由，更奇更奇。因此百般求告鬼判。无奈这些鬼判都不肯徇私，

---

① 庚眉：偏于热闹处写出大不得意之文，却无丝毫牵强，且有许多令人笑不了，哭不了，叹不了，悔不了，惟以大白酬我作者。□□壬午季春，畸笏。
② 庚侧：点常去。
③ 庚侧：李贵亦能道此等语。
④ 庚眉：《石头记》一部中皆是近情近理必有之事，必有之言。又如此等荒唐不经之谈，间亦有之，是作者故意游戏之笔耶？以破色取笑，非如别书认真说鬼话也。

反叱咤秦钟道："亏你还是读过书的人，岂不知俗语说的：'阎王叫你三更死，谁敢留人到五更。'①我们阴间上下都是铁面无私的，不比你们阳间瞻情顾意②，有许多的关碍处。"

正闹着，那秦钟魂魄忽听见"宝玉来了"四字，便忙又央求道："列位神差，略发慈悲，让我回去，和这一个好朋友说一句话就来的。"众鬼道："又是什么好朋友？"秦钟道："不瞒列位，就是荣国公孙子，小名宝玉的。"都判官听了，先就唬慌起来，忙喝骂鬼使道："我说你们放了他回去走走罢，你们断不依我的话，如今只等他请出个运旺时盛的人来才罢。"如闻其声。试问谁曾见都判来，观此则又见一都判跳出来。调侃世情固深，然游戏笔墨一至于此，真可压倒古今小说。这才算是小说。众鬼见都判如此，也都忙了手脚，一面又抱怨道："你老人家先是那等雷霆电雹，原来见不得'宝玉'二字③。调侃"宝玉"二字，妙极！确极！ 辰：大可发笑。依我们愚见，他是阳，我们是阴，怕他们也无益于我们。"神鬼也讲有益无益。都判道："放屁！俗语说的好，'天下官管天下民'，自古人鬼之道却是一般[十二]，阴阳并无二理。更妙！愈不通愈妙，愈错会意愈奇。却懂窍。别管他阴，也别管他阳，没有错了的④。"众鬼听说，只得将他魂放回。"哼"了一声，微开双目，见宝玉在侧，乃勉强叹道："怎么不早来？再迟一步，也不能见了⑤。"宝玉携手垂泪道："有什么话，留下两句。"只此句便足矣。秦钟道："并无别话。以前你我见识，自为高过世人，我今日才知自误了。谁不悔迟！以后还该立志功名，以荣耀显达为是⑥。"说毕，便长叹一声，萧然长逝了。下回分解。若是细述一番，则不成《石头记》之文矣！

---

① **庚侧**：可想鬼不读书，信已哉！
② **庚侧**：写煞了。
③ **庚眉**：世人见"宝玉"而不动心者为谁？
④ **庚侧**：名曰"捣鬼"。
⑤ **庚侧**：千言万语只此一句。
   庚眉：观者至此，必料秦钟另有异样奇语，然却只以此二语为嘱。试思：若不如此为嘱，不但不近人情，亦且太露穿凿。读此则知全是悔迟之恨。
⑥ **庚侧**：此刻无此二语，亦非玉兄之知己。

【总评】大凡有势者，未尝有意欺人。奈群小蜂起，浸润左右，伏首下气，奴颜婢膝，或激或顺，不计事之可否，以要一时之利。有势者自任豪爽，抖（原作斗）露才华，未审利害，高下其手，偶有成就，一试再试，习以为常，则物理人情皆所不论。又财货丰余，衣食无忧，则所乐者必旷世所无。要其必获，一笑百万，是所不惜。其不知排场已立，收敛实难，从此勉强，至成蹇窘。时衰运败，百计颠翻。昔年豪爽，今朝指背。此千古英雄同一慨叹者。大抵作者发大慈大悲愿，欲诸公开巨眼，得见毫微，塞本穷源，以成无碍极乐之至意也。

校 记：

［一］原文无"太"字，按蒙府本补。
［二］原文无"也"字，按蒙府本补。
［三］原文无"气"字，按庚辰本补。
［四］原文无"起"字，按庚辰本补。
［五］原文无"了"字，按蒙府本补。
［六］此处的"挑"字，原文为"跳"，据庚辰本改。
［七］此处的"呲"字，原文为"嘴"，据蒙府本改。
［八］此处的"忙忙"，原文为"忙"，据蒙府本改。
［九］此处的"聘请"，原文为"合聘"，据庚辰本改。
［十］［十一］此处的"贵"字，原文为"景"，据蒙府本改。
［十二］原文无"自古人鬼却是一般"一句，按庚辰本补。

第十七回

大观园试才题对额　怡红院迷路探曲折 [一]

【回前】宝玉系诸艳之冠，故大观园对额必得玉兄题跋，且暂题灯匾联上，再请赐题，此千妥万当之章法。

豪华虽足美，离别却难堪。博得虚名在，谁人识苦甘？好诗，全是讽刺。近之谚云："又要马儿好，又要马儿不吃草。"真写尽无厌贪痴之辈。

话说秦钟既死，宝玉痛哭不已，李贵等好容易劝解半日方住，归时犹是凄恻哀痛。贾母帮了几十两银子，外又另备奠仪，宝玉去吊纸。七日后便送殡掩埋了，别无述记。只有宝玉日日思慕感悼，然亦无可如何了。每于此等文后便用此语作结，是板定大章法，亦是此书大旨。

又不知历几何时①，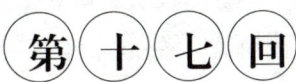年表如此写，亦妙！这日贾珍等来回贾政："园内工程俱已告竣，大老爷瞧了，只等老爷瞧了 [二]，或有不妥之处，再行改造，好题匾额对联的。"贾政听了，沉思一回，说道："这匾额对联倒是一件难事。论理该请贵妃赐题才是，然贵妃若不亲睹其景，大约亦必不肯妄拟；若直待贵妃游幸过再请题，偌大景致，若干亭榭，无字标题，

---

① 庚侧：惯用此等章法。

也觉寥落无趣,任有花柳山水,断不能生色。"众清客在旁笑答道:"老世翁所见极是。如今我们有个愚见:各处匾额对联断不可少,亦断不可定名。如今且按其景致,或两字、三字、四字,虚合其意,拟了出来,暂且做灯、匾、联悬了。待贵妃游幸时,再请定名,岂不两全?"贾政等听了,都道:"所见不差。我们今日且看看去,只管题了,若妥当,便用;不妥时,然后将雨村请来,令他再拟。"点雨村,照应前文。众人笑道:"老爷今日一拟定佳,何必又待雨村。"贾政笑道:"你们不知,我自幼于花鸟山水题咏上就平平①;如今上了年纪,且案牍劳烦,于这怡情悦性文章上更生疏了。纵拟了出来,不免迂腐古板,反不能使花柳园亭生色,如不妥协,反没意思②。"众清客笑道:"这也无妨。我们大家看了公拟,各举其长,优则存之,劣则删之,未为不可。"贾政道:"此论极是。且喜今日天气和暖,大家去逛逛。"音光字,去声,出《谐声字笺》。说着起身,引众人前往。

贾珍先去园中知会众人。可巧近日宝玉因思念秦钟,忧戚不尽,贾母常命人带他到园中来戏耍③。此时亦才进去,忽见贾珍走来,向他笑道:"你还不出去,老爷一会就来了。"宝玉听了,带着奶娘、小厮们,一溜烟就出园来④。方转过弯,顶头贾政引众客来了,躲之不及,只得一边站了。贾政近因闻得塾掌说宝玉专能对对联,虽不喜读书,偏倒有些歪才情似的⑤,今日偶然撞见这机会,便命他跟来。如此偶然方妙,若特特唤来题额,真不成文矣。宝玉只得随往,尚不知何意。

贾政刚至园门前,只见贾珍带领许多执事人来,一旁侍立。贾政道:"你且把园门都关上,我们先瞧了外面再进去⑥。"贾珍听说,命人将

---

① 庚侧:是纱帽头口气。
② 庚眉:政老"情"字如此写。□□壬午季春,畸笏。
③ 庚侧:现成榫(原作笋)楔,一丝不费力。若特唤出宝(原作保)玉来,则成何文字?
④ 庚侧:不肖子弟来看形容。余初看之,不觉怒焉。盖谓作者形容余幼年往事。因思:彼亦自写其照,何独余哉?信笔书之,供诸大众同发一(原作一发)笑。
⑤ 蒙侧:如此顺笔间写来,然却是宝玉正传。
⑥ 庚侧:是行家看法。

第十七回　大观园试才题对额　怡红院迷路探曲折

门关了。贾政先秉正看门。只见正门五间，上面桶瓦泥鳅脊；那门栏窗槅，皆是细雕新鲜花样，并无朱粉涂饰；一色水磨群墙，（门雅，墙雅，不落俗套。）下面白石台矶，凿成西番草花样。左右一望，皆雪白粉墙，下面虎皮石，随势砌去，果然不落富丽俗套，自是欢喜。遂命开门，只见迎面一带翠嶂挡在前面。（掩映的好。）众清客都道："好山，好山！"贾政道："非此一山，一进来园中所有之景悉入目中，则有何趣。"众人道："极是。非胸中大有丘壑，焉想及此。"说毕，往前一望，见白石崚嶒，（乍入其中，一时难辨方向，用前、后、这边、那边等字，正是不辨东西。）或如鬼怪，或如猛兽，纵横拱立，上面苔藓成斑，藤萝掩映，（曾用两处旧有之园所改，故如此写方可，细极！）其中微露羊肠小径。（好景界，山子野精于此技。此是小径，非行车辇通道，今贾政原欲游览其景，故将此等处写之。想其通路大道，自是堂堂冠冕气象，毋（原为无）庸细写者也。后于省亲之时，已得知矣。）贾政道："我们就从此小径游去，回来，那一边出去，方可遍览。"

说毕，命贾珍在[三]前引导，自己扶了宝玉，逶迤进入山口①。（此回乃一部之纲绪，不得不细写，尤不可不细批注。盖后文十二钗书，出入来往之境；方不能错落，观者亦如身临足到矣。今贾政虽进的是正门，却行的是僻路。按此一大园，羊肠鸟道不止几百十条，穿东度西，临山过水，万勿以今日贾政所行之径，考其方向基址。故正殿反于末路写之，足见未由大道而往，乃逶迤转折而经也。）抬头忽见山上有镜面白石一块②，正是迎面留题处。（留题处便精，不必限定凿金镂银一色恶俗，赖及枣梨之力。）贾政回头笑道："诸公请看！此处题以何名方妙？"众人听说，也有说该题"叠翠"二字，也有说该题"锦嶂"的，又有说"赛香炉"的，又有说"小终南"的，种种名色，不止[四]几十个。原来众客心中早知贾政要试宝玉的功业进益如何，只将些俗套来敷衍。宝玉亦料定此意。（补明好。）贾政听了，便回头命宝玉拟来。宝玉道："尝闻古人有云：'编新不如述旧，刻古终胜雕今[五]。'（未闻古人说此两句，却又似有者。）况此处并非主山正景，原无可题之处，不过是探景一进步耳。（此论确是。）莫若直书'曲径通幽处'这句旧诗在上，倒还大方气派。"众人听了，都赞道："是极！二世兄天分高，才情远，不似我们读腐了书的。"贾政笑道："过赞了。他年小，不过以一知充十用，取笑罢了。再俟选拟。"

说着，进入石洞来。只见佳木茏葱，奇花闪灼，一带清流，从花

---

① 庚侧：宝玉此刻已料定吉多凶少。
② 庚侧：新奇！

木深处曲折泻于石隙之下。这水是人力引来做的。再进数步,渐向北边,细极。后文所以云进贾母卧房后之角门,是诸钗日相来往之境也。后文又云,诸钗所居处,只在西北一带,最近贾母卧室之后,皆从此"北"字而来。平坦宽豁,两边飞楼插空,雕甍绣槛,皆隐于山坳树杪之间。俯而视之,则清流泻雪,石蹬穿云,前已写山至宽处,此则由低处至高处,各景皆遍。白石为栏,环抱池沼,石桥跨港[六],兽面衔吐。桥上有亭,前已写山写石,今则写池写楼,各景皆遍。贾政与诸人上了亭子,倚栏坐了,此亭大抵四通八达,为诸小径之咽喉要路。因问:"诸公以何题此?"诸人都道:"当日欧阳公《醉翁亭记》有云:'有亭翼然',颇好。"贾政笑道:"'翼然'虽佳,但此亭压水而成,还须偏于水题方称。依我拙裁,欧阳公之'泻出于两峰之间',竟用他这一个'泻'字。"有一客道:"是极,是极。竟是'泻玉'二字妙。"贾政拈髯寻思,因抬头见宝玉侍侧,便笑命他也拟一个来。宝玉听说,连忙回道:"老爷方才所议已是。但是如今追究了去,似乎当日欧阳公题酿泉用一'泻'字则妥,今日此泉若亦用'泻'字,则觉不妥。况此处虽省亲驻跸别墅,亦当入于应制之例,用此等字眼,亦觉粗陋不雅。求再拟较些蕴藉含蓄者。"贾政笑道:"诸公听此论若何?方才众人编新,你又说不如述古;如今我们述古,你又说粗陋不妥。你且说你的来我听。"宝玉道:"有用'泻玉'二字,莫若'沁芳'①二字,果然。岂不新雅?"贾政拈髯点头不语②。众人都忙迎合,赞宝玉才情不凡。贾政道:"匾上二字容易。再作一副七言对联来。"宝玉听说,立于亭上,四顾一望,便机上心来,乃念道:

绕堤柳借三篙翠要紧贴切水字。隔岸花分一脉香恰极!工极!绮靡秀媚,香奁正体。

贾政听了,点头微笑。众人先称赞不已。

于是出亭过池,一山一石,一花一木,莫不着意观览。浑写两句,已见经行处愈远,更至北一路矣。忽抬头看见前面一带粉垣,里面数楹精舍,有千[七]百竿翠竹遮映。众人都道:"好个所在③!"于是大家进入,只见入门便是曲折游

---

① **庚侧**:真新雅!
② **庚眉**:六字是严父大露悦容也。□□壬午春。
③ **庚侧**:此方可为颦儿之居。

廊,^{不犯抄手游廊}阶下石子漫成甬路。上面小小二三间房舍,一明两暗,里面都是合着地步打就的床几椅案。从里间房内又得一小门,出去则是后院,有大株梨花兼着芭蕉。又有两间小小退步。后院墙下忽开一隙,得泉一派,开沟仅尺许,灌水入墙内,绕阶缠屋至前院,盘旋竹下而出。

贾政笑道:"这一处还罢了①。若能月夜坐此窗下读书,不枉虚生一世。"说毕,看着宝玉,唬的宝玉忙垂了头。_{点一笔。}众客忙用话开释,_{客不可不有。}又说道:"此处的匾该题四个字。"贾政笑问:"那四字?"一个道是"淇水遗风"。贾政道:"俗。"_{余亦如此。}又一个是"睢园雅迹"。贾政道:"也俗。"贾珍笑道:"还是宝兄弟拟一个来②。"贾政道:"他未曾作,先就要议论人家好歹,可见就是个轻薄人③。"众客道:"议论的极是,其奈他何。"贾政忙道:"休如此纵了他。"因命他道:"今日任你狂言乱道④,先设议论来,然后方许你作。_{又一格式,不然,不独死板,且亦大失严父素体。}方才众人说的[八],可有使得的?"宝玉见问,答道:"都似不妥。"_{明知是故意要他盘驳议论,乐得肆行施展。}贾政冷笑道:"怎么不妥?"宝玉道:"这是第一处行幸之处,必须颂圣方可。若用四字的匾,又有古人现成的,何必再作。"贾政道:"难道'淇水'、'睢园'不是古人的?"宝玉道:"这太板腐了。莫若'有凤来仪'四字。"_{果然,妙在双关暗合。}众人都哄然叫妙。贾政点头道:"畜生,畜生,可谓'管窥蠡测'矣。"因命:"再题一联来。"宝玉便念道:

宝鼎茶闲烟尚绿　_{"尚"字妙极!不必说竹,然恰恰是竹中精舍。}
幽窗棋罢指犹凉　_{"犹"字妙!"尚绿"、"犹凉"四字,便如置身于森森万竿之中。}

---

① 庚侧:一处。
② 庚眉:又换一章法。□□壬午春。
③ 庚侧:知子者莫如父。
④ 庚眉:于作诗文时,虽政老亦有如此令旨,可知严父亦无可奈何也。不学纨袴来看。□□畸笏。

贾政摇头说道："也未见长。"说毕，引人出来。

方欲走时，忽又想起一事来①，因问贾珍道："这些院落房宇并几案桌椅，都算有了②，还有那些帐幔帘子并陈设玩器古董，可也都是一处处合式配就的？"【大篇长文不如此一顿，则成何说话？】贾珍回道："那陈设的东西早已添了许多，自然临期合式陈设。帐幔帘子，昨日听见琏兄弟说，还不全。原是一起工程之时，就画了各处的图样，量准尺寸，就打发人办去的。想必昨日得了一半。"【补出近日忙冗千头万绪景况。】贾政听了，便知此事不是贾珍的首尾，便命人去唤贾琏赶来。【写出忙冗景况。】

一时，贾琏赶来[九]。贾政问他共有几种，现今得了几种，尚欠几种。贾琏见问，忙取靴桶内靴掖装的一个纸折略节来，【细极；从头至尾，誓不作一笔逸安苟且之笔。】看了一看，回道："妆、【一字一句】蟒、绣、堆、刻丝、弹墨【二字一句】并各色绸绫大小幔子一百二十架，昨日得了八十架，下欠四十架。帘子二百挂，昨日俱得了。外有猩猩毡帘二百挂，金丝藤红漆竹帘二百挂，墨漆竹帘二百挂，五彩线络盘花帘二百挂，每样得了一半，也不过秋天都全了。椅搭、桌围、床裙、罩套，每分一千二百件，也有了。"

一面走，一面说，【是极。】倏尔青山斜阻。【"斜"字细，不必拘定方向。诸钗所居之处，若稻香村、潇湘馆、怡红院、秋爽斋、蘅芜苑等，都相隔不远，究竟只在一隅。然处置得巧妙，使人见其千丘万壑，恍然不知所穷，所谓会心处不在乎远。大抵一山一水，一木一石，全在人之穿插布置焉耳。】转过山怀中，隐隐露出一带黄泥筑就矮墙，墙头皆用稻茎掩护。【配得甚好。】有几百株杏花，如喷火蒸霞一般。里面数楹茅屋，外面却是桑、榆、槿、柘，各色树木新条，随其曲折，编就两溜青篱。篱外山坡之下，有一土井，旁有桔槔辘轳之属。下面分畦列亩，佳蔬菜花，漫然无际。【阅至此，又笑别部小说中，一万个花园中，皆是牡丹亭、芍药圃、雕栏画栋、琼榭朱楼，略不见差别。】

贾政笑道："倒是此处有些道理。固然系人力穿凿，此时一见，未免勾引起我归农之意。【极热中，偏以冷笔点之，所以为妙。】我们且进去歇息歇息。"说毕，方欲进篱门去，忽见路旁有一石碣，亦为留题之备③。【更恰当。若有悬额之处，或再用镜面石，岂

---

① 己侧：不板。
② 庚侧：此一顿少不得。
③ 庚侧：真妙，真新！

复成文哉?忽想到"石碣"二字,又托出许多郊野气色来,一肚皮千溪万壑,只在这石碣上。众人笑道:"更妙,更妙!此处若悬匾待题,则田舍家风一洗尽矣。立此碣,又觉生色许多,非范石湖田家之咏不足以尽其妙①。"客不可不养。贾政道:"诸公请题。"众人道:"方才世兄有云,'编新不如述旧',此处古人已道尽矣,莫若直书'杏花村'妙极。"贾政听了,笑向贾珍道:"正亏提醒了我。此处都妙极,只是还少一个酒幌。明日竟作一个,不必华丽,就依外面村庄的式样作来,用竹竿挑在树梢。"贾珍答应了,又回道:"此处竟还不可养别的雀鸟,只是买些鹅鸭鸡类,才都称了。"贾政与众人都道:"更妙。"贾政又向众人道:"'杏花村'固佳,只是犯了正名,村名直待请名[十]方可。"众客都道:"是呀。如今虚的,便是什么字样好?"

大家想着,宝玉却等不得了,又换一格,方不板。也不等贾政的命,忘情有趣。便说道:"旧诗有云:'红杏梢头挂酒旗'。如今莫若'杏帘在望'妙在一"在"字。四字。"众人都道:"好个'在望'!又暗合'杏花村'意。"宝玉冷笑道:忘情最妙。"村名若用'杏花'二字,则俗陋不堪了。又有古人诗云:'柴门临水稻花香',何不就用'稻香村'的妙?"众人听了,益发哄声拍手道:"妙!"贾政一声断喝:"无知的孽障②!你这孩子能知道几个古人,能记得几首熟诗,也敢在老先生跟前卖弄!你方才那些胡说的,不过是试你的清浊,取笑而已,你就认真了!"

说着,引人步入苑堂,里面纸窗木榻,富贵气象一洗皆尽。贾政心中自是欢喜,却瞅宝玉道:"此处如何?"众人见问,都忙悄悄的推宝玉,教他说好。宝玉不听人言,便应声道:"不及'有凤来仪'多矣。"公然自定名,妙!贾政听了道:"无知的蠢物!你只知朱楼画栋、恶赖富丽为佳,那里知道这清幽气象。终是不读书之过!"宝玉忙答道:"老爷教训的固是,但古人常云'天然'二字,不知何意?"

众人见宝玉牛心[十一],都怪他呆痴不改。今见问'天然'二字,众人忙道:"别的都明白,为何连'天然'不知?'天然'者,天之自

---

① 庚侧:赞得是。这个蓑翁有些意思!
② 庚眉:爱之至,喜之至,故作此语。
作者至此,宁不笑杀?□□壬午春。

然而有，非人力之所成也。"宝玉道："却又来！此处置一田庄，分明见得人力穿凿扭捏而成。远无邻村，近不负郭，背山山无脉，临水水无源，高无隐寺之塔，下无通市之桥，峭然孤出，似非大观。争似先处有自然之理，得自然之气，虽种竹引泉，亦不伤于穿凿。古人云'天然图画'四字，正畏非其地而强为地，非其山而强为山，虽百般精而终不相宜……"未及说完，贾政气的喝命："出去！"刚出去，又喝命："回来！"命再题一联："若不通，一并打嘴①！"宝玉只得念道：

新涨绿添浣葛处采《诗》颂至最恰当。 好云香护采芹人采《风》、采《雅》都恰当。然冠冕中不失香奁格调。

贾政听了，摇头说："更不好。"一面引人出来。

转过山坡，穿花度柳，抚石依泉，过了荼蘼架，再入木香棚，越牡丹亭，度芍药圃，入蔷薇院，出芭蕉坞，盘旋曲折。略用套语一束，与前顿破格不板。忽闻水声潺湲，泻出石洞，上则萝薜倒垂，下则落花浮荡。仍是沁芳溪矣，究竟基址不大，全是曲折掩映之巧可知。众人都道："好景，好景！"贾政道："诸公题以何名？"众人道："再不必拟了，恰恰乎是'武陵源'三个字。"贾政笑道："又落实了，而且陈旧。"众人笑道："不然就用'秦人旧舍'四字也罢了。"宝玉道："这越发过露了。'秦人旧舍'说避乱之意，如何使得？莫若'蓼汀花溆'四字。"贾政听了，更批胡说。

于是要进港洞时，又想起有船无船。贾珍道："采莲船共四只，座船一只，如今尚未造成。"贾政笑道："可惜不得入了。"贾珍道："从上盘道亦可以进去。"说毕，在前导引，大家攀藤抚树过去。只见水上落花愈多，其水愈清，溶溶荡荡，曲折萦纡。池边两行垂柳，杂着桃杏，遮天蔽日，真无一些尘土。忽见柳阴中又露出一条折带朱栏板桥来，此处才见一朱粉字样。绿柳红槁（注：原文即少两笔），此等点缀亦不可少。后文写芦雪广则曰蜂腰板槁，都施之得宜，非一幅死稿也。度过桥去，诸路可通，补四字，细极！不然，后文宝钗来往，则将日日爬山越岭矣。记清此处，则知后文宝玉所行常径，非此处者也。便见一所清凉瓦舍，一色水磨砖墙，清瓦花堵。那大主山所分之脉，两见大主山，稻香村又云怀中，不写主山，而主山处处映带连络不断可知矣。皆穿墙而过。好想。

---

① 庚眉：所谓"奈何他不得"也。呵呵！□□畸笏。

贾政道:"此处这所房子,无味的很。"〔先故顿此一笔,使后文愈觉生色,未扬先抑之法。盖以钗、鬘对峙,有甚难写者也。〕因而步入门时,忽迎面突出插天的大玲珑山石来,四面群绕各式石块,竟把里面所有房屋悉皆遮住,而且一株花木皆无。〔更奇妙!〕只见许多异草:或有牵藤的,或有引蔓的,或垂山巅,或穿石隙,甚至垂檐绕柱,萦砌盘阶,〔更妙!〕或如翠带飘飘,或如金绳盘屈[十二],或实若丹砂,或花如金桂,味芬气馥,非花香之可比。〔前三处皆还在人意之中,此一处则今古书中未见此工程也。〕贾政不禁笑道:"有趣!〔前有"无味"二字,及云"有趣"二字,更觉生色,更觉重大。〕只是不大认识。"有的说:"是薜荔藤萝。"贾政道:"薜荔藤萝不得如此异香。"宝玉道:"果然不是。这些之中也有薜荔藤萝。那香的是杜若蘅芜,那一种大约是茝兰,这一种大约是清葛,那一种是金䔲草,这一种是玉蕗藤,红的自然是紫芸,绿的定是青芷。〔金䔲草,见《字汇》。玉蕗,见《楚辞》。〕〔"茝蕗杂于麋蒸",茝、葛、芸、芷,皆不必注,见者太多。此书中异物太多,有人生之未闻未见者,然实系所有之物,或名差理同者亦有之。〕想来《离骚》、《文选》等书上所有的那些异草,也有叫作藿蒳、薑荨的,也有叫作紫绐绛组的,还有石帆、水松、扶留等样,〔左太冲《吴都赋》。〕又有叫什么绿荑的,还有什么丹椒、蘼芜、风连。〔以上《蜀都赋》。〕如今年深岁久,人不能识,皆像形夺名,渐渐的唤差了,也有的。"〔自实注一笔,妙!〕未及说完,贾政喝道:"谁问你来!"〔又一样止法。〕唬的宝玉倒退,不敢再说。

贾政因见两边俱是抄手游廊,便顺着游廊步入。只见上面五间清厦儿卷棚,四面出廊,绿窗油壁,更比前几处清雅不同。贾政叹道:"此轩中煮茶操琴,亦不必再焚名香矣。〔前二处,一曰月下读书,一曰勾起归农之意,此则操琴煮茶,断语皆妙。〕此造已出意外,诸公必有佳作新题以颜其额,方不负此。"众人笑道:"再莫若'兰风蕙露'贴切了。"贾政道:"也只好用这四字。其联若何?"一人道:"我倒想了一对,大家批削改正。"念道是:

麝兰芳霭斜阳院　杜若香飘明月洲

众人道:"妙则妙矣,只是'斜阳'二字不妥。"那人道:"古人诗云'蘼芜满院泣斜晖'。"众人道:"颓丧,颓丧。"又一人道:"我也有一联,诸公评阅评阅。"因念道:

　　　　三径香风飘玉蕙　　一庭明月照金兰此二联皆不过为钓宝玉之饵，不必认真批评。

　　贾政拈髯沉吟，意欲也题一联。忽抬头见宝玉在旁不敢喷声，因喝道："怎么你应说话时，又不说了？还要等人请教你不成！"宝玉听说，便回道："此处并没有什么'兰麝'、'明月'、'洲渚'之类，若要这样着迹说起来，就题二百联也不能完。"贾政道："谁按着你的头，叫你必定说这些字样呢？"宝玉道："如此说，匾上则莫如'蘅芷清芬'四字。"对联则是：

　　　　吟成荳蔻诗犹艳　　睡足酴醾梦也香实佳。

　　贾政笑道："这是套的'书成蕉叶文犹绿'，不足为奇。"众客道："李太白'凤凰台'之作，全套'黄鹤楼'①，只要套得好。如今细评起来，方才这一联，竟比'书成蕉叶'犹觉幽娴活泼。视'书成'之句，竟似套此而来。"贾政笑说："岂有此理！"

　　说着，大家出来。行不多远，则见崇阁巍峨，层楼高起，面面琳宫合抱，迢迢复道萦纡，青松拂檐，玉栏绕砌，金辉兽面，彩焕螭头。贾政道："这是正殿了，想来此殿在园之正中，按园不是殿方之基，西北一带通贾母卧室后，可知西北一带是多宽出一带来的，诸钗始便于行也。只是太富丽了些。"众人都道："要如此方是。虽然贵妃崇节尚俭，天性恶繁悦朴②，然今日之尊，礼仪如此，不为过也。"一面说，一面走，只见正面正面细。现出一座玉石牌坊来，上面龙蟠螭护，玲珑凿就。贾政道："此处书以何文？"众人道："必是'蓬莱仙境'方妙。"。贾政摇头不语。宝玉见了这个所在，心中忽有所动，寻思起来③，倒像那里曾见过的一般，却一时想不起那年月日的事了。仍归于葫芦一梦之太虚玄（原作玄，即少一笔）境。贾政又命他作题，宝玉只顾细思前景，全无心于

---

① 庚侧：这一位蓑翁更有意思。
② 庚侧：写出贾妃身份、天性。
③ 庚眉：一（原无）路顺顺逆逆，已成千（原作十）丘万壑之景，若不有此一段大江截住，直成一盆景矣！作者从何落笔着想！

第十七回　大观园试才题对额　怡红院迷路探曲折

此了。众人不知其意，只当他受了这半日的折磨，精神耗散，才尽词穷了；再要考难逼迫，着了急，或生出事来，倒不便。遂忙都劝贾政："罢，罢！明日再题罢了。"贾政心中也怕贾母不放心，一笔不漏。遂冷笑道："你这畜生，也竟有不能之时了。也罢，限你一日，明日若再不能，我定不饶。这是要紧一处，更要好生作来！"

说着，引人出来，再一观望，原来自进门起，所行至此，才游了十之五六。总注妙，伏下后文所补等处。若都入此回写完，不独太繁，使后文冷落，亦且非《石头记》之笔。又值人来回，有雨村处遣人回话。又一紧，故不能终局也。此处渐渐写雨村亲切，正为后文地步。伏脉千里，横云断岭法。贾政笑道："此数处不能游也。虽如此，到底从那一边出去，纵不能细观，也可稍览。"说着，引客行来，至一大桥前，见水如晶帘一般奔入。原来这桥便是通外河之闸，引泉而入者。写出水源，要紧之极！近之画家着意于山，若不讲水，又造园囿者，惟知弄莽憨顽石，壅笨冢，辄谓之景，皆不知水为先着。此园大概一描，处处未尝离水，盖又未写明水之从何来，今总补出，精细之至。贾政因问："此闸何名？"宝玉道："此乃沁芳泉之正源，就名'沁芳闸'。"究竟只一脉，赖人力引（原无）导之功。园不易造，景非泛写也。贾政道："胡说，偏不用'沁芳'二字。"此以下皆系文终之余波，收的方不突。

于是一路行来，或清堂茅舍，或堆石为垣，或编花为牖，或山下得幽尼佛寺，或林中藏女道丹房，或长廊曲洞，或方厦圆亭，贾政皆不及进去。伏下栊翠庵、芦雪广、凸碧山庄、凹晶溪馆、暖香坞等诸处，于后文逐段逐段补之，方得云龙作雨之势。因说半日腿酸，未尝歇息，忽又见前面又露出一所院落来①，贾政笑道："到此可要进去歇息歇息了。"说着，一径引人绕着碧桃花，怡红院如此写来，用无意之笔，却是极精细文字。穿过一层竹篱花障编就的月洞门，未写其居，先写其境。俄见粉墙环护，绿柳周垂。与万竿修竹遥映。贾政与众人进去，一入门，两边都是游廊相接。院中点缀几块山石，一边种着几本芭蕉；那一边乃是一棵[十三]西府海棠，其势若伞，丝垂翠缕，葩吐丹砂。众人赞道："好花，好花！从来也见过许多海棠，那里有这样妙的。"贾政道："这叫作'女儿棠'，妙名。乃是外国之种。俗传系出'女儿国'中②，云彼国此种最盛，亦荒唐不经之说罢了③。"众人笑道："然虽不经，如何此名传久了？"宝玉道："大约

---

① 庚眉：问（原作词）卿此居，比大荒山若何？
② 庚侧：出自政老口中，奇特之至！
③ 庚侧：政老应如此语。

骚人咏士，以此花之色红晕若施脂，轻弱似扶病①，[体贴的切，故形容的妙。]大近乎闺阁风度，所以以[十四]'女儿'命名。想因被世间俗恶听了，他便以野史纂入为诬[十五]，以俗传俗，以讹传讹，都认真了。"[不独此花，近之谬传者不少，不能悉道，只借此花数语驳尽。]众人都摇首赞妙。

一面说话，一面都在廊外抱厦下打就的榻上坐了。[至阶又至檐，不肯轻易写过。]贾政因问："想几个什么新鲜字来题此？"一客道："'蕉鹤'二字最妙。"又一个道："'崇光泛彩'方妙。"贾政与众人都道："好个'崇光泛彩'！"宝玉也道："妙极！"又叹："只是可惜了。"众人问："如何可惜？"宝玉道："此处蕉、棠两植，其意暗蓄'红'、'绿'二字在内。若只说蕉，则棠无着落；若只说棠，蕉亦无着落。固有蕉无棠不可，有棠无蕉更不可。"贾政道："依你如何？"宝玉道："依我题'红香绿玉'四字，两全其妙。"贾政摇头道："不好，不好！"

说着，引人进入房内。只见这几间房内收拾的与别处不同，竟分不出间隔来的②。[新奇稀（原作希）见之法式。]原来四面皆是雕空玲珑木板，或"流云百幅"，或"岁寒三友"，或山水人物，或翎毛花卉，或集锦，或博古，[花样周全之极！然必用下文者，正是作者无聊，撰出新异笔墨，使人眼目一新。所谓集小说之大成，游戏笔墨，雕虫之技，无所不备，可谓善戏。又供诸人同学一戏，洵为妙极！]或卍字高乐㊉[前金玉篆文是可考正篆，令则从俗花样，真是醒睡魔。其中诗词哑谜以及各种风俗学文，一概不必究，只据此等处便是一绝。]各种花样，皆是名手雕镂，五彩销金嵌宝的。[至此方见一朱彩之处，亦必如此式方可。可笑近之园亭，行动便以粉油从事。]一槅一槅，或有贮书处，或有设鼎处，或安置笔砚处，或供花设瓶、安放盆景处。其槅各式各样，或天圆地方，或葵花蕉叶，或连环半壁。真是花团锦簇，剔透玲珑。倏尔五色纱糊就，竟系小窗；倏尔彩绫轻覆，竟系幽户。[精工之极！]且满墙满壁，皆系随依古董玩器之形抠成的槽子。诸如琴、剑、悬瓶、[悬于壁上之瓶也。]桌屏之类，虽悬于壁，却都是与壁相平的。[皆系人意想不到，目所未见之文，若云拟编虚想出来，焉能如此？一段极清极细，后文鸳鸯瓶、紫玛瑙碟、西洋酒、金自行船等处，不必细表。]众人都赞："好精致想头！难为怎么想来！"[谁不如此赞！]

原来贾政等走了进来，未进两层，便都迷了旧路，左瞧也有门可

---

① 庚眉：十字若海棠有知，必深深谢之。
② 庚侧：特为青埂峰下凄凉与别处不同耳。

通，右瞧又有窗暂隔，及到了跟前，又被一架书挡住。回头再走，又有窗纱明透，门径可行；及至门前，忽见迎面也进来一群人，都与自己形相一样，却是玻璃大镜相照。及转过镜去①，益发见门子多了②。贾珍笑道："老爷随我来。从这门出去，便是后院，从后院出去，倒比先近了。"说着，又转了两层纱橱锦槅，果得一门出去③，院中满架蔷薇芬馥[十六]。转过花障，则见清溪前阻。又写水。众人咤异："这股水又是从何而来？"贾珍遥指道："原从那闸起流至那洞口，从东北山坳里引到那村庄里，又开一道岔口，引到西南上，共总流到这里，仍旧合在一处④，从那墙下出去。"众人听了，都道："神妙之极！"说着，忽见大山阻路。众人都道："迷了路了。"贾珍笑道："随我来。"仍在前导引，众人随他直由山脚边忽一转，便是平坦宽阔大路⑤，豁然大门前见。可见前进来是小路径，此云忽一转便是平坦宽阔之正甬路也，细极。众人都道："有趣，有趣⑥！真搜神夺巧！"于是大家出来。

那宝玉一心只记挂着里边，又不见贾政吩咐，少不得跟到书房。贾政忽想起他来，方喝道："你还不去？难道还逛不足⑦！也不想逛了这半日，老太太必悬挂着。快进去，疼你也白疼了。"如此去法，大家严父风范，无家法者不知。宝玉听说，方退了出来。下回分解。

【总评】好将富贵回头看，总有文章如意难。零落机缘君记去，黄金万斗大观摊。

校　记：

［一］戚序本为"探深幽"，据"南图藏本"（"南京图书馆藏《戚蓼生序〈石头记〉》抄本"的简称）改为"探曲折"。己卯本与庚辰本第十七、十八回是

---

① **庚侧**：石兄迷否？
② **庚侧**：所谓"头头（原作投投）是道"是也。
③ **庚侧**：此方便门也。
④ **庚侧**：于怡红总一园之看，是书中大立意。
⑤ **庚侧**：众善归缘，自然有平坦大道。
⑥ **庚眉**：以上可当《大观园记》。
⑦ **庚侧**：冤哉，冤哉！

合在一起的，回目为"大观园试才题对额，荣国府归省庆元宵"。但在回前批中写道："此回宜分二回方妥。"

　　［二］原文无"只等老爷瞧了"一句，按甲辰本补。

　　［三］原文无"在"字，按蒙府本补。

　　［四］此处的"不止"二字，原文为"不知"，据庚辰本改。

　　［五］此处的"雕今"二字，原文为"调金"，据己卯本改。

　　［六］此处的"石桥跨港"，己卯本、庚辰本原均为"石桥三港"，但其中"三"字，均被点改为"跨"字；蒙府本为"石桥三港"。

　　［七］原文无"千"字，按庚辰本补。

　　［八］原文无"说的"二字，按梦稿本补。

　　［九］原文无"一时，贾琏赶来"句，据己卯本补。

　　［十］此处的"请名"二字，原文为"清明"，据蒙府本改。

　　［十一］原文无"牛心"二字，按列藏本补。

　　［十二］此处"盘屈"二字，原文为"盘窟"，据蒙府本改。

　　［十三］此处"棵"字，原文为"颗"，校者改。

　　［十四］原文无第二个"以"字，按庚辰本补。

　　［十五］此处"为诬"二字，蒙府本同此，庚辰本为"为证"。

　　［十六］此处"芬馥"二字，原文为"宝玉"，按庚辰本改。

第十八回

庆元宵贾元春归省　　助情人林黛玉传诗

【回前】一物珍藏见至情，豪华每向闹中争。黛林、宝薛传佳句，《豪宴》、《仙缘》留趣名。为剪荷包绾两意，屈从优女结三生。可怜转眼皆虚话，云自飘飘月自明。

　　却说宝玉来至院外，就有跟贾政的几个小厮上来拦腰抱住，都说："今儿亏我们，老爷才喜欢，老太太打发人出来问了几遍，都亏我们回说喜欢①；不然，若老太太叫你进去，就不得展才了。人人都说，你才那些诗比世[一]人的都强。今儿得了这样的彩头，该赏我们。"宝玉笑道。"每一人一吊钱。"众人道："谁没见那一吊钱②！把这荷包赏了罢。"说着，一个上来解荷包，那一个解扇囊，不容分说，将宝玉所佩之物尽行解去。又道："好生送上去罢。"一个抱了起来，几个围绕，送至贾母二门前③。那时贾母已命人看了几次，众奶娘丫鬟跟上，见过贾母。知不曾难为着他，心中自是欢喜。

---

① 庚侧：下人口气，逼（原作毕）肖！
② 庚侧：钱亦有没用处。
③ 庚侧：好收煞！

少时袭人倒了茶来，见身边佩物一件无存①，因笑道："带的东西又是那起没脸的东西们解了去了。"林黛玉听说，走来瞧瞧，果然一件无存，因向宝玉道："我给的那个荷包也给他们了？你明儿再想我的东西，可不能够了②！"说毕，赌气回房，将前日宝玉所烦他做的那个香袋儿——才做了一半——赌气拿过来就铰。宝玉见他生气，便知不妥，忙赶过来，早剪破了。宝玉已见过这香囊，虽尚未完，却十分精巧，费了许多工夫。今见无故剪了，却也可气。因忙把衣领解了，从里面[二]红袄襟上将黛玉所给的那荷包解了下来，递与黛玉瞧道："你瞧瞧，这是什么！我那一回把你的东西给人了？"林黛玉见他如此珍重，带在里面，（按理论之，则是"天下本无事，庸人自扰之"。若以儿女（原多女子）之情论之，则是必有之事，又系古今小说中不能写到，谈情者亦不能说出，真情痴之至文矣。）可知是怕人拿去之意，因此又自悔莽撞，未见皂白，就剪了香袋。（情痴之至！若无此悔，便是庸俗小性之女子矣。）因此又愧又气，低头一言不发。宝玉道："你也不用剪，我知道你是懒怠给我东西。我连这荷包奉还，何如？"说着，掷向他怀中便走。（这却难怪。）黛玉见如此，越发气起来，声咽气堵，又汪汪的滚下泪来，（怨之极，正是情之极。）拿起荷包来又剪。宝玉见他如此，忙回身抢住，笑道："好妹妹，饶了他罢！"（这方是宝玉。）黛玉将剪子一摔，拭泪说道："你不用同我好一阵歹一阵的，要恼，就撂开手。这当了什么！"说着，赌气上床，面向里倒下拭泪。禁不住宝玉上来，"妹妹"长"妹妹"短赔不是。

前面贾母一片声找宝玉。众奶娘丫鬟们忙回说："在林姑娘房里呢。"贾母听说道："好，好，好！让他姊妹们一处玩玩罢。才他老子拘了他这半天，让他开心一会子。只别叫他们拌嘴，不许扭了他。"众人答应着。黛玉被宝玉缠不过，只得起来道："你的意思不叫我安生，我就离了你。"说着往外就走。宝玉笑道："你到那里，我跟到那里。"一面仍拿起荷包来戴上。黛玉伸手抢道："你说不要了，这会子又戴上，我也替你怪臊[三]的！"说着，"嗤"的一声又笑了。宝玉道："好妹妹，明儿另替我做个香袋儿罢。"黛玉道："那也只瞧我高兴罢了。"

---

① **庚侧**：袭人在玉兄一身无时不照察到。
② **庚侧**：又起楼阁。

一面说，一面二人出房，到王夫人上房中去了，一段点过二玉公案，不可少。可巧宝钗亦在那里。

此时王夫人那边热闹非常。四字特补近日千忙万冗，多少花团锦簇文字。原来贾蔷已从姑苏采买了十二个女孩子——并聘了教习，以及行头等事来了。那时薛姨妈另迁于东北上一所幽静房舍居住，将梨香院早已腾挪出来，另行修理了，就令教习在此教演女戏。又另派家中旧有曾演学过歌唱的女人们——如今皆已皤然老妪了，又补出当日宁、荣在世之事，所谓此是末世之事也。着他们带领管理。就令贾蔷总理其日用出入银钱等事，以及诸凡大小所需之物料帐目①。补出女戏一段，又伏一案。

又有林之孝来回："采访聘买得十个小尼姑、小道姑都有了，连新作的二十分道袍也有了。外有一个带发修行的，本是苏州人氏，祖上也是读书仕宦之家。因生了这位姑娘自小多病，买了许多替身儿[四]，皆不中用，促的这位姑娘亲自入了空门，方才好了，所以带发修行，今年才十八岁，法名妙玉②。妙卿出现。至此细数十二钗，以贾家四艳再加薛、林二冠有六，添秦可卿有七，熙凤有八，李纨有九，今又加妙玉，仅得十人矣。后有史湘云与熙凤之女巧姐儿者，共十二人。雪芹题曰："金陵十二钗"，盖本宗《红楼梦》十二曲之义。后宝琴、岫烟、李纹、李绮皆陪客也，《红楼梦》中所

---

① **靖眉**：孙策天下为三分，众才一旅；项籍用江东之子弟，人惟八千。遂乃分裂山河，宰割天下。岂有百万义师，一朝卷甲（原作申），芟夷斩伐，如草木焉？江淮无涯岸之阻，亭壁无藩篱之固。头会箕敛者，合从缔交；锄耰棘矜者，因利乘便。将非江表王气，终于三百年乎？是知并吞六合，不免轵（原作帜）道之灾；混一车书，无救平阳之祸。呜呼！山岳崩颓，既履危亡之运；春秋迭代，不免去故之悲。天意人事，可以凄怆（原作沧）伤心者矣！

　　大族之败，必不致如此之速，特以子孙不肖，招接匪类，不知创业之艰难。当知"瞬息荣华，暂时欢乐"，无异于"烈火烹油，鲜花着锦"，岂得久乎？戊子孟夏，读庾（原作虞）子山文集，因将数语系此。后世子孙，其毋慢忽之！

② **庚眉**：妙玉世外人也，故笔笔带写，妙极，妥极！□□畸笏。

　　前（原作树）处引十二钗总未的确，皆系漫拟也。至末回"警幻情榜"，方知正、副、再副及三、四（原无）副芳讳。壬午季春，□□畸笏。

靖眉：前处（原作须）十二钗总未的确，皆是漫拟（原作慢终）也。至末（原作来）回"警幻情（原无）榜"，始知（原作知情）正、副、又副、及（原作乃）三、四副芳讳。□□壬午季春。

_{谓副十二钗是也。又有又副册三段词，乃晴雯、袭人、香菱三人而已，余未多及，想为金钏、玉钏、鸳鸯、素云、平儿等人无疑矣。观者不待言可知，故不必多费笔墨。}如今父母俱已亡故[五]，身边只有两个老嬷嬷、一个小丫头伏侍。文墨也极通，经文也不用学了，模样儿又极好。因听见'长安'都中有观音遗迹并贝叶遗文，去岁随了师父上来，_{因此方使妙卿入都。}现在西门外牟尼庵住。他师父极精演先天神数，于去冬圆寂了。妙玉本欲扶灵回乡的，他师父临寂遗言，说他'衣食起居不宜回乡，在此静居，后来自有你的结果'。所以他竟未回。"王夫人不等回完，便说："既这样，我们何不接了他来。"林之孝家的回道："请他，他说：'侯门公府，必以贵势压人，我再不去的。'"_{补出妙卿身份不凡，心性高洁。}王夫人笑道："他既是官宦小姐，自然骄傲些，就下个帖子请他何妨。"林之孝家的答应了出去，命书启相公写请帖去请妙玉。次日遣人备车轿去接迎。后话暂且搁过，此时不能表白。_{补尼道一段，又伏一案。}

当下又有人回，工程上等着糊东西的纱绫，请凤姐去开楼拣纱绫；又有人回，请凤姐开库，收金银器皿。连王夫人并上房丫鬟等众，皆一时不得闲的。宝钗便说："咱们别在这里碍手碍脚，找探丫头去。"说着，同宝玉、黛玉往迎春等房中来闲玩，无话。

王夫人等日日忙乱，直到十月将尽，幸皆全备：各处监管都清帐目；各处古董文玩，皆已陈设齐备；采办鸟雀的，自仙鹤、孔雀，以及鹿、兔、鸡、鹅等类，悉已买全，交于园中各处像景饲养；贾蔷那边也演出二十出杂戏来；小尼姑、道姑，也都学念会了几卷经咒。贾政方略心意宽畅，_{好极！可见智者居心无一时弛怠。}又请贾母等进园，色色斟酌，点缀妥当，再无一些遗漏不当之处了。于是贾政方择日题本。_{至此方完大观园工程公案，观者则为大观园费尽精神，余则为此（费尽）笔墨，却只因一个葬花冢。}本上之日，奉朱批准奏；次年正月十五上元之日，恩准贾妃省亲。贾府领了此恩旨，益发昼夜不闲，年也不曾好生过的。_{一语带过，是以"岁首祭宗祠（原作祀）、元宵开家宴"，留在后文细写。}

展眼元宵在迩，自正月初八日，就有太监出来，先看方向：何处更衣，何处燕坐，何处受礼，何处开宴，何处退息。又有巡察地方总理关防太监等，带了许多小太监出来，各处关防，挡围幙；指示贾宅人员何处退，何处跪，何处进膳，何处启事，种种仪注不一。外面又

十八回　庆元宵贾元春归省　助情人林黛玉传诗

有工部官员并五城兵修道，打扫街道，撵逐闲人。贾赦等督率匠人扎花灯烟火之类，至十四日，俱已停妥。这一夜，上下通不曾睡。

至十五日五鼓，自贾母等有爵者，按品服大妆。园内各处，帐舞蟠龙，帘飞彩凤，金银焕彩，珠宝争辉，是元宵之夕，不写灯月，而灯光月色满纸矣。鼎焚百合之香，瓶插长春之蕊。抵一篇灯赋。静悄无人咳嗽。有此句方足。贾赦等在西街门外，贾母等在荣府大门外。街头巷口，俱系围帐幔挡严。正等的不耐烦，忽一太监骑大马而来，有是礼。贾母忙接入，问其消息。太监道："早多着呢！未初刻用过晚膳，未正二刻还到宝灵宫拜佛，暗贴王夫人，细。酉初刻进大明宫领宴看灯，方请旨，只怕戌初才起身呢。"凤姐听了道："既这么着，老太太、太太且请回房①，等是时候再来也不迟。"于是贾母等暂且自便，园中悉赖凤姐照理。又命各执事人带领太监们用酒饭。

一时，传人一担一担的挑进蜡烛来，各处点灯。方点完时，忽听外边马跑之声，静极，故闻之，细极！一时，又十来个太监都喘吁吁跑来拍手儿。神异！画出内家风范。《石头记》最难之处，别书中摸不着。这些太监会意，都知道，说："来了，来了②"，各按方向站住。贾赦领合族子侄在西街门外，贾母领合族女眷在大门外迎接。半日静悄悄的。忽见一对红衣太监骑马缓缓的走来，形容逼肖。至西街门下了马，将马赶出围帐之外，便垂手面西站住。形容逼肖。半日又是一对，亦是如此。少时便来了十来对，方闻得隐隐细乐之声，一对对龙旌凤翣，雉羽夔头，又有销金提炉焚着御香；然后一把曲柄七凤黄金伞过来，便是冠袍带履。又有值事太监捧着香珠、绣帕、漱盂、拂尘等类。一队队过完，后面方是八个太监抬着一顶金黄绣凤版舆，缓缓行来。贾母等连忙路旁跪下③，早飞跑过几个太监来扶起，并邢、王两夫人来。那版舆抬进大门，入仪门东去。到一所院落门前，有执拂太监，跪请下舆更衣。于是抬舆入门，太监等散去，只有昭容、彩嫔等引领元春下舆。只见院内各色花灯烂灼④，皆系纱绫扎成，精致非

---

① **庚侧**：自然当家人先说话。
② **庚侧**：难（原作雅）得他写（原无）的出，是经过（原作至）之人也。
③ **庚侧**：一丝不乱。
④ **庚侧**：元春目中。

常。上面有一匾灯,写着"体仁沐德"四字,元春入室更衣毕,复出,上舆进园。只见园中香烟缭绕,花彩缤纷,处处灯花相映,时时细乐声喧,说不尽这太平气象,富贵风流。——此时自己回想当初在大荒山中,青埂峰下,那等凄凉寂寞;若不亏癞僧、跛道二人携来到此,又安得能这般世面①。本欲作一篇《灯月赋》、《省亲颂》,以志今日之事,但又恐入了别书的俗套。按此时之景,即作一赋一赞,也不能形容得尽其妙;即不作赋赞,其豪华富丽,观者诸公亦可想而知矣。所以倒是省了这工夫纸墨,且说正经为是。自"此时"以下皆石头之语,真是千奇百怪之文。

且说贾妃在轿内,看此园内外如此豪华,因默默叹息奢华过费。忽又见执拂太监跪请登舟,贾妃乃下舆。只见清流一带,势如游龙,两边石栏上,皆系水晶玻璃各色风灯,点的如银花雪浪;上面柳杏诸树虽无花叶,然皆用通草绸绫纸绢依势作成,粘于枝上的,每一株悬灯数盏;更兼池中荷荇凫鹭之属,亦皆系螺蚌羽毛之类作就的。诸灯上下争辉,真系玻璃世界,珠宝乾坤。船上亦系各种精致盆景诸灯,珠帘绣幙,桂楫兰桡,自不必说。已而入一石港洞,洞上一面匾灯,明现着"蓼汀花溆"四字。

按此四字并"有凤来仪"等处,皆系上回贾政偶然一试宝玉之课艺才情耳,何今日认真用此匾联②?况贾政世代诗书,来往诸客屏侍坐陪者,悉皆才技之流,岂无一名手题撰,竟用小儿一戏之辞苟且搪塞③?真似暴发新荣之家,滥使银钱,一味抹油涂朱毕,则大书"前门绿柳垂金锁,后户青山列锦屏"之类,则以为大雅可观,岂《石头记》中通部所表之宁、荣贾府所为哉!据此论之,竟大相矛盾了。诸公不知,待蠢物石兄自谦。妙!可代答云:岂敢!将原委说明,大家方知。

当日这贾妃未入宫时,自幼亦系贾母教养。后来添了宝玉,贾妃乃长姊,宝玉为弱弟,贾妃每上念母年将迈,始得此弟,是以怜爱宝玉,与诸弟待之不同。且伺随祖母,刻未暂离。那宝玉未入学堂之

---

① **庚眉**:如此繁华盛极、花团锦簇之文,忽用石兄自语截住,是何笔力!令人安得不拍案叫绝!试(原作是)阅历来诸小说中,有如此章法乎?

② **庚眉**:驳得好。

③ **庚眉**:《石头记》惯(原作贯)用特犯不犯之笔,真令人惊心骇目读之。

先，三四岁时，已得贾妃手引口传①，教授了几本书、数千字在腹内了。其名分虽系姊弟，其情形犹如母子。自入宫后，时时带信出来与父母说："千万好生扶养，不严不能成器，过严恐生不虞，且致父母之忧。"眷念切爱之心，刻未能忘。

前日贾政闻塾师背后赞宝玉偏才尽有，贾政未信，适巧遇园已落成，令其题撰，聊一试其情思之清浊。其所拟之匾联，虽非妙句，在幼童为之，亦或可取。即另使名公大笔为之，固不费难，然想来倒不如这本家风味有趣②。更使贾妃见之，知系其爱弟所为，亦或不负其素日切望之意③。一驳一解，跌宕摇曳之至。且写得父母、兄弟体贴恋爱之情，淋漓痛切，真是天伦至情。因有这段原委，故此竟用了宝玉所题之联额。那日虽未曾题完，后来亦曾补拟。一句补前文之不暇，启后文苗裔，至后文凹晶溪馆黛玉口中又一补，所谓一击空谷，八方皆应。闲文少述，且说贾妃看了四字，笑道："'花溆'二字便妥，何必'蓼汀'？"侍座太监听了，忙下小舟登岸，飞传与贾政。贾政听了，即忙移换。换的周到可悦。一时，舟临内岸，复弃舟上舆，便见琳宫绰约，桂殿巍峨。石牌坊上明显"天仙宝镜"四大字，不得不用俗。贾妃忙命换"省亲别墅"四字。妙！是特留此四字与彼自命。于是进入行宫。但见庭燎烧空，庭燎最确。香屑布地，火树琪花，金窗玉槛。说不尽帘卷虾须，毯铺鱼獭，鼎飘麝脑之香，屏列雉尾之扇。真是：

金门玉户神仙府，桂殿兰宫妃子家。

贾妃看罢，乃问："此殿何无匾额？"随侍太监跪启曰："此系正殿，外臣未敢擅拟。"贾妃点头不语。礼仪太监跪请升座受礼，两陛乐起。礼仪太监二人引贾赦等，于月台下排班，殿上昭容传谕曰："免。"太监引贾赦等退出。又有太监引荣国太君及女眷等自东阶升月台上排班，一丝不乱，精致大方，有如欧阳公九九。昭容再传谕曰："免。"于是引退。

茶已三献，贾妃降座，乐止。退入侧殿更衣，方备省亲车驾出

---

① 庚侧：批书人领过（原作至）此教，故批至此，竟放声大哭。俺先姊仙（原作先）逝太早，不然，余何得为废人耶？

② 庚侧：转得好！

③ 庚侧：有是论。

园。至贾母正室，欲行家礼，贾母等俱跪止不迭。贾妃满眼垂泪，方彼此上前厮见，一手搀贾母，一手搀王夫人，三个人满心里皆有许多话，只是俱说不出，只管呜咽对泣①。《石头记》得力擅长，全是此等地方。邢夫人、李纨、王熙凤、迎、探、惜三姊妹等，俱在旁围绕，垂泪无言。半日，贾妃方忍悲强笑，安慰贾母、王夫人道："当日既送我到那不得见人的去处，好容易今日回家，娘儿们一会，不说说笑笑，反倒哭起来。一会子我去了，又不知多早晚才来！"说到这句，不禁又哽咽起来。追魂摄魄。《石头记》传神摹（原作摸）影，全在此等地方，他书中不得有此见识。邢夫人等忙上来解劝。说完不可，不先说不可，说之不痛不可，最难说者，是此时贾妃口中之语。只如此一说，方千妥万帖。一字不可更改，一字不可增减，入情入理之至！贾母等让贾妃归座，又逐次一一见过，又不免哭泣一番。然后东西府掌家执事人丁在厅外行礼，及两府掌家执事媳妇领丫鬟等行礼毕。贾妃因问："薛姨妈、宝钗、黛玉因何不见？"辰：谅前信息皆知，故有此问。王夫人启曰："外眷无职，未敢擅入。"所谓诗书世家，守礼如此。偏是暴发，骄妄自大。贾妃听了，忙命快请。又谦之如此，真是世界好人物。一时，薛姨妈等进来，欲行国礼，亦命免过，上前各叙阔别寒温。又有贾妃原带进宫去的丫鬟抱琴等前所谓贾家四钗之鬟（原作外），暗以琴、棋、书、画排行，至此始全。上来叩见，贾母等连忙扶起，命人别室款待。执事太监及彩嫔、昭容各侍从人等，宁国府及贾赦宅两处自有人款待，只留三四个小太监答应。母女姊妹深叙些离别情景"深"字妙。及家务私情。

又有贾政至帘外问安，贾妃垂帘行参等事。又隔帘含泪谓其父曰："田舍之家，虽齑盐布帛，终能聚天伦之乐；今虽富贵已极，骨肉各方，然终无意趣！"贾政亦含泪启道："臣，草莽寒门，鸠群鸦属之中，岂意得征凤鸾之瑞②。今贵人上沐天恩，下昭祖德，此皆山川日月之精奇、祖宗之遗德钟于一人，幸及政夫妇。且今上启天地生物之大德，垂古今未有之旷恩，虽肝脑涂地，臣子岂能得报于万一！惟朝乾夕惕，忠于厥职外，愿我后[六]万寿千秋，乃天下苍生之同幸也。贵妃切勿以政夫妇残黎为念，懑愤金怀，更祈自加珍爱。惟业业兢兢，

---

① 庚眉：非经历过，如何写得出？□□壬午春。
② 庚侧：此语犹在耳。

勤慎恭肃，以侍上殿，不负上体贴眷爱如此之隆恩也。"贾妃亦嘱"只以国事为重，暇时保养，切勿记念"等语。贾政又启："园中所有亭台轩馆，皆系宝玉所题；如果有一二稍可寓目者，请别赐名为幸。"元妃听了宝玉能题，便含笑说："进益了。"贾政退出。

贾妃见宝、林二人益发比别姊妹不同，真是姣花软玉一般。因问："宝玉为何不进见？"至此方出宝玉。贾母乃启："无谕，外男不敢擅入。"元妃命快引进来。小太监出去引宝玉进来，先行国礼毕，元妃命他近前，携手揽于怀内①，又抚其头颈，笑道："比先竟长了好些……"一语未终，泪如雨下。只此一句，便补足前面许多文字。

尤氏、凤姐等上来启道："筵宴齐备，请贵妃游幸。"元妃等起身，命宝玉导引，遂同诸人步至园门前。早见灯光火树之中，诸般罗列非常。进园来，先从"有凤来仪"、"红香绿玉"、"杏帘在望"、"蘅芷清芬"等处，登楼步阁，涉水缘山，百般眺览徘徊。一处处铺陈不一，一桩桩点缀新奇，贾妃极加奖赞，又劝："以后不可太奢，此皆过分之极。"已而至正殿，谕免礼归座，大开筵宴。贾母等在下相陪，尤氏、李纨、凤姐等亲捧羹把盏。

元妃乃命传笔砚伺候，亲搦湘管，择其几处最喜者赐名。按其书云：

  "顾恩思义"匾额
  天地启宏慈，赤子苍头同感戴；
  古今垂旷典，九州万国被恩荣。此一匾一联书于正殿。是贾妃口气。
  "大观园"园之名
  "有凤来仪"赐名曰："潇湘馆"。
  "红香绿玉"改"怡红快绿"。即名曰："怡红院"。
  "蘅芷清芬"赐名曰："蘅芜院"。
  "杏帘在望"赐名曰："浣葛山庄"。
  正楼曰："大观楼"。

---

① 庚侧：作书人将批书人哭坏了！

东面飞楼曰："缀锦阁"。

西面斜楼曰："含芳阁"。

更有"蓼风轩""藕香榭"雅而新。"紫菱洲""荇叶渚"等名；又有四字的匾额十数个，诸如"梨花春雨""桐剪秋风""荻芦夜雪"等名，此时悉难全记。故意留下秋爽斋、凸碧山庄、凹晶溪馆、暖香坞等处，为后文另换眼目之地步。又命旧有匾、联[七]俱不必摘去。于是先题一绝云：

衔山抱水建来精，多少工夫筑始成。

天上人间诸景备，芳园应锡大观名。庚：诗却平平，盖彼不长于此也，故只如此。

写毕，向诸姊妹笑道："我素乏捷才，不长于吟咏，妹辈素所深知。今夜聊以塞责，不负斯景而已。异日少暇，必补撰《大观园记》并《省亲颂》等文，以记今日之事。妹辈亦各题一匾一诗，随才之长短，亦暂吟成，不可因我微才所缚。且喜宝玉竟知题咏，是我意外之想。此中'潇湘馆'、'蘅芜苑'二处，我所极爱，次之'怡红院'、'浣葛山庄'。此四大处，必别有章句题咏方妙。前所题之联虽佳，如今再各赋五言律一首，使我当面试过，方不负我自幼教授之苦心。"宝玉只得答应了下来，自去构思。

迎、探、惜三人之中，要算探春又出于姊妹之上，然自忖亦难与薛、林争衡[八]，只一语便写出宝、黛二人，又写出探卿知己知彼，伏下后文多少地步。只得勉强随众塞责而已。李纨也勉强凑成一律。不表薛、林可知。贾妃先挨次看姊妹们的，写道是：

旷性怡情匾额　　　迎春

园成景备特精奇，

奉命羞题额旷怡。

谁信世间有此境，

游来宁不畅神思？

十八回　庆元宵贾元春归省　助情人林黛玉传诗

万象争辉〖匾额〗　　　探春

名园筑出势巍巍，
奉命偏惭学浅微。
精妙一时言不出，
果然万象耀[九]光辉。

文章造化〖匾额〗　　　惜春

山水横拖千里外，
楼台高起五云中。
园修日月光辉里，
景夺文章造化功。〖便牵强。三首之中还算探卿略有作意，故后又写出许多意外妙文。〗

文采风流〖匾额〗　　　李纨

秀水明山抱复回，
风流文采胜蓬莱。〖起好。〗
绿裁歌扇迷芳草，
红衬湘裙舞落梅。〖凑成。〗
珠玉自应传盛世，
神仙何幸下瑶台。
名园一自邀游赏，
未许凡人到此来。〖此四诗列于前，正为潇托下韵也。〗

凝晖钟瑞〖匾额 庚：便有含蓄。〗　　　薛宝钗

芳园筑向帝城西，
华日祥云笼罩奇。
高柳喜迁莺出谷，
修篁时待凤来仪。〖确极。〗
文风已著宸游夕，
孝道应隆归省时。
睿藻仙才盈彩笔，
自惭何敢再为辞。〖好诗。此不过颂圣应制耳，犹未见他长处，以后渐知。〗

世外仙源 _{匾额} _{落想便不与人同。} 林黛玉

名园筑何处，
仙境别红尘。
借得山川秀，
添来景物新。_{所谓"信手拈来无不是"，阿颦自是一种心思。}
香融金谷酒，
花媚玉堂人。
何幸邀恩宠，
宫车过往频。_{末二首是应制诗。余谓宝、黛此作未见长，何也？盖后文别有惊人之句也。在宝卿有生不屑为此，在黛卿实不足一为。}

贾妃看毕，称赏一番，又笑道："终是薛、林二妹之作与众不同，非愚姊妹可同列者。"原来林黛玉安心今夜大展奇才，将众人压倒，_{这却何必，然尤物方如此。}不想贾妃只命一匾一咏，倒不好违谕多作，只胡乱作一首五言律应景罢了。_{请看前诗，却云是胡乱应景。}

彼时宝玉尚未作完，只刚做了"潇湘馆"与"蘅芜苑"二首，正作"怡红院"一首，起草内有"绿玉春犹卷"一句，宝钗转眼瞥见，便趁众人不理论，急忙回身悄推道："他①_{此"他"字指贾妃。}因不喜'红香绿玉'四字，改了'怡红快绿'；你这会子偏用'绿玉'二字，岂不是有意和他争驰了？况且蕉叶之说也颇多，再想一个字改了罢。"宝玉见宝钗如此说，便拭汗道：_{想见其构思之苦，方是至情。最厌近之小说中满纸神童。}"我这会子总想不起什么典故出处来。"宝钗笑道："你只把'绿玉'的'玉'字改作'蜡'字就是了。"宝玉道："'绿蜡'可有出处②？"宝钗见问，悄悄的咂嘴点头笑道③："亏你今夜不过如此，将来金殿对策，你大约连'赵钱孙李'都忘了呢④！_{有得宝卿奚落，但说谓宝卿无情，只是较阿颦施之特正耳。}唐钱翊咏芭蕉诗头一句：'冷烛无烟绿蜡乾'，你都忘了不成？"_{此等处便用硬证实处，最是大力量。但不知是何心思，是从何落想，穿插到如此玲珑锦绣地步。辰：乃}

---

① **庚眉**：这样章法，又是不曾见过的。
② **庚侧**：好极！
③ **庚侧**：媚极！韵极！
④ **庚眉**：如此穿插，安得不令人拍案叫绝！□□壬午季春。

宝玉听了，不觉洞开心臆，笑道："该死，该死！现成眼前之物偏倒想不起来，真可谓'一字师'了。从此后我只叫你师父，再不叫姊姊了。"宝钗亦悄悄的笑道："还不快作上去，只管姊姊妹妹的。谁是你姊姊？那上头穿黄袍的[十]才是你姊姊，你又认我这姊姊来了。"一面说笑，因说笑却又怕他耽延工夫，遂抽身走开了。宝玉只得续成，共有了三首。

（眉批：翁前何多敏捷，今见乃姐何反迟钝，未免怯才拘紧人所必有之耳。）
（批：一段忙中闲文，已是好看之极，出人意外。）

此时林黛玉未得展其抱负，自是不快。因见宝玉独作四律①，大费神思，何不代他作两首，也省他些精神不到之处。想着，便也走至宝玉前，悄问："可都有了？"宝玉道："才有三首，只少'杏帘在望'一首了。"黛玉道："既如此，你只抄录前三首罢。赶你写完那三首，我也替你作出这首了。"说毕，低头一想，早已吟成一律，便写在纸条上，搓成个团子，掷在他眼前②。宝玉打开一看，只觉此首[十一]比自己所作的三首高过十倍，真是喜出望外，遂忙恭楷呈上。贾妃看道：

（批：写黛卿之情思，待宝玉却又如此，是与前文特犯不犯之处）
（批：瞧他写阿颦，如此便妙极！）
（辰：姐姐做试官尚用枪手，难怪世间之代倩多耳。）
（批：这等文字亦是观书者望外之想。）

有凤来仪　　　臣宝玉谨题

秀玉初成实，
堪宜待凤凰。（批：起便拿得住。）
竿竿青欲滴，
个个绿生凉。
迸砌妨阶水，
穿帘碍鼎香。（批：妙句。古云："竹密何妨水过。"今偏翻案。）
莫摇清碎影，
好梦昼初长。

---

① 庚眉：偏又写一样，是何心意构思而得？□□畸笏。
② 庚眉：纸团送递（原作迭），系应童生秘诀，黛卿自何处学得？一笑。□□丁亥春。

蘅芷清芬

衡芜满净苑，
萝薛助芬芳。"助"字妙！通部书所以皆善练字。
软衬三春草，
柔拖一缕香。刻画入妙。
轻烟迷曲径，
冷翠滴回廊。甜脆满颊。
谁谓池塘曲，
谢家幽梦长。

怡红快绿

深庭长日静，
两两出婵娟。双起双收。读此首，始信前云"有蕉无棠不可"，"有棠无蕉更不可"等批，非泛泛妄批驳他人，到自己身上则无此能为之论也。
绿蜡本是"玉"字，遵宝卿改，似较"玉"字佳春犹卷，是蕉。
红妆夜未眠。是海棠。
凭栏垂绛袖，是海棠之情
倚石护青烟。是芭蕉之神。何能如此工恰自然！真是好诗，却是好书。
对立东风里，双收。
主人应解怜。归到主人，方不落空。王梅隐云："咏物体又难双承双落，一味双拿，则不免牵强。"此首可谓诗题两称，工极切极，流丽妩媚。

杏帘在望

杏帘招客饮，
在望有山庄。分题作一气呵成，格调熟练，自是阿颦口气。
菱荇鹅儿水，
桑榆燕子梁。阿颦之心意才情原与人别，亦不是从读书中得来。
一畦春韭绿，
十里稻花香。
盛世无饥馁，
何须耕织忙。以幻入幻，顺水推舟，且不失应制，所以称阿颦。

十八回　庆元宵贾元春归省　助情人林黛玉传诗

贾妃看毕，喜之不尽，说："果然进益了！"又指"杏帘"一首为前三[十二]首之冠，遂将"浣葛山庄"改为"稻香村"①。*如此服善，妙！* 又命探春另以彩笺誊录出方才一共十数首诗，出令太监传与外厢。贾政等看了，都称颂不已。贾政又进《归省颂》。元春又命以琼酥金脍等物，赐与宝玉并贾兰。*百忙中点出贾兰，直使一人不落。* 此时贾兰极幼，未达诸事，只不过随母依叔行礼，故无别传。贾环从年内染病未痊，自有闲[十三]处调养，故亦无传。*补明，方不遗失。*

那时贾蔷带领十二个女戏，在楼下正等的不耐烦，只见一太监飞来说："作完了诗，快拿戏目来！"贾蔷急将锦册呈上，并十二个花名单子。少时，太监出来，只点了四出戏：

　　第一出，《豪宴》；　*《一捧雪》中伏贾家之败。*
　　第二出，《乞巧》；　*《长生殿》中伏元妃之死。*
　　第三出，《仙缘》；　*《邯郸梦》中伏甄宝玉送玉。*
　　第四出，《离魂》。　*《牡丹亭》中伏黛玉死。所点之戏剧伏四事，乃通部书之大过节、大关键。*

贾蔷忙张罗扮演起来。一个个歌欺裂石之音，舞有天魔之态。虽是妆演的形容，却作尽悲欢情状。*二句毕矣。* 刚演完了，一太监执一金盘糕点之类，来问："谁是龄官？"贾蔷便知是赐龄官之物，喜的忙接了，*何喜之有？伏下后面许多文字，只用一"喜"字。* 命龄官叩头。太监又道："贵妃有谕，说'龄官极好，再作出戏，不拘那两出就是了'。"贾蔷忙答应了，因命龄官作《游园》、《惊梦》二出。龄官自为此二出原非本角之戏，执意不作，定要作《相约》《相骂》二出。*《钗钏记》中，总隐后文不尽风月等文。按近之俗语云："能养千军，不养一戏。"盖甚言优伶之不可养之意也。大抵一班之中，此一人技艺稍优出众，此一人则拿腔作势，唬众恃强，种种可恶，使主逐之不舍，责之不可，虽欲不怜，实不能不怜，虽欲不爱，而实不能不爱。余历梨园子弟广矣，各各皆然。亦曾与惯养梨园诸世家兄弟谈议及此，众皆知其事，而皆不能言。今阅《石头记》至载"原非本角之戏"、"执意不作"二语，便见其恃能压众，乔酸姣妒，淋漓满纸矣。复至"情悟梨香院"一回，更将和盘托出，与余三十年前目睹身亲之人，现形于纸上。便言《石头记》之为书，情之至极，言之至确，然非领略过乃事，迷陷过乃情，即观此茫然*

---

① **庚眉：**仍用玉兄前拟"稻香村"，却如此幻笔幻体。文章之格式至矣，尽矣！□□壬午春。

贾蔷扭他不过，只得依他做了。贾妃甚喜，命"不可难为了这女孩子，好生教习"，额外赏了两匹宫缎、两个荷包并金银锞子、食物之类。然后撤筵，将未到之处复又游玩。忽见山环佛寺，忙另盥手进去焚香拜佛，又题一匾云："苦海慈航"。又额外加恩与一班幽尼女道。

<small>[眉批：嚼蜡，亦不知其神妙也。 如何反扭他不过，其中便隐许多文字。 可知尤物也。 又伏下一个尤物，一段新文。 寓通部人事。一篇热文，却如此冷收。]</small>

少时，太监跪启："赐物俱齐，请验等例。"乃呈上略节。贾妃从头看了，俱甚妥协，即命照此遵行。太监听了，下来一一发放。原来贾母的是金、玉如意二柄，沉香拐拄一根，伽楠念珠一串，"富贵长春"宫缎四匹，"福寿绵长"宫绸四匹，紫金"笔锭如意"锞十锭，"吉庆有鱼"银锞十锭。邢夫人、王夫人二分，只减了如意、拐、珠四样。贾敬、贾赦、贾政等，每分御制新书二部，宝墨二匣、金、银爵各二只，表礼按前。宝钗、黛玉诸姊妹等，每人新书一部，宝镜一方，新样格式金银锞二对。宝玉亦同此。贾兰则是金银项圈二个，金银锞二对。尤氏、李纨、凤姐等，皆金银锞四锭，表礼四端。外表礼二十四端，清钱一百串，是赐与贾母、王夫人及诸姊妹房中奶娘、众丫鬟的。贾珍、贾琏、贾环、贾蓉等，皆是表礼一分，金锞一双。其余彩缎百端，金银千两，御酒华筵，是赐东、西两府凡园中管理工程、陈设、答应并司戏、掌灯诸人的。外有清钱五百串，是赐厨役、优伶、百戏、杂行人丁的。

<small>[眉批：此中忽夹上宝玉，可思。]</small>

众人谢恩已毕，执事太监启道："时已丑正三刻，请驾回銮。"贾妃听了，不由的满眼又滚下泪来。却又勉强堆笑，拉住贾母、王夫人的手，紧紧的不忍释放，再四叮咛："不须记挂，好生自养。如今天恩浩荡，一月许进内省亲一次，见面是尽有的，何必伤惨。倘明岁天恩仍许归省，万不可如此奢华靡费了！"贾母等已哭的哽噎难言了。贾妃虽不忍别，怎奈皇家规范，违错不得，只得忍心上舆去了①。这里诸人好容易将贾母、王夫人安慰解劝，搀扶出园去了。下回分解。

<small>[眉批：使人鼻酸。 妙极之谶。试看别书中专能故用一不详之语为谶？今偏不然，只有如此现成一语，便是不再之谶。只看他用一"倘"字，便隐讳自然之至。]</small>

---

① 庚眉：一回离合悲欢夹写之文，真如山阴道上令人应接不暇。尚有许多忙中闲、闲中忙小波澜。一丝不漏，一笔不苟。

【总评】此回铺排，非身经历，开巨眼，伸大笔，则必有所滞挂牵强。岂能如此触处成趣，立后文之根，足本文之情者？且借象说法，学我佛阐经，代天女散花，以成此奇文妙趣。惟不得与四才子书之作者，同时讨论臧否，为可恨耳。

校　记：

[一] 此处的"世"字，原文为"是"，据蒙府本改。
[二] 此处的"里面"二字，原文为"里"，据庚辰本改。
[三] 此处的"臊"字，原文为"燥"，据庚辰本改。
[四] 此处的"替身儿"三字，原文为"替生儿"，据庚辰本改。
[五] 此处的"亡故"二字，原文为"亡过"，据蒙府本改。
[六] 此处的"我后"二字，蒙府本同此，庚辰本为"我君"。
[七] 原文无"联"字，据庚辰本补。
[八] 原文无"衡"字，据庚辰本补。
[九] 此处的"耀"字，庚辰本为"生"，蒙府本为"有"。
[十] 原文无"的"字，据梦稿本补。
[十一] 原文无"只觉此首"四字，按庚辰本补。
[十二] 原文无"三"字，按庚辰本补。
[十三] 原文无"闲"字，据庚辰本补。

第十九回

情切切良宵花解语　意绵绵静日玉生香

【回前】彩笔辉光若转环，心情魔态几千般。写成浓淡兼深浅，活现痴人恋恋间。

话说贾妃回宫，次日见驾谢恩，并回奏归省之事，龙颜甚悦。又发内帑彩缎金银等物，以赐贾政及各椒房等员，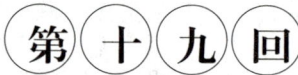不必细说。

且说荣、宁二府中因连日用尽心力，真是人人力倦，各各神疲，又将园中一应陈设动用之物，收拾了两三天方完。第一个凤姐事多任重，别人或可偷安躲静，独他是不能脱得的；二则本性要强，不肯落人褒贬，只扎挣着与无事的人一样。*伏下病源。*第一个宝玉是极无事最闲暇的。偏这日一早，袭人的母亲又亲来回过贾母，接袭人家去吃茶，晚间才得回来。*一回一回各生机轴，总在人意想之外。*因此，宝玉只和众丫头们掷骰子赶围棋作戏。*写出正月光景。*正在房内玩的没兴头，忽见丫头们来回说："东府珍大爷来请过去看戏、放花灯。"宝玉听了，便命换衣裳。才要去时，忽又有贾妃赐出糖蒸酥酪来；*总是新正妙景。*宝玉想上次袭人喜吃此物，便命留与袭人了。自己回过贾母，过去看戏。

　　谁想贾珍这边唱的是《丁郎认父》《黄伯央大摆阴魂阵》，更有《孙行者大闹天宫》《姜子牙斩将封神》等类的戏文，倏尔神鬼乱出，忽又妖魔毕露，甚至于扬幡过会，号佛行香，锣鼓喊叫之声远闻巷外。【真真热闹。】【形容刻薄之至，弋阳腔能事毕矣。阅至此，则有如耳内喧哗，目中缭（原作撩）乱。后文至隔墙闻"袅晴丝"数曲，则有如魂随笛转，魄逐歌销。形容一事，一事逼肖，石头是第一能手矣。】满街之人个个都赞："好热闹戏，别人家断不能有的。"【必有之言。】宝玉见繁华热闹到如此不堪的田地，只略坐了一坐，便走开各处闲耍。先是进内去和尤氏和丫鬟姬妾说笑了一回，便出二门来。尤氏等仍料他出来看戏，遂也不曾照管。贾珍、贾琏、薛蟠等只顾猜枚行令，百般作乐，也不理论，纵一时不见他在座，只道在里边去了，故也不问。至于跟宝玉的小厮们，那年纪大些的，知宝玉这一来了，必是晚间才散，因此偷空也有去会赌的，也有往亲友家去吃年茶的，更有或嫖或饮的，都私散了，待晚间再来；那小些的，钻进戏房里瞧热闹去了。

　　宝玉见一个人没有，因想"这里素日有个小书房内，曾挂着一幅美人，极画的得神。今日这般热闹，想那里那美人自然是寂寞的，须得我去望慰他一回①。"【极不通极胡说中，写出绝代痴情，宜众人谓之疯傻。】想着，便往书房里来。刚到窗前，闻得房内有呻吟之韵。宝玉倒唬了一跳：敢是美人活了不成？【又带出小儿心意，一丝不乱。】乃大着胆子，舔破窗纸，向内一看：那轴美人却不曾活，却是茗烟按着一个女孩子，也干那警幻所训之事。宝玉禁不住大叫："了不得！"一脚踹〔一〕进门去，将那两个唬开了，抖衣而颤。

　　茗烟见是宝玉，忙跪求不迭。宝玉道："青天白日，这是怎么说。【开口便好。】珍大爷知道，你是死是活？"一面看那丫头，虽不标致，倒还白净，些微亦有动人处，羞的脸红耳赤，低首无言。宝玉跺脚道："还不快跑！"【此等搜神夺魄至神至妙处，只在囫囵不解中得来。】一语提醒了丫头，飞也似去了。宝玉又赶出去，叫道："你别怕，我是不告诉人的。"【活宝玉，移之他人不可。】急的茗烟在后叫："祖宗，这是分明告诉人了！"宝玉因问："那丫头十几岁了？"茗烟道："大不过十六七岁了。"宝玉道："连他的岁数也不问问，别

---

① 蒙侧：天生一段痴情，所谓"情不情"也。

的自然越发不知了。可见他白认得你了。可怜！"<small>按此书中写一宝玉，其宝玉之为人，是我辈于书中见而知有此人，实目未曾亲睹者。又写宝玉之言，每每令人不解；宝玉之生性，件件令人可笑。不独于世上亲见这样的人不曾，即阅今古所有之小说传奇中，亦未见这样的文字。于颦儿处为更甚，其囫囵不解之中实可解，可解之中又说不出理路。合目思之，却如真见一宝玉，真闻此言者，移之第二人万万不可，亦不成文字矣。余阅《石头记》至奇至妙之文，全在宝玉、颦儿至痴至呆囫囵不解之语中，其诗词、哑谜、酒令、衣食奇玩等类，固他书中未能，然在此书中评，犹为二著。</small>又问："名字叫什么？"茗烟大笑道："若说出名字来话长，真真新鲜奇文，竟写不出来的。<small>若都写的出来，何以见此书中之妙耶！</small>据他说，他母亲养他的时节做了梦，<small>又是一个梦，只是随手成趣耳。</small>梦见得了一匹锦，上面是五色富贵不断头卍字的花样，<small>千奇百怪之想。所谓牛溲马勃皆至药也，鱼鸟昆虫皆妙文也。天地间无一物不是妙物，无一物不可成文，但在人意拾取耳。此皆信手拈来，随笔成趣，大游戏、大会悟、大解脱之妙文也。</small>所以他的名字叫作卍儿。"<small>音万。</small>宝玉听了笑道："真也新奇，想必他将来有些造化。"说着，沉思一会。

茗烟因问："二爷为何不看这样的好戏？"宝玉道："看了半日，怪烦的，出来逛逛，就遇见你们了。这会子做什么呢？"茗烟趋近笑道："这会子没人知道，我悄悄的引二爷往城外逛逛去，一会子再往这里来，他们就不知道了。"<small>茗烟此时只要掩饰方才之过，故设此以悦宝玉之心。</small>宝玉道："不好，仔细看拐了去。便是他们知道了，又闹大了。不如往熟近些的地方去，还可就来。"茗烟道："熟近地方，谁家可去？这却难了。"宝玉笑道："依我的主意，咱们竟找你花大姐姐去，瞧他在家做什么呢。"<small>妙！宝玉心中早安了这招（原作着），但恐茗烟不肯引去耳。恰遇茗烟私行淫媾，为宝玉所胁（原作掖），故以城外引悦其心，宝玉始悦，出往花家去。非茗烟适有罪被胁（原作掖），万不敢如此私引出外。别家子弟尚不敢私出，况宝玉哉，况茗烟哉？文字榫（原作荀）楔，极细！</small>茗烟笑道："好，好！倒忘了他家。"又道："若他们知道了，说我引着二爷胡走，要打我呢？"<small>必不可少之语。</small>宝玉道："有我呢。"茗烟听说，拉了马，二人从后门就走了。

幸而袭人家不远，不过半里路程，转眼已到门前。茗烟先进去叫袭人之兄花自芳。<small>随姓成名，随手成文。</small>彼时袭人之母接了袭人，与几个外甥女儿、<small>一树千枝，一源万派，无意随手，伏脉千里。</small>几个侄女儿来家，正吃茶果。听见外面有人叫"花大哥"，花自芳忙出去看时，见是他主仆两个，唬的惊疑不止，连忙抱下宝玉来，在院内嚷道："宝二爷来了！"别人听见还可，袭人听了，也不知为何，忙跑出来迎着宝玉，一把拉着问："你怎么来了？"宝玉

第十九回　情切切良宵花解语　意绵绵静日玉生香

笑道："我怪闷的，来瞧瞧你做什么呢。"袭人听了，才放下心来，【精细周到。】"嗐"了一声，笑道：【转至"笑"字，妙！神！】"你也忒胡闹了，【该说，说得是。】可做什么来呢！"一面又问茗烟："还有谁跟来？"【细。】茗烟笑道："别人都不知，就只我们两个。"袭人听了，复又惊慌，【是必有之神理，非特故作顿挫。】说道："这还了得！倘或碰见了人，或是遇见老爷，街上人挤车碰，马有个闪失，也是玩得的！你们的胆子比斗还大。都是茗烟调唆的，回去我定告诉嬷嬷们打你。"【该说，说的更有理。】茗烟撅了嘴，便道："二爷骂着打着，叫我带了来，这会子推到我身上。我说别来罢。不然，我们还去罢。"【茗烟贼。】花自芳忙劝："罢了，既是来了，也不用多说了。只是茅檐草舍，又窄又脏，爷怎么坐呢？"

袭人之母也早迎出来。袭人拉了宝玉进去。宝玉见房中三五个女孩儿，见他进来，都低了头，羞惭惭的。花自芳母子两个百般怕宝玉冷，又让他上炕，又忙另摆果桌，又忙倒好茶。【连用三"又"字，上文一个"百般"，神理活现纸上。】袭人笑道："你们不用白忙，【妙！不写袭卿忙，正是忙之至。若一写袭人忙，便是庸俗小派了。】我自然知道：果子也不用摆，也不敢乱给东西吃①。"【如此至微至小中便带出家常情事，他书写不及此。】一面说，一面将自己的坐褥拿来铺在一个炕上，宝玉坐了；用自己的脚炉垫了脚；向荷包内取出两个梅花香饼儿来，又将自己的手炉掀开焚上，仍盖好，放与宝玉怀内；然后将自己的茶杯斟了茶，送与宝玉。【用四个"自己"字，写得宝、袭二人素日如何亲洽，如何尊荣，此时一盘托出。盖素日身居侯府绮罗锦绣之中，其安富尊荣之宝玉，亲密浃洽勤慎委婉之袭人，是所应当，不必写者也。今于此一补，更见其二人平素之情义，且暗透后回中，所有母女兄长欲为赎身口角等未到之过文。】彼时他母兄已是忙另齐齐整整摆上一桌子果品来。袭人见总无可吃之物，【补明宝玉自幼何等娇贵。以此一句，留与下部后数十回"寒冬噎酸齑，雪夜围破毡"等处对看，可为后生过分之人戒。】因笑道："既来了，没有空去之礼，好歹尝一点儿，也是来我家一趟。"【得意之态，是才与母兄较争以后之神理，最细。】说着，拈了几个松子穰，【惟此品稍可一拈，别品便大错了。】吹去细皮，用手帕托着送与宝玉。

宝玉看见袭人两眼微红，粉光融滑，【八字画出才收泪之一女儿，是好形容，且是宝玉眼中意中。】因悄问袭人："好好的哭什么？"袭人笑道："何尝哭，才迷了眼揉的。"因

---

① 蒙侧：至敬至情。

此便遮掩过了。_{伏下后文所补未到多少文字。}当下宝玉穿着大红金蟒狐腋箭袖,外罩石青貂裘排穗褂。袭人道:"你特为往这里来又换新服,他们_{指晴雯、麝月等。}就不问你往那里去的?"_{必有是问。阅此则又笑尽小说中,无数家常穿红挂绿绮绣绫罗等语,自谓是富贵,究竟反是寒酸俗态也。}宝玉笑道:"珍大爷请看戏换的。"袭人点头。又道:"坐一坐就回去罢,这个地方不是你来的。"宝玉笑道:"你就家去才好呢,我还替你留着好东西呢①。"袭人道:"悄悄的,叫他们听着什么意思②。"_{想见二人往日情长。}一面又伸手从宝玉项上[二]将通灵玉摘了下来,向他姊妹们笑道:"你们见识见识。时常说起来都当希罕③,恨不能一见,今儿可尽力瞧了。再瞧什么希罕物儿,也不过是这么个东西④。"_{行文至此固好看之极,且勿论。按此言固是袭人得意之语,盖言你等所希罕不得一见之宝,我却常守常见,视为平物。然余今窥其用意之旨,则是作者借此正为贬玉,原非大观者也。}说毕,递与他们传看了一遍,仍与宝玉挂好。又命他哥哥去,或雇一乘小轿,或雇一辆小车,送宝玉回去。花自芳道:"有我送去,骑马也不妨了⑤。"袭人道:"不为不妨,为的是碰见人。"_{细极!}

花自芳忙去雇了一顶小轿来,众人也不敢相留,只得送宝玉出去。袭人又抓果子与茗烟,又把些钱与他买花炮放,教他:"不可告诉人,连你也有不是⑥。"一直送宝玉至门前,看着上轿,放下轿帘。花、茗二人牵马跟随。来至宁府街,茗烟命住轿,向花自芳道:"须等我同二爷还到东府里混一混,才好过去的,不然人家就疑惑了。"花自芳听说有理,忙将宝玉抱出轿来,送上马去。宝玉笑说:"倒难为你了⑦。"于是仍进后门,俱不在话下。

却说宝玉自出了门,他房中这些丫鬟们都越性恣意的玩笑,也有赶围棋的,也有掷骰抹牌的,嗑了一地瓜子皮。偏奶母李嬷嬷拄拐进

---

① 庚侧:本是(原作生员)切己(原作巳)之事。
② 蒙侧:追魂。
③ 蒙侧:不可少之文。
④ 庚眉:自"一把拉住"至此诸形景动作,袭卿有意微露绛芸(原作峰芒)轩中隐事也。
⑤ 庚侧:只知保重耳。
⑥ 蒙侧:细极。
⑦ 庚侧:公子口气。

第十九回 情切切良宵花解语 意绵绵静日玉生香

来请安,瞧瞧宝玉。见宝玉不在家,丫头们只顾玩闹,十分看不过。_{人人都看不过 独宝玉看得过。}因叹道:"自从我出去了,不大进来,你们越发没个样儿。_{说得是,原该说。}别的妈妈们越不敢说你们了。_{补明好。宝玉虽不吃乳,岂无伴从之媪妪哉?}那宝玉是个丈八的灯台——照见人家,照不见自家的。_{用俗语入,妙!}只知嫌人家脏,这是他的屋子,由着你们糟蹋,越不成体统了。"_{所以为今古未有之一宝玉。}这些丫头们明知宝玉不讲究这些,二则李嬷嬷已是告老解事出去的了,_{调侃入微。妙!妙!}如今管他们不着,因此只顾玩,并不理他。那李嬷嬷还只管问:"宝玉如今一顿吃多少饭"、"什么时辰睡觉"等语。_{可叹!}丫头们总胡乱答应。有的说:"好一个讨厌的老货①!"

李嬷嬷又问道:"这盖碗里是酥酪,怎不送与我去?我就吃了罢。"说毕,拿匙就吃。_{写龙钟奶母(原作姆),便是龙钟奶母。}一个丫头道:"快别动!那是说了给袭人留着的,_{过下无痕。}回来又惹气了。_{照应茜雪枫露茶前案。}你老人家自己承认,别带累我们受气。"_{这等话语声口必是晴雯无疑。}李嬷嬷听了,又气又愧,便说道:"我不信他这样坏了。且别说我吃了一碗牛奶,就是再比这值钱的,也是应该的。难道待袭人比我还重?难道他不想想怎么长大了?我的血变的奶,吃的长这么大;如今我吃他一碗牛奶,他就生气了?我偏吃了,怎么样!你们看袭人不知怎样,那是我手里调理出来的毛丫头,什么阿物儿!"_{虽暂委屈唐突袭卿,然亦怨不得李媪。}一面说,一面赌气将酥酪吃尽。又一丫头笑道:"他们不会说话,怨不得你老人家生气。宝玉还时常送东西孝敬你老去,岂有为这个不自在的。"_{听这声口必是麝月无疑。}李嬷嬷道:"你们也不必妆狐媚子哄我,打量上次为茶撵茜雪的事[三]我不知道呢。_{照应前文,又用一"撵"字,屈杀宝玉。然在李媪心中口中逼肖。}明儿有了不是,我再来领!"说着,赌气去了。_{过至下回。}

少时,宝玉回来,命人去接袭人。只见晴雯躺在床上不动,_{娇态已惯。}宝玉因问:"敢是病了?再不然输了?"秋纹道:"他倒是赢的。谁知李[四]老太太来了,混输了,他气的睡去了。"宝玉笑道:"你别和他

---

① **庚侧**:实在有的。
蒙侧:入神。

一般见识，由他去就是了。"说着，袭人已来，彼此相见。袭人又问宝玉何处吃饭，多早晚回来，又代母妹问诸同伴姊妹好。一时换衣卸妆。宝玉命取酥酪来，丫鬟们回说："李嬷嬷吃了。"宝玉才要说话，袭人便忙笑着："原来是留的这个，多谢费心。前儿我吃的时候好吃，吃过了好肚子疼，足的吐了才好。他吃了倒好，搁在这里倒白糟蹋了。〔与前文失手碎钟遥对。通部袭人皆是如此，一丝不错。〕我只想风干栗子吃，你替我剥栗子，我去铺床。"〔必如此方是。〕

宝玉听了，信以为真，方把酥酪丢开，取栗子来，自向灯前检剥。一面见众人不在房中，乃笑问袭人道："今儿那个穿红的是你什么人？"〔若见过女儿之后没一段文字，便不是宝玉，亦非《石头记》矣！〕袭人道："那是我两姨妹子。"宝玉听了，赞叹两声。〔这一赞叹又是令人囫囵不解之语，只此便抵过一大篇文字。〕袭人道："叹什么？〔只一"叹"字，便引出"花解语"一回来。〕我知道你心里的缘故，想是说他那里配穿红？"〔补出宝玉素喜红色，这是激语。〕宝玉笑道："不是，不是。那样的不配穿红的，谁还敢穿？〔活宝玉。〕我因为见他实在好的很，怎么也得他在咱们家就好了。"〔妙谈！妙意！〕袭人冷笑道："实在好的就该给你家做奴才么〔五〕？"〔妙答！宝玉并未说"奴才"二字，袭人连补"奴才"二字（原做人），最是劲节。怨不得作此语。〕宝玉听了，忙笑道："你又多心了。我说往咱们家来，必定是奴才不成？〔勉强，如闻。〕说亲戚就使不得①？"〔更勉（原无）强。〕袭人道："那也搬配不上。"〔说得是。〕宝玉便不肯再说，只是剥栗子。袭人笑道："怎么不言语了？想是我才冒撞冲犯了你，明儿赌气花几两银子，买他们进来就是了。"〔总是故意激他。〕宝玉笑道："你说的怎么叫我答言呢？我不过赞他好，正该生在这深堂大院里，没的我们这种浊物〔妙号。后文又曰须眉浊物之称。今古未有之一人，始有此今古未有之妙称妙号。〕倒生在这里。"〔这皆是宝玉意中心中确实之念，非勉强之词，所以谓今古未有之一人耳。听其囫囵不解之言，察其幽微感触之心，审其痴妄婉转之意，皆今古未见之人，亦是未见之文字；说不得贤，说不得愚，说不得不肖，说不得善，说不得恶，说不得正大光明，说不得混帐恶赖，说不得聪明才俊，说不得庸俗，又说不得好色好淫，说不得情痴情种，恰恰只有一颦儿可对，今他人徒加评论，总未摸着他二人是何等脱胎，何等心臆，何等骨肉。余阅此书亦爱其文字耳，实亦不能评出此二人终是何等人物。后观情榜评曰："宝玉情不情，黛玉情情。"此二评自在评痴之上，亦属囫囵不解，妙甚！〕袭人道："他虽没这造化，倒也是娇生惯养的呢，我姨爹姨娘的宝贝。如今十七岁，各样的嫁妆都齐备了，明年就

---

① 蒙侧：这样妙文，何处得来？非目见身行，岂能如此的确。

第十九回　情切切良宵花解语　意绵绵静日玉生香

出嫁①。"

宝玉听了"出嫁"二字，不禁"嗐"了两声。宝玉心思另是一样，余前评可见。正不自在，又听袭人叹道：袭人亦叹，自有别论。"只从我来这几年，姊妹们都不得在一处。如今我要回去了，他们又都去了。"宝玉听了这话内有文章，余亦如此。不觉吃一惊，余亦吃惊。忙丢下栗子，问道："怎么，你如今要回去了？"袭人道："我今儿听得我妈和哥哥商议，教我再耐烦一年，明年[六]他们上来，就赎我出去的呢。"即余今日犹难为情，况当日之宝玉哉？宝玉听了这话，越发怔了，因问："为什么要赎你？"袭人道："这话奇了！我又比不得是你这里家生子儿，一家子都在别处，独我一个人在这里，怎么是个了局？"说得极是。宝玉道："我不叫你去也难。"是头一句驳，故用贵公子声口，无理。袭人道："从来没这道理。便是朝廷宫里，也有个定例，或几年一选，几年一入，也没有个长远留下人的理，别说你咧！"一驳更有理。

宝玉想一想，果然有理。自然。又道："老太太不放你也难。"第二层仗祖母溺爱，更无理。袭人道："为什么不放？我果然是个最难得的，或者感动了老太太、太太，宝玉并不提王夫人，袭人偏自补出，周密之至！必不放我出去的，设或多给我们家几两银子，留下我，然或有之；我却也不过是个平常的人，比我强的，多而且多②。自我从小儿来了，跟着老太太，先伏侍了史大姑娘几年，百忙中又补出湘云来，真是七穿八达，得空便入。如今又伏侍了你几年。如今我们家来赎，正是该叫去的，只怕连身价也不要，就开恩叫我去呢。若说为伏侍的你好，不叫我去，断然没有的事。那伏侍的好[七]，是分内应当③，不是什么奇功。我去了，仍旧有好的来[八]了，不是没了我就不成事④。"再一驳，更觉精细有理。宝玉听了这些话，竟是有去的理，无留的理，自然。心内越发急了，原当急。因又道："虽然如此说，我只一心留下你，不怕老太太不和你母亲说。多多给⑤你母亲些银子，他也不好意思接你了。"急心肠，故人于霸道无理。袭人道："我妈

---

① **庚侧**：所谓不入耳之言也。
② **蒙侧**：此等语言，便是袭卿心事。
③ **庚侧**：这却是真心话。
④ **蒙侧**：反敲。
⑤ **蒙侧**：三字入神。

自然不敢强。且漫说和他好说，又多给银子；就便不好和他说，一个钱也不给，安心要强留下我，他也不敢不依。但只是咱们家从没干过这倚势仗贵霸道的事。这比不得别的东西，因为你喜欢，加十倍利弄了来给你，那卖的人不得吃亏，可以行得。如今无故平空留下我，于你又无益，反叫我们骨肉分离。这件事，老太太、太太断不肯行的。"〖三驳不独更有理，且又补出贾府自家（原无）慈善宽厚等事。〗宝玉听了，思忖半晌，〖正是思忖只有去的理，无留的理。〗乃说道[九]："依你说，你是去定了？"〖自然。〗袭人道："去定了①。"宝玉听了自思道："谁知这样一个人，这样薄情无义。"〖余亦如此见疑。〗乃叹道："早知道都是要去的，〖"都是要去的"，妙！可谓触类旁通，活是宝玉。〗我就不该弄了来，临了剩我一个孤鬼②。"〖可谓见首知尾，活是宝玉。〗说着，便赌气上床睡去了。〖又到无可奈何之时了。〗

原来袭人在家，听见他母兄要赎他回去，〖补前文。〗他就说宝玉至死不放回去的。又说："当日原是你们没饭吃，就剩我还值几两银子，若不叫你们卖，没有个看着老子娘饿死的理③。〖补出袭人幼时艰辛苦状，与前文之香菱，后文之晴雯大同小异，自是又副十二钗中之冠，故不得不补传也。〗如今幸而卖到这个地方，〖可谓不幸中之幸。〗吃穿和主子一样，又不朝打暮骂。况且如今爹虽没了，你们却又整理的家成业就，复了元气。若果然还艰难，把我赎出来，再多淘澄几个钱，也还罢了④，其实又不难了。这会子又赎我做什么？权当我死了⑤，再不必起赎我的念头！"因此哭闹了一阵⑥。〖以上补在家今日之事，与宝玉问哭一句针对。〗

他母兄见他这般坚执，自然必不出来的了。况且原是卖倒的死契，明仗着贾宅是慈善宽厚之家，不过求一求，只怕身价银一并赏了，这是有的事呢。〖又夹带出贾府平素施为来，与袭人口中针对。〗二则，贾府中从不曾作践下人，只有恩

---

① 庚侧：口气极像。
② 蒙侧：上古至今及后世有情者，同声一哭！
③ 庚侧：孝女，义女！
④ 庚侧：孝女，义女！
⑤ 庚侧：可怜，可怜！
⑥ 庚侧：我也要哭（原作笑）。
    蒙侧：同心同志，更觉幸遇。

第十九回　情切切良宵花解语　意绵绵静日玉生香

多威少的①。伏下多少后文。大凡老少房中所有亲侍的女孩子们，更比待家下众人不同，平常寒薄人家的小姐，也不能那样尊重的。又伏下多少后文。先一句是传中陪客，此一句是传中本旨。因此，他母子两个也就死心不赎了。既如此，何得袭人又作前语以愚宝玉，不知何意，且看后文。次后，忽然宝玉去了，他二人又是那般景况，一件闲事，一句闲文皆无，警甚！他母子二人心下更明白了，越发石头落了地，而且是意外之想，彼此放心，再无赎念了。一段情结。妙甚！

如今且说袭人自幼见宝玉性格异常，四字好，所谓说不得不好也。其淘气憨玩，自是出于众小儿之外。更有几件千奇百怪、口不能言的毛病儿，只如此说更好，所谓"说不得聪明贤良，说不得痴呆愚昧"也。近来仗着祖母溺爱，父母亦不能十分严紧拘管，更觉放荡弛纵，四字妙评。确甚。任情恣性，四字更好，亦不涉于恶，亦不涉于淫，亦不涉于骄，不过一味任性耳。最不喜务正。这还是小儿同病。每欲劝时，料不能听，今日可巧有赎身之论，故先用骗词，以探其情，以压其气，然后好下箴规②。原来如此。今见他默默睡去了，知其情有不忍，气已馁堕。不独解悟，亦且有智。自己原不想栗子吃的，只因怕为酥酪又生事故，亦如茜雪之茶等事，可谓伶俐多智之人。是以假以栗子为由，混过宝玉不提就完了。于是命小丫头子们将栗子〔十〕拿去吃了，自己来推宝玉。

只见宝玉〔十一〕泪痕满面③，正是无可奈何之时。袭人便笑道："这有什么伤心的，你果然留我，我自然不出去了。"宝玉听这话有文章，宝玉不愚。便说道："你倒说说，我还要怎么留你，我自己也难说了。"二人素常情义。袭人笑道："咱们素日好处，再不用说。但今日你安心留我，不在这上头。我另说出两三件事来，你果然依了我，就是你真心留我了，刀搁在脖子上，我也是不出去的了④。"

宝玉忙笑道："你说，那几件？我都依你。好姐姐，好亲姐姐，叠二（原作叠）语，活见从纸上走一宝玉下来，如闻其呼，如见其笑。别说两三件，就是两三百件，我也依。

---

① 蒙侧：铁槛寺凤卿受贿，令人怅恨。
② 蒙侧：以此法游刃者，有何不可解之牛？
③ 蒙侧：不知何故，我亦掩涕。
④ 蒙侧：以此等心，行此等事，昭昭苍天，岂无明鉴（原作见）？

"两三百"不成话，却是宝玉口中。只求你们同看着我，守着我，等我有一日化成了飞灰；此评者所谓是何心思，始得口出此等不成话之至奇至妙之语，请诸公如何解得，如何评论。所劝者正为此，偏于劝时一犯，妙甚！飞灰还不好，灰还有形迹，还有知识。灰还有知识，奇之不可胜言矣。余则谓人尚无知识者多甚。等我化成一股轻烟，风一吹便散了的时候，你们也管不得我，我也顾不得你们了①。那时凭我去，我也凭你们爱那里去就去了……"是聪明，是愚昧，是小儿淘气，余皆不知，只觉悲感难言，奇瑰愈妙！急的袭人忙捂他的嘴，说："好好的，正为劝你这些，更说的狠了。"宝玉忙说道："再不说这话了②。"袭人道："这是头一件要改的。"宝玉道："改了。再要说，你就拧嘴。还有什么？"

袭人道："第二件，你真喜读书也罢，假喜也罢③，只是在老爷跟前或在别人跟前，你别只管批驳诮谤，只做出个喜读书的样子来④，宝玉又诮谤读书人，恨此时不能一见如何诮谤。也教老爷少生些气⑤，在人前也好说嘴。他心里想着，我家代代读书，只从有了你，不承望你不喜读书，已经他心里便又气又愧。而且背前背后乱说那些混话，读书上进的人，你就起个名字叫作'禄蠹'；二字从古未见，新奇之至，难怨世人谓之可杀，余却最喜。又说只除'明明德'外无书，却是前人自己不能解圣人之书，另出己意，混编纂出来的。宝玉目中犹有"明明德"三字，心中犹有"圣人"二字，又素日皆作如是等语，宜乎人人谓之疯傻不肖。这些话，怎么怨得老爷不气，不时时打你。叫别人怎么想你？"宝玉笑道："再不说了。那原是那小时不知天高地厚，信心胡说，如今再不敢说了。"又作是语，说不得不乖觉，然又是作者瞒人之处也。还有什么？"

袭人道："再不可毁僧谤道，一件。是妇女心意。调脂弄粉。二件。若不如此，亦非宝玉。还有更要紧的一件，忽又作此一语。再不许吃人嘴上擦的胭脂了，此一句是闻所未闻之语，宜乎其父母严责也。与那爱红的毛病儿。"宝玉道："都改，都改。再有什么，快说。"袭人笑道："再也没有了。只是百事检点些，不任意任情的就是了。总包括尽矣。其所谓"花解语"者大矣，不独冗冗为儿女之分也。你若果都依了，便拿八人轿也抬不出我去了。"宝玉笑道："你这里长远了，不怕没八人轿你坐。"袭人冷笑

---

① 蒙侧：人人皆以宝玉为痴，孰不知世人比宝玉更痴。
② 庚侧：只说今日一次？呵呵！玉兄，玉兄！你到底哄的那一个？
③ 庚侧：新鲜，真新鲜！
④ 庚侧：所谓开方便之门。
⑤ 庚侧：大家听听，可是丫鬟说的话？

道:"这我可不希罕。有那个福气,没有那个道理。纵[十二]坐了,也没甚趣①。" 调侃不浅。然在袭人能作是语,实可爱可敬可服之至,所谓"花解语"也。

二人正说着,见秋纹走进来,说:"快三更了,该睡了。方才老太太打发嬷嬷来问,我答应睡了。"宝玉命取表来照应前凤姐之文看时,果然针已指到亥时,表则是表的写法,前形容自鸣钟则是自鸣钟,各尽其神妙。方从新盥漱,宽衣安歇,不在话下。

至次日清晨,袭人起来,便觉身体发重,头疼目胀,四肢火热。先时还挣挫的住,次后捱不住,只要睡着,因而和衣躺在炕上②。宝玉忙回了贾母,传医诊视,说道:"不过偶感风寒,吃一两剂药疏散疏散就好了。"开方去后,令人取药来煎好。刚服下去,命他盖上被渥汗,宝玉自去黛玉房中来看视。为下文留地步。

彼时黛玉自在床上歇午,丫鬟们皆出去自便,满屋内静悄悄的。宝玉揭起绣线软帘,进入里间。只见黛玉睡在那里,忙走[十三]上来推他道:"好妹妹,才住了"好姐姐",又闻"好妹妹",大约宝玉一日之中,一时之内,此六个字未曾暂离口角,妙甚!才吃了饭,又睡觉。"将黛玉唤醒。若是别部书中写此时之宝玉,一进来便生不轨之心,突萌苟且之念,更有许多贼形鬼状丑态邪言矣。此却反推唤醒他,毫不在意,所谓说不得淫荡是也。黛玉见是宝玉,因说道:"你且出去逛逛。我前儿闹了一夜,今儿还没有歇过来,补出娇怯态度。浑身酸疼。"宝玉道:"酸疼事小,怕睡出病来。我替你解闷儿,混过困去就好了。"宝玉又知养身。黛玉只合着眼,说道:"我不困,只略歇歇儿,你且别处去闹会子再来。"宝玉推他道:"我往那里去呢,见了别人就怪腻的。"所谓"只有一罄可对",亦属怪事。

黛玉听了,"嗤"的一声笑道:"你既要在这里,那边去老老实实的坐着,咱们说话儿。"宝玉道:"我也歪着。"宝玉见没有枕头,缠绵密切入微。因说:"咱们在一个枕头上罢。"更妙!渐逼渐近,所谓"意绵绵"也。黛玉道:"放屁③!外头不是枕头?拿一个来枕着。"宝玉出至外间,看了一看,回

---

① **庚眉**:"花解语"一段,乃袭卿满心满意将玉兄为终身得靠,千妥万当,故有是语(原作余)。阅至此,余为袭卿一叹。丁亥春,畸笏叟。

  蒙侧:真正逼人。

② **庚侧**:过下引线。

③ **庚侧**:如闻。

来笑道:"那个我不要,也不知是那个脏婆子的。"黛玉听了,睁开眼,(睁眼。)起身(起身。)笑道:(笑。)(妙语!妙之至!想见其态度。)"真真你就是我命中的'妖魔星'!请枕这一个!"说着,就将自己枕的推与宝玉,又起身将自己的再拿了一个来,自己枕了,二人对面倒下。

黛玉因看见宝玉左边腮上有钮扣大小的一块血渍,便欠身凑近前来,以手抚之,细看。(想见其缠绵态度。)又道:"这又是谁的指甲刮破了?"宝玉侧身,一面笑道①(妙极,补出素日):"不是刮的,只怕是才刚替他们淘漉胭脂膏子,溅上了一点儿。"(遥与后文平儿于怡红院晚妆时对照。)说着,便找手帕子要揩拭。黛玉便用自己的帕子替他揩拭了,(想见情之脉脉,意之绵绵。)口内说道:"你又干这些事了。(又是劝戒语。)干也罢了,(一转细极,这方是颦卿,不比别人一味固执死劝。)必定还要带出幌子来。便是舅舅看[十四]不见,别人又当奇事,新鲜话儿,去学舌讨好儿,(补前文之未到者。)吹到舅舅耳里,又使大家不干净惹气。"("大家"二字,何妙之至,神之至,细腻之至!乃父责其子纵加以笞楚,何能"使大家不干净"哉?今偏"大家不干净",则知贾母如何管孙责子,迁怒于众,及自己心中多少抑郁难堪难禁,代忧代痛一齐托出。)

宝玉总未听见这些话②,(可知昨夜"情切切"之语,亦属行云流水矣。)只闻得一股幽香,却是从黛玉袖中发出,闻之令人醉魂酥骨。(却像是淫极,然究竟不犯一些淫意。)宝玉一把便将黛玉的袖拉住,要瞧笼着何物。黛玉笑道:"天时寒冷[十五],谁戴什么香呢③。"宝玉笑道:"既然如此,这香是那里来的?"黛玉道:"连我也不知道。(正是。按谚云:"人在气中忘气,鱼在水中忘水。"余今续之曰:"美人忘容,花则忘香。"此则黛玉不自知骨肉中之香耳。)想必是柜子里头的香气,衣服上熏染的也未可知。"(有理。)宝玉摇头道:"未必。这香的气味奇怪,不是那些香饼子、香球子、香袋子的香。"(自然。)黛玉冷笑道:(冷笑便是文章。)"难道我也有什么'罗汉''真人'给我些香不成?便是得了奇香,也没有亲哥哥、亲兄弟弄了花儿、朵儿、霜儿、雪儿替我炮制(活颦儿,丝不错。)——我有的是些俗香罢了。"

宝玉笑道:"凡我说一句,你就拉上这么些,不给你个利害,也不

---

① 庚侧:对"推醒"看。
② 庚眉:一句描写宝(原无)玉,刻骨刻髓,至矣(原作已),尽矣!□□壬午春。
③ 庚侧:口头语。犹在寒冷之时。

第十九回　情切切良宵花解语　意绵绵静日玉生香

知道，从今儿可不饶你了。"说着翻身起来，将两只手呵了两口，活画。便伸向黛玉隔肢窝内两肋下乱挠。黛玉素性触痒不禁，宝玉两手伸来乱挠，便笑的喘不过气来，口里说："宝玉！你再闹，我就恼了。"如见如闻。宝玉方住了手，笑问道："你还说这些不说了？"黛玉笑道："再不敢了。"一面理鬓画。笑道："我有奇香，你有'暖香'没有？"奇问。

宝玉见问，一时解不来，一时原难解，终逊黛卿一等，正在此等处。因问："什么'暖香'？"黛玉点头叹笑道：画。"蠢才，蠢才！你有玉，人家就有金来配你；人家有'冷香'，你就没有'暖香'去配？"宝玉方听出来。的是颦儿。活画。然这是阿颦一生心事，故每不禁自及之。宝玉笑道："方才求饶，如今更说狠了。"说着，又去伸手。黛玉忙笑道："好哥哥，我可不敢了。"宝玉笑道："饶你，只把袖子我闻一闻。"说着，便拉了袖子笼在面上，闻个不住。黛玉夺了手道："这可该去了。"宝玉笑道："去？不能。咱们斯斯文文的躺着说话儿。"说着，复又倒下。黛玉也倒下，用手帕子盖上脸。画。宝玉有一搭没一搭的说些鬼话，先一总。黛玉只不理。宝玉问他几岁上京，路上见何景致古迹，扬州有何遗迹故事，土俗民风。黛玉只不答。

宝玉只怕他睡出病来，原来只为此，故不暇旁（原作防）人嘲笑，所以放荡无忌处，不特此一件耳。便哄他道："哎哟！你们扬州衙门里有一件大故事①，你可知道？"黛玉见他说的郑重，且又正言厉色，只当是真事，因问。"什么事？"宝玉见问，便忍着笑顺口说道②："扬州有一座黛山，山上有一个林子洞。"黛玉笑道："真是撒谎，自来也没听见这山③。"宝玉道："天下山水多着呢，你那里知道这些？等我说完了，你再批评④。"黛玉道："你且说。"宝玉又说："林子洞里原来有群耗子精。那一年腊月初七日，老耗子升座议事，耗子亦能升座且议事，自是耗子有赏罚有制度矣。今之耗子犹穿壁啮物，其升座者置而不问哉？哈哈！因说：'明日乃是腊八，世上人都熬腊八粥。如今我们洞中果品短少。须得乘此打劫些来方妙⑤。'

---

① **庚侧**：像个说（原作亲）故事的。
② **庚侧**：又哄我看书人。
③ **庚侧**：山名、洞名，颦儿已知之矣。
④ **庚侧**：不先了此句，可知此谎再诌不完的。
⑤ **庚侧**：难道耗子也要腊八粥吃？一笑。

乃拔令箭一枝。遣一能干的小耗子原来能干此者便是小鼠。前去打听。一时小耗回报：'各处察访打听已毕，惟有山下庙里果米最多。'议的（原作问）是这事，宜乎为鼠矣。庙里原来最多，妙，妙！老耗问：'米有几样？果有几品？'小耗道：'米豆成仓，不可胜记。果品有五种：一红枣，二栗子，三落花生，四菱角，五香玉〔十六〕。'老耗听了大喜，即时点耗前去。乃拔令箭问：'谁去偷米？'一耗便接令箭去偷米。又拔令箭问：'谁去偷豆？又一耗接令去偷豆。然后一一的都各领令箭〔十七〕去了①。只剩下香玉一种，因又拔令箭问：'谁去偷香玉？只见一个极小极弱的小耗应道②：'我愿去偷香玉。'老耗并众耗见他形样，恐不谙练，且怯懦无力，都不准他去。小耗道：'我虽年少身弱，却是法术无边，口齿伶俐，机谋深远。这三句暗为黛玉作评，讽的妙！此去包管比他们偷的还巧呢。'众耗忙问：'如何比他们巧？"小耗道：'我不学他们直偷③。我只摇身一变，也变成个香玉④，滚在香玉堆里，使人看不出，听不见，却暗暗的用分身法搬运，渐渐的就搬运尽了⑤。岂不比直偷硬取的巧些？'果然巧，而且最毒，直偷者可防，此法不能防矣。可惜这样才情，这样学术，却是一耗耳。众耗听了，都道：'妙却妙，只是不知怎么个变法，你先变个我们瞧瞧。'小耗笑道：'这个不难，等我变来。'说毕，摇身就变，竟变了一个最标致美貌的一位小姐。众耗忙笑道：'变错了。变错了。原说变果子的，如何变出小姐来？'余亦说变错了。小耗现形笑说：'我说你们没见世面，只认得这果子是香玉，却不知盐课林老爷的小姐，才是真正香玉呢！'"前面有"试才题对额"；故紧接此一篇无稽乱话。前无则可，此无则不可。盖前系宝玉之懒为者，此系宝玉不得不为者。世人毁谤无碍，奖誉（原作举）不必。

黛玉听了，翻身爬起来，按着宝玉笑道："我把你烂了嘴的！我就知道你是编我呢。"说着，便拧的宝玉连连央告，说："好妹妹，饶我罢，再不敢了！我因为闻你香：忽然想起这个故典来⑥。"黛玉笑道："饶骂

---

① 庚侧：玉兄也知琐碎，以抄近为妙。
② 庚侧：玉兄，玉兄！唐突颦儿了！
③ 庚侧：不直偷，可畏，可怕！
④ 蒙侧：作意从此透露。
⑤ 庚侧：可怕，可畏！
⑥ 庚眉："玉生香（原作言）"是要与"小恙梨香院"对看，愈觉生动活泼。且前以黛玉，后以宝钗，特犯不犯，好看煞！□□丁亥春，畸笏叟。

了人，还说是故典呢。"

一语未了，只见宝钗走来①，妙。笑问："谁说故典呢？我也听听。"黛玉忙让坐，笑道："你瞧瞧，有谁！他饶骂了人，还说是故典。"宝钗笑道："原来是宝兄弟，怨不得他，他肚子里的故典原多。妙讽。只是可惜一件，妙转。凡该用故典之时，他偏就忘了。更妙。有今日记得的，前儿夜里的芭蕉诗就该记得。眼面前的倒想不起来，别人冷的那样，你急的只出汗。与前"拭汗"二字针对。不知此书何妙至如此！有许多妙谈妙语，机锋诙谐，各得其时，各尽其理。前梨香院黛玉之讽则偏而趣，此则正而趣。二人真是对手，两不相犯。这会子偏又有记性[十八]了。"黛玉听了笑道："阿弥陀佛！到底是我的好姐姐，你一般也遇见对子了。可知一还一报，不爽不错的。"刚说到这里，只听宝玉房中一片嚷声，吵闹起来。后回再见。

【总评】若知宝玉真性情者，当留心此回。其与袭人何等留连，其于画美人事何等古怪，其遇茗烟事何等怜惜，其于黛玉何等保护。再袭人之痴忠，画人之惹事，茗烟之屈奉，黛玉之痴情，千态万状，笔力劲尖，有水到渠成之象，无微不至。真画出一个上乘智慧之人，入于魔而不悟，甘心堕落。且影出诸魔之神通，亦非泛泛，有势不能轻登彼岸之形。凡我众生掩卷自思，或于身心少有补益。小子妄谈，诸公莫怪。

校　记：

[一] 原文无"踹"字，据庚辰本补。

[二] 此处的"项上"二字，原文为"顶上"，据庚辰本改。

[三] 原文无"事"字，据蒙府本补。

[四] 原文无"李"字，据庚辰本补。

[五] 此处的"实在好的，就该给你家作奴才么"句，"就"字据蒙府本补。此句庚辰本为："我一个人是奴才命罢了，难道连我的亲戚都是奴才命不成？定还要拣实在好的丫头才往你家来。"

[六] 原文无"明年"二字，据庚辰本补。

[七] 原文无"……不叫我去，断然没有的事。那伏侍的好，……"句，据庚辰本补。

---

① **蒙侧**：不犯梨香院。

［八］原文无"来"字，据庚辰本补。

［九］原文无"乃说道"数字，据庚辰本补。

［十］原文无"子"字，据蒙府本补。

［十一］原文无"只见宝玉"四字，据己卯本补。

［十二］此处的"纵"字，原文为"总"，据列藏本改。

［十三］此处的"走"字，原文为"去"，据列藏本改。

［十四］原文无"看"字，据蒙府本补。

［十五］原文只一"冷"字，据南京图书馆藏戚序本补。

［十六］此处的"香玉"二字，蒙府本、庚辰本、己卯本、列藏本均与此同，但梦稿本为"香芋"。后面几处因与此同，不再注。

［十七］原文无"令箭"字，据蒙府本补。

［十八］此处的"性"字，原文为"心"，据庚辰本改。

第二十回

王熙凤正言弹妒意　林黛玉俏语谑娇音

【回前】智慧生魔多像，魔生智慧方深。智慧寂灭万缘根，不解智魔作甚。

话说宝玉在林黛玉房中说"耗子精"，宝钗撞来，讽刺宝玉元宵不知"绿蜡"之典，三人正在房中互相讥刺取笑。那宝玉正恐黛玉饭后贪眠，一时存了食，或夜间失了困，皆非保养身体之法；云宝玉亦知医理，却只是在颦儿等人前方露，亦如后回许多明理之语，只在闺前现露三分，越在雨村等经济人前如痴如呆，实令人可恨。但雨村等视宝玉不是人物，岂知宝玉视彼等更不是人物，故不与（原作知）接谈也。宝玉之情痴，是真乎，是假乎？看官细评。幸而宝钗走来，大家谈笑，那林黛玉方不欲睡，自己才放了心。忽听他房中嚷起来，大家侧耳听了一听，林黛玉先笑道："这是你[一]妈妈和袭人叫呢。那袭人也罢了，你妈妈再要认真排场他，可见老背晦了。"袭卿能使颦卿一赞，愈见彼之为人矣，观者诸公以为何如？宝玉忙要赶过来，宝钗忙一把拉住道①："你别和你妈妈吵才是，他老糊涂了，倒要让他一步为是。"宝钗如何，观者思之。宝玉道："我知道了。"

---

① **庚侧**：的是宝钗行事。

说毕走来,只见李妈妈拄着拐棍,在当地骂袭人①:"忘了本的小娼妇!我抬举你起来②,这会子我来了,你大模大样的躺在炕上,见我来也不理一理。一心只想妆狐媚子哄宝玉③,哄的宝玉不理我,听你们的话④。你不过是几两臭银子买来的毛丫头,这屋里你就作耗,如何使得!好不好拉出去配一个小子⑤,看你还妖精似的哄宝玉不哄⑥!"袭人先只道李妈妈不过为他躺着生气,少不得分辨说"病了,才出汗,蒙着头,原没看见你老人家"等话。后来只管听他说"哄宝玉"、"妆狐媚",又说"配小子"等话,由不得又愧又委屈,禁不住哭起来。

宝玉虽听了这些话,也不好怎样,少不得替袭人分辨病了吃药等语,又说:"你不信,只问别的丫头们。"李妈妈听了这话,益发气起来了,说道:"你只护着那起狐狸,那里认得我了,叫我问谁去⑦?谁不帮着你呢⑧,谁不是袭人拿下马来的⑨!我都知道那些事⑩。我只和你在老太太、太太跟前去讲了。把你奶了这么大⑪,到如今吃不着奶了,把我丢在一旁,逗着丫头们要我的强⑫。"一面说,一面也哭起来。

彼时黛玉、宝钗等也走过来劝说:"妈妈,你老人家担待他们一点子就完了。"李妈妈见他二人⑬来了,便拉住诉委屈,将当日吃茶,茜雪出去,与昨日酥酪等事,唠唠叨叨说个不清⑭。

---

① **庚侧**:活像过时奶妈骂丫头。
② **庚侧**:在袭卿身上却(原作去)叫下撞天屈来。
③ **庚侧**:看这句,几把批书人吓傻(原作杀)了。
④ **庚侧**:幸有此二句。不然,我石兄、袭卿扫地矣。
⑤ **庚侧**:虽写得酷肖,然唐突我袭卿,实难为情。
⑥ **庚侧**:若知"好事多磨(原作魔)",方会作(原作昨)者之意。
⑦ **庚侧**:真有是语。
⑧ **庚侧**:真有是事。
⑨ **庚侧**:冤枉,冤哉!
⑩ **庚侧**:囫囵语,难解。
⑪ **庚侧**:奶妈拿手活。
⑫ **庚眉**:特为乳母传照,暗伏后文倚势奶娘线脉。《石头记》无闲文并虚字在此。□□壬午孟夏,畸笏老人。
⑬ **庚侧**:四字,嬷嬷是看(原作惜)重二人身份。
⑭ **庚侧**:好极!妙极!逼(原作毕,全书统改为逼)肖极!

第二十回　王熙凤正言弹妒意　林黛玉俏语谑娇音

　　可巧凤姐正在上房算完输赢帐，听得后面声嚷动，便知是李妈妈老病发了，排揎宝玉的人。正值他今儿输了钱①，迁怒于人②。便连忙赶过来，拉了李妈妈，笑道："好妈妈，别生气。大节下，老太太才喜欢了一日，你是个老人家，别人高声，你还要管他们呢！难道你还不知道规矩，在这里嚷起来，叫老太太生气不成③？你只说谁不好，我替你打他。我家里烧的滚热的野鸡，快来跟我吃酒去④。"一面说，一面拉着走，又叫："丰儿，替你李奶奶拿着拐棍子，擦眼泪的手帕子⑤。"那李妈妈脚不沾地跟了凤姐走了，一面还说："我也不要这老命了，越性今儿没了规矩，闹一场子，讨个没脸，强如受那娼妇蹄子的气！"后面宝钗、黛玉随着，见[二]凤姐儿这般，都拍手笑道："亏这一阵风来，把个老婆子撮了去了⑥。"

　　宝玉点头叹道："这又不知是那里的帐，只拣软的排揎。昨儿又不知是那个姑娘得罪了，上在他帐上。"一句未了，晴雯在旁笑道："谁又不疯了，得罪他做什么。便得罪了他，就有本事承任，不犯着带累别人！"袭人一面哭[三]，一面拉宝玉道："为我得罪了[四]一个老奶奶，你这会子又为我得罪这些人，这还不够我受的，还只是拉别人。"宝玉见他这般病势，又添了这些烦恼，连忙忍气吞声，安慰他仍旧睡下出汗。又见他汤烧火热，自己守着[五]他，歪在旁边，劝他只养着病，别只想着些没要紧的事生气。袭人冷笑道："要为这些事生气，这屋里一刻还站不得了⑦。但只是天长日久，只管这样，可叫人怎么样才

---

① **庚眉**：茜雪至狱神庙方呈正文。袭人正文标目曰（原作昌）："花袭人有始有终。"余只见有一次誊清时，与"狱神庙慰宝玉"等五、六稿，被借阅者迷失。叹叹！□□丁亥夏，畸笏叟。

　　庚侧：找上文。

② **庚侧**：有是争竞事。

③ **庚侧**：阿凤两提"老太太"，是叫老妪想袭卿是老太太的人，况又双关大体，勿泛泛看去。

④ **庚侧**：何等现成，何等自然，的是凤卿笔法。

⑤ **庚侧**：一丝不漏。

⑥ **庚侧**：批书人也是这样说。看官将一部书中人一一想来，收拾文字，非阿凤谁能（原作俱）有琐细引迹事。《石头记》得力处俱在此。

⑦ **庚侧**：实言，非谬语也。

好呢。时常我劝你，别为我们得罪人，你只顾一时为我们那样，他们都记在心里，遇着坎儿，说的好说不好听，大家什么意思①。"一面说，一面禁不住流泪，又怕宝玉烦恼，只得又勉强忍着。

一时杂使的老婆子煎了二和药来。宝玉见他才有汗意，不肯叫他起来，自己便端着，就枕与他吃了，即命小丫头子们铺炕。袭人道："你吃饭不吃饭，到底老太太、太太跟前坐一会子②，和姑娘们玩一会子再回来。我就静静的躺一躺也好③。"宝玉听说，只得替他去了簪鬟，看他躺下，自往上房来。

同贾母吃毕饭，贾母犹欲同那几个老管家妈妈斗牌解闷，宝玉记着袭人，便回至房中，见袭人朦朦睡去。自己要睡，天色尚早。彼时晴雯、绮霞、秋纹、碧痕都寻热闹，找鸳鸯、琥珀等耍戏去了，独见麝月一个人在外间房里灯下抹骨牌。宝玉笑问道："你怎么不同他们玩去？"麝月道："没有钱。"宝玉道："床底下堆着那么些，还不够你输的？"麝月道："都玩去了，这屋里交给谁呢④？那一个又病了。满屋里上头是灯，下头是火⑤。那些老妈妈子们，老天拔地，伏侍一天，也该叫他们[六]歇歇；小丫头子们也伏侍了一天，这会子还不叫他们玩玩去。所以让他们都去罢，我在这里看着。"

宝玉听了这话，公然又是一个袭人⑥。因笑道："我在这里坐着，你放心去罢⑦。"麝月道："你既在这里，越发不用去了。咱们两个，说话玩笑岂不好⑧？"宝玉笑道："咱[七]两个做什么呢？怪没意思的。也罢了，早上你说头痒，这会子没什么事，我替你篦头罢。"麝月听见，

---

① 庚侧：从"狐媚子"等语来，实实好语，的是袭卿。
② 庚侧：心中时时刻刻正意语也。
③ 庚眉：一段特为怡红袭人、晴雯、茜雪三鬟之性情、见识、身份而写。□□己卯冬夜。
④ 庚侧：正文。
　　庚眉：麝月闲闲无语，令余酸鼻，正所谓对景伤情。□□丁亥夏，畸笏。
⑤ 庚侧：灯节。
⑥ 庚侧：岂敢！
⑦ 庚侧：每于如此等处，石兄何尝（原作常）轻轻放过，不介意来？亦作者（原无）欲瞒看官，又被批书人看出（原作去），呵呵！
⑧ 庚侧：全是袭人口气，所以后来代任。

便道："就是这样。"说着，将文具镜匣搬来，卸去钗钏，打开头发。宝玉拿篦子替他一一的梳篦①。只篦了三五下，只见晴雯忙忙走进来取钱。一见了他两个，便冷笑道："哦，交杯盏还没吃，倒上头了②！"宝玉笑道："你来，我也替你篦一篦。"晴雯道："我没那么大福。"说着，拿了钱，便摔帘子出去了。

宝玉在麝月身后，麝月对镜，二人在镜内相视③。宝玉便向镜内笑道："满屋里就只是他磨牙。"麝月听说，忙也向镜中摆手④，宝玉会意。忽听"嗳"一声帘子响，晴雯又跑进来问道⑤："我怎么磨牙了⑥？咱们倒要说说。"麝月笑道："你去你的罢，又来问人了。"晴雯笑道："你又护着。你们那瞒神弄鬼的，我知道⑦。等我捞回本儿来，再说话。"说着，一径出去了。闲上一段儿女口舌，却写麝月一人。在（原作有）袭人出嫁之后，宝玉、宝钗身边还有一人，虽不及袭人周到，亦可免微嫌小敝等患，方不负宝钗之为人也。故袭人出嫁后云"好歹留着麝月"一语，宝玉便依从此话。可见袭人虽去，实未去也。写晴雯之疑忌，亦为下文跌扇角口等文伏脉，却又轻轻抹去。正见此时都在幼时，虽微露其疑忌，见得人各禀天真之性，善恶不一，往后渐大渐生心矣。但观者凡见晴雯诸人则恶之，何愚也哉？要知自古及今，愈是尤物，其猜忌嫉妒愈甚。若一味浑厚大量涵养，则有何令人怜爱护惜哉？然后知宝钗、袭人等行为，并非一味蠢拙古板，以女夫子自居。当绣幕灯前，绿窗月下，亦颇有或调或妒，轻俏艳丽等语。不过一时取乐买笑耳，非切切一味妒才嫉贤也，是以高诸人百倍。不然，宝玉何甘心受屈于二女夫子哉？看过后文则知矣。故观书诸君子不必恶晴雯，正该感晴雯金闺绣阁中生色方是（原作法）。这里宝玉通了头，命麝月悄悄的伏侍他睡下，不肯惊动袭人。一宿无语。

至次日清晨起来，袭人已是夜间发了汗，觉得轻省了些，只吃些米汤静养。宝玉放了心。因饭后走[八]到薛姨妈这边来闲逛。彼时正月内，学房中放年学，闺阁中忌针黹，却都是闲时。因贾环也过来玩。正遇见宝钗、香菱、莺儿三个赶围棋作耍，贾环见了也要玩。宝钗素习看他亦如宝玉，并没他意。今儿听他要玩，让他上来坐了，一

---

① 庚侧：金闺细事如此写。
② 庚侧：虽谑语，亦稍（原作少）露怡红细事。
③ 庚侧：此系石兄得意处。
④ 庚侧：好看。有（原无）趣。
⑤ 庚侧：麝月摇手为此。可儿，可儿！
　　庚眉：娇憨满纸，令人叫绝。□□壬午九月。
⑥ 庚侧：好看煞！
⑦ 庚侧：找上文。

处玩。一磊十个钱,头一回自己赢了,心中十分欢喜①。后来接连输了几盘,便有些着急。赶着这盘正该自己掷骰子,若掷个七点便赢,若[九]掷个六点,下该莺儿掷三点就赢了。因拿起骰子来,狠命一掷,一个作定了五,那一个乱转。莺儿拍着手只叫"幺"②,娇态如此。贾环便瞪着眼,"六——七——八"混叫。那骰子偏生转出幺来。贾环急了,伸手便抓起骰子来,然后就拿钱③,说是个六点。莺儿便说:"分明是幺!"宝钗见贾环急了,便瞅莺儿说道:"越大越没规矩,难道爷们要赖你?④还不放下钱来呢!"莺儿见宝钗说,不敢则声,只得放下钱来,口内嘟囔说:"一个做爷的,还赖我们这几个钱⑤,连我也不在眼里。前儿和宝玉玩,他输了那些也没着急⑥。下剩的钱,还是几个小丫头们一抢,他一笑就罢了。"宝钗不等说完,连忙断喝。贾环道:"我拿什么比宝玉呢。你们怕他,都和他好,都欺负我不是太太养的。⑦"说着,便哭了。宝钗忙劝他:"好兄弟,快别说这话儿,人家笑话你⑧。"又骂莺儿。

正值宝玉走来,见了这般形况,问是谁怎么了。贾环不敢则声。宝钗素知他家规矩,凡做兄弟的,都怕哥哥。大族规矩原是如此,一丝儿不错。却不知那宝玉是不要人怕他的。他想着:"弟兄们一并都有父母教训,何必我多事,反生疏了。况且我是正出,他是庶出,饶这样还有人背后谈论⑨,还禁得辖治他了。"更有个呆意思存在心里⑩。你道是何呆意?因他自幼姊妹丛中长大,亲姊妹有元春、探春,堂姊妹有迎春、惜春,亲戚中又有史湘云、林黛玉、薛宝钗等诸人。他便料定,原来天生人为万

---

① **庚眉:** 写环兄先赢,亦是天生地设现成文字。□□己卯冬夜。
② **庚侧:** 好看煞!
③ **庚侧:** 更也好看!
④ **蒙侧:** 酷肖。
⑤ **庚侧:** 酷肖。
⑥ **庚侧:** 倒卷帘法。实写幼时往事,可伤!
⑦ **庚侧:** 蠢驴!
⑧ **庚侧:** 观者至此,有不卷帘厌看者乎?余替宝卿实难为情。
⑨ **庚侧:** 此意不呆。
⑩ **庚眉:** 又用讳人语瞒着看官。□□己卯冬辰。

物之灵,凡山川日月之精气,只钟于女儿,须眉男子不过是些渣滓浊沫而已。因有这个呆念在心,把一切男子都看成混沌浊物,可有可无。只是父亲叔伯兄弟中,因孔子是亘古第一人说下的,不可忤慢,只得要听他这句话①。所以,弟兄之间不过尽其大概的情理就罢了,并不想自己是丈夫,须要为子弟之表率。是以贾环等都不怕他,却怕贾母,才让他三分。如今宝钗恐怕宝玉教训他,倒没意思,便连忙替贾环掩饰。宝玉道:"大正月里哭什么?这里不好,你别处玩去。你天天念书,倒念糊涂了。比如这件东西不好,横竖那一件好,就弃了这件取那个。难道你守着这个东西哭一会子就好了不成?你原是来乐的,既不能取乐,就往别处去再寻乐,玩一会子。你如今自招烦恼,难道算取乐玩了不成?不如快去为是呢②。"贾环听了,只得回来。

赵姨娘见他这般,因问:"又是在那里垫了踹窝来了③?"一问不答④,再问时,贾环便说:"同宝姐姐玩的,莺儿欺负我,赖我的钱,宝玉哥哥撵我来了。"赵姨娘啐道:"谁叫你上高台攀去了?下流没脸的东西!那里玩不得?谁叫你跑了去讨没意思!"

正说着,可巧凤姐在窗外过,都听在耳内。便隔窗说道:"大正月又怎么了?环兄弟小孩子家,一半点儿错了,你只教导他,说这些淡话做什么!凭他怎么去,还有太太、老爷管他呢,就大口啐他!他现是主子,不好了,横竖有教导他的人⑤,与你什么相干!环兄弟出来,跟我玩去。"贾环素日怕凤姐比怕王夫人更甚,听见叫他,忙唯唯的出来。赵姨娘也不敢喷声⑥。凤姐向贾环道:"你也是个没气性的!时常说给你:要吃,要喝,要玩,要笑,只爱同那一个姐姐、妹妹、哥哥、

---

① 庚侧:听了这一个人之话,岂是呆子?由你自己说罢。我把你作极乖的人看。
② 庚侧:呆子都会立这样意,说这样话?
③ 庚侧:多事人等口角(原无)谈吐。
④ 庚侧:逼肖。
⑤ 庚侧:反得了理了,所谓贬中褒。想赵姨即不畏阿凤,亦无可回答。
   庚眉:嫡嫡是彼亲生,句句竟成正中贬,赵姨实难答言。至此方知题标用"弹"字,甚妥协。□□己卯冬夜。
⑥ 庚侧:"弹(原作谈)妒意"正文。

嫂子玩,就同那个玩。你不听我的话,反叫这些人教的歪心邪意①,狐媚子霸道的。自己不尊重,要往下流走,安着坏[十]心,还只管怨人家偏心。输了几个钱②?就这么个样儿!"贾环见说,只得诺诺的回说:"输了一二百。"凤姐道:"亏你还是爷,输了一二百钱就这样③!"回头叫丰儿:"去取一吊钱来,姑娘们都在后头玩呢,把他送了玩去④。——你明儿再这么下流狐媚子,我先打了你,打发人告诉学里,皮不揭了你的!为你这个不尊重⑤,恨的你[十一]哥哥牙痒,不是我拦着,窝心脚把你的肠子抓出来呢。"喝命:"去罢⑥!"贾环诺诺的跟了丰儿,得了钱⑦,自己和迎春等玩去。不在话下。一段大家子奴妾吃喝,如见如闻,正为下文五鬼作引也。余为宝玉肯效凤姐一点余风,亦可继宁、荣之盛,诸公当为何如?

且说宝玉正和宝钗玩笑,忽见人说:"史大姑娘来了。"妙极!凡宝玉、宝钗正闲相遇时,非黛玉来,即湘云来,是恐漏泄文章之精华也。若不如此,则宝玉久坐忘情必被宝卿见弃,杜绝后文成其夫妇时,无可谈旧之情,有何趣味哉!宝玉听了,抬身就走。宝钗笑道:"等着⑧,咱们两个一齐走,瞧瞧他去。"说着,下了炕,同宝玉一齐来至贾母这边。只见史湘云大笑大说的,见他两个来,忙问好厮见。写湘云又一笔法,特犯不犯。正值林黛玉在旁,因问宝玉:"在那里的?"宝玉便说:"在宝姐姐家的。"黛玉冷笑道:"我说你亏在那里绊住,不然早就飞了来了⑨。"宝玉笑道:"只许同你玩,替你解闷儿。不过偶然去他那里一趟,就说这话。"林黛玉道:"好没意思的话!去不去管我什么事,我又没叫你替我解闷儿。可许你从此不理我呢!"说着,便赌气回房去了。

---

① 庚侧:借人发脱,好阿凤,好口齿!句句正言正理。赵姨安得不抿翅低头,静听发挥?批至此,不禁一大白又大白矣。
② 庚侧:转得好。
③ 庚侧:作(原作凡)者当记一大白(原作百)乎。笑笑!
④ 庚侧:收拾(原作什)得好!
⑤ 庚侧:又一折笔,更觉有味。
⑥ 庚侧:本来面目,断不可少。
⑦ 庚侧:三字写尽(原作看)环哥。
⑧ 庚眉:"等着"二字大有神情。看官闭目熟(原作热)思,方知趣味,非批书人漫(原作谩)拟也。□□己卯冬夜。
⑨ 庚侧:总是心中事语,故机括一动,随机而出。

第二十回　王熙凤正言弹妒意　林黛玉俏语谑娇音

宝玉忙跟了来，问道："好好的又生气了？就是我说错了，你到底也还坐在那里，和别人说笑一会子。又来自己纳闷。"林黛玉道："你管我呢！"宝玉笑道："我自然不敢管你，只没有个看着你自己作践了身子呢。"林黛玉道："我作践坏了身子，我死，与你何干！"宝玉道："何苦来，大正月里，死了活了的。"林黛玉道："偏说死！我这会子就死！你怕死，你长命百岁的，如何？"宝玉笑道："要像只管这样闹，我还怕死呢？倒不如死了干净。"林黛玉忙道："正是了，要是这样闹，不如死了干净。"宝玉道："我说我自己死了干净，别听错了话，赖人。"正说着，宝钗走来道："史大妹妹等你呢。"说着，便推宝玉走了。此时宝钗尚未知二人心性，故来劝，后文察其心性，故掷之不闻矣。这里林黛玉越发气闷，只向窗前流泪。

　　没两盏茶的工夫，宝玉仍来了。盖宝玉亦是心中只有黛玉，见宝钗难却其意，故暂随彼去，以完宝钗之情，是以少坐仍来也。林黛玉见了，越发哽哽噎噎的哭个不住。宝玉见了这样，知难挽回，打叠起千百样的腻语温言来劝慰。不料自己未张口①，只见黛玉先说道："你又来做什么？横竖如今有人和你玩，比我又会念，又会作，又会写，又会说笑，又怕你生气，拉了你去。你又做什么来？死活凭我去罢了！"宝玉听了，忙上来悄悄的说道："你这么个明白人，难道连'亲不间疏，先不僭后'也不知道？我虽糊涂，却明白这两句话。头一件，咱们是姑舅姊妹，宝姐姐是两姨姊妹，论亲戚，他比你疏。第二件，你先来，咱们两个一桌吃，一床睡，长的这么大了，他是才来的，岂有个为他疏你的？"林黛玉啐道："我难道为叫你疏他？我成了个什么人了呢？我为的〔十二〕是我的心。"宝玉道："我也为的是你的心。难道你就知你的心，不知我的心不成？"此二语不独观者不解，料作者亦未必解；不但作者未必解，想石头亦未必解，不过述宝、林二人之语耳。石头既未必解，宝、林此刻自己亦不解，皆随口说出耳。若观者必欲要解，须自揣自身是宝、林之流，则洞然可解；若自料不是宝、林之流，则不必求解矣。万不可将此二句不解，错谤宝、林及石头、作者等人。林黛玉听了，低头一语不发，半日说道："你只怨人行动嗔怪了你，你再不知道你自己怄人难受。就拿今日天气比，分明今儿冷的这样，你怎么倒反把青肷披风脱了呢？"

---

① **庚侧**：石头惯用如此笔杖（原作仗）。

真正奇绝妙文，真如羚羊挂角，无迹可求。此一等奇妙，非口中笔下（原作不）可形容出者。宝玉笑道："何尝不穿着，见你一恼，我一炮燥就脱了。"林黛玉叹道："回来伤了风，又该饥着吵吃的了①。"一语仍归儿女本传。却又轻轻抹去也。

二人正说着，见湘云走来，笑道："爱哥哥，辰：龅口字音。林姐姐，你们天天一处玩，我好容易来了，也不理我一理儿。"林黛玉笑道："偏咬舌子爱说话，连这'二'哥哥也叫不出来，只是'爱'哥哥'爱'哥哥的。回来赶围棋儿，又该着你闹'幺爱三四五'了。"宝玉笑道："你学惯了他，明儿连你还咬起来呢。"可笑近之野史中，满纸羞花闭月，莺啼燕语，殊不知真正美人方有一陋处，如太真之肥，飞燕之瘦，西子之病，若施于别个不美矣。今以"咬舌"二字加之湘云，是何大法手眼，敢用此二字哉？不独不见其陋，且更觉轻俏娇媚，俨然一娇憨湘云立于纸上，掩书合眼思之，其"爱厄"娇音如入耳。然后将满纸莺啼燕语之字样，填粪窖可也。史湘云道："他再不放人一点儿，专挑人的不好。你便比世人好，也不犯着见一个打趣一个。指出一个人来，你敢挑他，我就服你。"黛玉忙问是谁，湘云道："你敢挑宝姐姐短处，就算你是好的。我算不如你，他怎么不及你呢。"林黛玉听了，冷笑道："我当是谁，原来是他！我那里敢挑他呢②。"宝玉不等说完，忙用话分开。湘云笑道："这一辈子，我自然比不上你。我只保佑着明儿得一个咬舌的林姐夫，时时刻刻你可听'爱'、'厄'去。阿弥陀佛，那才现在我眼里！"笑的众人不了，湘云忙回身跑了。要知端的，下回分解。

【总评】此回文字，重作轻抹。得力处是——凤姐拉李妈妈去，借环哥弹压赵姨娘。细致处——宝钗为李妈劝宝玉，安慰环哥，断喝莺儿。至急为难处是——宝、颦论心。无可奈何处是——就拿今日天气比；黛玉冷笑道："我当是谁，原来是他！"冷眼最好看处是——宝钗、黛玉看（原无）凤姐拉李妈，云"这一阵风"；玉、麝一节；湘云到，宝玉就走，宝钗说"等着"；湘云大笑大

---

① 庚眉：明明写湘云来是正文，只用二三答言，反接写玉、林小角口；又用宝钗岔开，仍不了局；再用千句柔言，百般温态，正在情完未完之时，湘云突至（原作在），"谑娇音"之文才见。真正（原作已）"卖（原作费）弄有家私"之笔也。□□丁亥夏，畸笏叟。

② 庚眉：此作者放笔写，非褒钗贬颦也。□□己卯冬夜。

说；颦儿学咬舌；湘云念佛跑了数节。可使看官于纸上，能耳闻其音，目睹其形。

校　记：

[一] 原文无"你"字，据蒙府本补。

[二] 原文无"见"字，据蒙府本补。

[三] 原文无"一面哭"数字，据庚辰本补。

[四] 原文无"了"字，据庚辰本补。

[五] 原文无"着"字，据列藏本补。

[六] 原文无"们"，据蒙府本补。

[七] 原文无"咱"字，据庚辰本补。

[八] 此处的"走"字，原文为"时"，据庚辰本改。

[九] 原文无"掷骰子，若掷个七点便赢，若……"数字，据庚辰本补。

[十] 此处的"坏"字，原文为"这"，据庚辰本改。

[十一] 原文无"你"字，据蒙府本补。

[十二] 原文无"的"字，据庚辰本补。

第二十一回

贤袭人娇嗔箴宝玉　俏平儿软语救贾琏

【回前】按此回之文固妙，然未见后之三十回，犹不见此之妙。此回"娇嗔箴宝玉，软语救贾琏"，后回"薛宝钗借词含讽谏，王熙凤知命强英雄。"今只从二婢说起，后文则直指其主。然今日之袭人，之宝玉，亦他日之袭人，他日之宝玉也。今日之平儿、之贾琏，亦他日之平儿，他日之贾琏也。何今日之玉犹可箴，他日之玉已不可箴耶？今日之琏犹可救，他日之琏已不可救耶？

箴与谏无异也，而袭人安在哉？宁不悲乎！救与强无别也，甚矣！但此日阿凤英气何如是也？他日之身微运蹇，亦何如是耶？人世之变迁，倏尔如此！

今日写袭人，后文写宝钗；今日写平儿，后文写阿凤。文是一样情理，景况光阴，事却天壤矣。多少眼泪，洒与此两回书中。

此回袭人三（原作之）大功，直与宝玉一生三大病映射。

庚：有客题《红楼梦》一律，失其姓氏，惟见其诗意骇警，故录于斯："自执金矛又执戈，自相戕戮自张罗。茜纱公子情无限，脂砚先生恨几多。是幻是真空历遍，闲风闲月枉吟哦。情机转得情天破，情不情兮奈我何？"

凡是书题者不少（原作可），此为绝调。诗句警拔，且深知拟书底里，惜乎失名（原作石）矣！

按此回之文固妙，然未见后卅回，犹不见此之妙。此回"娇嗔箴宝玉"，"软语救贾琏"，后曰"薛宝钗借词含讽谏，王熙凤知命强英雄。"今只从二婢

第二十一回　贤袭人娇嗔箴宝玉　俏平儿软语救贾琏

说起，后则直指其主。然今日之袭人，之宝玉，亦他日之袭人，他日之宝玉也。今日之平儿、之贾琏，亦他日之平儿，他日之贾琏也。何今日之玉犹可箴，他日之玉已不可箴耶？今日之琏犹可救，他日之琏已不能救耶？箴与谏无异也，而袭人安在哉？宁不悲乎？

"救"与"强"无别也，甚矣！今因平儿救，此日阿凤英气何如是也？他日之"强"何身微运寒，展眼何如彼耶？人世之变迁如此光阴！

　　话说史湘云跑了出来，怕林黛玉赶上，宝玉在后忙说："仔细绊跌了！那里就赶上了？"林黛玉赶到门前，被宝玉叉手在门框上拦住，笑劝道："饶他这一遭罢。"林黛玉扳着手说道："我要饶过云儿，再不活着！"湘云见宝玉拦住门，料黛玉不能出来，写得湘云与宝玉又亲厚之极，却不见疏远黛玉，是何情思耶？便立住脚笑道："好姐姐，饶我这一遭罢！"恰值宝钗来在湘云身后，也笑道："我劝你两个看宝兄弟份上，都[一]丢开手罢。"好极，妙极！玉、颦、云三人已难解难分，插入宝钗云："我劝你两个看在宝兄弟份上"，话只一句，便将四人一齐笼住，不知孰远孰近，孰亲孰疏，真好文字。黛玉道："我不依。你们是一气的，都戏弄我不成！"活是颦儿口吻，虽属尖利。真实堪爱堪怜。宝玉劝道："谁敢戏弄你！你不打趣他，他焉敢说你？"好！二"你"字，连二"他"字，华灼之至！四人正难分解，好！前系三人，今忽四人，俱是书中正眼，不可少矣。有人来请吃饭，方往前边来。好文章！正是闺中女儿口角之事。若只管谆谆不已，则成何文矣。那天早又掌灯时分，王夫人、李纨、凤姐、迎、探、惜等都往贾母这边来，大家闲话了一会，各自归寝。湘云仍往黛玉房中安歇。

前文黛玉未来时，湘云、宝玉则随贾母。今湘云已去，黛玉既来，年岁渐大，宝玉各自有房，黛玉亦各有房，故湘云自应同黛玉一处也。

　　宝玉送他二人到房，那天已二更多时，袭人来催了几次，方回自己房中来睡。次日天明时，便披衣趿鞋往黛玉房中时，不见紫鹃、翠缕二人，只见他姊妹两个尚卧在衾内。那林黛玉庚：写黛玉身份。严严密密裹着一幅杏子红绫被，安稳合目而睡。一个睡态。那史湘云却一把青丝拖于枕畔，被只齐胸，一弯雪白的膀子撂于被外，又戴着两个金镯子。又一个睡态。写黛玉之睡态，俨然就是娇弱女子，可怜。湘云之态，则俨然是个娇态女儿，可爱。真是人人俱尽，个个活跳，吾不知作者胸中埋伏多少裙钗！宝玉见了，叹道："叹"字奇！除玉卿外，世人见之，自曰喜也。"睡觉还是不老实！回来风吹了，又嚷肩窝疼了。"一面说，一面轻轻的替他盖上。林黛玉早已醒了①，觉得有人，就

---

① 庚侧：不醒不是黛玉了。

猜着定是宝玉,因翻身一看,果中其料。说道:"这早晚就跑过来做什么?"宝玉笑道:"这天还早呢!你起来瞧瞧。"黛玉道:"你先出去,让我们起来①。"宝玉听了,转身出至外边。

　　黛玉起来叫醒湘云,二人都穿了衣服。宝玉复又进来,坐在镜台旁边,只见紫鹃、雪雁进来伏侍梳洗。湘云洗了面,翠缕便拿残水要泼,宝玉道:"站着,我趁势洗了就完了,省得又过去费事。"说着便走过来,弯着腰洗了两把②。紫鹃递〔二〕过香皂去,宝玉道:"这盆里就不少,不用搓了③。"又洗了两把,便要手巾④。翠缕道:"还是这个毛病儿,多早晚才改⑤。"宝玉也不理,忙忙的要过青盐擦了牙,漱了口,完毕,见湘云已梳完了头,便走过来笑道:"好妹妹,替我梳上头罢。"湘云道:"这可不能了。"宝玉笑道:"好妹妹,你先时怎么替我梳了呢?"湘云道:"如今我忘了⑥,怎么梳呢?"宝玉道:"横竖我不出门,又不戴冠子勒子,不过打几根散辫子就完了。"说着,又千妹妹万妹妹的央告⑦。湘云只得扶他的头过来,一一梳篦。在家不戴冠,并不总角,只将四围短发编成小辫,往顶心发上归了总,编一根大辫,红绦结住。自发顶至辫梢,一路四颗珍珠,下面有金坠脚。湘云一面编着,一面说道:"这珠子只三颗了,这一颗不是的⑧。我记得是一样的,怎么少了一颗?"宝玉道:"丢了一颗。"湘云道:"必定是外头

---

① **庚侧**:一丝不乱。
② **庚侧**:妙在"两把"。
③ **蒙侧**:此等用心淫极,请看却自不淫,非(原作湽)世之凡夫俗子得梦见者。真雅极,趣极!
④ **庚侧**:在怡红何其费(原作废)事多多。
⑤ **庚侧**:冷眼人旁点,一丝不漏。
⑥ **庚眉**:"忘了"二字在娇憨。
⑦ **庚眉**:口中自是应声而出,捉笔人却从何处设想而来,成此天然对答?□□壬午九月。
　　蒙侧:逼近情态。
⑧ **庚侧**:梳头亦有文字,前已叙过;今将珠子一穿插,却天生有是事。

第二十一回　贤袭人娇嗔箴宝玉　俏平儿软语救贾琏

去掉下[三]来,不防被人拣了去,倒便宜他①。"妙谈。"倒便宜他"四字,是大家千金口吻。近日多用"可惜了的"四字,今失一珠不闻此四字,妙极,是极!黛玉在旁盥手,冷笑道:"也不知是真丢了,也不知是给了人,镶什么戴去了②!"宝玉不答。有神理,有文章。因镜台两边俱是妆奁等物,顺手拿起来赏玩,何赏玩耶?写来奇特。不觉又顺手拈了胭脂,意欲要往口边送,是袭人劝后余文。因又怕史湘云说,好极!的是宝玉也。正犹豫间,湘云果在身后看见,一手撸着辫子,便伸手来"拍"的一下,从手中将胭脂打落,说道:"这不长进的毛病儿,多早晚[四]才改过③!"

一语未了,只见袭人进来,看见这般光景,知是梳洗过了,只得回来自己梳洗。忽见宝钗走来,因问:"宝兄弟那去了?"袭人含笑道:"宝兄弟那里还有在家里的工夫!"宝钗听说,心中明白。又听袭人叹道:"姊妹们和气,也有个分寸礼节,也没个黑家白日闹的!凭人怎么劝,都是耳旁风。"宝钗听了,心中暗忖道:"倒别看错了这个丫头,听说话,倒有些识见。"此是宝卿初试,以下渐成知己,盖宝卿从此心察得袭人果贤女子也。宝钗便在炕上坐了,好!逐回细看,宝卿待人接物,不疏不亲,不远不近。可厌之人,亦未见冷淡之态,形诸声色;可喜之人,亦未见醴蜜之情,形诸声色。今日便在炕上坐了,盖深取袭卿矣。二人文字,此回为始,详批于后,诸公请记之。慢慢的闲言中套问他年纪家乡等语,留神窥察,其言语志量,深可敬爱。四字包罗许多文章笔墨,不似近之开口便云"非诸女子之可比"者。此句大坏。然袭人固佳矣,不书此句是大手眼。

一时,宝玉来了,宝钗方出去。奇文。写得钗、玉二人形景较诸人皆远(原作近),何也?宝玉之心,凡女子前不论贵贱,皆亲密之至,岂于宝钗前反生远心哉?盖宝钗之行止,端肃恭严,不可轻犯,宝玉欲近之,而恐一时冒渎,故不敢狎犯也。宝钗待下愚,尚且和平亲密,何至兄弟前有远心哉?盖宝玉之形景已泥于闺阁,近之则恐不逊,反成远离之端也。故二人之远,实相近之至也。至颦儿与宝玉,实近之至矣,却远之至也。不然,后文如何凡较胜角口诸事,皆出于颦哉?以及宝玉轧玉、颦儿之泪枯、种种孽障、种种忧忿,皆情之所陷,更何辩哉?　此一回将宝玉、袭人、钗、颦、云等行止大概一描,已启后大观园中文字也。今详批于此,久后不忘矣。钗与玉远中近,颦与玉近中远,是要紧两大股,不可粗心看过。宝玉便问袭人道:"怎么宝姐姐和你说的这

---

① **庚眉:** "倒便宜他"四字与"忘了"二字是一气而来,将一侯府千金白描矣。□□畸笏。

　　蒙侧: 是湘云口气。

② **庚侧:** 纯用画家"烘染法"。

　　蒙侧: 是黛玉口气。

③ **庚侧:** 前翠缕之言并非白写。

么热闹，见我进来就跑了①？"问一声不答，再问时，袭人方道："你问我么？我那里知道你们的缘故。"宝玉听了这话，见他脸上气色非往日可比，便笑道："怎么动了真气？"宝玉如此。袭人冷笑道："我那里敢动气？只是你从今以后别进这屋子了。横竖有人伏侍你，再不必来支使我。我仍旧还伏侍老太太去。"一面说，一面便在炕上合眼倒下②。醋妒妍憨假态，至矣尽矣，观者但莫认真此态幸甚。宝玉见了这般景况，深为骇异，好！可知未尝见袭人之如此技艺也。禁不住赶来劝慰。那袭人只管合了眼不理。与鸳儿前番娇态如何？愈觉可爱犹甚。宝玉无了主意，因见麝月进来，偏麝月来，好文章。道："你[五]姐姐怎么了[六]？"如见如闻。麝月道："我知道么？问你自己便明白了③。"又好麝月。宝玉听说，呆了一会，自觉无趣，便起身咳道："不理，罢。我也睡去。"说着，便起身下炕，到自己床上歪下。袭人听他半日无动静，微微的打鼾④，料他睡着，便起身拿一领斗篷来替他刚压上，只听"忽"的一声⑤，宝玉便掀过去，也仍合目装睡。写得烂熳。袭人明知其意，便点头冷笑道："你也不用生气，从此后，我也只当哑子，再不说你一声儿，如何？"宝玉禁不住起身问道："你又怎么了？你又劝我。你劝也罢了，刚才又没见你劝，我一进来，你就不理我，赌气睡了。我还摸不着是为什么，这会子你又说我恼了⑥。我何尝听见你劝我是什么话了。"袭人道："你心里还不明白，还等我说呢⑦！"

正闹着，贾母遣人来叫他吃饭，方往前边来，胡乱吃了半碗，仍

---

① **庚侧**：此问必有。
蒙侧：我则以宝钗之去，因袭人之言不得不去。
② **蒙侧**：是醋，是谏？不敢拟定。似在可否之间。
③ **蒙侧**：溺人者每受侮慢而不顾。
④ **庚侧**：真乎？诈乎？
⑤ **庚侧**：文是好文，唐突我袭卿，吾不忍也。
蒙侧：不可少。
⑥ **庚侧**：这是委屈了石兄。
蒙侧：是神理。
⑦ **庚侧**：亦是囫囵语，却从有生以来肺腑中出，千斤重。
庚眉：《石头记》每用囫囵语处，无不精绝、奇绝，且总不觉相犯。□□壬午九月，畸笏。

回自己房中。只见袭人睡在外头炕上，麝月在旁抹骨牌。宝玉素知麝月与袭人亲厚，一并连麝月也不理，揭起软帘，自往里间来，麝月只得跟进来，宝玉便推他出去，说："不敢惊动你们。"麝月只得笑着出来，唤两个小丫头进来。宝玉拿一本书，歪着看了半日，因要茶，抬头只见两个小丫头在地下站着①。一个大些的生得十分水秀，二字奇绝，多少娇态包括一尽。今古野史中，无有此文也。宝玉便问："你叫什么名字？"那丫头便说："叫蕙香。"也好。宝玉便问："是谁起的？"蕙香道："我原叫芸香的，原俗。是花大姐姐改了蕙香。"宝玉道："正经该叫'晦气'罢了，什么蕙香呢！"好极！趣极！又问："你姊妹几个？"蕙香道："四个。"宝玉道："你第几？"蕙香道："第四。"宝玉道："明儿就叫'四儿'，不必什么'蕙香''兰气'的。那一个配比这些花，没的玷辱了好名好姓。""花袭人"三字在内，说的有趣。一面说，一面命他倒了茶来吃。袭人和麝月在外间听了，抿嘴而笑②。

这一日，宝玉也不大出房③，此是袭卿第一功劳也。也不和姊妹丫头等厮闹，此是袭卿第二功劳（原无）也。自己闷闷的，只不过拿书解闷，或弄笔墨④；此虽未必成功，较往日终有微裨小益，所谓袭卿有三大功也。也不使唤众人，只叫四儿答应。谁知这个四儿是个聪敏乖巧不过的丫头，又是一个有害无益者。作者一生为此所误，批者一生亦为此所误。于开卷凡见如此人，世人故为喜，余反抱恨。盖"四"字误人甚矣。被误者深感此批。见〔七〕宝玉用他，他变尽方法笼络宝玉。也好，但不知袭卿之心思如何？至晚饭后，宝玉因吃了两杯酒，面赤耳热之际，若往日则有袭人等大家喜笑有兴，今日却冷清清的一人对灯，好没兴趣。待要赶了他们去，又怕他们得了意，以后越来劝；宝玉恶劝，此是第一大病也。若拿出做上的规矩来镇唬，似乎无情太甚。宝玉重情不重礼，此是第二大病也。说不得横心只当他们死了，横竖自然也要过的。便权当他们死了，毫无牵挂，反能怡然自悦⑤。此意却好，但袭卿辈不应如此弃也。宝玉之情，今古无人可比固矣。然宝玉有情极之毒，亦世人莫忍为者，看至后半部，则洞明矣。此是宝玉三大病也。宝玉有（原作见）此世人莫忍为之毒，故后文方有"悬崖撒手"一回。若他人得宝钗之妻，麝月之婢，岂能弃而为

---

① 蒙侧：斗凑得巧。
② 庚侧：一丝不漏。好精神！
③ 蒙侧："不大出房"四字，见宝玉是真情种。
④ 蒙侧：可怜，可爱！
⑤ 蒙侧：此是宝玉大智慧、大力量处，别个不能，我也不能。

僧哉？玉一生偏僻之处。因命四儿剪灯烹茶，自己看了一会《南华经》[八]。正看至《外篇·胠箧》一则，其文曰：

> 故绝圣弃知，大盗乃止；擿玉毁珠，小盗不起；焚符破玺，而民朴鄙；掊斗折衡，而民不争；殚残天下之圣法，而民始可与论议。擢乱六律，铄绝竽瑟，塞瞽旷之耳，而天下始人含其聪矣；灭文章，散五彩，胶离朱之目，而天下始人含其明矣；毁绝钩绳而弃规矩，攦工倕之指，而天下始人有其巧矣。庚：此上语本《庄子》。

看至此段，意趣畅然，逞着酒兴，不禁提笔续曰①：

> 焚花散麝，而闺阁始人含其劝矣；奇。戕宝钗之仙姿，灰黛玉之灵窍，丧灭情意，而闺阁之美恶始相类矣。彼含其劝，则无参商之虞矣；戕其仙姿，无恋爱之心矣；灰其灵窍，无才思之情矣。彼钗、玉、花、麝者，皆张其罗而穴其隧，所以迷眩[九]缠陷天下者也②。直似庄老，奇甚怪极之想！

续毕，掷笔就寝。头刚着枕便忽然睡去，一夜不知所之，直至天明方醒。此犹算袭人之余功也。想每日每夜，宝玉自是心忙身忙口忙之极，今则怡然自适。虽此一刻，于身心无所裨益，能有一时之闲闲自若，亦岂非袭卿所使然耶？翻身看时，只见袭人和衣睡在衾上。神极之笔！试思袭人不来同卧，亦不成文字，来同卧更不成文。却云"和衣衾上"，正是来同卧不同卧之间，神奇妙绝之文！庚：好袭人！真好石头！记得真好。述者述得不错。真好！批者批得出。宝玉将昨日的事已付诸意外③，更好！可见玉卿的是天真烂熳之人也，近之所谓呆公子，又曰老好人，又曰无心道人是也。殊不知尚古淳风。便推他说道："起来好生睡，看冻着了。"

原来袭人见他无晓夜和姊妹厮闹，若直劝他，料不能改，故用柔

---

① 庚眉：趁着酒兴不禁而续，是作（原作非）者自站地步处。谓余何人耶，敢续《庄子》？然奇极、怪极之笔，从何设想？怎不令人叫绝！□□己卯冬夜。
蒙侧：敢续。

② 蒙侧：见得透彻（原作测），恨不守此，人人同病。

③ 庚眉：这亦暗透露玉兄闲窗净几，不即（原作寂）不离之功（原作工）业。□□壬（原作午）午孟夏。

情以警之,料他不过半日片刻仍复好了。不想宝玉一昼夜竟不回转,自己反不得主意,直一夜没好生睡得。今忽见宝玉如此,料是他心意回转,便越性不睬他。宝玉见他不应,便伸手替他解衣。刚解开了钮子,被袭人将手推开①,又自扣了。宝玉无法,只得拉他的手笑道:"你到底怎么了?"连问几声,袭人睁眼说道:"我也不怎么。你睡醒了,你自过那边房里去梳洗,再迟了就赶不上②。"【说得好痛快!】宝玉道:"我过那里去?"【问得更好!】袭人冷笑道:"你问我③,我知道?你爱往那里去,就往那里去。从今咱们两个丢开手,省得鸡声鹅斗,叫别人笑。横竖那边腻了过来,这边又有个什么'四儿'、'五儿'伏侍。我们这起东西,可是白'玷辱了好名好姓'的。"宝玉笑道:"你今儿还记着呢④!"袭人道:"一百年还记着。比不得你,拿着我的话当耳旁风,夜里说了,早起就忘了。"【这方是正文,直勾起"花解语"一回文字。】宝玉见他娇嗔满面,情不可禁⑤,便向枕边拿起一根玉簪来,一跌两段,说道:"我再不听你说,就同这个一样⑥。"袭人忙的拾了簪子,说道:"大清早起,这是何苦来!听不听什么要紧⑦,也值得这种样子。"宝玉道:"你那里知道我心里急!"

---

① **庚侧**:好看煞!
② **庚眉**:赵香梗先生《秋树根偶谭》内,兖州少陵台有子美祠(原作词)为郡守毁为己祠(原作词)。先生叹子美生遭丧乱,奔走无家。孰料千百年后,数椽片瓦犹遭贪吏之毒手。甚矣,才人之厄也!固改公《茅屋为秋风所破歌》数句,为少陵(原作陆)解嘲:"少陵遗像太守欺无力,忍能对面为盗贼,公然拆毁(原作折克)非己祠。旁(原作傍)人有口呼不得。梦归来兮闻叹息,白日无光天地黑。安得广(原作旷)宅千万间(原做官),太守取之不尽生欢(原作钦)颜,公祠免毁安如山。"读(原作渎)之令人感慨悲愤,心常耿耿。

　　壬午九月,因索书甚迫,姑志于此,非批《石头记》也。为续《庄子因》数句。真是打破胭脂阵,坐透红粉关。另开生面之文,无可评处。
③ **庚侧**:三字如闻。
④ **庚侧**:非浑人(原作一)。
　　袭卿(原作纯翠)那能至此!
⑤ **庚侧**:又用幻笔瞒过看官。
⑥ **蒙侧**:迎头一棒(原作捧)。
⑦ **庚侧**:已留后文地步。
　　蒙侧:撞心儿盟誓,教人听了折柔肠,好些不忍。

袭人笑道：_{自此方笑。}"你也知道着急么！可知道我心里怎么样？快起来洗脸去罢①。"说着，二人方起来梳洗。

宝玉往上房去后，谁知黛玉走来，见宝玉不在房中，因翻弄案上书看，可巧翻出昨日的《庄子》来。看至所续之处，不觉又气又笑，不禁也提笔续书云：

无端弄笔是何人？作践南华《庄子因》。

不悔自己无见识，却将丑语怪他人②！_{骂得痛快，非颦儿不可。真好颦儿！若云知音者，颦儿也。}

_{至此方完"箴玉"半回。庚：不用宝玉见此诗若长若短，亦是大手法。}

写毕，也往上房来见贾母，后往王夫人处来。

谁知凤姐之女大姐病了，正乱着，请大夫来诊过脉。大夫便说："替夫人奶奶们道喜，姐儿发热是见喜了，并非别病。"王夫人、凤姐听了，忙遣人问："可好不好？"医生回道："病虽险，却顺③，倒还不妨。预备桑虫、猪尾要紧。"凤姐听了，登时忙将起来。一面打扫房屋，供奉痘疹娘娘；一面传与众人，忌煎炒等物；一面命平儿打点铺盖衣服，与贾琏隔房；一面又拿大红尺头，与奶子、丫头亲近人丁裁衣。_{几个"一面"写得如见其景。}外面又打扫净室，款留两个医生，轮流斟酌诊脉下药，十二日不放回家去。贾琏只得搬出外书房来斋戒④，凤姐与平儿都随着王夫人日日供奉娘娘⑤。

那个贾琏，只离了凤姐便要寻事，独寝了两夜，便十分难熬，便暂将小厮们内有清俊的选来出火。不想荣国府内有一极不成器破烂酒头厨子，名唤多官，_{妙名！庚：今是多多，妙名。}人见他懦弱无能，都唤他作"多浑虫"。_{更好。浑虫更多也。}因他自小父母替他在外娶了一个媳妇，今年方二十来往

---

① 庚侧：结得一星渣滓全无，且合怡红常事。
② 庚眉：又借阿颦诗自相鄙驳，可见余前批不谬。□□己卯冬夜。
    宝玉不见诗，是后文余步也。《石头记》得力所在。□□丁亥夏，畸笏叟。
③ 庚侧：在"子嗣艰难"化出。
④ 庚侧：此二字内生出许多事来。
⑤ 蒙侧：写尽母氏为子之心。

第二十一回　贤袭人娇嗔箴宝玉　俏平儿软语救贾琏

年纪，生得有几分人才，见者无不羡爱。他生性轻浮，最喜拈花惹草，多浑虫又不理论，只是有酒有肉有钱，便诸事不管了，所以荣、宁二府之人都得入手。因这个媳妇美貌异常，轻浮无比，众人都呼他作"多姑娘。"【更妙！】如今贾琏在外熬煎，往日也曾见过这媳妇，失过魂魄，只是内惧娇妻，外惧娈宠，不曾下得手。那多姑娘儿也曾有意于琏，只恨没空。今闻贾琏挪在外书房来，他便没事走三趟去招惹。惹的贾琏似饥鼠一般，少不得和心腹的小厮们计议，合同遮掩谋求，多以金帛相许。小厮们焉有不允之理，况都和这媳妇是好友，一说便成。是夜二鼓人定，多浑虫醉昏在炕，贾琏便溜了来相会。进门一见其态，早已魂飞魄散，也不用情谈款叙，便宽衣动作起来。谁知这媳妇有天生的奇趣，一经男子挨身，便觉遍身筋骨瘫软，【淫极！亏想得出。】使男子如卧绵上。【如此境界，自胜西方、蓬莱等处。】更兼淫态【总为后文宝玉一篇作引。】浪言，压倒娼妓。诸男子至此，岂有惜命者哉①。那贾琏恨不得连身化在他身上。【亲极之语，趣极之语。】那媳妇故作浪语，在下说道："你家女儿出花儿，供着娘娘，你也该忌两日，倒为我脏了身子。快离了我这里罢②。"贾琏一面大〔十〕动，一面喘吁吁答道："你就是娘娘！我那里还管什么娘娘③！"那媳妇越浪，贾琏越丑态毕露。【可以喷饭。】一时事毕，两个又海誓山盟，难分难舍④，自此后遂成相契⑤。【趣文。"相契"作如此用，相契扫地矣。】

一日，大姐毒尽癍回⑥，十二日后送了娘娘，合家祭天祀祖，还愿焚香，庆贺放赏已毕，贾琏仍复搬进卧室。见了凤姐，正是俗语云：

---

① 庚侧：凉水灌顶之句。
② 庚侧：淫妇勾人，惯加反语，看官着眼。
③ 庚侧：乱语不伦，的是有之。
④ 庚侧：着眼，再从前看，如何光景。
　　蒙侧：此种文字，亦不可少，请看者自度。
⑤ 庚眉：一部书中，只有此一段丑极太露之文，写于贾琏身上，恰极！当极！□□己卯冬夜。
　　看官熟思，写珍、琏辈当以何等文，方妥、方恰也？□□壬午孟夏。
　　此段系书中情之瘢疵，写为"阿凤生日泼醋"回及"夭（原作一大）风流宝玉悄看晴雯回"作引，伏线千里外之笔也。□□丁亥夏，畸笏。
⑥ 庚侧：好快日子吓！

"新婚不如远别",更有无限恩爱,自不必烦絮①。

次日早起,凤姐往上房去后,平儿收拾贾琏在外的衣服铺盖,不承望枕套中抖出一绺青丝来。平儿会意,忙揣在袖内好极!不料平儿大有袭卿之身份,可谓何地无材,盖遭际有别耳。便走至这边房内来,拿出头发来,向贾琏笑道:"这是什么?"好看之极!贾琏看见着了忙,抢上来要夺②。平儿便跑,被贾琏一把揪住,按在炕上,用手要夺,口内笑道:"小蹄子,你不趁早拿出来,我把你膀子撅折了③。"平儿笑道:"你就是没良心的。我好意瞒着他来问你,你倒赌狠!等他回来告诉他④,看你怎么着[十一]。"贾琏听说,忙赔笑央求道:"好人,赏我罢,我再不赌狠了⑤。"好听好看之极,迥不犯袭卿。

一语未了,只听凤姐声音进来⑥。惊天骇地之文!不知下文如何了结,使贾琏及观者一齐丧胆。平儿刚起身,凤姐已走进来,命平儿快开匣子,替太太找样子。平儿忙答应了找时,凤姐见了贾琏,忽然想起来,便问平儿:"前儿拿出去的东西都收进来了么?"平儿道:"收进来了。"凤姐道:"可少什么没有?"平儿道:"我也怕丢下一两件,细细的查了查,也不少。"凤姐道:"不少就好,只是别多出来罢⑦?"奇!平儿笑道:"不丢万幸,谁还多添出些⑧?"凤姐冷笑道:"这半个月难保干净,或者有相厚的丢失下的东西:戒指、汗巾、香袋儿,再至于头发、指甲,都是东西⑨。"好阿凤,令人胆寒。一席话,说的贾琏脸都黄了。贾琏在凤姐身后,只望着平儿杀鸡抹脖使眼色儿⑩。平儿只装着看不见⑪,因笑道:"怎么我的心就和奶奶的

---

① **庚侧**:隐得好!
② **庚侧**:也有今日!
③ **庚侧**:无情太甚!
   蒙侧:此等人口中只好说此等话。
④ **庚侧**:有是语。恐卿口不应心(原无)。
⑤ **蒙侧**:彼此用强、用霸。
⑥ **庚侧**:《石头记》大法、小法,累累如是,并不为厌。
⑦ **庚侧**:看至此,宁不拍案叫绝!
⑧ **庚侧**:可儿,可儿!卿亦明知故说耳!
⑨ **蒙侧**:行文故犯,反觉别致。
⑩ **蒙侧**:做丈夫者,要当自重。
⑪ **庚侧**:余自有三分主意。

心一样！我就怕有这个，留神搜了一搜，竟一点破绽也没有。奶奶不信时，那些东西我还没收呢，奶奶亲自翻寻一遍去。"【好平儿，遍天下惧内者来感谢。】凤姐笑道："傻丫头，【可叹可笑，竟不知谁傻。】他便有这些东西，那里就叫咱们翻着了！"【好阿凤，好文字，虽系闺中儿女口角小事，读之不无聪明得失痴心真假之感。】说着，寻了样子上去了。

平儿指着鼻子①，晃着头笑道②："这件事怎么回谢我呢？"【娇俏如见，迥不犯袭卿、麝月一笔。】喜的个贾琏身痒难挠③，跑上来搂着，"心肝肠肉"乱叫乱谢。平儿仍拿了头发笑道："这是我一生的把柄了。好就好，不好就抖出这事来。"贾琏笑道："你只好生收着罢，千万别给他知道。"口里说着，瞅他不防，便抢了过来④，笑道："你拿着终是祸患，不如我烧了他完事了。"【妙！设使平儿收了，再不致泄漏，故仍用贾琏抢回，后文遗失，方能穿插过脉也。】一面说着，一面便塞于靴掖内。平儿咬牙道："没良心的东西，过了河就拆桥，明儿还想我替你扯谎！"贾琏见他娇俏动情，便搂着求欢，被平儿夺手跑了，急的贾琏弯着腰恨道："死促狭小淫妇！一定浪上人的火来，他又跑了。"【丑态如见，淫声如闻，今古淫书未有之章法。】平儿在窗外笑道："我浪我的，谁叫你动火了？【妙极之谈。直是理学工夫，所谓不可正照风月鉴也。】难道图你⑤受用一回[十二]，叫他知道了，又不待[十三]见我。"【凤姐醋妒，于平儿前犹如是，况他人乎！余谓凤姐必是甚于诸人，观者不信，今平儿说出，然乎否乎？】贾琏道："你不用怕他，等我性子上来，把这醋罐打个稀烂，他才认得我呢！他防我像防贼的，只许他同男人说话，不许我和女人说话。我和女人略近些，他就疑惑。他不论小叔子、侄儿，大的小的，说说笑笑，就不怕我吃醋了⑥。以后我也不许他见人！"【无理之甚，却是妙极趣谈。天下惧内者背后之谈皆如此。】平儿道："他醋你使得，你醋他使不得。他原行的正、走的正；你行动便有个坏心，连我也不放心，别说他了。"贾琏道："你两个一口贼气。都是你

---

① 庚侧：好看煞！
② 庚侧：可儿（原作见），可儿（原作见）！
③ 庚侧：不但贾兄痒痒，即批书人此刻几乎落笔。试问看官：此际若何光景？
④ 庚侧：逼（原作毕）肖。琏兄不分玉石，但负我平姐。奈何，奈何！
⑤ 庚侧：阿平！"你"字似（原为作）牵强，余（原作全）不画押。一笑。
⑥ 蒙侧：作者又何必如此想，亦犯此病也。

们行的是，我凡行动都存坏心。多早晚都死在我手里①！"

一句未了，凤姐走进院来，因见平儿在窗外，就问道："要说话，两个人不在屋里说，怎么跑出一个来，隔着窗子，是什么意思？"贾琏在窗内接道："你可问他，倒像屋里有老虎吃他呢！"好！平儿道："屋里一个人没有，我在他跟前做什么？"凤姐儿笑道："正是没人才好呢。"平儿听说，便说道："这话是说我呢？"凤姐笑道："笑"字妙！平儿反正色，凤姐反赔笑，奇极！意外之文。"不说你说谁？"平儿道："别叫我说出好话来了！"说着，也不打帘子让凤姐，自己先摔帘子进来②，往那边去了。凤姐自掀帘子进来，说道："平儿疯魔了。这蹄子认真要降伏我，仔细你的皮要紧！"贾琏听了，已绝倒在炕上③，拍手笑道："我竟不知平儿这么利害，从此倒服他了。"凤姐道："都是你惯的他，我只和你说话！"贾琏听说，忙道："你两个不卯，又拿我来做人。我躲开你们。"凤姐道："我看你[十四]躲到那里去④。"贾琏道："我就来。"凤姐道："我有话和你商量。"不知商量何事，且听下回分解。收后，淡雅之至。正是：

淑女自来多抱怨，娇妻从古便含酸。二语包尽古今万万世裙钗。

【总评】不惜恩爱为良人，方是温存一脉真。俗子妒妇浑可笑，语言偏自涉风尘。

校　记：
　　[一]此处的"都"字，原文为"却"，据列藏本改。
　　[二]此处的"递"字，原文为"付"，据庚辰本改。
　　[三]此处的"掉下"二字，原文为"吊下"，据庚辰本改。
　　[四]原文无"晚"字，据庚辰本补。

---

① 蒙侧：一片俗气。
② 庚侧：若在屋里，何敢如此形景，不要加上许多小心？平儿，平儿！有你说嘴的！
③ 庚侧：惧内形景写尽了。
④ 蒙侧：世俗之态薰人。

［五］原文无"你"字，据庚辰本补。

［六］此处的"怎么了"字，原文为"怎么来"，据蒙府本改。

［七］原文无"见"字，据庚辰本补。

［八］原文无"因命四儿剪灯烹茶，自己看了一会《南华经》"句，据甲辰本补，其中"会"，原文为"回"。

［九］此处的"眩"字，文中为"眩"，为讳"玄烨"（康熙之名）而少一点。

［十］此处"大"字，原文为"火"，据列藏本改。

［十一］原文无"着"字，据庚辰本补。

［十二］此处"回"字，原文为"面"，据蒙府本改。

［十三］此处"待"字，原文为"得"，据蒙府本改。

［十四］原文无"你"字，据蒙府本补。

第二十二回

听曲文宝玉悟禅机　制灯谜贾政悲谶语

【回前】禅理偏成曲调，灯谜巧隐谶言。其中冷暖自寻看，昼夜因循暗转。

话说贾琏听凤姐儿说有话商量，因止步问是何话。凤姐道："二十一是薛妹妹的生日，好！你到底怎么样呢？"贾琏道："我知道怎么样！你连多少大生日都料理过了，这会子倒没了主意？"凤姐道："大生日料理，不过是有一定的则例在那里。如今他这生日，大又不是，小又不是，所以和你商量。"有心机人在此。贾琏听了，低头想了半日道："你今儿糊涂了。现有比例，那林妹妹就是例。往年怎么给林妹妹过的，如今也照依给薛妹妹过〔一〕就是了。"此例引的极是。无怪贾政委以家政也。凤姐听了，冷笑道："我难道连这个也不知道？我原也这么想定了。但昨儿听见老太太说，问起大家的年纪生日来，听见薛大妹妹今年十五岁。虽不是整生日，也算得将笄之年。老太太说要替他做生日。想来若果然替他做，自然比往年与林妹妹不同了。"贾琏道："既如此，比林妹妹的多增些。"凤姐道："我也这么想着，所以讨你的口气。我若私自添了东西，你又怪我不告诉明白你了。"贾琏笑道："罢，罢，这空头情我不领。你不盘察我就够了，我还怪你！"说着，一径〔二〕去了，不

第二十二回　听曲文宝玉悟禅机　制灯谜贾政悲谶语

在话下①！一段提纲写得如见如闻，且不失前篇惧内之旨。最奇者，黛玉乃贾母溺爱之人也，不闻为他作生辰，却云特意与宝钗，实非人想得着之文也。此书通部皆用此法，瞒过多少见者，余故云不写而写是也。

　　且说史湘云住了几日，因要回去。贾母因说："过了你宝姐姐的生日，看了戏再回去。"史湘云听了，只得住下。又一面遣人回去，将自己旧日作的两色针线活计取来，为宝钗生辰之仪。

　　谁想贾母自见宝钗来了，喜他稳重和平，四字评倒黛玉，是以特从贾母眼中写出。正值他才过第一个生辰，便自己蠲资二十两②，写出太君高兴，世家之常事耳。唤了凤姐来，交与他置酒戏。凤姐凑趣笑道："一个老祖宗给孩子们做生日③，不拘怎样，谁还敢争，又办什么酒戏？既高兴要热闹，就说不得自己花上几两。巴巴的找出这霉烂的二十两银子来作东道[三]，这意思还叫我赔上。果然拿不出来也罢了，金的、银的、圆的、扁的，压塌了箱子底④，只是勒掯我们。举眼看看，谁不是儿女？难道将来只有宝兄弟顶了你老人家上五台山不成？那些体己[四]，只留于他，我们如今虽不配使，也别苦了我们。这个够酒的？够戏的？"说的满屋里都笑起来。贾母亦笑道："你们听听这嘴！我也算会说的，怎么说不过这猴儿。你婆婆也不敢强嘴，你和我梆梆的。"凤姐笑道："我婆婆也是一样的疼宝玉，我也没处去诉冤，倒说我强嘴。"说着，又引贾母笑了一回⑤，贾母十分喜悦。

　　到晚间，众人都在贾母前，定昏之余，大家娘儿姊妹等说笑时，贾母因问宝钗爱听何戏，爱吃何物等语。宝钗深知贾母年老人，喜热闹戏文，爱甜烂之食，便总依贾母往[五]日所喜者说了出来。看他写宝钗，比颦儿如何？贾母更加欢悦。次日便先送过衣服玩物礼去，王夫人、凤姐、黛玉等诸人皆有，随分不一，不须多记。

---

① **庚眉**：将薛、林作甄玉、贾玉看书，则不失执笔人本旨矣。□□丁亥夏，畸笏叟。
② **庚眉**：前看凤姐问琏做生日数语甚泛泛，至此见贾母蠲资，方知作者写阿凤心机，无丝毫漏笔。□□己卯冬夜。
③ **庚侧**：家常话，却是空中楼阁，陡然架起。
④ **庚眉**：小科诨解颐，却为"借当"伏线。□□壬午九月。
⑤ **庚侧**：正文在此一句。

至二十一日，就贾母内院中搭了家常小巧戏台，〔另有大礼所用之戏台也，侯门风俗断不可少。〕定了一班新出小戏，昆弋两腔皆有。〔是贾母好热闹之故。〕就在贾母上房排了几席家宴酒席，〔是家宴，非东阁盛设也，非世代公子再想不及此。〕并无一个外客，只有薛姨妈、史湘云、宝钗是客，余者皆是自己人。〔将黛玉亦算为自己人，奇甚！〕这日早起，宝玉因不见林黛玉，〔又转至黛玉，文字亦不可少矣。〕便到他房中来寻，只见林黛玉歪在炕上。宝玉笑道："起来！吃饭去，就开戏了。你爱看那一出？我好点。"林黛玉冷笑道："你既这样说，你特叫一班戏，拣我爱的唱给我看。这会子犯不上跐着人借光儿问我。"〔好听之极，令人绝倒。〕宝玉笑道："这有什么难的。明儿就这样行，也叫他们借咱们的光儿。"一面说，一面拉他起来，携手出去。

吃了饭，点戏时，贾母一定先叫宝钗点。宝钗推让一遍，无法，只得点了一折《西游记》。〔是顺贾母之心也。〕贾母自是欢喜，然后命凤姐点。凤姐亦知贾母喜热闹，更喜谑笑科诨①，〔写得周到，想得奇趣，实是必真有之。〕便点了一出《刘二当衣》。贾母果真更又加喜欢，然后命黛玉。〔先让凤姐点者，是非待凤先而玉后也。盖亦素喜凤嘲笑得趣之故，今故命彼点，彼亦自知，并不推让，承命一点，便合其意。此篇是贾母取乐，非礼筵（原作进）大典，故如此写。〕黛玉因让薛姨妈、王夫人等。贾母道："今日原是我特带着你们取笑，咱们只管咱们的，别理他们。我巴巴的唱戏摆酒，为他们不成？他们在这里白听白吃，已经便宜，还让他们点呢！"说着，大家都笑了。黛玉方点了一出。〔不题何戏，妙！盖黛玉不喜看戏也。正是与后文"妙曲警芳心"留地步，正见此时不过草草随众而已，非心之所愿也。〕然后宝玉、史湘云、迎、探、惜、李纨等俱各点了，接出扮演。

---

① 庚眉：凤姐点戏，脂砚执笔事，今知者寥寥（原作聊聊）矣，宁（原无）不悲（原作怨）夫！

　　前批书知（原无）者寥寥（原作聊聊）。今丁亥夏，只剩朽物一枚，宁不痛乎！

靖眉：凤姐点戏，脂砚执笔事，今知者寥寥（原作聊聊）矣，宁（原无）不悲（原作怨）夫！

　　前批知者寥寥（原作聊聊）。不数年，芹溪、脂砚、杏斋诸子皆相继别去。今丁亥夏，只剩朽物一枚，宁不痛杀！

至上酒席时，贾母又命宝钗点。宝钗点了一出《鲁智深醉闹五台山》。宝玉道："只好点这些戏。"宝钗道："你白听了这几年戏，那里知道这出戏的好处，排场又好，词藻更妙。"宝玉道："从来怕这些热闹。"宝钗笑道："要说这一出热闹，你还算不知戏呢。是极！宝钗可谓博学矣，不似黛玉只一《牡丹亭》，便心身不自主矣。真有学问如此，宝钗是也。你过来，告诉你，这一出热闹戏，是一套北《点绛唇》，铿锵顿挫，韵律不用说是好的了；只那词藻中有一支《寄生草》，填的极妙，你何曾知道。"宝玉见说的这般好，便凑近〔六〕来央告："好姐姐，念与我听听。"宝钗便念道：

　　　　漫揾英雄泪，相离处士家。谢慈悲，剃度在莲台下。没缘法，转眼分离乍。赤条条来去无牵挂。那里讨，烟蓑雨笠卷单行？一任俺，芒鞋破钵随缘化！此阕出自《山门》传奇。近之唱者将"一任俺"改为"早辞却"，无理不通之甚。必从"一任俺"三字，则"随缘"二字方不脱落。

　　宝玉听了，喜的拍膝画圈，称赏不已，又赞宝钗无书不知。林黛玉道："安静看戏罢，还无唱《山门》，你倒《妆疯》了。"趣语！今古利口莫过于优伶，此一诙谐，优伶亦不如此急速得趣，可谓才人百技也。一段醋意已见。说的湘云也笑了。于是大家看戏。
　　至晚散时，贾母深爱那做小旦的与一个做小丑的，因命人带进来。细看时，益发可怜见。是贾母眼中。因问年纪，那小旦才十一岁，小丑才九岁，大家叹息一回。贾母命人另拿些肉菜与他两个，又另外赏钱两串。凤姐笑道："这个孩子扮上活像一个人①，你们再看不出来。"宝钗心里也知道，便一笑不肯说。宝钗如此。宝玉也猜着了，亦不敢说。不可少。史湘云接着笑道："倒像林妹妹的模样儿。"②口直心快，无有不可说之事。宝玉听了，忙把湘云瞅了一眼，使个眼色。众人却都听了这话，留神细看，都笑起来了，说果然不错。一时散了。

---

① **庚侧**：明明不叫人说出。
② **庚侧**："事无不可对人言"。
　庚眉：湘云、探春二卿正"事无不可对人言"之（原无）芳性。□□丁亥夏，畸笏叟。

晚间，史湘云更衣时，便命翠缕把衣包打开收拾，都包了起来。翠缕道："忙什么，等去的日子再包不迟。"湘云道："明儿一早就走。在这里做什么？看人家的鼻子眼睛，什么意思！"〖此是真恼，非颦儿之恼可比，然错怪宝玉矣。亦不可不恼。〗宝玉听了这话，忙赶近前拉他，说道："好妹妹，你错怪了我。林妹妹是个多心的人。别人分明知道，不肯说出来，也皆因怕他恼。谁知你不防头就说了出来，他岂不恼你？我是怕你得罪了人，所以才使眼色。你这会子恼我，不但辜负了我，而且反倒委屈了我。若是别人，那怕他得罪了十个人，与我何干呢。"湘云摔手道："你那花言巧语别哄我。我也原不如你林妹妹，别人说他，拿他取笑都使得，只我说了就有不是。我原不配说他，他是小姐主子，我是奴才丫头，得罪了他，使不得！"宝玉急的说道："我倒是为你，反为出不是来。我要有外心①，立刻化成灰，叫万人践踹！"〖千古未闻之誓，恳切尽情。宝玉此刻之心为何如？〗湘云道："大正月里，少信嘴胡说②。这些没要紧的〔七〕恶誓、散话、歪话，说给那些小性儿、行动爱恼的人、会辖治你的人③听去！别叫我啐你。"说着，一径至贾母里间，忿忿的躺着去了。

宝玉没趣，只得又来寻黛玉。刚到门槛前，黛玉便推出来，将门关上。宝玉又不解何意，在窗外只是吞声叫"好妹妹"。黛玉总不理他。宝玉闷闷的垂头自审。袭人早知端的，当此断不能劝。〖宝玉在此时一劝便恼了，袭人见机甚妙！〗那宝玉只呆呆的站着。黛玉只当他回房去了，起来开门，只见宝玉还站着在那里。黛玉反不好意思，不好再关，只得抽身上床歪着。宝玉随进来问道："凡事都有个缘故，说出来，人也不委屈。好好的就恼了，终究是为什么起？"林黛玉冷笑道："问的我倒好，我也不知为什么。我该给你们取笑儿的？拿着我比戏子给众人取笑。"宝玉道："我并没有比你，我并没有笑，为什么恼我呢？"黛玉道："你还要比？你还要笑④？你不比不笑，比人比了笑了的还利害呢！"宝玉听说，无可

---

① 庚侧：玉兄急了。
② 庚侧：回护石兄。
③ 庚侧：此人为谁？
④ 庚侧：可谓"官断十条路"是也。

第二十二回　听曲文宝玉悟禅机　制灯谜贾政悲谶语

分辨，不喷一声①。何便无言可辩？真令人不解。前文湘云方来，"正言弹妒意"一篇中，颦、玉角口后收至袭子一篇，余已注明不解矣。回思自心自身是玉、颦之心，则洞然可解，否则无可解也。身非宝玉，则有辨有答；若是宝玉则再不能辨不能答，何也？总在二人心上想来。

黛玉又道："这一节还可恕。再你为什么又和云儿使眼色？这安的是什么心？莫不是他和我玩，他就自轻自贱了？他原是公侯的小姐，我原是贫民的丫头，他和我玩，设如我回了口，岂不他自惹轻贱呢，是这主意不是？这却也是你的好心，只是那一个偏又不领你这好情，一般也恼了。颦儿自知云儿恼，用心甚矣。你又拿我作情，倒说我小性儿，颦儿却又听见，用心甚矣。行动肯恼。又怕他得罪了我，恼他。我恼他，与你何干？他得罪了我，又与你何干②？"问的却极是，但未必心应。若能如此，将来泪尽夭亡已化乌有，世间亦无此一部《红楼梦》矣！

宝玉见说，方才与湘云私谈，他已听见了。细想自己原为他二人怕生隙，方在中调和，不想并未调和成功，反已落了两处的贬谤。正与前日所看《南华经》上，有"巧者劳而智者忧，无能者无所求，饱食而遨游，泛若不系之舟"；又曰"山木自寇，按原注：山木，漆树也。精脉自出，岂人所使之？故云"自寇"，言自相戕贼也。源泉自盗"等语。源泉味甘，然后人争取之，自寻干涸也，亦如山木，意皆寓人智能聪明，多知之害也。前文云无心看《南华经》，不过因（原无）袭人等恼时，无聊之甚，偶以释闷耳。殊不知用于今日，大解悟大觉迷之功甚矣。市徒见此必云：前日看的是外篇《胠箧》，如何今日又知若许篇，然则彼时只曾看外篇数语乎？想其理自然默默看过几篇，适至外篇，故偶触其机，方续之也。若云只看了那几句便续，则宝玉彼时之心是有意续《庄子》，并非释闷时偶续之也。且更有见前所续，则曰续的不通，更可笑矣。试思宝玉虽愚，岂有安心立意与庄叟争衡哉？且宝玉有生以来，此身此心为诸女儿应酬不暇，眼前多少现成（原作无）有益之事尚无暇去做，岂忽然要分心于腐言糟粕之中哉？可知除闺阁外，并无一事是宝玉立意做出来的。大则天地阴阳，小则功名荣枯，以及吟篇琢句，皆是随分触情。偶得之，不喜；失之，不悲。若当作有心，则谬矣。只看大观园题咏之文，已算平生得意之句，得意之事矣。然亦总不见再吟一句，再题一事，据此可见矣。然后可知前夜是无心顺手拈了一本《庄子》在手，且酒兴醺醺，芳愁默默，顺手不计工拙，草草一续也。若使顺手拈一本近时鼓词，或如"钟无艳赴会，齐（原作其）太子走国"等草野风邪之传，必亦续之矣。观者试看此批，然后谓余不谬。所以可恨者，彼夜却不曾拈了《山门》一出传奇。若使《山门》在案，彼时拈着，又不知于《寄生草》后，续出何等超凡入圣大觉大悟诸语录来。黛玉一生是聪明所误，宝玉是多事所误。多事（原无）者，情之事也，非世事也。多

---

① **庚眉**：此书如此等文章多多，不能枚（原作救）举。机括神思，自从天分而有。其毛锥写人，口气传神摄魄处，怎不令人拍案称奇叫绝！□□丁亥夏，畸笏叟。

② **庚眉**：神工乎？鬼工乎？文思至此尽矣！□□丁亥夏，畸笏。

【情曰多事，亦宗《庄》笔而来，盖余亦偏矣，可笑。阿凤是机心所误，宝钗是博知所误，湘云是自爱所误，袭人是好胜所误。皆不能跳出于庄叟言外，悲亦甚矣。再笔】因此越想越无趣。再细想来，目下不过这两个人，尚未应酬妥协，将来犹欲为何？【看他只这一笔。写得宝玉又如何用心于世道。言闺中红粉尚不能周全，何碌碌僵欲治世待人接物哉？视闺中自然如儿戏，视世道如虎狼矣，谁云不然？】想到其间，也毋庸分辩回答，自己转身回房来。【颦儿云"与你何干"，宝玉如此一回则曰"与我何干"，可也。口虽未出，心已悟矣，但恐不常耳。若常存此念无此一部书矣。看他下文如何转折。】林黛玉见他去了，便知回思无趣，赌气去了，一言也不曾发，不禁自己越发添了气，【只此一句，又勾起波浪。去则去，来则来，又何气哉？总是断不了这根孽肠，忘不了这个祸害，既无而又有也。】便说道："这一去，一辈子也别来，也别说话。"

宝玉不理，【此是极心死处，将来如何？】回房躺在床上，只是瞪瞪的。袭人深知原委，不敢就说，【一说就恼】只得以他事来解释，因笑道："今儿看了戏，又勾出几天戏来。宝姑娘一定要还席的。"宝玉冷笑道："他还不还，管谁什么相干。"【大奇大神之文。此"相干"之语，仍是近文与颦儿之语之"相干"也。上文来说，终存于心，却于宝钗身上发泄。素厚者，惟颦、云，今为彼等尚存此心，况于素不相契者，有不直言者乎？情理笔墨，无不尽矣！】袭人见这话不是往日口吻，因又笑道："这是怎么说？好好的大正月里，娘儿姊妹们都喜喜欢欢，你又怎么这个形景了？"宝玉冷笑道："他们娘儿们、姊妹们欢喜不欢喜，也与我无干。"【先及宝钗，后及众人，皆一颦之祸流毒于众人，宝玉之心实仅有一颦乎？】袭人笑道："他们既随和，你也随和，岂不大家彼此有趣。"宝玉道："什么是'大家彼此'！他们有'大家彼此'，我是'赤条条来去无牵挂'。"【拍案叫好。当此一发，西方诸佛亦来听此棒喝，参此语录。】谈及此句，不觉泪下。【还是心中不净不了，斩不断之故。】袭人见此景况，不肯再说。宝玉细想这一句趣味，不禁大哭起来。【此是忘机大悟，世人所谓疯癫是也。】翻身起来至案，遂提笔立占一偈云：

你证我证，心证意证。

是无有证，斯可云证。

无可云证，是立足境。【已悟已觉，是好偈矣。宝玉悟禅亦由情，读书亦由情，读《庄》亦由情，可笑。】

写毕，自虽解悟，又恐人看此不解，【自悟则自了，又何用人亦解哉？此正是犹未正觉大悟也。】因此亦填一支《寄生草》，也写在偈后。【此处亦续《寄生草》。余前批云不曾见续，今却见之，是意外之幸也。盖前夜《庄子》是道悟，此日是禅悟，天花散漫之文也。】自己又念一遍，自觉无挂碍，心中自得，便上床睡了。【前夜已悟，今夜又悟，二次翻身

<small>不出，故一世堕落无成也。不写出曲文何辞，却要留与宝钗眼中写出，是交代过节也。</small>

谁想黛玉见宝玉此番果断而去，故以寻袭人为由，来视动静。<small>这又何必，总因慧刀不利，未斩毒龙之故也。大都如此，可叹！</small>袭人笑回："已经睡了。"黛玉听说，便要回去。袭人笑道："姑娘请站住，有一个字帖儿，瞧瞧是什么话。"说着，便将方才那曲子与〔八〕偈语悄悄拿来，递与黛玉看。黛玉看了，知是宝玉因一时感忿而作，不觉可笑可叹<small>，是个善知觉。何不趁此大家一解，齐证上乘，甘心堕落迷津哉？</small>便向袭人道："作的是玩意儿，无甚关系。"<small>黛玉说无关系，将来必无关系。余正恐颦、玉从此一悟，则无妙文可看矣。不想颦儿视之为漠然，更曰"无关系"，可知宝玉不能悟也。余心稍慰。盖宝玉一生行为，颦知最确，故余闻颦语则信而又信，不必宝玉而后证之方信也。堕迷津生出孽障，余心甚不公矣。世云损人利己者，余此愿是矣。试思之可发一笑。今自呈于此，亦可为后人一笑，以助茶前酒后之兴耳。今而后天地间岂不又添一趣谈乎？凡书皆以趣谈读去，其理自明，其趣自得矣。</small>说毕，便携了回房去，与湘云同看。<small>却不同湘云分争，有趣。</small>次日又与宝钗看。宝钗看其词曰：<small>出自宝钗目中，正是大关键处。</small>

无我原非你，从他不解伊。肆行无碍凭来去。茫茫着甚悲愁喜，纷纷说甚亲疏密。从前碌碌却何因，到如今，回头试想真无趣！<small>看此一曲，试思作者当日发愿不作此书，却立意要作传奇，则又不知有如何词曲矣。</small>

看毕，又看那偈语，又笑曰："这个人悟了。都是我的不是，都是我昨儿一支曲子惹出来的。这些道书禅机，最能移性。<small>拍案叫绝。此方是大悟彻语录，非宝卿不能谈此也。</small>明儿认真说起这些疯话来，存了这个意思，都是从我这一支曲子上来，我成了个罪魁了。"说着，便扯了个粉碎，递与丫头们："快烧了罢。"黛玉笑道："不该撕，等我问他。你们跟我来，包管叫他收了这痴心邪话。"

三人果然都往宝玉屋里来。一进来，黛玉便笑道："宝玉，我问你：至贵者是'宝'，至坚者是'玉'。你有何贵？你有何坚？"<small>拍案叫绝。大和（原作都）尚来（原作未）答此机锋，想亦不能答也。非颦儿，第二人无此灵心慧性也。</small>宝玉竟不能答。三人拍手笑道："这样钝愚，还参禅呢！"黛玉又道："你那偈末云：'无可云证，是立足境'，固然好了，只是据我看，还未尽善。我再续二句在后。"

因念云："无立足境，是方干净。" 拍案叫绝，此又深一层也。亦如谚云："去年贫，只立锥；今年贫，锥也无。"其理一也。

宝钗道："实在这方悟彻。当日南宗六祖惠能，初寻师至韶州，闻五祖弘[九]忍在黄梅，他便充役火头僧。五祖欲求法嗣，令徒弟诸僧各出一偈。上座神秀说道：'身是菩提树，心如明镜台，时时勤拂拭，莫使有尘埃。'彼时惠能在厨房碓米①，听了这偈，说道：'美则美矣，了则未了。'因自念一偈曰：'菩提本无树，明镜亦非台。本来无一物，何处惹尘埃？'五祖便将衣钵传他。出语录。总写宝卿博学宏览，胜诸才人；颦儿却聪慧灵智，非学力所致：皆绝世绝伦之人也。宝玉宁不愧杀！今儿这偈语，亦同此意了。只是方才这句机锋[十]，尚未完全了结，这便丢开手不成？"黛玉笑道："彼时不能答，就算输了，这会子答上了也不为出奇。只是以后再不许谈禅了。连我们两个所知的所能的，你还不知不能呢，还去参禅呢？"宝玉自己以[十一]为觉悟，不想忽被黛玉一问，便不能答；宝钗又比出"语录"来，此皆素不见他们能者。自己想了一想："原来他们比我的知觉在先，尚未解悟，我如今何必自寻苦恼②。"想毕，便笑道："谁又参禅，不过一时玩话罢了。"说着，四人仍复如旧。轻轻抹去也。"心净难"三字不谬。

忽然人报，娘娘差人送出一个灯谜来，命你们大家去猜，猜着了，每人也作一个进去。四人听说，忙来至贾母上房。只见一个小太监，拿了一盏四角平头红纱灯，专为灯谜而制，上面已有一个，众人都争看乱猜。小太监又下谕道："众小姐猜着了，不要说出来，每人只暗暗的写在纸上，一齐封进宫去，娘娘自验是否。"宝钗等听了，近前一看，是一首七言绝句，并无甚新奇。口中少不得称赞，只说难猜，故意寻思，其实一见便猜着了。宝玉、黛玉、湘云、探春此处透出探春，正是草蛇灰线，后文

---

① 庚眉：用得妥当之极！
② 庚眉：前以《庄子》为引，故偶续之。又借颦儿诗一鄙驳，兼不写着落，以为瞒过看官矣。此回用若许曲折，仍用老庄引出一偈来，再续一《寄生草》，可为大觉大悟矣（原作已）。以之上承果位，以后无书可作矣。却又轻轻用黛玉一问机锋，又续偈言二句，并用宝钗讲五祖、六祖问答二实偈子，使宝玉无言可答，仍将一大善知识，始终跌不出警幻幻榜中，作下回若干回书。真有机心游龙不测（原作则）之势，安得不叫绝！且历来小说中万写不到者。□□己卯冬夜。

第二十二回　听曲文宝玉悟禅机　制灯谜贾政悲谶语　297

<small>方不突然。</small>四个人也都解了，各自暗暗的写了半日。一并将贾环、贾兰等传来，一齐各揣心机<small>写出猜谜人形景，看他偏于两次禅机后，写此机心机事，足见用意之深至远。</small>都猜了，写在纸上。然后各人拈一物作成一谜，恭楷写了，挂在灯上。

太监去了，至晚出来传谕："前娘娘所制，俱已猜着，惟二小姐与三爷猜的不是。<small>迎春、贾环也。交错有法。</small>小姐们作的也都猜了[十二]，不知是否。"说着，已将写的拿出来。也有猜着的，也有猜不着的，都胡乱说猜着了。太监又将颁赐之物送与猜着之人，每人一个宫制诗筒，<small>诗筒，身边所佩之物，以待偶成之句草录暂收之，其归至窗前不致有亡也。或茜牙成，或琢香屑，或以绫素为之不一，想来奇特事，从不知也。</small>一柄茶筅，<small>破竹如帚，以净茶具之积也。二物极微极雅。</small>独迎春、贾环二人未得。迎春自为玩笑小事，并不介意，<small>大家小姐。</small>贾环便觉得没趣。且又听太监说："三爷说的这个不通，娘娘也没猜，叫我带回问三爷是个什么。"众人听了，都来看他作的是什么，写道是：

大哥有角只八个，二哥有角只两根。

大哥只在床上坐，二哥爱在房上蹲。<small>可发一笑，真环哥之谜。诸卿勿笑，难为了作者摹拟。</small>

众人看了，大发一笑。贾环只得告诉太监说："一个枕头，一个兽头。"<small>亏他好才情，怎么想来！</small>太监记了，领茶而去。

贾母见元春这般有兴，自己越发喜欢。便命速作一架小巧精致围屏灯来，设于堂屋，命他姊妹各自暗暗的做了，写出来粘于屏上，然后预备下香[十三]茶细果以及各色玩物，为猜着之贺。贾政朝罢，见贾母高兴，况在节间，晚上也来承欢取乐。设了酒果，备了玩物，上房悬了彩灯，请贾母赏灯取乐。

上面贾母、贾政、宝玉一席，下面王夫人、宝钗、黛玉、湘云又一席，迎、探、惜三人又一席。地下婆娘、丫鬟站满。李宫裁、王熙凤二人在里间又一席①。贾政因不见贾兰，便问："怎么不见兰哥？"<small>看他透出贾政极爱贾兰。</small>地下婆娘忙进里间问李氏，李氏起身笑着回道："他说方才老爷并没去叫他，他不肯来。"婆娘回复了贾政。众人都笑说："天生的牛心古怪。"贾政忙遣贾环与两个婆娘将贾兰唤来。贾母命他在身

---

① 庚侧：细致！

旁坐了，抓果子与他吃。

　　大家说笑取乐。往常间只有宝玉长谈阔论，今日贾政在这里，惟有唯唯而已。〔写宝玉如此，非世家曾经严父之训者，断写不出此二句。〕余者湘云虽系闺阁弱女，却素喜谈论，今日贾政在席，也自缄口〔十四〕禁言。〔非世家经明训者，断不知此一句。写湘云如此。〕黛玉本性懒与人共，原不肯多话，〔黛玉如此，与人多话则不肯，岂得与宝玉话更多哉？〕宝钗原不妄言轻动，便此时亦是坦然自若。〔瞧他写宝钗，真是又曾经严父慈母之明训，又是公府千金，自己又天性从礼合节，前三人之长并归于一身。前三人向有捏作之态，故惟宝钗一人作坦然自若，亦不见逾规越矩也。〕故此一席虽是家常取乐，反见拘束不乐。〔非世家公子，断写不及此。想近时之家，纵其儿女哭笑索饮，长者又以为乐，其无礼不法，何如是耶！〕贾母亦知因贾政一人在此所致之故，〔这一句又明补出贾母亦是世家明训之千金也，不然，断想不及此。〕酒过三巡，便撵贾政去歇息。贾政亦知贾母之意，撵了自己去后，好让他们姊妹、兄弟取乐的。贾政忙赔笑道："今日原听见老太太这里大设春灯雅谜，故也备了彩礼酒席，特来入会。何疼孙子孙女之心，便不略赐以儿子半点？"〔贾政如此，余已泪下。〕贾母笑道："你在这里，他们都不敢说笑，没的倒叫我闷。你要猜谜时，我便说一个你猜，猜不着是要罚的。"贾政忙笑道："自然要罚。若猜着了，也是要领赏的。"贾母道："这个自然。"说着便念道：

　　　　猴子身轻站树梢。〔所谓"树倒猢狲散"是也。〕
　　　　——打一果名〔的是贾母之谜。〕

贾政已知是荔枝，便故意乱猜别的，罚了许多东西；然后方猜着，也得了贾母的东西。然后也念一个与贾母猜，念道：

　　　　身自端方，体自坚硬。
　　　　虽不能言，有言必应。
　　　　——打一用物〔好极！的是贾老之谜，包藏贾府祖宗自身，"必"字暗隐"笔"字。妙极！〕

说毕，便悄悄的说与了宝玉。宝玉意会，又悄悄的告诉了贾母。贾母想了想①〔十五〕，果然不差，便说："是砚台。"贾政笑道："到底是老

---

① 庚侧：太君身份。

第二十二回　听曲文宝玉悟禅机　制灯谜贾政悲谶语

太太，一猜就是。"回头说："快把贺彩送上来。"地下妇女答应一声，大盘小盘一齐捧上。贾母逐件看去，都是灯节下所用所玩新巧之物。甚喜，遂命："给你老爷斟酒。"宝玉执壶，迎春送酒。

贾母因说："你瞧瞧那屏上，都是他姊妹们做的，再猜一猜我听。"贾政答应，起身走至屏前，只见第一个写道是：

能使妖魔胆尽摧，身如束帛气如雷。
一声震得人方恐，回首相看已化灰。　此元春之谜。才得侥幸，奈寿不长，深可悲哉！

贾政道："这是爆竹嗄。"宝玉答道："是。"贾政又看，道是：

天运人功理不穷，有功无运也难逢。
因何镇日纷纷乱，只为阴阳数不同。　此迎春一生遭际，惜不得其夫何！

贾政道："这是算盘。"迎春笑道："是。"又往下看，道是：

阶下儿童仰面时，清明妆点最堪宜。
游丝一断[十六]浑无力，莫向东风怨别离。　此探春远适之谶也。使其人不远去，将来事败，诸子孙不致流散也，悲哉伤哉！

贾政道："这是风筝。"探春笑答："是。"又看，道是：

前身色相总无成，不听菱歌听佛经。
莫道此生沉墨海，性中自有大光明①。　此惜春为尼之谶也。公府千金至缁衣乞食，宁不悲夫！

贾政道："这是佛前海灯嗄。"惜春笑答道："是海灯。"

贾政心内沉思道："娘娘所作爆竹，此乃一响而散之物。迎春所作算盘，是打动乱如麻。探春所作风筝，乃飘飘浮荡之物。惜春所作

---

① **庚侧**：此后破失，俟再补。

海灯,益发清净孤独。今乃上元佳节,如何皆用此不祥之物为戏耶?"心内愈思愈闷。因在贾母之前,不敢形于色,只得仍勉强往下看去。只见后面写着七言律诗一首,却是宝钗所作,遂念道:

> 朝罢谁携两袖烟,琴边衾里总无缘。
> 晓筹不用鸡人报,五夜无烦侍女添。
> 焦首朝朝还暮暮,煎心日日复年年。
> 光阴荏苒须当惜,风雨阴晴任变迁①。辰:此黛玉一生愁绪之意。

贾政看完,心内自忖道:"此物还倒有限。只是小小之人,作此诗句,更觉不祥,皆非永远福寿之辈。"想到此处,愈觉烦闷,大有悲戚之状,因而将适才的精神减去十之八九,只垂头沉思。

贾母见贾政如此光景,想到[十七]或是他身体劳乏亦未可定,又兼恐拘束了众姊妹不得高兴玩耍,即对贾政云:"你竟不必猜了,去安歇罢。让我们再坐一会,也好散了。"贾政一闻此言,连忙答应几个"是"字,又勉强劝了贾母一回酒,方才退出去了。回至房中,只是思索,翻来复去竟难成寐,不由伤悲感慨,不在话下。

且说贾母见贾政去了,便道:"你们可自在乐一乐罢。"一言未了,早见宝玉跑至围屏灯前,指手画脚,满口批评,这个这一句不好,那一个作的不恰当,如同开了笼的猴子一般。宝钗便道:"还像适才坐着,大家说说笑笑,岂不斯文些儿。"凤姐自里间忙出来插口道:"你这个人,就该老爷每日令你寸步不离方好。适才我忘了,为什么不当着老爷,撺掇叫你也作诗谜儿。若如此,怕不得这会子正出汗呢。"说的宝玉急了,扯着凤姐儿,扭股儿糖似的只是厮缠。贾母又与李宫裁并众姊妹说笑了一回,也觉有些困倦起来。听了听已是漏下四鼓,命将食物撤去,赏散与众人,遂起身道:"我们安歇罢。明日还是节下,该当早起。明日晚间再玩罢。"且听下回分解。

【总评】作者具菩提心,捉笔现身说(原作设)法,每于言外警人,再三再

---

① 庚眉:暂记宝钗制谜云。

四，而读者但以小说鼓词目之，则大罪过。其先以《庄子》为引，及偈曲句作醒悟之语，以警觉世人，犹恐不入，再以灯谜伸词致意，自解自叹，以不成寐为言，其用心之切之诚，读者忍不留心而慢忽之耶？

庚：此回未成而芹逝矣，叹叹！丁亥夏，畸笏叟。

校　记：

［一］原文无"过"字，按庚辰本补。
［二］此处的"径"字，原文为"竟"，据梦稿本改。
［三］此处的"东道"二字，原文为"东西"，据庚辰本改。
［四］此处的"体己"，原文为"兄弟"，蒙府本为"东西"，据庚辰本改。
［五］此处的"往"字，原文为"向"，据庚辰本改。
［六］此处的"近"字，原文为"进"，据列藏本改。
［七］原文无"的"字，按庚辰本补。
［八］原文无"与"字，按庚辰本补。
［九］此处的"弘"字，原文为"弘"。因讳"弘历"（乾隆之名），故缺一笔。
［十］文中"机锋"，原文为"讥讽"，据列藏本改。
［十一］原文无"以"字，按梦稿本补。
［十二］此处的"猜了"，原文为"猜着了"，据梦稿本改。
［十三］此处的"香"字，原文为"看"，据庚辰本改。
［十四］此处的"也自缄口"，原文为"也是插口"，据庚辰本改。
［十五］此处的"想了想"，原文为"想了"，据庚辰本改。
［十六］诗中"断"字，原文为"段"，据蒙府本改。
［十七］此处的"想到"二字，原文为"想道"，据蒙府本改。

第二十三回

西厢记妙词通戏语　牡丹亭艳曲警芳心

【回前】群艳大观中，柳弱系轻风。惜花与度曲，笑看利名空。

话说贾元春自那日幸大观园回宫去后，便命将那日所有的题咏，命探春依次抄录妥协，自己编次，叙其优劣，又命在大观园勒石，为千古风流雅事。因此，贾政命人各处选拔精工名匠，在[一]大观园磨石镌字，贾珍率领贾蓉、贾萍等监工。因贾蔷又管理着文官等十二个女戏并行头等事，不大得便，因此贾珍又将贾菖、贾菱唤来监工。一日，烫蜡钉硃，动起手来。这也不在话下。

且说那个玉皇庙并达摩庵两处一班的十二个小沙弥，并十二个小道士，如今挪出大观园来，贾政正思想发到各庙去居住。不想后街上住的贾芹之母周氏，正盘算着也要到贾政这边谋一个大小事务[二]与儿子管管，也好弄些银钱使用。可巧听见这件事，便坐轿子来求凤姐。凤姐因见他素日不大拿班作势的，便依允了。想了几句话，便回王夫人说①："这些小和尚、道士万不可打发到别处去，一时娘娘出来就

---

① 庚侧：一派心机。

要承应。倘或散了伙，若再用时，可是又费事。依我的主意，不如将他们竟送到咱们家庙里铁槛寺去，月间可派一个人拿几两银子去买柴米就完了。说声用，走去叫来，一点儿不费事的。"王夫人听了，便商之于贾政。贾政听了，笑道："倒是提醒了我，就这样。"即时唤贾琏来。

当下贾琏正同凤姐吃饭，一闻呼唤，不知何事，放下饭便走。凤姐一把拉住，笑道："你且站住，听我说话。若是别的事我也不管，若是为小和尚们的那事，好歹依我这么着。"如此这般教了一套话。贾琏笑道："我不知道，你有本事你说去。"凤姐听了，把头一梗，把筷子一放①，腮上似笑不笑的瞅着贾琏道："你当真的，是玩话？"贾琏笑道："西廊下五嫂子的儿子芸儿来求了我两三遭，要个事情管管②。我依了，叫他等着。好容易出来这件事，你又夺了去。"凤姐笑道："你放心。园子东北角子上，娘娘说了，还叫多多的种松柏树，楼底下还叫种些花草等物。等[三]这件事出来，我保管叫芸儿管这件工程。"贾琏道："果然这样，也罢了。只是昨儿晚上，我不过是要改个样儿，你就扭手扭脚的③。"凤姐儿听了，"嗤"的一声笑了④，向贾琏啐了一口，低下头便吃饭。

贾琏一径笑着去了。到了前面，见了贾政，果然是小和尚一事。贾琏便依了凤姐主意，说道："如今看来，芹儿倒大大的出息了，这件事竟交与他去管办。横竖照在里头的规例，每月叫芹儿支领就是了。"贾政原不大理论这些事，听贾琏如此说，便如此依了。贾琏回到房中告诉凤姐儿，凤姐即命人去告诉周氏。贾芹便来见贾琏夫妻两个，感谢不尽。凤姐又作情央贾琏先支三个月的，叫他写了领字，贾琏批票画了押，登时发了对牌出去。银库上按数发给三个月的供给来，白花

---

① 蒙侧：活跳。
② 蒙侧：可发一笑。
③ 庚侧：写凤姐风月之文如此，总不脱漏。
　　蒙侧：粗蠢！情景（原作惜）可笑。
④ 庚侧：好章法。
　　蒙侧：后将有大观园中一段奇情韵事（原无），不得不先为此等丑语一跌（原作迭），以作未火先烟之象。

花二三百两。贾芹随手拈一块，撂与掌平的人，叫他们吃了茶罢。于是命小厮拿回家，与母亲商议。登时雇了大叫驴[四]，自己骑上；又雇了几辆车子，至荣国府角门前，唤出二十四个人来，坐上车，一径往城外铁槛寺去了。当下无话。

如今且说贾元春，因在宫中自编大观园题咏之后①，忽想起那大观园中景致，自己幸过之后，贾政必定敬谨封锁，不敢使人进去骚扰，岂不寥落。况家中现有几个能诗会赋的姊妹，何不命他们进去居住，也不使佳人落魄，花柳无颜②。却又想到宝玉自幼在姊妹丛中长大，不比别的兄弟③。若不命他进去，只怕他冷清了，一时不大畅快，未免贾母、王夫人愁虑，须得也命他进园居住方妙。想毕，遂命太监夏忠到荣国府来下一道谕，命宝钗等只管在园中居住，不可禁约封锢，命宝玉仍随进去读书。

贾政、王夫人接了这谕，待夏忠去后，便来回明贾母，遣人进去各处收拾打扫，安设帘幔床帐。别人听了还自犹可，惟宝玉听了这谕，喜的无可不可。正和贾母盘算，要这个，弄那个，忽见了丫鬟来说："老爷叫你④。"宝玉听了，好似打了个焦雷，登时扫去兴头，脸上转了颜色，便拉着贾母扭的好似扭股儿糖，杀死不敢去。贾母只得安慰他道："好宝贝，你只管去，有我呢，他不敢委屈了你⑤。况且你又做了那篇好文章。想是娘娘叫你进去住，他吩咐你几句，不过不教你在里头淘气。他说什么，只好生答应着就是了。"一面安慰，一面唤了两个老嬷嬷来，吩咐"好生带了宝玉去，别叫他老子唬着他。"老嬷嬷答应了。

---

① **庚眉**：大观园原系十二钗栖止之所，然工程浩大，故借元春之名而起，再用元春之命以安诸艳，不见一丝扭捏。□□己卯冬夜。
② **庚侧**：韵人行韵事。
③ **蒙侧**：何等精细！
④ **庚侧**：多大力量写此句。
  余亦惊骇，况宝玉乎！回思十二三时，亦曾有是病来。想时不再至，不禁泪下。
  蒙侧：大家风范。
⑤ **蒙侧**：写尽祖母溺爱，作后文之本。

第二十三回　西厢记妙词通戏语　牡丹亭艳曲警芳心

宝玉只得前去，一步挪了三寸，蹭①[五]到这边来。可巧贾政[六]在王夫人房中商议事情，金钏儿、彩云、彩霞、绣鸾、绣凤等众丫鬟都在廊檐下站着呢，一见宝玉来，都抿着嘴儿笑。金钏儿一把拉住宝玉②，悄悄的笑道："我这嘴上是才擦的香浸胭脂③，你这会子可吃不吃了？"彩云连忙一把推开金钏儿，笑道："人家心里正不自在，你还奚落他。趁这会子喜欢，快进去罢。"宝玉只得挨进门去。原来贾政和王夫人都在里间呢。赵姨娘打起帘子，宝玉躬身挨入。只见贾政和王夫人对面坐在炕上说话，地下一溜椅子，迎、探、惜并贾环四个人，都坐在那里。一见他进来，惟有探春、惜春和贾环站了起来。

贾政一举目，见宝玉站在跟前，神采飘逸，秀色夺人④；看看贾环，人物委琐[七]，举止荒疏；忽又想起贾珠⑤，再看看王夫人只有这一个亲生的儿子，素爱如珍，自己的胡须将已苍白：因这几件上，把素日嫌恶处分宝玉之心不觉减了八九⑥。半晌说道："娘娘吩咐说，你日日外头嬉游，渐次疏懒，如今叫禁管同你姊妹在园里读书写字⑦。你可好生用心习学，再若不守分安常，你可仔细！"宝玉连连的答应了几个"是"。王夫人便拉他在身旁坐下⑧。他姊弟三人依旧坐下。

王夫人摩挲着宝玉的脖头说道："前儿的丸药都吃完了？"宝玉答道："还有一丸。"王夫人道："明儿再取十丸来，天天临睡的时候，叫袭人伏侍你吃了再睡。"宝玉道："只从太太吩咐了，袭人天天晚上想着，打发我吃⑨。"贾政问道："袭人是何人？"王夫人道："是个丫头。"贾政道："不管叫个什么罢了，是谁这样刁钻，起这样的名字？"王夫人见贾政不自在了，便替宝玉掩饰道："是老太太起的。"

---

① 庚侧：蹭，撑去声。
② 庚侧：有是事，有是人。
③ 庚侧：活像，活现！
④ 庚侧：消气散，用的好。
⑤ 庚侧：批至此，几乎失声哭出。
⑥ 蒙侧：为天下年老者父母一哭。
⑦ 庚眉：写宝玉可入园，用"禁管"二字，得体，理之至。□□壬午九月。
⑧ 蒙侧：活现。
⑨ 庚侧：大家细细听去，活似小儿口气。

贾政道："老太太如何知道这样的话，一定是宝玉！"宝玉见瞒不过，只得起身回道："因素日读诗，曾记古人有一句诗云：'花气袭人知昼暖'。因这个丫头姓花，便随口起了这个名字。"王夫人忙又向宝玉道："你回去改了罢。老爷也不用为这小事动气。"贾政道："究竟也无碍，又何用改①。只是可见宝玉不务正，专在这些浓诗艳词上〔八〕作工夫。"说毕，断喝一声："作孽的畜生，还不出去②！"王夫人也忙道："去罢，只怕老〔九〕太太等你吃饭。"宝玉答应了，慢慢的出去，向金钏儿笑着伸伸舌头，带着两个老嬷嬷一溜烟去了。

刚至穿堂门前，妙！这便是凤姐扫雪拾玉之处，一丝不乱。只见袭人倚门立在那里，一见宝玉平安回来，堆下笑来，问③："叫你做什么？"宝玉告诉他："没有什么，不过怕我进园去淘气，吩咐吩咐④。"一面说，一面回至贾母跟前，回明原委。只见林黛玉正在那里，宝玉便问他："你住那一处好？"林黛玉正在心里盘算这事⑤，忽见宝玉问他，便笑道："我心里想着潇湘馆好，我爱那几竿竹子隐着一道曲栏，比别处〔十〕更觉幽静。"宝玉听了拍手笑道："正和我的主意一样，我也要叫你住这里呢。我就住怡红院，咱们两个又近，又都清幽⑥。"

二人正计较，就有贾政遣人来回贾母说："二月二十二的日子好，哥儿、姐儿们好搬进去的。这几日内遣人进去分派收拾。"薛宝钗住了蘅芜院，林黛玉住了潇湘馆，贾迎春住了缀锦楼，探春住了秋爽斋，惜春住了蓼风轩，李氏住了稻香村，宝玉住了怡红院。每一处添两个老嬷嬷，四个丫头，除各人奶娘、亲随丫鬟不算外，另有专管收拾打扫的。至二十二日，一齐进去，登时园内花摇绣带，柳拂香风，

---

① **庚侧**：几乎改去好名。
② **庚侧**：好收拾（原作什）！
   蒙侧：严父慈母，其事则异，其行则一。
③ **庚侧**：等坏了，愁坏了，所以有"堆下笑来，问"问话。
   蒙侧：何等牵连。
④ **庚侧**：就说大话。逼肖之至！
⑤ **庚侧**：颦儿亦有盘算事，拣择清幽处耳，未知择邻否？一笑。
⑥ **庚侧**：择邻出于玉兄，所谓真知己。
   蒙侧：作后文无限张（原作章）本。

> 八字写得满园之内，处处有人，无一处不到。

不似前番那等寂寥了。

闲言少叙。且说宝玉自进园来，心满意足，再无别项可生贪求之心。每日只和姊妹、丫头们一处，或读书，或写字①，或弹琴下棋，作画吟诗，以至描鸾刺凤②，斗草簪花，低吟悄唱，拆字猜枚，无所不至，倒也十分快乐。他曾有几首即事诗，虽不好，却倒是真情真景，略记几首云：

春夜即事

霞绡云幄任铺陈，隔巷蟆更听未真。
枕上轻寒窗外雨，眼前春色梦中人。
盈盈烛泪因谁泣，默默花愁为我嗔。
自是小鬟娇懒惯，拥衾不耐笑言频。

夏夜即事

倦绣佳人幽梦长，金笼鹦鹉唤茶汤。
窗明麝月开宫镜，室霭檀云品御香。
琥珀杯倾荷露滑，玻璃槛纳柳风凉。
水亭处处齐纨动，帘卷朱楼罢晚妆。

秋夜即事

绛芸轩里绝喧哗，桂魄流光浸茜纱。
苔锁石纹容睡鹤，井飘桐露湿栖鸦。
抱衾婢至舒金凤，倚槛人归落翠花。
静夜不眠因酒渴，沉烟重拨索烹茶。

冬夜即事

梅魂竹梦已三更，锦罽鹴衾睡未成。
松影一庭惟见鹤，梨花满地不闻莺。
女郎翠袖诗怀冷，公子金貂酒力轻。

---

① **庚侧**：未必。
② **庚侧**：有之。

却喜侍儿知试茗，扫将新雪及时烹。

因这几首诗，当时有一等势利人，见荣府十二三岁的公子作的，录出来各处称颂；再有一等轻浮子弟，爱上那风骚妖艳之句，也写在扇头壁上，不时吟哦赏赞。因此竟有人来寻诗觅字，倩画求题的。宝玉益发得了意，镇日在家做这些外务。

谁想静中生烦恼，忽一日不自在起来。这也不好，那也不好，出来进去只是闷闷的〔十一〕。园中的那些人多半是女孩儿，正在混沌世界，天真烂熳之时，坐卧不避，嬉笑无心，那里知宝玉此时的心事。那宝玉心内不自在，便懒在园内，只在外头鬼混，却又痴痴的。茗烟见他这样，因想与他开心，左思右想，皆是宝玉玩的不耐烦了的，不能开心，惟有这件，宝玉不曾看见过①。想毕，便走去到书坊内，把那古今小说并那飞燕、合德、武则天、杨贵妃的外传与那传奇脚本买了许多来，引宝玉看。宝玉何曾见过这些书，一看见了，便如得了珍宝。茗烟又嘱咐他不可拿进园去②，"若叫人知道了，我就'吃不了兜着走'呢！"宝玉那里舍得不拿进园，踟蹰再三，单把那文理细密的拿了几套进去，放在床顶上，无人时自己密看。那粗俗过露的，都藏在外面书房里。

那日正当三月中浣，早饭后，宝玉携了一套《会真记》，走到沁芳闸桥那边桃花底下一块石上坐着，展开《会真记》，从头细玩。正看到"落红成阵"，只见一阵风过，把树上桃花吹下一大半来③，落的满身满书满地皆是。宝玉要抖将下来，恐怕脚步践踏了，情不情。只得兜了那花瓣，来至池边，抖在池内。那花瓣浮在水面，飘飘荡荡，竟流出沁芳闸去了。

回来只见地下还有许多，宝玉正踟蹰间，只听背后有人说道："你在这里做什么？"宝玉回头，却是林黛玉来了，肩上担着花锄，上挂

（左侧批注：不进园去，真不知何心事？）

---

① 庚侧：书房伴读，累累如是，余至今痛恨。
② 蒙侧：自古恶奴坏事。
③ 庚侧：好一阵凑趣风！

着行囊，手内拿着花帚①。辰：写出扫花仙女。宝玉笑道："好！好！来把这个花扫起来②，撂在那水里。我才撂了好些在那里呢。"林黛玉道："撂在水里不好。你看这里的水干净，只一流出去，有人家的地方脏的臭的混倒，仍旧把花糟蹋了。那畸角上我有一个花冢③，如今把他扫了，装在这绢袋里，拿土埋上，日久不过随土化了，岂不干净④。"写黛玉又胜宝玉十倍痴情。

宝玉听了，喜不自禁，笑道："待我放下书，帮你来收拾⑤。"黛玉道："什么书？"宝玉见问，慌的藏之不迭，便说道："不过是《中庸》、《大学》。"黛玉笑道："你又在我跟前弄鬼。趁早儿给我瞧，好多着呢。"宝玉道："好妹妹，若论你，我是不怕的。你看了，好歹别告诉别人去。真真这是好文章！你看了，连饭也不想吃[十二]呢！"一面说，一面递与了林黛玉。黛玉把花具都且放下，接书来瞧，从头看去，越看越爱，不到一顿[十三]饭工夫，将十六出俱已看完，自觉词藻警人，余香满口[十四]。虽看完了书，却只管出神，心内还默默记词。

宝玉笑道："妹妹，你说好不好？"林黛玉笑道："果然有趣。"宝玉笑道："我就是个'多愁多病的身'，你就是那'倾国倾城貌'⑥。"辰：借用得妙。林黛玉听了，不觉带腮连耳通红，登时直竖起两道似蹙非蹙的眉，瞪了两只似睁非睁的眼，微腮带怒，薄面含嗔，指宝玉道："你这该死的胡说！好好的把这淫词艳曲弄了来，还学了这些混话来欺负我。我告诉舅舅、舅母去。"说到"欺负"两个字上，早又把眼睛圈

---

① 庚侧：一幅"采花（原作芝）图"，非"葬花图"也。
　庚眉：此图欲画之心久矣，誓不遇仙笔不写，恐亵（原作衮）我颦卿故也。□□己卯冬。
　　丁亥春间，偶识一浙省新（原无）发，其白描美人，真神品物，甚合余意。奈彼因宦缘所缠，无暇，且不能久留都下，未几南行矣。余至今耿耿，怅然之至。恨与阿颦结一笔墨缘之难若此！叹叹！□□丁亥夏，畸笏叟。
　蒙侧：真是韵人韵事。
② 庚侧：如见如闻。
③ 庚侧：好名色，新奇！葬花亭里埋花人。
④ 庚侧：宁使香魂随土化。
⑤ 庚侧：顾了这头，忘却那头。
⑥ 庚侧：看官说宝玉忘情有之，若认作有心取笑，则看不得《石头记》。

儿红了，转身就走①。宝玉着了忙，向前拦道："好妹妹，千万饶我这一遭，原是我说错了。若有心欺负你，明儿叫我掉[十五]在池子里，教个癞头鼋吞了去，变个大忘八，等你明儿做了'一品夫人'病老归西的时候②，我往你坟上替你驮一辈子的碑去。"辰：此誓新鲜。说的林黛玉"嗤"一声笑了③，揉着眼，一面笑道："一般唬的这个调儿，还只管胡说。'呸，原来是苗儿不秀，是个银样蜡枪头。'"辰：更借得妙！宝玉听了，笑道："你这个呢？我也告诉去。"林黛玉笑道："你说你会过目成诵，难道我就不能一目十行么④？"

宝玉一面收书，一面笑道："正经快把花埋了罢，别提那个了。"二人便收拾落花，正才掩埋妥协，只见袭人走来，说道："那里没找，倒摸在这里来。那边大老爷身上不好，姑娘们都过去请安，老太太叫打发你去呢。快回去换衣裳去罢。"宝玉听了，忙拿了书，别了黛玉，同袭人回房换衣不提。一语度下。

这里林黛玉见宝玉去了，又听见众姊妹也不在房，自己闷闷的。有缘故。正欲回房，刚走到梨香院墙下，只听见墙内笛韵悠扬，歌声婉转⑤。林黛玉便知是那十二个女[十六]孩子演习戏文呢。林黛玉素习不大喜看戏文，妙法，必云不大喜看。便不留心，只管往前走。偶然两句，只吹到耳内，明明白白，一字不落，却一喜便总不忘，方见契得紧。唱道是："原来姹紫嫣红开遍⑥，似这般都付与断井颓垣。"林黛玉听了，倒也十分感慨缠绵，便止步侧耳细听，又听唱道是："良辰美景奈何天，赏心乐事谁家院。"听了这两句，不觉点头自叹，心下自思道："原来戏上也有好文章⑦。可惜世人只知看戏，未必能领略这其中的趣味⑧。"想毕，又后悔不该胡

---

① 庚侧：唬杀！急杀！
② 庚侧：虽是混话一串，却成了最新、最奇的妙文。
③ 庚侧：看官想用何等话，令黛玉一笑收科。
④ 蒙侧：儿女情态，毫无淫念，韵雅之至。
⑤ 庚侧：入正文方不牵强。
⑥ 庚眉：情小姐故以情小姐词曲警之。恰极！当极！□□己卯冬。
⑦ 庚侧：非不及钗，系不曾于杂学上用意也。
⑧ 庚侧：将进门，便是知音。

想，耽误了听曲子。再侧耳时，只听唱道："则为你如花美眷，似水流年……"林黛玉听了这两句，不觉心动神摇。又听道："你在幽闺自怜"等句，益发如醉如痴，站立不住，便一蹲身，坐在一块山子石上，细嚼"如花美眷，似水流年"八个字的滋味。忽又想起前日见古人诗中有"水流花谢两无情"之句，再又有词中有"流水落花春去也，天上人间"之句，又兼所见《西厢记》中"花落水流红，闲情万种"之句，都一时想起来，凑聚在一处。仔细忖度，不觉心痛神驰，眼中落泪。正没个开交处，忽觉背上击了一下，及回头看时，原来是……且听下回分解。正是：

妆晨绣夜心无矣，对月临风恨有之。

【总评】诗童才女，添大观之颜色；埋花听曲，写灵慧之幽闲。妒妇主谋，愚夫听命；恶仆殷勤，淫词胎邪。开《楞严》之密语，阐法戒之真宗。以撞心之言，与石头讲道，悲夫！

庚：前以《会真记》文，后以《牡丹亭》曲，加以有情有景消魂落魄诗词，总是急于令颦儿种病根也。看其一路不即（原作迹）不离，曲曲折折写来，令观者亦技难持，况瘦怯怯之弱女乎！

校　记：

[一] 原文无"在"字，据列藏本改。
[二] 此处的"事务"二字，原文为"事物"，据庚辰本改。
[三] 原文无"等"字，据蒙府本补。
[四] 此处的"大叫驴"三字，原文为"大脚驴"，据列藏本改。
[五] 此处的"蹲"字，原文为"挨"，据庚辰本改。
[六] 原文无"贾政"二字，据列藏本补。
[七] 此处的"委琐"二字，原文为"委蕤"，庚辰本为"委锁"，校者按词义改。
[八] 原文无"上"字，据蒙府本补。
[九] 原文无"老"字，据蒙府本补。
[十] 此处的"处"字，原文为"的"，据蒙府本改。

［十一］"这也不好，那也不好，出来进去只是闷闷的"一句，原文为"发闷"二字，据庚辰本补。

［十二］原文无"吃"字，据蒙府本补。

［十三］此处的"不到一顿"，原文为"不顿"，据庚辰本补。

［十四］原文无"余香满口"数字，据庚辰本补。

［十五］此处的"掉"字，原文为"吊"，校者改。

［十六］原文无"女"字，据庚辰本补。

第二十四回

醉金刚轻财尚义侠　　痴女儿遗帕惹相思

【回前】夹写"醉金刚"一回，是书中之大文字，聊醒看官倦眼耳。然亦书中必不可少之文，必不可少之人。今写在市井俗人身上，又加一侠字，则大有深意存焉。

靖："醉金刚"一回文字，伏芸哥仗义探庵。余三十年来得遇金刚之样人不少，不及金刚者亦复不少。惜不便一一注明耳。

　　话说林黛玉正自情思萦逗、缠绵固结之时，忽有人从背后击了他一掌，说道："你做什么一个人在这里？"林黛玉倒唬了一跳，回头看时，不是别人，却是香菱。林黛玉道："你这个傻丫头①，唬我这么一跳好的。你这会子打那里来？"香菱嘻嘻的笑道："我来寻我们姑娘的，总找他不着。你们紫鹃也找你呢②，说琏二奶奶送了什么茶叶来给你

---

① **庚侧**：此"傻"字加于香菱，则有多少丰神跃（原作跳）于纸上，其娇憨之态可想而知。
② **庚侧**：一丝不漏。

的。走罢，回家去坐着①。"一面说着，一面拉着黛玉的手回潇湘馆来。

果然凤姐儿送了两小瓶上用新茶来。林黛玉和香菱坐了。试问他们有何正事谈讲②，不过说些这一个绣的好，那一个刺的精，又下一会棋，看两句书③棋不论盘，书不论章，皆是娇憨女儿神理，写得不即不离，似有若无，妙极！香菱便走了。不在话下。

如今且说宝玉因被袭人找回房去，果见鸳鸯歪在床上看袭人的针线呢，见宝玉来了，便说道："你往那里去了？老太太等着你呢，叫过那边请大老爷的安去。还不快换了衣服走呢。"袭人便进房去取衣服。宝玉坐在床沿上，褪了鞋，等靴子穿的工夫，回头见鸳鸯穿着水红绫子袄儿，青缎子背心，束着白绉绸汗巾儿，脸向那边低着头看针线，脖子上戴着花领子。宝玉便把脸凑在脖项，闻那香油气，不住用手摩挲，其白腻不在袭人之下，便猴上身去，涎皮笑道："好姐姐，把你嘴上的胭脂赏我吃了罢④。"一面说，一面扭股糖似的粘在身上。鸳鸯叫道："袭人，你出来瞧瞧⑤。你跟他一辈子，也不劝劝，还是这么着。"袭人抱了衣服出来，向宝玉道："左劝不改，右劝不改，你到底是怎么样？你再这么着⑥，这个地方可就难住了。"一边说，一边催他穿衣服，同鸳鸯往前面来。

见过贾母，出至外面，人马俱已齐备。刚欲上马，只见贾琏请安回来了⑦，正下马，二人对面，彼此问了两句话。只见旁边转出一个人来⑧，请宝玉安。宝玉看时，只见这人俊容长脸，长挑身材，年纪只好十八九岁，生得着实斯文清秀，倒也十分面善，只是想不起是那一房的⑨，叫什么名字。贾琏笑道："你怎么发呆，连他也不认得？他是后

---

① **庚侧**："回（原作是）家去坐着"之言，是恐石上冷意。
② **庚侧**：为学诗伏线。
③ **庚眉**：是书最好看如此等处，系画家山水树头邱壑俱备，末用"浓淡墨点苔法"也。□□丁亥夏，畸笏叟。
④ **庚侧**：胭脂是这样吃法，看官可（原作阿）经过否？
⑤ **庚侧**：不向宝玉说话，又叫袭人，鸳鸯亦是幻情洞天也。
⑥ **庚侧**：此五字内有深意深心。
⑦ **庚侧**：一丝不漏。
⑧ **庚侧**：芸哥此处一现，后文不见突然。
⑨ **庚侧**：大族人众，逼真，有是理。

廊上住的五嫂子的儿子芸儿。"宝玉笑道:"是了,是了,我怎么就忘了。"因问他母亲好,这会子什么勾当。贾芸指贾琏道:"找二叔说句话。"宝玉笑道:"你倒比先越发出挑了①,倒像我的儿子。"贾琏笑道:"好不害臊!人家比你大四五岁呢,就替你做儿子了?"宝玉笑道:"你今年十几岁?"贾芸道:"十八了。"

原来这贾芸最伶俐乖觉,听宝玉这样说,便笑道:"俗语说的,'摇车里的爷爷,拄拐的孙孙'。虽然岁数大,山高遮不过太阳。只从我父亲没了,这几年也无人照管教导②。若宝叔不嫌侄儿蠢笨,认作儿子,就是我的造化了。"贾琏笑道:"你听见了?认儿子不是好开交的呢③。"说着,就进去了。宝玉笑道:"明儿你闲了,只管来找我,别和他们鬼鬼祟祟的④。这会子我不得闲儿。明儿你到书房里来,和你说天话儿,我带你园里玩耍去。"说着扳鞍上马,众小厮围拥,随往贾赦这边来。

见了贾赦,不过是偶感些风寒,先述了贾母问的话,然后自己请了安。贾赦先站起来回了贾母话⑤[一],次后便唤人来:"带哥儿进去,太太屋里坐着。"宝玉退出,来至后面,进入上房。邢夫人见了他来,先倒站了起来⑥,请过贾母的安,宝玉方请安。辰:好规矩。邢夫人拉他上炕坐了,方问别人,又命人倒茶来⑦。一钟茶未吃完,只见贾琮来问宝玉好。邢夫人道:"那里找活猴子去!你那奶妈子死绝了,也不收拾收拾你,弄的黑眉乌嘴,那里像大家子念书的孩子!"

正说着,只见贾环、贾兰小叔侄两个也来了,请过安,邢夫人便叫他两个椅子上坐了。贾环见宝玉同邢夫人坐在一个坐褥上,邢夫人又百般摩挲抚弄他,早已心中不自在了⑧,坐不多时,和贾兰便使眼色

---

① 庚侧:何尝是十二三岁小孩语。
② 庚侧:虽是随机而应,伶俐人之语,余却伤心。
③ 庚侧:是兄凑弟趣。可叹!
④ 庚侧:何其堂皇正大之语。
⑤ 庚侧:一丝不乱。
⑥ 庚侧:一丝不乱。
⑦ 庚侧:好层次,好礼法!谁家故事?
⑧ 庚侧:千里伏线。

儿要走。贾兰只得依他，一同起身告辞。宝玉见他们走，自己也就起身，要一同回去。邢夫人笑道："你且坐着，我还和你说话。"宝玉只得坐了。邢夫人向他两个道："你们回去，各人替我问你们各人母亲好。你们姑娘、姐姐、妹妹都在这里呢，闹的我头晕，今儿不留你们吃饭了①。"贾环等答应着，便出来回家去了。

宝玉笑道："可是姐姐们都过来，怎么不见？"邢夫人道："他们坐了一会子，都往后头不知那屋里去了。"宝玉道："大娘方才说有话说，不知是什么话？"邢夫人笑道："那里什么话，不过叫你等着，同姊妹们吃了饭去。还有一个好玩的东西给你带回去玩。"娘儿两个说话，不觉早又晚饭时节。调开桌椅，罗列杯盘，母女姊妹们吃毕了饭。宝玉去辞别了贾赦，同姊妹们〔二〕一同回家，见过贾母、王夫人等，各自回房安歇。不在话下。一段为五鬼魇魔作引。

且说贾芸进去见了贾琏，因打听可有什么事情。贾琏告诉他："前儿倒有一件事情出来，偏生你婶婶再三的求了我，给了贾芹了②。他许了我，说明儿园里还有几处要栽花木的地方，等这个工程出来，一定给你就是了。"贾芸听了，半晌说道："既是这样，我就等着罢。叔叔也不必先在婶子跟前提我今儿〔三〕来打听的话③，到跟前再说也不迟。"贾琏道："提他做什么④，我那里有这些工夫说闲话儿呢，明儿一个五更，还要到兴邑去走一趟，须得当日赶回来才好。你先等着，后日起更以后你来讨信儿。早了，我不得闲。"说着，便回后面换衣服去了。

贾芸出了荣国府回家，一路思量，想出一个主意来，便一径往他母舅卜世仁家来⑤。原来卜世仁现开香料铺，方才从铺子里回来，忽见贾芸进来，彼此见过了，因问他这早晚什么事跑了来。贾芸道："有件事求舅舅帮衬帮衬。我有一件事，用些冰片、麝香使用，好歹舅舅每样赊四两给我，八月里按数送了银子来。"甥舅之谈如此，可叹！卜世仁冷笑道：

---

① **庚侧**：明显薄情之至。
② **庚侧**：反说体面话，惧内人累累如是。
③ **庚侧**：已得了主意了。
④ **庚侧**：已被芸哥瞒过了。
⑤ **庚侧**：既云"不是人"，如何肯共事，想芸哥此来空了。

"再休提赊欠一事①。前儿也是我们铺子里一个伙计,替他的亲戚赊了几两银子的货,至今总未还上。因此我们大家赔上,立了合同,再不许替亲友赊欠。谁要错了,就要罚他二十两银子的东道。况且如今这个货也短,你说拿现银子到我们这不三不四的铺子里来买②,也还没有这些,只好倒包儿去。这是一。二则你那里有正经事,不过赊了去又是胡闹。你只说舅舅见你一遭儿就派你一遭儿不是。你小人儿家很不知好歹,也到底立个主意,赚几个钱,弄得吃的是吃的,穿的是穿的,我看着也喜欢。"

贾芸笑道:"舅舅说的倒干净。我父亲没的时节,我偏又小,不知事。后来听见我母亲说,都还亏舅舅们在我们家中做主意,料理的丧事。难道舅舅就不知道的,还是有一亩田,两间房子,如今我手里花了不成?巧媳妇做不出没米的粥来,叫我怎么样呢?还亏是我呢,要是别的,死皮赖脸、三日两头儿来缠着舅舅③,要个三升米、二升豆子的④,舅舅也就没有法呢。"卜世仁道:"我的儿,舅舅要有,还不是该的。我天天和你舅母说,只愁你没个计算儿。你但凡立的起来,到你大房里,就是他爷儿们你见不着,便下个气,和他们的管家或者管事的人们嬉和嬉和⑤,也弄个事儿管管。前儿我出城去,撞见了你们三房老四,骑着大叫驴,带着五辆车,有四五十和尚道士,往家庙去了。他不亏能干,此事如何轮到他呢!"【妙极!写小人口角羡慕之言加一倍。逼肖,却又是背面傅粉法。】

贾芸听他唠叨不堪,便起身告辞⑥。卜世仁道:"怎么急的这样,吃了饭再去罢。"一句未说完,只见他娘子说道:"你又糊涂了⑦。说道没有米,这里买了半斤面来,下给你吃,这会子还装胖呢。留下外甥挨饿不成?"卜世仁道:"再买半斤来添上就是了。"他娘子便叫女

---

① 庚侧:何如,何如?余言不谬。
② 庚侧:推说之辞。
③ 庚侧:芸哥亦善谈,井井有理。
④ 庚侧:余二人亦不曾有是气。
⑤ 庚侧:可怜,可叹!余竟为之一哭。
⑥ 庚侧:有志气,有果断!
⑦ 庚侧:虽写小人家涩细,一吹一唱,酷肖之至,却是一气逼出,后文方不突然。《石头记》笔杖全在如此样者。

孩儿："银姐，往对门王奶奶家去问，有钱借三二十个，明儿就送过来。"夫妻两个说话，那个贾芸早说了几个"不用费事"，去的无影无踪了①。

不言卜家夫妻，且说贾芸赌气离了母舅家门，一径回归旧路，心下正自烦恼。一边想，一边低头只管走。不想一头就碰在一个醉汉身上，把贾芸唬了一跳②。听那醉汉骂："臊你娘的！瞎了眼睛，碰起我来了。"贾芸忙要躲了，早被那醉汉一把抓住，对面一看，不是别人，却是紧邻倪二。原来这倪二是个泼皮，专放重利债，在赌博场吃闲钱，专管打降吃酒。如今正从欠钱人家索了利钱，吃醉回来，不想被贾芸碰了一头，正没出气，抡拳就要打③。只听那人叫道："老二住手！是我冲撞了你。"倪二听见是熟人的语音，将醉眼睁开看时，见是贾芸，忙把手松了，趔趄着笑道④："原来是贾二爷⑤，我该死！这会子往那里去？"贾芸道："告诉不得你，平白地又讨了个没趣儿⑥[四]。"倪二道："不妨不妨⑦。有什么不平事，告诉我，替你出气⑧。这三街六巷，凭他是谁，有人得罪了我醉金刚倪二的街坊，管叫他人离家散！"

贾芸道："老二，你且别气，听我告诉你这缘故⑨。"说着，便把卜世仁一段事告诉了倪二。倪二听了大怒，"要不是你令舅，我便骂出好话来⑩，真真气死我倪二。也罢，你也不用愁烦，我这里现有几两银子，你若用什么东西，只管拿去买办。但只一件，你我住了这些年街坊，我在外头有名放帐，你却从没有和我张过口。也不知你厌恶我是

---

① 庚侧：有知识，有果断人，自是不同。
② 庚侧：自上看来，可是一口气否？
③ 庚眉：这一节对《水浒》记杨志卖刀遇没毛大虫一回看，觉好看多矣！□□己卯冬夜，脂砚。
④ 庚侧：写生之笔。
⑤ 庚侧：如此称呼，可知芸哥素日行止，是"金盆虽破分量（原作两）在"也。
⑥ 庚侧：本无心之谈也。
⑦ 庚侧：如闻。
⑧ 庚侧：写得酷肖，总是渐次逼出，不见一丝勉强。
⑨ 庚侧：可是一顺而来。
⑩ 庚侧：仗义人岂有不知礼者乎？何尝（原作常）是破落户。冤杀金刚了。

个泼皮①，怕低了你的身份；也不知是你怕我难缠，利钱重？若说怕利钱重，这银子我是不要利钱的，也不用写文约；若说怕低了你的身分，就不敢借给你了②，各自走开。"一面说，一面果然从搭包里掏出一包银子来。

贾芸心下自思："素日倪二虽然是泼皮无赖，却因人而施③，颇颇的有义侠之名。若今日不领他这情，怕他臊了，倒恐生事。不如借了他的，改日加倍还他也倒罢了。"想毕，笑道："老二，你果然是个好汉，我何曾不想着你，和你张口。但只是我见你所相与交结的，都是些有胆量的、有作为的人，似我们这等无能无为的你倒不理④。我若和你张口，你岂肯借给我？今日既蒙高情，我怎敢不领，回家按例写了文约过来便是了。"倪二大笑道："好会说话的人。我却听不上这话⑤。既说'相与交结'四个字，如何放帐给你使，图赚你利钱⑥！既把银子借与你，图你的利钱，便不是相与交结了。闲话也不必讲。既你肯青目，这是十五两三钱有零的银子，便拿去置买东西。你要写什么文契，趁早把银子还我⑦，让我放给那些有指望的人使去。"贾芸听了，一面接了银子，一面笑道："我便不写罢了，有何着急的。"倪二笑道⑧："这不是话。天色黑了，也不让茶让酒，我还到那边有点事情去，你竟回去。还烦你带个信儿与舍下，叫他们早些关门睡罢，我不回家去了；倘或有什么要紧的事，叫我们女儿明儿[五]一早到马贩子王短腿⑨

---

① **庚侧：** 知己知彼之话。
② **庚侧：** 知己知彼之话。
③ **庚侧：** 四字是评，难得难得！非豪杰不可当。
④ **庚侧：** 芸哥亦善谈。好口齿！
⑤ **庚侧：** "光棍眼内揉不下沙子"是也。
⑥ **庚侧：** 如今不（原无）单是亲友言利。不但亲友，即闺阁中亦然。不但生意新发户，即大户旧族，颇颇有之。
⑦ **庚侧：** 爽快人，爽快话！
⑧ **庚眉：** 读阅醉金刚一回，务吃刘铉丹家山楂（原作查）丸一副。一笑。
　　余卅年来得遇金刚之样人不少，不及金刚者亦不少，惜书上不便历历注上芳讳，是余不足（原作是）心事也。□□壬午孟夏。
⑨ **庚侧：** 常起作处人，逼真！

家来找我。"一面说，一面趔趔着脚儿去了①，不在话下。

且说贾芸偶然碰了这件事，心下也十分希罕。想那倪二倒果然有些意思，只是还怕他一时醉中慷慨，到明日加倍的要起来怎处，心内犹豫不决②。又想道："不妨，等那[六]件事成了，也可加倍还他。"想毕，一直走到个铜钱铺里，将那银子称一称，十五两三钱四分二厘。贾芸见倪二不撒谎，心下越发喜欢，收了银子，来至家门，先到隔壁将倪二的信捎与他娘子，方回来。见他母亲，自在炕上拈线，见他进来，便问那去了一日。贾芸恐他母亲生气，便不说起卜世仁的事来③，只说在西府里等琏二叔的。问他母亲吃了饭不曾。他母亲已吃过了，说留的饭在那里。小丫头子拿过来与他吃。那天已是掌灯时候，贾芸吃了饭收拾歇息，一宿无语。

次日一早起来，洗了脸，便出南门，大香铺里买了冰、麝，便往荣国府来。打听贾琏出了门，贾芸便往后面来。到贾琏院门前，只见几个小厮拿着大高笤帚在那里扫院子呢。忽见周瑞家的从门里出来叫小厮们："先别扫，奶奶出来了。"贾芸忙上来笑问："二婶婶那去？"周瑞家的道："老太太叫，想必是裁什么尺头。"

正说着，只见一群人簇着凤姐出来了④。贾芸深知凤姐是喜奉承、尚排场的⑤，忙把手逼着，恭恭敬敬抢上来请安。凤姐连正眼也不看，仍往前走着，只问他母亲好："怎么不来我们这里逛逛？"贾芸道："只是身上不大好，倒时常记挂着，要来瞧瞧，都不能来。"凤姐笑道："可是你会撒谎，不是我提起他，你就不说他想我了。"贾芸笑道："侄儿不怕雷打了，就敢在长辈前撒谎。昨儿晚上还提起婶婶来，说婶婶身子生的单弱，事情又多，亏婶婶好大精神，竟料理的周周全全；要是差一个儿的，累的不知怎么样呢⑥。"

---

① **庚侧**：仍应前。
② **庚侧**：芸哥实怕倪二，并非以小人之心度君子也。
③ **庚侧**：孝子可敬！此人后来荣府事败，必有一番作为。
　靖眉：果然。
④ **庚侧**：当家人有是派头（原无）。
⑤ **庚侧**：那一个不喜奉承？
⑥ **庚眉**：自往卜世仁处去已安排下的。芸哥可用。□□己卯冬夜。

凤姐听了，满脸是笑，不由的便止住了步，问道："怎么好好的，你娘儿两个在背地里嚼起我来？"①贾芸道："有个缘故②，只因我有个极好的朋友，家里有几个钱，现开香铺。只因他身上捐个通判，前儿选了云南不知那一处③，连家眷一齐去，把这香铺也不在这里开了。便把帐物攒了一攒，该给人的给人，该贱发的贱发了④。像这细贵的货，都分着送与亲友。他就一共送了我些冰片、麝香。我就和我母亲商量⑤，若要转卖，不但卖不出原价来，而且谁家拿这些银子买这个做什么，便是很有钱的大家，也不过使个几分就挺折腰了；若说送人，也没个人配使这些⑥，倒叫他一文不值半文转卖了。因此我就想起婶婶来⑦。往年间，我还见婶婶大包的银子买这些东西呢。别说今年贵妃宫中，就是这个端阳节下，不用说这些香料自然比往常加上十倍去的。因此，想来想去，只有孝顺婶婶一个人才合适⑧，方不算糟蹋这东西。"一边说，一边将一个锦匣举起来。

　　凤姐正是要办端阳的节礼，采买香料药饵的时节，忽见贾芸如此一来，听这篇话，心下又是得意又是欢喜⑨，便命："丰儿！接过芸哥儿的来⑩，送了家去，交给平儿。"因又说道："看着你这样知好知歹的，怪道你叔叔常提起你，说你说话儿也明白，心里有见识。看官须知，凤姐所喜者是奉承之言，打动了心，不是见物而喜，若说是见物（而）喜，便不是阿凤矣。"贾芸听这话入了港，便打进一步来，故意问道："原来叔叔也曾提我的？"凤姐见问，才要告诉他与他事情管的

---

① 庚侧：过下无痕，天然而来文字。
② 庚侧：接得如何？
③ 庚侧：随口语，极妙！
④ 蒙侧：世法人情，随手拈（原作招）来，皆是奇妙文章。
⑤ 庚侧：像得紧，何尝撒谎。
⑥ 蒙侧：作者是何神圣，具（原作俱）此大光明眼，无微不照。
⑦ 蒙侧：为大千世界一哭！
⑧ 蒙侧：有此一番必当孝顺，必当收下，必得备用之情景。行文好（原作妙）看杀人！立意奚（原作稀）落杀人！看至（原作致）此，不知（原作和）当哭，当笑？
⑨ 蒙侧：逼真！
⑩ 庚侧：像个婶子口气，好看煞！

那话，便忙又止住。心下想道①："我如今要告诉他那话，倒叫他看着我见不得东西似的，为得了这点香，就混许他管事了。今儿先别提起这事。"想毕，便把派他监种花木工程的事，都隐瞒的一字不提，随口说了两句闲话，便往贾母那里去了。贾芸也不好提的，只得回来。

因昨日见了宝玉，叫他到外书房等着②，贾芸吃了饭便又进来，到贾母那边仪门外绮霞斋书房里来。只见焙茗、锄药两个小厮下象棋，为夺"车"正拌嘴。还有引泉、扫花、挑云、伴鹤③四五个，又在房檐上掏小雀儿玩④。贾芸进入院内，把脚一跺，说道："猴头们淘气，我来了。"众[七]小厮看见贾芸进来，都才散了。贾芸进入房内，便坐在椅子上问："宝二爷没下来？"焙茗道："今儿总没下来。二爷说什么，我[八]替你哨探哨探去⑤。"说着，便出去了。

这里贾芸便看字画古玩，有一顿饭工夫还不见来，再看看别的小厮，都玩去了。正是烦闷，只听门前娇声嫩语的，叫了一声"哥哥"。贾芸往外瞧时，却是一个十六七岁的丫头，生的倒也细巧干净。那丫头见了贾芸，便抽身躲了过去⑥。恰好焙茗走来，见那丫头在门前，便说道："好，好⑦！正抓不着个信儿。"贾芸见了焙茗，也就赶了出来，问怎么样。焙茗道："等了这一日，也没个人儿过来，这就是宝二爷房里的。好姑娘⑧，你进去带个信儿，就说廊上二爷来了。"

那丫头听说，方知是本家的爷们，便不似先前那等回避⑨，下死眼把贾芸盯了两眼⑩。听那贾芸说："什么是廊上廊下的，你只说是芸儿就

---

① 庚侧：的是阿凤行事心机笔意。
② 蒙侧：一样叔婶，两般侍奉。
③ 庚侧：好名色！
④ 蒙侧：行云流水（原无），一字不空，真（原作直）是空灵活跳。
⑤ 庚侧：五遁之外，名曰"哨探遁法"。
⑥ 蒙侧：是必然之理。
⑦ 庚侧：二"好"字，是遮饰半日（原作句）来不到语。
⑧ 庚侧：口气极像。
⑨ 庚侧：一句礼当。
⑩ 庚侧：这句是情孽上生。
　 蒙侧：五百年风流孽冤。

是了。"半晌，那丫头冷笑了一笑①："依我说，二爷竟请回去，有什么话明儿再来。今儿晚上得空儿我回他。"焙茗道："这是怎么说？"那丫头道："他②今儿也没睡中觉，自然吃的晚饭早，晚上又不下来。难道只是耍的二爷在这里等着挨饿不成③！不如家去，明儿来是正经。就便回来有人带信，那都是不中用。他不过口里应着，他倒给带信呢！"贾芸听这丫头说话简便俏丽，待要问他的名字，因是宝玉房里的，又不便问，只得说道："这话倒是，我明儿再来。"说着，便往外走。焙茗道："我倒茶去④，二爷吃了[九]茶再去。"贾芸一面走，一面回头说："不吃茶，我还有事呢。"口里说话，眼睛瞧那丫头还站在那里呢。

那贾芸一径回家。至次日，来至大门前，可巧遇见凤姐往那边去请安，才上了车。见贾芸来，便命人唤住，隔窗子笑道："芸儿，你竟有胆子在我跟前弄鬼⑤。怪道你送东西给我，原来你有事求我。昨儿你叔叔才告诉我，说你求他⑥。"贾芸笑道："求叔叔这事，婶婶休提，我这里正后悔呢。早知这样，我竟一起头求婶婶，这会子也早完了⑦。谁承望叔叔竟不能的。"凤姐笑道："怪道你那里没成儿，昨儿又来寻我。"贾芸道："婶婶辜负了我的孝心，我并没有这个意思。若有这意思，昨儿还求婶婶？如今婶婶既知道了，我倒要把叔叔丢下，少不得求婶婶好歹疼我一点儿。"

凤姐冷笑道："你们要拣远路儿走，叫我也难⑧。早告诉我一声儿，什么不成了。多大点子事，耽误到这会子。那园子里还要种花，我只想不出个人来，早来不早完了。"贾芸笑道："既这样，婶婶明儿就派

---

① **庚侧**：神情是深知房中事的。
② **庚侧**：一连两个"他"字，怡红院中使得，否则有假矣。
③ **蒙侧**：业已种下爱根，俟后无计可拔。
④ **庚侧**：滑贼。
⑤ **庚侧**：也做的不像撒谎，用心机人可怕是此等处。
⑥ **蒙侧**：非此等说（原作诺）法，则是因昨日之物起见了。锦心绣口，真正拜服。
⑦ **蒙侧**：这样话实是以非理加之。而世人大都乐爱喜闻，吾深怪之。
⑧ **庚侧**：曹操语。

我罢。"凤姐半晌道:"这个我看着不大好①。等明年正月里烟火灯烛那个大宗儿下来,再派你罢。"贾芸道:"好婶婶,先把这个派了我罢。果然这个办的好,再派我那个。"凤姐笑道:"你倒会拉长线儿。罢了,若不是你叔叔说,我不管你的事②。我不过吃了饭就过来,你到午错的时候来领银子,后儿就进去种花。"说毕,令人驾起香车,一径去了。

贾芸喜不自禁,来至绮霞斋打听宝玉,谁知宝玉一早便往北静王府里去了。贾芸便呆呆的坐到晌午,打听凤姐回来,便写个领票来领对牌。至院外,命人通报了,彩明走了出来,单要领票进去,批了银数年月,一并连对牌交与贾芸接了,看那批上银数批了二百两,心中喜不自禁。翻身走到银库上,交与收牌票的,领了〔十〕银子。回家告诉母亲,自是母子俱各欢喜。次日一个五鼓,贾芸先找了倪二,将前银按数还他。那倪二见贾芸有了银子,也便按数收回,不在话下。这里贾芸又拿了五十两,出西门找到花儿匠方椿家里去买树,不在话下。至此便完种树工程。一者见得趱赶工程原非正文,不过虚描盛时光景,借此以出情文。二者又为避难法。若不如此了,必曰其树其价怎么,买定几株,岂不烦絮乎。

如今且说宝玉,自那日见了贾芸,曾说明日着他进来说话儿。如此说了之后,他原是富贵公子的口角,那里还把这个放在心上,因而便忘怀了③。这日晚上,从北静王府里回来,见过贾母、王夫人等,回至园内,换了衣服,正要洗澡。袭人因被薛宝钗烦了去打结子;秋纹、碧痕两个去催水;檀云又因他母亲〔十一〕的生日接了回去;麝月又现在家中养病;虽还有几个做粗活听唤的丫头,估量着叫不着他们,都出去寻伙觅伴的玩去了。不想这一刻的工夫,妙!必用"一刻"二字方是宝玉的房中,见得时时原有人的,又有今"一刻"无人,所谓凑巧具一也。只剩了宝玉在房内。偏生三字不可少。宝玉要吃茶,一连叫了两三声,方见两三个老嬷嬷走进来。妙!文字细密,一丝不落,非批得出者。宝玉见了他们,连忙摇手儿说:"罢,罢!不用你们了。"是宝玉口气老婆子们只得退出。

宝玉见没丫头们,只得自己下来,拿了碗向茶壶去倒茶。只听背

---

① **庚侧**:又一折。
② **庚侧**:总不认受冰、麝贿。
③ **庚侧**:若是一个女孩儿,可保不忘的。

后说道:"二爷仔细烫了手,让我们来倒①。"一面说,一面走上来,早接了碗过去。宝玉倒唬了一跳,问:"你在那里?忽然来了,唬我一跳。"那丫头一面递茶,一面回说:"我在后院子里,才从里间的后门进来,难道二爷就没听见脚步响?"宝玉一面吃茶,一面六个"一面"是神情,并不觉厌。仔细打量那丫头:穿着几件半新不旧的衣裳,倒是一头黑鬒鬒的好头发,挽着个鬏,容长脸面,细巧身材,却十分俏丽甜净。与贾芸目中所见不差。宝玉看了,便笑问道:神情写得出。"你也是我这屋里的人么?"妙问。必如此问,方是笼络前文。那丫头道:"是的。"宝玉道:"既是这屋里的,我怎么不认得?"那丫头听说,便冷笑了一声道:神理如画。"认不得的〔十二〕也多,岂只我一个。从来我不递茶递水,拿东拿西,眼见的事一点儿不做,那里认得呢。"宝玉道:"你为什么不做那眼见的事②?"那丫头道:"这话我也难说③。只是有一句话回二爷:昨儿有个什么芸儿来找二爷。我想二爷不得空儿,便叫焙茗回他,叫他今日早起来,不想二爷又往北府里去了。"

　　刚说到这句话,只见秋纹、碧痕嘻嘻哈哈的说笑着进来,两个人共提着一桶水,一手撩着衣裳,趔趔趄趄,泼泼撒撒的。那丫头便忙迎去接④。秋纹、碧痕正对着〔十三〕抱怨,"你湿了我的裙子",那个又说"你踹了我的鞋"。忽见走出〔十四〕一个人来接水,二人看时,不是别人,原来是小红。二人便都诧异,将水放下,忙进房来东瞧西望⑤,并没个别人,只有宝玉,便心中大不自在。只得预备下洗澡之物,待宝玉脱了衣裳,二人便带上门出来⑥。走到那边门内便找小红,问他方才在屋里说什么。

　　小红道:"我何曾在屋里的?只因我的手帕子不见了,往后头找

---

① 庚侧:神龙变化之文,人岂能测。
② 庚侧:这是下情不能上达意语也。
③ 庚侧:不服(原作伏)气语,况非尔可定(原作完),故云"难说"。
④ 庚侧:好!有眼色。
⑤ 庚侧:四字渐露大丫头素日怡红细事也。
　庚眉:怡红细事俱用带笔白描,是大章法也。□□丁亥夏,畸笏叟。
⑥ 庚侧:清楚之至。

手帕子去。不想二爷要茶吃，叫姐姐们一个没有，是我进去了，才倒了茶，姐姐们便来了。"秋纹听了，抖脸便啐了一口，骂道："没脸的下流东西！正经叫你催水去，你说有事故，倒叫我们去，你可等着做这个巧宗儿①。一里一里的，这不上来了。难道我们倒跟不上你了？你也拿镜子照照，配递茶递水不配②！"碧痕道："明儿我说给他们，凡要茶水，送东拿西的事，咱们都别动，只叫他去便是了。"秋纹道："这么说，还不如我们散了，单让他在这屋里呢。"

二人你一句，我一句，正闹着，只见有个老嬷嬷进来传凤姐的话说："明日有人带花儿匠进来种树，叫你们严禁些，衣服裙子别混晒晾的。那土山上一溜都拦着帏幙呢，可别混跑。"秋纹便问："明儿不知是谁带进匠人来监工③？"那婆子道："说什么后廊上的芸哥。"秋纹、碧痕听了都不知道，只管混问别的话。那小红听见了，心内却明白④。就知是昨儿外书房所见那人了。

原来这小红本姓林，又是个林。小名红玉，"红"字切绛珠，"玉"字则直（原作真）通矣。只因"玉"字犯了林黛玉、宝玉，妙文。便都把这个字隐起来，便叫他"小红"。原是荣国府中世代的旧仆，他父母现在收管各处房田事务。这红玉年方十六岁，因分入在大观园的时节，把他便分在怡红院中，倒也清幽雅静。不想后来命人进来居住，偏生这一所儿又被宝玉占了。这红玉虽然是个不谙事理的丫头，却因他原有三分容貌，有三分容貌尚且不肯受屈，况黛玉等一干才貌者乎？心内着实妄想痴心的向上攀高，争夺者同来一看。每每的要在宝玉面前显弄显弄。只是宝玉身边一干人，都是灵牙利爪的⑤，那里还能下的手去。不想今儿才有些消息⑥，又遭秋纹等一场恶意，心内早灰了一半。争名夺利者齐来一哭。正闷闷的，忽然听见老嬷嬷说起贾芸来，不觉心中一动，便闷闷的回至房中，睡在床上暗暗盘算，翻来复去，没个抓寻。忽听窗外低低的

---

① 庚侧：难说，小红无心，白描（原作写）。
② 庚侧："难说"二字全在此句来。
③ 庚侧：用秋纹问，是"暗透"之法。
④ 庚侧：可是"暗透法"？
⑤ 庚侧："难说"的缘故在此。
⑥ 庚侧：余前批不谬。

叫道："红玉，你的手帕子我拾在这里呢。"红玉听了忙走出来看，不是别人，正是贾芸。红玉不觉的粉面含羞，问道："二爷在那里拾着的？"贾芸笑道："你过来，我告诉你。"一面说，一面就上来拉他。那红玉急回身一跑，却被门槛绊倒，唬醒，方知是梦①。要知端的，下回分解。

【总评】冷暖时，只自知，金刚、卜氏浑闲事。眼中心，言中意，三生旧债原无底。任你贵比王侯，任你富似郭、石，一时间，风流愿，不怕死。

庚：《红楼梦》写梦章法总不雷同。此梦更写的新奇，不见后文，不知是梦。红玉在怡红院为诸鬟（原作嬛）所掩，亦可谓生不遇时，但看后四章供阿凤驱使可知。

校　记：

［一］原文无"话"字，据庚辰本补。
［二］原文无"们"字，据列藏本补。
［三］此处的"今儿"，原文为"今"，据庚辰本改。
［四］原文无"儿"字，据庚辰本补。
［五］原文无"明儿"二字，据庚辰本补。
［六］原文无"那"字，据庚辰本补。
［七］此处的"众"，原文为"引泉"，据庚辰本改。
［八］原文无"我"字，据列藏本补。
［九］原文无"了"字，据列藏本补。
［十］原文无"了"字，据庚辰本补。
［十一］原文无"亲"字，据蒙府本补。
［十二］原文无"的"字，据庚辰本补。
［十三］原文无"着"字，校者补。
［十四］原文无"出"字，据庚辰本补。

---

① 庚侧：睡（原作隆）梦中当然一跑，这方是怡红之鬟（原作嬛）。

第二十五回

魇魔法姊弟逢五鬼　红楼梦通灵遇双真

【回前】有缘的推不开，知心的死不改，纵（原作总）然是通灵神玉，也遭尘败。梦里徘徊，醒后疑猜，时时兜的上心来。怕人窥破笑盈腮，独自无言偷打咳。这的是，前生造定今生债。

话说红玉心神恍惚，情思缠绵，忽朦胧睡去，遇见贾芸要拉他，却回身一跑，被门槛绊了一跤，唬醒过来，方知是梦。因此翻来复去，一夜无眠。至次日天明，方才起来，就有几个丫头子来，会他去打扫房子地面，提洗脸水。这红玉也不梳洗，向镜中胡乱挽了一挽头发，洗了洗手，腰内束了一条汗巾子，便来打扫房屋。

谁知宝玉昨日见了红玉，也就留了心。若要直点名唤他来使用，一则怕袭人等寒心，是宝玉心中想，不是袭人拈酸。二则又不知红玉是何等行为，若好还罢了，不知"好"字是如何讲？答曰：在"何等行为"四字上看，便知。玉儿每"情不情"，况有情者乎！若不好起来，那时倒不好退送的。因此心下闷闷的，早起来也不梳洗，只坐着出神。一时下了窗子，隔着纱屉子，向外看的真切，只见好几个丫头在那里扫地，都擦脂抹粉，簪花插柳的，八字写尽蠢蠢，是为衬红玉，亦如用豪贵人家浓妆艳饰、插金戴银的衬宝钗、黛玉也。独不见昨日那

第二十五回　魇魔法姊弟逢五鬼　红楼梦通灵遇双真

一个。宝玉便趿了鞋，晃出了房门，只装着看花儿①，这里瞧瞧，那里望望。一抬头，只见西南角上游廊底下栏杆上似有一个人倚在那里，却恨面前有一株海棠花遮着，看不真切。余所谓此书之妙，皆从诗词句中翻出者，皆系此等笔墨也。试问观者：此非"隔花人远天涯近"乎？可知上几回非余妄拟。只得又转了一步，仔细一看，可不是昨儿那个丫头在那里出神。待要迎上去，又不好去的。正想着，忽见碧痕来催他洗脸，只得进去了。不在话下。

却说红玉正自出神，忽见袭人招手叫他，此处方写出袭人来，是"衬贴法"。只得走上前来。袭人笑道："我们这里的唾壶还没有收拾了来呢，你到林姑娘那里去，把他们的借来使使。"红玉答应了，便走出来往潇湘馆去。正走上翠烟桥，抬头一望，只见山坡上高处都拦着帷幙，方想起今儿有匠人在里头种树。因转身一望，只见那边远远一簇人在那里掘土，贾芸正坐在那山子石上。红玉待要过去，又不敢过去，只得闷闷的向潇湘馆取了唾壶回来，无精打采自回房内倒着。众人只说他一时身上不快，都不理论。文字到此一顿，狡猾之至！

展眼过了一日。必云"展眼过了一日"者，是反衬红玉"捱一刻似一夏"也，知乎？原来次日就是王子腾夫人的寿诞，那里原打发人来请贾母、王夫人的，王夫人见贾母不去，自己也便不去了。所谓"一笔两用"也。倒是薛姨妈同凤姐儿并贾家三个姊妹、宝钗、宝玉一齐都去了，至晚方回。

可巧王夫人见贾环下了学，便[一]命他来抄个《金刚咒》捧诵②。那贾环正在王夫人炕上坐着，命人点上灯烛，拿腔作势的抄写。小人乍得意者，一齐来一玩。一时又叫彩霞倒杯茶来，一时又叫玉钏儿来剪剪蜡花，一时又说金钏儿挡了灯影。众丫鬟们素日厌恶他，都不答理。只有彩霞还和他合的来，暗中又伏一风月之隙。倒了一杯茶递与他。因见王夫人和人说话，他便悄悄的向贾环说道："你安些分罢，何苦讨这个厌那个厌的。"贾环道："我也知道了，你别哄我，如今你和宝玉好，把我不答理，被我也看出了。"彩霞咬着嘴唇，向贾环头上戳了一指头，说道："没良心

---

① **庚侧**：文字有层次。
② **庚侧**：用《金刚咒》引五鬼法。

的！狗咬吕洞宾，不识好人心①。"风月之情，皆系彼此孽障所牵。虽云"猩猩惜猩猩"，但亦从孽障而来。蠢妇配才郎，世间固不少，然俏女慕村夫者尤多。所谓"孽障牵魔，不在才貌"之论。

　　两人正说着，只见凤姐来了，拜见过王夫人。王夫人便一长一短的问他，今日是那几位堂客，戏文好歹，酒席如何等语。说了不多几句话，宝玉也来了，进门见了王夫人，不过规规矩矩说了几句，是大家子弟模样。便命人除去珠额，脱了袍服，拉了靴子，便一头滚在王夫人怀里②。王夫人便用手满身满脸去摩挲抚弄他，普天下幼年丧母者，齐来一哭。宝玉也搬着王夫人的脖子说长说短的③。王夫人道："我的儿，你又吃多了酒，脸上滚热。你还只是揉搓[二]，一会闹上酒来。还不在那里静静的倒一会子呢。"说着，便叫人拿个枕头来。宝玉听说，下来，在王夫人身后倒下，又叫彩霞来替他拍着。宝玉便和彩霞说笑，只见彩霞淡淡的，不大答理，两眼睛只向贾环处看。宝玉便拉他的手笑道："好姐姐，你也理我理儿呢。"一面说，一面拉他的手，彩霞夺手不肯，便说："再闹，我就嚷了。"

　　二人正闹着，原来贾环听的见，素日原恨宝玉，如今又见他和彩霞厮闹，心中越发按不下这口毒气。虽不敢明言，却每每暗中算计④，只是不得下手，今见相离甚近，便要用热油烫瞎他眼睛。因而故意装作失手，把那一盏油汪汪的蜡灯向宝玉脸上只一推。只听宝玉"哎哟"了一声，满屋里众人都唬一跳。连忙将地下的戳灯[三]挪过来，又将里外间屋里的拿了三四盏看时，只见宝玉满脸满头都是油。王夫人又急又气，一面命人来替宝玉擦洗，一面又骂贾环。凤姐三步两步的上炕去，替宝玉收拾着⑤，一面笑道："老三还这么慌脚鸡似的，我说你上不得高台板。赵姨娘时常也该教导教导他⑥。"一句话提醒了王夫人，

---

① 庚眉：此等世俗之言，亦因人而用，妥极！当极！□□壬午孟夏，雨窗，畸笏。
② 甲侧：余几几失声哭出。
③ 甲侧：慈母娇儿写尽矣。
④ 甲侧：已伏金钏回矣。
⑤ 甲侧：阿凤活现纸上。
⑥ 庚侧：为下文紧一步。

第二十五回　魇魔法姊弟逢五鬼　红楼梦通灵遇双真

那王夫人不骂贾环，便叫过赵姨娘来[四]，骂道："养出这样黑心不知道理下流种子来，也不管管！几番几次我都不理论①，你们得了意了，越发上来了！"

那赵姨娘素日虽然也常怀嫉妒之心，不忿凤姐、宝玉两个，也不敢露出来；如今贾环又生了事，受这场恶气，不但吞声承受，而且还要走去替宝玉收拾。只见宝玉左边脸上烫了一溜燎泡出来；幸而眼睛竟没动。王夫人看了，又是心疼，又怕贾母明日问，怎样回答，急的又把赵姨娘数落一顿。〔总是为楔紧"五鬼"一回文字〕然后又安慰了宝玉一回，又命取败毒消肿药来敷上。宝玉道："有些疼，还不妨事。明日老太太问，就说是我自己烫的罢了。"凤姐笑〔两笑，坏极！〕道②："便说是自己烫的③，也要骂人为什么不小心看着，叫你烫了！横竖有一场气生的，明日凭你怎么说去罢。"〔坏极！总是调唆口吻，赵氏宁不觉乎？〕王夫人命人好生送去。宝玉回房去后，袭人等见了，都慌的了不得。

林黛玉见宝玉出了[五]一天门，就觉闷闷的，没个可说话的人。至晚打发人来问了两三遍回来不曾，这遍方才回来，又偏生烫了。林黛玉便赶着来瞧，只见宝玉正拿镜子照呢，左边脸上满满的敷了一脸的药。林黛玉只当烫的十分利害，忙上来问怎么烫了，要瞧瞧。宝玉见他来了，忙把脸遮着，摇手叫他出去。不肯叫他看。——知道他的癖性喜洁，见不得这些东西。〔写宝玉文字，此等方是正经笔墨。〕林黛玉自己也知道自己也有这件癖性，〔写林黛玉文字，此等方是正经笔墨。故二人文字虽多，如此等暗伏淡写处亦不少，观者实实看不出，将二人一并，真真写他二人之心玲珑七窍。〕知道宝玉的心内怕他嫌脏④，因笑道："我瞧瞧烫了那里了，有什么遮着藏着的。"一面说，一面就凑上来，强搬着脖子瞧了一瞧。问他疼的怎么样，宝玉道："也不很[六]疼，养一两日就好了。"林黛玉坐了一会，闷闷的回房去了。一宿无话。

次日，宝玉见了贾母，虽然自己承认是自己烫的，不与别人相干，

---

① 甲侧：补出素日来。
② 庚眉：为"五鬼法"作耳，非泛文也。□□雨窗。
③ 甲侧：玉兄自是悌弟之心性。一叹！
④ 甲侧：二人纯用体贴工夫。

免不得那贾母又把跟从的人骂一顿。此原非正文，故草草写去。

　　过了一日，就有宝玉寄名的干娘马道婆进荣国府来请安。见了宝玉，唬一大跳。问其缘由，说是烫的，便点头叹惜一回，向宝玉脸上用指头画了一画，口内嘟嘟囔囔的又持诵了一会，说道："包管就好了，这不过是一时飞灾。"又向贾母道："祖宗老菩萨那里知道，那经典佛法上说的利害①，大凡那王公卿相人家的子弟，只一生长下来，暗里便有许多促狭鬼跟着他②，得空便拧他一下，或掐他一下，或吃饭时打下他的饭碗来；或走着推他一跤，所以往往的那些大家子孙多有长不大的。"贾母听如此说，便赶着问："这有个什么佛法解释没有呢？"马道婆道："这个容易，只是替他多做些因果善事也就罢了。再那经上还说，西方有位大光明普照菩萨，专管照耀阴暗邪祟，若有善男子、信女人虔心供奉者，可以永佑儿孙康宁安静，再无惊恐邪祟撞磕之灾。"贾母道："倒不知怎么个供奉这位菩萨？"马道婆道："也不值些什么，不过除香烛供养之外，一天多添几斤香油，点上个大海灯。这海灯，便是菩萨现身法像，昼夜不敢息的。"贾母道："一天一夜也得多少油？明白告诉我，我也好做这件功德的。"马道婆听如此说，便笑道："这也不拘，随施主菩萨们随心。像我家里，就有好几处的王妃诰命供奉的：南安郡王府里的太妃，他许多的愿心，大约一天是四十八斤油，一斤灯草③，那海灯也只比缸略小些；锦田侯的诰命次一等，一天不过二十四斤；再还有几家也有五斤的、三斤的、一斤的，都不拘数。那小家子穷人家舍不起这些，就是四两半斤，也少不得替他点。"贾母听了，点头思忖④，马道婆又道："还有一件，若是为父母尊亲长上的，多舍些不妨；若是像老祖宗如今为宝玉，若舍多了倒不

---

① 庚侧：一段无伦无理、信口开合的混话，却句句都是耳闻目睹者，并非杜撰而有。
② 庚侧：作者与余实实经过。
③ 庚侧：贼婆！先用大铺排试之。
④ 甲眉："点头思忖"，是量事之大小，非吝啬（原作涩）也。日费（原作废）香油四十八斤，每月油二百五十余斤，合钱三百余串。为一小儿，如何服众？太君细心若是。

第二十五回　魇魔法姊弟逢五鬼　红楼梦通灵遇双真

好①，还怕哥儿禁不起，倒折了福。也不当家花花的，要舍，大则七斤，小则五斤，也就是了。"贾母道："既是这样说，你便一日五斤合准了，每月来打趸关了去。"马道婆念了[七]一声"阿弥陀佛慈悲大菩萨"。贾母又命人来吩咐："以后大凡宝玉出门的日子，拿几串钱交给小子们带着，遇见僧道穷苦，好施舍。"

说毕，马道婆又坐了一会，便又往各院各房问安，闲逛了一会。一时来至赵姨娘房内②，二人见过，赵姨娘命小丫头倒杯茶来与他吃。马道婆因见炕上堆着些零碎绸缎湾角，赵姨娘正粘鞋呢。马道婆道："可是我正没了鞋面子了③。赵奶奶你有零碎缎子，不拘什么颜色的，弄一双鞋面给我。"赵姨娘听说，便叹口气说道："你瞧瞧那里头，还有那一块是成样的？成了样的东西，也到不了我手里来！有的没的都在那里，你不嫌，就挑两块子去。"马道婆见说，果真便挑了两块收将起来。

赵姨娘问道："前日我送了五百钱去，在药王跟前上供，你可收了没有？"马道婆道："早已替你上了供了。"赵姨娘叹口气道："阿弥陀佛！我手里但凡从容些，也时常的上个供，只是心有余力量不足。"马道婆道："你只管[八]放心，将来熬的环哥儿大了，得个一官半职，那时你要做多大的功德也不难。"赵姨娘听说，鼻子里笑了一声，说道："罢，罢！再别说起。如今就是个样儿：我们娘儿们跟的上这屋里那一个儿！也不是有了宝玉，竟是得了个活龙。他还是小孩子家，长的得人意儿，大人偏疼他些也罢了④。我只不服[九]这个主儿⑤。"一面说，一面伸出两个指头儿来⑥。马道婆会意，便问道："可是琏二奶奶？"赵姨娘唬的忙摇手儿，走到门前，掀帘子向窗外看看无一个

---

① **庚侧**：贼道婆！
　　是自"太君思忖"上来，后用如此数语收之。使太君必心悦诚服愿行。贼婆，贼婆！费我作者许多心机摹写也！
② **甲侧**：有"各院各房"，接此方不觉突然。
③ **庚侧**：见者有份（原作分）是也。
④ **庚侧**：赵妪数语，可知玉兄之身份，况在背后之言。
⑤ **庚侧**：活现赵妪。
⑥ **庚侧**；活现阿凤。

人①，方来向马道婆悄悄说道："了不得，了不得！提起这个主儿，这一分家私要不都叫他搬送到娘家去，我也不是个人②。"

马道婆见他如此说，便探他口气说道③："我还用你说，难道都看不出来？也亏你们心里也不理论，只凭他去。倒也妙。"赵姨娘道："我的娘，不凭他去，难道谁还敢把他怎么样呢？"马道婆听说，鼻子里一笑④，半晌说道："不是我说句造孽的话，你们没有本事，也难怪别人。明不敢怎样，暗里也就算计了⑤，还等到这如今！"赵姨娘闻听这话里有道理，心内暗暗的欢喜，便说道："怎么暗里算计？我倒有这个心，只是没这样的能干人。你若教给我这法子，我大大的谢你。"马道婆听说这话打拢了一处，便又故意说道："阿弥陀佛！你快休问我，我那里知道这些事。罪过，罪过⑥！"赵姨娘道："你又来了。你是最肯济困扶危的人，难道就眼睁睁的看人家来摆布死了我们娘儿两个不成？难道还怕我不谢你？"马道婆听说如此，便笑道："若说我不忍叫你娘儿们受人说话还犹可，若说〔+〕'谢'的这个字，可是你错打算了。就便是我希图你谢，靠你有些什么东西能打动我⑦？"赵姨娘听这话，口气松动了，便说道："你这个明白人，怎么糊涂起来了？你若果然法子灵验，把他两人绝了，明日这家私不怕不是我环儿的。那时你要什么不得？"马道婆听了，低了头，半晌说道："那时候事情妥当了，又无凭据，你还理我呢！"赵姨娘道："这又何难。如今我虽手里没什么，也零碎攒了几两体己，还有几件衣服簪子，你先拿些去。下剩的，我写个欠银子文契给你，你要什么保人也有，那时我照数给你。"马道婆道："果然这样？"赵姨娘道："这如何还撒得谎。"说着，便叫过一个心腹婆子来，耳根底下嘁嘁喳喳说了几句话。那婆子

---

① 甲侧：是心胆俱怕破。
② 庚侧：这是妒心，正题目。
③ 庚侧：有隙即入，所谓贼婆，是极！
④ 庚侧：二笑。
⑤ 庚侧：贼婆操必胜之券（原作权），赵妪已堕术中，故敢直出明言。可畏！可怕！
⑥ 庚侧：远一步，却是近一步。贼婆，贼婆！
⑦ 庚侧：探（原作深）谢礼轻重，是这样说法。可怕，可畏！

第二十五回　魇魔法姊弟逢五鬼　红楼梦通灵遇双真

出去了，一时回来，果然写了个五百两银子欠契来①。赵姨娘便印了手模②，走到厨柜里将体己拿了出来，与马道婆看看，道："这个你先拿去做个香烛供养使费，可好不好？"马道婆看看白花花的一堆银子，又有欠契，并不顾青红皂白，满口里应着③，伸手先去抓了银子揣起来，然后收了欠契。又向裤腰里掏了半晌，掏出十个④纸铰的青面白发的鬼来，并两个纸人⑤，递与赵姨娘，又悄悄地［十一］教他道："把他两个的年庚八字写在这两个纸人身上⑥，一并五个鬼都掖在他们各人的床上就完了。我只在家里作法，自有效验。千万小心，不要害怕！"正才说完，只见王夫人的丫鬟进来找道："奶奶可在这里，太太等你呢。"二人方散了，不在话下。

却说林黛玉因见宝玉近日烫了脸，总不出门，倒时常在一处说说话儿。这日饭后，看了两篇书，自觉无趣，便同紫鹃、雪雁做了一会针线，更觉烦闷。便倚着房门出了一会神，所谓"闲倚绣房吹柳絮"是也。信步出来，看阶下新迸出的稚笋⑦，不觉出了院门。一望园中，四顾无人⑧；惟见花光柳影，鸟语溪声⑨。林黛玉信步便往怡红院中来，只见几个丫头舀水，都在回廊上围着看画眉洗澡呢⑩。听见房内有笑声，林黛玉便进入了房

---

① 庚侧：所谓狐群狗党是也。大族在所不免，看官着眼。
② 甲侧：痴妇，痴妇！
③ 甲侧：有道婆作干娘者，来看此句。"并不顾"三字怕煞（原作弑）人。千万件恶事皆从三字生出来。可怕，可畏，可警！可长存戒之！
④ 甲侧：如此现成，更可怕！
⑤ 庚侧：如此现成，想贼婆所害之人，岂止宝玉、阿凤二人哉？大家太君、夫人，诚（原作诫）之，慎之（原无）！
⑥ 庚眉：宝玉系马道婆寄名干儿，一样下此毒手，况阿凤乎？三姑六婆之为害如此。即贾母之神明，在所不免；其他只知吃斋念佛之夫人、太君，岂能防范（原作慊）得来？此系老太君一大病。作者一片婆心，不避嫌疑，特为写出，使看官再四思之，慎之！戒之，戒之！
⑦ 庚侧：好，好！妙，妙！是翻（原作番）"笋根稚子无人见"句也。
　甲侧：妙，妙！"笋根稚子无人见"，今得颦儿一见，何幸如之！
⑧ 甲侧：恐冷落园亭花柳，故有是十数字也。
⑨ 庚侧：全用画家笔意写法。
⑩ 庚侧：闺中女儿乐事。

中看时，原来是李宫裁、凤姐、宝钗都在这里呢。一见他进来，都笑道："这不又来了一个。"林黛玉笑道："今日齐全。谁下帖子请来的？"凤姐道："前日我打发了丫头送了两瓶茶叶去①，你往那里去了？"林黛玉笑道："我可是倒忘了②，多谢多谢。"凤姐儿又道："你尝了可还好？"没有说完，宝玉便说："论理可倒罢了③，只是我说不大甚好，也不知别人尝着怎么样。"宝钗道："味倒轻，只是颜色不很好些。"凤姐道："那是暹罗进贡来的。我尝着也没什么趣味儿，还不如我每日吃的呢。"林黛玉道："我吃着好④，不知你们的脾胃是怎样？"宝玉道："你果然爱吃，把我这个你拿了去吃罢。"凤姐笑道："你要爱吃，我那里还有呢。"林黛玉道："果真的，我就打发丫头取去了。"凤姐道："不用取去，我打发人送来就是了。我明日还有一件事求你，一同打发人送来。"

　　林黛玉听了笑道："你们听听，这是吃了他们家一点子茶叶，便来使唤了。"凤姐笑道："倒求你，你倒说这些闲话，吃茶吃水的，你既吃了我们家的茶，怎么不给我们家做媳妇？"众人听了，一齐都笑起来⑤。林黛玉红了脸，一声儿不言语，便回过头去了。李宫裁笑向宝钗道："真真我们二婶子的诙谐是好的⑥。"林黛玉道："什么诙谐，不过是贫嘴贱舌，讨人厌恶罢了⑦。"说着便啐了一口。凤姐笑道："你做梦！你给我们家做了媳妇，少什么？"指宝玉道："你瞧瞧，人物儿、门第配不上⑧？根基配不上？模样儿配不上？家私配不上？那一点还玷辱了谁呢？"

---

① **庚侧**：有照应。
② **庚侧**：该云"我正看《会真记》呢！"一笑。
③ **庚眉**：二宝答言是补出诸艳俱领过之文。□□乙酉冬，雪窗，畸笏老人。
④ **甲侧**：卿爱，因味轻也。卿如何担得起味厚之物耶？
⑤ **甲侧**：二玉事，在贾府上下诸人——即看书人、批书人，皆信定一段好夫妻，书中常常每每道及。岂其不然？叹叹！
　　庚侧：二玉之配偶，在贾府上下诸人，即观者、批者、作者皆谓（原作为）无疑，故常常有此等题语。我也要笑。
⑥ **庚侧**：好赞！该他赞！
⑦ **庚侧**：此句还要候查。
⑧ **庚侧**：大大一泻，好接下文。

第二十五回　魇魔法姊弟逢五鬼　红楼梦通灵遇双真

　　林黛玉抬身就走。宝钗便叫："颦儿急了，还不回来坐着。走了倒没意思。"说着，便站起来拉住。刚至房门前，只见赵姨娘和周姨娘两个人进来瞧宝玉。"李宫裁、宝钗、宝玉等都让他两个坐。独凤姐只和林黛玉说笑，正眼不看他们。宝钗方欲说话时，只见王夫人房内的丫头来说："舅太太来了，请奶奶、姑娘出去呢。"李宫裁听了，连忙叫着凤姐等走了。赵、周两个也忙辞了宝玉出去。宝玉道："我也不能出去，你们好歹别叫舅母进来。"又道："林妹妹，你先略站一站，我说一句话。"凤姐听了，回头向林黛玉笑道："有人叫你说话呢。"说着，便把林黛玉往里一推，和李纨一同去了。

　　这里宝玉拉着林黛玉的袖子，只是嘻嘻的笑①，心里有话，只是口里说不出来②。此时林黛玉只是禁不住把脸红涨起来，挣着要走。宝玉道"哎哟！好头疼③！"林黛玉道："该！阿弥陀佛④！"宝玉大叫一声："我要死！"将身一纵，离地跳有三四尺高，口内乱嚷乱叫，说起胡话来了。林黛玉并丫头们都唬慌了，忙去报知王夫人、贾母等。此时王子腾的夫人也在这里，都一齐来时，宝玉益发拿刀弄杖，寻死觅活的，闹得天翻地覆。贾母、王夫人见了，吓的抖衣乱颤，且"儿"一声、"肉"一声放声恸哭。于是惊动诸人，连贾赦、邢夫人、贾珍[十二]、贾政、贾琏、贾环、贾蓉、贾芸、贾萍、薛姨妈、薛蟠并周瑞家的[十三]、一干家中上上下下里里外外众媳妇、丫头等，都来园内看视。登时乱麻一般⑤。正没个主见，只见凤姐手持一把明晃晃钢刀砍进园来，见鸡杀鸡，见狗杀狗，见人就要杀人。此处焉用鸡犬？然辉煌富丽，非处家之常。鸡犬闲闲，始为儿孙千年之业，故于此处必用"鸡犬"二字，方是一族腾腾大舍。众人益发慌了。周瑞媳妇忙带着几个有力量的胆壮的婆娘上去抱住，夺下刀来，抬回房去。平儿、丰儿等哭的泪天

---

① 庚侧：此刻好看之至！
② 庚侧：是已受镇，"说不出来"，勿得错会了意。
③ 庚侧：自黛玉看书起，闲闲一段写来，真无容针之空。如夏日乌云四起，疾闪长雷不绝，不知雨落何时，忽然霹雳一声，倾盆大注。何快如之！何乐如之！真令人宁不叫绝！
④ 庚眉：黛玉念佛，是吃茶之语在心故也。然摹写神妙，一丝不漏如此。□□己卯冬夜。
⑤ 庚侧：写玉兄惊动若许人忙乱，正写太君一人之钟爱耳。看官勿被作者瞒过。

泪地。贾政等心中也有些烦难，顾了这里，丢不下那里。

别人慌张自不必讲，独有薛蟠更比诸人忙到十分了①：又恐薛姨妈被人挤倒，又恐薛宝钗被人瞧见，又恐香菱被人臊皮——知道贾珍等是在女人身上做功夫的②，因此忙的不堪。忽一眼瞥见了林黛玉风流婉转，已酥倒那里③。忙中写闲，真大手眼，大章法！

当下众人七言八语，有的说请端公送祟的，有的说请巫婆跳神的，有的又荐玉皇阁的张真人，种种喧腾不一。也百般医治祈祷，问卜求神，总无效验。

看看日落，王子腾夫人告辞去后，次日王子腾也来瞧问④。接着小史侯家、邢夫人弟兄辈，并各亲戚眷属，都来瞧望，也有送符水的，也有荐僧道的，总不见效。他叔嫂二人愈发糊涂，不省人事，睡在床上，浑身火炭一般，口内无般不说。到夜晚间，那些婆娘、媳妇、丫头们都不敢上前。因此把他二人都抬到王夫人的上房内⑤，夜晚派了贾芸带着小子们挨次轮班看守。贾母、王夫人、邢夫人、薛姨妈等寸地不离，只围着干哭。此时贾赦、贾政又恐哭坏了贾母，日夜熬油费火，闹的人口不安，也都没有主意。贾赦还各处去觅僧寻道。贾政见不灵效，着实懊恼⑥，因阻贾赦道："儿女之数，皆由天命，非人力可强者。他二人之病出于不意，百般医治不效，想天意该如此，也只好由他们去罢⑦。"贾赦也不理此话，仍是百般忙乱，那里见些效验。

看看三日光阴，那凤姐和宝玉躺在床上，亦发连气都将没了。合

---

① **庚侧**：写呆兄忙，是"躲烦碎文字法"。好想头，好笔力！《石头记》最得力处在此。

甲侧：写呆兄忙，是愈觉忙中之愈忙，且避正文之絮烦。好笔杖（原作伏）！写得出。

② **甲侧**：从阿呆兄意中，又写贾珍等一笔。妙！

③ **甲侧**：忙到容针不能。此似（原作以）唐突颦儿，却是写"情"字万不能禁止者。又可知颦儿之丰神若仙子也。

④ **甲侧**：写外戚，亦避正文之繁。

⑤ **庚侧**：收拾（原作什）的得体正大。

甲侧：收拾得干净，有着落。

⑥ **庚侧**：四字写尽政老矣。

⑦ **庚侧**：读书人自应如是。

第二十五回　魇魔法姊弟逢五鬼　红楼梦通灵遇双真

家人口无不心慌，都说没了指望，忙着将他二人的后事衣履都治备下了。贾母、王夫人、贾琏、平儿、袭人这几个人更比诸人哭的忘餐废寝，觅死寻活。赵姨娘、贾环等心自是称愿。【补明赵姒进怡红为行法也。】

到了第四日早晨，贾母等正围着宝玉哭时，只见宝玉睁开眼，说道："从今以后，我可不在你家了①！快收拾了，打发我走罢。"贾母听了这话，如同摘去心肝一般。赵姨娘在旁劝道："老太太也不必过于悲痛②。哥儿也是不中用了，不如把哥儿的衣服穿好，让他早些回去，也免些苦；只管舍不得他，这口气不断，他在那世也受罪不安生③……"这些话没说完，被贾母照脸啐了一口唾沫，骂道："烂了舌头的混帐老婆，谁叫你来多嘴多舌的！你怎么知道他在那世里受罪不安生？怎么见得不中用了？你愿他死了，有什么好处？你别做梦！他死了，我只和你们要命。素日都不是你们调唆着逼他写字念书，【奇语！所谓溺爱者不明，然天生必有是一段文字的。】把胆子唬破了，见了他老子不像个避猫鼠儿？都不是你们这起淫妇调唆的！这会子逼死了，你们遂了心，我饶那一个！"一面骂，一面哭。贾政在旁听见这些话，心里越发难过，便喝退赵姨娘，自己上来委婉解劝。一时又有人来回话："两口棺椁都做齐了④，请老爷出去看。"贾母听了，如火烧油一般，便骂："是谁做了棺材？"一叠声只叫把做棺材的拉来打死。

正闹的天翻地覆，没个开交，只闻得隐隐的木鱼声响⑤，念了一句："南无解冤孽菩萨。有那人口不利，家宅颠倾，或逢凶险，或中邪祟者，我们善能医治。"贾母、王夫人听见这些话，那里还耐得住，便命人去快请进来。贾政虽不自在，奈贾母之言如何违拗？想如此深宅，何得听的这样真切⑥，心中亦希罕⑦，命人请了进来。众人举目看时，

---

① 庚侧："语不惊人死不休"，此之谓也。
② 庚侧：断不可少此句。
③ 庚侧：大遂心人，必有是语。
④ 庚侧：偏写"一头不了又一头"之文，真步步紧！
⑤ 庚侧：你看他不费丝毫勉强，轻轻收住数百言之文。《石头记》得力处全在如此。以幻作真，以真作幻，看官亦要如此看法为幸。
⑥ 甲侧：作者是幻笔，合屋俱是幻耳，焉能无闻？
⑦ 甲侧：政老亦落幻中。

原来是一个癞头和尚与一个跛足道人。僧因凤，道因玉，一丝不乱。见那和尚是怎生模样：

鼻如悬胆两眉长，目似明星蓄宝光。
破衲芒鞋无住迹，腌臜更有满头疮。

那道人又是怎生模样，但见：

一足高来一足低，浑身带水又拖泥。
相逢若问家何处，却在蓬莱弱水西。

贾政问道："你道友二人在那庙焚修？"那僧笑道："长官不须多话①。因闻得府上人口不利，故特来医治。"贾政道："倒有两个人中邪，不知你们有何符水？"那道人笑道："你家现有希世奇珍，如何还问我们有符水？"贾政听这话有意思，心中便动了。因说道："小儿落草时虽带了一块宝玉下来，上面说能除邪祟②，谁知竟不灵验。"那僧道："长官！你那里知道那物的妙用？只因他如今被声色货利所迷③，石且能迷，可知其害不小。观者着眼，方可读《石头记》。故不灵验了。读书者观之。你今且取他出来，待我们持诵持诵，只怕就好了④。"

贾政听说，便向宝玉项上取下那玉来，递与他二人。那和尚接了过来，擎在掌上，长叹一声道："青埂峰下一别，转眼已过十三载矣⑤！人世光阴，如此迅速，尘缘满日，若似弹指！见此一句，令人可叹，可惊！不忍往后再看矣。可羡你当时的那段好处：

天不拘来地不羁，心头无喜亦无悲；

---

① **庚侧**：避俗套法。
② **庚侧**：点题。
③ **庚侧**：棒喝之声。
④ **庚侧**："只怕"二字，是不知此石肯听持诵否。
⑤ **庚侧**：正点题，大荒山手捧时语。

却因锻炼通灵后，便向人间觅是非。 庚：所谓"越不聪明，越快活"是也。

可叹你今日这番经历：

粉渍脂痕污宝光，绮栊昼夜困鸳鸯。
沉酣一梦终须醒①，冤孽偿清好散场！" 庚：又是一番锻炼，焉得不成佛做祖？

念毕，又摩弄一会，说了些疯话。递与贾政道："此物已灵，不可亵渎。悬于卧室上槛，将他二人安在一室之内，除亲身妻母外，不可使阴人冲犯②。三十三日之后，包管身安病退，复旧如初。"说着，回头便走了③。贾政赶着还说话，让二人坐了吃茶，要送谢礼，他二人早已出去了。贾母等还只管着人去赶，那里有个踪迹。少不得依言，将他二人就安放在王夫人卧室之内，将玉悬在门上。王夫人亲身守着，不许别个人进来。

至晚间，他二人竟渐渐醒来④，说腹中饥饿。贾母、王夫人如得珍宝一般⑤，旋熬了米汤，与他二人吃了。精神渐长，邪祟稍退，一家子才把心放下来。李宫裁并贾府三艳、薛宝钗、林黛玉、平儿、袭人等在外间听消息。闻得吃了米汤，省了人事，别人未开口，林黛玉先就念了一声"阿弥陀佛"⑥。薛宝钗便回头看了他半日，"嗤"的一笑。众人都不会意，惟惜春道："宝姐姐，好好的笑什么？"宝钗笑道："我

---

① 甲侧：无百年的筵席。
② 庚侧：是要紧语，是不可不写之套语。
③ 庚眉：通灵玉除邪，全部百回只此一见，何得再言。僧道踪迹虚实，幻笔幻想，写幻人于幻文也。□□壬午孟夏，雨窗。
　　通灵玉听癞和尚二偈，即刻灵应，抵却前回若干《庄（原作藏）子》及语录、机（原作讥）锋、偈子，正所谓"物各有主"也。
　　叹不能得见"宝玉悬崖撒手（原作于）"文字为恨。□□丁亥夏，畸笏叟。
④ 庚侧：肯听持诵，故有是灵。
⑤ 庚侧：昊天罔极之恩，如何得报？哭杀幼而丧父母者！
⑥ 庚侧：针对得病时一声。

笑弥陀佛比人还忙①：又要讲经说法，又要普渡众生；这如今宝玉、凤姐姐病了，又烧香还愿，赐福消灾；今日才好些，又管林姑娘姻缘了。你说忙的可笑不可笑？"林黛玉不觉的红了脸，啐了一口道："你们这起人不是好人，不知怎么死！再不跟着好人学，只跟着凤姐贫嘴烂舌的学。"一面说，一面摔帘子走出去了。不知端详，且听下回分解。

[总评]欲深魔重复何疑，苦海冤河解者谁？结不休时冤日盛，井天甚小性难移。

甲：先写红玉数行引接正文，是不作开门见山文字。
灯油引大光明普照菩萨，大光明普照菩萨引五鬼魇魔法，是一线贯成。
通灵玉除邪，全部只此一见，却又不灵，遇癞和尚、跛道人一点方灵应矣。写利欲之害如此。
此回本意是为禁三姑六婆进门之害，难以防范。
庚：此回书因才干乖觉太露引出事来，作者婆（原作颇）心为世之乖觉人为鉴。

校　记：
[一] 原文无"便"字，据甲戌本补。
[二] 此处的"揉搓"二字，原文为"揉握"，蒙府本为"揉挫"，据庚辰本改。
[三] 此处的"戳灯"二字，原文为"掉灯"，据庚辰本改。
[四] 原文无"来"字，据庚辰本补。
[五] 原文无"了"字，据庚辰本补。
[六] 此处的"很"字，原文为"狠"，据蒙府本改；后面正文中，凡类似的情况，"狠"字亦改为"很"，不再加注。
[七] 原文无"了"字，据甲戌本补。
[八] 原文无"管"字，据庚辰本补。
[九] 此处的"不服"二字，原文为"不伏"，据甲戌本改。
[十] 原文无"说"字，据蒙府本补。
[十一] 此处的"又悄悄地教他"中的"地"字，原文为"的"，校者改。
[十二] 原文无"贾珍"二字，据蒙府本补。
[十三] 原文无"的"字，据庚辰本补。

---

① 庚侧：这一句作正意看，余皆雅谑，但此一谑抵犟儿半部之谑。

第二十六回

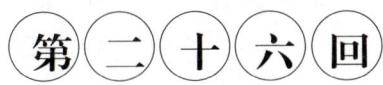

蜂腰桥设言传心事　潇湘馆春困发幽情

【回前】一个是时才得传消息,一个是旧喜化作新歌。真真假假事堪疑,哭向花林月底。

话说宝玉养了三十三天之后,不但身体强壮,亦且连脸上疮痕平服,仍回大观园内去。这也不在话下。

且说近日宝玉病的时节,贾芸带着家下小厮坐更看守,昼夜在这里,那红玉同众丫鬟也在这里守着宝玉,彼此相见多日,都渐渐混熟了。那红玉见贾芸手里拿着手帕子,倒像是自己从前丢的,待要问他,又不好问的。不料那和尚、道士来过,用不着一切男人,贾芸仍种树去了。这件事待要放下,心内又放不下;待要问去,又怕人猜疑。正是犹豫不决、神魂不定之际,忽听窗外问道:"姐姐在屋里没有①?"红玉闻听,在窗眼内望外一看,原来是本院的个小丫头名叫佳蕙的,因答说:"在这里,你进来罢。"佳蕙听了,跑进来,就坐在床上,笑道:"我好造化!才刚

---

① 庚侧:你看他偏不写正文,偏有许多闲文,却是补遗。
　甲侧:岔开正文,却是为正文作引。

在院子里洗东西,宝玉叫往林姑娘那里送茶叶①,【交代井井有法。】花大姐姐交给我送去。可巧老太太那里给林姑娘送钱来②,正分给他们的丫头们呢③。见我去了,林姑娘就抓了两把给我,也不知多少。你替我收着。"便把手帕子打开,把钱倒了出来。红玉替他一五一十的数了收起。

　　佳蕙道:"你这一程子,心里到底觉怎么样?依我说,你竟家去住两日,请一个大夫来瞧瞧,吃两剂药就好了。"红玉道:"那里的话,好好的,家去做什么!"佳蕙道:"我想起来了,林姑娘生的弱,时常他吃药④,你就和他要些来吃,也是一样。"【闲言中叙出黛玉之弱。草蛇灰线。】红玉道:"胡说!药也是混吃的⑤。"佳蕙道:"你这也不是个长法儿,又懒吃懒喝的,终究怎么样⑥?"红玉道:"怕什么,还不如早些死了倒干净⑦!"佳蕙道:"好好的,怎么说这些话?"红玉道:"你那里知道我心里的事!"

　　佳蕙点头,想了一会,道:"可也怨不得,这个地方难站。就像昨儿老太太因宝玉病了这些日子⑧,说跟着伏侍的这些人都辛苦了,如今身上好了,各处还完了愿⑨,叫把跟着的人都按着等儿赏他们⑩。我们算年纪小,上不去,不得,我也不抱怨;像你怎么也不算在里头⑪?我心里就不服。袭人那怕他得十分儿,也不恼他,原该的。说良心话,谁还敢比他呢⑫?别说他素日殷勤小心,便是不殷勤小心,也拼不得。可

---

① 庚侧:前文有言。
② 庚侧:是补写否?
③ 庚眉:此等细事是旧族大家闺中常情,今特为暴发钱奴写来作鉴。一笑。□□壬午夏,雨窗。
　　甲侧:潇湘常事出自别院婢口中,反觉新鲜。
④ 庚侧:是补写否?
⑤ 庚侧:如闻。
⑥ 庚侧:从旁人眼中口中出,妙极!
⑦ 庚侧:此句令人气噎,总在"无可奈何"上来。
⑧ 庚侧:是补文否?
⑨ 庚侧:是补写否?
⑩ 庚侧:是补写否?
⑪ 庚侧:道着心病。
⑫ 庚侧:确是(原作却论)公论,方见袭卿身分。

第二十六回　蜂腰桥设言传心事　潇湘馆春困发幽情

气晴雯、绮霞他们这几个，都算在上等里去，仗着老子娘的脸，众人倒捧着他去。你说可气不可气？"红玉道："也不犯着气他们。俗语说的好，'千里搭长棚，没有个不散的〔一〕筵席'，此时写出此等言语，令人堕泪！谁守谁一辈子呢？不过三年五载，各人干各人的去了。那时谁还管谁呢？"这两句话，不觉感动了佳蕙心肠①，由不得眼睛红了，又不好意思好端端〔二〕的哭，只得勉强笑道："你这话说的却是。昨儿宝玉还说，明儿怎么样收拾房子，怎么样做衣裳②，倒像有几百年熬煎③。"却是小女儿口中无味之谈，实是写宝玉不如一鬟婢。

红玉听了，冷笑了两声，方才说话，文字又一顿。只见一个未留头的小丫头子走进来，手里拿着些花样子并两张纸，说道："这是两个样子，叫你描出来呢。"说着，向红玉掷下，回身就跑了。红玉向外问道："倒是谁的？也等不得说完就跑，谁蒸下馒头等着你，怕冷了不成！"那小丫头在窗外只说得一声："是绮大姐姐的④。"抬起脚来，"咕咚"、"咕咚"又跑了⑤。红玉便赌气⑥把那样子掷在一边⑦，向抽屉内找笔，找了半天都是秃了的，因说道："前儿一枝新笔⑧，放在那里了？怎么一时想不起来⑨。"一面说，一面出神。总是画境。想了一会，方笑道："是了，前儿晚上莺儿拿了去了⑩。"便向佳蕙道："替我取了来。"佳蕙道："花大姐姐还等着我替他抬箱子呢，你自取去罢。"红玉道："他等着

---

① 庚侧：不但佳蕙，批书者亦泪下矣。
② 庚侧：还是补文。
③ 庚眉：红玉一腔委屈怨愤，系身在怡红不能遂志，看官勿错认为芸儿害相思也。己卯冬。
　　"狱神庙"回有茜雪、红玉一大回文字，惜迷失无稿。叹叹！丁亥夏，畸笏叟。
④ 庚侧：又是不合适（原作式）之言，戳（原作撮）心语。
⑤ 庚侧：活龙活现之文。
⑥ 庚侧：如画。
⑦ 庚侧：何如？
⑧ 庚侧：是补文否？
⑨ 庚侧：既在矮檐下，怎敢不低头？
⑩ 庚侧：还是补文。

你，你还坐着闲打牙儿①？我不叫你取去，他也不等着你了。坏透了的小蹄子！"说着，自己便出房来。出了怡红院，一径往宝钗院内来②。

刚至沁芳亭畔，只见宝玉的奶娘李嬷嬷从那边走来。【奇文！真令人不得机关。】红玉立住笑问道："李奶奶，你老人家那去了？怎打这里来？"李嬷嬷站住，将手一拍道："你说说，好好的又看上了③那个种树的什么云哥儿、雨哥儿的，【奇文！神文！】这会子逼着我叫了他来。明儿叫上房里听见，可又是不好④。"红玉笑道："你老人家当真的就依着他去叫了？"【是遂心话。】李嬷嬷道："可怎么样呢？"【妙！的是老妪口气。】红玉笑道："那一个要是知道好歹⑤，就回不进来才是。"【是私心话。神妙！】李嬷嬷道："他又不痴，为什么不进来？"红玉道："既要进来，你老人家该同他一齐来，叫他一个人乱碰，可是不好呢。"【总是私心语，要直问又不敢，只用这等语慢慢的套出。有神理！】李嬷嬷道："我有那样工夫和他走？不过告诉了他，回来打发个小丫头子或是老婆子，带他进来就完了。"说着，拄着拐一径去了。红玉听说，便站着出神，且不去取笔。【总是不言神情，另出花样。】

一时，只见一个小丫头子跑来，见红玉站在那里，便问道："林姐姐，你在这里做什么呢？"红玉抬头见是小丫头子坠儿。【坠儿者，"赘"也。人生天地间已是赘疣，况又生许多冤情孽债。是可为之一叹！】红玉道："那去？"坠儿道："叫我带进芸二爷来⑥。"说着，一径跑了。

这里红玉刚走至蜂腰桥门前，只见那边坠儿引着贾芸来了。【妙！不说红玉不走，亦不说走，只说"刚走到"三字，可知红玉有私心矣。若说出必定不走，必定走，则文字死板，亦且棱角过露，非写女儿之笔也。】那贾芸一面走，一面把眼向红玉一溜；那红玉只装着和坠儿说话，也把眼去一溜贾芸：四目却相对时，红玉不觉脸红了，【看官至此，须掩卷细想：上二十回中，篇篇句句点"红"字处，可与此处想，如何？】一扭身往蘅芜院去了。不在话下。

---

① 庚侧：袭人身份。
② 庚侧：曲折再四，方逼出正文来。
③ 甲侧：囫囵不解语。
④ 甲侧：更不解。
⑤ 甲侧：更不解。
⑥ 庚侧：等的是这句话。

第二十六回　蜂腰桥设言传心事　潇湘馆春困发幽情

这里贾芸随着坠儿，逶迤来至怡红院中。坠儿先进去回明了，然后方领贾芸进去。贾芸看时，只见院内略略有几点山石，种着芭蕉，那边有两只仙鹤在松树下剔翎。一溜回廊上吊着各色笼子，各色仙禽异鸟。上面小小五间抱厦，一色雕镂新鲜花样隔窗。上面悬着一个匾额，四个大字，题道是"怡红快绿"。贾芸想道："怪道叫'怡红院'，原来匾上是恁样四个字。" 伤哉！转眼便红稀绿瘦矣。可叹！正想着，只听里面隔着纱窗子笑说道①："快进来罢。我怎么就忘了你两三个月！"贾芸听得是宝玉的声音，连忙进入房内。抬头一看，只见金碧辉煌②，器皿。文章闪灼③，陈设。却看不见宝玉在那里④。一回头，只见左边立着一架大穿衣镜后，转出两个一般大的十五六岁的丫头来，说："请二爷里头屋里坐。"贾芸正眼也不敢看，连忙答应了。又进一道碧纱橱，只见小小一张填漆床上，悬着大红销金撒花帐子。宝玉穿着家常衣服，趿着鞋，倚在床上，拿着本书看⑤。见他进来，将书掷下，早堆着笑立起身来⑥。贾芸忙上前请了安。宝玉让坐，便在下面一张椅子上坐了。宝玉笑道："只从那个月见了你，我叫你往书房里来，谁知接接连连许多事情，就把你忘了。"贾芸笑道："总是我没福，偏偏又遇着叔叔身上欠安。叔叔如今可大安了？"宝玉道："好了。我倒听见说你辛苦了好几天。"贾芸道："辛苦也是该当的。叔叔大安了，也是我们一家子的造化⑦。"

说着，只见有个丫鬟端了茶来与他。那贾芸口里和宝玉说着话，

---

① 庚侧：此文若张僧繇点睛之龙，破壁飞矣，焉得不拍案叫绝！
② 庚侧：不能细览之文。
　甲侧：器皿叠叠。
③ 庚侧：不得细玩之文。
　甲侧：陈设垒垒。
④ 庚侧：武夷九曲之文。
⑤ 庚侧：这是等芸哥看，故作款式。若果真看书，在隔纱窗子说话时已放下了。玉兄若见此批，必云："老货！他处处不放松我，可恨，可恨！"回思将余比作钗、颦等乃一知己，余何幸也！一笑。
⑥ 庚侧：小叔身段。
⑦ 庚侧：谁一家子？可发一大笑！
　甲侧：不伦（原作论）不类（原作理）迎合字样。口气逼肖。可笑，可叹！

眼睛却溜瞅那丫鬟①：细挑身材，容长脸面，穿着银红袄子，青缎背心，白绫细褶裙。——不是别个，却是袭人②。那贾芸只从宝玉病了，他在里头混了两天，他都把那有名人口都记了一半。一路总写（原作是）贾芸是个有心人，一丝不乱。他也知道袭人在宝玉房中比别个不同③，今见他端了茶来，宝玉又在旁边坐着，便忙站起来，笑道："姐姐怎么替我倒起茶来？我来到叔叔这里，又不是客，让我自己倒罢。"总写贾芸乖觉，一丝不乱。宝玉道："你只管坐着罢。丫头们跟前也是这样。"贾芸笑道："虽如此说，叔叔房里姐姐们，我怎么敢放肆呢④。"一面说，一面坐下吃茶。

那宝玉便和他说些没要紧的散话。妙极，是极！况宝玉又有何正经可说的。庚：此批被作者骗过了。又说道谁家的戏子好，谁家的花园好，又告诉他谁家的丫头标致，谁家的酒席丰盛，又是谁家有奇货，又是谁家有异物。几个"谁家"，自北静王、公、侯、驸马诸大家包括尽矣，写尽纨袴口角。对芸哥原无可说之话，故闲叙。那贾芸口里只得顺着他说。说了一会，见宝玉有些懒懒的了，便起身告辞。宝玉也不甚留，只说："你明儿闲了，只管来。"仍命小丫头子坠儿送他出去。

出了怡红院，贾芸见四顾无人，便把脚慢慢停着些走，口里一长一短和坠儿说话。先问他"几岁了？名字叫什么？你父母在那一行上？在宝叔房内几年了？渐渐入港（原无）。一个月多少钱？共总宝叔房内有几个女孩子？"那坠儿见问，便一桩桩的都告诉他了。贾芸又道："才刚那个与你说话的，他可是叫小红？"坠儿笑道："他便叫小红。你问他做什么？"贾芸道："方才他问你什么手帕子，我倒拣了一块。"坠儿听了笑道："他问了我好几遍，可看见他的手帕子。我有那么大工夫管这些事！今儿他又问我，他说替他找着了，他还谢我呢⑤。才在蘅芜院门口说的，二爷也听见了，不是我撒谎。好二爷，你既拣了，给我罢。

---

① 庚侧：此句是认人，非前溜红玉之文。
　甲侧：前写不敢正眼，今又如此写，是用茶来，有心人故留此神，于接茶时站起，方不突然。
② 庚侧：《水浒》文法，用的恰（原作怯）当，是芸哥眼中也。
③ 庚侧：何如？可知前批非谬。
④ 甲侧：红玉何以使得？
⑤ 庚侧："传"字正文，此处方露。

第二十六回 蜂腰桥设言传心事 潇湘馆春困发幽情

我看他拿什么谢我。"

原来上月贾芸进来种树之时，便拣了一块罗帕，便知是在园内的人失落的，但不知是那一个人的，故不敢造次。今听见红玉问坠儿，便知是红玉的，心内不胜喜幸。又见坠儿追索，心中早已得了主意，便向袖内将自己的一块取了出来，向坠儿笑道："我给是给你，你若得了他的谢礼，可不许瞒着我。"坠儿满口里答应了，接了手帕子，送出贾芸，回来找红玉。不在话下。至此一顿，狡滑之甚！ 庚：原非书中正文之人，写来间色耳。

如今且说宝玉打发了贾芸去后，意思懒懒的歪在床上，似有朦胧之态。袭人便走上来，坐在床沿上推他，说道："怎么又要睡觉？闷的慌，你出去逛逛不是？"宝玉见说，便拉他的手笑道："我要去，只是舍不得你。"袭人笑道："快起来罢！^①"一面说，一面拉了宝玉起来。宝玉道："可往那里去呢？怪腻腻烦烦的^②。"袭人道："你出去了就好了。只管这么葳蕤，越发心里烦腻。"

宝玉无精打采的，只得依他。晃出了房门，在回廊上调弄了一会雀儿；出至院外，顺着沁芳溪看了一会金鱼。只见那边山坡上两只小鹿箭也似的跑来，宝玉不解何意^③。正自纳闷，只见贾兰在后面拿着一张小弓追了下来^④。一见宝玉在前面，便站住了，笑道："二叔叔在家里呢，我只当出门去了。"宝玉道："你又淘气了。好好的射他做什么？"贾兰笑道："这会子不念书，闲着做什么？所以演习演习骑射^⑤。"宝玉道："把牙栽了，那时才不演呢^⑥。"

说着，顺着脚一径来至一个院门前^⑦，只见凤尾森森，龙吟细细。与后文"落叶萧萧，寒烟漠漠"一对，可伤可叹！举目望门上一看，只见匾上写着"潇湘馆"三

---

① **庚侧**：不答上文。妙极！
② **庚侧**：玉兄最得意之文，起笔却如此写。
③ **甲侧**：余亦不解。
④ **庚侧**：此等文可是人能意料的？
　　甲侧：前文。
⑤ **庚侧**：答的何其堂皇正大，何其坦然之至！
⑥ **甲侧**：奇文奇语，默思之方意会。为玉兄毫无一正事，只知安富尊荣而写。
⑦ **庚侧**：像无意。

字①。宝玉信步走入，只见湘帘垂地，悄无人声。走至窗前，觉得一缕幽香从碧纱窗中暗暗透出②。宝玉便将脸贴在纱窗上，往里看时，耳内忽听（未曾看见，先听见。有神理。）得细细的长叹了一声道："'每日家情思睡昏昏③。'"宝玉听了，不觉心内痒将起来。再看时，只见黛玉在床上伸懒腰。（有神理，真真画出！）宝玉在窗外笑道："为什么'每日家情思睡昏昏'？"一面说，一面掀帘子进来了。

林黛玉自觉忘情，不觉红了脸，拿袖子遮了脸，翻身向里装睡着了。宝玉才走上来要扳他的身子，只见黛玉的奶娘并两个婆子却跟了进来④，说："妹妹睡觉呢，等醒了再请来。"刚说着，黛玉便翻身坐了起来，笑道："谁睡觉呢。"（妙极！可知黛玉是怕宝玉去也。）那两三个婆子见黛玉起来，便笑道："我们只当姑娘睡着了。"说着，便叫紫鹃说："姑娘醒了，进来伺候。"一面说，一面都去了。

黛玉坐在床上，一面抬手整理鬓发，一面笑向宝玉道："人家睡觉，你进来做什么？"宝玉见他星眼微饧，香腮带赤，不觉神魂早荡。一歪身坐在椅子上，笑道："你才说什么？"黛玉道："我没说什么。"宝玉笑道："给你个榼子吃！我都听见了。"

二人正说话，只见紫鹃进来。宝玉笑道："紫鹃，把你们的好茶倒碗我吃。"紫鹃道："那里是好的呢？要好的，只是等袭人来。"黛玉道："别理他，你先给我舀水去罢。"紫鹃笑道："他是客，自然先倒了茶来再舀水。"说着，倒茶去了。宝玉笑道："好丫头，'若共你多

---

① 庚侧：原无意。

　　三字如此出，足见真出无意。

　甲侧：无一丝心迹，反似初至者，故接有忘形忘情话来。

② 甲侧：写得出，写出得！

③ 庚眉：先用"凤尾森森，龙吟细细"八字，"一缕幽香自纱窗中暗暗透出"，"细细的长叹一声"等句，方引出："每日家情思睡昏昏"仙音妙音来，非纯化工夫之笔不能，可见行文之难。

　　二玉这回文字，作者亦在无意上写来，所谓"信手拈来无不是"是也。

　甲侧：用情，忘情。神化之文！

④ 甲侧：一丝不漏，且避若干嚼（原作咬）蜡之文。

情小姐同鸳帐，怎舍得叠被铺床？'①"黛玉登时撅下脸来②，说道："二哥哥，你说什么？"宝玉笑道："我何尝说什么。"黛玉便哭道："如今新兴的，外头听了村话来，也说给我听；看了混帐书，也来拿我取笑儿。我成了替爷们解闷的！"一面哭着，一面下床来，往外就走。宝玉不知要怎样，心下慌了，忙赶上来："好妹妹，我一时该死，你别告诉去。我再要敢，嘴上就长个疔，烂了舌头。"

正说着，只见袭人走来，说道："快回去穿衣服，老爷叫你呢③。"宝玉听了，不觉打了个雷一般④，也顾不得别的，疾忙回家穿衣服。出园来，只见焙茗在二门前等着。宝玉问道："你可知道叫我是为什么？"焙茗道："爷，快出来罢，横竖是见去的，到那里就知道了。"一面说，一面催着宝玉。

转过大厅，宝玉心里还自狐疑。只听墙角边一阵哈哈大笑，回头只见薛蟠拍着手跳了出来，笑道⑤："要不说姨夫叫你，你那里出来的这么快。"焙茗也笑着跪下了。宝玉怔了半天，方解过来，是哄他。薛蟠打恭作揖赔不是⑥，又求："不要难为了小子，都是我逼他去的。"宝玉也无法了，只好笑，因道："你哄我也罢了，怎么说我父亲呢？我告诉姨妈去，评评这个理，可使得么？"薛蟠忙道："好兄弟，我原为求你快些出来，就忘了忌讳这句话。改日你也哄我，说我的父亲就完

---

① **庚侧**：真正无意忘情。冲口而出之语。
   庚眉：方才芸哥见所拿之书，一定是（原作见是）《西厢》。不然，如何忘情至此？
② **庚侧**：我也要恼。
③ **庚眉**：若无如此文字收拾二玉，写颦无非至再哭恸哭，玉只以赔尽小心软求漫恳，二人一笑而止；且书内若此亦多多矣，未免有犯雷同之病，故用险句结住，使二玉心中不得不将现事抛却，各怀一惊心意，再作下文。□□壬午孟夏，雨窗，畸笏。
④ **庚侧**：不止玉兄一惊，即阿颦亦不免一吓。作者只顾写来收拾二玉之文，忘却颦儿也。想作者亦似宝玉道《西厢》之句，忘情而出也，呵呵！
⑤ **甲侧**：如此戏弄，非呆兄无人。欲释二玉，非戏弄不能立解。勿得泛泛看过。不知作者胸中有多少丘壑！
⑥ **庚侧**：酷肖！

了①。"宝玉道:"哎,哎,越发该死了。"又向焙茗道:"反叛肏的,还跪着做什么!"焙茗连忙叩头起来。薛蟠道:"要不是,我也不敢惊动,只因明儿五月初三日是我的生日,谁知古董行的程日兴,他不知那里寻了来的这么粗、这么长、粉脆的鲜藕②,这么大的大西瓜,这么长一尾新鲜的鲟鱼,这么大的一个暹罗国进贡的灵柏香熏的暹猪。你说,他这四样礼可难得不难得?那鱼、猪不过贵而难得,这藕和瓜亏他怎么种出来的。我连忙孝敬了母亲,赶着给你们老太太、姨父、姨母送了些去。如今留了些。我要自己吃,恐怕折福③;左思右想,除我之外,惟有你还配吃④,所以特请你来。可巧唱曲儿的一个小儿又才来了,我同你乐一日何如?"

一面说,一面来至他书房里。只见詹光、程日兴、胡斯来、单聘仁等并唱曲儿的都在这里,见他进来,请安的,问好的,都彼此见过了。吃了茶,薛蟠即命人摆酒来。说犹未了,众小厮七手八脚摆了半天⑤,方才停当归坐。宝玉果见瓜、藕新异,因笑道:"我的寿礼还未送来,倒先扰了。"薛蟠道:"可是呢,明儿你送我什么⑥?"宝玉道:"我可有什么可送的?若论银钱吃穿等类的东西,究竟还不是我的⑦;惟有我写一张字,画一张画,才算是我的。"

薛蟠笑道:"你提画儿,我才想起来了。昨儿我看人家一张春宫,画的着实好⑧。上面还有许多的字,我也没细看,只看落的款,原来是'庚黄'画的⑨。真真好的了不得!"宝玉听说,心下猜疑道:"古今字画也都见过些,那里有个'庚黄'?"想了半天,不觉笑将起来。命人取过笔来,在手心里写了两个字,又问薛蟠道:"你看真了是'庚

---

① 庚侧:真真乱话!
   甲侧:写粗豪无心人。逼肖!
② 庚侧:如见如闻。
③ 庚侧:呆兄亦有此话!批书人至此,诵《往生咒》至恒河沙数也。
④ 庚侧:此语令人哭不得,笑不得,亦真心语也。
⑤ 庚侧:又一个写法。
⑥ 庚侧:逼真!酷肖!
⑦ 庚侧:谁说的出?经过者方说得出。叹叹!
⑧ 庚侧:啊!呆兄所见之画也!
⑨ 甲侧:奇文,奇文!

第二十六回　蜂腰桥设言传心事　潇湘馆春困发幽情

黄'？"薛蟠道："怎么看不真①！"宝玉将手一撒，与他看道："别是这两字罢？其实'庚黄'相去不远。"众人都看时，原来是"唐寅"两个字，都笑道："想必是这两字，大爷一时眼花了也未可知"。薛蟠只觉没意思②，笑道："谁知他'糖银''果银'的。"

正说着，小厮来回："冯大爷来了"。宝玉便知是神武将军冯唐之子冯紫英来了。薛蟠等一齐都叫"快请"。说犹未了，只见冯紫英一路说笑，已进来了③。众人忙起席让坐。冯紫英笑道："好呀！也不出门了，在家里高乐罢④。"宝玉、薛蟠都笑道："一向少会，老世伯身上康健？"紫英答道："家父倒也托庇康健。近来家母偶着些风寒，不好了两天⑤。"薛蟠见他面上有些青伤，便笑道："这脸上又和谁挥拳的？挂了幌子了。"冯紫英笑道："从那一遭把仇都尉的儿子打伤了，我就记了，再不怄气，如何又挥拳？这个脸上，是打围在铁网山，教兔鹘捎一翅膀⑥。"宝玉道："几时的话？"紫英道："三月二十八日去的，前儿也就回来了。"宝玉道："怪道前儿初三四儿，我在沈世兄家去，不见你呢。我要问，不知怎么就忘了。单你去了，还是老世伯也去了？"紫英道："可不是家父去，我没法儿，去罢了。难道我闲疯了，咱们几个人吃酒听唱的不乐，寻那个苦恼去？这一次，大不幸之中又大幸⑦。"

薛蟠众人见他吃完了茶，都说道："且入席，有话慢慢的说⑧。"冯紫英听说，便立起身来，说道："论理，我该陪饮几杯才是。只是今儿有一件大大要紧事，回去还要见家父面回，实不敢领。"薛蟠、宝玉

---

① **庚眉**：闲事顺笔，将骂死不学之纨袴。□□壬午，雨窗，畸笏。
② **庚侧**：实心人。
③ **庚侧**：如见如闻。
　甲侧：一派英气如在纸上，特为金闺润色也。
④ **庚侧**：如见其人于纸上。
⑤ **庚眉**：紫英豪侠，小小一段，是为金闺间色之文。□□壬午，雨窗。
　　写倪二、紫（原无）英、湘莲、玉菡侠文，皆各得传真写照之笔。□□丁亥夏，畸笏叟。
　　惜卫若兰射圃文字迷失无稿。叹叹！□□丁亥夏，畸笏叟。
⑥ **庚侧**：如何着（原作看）想？新奇字样。
⑦ **甲侧**：似又伏一大事样，英侠人累累如是，令人猜摹。
⑧ **庚侧**：余文再述。

众人那里肯依，死拉着不放。冯紫英笑道："这又奇了①。你我这些年，那一回有这个道理的？果然不能遵命。若必定叫我领，拿大杯来②，我领两杯就是了。"众人听说，只得罢了，薛蟠执壶，宝玉把盏，斟了两大海。那冯紫英站着，一气而尽③。宝玉道："你到底把这个'不幸之幸'说完了再走。"冯紫英笑道："今儿说的也不尽兴。我为这个，还要特治一东，请你们去细谈一谈；一则还有可恳之处。"说着，执手就走。薛蟠道："越发说的人热刺刺的丢不下。多早晚才请我们，告诉了，也免的人犹疑④。"冯紫英道："多则十日，少则八天。"一面说，一面出门，上马去了。众人回来，依席又饮了一回方散⑤。

宝玉回至园中，袭人正记挂着他去见贾政，不知是祸是福⑥；只见宝玉醉醺醺回来，问其缘故，宝玉一一向他说了。袭人道："人家牵肠挂肚的等着，你且高乐去了，到底打发人来给个信儿。"宝玉道："我何尝不要送信儿，只因冯世兄来了，就混忘了。"

正说着，只见宝钗走进来，笑道："偏了我们新鲜东西了。"宝玉笑道："姐姐家东西，自然先偏了我们了。"宝钗摇头笑道："昨儿哥哥倒特特的请我吃，我不吃他，叫他留着送人请人罢。我知道我的命小福薄，不配吃那个⑦。"说着，丫鬟倒了茶来，吃茶说闲话儿，不在话下。

却说那林黛玉听见贾政叫了宝玉去了，一日不回来，心中也替他忧虑⑧。至晚饭后，闻得宝玉来了，心里要找他问问是怎么了⑨。一步步

---

① **庚侧**：如闻如见。
② **庚侧**：写豪爽人如此。
③ **庚侧**：爽快人如此，令人羡煞！
　甲侧：令人快活煞！
④ **庚侧**：实心人如此，丝毫形迹俱无，令人痛快煞！
⑤ **甲侧**：收拾得好！
⑥ **庚侧**：下文伏线。
　甲侧：生员切己之事，时刻难忘。
⑦ **甲侧**：暗对呆兄言宝玉"配吃"语。
⑧ **甲侧**：本是切己事。
⑨ **庚侧**：这席东道是和事酒不是？
　甲侧：呆兄此（原作比）席，的是合和筵也。一笑！

行来，见宝钗进宝玉的院内去了①，自己也便随后走了来。刚到了沁芳桥，只见各色水禽都在池中浴水，也认不出名色来，但见一个个文彩炫[三]耀，好看异常，因而站住看了一会②。再往怡红院来，只见院门关着，黛玉便以手扣门。

谁知晴雯和碧痕正拌了嘴，没好气。忽见宝钗来了，那晴雯正把气移在宝钗身上③，正在院内抱怨说："有事没事跑了来坐着④，叫我们三更半夜的不得睡觉⑤！"忽听又有人叫门，晴雯越发动了气，也并不问是谁⑥，便说道："都睡下了，明儿再来罢！"林黛玉素知丫头们的情性，他们彼此玩耍惯了[四]，恐怕院内的丫头没听真是他的声音，只当是别的丫头们了，所以不开门，因而又高声说道："是我，还不开么？"晴雯偏生还没听出来⑦，便使性子说道："凭你是谁，二爷吩咐的，一概不许放人进来呢！"林黛玉听了，不觉气怔在门外。待要高声问他，逗起气来，自己又回思一番："虽说是母舅家如同自己家一样，到底是客边⑧。如今父母双亡，无依无靠，现在他家依栖。如今认真淘气，也觉没趣。"一面想，一面又滚下泪珠来。正是回去不是，站着不是。正没主意，只听里面一阵笑语之声，细听一听，竟是宝玉、宝钗二人。林黛玉心中益发动了气，左思右想，忽然想起早起的事来："必竟是宝玉恼我要[五]告他的缘故。但只我何尝告你去了，你也不打听打听，就恼我到这步田地。你今儿不叫我进来，难道明儿就[六]

---

① **甲侧**：《石头记》最（原作是最）好看处，是（原无）此等章法。
② **庚侧**："避难法"。
③ **庚眉**：晴雯迁（原作遣）怒是常事耳，写于（原无）钗、颦二卿身上，与踢袭人之文，令人于何处设想着笔？□□丁亥夏，畸笏叟。
④ **庚侧**：犯宝卿，如此写法。
⑤ **庚侧**：指明人，则暗写。
⑥ **庚侧**：写黛玉如此犯。
   不知人，则明写。
⑦ **庚侧**：想黛玉高声，亦不过你我平常说话耳，况晴雯素昔浮躁（原作燥）多气之人，如何辨得出？此刻须得批书人唱"大江东去"的喉咙，嚷着"是我林黛玉叫门"方可。又想：若开开门，如何有后面许多好字样、好文章看，观者意为是否？
⑧ **庚侧**：寄食者着眼，况颦儿何等人乎。

不见面了！"越想越伤感起来，也不顾苍苔露冷，花径风寒，独立墙角边花阴之下，悲悲戚戚呜咽起来①。

原来这林黛玉秉绝代姿容，具希世俊貌，不期这一哭，那附近柳枝花朵上的宿鸟栖鸦一闻此声，俱忒楞楞飞起远避，不忍再听。真是：

花魂默默[七]无情绪，鸟梦痴痴何处惊②。

因有一首诗道：

颦儿才貌世应希，独抱幽芳出绣闺；
呜咽一声犹未了，落花满地鸟惊飞。

那林黛玉正自啼哭，忽听"吱喽"一声，院门开处，不知是那一个出来。要知端的，且听下回分解。甲：每阅此本掩卷者，十有八九不忍下阅看完，想作者此时，泪下如豆矣！

【总评】喜相逢，三生注定；遗手帕，月老红丝。幸得人语说连理，又忽见他枝并蒂。难猜未解细追思。困多疑，空向花枝哭月底。

甲：此回乃颦儿正文，故借小红许多曲折琐琐之笔作引。
怡红院见贾芸，宝玉心内似有如无，贾芸眼中应接不暇。
"凤尾森森，龙吟细细"八字，"一缕幽香从碧纱窗中暗暗透出"，又"细细的长叹一声"等句，方引出"每日家情思睡昏昏"仙音妙音，俱纯化工夫之笔。
二玉这文字，作者亦在无意上写来，所谓"信手拈来无不是"是也。
收拾二玉文字，写颦无非哭玉再哭恸哭，玉只以陪事软求慢恳，二人一笑而止；且书内若此亦多多矣，未免有犯雷同之病，故险语结住，使二玉心中不得不次现事抛却，各怀以惊心意，再作下文。
前回倪二、紫英、湘莲、玉菡四样侠文，皆得传真写照之笔，惜卫若兰射圃文字迷失无稿，叹叹。
晴雯迁怒系常事耳，写于钗、颦二卿身上与踢袭人，打平儿之文，令人于何

---

① **甲侧**：可怜杀！可疼杀！余亦泪下。
② **庚侧**："沉鱼落雁"，"闭月羞花"，原来是哭了出来的！一笑。

处设想着笔。

黛玉望怡红之泣,是"每日家情思睡昏昏"上来。

校　记:

[一] 原文无"的"字,据蒙府本补。

[二] "好端端",原文是"好端",据蒙府本改。

[三] 此"炫"字原文写作"眩",为讳"玄烨"(康熙之名)而缺一笔。

[四] 原文无"了"字,据庚辰本改。

[五] 原文无"要"字,据庚辰本改。

[六] 此处的"就"字,原文为"又"据蒙府本改。

[七] 此处的"默默"字,原文为"点点"据庚辰本改。

第二十七回

滴翠亭杨妃戏彩蝶　埋香冢飞燕泣残红

【回前】《葬花吟》是大观园诸艳之归源小引，故用在饯花日诸艳毕集之期。饯花日不论其典与不典，只取其韵耳。

话说林黛玉正自悲泣，忽听院门响处，只见宝钗出来了，宝玉、袭人一群人送了出来。待要上去问着宝玉，又恐当着众人问羞了宝玉不便，因而闪过一旁，让宝钗去了。宝玉等进去闭了门，方转过来，犹望着门洒了几点泪①。自觉无味，方转身回来，无精打采的卸了残妆。

紫鹃、雪雁素日知道林黛玉的情性：无事闷坐，不是愁眉，便是长叹②；且好端端的不知为什么，常常的便自泪自干的③。先时还有人解劝，或怕他思父母，想家乡，受了委屈，只得用话宽慰解劝。谁知后来一年一月的竟常常如此④，把这个样儿看惯，也都不理论了。所以也

---

① 庚侧：四字闪煞颦儿也！
② 庚侧：画美人之秘诀。
③ 庚侧：补写，却是"避繁文法"。
④ 甲侧：补潇湘馆常文也。

没人去理，由他去闷坐①，只管睡觉去了。那林黛玉倚着床栏杆，两手抱着膝，眼睛含着泪②，好似木雕泥塑的一般③，直坐到[一]二更多天，方才睡了。一宿无话。

至次日，乃是四月二十六日，原来这日未时交芒种节。尚古风俗：凡交芒种节的这日，都要设摆各色礼物，祭饯花神。言芒种一过，便是夏日了，众花皆卸，花神退位④，须要饯行。然闺中更兴这件风俗，所以大观园中之人都早起来了。那些女孩子们，或用花瓣柳枝编成轿马的，或用绫锦纱罗叠成干旄旌幢的，都用彩线系了。每一棵树、每一枝花上，都系了这些物事。满园里绣带飘摇，花枝招展⑤，更兼这些人打扮得桃羞杏让，燕妒莺惭⑥，一时也道不尽。

且说宝钗、迎春、探春、惜春、李纨、凤姐等⑦并同了大姐、香菱与众丫鬟们在园内玩耍，独不见林黛玉。迎春因说道："林妹妹怎么不见？好个懒丫头！这会子还睡觉不成？"宝钗道："你们等着，等我去闹了他来。"说着，便丢下众人，一直往潇湘馆来。正走着，只见文官等十二个女孩子也来了⑧，上来问了好，说了一会闲话。宝钗回身指道："他们都在那里呢，你们找他们去！我叫林姑娘去就来。"说着，便逶迤往潇湘馆来⑨。忽然抬头见宝玉进去了，宝钗便站住，低头想了一想：宝玉和林黛玉是从小儿一处长大，他兄妹间多有不避嫌疑之处，

---

① 庚侧：所谓"久病床前少孝子"是也。
② 庚侧：前批得画美人秘诀，今竟画出"金闺夜坐图"来了。
　　甲侧：画美人秘诀（原作决）。
③ 庚侧：木（原作本）是梅(zhān)檀、泥是金沙才用得。
④ 庚侧：无论事之有无，看去有理。
⑤ 庚侧：数句抵省亲一回文字，反觉闲闲有趣有味的领略。
　　甲侧：数句大观园景，倍胜省亲一回。在一园人俱得闲闲寻乐上看，彼（原作被）时只有元春一人闲耳。
⑥ 庚侧：桃、杏、燕、莺是这样用法！
⑦ 庚眉：写凤姐随大众一笔，不见红玉一段则认为泛文矣。何一丝不漏（原作滴）若此。□□畸笏。
⑧ 庚侧：一人不漏。
⑨ 庚侧：安插一处，好写一处，正一张口难说两家话也。

嘲笑喜怒无常①；况且林黛玉素习猜忌，好弄小性儿的。此刻自己也跟了进去，一则宝玉不便，二则黛玉嫌疑。罢了，倒是回来的妙②。想毕，抽身回来。

刚要寻别的姊妹去，忽见前面一双玉色蝴蝶，大如团扇，一上一下迎风翩跹，十分有趣。宝钗意欲扑了来玩耍③，遂向袖中取出扇子来，向草地下来扑。只见那一双蝴蝶忽起忽落，来来往往，穿花度柳，将欲过河去了。倒引的宝钗蹑手蹑脚的，一直跟到池中滴翠亭上，香汗淋漓，娇喘细细④。宝钗也无心扑了⑤，刚欲回来，只听滴翠亭里边嘁嘁喳喳有人说话⑥。

原来这亭子四面俱是游廊曲桥，盖在池中水上，四面雕镂槅子，糊着纸。宝钗在亭外听见说话，便煞住脚往里细听。只听说道："你瞧瞧这手帕子，果然是你丢的那块，你就拿着⑦；要不是，就还芸二爷去。"又有一人说话："可不是我那块！拿来给我罢。"又听道："你拿什么谢我呢？难道白寻了来不成？"又答道："我既许了谢你，自然不哄你的。"又听说道："我寻了来给你，自然谢我；但只是拣的人，你就不拿什么谢他？"又回道："你别胡说。他是个爷们家，拣了我们的东西，自然该还的。我拿什么谢他呢？"又听说道："你不谢他，我怎么回他呢？况且他再三再四的和我说了，若没谢的，不许我给你呢。"半晌，又听答道："也罢，拿我这个给他，算谢他的罢。——你要告诉别人呢？须说个誓来。"又听说道："我要告诉一个人，就长一个疔，日后不得好死！"又听说道："哎呀！咱们只顾说话，看有人来

---

① **庚侧**：道尽二玉连日事。
② **蒙侧**：道尽黛玉每每尖刺，全不在宝钗心上。
　甲侧：道尽黛玉每每小性，全不在宝钗身上。
③ **庚侧**：可是一味知书识礼女夫子行止？　写宝钗无不相宜。
④ **庚侧**：若玉兄在，必有许多张罗。
⑤ **庚侧**：原是无可无不可。
⑥ **甲侧**：无闲纸、闲笔之文如此。
⑦ **庚眉**：这桩（原作桩）风流案，又一体写法，甚当。□□己卯冬夜。

悄悄在外头听见①。不如把这槅子都推开了②，便是人见咱们在这里，他们只当我们说玩话呢。若走到跟前，咱们也看的见，就别说了。"

宝钗在外面听见这话，心中吃惊③，想道："怪道从古至今那些奸淫狗盗的人，心机都不错④。这一开了，见我在这里，他们岂不臊〔二〕了。况才说话的语音，大似宝玉房里红儿的言语。他素昔眼空心大，是个头等刁钻古怪东西。今儿我听了他的短儿，一时人急造反，狗急跳墙，不但生事，而且我还没趣。如今便赶着躲了，料也躲不及，少不得要使个'金蝉脱壳'的法子……"犹未想完，只听"咯吱"一声，宝钗便故意放重了脚步，笑说道⑤："颦儿，我看你往那里藏！"一面说，一面故意往前赶。那亭内的红玉、坠儿刚一推窗，只听宝钗如此说着往前赶⑥，两个人都唬怔了。宝钗反向他二人笑道："你们把林姑娘藏在那里了⑦？"坠儿道："何曾见林姑娘了？"宝钗道："我才在河边看着林姑娘在这里蹲着弄水儿的。我要悄悄的唬他一跳，还没有走到跟前，他倒看见我了，朝东一绕就不见了。别是藏在里头了⑧。"一面说，一面故意进去寻了一寻⑨，抽身就走⑩，口内说道："一定又钻在山子洞里去了。遇见蛇，咬一口也罢了。"一面说，一面走，心中又好笑⑪：这件事算遮过去了，不知他二人是怎样。

谁知红玉听了宝钗的话，便信以为真⑫。让宝钗去远，便拉坠儿

---

① **庚侧**：岂敢！
庚眉：这是"自难自法"。好极，好极！惯用险笔如此。□□壬午夏，雨窗。
② **庚侧**：贼起飞志，不假。
③ **蒙侧**：四字写宝钗守身如此。
④ **庚侧**：道尽矣！
⑤ **庚侧**：闺中弱女机变，如此之便，如此之急！
⑥ **庚眉**：此节实借红玉反写宝钗也，勿得认错作者章法。
⑦ **庚侧**：像极！好煞！妙煞！焉得不拍案叫绝！
⑧ **庚侧**：像极！是极！
⑨ **庚侧**：像极！
⑩ **庚侧**：是极！
⑪ **庚侧**：真弄婴儿，轻便如此，即余至此，亦要发笑。
⑫ **庚侧**：宝钗身份。实有这一句的。

道:"了不得了!林姑娘蹲在这里,一定听了话去了①!"坠儿听说,也半日不言语。红玉又道:"这可怎么样呢②?"坠儿道:"便听见了,管谁筋疼,各人干各人的〔三〕就完了③。"红玉道:"若是宝姑娘听见,还倒罢了。林姑娘嘴里又爱刻薄人,心里又细,他一听见了,倘或走露了,怎么样呢?"二人正说着,只见文官、香菱、司棋、待书等上亭子来了。二人只得掩住这话,且和他们玩笑。

只见凤姐儿站在山坡上招手叫,红玉连忙弃了众人,跑至凤姐前,堆着笑问:"奶奶使唤做什么事?"凤姐打量了一打量,见他生的干净俏丽,说话知趣,因笑道:"我的丫头今儿没跟进我来。我这会子想起一件事来,要使唤个人出去,不知你能干不能干,说的齐全不齐全?"红玉笑道:"奶奶有什么话语,只管吩咐我说去。若说的不齐全,误了奶奶的事,凭奶奶责罚就是了④。"凤姐笑道:"你是那位小姐房里的⑤?我使你出去,他回来找你,我好替你说的⑥。"红玉道:"我是宝二爷房里的。"凤姐听了,笑道:"哎哟!你原是宝玉房里的,怪道呢⑦。也罢了,等他问,我替你说。你到我们家,告诉你平姐姐:外头屋里桌子上,汝窑盘子架儿底下,放着一卷银子,那是一百六十两,给绣匠的工价,等张材家的来要,当面称给他瞧了,再给他拿去⑧。再里头床头间有一个小荷包拿了来⑨。"

红玉听说,抽身去了一会,只见凤姐不在这山坡上了。因见司棋

---

① **庚侧**:移东挪西,任意写去,却是真有的。
② **庚侧**:二句系黛玉身份。
③ **庚侧**:勉强话。
④ **甲侧**:操必胜之券(原作权)。红儿机括志量,自知能应阿凤使令意。
⑤ **庚侧**:反如此问。
⑥ **庚侧**:问那小姐为此。
⑦ **庚侧**:夸赞语也。
   甲侧:"哎哟"、"怪道"四字,一是玉兄手下无能为者。
   前文打量(原作谅)生的"干净俏丽"四字,合而观之,小红则活现于纸上矣。
⑧ **庚侧**:一件。
⑨ **庚侧**:二件。

第二十七回　滴翠亭杨妃戏彩蝶　埋香冢飞燕泣残红

从山洞里出来，站着系裙子①，便赶上来问道："姐姐，可知道二奶奶往那里去了？"司棋道："没理论②。"红玉听了，抽身又往四下里一看，只见那边探春、宝钗在池边看鱼。红玉上来赔笑问道："姑娘们可知道二奶奶那去了？"探春道："往你大奶奶院里找去。"红玉听了，才往稻香村来，顶头的只见晴雯③、绮霰、碧痕、紫绡、麝月、待书、入画、莺儿等一群人来了。晴雯一见了红玉，便说道："你只是疯罢！院子里花儿也不浇，雀儿也不喂，茶炉子也不笼，就在外头逛④。"红玉道："昨儿二爷说了，今儿不用浇花，过一日浇一回罢。我喂雀儿的时候，姐姐还睡觉呢。"碧痕道："茶炉子呢⑤？"红玉道："今儿不该我笼的班儿，有茶没茶别问我。"绮霰道："你听听他的嘴！你们别说了，让他逛去罢。"红玉道："你们再问问我逛了没逛？二奶奶使唤我说话、取东西的⑥。"说着，将荷包举给他们看⑦，方没言语了⑧，大家分路走开。晴雯冷笑道："怪道呢！原来爬上高枝儿去了，把我们不放在眼里。不知说了一句话半句话，名儿姓儿知道了不曾呢，就把他兴的这个样！这一遭半遭儿的算不得什么，过了后儿还听得么！有本事从今儿出了这园子，长长远远的在高枝儿上才算得⑨。"一面说着去了。

这里红玉听说，不便分证，只得忍着气来找凤姐儿。到了李氏房中，果见凤姐儿在这里和李氏说话儿呢。红玉上来回道："平姐姐说，奶奶刚出来了，他就把银子收了起来⑩，才将张材家的来取，当面称了

---

① **庚侧**：小点缀。一笑。
② **庚侧**：妙极！
③ **庚侧**：又一折。
④ **庚侧**：必有此数句，方引出称心得意之语来。再不用本院人见小红，此差只几分遂心。
⑤ **甲侧**：岔一人问，俱是不受用意。
⑥ **甲侧**：非小红夸耀，系尔等逼出来的。离怡红意已定矣。
⑦ **庚侧**：得意，称心如意，在此一举荷包。
⑧ **甲侧**：众女儿何苦自讨之。
⑨ **庚侧**：虽是醋语，却与下无痕。
⑩ **甲侧**：交代不在盘架下了。

给他拿去了。"说着，将荷包递了上去①。又道："平姐姐叫我回奶奶：才旺儿进来讨奶奶的示下，好往那家去的。平姐姐就把那话按着奶奶的主意打发他去了。"凤姐笑道："他怎么按我的主意打发去了②？"红玉道："平姐姐说：我们奶奶问这里奶奶好。原是我们二爷不在家，虽然迟了两天，只管请奶奶放心。等五奶奶好些，我们奶奶还会了五奶奶来瞧奶奶呢③。五奶奶前儿打发了人来说，舅奶奶带了信来了，问[四]奶奶好，还要和这里的姑奶奶寻两丸延年神验万全丹④。若有了，奶奶打发人来，只管送在我们奶奶这里。明儿有人，就顺路给那边舅奶奶带去⑤。"

话未说完，李氏道："哎哟哟⑥！这话我就不懂了。什么'奶奶'、'爷爷'的一大堆。"凤姐笑道："怨不得你不懂，这是四门子的话呢。"说着，又向红玉笑道："好孩子，难为你说的齐全。别像他们扭扭捏捏蚊子似的⑦。嫂子不知道，如今除了我随手使的这几个丫头、老婆之外，我就怕和别人说话。他们必定把一句话拉长了作两三截儿，咬文嚼字，拿着腔儿，哼哼唧唧的，急的我冒火，他们那里知道！先时我们平儿也是这么着，我就问着他：难道必定装蚊子哼哼就是美人了⑧？说了几遭才好些儿了。"李宫裁笑道："都像你破落户才好。"凤姐又道："这一个丫头就好⑨。方才两遭，说话虽不多，听那口声就简断⑩。"说着，又向红玉笑道："你明儿伏侍我去罢。我认你做女儿，我

---

① 庚侧：两件完了。
② 甲侧：可知前红玉云"就把那话（原无）按奶奶的主意"，"主意"是欲简，但恐累赘耳，故阿凤有是问，彼能细答。
③ 甲侧：又一门。
④ 甲侧：又一门。
⑤ 甲侧：又一门。
⑥ 庚侧：又一润色。
　甲侧：红玉今日方遂心意，却为宝玉后文伏线。
⑦ 庚侧：骂（原作写）死假斯文。
⑧ 庚侧：贬煞！骂煞！
⑨ 庚侧：红玉听见了么？
⑩ 庚侧：红玉此刻心内想：可惜晴雯等不在旁。

一调理，你就出息了①。"

红玉听了，"扑哧"一笑。凤姐道："你怎么笑？你说我年轻，比你能大几岁，就做你的妈了？你做春梦呢！你打听打听，这些人头，比你大的，赶着我叫妈，我不理。今儿抬举了你呢！"红玉笑道："我不是笑这个，我笑奶奶认错了辈数了。我妈是奶奶的女儿②，这会子又认我做女儿。"凤姐道："谁是你妈③？"李宫裁笑道："你原来不认得？他是林之孝之女④。"凤姐听了十分诧异，因说道："哦！原来是他的丫头⑤。"又笑道："林之孝两口子，都是锥子扎不出一声儿来的。我成日家说，他们倒是配就了的一对夫妻，一个天聋，一个地哑⑥。那里承望养出这么样伶俐丫头来！你十几岁了？"红玉道："十七了。"又问名字⑦，红玉道："原叫红玉的，因为重了宝二爷，如今只叫红儿了。"

凤姐听说，将眉一皱，把头一回，说道："讨人嫌的很！得了玉的益似的⑧，你也玉，我也玉。"因说道："既这么肯跟我，还和他妈说：'赖大家的如今事多，也不知这府里谁是谁，你替我好好的挑两个丫头我使'，他一般的答应着。他饶不挑，倒把他的这女孩子送了别处去。难道跟我必定不好？"李氏笑道："你可是又多心了。他进来在先，你说在后，怎么怨得他妈！"凤姐道："既这么着，明儿我和宝玉说⑨，叫他再要人，叫这丫头跟我去。可不知本人愿意不愿意⑩？"红玉笑道："愿意不愿意⑪，我们也不敢说⑫。只是跟着奶奶，我们也学些眉眼

---

① **庚侧**：不假。
② **庚侧**：所以说"比你大的大的"。
③ **庚侧**：晴雯说过。
④ **甲侧**：管家之女，而晴卿辈挤之，招祸之媒也。
⑤ **甲侧**：传神！
⑥ **甲侧**：用的是阿凤口角。
⑦ **甲侧**：真真不知名。可叹！
⑧ **庚侧**：又一下针。
⑨ **甲侧**：有悌弟之心。
⑩ **庚侧**：总是追写红玉十分心事。
⑪ **庚侧**：有话。
⑫ **甲侧**：好答，可知两处俱是主儿。

高低①，出入上下，大小的事也得见识②。"刚说着，只见王夫人的丫头来请③，凤姐便辞了李宫裁去了。红玉回怡红院去④，不在话下。

　　如今且说林黛玉因夜间失寐，次日起来迟了，闻得众姊妹都在园中作饯花会，恐人笑他痴懒，连忙梳洗了出来。刚到院中，只见宝玉进门来了，笑道："好妹妹，你昨儿可告我了不曾⑤？教我悬了一夜心⑥。"林黛玉便回头叫紫鹃道⑦："把屋子收拾了，下一扇纱屉；看那大燕子回来，把帘子放了下来，拿狮子倚住；烧了香，就把炉罩上。"一面说，一面直往外走。宝玉见他这样，还认作是昨日中晌的事⑧，那知晚间的这段公案，还打恭作揖的。林黛玉正眼也不看，各自出了院门，一直找别的姊妹去了。宝玉心中纳闷，自己猜疑：看起这个光景来，不像是昨日的事；但只昨日我回来的晚了，又没有见他，再没有冲撞了他去处了⑨。一面想，一面由不得随后追了来。

　　只见宝钗、探春正在那边看鹤舞⑩，见黛玉去了，三个一同站着说话儿。又见宝玉来了，探春便笑道："宝哥哥，身上好？我整整的三天

---

① 庚侧：千愿意万愿意之言。
② 庚眉：奸邪婢岂是怡红应答者，故即逐之。前良儿，后坠（原作篆）儿，便是确（原作却）证。作者又不得可也。□□己卯冬夜。
　　此系未见"抄没"、"狱神庙"诸事，故有是批。□□丁亥夏，畸笏。
　甲侧：且系本心本意，"狱神庙"回内方见（原无）。
③ 庚侧：截得真好！
④ 庚侧：好！接得更好！
⑤ 庚侧：明知无是事，不可不作开谈。
⑥ 庚侧：并不为告悬心。
⑦ 庚侧：倒像不曾听见的。
　甲侧：不见宝玉，阿颦断无此一段闲言，总在欲言、不言难禁之意，了却"情情"之正文也。
⑧ 庚侧：逼真！不错。
⑨ 庚侧：逼真！不错。
⑩ 庚侧：二玉文字岂是容易写的，故有此截（原作载）。
　庚眉：《石头记》用"截法"、"岔法"、"突然法"、"伏线法"、"由近渐远法"、"将繁改简法"、"重作轻抹法"、"虚敲实应法"。种种诸法，总在人意料之外，且不曾见一丝牵强，所谓"信手拈来无不是"是也。□□己卯冬夜。

没见你了①。"宝玉笑道："妹妹身上好？我前儿还在大嫂子跟前问你呢。"探春道："宝哥哥，你往这里来，我和你说话②。"宝玉听说，便跟了他，离了钗、玉两个，到了一棵石榴树下。探春因说道："这几天老爷可曾叫你？"宝玉笑道："没有叫。"探春说："昨儿我恍惚听见说老爷叫你出去的③。"宝玉笑道："那想是别人听错了④，并没叫的。"探春又笑道："这几个月，我又存下有十来吊钱了。你还拿了去，明儿出门逛去的时候，或是好字画，好轻巧玩意儿，替我带些来⑤。"宝玉道："我这么城里城外、大廊大庙的逛，也没见过新奇精致东西，总不过是那些金玉铜器，没处撂的古董。再就是绸缎、吃食、衣服了。"探春道："谁要这些！怎么像你上回买的那柳枝儿编的小篮子，整竹子根镂的香盒儿，胶泥垛的风炉儿，这就好了。我喜欢的什么似的，谁知他们都爱上了，当宝贝似的抢了去了。"宝玉笑道："原来要这个。不值什么，拿五百钱出去给小子们，包管拉两车来⑥。"探春道："小厮们知道什么。你拣那朴而不俗、直而不作者⑦，这些东西，你多多的替我带了来！我还像上回的鞋，做一双你穿，比那双还加工夫，如何呢？"

宝玉笑道："你提起鞋来，我想起个故事：那一回我穿着，可巧遇见了老爷，老爷就不受用⑧，问是谁做的。我那里敢提'三妹妹'三个字！我就回说是前儿我生日，是舅母给的。老爷听了是舅母给的，才不好说什么的，半日还说：'何苦来！虚耗人力，作践绫罗，做这样的东西。'我回来告诉了袭人，袭人说这还罢了，赵姨娘气的抱怨

---

① **甲侧：**"横云断（原作裁）岭"。好极，妙极！二玉文原不易写，《石头记》得力处在兹。
② **庚侧：**是移一处语。
③ **庚侧：**老爷叫宝玉，再无喜事，故园中合宅皆知。
④ **甲侧：**非谎也，避繁也。
   庚侧：怕文繁。
   庚眉：若无此一岔，二玉和合，则成嚼蜡文字。《石头记》得力处正此。□□丁亥夏，畸笏叟。
⑥ **蒙侧：**不知物力（原作理）艰难，公子口气也。
⑦ **庚侧：**是论物，是论人？看官着眼。
⑧ **蒙侧：**补遗法。

的了不得：'正经兄弟①，鞋搭拉、袜搭拉的②，没人看的见，且做这些东西！'"探春听说，登时沉下脸来，道："这话糊涂到什么田地！怎么我是该做鞋的人么？环儿难道没有分例的，没有人的？一般的衣裳是衣裳，鞋袜是鞋袜，丫头、老婆一屋子，怎么抱怨这些话！给谁听呢！我不过闲着没事，做一双半双，爱给那个哥哥兄弟，随我的心。谁敢管我不成！这有什么，他也气。"宝玉听了，点头笑道："你不知道，他心里自然又有个想头了。"探春听说，益发动了气。将头一扭，说道："连你也糊涂了！他那想头自然是有的，不过是那阴微鄙贱的见识。他只管这么想，我只管认得老爷、太太两个人，别人我一概不管。就是姊妹弟兄跟前，谁和我好，我就和谁好。什么偏的庶的，我也不知道。论理我不该说他，但忒昏愦的不像了！还有笑话呢③：就是上回我给你那钱，替我带那玩的东西。过了两天，他见了我，也是说没钱使，怎么难，我也不理论。谁知后来丫头们出去，他就抱怨起我来，说我存的钱，为什么给你使，倒不给环儿使。我听见这话，又好笑又好气，就出来往太太跟前去了④。"正说着，只见宝钗那边笑道："说完了，来罢⑤。显见的是哥哥妹妹了，丢下别人，且说体己去。我们听一句儿就使不得了！"说着，探春、宝玉二人方笑着来了。

　　宝玉因不见了林黛玉，便知他躲了别处去了⑥。想了一想，越性迟两日，等他的气消一消，再去也罢了⑦。因低头看见许多凤仙、石榴等各色落花，锦重重的落了一地⑧，因叹道："这是他心里生了气，也不收拾这花儿来了。待我送了去，明儿再问着他⑨。"说着，只见宝钗约着

---

① **庚侧**：指环哥。
② **甲侧**：何至如此？写妒妇信口逗。
③ **甲侧**：开一步，妙，妙！
④ **庚眉**：这一节特为"兴利除弊"一回伏线。
⑤ **庚侧**：截得好！
⑥ **庚侧**：兄妹话虽久长，心事总未少歇，接得好！
⑦ **甲侧**：作书人调侃耶？
⑧ **庚眉**：不因见落花，宝玉如何突至埋香冢？不至埋香冢，如何写《葬花吟》？《石头记》无闲文闲字正此。□□丁亥夏，畸笏叟。
⑨ **庚侧**：至埋（原作理）香冢方不牵强，好情思！

他们往外头去①。宝玉道:"我就来。"说毕,等他二人去远了②,便把那花兜了起来,登山渡水,过树穿花,一直奔了那日同林黛玉葬桃花的去处来。将已到了花冢③,犹未转过山坡,只听山坡[五]那边有呜咽之声,一行数落着,哭的好不伤感④。宝玉心下想道:"这不知是那房里的丫头,受了委屈,跑到这个地方来哭⑤。"一面想,一面煞住脚步,听他哭道是⑥:

花谢花飞飞满天,红消香断有谁怜?
游丝软系飘春榭,落絮轻沾扑绣帘。
闺中女儿惜春暮,愁绪满怀无释处,
手把花锄出绣闺,忍踏落花来复去。
柳丝榆荚自芳菲,不管桃飘与李飞。
桃李明年能再发,明年闺中知有谁?
三月香巢已垒成,梁间燕子太无情!
明年花发虽可啄,却不道人去梁空巢也倾。
一年三百六十日,风刀霜剑严相逼,
明媚鲜妍能几时,一朝飘泊难寻觅。
花开易见落难寻,阶前闷杀葬花人,
独把花锄泪暗洒,洒上花枝见血痕。
杜鹃无语正黄昏,荷锄归去掩重门。
青灯照壁人初睡,冷雨敲窗被未温。
怪奴底事倍伤神,半为怜春半恼春:
怜春忽至恼忽去,至又无言去未闻。
昨宵庭外悲歌发,知是花魂与鸟魂?

---

① 庚侧:收拾得干净。
② 庚侧:怕人说笑。
③ 庚侧:新鲜!
④ 甲侧:奇文异文,俱出《石头记》上。且念出,愈奇文。
⑤ 甲侧:岔开线路,活泼之至!
⑥ 庚侧:诗词文章,试问有如此行笔者乎?
　甲侧:诗词歌赋,有(原无)如此章法写于书上者乎?

> 花魂鸟魂总难留，鸟自无言花自羞。
> 愿奴胁下生双翼，随花飞到天尽头。
> 天尽头，何处有香丘？
> 未若锦囊收艳骨，一抔净土掩风流。
> 质本洁来还洁去，强如污淖陷渠沟。
> 尔今死去侬收葬，未卜侬身何日丧？
> 侬今葬花人笑痴，他年葬侬知是谁？
> 试看春残花渐落，便是红颜老死时。
> 一朝春尽红颜老，花落人亡两不知[①]！

宝玉听了，不觉痴倒。要知端详，且听下回分解。

【总评】幸逢知己无回避，密语隔窗怕有人。总是关心浑不了，叮咛嘱咐为轻春。

　　心事将谁告，花飞动我悲。埋香吟哭后，日日敛双眉。

　　甲："饯花辰"不论典与不典，只取其韵致生趣耳。

　　池边戏蝶，偶而适兴；亭外急智，金蝉（原无）脱壳。明写宝钗非拘拘然一迂女夫子。

[①] 庚眉：开生面，立新场，是书不止"红楼梦"一回，惟是回更生更新。且读去非阿颦无是佳（原作且）吟，非石兄断无是章法行文，愧杀古今小说家也。□□畸笏。

甲眉：开生面，立新场，是书多多矣，惟此回更（原作处）生更新。非颦儿断无是佳吟，非石兄断无是情聆赏（原无）。难为了作者了，故留数字以慰之。

庚眉：余读《葬花吟》凡三阅，其凄楚感慨，令人身世两忘，举笔再四，不能加批。有客曰（原无）："想先生（原作先生想）身非（原无）宝玉，何得而下笔，即字字双圈，料难遂颦儿之意。俟看过玉兄后文再批。"噫嘻！客亦《石头记》化来之人，故掷笔以待。

甲侧：余读《葬花吟》至再，至三四，其凄楚感慨，令人身世两忘，举笔再四，不能下批。有客曰："先生身非宝玉，何能下笔，即字字双圈，批词通仙，料难遂颦儿之意。俟看玉兄之后文再批。"噫唏！阻余者，想亦《石头记》来的，故停笔以待。

凤姐用小红，可知晴雯等埋（原作理）没其人久矣，无怪有私心、私情。且红玉后有宝玉大得力处，此于千里外伏线也。

《石头记》用截法、岔法、突然法、伏线法、由近渐远法、将繁改简（原作俭）法、重作轻抹法、虚稿实应法，种种诸法，总在人意料之外，且不见一丝牵强。所谓"信手拈来无不是"是也。

不因见落花，宝玉如何突至埋香冢？不至埋香冢，又如何写《葬花吟》？

埋香冢、葬花吟乃诸艳归源。《葬花吟》又系诸艳一偈也。

校 记：

［一］原文无"到"字，据庚辰本补。

［二］此处的"臊"字，原文为"燥"，据蒙府本改。

［三］原文无"的"字，据列藏本补。

［四］原文无"问"字，据庚辰本补。

［五］原文无"只听山坡"四字，据蒙府本补。

第二十八回

蒋玉菡情赠茜香罗 薛宝钗羞笼红麝串

【回前】 茜香罗、红麝串写于一回，盖琪官虽系优人，后回与袭人供奉玉兄，宝卿得同终始者，非泛泛之文也。

自"闻曲"以后，回回写药方，是白描颦儿添病也。

话说林黛玉只因昨夜晴雯不开门一事，错疑在宝玉身上。至次日又可巧遇见饯花之期，正是一腔无明正未发泄，又勾起伤春愁思。因把些残花落瓣去掩埋，由不得感花伤己，哭了几声，便随口念了几句。不想宝玉在山坡上听见①，先不过点头感叹；次后听到"侬今葬花

---

① **庚眉：** 不言炼句炼字、辞藻工拙，只想景、想情、想（原无）事、想理，反复推求悲感，乃玉兄一生之天性。真颦儿之知己，玉兄外实无一人。想昨阻批《葬花吟》之客，嫡是宝玉之化身无疑（原作移）。余几作点金为铁之人。幸甚，幸甚！

甲眉： 不言炼句炼字、辞藻工拙，只想景、想情、想事、想理，反复推（原作追）求，悲伤感慨，乃玉兄一生天性。真颦儿之（原作不）知己（原作已），玉兄外（原无）则实无再有者。昨阻余批《葬花吟》之客，嫡是宝玉之化身无疑。余几作点金成铁（原作钱）之人。笨甚，笨甚！

第二十八回　蒋玉菡情赠茜香罗　薛宝钗羞笼红麝串

人笑痴，他年葬侬知是谁","一朝春尽红颜老，花落人亡两不知"等句，不觉恸倒山坡之上，怀里兜的落花撒了一地。试想林黛玉的花颜月貌，将来亦到无可寻觅之时，宁不心碎肠断！既黛玉终归无可寻觅之时，推之于他人，如宝钗、香菱、袭人等，亦可以到无可寻觅之时矣。宝钗等终归无可寻觅之时，则自己又安在哉？且自身尚不知何在何往，则斯处、斯园、斯花、斯柳，又不知当属谁姓矣！因此一而二，二而三，反复推求了去①，真不知此时此际欲为何等蠢物，杳无所知，逃大造，出尘网，使可解释这段悲伤②。正是：

花影不离身左右，鸟声只在耳东西③。

那林黛玉正自伤感，忽听山坡上也有悲声，心下想道："人人都笑我有些痴病，难道还有一个痴子不成④？"想着，抬头一看，见是宝玉。林黛玉看见，便道："啐！我当是谁，原来是这个狠心短命的……"刚说到"短命"二字上，又把口掩住⑤长叹了一声⑥，自己抽身便走了。

这里宝玉悲恸了一会，忽抬头不见了黛玉，便知黛玉看见他躲开了。自己也觉无味，抖抖土起来，下山寻归旧路⑦，往怡红院来。可巧⑧看见林黛玉在前头走，连忙赶上去，说道："你且站住〔一〕。我知你不理我，我只说一句话，从今以后撂开手⑨。"林黛玉回头见是宝玉，待

---

① **庚侧**：百转千回矣。
② **庚侧**：非大善知识，道不出此等语来。
③ **庚侧**：二句作禅语参。
　甲眉：一大篇《葬花吟》却如此收拾，真好机轴（原作思）笔杖（原作伏），令人焉得不叫绝称奇！
④ **甲侧**：岂敢，岂敢！
⑤ **庚侧**："情情"。
　甲侧："情情"。不忍道出"的"字来。
⑥ **庚侧**：不忍也。
⑦ **甲侧**：折得好！誓不写开门见山文字。
⑧ **庚侧**：哄人字眼。
⑨ **庚侧**：非此三字难留莲步，玉兄之机变如此。

要不理他,听他说"只说一句话,从此撂开手",这话里有文章,少不得站住说道:"有一句话,请说来。"宝玉笑道:"两句话说了,你听不听①?"黛玉听说,回头就走②。宝玉在后面叹道:"既有今日,何必当初③!"林黛玉听见这话,由不得站住,回头道:"当初怎么样?今日怎么样?"宝玉叹道:"当初姑娘来了,那不是我陪着玩笑④?凭我心爱的,姑娘要,就拿去⑤;我爱吃的,听姑娘也爱吃,连忙干干净净收着,等姑娘吃。一桌子吃饭,一床上睡觉。丫头们想不到的,我怕姑娘生气,我替丫头们想到。我心里想着:姊妹们从小儿长大,亲也罢,热也罢,和气到了头,才见得比人好⑥。如今谁承望姑娘人大心大⑦,不把我放在眼睛里,倒把外四路的什么宝姐姐⑧、凤姐姐⑨的放在心坎儿上,倒把我三日不理,四日不见的。我又没个亲兄弟、亲姊妹。虽然有两个,你难道不知道是和我隔母的?我也和你是独出,只怕同我的心一样。谁知我白操了这个心,弄的有冤无处诉!"说着,不觉滴下眼泪⑩。

　　林黛玉耳内听了这说话,眼内见了这形景,心中不觉灰了大半,也不觉滴下泪来,低头不语。宝玉见他这般形景,遂又说道:"我也知道我如今不好了,但只凭着怎么不好,万不敢在妹妹跟前有错处⑪。便有一二分错处,你倒是或教导我,戒我下次⑫;或骂我两句,打我两下,

---

① **庚侧**:相离(原作难)尚远,用此句补空,好近阿颦。
② **庚侧**:走的是。
③ **庚侧**:自言自语,真是一句话。
④ **庚侧**:此下乃答言,非一句话也。
⑤ **甲侧**:我阿颦之恼,玉兄实摸(原作模)不着,不得不将自幼之苦心实事一诉,方可明心,以白今之故。勿作闲文看!
⑥ **庚侧**:要紧语。
⑦ **庚侧**:反派不是。
⑧ **庚侧**:心事。
⑨ **甲侧**:用此人瞒看官也,瞒颦儿也。心动阿颦,在此数句也。一节颇似说辞(原作闻),玉兄口中却是衷肠话。
⑩ **庚侧**:玉兄泪不是容易有的。
⑪ **庚侧**:有是语。
⑫ **庚侧**:可怜语。

我都不灰心。谁知你总不理我①,叫我摸不着头脑,少魂失魄,不知怎么样才是②。就便死了,也是屈死鬼,任凭高僧高道忏悔也不能超升③,还得你申明了缘故,我才得托生呢!"

黛玉听了这话,不觉将昨晚的事都忘在九霄云外了④。便说道:"你既这么说,昨儿为什么我去了,你不叫丫头开门⑤?"宝玉诧异道:"这话从那里说起⑥?我要是这么样,立刻就死了⑦!"林黛玉啐道⑧:"大清早死呀活的,也不忌讳。你说有呢就有,没有就没有,起什么誓呢。"宝玉道:"实在没有见你去。就是宝姐姐坐了一坐⑨。"林黛玉想了一想,笑道:"是了。想必是你的[二]丫头们懒怠动,丧声歪气的,也是有的。"宝玉道:"想必是这个缘故。等我回去问了是谁,教训他们就好了⑩。"林黛玉道:"你的那些姑娘们⑪也该教训教训⑫!只是论理我不该说。今儿得罪了我的事小,倘或明儿宝姑娘来,什么贝姑娘来⑬,也得罪了,事情岂不大了。"说着抿着嘴笑⑭。宝玉听了,又是咬牙,又是笑。

二人正说话,只见丫头来请吃饭⑮,遂都往前头来了。王夫人见林黛玉,因问道:"大姑娘,你吃那鲍太医的药可好些⑯?"林黛玉道:

① 庚侧:实难为情。
② 庚侧:真有是事。
③ 庚侧:又瞒看官及批书人。
④ 庚侧:"情情"衷肠。
　 甲侧:"情情"本来面目也。
⑤ 庚侧:正文,该问。
⑥ 庚侧:实实不知。
⑦ 庚侧:真急了。
⑧ 庚侧:如闻。
⑨ 庚侧:不用兄言,彼已亲睹。
⑩ 庚侧:玉兄口气逼(原作毕)真!
⑪ 庚侧:不快活之称。
⑫ 庚侧:照样的。妙!
⑬ 庚侧:也还一句,的是心坎上人。
⑭ 庚侧:至此心事全无矣。
⑮ 庚侧:收拾(原作什)得干净。
⑯ 庚侧:是新换了的口气。

"也不过这么着。老太太还叫我吃王大夫的药呢①。"宝玉道:"太太不知道,林妹妹是内症,先天生的弱,所以禁不住一点儿风寒,不过吃两剂煎药,疏散了风寒,还是吃丸药的好②。"王夫人道:"前儿大夫说了个丸药的名字,我也忘了。"宝玉道:"我知道那些丸药,不过叫他吃什么人参养荣丸。"王夫人道:"不是。"宝玉道:"八珍益母丸?左归?右归?再不,就是六味地黄丸。"王夫人道:"都不是。我只记得[三]有个'金刚'两个字的③。"宝玉拍手笑道④:"从来没听见有个什么'金刚丸'。若有了'金刚丸',自然有'菩萨散'了⑤!"说的满屋里人都笑了。宝钗抿嘴笑道:"想是天王补心丹⑥。"王夫人笑道:"是这个名儿。如今我也糊涂了。"宝玉道:"太太倒不糊涂,都是叫'金刚'、'菩萨'支使糊涂了⑦。"王夫人道:"扯你娘的臊[四]!又欠你老子捶你了⑧。"宝玉笑道:"我老子再不为这个捶我的⑨。"

　　王夫人又道:"既有这个名儿,明儿就叫人买些来吃⑩。"宝玉道:"这些药都不中用的。太太给我三百六十两银子,我替妹妹配一料丸药,包管一料不完就好了。"王夫人道:"放屁!什么药就这么贵?"宝玉笑道:"当真的呢,我这个方子,比别的不同。那个药名儿也古怪,一时也说不尽。只讲那头胎紫河车⑪,人形带叶参,三百六十两还

---

① 庚侧:何如!
② 庚侧:引下文。
③ 庚侧:奇文,奇语!
④ 庚侧:慈母前放肆了。
　庚眉:此写玉兄,亦是释却心中一夜半日要事,故大大一泄(原作拽)。□□己卯冬夜。
⑤ 庚侧:宝玉因黛玉事完,一心无挂碍,故不知不觉手之舞之,足之蹈之。
⑥ 庚侧:慧心人自应知之。
⑦ 庚侧:是语甚对,余幼时所闻之语合符。哀哉!伤哉!
⑧ 庚侧:伏线。
⑨ 庚侧:此言亦不假。
⑩ 庚眉:写药案是暗度颦卿病势渐加之笔,非泛泛闲文也。□□丁(原无)亥夏,畸笏叟。
⑪ 庚侧:只闻名。

第二十八回　蒋玉菡情赠茜香罗　薛宝钗羞笼红麝串

不够。龟大的何首乌，千年松根茯苓胆①，诸如此类的药，都不算为奇②，只在群药里算。那为君的药，说起来唬人一跳。前儿薛大哥哥求了我一二年，我才给了他这方子。他拿了方子去，又寻了二三年，花了有上千的银子，才配成了。太太不信，只问宝姐姐。"宝钗听说，笑着摇手儿说道："我不知道，也没听见。你别叫姨妈问我。"王夫人笑道："到底是宝丫头，好孩子，不撒谎。"宝玉站在当地，听见如此说，一回身把手一拍，说道："我说的倒是真话呢，倒说我撒谎。"口里说着，忽一回身，只见林黛玉坐在宝钗身后抿着嘴笑，用手指头在脸上画着羞他③。

　　凤姐因在里间房里看着人放桌子④，听如此说，便走来笑道："宝兄弟不是撒谎，这倒是有的。上日薛大哥亲自来向我寻珍珠，我问他做什么，他说是配药。他还抱怨说，不配也罢，如今那里知道这么费事。我问他什么药，他说是宝兄弟的方子，说了多少药，我也没工夫听。他说：'不然我也买几颗珍珠了，只是定要头上戴过的。'所以来和我寻。他说：'妹妹就没散的，花儿上也得摘下来，过后儿我拣好的再给妹妹穿了来。'我没法儿，把两枝珠花儿[五]现拆了给他。还要了[六]一块三尺上用大红纱去，乳钵乳了，合面子[七]呢。"凤姐说一句，那宝玉念一句佛，说："太阳在屋子里呢！"凤姐说完了，宝玉又道："太太想，这不过是将就呢。正经按那方子，这珍珠宝石定要在古坟里的，有那古时富贵人家装裹的头面，拿了来才好。如今那里为这个去刨坟掘墓，所以只是活人戴过的，也可以使得。"王夫人道："阿弥陀佛，没当家花花的！就是坟里有这个，人家死了几百年，这会

---

① 庚侧：听也不曾听过。

　　庚眉：写得不犯冷香丸方子。

　　　前"玉生香"回中，颦云："他有金，你有玉；他有冷香，你岂不该有暖香？"是宝玉无药可配矣。今颦儿之剂，若许材料皆系滋补热性之药，兼有许多奇物，而尚未拟名，何不竟以"暖香"名之，以代补宝玉之不足，岂不三人一体矣。□□己卯冬夜。

② 庚侧：还有奇的。

③ 庚侧：好看煞！在颦儿必有之。

④ 庚侧：且不接宝玉文字，妙！

子翻尸盗骨的,做了药也不灵①!"

宝玉向林黛玉说道:"你听见了没有,难道二姐姐也跟着我撒谎不成?"脸望着林黛玉说话[八],却拿眼睛瞟[九]着宝钗。林黛玉便拉王夫人道:"舅母听听,宝姐姐不替他圆谎,他支吾着我。"王夫人也道:"宝玉很会欺负你妹妹。"宝玉笑道:"太太不知道这缘故。宝姐姐先在家里住着,那薛大哥哥的事,他也不知道,何况如今在里头住着呢,自然是越发不知道了②。林妹妹绕在背后,以为是我撒谎,就羞我。"

正说着,只见贾母房里的丫头找宝玉、林黛玉去吃饭。林黛玉也不叫宝玉,便起身拉了那丫头就[十]走。那丫头说等着宝玉一块儿走,林黛玉道:"他不吃饭了,咱们走。我先走了。"说着,便出去了。宝玉道:"我今儿还跟着太太吃罢。"王夫人道:"罢,罢!我今儿吃斋,你正经吃你的去罢。"宝玉道:"我也跟着吃斋。"说着,便叫那丫头"去罢",自己先跑到桌子上坐了。王夫人向宝钗等笑道:"你们只管吃你们的,由他去罢。"宝钗因笑道:"你正经去罢。吃不吃,陪着林妹妹走一趟,他心里打紧的不自在呢。"宝玉道:"理他呢,过一会子就好了③。"一时吃过饭,宝玉一则怕贾母记挂,二则也记挂着林黛玉,忙忙的要茶漱口。探春、惜春都笑道:"二哥哥,你成日家忙些什么④?吃饭吃茶也是这么忙碌碌的。"宝钗笑道:"你叫他快吃了瞧黛玉妹妹去罢,叫他在这里胡羼些什么。"

宝玉吃了茶,便出来,一直往西院来。可巧走到凤姐儿院前,只见凤姐站着,蹬着门槛子,拿耳挖子剔牙,看着十来个小厮们挪花盆呢⑤。见宝玉来了,笑道:"你来的好。进来,进来⑥,替我写几个字儿。"宝玉只得跟了进来。到了房里,凤姐命人取过笔、砚、纸来,向宝玉道:"大红妆缎四十匹,蟒缎四十匹,上用纱各色一百匹,金项

---

① 庚侧:不止阿凤圆谎,今作者亦为圆谎了。看此数句(原无)则知矣!
② 庚侧:分析(原作晰)的是。不敢正犯。
③ 庚侧:后文方知。
④ 庚侧:冷眼人自然了了。
⑤ 庚侧:也才吃了饭。是阿凤身段。
⑥ 庚侧:如闻。

第二十八回　蒋玉菡情赠茜香罗　薛宝钗羞笼红麝串

圈四个。"宝玉道："这算什么？又不是帐，又不是礼物，怎么个写法？"凤姐道："你只管写上，横竖我自己明白就罢了①。"宝玉听说，只得写了。凤姐一面收起来，一面笑道："还有句话告诉你，不知你依不依？你屋里有个丫头叫红玉的，我要叫来使唤，也总没得说，今见你才想起来②[十一]。明儿我再替你挑几个，可使得？"宝玉道："我屋里的人也多的很，姐姐喜欢谁，只管叫了来，何必问我③！"凤姐笑道："既这么着，我就叫人带他去了④。"宝玉道："只管带去。"说着，便要走⑤。凤姐儿道："你回来，我还有一句话呢。"宝玉道："老太太叫我呢⑥，有话等我回来罢。"

　　说着，便来至贾母这边，只见都已吃完饭了。贾母因问他："跟着你娘吃了什么好的？"宝玉笑道："也没什么好的，我倒多吃了一碗饭⑦。"因问："林妹妹在那里⑧？"贾母道："里头屋里呢。"宝玉进来，只见地下一个丫头吹熨斗，炕上两个丫头打粉线，黛玉弯着腰，拿着剪子裁什么呢。宝玉走进来笑道："哦⑨！这是做什么呢？才吃了饭，这么控着头，一会子又头疼了。"黛玉并不理，只管裁他的。有一个丫头说道："那块绸子角儿还不好呢，再熨他一熨。"黛玉便把剪子一撂，说道："理他呢，过一会子就好了⑩。"宝玉听了，只是纳闷。只见宝钗、探春等也来了，和贾母说了一会话。宝钗也进来问："林妹妹做什么呢？"见林黛玉裁剪，因笑道："越发能干了，连裁剪都会了。"黛玉笑道："这也不过是撒谎哄人罢了。"宝钗笑道："我

---

① 庚侧：有是语，有是事。
② 甲侧：字眼。
③ 甲侧：红玉接杯倒茶，自纱屉内觅至回廊下，再见此处如此写来，可知玉兄除颦儿外，俱是行云流水。又了却怡红一孽冤。一叹。
④ 庚侧：又了却怡红孽冤。一叹。
⑤ 甲侧：忙极！
⑥ 庚侧：也非，"林妹妹叫我呢"。一叹。
　甲侧：非也，"林妹妹叫我"。一笑。
⑦ 甲侧：安慰祖母之心也。
⑧ 庚侧：如何？余言不谬。
⑨ 庚侧：句。
⑩ 庚侧：有意无意，暗合针对，无怪玉兄纳闷。

告诉你个笑话儿：才刚为那个药，我说了个不知道，宝兄弟心里不受用了。"林黛玉道："理他呢，过一会子就好了①。"宝玉向宝钗道："老太太要抹骨牌，正没人，你抹骨牌去罢[十二]！"宝钗听说，便笑道："我是为抹那骨牌才来了？"说着便走了。林黛玉道："你倒是去罢，这里有老虎，看吃了你！"说着又裁。宝玉见他不理，只得还赔笑说道："你也去逛逛，再裁不迟。"林黛玉总不理。宝玉便问丫头们："这是谁叫裁的？"林黛玉见问丫头们，便说道："凭他谁叫我裁，也不干二爷的事！"宝玉方欲说话，只见有人进来回说"外头有人请"。宝玉听了，忙抽身出来。黛玉向外头说道："阿弥陀佛②！赶你回来，我死了也罢了③。"

宝玉出至外面，只见焙茗说道："冯大爷请。"宝玉听了，知道是昨日的话，便说："要衣裳去。"自己便往书房里来。焙茗一直到了二门前等人④，只见出来了一个老婆子，焙茗上去说道："宝二爷在书房里等出门的衣裳，你老人家进去带个信儿。"那婆子道："放你娘的屁⑤！倒好，宝二爷如今在园里住着⑥，跟他的人都在园里，你又跑了这里来带信儿！"焙茗听了，笑道："骂的是，我也糊涂了。"说着，一径往东边二门前来。可巧门上小厮在甬路底下踢球，焙茗将缘故说了。有个小厮跑了进去，半日才抱了一个包袱出来，递与焙茗。回到书房里，宝玉换了。命人备马，只带着焙茗、锄药、双瑞、双寿四个小厮去了。一径到了冯紫英门口。

有人报与冯紫英，出来迎接进去。只见薛蟠早已在那里久候了，还有许多唱曲儿的小厮并唱小旦的蒋玉菡、锦香院的妓女云儿。大家都见过了，然后吃茶。宝玉擎茶笑道："前儿所言幸与不幸之事，我昼悬夜想，今日一闻呼唤即至。"冯紫英笑道："你们令姑表弟兄倒都心

---

① **庚眉**：连重两遍前言，是颦、玉气味相仿，无非偶然暗合相符。勿认作有过言小人也。
② **甲侧**：仍丢不下。叹叹！
③ **庚侧**：何苦来！余不忍听。
④ **庚侧**：此门请出玉兄来，故信步又至书房。文人弄笔，虚点缀也。
⑤ **庚侧**：活现活跳。
⑥ **甲侧**：与夜间叫人对看。

第二十八回　蒋玉菡情赠茜香罗　薛宝钗羞笼红麝串

实。前日不过是我的设辞，诚心请你们一饮，恐又推托，故说下这句话①。今日一邀即至，谁知都信真了。"说毕，大家一笑。

然后摆上酒来，依次坐定。冯紫英先命唱曲儿的小厮过来让酒，然后命云儿也来敬。那薛蟠三杯下肚，不觉忘了情，拉着云儿的手，笑道："你把那体己新样儿的曲子唱个我听，我吃一坛如何？"云儿听说，只得拿起琵琶来，唱道：

　　两个冤家，都难丢下，想着你来又记挂着他。两个人形容俊俏，都难描画。想昨宵幽期私订在荼蘼架，一个偷情，一个寻拿，拿住了三曹对案，我也无回话。此唱一曲，为直刺宝玉。

唱毕，笑道："你喝一坛子罢了。"薛蟠听说，笑道："不值一坛，再唱好的来。"

宝玉笑道："听我说来：如此滥饮，易醉而无味。我先喝一大海②，发一新令，有不遵者，连罚十大海，逐出席外与人斟酒③。"冯紫英、蒋玉菡等都道："有理。"宝玉拿起海来，一气饮尽，说道："如今要说悲、愁、喜、乐四字，都要说出女儿来，还要注明这四字缘故。说完了，饮门杯。酒面要唱一个新鲜时样曲子，酒底要席上生风一样东西，或古诗、旧对、《四书》《五经》成语。"薛蟠未等说完，先站起来拦道："我不来，别算我④。这竟是捉弄我呢⑤！"云儿也站起来，推他坐下，笑道："怕什么？这还亏你天天吃酒呢，难道连我也不如！我回来还说呢。说是了，罢；不是了，不过罚上几杯，那里就醉死了。你如今一乱令，倒喝十大海，下去斟酒不成⑥［十三］？"众人都拍手道

---

① **庚眉**：若真有一事，则不成《石头记》文字矣。作者得三昧在兹，批书人得书中三昧亦在兹。□□壬午孟夏。
② **庚眉**：大海饮酒，西堂产九台灵芝日也。批书至此，宁不悲乎！□□壬午重阳日。
③ **甲侧**：谁曾经过？叹叹！——西堂故事。
④ **庚侧**：爽人爽语！
⑤ **庚侧**：岂敢！
⑥ **庚侧**：有理。

妙。薛蟠听说，无法，只得坐了。听宝玉说道：

女儿悲，青春已大守空闺。
女儿愁，悔教夫婿觅封侯。
女儿喜，对镜晨妆颜色美。
女儿乐，秋千架上春衫薄。

众人听了，都说道："说得有理。"薛蟠独扬着脸，摇头说："不好，该罚！"众人问："如何该罚？"薛蟠道："他说的我通不懂，怎么不该罚？"云儿便拧他一把，笑道："你悄悄的想你的罢。回来说不出，又该罚了。"于是拿琵琶听宝玉唱道：

滴不尽相思血泪抛红豆，开不完春柳春花满画楼，睡不稳纱窗风雨黄昏后，忘不了新愁与旧愁，咽不下玉粒金莼噎满喉，照不见菱花镜里形容瘦。展不开的眉头，捱不明的更漏。呀！恰便似遮不住的青山隐隐，流不断的绿水悠悠。

唱完，大家齐声喝彩，薛蟠说无板。宝玉饮了门杯，便拈起一片梨来，说道：

雨打梨花深闭门。

完了令。
　　下该冯紫英说，便道是：

女儿悲，儿夫染病在垂危。
女儿愁，大风吹倒梳妆楼。
女儿喜，头胎养了双生子。
女儿乐，私向花园掏蟋蟀。　甲：紫英口中
　　　　　　　　　　　　　　应当如是。

说毕，端起酒来，唱道：

第二十八回　蒋玉菡情赠茜香罗　薛宝钗羞笼红麝串

你是个可人，你是个多情，你是个刁钻古怪鬼灵精，你是个神仙也不灵。我说的话儿你全不信，只叫你去背地里细打听，才知道我疼你不疼！

唱完，饮了门杯，便拈起一片鸡肉，说道：

鸡声茅店月。

令完，下该云儿。云儿便说道：

女儿悲，将来终身指靠谁？　甲：道着了。

薛蟠叹道："我的儿，有你薛大爷在，你怕什么！"众人都道："别混他，别混他！"云儿又道：

女儿愁，妈妈打骂何时休！

薛蟠道："前儿我见了你妈，还吩咐他，不叫他打你呢。"众人都道："再多言者，罚酒十杯。"薛蟠连忙自己打了一个嘴巴子，说道："没耳性，再不许说了。"云儿又道：

女儿喜，情郎不舍还家里。
女儿乐，住了箫管弄弦[十四]索。

说完，便唱道：

豆蔻开花三月三，一个[十五]虫儿往里钻。钻了半日不得进去，爬到花儿[十六]上打秋千。肉儿小心肝，我不开了你怎么钻？
甲：双关。妙！

唱毕,饮了门杯,便拈起一个桃来说道:

　　桃之夭夭。

令完,下该薛蟠。薛蟠道:"我可要说了:女儿悲——"说了半日,不言语了。冯紫英道:"快说来!怎么悲?"薛蟠急的眼瞪的铃铛似的,便说道:"女儿悲——"咳嗽了两声,又说道①:

　　女儿悲,嫁了个大乌龟[十七]。

众人听了都笑起来②。薛蟠道:"笑什么,难道我说的不是?一个女儿嫁了汉子,要当忘八,怎么不伤心呢?"众人笑的弯腰,忙说道:"你说的是,快说来!"薛蟠瞪了一瞪眼,又说道:"女儿愁——"说了这句,又不言语了。众人道:"怎么愁?"薛蟠道:

　　女儿愁,绣房窜出个大马猴。

众人哈哈笑道:"该罚,该罚!这句更不通,先还可恕③。"说着,便要筛酒。宝玉笑道:"押韵就好。"薛蟠道:"令官都准了,你们闹什么?"众人听说,方罢了。云儿笑道:"下两句越发难说了,我替你说罢。"薛蟠道:"胡说!当真我没好的了!听我说罢:

　　女儿喜,洞房花烛朝慵起。

众人听了,都诧异道:"这句何其太雅?"薛蟠又道:

---

① 甲侧:受过此急者,大都不止呆兄一人耳。
② 甲眉:此段与《金瓶梅》内西门庆、应伯爵在李桂姐家饮酒一回对看,未知孰家生动活泼?
③ 甲侧:不愁一笑。

第二十八回　蒋玉菡情赠茜香罗　薛宝钗羞笼红麝串

女儿乐，一根毛把往里戳①。

众人听了，都回头说道："该死，该死！快唱了罢。"薛蟠便唱道：

一个蚊子哼哼哼，

众人都怔了，说："这是[十八]个什么曲儿？"薛蟠还唱道：

两个苍蝇嗡嗡嗡。

众人都道："罢，罢，罢！"薛蟠道："爱听不听！这是新鲜曲儿，叫作哼哼韵。你们要懒怠听，连酒底都免了，我就不唱②。"众人都道："免了罢，免了罢[十九]，倒别耽误了别人家。"
　　于是蒋玉菡说道：

女儿悲，丈夫一去不回归。
女儿愁，无钱去打桂花油。
女儿喜，灯花并头结双蕊③。
女儿乐，夫唱妇随真和合。

说毕，唱道：

可喜你天生成[二十]百媚娇，恰便似活神仙离碧霄。度青春，年正小；配鸾凤，真也着。呀！看天河正高，听谯楼鼓敲，剔银灯同入鸳鸯悄[二一]。

唱毕，饮了门杯，笑道："这诗词上我倒有限。幸而昨日见了一副对

---

① **甲侧**：有前韵句，故有是句。
② **甲侧**：何尝呆！
③ **甲侧**：佳谶也。

子，可巧①只记得这句，幸而席上还有这件东西②。"说毕，便干了酒，拿起一朵木樨来，念道：

花气袭人知昼暖。

众人道："都依了，完令。"

薛蟠又跳了起来，喧嚷道："了不得，了不得！该罚，该罚！这席上并没有宝贝③，你怎么念起宝贝来？"蒋玉菡怔了，说道："何曾有宝贝？"薛蟠道："你还赖呢！你再念来。"蒋玉菡只得又念了一遍。薛蟠道："袭人可不是宝贝是什么！你们不信，只问他。"说毕，指着宝玉。宝玉没好意思起来，说："薛大哥，你该罚多少？"薛蟠道："该罚，该罚！"说着拿起酒来，一饮而尽。冯紫英与蒋玉菡等不知缘故，云儿便告诉了出来④。蒋玉菡忙起身赔罪。众人都道："不知者不作[二二]罪。"

少刻，宝玉出席解手，蒋玉菡便随了出来。二人站在廊檐下，蒋玉菡又赔不是。宝玉见他妩媚温柔，心中十分留恋，便紧紧的捏着他的手，叫他："闲了往我们那里去。还有一句话借问，你们贵班中，有一个叫琪官的，他在那里？如今名驰天下，我独无缘一见。"蒋玉菡笑道："就是我的小名儿。"宝玉听说，不觉欣然跌足，笑道："有幸，有幸！果然名不虚传。今儿初会，便怎么样呢？"想了一想，向袖中取出扇子，将一个玉玦扇坠解下来，递与琪官⑤，道："微物不堪，略表今日之谊。"琪官接了，笑道："无功受禄，何以克当！也罢，我这里得了一件奇物，今日早起方系上，还是簇新的[二三]，聊可表我一点亲热之意。"说毕撩衣，将系小衣儿一条大红汗巾子解了下来，递与宝玉，道："这汗巾子是茜香国女国王所贡之物，夏天系着，肌肤生

---

① 甲侧：真巧！
② 甲侧：瞒过（原作至）众人。
③ 甲侧：奇谈！
④ 庚侧：用云儿说出，是章法。
　 庚眉：云儿知怡红细事，可想玉兄之风情意也。□□壬午重阳。
⑤ 甲侧："红绿牵巾"是这样用法。一笑。

香，不生汗渍。昨日北静王给我的，今日才上身。若是别人，我断不肯相赠。二爷请把自己系的解下来，给我系着。"宝玉听说，喜不自禁，连忙接了，将自己一条松花汗巾解了下来，递与琪官。二人方束好，只听一声大叫："我可拿住了！"只见薛蟠跳了出来，拉着二人道："放着酒不吃，两个人逃席出来干什么？快拿出来我瞧瞧。"二人都道："没有什么。"薛蟠那里肯依，还是冯紫英出来才解开了。于是复又归坐饮酒，至晚方散。

宝玉回至园中，宽衣吃茶。袭人见扇子上的扇坠儿没了①，便问他："往那里去了？"宝玉道："马上丢了②。"睡觉时，只见腰里一条血点似的大红汗巾子，袭人便猜了八九分，因说道："你有了好的系裤子，把我那条还我罢。"宝玉听说，方想起那条汗巾原是袭人的，不该给人才是。心里后悔，口里说不出来，只得笑道："我赔你一条罢。"袭人听了，点头叹道："我就知道又干这些事！也不该拿着我的东西给那些混帐人去。也难为你，心里没个算计儿。"再要说几句，又恐呕上他的酒来，少不得也睡了。一宿无话。

至次日天明，方才醒了。只见宝玉笑道："夜里失了盗也不晓得，你瞧瞧裤子上。"袭人低头一看，只见昨日宝玉系的那条汗巾子系在自己腰里呢，便知是宝玉夜间换了，连忙一头解下来，说道："我不希罕这行子，趁早儿拿了去！"宝玉见他如此，只得委婉解劝了一会。袭人无法，只得系上。过后宝玉出去，终究解下来，掷在个空箱子里，自己又换了一条系着。

宝玉并未理论，因问起昨日可有什么事情。袭人便回说："二奶奶打发人叫了红玉去了。他原要等你来的，我想什么要紧，我就做了主，打发他去了。"宝玉道："很是。我已知道了，不必等我罢了。"袭人又道："昨日贵妃打发夏太监出来，送了一百二十两银子，叫在清虚观初一到初三打三天平安醮，唱戏献供，叫珍大爷领着众位爷们跪香拜佛呢。还有端午儿的节礼也赏了。"说着，命小丫头子来，将昨日所赐之物取了出来，只见上等宫扇两柄，红麝香珠二串，凤尾罗二端，

---

① **庚侧**：身上事。
② **庚侧**：随口谎言。

芙蓉簟一领。宝玉见了，喜不自胜，问"别人的也都是这个？"袭人道："老太太多着一个香如意，一个玛瑙枕。太太、老爷、姨太太的只多着[二四]一个香如意。你的同宝姑娘的一样①。林姑娘同二姑娘、三姑娘、四姑娘只单有扇子同数珠儿，别人都没了。大奶奶、二奶奶他两个是每人两匹纱，两匹罗，两个香袋，两个锭子药。"宝玉听了，笑道："这是怎么个缘故？怎么林姑娘的倒不同我的一样，倒是宝姐姐的同我一样！别是传错了罢？"袭人道："昨儿拿出来，都是一份一份写着签子，怎么说错了！你的是在老太太屋里的，我去拿了来了。老太太说了，明儿叫你一个五更天进去谢恩呢。"宝玉道："自然要走一趟。"说着，便叫紫绡："来！拿了这个到林姑娘那里去，就说是昨儿我得的，爱什么留下什么。"紫绡答应了，拿了去。不一时回来，说："林姑娘说了，昨儿也得了，二爷留着罢。"

宝玉听说，便命人收了。刚洗了脸出来，要往贾母那里请安去，只见林黛玉顶头来了。宝玉赶上去笑道："我的东西叫你拣，你怎么不拣？"林黛玉昨日所恼宝玉的心事早又丢开，只顾今日的事了，因说道："我没这么大福禁受，比不得宝姑娘，什么金什么玉的，我们不过是草木之人②！"宝玉听他提出"金玉"二字来，不觉心动疑猜，便说道："除了别人说什么金什么玉，我心里要有这个想头，天诛地灭，万世不得人身！"林黛玉听他这话，便知他心里动了疑，忙又笑道："好没意思，白白的说什么誓？管你什么金什么玉的呢！"宝玉道："我心里的事也难对你说，日后自然明白，除了老太太、老爷、太太这三个人，第四个就是妹妹了。要有第五个人，我也说个誓。"林黛玉道："你也不用说誓，我很知道你心里有'妹妹'，但只是见了'姐姐'，就把'妹妹'忘了。"宝玉道："那是你多心，我再不的。"林黛玉道："昨日宝丫头不替你圆谎，为什么问着我呢？那要是我，你又不知怎么样了。"

正说着，只见宝钗从那边来了，二人便走开了。宝钗分明看见，只装看不见，低着头过去了。到了王夫人那里，坐了一会，然后到了

---

① 甲侧：金姑玉郎是这样写法。
② 甲侧：自道本是绛珠草也。

贾母这边，只见宝玉在这里呢①。薛宝钗因往日母亲对王夫人等曾提过"金锁是个和尚给的，等日后有玉方可结为婚姻"等话，所以总远着宝玉②。昨日见元春所赐的东西，独与宝玉一样，心里越发没意思起来。幸亏宝玉被一个林黛玉缠绵住了，心心念念只挂着林黛玉，并不理论这事。此刻忽遇见宝钗，宝玉笑道："宝姐姐，我瞧瞧[二五]你的红麝串子？"可巧宝钗左腕上笼着一串，见宝玉问他，少不得褪了下来。宝钗原生的肌肤丰泽，容易褪不下来。宝玉在旁边看着雪白一段酥臂，不觉动了羡慕之心，暗暗想道："这个膀子要长在林妹妹身上，或者还得摸一摸，偏生长在他身上。"正是恨没福得摸，忽然想起"金玉"一事，再看看宝钗形容，只见脸若银盆，眼同水杏，唇不点而红，眉不画而翠③，比林黛玉另具一种妩媚风流，不觉呆了④。宝钗褪了串子来，递与他，也忘了接。宝钗见他怔了，自己倒不好意思的。丢下串子，回身才要走，只见林黛玉蹬着门槛子，嘴里咬着手帕子笑呢。宝钗道："你又禁不得风儿吹，怎么又站在那风口里？"林黛玉笑道："何曾不是在屋里的。只因听见天上一声叫唤[二六]，出来瞧了一瞧，原来是个呆雁。"薛宝钗道："呆雁在那里呢？我也瞧瞧。"林黛玉道："我才出来，他就'忒儿'一声飞了。"口里说着，将手里帕子一甩，向宝玉脸上甩来。宝玉不防，正打在眼上，"哎哟"了一声。要知端的，且听下回分解。

【总评】世间最苦是痴情，不遇知音休应声。盟誓已成了，莫迟误今生。

甲：宝玉忘情，露于宝钗，是后回累累忘情之引。
茜香罗暗系于袭人腰中，系伏线之文。

---

① 甲侧：宝钗往王夫人处去，故宝玉先在贾母处，一丝不乱。
② 甲侧：此处表明，以后二宝文章宜换眼看。
   甲眉：峰峦全露，又用烟云截断，好文字。
③ 甲侧：太白所谓"清水出芙蓉"。
④ 甲侧：忘情，非呆也。

校　记：

［一］此处的"住"字，原文为"着"，据庚辰本改。

［二］原文无"的"字，据庚辰本补。

［三］原文无"得"字，据庚辰本补。

［四］此处的"臊"字，原文为"燥"，据庚辰本改。

［五］此处的"花儿"二字，原文为"花"，据庚辰本改。

［六］原文无"了"字，据庚辰本补。

［七］此处的"合面子"，蒙府本和庚辰本均为"隔面子"。

［八］原文无"话"字，据庚辰本补。

［九］此处的"瞟"字，原文为"摽"，庚辰本为"飘"，校者改。

［十］原文无"就"字，据列藏本补。

［十一］原文无"也总没得说，今见你才想起来"一句，据甲戌本补。

［十二］此处的"你抹骨牌去罢"字，原文为"你去抹骨牌呢"，据蒙府本改。

［十三］此处的"不成"二字，原文为"过来"，据庚辰本改。

［十四］此处的"弦"字，原文写作"弦"，为讳"玄烨"（康熙之名）而缺一笔。

［十五］原文无"个"字，据蒙府本补。

［十六］此处的"花儿"二字，原文为"花"，据庚辰本改。

［十七］此处的"女儿悲，嫁了个大乌龟"句，甲戌本为"女儿悲，嫁了个男人是乌龟"。

［十八］原文无"是"字，据庚辰本补。

［十九］原文只一个"免了罢"，第二个"免了罢"据庚辰本补。

［二十］原文无"成"字，据甲戌本补。

［二一］此处的"鸳鸯帕"，蒙府本为"鸳帏帕"，甲戌本、庚辰本、列藏本均为"鸳帏悄"。

［二二］原文无"作"字，据蒙府本补。

［二三］原文无"的"字，据列藏本补。

［二四］此处的"多着"二字，原文为"多的"，据庚辰本改。

［二五］此处的"瞧瞧"二字，原文为"瞧"，据庚辰本补一个"瞧"字。

［二六］此处的"叫唤"二字，原文为"叫"，据庚辰本补"唤"字。

第二十九回

享福人福深还祷福　痴情女情重愈斟情

【回前】清虚观，贾母、凤姐原意大适意、大快乐，偏写出多少小不适意事来，此亦天然至情至理必有之事。

二玉心事，此回大书，是难了割，却用太君一言以定，是道悉通部书之大旨。

话说宝玉正自发怔，不想林黛玉将手帕子甩了来，正碰在眼睛上，倒唬了一跳，问是谁。黛玉摇着头笑道："不敢，是我失了手。因为宝姐姐要看呆雁，我比给他看，不想失了手。"宝玉揉着眼睛，待要说什么，又不好说的。

一时，凤姐儿来了，因说起初一日在清虚观打醮的事来，遂约着宝钗、宝玉、黛玉等看戏去。宝钗笑道："罢了，怪热的。什么没看过的戏，我不去。"凤姐儿道："他们那里凉快，两边又有楼。咱们要去，我头几天打发人去，把那些道士都赶出去，把楼上都打扫了，挂起帘子来，一个闲人不许放进庙去，才是好呢。我已经回了太太，你们不去我去。这些日子也闷的很了。家里唱动戏，我又不得舒舒展展的看。"

贾母听说，笑道："既这么说，我同你去。"凤姐听说，笑道："老祖宗也去，敢情好！就只是我不得受用了。"贾母道："到明日，我在正楼上，你在两边楼上，你也不用到我这边来立规矩，好不好？"凤姐道："这就是老祖宗疼我了。"贾母因又向宝钗道："你也去逛逛，连你母亲也去。长天老日的，在家里也是睡觉。"宝钗只得答应着。

贾母又打发人去请了薛姨妈，顺路告诉王夫人，要带了他们姐妹去逛。王夫人因一则身上不好，二则预备着元春有人出来，早已回了不去的；听贾母如此说，还笑道："还是这么高兴。"因打发人去到园子里告诉："有要逛去的，只管初一日跟了老太太逛去。"这句话一传开了，别人都还可以，只是那些丫头们天天不得出门槛儿的，听了这话，谁不爱去。便是各人的主子懒怠去，他也万般的撺掇了去，因此李宫裁等都说去。贾母越发心中欢喜，早已吩咐人去打扫安置，都不必细说。

单表到了初一这一日，荣国府门前车轿纷纷，人马簇簇。那底下凡执事人等，闻得是贵妃作好事；贾母亲去拈香，正是初一日乃月之首日，况是端阳节间，因此凡动用的什物，一色都是齐全的，不同往日一样。少时，贾母等出来。贾母独坐一乘八人大亮轿，李氏、凤姐儿、薛姨妈每一人一乘四人轿，宝钗、黛玉二人共坐一辆翠盖珠缨八宝车，迎春、惜春、探春三人共坐一辆朱轮华盖车。然后贾母的丫头鸳鸯、鹦鹉、琥珀、珍珠，林黛玉的丫头紫鹃、雪雁、春纤，宝钗的丫头莺儿、文杏，迎春的丫头司棋、绣桔，探春的丫头待书、翠墨，惜春的丫头入画、彩屏，薛姨妈的丫头同喜、同贵，外带着香菱，香菱的丫头臻儿，李氏的丫头素云、碧月，凤姐儿的丫头平儿、丰儿、小红，并王夫人的两个丫头也要跟了凤姐儿去的是金钏儿、彩云，奶子抱着大姐儿带着丫头们另在一车，还有两个丫头，一共再连上各房的老嬷嬷、奶娘并跟出门的家人媳妇子，乌压压的占了一街的车。贾母等已经坐轿去了多远，这门前尚未坐完。这个说"我不同你[一]在一处"，那个说"你压了我们奶奶的包袱"，那边车上又说"蹲了我的花儿"，这边又说"碰断了我的扇子"，咭咭呱呱，说笑不绝。周瑞家的过来过去的说道："姑娘们，这是街上，看人家笑话。"说了几遍，方觉好了。前头的全副执事摆开，早已到了清虚观门口。宝玉骑着马，在贾母轿前。街上的人都站在两边。

将至观前,只听钟鸣鼓响,早有张法官执笏披衣,带领众道士在路旁请安。贾母的轿刚至庙门以内,贾母在轿内因看见有守门大帅并千里眼、顺风耳、当坊土地、本境城隍各泥胎圣像,便命住轿。贾珍带领各子侄上来迎接。凤姐儿知道鸳鸯等在后面,赶不上来搀贾母,自己下了轿,忙要上来搀。可巧有个十二三岁的小道士儿,拿着剪筒,照管各处的蜡花,正欲得便瞧瞧出去,不想一头撞在凤姐儿怀里。凤姐便一扬手,照脸一下,把那孩子打了一个筋斗,骂道:"野牛肏的,朝那里跑!"那小道士也不顾拾烛剪,爬起来往外还要跑。正值宝钗等下车,众婆娘媳妇正围随的风雨不透,但见一个小道士滚了出来,都喝声叫"拿,拿,拿!""打,打,打!"

贾母听了,忙问道:"是怎么了?"贾珍忙出来问。凤姐儿上去就搀住贾母,回说:"一个小道士儿,剪灯花的,没躲出去,这会子混钻呢。"贾母听说,忙道:"快带了那孩子来,别唬着他。小门小户的孩子,都是娇生惯养的惯了,那里见的这个势派。可怜见的,倘或一时唬着了他,他老子娘岂不疼的慌?"说着,便叫贾珍去好生带了来。贾珍只得去拉了那孩子来。那孩子还一手拿着烛剪,跪在地下乱颤。贾母命贾珍拉他起来,叫他不要怕。问他几岁了,那孩子通说不出话来。贾母还说"可怜见的",又向贾珍道:"珍哥儿,带他去罢。给他些钱买果子吃,别叫人难为了他。"贾珍答应了,领他去了。这里贾母带着众人,一层层的观玩。外面小厮们见贾母进入三层山门,忽见贾珍领了一个小道士出来,叫人来带去,给他几个钱,不要难为了他。家人听说,忙上来几个领了下来。

贾珍站在阶矶上,因问:"管家在那里?"底下站的小厮们见问,都一齐喝声说:"叫管家!"登时林之孝一手扣着帽子跑了来,到贾珍跟前。贾珍道:"虽说[二]这里地方大,今儿不承望来这些人。你使的人,你就带了你那院里去;使不着的,打发到那院里去,把小幺儿们挑几个在这二层门上同两边角门上,伺候着要东西传话。你知道不知道,今儿小姐、奶奶们都出来了,一个闲人也不许到这里来。"林之孝忙答应"晓得",又说了几个"是"。贾珍道:"去罢。"又问:"怎么不见蓉儿?"一声未了,只见贾蓉扣着钮子从钟楼里跑出来。贾珍道："你瞧瞧他，我这里还受着热，他倒乘凉去了！"喝命家人啐他。那小厮上来向贾蓉脸上啐了一口。贾珍道："问着他！"那小厮便问贾蓉道："爷还不怕热，哥儿怎么先乘凉去了？"贾蓉拖着手，一声不敢说。那贾芸、贾芹、贾萍等听见了，不但他们慌了，亦且连贾璜、贾琼、贾瑷等也都忙戴[三]了帽子，一个个从墙根下慢慢的溜上来。贾珍又问贾蓉道："你站着做什么？还不骑了马跑到家里，告诉你娘母子去！老太太同姑娘们都来了，叫他们快来伺候。"贾蓉听说，忙跑了出来，一叠连声要马，一面抱怨道："早都不知做什么的，这会子寻嗔[四]我。"一面又骂小子："捆着手呢？马也拉不来！"待要打发小厮去，又怕后来对出来，说不得亲自走一趟，骑马去了，不在话下。

且说贾珍方要抽身进去，只见张道士站在旁边赔笑说道："我论理比不得别人，应该在这里头伺候。只因天气炎热，众位千金都出来了，法官不敢擅入，请爷的示下。恐老太太问，或要随喜那里，我只在这里伺候罢。"贾珍知道这张[五]道士虽然是当日荣国公的替身儿，后又倒做了道录司的正堂，曾经先皇御口亲封为"大幻仙人"，如今现掌"道录司"印，又是当今封为"终了真人"，现今王公、藩镇都称他为"神仙"，所以不敢轻慢。二则他又常往两个府里去，凡夫人、小姐都是见的。今见他如此说，便笑道："咱们自己，你又说起这话来。再多说，我把你这胡子还捋了你的！还不跟我进来。"那张道士呵呵笑着，跟了贾珍进来。

贾珍到贾母跟前，躬身赔笑说："张爷爷进来请安。"贾母听了，忙道："搀起来。"那张道士先呵呵笑道："无量寿佛！老祖宗一向福寿康宁？众位小姐、奶奶纳福？一向没到府里请安，老太太气色越发好了。"贾母笑道："老神仙，你好？"张道士笑道："托老太太万福万寿，小道也还康健。别的倒罢，只记挂着哥儿，一向身上好？前日四月二十六日，我这里做遮天大王的圣诞，人也来的少，东西也很干净，我说请哥儿来逛逛，怎么说不在家？"贾母笑说道："果真不在家。"一面回头叫宝玉。谁知宝玉解手去了才来，忙上来问："张爷爷好？"张道士忙抱住请了安，又向贾母笑道："哥儿越发发了福了。"贾母道："他外头好，里头弱。又搭着他老子逼着他念书，生生的把个孩子逼出病来了。"张道士道："我前日在好几处看见哥儿写的字，作的诗，都好的了不得，怎么老爷还抱怨说哥儿不大欢喜读书呢？依小道看来，也就罢了。"又叹道："我看见哥儿的这个形容身段，言谈举动，怎么就同当日国公爷一个稿子！"说着两眼流下泪来。贾母听说，也由不得满脸泪痕，说道："正是呢，我养了这些儿子孙子，也没个像他爷爷的，就只这宝玉还像他爷爷。"

那张道士又向贾珍道："当日国公爷的模样儿，爷们辈的不用说，自然没赶上，大约连大老爷、二老爷也记不清楚了。"说毕"呵呵"又一大笑，又道："前儿在一个人家看见一位小姐，今年十五岁了，生的倒也好个模样儿。我想着哥儿也该寻亲事了。若论这个小姐模样儿，聪明智慧，根基家当，倒也配的过。但不知老太太怎么样，小道也不敢造次。等请了老太太的示下，才敢向人去张口。"贾母道："上回有个和尚说了，这孩子命里不该早娶，等再大一大儿再定罢。你可如今也打听着，不管他根基富贵，只要模样儿配的上就罢了，来告诉我。便是那家子穷，不过给他几两银子也罢。也只是模样儿性格儿难得好的。"

说毕，只见凤姐儿笑道："张爷爷，我们丫头的寄名的符你也不换了去。前儿亏你还有那么〔六〕大脸，打发人和我要鹅黄缎子去！我要不给你，又怕你那老脸上过不去。"张道士呵呵大笑道："你瞧，我眼花了，也没看见奶奶在这里，也没道多谢。符早已有了，前日原要送去的，不料娘娘来做好事，就忘了，还在佛前镇着。待我取来。"说着跑到大殿上去，一时拿了一个茶盘子，搭着大红蟒缎经袱子，托出符来。大姐儿的奶子接了符。张道士方欲抱过大姐儿来，只见凤姐儿笑道："你手里拿来也罢了，又用个盘子托着。"张道士道："手里不干不净的，怎么拿？用盘子洁净些。"凤姐儿笑道："你只顾拿出盘子来，倒唬我一跳。我不说你是为送符，倒像和我们化布施来了。"众人听说，哄然一笑，连贾珍也撑不住也笑了。贾母回头道："猴儿猴儿，你不怕下割舌头地狱？"凤姐儿笑道："我们爷儿们不相干。他怎么常常的说我该积阴骘，迟了就短命呢！"

张道士也笑道："我拿出盘子来一举两用，却不为化布施，倒要将哥儿的这玉请了下来，托出去给那些道友、并徒子、徒孙们见识见识！"贾母道："既这么着，你老天拔地跑什么，就带他去瞧了，叫他进来，岂不省事？"张道士道："老太太不知道，看着小道是八十多岁的人，托老太太的福倒也健壮；二则外面的人多，气味难闻，况是暑热天，哥儿受不惯，倘或哥儿受了腌臜气味，倒值多了。"贾母听说，便命宝玉摘下通灵玉来，放在盘内。那张道士兢兢业业的用蟒袱子垫着，捧了出去。

这里贾母与众人游玩了一会，方上楼去。只见贾珍回说："张爷爷送了玉来了。"刚说着，只见张道士捧了盘子，走到跟前笑道："众人托小道的福，见了哥儿的玉，实在希罕。都没什么敬贺之物，这是他们各人传道的法器，都愿意为敬贺之礼。哥儿便不希罕，只留着在房里玩耍赏人罢。"贾母听说，向盘内看时，只见也有金璜的，也有玉玦的，或有事事如意，或有岁岁平安，皆是珠穿宝贯，共有三五十件。因说道："你也胡闹。他们出家人都是那里来的，何必这样，这断不收的。"张道士笑道："这是他们一点敬意，小道也不能阻挡。老太太若不留下，岂不叫他们看着小道微薄，不像是门下出身了？"贾母听如此说，方命人收下了。宝玉笑道："老太太，张爷爷既说，又推辞不得，我要这个也无用，不如叫小子们捧了这个，跟我出去散给穷人罢。"贾母笑道："这倒说的是。"张道士又忙拦道："哥儿虽要行好事，但这些东西虽说不甚希奇，到底也是几件器皿。若给了乞丐，一则与他们无益，二则反倒糟蹋了这些东西。要舍穷人，何不就散钱与他们。"宝玉听说，便命收下，等晚间拿钱施舍罢。说毕，张道士方退出。

这里贾母与众人上了楼，贾母在正楼上坐了。凤姐等占了东楼。众丫头等在西楼，轮流伺候。贾珍一时来回："神前拈了戏，头一本《白蛇记》。"贾母问："《白蛇记》是什么故事？"贾珍道："是汉高祖斩蛇起首的故事。第二本是《满床笏》。"贾母笑道："这倒在第二本上？也罢了。神佛要这样，也只得罢了。"又问第三本，贾珍道："第三本是《南柯梦》。"贾母听了便不言语。贾珍退了下来，至外边预备着申表、焚香、开戏。不在话下。

且说宝玉在楼上，坐在贾母旁边，因叫个小丫头子捧着方才那盘子贺物，自己将玉戴上，用手翻弄，一件一件挑与贾母看。贾母因看见有个赤金点翠的麒麟，便伸手拿了起来，笑道："这件东西好像我看见谁家的孩子也戴着这么一个。"宝钗笑道:"史大妹妹有一个,比这个小些。"贾母道:"原来是湘云儿有这个。"宝玉道:"他这么住在我们家,我也没看见。"探春笑道:"宝姐姐有心,不管什么他都记得。"林黛玉冷笑道:"他在别的上,心还有限,惟有这些人戴的东西上,越发留心。"宝钗听说,便回头装没听见。宝玉听见史湘云有这件东西,便将那麒麟忙拿起来揣在怀内。一面揣着,心里想到,怕人看见他听见史湘云有了,他就留这件,因此手里揣着,却拿眼睛瞟〔七〕人。只见众人倒不理论,惟有林黛玉瞅着他点头儿,似有赞叹之意。宝玉不觉心里不好意思起来,又掏了出来,向林黛玉笑道:"这个东西倒好玩,我替你留着,到了家穿上你戴。"林黛玉将头一扭,说道:"我不希罕。"宝玉笑道:"你果然不希罕,我少不得就拿着。"说着又复揣起来。

　　刚要说话,只见贾珍、贾蓉的妻子婆媳两个来了,彼此见过,贾母方说:"你们又来做什么,我不过没事来逛逛。"一句话说完了,只见人报:"冯将军家有人来了〔八〕!"原来冯紫英家听见贾府在庙里打醮,连忙预备了猪羊香供茶食之类的东西送了来。凤姐儿听见了,忙赶过正楼来,拍手笑道:"哎呀!我就不防这个。只说咱们娘儿们来逛逛,人家只当咱们大摆斋坛的,来送礼。都是老太太闹的。这又得预备赏封儿。"刚说了〔九〕,只见冯家的两个管家娘子上楼来了。冯家的两个未去,又接着赵侍郎家也有礼来了。于是接二连三,都听见贾府打醮,女眷都在庙里,凡一应远近亲友、世家相与都来送礼。贾母才后悔起来,说:"又不是什么正经事,我们不过闲逛逛,就想不到这礼上,没的惊动了人。"因此虽看了一会戏,至下午便回来了,次日便懒怠〔十〕去。凤姐儿又说:"打墙也是〔十一〕动土,已惊动了人家,今儿乐得还去逛逛。"那贾母只因昨日张道士提起宝玉说亲的事来,谁知宝玉一日心中不自在,回家来生气,嗔着张道士与他说了亲,口口声声说从今以后再不见张道士了,别人也不知为什么缘故;二则林黛玉昨日回家又中了暑。因此二事,贾母便执意不去了。凤姐见不去,自己带了人去,也不在话下。

　　且说宝玉因见林黛玉又病了,心里放不下,饭也懒去吃,不时来问。林黛玉又怕他有个好歹,因说道〔十二〕:"你只管看你的戏去,在家里做什么？"宝玉因昨日张道士提起说亲，心中不受用，今听见林黛玉如此说，因想道："别人不知道我的心也还可恕，连他也奚落起我来。"因此心中更比往日烦恼加之百倍。若是别人跟前，断不能动这肝火，只是林黛玉说了这话，倒比往日别人说话不同，由不得立刻沉下脸来，道："我白认得你。罢了，罢了！"林黛玉听说，便冷笑了两声，道："我也知道，白认得了我，那里像人家有什么配的上呢！"宝玉听了，便向前来直问道："你这么说，是安心咒我天诛地灭？"林黛玉一时解不过这话来。宝玉又道："昨儿我还为这个赌了几回咒，今儿你到底准了我一句。我便天诛地灭，你又有什么益处？"林黛玉一闻此言，方想起上回的话来。今日原是自己说错了，又是着急，又是羞愧，便战战兢兢的说道："我要安心咒你，我也天诛地灭。何苦来！我知道，昨日张道士说的亲，你怕阻了你的好姻缘，你心里生气，来拿我来杀性子。"

原来宝玉自幼生成有一种下流痴病，况从小时和黛玉耳鬓厮磨，心情相对；既如今稍明时事，又看了这些邪书僻传，凡远近亲友之家所见的那些闺英阁秀，皆未有稍及黛玉者，所以早存留一段心事，只不好说出来，故每每或喜或怒，变尽法子暗中试探。那林黛玉偏生他也是个有些痴病的，也每用假情试探。因你也将真心真意瞒了起来，只用假意；我也将真心真意瞒了起来，只用假意，如此两假相逢，终有一真。其间琐琐碎碎，难保不着口角之争。即如此刻，宝玉心内想的是："别人不知我的心，还有可恕，难道你就不想我的心里眼里只有你！你不能为我解烦恼，反来以这话奚落堵噎我。可见我心里一时一刻白有了你，你竟心里没我。我心里这意思，只是口里说不出来。"那林黛玉心里想着："你心里自然有我，虽有'金玉相对'之说，你岂是重这邪说不重我的？我便时常提这'金玉'，你只管了然自若无闻的，方见得待我重，而毫无此心了。如何我只一提'金玉'的事，你就着急？可知你心里时时有'金玉'，见我一提，又怕我多心，故意着急，安心哄我。"看来两个人原本是一个心，但都多生了枝叶，反弄成了两个心了。

那宝玉心里又想着："我不管怎么样都好，只要你随意，我便立刻同你死了也情愿。你知也罢，不知也罢，只由我的心，可见你方和我近，不和我远[十三]。"那林黛玉心里又想着："你只管你，你好我就好，你何必为我而自失。殊不知你失我自失。可见你是不叫我近，你有意叫我远你了。"如此看来，却都是求近之心，反[十四]弄成疏远之意。如此之话，皆他二人素昔所存私心，也难备述。

如今只述他们外面的形容。那宝玉又听见"好姻缘"三个字，越发逆了己意，心里干噎[十五]，口里说不出话来，便赌气向颈上抓下通灵玉来，咬牙狠命往地下一摔，道："什么劳什东西，我砸[十六]了你完事！"偏生那玉坚硬非常，摔了一下，竟公然不动。宝玉见不碎，便回身找东西来砸。林黛玉见他如此，早已哭起来，说道："何苦来，你又砸那哑吧物件。有砸他的，不如砸我！"二人闹着，紫鹃、雪雁等都忙进来劝解。后来见宝玉下死力砸玉，忙上来夺，又夺不下来，见比往日闹的大了，少不得去叫袭人，袭人[十七]忙赶了来，才夺了下来。宝玉冷笑道："我砸我的东西，与你们什么相干！"

袭人见他脸上都气黄了，眉眼都变了，从来没气的这样，便拉着他的手，笑道："你同妹妹拌嘴，不犯着砸他；倘或砸坏了，叫他心里脸上怎么过的去？"林黛玉一行哭着，一行听了这话说到自己心坎儿上来，可见宝玉连袭人不如，越发伤心大哭起来。心里一烦恼，方才吃的香薷饮解暑汤便承受不住，"哇"的一声都吐了出来。紫鹃忙上来用手帕子接住，登时一口一口的把一块手帕吐湿。雪雁忙上来捶。紫鹃道："虽然生气，姑娘到底也该保重着。才吃了药好些，这会子因和宝二爷拌嘴，又吐出来。倘或犯了病，宝二爷怎么过的去呢？"宝玉听了这话说到自己心坎儿上来，可见黛玉不如紫鹃。因又见林黛玉脸红头胀，一行哭，一行气凑，一行是泪，一行是汗，不胜怯弱。宝玉见了这般，又自己后悔方才不该同他校证，这会子他这个光景，我又替不了他。心里想着，也由不的滴下泪来。袭人见他两个哭，由不得守着宝玉也心酸起来，又摸着宝玉的手冰凉，待要劝宝玉不哭罢，一则又恐宝玉有什么委屈闷在心里，二则又恐薄了林黛玉。不如大家一哭，就丢开了手，因此也流下泪来。紫鹃一面收拾了吐的药，一面拿扇子替黛玉轻轻的扇着，见三人鸦雀无声，各自哭各自的，也由不得伤起心来，也拿帕子擦眼泪。四个人都无言对泣。

一时，袭人勉强向宝玉道："你不看别的，你看看这[十八]玉上穿的穗子,也不该同姑娘拌嘴。"林黛玉听了,也不顾病,起来夺过去,顺手抓起一把剪子来要剪。袭人、紫鹃刚要夺,已经剪了几段。林黛玉哭道:"我也是白效力。他也不希罕,自有别人再给他穿好的去。"袭人忙接了玉道:"何苦来,这是我方才多嘴的不是了。"宝玉向林黛玉道:"你只管剪,我横竖总不戴他,也没什么。"

只顾里头闹,谁知那些老婆子们见林黛玉大哭大吐,宝玉又砸玉,不知要闹到什么田地,倘或连累了他们,便一齐往前头回贾母、王夫人知道,好不干连他们。那贾母、王夫人见他们忙忙的作一件正经事的来告诉,也不知有了什么大祸,一齐进园来瞧他兄妹。袭人急的抱怨紫鹃为什么惊动了老太太、太太;紫鹃又只道是袭人去告诉的,也抱怨袭人。那贾母、王夫人进来,见宝玉也无言,林黛玉也没话,问起来又没为什么事,便将这祸移到袭人、紫鹃两个人身上,说"为什么你们不小心伏侍,这会子闹起来都不管了!"因此将他二人连骂带说教训了一顿。二人都没话,只得听着。还是贾母带了宝玉去了,方才平复。

过了一日,至初三日,乃是薛蟠的生日,家里摆酒唱戏,请贾府诸人。宝玉因得罪了林黛玉,二人总未见面,心中已后悔,无精打采的,那里还有心肠去看戏,因而推病不去。黛玉不过前日中了些暑热之气,本无甚大病,听见他不去,心里想道:"他是好吃酒看戏的,今日反不往他们家去,自然是因为昨儿气着了。再不然,他见我不得去,他也没心肠去。只是昨儿千不该万不该剪那玉上的穗子。管定他再不戴了,还得我穿好了他才戴。"因而心中十分后悔。

那贾母见他二人都生了气,只说趁今儿那边去看戏,他两个见了也就完了,不想又都不去。老人家急的抱怨说:"我这老冤家是那世的孽障,偏生遇见了这么两个不省事的小冤家,没有一天不叫我操心。真是俗语说的,'不是冤家不聚头'。几时我闭了这眼,断了这口气,凭你两个冤家闹上天去,我眼不见心不烦,也就罢了。偏生不咽这口气。"自己抱怨着也哭了。

这话传入宝、黛二人耳内。原来他二人未听见过"不是冤家不聚头"的这句俗语,如今忽然得了这句话,好似[十九]参禅的一般,都低头细嚼此说的滋味,都不觉潸然泪下。虽不曾会面,然一个在潇湘馆临风洒泪,一个在怡红院对月长叹,却是人居两地,情发一心!

　　袭人因劝宝玉道:"千万不是都是你的不是。往日家里的小厮们和他们的[二十]姊妹拌嘴,或是两口子分争,你听见了,还是骂小子们蠢,不能体贴女孩子们的心肠。今儿你也这么着了。明儿初五,大节下,你们两个再这么仇人似的,老太太越发要生气,一定弄的大家不安生。依我劝,你正经下个气儿,赔个不是,大家还是照常一样,这么也好,那么也好。"那宝玉听了,不知依也不依,且听下回分解。

　　【总评】一片哭声,总因情重。金玉无言,何可为证。

校　记:
　　[一]原文无"你"字,据庚辰本补。
　　[二]原文无"说"字,据蒙府本补。
　　[三]此处的"戴"字,原文为"带",校者改。
　　[四]此处的"嗔"字,原文为"趁",据庚辰本改。
　　[五]原文无"张"字,据庚辰本补。
　　[六]此处的"那么"二字,原文为"那们",据蒙府本改。
　　[七]此处的"瞟"字,原文为"摽",据蒙府本改。
　　[八]原文无"了"字,据庚辰本补。
　　[九]原文无"刚说了"字,据庚辰本补。
　　[十]此处的"懒怠"二字,原文为"懒",庚辰本为"懒待",校者为与其他处统一,补"怠"字。
　　[十一]原文无"是"字,据庚辰本补。
　　[十二]原文无"因说道"三字,据庚辰本补。
　　[十三]此处的"可见你方和我近,不和我远"字,原文为"可见你方知我近,不知我远",据列藏本改。
　　[十四]原文无"反"字,据庚辰本补。
　　[十五]此处"干噎"二字,原文为"干咽",据庚辰本改。
　　[十六]此处的"砸"字,原文为"轧",据蒙府本改。"轧"字改"砸",此段共有七处,下段共有二处,再隔两段也还有一处,均不再另注。
　　[十七]原文无"袭人"二字,据庚辰本补。
　　[十八]原文无"这"字,据庚辰本补。
　　[十九]此处的"似"字,原文为"是",据庚辰本改。
　　[二十]此处的"他们的"字,原文为"他",据庚辰本改。

第三十回

宝钗借扇机带双敲　龄官画蔷痴及局外

【回前】借扇敲双玉,是写宝钗金蝉脱壳。
银簪画蔷字,是写痴女梦中说梦。
脚踢袭人,是断无是理,竟有是事。

靖:无限文字,痴情画蔷,可知前缘有定,非人力(原无)强求(原做人力非)。

　　话说林黛玉自与宝玉角口后,也自后悔,但又无去就他之理,因此日夜闷闷,如有所失。紫鹃度其意,乃劝道:"论前日之事,竟是姑娘太浮躁了些。别人不知宝玉那脾气,难道咱们也不知道的?为那玉也不是闹了一遭两遭了。"黛玉啐道:"你倒来替人派我的不是。我怎么浮躁了?"紫鹃笑道:"好好的,为什么又剪了那穗子?岂不是宝玉只有三分不是,姑娘倒有七分不是?我看他素日在姑娘身上就好,皆因姑娘小性儿,常要歪派他,才这么样。"
　　林黛玉欲答话,只听院外叫门。紫鹃听了一听,笑道:"这是宝玉的声音,想必是来赔不是来了。"林黛玉听了道:"不许开门!"紫鹃道:"姑娘又不是了。这么热天毒日头地下,晒坏了他如何使得呢!"

口里说着，便出去开门，果然是宝玉。一面让他进来，一面笑着说道："我只道宝二爷再不上我们这门了，谁知这会子又来了。"宝玉笑道："你们把极小的事倒说大了。好好的，为什么不来？我便死了，魂也要一日来一百遭。妹妹可大好了？"紫鹃道："身上病好了，只是心里气不大好。"宝玉笑道："我晓得有什么气。"一面说着，一面进来，只见林黛玉又在床上哭。

那林黛玉本不曾哭，听见宝玉来，由不得伤心了，止不住滚下泪来。宝玉笑着走近床来，道："妹妹身上可大好了？"林黛玉只顾拭泪，并不答应。宝玉因便挨在床沿上坐了，一面笑道："我知道你不恼我。但只是我不来，叫旁人看着，倒像是咱们又拌了嘴似的。若等他们来劝咱们，那时岂不咱们倒觉生分了？不如这会子，你要打要骂，凭着你怎么样，千万别不理我。"说着，又把"好妹妹"叫了几十声。林黛玉心里原是再不理宝玉的，这会子听见宝玉说别叫人知道他们拌了嘴就生分了这一句话，又可见得比人原亲近，因又撑不住哭道："你也不用哄我。从今以后，我也不敢亲近二爷，也全当我去了。"宝玉听了笑道："你往那里去呢？"林黛玉道："我回家去。"宝玉笑道："我跟了去。"林黛玉道："我死了。"宝玉道："你死了，我做和尚！"林黛玉一闻此言，登时将脸放下来，问道："想是你要死了，胡说的是什么！你家倒有几个亲姐姐亲妹妹呢，明儿都死了，你几个身子去做和尚？明儿我倒把这话告诉人去评评。"

宝玉自知这话说的造次了，后悔不来，登时脸上红胀，低了头不敢啧一声。幸而屋里没人。林黛玉两眼直瞪瞪的瞅了他半天，气的一声儿说不出话来。见宝玉憋的脸上紫胀，便咬着牙用指头狠命的在他额颅上戳了一下，哼了一声，咬牙说道："你这——"刚说了两个字，便又叹了一口气，仍拿起手帕子来擦眼泪。宝玉心里原有无限心事，又兼说错了话，正自后悔；又见黛玉戳他一下，要说也说不出来，自叹自泣，因此自己也有所感，不觉滚下泪来。要用帕子揩拭，不想又忘了带来，便用衫袖去擦。林黛玉虽然哭着，却一眼看见了，见他穿着簇新藕合纱衫，竟去拭泪，便一面自己拭着泪，一面回身将枕上搭的一方绡帕拿起来，向宝玉怀里一摔，一语不发，仍掩面自泣。宝玉见他摔了手帕来，忙接住拭了泪，〔辰：写尽宝、黛无限心曲，假使圣叹见之，正不知批出多少妙处。〕又挨近前些，伸手挽了林黛玉一只手，笑道："我的五脏都碎了，你还只是哭。走罢！我同你往老太太跟前去。"林黛玉将手一摔道："谁同你拉拉扯扯的。一天大似一天的，还这么涎皮赖脸的，连个道理也不知道。"

　　一句没说完，只听喊道："好了！"宝、黛两个不防，都唬了一跳，回头看时，只见凤姐儿跳了进来，笑道："老太太在那里抱怨天抱怨地，只叫我来瞧瞧你们好了没有。我说不用瞧，过不了三天，他们自己就好了。老太太骂我，说我懒。我来了，果然应了我的话。也没见你们两个有什么可拌的，三日好了，两日恼了，越大越成了孩子！有这会子拉着手哭的，昨儿为什么又成了乌眼鸡呢！还不跟我走，到老太太跟前，叫老人家也放些心。"说着拉了林黛玉就走。林黛玉回头叫丫头们，一个也没有。凤姐道："又叫他们做什么，有我伏侍你呢。"一面说，一面拉了就走。宝玉在后面跟着出了园门。到了贾母跟前，凤姐笑道："我说他们不用人费心，自己就会好的。老祖宗不信，一定叫我去说和。及至我到那里说和，谁知两个人倒在一处对赔不是了。对笑对说，倒像'黄鹰抓住了鹞子的脚'，两个都扣了环，那里还要人去说和。"说的满屋里都笑起来。

　　此时宝钗正在这里。那林黛玉只一言不发，挨着贾母坐下。宝玉没甚说的，便向宝钗笑道："大哥哥好日子，偏生我又不好了，没别的礼送，连个头也不得磕去。大哥哥不知我病，倒像我懒，推故不去的。倘或明日恼了，姐姐替我分辨分辨。"宝钗笑道："这也多礼。你便要去，也不敢惊动，何况身上不好。弟兄们日日一处，要存这个心倒生分了。"宝玉又笑道："姐姐知道体谅我就好了。"又道："姐姐怎么不看戏去？"宝钗道："我怕热，看了两出，热的很。要走，客又不散。我少不得推身上不好，就来了。"宝玉听说，便由不得脸上没意思，只得又搭讪笑道："怪不得他们拿姐姐比杨妃，原也体丰怯热。"宝钗听说，不由的大怒，待要怎样，又不好怎样。回思了一会，脸红起来，便冷笑了两声，说道："我倒像杨妃，只是没一个好哥哥、好兄弟可以做得杨国忠的！"二人正说着，可巧小丫头靛儿，因不见了扇子，和宝钗笑道："必是宝姑娘藏了我的。好姑娘，赏了我罢。"宝钗指他道："你要仔细！我和你玩过，你再疑我。和你[一]素日嘻皮笑脸的那些姑娘们跟前，该问他们去。"说的靛儿跑了。宝玉自知又把话说造次了,当着许多人,更比方才在[二]林黛玉跟前更不好意思,便急回身又同别人搭讪去了。

林黛玉听见宝玉奚落宝钗,心中着实得意,才要搭言也趁势取个笑,不想靓儿因找扇子,宝钗又发了两句话,他便改口笑道:"宝姐姐,你听了两出什么戏?"宝钗因见林黛玉面上有得意之态,一定是听了宝玉方才奚落之言,遂了他的心愿,忽又见问他这话,便笑道:"我看的是李逵骂了宋江,后来又赔不是。"宝玉便笑道:"姐姐通今博古,色色都知道,怎么连这一出戏的名字也不知道,就说了这么一串子。这叫《负荆请罪》。"宝钗笑道:"原来这叫《负荆请罪》!你们通今博古,才知道'负荆请罪',我不知道是什么'负荆请罪'!"一句话未说了,宝玉、林黛玉二人心里有病,听了这话早把脸羞红了。凤姐于这些上虽不通,但只看他三人形景,便知其意,便也笑着问人道:"你们大暑天,谁还吃生姜呢?"众人不解其[三]意,便说道:"没有吃生姜。"凤姐故意用手摸着腮,诧异道:"既没人吃生姜,怎么这么辣辣的?"宝玉、黛玉二人听见这话,越发不好过了。宝钗再欲说话,见宝玉十分惭愧,形景改变,也就不好再说,只得一笑收住,别人总未解得他四个人的言语,因此付之流水。

一时宝钗、凤姐去了,林黛玉笑向宝玉道:"你也试着比我利害的人。谁都像我心拙口夯的,由着人说呢。"宝玉正因宝钗多了心,自己没趣,又见林黛玉来问着他,越发没好气起来。待要说两句,又恐林黛玉多心,说不得忍着气,无精打采一直出来。

目今盛暑之际,又值早饭已过、各处主仆人等多半都因日长神倦,宝玉背着手,到一处,一处鸦雀无闻。从贾母这里出去,往西走过了穿堂,便是凤姐的院落。到他院门前,只见院门掩着。知道凤姐素日的规矩,每到天热,午间要歇一个时辰的,进去不便,遂进角门,来到王夫人上房内。只见几个丫头子手里拿着针线,却打盹儿。王夫人在里间凉榻上睡着,金钏儿坐在旁边捶腿,也乜斜着眼乱晃。

宝玉轻轻的走到跟前,把他耳上戴的坠子一拨,金钏儿睁开眼,见是宝玉。宝玉悄悄的笑道:"就困的这么着?"金钏抿嘴一笑,摆手令他出去,仍合上眼。宝玉见了他,就有些恋恋不舍的,悄悄的探头瞧瞧王夫人合着眼,便自己向身边荷包里带的香雪润津丹掏了出来,便向金钏儿口里一送。金钏儿并不睁眼，只管噙了。宝玉上来便拉着手，悄悄的笑道："我明日和太太讨你，咱们在一处罢。"金钏儿不答。宝玉又道："不然，等太太醒了我就讨。"金钏儿睁开眼，将宝玉一推，笑道："你忙什么！'金簪子掉在井里头，有你的只是有你的'，连这句话语难道也不明白？我倒告诉[四]你这个巧宗儿，你往东小院子里拿环哥儿同彩云去。"宝玉笑道："凭他怎么去罢，我只守着你。"只见王夫人翻身起来，照金钏儿脸上打了个嘴巴子，指着骂道："下作小娼妇，好好的爷们，都叫你们教坏了。"宝玉见王夫人起来，早一溜烟去了。

这里金钏儿半边脸火热，一声不敢言语。登时众丫头听见王夫人醒了，都忙进来。王夫人便叫玉钏儿："把你妈叫上来，带出你姐姐去。"金钏儿听见说，忙跪下哭道："我再不敢了。太太要打骂，只管发落[五]，别叫我出去，就是天恩了。我跟了太太十来年，这会子撵出去，我还见人不见人呢！"王夫人固然是个宽仁慈厚的人，从来不曾打过丫头们一下，今忽见金钏儿行此无耻之事，此乃平生最恨者，故气忿不过，打了一下，骂了几句。虽金钏儿苦求，亦不肯收留，到底唤了金钏儿之母白老媳妇来，领了下去。那金钏儿含羞忍辱的出去，不在话下。

且说宝玉见王夫人醒来，自己没趣，忙进大观园来。只见赤日白天，树阴合地，满耳蝉声，静无人语。刚到了蔷薇花架，只听见有人哽噎之声。宝玉心中疑惑，便站住细听，果然架下那边有人。如今五月之际，那蔷薇正是花叶茂盛之时，宝玉便悄悄的隔着篱笆洞儿一看，只见一个女孩子蹲在花下，手里拿着根绾头的簪子在地下抠土，一面悄悄的流泪[六]。宝玉心中想道："难道这也是个痴丫头，又像颦儿来葬花不成？"因又自笑道："若真也葬花，可谓'东施效颦'，不但不为奇特，且更可厌了。"想毕，便要叫那女子，说："你不用跟着林姑娘学了。"话未出口，幸而再看时，这女孩子面生，不是个侍女，倒像是那十二个学戏的女孩子之内一个，却辨不出他是生旦净丑那一个角色[七]来。宝玉忙把舌头一伸，将口掩住，自己想道："幸而不曾造次。上两次皆因造次了，颦儿也生气，宝钗[八]也多心，如今再得罪了他们，越发没意思了。"一面想，一面又恨认不得这个是谁。

再留神细看，只见这女孩子眉蹙春山，眼颦秋水，面薄腰纤，袅袅婷婷，大有林黛玉之态。宝玉早又不忍弃他而去[九]，只管痴看。只见他虽然用金簪划地，并不是掘土埋花，竟是向土上画字。宝玉用眼随着簪子的起落，一直一画、一点、一勾的去数，一数，十八笔[十]。自己又在手心里，用指头按着他方才下笔的规矩写了，猜是个什么字。写成一想，原来就是蔷薇花的"蔷"字。宝玉想道："必定是他也要作诗填词。这会子见了这花，因有所感，或者偶成了两句，一时兴至，恐忘了，故在地下画着推敲，也未可知。且看他底下再写什么。"一面想，一面又看，只见那女孩子还在那里画呢，画来画去，还是个"蔷"字。再看，还是个"蔷"字。里面的原是早已痴了，画完一个"蔷"，又画一个"蔷"，已经画了有几十个。外面不觉的也看痴了，两个眼睛珠儿只管随着簪子动，心里却想："这女孩子一定有什么说不出的大心事，才这么个形景。外面既是这个形景，心里不知怎么熬煎。看他的模样儿这般单薄，心里那里还搁的住熬煎。可恨我不能替你分些过来。"

伏中阴晴不定，片云可致雨，忽一阵凉风过来，唰唰的落下一阵雨来。宝玉看着那女子头上滴下水来，纱衣裳登时湿了。宝玉想道："这时[十一]下雨，他这个身子，如何禁得骤雨一激！"因此禁不住便说道："不用写了。你看下大雨，身上都湿了。"那女孩子听说，倒唬了一跳，抬头一看，只见花外一个人叫他不要写了，下大雨了。一则宝玉脸面俊秀；二则花叶繁茂，上下俱被枝叶隐住，刚露着半边脸，那女孩子只当是个丫头，再不想是宝玉，因笑道："多谢姐姐提醒了我。难道姐姐在外头有什么遮雨的？"一句提醒了宝玉，"哎哟"了一声，觉得浑身冰凉。低头一看，自己身上也都湿了。说声"不好了"，只得一气跑回怡红院去了，心里却还记挂着那女孩子没处避雨。

原来明日是端阳节，那文官等十二个女子都放了学，进园来各处玩耍，可巧小生宝官、正旦玉官两个女孩子，正在怡红院和袭人玩笑，被雨阻住。大家把沟堵了，水积在院内，把些绿头鸭、花鹨鹨、彩鸳鸯，捉的捉，赶的赶，缝了翅膀，放在院内玩耍，将院门关了。袭人等都在游廊下嬉笑。宝玉见关着门，便以手扣门，里面诸人只顾笑，那里听见。叫了半日，拍的门山响，里面方听见了，估着宝玉这会子再不回来的。袭人笑道:"谁这会子叫门,谁人开去。"宝玉道:"是我。"麝月道:"是宝姑娘的声音。"晴雯道:"胡说!宝姑娘这会子做什么来。"袭人道:"让我隔着门缝儿瞧瞧,可开就开,要不可开,叫他淋着去。"说着,便顺着游廊到门前,往外一瞧,只见宝玉淋的雨打鸡一般。袭人见了又是着忙又是可笑,忙开了门,笑的弯腰拍手道:"你怎么大雨里跑什么?那里知道是爷回来了。"

  宝玉一肚子没好气,满心里要把开门的踢几脚,及开了门,并不看真是谁,还只当是那些小丫头子们,便抬腿踢在肋上。袭人"哎哟"了一声。宝玉还骂道:"下流东西们!我素日担待你们得了意,一点儿也不怕,越发拿我取笑儿了。"口里说着,一低头,见是袭人哭了,方知踢错了,忙笑道:"哎哟,原来是你!踢在那里了?"袭人从来不曾受过一句大话的,今忽见宝玉生气踢他一下,又当着许多人,又是羞,又是气,又是疼,真一时置身无地。待要怎么样,料着宝玉未必是安心踢他,少不得忍着说道:"没有踢着。还不换衣裳去。"宝玉一面进房来解衣,一面笑道:"我长了这么大,今日头一遭儿生气打人,不想就偏遇见了你!"袭人一面忍痛换衣裳,一面笑道:"我是个起头儿的人,不论事大事小是好是歹,自然也该从我起。但只是别说打了我,明儿顺了手也打起别人来。"宝玉道:"我才刚也不是安心。"袭人道:"谁说是你安心了!素日开门关门的,都是那些小丫头子们的事。他们是憨皮惯了的,早已恨的人牙痒,他们也没个怕惧儿。你当是他们,踢一下子,唬唬他们也好。才刚是我淘气,不叫开门的。"

  说着,那雨已住了,宝官、玉官已早去了。袭人只觉肋下疼的心里发闹,晚饭也不曾好生吃。至晚间洗澡时脱了衣服,只见肋上青了碗大一块,自己倒唬了一跳,又不好声张。一时睡下,梦中作痛,由不得"哎哟"之声从睡中哼出。宝玉虽说不是安心,因见袭人懒懒的,也睡不稳。忽夜间听见"哎哟",便知踢重了,自己下床来悄悄地秉灯来照。刚到床前,只见袭人嗽了两声,吐出一口痰来,"哎哟"一声,睁开眼见了宝玉,倒唬了一跳,道:"做什么?"宝玉道:"你梦里'哎哟',必定我踢重了。我瞧瞧。"袭人道:"我头上发晕,嗓子里又腥又甜,你倒照一照地下罢。"宝玉听说,果然持灯向地下一照,只见一口鲜血在地。宝玉慌了,只说"了不得了!"袭人见了[十二],

也就心冷了半截。要知端的，且听下回分解。

【总评】爱众不常，多情不寿。风月情怀，醉人如酒。

校　记：
　　[一] 此处的"和你"二字，原文为"你和"，据庚辰本改。
　　[二] 原文无"在"字，据庚辰本补。
　　[三] 原文无"其"字，据庚辰本补。
　　[四] 此处原文有"了"字，据庚辰本删去。
　　[五] 此处的"发落"二字，原文为"罚落"，据列藏本改。
　　[六] 此处的"流泪"二字，原文为"流泣"，据列藏本改。
　　[七] 此处的"角色"二字，原文为"脚色"，据庚辰本改。
　　[八] 此处的"宝钗"二字，原文为"宝钗儿"，据梦稿本改。
　　[九] 此处的"弃他而去"数字，原文为"弃他相去"，据蒙府本改。
　　[十] 此处的"十八笔"三字，原文为"十七笔"，据蒙府本改，庚辰本同蒙府本。
　　[十一] 此处的"时"字，原文为"是"，据庚辰本改。
　　[十二] 此处原文有"他"字，据蒙府本删去。

第三十一回

撕扇子作千金一笑　　因麒麟伏白首双星

【回前】撕扇子，是以不知情之物，供娇嗔不知情时之人一笑，所谓"情不情"。

　　金玉姻缘已定。又写一金麒麟，是间色法也。何颦儿为其所惑？故颦儿谓"情情"。

　　话说袭人见了自己吐的鲜血在地，也就冷了半截，想着往日常听人说："少年吐血，年月不保，纵然命长，总是废人了。"想起此言，不觉将素日想着后来争荣夸耀之心尽皆灰了，眼中不觉滴下泪来。宝玉见他哭了，也不觉心酸起来，因问道："你心里觉的怎么样？"袭人勉强笑道："好好的，觉怎么呢？"宝玉的意思，即刻便要叫人烫黄酒，要山羊血黎洞丸来。袭人拉了他的手，笑道："你〔一〕这一闹不打紧，闹起〔二〕多少人来，倒抱怨我轻狂。分明人不知道，倒闹的人知道了，你也不好，我也不好。正经明儿你打发小子，问问王太医去，弄点子药吃吃就好了。人不知鬼不觉的可不好么？"宝玉听了有理，也只得罢了，向案上斟了茶来，给袭人漱了口。袭人知宝玉心内是不安稳的，待要不叫他伏侍，他又必不依；二则定要惊动别〔三〕人，不

第三十一回 撕扇子作千金一笑 因麒麟伏白首双星

如由他去罢，因此只在榻上由宝玉去伏侍。一交五更，宝玉也顾不的梳洗，忙穿衣出来，将王济仁叫来，亲自确问。王济仁问其缘故，是伤损，便说了个丸药的名字，怎么服，怎么敷。宝玉记了，回园依方调治，不在话下。

这日正是端阳佳节，蒲艾簪门，虎符系背。午间，王夫人治了酒席，请薛家母女等赏午。宝玉见宝钗淡淡的，也不和他说话，自知是昨儿的缘故。王夫人见宝玉没精打采，也只当是金钏儿昨日之事，他没好意思的，越发不理他。黛玉见宝玉懒懒的，只当是他因为得罪了宝钗的缘故，心中不悦，形容也就懒懒的。凤姐昨日晚间王夫人就告诉了他宝玉、金钏的事，知道王夫人不自在，自己如何敢说笑，也就随着王夫人的气色行事，更觉淡淡的。贾迎春姊妹见众人无意思，也都无意思了。因此，大家坐了一坐，就散了。

林黛玉天性喜散不喜聚，他想的也有个道理。他说："人有聚就有散，聚时欢喜，到散时岂不清冷？既清冷，则生伤感，所以不如倒是不聚的好。比如那花开时令人爱慕，谢时则增惆怅，所以倒是不开的好。"故此人以为喜之时，他反以为悲。那宝玉情性只愿常聚，生怕一时散了添悲。比如那花只愿常开，生怕一时谢了没趣；只到筵散花谢，虽有万种悲伤，也就无可如何了。因此，今日之筵，大家无兴散了，林黛玉倒不觉得，倒是宝玉心中闷闷不乐，回至自己房中长嗟短叹。

偏生晴雯上来换衣服，不防又把扇子失手跌在地下，将股子跌折。宝玉因叹道："蠢才，蠢才！将来怎么样？明儿你自己当家立事，难道也是这么顾前不顾后的？"晴雯冷笑道："二爷近来气大的很，行动就给脸子瞧。前儿连袭人都打了，今儿又来寻我们的不是。要踢要打凭爷去！就是跌了扇子，也是平常的事。先时连那么样的玻璃缸、玛瑙碗不知弄坏多少，也没见个大气儿，这会子一把扇子就这么着了。何苦来！要嫌我们就打发我们，再挑好的使。好离好散的，倒不好？"宝玉听了这些话，气的浑身发颤，因说道："你不用忙，将来有散的日子！"

袭人在那边早已听见，忙赶过来，向宝玉道："好好的，又怎么了？可是我说的'一时我不到，就有事故儿'。"晴雯听了冷笑道：

"姐姐既会说，就该早来，也省了爷生气。自古以[四]来，就是你一个人伏侍爷的，我们原没伏侍过。因为你伏侍的好，昨日才挨过窝心脚；我们不会伏侍的，明儿还不知是个什么罪呢！"袭人听了这话，又是恼，又是愧，待要说几句话，又见宝玉已经气的黄了脸，少不得自己忍了性子，推晴雯道："好妹妹，你出去逛逛，原是我们的不是。"晴雯听他说"我们"两个字，自然是他和宝玉了，不觉又添了醋意，冷笑几声，道："我倒不知道你们是谁，别叫我替你们害臊了！便是你们的鬼鬼祟祟干的那事儿，也瞒不过我去，那里就称起'我们'来了？正明公道，连个姑娘还没挣上去呢，也不过和我似的，那里就称上'我们'了！"袭人羞的脸紫胀起来，想一想，原是自己把话说错了。宝玉一面说："你们气不忿，我明儿偏抬举他。"袭人忙拉了宝玉的手道："他一个糊涂人，你和他分证什么？况且你素日又是有担待的，比这大的过去了多少，今儿是怎么了？"晴雯冷笑道："我原是糊涂人，那里配和你说话呢！"袭人听说道："姑娘倒底是和我拌嘴呢，是和二爷拌嘴呢？要是心里恼我，你只和我说，不犯当着二爷吵，要是恼二爷，不该这么吵的万人知道。我才也不过是为了事，进来劝开了，大家保重。姑娘倒寻上我的晦气。又不像是恼我，又不像是恼二爷，夹枪带棒，终究是个什么主意？我就不多说，让你说去！"说着便往外走。宝玉向晴雯道："你也不用生气，我也猜着你的心事了。我回太太去，你也大了，打发你出去，可好不好？"晴雯听见了这话，不觉又伤起心来，含泪说道："我为什么出去？要嫌我，变着法儿打发我出去，也不能够。"宝玉道："我何曾经过这个吵闹？一定是你要出去了。不如回太太，打发你去吧。"说着，站起来就要走。袭人忙回身拦住，笑道："往那里去？"宝玉道："回太太去。"袭人笑道："好没意思！认真的去回，也不怕臊了？便是他认真要去，也等他把这气下去了，等无事中说话儿回了太太也不迟。这会子急急的当一件正经事去回，岂不叫太太犯疑？"宝玉道："太太必不犯疑，我只明说是他闹着要去的。"晴雯哭道："我多早晚闹着要去了？饶生了气，还拿话压派我。只管去回，我一头碰死了也不出这门儿。"宝玉道："这又奇了。你又不去，你又闹些什么？我经不起这吵，不如去了倒干净。"说着一定要去回。袭人见拦不住，只得跪下了。碧痕、秋纹、麝月等

第三十一回　撕扇子作千金一笑　因麒麟伏白首双星

众丫鬟见吵闹，都鸦雀无闻的在外头听消息，这会子听见袭人跪下央求，便一齐进来都跪下了。宝玉忙把袭人扶起来，叹了一声，在床上坐下，叫众人起去，向袭人道："叫我怎么样才好！这个心使碎了也没人知道。"说着不觉滴下泪来。袭人见宝玉流下泪来，自己也就哭了。

晴雯在旁哭着，方欲说话，只见林黛玉进来，便出去了。林黛玉笑道："大节下怎么好好的哭起来？难道是为争粽子吃争恼了不成？"宝玉和袭人"嗤"的一笑。黛玉道："二哥哥不告诉我，问他就知道了。"一面说，一面拍着袭人的肩，笑道："好嫂子，你告诉我。必定是你们两个拌了嘴，告诉妹妹，替你们和劝和劝。"袭人推他道："林姑娘你闹什么？我们一个丫头，姑娘只是混说。"黛玉笑说："你说你是丫头，我只拿你当嫂子。"宝玉道："你何苦来替他招骂名儿。饶这么着，还有人说闲话，还搁的住你来说他。"袭人笑道："林姑娘，你不知道我的心事，除非一口气不来死了倒也罢了。"林黛玉笑道："你死了。别人不知怎么样，我先就哭死了。"宝玉笑道："你死了，我做和尚去。"袭人笑道："你老实些罢，何苦还说这些话！"林黛玉将两个指头一伸，抿嘴笑道："做了两个和尚了。我从今以后都记着你做和尚的遭数儿。"宝玉听了，知道是他点前日的话，自己一笑也就罢了。

一时，黛玉去后，就有人说"薛大爷请"，宝玉只得去了。原来是吃酒，不能推辞，只得尽席而散。晚间回来，已带了几分酒，踉跄来至自己院内，只见院中早把乘凉枕榻设下，榻上有个人睡着。宝玉只当是袭人，一面在榻沿上坐下，一面推他，问道："疼的好些了？"只见那人翻身起来说："何苦又来招我！"宝玉一看，原来不是袭人，却是晴雯。宝玉将他一拉，拉在身旁坐下，笑道："你的性子越发娇惯了。早起就是跌了扇子，我不过就说那两句，你就说上那些话。你说我也罢了，袭人好意来劝，你又括上他，你自己想想，该不该？"晴雯道："怪热的，拉拉扯扯像什么？叫人看见像什么！我这身子也不配坐在这里。"宝玉笑道："你既知道不配，为什么睡着呢？"晴雯没的话，"嗤"的又笑了，说："你不来，便使得；你来了，就不配了。起来！让我洗澡去。袭人、麝月都洗了澡，我叫了他们来。"宝玉笑道："我才又吃了好些酒，还得洗一洗。你既没有洗，拿了水来，咱们两个洗。"晴雯摇手笑道："罢，罢！我不敢惹爷。还记得碧痕打发你洗澡,足有两三个时辰,也不知道做什么呢。我们也不好进去的。后来洗完了,进去瞧瞧,地下的水淹着床腿,连席子上都汪着水,也不知是怎么洗了,笑了几天。我也没那工夫收拾,也不用同我洗去。今儿也凉快,那会子洗了,可也不用洗了。我倒舀一盆水来,你洗洗脸,通通头。才刚鸳鸯送了好些果子来,都湃在那水晶缸里呢,叫他们打发你吃。"宝玉笑道:"既这么着,你也不许洗去,只洗洗手,来拿果子吃罢。"晴雯笑道:"我慌张的很,连扇子还跌折了,那里还配打发吃果子?倘或再打破了盘子,更了不得呢。"宝玉笑道:"你爱打就打,这些东西原不过是借人所用,你爱这样,我爱那样,各自性情不同。比如那〔五〕扇子原是扇的,我要撕着玩也可以使得,只是不可生气时拿他出气。就如杯盘,原是盛东西的,你喜欢听那声响,就故意的打碎了也可以使得,只是别在生气时拿他出气。这就是'爱物'了。"晴雯听了,笑道:"既这么说,你就拿了扇子来我撕。我最喜欢撕的。"宝玉听了,便笑着递与他。晴雯果然接过来,"嗤"的一声,撕了两半,接着"嗤嗤",又听几声。宝玉在旁笑着说:"响的好!再撕响些!"正说着,只见麝月走过来,笑道:"少作些孽罢。"宝玉赶上来,一把将他手里的扇子也夺了递与晴雯。晴雯接了,也撕了几半子,二人都大笑。麝月道:"这是怎么说,拿我的东西开心儿?"宝玉笑道:"打开扇子匣子你拣去,什么好东西!"麝月道:"既这么说,就把匣子搬了出来,让他尽力的撕。岂不好?"宝玉笑道:"你就搬去。"麝月道:"我可不造这孽。他也没折了手,叫他自己搬去。"晴雯笑着,倚在床上说道:"我也乏了,明儿再撕罢。"宝玉笑道:"古人云,'千金难买一笑',几把扇子能值几何!"一面说着,一面叫袭人。袭人才换了衣服走出来,小丫头佳蕙过来拾去破扇,大家乘凉,不消细说。

　　至次日午间,王夫人、薛宝钗、林黛玉众姊妹正在贾母房中坐着,就有人回:"史大姑娘来了。"一时,果见史湘云带领许多丫鬟、媳妇走进院来。宝钗、黛玉等忙迎至阶下相见。青年姊妹间经月不见,一旦相逢,其亲密自不消说得。一时进入房中,请安问好,都见过了。贾母因说:"天热,把外头的衣服脱了罢。"史湘云忙起身宽衣。王夫人因笑道:"也没见穿上这些做什么?"史湘云笑道:"都是二婶婶叫穿的，谁愿意穿这些。"宝钗在旁笑道："姨妈不知道，他穿衣裳还更爱穿别人的衣裳。可记得旧年三四月里，他在这里住着，把宝[六]兄弟的袍子[七]穿上，靴子也穿上，额子也勒上，猛一瞧倒像是宝兄弟，就是多两个坠子。他站在那椅子背后，哄的老太太只是叫：'宝玉，你过来，仔细头上挂的那灯穗子招下灰来迷了眼。'他只是笑，也不过去。后来大家撑不住笑了，老太太才笑了，说：'倒扮上小子好看了'。"林黛玉道："这算什么。惟有前年正月里接了他来，住了没两日，下起雪来，老太太和舅母那日想是才拜了影回来，老太太的一个簇新的大红猩猩毡斗篷放在那里，谁知眼错不见他就披了，又大又长，他就拿了个手帕子，拦腰系上，和丫头们在后院子里扑雪人儿去，一跤栽在沟跟前，弄了一身泥水。"说着，大家想着前情，都笑了。宝钗笑向那[八]周奶妈道："周妈，你们姑娘还那么淘气不淘气了？"周奶娘也笑了。迎春笑道："淘气也罢了，我就嫌他爱说话。也没见睡在那里还咭咭呱呱，笑一阵，说一阵，也不知那里来的那些谎话？"王夫人道："只怕如今好了。前日有人家来相看，眼见有婆婆家了，还是那么着？"贾母因问："今儿还是住着，还是家去呢？"周奶娘笑道："老太太没有看见衣服都带了来，可不住两天？"史湘云问道："宝玉哥哥不在家么？"宝钗笑道："他不想着别人，只想宝兄弟，两个人好玩的。这可见还没改了淘气。"贾母道："如今你们大了，别提小名儿了。"

刚说着，只见宝玉来了，笑道："云妹妹来了。怎么前儿打发人接你去，怎么不来？"王夫人道："这里老太太才说这一个，他又来提名道姓的了。"林黛玉道："你哥哥得了好东西，等着你呢。"湘云道："什么好东西？"宝玉笑道："你信他呢！几日不见，越发高了。"湘云笑道："袭人姐姐好？"宝玉道："多谢你记念。"湘云道："我给他带了好东西来了。"说着，拿出手帕子来，挽着一个疙瘩。宝玉道："什么好的？你倒不如把前儿送来的那种绛纹石的戒指儿带两个给他。"湘云笑道："这是什么？"说着便打开。众人看时，果然就是上次送来的那绛纹石戒指，一包四个。林黛玉笑道："你们瞧瞧，他这主意！前儿一般的打发人给我们送了来，你就把它[九]也带了来，岂不省事？今儿巴巴的自己带了来，我当又是什么新奇东西，原来还是它〔+〕！真真你是糊涂人。"史湘云笑道："你才糊涂呢！我把这理说出来，大家评一评，谁糊涂？给你们送东西，就是使来的人不用说话，拿进来一看，自然就知道是送姑娘们的了；若带他们的东西，这得我先告诉来人，这是那一个丫头的，那是那一个丫头的，那使来的人明白还好，再糊涂些，丫头的名字他也不记得，混闹胡说的，反连你们的东西都搅糊涂了。若是打发个女人素日知道的还罢了，偏生前儿又打发小子来，可怎么说丫头们的名字呢？横竖我来给他们带来，岂不清白。"说着，把四个戒指放下，说道："袭人姐姐一个，鸳鸯姐姐一个，金钏儿姐姐一个，平儿姐姐一个。这倒是四个人的，难道小子们也记得这么清白？"众人听了，都笑道："果然明白。"宝玉笑道："还是这么会说话，不让人。"林黛玉听了，冷笑道："他不会说话，他的金麒麟也会说话。"一面说着，便起身走了。幸而诸人都不曾听见，只有薛宝钗抿嘴一笑。宝玉听见，倒自己后悔又说错了话，忽见宝钗一笑，由不得也笑了。宝钗见宝玉笑了，忙起身走开，找了林黛玉去说笑。

贾母因向湘云道："吃了茶歇一歇，瞧瞧你的嫂子们去。园里也凉快，同你姐姐们去逛逛。"湘云答应了，将三个戒指儿包上，歇了一歇，便起身要瞧凤姐等人去。众奶娘、丫头跟着，到了凤姐那里，说笑了一会，出来便往大观园来。见过了李宫裁，少坐片时，便往怡红院来找袭人。因回头说道："你们不必跟着，只管瞧你们的朋友、亲戚去，留下翠缕伏侍就是了。"众人听了，自去寻姑觅嫂，早剩下湘云、翠缕两个人。翠缕道："这荷花怎么还不开？"史湘云道："时候没到。"翠缕道："这也和咱们家池子里的一样，也是楼子花？"湘云道："他们这个还不如咱们的。"翠缕道："他们那边有棵石榴，接连四五枝，真是楼子上起楼子，这也难为他长。"湘云道："花草也是同人一样，气脉充足，长的就好。"翠缕把脸一扭，说道："我不信这话。若说同人一样，我怎么不见头上又长出一个头来的人？"湘云听了，由不得一笑，说道："我说你不用说话，你偏好说。这叫人怎么好答言？天地间都赋阴、阳二气所生，或正或邪，或奇或怪，千变万化，都是阴、阳顺逆。多少一生出来，人罕见的就奇，究竟理还是一样。"翠缕道："这么说起来，从古至今，开天辟地，都是阴、阳了？"湘云笑道:"糊涂东西,越说越放屁。什么'都是些阴、阳',难道还有个'阴、阳'不成!'阴'、'阳'两个字还只一字,'阳'尽了就成'阴','阴'尽了就成'阳',不是'阴'尽了又有个'阳'生出来,'阳'尽了又有个'阴'生出来。"翠缕道:"这糊涂死了我!什么是个'阴、阳',没影没形的。我只问姑娘,这'阴、阳'是怎么个样儿?"湘云道:"'阴、阳'可有什么样儿,不过是个气,器物赋了成形。比如天是'阳',地就是'阴';水是'阴',火就是'阳';日是'阳',月就是'阴'。"翠缕听了,笑道:"是了,是了,我今儿可明白了。怪道人都看着日头叫'太阳'呢,算命的[十一]管着月亮叫什么'太阴星',就是这个理了。"湘云笑道:"阿弥陀佛!刚刚的明白了。"翠缕道:"这些大东西有'阴、阳'也罢了,难道那些蚊子、蚊蚤、蠓虫儿、花儿、草儿、瓦片儿、砖头儿也有'阴、阳'不成?"湘云道:"怎么没有呢?比如那一个[十二]树叶儿还分'阴、阳'呢!那边向上朝阳的就是'阳',这边背阴覆下的就是'阴'。"翠缕听了,点头笑道:"原来这样,我可明白了。只是咱们这手里的扇子,怎么是'阳',怎么是'阴'呢?"湘云道:"这边正面就是'阳',那反面就为'阴'。"翠缕又点头笑了,还要拿几件东西问[十三],因想不起个什么来,猛低头就看见湘云宫绦上系的金麒麟,便提起来笑道:"姑娘,这个难道也有'阴、阳'?"湘云道:"走兽飞禽,雄为'阳',雌为'阴';牝为'阴',牡为'阳'。怎么没有呢!"翠缕道:"这是公的,到底是母的呢?"湘云道:"这连我也不知道。"翠缕道:"这也罢了,怎么东西都有'阴、阳',咱们人倒没有'阴、阳'呢?"湘云照脸啐了一口道:"下流东西,好生走罢!越说越说出好的来了!"翠缕笑道:"这有什么不告诉我的呢?我也知道了,不用难我。"湘云笑道:"你知道什么?"翠缕道:"姑娘是'阳',我就是'阴'。"说着,湘云拿手帕子捂着嘴,"呵呵"的笑起来。翠缕道:"说是了,就笑的这样!"湘云道:"很是,很是。"翠缕道:"人规矩,主子为'阳',奴才为'阴'。我连这个大道理也不懂得?"湘云笑道:"你很懂得"。

一面说,一面走[十四],刚到蔷薇架下,湘云道:"你瞧那是谁掉[十五]的首饰,金晃晃在那里。"翠缕听了,忙赶上拾在手里攥着,笑道："可分出'阴、阳'来了。"说着，先拿史湘云的麒麟瞧。史湘云要他拣的瞧，翠缕只管不放手，笑道："是件宝贝，姑娘瞧不得。这是从那里来的？好奇怪！我从来在这里，没见有人有这个。"湘云道："拿来我瞧瞧。"翠缕将手一撒，笑道："请看。"湘云举目一验，却是文彩辉煌的一个金麒麟，比自己佩的又大又有文采。湘云伸手擎在掌上，只是默默不语，正自出神，忽见宝玉从那边来了，笑问道："你两个在这日头底下做什么呢？怎么不找袭人去了？"史湘云连忙将那麒麟藏起道："正要去呢。咱们一处走。"说着，大家进入怡红院来。

　　袭人正在阶下倚槛追风，忽见湘云来了，连忙迎下来，携手笑说一向别情景况。一时进来归坐，宝玉因笑道："你该早来，我得了一件好东西，专等你呢。"说着，一面在身上摸掏，掏了半天，"阿呀"了一声，便问袭人"那个东西你收起来了么？"袭人道："什么东西？"宝玉道："前儿得的麒麟。"袭人道："你天天带在身上的，怎么问我？"宝玉听了，将手一拍，说道："这可丢了，往那里找去！"就要起身自己寻去。史湘云听了，方知是他遗落的，便笑问道："你几时也有麒麟了？"宝玉道："前儿好容易得的呢，不知多早晚丢了，我也糊涂了。"史湘云笑道："幸而是玩的东西，还是这么慌张。"说着，将手一撒，笑道："你瞧瞧，是这个不是？"宝玉一见由不得欢喜非常，因说道：……不知是如何，且听下回分解。

　　【总评】后数十回若兰在射圃所佩之麒麟，正此麒麟也。提纲伏于此回中。所谓草蛇灰线，在千里之外。

校　记：
　　[一]原文无"你"字，据庚辰本补。
　　[二]原文无"起"字，据己卯本补。
　　[三]原文无"别"字，据庚辰本补。
　　[四]此处的"以"字，原文为"一"，据蒙府本改。
　　[五]此处的"那"字，原文为"搧"，据蒙府本改。
　　[六]原文无"宝"字，据蒙府本补。
　　[七]此处的"袍子"二字，原文为"袍"，据蒙府本改。

［八］原文无"那"字，据蒙府本补。
［九］［十］此处的"它"字，原文为"他"，校者改。
［十一］原文无"的"字，据蒙府本补。
［十二］此处的"个"字，原文为"颗"，据蒙府本改。
［十三］原文无"问"字，据庚辰本补。
［十四］原文无"走"字，据庚辰本补。
［十五］此处的"掉"字，原文为"吊"，校者改。

第三十二回

诉肺腑心迷活宝玉　含耻辱情烈死金钏

【回前】前明显祖汤先生有《怀人诗》一绝，读之堪合此回，故录之以待知音："无情无尽却情多，情到无多得尽么。解到多情情尽处，月中无影水无波。"

话说宝玉见那麒麟，心中甚是欢喜，便伸手来拿，笑道："亏你拣着了。你是那里拣的？"史湘云笑道："幸而是这个，明儿倘或把印也丢了，难道也就罢了不成？"宝玉笑道："倒是丢了印平常，若丢了这个，我就该死了。"袭人斟了茶来与史湘云吃，一面笑道："大姑娘，听见前儿你大喜了。"史湘云红了脸，吃茶不答。袭人道："这会子又害臊了。你还记得十年前，咱们在西边暖阁住着，晚上你同我说的话儿？那会子不害臊，这会子怎么又害臊了？"史湘云笑道："你还说呢，那会子咱们那么好，后来我们太太没了，我家去住了一程子，怎么就把你派了跟二哥哥；我来了，你就不像先待我了。"袭人笑道："你还说呢，先姐姐长、姐姐短哄着我替你梳头洗脸，做这个，弄那个；如今大了，就拿出小姐的款来①。你既拿小姐的款，我怎么敢亲近

---

① 蒙侧：大家风范，情景逼真。

呢？"史湘云道："阿弥陀佛，冤枉冤哉[一]！我要这样，就立刻死了。你瞧瞧，这么大热天，我来了，必定赶来先瞧瞧你。你不信，你问问缕儿，我在家时时刻刻，那一回不念你几声？"话未了，忙的袭人和宝玉都劝道："玩话你又认真了，还是这么性急！"史湘云道："你不说你的话噎人，倒说人性急。"一面说，一面打开手帕子，将戒指递与袭人①。袭人感谢不尽，因笑道："你前儿送你姐姐们的，我已得了；今儿亲自又送来，可见是没忘了我。只这个就试出你来了。戒指儿能值多少，可见你的心真。"史湘云道："是谁给你的？"袭人道："是宝姑娘给我的。"湘云笑道："我只当林姐姐给你的，原来是宝钗姐姐给了你。我天天在家里想着，这些姐姐们再没一个比宝姐姐好的。可惜我们不是一个娘养的，我但凡有这么个亲姐姐，就是没了父母，也是没妨碍的。"说着，眼睛圈儿就红了②。宝玉道："罢，罢！不用提这话。"史湘云道："提这个便怎么？我知道你的心病，恐怕你的林妹妹听见，又怪嗔我赞了宝姐姐。可是为这个不是？"袭人在旁"嗤"的一笑，说道："云姑娘，你如今大了，越发心直嘴快了。"宝玉笑道："我说你们这几个人是难说话，果然不错。"史湘云道："好哥哥，你不必说了，叫我恶心。只会在我们跟前说话，见了你林妹妹，又不知怎么了③。"

袭人道："且别说话，正有一件事还要求你呢。"史湘云便问"什么事？"袭人道："有一双鞋，抠了垫心子。我这两日身上不好，不得做，你可有工夫替我做做？"史湘云笑道："这又奇了，你家放着这些巧人不算，还有什么针线上的，裁剪上的，怎么叫我做起来？你的活计叫谁做，谁好意思[二]不做呢。"袭人笑道："你又糊涂了。你难道不知道，我们这屋里的针线，是不要那些针线上的做的④。"史湘云听了，便知是宝玉的鞋了，因笑道："既这么说，我就替你做了罢。只是一件，你的我才做，别人的我可不能。"袭人笑道："又来了！我是个什么，就烦你做鞋了？实告诉你，可不是我的。你别管是谁的，横竖

---

① 蒙侧：心中意中，多少情致。
② 蒙侧：千古同慨！
③ 蒙侧：豪爽情形如画。
④ 蒙侧："我们这屋里"等字，精神活跳。

我领情就是了。"史湘云道："论理，你的东西也不知烦我做了多少，今儿我倒不做了的缘故，你必定也知道。"袭人道："倒也不知道①。"史湘云冷笑道："前儿我听见把我做的扇套子拿着和人家比，赌气又铰了。我早就听见了，你还瞒我？这会子又叫我做，我成了你们的奴才了！"宝玉忙笑道："前儿的那事，本不知是你做的。"袭人也笑道："他本不知是你做的。是我哄他的话，说是新近外头有个会做活计的女孩子，说扎的出奇的花，我叫他们拿了一个扇套子试试看好不好。也就信了，拿出去给这个瞧给那个看的。不知怎么又惹恼了林姑娘，便铰了两段。回来他还叫着人做去，我才说了是你做的，他后悔的什么似的②。"史湘云道："这越发奇了。林姑娘他也犯不上生气，他既会剪，就叫他做。"袭人道："他可不做呢。饶这么着，老太太还怕他劳碌呢。大夫又说道：'好生静养才好。'谁还烦他做？旧年好一年的工夫，做了个香袋儿；今年半年，还没见拿针线呢。"

　　正说着，有人来回说："兴隆街的大爷来了，老爷叫二爷出去会。"宝玉听了，便知贾雨村来了，心中好不自在。袭人忙去拿衣服。宝玉一面蹬着靴子，一面抱怨道："有老爷和他坐着就罢了，回回定要见我③。"史湘云一面摇着扇子，笑道："自然你能会宾接客，老爷才叫你出去呢。"宝玉道："那里是老爷？都是他自己要请我去见的。"湘云笑道："'主雅客来勤'，自然你有些惊他的好处，他才只要会你。"宝玉道："罢，罢！我也不敢称雅，俗中又俗的一个俗人，并不愿同这些人往来④。"湘云笑道："还是这个情性，改不了。如今大了，你就不愿读书去考举人进士的，也该常会会这些为官做宰的人们，谈谈讲讲些仕途经济的学问，也好将来应酬世务，日后也有个朋友。没见你成年家只在我们队里搅些什么！"宝玉听了，道："姑娘请别的姊妹屋里坐坐，我这里仔细脏了你知经济学问的。"袭人道："云姑娘快别说这话。上回也是宝姑娘也说过一回⑤，他也不管人脸上过的去过

---

① **蒙侧**：反衬迭起，灵活之至。
② **蒙侧**：描神。
③ **蒙侧**：原本烦俗。
④ **蒙侧**：我也不知宝玉是雅是俗，请诸同类一拟。
⑤ **蒙侧**：此际不同湘云一语，湘云也实难出一语。

第三十二回 诉肺腑心迷活宝玉 含耻辱情烈死金钏

不去，就'咳'了一声，拿起脚来走了。这里宝姑娘的话也没说完，见他走了，登时羞得脸通红，看他说不是，不说又不是。幸而是宝姑娘，那要是林姑娘，不知又闹的怎么样，哭的怎么样呢。提起这些话来，真真宝姑娘叫人敬重，自己讪了一会子去了。我倒过不去①，只当他恼了。谁知道后来还是照旧一样，真真有涵养，心地宽大。谁知这一个，反倒同他生分了。那林姑娘见你赌气不理他，你得赔多少不是呢。"宝玉道："林姑娘从来说过这些混帐话不曾？若他也说过这些混帐话，我早和他生分了②。"袭人和湘云都点头笑道："这原是混帐话？"辰：写足憨宝玉，殊可发一大笑。

原来林黛玉知道史湘云在这里，宝玉一定要赶来，说麒麟的缘故。因此心下忖度着，近日宝玉弄来的外传野史，多半才子佳人，都因小巧玩物上撮合，或有鸳鸯，或有凤凰，或玉环金佩，或鲛帕鸾绦，皆由小物而遂终身。今忽见宝玉亦有麒麟，便恐因此生隙，同史湘云也做出那些风流佳事来。因而悄悄走来，见机行事，以察二人之意。不想刚走来，正听见史湘云说经济事，宝玉又说："林妹妹不说这样混帐话，若说这话，我也和他生分了。"林黛玉听了这话，不觉又喜又惊，又悲又叹。所喜者，果然自己眼力不错，素日认他是个知己，果然是个知己。所惊者，他在人前一片私心称扬于我，其亲热厚密，竟不避嫌疑。所叹者，你既为我之知己，自然我亦可为你之知己矣；既你我为知己，则又何必有金玉之论哉；既有金玉之论，亦该你我有之，则又何必来一宝钗哉！所悲者，父母早逝，虽有铭心刻骨之言，无人为我主张。况近日每觉神思恍惚，病已渐成，医者更云气弱血亏，恐致劳怯之症。你我虽为知己，但恐自不能久待；你纵为我知己，奈我薄命何！想到此间，不禁滚下泪来。待要进去相见，自觉无味，便一面拭泪，一面抽身回去了③。

这里宝玉忙忙的穿了衣服出来，忽抬头见了林黛玉在前面慢慢的

---

① 蒙侧：袭人善解纷（原作忿）。
② 蒙侧：花爱水清明，水怜花色鲜。浮落虽同流，空惹鱼龙涎。
③ 蒙侧：普天下才子佳人，英雄侠客（原无）都同来一哭。我虽愚浊，也愿同声一哭！

走着，似有拭泪之状，便忙赶上来，笑道："妹妹往那里去①？怎么又哭了？又是谁得罪了你？"林黛玉回头见是宝玉，便勉强笑道："好好的，我何曾哭了。"宝玉笑道："你瞧瞧，眼睛上的泪珠儿未干，还撒谎呢。"一面说，一面禁不住抬起手来替他拭泪。林黛玉忙向后退了几步，说道："你又要死了！做什么这么动手动脚的②！"宝玉笑道："说话忘了情，不觉的动了手，也就顾不的死活。"林黛玉道："你死了倒不值什么，只是丢下了什么金，又是[三]什么麒麟，可怎么样呢？"一句话又把宝玉说急，赶上来问道："你说这话，到底是咒我还是气我呢？"林黛玉见问，方想起前日事来，遂自悔自己又说造次了，忙笑道："你别着急，我原说错了。这有什么的，筋都暴起来，急的一脸汗。"一面说，一面禁不住近前伸手替他拭面上的汗③。宝玉瞅了半天，方说道"你放心"三个字④。林黛玉听了，怔了半天，方说道："我有什么不放心的？我不明白这话。你倒说说怎么放心不放心？"宝玉叹了一口气，问道："你果不明白这话？难道我素日在你身上的心都用错了？连你的意思若体贴不着，就难怪你天天为我生气了。"林黛玉道："果然我不明白放心不放心的话。"宝玉点头叹道："好妹妹，你别哄我。果然不明白这话，不但我素日之意白用了，且连你素日待我之意也都辜负了⑤。你皆因总是不放心的缘故，才弄了一身病。但凡宽慰些，这病也不得一日重似一日⑥。"林黛玉听了这话，如轰雷掣电，细细思之，竟比自己肺腑中掏出来的还觉恳切，竟有万句言语，满心要说，只是半个字也不能吐，却怔怔的望着他⑦。此时宝玉心中也有万句言词，一时不知从那一句上说起，却也怔怔的望着黛玉。两个人怔了半天，林黛玉只咳了一声，两眼不觉滚下泪来，回身便要走⑧。宝玉

---

① 蒙侧：关心情致。
② 蒙侧：娇羞态（原作熊）。
③ 蒙侧：痴情态（原作熊）。
④ 蒙侧：连我今日看之也不懂，是何等文章。
⑤ 蒙侧：第二层。
⑥ 蒙侧：真疼真爱、真怜真惜中，每每生出此等心病来。
⑦ 蒙侧：何等神佛开慧眼，照见众生业障，为现此锦绣文章，说此上乘功德法。
⑧ 蒙侧：下笔时用一"走"，文之大力，孟贲不若也。

第三十二回　诉肺腑心迷活宝玉　含耻辱情烈死金钏

忙上前拉住，说道："好妹妹，且略站住，我说一句话再走。"林黛玉一面拭泪，一面将手推开，说道："有什么可说的？你的话我早知道了！"口里说着，却头也不回，竟去了。

宝玉站着，只管发起呆来。〖辰：儿女之情毕露，至此极矣。〗原来方才出来慌忙，不曾带得扇子，袭人怕他热，忙拿了扇子赶来送与他，忽抬头见了林黛玉和他站着。一时林黛玉走开，他还站着不动，因而赶上来说道："你也不带了扇子去，亏我看见，赶了送来。"宝玉出了神，见袭人和他说话，并未看出是何人来，便一把拉住，说道："好妹妹，我的这心事，从来不敢说，今儿我大胆说出来，死也甘心！我为你也弄了一身的病，这里又不敢告诉人，只好掩着。只等你的病好了，只怕我的病才得好呢。睡里梦里也忘不了你！"袭人听了这话，唬得魂消魄散，只叫："神天菩萨，坑死我了！"便推他道："这是那里的话！敢是中了邪？还不快去？"宝玉一时醒过来，方知袭人送扇子来，羞得满面紫胀，夺了扇子，便忙忙的抽身跑了。

这里袭人见他去了，自思方才之言，一定是因黛玉而起，如此看来，将来难免不才之事，令人可惊可畏。想到此间，也不觉怔怔的滴下泪来，心下暗度，如何处治，方免此丑祸。正猜疑[四]间，忽见宝钗从那边走来，笑道："大毒日头地下，出什么神呢？"这袭人见问，忙笑道："那边两个雀儿打架，倒也好玩，我就看住了。"宝钗道："宝兄弟这会子穿了衣服，忙忙的那里去了？我才看见走过去，倒要叫住问他呢。他如今说话越发没了经纬，我故此没叫他了，由他去罢。"袭人道："老爷叫他出去。"宝钗听了，忙道："哎哟！这么黄天暑热的，叫他做什么！别是想起什么来生了气，叫他出去教训一场①。"袭人笑道："不是这么，想是有客要会。"宝钗笑道："这个客也没意思，这么热天，不在家里凉快，还跑些什么！"袭人笑道："倒是你说的是。"

宝钗因而问道："云丫头在你们家做什么呢？"袭人笑道："才说了一会子闲话。你瞧，我前儿粘的那双鞋，明儿叫他做去。"宝钗听见这话，便两边回头，看无人来往，便笑道："你这个明白人，怎么一

---

① 蒙侧：偏是近。

时半刻的就不会体谅人情。我近来看着云丫头的神情，再风里言风里语的听起来，那云丫头在家里竟一点儿做不得主。他们家嫌费用大，竟不用那些针线上的人，差不多的东西都是他们娘儿们动手。为什么这几次他来了，他和我说话儿，见没人在跟前，他就说家里累的很。我再问他两句家常过日子的话，他就连眼圈儿都[五]红了，口里含含糊糊，待说不说的。想其[六]形景来，自然从小儿没爹娘的苦。我看着他，也不觉的伤起心来①。"袭人见说这话，将手一拍，说："是了，是了。怪道上月我烦他打十根蝴蝶结子，过了那些日子才打发人送来，还说：'这是粗打的，且在别处唻 辰：叶音。着使罢；要匀净的，等明儿来住着，再好生打罢。'如今听宝姑娘这话，想来我们烦他，他不好推辞，不知他在家里怎么三更半夜的做呢。可是我也糊涂了，早知是这样，我也不烦他了。"宝钗道："上次他告诉我，在家里做活计做到三更天，若是替别人做一点半点，他家的那些奶奶、太太们还不受用呢。"袭人道："偏生我们那个牛心左性的小爷，凭着小的大的活计，一概不要家里这些活计上的人做②。我又弄不开这些。"宝钗笑道："你理他呢！只管叫人做去，只说是你做的就是了。"袭人道："那里哄的信他？他才是认得出来呢。说不得，我只好慢慢累去罢了③。"宝钗笑道："你不必忙，我替你做些如何？"袭人笑道："当真的这样，就是我的福了。晚上我亲自送过来。"

　　一句话未了，忽见一个老婆子忙忙走来，说道："这是那里说起！金钏儿姑娘好好的投井死了！"袭人唬了一跳，忙问"那个金钏儿？"那老婆子道："那里还有两个金钏儿呢？就是太太屋里的。前儿不知为什么撵他出去，在家里哭天哭地的，也都不理会他，谁知找他不见了。才刚打水的人在那东南角下井里打水，见一个尸首，赶着叫人打捞起来，谁知是他。他们家还只管乱着要救活，那里中用了！"宝钗道："这也奇了。"袭人听说，点头赞叹，想素日同气之④情，不觉流

---

① **蒙侧**：真是知己，不罔湘云前言。
② **蒙侧**：多情的常（原作尝）有这样的"牛心左性"之癖。
③ **蒙侧**：痴心的情愿。
④ **蒙侧**：又一哭法。

下泪来。宝钗听见这话,忙向王夫人处来安慰。这里袭人回去不提。

却说宝钗来至王夫人房中,只见鸦雀无闻,独有王夫人在里间房内坐着垂泪①。宝钗便不好提这事,只得在旁坐了。王夫人便问:"你从那里来?"宝钗道:"从园里来。"王夫人道:"你从园里来,可见你宝兄弟?"宝钗道:"才倒看见他穿了衣服出去了,不知那里去②。"王夫人点头哭道:"你可知道一桩奇事?金钏儿忽然投井死了!"宝钗见说,道:"怎么好好的投井?这也奇了。"王夫人道:"原是前儿他把我一件东西弄坏了,我一时生气,打了他几下,撵了他下去。只说气他两天,还叫他上来,谁知他这么气性大,就投井死了,岂不是我的罪过。"宝钗叹道:"姨妈是慈善人,固然是这么想。据我看来,他并不是赌气投井。多半他下去住着,或是在井跟前憨玩,失了脚掉[七]下去的。他在上头拘束惯了,这一出去,自然要到各处去玩玩逛逛,岂有这样大气的理!纵然有这样大气,也不过是个糊涂人,也不为可惜③。"王夫人点头叹道:"这话虽然如此说,到底我心不安。"宝钗叹道:"姨妈也不必劳神念念于兹。若十分过不去,不过多赏他几两银子发送他,也就尽主仆情了。"王夫人道:"才刚我赏了他娘五十两银子,原要还把你妹妹们的新衣服拿两套给他妆裹。谁知凤丫头说可巧都没有什么新做的衣服,只有你林妹妹做生日的两套。我想你林妹妹那个孩子素日是个[八]有心的,况且他原也三灾八难的,既说了给他过生日,这会子又给人去妆裹,岂不忌讳?因为这么样,我现叫裁缝赶两套给他。要是别的丫头,赏他几两银子也就完了,只是金钏儿虽然是个丫头,素日在我跟前比我的女儿也差不多。"口里说着,不觉流下泪来。宝钗忙道:"姨妈这会子又何用叫裁缝赶去,我前儿倒做了两套,拿来给他岂不省事?况且他活着的[九]时候也穿过我的旧衣服,身量又相对。"王夫人道:"虽然这样,难道你不忌讳?"宝钗笑道:"姨妈放心,我从来不计较这些。"一面说,一面起身就走。王夫人忙

---

① 蒙侧:又一哭法。
② 蒙侧:世人多是凡事欲瞒人,偏不意中将要着逗露,理之所无而事则多有,何也?
③ 蒙侧:善劝人,大见解,惜乎不知其情,虽精金(原作美)玉之言,不中奈何!

叫了两个人来跟宝姑娘去。

一时，宝钗取了衣服回来，只见宝玉在王夫人旁边坐着垂泪。王夫人正才说他，因宝钗来了，却掩了口不说了①。宝钗见此景况，察言观色，早知觉了八分，于是将衣服交割明白。王夫人将他母亲叫来拿了去[十]。再听下回分解。

【总评】世上无情空大地，人间少爱景何穷。其中世界其中了，含笑同归造化功。

袭人、湘云、黛玉、宝钗等之爱之哭，各具一心，各具一见；而宝玉、黛玉之痴情痴性，行文如绘。真是现身说法，岂三家村老学究之可能梦见者？不禁炷香再拜。

校　记：

[一] 此处的"哉"字，原文为"灾"，据庚辰本改。

[二] 此处的"好意思"三字，原文为"不好意思"，据蒙府本改。

[三] 原文无"是"字，据庚辰本补。

[四] 此处的"猜疑"二字，原文为"裁疑"，校者改。

[五] 原文无"都"字，据己卯本补。

[六] 原文无"其"字，据蒙府本补。

[七] 此处的"掉"字，原文为"吊"，据梦稿本改。

[八] 原文无"个"字，据庚辰本补。

[九] 原文无"的"字，据庚辰本补。

[十] 此处的"拿了去"字，原文为"拿了去了"，据庚辰本改。

---

① 蒙侧：云龙现影法，可爱煞人！

第三十三回

手足耽耽小动唇舌　　不肖种种大承笞挞

【回前】富贵公子，侯王应袭，容易在红粉场中作罪。风流情性，诗赋文词，偏只为莺花路间留滞。笑嘻嘻，哭啼啼，总是一般情事。

却说王夫人唤上他母亲来，拿几件簪环当面赏与，又吩咐请几众僧人念经超度。他母亲磕头谢了出去。

原来宝玉会过雨村回来听见了，便知金钏儿含羞赌气自尽，心中早又五内摧伤，进来被王夫人数落教训，也无可回说。见宝钗进来，方得便出来，茫然不知何往，背着手，低头一面感叹，一面慢慢的走着，信步来至厅上。刚转过屏门，不想对面来了一人正往里走，可巧儿撞了个满怀。只听那人喝一声"站住！"宝玉唬了一跳，抬头一看，不是别人，却是他父亲，早不觉倒抽了一口气，只得垂手在旁站了。贾政道："好端端的，你垂头丧气咳些什么？方才雨村来了，要见你，叫你那半天才出来；既出来了，全无一点慷慨挥洒谈吐，仍是葳葳蕤蕤。我看你脸上一团思欲愁闷气色，这会子又咳声叹气。你那些还不足，还不自在？无故这样，却是为何？"宝玉素日虽然口角伶俐，只是此时［一］一心总为金钏儿感伤，恨不得此时也身亡命殒，跟了金钏儿去①。如今见了他父亲说这些话，究竟不曾听见，只是怔怔的站着。

贾政见他惶悚，应对不似往日，原本无气的，这一来倒生了三分气。方欲说话，忽有回事人来回："忠顺亲王府里有人来，要见老爷。"贾政听了，心下疑惑，暗暗思忖道："素日并不与忠顺府来往，为什么今日打发人来？"一面想，一面命"快请"，急走出来看时，却是忠顺府长史官，忙接进厅上坐了献茶。未及叙谈，那长史官先就说道："下官此来，并非擅造潭府，皆因奉王命而来，有一件事相求。看王爷面上，敢烦老大人做主，不但王爷承情，且连下官辈亦感谢不尽。"贾政听了这话，抓不着头脑，忙赔笑起身问道："大人既奉王命而来，不知有何见谕，望大人宣明，学生好遵谕承办。"那长史官冷笑道："也不必承办，只用大人一句话就完了。我们府里有一个做小旦的琪官，一向好好在府里，如今竟三五日不见回去，各处去找，又摸不着他的道路，因此各处察访。这一城内，十停人倒有八停人都说，他近日和衔玉的那位令郎相与甚厚。下官辈听了，尊府不比别家，可以擅来索取，因此启明王爷。王爷亦云：'若是别的戏子呢，一百个也罢了；只是这琪官随机应答，谨慎老成，甚合我老人家的心，竟断断少不得此人。'故此求老大人转谕令郎，请将琪官放回，一则可慰王爷谆谆奉恩，二则下官辈也可免操劳求觅之苦。"说毕，忙打一躬。

贾政听了这话，又惊又气，即命唤宝玉来。宝玉也不知是何缘故，忙赶来时，贾政便问："该死的奴才！你在家不读书也罢了，怎么又做出这些无法无天的事来！那琪官现是忠顺王爷驾前承奉的人，你是何等草芥，无故引逗他出来，如今祸及于我。"宝玉听了，唬了一跳，忙回道："实在不知此事。究竟连'琪官'两个字不知为何物，岂更又加'引逗'二字！"说着便哭了。贾政未及开言，只见那长史官冷笑道："公子也不必掩饰。或隐藏在家，或知其下落，早说了出来，我们也少受些辛苦，岂不念公子之德？"宝玉连说不知，"恐是讹传，也未见得。"那长史官冷笑道："现有据证，何必还赖？必定当着老大人说了出来，公子岂不吃亏？既云不知此人，此人那红汗巾子怎么到了公子腰里？"宝玉听了这话，不觉轰去魂魄，目瞪口呆，心下自思："这

---

① 蒙侧：真有此情，真有此理。

话他如何得知！既连这样机密事都知道了，大约别的瞒他不过，不如打发他去了，免的再说出别的事来。"因说道："大人既知他的底细，如何连他置买房舍这样大事倒不晓得了？听得说，他如今在东郊离城二十里有个什么紫檀堡，他在那里置了几亩田地、几间房舍。想是在那里也未可知。"那长史官听了，笑道："这样说，一定是在那里。我且去找一回，若有了，便罢；若没有，还要来请教①。"说着，便忙忙的走了。

贾政此时气的目瞪口歪，一面送出那长史官，一面回头命宝玉："不许动！回来有话问你！"一直送那官员去了。才回身，忽见贾环带着几个小厮一阵乱跑。贾政喝命小厮："快打，快打！"贾环见他父亲，唬的骨软筋酥，忙低头站住。贾政便问道："你跑什么？跟着你的那些人都不管你，不知往那里逛去，由你野马一般！"喝命叫跟上学的人来。贾环见他父亲盛怒，便乘机说道："方才原不曾跑，只因从那井边一过，那井里淹死了一个丫头，我看见人头这样大，身子这样粗，泡的实在可怕，所以才赶着跑了过来。"贾政听了惊疑，问道："好端端的，谁去跳井？我家从无这样事情，自祖宗以来，皆是宽柔以待下人。——大约我近年于家务疏懒，自然执事人操克夺之权，致使生[二]出这暴殄轻生的祸患。若外人知道，祖宗颜面何在！"喝命快叫贾琏、赖大、来兴[三]。小厮们答应了一声，方欲去叫，贾环忙上前拉住贾政袍襟，贴膝跪[四]下道："父亲不用生气。此事除太太房里的人，别人一点也不知道。我听见我母亲说……"说到这里，便回头四顾一看②。贾政知意，将眼一看众小厮，小厮们明白，都往两边后面退去。贾环便悄悄说道："我母亲告诉我说，宝玉哥哥前日在太太屋里，拉着太太的丫头金钏儿强奸不遂，打了一顿。那金钏儿便赌气投井死了③。"话未说完，把个贾政气的面如金纸，大喝："快拿宝玉来！"一面说，一面便往书房去，喝命："今日再有人劝我，我把这冠带家私一应就交与他与宝玉过去！我免不得做个罪人，把这几根烦恼

---

① 蒙侧：宝玉其人，爱之有余，岂可挞者？用此等文章逼之，能不使人肝胆愤裂（原作烈），以成下文之严酷耶？
② 蒙侧：如画。
③ 蒙侧：再逼下文，有不得不尽情苦（原作若）打之势。

髫毛剃去，寻个干净去处是了，也免得上辱先人、下生逆子之罪①。"众门客、仆从见贾政这个形景，便知又是为宝玉了，一个个都是咬指咬舌，连忙退去。那贾政喘吁吁的、直挺挺坐在椅子上，满面泪痕②，一叠声："拿宝玉！拿大棍！拿索子捆上！把各门都关上！有人传信往里头去，立刻打死！"众小厮只得齐声答应，有几个来找宝玉。

那宝玉听见贾政吩咐他"不许动"，早知凶多吉少，那里承望贾环又添了许多的话。正在厅上干转。怎得个人来往里头去捎信，偏生没个人，连焙茗也不知在那里。正盼望时，只见一个老姆姆出来。宝玉如得了珍宝。便赶上来拉他，说道："快进去告诉：老爷要打我呢！快去，快去！要紧，要紧！"宝玉一则急了，说话不明白；二则老婆子偏生又聋，竟不曾听见是什么话，把"要紧"二字只听作"跳井"二字，便笑道："跳井让他跳去，二爷怕什么？"宝玉见是个聋子，便着急道："你出去叫我的小厮来罢。"那婆子道："有什么不了的事？老早的完了。太太又赏了衣服，又赏了银子，怎么不了事的③！"

宝玉急的跺脚，正没抓寻处，只见贾政的小厮走来，逼着他出去了。贾政一见，眼都红紫，也不暇问他在外流荡优伶，表赠私物，在家荒疏学业，淫辱母婢等语④，只喝命："堵起嘴来，着实打死！"小厮们不敢违拗，只得将宝玉按在凳上，举起大板打了十来下。贾政犹嫌打轻了，一脚踢开掌板的，自己夺过来，咬着牙狠命盖了三四十下。众门客见打的不像了，忙上前夺劝。贾政那里肯听，说道："你们问问他干的勾当可饶不可饶！素日皆是你们这些人把他酿坏了，到这步田地还来解劝。明日酿到他弑君杀父，你们才解劝[五]不成！"

众人听这话不好听，知道气急了，忙又退出，只得觅人进去给信。王夫人不敢先回贾母，只得忙穿衣出来，也不顾有人没人，忙忙赶往书房中来⑤，慌的众门客、小厮等避之不及。王夫人一进房来，贾

---

① **蒙侧**：一激再激，实文实事。
② **蒙侧**：为天下父母一哭。
③ **蒙侧**：写老婆（原作妓）子爱说无要紧的话（原作说），真如见其人，如闻其声。
④ **蒙侧**：了结得灵活。
⑤ **蒙侧**：为天下慈母一哭。

第三十三回　手足耽耽小动唇舌　不肖种种大承笞挞

政更如火上浇油一般，那板子越发下去的又狠又快。按宝玉的两个小厮忙松了手走开，宝玉早已动弹不得了。贾政还欲打时，早被王夫人抱住板子。贾政道："罢了，罢了！今日必定要气死我才罢！"王夫人哭道："宝玉虽然该打，老爷也要自重。况且炎天暑日的，老太太身上也不大好，打死宝玉事小，倘或老太太一时不自在了，岂不事大①！"贾政冷笑道："倒休提这话。我养了这不肖的孽障，已不孝；教训他一番，又有众人护持；不如趁今日益发勒死了，以绝将来之患！"说着，便要绳索来勒死。王夫人连忙抱住哭道："老爷虽然应当管教儿子，也要看夫妻分上。我如今已将五十岁的人，只有这个孽障，必定苦苦的以他为法，我也不敢死劝。今日越发要他死，岂不是有意绝我。既要勒死他，快拿绳子来，先勒死我，再勒死他。我们娘儿们不敢含怨，到底在阴司里得个依靠②。"未丧母者来细玩，既丧母者来痛哭。说毕，爬在宝玉身上大哭起来。贾政听了此话，不觉长叹一声，向椅子上坐了，泪如雨下。王夫人抱着宝玉，只见他面白气弱，底下穿着一条绿纱小衣皆是血渍，禁不住解汗巾看，由臀至胫，或青或紫，或整或破，竟无一点好处，不觉失声大哭起来："苦命的儿吓！"因哭出"苦命儿"来，忽又想起贾珠来，便叫着"贾珠"哭道："若有你活着，便死一百个我也不管了。"此时里面的人闻得王夫人出去，那李宫裁、王熙凤与迎春姊妹早已出来了。王夫人哭着贾珠的名字③，别人还可，惟有宫裁禁不住也放声哭了。贾政听了，那泪珠更似滚瓜一般滚了下来。

正没开交处，忽听丫鬟来说："老太太来了！"一句话未了，只听窗外颤巍巍的声气说道④："先打死我，再打死他，岂不干净了！"贾政见他母亲来了，又急又痛，连忙迎出来，只见贾母扶着丫头，喘气的走来。贾政上前躬身赔笑，说道："大暑热天，母亲有何生气，亲自走来？有话只该叫了儿子进去吩咐。"贾母听说，便止住步喘息一会，厉声道⑤："你原来和我说话！我倒有话吩咐，只是可怜我一生没养个

---

① 蒙侧：父母之心，昊天罔极。贾政、王夫人易地则皆然。
② 蒙侧：使人读之，声哽咽而泪雨下。
③ 蒙侧：慈母如画。
④ 蒙侧：老人家形影活现。
⑤ 蒙侧：大家规模，一丝不乱。

好儿子，却叫我和谁说去！"贾政听这话不像，忙跪下含泪说道："为儿教训儿子，也为的是光宗耀祖。母亲这话，我做儿的如何禁得起？"贾母听说，便啐了一口，说道："我说了一句话，你就禁不起；你那样下死手的板子，难道宝玉就禁得起了①？你说教训儿子是光宗耀祖，当初你父亲是怎么教训你来②！"说着，也不觉滚下泪来。贾政又赔笑道："母亲也不必伤感，皆是做儿的一时性起，从此以后再不打他了。"贾母便冷笑道："你也不必和我赌气。你的儿子，我也不该管你打不打。我猜着你也厌烦我们[六]娘儿们，不如我们早离了你，大家干净！"说着便命人："看轿马，我和你太太、宝玉立刻回南京去！"家下人只得干答应着。贾母又叫王夫人道："你也不必哭了。如今宝玉年纪小，你疼他；他将来长大，为官做宰的，也未必想着你是他母亲了。你如今倒不要疼他，只怕将来还少生一口气呢。"贾政听说，忙叩头哭道："母亲如此说，贾政无立足之地。"贾母冷笑道："你分明使我无立足之地，你反说起你来！只是我们回去了，你心里干净，看有谁来许你打。"一面说，一面只命快打点行李车轿回去。贾政苦苦叩求认罪。

贾母一面说话，一面又记挂宝玉，忙进来看时，只见今日这顿打不比往日，又是心疼，又是生气，也抱着哭个不了。王夫人与凤姐等解劝了一会，方渐渐的止住。早有丫鬟媳妇等上来，要搀宝玉，凤姐便骂道："糊涂东西③，也不睁开眼瞧瞧！打的这么个样儿，还要搀着走！还不快进去把那藤屉子春凳抬出来呢。"众人听说连忙进去，果然抬出春凳来，将宝玉抬放凳上，随着贾母、王夫人等送去，送至贾母房中。

彼时贾政见贾母气未全消，不敢自便，也跟了进去。看看宝玉，果然打重了。再看看王夫人，"儿"一声，"肉"一声："你替珠儿早死了，留着珠儿，免你父亲生气，我也不白操这半世的心了。这会子你倘或有个好歹，丢下我，叫我靠那一个！"数落一场，又哭"不争气

---

① 蒙侧：偏是有理。
② 蒙侧：如此硋犯文字，随景生情，毫无牵滞。
③ 蒙侧：能事者自不凡。

的儿"。贾政听了，也就灰心，自悔不该下毒手打到如此地步①。先劝贾母，贾母含泪道："你不出去，还在这里做什么！难道于心不足，还要眼看着他死了才去不成②！"贾政听说，方退了出去。

此时薛姨妈同宝钗、香菱、袭人、史湘云也都在这里。袭人满心委屈，只不好十分使出来，见众人围着，灌水的灌水，打扇的打扇，自己插不下手去，便越性走出来到二门前③，命小厮们找了焙茗来细问："方才好端端的，为什么打起来？你也不早来透个信儿！"焙茗急的说："偏生我不在跟前，打到半中间我才听见了。忙打听缘故，却是为琪官同金钏姐姐的事。"袭人道："老爷怎么得知的？"焙茗道："那琪官的事，多半是薛大爷素习吃醋，没法儿出气，不知在外头挑唆了谁来，在老爷跟前下的火。那金钏儿的事是三爷说的，我也是听见老爷的人说的。"袭人听了这两件事都对景，心中也就信了八九分。然后回来，只见众人都替宝玉疗治。调停完备，贾母命："好生抬到他房内去。"众人答应，七手八脚，忙把宝玉送入怡红院内自己床上卧好。又乱了半日，众人渐渐散去，袭人方进前来经心伏侍，问他端的。且听下回分解。

【总评】严酷其刑以教子，不情中十分用情。牵连不断以思婢，有恩处一等无恩。严父慈母，一般爱子。亲优溺婢，总是乖淫。蒙头花柳，谁解春光。跳出樊笼，一场笑话。

校　记：

［一］原文无"此时"二字，据庚辰本补。
［二］原文无"生"字，据庚辰本补。
［三］此处的"来兴"二字，原文为"兴来"，据庚辰本改。
［四］原文无"跪"字，据庚辰本补。
［五］此处的"解劝"二字，蒙府本和庚辰本均为"不劝"。
［六］此处的"我们"二字，原文为"我"，据庚辰本改。

---

① **蒙侧**：天下做父兄者教子弟时，亦当留意。
② **蒙侧**：遣之有法。
③ **蒙侧**：各自有各自一番作用。

第三十四回

情中情因情感妹妹　错里错以错劝哥哥

【回前】两条素帕，一片真心；三首新诗，万行珠泪。袭卿高见动夫人，薛家兄妹空争气。自古道：情是苦根苗，慧性灵心的，回头须早。

话说袭人见贾母、王夫人等去后，便走来宝玉身边坐下，含泪问他："怎么就打到这步田地？"宝玉叹气说道："不过为那些事，问他做什么！只是下半截疼的很，你瞧瞧打坏了那里？"袭人听说，便轻轻的伸手进去，将中衣褪下。宝玉略动一动，便咬着牙叫"哎哟"，袭人连忙停住手，如此三四次才褪了下来。袭人看时，只见腿上半段青紫，都有四指阔的僵痕高了起来。袭人咬着牙说道："我的娘，怎么下这般的狠手！你但凡听我一句话，也不得到这步地位。幸而没动筋骨，倘或打出个残疾来，可叫人怎么样呢！"

正说着，只听丫鬟们说："宝姑娘来了。"袭人听见，知道穿不及中衣，便拿了一床夹纱被替宝玉盖了。只见宝钗手里托着一丸药走进来①，向袭人说道："晚上把这药用酒研开，替他敷上，把那淤血的热毒散开，可以就好了。"说毕，递与袭人，又问道："这会子可好些？"

---

① **蒙侧**：请问是关心不是关心？

宝玉一面道谢说"好了",又让坐。宝钗见他睁开眼说话,不像先时,心中也宽慰了好些,便点头叹道:"早听人一句话,也不至今日①。别说老太太、太太心疼,就是我们看着,心里也疼……"刚说了半句又忙掩住,自悔说的话急速了,不觉红了脸,低下头来②。宝玉听得这话如此亲切稠密,大有深意,忽见他又掩住不往下说,红了脸,低下头只管弄衣带,那一种娇羞怯怯,非可形容得出者,不觉心中大畅,将疼痛早丢在九霄云外,心中自思:"我不过捱了几下打,他们一个个就有这些怜惜悲感之态露出,令人可玩可观,可怜可敬。假若我一时竟遭殃横死,他们还不知是何等悲感呢③!既是他们这样,我便一时死了,得他们如此,一生事业纵然[一]尽付东流,亦无足叹惜,冥冥之中若不怡然自得,亦谓糊涂鬼祟矣。"想着,只听宝钗问袭人道:"怎么好好的动了气,就打起来了?"袭人便把焙茗的话说了出来。宝玉原来还不知道贾环的话,见袭人说出方才知道。因又拉上薛蟠,惟恐宝钗沉心,忙又止住袭人道:"薛大哥哥从来不这样的,你们别混猜度。"宝钗听说,便知宝玉是怕他多心,用话拦袭人,因心中暗暗想道:"打的这个形象,疼还顾不过来,还是这样细心,怕得罪了人,可见在我们身上也算是用心了。你既这样用心,何不在外头大事上做工夫④,老爷也欢喜了,也不能吃这样亏。但你固然怕我沉心,所以拦袭人的话,难道我就不知我的哥哥素日恣心纵欲,毫无防范的那种心性。当日为一个秦钟,还闹的天翻地覆,自然如今比先更利害了。"想毕,因笑道:"你们也不必怨这个,怨那个。据我想,到底宝兄弟素日不正,肯和那些人来往,老爷才生气。就是我哥哥说话不防头,一时说出宝兄弟来,也不是有心调唆:一则也是本来的实话,二则他原不理论这些防嫌小事。袭姑娘从小儿只见宝兄弟这么样细心的人⑤,你何曾见过我那哥天不怕、地不怕,心里有什么,口里就说什么的人。"袭人说出薛蟠来,见宝玉拦他的话,早已明白自己说造次[二]了,恐宝钗没意

---

① 蒙侧:同袭人语。
② 蒙侧:行云流水语,微露半含时。
③ 蒙侧:得遇知己者,多生此(原无)等痴思痴喜。
④ 蒙侧:天下古今英雄,同一感慨!
⑤ 蒙侧:心头口头,不觉流露。

思，听宝钗如此说，更觉羞愧无言。宝玉又听宝钗这番话，一半是堂皇正大，一半是去自己疑心，更觉比先畅快了。方欲说话时，只见宝钗起身说道："明儿再来看你，你好生养着罢。方才我拿来的药交给袭人，晚上敷上，管就好了①。"说着，便走出门去。袭人赶着送出院外，说："姑娘倒费心了。改日宝二爷好了，亲自来谢。"宝钗回头笑道："有什么谢处？你只劝他好生静养，别胡思乱想的就好了②。不必惊动老太太、太太众人，倘或吹到老爷耳朵里，虽然彼时不怎么样，将来对景，终是要吃亏的③。"说着，一面去了。

袭人抽身回来，心内着实感激宝钗。进来见宝玉沉思默默、似睡非睡的模样，因而退出房外，自去栉沐。宝玉默默的躺在床上，无奈臀上〔三〕作痛。如针挑刀挖一般，更又热如火炙，略辗转时，禁不住"哎哟"之声。那时天色将晚，因见袭人去了，却有三两个丫鬟伺候，此时并无呼唤之事，因说道："你们且去梳洗，等我叫时再来。"众人听了，也都退出。

这里宝玉昏昏默默，只见蒋玉菡走了进来，诉说忠顺府拿他之事；一时，又见金钏儿进来，哭说为他投井之故。宝玉半梦半醒，都不在意。忽又觉有人推他，恍恍忽忽听得有人悲泣之声。宝玉从梦中惊醒，睁眼一看，不是别人，却是林黛玉。宝玉犹恐是梦，忙又将身子欠起来，向脸上细细一认，只见他两个眼睛肿的桃儿一般，满面泪光，不是黛玉，却是那个？宝玉还欲看时，怎奈下半截疼痛难禁，支持不住，便"哎哟"一声，仍旧〔四〕倒下，叹了一声，说道："你又做什么跑来！虽说太阳落下去，那地上余热未散，走两趟又要受了暑。我虽然捱了打，并不觉疼痛。我这个样儿，只装出来〔五〕哄他们，好在外头布散与老爷听，其实是假的④。你不可认真。"

此时林黛玉虽不是嚎啕大哭，然越是这等无声之泣，气噎喉堵，更觉利害。听了宝玉这番话，心中虽有万句言词，只是不能说得，半

---

① **蒙侧**：何等关心！
② **蒙侧**：的确真心！
③ **蒙侧**：要紧！
④ **蒙侧**：有这样一段话（原作语），方不没灭颦儿之痛哭眼肿。英雄失足，每每至死不改，皆犹此耳。

日，方抽抽噎噎的说道："你从此可都改了罢①！宝玉听说，便长叹一声，道："你放心，别说这样话。我便为这些人死了，也是情愿的②！况已是活过来了[六]。"只见院外人说："二奶奶来了。"林黛玉便知是凤姐来了，连忙立起身，说道："我从后院子里去罢，回来再来。"宝玉一把拉住道："这又奇了，好好的怎么怕起他来？"林黛玉急的跺脚，悄悄的说道："你瞧瞧我的眼睛，又该他取笑开心呢③。"宝玉听说，赶忙的放了手。黛玉三步两步转过床后，出后院而去。凤姐从前头已进来了，问宝玉："可好些了？想什么吃，叫人往我那里取去。"接着，薛姨妈又来了。一时贾母又打发了人来。

　　至掌灯时分，宝玉只喝了两口汤，便昏昏沉沉睡去。接着，周瑞媳妇、吴新登[七]媳妇、郑好时媳妇这几个有年纪常往来的，听见宝玉捱了打，也都进来。袭人忙迎出来，悄悄的笑道："婶婶们来迟了一步，二爷才睡着了④。"说着，一面带他们到那边房里坐了，倒茶与他们[八]吃。那几个媳妇子都悄悄坐了一会，向袭人说："等二爷醒了，你替我们说罢。"

　　袭人答应，送他们出去。刚要回来，只见王夫人使个婆子来，口称"太太叫一个跟二爷的人呢。"袭人见说，想了一想，便回身悄悄的告诉晴雯、麝月、檀云、秋纹等说："太太叫人，你们好生在房里，我去了就来⑤。"说毕，同那婆子一径[九]出了园子，来至上房。王夫人正坐在凉榻上摇着芭蕉扇子，见他来了，说道："你不管叫个谁来也罢了。你又丢下[十]他来了，谁伏侍他呢？"袭人见说，忙赔笑回道："二爷才睡安稳了，那四五个丫头如今也会伏侍二爷了，太太请放心。恐怕太太有什么话吩咐，打发他们来，一时听不明白，倒耽误了⑥。"王夫人道："也没话说，白问问他这会子疼的怎么样？"袭

---

① 蒙侧：心血淋漓，酿成此数字。
② 蒙侧：文气斩截（原作节）。
③ 蒙侧：不避嫌疑，不惜声名，破格牵连，诚为可叹，着实可怜。
④ 蒙侧：袭人善词令，会周旋。
⑤ 蒙侧：身任其责，不惮劳烦。
⑥ 蒙侧：能事，解事，能了事。

人道:"宝姑娘送去的药,我给二爷敷上了①,比先好些了。先疼的躺不稳,这会子都睡沉了,可见好些了。"王夫人又问:"吃了什么没有?"袭人道:"老太太给的一碗汤,喝了两口,只嚷干渴,要吃酸梅汤。我想着酸梅是个收敛的东西,才刚挨了打,又不许叫喊,自然急的那热毒、热血未免存在心里,倘或吃下这个去,结在心里,再弄出大病来,可怎么样?因此我劝了半天才没吃②,只拿那糖腌的玫瑰卤子和了吃,吃了半碗,又嫌吃絮了,不香甜。"王夫人道:"哎哟,你不早来和我说。前儿有人送了两瓶香露来,原要给他点子的,我怕胡乱糟蹋了,就没给。既是他嫌那些玫瑰膏子絮烦,把这个拿两瓶子去。一碗水里只用挑一茶匙儿,就香的了不得呢。"说着就唤彩云来,"把前儿的那几瓶香露拿了来。"袭人道:"只拿两瓶来罢,多了也白糟蹋。等不够再要,再来取也是一样。"彩云听说,去了半日,果然拿了两瓶子来,付与袭人。看时,只见两个玻璃小瓶,却有三寸大小,上面螺丝银盖,鹅黄签上写着"木樨清露",那一个写着"玫瑰清露"。袭人笑道:"好金贵东西!这么个小瓶儿,能有多少?"王夫人道:"那是进上的,你没看见鹅黄签子?你好生替他收着,别糟蹋了。"

袭人答应着,方要走时,王夫人又叫:"站着,我想起一句话来问你。"袭人忙又回来。王夫人见房内无人,便问道:"我恍惚听见宝玉今儿挨打,是环儿在老爷跟前说了什么话。你可听见这个了?你要听见,你告诉我听听,我也不吵嚷出来叫人知道是你说的。"袭人道:"我倒没听见这话,为二爷霸占着戏子,人家来和老爷要,为这个打的。"王夫人摇头说道:"也为这个,还有别的缘故。"袭人道:"别的缘故实在不知道了。我今儿大胆在太太跟前说句不知好歹的话。论理……"说了半截忙又掩住。王夫人道:"你只管说。"袭人笑道:"太太别生气,我就说了。"王夫人道:"我有什么生气的,你只管说来。"袭人道:"我们二爷也须得老爷教训两顿。若老爷再不管,不知

---

① 蒙侧:补足。
② 蒙侧:能事处。

将来做出什么事来呢！"王夫人一闻此言，便合掌念声"阿弥陀佛"①，由不得赶着袭人叫了一声："我的儿，亏了你也明白，这话，和我的心一样②。我何曾不知道管儿子，先时你珠大爷在，我是怎么样管他，难道我如今倒不知管儿子了？只是有个缘故：如今我想，我已经快五十岁的人，通共剩了他一个，他又长的单弱，况且老太太宝贝似的，若管紧了他，倘或再有个好歹，或是老太太气坏了，那时上下不安，岂不坏了，所以就纵坏他。我常常苦着口儿劝一阵，说一阵，气的骂一阵，哭一阵，彼时他好，过后儿还是不相干，端的吃了亏才罢了。若打坏了，将来我靠谁呢③！"说着，由不得滚下泪来。

袭人见王夫人这般悲感，自己也不觉伤了心，陪着落泪。又道："二爷是太太养的，岂不心疼。便是我们做下人的伏侍一场，大家落个平安，也算是造化了。要这样起来，连平安都不能了。那一日那一时我不劝二爷？只是再劝不醒。偏生那些人又肯亲近他，也怨不得他这样，总是我们劝的倒不好了。今儿太太提起这话来，我还记挂着一件事，每要来回太太，讨太太个主意。只是我怕太太心疑，不但我的话白说了，且连葬身之地都没了。"

王夫人听了这话内有因④，忙问道："我的儿，你有话只管说。近来我因听见众人背前背后都夸你，我只说你不过是在宝玉身上留心，或是诸人跟前和气，这些小意思好，所以将你和老姨娘一体行事。谁知你方才和我说的话全是大道理，正合我的心事。你有什么只管说什么，只别叫别人知道就是了。"袭人道："我也没什么别的说。我只想着讨太太一个示下，怎么变个法儿，以后竟还叫二爷搬出园外来住就好了。"王夫人听了，吃一大惊，忙拉了袭人的手问道："宝玉难道和谁作怪了不成？"袭人忙回道："太太别多心，并没有这话。不过是我的小见识。如今二爷也大了，里头姑娘们也大了，况且林姑娘、宝姑娘又是两姨姑表姊妹，虽说是姊妹们，到底是男女之分，日夜一处起坐

---

① 蒙侧：能了事处。
② 蒙侧：袭卿之心，所谓"良人所仰望而终身也"。今若此，能不痛哭流涕（原作泣），以成此语。
③ 蒙侧：变换之句，勉强之言，真体贴尽溺爱之心。
④ 蒙侧：打进一层。非有前项如许讲究，这一层即为唐突了。

不方便，由不得叫人悬心，便是外人看着，也不像①大家子的事，俗语说的'没事常说有事'，世上多少无头脑的事，多半因为无心中做出，有心人看见，当作有心事，反说坏了。只是预先不防着，断然不好。二爷素日性格，太太是知道的。他又偏好在我们队里闹，倘或不防，前后错了一点半点，不论真假，人多口杂，那起小人的嘴有什么避讳，心顺了，说的比菩萨还好；心不顺，就贬的连畜牲不如。二爷将来倘或有人说好，不过大家直过；设若叫人哼出一声'不'字来，我们不用说，粉身碎骨，罪有万重，都是平常小事，但后来二爷一生的声名、品行岂不完了？二则太太也难见老爷。俗语又说'君子防未然'②，不如这会子防避的为是。太太事情多，一时固然想不到。我们想不到则可，既想到了，若不回明太太，罪越重了。近来我为这事日夜悬心，又不好说与人，惟有灯知道罢了。"王夫人听了这话，如雷轰电掣的一般，正触了金钏儿之事，心内越发感爱袭人不尽，忙笑道："我的儿，你竟有这个心胸，想的这样周全！我何曾不想到这里，只是这几次有事就忘了，你今儿这一番[十一]话提醒了我。难为你成全我娘儿两个名声体面，真真我竟不知道你这样好。罢了，你且去罢，我自有道理③。只是还有一句话：你今日既说了这样的话，就把他交给你了，好歹留心，保全他，就是保全了我。我自然不辜负你。"

袭人连连答应着去了。回来正值宝玉睡醒，袭人回明香露之事。宝玉喜不自禁，即命调来尝试，果然绝妙非常。因心下记挂着黛玉，要满心里打发人去，只是怕袭人，便设一法，先使袭人往宝钗那里去借书。

袭人去了，宝玉便命晴雯来，前文晴雯放肆，原有把柄所持也。吩咐道："你到林姑娘那里看看他做什么呢。他要问我，只说我好了。"晴雯道："白眉赤眼，做什么去呢？到底说一句话儿，也像一件事。"宝玉道："没有什么可说。"晴雯道："若不然，或是送件东西，或是取件东西，不然我

---

① 蒙侧：远虑近忧，言言字字，真是可人！
② 蒙侧：袭人爱人以德，竟至如此，字字逼来，不觉令人敬听。看官自省，切不（原无）可阔略，戒之！
③ 蒙侧：溺爱者偏会如此说。

去了怎么搭讪[十二]呢？"宝玉想了一想，便伸手拿了两条手帕子撂与晴雯，笑道："也罢，就说我叫你送这个给他去。"晴雯道："这又奇了。他要这半新不旧的两条手帕子？他又要恼了，说你打趣他。"宝玉笑道："你放心，他自然知道。"

晴雯听了，只得拿了帕子往潇湘馆来。只见春纤正在栏杆上晾手帕子①，见他进来，忙摆[十三]手儿，说："睡下了。"晴雯走进来，满屋魆黑，并未点灯，黛玉已睡在床上。问是谁，晴雯忙答道："晴雯。"黛玉道："做什么？"晴雯道："二爷送手帕子来给姑娘。"黛玉听了，心中发闷，暗想："做什么送手帕子来给我？"因问："这帕子是谁送他的？必定是上好的，叫他留着送别人罢，我这会不用这个。"晴雯笑道："不是新的，就是家常旧的。"林黛玉听见，越发着闷，着实细心搜求，思忖一时，方大悟过来，连忙说："放下，去罢。"晴雯听了，只得放下，抽身回去，一路盘算，不解何意。

这里林黛玉体贴出手帕子的意思来，不觉神魂驰荡：宝玉这番苦心，能领这番苦意，又令我可喜；我这番意，不知将来如何，又令我可悲；忽然好好的送两块旧手帕子，若不是领我深意，单看了这帕子，又令我可笑；再令人私相传递与我，可惧；我自己每每好笑，想来也无味，又令我可愧。如此左思右想，一时五内沸然炙起。黛玉由不得余意缠绵，命掌灯，也想不起嫌疑避讳等事，便向案上研墨蘸笔，便向那两块旧帕上走笔写道：

其 一
眼空蓄泪泪空垂，暗洒闲抛却为谁？
尺幅鲛绡劳解赠，叫人焉得不伤悲！

其 二
抛珠滚玉只偷潸[十四]，镇日无心镇日闲；
枕上袖边难拂拭，任他点点与斑斑。

---

① 蒙侧：送的是手帕，晾的是手帕。妙文！

其三

彩线难收面上珠,湘江旧迹已模糊;
窗前亦有千竿竹,不识香痕渍也无?

林黛玉还要往下写时,觉得浑身火热,面上作烧,走至镜台揭起锦袱一照,只见腮上通红,自羡压倒桃花,却不知病由此萌。一时方上床睡去,犹拿着那帕子思索,不在话下。

却说袭人来看宝钗,谁知宝钗不在园内,往他母亲那里去了,袭人便空手回来。等至二更,宝钗方回来。

原来宝钗素知薛蟠情性,心中已有一半疑是薛蟠调唆了人来告宝玉的,谁知又听袭人说出来,越发信了。究竟袭人是听[十五]焙茗说的,那焙茗也是私心窥度,一半据实,竟认准是他说的。那薛蟠都因素日有这个名声,其实这次却[十六]不是他干的,被人生生的一口咬死是他,有口难分。这日正从外头吃了酒回来,见过母亲,只见宝钗在这里,说了几句闲话,因问:"听见宝兄弟吃了亏,是为什么?"薛姨妈正为这个不自在,见他问时,便咬牙道:"不知好歹的冤家,都是你闹的,你还有脸来问!"薛蟠见说,便怔了,忙问道:"我何尝闹什么?"薛姨妈道:"你还装憨呢!人人都知道是你说的,还赖呢。"薛蟠道:"人人说我杀了人,也就信了罢?"薛姨妈道:"连你妹妹都知是你说的,难道他也赖你不成?"宝钗忙劝道:"妈和哥哥且别叫喊,消消停停的,就有个青红皂白了。"因向薛蟠道:"是你说的也罢,不是你说的也罢,事情已过去了,不必较证,倒把小事弄大了。我只劝你从此以后少在外头胡闹,少管别人的事。天天一处大家胡逛,你是个不防头的人,过后没事就罢了,倘或有事,不是你干的,人人都也疑惑是[十七]你干的,不用说别人,我就先疑惑。"薛蟠本是个心直口快的人,一生见不得这样藏头露尾的事,又见那宝钗劝他不要逛去,他母亲又说他犯舌,宝玉之打是他治的,早已急的乱跳,赌身发誓的分辨。又骂众人:"谁这样赃派我?我把那囚攘的牙敲了才罢!分明是为打了宝玉,没的献勤儿,拿我来做幌子。难道宝玉是天王?他父亲打他一顿,一家子定要闹几天。那一回为他不好,姨爹打了他两下子,过后老太太不知怎么知道了,说是珍大哥哥治的,好好的叫了去骂了

第三十四回　情中情因情感妹妹　错里错以错劝哥哥

一顿。今儿越发拉上我了！既拉上，我也不怕，越性进去，宝玉打死我，他替我偿了命，大家干净[十八]。"一面嚷，一面抓起一根门闩来就跑。慌的薛姨妈一把拉住，骂道："作死的孽障，你打谁去？你先打我来！"薛蟠急的眼似铜铃一般，嚷道："何苦来！又不叫我去，又好好的赖我。将来宝玉活一日，我担一日的口舌，不如大家死了清净。"宝钗忙又上前劝道："你忍耐些儿罢。妈急的这个样儿，不说来劝妈，你还反闹的这样！别说是妈，便是旁人来劝你，也为你好，倒把你的性子劝上来了。"薛蟠道："这会子又说这话。都是你说的！"宝钗道："你只怨我说，再不怨你顾前不顾后的形象。"薛蟠道："你只会怨我顾前不顾后，你怎么不怨宝玉外头招风惹草的那个样子！别说多的，只拿前儿琪官的事比给你们听：那琪官，我们见过十来次的；他并未和我说一句亲热话；怎么前儿他见了，连姓名还不知道，就把汗巾子给他了？难道这也是我说的不成？"薛姨妈和宝钗急的说道："还提这个！可不是为这个打他呢。可见是你说的了。"薛蟠道："真真的气死人了！赖我说的我不恼，我只为个宝玉闹的天翻地覆的。"宝钗道："谁闹了？你先持刀动杖的闹起来，倒说别人闹。"薛蟠见宝钗说的话有理，难以驳正，比母亲的话反难回答，因此便要设法拿话堵回他去，就无人敢拦自己的话了；也因正在气头上，未曾想话之轻重，便说道："好妹妹，你不用和我闹，我早知道你的心了。从先妈和我说，你这'金'要拣有玉的才可正配，你留心了，见宝玉有那劳什骨子，你自然如今行动护着他。"话未说了，把个宝钗气怔了，拉着薛姨妈哭道："妈妈你听，哥哥说的什么话！"薛蟠见妹妹哭了，便知自己冒撞了①，便赌气走到自己房里安歇不提。

　　这里薛姨妈气的乱颤，一面又劝宝钗道："你素知那孽障说话没道理，明儿我叫他给你赔不是。"宝钗满心委屈气忿，待要怎样，又怕他母亲不安，少不得含泪别了母亲，各自回来，到房里整哭了一夜。次日早起来，也无心梳洗，胡乱整整，便出来瞧母亲。可巧遇见林黛玉独立在花阴之下，问他那去。薛宝钗因说"家去"，口里说着，便只管走。黛玉见他无精打采的去了，又见眼上有哭泣之状，大非往日

---

① 蒙侧：插写薛蟠，不过要补足宝钗告袭人前项之言。

可比，便在后面笑道："姐姐也自保重些儿。就是哭两缸眼泪来，也医不好棒疮①！"不知薛宝钗如何答对，且听下回分解。

【总评】人有百折不回之真心，方能成旷世稀有之事业。宝玉意中诸多辐辏，所谓"求仁得仁又何怨"。凡人作臣作子，出入家庭廊庙，能推此心此志，何患忠孝之不全，事业之不立耶？

校　记：

[一] 此处的"纵然"二字，原文为"总然"，据庚辰本改。

[二] 此处的"造次"二字，原文为"放恣"，据列藏本改。

[三] 此处的"臀上"二字，原文为"豚上"，据列藏本改。

[四] 此处的"仍旧"二字，原文为"仍就"，据列藏本改。

[五] 此处的"装出来"三字，原文为"粧出来"校者改。

[六] 原文无"过"字，据蒙府本补。此"况已是活过来了"句，庚辰本无有。

[七] 此处的"吴新登"三字，原文为"吴龙登"，据甲辰本改。

[八] 原文无"们"字，据庚辰本补。

[九] 此处的"一径"二字，原文为"径"，依庚辰本改。

[十] 此处的"下"字，原文为"了"据庚辰本改。

[十一] 此处的"一番"二字，原文为"一翻"，据庚辰本改。

[十二] 此处的"搭讪"二字，原文为"搭闪"，据庚辰本改。

[十三] 此处的"摆"字，原文为"拍"，据庚辰本改。

[十四] 此处的"清"字，原文为"潜"，据列藏本改。

[十五] 原文无"听"字，据列藏本补。

[十六] 此处的"却"字，原文为"都"，据庚辰本改。

[十七] 此处的"是"。原文为"若是"，据梦稿本删去"若"字。

[十八] 此处的"既拉上，我也不怕，越性进去，宝玉打死我，他替我偿了命，大家干净"句，蒙府本与庚辰本均与之区别，为："既拉上，我也不怕，越性进去，把宝玉打死，我替他偿了命，大家干净。"

---

① 蒙侧：自己眼肿为谁？偏是以此笑人。世间人多犯此症。

第三十五回

白玉钏亲尝莲叶羹　黄金莺巧结梅花络

【回前】情因相爱反相伤，何事人多不揣量。黛玉徘徊还自苦，莲羹甘受使儿狂。

　　话说宝钗分明听见林黛玉刻薄他，因记挂着母亲、哥哥，并不回头，一径去了。

　　这里林黛玉还自立于花阴之下，远远的却向怡红院内看着，只见李宫裁、迎春、探春、惜春并各项人等都向怡红院内去过之后，一起一起的散尽了，只不见凤姐儿来，心里自己盘算道："如何他不来瞧宝玉？便是有事缠住了，他必定也是要来打个花胡哨，讨老太太和太太的好儿才是。今儿这早晚不来，必有缘故。"一面猜疑，一面抬头再看时，只见花花簇簇一群人又向怡红院内来了。定睛看时，只见贾母搭着凤姐儿的手，后头邢夫人、王夫人跟着周姨娘并丫鬟、媳妇等〔一〕人，都进院去了。黛玉看了不觉点头，想起有父母的人的好处来，早又泪珠满面。少顷，只见宝钗、薛姨妈等也进入去了。忽见紫鹃从背后走来，说道："姑娘吃药去罢，开水又冷了。"黛玉道："你到底要怎么样？只是催，我吃不吃，管你什么相干！"紫鹃笑道："咳嗽的才好了些，又不吃药了。如今虽然是五月里，天气热，到底也还该小心些①。大清早起，在这个潮湿地方站了半日，也该回去歇息歇息了。"一句话提醒了黛玉，方觉得有点腿酸，呆了半日，方慢慢的扶着紫鹃，回潇湘馆来。

　　一进院门，只见满地下竹影参差，苔痕浓淡，不觉又想起《西厢记》中所云"幽僻处可有人行，点苍苔白露冷冷"二句来，因暗暗的叹道："双文，双文，诚为命薄人矣。然你虽命薄，尚有孀母弱弟；今日林黛玉之命薄，一并连孀母弱弟俱无。古人云'佳人命薄'，然我又非佳人，何命薄胜于双文哉！"一面想，一面只管走，不防廊上的鹦哥见林黛玉来了，"嘎"的一声扑了下来，倒唬了一跳，因说道："作死的，又扇了我一头的灰。"那鹦哥仍飞上架去，便叫："雪雁，快掀帘子，姑娘来了。"黛玉便止住步，以手扣架道："添了食水不曾？"那鹦哥便长叹一声，竟大似林黛玉素日吁嗟音韵，接着念道："侬今葬花人笑痴，他年葬侬知是谁？试看春尽花渐落，便是红颜老死时。一朝春尽红颜老，花落人亡两不知！"黛玉、紫鹃听了都笑起来②。紫鹃笑道："这都是素日姑娘念的，难为他怎么记了。"黛玉便命将架子摘下来〔二〕，另挂在月洞窗外的钩上，于是进了屋子，在月洞窗内坐了。吃毕药，只见窗外竹影映入纱来，满屋内阴阴翠润，几簟生凉。黛玉无可释闷，便隔着纱窗调逗鹦哥作戏，又将素日所喜的诗词也教与他念。这且不在话下。

　　且说薛宝钗来至家中，只见母亲正自梳头呢。一见他来了，便说道："你大清早起跑来做什么？"宝钗道："我瞧瞧妈身上好不好。昨儿我去了，不〔三〕知道他又过来闹了没有？"一面说，一面在他母亲身旁坐了，由不得哭将起来。薛姨妈见他一哭，自己撑不住，也就哭了一场，一面又劝他："我的儿，你别委曲了，你等我处分那孽障。你要有个好歹，我指望那一个来！"薛蟠在外听见，连忙跑了进来，对着宝钗，左一个揖，右一个揖，只说："好妹妹，恕我这次罢！原是我昨儿吃了酒，回来的晚了，路上撞磕着了，来家未醒，不知胡说了什

---

① **蒙侧**：闺中相怜之情，令人羡慕之至。
② **蒙侧**：哭成的句子（原作字），到今日听了，竟作一场笑话。

么,连自己也不知道,怨不得你生气。"宝钗原是掩面哭的,听如此说,由不得又好笑了,遂低头向地下啐了一口,说道:"你不用做这些像生儿。我知道你的心里多嫌我们娘儿两个,你是变着法儿叫我们离了你,就心静了。"薛蟠听说,连忙笑道:"妹妹这话从那里说起来的?这样我连立足之地都没了。妹妹从来不是这样多心、说歪话的人。"薛姨妈忙又接着道:"你只会听你妹妹的歪话,难道昨儿晚上你说的那话就该的不成?当真是你发昏了!"薛蟠道:"妈也不必生气,妹妹也不用烦恼,从今以后,我再不同他们一处吃酒闲逛如何①?"宝钗笑道:"这不明白过来了!"薛姨妈道:"你要有这个恒心,那龙也下蛋了。"薛蟠道:"我若再和他们一处逛,妹妹听见了只管啐我,再叫我畜生,不是人,如何?何苦来,为我一个人,娘儿两个天天操心!妈为我生气还有可恕,若只管叫妹妹为我操心,我更不是人了。如今父亲没了,我不能孝顺妈,多疼妹妹,反教娘生气,妹妹烦恼,真连个畜生也不如了。"口里谈,眼睛里禁不起也滚下泪来②。薛姨妈本不哭了,听他一说,又勾起伤心来。宝钗强笑道:"你闹够了,这会子又招着妈哭起来了。"薛蟠听说,忙收了泪,笑道:"何曾招妈哭来!罢,罢!且丢下这个别提了。叫香菱来倒茶妹妹吃。"宝钗道:"我也不吃茶,等妈妈洗了手,我们就过去了。"薛蟠道:"妹妹的项圈我瞧瞧,只怕该炸炸去了。"宝钗道:"黄澄澄的[四]又炸他做什么?"薛蟠又道:"妹妹如今也该添补些衣裳,要什么颜色花样,告诉我。"宝钗道:"连那些衣服我还没穿遍了,又做什么③?"一时薛姨妈换了衣裳,拉着宝钗进去,薛蟠方出去了。

这里薛姨妈和宝钗进园来瞧宝玉,到了怡红院中,只见抱厦里外回廊上许多丫鬟、老婆站着,便知贾母等都在这里。母女两个进来,大家见过了,只见宝玉躺在[五]榻上。薛姨妈问他可好些,宝玉忙欲欠身,口里答应着"好些",又说:"只管惊动姨妈、姐姐,我禁不起。"薛姨妈忙扶他睡下,又问他:"想什么,只管告诉我。"宝玉笑

---

① **蒙侧**:亲生兄妹,形景逼真贴切。
② **蒙侧**:又是一样哭法,不过是情之所至。
③ **蒙侧**:一写骨肉悔过之情,一写本等贞静之女。

道：“我想起来，自然和姨妈要去的。”王夫人又问：“你想什么吃？回来好给你送来的。”宝玉笑道：“也倒不想什么吃，倒是那一回做的小荷叶儿莲蓬儿的汤还好。”凤姐在旁笑道：“听听，口味不算高贵，只是太磨牙了。巴巴的想这个吃了。”贾母便一叠连声的叫人做去。凤姐笑道：“老祖宗别急，等我想一想这模子谁收着呢。”因回头吩咐个婆子去问管厨房的要去。那婆子去了半天，来回说：“管厨房的说，四副汤模子都交上来了。”凤姐儿听说，想了一想，道：“我记得交给谁了，多半在茶房里。”一面又遣人去问管茶房的，也不曾收。次后还是管金银器皿的送了来。薛姨妈先接过来瞧时，原来是个小匣子，里面装着四副银模子，都有一尺多长，一寸见方，上面凿着有豆子大小，也有菊花的，也有梅花的，也有莲花的，也有菱角的，共有三四十样，打的十分精巧。因笑向贾母、王夫人道：“你们府上都想绝了，吃碗汤还有这些样子。若不说出来，我见这个也不认得这是作［六］什么用的……”凤姐儿不等人说完，便笑道：“姨妈［七］那里晓得，这是旧年备膳，他们想的法儿。不知弄些什么面印出来，借点新荷叶的清香，全仗着好汤，究竟没意思，谁家常吃他了。那一回呈样的做了一回，他今日怎么想起来了。”说着接了过来，递与个妇人，吩咐厨房里立刻拿几只鸡，另外添了东西，做出十来碗汤来。王夫人道：“要这些怎么？”凤姐笑道：“有个缘故：这一宗东西家常不大做，今儿宝兄弟提起来了，单做给他吃，老太太、姨太太都不吃，似乎不大好。不如借势儿弄些大家吃，托赖着连我也上个俊儿。”贾母听了，笑道：“猴儿，把你乖的！拿着官中的钱你做人。”说的大家笑了。凤姐也忙笑道：“这不相干。这个小东道我还孝敬的起。”便回头吩咐妇人，"说给厨房里，只管好生添补着做了，在我的帐上领银子。"妇人答应着去了。

宝钗在旁笑道：“我来了这么几年，留神看起来，凤丫头凭他怎么巧，再巧不过老太太去。”贾母听说，便答道：“我如今老了，那里还巧什么。当日我像凤哥儿这么大年纪，比他还来得呢。他如今［八］虽说不如我们，也就算好了，比你姨妈强远了。你姨妈可怜见的，不大说话，和木头似的，在公婆跟前就不大显好。凤姐儿嘴乖，怎么怨人疼他？”宝玉笑道：“若这么说，不大说话的就不疼了？”贾母道：

第三十五回　白玉钏亲尝莲叶羹　黄金莺巧结梅花络

"不说话的又有不说话的可疼之处，嘴乖的也有一宗可嫌的，倒不如不说的好。"宝玉笑道："这就是了。我说大嫂子倒不大说话呢，老太太也是和凤姐姐一样看待。若是单是只会说话可疼，这些姊妹里头也只凤姐姐和林妹妹可疼了。"贾母道："提起姊妹，不是我当着姨太太的面奉承，千真万真，从我们家四个女孩儿算起，都不及宝丫头。"薛姨妈听说，笑道："这话老太太是说偏了。"王夫人忙又笑道："老太太时常背地里和我说宝丫头好，这倒不是假话。"宝玉勾着贾母原为赞林黛玉的，不想赞起宝钗来，倒也意出望外，便看着宝钗一笑；宝钗早扭过头去和袭人说话去了。

忽有人来请吃饭，贾母立起身来，命宝玉好生养着，又把丫头们嘱咐了一回，方扶凤姐儿，让着薛姨妈，大家出房去了。因问汤好了不曾，又问薛姨妈等："想什么吃，只管告诉我，我有本事叫凤丫头弄了来咱们吃。"薛姨妈笑道："老太太也会怄他的。时常他弄了东西孝敬，究竟又吃不了多少。"凤姐儿笑道："姨妈倒别这样说。我们老祖宗只是嫌人肉酸，不然，早已把我还吃了呢。"一句话没说了，连贾母、众人都哈哈的笑起来。

宝玉在房里也撑不住笑了。袭人笑道："真真的二奶奶的这张嘴怕死人！"宝玉伸手拉袭人笑道："你站了半日，可乏了？"一面说，一面拉他身旁坐下。袭人笑道："可是又忘了。趁宝姑娘在院子里，你和他说，烦他们莺儿来打上那几根络子。"宝玉笑道："亏你提起来。"说着，便仰头向窗外道："宝姐姐，吃过饭叫莺儿来，烦他打几根络子，可得闲儿？"宝钗听见，回头道："怎么不得闲儿，一会叫他来就是了。"贾母等尚未听真，都止步问宝钗。宝钗说明了，大家方明白。贾母又说道："好孩子，叫他来替你兄弟作几根。你要人使，我那里闲着的丫头多呢，你喜欢谁，只管叫他来使唤。"薛姨妈、宝钗等都笑道："只管叫他来做就是了，有什么使唤的去处？他天天也是闲着淘气。"

大家说着，往前正走，忽见史湘云、平儿、香菱等在山石边掐凤仙花呢，见了他们走来，都迎上来了。少顷，出了园中，王夫人恐贾母乏了，便欲让至上房内坐。贾母也觉腿酸，便点头依允。王夫人便命丫头忙先去铺设坐位。那时赵姨娘推病，只有周姨娘与众婆娘、丫头们忙着打帘子，立靠背，铺褥子。贾母扶着凤姐儿进来，与薛姨妈分宾主坐了。薛宝钗、史湘云坐在下面。王夫人亲捧了茶奉与贾母，李宫裁奉与薛姨妈。贾母向王夫人道："让他们小妯娌伏侍，你在那里坐了，好说话儿。"王夫人方向一张小杌子上坐下，便吩咐凤姐儿道："老太太饭在这里放，添了东西来。"凤姐答应出去，便命人往贾母那边去告诉，那边的婆娘快往外传了，并丫头们快都赶过来。王夫人又命："请姑娘们去。"请了半天，只见探春、惜春两个来了；迎春身上不耐烦，不吃饭；林黛玉自不消说，平素十顿饭只好吃五顿，众人也不着意了。少顷饭至，众人调放了桌子。凤姐用手巾裹着一把牙箸站在地下，笑道："老祖宗和姑妈不用让了，还听我说就是了。"贾母笑向薛姨妈道："我们就是这样。"薛姨妈笑着应了。于是凤姐放了四双：上面两双是贾母、薛姨妈，两边是薛宝钗、史湘云的。王夫人、李宫裁等都站在地下看着放菜。凤姐先忙着要干净家伙来，替宝玉拣菜①。

　　少顷，荷叶汤来，贾母看过了。王夫人回头见玉钏儿在那边，便命玉钏儿与宝玉送去。凤姐道："他一个人拿不去。"可巧莺儿和喜儿都来了。宝钗知道他们已吃了饭，便向莺儿道："宝兄弟正叫你去打络子，你们两个一同去罢。"莺儿答应，同着玉钏儿出来。莺儿道："这么远，怪热的，怎么端了去？"玉钏笑道："你放心，我自有道理。"说着，便命一个婆子来，将汤饭等类放在一个捧盒里，命他端了跟着②，他两个却空着手走。一直到了怡红院门口，玉钏儿方接了过来，同莺儿进入宝玉房中。袭人、麝月、秋纹三个人正和宝玉玩笑呢，见他两个来了，都忙起来，笑道："你两个来的怎么碰巧，一齐来了！"一面说，一面接了下来。玉钏儿便向一椅子上坐了，莺儿不敢坐下③。袭人便忙端了个脚踏来，莺儿还不敢坐④。宝玉见莺儿来了，却倒十分欢喜；忽见了玉钏儿，便想起他姐姐金钏儿来了，又是伤心，又是惭愧，便把莺儿丢下，且和玉钏儿说话。袭人见把莺儿不理，恐莺儿没

---

① **蒙侧**：家庭之间，亦复如此。
② **蒙侧**：大家气象。
③ **蒙侧**：两人不一样写，真是各进其文于后。
④ **蒙侧**：宝卿之婢，自应与众不同。

第三十五回　白玉钏亲尝莲叶羹　黄金莺巧结梅花络

好意思的①，又见莺儿不肯坐，便拉了莺儿出来，到那边房里去吃茶说话儿去了。

这里麝月等预备了碗箸来伺候吃饭。宝玉只是不吃，问玉钏儿道："你母亲身子好？"玉钏儿满脸怒色，正眼也不看宝玉，半日，方说了一个"好"字。宝玉便觉没趣，半日，只得又赔笑问道②："谁叫你替我送来的？"玉钏儿道："不过是奶奶、太太们！"宝玉见他还是哭丧着脸，便知他是为金钏儿的缘故；待要虚心下气磨转[九]他，又见人多，不好下气的，因而使尽方法，将人都支出去③，然后又赔笑问长问短。那玉钏儿先虽不悦，只管见宝玉一些性气没有，凭他怎么丧谤，还是温存和气，自己倒不好意思的了，脸上方有三分喜色④。宝玉便笑求他："好姐姐，你把汤拿了来我尝尝。"玉钏儿道："我从来不会喂人东西，等他们来了再吃。"宝玉笑道："我不是要你喂我。我因为走不动，你递过来尝了，你好赶早回去交代了，你好吃饭的。我只管耽误时候，你岂不饿坏了？你要懒怠[十]动，我少不了忍着疼下去取来。"说着便要下床来，扎挣起来，禁不住"哎哟"之声。玉钏儿见他这般，忍不住起身说道："躺下罢！那世里造了孽的，这会子现世现报，教我那一个眼睛看的上！"一面说，一面"哧"的一声又笑了⑤，端过汤来。宝玉笑道："好姐姐，你要生气只管在这里生罢，见了老太太、太太可放和气些，若还这样，你就又要[十一]挨骂了。"玉钏儿道："吃罢，吃罢！不用和我甜嘴蜜舌的，我可不信这样话！"说着，催宝玉喝了两口汤。宝玉故意说："不好吃，不吃了。"玉钏儿道："阿弥陀佛！这还不好吃，什么好吃？"宝玉道："一点味儿也没有，你不信，尝一尝就知道了。"玉钏儿果真赌气尝一尝。宝玉笑道："这可好吃了。"玉钏儿听说，方解过意来，原是宝玉哄他吃一口，便说道："你既说不好吃，这会子说好吃也不给你吃了。"宝玉只管赔笑央

---

① 蒙侧：能事者。
② 蒙侧：何等涵（原作幽）度！
③ 蒙侧：金钏儿如若有知，该（原作敢）何等感激！
④ 蒙侧：我看到此处，也着实不过意。
⑤ 蒙侧：偏于此间写此不情之态，以表白多情之苦。

求要吃，玉钏儿又不给他①，一面又叫人。

打发吃饭的丫头们方进来时，忽有人来回话："傅二爷家的两个妈妈来请安，来见二爷。"宝玉听说，便知是通判傅试家的妈妈来了。那傅试原是贾政的门生，年来都赖贾家的名势得意，贾政也着实看待，故与别个门生不同，他那里常遣人来走动。宝玉素习厌男蠢妇的，今日却如何又命这两个婆子过来？其中原来有个缘故：只因那宝玉闻得傅试有个妹子，名唤傅秋芳，也是个琼闺秀玉，听人传说才貌俱全，虽目未亲睹，然遐思遥爱之心十分诚敬，不命他们进来，恐薄了傅秋芳。痴想。因此连忙命让进来。那傅试原是暴发的，因傅秋芳有几分姿色，聪明过人，那傅试安心仗着妹妹要与豪门贵族结姻，不肯轻意许人，所以耽误到如今。目今傅秋芳已二十三岁，尚未许人。争奈那些豪门贵族又嫌他穷酸，根基浅薄，不肯求配②。那傅试与贾家亲密，也自有一段心事。今日遣来的两个婆子偏生是极无知识的，闻得宝玉要见，进来只刚问了好，说了没二句话。那玉钏儿见生人来，也不和宝玉厮闹了，手里端着汤只顾听话。宝玉又只顾和婆子说话，一面吃饭，一面伸手去要汤。两个人的眼睛都看着人，不想伸猛了手，便将碗撞落，将汤泼了宝玉手上。玉钏儿倒不曾烫着，唬了一跳，忙笑了，"这是怎么说！"慌的丫头们忙上来接碗。宝玉自己烫了手倒不觉的，却只管问玉钏儿："烫了那里了？痛不痛？"玉钏儿和众人都笑了③。玉钏儿道："你自己烫了，只管问我。"宝玉听说，方觉自己烫了。众人上来连忙收拾。宝玉也不吃饭了，洗手，吃茶，又和那两个婆子说了两句话。然后两个婆子告辞出去，晴雯等送至桥边方回。

那两个婆子见没人了，一行走，一行谈论。这一个笑道："怪道有人说他们家宝玉是外像好，里头糊涂，中看不中吃的，果然竟有些呆气。他自己烫了手，倒问人疼不疼，这可不是个呆子？"那一个又笑道："我前一回来，听见他谈论，家里许多人抱怨，千真万真的有些呆

---

① **蒙侧**：写尽多情人无限委屈柔肠。
② **蒙侧**：大抵诸色非情不生，非情不合，情之表见于爱，爱众则心无定象，心不定则诸幻丛生，诸魔蜂起，则汲汲乎流于无情。此宝玉之多情而不情之案，凡我同人其留意。
③ **蒙侧**：多情人每于苦恼时不自觉，反说彼家苦恼，爱之至、惜之深之故也。

气。大雨淋的水鸡似的,他反告诉别人'下雨了,快避雨去罢。'你说可笑不可笑?时常没人在跟前,就自哭自笑的;看见燕子,就和燕子说话;河里看见了鱼,就和鱼说话;见了星与月亮,不是长吁短叹,就是咕咕哝哝的。且连一点刚性也没有,连那些毛丫头的气都受的。爱惜东西,连个线头儿都是好的;糟蹋起来,那怕值千值万的,都不管了①。"两个人一面说,一面走出园来,辞别诸人回去,不在话下。

宝玉之为人,非此一论,亦描写不尽;宝玉之不肖,非此一鄙,亦形容不到。试问作者:是丑宝玉乎,是赞宝玉乎?试问观者:是喜宝玉乎,是嫌宝玉乎?

如今且说袭人见人去了,便携了莺儿过来,问宝玉打什么络子。宝玉笑着向莺儿道:"才只顾说话,忘了你。烦你来不为别的,也替我打几根络子。"莺儿道:"装什么的络子?"宝玉见问,便笑道:"不管装什么的,你都每样打几个罢。"莺儿拍手笑道:"这还了得!要这样,十年也打不完了。"宝玉笑道:"好姐姐,你闲着也没事,都替我打了罢②。"袭人笑道:"那里一时都打得完,如今且拣要紧的打两个罢。"莺儿道:"什么要紧,不过是扇子、香坠儿、汗巾子。"宝玉道:"汗巾子就好。[十二]"莺儿道:"什么颜色呢?"宝玉道:"大红的。"莺儿道:"大红的须是黑络子才好看呢,或是石青的颜色。"宝玉道:"松花色配什么?"莺儿道:"松花配桃红。"宝玉笑道:"这才娇艳。再要雅淡之中带些娇艳。"莺儿道:"葱绿柳黄是我最爱的。[十三]"宝玉道:"也罢了,也打一条桃红,再打一条葱绿。"莺儿道:"什么花样呢?"宝玉道:"共有几样花样?"莺儿道:"一炷香、朝天凳、象眼块、方胜、连环、梅花、柳絮。"宝玉道:"前儿你替三姑娘打的那花样是什么?"莺儿道:"那是攒心梅花。"宝玉道:"就是那样好。"一面说,一面袭人刚拿了线[十四]来,窗外婆子说:"姑娘们的饭都有了。"宝玉道:"你们吃饭去,快吃了来罢。"袭人笑道:"有客在这里,我们怎好去的③!"莺儿一面理线,一面笑道:"这话又打那里说起,正经快吃了来罢。"袭人等听说方去了,留下两个小丫头听呼唤。

---

① **蒙侧:**如人饮水,冷暖自知,其中深意味,岂能持告君?
② **蒙侧:**富家子弟每多有如是语,只不自觉耳。
③ **蒙侧:**人情物理,一丝不乱。

宝玉一面看莺儿打络子,一面说闲话,因问他:"十几岁了?"莺儿手里打着,一面答话说:"十六岁了。"宝玉道:"本姓什么?"莺儿道:"姓黄。"宝玉笑道:"这个名姓倒对了,果然是个黄莺儿。"莺儿笑道:"我的名字本来是两个字,呼作金莺。姑娘嫌[十五]拗口,就单叫莺儿。如今就叫开了。"宝玉道:"宝姐姐也算疼你了。明儿宝姐姐出阁,少不得是你跟去了。"莺儿抿嘴一笑。宝玉笑道:"我常常和袭人说,明儿不知那一个有福的消受你们主子、奴才两个呢①。"莺儿笑道:"你还不知道我们姑娘有几样世人都没有的好处呢,模样儿还在次。"宝玉见莺儿娇憨婉转,语笑如痴,早不胜其情了,那禁又提起宝钗来!便问他道:"好处在那里?好姐姐,细细告诉我听。"莺儿笑道:"我告诉你,你可不许告诉他去②。"宝玉笑道:"这个自然的。"正说着,只听外头说道:"怎么这样静悄悄的!"二人回头看时,不是别人,正是宝钗来了。宝玉忙让坐。宝钗坐了,因问莺儿"打什么呢?"一面问,一面向他手里去瞧,才打了半截。宝钗笑道:"这有什么趣儿,倒不如打个络子把玉络上呢。"一句话提醒了宝玉,便拍手笑道:"倒是姐姐说得是,我就忘了。只是配个什么颜色才好?"宝钗道:"若用杂色断然使不得,大红又犯了色,黄的又不起眼,黑的又过暗。等我想个法儿:把那金线拿来,配着黑珠儿线,一根一根的拈上,打成络子,这才好看。"宝玉听说,喜之不尽,一叠声便叫袭人来取金线。

正值袭人端了两碗菜走进来,告诉宝玉道:"今儿奇怪,才刚太太打发人替我送了两碗菜来。"宝玉笑道:"必定是今儿菜送来给你们大家吃的。"袭人道:"不是,指名给我送来,还不叫我过去磕头。这可是奇了。"宝钗笑道:"给你的,就吃去,这有什么猜疑的?"袭人笑道:"从来没有的事,叫我不好意思的。"宝钗抿嘴一笑,说道:"这就不好意思了?明儿还有比这个更叫你不好意思的呢③。"袭人听了话内有因,素知宝钗不是轻嘴薄舌、奚落人的,自己方想起上日王夫人

---

① 蒙侧:是有心,是无心。
② 蒙侧:闺房闲话,着实幽韵。
③ 蒙侧:宝钗(原作宝玉)之慧性灵心。

的意思来，便不再提，将菜与宝玉看了，说："洗了手来拿线。"说毕，便一直出去了。吃过饭，洗了手，进来拿金线与莺儿打络子。此时宝钗早被薛蟠遣人来请出去了。

这里宝玉正看着打络子，忽见邢夫人那边遣了两个丫鬟送了两样果子来与他吃，问他："可走得了？若走得动，叫哥儿明儿过去散散心，太太着实记挂着呢。"宝玉忙答道："若走得了，必请太太的安去。疼的比先好些，请太太放心罢。"一面叫他两个坐下，一面又叫秋纹来，把才刚那果子拿一半送与林姑娘去。秋纹答应了，刚欲去时，只听黛玉在院内说话，宝玉忙叫："快请！"要知端的，且听下回分解。

【总评】此回是以情说法，警醒世人。黛玉因情凝思默度，忘其有身，忘其有病；而宝玉千屈万折，因情忘其尊卑，忘其痛苦，并忘其性情。爱河之深无底，何可泛滥，一溺其中，非死不止。且泛爱者不专，新旧叠增，岂能尽了？其多情之心不能不流于无情之地。究其立意，倏忽千里而自不觉，诚可悲夫！

校　记：

［一］原文无"等"字，据庚辰本补。

［二］此处的"黛玉便命将架子摘下来"句，原文为"黛玉便命将架摘来"，据庚辰本补"子"和"下"二字。

［三］原文无"不"字，据庚辰本补。

［四］此处的"黄澄澄的"数字，原文为"黄灯灯"，据庚辰本改。

［五］此处的"躺在"二字，原文为"淌在"，据梦稿本改。

［六］原文无"作"字，据蒙府本补。

［七］此处的"姨妈"以及后文中的"姨妈"、"姨太太"，蒙府本与此同，庚辰本中的这些词均为"姑妈"。

［八］此处的"如今"二字，原文为"今"，据蒙府本补一"如"字。

［九］此处的"磨转"二字，原文为"摸转"，校者改。

［十］此处的"懒怠"二字，原文为"懒怠带"，校者删"带"字。

［十一］原文无"要"字，据庚辰本补。

［十二］原文无"莺儿道：'什么要紧，不过是扇子、香坠儿、汗巾子。'宝玉道：'汗巾子就好。'"句，据庚辰本补。

［十三］原文无"宝玉笑道：'这才娇艳。再要雅淡之中带些娇艳。'莺儿

道：'葱绿柳黄是我最爱的。'"句，据庚辰本补。

　　［十四］原文无"线"字，据蒙府本补。

　　［十五］原文无"嫌"字，据蒙府本补。

第三十六回

绣鸳鸯梦兆绛芸轩　　识分定情悟梨香院

【回前】造物何尝做主张，任人禀受福修长。画蔷亦自非容易，解得臣忠子也良。

话说贾母自王夫人处回来，见宝玉一日好似一日，心中自是欢喜。因怕将来贾政又叫他，遂命人将贾政的亲随小厮头儿唤来，吩咐他"以后倘有会人待客诸样的事，你老爷要叫宝玉，你不用上来传话，就回他说我说了：一则打重了，得着实将养几个月才走得；二则他的星宿不利，祭了星，不见外人，过了八月才许出二门。"那小厮头儿听了，领命而去。贾母又命李嬷嬷、袭人等来，将此话说与宝玉，使他放心。那宝玉本就懒与士大夫诸男人接谈，又最厌峨冠礼服贺吊往还等事，今日得了这句话，越发得了意，不但亲戚朋友一概杜绝了，而且连家庭中晨昏定省益发都随他的便了，日日只在园中游卧，不过每日一清早到贾母、王夫人处走走就回来了，却每每甘心为诸丫鬟充役，竟也得十分闲消日月。或如宝钗辈常见机导劝，反生起气来，只说："好好的一个清净洁白女儿，也学的沽名钓誉，入了国贼禄儿之流。这总是前人无故生事，立言竖辞，原为导后世的[一]须眉浊物。

不想我生不幸,亦且琼闺绣阁中亦染此风,真真有负天地钟灵毓秀之德!"因此祸延古人,除《四书》外,竟将别的书焚了①。众人见他如此疯颠,也都不向他说这些正经话了。独有林黛玉自幼不曾劝他去"立身扬名"等话,所以深敬黛玉。

闲言少述。如今且说王凤姐自见金钏死后,忽见几家仆人常来孝敬他些东西②,又不时的来请安奉承,自己倒生了疑惑,不知何意。这日又见人来孝敬他东西,因晚间无人时,笑问平儿道:"这几家人不大管我的事,为什么忽然这么和我贴近?"平儿笑道:"奶奶连这个都想不起来了?我猜他们的女儿都必是太太房里的丫头,如今太太房里有四个大的,一个月一两银子的分例,下剩的都是一个月几百钱。如今金钏儿死了,必定他们要弄这一两银子的巧宗儿呢。"凤姐听了,笑道:"是了,是了,倒是你提醒了我,看这些人也太不知足[二],钱也赚够了,苦事情又侵不着,弄个丫头搪塞着身子也就罢了,又还想这个。也罢了,他们几家的钱容易也不能花到我跟前,这是他们自寻的,送什么来,我就收什么,横竖我有主意。"凤姐儿安下这个心,所以只管迁延着③,等那些人把东西送足了,然后趁空方回王夫人。

这日午刻,薛姨妈母女两个与林黛玉等正在王夫人房里大家吃西瓜呢,凤姐儿得便回王夫人道:"自从玉钏儿姐姐死了,太太跟前少着一个人。太太或看准了那个丫头好,就吩咐,下月好放给月钱的。"王夫人听了,想了一想,道:"依我说,什么是例,必定四个、五个的,够使就罢了,竟可以免了罢。"凤姐笑道:"论理,太太说的也是。这原是旧例,别人屋里还有两个呢,太太倒不按例了?况且省下一两银子也有限。"王夫人听了,又想一想,道:"也罢,这个分例只管关了来,不用补人,就把这一两银子给他妹妹玉钏儿罢。他姐姐伏侍了我一场,没个好结果,剩下他妹妹跟着我,吃个双分子不为过逾[三]了。"凤姐答应着,回头找玉钏儿,笑道:"大喜,大喜!"玉钏儿过来磕了[四]头。王夫人问道:"正要问你,如今赵姨娘、周姨娘的月例

---

① 蒙侧:宝玉何等心思,作者何等意见,此文何等笔墨!
② 蒙侧:为当途(原作涂)人一笑。
③ 蒙侧:确见高论,而其心思则不可问矣。任事者戒之!

多少？"凤姐道："那是定例，每人二两。赵姨娘有环兄弟的二两，共是四两，另外四串钱。"王夫人道："可都按数给他们？"凤姐见问的奇，忙道："怎么不按数给？"王夫人道："前儿我恍惚听见有人抱怨，说短了一吊钱，是什么缘故？"凤姐忙笑道："姨娘们的丫头，月例原是人各一吊。从旧年他们外头商议的，姨娘们每位的丫头分例减半，人各五百钱，每位两个丫头，所以短了一吊钱。这也抱怨不着我，我倒乐得给他们[五]呢，他们外头又扣着，难道我添上不成？这个事我不过是接手儿，怎么来，怎么去，由不得我做主[六]。我倒说了两三回，仍旧添上这两分的。他们说只有这个项数，叫我也难再说了。如今我手里每月连日子都不错给他们呢。先时在外头关，那个月不打饥荒，何曾顺顺溜溜的得过一遭儿①。"王夫人听说，也就罢了，半日又问："老太太屋里几个一两的？"凤姐道："八个。如今只有七个，那一个是袭人。"王夫人道："这就是了。你宝兄弟也并没有一两的丫头，袭人还算是老太太房里的人。"凤姐笑道："袭人原是老太太的人，不过给了宝兄弟使。他这一两银子还在老太太丫头分例上领。如今说因为袭人是宝玉的人，裁了这一两银子，断乎使不得。若说再添一个人给老太太，这个还可以裁他的。若不裁他的，须得环兄弟屋里也添上一个才公道均匀了。就是晴雯、麝月等七个大丫头，每月人各月钱[七]一吊，佳蕙等八个小丫头，每月人各月钱[八]五百，还是老太太的话，别人如何恼得气得呢？"薛姨妈笑道："只听凤丫头的嘴，倒像倒了核桃车子的，只听他的帐也清楚，理也公道。"凤姐笑道："姨妈，难道我说错了不成？"薛姨妈笑道："说的何尝错，只是你慢些说，岂不省力？"凤姐才要笑，忙又忍住，听王夫人示下。王夫人想了半日，向凤姐道："明儿挑一个好丫头送去老太太使，补袭人，把袭人的一分裁了。把我每月的月例二十两银子里，拿出二两银子一吊钱来给袭人②。以后凡事有赵姨娘的，也有袭人的，只是袭人的这一分都也从我的分例上匀出来，不必动官中的[九]就是了。"凤姐一一答应了，笑推薛姨妈道："姨妈听见了，我素日说的话如何？今儿果然应

---

① 蒙侧：能事能言。
② 蒙侧：写尽慈母苦心。

了我的话。"薛姨妈道:"早就该如此。模样儿自然不用说的,他的那一种行事大方,说话见人和气里头带着刚硬要强,这个实在难得。"王夫人含泪说道:"你们那里知道袭人那孩子的好处?【"孩子"二字愈见亲热,故后文连呼二声"我的"儿。】比我的宝玉强十倍!【忽加"我的宝玉"四字,愈令人堕泪。加"我的"二字者,是明显袭人是彼的。然彼的何如此好,我的何如此不好?又气又愧,宝玉罪有万重矣。作者有多少眼泪写此一句!观者又不知有多少眼泪也!】宝玉果然是有造化的,能够得他长长远远的伏侍他一辈子,也就罢了。【真好文字,写得出者。】"凤姐道:"既这么样,就开了脸,明放他在屋里岂不好?"王夫人道:"那就不好了,一则都年轻,二则老爷也不许,三则那宝玉见袭人是个丫头,纵有[十]放纵的事,倒能听他的劝,如今做了跟前人,那袭人该劝的也不敢十分劝了。权且[十一]浑着,等再过二三年再说罢①。"

说毕,半日,凤姐见无话,便转身出来。刚至廊檐上,只见有几个执事的媳妇子正等他回事,见他出来,都笑道:"奶奶今儿回什么事,这半天?可是要热着。"凤姐把袖子挽了几挽,踏着那角门的门槛子②,笑道:"这里过门风倒凉快,吹一吹再走。"又告诉众人道:"你们说我回了这半日的话,太太把二百年头里的事[十二]都想起来问我,难道我不说罢。"又冷笑道:"我从今以后,倒要干几样刻毒事了。抱怨给太太听,我也不怕。糊涂油蒙了心,烂了舌头,不得好死的下作东西,别做他娘的春梦!明儿一裹脑子扣的日子还有呢。如今裁了丫头的钱,就抱怨咱们了。也不想一想,是奴几也配使两三个丫头③!"一面骂,一面方走了,自去挑人回贾母话去,不在话下。

却说王夫人等这里吃毕西瓜,又说了一会闲话,各自方散去。宝钗与黛玉等回至园中,宝钗因约黛玉往藕香榭去,黛玉回说"就要洗澡",便各自散去。宝钗独自行来,顺路进了怡红院,意欲寻宝玉谈讲以解午倦。不想一入院来,鸦雀无闻,一并连两只仙鹤在芭蕉下都睡着了。宝钗便顺着游廊来至房中,只见外间床上横三竖四,都是丫头们睡觉。转过十锦槅子,来至宝玉房内。宝玉在床上睡着了,袭人坐在身旁,手里做针线,旁边放着一柄白犀拂尘。宝钗走近前来,悄

---

① 蒙侧:苦心。做子弟的,读此等文章,能不堕泪!
② 蒙侧:能事得意之人,如画!
③ 蒙侧:的真活现!

悄的笑道:"你也过于小心了,这个屋里那里还有苍蝇蚊子,还拿蝇帚子赶什么?"袭人不防,猛抬头见是宝钗,忙放下针线,起身悄悄笑道:"姑娘来了,我倒也不防,唬了一跳①。姑娘不知道,虽然没有苍蝇蚊子,谁知有一种小虫子,从这纱眼里钻进来,人也看不见,只睡着了,咬一口,就像蚂蚁夹的。"宝钗道:"怨不得。这屋子后头又窄小,又都是香花儿,这屋子里头又香。这种虫子都是花心里长的,闻香就扑。"说着,一面又瞧他手里的针线,原来是白绫红里的兜肚,上面扎着"鸳鸯戏莲"的花样:红莲绿叶,五色鸳鸯。宝钗道:"哎哟!好鲜亮活计!这是谁的,也值的费这么大工夫?"袭人向床上努嘴儿②。宝钗笑道:"这么大了,还戴这个?"袭人笑道:"他原是不戴,所以特特的做的好了,叫他看见由不得不戴。如今天气热,睡觉都不留神,哄他戴上了,便是夜里纵[+三]盖不严些儿,也就罢了。你说这一个就用了工夫,还没看见他身上现戴的那一个呢。"宝钗笑道:"也亏你耐烦。"袭人道:"今儿做的工夫大了,脖子低的怪酸的。"又笑道:"姑娘!你略坐一坐,我出去走走就来③。"说着便走了。宝钗只顾看着活计,便不留心,一蹲身,刚刚的也坐在袭人方才的所在,因又见那活计实在可爱,由不得拿起针来,替他代刺。

不想林黛玉因遇见史湘云,约他来与袭人道喜,二人来至院中,见静悄悄的,湘云便转身先到厢房里去找袭人。林黛玉却来至窗外,隔着纱窗往里一看,只见宝玉穿着银红纱衫子,随便睡着在床上,宝钗坐在身旁做针线,椅边放着蝇帚子。林黛玉见了这个景儿,连忙把身子一藏,手捂着嘴不敢笑出来,招手儿叫湘云。湘云一见他这般景况,只当有什么新闻,忙也来一看,也要笑时,忽然想起宝钗素日待他原好,便忙掩住口。知道林黛玉口里不让人,怕他取笑,便拉过他来道:"走罢!我想起袭人来,他说午间要到池子洗衣裳,想必去了,咱们那里找他去。"林黛玉心下明白,冷笑了两声,只得随他去了④。

这里宝钗只刚做了两三个花瓣,忽见宝玉在梦中喊骂说:"和尚道

---

① 蒙侧:闲情闲景,随便拈来,便是佳文佳话。
② 蒙侧:妙形景!
③ 蒙侧:随便写来,有神有理,生出下文多少故事!
④ 蒙侧:触眼偏生碍,多心偏是痴。万魔随事起,何日是完时?

士的话如何信得？什么是'金玉姻缘'，我偏说是'木石姻缘'！"薛宝钗听了这话，不觉怔了①。忽见袭人走过来，笑道："还没有醒呢。"宝钗摇头。袭人又笑道："我才碰见林姑娘、史大姑娘〔十四〕，他们可曾进来？"宝钗道："没见他〔十五〕们进来。"因向袭人笑道："他们没告诉你什么话？"袭人笑道："总不过是他们那些玩话，有什么正经说的。"宝钗笑道："他们说的可不是玩话，我正要告诉你呢，你又忙忙的出去了。"

一句话未完，只见凤姐儿打发人来叫袭人。宝钗笑道："就是为那话了。"袭人只得唤起两个丫鬟来，一同宝钗出怡红院，自往凤姐这里来。果然是告诉他这话，又叫他与王夫人叩头，且不必去〔十六〕见贾母，倒把袭人不好意思的。见过王夫人急忙回来，宝玉已醒了，问起缘故，袭人且含糊答应，至夜间人静，袭人方告诉。宝玉喜之不尽②，又向他笑道："我可看你回家去不去了！那一回往家里走了一趟，回来就说你哥哥要赎你，又说在这里没着落，终究算什么，说了那些无情无义的生分话唬我。（"唬"字妙！尔果系明决男子，何得女子"唬"哉？）从今以后，我可看谁来敢叫你去？"袭人听了，便冷笑道："你倒别这么说。从此以后我是太太的人了，我要走，连你也不必告诉，只回了太太就走。"宝玉笑道："就便算我不好，你回了太太竟去了，叫别人听见说我不好，你也没意思。"袭人笑道："有什么没意思，难道做了强盗贼，我也跟着罢。再不然，还有一个死呢。人活百岁，横竖要死，这一口气不在，听不见看不见就罢了③。"宝玉听见这话，便忙捂他的嘴，说道："罢，罢，罢！不用说这些话了。"袭人深知宝玉性情古怪，听见奉承吉利话又厌虚而不实，听了这些尽情实话又生悲感，便悔自己说冒撞了，连忙笑着用话截开，只拣那宝玉素喜谈者问之。先问他春风秋月，再谈及粉淡脂莹，然后谈到女儿如何好，又谈到女儿死，袭人忙掩住口。宝玉谈至浓快

---

① 蒙侧：请（原作情）问：此"怔了"是呓语之故，还是呓语之意不妥之故？猜猜。
② 蒙侧："夜深人静"时，不减长生殿风味。何等告法，何等听法？人生不遇此等景况，实辜负此一生。
③ 蒙侧：自古及今，大凡大英雄、大豪杰，忠臣孝子，至其真极，不过一死。呜呼，哀哉！

第三十六回　绣鸳鸯梦兆绛芸轩　识分定情悟梨香院　465

时，见他不说了，便笑道："人谁不死？只要死的好。那些个须眉浊物，只知道文死谏，武死战，这二死是大丈夫死名死节。竟何如不死的好！必定有昏君他方谏，他只顾邀名，猛拼一死，将来弃君于何地！必定有刀兵他方战，猛拼一死，他只顾图汗马之名，将来弃国于何地！所以这皆非正死。"袭人道："忠臣良将，出于不得已他才死。"宝玉道："那武将不过仗血气之勇，疏谋少略，他自己无能，送了性命，这难道也是不得已？那文官更不比武官了，他念两句书窝在心里，若朝廷少有疵瑕，他就辄谈乱劝，只顾他邀忠烈之名，浊气一涌，即时拼命，难道也是不得已！还要知道，那朝廷是受命于天，他不圣不仁，那天地断不把这万几重任与他了。可知那些死的都是沽名，并不知大义①。比如我此时若果有造化，该死于此时的[十七]，如今趁你们在，我就死了，再能够你们哭我的眼泪流成大河，把我的尸首漂起来，送到那鸦雀不到幽僻之处，随风化了，自此再不要托生为人，就是我死的得时了。"袭人忽见说出这些疯话来，忙说困了，不理他。那宝玉方合眼睡着，至次日也就丢开了。

一日，宝玉因各处游的烦腻，便想起《牡丹亭》曲来，自己看了两遍，犹不惬怀，因闻得梨香院的十二个女孩子中有小旦龄官最是唱的好，因着意出角门来找时，只见宝官、玉官都在院内，见宝玉来了，都笑让坐。宝玉因问"龄官独在那里？"众人都告诉他说："在他房里呢。"宝玉忙至他房内，只见龄官独自倒在枕上，见他进来，公然不动②。宝玉素习与别的女孩子玩惯了的，只当龄官也同别人一样，因近前来身旁坐下，又赔笑唤他起来唱"袅晴丝"一套。不想龄官见他坐下，忙抬身起来躲避，正色说道："嗓子哑了。前儿娘娘传进我们去，我还没有唱呢。"宝玉见他坐正了，再一细看，原来就是那日蔷薇花下划"蔷"字的那一个。又见如此景况，从来未经过这番被人弃厌，自己便讪讪的红了脸，只得出来了。宝官等不解何故，因问其所以。宝玉便说了，遂出来。宝官便说道："只略等一等，蔷二爷来了叫

---

① **蒙侧：**此一段议论文武之死，真真确确，的非凡常可能道者。
② **蒙侧：**另有风味。

他唱,是必唱的。"宝玉听了,心下纳闷①,问:"蔷哥儿那去了?宝官道:"才出去了,一定还是龄官要什么,他去变弄去了。"宝玉听了,以为奇特。

少站片时,果见贾蔷从外头来了,手里提着个雀儿笼子,上面扎着小戏台,并一个雀儿,兴头头往里走,找龄官。见了宝玉,只得站住。宝玉问他:"是个什么雀儿,会衔旗串戏台?"贾蔷笑道:"是个玉顶金豆。"宝玉道:"多少钱买的?"贾蔷道:"一两八钱银子。"一面说,一面让宝玉坐,自己往龄官房里来。宝玉此刻把听曲子的心都没了,且要看他和龄官是怎么样。只见贾蔷进去笑道:"你起来,瞧这个玩意儿。"龄官起身问是什么,贾蔷道:"买了雀儿你玩,省得天天闷闷的无个开心。我先玩个你看。"说着,便拿些谷子哄的那个雀儿果然在戏台上乱串,衔鬼脸旗帜。众女孩子都笑道"有趣",独龄官冷笑了两声,赌气仍睡去了。贾蔷还只管赔笑,问他好不好。龄官笑道:"你们家把好好的人弄了来,关在这牢坑里学这牢什古子还不算,你这会子又弄个雀儿来,也偏生干这个。你分明是弄他来打趣形容我们,还问我好不好。"贾蔷听了,不觉的慌起来,连忙赌身立誓。又道:"今儿我那里的脂油蒙了心!费一二两银子买他来,原说解闷,就没有想到这上头。罢,罢!放了生,免免你的灾病②。"说着,果然将雀儿放了,一顿把那笼子拆了。龄官还说:"那雀儿虽不如人,他也有个老雀儿在窝里,你拿了他来弄这牢什古子也忍得!今儿我咳嗽出两口血来,太太叫大夫来瞧,不说替我细问问〔十八〕,你且弄这个取笑。偏生我这没人管没人理的,又偏病。"说着又哭起来。贾蔷忙道:"昨儿晚上我问了大夫,他说不相干。他说吃两剂药,后儿再瞧。谁知今儿又吐了,这会子请他去。"说着,便要请去。龄官又叫"站住,这会子大毒日头地下,你赌气子去请了来,我也不瞧!"贾蔷听了如此说,只得又站住。宝玉见了这般景况,不觉痴了,这才领会了画"蔷"深意③。自己站不住,便抽身走了。贾蔷一心都在龄官身上,

---

① **蒙侧**:非龄官不能如此作势,非宝玉不能如此忍耐(原无),其文冷中浓,其意韵而诚,有富贵不能移、威武不能屈之意。

② **蒙侧**:此一番文章从"画蔷"而来,"蔷"之画为不谬矣。

③ **蒙侧**:点明。

第三十六回　绣鸳鸯梦兆绛芸轩　识分定情悟梨香院

也不顾送，倒是别的女孩子送了出来。

那宝玉一心裁度盘算，痴痴回至怡红院中，正值林黛玉和袭人坐着说话儿呢。宝玉一进来，就和袭人长叹，说道："我昨晚上的话竟说错了，怪道老爷说我是'管窥蠡测'。昨夜说你们眼泪单葬我，这就错了①。我竟不能全得了。从此后，只是各人各得眼泪罢了。"袭人昨夜不过是些玩话，已经忘了，不想宝玉今又提起来，便笑道："你可真真有些疯了。"宝玉默默不答，自此深悟人生情缘，各有分定，只是每每[十九]暗暗伤心"不知将来葬我洒泪者为谁"？此皆宝玉心中所怀者，不必十分妄拟。

且说林黛玉当下见了宝玉如此形象，便知是又从那里着了魔来，也不便多问，因向他说道："我才在舅母跟前，说明儿薛姨妈的生日，叫我顺便来问你出去不出去。你打发人前头说一声去。"宝玉道："上回连大爷的生日我也没去，这会子我又去，倘或碰见人呢？我一概都不去。这么怪热的，又穿衣裳，我不去，姨妈也未必恼。"袭人忙道："这是什么话？他比不得大老爷。这里又住的近，又是亲戚；你不去，岂不叫他思量。你怕热，只清早起到那里磕个头，吃钟茶再来，岂不好看。"宝玉未说话，黛玉便先笑道："你看着[二十]人家赶蚊子的份上，也该走走。"宝玉不解，忙问："怎么赶蚊子？"袭人便将昨日睡觉无人做伴，宝姑娘坐了一坐的话说了出来。宝玉听了，忙说："不该。我怎么睡着了，亵渎了他。"一面又说："明日必去。"

正[二一]说着，忽见史湘云穿的齐齐整整走来，辞说家里打发人来接他。宝玉、黛玉听说，忙站起来让坐。史湘云也不坐，宝、黛两个只得送他至前面。那史湘云只是眼泪汪汪的，见有他家人在跟前，又不敢十分委曲。少时薛宝钗赶来，愈觉缱绻难舍。还是宝钗心内明白，他家人若回去告诉了他婶娘，待他家去又恐受气，因此倒催他走了。众人送至二门前，宝玉还要往外送，<u>每逢此时就忘却严父，可知前云"为你们死也情愿"不假。</u>倒是湘云拦住了。一时，回身又叫宝玉到跟前，悄悄的嘱咐道："便是老太太想不起我来，你时常提着打发人接我去。"宝玉连连答应了。眼看着他上车去了，大家方才进来。要知端的，且听下回分解。

---

① 蒙侧：这样悟（原作悮）了，才是真悟（原作悮）。

【总评】绛芸轩梦兆是金针暗度法。夹写月钱是为袭人渐入金屋地步。梨香院是明写大家蓄戏，不免奸淫之陋，可慎哉，慎哉！

校　记：

［一］原文无"的"字，据庚辰本补。

［二］此处的"知足"二字，原文为"识足"，据庚辰本改。

［三］此处的"过逾"二字，原文为"过余"，据甲辰本改。

［四］原文无"了"字，据庚辰本补。

［五］原文无"们"字，据庚辰本补。

［六］此处的"做主"二字，原文为"着主"，据蒙府本改。

［七］［八］此处的"月钱"二字，原文为"钱"，据庚辰本改。

［九］原文无"的"字，据蒙府本补。

［十］此处的"纵有"二字，原文为"总有"，据庚辰本改。

［十一］此处的"权且"二字，原文为"全且"，校者改。

［十二］"……头里的事"数字，原文无，据梦稿本补。

［十三］此处的"纵"字，原文为"总"，校者改。

［十四］"史大姑娘"数字，原文无，据庚辰本补。

［十五］此处的"他"字，原文为"那"，据庚辰本改。

［十六］原文无"去"字，据庚辰本补。

［十七］此处的"该死于此时的"数字，原文为"该死的时"，据庚辰本改。

［十八］"太太叫大夫来瞧，不说替我细问问"句，原文为"太太叫大夫来细问问"，据庚辰本改。

［十九］此处的"每每"二字，原文为"每"，据庚辰本改。

［二十］此处的"看着"二字，原文为"看看"，据庚辰本改。

［二一］原文无"正"字，据蒙府本补。

第三十七回

秋爽斋偶结海棠社　蘅芜苑夜拟菊花题

【回前】海棠名诗社，林、史傲秋闺。纵有才八斗，不如富贵儿。

这年贾政又点了学差，择于八月二十日起身。是日拜过宗祠及贾母起身，宝玉诸子弟等送至洒泪亭。

却说贾政出门去后，外面诸事不能多记。单表宝玉每日在园中任意纵性的逛荡，直把光阴虚度，岁月空添。这日正无聊之际，只见翠墨进来，手里拿着一副花笺送与他。宝玉因道："可是我忘了，才说要瞧瞧三妹妹去的，可好些了，你偏走来。"翠墨道："姑娘好了，今日也不吃药了，不过是凉着一点儿。"宝玉听说，便展开花笺看时，上面写道：

妹探春谨奉
二兄文几：

前夕新霁，月色如洗，因惜清景难逢，讵忍就卧，时漏已三转，犹徘徊于桐槐之下，未防风露所侵，致获采薪之患。昨蒙亲劳抚嘱，后又数遣侍儿问切，兼以鲜荔并真卿墨迹见赐，何痌瘝惠爱之深耶！今因伏几凭床处默之时，因思及历来古人中处名攻利敌之场，犹置一些山滴[一]水之区，远招近揖，投辖攀辕，务结一二同志者盘桓于其中，或竖词坛，或开吟社，虽一时之偶兴，遂成千古之佳谈。妹虽不才，窃同叨栖处于泉石之间，而兼慕薛、林之技。风庭月榭，惜未宴集诗人；帘杏溪桃，或可醉飞银盏。孰谓莲社之雄才，独许须眉；直以东山之雅会，让余[二]脂粉。若蒙棹云而来，妹则扫花以待。

谨奉。

宝玉看了，不觉喜的拍手笑道："倒是三妹妹高雅，我如今就去商议。"一面说，一面就走，翠墨跟在后面。

刚到了沁芳亭，只见园中后门上值日的婆子，手里拿着一个字帖走来，见了宝玉，便递上去，口内说道："芸哥儿请安，在后门口等着，叫我送来的。"宝玉打开看时，写道是：

不肖男　芸恭请

　　父亲大人万福金安。男思自蒙天恩，认于膝下，日夜思一孝顺，竟无可孝顺之处。前因买办花草，上托大人金福，竟认得许多花匠，直欲喷饭，真好新鲜文字！并认得许多名园。前因忽见有白海棠一种，不可多得。故变尽方法，只弄得两盆。大人若视男如亲男一般，皆千古未有之奇文！初读令人不解，思之则令人喷饭。便留下赏玩。因天气暑热，恐园中姑娘们不便，故不敢面见。奉书恭启，并叩

台安。

　　　　　　　　　　　男　芸跪书　一笑。辰：接连二启，字句因人而施，诚作者之妙。

宝玉看了，笑道："独他来了，还有什么人？"婆子道："还有两盆花儿。"宝玉道："你出去说，我知道了，难为他想着。你便把花儿送到我房里去就是了。"一面说，一面同翠墨往秋爽斋来，只见宝钗、黛玉、迎春、惜春已都在那里了。都因芸之一字工夫，已将诸艳请来，省却多少闲文。不然，必云如何请，如何来，则必至齐犯宝玉，终成重复之文。

第三十七回　秋爽斋偶结海棠社　蘅芜苑夜拟菊花题

众人见他进来，都笑说："又来了一个。"探春笑道："我不算俗，偶然起个念头，写了几个帖儿试一试，谁知一招皆到。"宝玉笑道："可惜迟了，早该起这社的。"黛玉说道："你们只管起社，可别算我，我是不敢的。"迎春笑道："你不敢，谁还敢呢？"庚：必得如此，方是妙文。若也如宝玉说兴头话（原作说），则不是黛玉矣。宝玉道："这是一件正经大事，大家鼓舞起来，不要你谦我让的。各有主意尽管说出来大家平章。"庚："正经大事"已妙，且为"平章"更妙。的是宝玉口角。宝姐姐也出个主意，林妹妹也说个话儿。"宝钗道："你忙什么，人还不全呢。"宝钗自有主见。庚：妙！宝钗自有主见，真不诬也。一语未了，李纨也来了，进门笑道："雅的紧！要起诗社，我自荐我掌坛。前日春天我原有这个意思的。我想了一想，我又不会作诗，瞎乱说些什么，因而也忘了，就没有说得。既是三妹妹高兴，我就帮你作兴起来。"又是一篇文字，"分叙单传"之法。

黛玉道："既然定要起诗社，咱们都是诗翁了，先把这些姐妹叔嫂的字样改了才不俗。"黛玉，可人也。李纨道："极是，何不大家起个别号，彼此称呼则雅。"未起诗社，先起别号。我是定了'稻香老农'，再无人占的。"最妙。探春笑道："我就是'秋爽居士'罢。"宝玉道："居士、主人到底不确，且又累赘。这里梧桐、芭蕉尽有，或指梧桐、芭蕉起个倒好。"探春笑道："有了，我最喜芭蕉，就称'蕉下客'罢。"众人都道别致有趣。黛玉笑道："你们快牵了他，炖脯子吃酒。"众人不解。黛玉笑道："古人曾云'蕉叶覆鹿'，他自称'蕉下客'，可不是一只鹿了？快做鹿脯来。"众人听了都笑起来。探春因笑道："你别忙，使巧话来骂人，我已替你想了个极妥当的美号了。"又向众人道："当日娥皇、女英洒泪在竹上成斑，故今斑竹又名湘妃竹。如今他住的是潇湘馆，他又爱哭，将来他想林姐夫，那些竹子也是要变成斑竹的。以后都叫他作'潇湘妃子'就完了。"大家听说，都拍手叫妙。林黛玉低了头方不言语。所谓"夫人必自侮，然后人侮之"，看伊一谑，便勾出一美号来。庚：何等妙文哉！另一花样。李纨笑道："我替薛大妹妹也早已想了个好的，也只三个字。"惜春、迎春都忙问："是什么？"迎春、惜春固不能答言，然不便置之不叙，故插他二人问。近日诸豪宴集之时，坐上或有一二愚夫不敢接谈，偏好问，亦可厌之事也。李纨道："我是封他为'蘅芜君'，不知你们如何？"探春道："这个封号极好呢。"宝玉道："我呢？你们也替我想个。"庚：必有是问。宝钗笑道："你的号早有了——'无事忙'。'忙'字确当的很。"〖果真确当！形容的尽〗李纨道："你还是你的旧号'绛洞花主'就好。"〖庚：妙极！又点前文。通部中从头至末，前文已过者，恐去之冷落，使人忘怀，得便一点；未来者，恐来之突然，或先伏一线，皆行文之妙诀也。〗宝玉笑道："小时候干的营生，还提他做什么？"〖赧颜如闻。庚：不知大时，又有何营生？〗探春道："你的号多的很，又起什么？我们爱叫你什么，你就答应着就是了！"〖庚：更妙！若只管挨次一个一个乱起，则成何文字？另一花样。〗宝钗道："还得我送你个号罢。有最俗的一个号，却于你最当。天下难得的是富贵，又难得的是闲散，这两样再不能兼有，不想你兼有了，就叫你'富贵闲人'也罢了。"宝玉笑道："当不起，当不起，倒是随你们混叫去罢。"李纨道："二姑娘、四姑娘[三]起个什么？"迎春道："我们又不大会诗，白起个号做什么？"〖假斯文。庚：假斯文。守钱虏来看这句。〗探春道："虽如此。也起个才是。"宝钗道："他住的是紫菱洲，就叫他'菱洲'；四丫头在藕香榭，就叫他'藕榭'就是了。"

李纨道："就是这样好。但序齿我大，你们都要依我的主意，管情说了大家合意。我们七个人起社，我和二姑娘、四姑娘都不会作诗，须得让出我们三个人去。我们三个各分一件事。"探春笑道："已有了号，还只管这样称呼，不如不有了。以后错了，也要立个罚约才好。"李纨道："立定了社，再定罚约。我那里地方大，竟在我那里作社。我虽不能作诗，这些诗人竟不厌俗客，我做个东道主人，我自然也清雅起来了。若是要推我做社长，我一个社长自然不够，必要再请两位副社长，就请菱洲、藕榭二位学究，一位出题限韵，一位誊录监场。亦不可拘定了我们三个不作，若遇见容易些的题目、韵脚，我们也随便作一首。你们四个都是要限定的。若是如此便起，若不依我，我也不敢附骥了。"迎春、惜春本性懒于诗词，又有薛、林在前，听了这话便深合己意，二人皆说"是极"。探春等也知此意，见他二人悦服，也不好强，只得依了。因笑道："这话也罢了，只是我自想好笑的，我起了个主意，反叫你们三个来管起我来了。"宝玉道："既这样，咱们就往稻香村去。"李纨道："都是你忙，今日不过商议了，等我再请。"宝钗道："也要议定几日一回方好。"探春道："若只管会的多，又没趣了。一月之中，只可两三次才好。"宝钗点头道："一月只要两次就够了。拟定日期，风雨无阻。除这两日外，倘有高兴的，他情

第三十七回　秋爽斋偶结海棠社　蘅芜苑夜拟菊花题

愿加一社的，或情愿到他那里去，或附就了，亦可使得，岂不活泼有趣。"众人都道："这个主意便好。"

探春道："只是原系我起的意，我须得先做个东道主人，方不负我这兴。"李纨道："既这样说，明日你就先开一社如何？"探春道："明日不如今日，就是此刻好。你就出题，菱洲限韵，藕榭监场。"迎春道："依我说，也不必随一人出题限韵，竟是拈阄公道。"李纨道："方才我来时，看见他们抬进两盆白海棠来，倒是好花。你们何不就咏起来？"〖庚：真正好题！妙在未起诗社，先得了题目。〗迎春道："都还未赏，先倒作诗。"宝钗道："不过是白海棠，又何必定要见了才作。古人诗赋，也不过都是寄兴写情耳。若都是看见了作，如今也没这些诗了。"〖真诗人话！〗迎春道："既如此，待我限韵。"说着，走到书架前抽出一本诗来，随手一揭，这首诗竟是一首七言律，递与众人看了，都该作七言律。迎春掩了诗，又向一个小丫头道："你随口说一个字来。"那丫头正倚门立着，便说了"门"字。迎春笑道："就是门字韵，'十三元'。押头一个韵定要这'门'字。"说着，又要了韵牌匣子过来，抽出"十三元"一屉〔四〕，又命那小丫头随手拿四块。那丫头便拿了"盆"、"魂"、"痕"、"昏"四块来。宝玉道："这'盆'、'门'两个字不大好作呢！"

待书〔五〕一样预备下四份纸笔，便都悄然各自思索起来。独黛玉或抚梧桐，或看秋色，或又和丫鬟们嘲笑。〖看他单写黛玉。〗迎春又命丫鬟炷了一支"梦甜香"。原来这"梦甜香"只有三寸来长，有灯草粗细，以其易烬，故以此烬〔六〕为限，如香烬未成便要罚。〖庚：好香！专能撰此新奇字样。〗一时探春便先有了，自提笔写出，又改抹了一回，递与迎春。因问宝钗："蘅芜君，你可有了？"宝钗道："有却有了，只是不好。"宝玉背着手，在回廊上踱来踱去，因向黛玉说道："你听，他们都有了。"黛玉道："你别管我。"宝玉又见宝钗已誊写出来，因说道："了不得！香只剩下了一寸了，我才有了四句。"又向黛玉道："香快完了，只管蹲在那潮地下做什么？"黛玉也不理。宝玉道："我可顾不得你了，好歹也写出来罢。"说着也走在案前写了。李纨道："我们要看诗了，若看完了还不交卷是必罚的。"宝玉道："稻香老农并不善作却善看，又最公道，〖庚：理岂不公？〗你就评阅优劣，我们都服的。"众人都道："自然。"于是看探春的稿上写道[七]是：

咏白海棠
<small>限门、盆、魂、痕、昏为韵</small>

斜阳寒草带重门，苔翠盈铺雨后盆。
玉是精神难比洁，雪为肌骨易销魂。
芳心一点娇无力，倩影三更月有痕。
莫谓缟仙能羽化，多情伴我咏黄昏。

大家看了，称赏一回，又看宝钗的道：

珍重芳姿昼掩门，<small>庚：宝钗诗全是自写身份，讽刺时事，只以品行为先，才技为末。纤巧流荡之词，绮靡秾艳之语，一洗皆尽。非不能也，屑而不为也。最恨近日小说中，一百美人诗词语气，只得一个艳稿。</small>
自携手瓮灌苔盆。
胭脂洗出秋阶影，
冰雪招来露砌魂。<small>庚：看他清洁自厉，终不肯作一轻浮语。</small>
淡极始知花更艳，<small>庚：好极！高情巨眼，能几人哉？正"一鸟不鸣山更幽"也。</small>
愁多焉得玉无痕。<small>看他讽刺宝、黛二人。</small>
欲偿白帝凭清洁，<small>看他讽刺林，收到自己身上，是何等身份！</small>
不语婷婷日又昏。

李纨笑道："到底[八]是蘅芜君。"说着又看宝玉的，道是：

秋容浅淡映重门，
七节攒成雪满盆。
出浴太真冰作影，
捧心西子玉为魂。
晓风不散愁千点，<small>庚：这句直是自己一生心事。</small>
宿雨还添泪一痕。<small>庚：妙在终不忘黛玉。</small>
独倚画栏如有意，

第三十七回　秋爽斋偶结海棠社　蘅芜苑夜拟菊花题

清砧怨笛[九]送黄昏。　庚：宝玉再细心作，只怕还有好的，只是一心挂着黛玉，故平（原作手）妥不警也。

大家看了，宝玉说探春的好，李纨才[十]要推宝钗这诗有身分，因又催黛玉。黛玉道："你们都有了？"说着提笔一挥而就，掷与众人。李纨等看他写道是：

半卷湘帘半掩门，　且不说花，且说看花的人，起的突然，令人阅之有别致。
碾冰为土玉为盆。　料定他与别人不同。

看了这句，宝玉先喝起彩来，只说"从何处想来！"又看下面道是：

偷来梨蕊三分白，
借得梅花一缕魂。

众人看了，也都不禁叫好，说"果然比别人又是一样心肠。"又看下面道：

月窟仙人缝缟袂，
秋闺怨女拭啼痕。　庚：虚敲旁（原作傍）比，真逸才也，且不脱落自己。
娇羞默默同谁诉，
倦倚西风夜已昏。　己：看他终结到自己，一人是一人口气，逸才仙品固让颦儿，温雅沉着终是宝钗。今日之作，宝玉自应居末。

众人看了，都道是这首为上。李纨道："若论风流别致，是推潇作；若论含蓄浑厚，终让蘅稿。"探春道："这评的有理，潇湘妃子当居第二。"李纨道："怡红公子是压尾，你服不服？"宝玉道："我的那首原不好，这评的最公。"似有不服之意。庚：话内细思，则似有不服先评之意。又笑道："只是蘅、潇二首还要斟酌。"李纨道："原是依我评论，不与你相干，再有多说者必罚。"宝玉听说，只得罢了。李纨道："从此后我定于每月初二、十六这两日开社，出题、限韵都要依我。这其间你们有高兴的，只管另择日子补开，那怕一个月每天都开社，我也不管。只是到了初二、十六的这两日，是必往我那里去。"宝玉道："到底要起个社名才是。"探春道："俗了又不好，忒新了，刁钻古怪也不好。可巧才是海棠诗开端，就呼作'海棠社'罢。虽然俗些，因真有此事，也就不碍了。"说毕，大家又商议了一会，略用些酒果，方各自散去。也有回家的，也有往贾母、王夫人处去的。

当下别人无话。_{一路总不大写薛、林兴头，可见他二人不着意于此。不写薛、林，正是大手笔，是"错综法"。}且说袭人_{忽然写入妙袭人，看他如何终此诗社。}□□己：忽然写到袭人，真令人不解！看他如何终此诗社之文。因见宝玉看了字帖儿便慌慌张张同翠墨去了，也不知何事。后来又见后门上婆子送了两盆海棠花来，袭人问是那里来的，婆子们便将宝玉前一番缘故说了。袭人听说便命他们摆好，让他们在下房里坐了，自己走到自己房内秤了六钱银子封好，又拿了三百钱来，都递与那两个婆子道："这银子赏那抬花来的小子们，这钱你们打酒吃罢。"婆子们站起来，眉开眼笑，千恩万谢的不肯受，见袭人执意不收，方领了。袭人又道："后门上外头可有该班的小子们？"婆子忙应道："天天有四个，预备里面差使的。姑娘有什么差使，我们吩咐去。"袭人笑道："我有什么差使？今儿宝二爷要打发人到小侯爷家与大姑娘送东西去，可巧你们来了，顺便出去，叫后门上的小子们雇辆车来。回来你们就来这里拿钱，不用叫他们〔十一〕又往前头混碰去。"婆子答应着去了。

袭人回至房中，拿碟子盛东西与史湘云送去，_{线头却牵（原作索）出，观者不理会。不知是何碟何物，令人犯思索。}却见橱子上碟槽空着。_{妙极，细极！因此处系依古董式样抠成槽子，故无此件此槽遂（原作随）空。若忘却前文，此句不能解矣。}因回头见晴雯、秋纹、麝月等都在一处做针黹〔十二〕；袭人问道："这一个缠丝白玛瑙碟子那去了？"众人见问，都你看我，我看你，都想不起来。半日，晴雯笑道："给三姑娘送荔枝去的，还没送来呢。"袭人道："家常送东西的家伙多呢，何必用这个？"晴雯道："我何尝不也〔十三〕这样说。他说这个碟子配上鲜荔枝才好看。_{己：自然好看，原该如此。可恨今之有一二好花者，不肯象景而用。}我送去，三姑娘见了，也说好看，叫连碟子放着，就没带来。你再瞧，那橱子尽上的一对联珠瓶还没收来呢。"

秋纹笑道："提起〔十四〕瓶来，我又想起笑话。我们宝二爷说声孝心一动，也敬到二十分。因那日见园里桂花，折了两枝，原是自己要插瓶的，忽然想起来说，这是自己园里的才开的新鲜花，不敢自己先

第三十七回　秋爽斋偶结海棠社　蘅芜苑夜拟菊花题

玩,巴巴的把那一对瓶拿下来,亲自灌水插好了,叫个人拿着,亲身送一瓶进老太太,又进一瓶与太太。谁知他孝心一动,连跟的人都得福了。可巧那日是我拿去的。老太太见了这样,喜的无可无不可,见人就[十五]说:'到底是宝玉孝顺我,连一枝花儿也想的到。别人还只抱怨我疼他。'你们知道,老太太平日不大同我说话的,有些不入他老人家的眼的。那日竟叫人拿几百钱给我,说我可怜见的,生的单柔。这可是再想不到的福气。几百钱事小,难得这个脸面。及至到了太太那里,太太正和二奶奶、赵姨奶奶、周姨奶奶好些人翻箱子,找太太当日年轻的颜色衣裳,不知给哪一个。一见了,连衣裳也不找了,且看花儿。又有二奶奶在旁边凑趣,也夸宝玉,又是怎样孝敬,又是怎样知好歹,有的没的说了两车话。当着众人,太太自为又增了光,堵了众人的嘴。太太越发喜欢了,现成的衣服就赏我两件。衣裳也是小事,年年横竖也得,却不像这个彩头。"

晴雯笑道:"呸!没见世面的小蹄子!那是把好的给了人,挑剩下的才给你,你还充有脸呢。"秋纹道:"凭他给谁剩的,到底是太太的恩典。"晴雯道:"要是我,我就不要。若是给别人剩的给我,也罢了。一样这屋里的人,难道谁又比谁高贵些?把好的给他,剩的才给我,我宁可不要,冲撞了太太,我也不受这口气。"秋纹忙问:"给这[十六]屋里谁的?我因前日病了几天,家去了,不知是给谁的。好姐姐,你告诉我知道知道。"晴雯道:"我告诉了你,难道你这会退还太太去不成?"秋纹笑道:"胡说。我自听了喜欢喜欢。那怕给这屋里的狗剩下的,我只领太太的恩典,也不犯管别的事。"众人听了都笑道:"骂的巧,可不是给了那西洋花点子哈巴儿了。"袭人笑道:"你们这起烂了嘴的!得了空就拿我取笑打牙儿。一个个不知怎么死呢。"秋纹笑道:"原来姐姐得了,我实在不知道。我赔了个不是罢。"

袭人笑道:"少轻狂罢。你们谁取了碟子来是正经。"己:看他忽然夹写女儿喁喁一段,总不脱落正事。所谓此书一回是两段,两段中却有无限事体,或有一语透至一回者,或有反补上回者,错综穿插,从不一气直起直泻至终为了。麝月道:"那瓶儿也该得空收来了。老太太屋里还罢了,太太屋里人多手杂。别人还可以,赵姨奶奶一伙的人,见是这屋里的东西,又该使黑心弄坏了才罢。太太也不大管这些,不如早些收来正经。"晴雯听说,便掷下针线道："这话倒是，等我取去。"秋纹道："还是我取去罢，你取碟子去。"晴雯笑道："我偏取一遭儿去。是巧宗儿你们都得了，难道不许我得一遭儿？"麝月笑道："通共秋丫头得了一遭儿衣裳，那里今日又可巧，你也遇见找衣裳不成。"晴雯冷笑道："虽然碰不见衣裳，或者太太看见我勤谨，一个月也把太太的公费里分出二两银子来给我，也定不得。"说着，又笑道："你们别和我装神弄鬼的，什么事我不知道？"一面说，一面往外跑了。秋纹也同他出来，自去探春那里取了碟子来。

袭人打点齐备东西，叫过本处的一个老宋妈妈来，"宋"，送也。随事生文妙！向他说道："你先好生梳洗了，换了出门的衣裳来，如今打发你与史大姑娘送东西去。"那宋妈妈道："姑娘只管交给我，有话说与我，我收拾了就好一顺去的。"袭人听说，便端过两个小掐丝盒子来。先揭开一个，里面装的是红菱和鸡豆妙！两样鲜果；又那一个，是一碟子桂花糖蒸新栗粉糕。又说道："这都是今年咱们这里园里新结的果子，宝二爷送来与姑娘尝尝。再前日姑娘说这玛瑙碟子好〔十七〕，姑娘留下玩罢。庚：妙！隐这一件公案。余想袭人必要玛瑙碟子盛去，何必骄奢轻发如是耶？因（原作固）有此一案，则无怪矣。这绢包儿里是姑娘上日叫我做的活计，姑娘别嫌粗糙，哄着些罢。替我们请安，替二爷问好就是了。"宋妈妈道："宝二爷不知还有甚说的，姑娘再问问去，回来又别说忘了。"袭人因问秋纹："方才可见在三姑娘那里？"秋纹道："他们都在那里商议起什么诗社呢，又都作诗。想来没话，你只去罢。"宋妈妈听了，便拿了东西出去，另外穿戴〔十八〕了。袭人又嘱咐他："从后门出去，有小子和车等着你！"宋妈去后，不在话下。

宝玉回来，先忙着看了一会海棠，至房内告诉袭人起诗社的事。袭人也把打发宋妈妈与史湘云送东西去的话告诉了宝玉。宝玉拍手道："偏忘了他。我自觉心里有什么事，只是想不起来，亏你提起来，正要请他去。这诗社里若少了他还有什么意思！"袭人劝道："什么要紧，不过玩意儿。他比不得你们自在，家里又做不得主儿。告诉他，他要来，又由不得他；不来，他又牵肠挂肚的，没的叫他不受用。"宝玉道："不妨事，我回老太太打发人接他去。"正说着，宋妈妈已经回来，回复道生受，与袭人道乏，又说："问二爷做什么呢，我说和姑娘们起什么诗社作诗呢。史姑娘说，他们作诗也不告诉我来，急的了不得。"宝玉听了起身便往贾母处来，立逼着叫人接去。贾母因说："今日又天[十九]晚了，明日一早再去。"宝玉只得罢了，回来闷闷的。

次日一早，便又往贾母处来催逼人接去。直到午后，史湘云才来了，宝玉方放了心；见面时就把始末原由告诉他，又要与他诗看。李纨等因说道："且别给他看，先说与他韵。他后来，先罚他和了诗；若好，便请入社；若不好，还要罚他一个东道再说。"湘云笑道："你们忘了请我，我还要罚你们呢。就拿韵来，我虽不能，只得勉强出丑。容我入社，扫地焚香我也情愿。"众人见他这般有趣，越发喜欢，都埋怨昨日怎么忘了他，遂忙告诉他韵。史湘云一心兴头，等不得推敲删改，一面只管和人说着话，心内早已和成，即用随便的纸笔录出，己：可见越（原作起）是好文字，不管怎样就有了。越用工夫，越讲究笔墨，终成涂鸦（原作雅）。先笑说道："我却依韵和了两首①庚：更奇！想前四首已将形容尽矣，一首犹恐重犯，不知二首又从何处着笔。，好歹我却不知，不过应命而已。"说着递与众人。众人道："我们四首也算想绝了，再一首也不能了。你倒弄了两首，那里有许多话说？不要重了我们。"一面说，一面看诗，只见那两首诗写道：

神仙昨日降都门，庚：落想便新奇。不落彼四套。
种得蓝田玉一盆。庚：好！"盆"字押得更稳，总不落彼之（原作三）套。
自是素娥偏爱冷，庚：又不脱自己将来形景。
非关青女亦离魂。
秋阴捧出何方雪，庚：拍案叫绝，压倒群芳，在此一句。
雨渍添来隔宿痕。
却喜诗人吟不倦，
岂令寂寞度朝昏。真妙！

皆道："好诗，好诗！"又往下看，写道：

---

① **靖眉**：观湘云作海棠诗，如见其娇憨之态。是乃实有其事，非作（原作非作其事）者杜撰也。

> 蘅芷阶通萝薜门，
> 也宜墙角也宜盆。更妙！
> 花因喜洁难寻偶，
> 人为悲秋易断魂。
> 玉烛滴干风里泪，
> 晶帘隔破月中痕。
> 幽情欲向嫦娥诉，
> 无奈虚廊夜已昏。二首真可压卷，是奇怪之文。总令人想不到，忽有二首压卷。

众人看一句，惊讶一句，看到了，赞到了，都说："这个不枉做了海棠诗，真该要起海棠社了。"史湘云道："明日先罚了我个东道，就让我先邀一社可使得？"众人笑道："这更妙了。"因又将昨日的与他评论了一回。

至晚，宝钗将湘云邀往蘅芜院去安歇。湘云灯下计议如何设东，如何拟题。宝钗听他说了半日，皆不妥当，却于此刻方写宝钗。因向他说道："既开社，便要作东。虽然是个玩意儿，也要瞻前顾后，又要自己便宜，又要不得罪人，然后方大家有趣。你家里你又作不得主，一个月通共那几串钱，你还不够盘缠呢。这会子又干这没要紧的事，你婶婶听见了，越发抱怨你了。况且你就都拿出来，做这个东道也不够。难道为这个家去要去不成？还是和这里要呢？"一席话提醒了湘云，倒踌蹰起来。宝钗道："这个我已经有个主意。我们当铺里有一个伙计，他家田上出的好肥螃蟹，前日送了几斤来。现在这里的人，从老太太起连上园里的人，有多一半都是爱吃螃蟹的。前日姨妈还说要请老太太在园里赏桂花、吃螃蟹，因为有事，还没有请。你如今且把诗社别提起，只管普通一请。等他们散了，咱们有多少诗作不得的？我和我哥哥说，要几篓极肥大的螃蟹来，再往铺子里取出几坛好酒，再备上四五桌果碟，岂不又省事又大家热闹了！"湘云听了，心中自是感服，极赞他想的周到。宝钗又笑道："我是一片真心为你，千万别多心，想着我小视了你，咱们两个就白好了。你若不多心，我就好叫他们办去的。"

湘云忙笑道："好姐姐，你这样说，倒多心待我了。凭他怎么糊涂，连个好歹也不知，还成个人了？我若不把姐姐当作亲姐姐一样看，上回那些家常话，烦难事，也不肯尽情告诉你了。"宝钗听说，便叫一个婆子来："出去和大爷说。依前日的大螃蟹要几篓来，明日饭后请老太太、姨妈赏桂花。你说大爷好歹别忘了，我今日已请下人了。"那婆子出去说明，回来无话。

庚：必得如此叮咛，阿呆兄方记得。

这里宝钗又向湘云道："诗题也不要过于新巧了。你看古人诗中那些刁钻古怪的题目和那极险的韵脚，若题过于新巧，韵过于险，再不得有好诗，终是小家气。诗固然怕说熟话，更不可过于求生，头一件只要立意清新，自然措词就不俗了。究竟这也算不得什么，还是纺绩针黹是你我的本。等一时闲了，倒是于身心有益的书，看几章是正经。"

湘云只答应着，因笑道："我如今心里想着，昨日作了海棠诗，我如今要作个菊花诗如何？"宝钗道："菊花倒也合景，只是前人太多了。"湘云道："我也是如此想着，恐怕落套。"宝钗想了想，道："有了，如今以菊花为宾，以人为主，竟拟出几个题目来，都是两个字：一个虚字，一个实字，实字就用'菊'字[二十]，虚字通用的。如此又是咏菊，又是赋事，前人也没作过，也不能落套。赋景咏物两关着，又新鲜，又大方。"湘云笑道："这却很好。只是不知用何等虚字才好？你先想一个我听听。"宝钗想了一想，笑道："《菊梦》就好。"湘云笑道："果然好。我也有个，《菊影》可使得？"宝钗道："也罢了。只是也有人作过，若题目多，这个也夹的上。我又有了一个。"湘云道："快说出来。"宝钗道："《问菊》如何？"湘云拍案叫妙，因接说道："我也有了，《访菊》如何？"宝钗也赞有趣，因说道："越性拟出十个来写上，再说来看。"二人研墨蘸笔，湘云便写，宝钗便念，一时凑了十个。湘云看了一遍，又笑道："十个还不成幅，越性凑成十二个便全了，也如人家字画册页一样。"宝钗听说，又想了二个，一共凑成十二个了。又说道："既这样，越性编出他个次序先后来。"湘云道："如此更妙，竟弄成个菊谱了。"宝钗道："起首是《忆菊》之意；不得，故访。第二是《访菊》；既得，便种。第三是

《种菊》；种菊盛开，故相对而赏。第四是《对菊》；相对而兴有余，故折来供瓶为玩。第五是《供菊》；既供而不吟，亦觉菊无彩色。第六便是《咏菊》；既入词章，不可无笔墨。第七便是《画菊》；既为菊如是碌碌，究竟不知有何妙处，不禁有所问。第八便是《问菊》；菊如解语，使人不禁狂喜。第九便是《簪菊》；如此人事虽尽，犹有菊之可咏者。《菊影》、《菊梦》二首，第十、第十一；末卷便以《残菊》总收前题之盛。这便是三秋的妙景、妙事都有了。"

  湘云依言将题录出，又看了一会，又问"该限何韵？"宝钗道："我平生最不喜限韵，分明有好事，何苦为韵所缚。咱们别学那小家派，只出题不拘韵。原为大家偶得了好句取乐，并不为那些难人。"湘云道："这话很是。这样大家的诗还进一层。但只咱们五个人，这十二个题目，难道每人作十二首不成？"宝钗道："那也太难人了。将这题目誊好，都要七言律诗，明日贴在墙上。他们看了，谁作那一个就作那一个。有力量者，十二首都作也可；不能的，一首不成也可。高才捷足者为尊。若十二首已全，便不许他作，赶着罚他就完了。"湘云道："这倒也罢了。"二人商议妥帖，方才息灯安寝。要知端的，且听下回分解。

【总评】薛家女子何贞侠，总因富贵不须夸。发言行事何其嘉，居心用意不狂奢。世人若肯平心度，便解云、钗两不暇。

校　记：

  〔一〕原文无"滴"字，据庚辰本补。庚辰本在此处有一"滴"字。
  〔二〕此处的"余"字，原文为"于"，据庚辰本改。
  〔三〕此处的"四姑娘"三字，原文为"三姑娘"，据庚辰本改。
  〔四〕此处的"一屉"二字，原文为"一篇"，据庚辰本改。
  〔五〕此处的"待书"二字，原文为"侍书"，据列藏本改。
  〔六〕原文无"故以此烬"四字，据庚辰本补。
  〔七〕原文无"道"字，据庚辰本补。
  〔八〕原文无"底"字，据蒙府本补。
  〔九〕此处的"怨笛"二字，原文为"远笛"，据庚辰本改。
  〔十〕此处的"才"字，原文为"终"，据庚辰本改。

［十一］原文无"们"字，据庚辰本补。

［十二］此处的"针黹"二字，原文为"针指"，据庚辰本改。后面亦有两处将原文的"针指"，改为"针黹"，不再专注。

［十三］原文无"也"字，据庚辰本补。

［十四］此处的"提起"二字，原文为"想起"，据庚辰本改。

［十五］原文无"就"字，据庚辰本补。

［十六］此处的"给这……"，原文为"给谁……"，据蒙府本改。

［十七］原文无"好"字，据蒙府本补。

［十八］此处的"穿戴"二字，原文为"穿带"，校者改。

［十九］原文无"天"字，据庚辰本补。

［二十］此处的"'菊'字"，原文为"菊花"，据庚辰本改。

第三十八回

林潇湘魁夺菊花诗　　薛蘅芜讽和螃蟹咏

【回前】美人用别号，亦新奇花样，且韵且雅，呼去觉满口生香。起社出自探春意，作者已伏下"兴利除弊"之文也。

此回才放笔写诗、写词、作札。看他诗复诗，词复词，札复札，总不相犯。

湘云，诗客也，前回写之。其今才起社后，用不即不离，闲人数语、数折，仍归社中，巧活之笔如此！

己：题曰"菊花诗"、"螃蟹咏"，偏自太君前，阿凤若许诙谐中不失体，鸳鸯、平儿宠婢中多少放肆之迎合取乐，写来似难入题，却轻轻用弄水、戏鱼、看花等游玩事，及王夫人云"这里风大"一句，收住入题，并无纤毫牵强。此重作轻抹法也。妙极，好看煞！

话说宝钗、湘云二人计议已妥，一宿无话。湘云次日便请贾母等赏桂花。贾母等都说："倒是他有兴头，须要扰他这雅兴。"_{若在世俗小家，则云："你是客，在我们家，怎么反扰他的？"益发可笑！}至午，果然贾母带了王夫人、凤姐兼请薛姨妈等进园来。贾母因问："那一处好？"_{必如此问方好。}王夫人道："凭老太太爱在那一处，就在那一处。"_{必是王夫人如此答方好。}凤姐道："藕香榭已经摆下了，那山坡下两棵[一]桂花开的又好，河里的[二]水又碧清，坐在河当中亭子上岂不

第三十八回　林潇湘魁夺菊花诗　薛蘅芜讽和螃蟹咏

敞亮，看着水眼也清亮。"智（原作知）者乐水，岂其然乎？贾母听了，说："这话很是。"说着，引了众人往藕香榭来。原来这藕香榭盖在池中，四面有窗，左右有曲廊可通，亦是跨水接岸，后面又有曲折竹桥暗接。众人上了竹桥，凤姐忙上来拖着贾母，口里说："老祖宗只管迈大步，不相干的，这竹子桥规矩是'咯吱咯喳'的。"如见其势，如临其上，非走过者形容不出。

一时进入榭中，只见栏杆外另放着两张竹案，一个上面设着杯箸酒具，一个上头设着茶筅[三]、茶盂各色茶具。那边有两三个丫头煽风炉煮茶，这一边另外几个丫头也煽风炉烫酒呢。贾母欢喜道："这茶想的到，且是地方，东西都干净。"湘云笑道："这是宝姐姐帮着我预备的。"贾母道："我说这个孩子细致，凡事想的妥当。"一面说，一面又看见柱上挂的黑漆嵌蚌的对子，命人念。湘云念道：

　　芙蓉影破归兰桨，
　　菱藕香深写竹桥。妙极！此处忽又补出一处，不入贾政试才一回，皆错综其势，不作一直（原作真）笔也！

贾母听了，又抬头看匾，因回头向薛姨妈道："我先小时，家里也有这么一个亭子，叫做什么'枕霞阁'。我那时也像他们这么大年纪，同姊妹们天天玩去。那日谁知我失了脚掉下去，几乎没淹死，好容易救了上来，到底被那木钉把头碰破了。如今这鬓角上那指头顶大一块窝儿就是那残疾了。众人都怕经了水，又怕冒了风，都说活不得了，谁知竟好了。"凤姐不等人说完，先笑道："那时要活不得，如今这么大福可叫谁享呢！可知老祖宗从小儿福气就不小，神差鬼使碰出那个窝儿来，好盛福寿的。寿星老儿头上原是一个窝儿，因为万寿万福盛满了，所以倒凸高出些来了。"未及说完，贾母与众人都笑软了。庚：看他忽用贾母数语，闲闲又补出此书之前，似已有一部"十二钗"的一般，令人遥忆不能一见。余则将欲补出"枕霞阁中十二钗"来，岂不又添一部新书？贾母笑道："这猴儿惯的了不得了，只管拿我取笑起来，恨的我撕你那油嘴。"凤姐笑道："回来吃螃蟹，恐积了冷在心里，讨老祖宗笑一笑开心，一高兴多吃两个就无妨了。"贾母笑道："明日叫你日夜跟着我，我倒常笑笑觉的开心，不许回家去。"王夫人笑道："老太太因为喜欢他，才惯的他这样。还这样说，他明日越发无礼了。"贾母笑道："我喜欢他这样，况且他又不是那不知高低的孩子。家常没人。娘儿们原该这样。横竖礼体不错就罢了，没的倒叫他从神儿似的做什么？"近之暴发专讲礼法，竟不知礼法，此似无礼，而礼井井，所谓"整瓶不动半瓶摇"，又曰"习惯成自然"，真不谬也。

　　说着，一齐进入亭子，献过茶，凤姐忙着摆桌子，要杯箸。上面一桌，贾母、薛姨妈、宝钗、黛玉、宝玉；东边一桌，史湘云、王夫人、迎、探、惜；西边靠门一小桌，李纨和凤姐。明虽设坐位，二人皆不敢坐，只在贾母、王夫人两桌上伺候。凤姐吩咐："螃蟹不可多拿来，仍旧放在蒸笼里，拿十个来，吃了再拿。"一面又要水洗了手，站在贾母跟前剥蟹肉，头次让薛姨妈。薛姨妈道："我自己剥着吃香甜，不用人让。"凤姐便奉与贾母。二次的便与宝玉，又说："把酒烫的热热的拿来。"又命小丫头们去取菊花叶儿、桂花蕊薰的绿豆面子来，预备洗手。史湘云陪着吃了一个，就下座来让人，又出至外头，命人盛两盘子与赵姨娘、周姨娘送去。又见凤姐走来道："你不惯张罗，你吃你的去。我先替你张罗，等散了我再吃。"湘云不肯，又命在那边廊上摆了两桌，让鸳鸯、琥珀、彩霞、彩云、平儿去坐。鸳鸯因向凤姐笑道："二奶奶在这里伺候，我们可吃去了。"凤姐儿笑道："你们只管去，都交给我就是了。"说着，史湘云仍入了席。

　　凤姐和李纨也胡乱应个景儿。凤姐仍是下来张罗，一时出至廊上，鸳鸯等正吃的高兴，见他来了，鸳鸯等站起来道："奶奶又出来做什么？让我们也受用一会子。"凤姐笑道："鸳鸯小蹄子越发坏了，我替你当差，倒不领情，还抱怨我。还不快斟一钟酒来我喝呢。"鸳鸯笑着忙斟了一杯酒，送至凤姐唇边，凤姐一扬脖子吃了。琥珀、彩霞二人也斟上一杯，送到凤姐唇边，凤姐也吃了。平儿早剥了一壳黄子送来，凤姐道："多倒些姜醋。"一面也吃了，笑道："你们坐着吃罢，我可去了。"鸳鸯笑道："好没脸的，吃我们的东西。"凤姐儿笑道："你和我少作怪。你知道你琏二爷爱上了你，要和老太太讨了你作小老婆呢。"鸳鸯道："啐！这也是作奶奶说出来的话！我[四]不拿腥手抹你一脸算不得。"说着赶来就要抹。凤姐儿央[五]道："好姐姐，饶我这一遭儿罢。"琥珀笑道："鸳丫头要去了，平丫头还饶他？你们看看他，没有吃了两个螃蟹，倒喝了一碟子醋，他也算会搅酸的了。"平儿手里正剥了个满黄的螃蟹，听如此奚落他，便拿着螃蟹向着琥珀脸

第三十八回　林潇湘魁夺菊花诗　薛蘅芜讽和螃蟹咏

上来抹，口内笑骂："我把你这嚼舌根的小蹄子！"琥珀也笑着往旁边一躲，平儿使空了，往前一撞，正恰恰的抹在凤姐儿腮上。凤姐正和鸳鸯嘲笑，不防唬了一跳，"哎呀"了一声。众人撑不住都哈哈的大笑起来。凤姐也禁不住笑骂道："死娼妇！吃瞎了眼了，混抹你娘的。"平儿忙赶过来替他擦了，亲自去端水。鸳鸯道："阿弥陀佛！这是个报应。"贾母那边听见，一叠连声问："见了什么这样乐，告诉我们也笑笑。"鸳鸯等忙高声笑回道："二奶奶来抢螃蟹吃，平儿恼了，抹了他主子一脸的螃蟹黄子。主子奴才打架呢。"贾母和王夫人等听了也笑起来。贾母笑道："你们看他可怜见的，把那小腿子、脐子给他点子吃也就[六]完了。"鸳鸯等笑着答应了，高声又说道："这满桌子的腿子，二奶奶只管吃就是了。"凤姐洗了脸走来，又伏侍贾母等吃了一会。黛玉独不敢多吃，只吃了一点儿[七]夹子肉就下来了。

　　贾母一时不吃了，大家方散，都洗了[八]手，也有看花的，也有弄水看鱼的，游玩了一会。王夫人因回贾母说："这里风大，才又吃了螃蟹，老太太还是回房去歇歇罢了。若高兴，明日再来逛逛。"贾母听了，笑道："正是呢。我怕你们高兴，我走了，又怕扫了你们的兴。既这样说，咱们就都去罢。"回头又吩咐湘云："别让你宝哥哥、林姐姐多吃了。"湘云答应着。又嘱咐湘云、宝钗二人说："你两个也别吃了。那东西虽好吃，不是什么好的，吃多了肚子疼。"二人忙应着送出园外，仍旧回来，命将残席收拾了另摆。宝玉道："也不用摆，咱们且作诗。把那大团圆桌子放在当中，酒菜都放着。也不必拘定坐位，有爱吃的去吃，大家散坐，岂不便宜？"宝钗道："这话极是。"湘云道："虽如此说，还有别人。"因又命另摆一桌，拣了热螃蟹来，请袭人、紫鹃、司棋、待书、入画、莺儿、翠墨等一处共坐。山坡桂树底下铺下两条花毡，命答应的婆子并小丫头等也都坐了，只管随意吃喝，等使唤再来。

　　湘云便取了诗题，用针绾在墙上。众人看了，都说："新奇，新奇！只怕作不出来。"湘云又把限韵的缘故说了一番，宝玉道："这才是正理，我也最不喜限韵。"林黛玉因不大吃酒，又不吃螃蟹，自命人掇了一个绣墩，倚栏坐着，拿了钓竿钓鱼。宝钗手里拿着一枝桂花玩了一会，俯在窗槛上掐了桂花掷向水面，引游鱼浮上来唼喋。湘云出一会神，又让一回袭人等，又招呼山坡下的众人只管放量吃。探春和李纨、惜春立在垂柳阴中看鸥鹭。迎春又独在花阴下拿着花针穿茉莉花。看他各人各式，如画家有攒三聚五，疏疏密密，真是一幅百美图。宝玉又看了一会黛玉钓鱼，一会又挤在宝钗旁边说笑两句，一会又看袭人等吃螃蟹，自己也陪他饮两口酒；袭人又剥一壳肉给他吃。

黛玉放下钓竿，走至座间，拿起那乌银梅花自斟壶来，非写壶，正写黛玉。拣了一个小小的海棠冻石蕉叶杯来。"拣"字有神理。盖黛玉不善饮，此天性也。丫鬟看见，知他要饮酒，忙着走上来斟。黛玉道："你们只管吃去，让我自己斟，才有趣儿。"说着便斟了半盏，看时却是黄酒，因说道："我吃了一点子螃蟹，觉得心口微微的疼，须得热热的吃口烧酒。"宝玉忙道："有烧酒。"便命将那合欢花浸的酒烫一壶来。庚：伤哉！作者犹记矮𩽾舫前以合欢花酿酒乎？屈指二十年矣！黛玉也只吃了一口便放下了。宝钗也走过来，另拿一个杯来，也饮了一口放下，便蘸笔至墙上把头一个《忆菊》勾了，底下又赘了一个"蘅"字。妙极，韵极！宝玉忙道："好姐姐，第二个我已经有了四句了，你让我作罢。"宝钗笑道："我好容易有了一首，你就忙的这样。"黛玉也不说话，接过笔来，把第八个《问菊》勾了，接着把第十一个《菊梦》也勾了，写一个"潇"字。这两个妙题，料定黛玉必喜，岂肯让他人作去？宝玉也拿起笔来，将第二个《访菊》也勾了，也写上一个"红"字。探春走来看看道："竟无人作《簪菊》，让我作这《簪菊》。"又指着宝玉笑道："才宣过，总不许带出闺阁字样来，你可要留神。"说着，只见湘云走来，将第四、第五《对菊》、《供菊》一连两个都勾了，也写上一个"湘"字。探春道："你也该起个号。"湘云笑道："我们家如今虽有几个轩馆，我又不住着，借了来也没趣。"近之不读书者爱起一别号，可笑，可笑！宝钗笑道："方才老太太说，你们家也有这个水亭，叫'枕霞阁'，难道不是你的？如今虽没了，你到底是旧主人家。"众人都道有理，宝玉不待湘云动手，便代将"湘"字抹了，改了一个"霞"字。又有顿饭工夫，十二题已全，各自写出来，都交与迎春，另拿了一张薛涛笺过来，一并写录出来，某人作的底下写明某人的号。李纨等从头看道：

忆菊　　蘅芜君 庚：真用此号，妙极！

怅望西风抱闷思，蓼红苇白断肠时。

空篱旧圃秋无迹,瘦月[九]清霜梦自知[十]。
念念心随归雁远,寥寥坐听晚砧痴[十一]。
谁怜我为黄花病,慰语重阳会有期。

访菊　　　怡红公子
闲趁霜晴试一游,酒杯茶盏[十二]莫淹留。
霜前月下谁家种,槛外篱边何处秋。
蜡屐远来情得得,冷吟不尽兴悠悠。
黄花若许[十三]怜诗客,休负今朝挂杖头。

种菊　　　怡红公子
携锄秋圃自移来,篱畔庭前处处栽。
昨夜不期经雨活,今朝犹喜带霜开。
冷吟秋色诗千首,醉酹寒香酒一杯。
泉溉泥封勤护惜,好知三径[十四]绝尘埃。

对菊　　　枕霞旧友
别圃移来贵比金,一丛浅淡一丛深。
萧疏篱畔科头坐,清冷香中抱膝吟。
数去更无君傲世,看来惟有我知音。
秋光荏苒休辜负,相对原宜惜寸阴。

供菊　　　枕霞旧友
弹琴酌酒喜堪俦,几案婷婷点缀幽。
隔座香分三径露,抛书人对一枝秋。
霜清纸帐来新梦,圃冷斜阳忆旧游。
傲世也因同气味,春风桃李未淹留。

咏菊　　　潇湘妃子
无赖诗魔昏晓侵,绕篱欹石自沉音。
毫端运秀临霜写,口底噙香对月吟。
满纸自怜题素怨,片言谁解诉愁心[十五]。

一从陶令平章后，千古高风说到今。

画　菊　　　蘅芜君
诗余戏笔不知狂，岂是丹青费较量。
聚叶泼成千点墨，攒花染出几痕霜。
淡浓神会风前影，跳脱秋生腕底香。
莫认东篱闲采掇，粘屏聊以慰重阳。

问　菊　　　潇湘妃子
欲讯秋情众莫知，漫将幽意[十六]叩东篱。
孤标傲世偕谁隐，一样开花[十七]为底迟？
圃露庭霜何寂寞，鸿归蛩病可相思？
休言举世无谈者，解语何妨话片时[十八]。

簪　菊　　　蕉下客
瓶供篱栽日日忙，折来休认镜中妆。
长安公子因花癖，彭泽先生是酒狂。
短鬓冷沾三径露，葛巾香染九秋霜。
高情不入时人眼，拍手凭他笑路旁。

菊　影　　　枕霞旧友
秋光叠叠复重重，潜度偷移三径[十九]中。
窗隔疏灯描远近，篱筛破月锁玲珑。
寒芳留照魂应驻，霜印传神梦也空。
珍重暗香休踏碎，凭谁醉眼认朦胧。

菊　梦　　　潇湘妃子
篱畔秋酣一觉清，和云伴月不分明。
登仙非慕庄生蝶，忆旧还寻陶令盟。
睡去依依随雁断，惊回故故恼蛩鸣。
醒时幽怨同谁诉，衰草寒烟无限情。

残 菊　　　　蕉下客

露凝霜重渐倾欹，宴赏才过小雪时。
蒂有余香金淡泊，枝无全叶翠离披。
半床落叶蛩声病，万里寒云雁阵迟。
明岁秋风知有会[二十]，暂时分手莫相思。

众人看一首，赞一首，彼此称扬不绝。李纨笑道："等我从公评来。通篇看来，各有各人的警句。今日公评：《咏菊》第一，《问菊》第二，《菊梦》第三。题目新，诗也新，立意更新，怨不得要推潇湘妃子为魁；然后《簪菊》、《对菊》、《供菊》、《画菊》、《忆菊》次之。"宝玉听说，喜的拍手叫："极是，极公道。"黛玉道："我那首也不好，到底伤于纤巧些。"李纨道："巧的却好，不露堆砌生硬。"黛玉道："据我看来，头一句好的是'圃冷斜阳忆旧游'这句，背面转至'抛书人对一枝秋'，已经妙极，将供菊说完，没处再说，故又回来，想到未折未供之先，意思深远。"李纨道："固如此[二一]说，你的'口底噙香'一句也敌过了。"探春又道："到底要算蘅芜君'秋无迹'、'梦自知'，把个忆字竟烘染出来了。"宝钗笑道："你的'短鬓冷沾'、'葛巾香染'，也就把簪菊形容的一个缝儿也没了。"湘云笑道："'偕谁隐'、'为底迟'，真个把个菊花问的无言可对。"李纨笑道："你的'科头坐'、'抱膝吟'，竟一时也舍不得离开，菊花有知，也必腻烦了。"说的大家都笑了。宝玉笑道："我又落第。难道'谁家种'、'何处秋'、'蜡屐远来'、'冷吟不尽'，都不是访，'昨夜雨'、'今朝霜'，都不是种不成？但恨敌不上'口底噙香对月吟'、'清冷香中抱膝吟'、'短鬓'、'葛巾'、'金淡泊'、'翠离披'、'秋无迹'、'梦自知'这几句罢了。"宝玉不及。又道："明日闲了，我一个人作出十二首来。"李纨道："你的也好，只是不及这几句新巧就是了。"

大家又评了一回，复又要了热蟹来，就在大圆桌子上吃了一回。宝玉笑道："今日持螯赏桂，亦不可无诗。庚：全是他忙，全是他不及，妙极！我已吟成，谁还敢作呢？"说着，便忙洗了手提笔写出。且莫看诗，只看他于诗后又写诗，岂世人想的到的？奇极，怪极！众人看道：

食 螯

持螯更喜桂阴凉，泼醋擂姜兴欲狂。
饕餮王孙应有酒，横行公子却无肠。
脐间积冷馋忘忌[二二]，指上沾腥洗尚香。
原为世人美口腹，坡仙曾笑一生忙。

黛玉笑道："这样的诗，要一百首也有。"〔可有这一说。〕宝玉笑道："你这会子才力已尽，不说不能作了，还贬人家。"黛玉听了，并不答言，也不思索，提起笔来一挥，已有了一首。众人看道：

铁甲长戈死未忘，堆盘色相喜先尝。
螯封嫩玉双双满，壳凸红脂块块香。
多肉更怜卿八足，助情谁劝我千觞。〔不脱自己身分。〕
对斟佳品酬佳节，桂拂清风菊带霜。

宝玉看了正喝彩，黛玉便一把撕了，命人烧去，因笑道："我作的不及你的，我烧了他。你那诗很好，比方才的菊花诗还好，你留着他给人看。"宝钗接着笑道："我又勉强了一首，未必好，写出来取笑儿罢。"说着也写了出来。大家看时，写道是：

桂霭桐阴坐举觞，长安涎口盼重阳。
眼前道路无经纬，皮里春秋空黑黄[二三]。

看到这里，众人不禁叫绝。宝玉道："写得痛快！我的诗也该烧了。"又看底下道：

酒未敌腥[二四]还用菊，性防积冷定须姜。
于今落釜成何益，月浦空余禾黍香。

众人看毕，都说是：食螃蟹这些小题目，原要寓大意才算是大才，只是讽刺世人太毒了些。说着，只见平儿复进园来。不知做什么，且听下回分解。

第三十八回　林潇湘魁夺菊花诗　薛蘅芜讽和螃蟹咏

【总评】请看此回中，闺中儿女能作此等豪情韵事，且笔下各能自尽其性情，毫不乖舛，作者之锦心绣口无庸赘渎。其用意之深，奖劝之勤，读此文者亦不得轻忽，戒之。

校　记：
[一] 此处的"棵"字，原文为"颗"，校者改。
[二] 原文无"的"字，据庚辰本补。
[三] 此处的"茶筅"二字，原文为"茶洗"，据庚辰本改。
[四] 原文无"我"字，据庚辰本补。
[五] 此处的"央"字，原文为"笑"，据庚辰本改。
[六] 原文无"就"字，据庚辰本补。
[七] 原文无"儿"字，据庚辰本补。
[八] 原文无"了"字，据庚辰本补。
[九] 此处的"瘦月"二字，原文为"瘦损"，据庚辰本改。
[十] 此处的"梦自知"三字，蒙府本与此同，庚辰本为"梦有知"。
[十一] 此处的"痴"字，原文为"迟"，据蒙府本改。
[十二] 此处的"酒杯茶盏"四字，蒙府本与此同，庚辰本为"酒杯药盏"。
[十三] 此处的"若许"二字，蒙府本与此同，庚辰本为"若解"。
[十四] 此处的"三径"二字，庚辰本为"井径"，蒙府本原为"井径"，后将"井"字涂改为"三"。
[十五] 此处的"诉愁心"三字，蒙府本与此同，庚辰本为"诉秋心"。
[十六] 此处的"漫将幽意"四字，蒙府本与庚辰本均为"喃喃负手"。
[十七] 此处的"开花"二字，蒙府本与此同，庚辰本为"花开"。
[十八] 此处的"话片时"三字，蒙府本与此同，庚辰本为"片语时"。
[十九] 此处的"三径"二字，原为"山径"，据庚辰本改。
[二十] 此处的"知有会"三字，蒙府本与此同，庚辰本为"知再会"。
[二一] 此处的"如此"二字，原文为"是"，据庚辰本改。
[二二] 此处的"馋忘忌"三字，原文为"才忘忌"，据庚辰本改。
[二三] 此处的"空白黄"三字，蒙府本与庚辰本均为"空黑黄"。
[二四] 此处的"敌腥"二字，原文为"敲醒"，据庚辰本改。

第三十九回

村老妪是信口开河　　痴情子偏寻根究底

【回前】只为贫寒不拣行，富家趋入且逢迎。岂知着意无名利，便是三才最上乘。

话说众人见平儿来了，都说："你们奶奶做什么呢，怎么不来了？"平儿笑道："他那里得空儿来？因为说没有好生吃，又不得来，所以叫我来问还有没有，叫我要几个拿了家去吃罢。"湘云道："有，多着呢。"忙命人拿了十个极大的。平儿道："多拿几个团脐的。"众人又拉平儿坐，平儿不肯。李纨拉着笑道："偏要你坐。"拉着他身旁坐下，端了一杯酒送到他嘴边。平儿忙喝了一口就要走，李纨道："偏不许你去。显见得只有凤丫头，就不听我的话了。"说着又命媳妇们："先送了盒子去，就说我留下平儿了。"那婆子一时拿了盒子回来说："二奶奶，叫奶奶和姑娘们别笑话要嘴吃。这个盒子里是方才舅太太那里送来的菱粉糕和鸡油卷儿，给奶奶、姑娘们吃的。"又向平儿道："说使唤你来你就贪住玩不去了，劝你少喝一杯儿罢。"平儿笑道："多喝了，又把我怎么样？"一面说，一面只管喝，又吃螃蟹。李纨拉着他笑道："可惜这么个好体面模样儿，命却平常，只落得屋里使唤。不知道的人，谁不拿你当作奶奶太太看。"

平儿一面和宝钗、湘云等吃喝，一面回头笑道："奶奶，别只管摸的我怪痒的。"李氏道："哎哟！这硬的是什么？"平儿道："钥匙。"李氏道："什么钥匙？要紧体己东西怕人偷了去，却带在身上。我成日家和人说笑，有个唐僧取经，就有个白马来驮他；刘智远打天下，就有个瓜精来送盔甲；有个凤丫头，就有个你。你就是你奶奶的一把总钥匙，还要〔一〕这钥匙做什么？"平儿笑道："奶奶吃了酒，又拿了我来打趣着取笑儿了。"宝钗笑道："这倒是真话。我没事评论起人来，你们这几个都是百个里头挑不出二个来的，妙在各人有各人的好处。"李纨道："大小都有个天理。譬如老太太屋里，要没那个鸳鸯，如何使得？从太太起，那一个敢驳老太太的回，他现敢驳回。偏老太太只听他一个人的话。老太太的那些穿戴的，别人不记得，他都记得，要不是他经管着，不知叫人诓骗了多少去呢！那孩子心也公道，虽然这样，倒常替人说好话儿，还倒不倚势欺人的。"惜春笑道："老太太昨日还说呢，他比我们还强呢。"平儿道："那原是个好的，我们那里比的上他？"宝玉道："太太屋里的彩霞，是个老实人。"探春道："可不，外头老实，心里有数儿。太太是那么佛爷似的，事情上不留心，他都知道。凡百一应事都是他提着太太醒。连老爷在家出外去一应大小事，他都知道。太太忘了，他背后告诉太太。"李纨道："那也罢了。"指着宝玉道："这一个小爷屋里要不是袭人的度量，到个什么田地！凤丫头就是楚霸王，也得这两只膀子，好举千斤鼎。他不是这丫头，就得这么周到了！"平儿笑道："先时陪了四个丫头，死的死，去的去，只剩下我一个孤鬼了。"李纨道："你倒是有造化的，凤丫头也是有造化的。想当初，你珠大爷在日，何曾也没两个人。你们看我还是那容不下人的？天天只见他两个不自在。所以你珠大爷一没了，趁年轻我都打发了。若有一个守得住，我到有个臂膀。"说着滴下泪来。众人都道："又何必伤心，不如散了到好。"说着便都洗了手，大家约往贾母、王夫人处问安。众婆子、丫头打扫亭子，收拾杯盘。

袭人和平儿同往前去，让平儿到房里坐坐，便问道："这个月的月钱，为什么还不放？"平儿见问，忙悄悄说道："迟两天就放了。这个月的月钱，我们奶奶早已支了，放给人使呢。等利钱收齐了，才放呢。你可不许告诉一个人去。"袭人笑道："他难道还短钱使！何苦还操这心？"平儿笑道："这几年拿着这一项银子——他的公费、月例放出去——利钱一年不到，上千的银子呢。"袭人笑道："拿着我们的钱，你们主子、奴才赚利钱，哄的我们呆等。"平儿道："你又说没良心的话，难道还少钱使？"袭人道："我虽不少，只是我也没地方使去，就只预备我们那一个。"平儿道："你倘若有要紧的[二]事，用银钱使，我那里还有几两银子，你先拿来使，明日我扣下你的就是了。"袭人道："此时也用不着，怕一时要用起来不够了，我打发人去取就是了。"

平儿答应着，一径出了园门，来至家内，只见凤姐儿不在房里。忽见上回来打抽丰的那刘姥姥和板儿又来了，坐在那边屋里，还有张材家的、周瑞家的陪着，又有两三个丫头在地下倒口袋里的枣子、倭瓜并些野菜。众人见他进来，都忙站起来了。上回是先见平儿，后见凤姐，此又不同，何错综巧妙，得情得理之至耶？妙，妙！刘姥姥因上次来过，知道平儿的身份，忙跳下地来问"姑娘好"，又说："家里都问好。早要来请姑奶奶的安，看姑娘来的，因为庄家忙。好容易今年多打了两石粮食，瓜果、菜蔬也丰盛。这是头一起摘下来的，并没敢卖呢，留的尖儿孝敬姑奶奶、姑娘们尝尝。姑娘们天天山珍海味的也吃腻了，这个吃个野意罢，也算是我们的穷心。"平儿忙道："多谢费心。"又让坐，自己也坐了。又让张婶子、周大娘，又命小丫头倒茶去。周瑞、张材两家的因笑道："姑娘今日脸上有些春色，眼睛圈儿都红了。"平儿笑道："可不是。我原是不吃的，大奶奶和姑娘们只是拉着死灌，不得已喝了两杯，脸就红了。"张材家的笑道："我倒想着要吃呢，又没人让我。明日再有人请姑娘，可带了我去罢。"说着大家都[三]笑了。周瑞家的道："早起我就看见那螃蟹了，一斤只好称了两个、三个。这么两三大篓，想是有七八十斤呢。"周瑞家的又道："若是上上下下，只怕还不够。"平儿道："那里够，不过都是有名儿的吃两个子。那些散众的，也有摸的着的，也有摸不着的。"刘姥姥道："这样螃蟹，今年就值五分一斤。十斤五钱，五五二两五，三五一十五，再搭上酒菜，一共倒有二十多两银子。阿弥陀佛！这一顿的钱够我们庄家人过一年的了。"平儿因问："想是见过

第三十九回　村老妪是信口开河　痴情子偏寻根究底

奶奶了？"*写平儿伶俐到如此。*刘姥姥道："见过了，叫我们等着呢。"说着又往窗外看天色，*是八月中，当开窗时，细致之甚也。*说道："天好早晚了，我们也去罢，别出不去城才是饥荒呢！"周瑞家的道："这话倒是，我替你瞧瞧去。"说着一径去了，半日方来，笑道："可是你老的福来了，竟投了这两人的缘了。"平儿等问怎么样，周瑞家的道："二奶奶在老太太跟前呢。我原是悄悄的告诉二奶奶：'刘姥姥要家去呢，怕晚了赶不出城去。'二奶奶说：'大远的，难为他扛了些沉东西，晚了就住一夜明日去罢。'这可不投上二奶奶的缘了。这也罢了，偏生老太太又听见了，问刘姥姥是谁，二奶奶便回明白了。老太太说：'我正想个积古的老人家说话儿，请了来见一见。'这可不是想不到天上缘分了。"说着，催刘姥姥下来前去。刘姥姥道："我这生像儿怎好见的？好嫂子，你就说我去了罢。"平儿忙道："你快去罢，不怕的。我们老太太最是惜老怜贫的，比不得那个拿三作四的那些人。想是你怯上，我和周大娘送你去。"说着，同周瑞家的，随了刘姥姥往贾母这边来。

二门口该班的小厮们见了平儿出来，都站了起来，有两个又跑上来，赶平儿叫"姑娘"。*想这一个"姑娘"非下称上之姑娘也。按：北俗以姑母曰姑，南俗曰姑娘，此定是姑姑、姑娘之称。每见大家有小童称少主妾曰姑姑、姑娘者。按：此书中千人说话语气及动用器物饮食诸类，皆东西南北互相兼用，此姑娘之称，亦南北相兼而用者无疑矣。*平儿又问："说什么？"那小厮笑道："这会子也好早晚了，我妈病，等着我请大夫。好姑娘，我讨半日假可使的？"平儿道："你们倒好，都商议定了，一天一个告假，又不回奶奶，只和我胡缠。前日住儿去了，二爷偏生叫他，叫不着，我应起了，还说我做了情。你今又来了。"*庚：分明几回没写到贾琏，今忽闲中一语，便补得贾琏这边天天热闹，令人却如看见、听见一般，所谓"不写之写"也。刘姥姥眼中、耳中又一番识面，奇妙之甚！*周瑞家的道："当真的他妈病了，姑娘也替他应着，放了他罢。"平儿道："明日一早来。听着，我还要使你呢，再睡的日头晒着屁股才来！你这一去，带个信儿给旺儿，就说奶奶的话，问着他那剩的利钱。明日若不交了来，奶奶也不要了，就越性送他使罢。"*交代过袭人的话，看他比凤姐又甚一层，李纨之语不谬也。不知阿凤何福得此一人。*那小厮欢天喜地答应去了。

平儿等来至贾母房中，彼时大观园中姊妹们都在贾母前承奉。*连宝玉一并算入姊妹队中了。妙极！*刘姥姥进去，只见满屋里珠围翠绕，花枝招展，并不知都系何人。只见一张榻上歪着一位老婆婆,身后坐着一个纱罗裹着的美人一般的个丫鬟,在那里捶腿,凤姐儿站着正说笑。奇文!都在刘姥姥眼中,以为阿凤至尊至贵,凡天下人都该站着,阿凤独坐才是,如何今见阿凤独站着哉?真正极妙文字!刘姥姥便知是贾母了,忙上来陪着笑,福了几福,口里说:"请老寿星安。"更妙!不知贾母之号何其多耶?众人曰"老太太",阿凤曰"老祖宗",僧曰"老菩萨",姥姥曰"老寿星",却似众人,想去则皆贾母,难得如此则各尽其妙。贾母亦忙欠身问好,又命周瑞家的端过椅子来让坐着。那板儿仍是怯人,不知问候。"仍"字妙,盖有上文故也。不知教训者来看此句。

贾母道:"老亲家,你今年多大年纪了?"庚:神妙之极!看官至此,必愁贾母以何相称,谁知公然曰"老亲家",何等现成,何等大方,何等有情理。若云作者心中编出,余断断不信,何也?盖编得出者,断不能有这等情理。刘姥姥忙起身答道:"今年七十五了。"贾母向众人道:"这么大年纪了,还这么健朗〔四〕。比我大好几岁呢。我要到这么大年纪,还不知怎么动不得呢。"刘姥姥笑道:"我们生来是受苦的人,老太太生来是享福的。若我们也这样,那些庄家活也没人做了。"贾母道:"眼睛、牙齿都还好?"刘姥姥道:"都还好,就是今年左边的槽牙活动了。"贾母道:"我老了,都不中用了,眼也花,耳也聋,记性也没了。你们这些老亲戚,我都不记得了。亲戚们来了,我怕人笑我,我都不会,不过嚼的动的吃两口,睡一觉,闷了时和这些孙子、孙女儿玩笑一会就完了。"刘姥姥笑道:"这正是老太太的福了。我们想这么着,不能。"贾母道:"什么福,不过是个老废物罢了。"说的大家都笑了。贾母又笑道:"我才听见凤姐儿说,你带了好些瓜菜来,叫他快收拾去,我正想个地里现摘的瓜儿、菜儿吃。外头买的,不像你们田地里的好吃。"刘姥姥笑道:"这是野意儿,不过吃个新鲜。依我们想鱼肉吃,只是吃不起。"贾母又道:"今日既认着亲,别要空空的就去。不嫌我这里,就住一两天再去。我们也有个园子,园子里头也有果子,你明日也尝尝,带些家去,也算看亲戚一趟〔五〕。"凤姐儿见贾母欢喜,也忙留道:"我们这里虽不比你们的场院大,空屋子还有两间。你住两天,把你们那里新闻故事儿说些与我们老太太听听。"贾母笑道:"凤丫头别和他取笑。他是乡村里的人,老实,那里搁的住你打趣他。"说着,又命人去先抓果子与板儿吃,板儿见人多了,又不敢吃。贾母又命拿些钱给他,叫小幺儿们带他外头玩去。刘姥姥吃了茶,便把些乡村中所见所闻的事情

第三十九回　村老妪是信口开河　痴情子偏寻根究底

说与贾母，贾母越发得了趣味。正说着，凤姐儿便命人来请刘姥姥吃晚饭。贾母又将自己的菜拣了几样，命人送过去与刘姥姥吃。

　　凤姐知道合了贾母的心，吃了饭便又打发过来。鸳鸯忙命老婆子带了刘姥姥去洗了澡，自己挑了两件随常的衣服命给刘姥姥换上。鸳鸯身分写出来了。庚：一段鸳鸯身份权势、心机，只（原作口）写贾母也。那刘姥姥那里见过这般行事，忙换了衣裳出来，坐在贾母榻前，又搜寻些话出来说。彼时宝玉姊妹们也都在这里坐着，他们何曾听见过这些话，自觉比那些瞽目先生们说的书还好听些。那刘姥姥虽是个村野人，却生的有些见识，况且年纪老了，世情上经历过的，见头一个贾母高兴，第二见这些哥儿们都爱听，便没了话，也编出些话来讲。因说道："我们村庄上种果、种地，每年、每日，春夏秋冬，风里雨里，那里有个坐着的空儿，天天都是在那地头子上作歇马凉亭，什么奇奇怪怪的事不见呢。就像去年冬天，接连下了几天雪，地下压了三四尺深。我那日起的早，还没出房门，只听外头柴草响。我想着必定是有人抽柴草来了。我爬着窗户眼儿[六]里一瞧，却不是我们村庄的人。"贾母道："必定是过路的客人们冷了，见现成的柴，抽些烤火去也是有的。"刘姥姥笑道："也并不是客人，所以说来奇怪。老寿星当个什么人？原来是一个十七八岁的极标致的一个小姑娘，梳着溜油光的头，穿着大红袄儿，白绫裙儿……"刘姥姥口气如此。才说到这里，忽听外面人吵嚷起来，有说："不相干的，别唬着老太太。"贾母等听了，忙问："怎么了？"丫鬟回说："南院马棚里走了水，不相干，已经救下去了。"贾母最胆小的，听了这话，忙起身扶了人出至廊下来瞧，只见东南上火光犹亮，唬的口内念佛，忙命人去火神跟前烧香。王夫人等也忙过来请安，又回说："已经下去了，老太太请进房去罢。"贾母看着真的火光息了，方领众人进来。庚：一段为后回作引，然偏于宝玉爱听时截住。宝玉且忙着问刘姥姥："那女孩儿大雪地里做什么抽柴草？倘或冻出病来呢？"贾母道："都是才说抽柴草惹出火来了，你还问呢。别说这个了，再说别的罢。"宝玉听说，心里虽不乐，也只得罢了。刘姥姥便又想了一篇话，说道："我们庄子东边庄上，有个老奶奶子，今年九十多岁了。他天天吃斋念佛，谁知就感动了观音菩萨夜里来托梦说：'你这样虔心，原本你该绝后的，如今奏了玉皇，给你一个孙子。'原来这老奶奶只有一个儿子，这儿子也只一个儿子，好容易养到十七八岁上死了，哭的什么似的。后来果然养了一个，今年才十三四岁，生的雪团一般，聪明伶俐非常。可见这些神佛是有的。"

这一席话，正[七]合了贾母、王夫人的心事，连王夫人也都听住了。

宝玉心中只记挂着抽柴的故事，因闷闷的[八]心中筹画。探春因问他："昨日扰了史大妹妹，咱们回去商议着邀一社，又还了席，请老太太赏菊花，如何？"宝玉道："老太太说了，还要摆酒还史妹妹的席，叫咱们作陪呢。等吃了老太太的，咱们再请不迟。"探春道："越往前去越冷了，老太太未必高兴。"宝玉道："老太太又喜欢下雨、下雪的。不如咱们等下头场雪，请老太太赏雪岂不好？咱们雪下吟诗，也更有趣了。"林黛玉忙笑道："咱们雪下吟诗？依我说，还不如弄一捆柴火，雪下抽柴，还更有趣儿呢。"说着，宝钗等都笑了。宝玉看了他一眼，也不答话。

一时散了，背地里宝玉真的拉了刘姥姥，细问那女孩是谁。刘姥姥只得编了告诉他道："那原是我们庄北沿地埂子上有一个小祠堂里供的，不是神佛，当先有个什么老爷……"说着又想名姓。宝玉道："不拘什么名姓，你不必想了，只说缘故就是了。"刘姥姥道："这老爷没儿子，只有一位小姐，名叫茗玉。小姐知书识字，老爷、太太爱如珍宝。可惜这茗玉小姐生到十七岁，一病死了。"宝玉听了，跌足叹息，又问后来怎么样。刘姥姥道："因为老爷、太太思念不尽，便盖了这祠堂，塑了这茗玉小姐的像，派了人烧香拨火。如今日久年深的，人也没了，庙也烂了，那像就成了精。"宝玉忙道："不是成精，规矩这样人是虽死不死的。"刘姥姥道："阿弥陀佛！原来如此。不是哥儿说，我们都当他成精。他时常变了人出来。各村庄店道上闲逛。我才说这抽柴火的就是他了。我们村庄上的人还商议着要打了塑像平了庙呢。"宝玉忙道："快别如此。若平了庙，罪过不小。"刘姥姥道："幸亏哥儿告诉我，我明日回去拦住他们就是了。"宝玉道："我们老太太、太太都是善人，合家大小都好善喜舍，最爱修庙塑神的。我明日做一个疏头，替你化些布施，你做香头，攒了钱把这庙修盖，再装塑了泥像，每月给你香火钱烧香岂不好？"刘姥姥道："若这样，我托那小姐的

第三十九回　村老妪是信口开河　痴情子偏寻根究底

福，也有几个钱使了。"宝玉又问他地名、庄名，来往远近，坐落何方。刘姥姥便顺口胡诌了出来。

宝玉信以为真，回至房中，盘算了一夜。次日一早，便出来给了茗烟几百钱，按着刘姥姥说的方向、地名，着茗烟去先踏看，明日回来，再做主意。那茗烟去后，宝玉左等也不来，右等也不来[九]，急的热锅上的蚂蚁一般。好容易等到日落，方见茗烟兴兴头头回来。宝玉忙问："可有庙了？"茗烟笑道："爷听的不明白，要我好找。那地名坐落不似爷说的一样，所以找了一日，找到东北上田埂子上才有一个破庙。"宝玉听说，喜的眉开眼笑，忙说道："刘姥姥有年纪的人，一时错记了也是有的。你且说你见的。"茗烟道："那庙门却倒是朝南开的，也是稀破的。我找的正没好气，一见这个，我说'可好了'，连忙进去。一看泥胎，唬的我跑出来了，活似真的一般。"宝玉喜的笑道："他能变化人了，自然有些生气。"茗烟拍手道："那里有什么女孩儿，竟是一位青脸红发的瘟神爷。"宝玉听了，啐了一口，骂道："真是一个无用的杀材[十]！这点子事也干不来。"茗烟道："二爷又不知看了什么书，或者听了谁的混话，信真了，把这件没头脑的事派我去磕头，怎么说我没用呢？"宝玉见他急了，忙抚慰[十一]他道："你别急。改日闲了你再找去。若是他哄我们呢，自然没了；若竟是有的，你岂不也积了阴骘。我必重重赏你。"正说着，只见二门上的小厮来说："老太太房里的[十二]姑娘们，站在二门口找二爷呢。"且听下回分解。

【总评】此回第一写势力之好财，第二写穷苦趋势之求财，且文章不得雷同。先既有诗社，而今不得不用套坡公听鬼之遗事，以振其余响，即此以点染宝玉之痴。其文真如环转，无端倪可指。

校　记：

[一] 此处的"还要"二字，原文为"不要，还要"，据庚辰本删去"不要"二字。

[二] 原文无"的"字，据庚辰本补。

[三] 原文无"都"字，据庚辰本补。

［四］此处的"健朗"二字，原文为"健浪"，据己卯本改。

［五］此处的"一趟"二字，原文为"一淌"，校者改。

［六］此处的"窗户眼儿"四字，原文为"窗儿"，据庚辰本改。

［七］此处的"正"字，原文为"是"，据蒙府本改。

［八］此处的"闷闷的"，原文为"闷的"，据庚辰本改。

［九］原文无"右等也不来"句，据己卯本补。

［十］此处的"杀材"二字，庚辰本为"杀才"。

［十一］此处的"抚慰"二字，原文为"俯慰"，据列藏本改。

［十二］此处的"老太太房里的"数字，原文为"老太太的房里"，据庚辰本改。

石头记 脂砚斋全评本（下）

[清] 曹雪芹 著
霍国玲 紫军 校勘

中国戏剧出版社
CHINA THEATRE PRESS

第四十回

史太君两宴大观园　金鸳鸯三宣牙牌令

【回前】两宴不觉已深秋，惜春只如画春游。可怜富贵谁能保，只有恩情得到头。

话说宝玉听了，忙进来看时，只见琥珀站在屏风跟前说："快去吧，立等你说话呢。"宝玉来至上房，只见贾母正和王夫人、众姊妹商议给史湘云还席。宝玉因说道："我有主意：既没有外客，吃的东西也别定了样数，谁平日爱吃的拣样儿做几样；也不要按桌席，每人跟前摆一张高几，各人爱吃的东西一两样，再一个什锦攒心盒子，自斟壶，岂不别致。"贾母听了，说："很是。"命人传与厨房："明日就拣我们爱吃的东西做了，按着人数，再装了盒子。早饭也摆在园里吃。"商议之间早又掌灯，一夕无话。

次日清早起来，可喜这日天气清朗。李纨清晨先起来，看着老婆子、丫头们扫那些落叶，并擦抹桌椅，预备茶酒器皿。只见丰儿带了刘姥姥、板儿进来，说："大奶奶倒忙的紧。"李纨笑道："我说你昨儿去不成，只忙着要去。"刘姥姥笑道："老太太留下我，叫我也热闹一天去。"丰儿拿了几把大小钥匙，说道："我们奶奶说了，外头的高几恐不够使，不如开了楼，把那收着[一]的拿下来使一天罢。奶奶原该亲自来的，因和太太说话呢，请大奶奶开了，带着人搬罢。"李氏便命素云接了钥匙，又命婆子出去把二门上的小厮叫几个来。李氏站在大观楼下往上看，令人上去开了缀锦阁，一张一张往下抬。小厮、老婆子、丫头一齐动手，抬了二十多张下来。李纨道："好生着，别慌慌张张鬼赶来似的，仔细碰了牙子。"又回头向刘姥姥笑道："姥姥，也上去瞧瞧。"刘姥姥听说，巴不得一声儿，便拉了板儿登梯上去。进至里面，只见乌压压的堆着些围屏、桌椅、大小花灯之类，虽不大认得，只见五彩炫[二]耀，各有奇妙。念了一声佛，便下来了。然后锁上门，一齐才下来。李纨道："恐怕老太太高兴，越性把船上划子、篙桨、遮阳幔子都搬下来预备着。"众人答应，又复开了，色色的搬了下来。命小厮传驾娘们到船坞里撑出两只船来。

　　正乱着安排，只见贾母已带了一群人进来了。李纨忙迎上去，笑道："老太太高兴，倒进来了。我只当还没梳头呢，才撷了菊花送去。"一面说，一面碧月早捧过一个大荷叶式的翡翠盘子来，里面盛着[三]各色的折枝菊花。贾母便拣了一朵大红的簪了鬓上。因回头看见了刘姥姥，忙笑道："过来戴花儿。"一语未完，凤姐便拉过刘姥姥来，笑道："让我打扮你老人家。"说着，将一盘子花横三竖四的插了一头。贾母和众人笑的不住，刘姥姥笑道："我这头也不知修了什么福，今日这样体面起来。"众人笑道："你还不拆下来摔到他脸上呢，把你打扮的成了个老妖精了。"刘姥姥笑道："我虽老了，年轻时也风流，爱个花儿的，今日老风流才好！"

　　说笑之间，来至沁芳亭子上。丫鬟们抱了一个大锦褥子来，铺在栏杆榻板上。贾母倚柱坐下，命刘姥姥也坐在旁边，因问他："这园子好不好？"刘姥姥念佛说道："我们乡下人到了年下，都上城来买画儿贴。时常闲了，大家都说，怎么得也到画儿上去逛逛。想着那个画儿也不过是假的，那里有这个真地方。谁知我今日进这园里一瞧，竟比那画儿还强十倍。怎么得有人也照着这个园子画一张，我带了家去，给他们见见，死了也得好处。"贾母听说，便指着惜春笑道："你瞧我这个小孙女儿，他就会画。等明日叫他画一张如何？"刘姥姥听了，喜的忙跑过来，拉着惜春说道："我的姑娘，你这么大年纪儿，又这么个好模样，还有这个能干，别是个神仙托生的罢。"

贾母少歇了一会，便要领着刘姥姥都见识见识。先到了潇湘馆。一进门，只见两边翠竹夹路，土地下苍苔布满，中间羊肠一条石子漫的路。刘姥姥让出路来与贾母众人走，自己却走土地。琥珀拉他说道："姥姥，你上来走，仔细苔滑了。"刘姥姥道："不相干的，我们走熟了的，姑娘们只管走罢。可惜你们的那绣鞋，别沾脏了。"他只顾上头和人说话，不防底下果踬滑了，"咕咚"一跤跌倒。众人拍手都哈哈的笑起来，贾母笑骂道："小蹄子们，还不搀起来，只站着笑。"说话时，刘姥姥已爬了起来，自己也笑了，说道："才说嘴就打了嘴。"贾母问他："可扭了腰了不曾？叫丫头们捶一捶。"刘姥姥道："那里说的我这么娇嫩了，那一天不跌两下子；都要捶起来，还了得呢。"紫鹃早打起湘帘，贾母等进来坐下。林黛玉亲自用小茶盘捧了一盖碗茶来奉与贾母。王夫人道："我们不吃茶，姑娘不用倒了。"林黛玉听说，便命个丫头把自己窗下常坐的一张椅子挪到下首，请王夫人坐了。

刘姥姥因见窗下案上设着笔砚，又见书架上垒着满满的书，刘姥姥道："这必定是那位哥儿的书房了。"贾母笑指黛玉道："这是我这外孙女儿的屋子。"刘姥姥留神打量了林黛玉一番，方笑道："这那里像个小姐的绣房，竟比那上等的书房还好。"贾母因问："宝玉怎么不见？"众丫头们答说："在池子里船上呢。"贾母道："谁又预备下船了？"李纨忙回说："才开楼拿几子，我恐怕老太太高兴，就预备下了。"贾母听了，方欲说话时，有[四]人回说："姨太太来了。"贾母等才站起来，只见薛姨妈早进来了，一面归坐，笑道："今日老太太高兴，这早晚就来了。"贾母笑道："我才说来迟了的要罚他，不想姨太太就来迟了[五]。"

说笑一会，贾母因见窗上纱颜色旧了，便和王夫人说道："这个纱，新糊上好看，过了后来，就不翠了。这个院子里头，又没有个桃杏树，这竹子已是绿的，再拿这绿纱糊上，反不配。我记得咱们先有四五样颜色糊窗的纱呢，明日给他把这窗上的换了。"凤姐儿忙道："昨日开库房，看见大板箱里还有好几匹银红蝉翼纱，也有各样折枝花样的，也有流云卍福花样的，也有百蝶穿花花样的，颜色又鲜明，纱又轻软，我竟没见过这样的。拿了两匹出来，做两床绵纱被，想来一定是好的。"贾母听了笑道："呸！人人都说你没有不经过不见过，连这个纱还不认得呢，明日还说嘴。"薛姨妈等都说："凭他怎么经过见过，他如何敢比老太太呢。老太太何不教导了他，我们也听听。"凤姐也笑说："好祖宗，教给我罢。"贾母笑向薛姨妈众人道："那个纱，比你们年纪还大呢。怪不得他认作蝉翼纱，原也有些像，不知道的，都认作蝉翼纱。正经名字叫作'软烟罗'。"凤姐儿道："这个名儿也好听。只是我这么大了，纱罗也见过几百样，从没听见过这个名儿。"贾母笑道："你能活了多大，见过几样没处放的东西，就说嘴来了。那个软烟罗只有四样颜色：一样雨过天晴，一样秋香色，一样松绿的，一样就是银红的；若是做了帐子，糊了窗屉，远远的看着，就似烟雾一样，所以叫作'软烟罗'。那银红的又叫作'霞彩纱'。如今上用的府纱也没有这样软厚轻密的了。"薛姨妈笑道："别说凤丫头不见，连我也没听见过。"凤姐儿一面说话，早命人取了一匹来，贾母道："可不是这个！先时不过是糊窗屉，后来我们拿这个做被，做帐子，试试也竟好。明日就找出几匹来，拿银红的替他糊窗子。"凤姐儿答应着。众人都看了，称赞不已。刘姥姥也觑着眼看个不了，念佛说道："我们想他做衣裳也不能，拿着糊窗子，岂不可惜？"贾母道："倒是做衣裳不好看。"凤姐忙把自己身上穿的一件大红绵纱袄子襟儿拉了出来，向贾母、薛姨妈道："看我的这袄儿。"贾母、薛姨妈说："这也是上好的了，这是如今的上用内造，竟比不上这个。"凤姐儿道："这个薄片子，还说是内造上用的，竟连这个官用的也比不上了。"贾母道："再找一找，只怕还有青的。若有时都拿出来，送这刘亲家两匹，做一个帐子挂，下剩的配上里子，做些夹背心子给丫头们穿，白收着霉烂了。"凤姐忙答应了，仍命人送去。

　　贾母起身，笑道："这屋里窄，再往别处逛去。"刘姥姥念佛道："人人说大家子住大房子。昨日见老太太正房，配上大箱、大柜、大桌子、大床，果然威武。那柜子比我们一间房子还大、还高；怪道后院子里有个梯子。我想，又不上房晒东西，预备个梯子做什么？后来我想起来，定是为开顶柜收放东西，若离了梯子，怎么得上去呢。如今又见了这小屋子，更比大的益发齐整了。满屋里的东西都只好看，都不知叫做什么，我越看越舍不得离了这里。"凤姐道："还有好的，我都带你瞧瞧。"说着，一径离了潇湘馆。

远远的望见池中一群人在那里撑船。贾母道："他们既预备下船，咱们就坐。"一面说着，便向紫菱洲蓼溆一带走来。未至池前，只见几个婆子手里都捧着一色掐丝戗金五彩大盒子走来，凤姐忙问王夫人："早饭在那里摆？"王夫人道："问老太太在那里，就在[六]那里罢了。"贾母听说，便回头说："你三妹妹那里好。你就带了人摆去，我们从这里坐了船去。"凤姐儿听说，便回身同了李纨、探春、鸳鸯、琥珀带着端饭的人等，抄着近路到了秋爽斋，就在晓翠堂上调开桌案。鸳鸯笑道："天天咱们说外头老爷吃酒吃饭都有一个篾片相公，拿他取笑儿。咱们今日也得了一个女篾片了。"李纨是个厚道人，听了不解。凤姐儿却知是说的刘姥姥了，也笑说道："咱们今日就拿他取个笑儿。"二人便如此这般的商议。李纨笑劝道："你们一点好事也不做，又不是个小孩儿，还这么淘气，仔细老太太说。"鸳鸯笑道："很不与你相干，有我呢。"

正说着，只见贾母等来了，各自随便坐下。先有丫头端过两盘茶来，大家吃毕。凤姐手里拿着西洋布手巾，裹着一把乌木三镶银箸，按人数位，按席摆下。贾母因说："把那一张小楠木桌子抬过来，让刘亲家近我这边坐着。"众人听说，忙抬了过来。凤姐一面递眼色与鸳鸯，鸳鸯便拉了刘姥姥出去，悄悄的嘱咐刘姥姥一席话，又说："这是我们家的规矩，若错了，我们就笑话呢。"调停已毕，然后归坐。薛姨妈是吃过饭来的，不吃，只坐在一边吃茶。妙！若只管写薛姨妈到来只吃饭，则成何文理。贾母带着宝玉、湘云、黛玉、宝钗一桌，王夫人带着迎春姊妹三个一桌，刘姥姥傍着贾母一桌。贾母平日吃饭，皆有小丫鬟在旁边，拿着漱盂、麈尾、巾子、帕物。如今[七]鸳鸯是不当这差的了，今日鸳鸯偏接过麈尾来拂着。丫鬟们知道他要撮弄刘姥姥，便躲开让他。鸳鸯一面侍立，一面悄向[八]刘姥姥说道："别忘了。"刘姥姥道："姑娘放心。"那刘姥姥入了座，拿起箸来，沉甸甸的不伏手。原是凤姐和鸳鸯商议定了，单拿一双老年四楞象牙镶金的筷子与刘姥姥。刘姥姥见了，说道："这叉把子比俺那里铁锨还沉，那里犟的过[九]他。"说的众人都笑起来。

只见一个媳妇端了一个盒子站在当地,一个丫鬟上来揭去盒盖,里面盛着两碗菜。李纨端了一碗放在贾母桌上,凤姐儿偏拣了一碗鸽子蛋放在刘姥姥桌上。贾母这边说声"请",刘姥姥便站起身来,高声说道:"老刘,老刘,食量大似牛,吃个老母猪,不抬头。"自己却鼓着腮不语。众人先是发怔,后来一听,上上下下都哈哈大笑起来。史湘云撑不住,一口饭都喷了出来;林黛玉笑岔了气,伏着桌子叫"哎哟";宝玉早滚到贾母怀里,贾母笑的搂着[十]宝玉叫"心肝";王夫人笑的用手指着凤姐儿,只说不出话来;薛姨妈也撑不住,口里茶喷了探春一裙子;探春手里的饭碗都合在迎春身上;惜春离了坐位,拉着他奶母叫[十一]揉一揉肠子。地下的无一个不弯腰屈背,也有躲出去蹲着笑去的,也有忍着笑上来替他姊妹换衣裳的,独有凤姐、鸳鸯二人撑着,还只管让刘姥姥。刘姥姥拿起箸来,只觉不听使,又说道:"这里的鸡子也俊,下的这蛋小巧,怪俊的。我且肏攮一个。"众人方住了笑,听见这话又笑起。贾母笑的眼泪出来,琥珀在后捶着。贾母笑道:"这定是凤丫头促狭鬼儿闹的,快别信他的话了。"那刘姥姥正夸鸡蛋小巧,要肏攮一个,凤姐儿笑道:"一两银子呢,你快尝尝罢,那冷了就不好吃了。"刘姥姥便伸箸子要夹,那里夹的起来,满碗里闹了一阵,好容易撮起一个[十二]来,才伸着脖子要吃,偏又滑下来滚在地下,忙放下箸子,要亲自去捡,早有地下的人捡了出去[十三]了。刘姥姥叹道:"一两银子,也没听见响声儿就没了。"众人已没心吃饭,都看着他取笑。贾母又说:"谁这会子又把那个筷子拿了出来,又不请客摆大筵席。都是凤丫头指使的,还不换了呢。"地下的人原不曾预备送牙箸,是凤姐和鸳鸯拿了来的,听如此说,忙收了过去,也照样换上一双乌木镶银箸。刘姥姥道:"去了金的,又是银的,到底不及俺们那个顺手。"凤姐儿道:"菜里若有毒,这银子下去了,就试的出来。"刘姥姥道:"这个菜里有毒,俺们那些都成了砒霜了。那怕毒死了也要吃尽了。"贾母见他如此有趣,吃[十四]的又香甜,把自己的菜也都端过来与他吃。又命一个老妈妈来,将各样的菜给板儿夹在碗上。

一时吃毕,贾母等都往探春卧室中去闲话。这里收拾过残桌,又放了一桌。刘姥姥看着李纨与凤姐儿对坐着吃饭,说道:"别的罢了,我只爱你们家这行事。怪道说'礼出大家'。"凤姐儿忙笑道:"你可别多心,才刚不过大家取乐儿。"一言未了,鸳鸯也进来笑道:"姥姥别恼,我给你老人家赔个不是。"刘姥姥笑道:"姑娘说那里话,咱们哄着老太太开个心儿,可有什么恼的!你先嘱咐我,我就明白了,不过大家取笑儿。我要心里恼,也就不说。"鸳鸯便骂人:"为什么不倒茶给姥姥吃?"刘姥姥忙道:"才刚那个嫂子倒了茶来,我吃过了。姑娘也该用饭了。"凤姐儿便拉着鸳鸯坐下:"你和我们吃了罢,省的回来又闹。"鸳鸯便坐下了。婆子们添上碗筷来。三人吃完。刘姥姥笑道:"我看你们这些人都只吃这一点儿就完了,亏你们也不饿。怪道的风儿都吹得倒。"鸳鸯便问:"今日剩的菜不少,都那去了?"婆子们道:"都还没散呢,在这里等着一齐散与他们吃。"鸳鸯道:"他们吃不了这些,挑两碗给[十五]二奶奶屋里平丫头送去。"凤姐儿道:"他早吃了饭了,不用给他。"鸳鸯道:"他不吃了,喂你们的猫。"婆子听了,忙拣了两样拿盒子送去。鸳鸯道:"素云那去了?"李纨道:"他们都在这里一处吃,又找他做什么?"鸳鸯道:"这就罢了。"凤姐道:"袭人不在这里,你倒是叫人送两样给他去。"鸳鸯听说,便命人也送两样去后,鸳鸯又问婆子们:"回来吃酒的攒盒可装上了?"婆子道:"想必还得一会子。"鸳鸯道:"催着些儿。"婆子答应了。

凤姐儿等来至探春房中,只见他娘儿们正说[十六]笑。探春素喜阔朗,这三间屋子并不曾隔断。当地放着一张花梨大理石大案,上垒着各种名人法帖,并数十方宝砚,各色笔筒,笔海内插的笔如松林一般。那一边设着斗大的一个汝窑花囊,插着满满的一囊水晶球的白菊。西墙上当中挂着一大幅米襄阳《烟雨图》,左右挂着一副对联,乃是颜鲁公墨迹,其联云:

    烟霞闲骨格　　泉石野生涯

案上设着大鼎。左边紫檀架上放着一个大观窑的大盘,盘内盛着数十个娇黄玲珑大佛手;右边洋漆架上悬着一个白玉比目磬,旁边挂着小锤。那板儿略熟了些,便要摘那锤子要击,丫鬟们忙拦住他。他又要那佛手吃,探春拣了一个与他说:"玩罢,吃不得的。"东首便设着卧榻，拔步床上悬着葱绿双绣花卉草虫的纱帐。板儿又跑过来看，说"这是蝈蝈，这是蚂蚱"。刘姥姥忙打他一巴掌，骂道："下作的夯子，没干没[十七]净的乱闹。倒叫你进来瞧瞧，就上脸了。"打的板儿哭起来，众人忙劝解方罢。贾母因隔着纱窗往后院内看了一会，因说："这后廊檐下的梧桐也好了，就只细些。"正说话，忽一阵风过，隐隐听得鼓乐之声。贾母问"是谁家娶亲呢？这里临街倒近。"王夫人等笑回道："街上的那里听的见，这是咱们那十来个女孩子们演习吹打呢。"贾母便笑道："既是[十八]他们演，何不叫他们进来演习。他们也逛一逛，咱们可又乐了。"凤姐听说，忙叫人出去叫来，又一面盼咐摆下条桌，铺下红毡子。贾母道："就铺排在藕香榭的水亭子上，借着水音更好听的。咱们就在缀锦阁底下吃酒，宽阔，又听的近。"众人都说那里很好。贾母向薛姨妈笑道："咱们走罢。他们姊妹们都不大喜欢人来坐，怕脏了屋子。咱们别没眼色，正经坐一会子，吃酒去。"说着大家起身便走。探春笑道："这是那里的话？求着老太太、姨妈、太太坐坐还不能呢。"贾母笑道："我的这三丫头却好，只有两个玉儿可恶。回来吃醉了，咱们偏往他们屋里闹去。"说着，众人都笑了。

一齐出来，走不多远，已到了荇叶渚。那姑苏选来的几个驾娘，早把两只棠木舫撑来，众人扶了贾母、王夫人、薛姨妈、刘姥姥、鸳鸯、玉钏儿上了这一只，落后李纨也跟上去。凤姐也跟上去，立在船头上，也要撑船。贾母在舱内道："这不是玩的，虽不是河里，也有好深的。你快不要，给我进来。"凤姐儿笑道："怕什么！老祖宗只管放心。"说着便一篙点开。到了池当中，船小人多，凤姐只觉乱晃，忙把篙子递与驾娘，方蹲下了。然后迎春姊妹等并宝玉上了那只，随后跟来。其余老妈妈与众丫鬟，俱沿河随行。宝玉道："这些破荷叶可恨，怎么还不叫人来拔去？"宝钗笑道："你瞧这几日，何曾饶了这园子闲了，天天逛，那里还有叫人来收拾的工夫？"林黛玉道："我最不[十九]喜欢李义山的诗，只喜他这一句：'留得残荷听雨声'。偏你们又不留着残荷了。"宝玉道："果然好句，以后咱们别叫人拔去了。"说着已到了花溆的芦港之下，觉得阴森透骨，两滩上衰草残菱，更助秋情。

贾母因见岸上的清厦[二十]旷朗，便问"这是你薛姑娘的屋子不是?"众人道:"是。"贾母忙叫拢岸,顺着云步石梯上去,一同进了蘅芜院,只觉异香扑鼻。那些奇草仙藤愈冷愈苍翠,都结了实,似珊瑚豆子一般,累垂可爱。及进了房屋,雪洞一般,一色玩器全无,案上只有一个土定瓶中,供着数枝菊花,并两部书,茶奁、茶杯而已。床上只吊着青纱帐幔,衾褥也十分朴素。贾母笑道:"这孙女太老实了。你没有陈设,何妨和你姨妈要些。我也不理论,也没想到,你们的[二一]东西自然在家里没带了来。"说着,命鸳鸯去取些古董来,又嗔着凤姐儿:"不送些玩器来与你妹妹,这样小器。"王夫人、凤姐儿等都笑回说:"他自己不要的。我们原送了来,都退回去了。"薛姨妈也笑说:"他在家里也不大弄这些东西的。"贾母摇头道:"使不得。虽然他省事,倘来一个亲戚,看着不像;二则年轻的姑娘们,房里这样素净,也忌讳。我们这老婆子,越发该住马圈去了。你们听那些书上戏上说的小姐们的绣房,精致的还了得呢。他们姊妹们虽不敢比那些小姐们,也不要很离了格儿。有现成的东西,为什么不摆?若很爱素净,少几样倒使得。我最会收拾屋子的,如今老了,没这闲心了。他们姊妹们也还学着收拾的好,只怕俗气,有好东西也摆坏了。我看他们还不俗。如今让我替你收拾,包管又大方又素净。我的体己两件,收到如今,没给宝玉看见过,若经了他的眼,也没了。"说着叫过鸳鸯来,亲吩咐道:"你把那石头盆景儿和那架纱桌屏,还有个墨烟冻石鼎,这三样摆在这案上就够了。再把那水墨字画白绫帐子拿来,把这帐子也换了。"鸳鸯答应着,笑道:"这个东西都搁在东楼上的不知那个箱子里,还得慢慢找去,明日再拿去也罢了。"贾母道:"明日后日都使得,只别忘了。"说着,坐了一会方出来,一径来至缀锦阁下。文官等上来请过安,因问:"演习何曲?"贾母道:"只拣你们生的演习几套罢。"文官等下来,往藕香榭去不提。

这里凤姐儿已带着人摆设齐整,上面左右两张榻,榻上都铺着锦茵绒毯。每一榻前两张雕漆几:也有海棠式的,也有梅花式的,也有荷花式的,也有葵花式的,也有方的,也有圆的,其式不一。一个上面放着炉瓶,一分攒盒;一个上面空设着,预备放人所喜食物。上面二榻四几,是贾母、薛姨妈;下面一椅[二二]两几,是王夫人的,余者都是一椅一几。东边是刘姥姥,刘姥姥之下便是王夫人。西边便是史湘云，第二便是宝钗，第三便是黛玉，第四迎春、探春、惜春挨次下去，宝玉在末。李纨、凤姐二人之几设于三层槛内，二层纱橱之外。攒盒式样，随几之式样。每人一把乌银洋錾自斟壶，一个什锦〔二三〕珐琅杯。

大家坐定，贾母先笑道："咱们先吃两杯，今日也行一令才有意思。"薛姨妈等笑说道："老太太自然有好酒令，我们如何会呢，安心要我们醉了。我们都多吃两杯就有了。"贾母笑道："姨太太今日也过谦起来，想是厌我老了。"薛姨妈笑道："不是谦，只怕行不上来，倒是笑话了。"王夫人忙笑道："便说不上来，只多吃了一杯酒，醉了睡觉去，还有谁笑话咱们不成！"薛姨妈点头笑道："依令。老太太到底吃一杯令酒才是。"贾母笑道："这个自然。"说着便吃了一杯。

凤姐忙走至当地，笑道："既行令，还叫鸳鸯姐姐来行便好。"众人都知贾母所行之令必得鸳鸯提着，故听了这话，都说："很是"。凤姐儿便拉了鸳鸯过来。王夫人笑道："既在令内，没有站着的理。"回头命小丫头子："端一张椅子，放在你二位奶奶的席上。"鸳鸯也半推半就，谢了坐，便坐下，也吃了一杯酒，笑道："酒令大如军令，不论尊卑，惟我是主。违了我的话，便要受罚的。"王夫人等都笑道："一定如此，快些说来。"鸳鸯未开口，刘姥姥便下了席，摆手道："别这样捉弄人，我家去了。"众人都笑道："这却使不得。"鸳鸯喝命小丫头子们："拉上席去！"小丫头子们也笑着，果然拉入席中。刘姥姥只叫："饶了我罢！"鸳鸯道："再多言的罚一壶。"刘姥姥方住了。

鸳鸯道："如今我说骨牌副儿，从老太太起，顺领说下去，至刘姥姥止。比如我说一副儿，将这三张牌拆开，先说头一张，次说第二张，再说第三张，说完了，合成这一副儿的名字。无论诗词歌赋，成语俗话，比上一句，都要叶韵。错了的罚一杯。"众人笑道："这个令好，就说出来。"

鸳鸯道："有了一副了。左边是张'天'。"贾母道："头上有青天。"众人道："好。"鸳鸯道："当中是个'五与六'。"贾母道："六桥梅花香彻骨。"鸳鸯道："剩得一张'六与幺'。"贾母道："一轮红日出云霄。"鸳鸯道："凑成便是个'蓬头鬼'。"贾母道："这鬼抱住钟馗腿。"说完，大家笑着喝彩，贾母饮了一杯。

鸳鸯又道："有了一副。左边是个'大长五'。"薛姨妈道："梅花朵朵风前舞。"鸳鸯道："右边还是'长五张'。"薛姨妈道："十月梅花岭上香。"鸳鸯道："当中'二五'是杂七。"薛姨妈道："织女牵牛会七夕。"鸳鸯道："凑成'二郎游五岳'。"薛姨妈道："世人不及神仙乐。"说完，大家称赏，饮了酒。

鸳鸯又道："有了一副。左边'长幺'两点明。"湘云道："双悬日月照乾坤。"鸳鸯道："右边'长幺'两点明。"湘云道："闲花落地听无声。"鸳鸯道："中间还得'幺四'来。"湘云道："日边红杏倚云栽。"鸳鸯道："凑成'樱桃九点熟'。"湘云道："御园却被鸟衔出。[二四]"说完饮了一杯。

鸳鸯道："有了一副。左边是'长三'。"宝钗道："双双燕子语呢喃。"鸳鸯道："右边是'三长'。"宝钗道："水荇牵风翠带长。"鸳鸯道："当中'三六'九点在。"宝钗道："三山半落青天外。"鸳鸯道："凑成'铁锁链孤舟'。"宝钗道："处处风波处处愁。"说完，饮毕。

鸳鸯道："左边一个'天'。"黛玉道："良辰美景奈何天。"宝钗听了，回头看着他。黛玉只顾怕罚，也不理论。鸳鸯道："中间'锦屏'颜色俏。"黛玉道："纱窗也没有红娘报。"鸳鸯道："剩了'二六'八点齐。"黛玉道："双瞻玉座引朝仪[二五]。"鸳鸯道："凑成'篮子'好采[二六]花。"黛玉道："仙杖香挑芍药花。"说完，饮了一口。

鸳鸯道："左边'四五'成花九。"迎春道："桃花带雨浓。"众人道："该罚！错了韵，而且又不像。"迎春笑着饮了一口。

原是凤姐儿和鸳鸯都要听刘姥姥的笑话，故意都命说错，都罚了。至王夫人，鸳鸯代说了，过下便该刘姥姥。刘姥姥道："我们庄家人闲了，也常会几个人弄这个，但不如[二七]说的这么好听。少不得我也试一试。"众人都笑道："容易说的。你只管说，不相干。"鸳鸯笑道："左边'长四'是个人。"刘姥姥听了，想了半日，说道："是个庄家人罢。"众人哄堂笑了。贾母笑道："说的好，就是这样说。"刘姥姥也笑道："我们庄家人，不过是现成的本色，众位别笑。"鸳鸯道："中间'三四'绿配红。"刘姥姥道："大火烧了毛毛虫。"众人笑道:"这是有的,还说你的本色。"鸳鸯道:"右边'幺四'真好看。"刘姥姥道:"一个萝卜一头蒜。"众人又笑了。鸳鸯笑道:"凑成便是一枝花。"刘姥姥两只手比着,说道:"花儿落了结个大倭瓜。"众人大笑起来。只听外面乱嚷——且听下回分解。

【总评】写贫贱辈低首豪门,凌辱不计,诚可悲夫!此故作者以警贫贱,而富室贵豪,亦当于其间着意。

校　记:

[一] 原文无"着"字,据庚辰本补。

[二] 此处的"炫"字,原文为"炫",为讳玄烨(康熙皇帝)之名,而缺一笔。

[三] 此处的"盛着"二字,原文为"奉着",据庚辰本改。

[四] 原文无"有"字,据庚辰本补。

[五] 原文无"了"字,据庚辰本补。

[六] 原文无"在"字,据庚辰本补。

[七] 原文无"今"字,据蒙府本补。

[八] 此处的"向"字,原文为"问",据己卯本改。

[九] 此处的"犟的过"三字,原文为"强的过",校者改。

[十] 原文无"着"字,据庚辰本补。

[十一] 原文无"叫"字,据蒙府本补。

[十二] 此处的"一个",原文为"一个的",据庚辰本删去"的"字。

[十三] 此处的"捡了出去"数字,原文为"捡了起来",据庚辰本改。

[十四] 原文无"吃"字,据庚辰本补。

[十五] 原文无"给"字,据庚辰本补。

[十六] 原文无"说"字,据列藏本补。

[十七] 原文无"没"字,据庚辰本补。

[十八] 原文无"是"字,据庚辰本补。

[十九] 原文无"不"字,据蒙府本补。

[二十] 此处的"厦"字,原文为"爽",据庚辰本改。

[二一] 原文无"的"字,据庚辰本补。

[二二] 此处的"一椅"二字,原文为"两椅",据庚辰本改。

[二三] 此处的"什锦"二字,原文为"十锦",校者改。

［二四］此处的"衔出"二字，原文为"衔落"，据蒙府本改。
［二五］此处的"引朝仪"三字，原文为"饮朝仪"，据梦稿本改。
［二六］此处的"采"字，原文为"探"，据庚辰本改。
［二七］此处的"不如"二字，原文为"不知"，据庚辰本改。

第四十一回

贾宝玉品茶栊翠庵　刘老妪醉卧怡红院

【回前】任呼牛马从来乐，随分清高方可安。自古世情难意拟，淡妆浓抹有千般。（立松轩）

庚：此回栊翠品茶，怡红遇劫。盖妙玉虽以清净无为自守，而怪洁之癖未免有过，老妪只污得一杯，见而勿用，岂似玉兄日享洪福，竟至无以复加而不自知。故老妪眠其床，卧其席，酒屁熏其屋，却被袭人（原做人袭）遮过，则仍用其床、其席、其屋。亦作者特为"转眼不知身后事"写来作戒，纨袴公子可不慎哉！

话说刘姥姥两只手比着说道："花儿落了结个大倭瓜。"众人听了哄堂大笑起来。于是吃过门杯，又逗笑道："实告说罢，我的手脚子粗笨，又喝醉了酒，仔细失手打了这瓷杯。有木头杯取了来，便失了手掉了地下，也打不了。"众人听了，又笑将起来。凤姐听如此说，便忙笑道："果然要木头的，我就取了来。可有一件先说下：这木头的可比不得瓷的，那都是一套，定要吃遍一套方使得。"刘姥姥听了，心下掂掇道："我方才不过是趣话取笑儿，谁知他果然竟有。我时常村庄上缙绅大家子也赴过席，金杯、银杯倒都见过，从来没见有木头的。哦，是了，想必是小孩子使的木碗子，不过诓我多吃两碗。别管他，横竖这酒蜜水儿似的，多喝点子也不怕。"庚：为登厕伏脉。想毕，便说："取了来再商量。"凤姐乃命丰儿："去到前面里间屋，书架子上有十个竹根套杯取来。〔一〕"丰儿听了，答应着才要去，鸳鸯笑道："我知道你〔二〕这十个杯还小些。况且你才说是木头的，这会子又拿了竹根子的来，倒不好看。不如把我们那里的黄杨木根整抠的十个大套杯拿来，灌他十下子。"凤姐笑道："更好了。"鸳鸯果命人取来。刘姥姥一看，又惊又喜：惊的是一连十个，挨次大小分下来的。那大的足有小盆子大，第十个极小的还有手里杯子大；喜的是雕镂奇绝，一色山水树木人物，并有草字图记。因忙说道："拿了那小的来就是了，怎么这么些个？"凤姐笑道："这个杯没有喝一个的理。我们家因没有这些大量的，所以没人敢使他。你既要使，好容易寻了出来，必定要挨次吃一遍才使得。"刘姥姥唬的忙道："这可不敢。好姑奶奶，竟饶了我罢①。"贾母、薛姨妈、王夫人都知道他有年纪的人，禁不起，忙都道："不可多吃了，只吃这头一杯罢。"刘姥姥道："阿弥陀佛！我还使小杯吃罢。把这大杯收着，我带了家去，慢慢吃罢。"鸳鸯等无法，只得命人满斟了一大杯，刘姥姥两手捧着喝干。贾母道："慢些吃，不要呛了。"

薛姨妈又命凤姐拣了菜。贾母笑道："你把茄鲞拣些喂他。"凤姐听说，依言拣些茄鲞送入刘姥姥口中，因笑道："你们天天吃茄子，也尝尝我们的茄子，弄的可口不可口？"刘姥姥笑道："别哄我！茄子跑出这个味儿来了，我们也不用种粮食，只种茄子罢了。"众人笑道："真是茄子。我们再不哄你。"刘姥姥诧异道："真是茄子？我白吃了这半日。姑奶奶你再喂我些，让我细嚼嚼。"凤姐果又拣了些放入口内。刘姥姥因细嚼了半日，笑道："虽有茄子香，只是还不像是茄子。告诉我是什么方法弄的，我也弄着吃去。"凤姐笑道："这也不难。你把四、五月里的新茄包儿摘下来，把皮和瓤子去尽，只要净肉，切成头发细的丝儿，晒干了，拿一只肥母鸡，靠出老汤来，把这茄子丝上

---

① **蒙侧**：挟炎的苦恼。

蒸笼蒸的鸡汤入了味,再拿出来晒干,如此九蒸九晒,必定晒脆了,盛在瓷罐子里,封严了,要吃时拿出一碟子来,用炒的鸡瓜子一拌就是了。"刘姥姥听了,摇头吐舌道:"我的佛祖!倒得十几只鸡儿来配他,怪道好吃!"

一面说笑,一面慢慢的吃完了酒,还只管细玩那杯。凤姐笑道:"还不足兴,再吃一杯罢。"刘姥姥忙道:"了不得了,那就醉死了。我因为爱这样儿,亏他怎样作来着。"鸳鸯笑道:"酒也吃完了,这到底是什么木的?"刘姥姥笑道:"怨不得姑娘不认得的。你们在金门绣户的,如何认得木头!我们成日家和树林[三]子作街坊,困了枕着他睡,乏了靠着他坐①,荒年间饿了还吃他,眼睛里天天见他,耳朵里天天听他,口儿里天天讲他[四],所以好歹真假,我是认得的。让我认一认他。"一面说,一面细细的端详了半日,道:"你们这样人家断没有贱东西,那容易得的木头,你们也不收着了。我据着这杯体沉,断乎不是杉木的,一定是黄松的。"众人听了,哄堂大笑起来。

只见一个婆子走来,请问贾母,说:"女孩子们都到了藕香榭了。请老太太的示下,就演罢,还是等一会子?"贾母忙笑道:"可是倒忘了他们了,就叫他们演罢。"那婆子答应着去了。不一时,只听得箫管悠扬,笙簧并发,正值风清气爽之时,那乐声穿林度水而来,自然令人神怡心旷②。宝玉先禁不住,拿起壶来斟了一杯,一口饮尽。复又斟上,才要饮,只见王夫人也要饮,命人换暖酒来,宝玉连忙将自己的杯捧了过来,送到王夫人的口边,庚:妙极!忽写宝玉如此,便是天地间母子之至情至性。献芹之民之意,令人酸鼻!王夫人便就手内吃了两口。一时暖酒来了,宝玉仍归旧坐,王夫人提了自己的暖酒壶下席来,众人皆出了席,薛姨妈也立起来,贾母忙命李纨、凤姐二人接过壶来:"让你姑妈坐下,大家才方便。"王夫人见如此说,方将壶递与凤姐,自己归坐。贾母笑道:"大家吃上两杯,今日着实有趣。"说着拿杯让薛姨妈,又向湘云宝钗道:"你两个多吃一杯。你林妹妹虽不会吃,也别饶他。"说着自己径干了,湘云、宝钗、黛玉也都干了。当下刘姥姥听见这般音乐,且又有了酒,越发喜

---

① 蒙侧:好充懂得的来看。
② 蒙侧:作者似曾在坐。

的手舞足蹈起来。宝玉因下席过来向黛玉笑道："你瞧瞧刘姥姥的样子。"黛玉笑道："当日舜乐一奏，百兽率舞，如今才一牛耳①。"众人都笑了。

须臾乐止，薛姨妈出席笑道："大家的酒想也都有了，且出去散散再坐罢。"贾母也正要散散，于是大家出席，随着贾母游玩。贾母因要带着刘姥姥散闷。遂携了刘姥姥至山前树下盘桓了半晌，又说与他这是什么树，这是什么花，这是什么石。刘姥姥一一的领会，又向贾母道："谁知城里的不但人尊贵，连雀儿也是尊贵的。偏这雀儿到了你们这里，他也变俊了，也会说话了。"众人不解，因问："怎么雀儿变俊了，会说话？"刘姥姥道："那廊上金架子上站的绿毛红嘴的是鹦哥儿，我是认得的。那笼子里老鸹子[五]怎么又长出凤头来，也会说话呢！"众人听了又都笑将起来。

一时，只见丫头们来请用点心。贾母道："吃了两杯酒，也就不饿了。也罢，就拿了这里来，大伙儿随便吃些。"丫头们听说，走去抬了两张高几来，又端了两个小捧盒来。揭开看时，每个盒内两样。这盒内是两样蒸食：一样是藕粉桂糖糕，一样是松穰鹅油卷；那盒内是两样炸的，一样是只有一寸来大的小饺儿。贾母因问是什么馅子，婆子们回是螃蟹的。贾母听了，皱眉说道："这会子腻腻的，谁吃这个！"又看那一样是奶油炸的各色小面果子，也不喜欢吃。因让薛姨妈吃，薛姨妈只拣了一个卷儿，尝了一尝，剩的半个递与丫头了。刘姥姥因见那小面果子都玲珑剔透，各式各样，因拣了一朵牡丹花样的笑道："我们乡里最巧的姐儿们，拿剪子也不能铰出这么个纸的来。我又爱吃，又舍不得吃，包些家去给他们做花样子去，倒是不得的②。"众人都笑了。贾母笑道："等你家去时，我送你一瓷坛子。你先趁热儿吃这个罢。"别人拣各人爱吃的吃了一两点儿就罢了；刘姥姥原不曾吃过这些东西，且都做的小巧，不显堆盘的，他和板儿每样吃了些，就去了半盘子。剩的，凤姐又命人攒了两盘子并一个攒盒，拿与文官等吃。

---

① 蒙侧：随笔写来，趣极。
② 蒙侧：世上竟有这样人。

忽见奶子抱了大姐儿来，大家哄他玩了一会。那大姐儿因抱着个大柚子玩的，忽见板儿抱着个佛手，便也要佛手。庚：小儿常情，遂成千里伏线。丫头们哄他取去，大姐等不得，便哭了。众人忙把柚子与了板儿，将板儿的佛手哄过来与他才罢了①。那板儿因玩了半日佛手，此刻又两手抓着些面果子吃，又忽见这柚子又香又圆，更觉好玩，且当球踢着玩去，也就不要那佛手了②。庚：柚（原作抽）子，即今香圆（原作团）之属也，应与缘通。佛手者，正指迷津者也。以小儿之戏，暗透前后通部脉络，隐隐约约，毫无一丝漏泄，岂独为刘姥姥之俚语博笑，而有此一大回文字哉？

当下贾母等吃毕，又带了刘姥姥至栊翠庵来。妙玉忙接了进去。至院中，只见花木繁盛，贾母笑道："到底是他们修行的人，没事常常的修理，比他处的越发好看了。"一面说，一面往东禅堂来。妙玉笑往里让，贾母道："我们才吃了酒肉，你这里头有菩萨，冲了罪过。我们在这里坐坐罢，把你的好茶拿来，我们吃一杯就是了。"妙玉听了，忙去烹了茶来③。宝玉留神看他怎么行事，只见妙玉亲自拣了一个海棠花式雕漆填金云龙献寿的小茶盘，里面放一个成窑五彩泥金小盖钟，奉与贾母。贾母道："我不吃六安茶。"妙玉笑道："知道。这是老君眉。"贾母接了，又问是什么水。妙玉笑回："是旧年蠲的雨水。"贾母便吃了半盏，便笑着递与刘姥姥说："你尝尝这个茶。"刘姥姥接来一口吃尽，笑道："好是好，就只淡些，再熬浓些更好了。"贾母、众人都笑起来。然后众人都是一色瓜皮青描金的官窑新瓷盖碗，倒了茶来。

那妙玉便把宝钗和黛玉的衣襟一拉，二人随他出去，宝玉悄悄的随后跟了来。只见妙玉让他二人在耳房内，宝钗便坐在榻上，黛玉便坐在妙玉的蒲团上。妙玉自向风炉上扇滚了水，另泡了一壶茶来。宝玉便走了进来，笑道："偏你们吃体己茶呢。"[六]三人都笑道："你又赶了来做什么？这里并没你吃的。"

妙玉刚要去取杯，只见道婆收了上面的茶盏来。妙玉忙将那成窑

---

① **蒙侧**：伏线千里。
② **蒙侧**：画工。
③ **靖眉**：尚记丁巳春日，谢园送茶乎？展眼二十年矣！□□丁丑仲春，畸笏。

第四十一回　贾宝玉品茶栊翠庵　刘老妪醉卧怡红院　521

杯命道婆："不用收了，搁在外头去罢①。"宝玉会意，知为刘姥姥吃了，他嫌脏不要了。又见妙玉另拿出两只杯来。一个旁边有耳，杯上镌着"瓟斝"三个隶字，后有一行小字是："晋王恺珍玩"，又有"宋元丰五年四月眉山苏轼赏于秘府"的一行小字。妙玉便斟了一斝，递与宝钗。那一只形似钵而小，也有三个垂珠篆字，镌着"点[七]犀䀉"。妙玉斟了一䀉与黛玉。仍将前番自己常常吃茶的那只绿玉斗斟与宝玉。宝玉笑道："常言'世法平等'，他两个就用那样古玩奇珍，我就是个俗器了。"妙玉道："这是俗器？不是我说狂话，只怕你家里未必找的出这么个俗器来呢。"宝玉笑道："'随乡入乡'，到了你这里，把这金玉珠宝一概贬为俗器了。"

妙玉听如此说，十分欢喜，遂又寻出一只九曲十八环一百二十节蟠虬整雕的湘妃竹根的一个大海来，道："就剩了这一个，你可吃的了这一海么？"宝玉喜的忙道："吃的了。"妙玉笑道："你虽吃的了，也没这些茶糟蹋。庚：茶下"糟蹋"二字。成窑杯已不屑再要。妙玉真清洁高雅，然亦怪谲孤僻甚矣，实有此等人物，但罕耳。岂不闻'一杯为品，二杯即是解渴蠢物，三杯便是饮牛饮驴了'。你吃这一海便成什么？"说的宝钗、黛玉、宝玉都笑。妙玉执壶，只向海内斟了约有一杯。宝玉细细的吃了，果觉轻清无比，赏赞不已。妙玉正色道："你这遭吃茶是托他两个的福，独你来了，我是不能给你吃的②。"宝玉笑道："我深知道的，我也不领你的情，只谢他二人便是了。"妙玉听了，方说："这话明白。"黛玉因问道："这水也是旧年的雨水么？"妙玉冷笑道："你这么个人，竟是大俗人，连水也尝不出来。这是五年前我在玄[八]墓蟠香寺住着，收的梅花上的雪，共得了那鬼脸青的花瓮一瓮，总舍不得吃，埋在地下，今年夏天才开了。我只吃

---

① 靖眉：妙玉偏僻（原作辟）处，此所谓"过洁世同嫌"也。他日瓜州口劝惩不哀哉，屈从红颜，固能不枯骨□□□。（按：所缺字，前两字看不清，似是"各示"两字，第三字为虫蛀。）（又按：此批语后半错乱太甚，周汝昌等曾作过校订，笔者在此基础上，所作的校订为："他日瓜州渡口，红颜固不能不屈从枯骨，各示劝惩，岂不哀哉！"）

② 靖眉：玉兄独至，岂真无吃茶？作书人又弄狡猾，只瞒不过老朽，然不知落笔时，作者（原作作作者）如何想？□□丁亥夏。

过一回，这是第二回了①。你怎么尝不出来？隔年蠲的雨水火爆气不尽，如何吃得？"黛玉知他天性怪僻②，不敢多话，亦不敢多坐，吃过茶，便约宝钗走了出来。

宝玉也随出来，和妙玉赔笑道："那茶杯虽然脏了，白摆了岂不可惜？依我说，不如给那贫婆子罢，他卖了也可以度日。你道可使得？"妙玉听了，想了一想，点头说道："这也罢了。幸而那杯子是我没吃过的，若我吃过的，我就砸碎[九]了③也不能给他。只是我可不亲自给他。你要给他，我也不管，我只交给你，快拿了去罢。"宝玉笑道："自然如此，你那里和他说话授受去，越发连你都脏了④。只交与我就是了。"妙玉便命人拿来递与宝玉。宝玉接了，又道："等我们出去了，我叫几个小幺儿来，河内打几桶水来洗地如何？"妙玉笑道："这正好了，只是你嘱咐他们，抬了水来，只搁在山门外头墙根下，别进门来⑤。"宝玉道："自然。"说着，便袖了那杯出来，便递与贾母房中的一个小丫头子拿着，说："明日刘姥姥家去时，给他带去罢。"交代明白，贾母已经出来，要回去。妙玉亦不甚留，送出山门，回身便将门闭了，不在话下。

且说贾母因觉身上乏倦，便命王夫人和迎春姊妹陪了薛姨妈去吃酒，自己便往稻香村来歇息。凤姐忙命人将竹椅小轿抬来，贾母坐上，两个婆子抬起，凤姐、李纨和众丫鬟、婆子围随去了，不在话下。这里薛姨妈也就辞了出去。王夫人打发文官等出去，将攒盒散与众丫鬟、婆子吃去，自己便也乘空歇着，随便歪在方才贾母坐的榻上，命一个小丫头放下帘子来，又命他捶着腿，吩咐人道："老太太那边醒了，你们就来叫我。"说着就歪着睡着了，于是众人方散出来。

宝玉、湘云等看着丫鬟们将攒盒搁在山石上，也有坐在山石上的，也有坐在草地下的，也有靠着树的，也有傍着水的，倒也十分热闹。一时又见鸳鸯来了，要带着刘姥姥各处去逛，众人也都跟着取

---

① 蒙侧：妙手。层层迭起，竟能以他人所画之天王作众（原作纵）神矣。
② 靖眉：黛是解事人。
③ 蒙侧：更奇！世上我也见过此等人。
④ 蒙侧：人若忘（原作亡）形，最喜此等言语。
⑤ 蒙侧：偏于无可写处深入一层。

笑①。一时来至"省亲别墅"的牌坊底下，刘姥姥道："哎哟！这里还有个大庙呢！"说着，便爬下磕头。众人笑弯腰。刘姥姥道："笑什么？这牌坊上的字我都认得。我们那里这样庙宇最多，都是这样的牌坊，那字就是这庙的名字。"众人笑道："你认得这是什么庙？"刘姥姥便抬头指那字道："这不是'玉皇宝殿'四字？"众人笑的拍手打掌，还要拿他取笑时，刘姥姥觉得腹内一阵乱响，忙的拉着一个小丫头，要了两张纸就解中衣。众人又是笑，又忙喝他："这里使不得！"忙命人带了他东北角上去了。那婆子指与他地方，便乐得走开去歇息。

那刘姥姥因喝了些酒，他的脾气不与黄酒相宜，且又吃了许多油腻饮食，因发渴多喝了几杯茶，不免通泻起来，蹲了半日方完。及出厕来，酒被风禁，且又年迈之人，蹲了半天，忽一起身，只觉得眼花头眩[十]，辨不出路径。回头一望，皆是树木山石，楼台亭榭，都不知那一处是往那一路去的了，只得顺着一条石子[十一]路慢慢的走来。及至到了房舍跟前，又找不着门，找了半日，忽见一带竹篱，刘姥姥心中自忖："这里也有扁豆架子。"一面想，一面顺着花障去了，来到了一个月洞门进去。只见迎面忽有一带水池，只有五、六尺宽，石头砌岸，里面碧清的水流往那边去了②，上面一块白石横架在上面。刘姥姥便踱过石来，顺着石子甬路走去，转了两个弯子，只见有一房门。于是进了房门，只见迎面一个女孩儿，满面含笑迎了出来。刘姥姥忙笑道："姑娘们把我丢下了，要我碰头到这里来。"说了，只见那女孩儿不答应。刘姥姥便赶上来拉他的手，"咕咚"一声，便撞到板壁上，把头碰的生疼。细瞧瞧，原来是幅画儿。刘姥姥自忖道："原来画儿有这样活凸出来的。"一面想，一面看[十二]，一面用手去摸，却是一色平的，点头叹了两声。一转身，方得了一个小门，门上挂着葱绿撒花软帘。刘姥姥掀帘进去，抬头一看，只见四面墙壁玲珑剔透，琴剑瓶炉皆贴在墙上，锦笼纱罩，金彩珠光，连地下踏的砖，皆是碧绿凿花，竟越发把眼花了。找门出去，那里有门？左一架书，右一架屏。刚从屏后得了一门，才要出去，只见他亲家母也从外面进来。刘姥姥

---

① **蒙侧：** 又另是一番气象。
② **蒙侧：** 借（原作偺）刘姥姥醉中，写境中景。

诧异，忙问道："亲家母！你想是见我这几日没家去，你找我来了。那一位姑娘带你进来的？"只见他亲家只是[十三]笑，不答言。刘姥姥笑道："你好没见世面，见这园子里的花好，你就没死活戴了一头。"他亲家也不答应。便忽然想起："常听见大富贵人家有一种穿衣镜，这别是我在镜子里头罢。"想毕用手一摸，再细一看，可不是，四面雕空紫檀板壁将这镜子嵌在中间。因说："这已经拦住，如何走出去呢？"一面说，一面只管用手去摸。这镜子原是西洋机括，可以开合。不意刘姥姥乱摸之间，其力巧合，便撞开消息，掩过镜子，露出门来。刘姥姥又惊又喜，便迈步出去，忽见有一副最精致的床帐。他此时又带了七八分醉，又走乏了，便一屁股坐在床上，只说歇歇，不承望身不由己，便前仰后合的，朦胧着眼，一歪身就睡熟在床上。

外面众人等他不见，板儿见没了他姥姥，急的哭了。众人都笑道："别是掉在茅厕坑里了？快叫人去瞧瞧。"因命两个婆子去找，婆子去了，回来说没有。众人各处搜寻不见，袭人度其道路："定是他醉了，迷了路，顺着这一条路往我们后院子里去了。若进了花障子到后房门进去，虽然碰头，还有小丫头们看见；若不进花障子再往西南上去，若绕出去还好，若绕不出去，可叫他绕会子呢。我且瞧瞧去。"一面想着，一面回来，进了怡红院便叫人，谁知那几个看屋子的小丫头已偷空玩去了。

袭人一直进了房门，转过集锦槅子，就听的鼾声如雷。忙进来，只闻得酒屁臭气满屋，一瞧，只见刘姥姥扎手舞脚的仰卧在床上。袭人慌的忙赶上来将他推醒。那刘姥姥惊醒，睁眼见了袭人，连忙爬起来道："姑娘，我失错了！并没弄脏了床。"一面说，一面用手去掸。袭人恐惊动了人，被宝玉知道了。忙将当地大鼎内，贮了三四把百合香[十四]，仍旧盖上顶，忙悄悄的笑道："不相干，有我呢。你只说是你醉了，在外头山子石上打了个盹儿，你随我出来①。"刘姥姥满口答应②。跟了袭人，出至小丫头们房中，命他坐了；又与他两碗茶吃，刘姥姥方觉酒醒了，因问道："这是那位小姐的绣房，这样精致？我就像

---

① 蒙侧：这方是袭人的平素。笔至此不得不屈，再增支派则赘矣。
② 蒙侧：总是恰好便住。

到了天宫里一样。"袭人笑道:"这个是宝二爷的卧室。"刘姥姥唬的不敢作声。袭人带他从前头出去,见了众人,只说他在草地下睡着了,带了他来的。众人都不理会,也就罢了,下回分解。

【总评】刘姥姥之憨,从利;妙玉尼之怪,图名。宝玉之奇,黛玉之妖,亦自敛迹。是何等画工,能将他人之天王,作我卫护之神祇?文技至此,可为至矣!

校 记:

[一] 原文无"到前面里间屋,书架子上有十个竹根套杯取来"句,据庚辰本补。

[二] 此处的"你"字,原文为"我"据庚辰本改。

[三] 在"林"字后面,原文有"里"字,据庚辰本删。

[四] 原文无"眼睛里天天见他,耳朵里天天听他,口儿里天天讲他"句,据庚辰本补。

[五] 此处的"老鸹"二字,原文为"老鹳"据庚辰本改。

[六] 此处的"偏你们吃体己茶呢"句,原文为"偏我们吃体己呢",据庚辰本改。

[七] 此处的"点"字,原文为"杏"据庚辰本改。

[八] 此处的"玄"字,原文为讳玄烨(康熙之名),少最后一笔,写作"玄"。

[九] 此处的"砸碎"二字,原文为"轧碎"据庚辰本改。

[十] 此处的"眩"字,原文为讳玄烨(康熙之名),少最后一笔,写作"眩"。

[十一] 原文无"子"字,据庚辰本补。

[十二] 原文无"原来是幅画儿。刘姥姥自忖道:'原来画儿有这样活凸出来的。'一面想,一面看"句,据庚辰本补。

[十三] 此处的"是",原文为"见",据蒙府本改。

[十四] 原文无"百合香"三字,据蒙府本补。

第四十二回

蘅芜君兰言解疑语　　潇湘子雅谑补余香

【回前】谁说诗书解误人，豪华相尚失天真。见得古人原立意，不正心身总莫论。

庚：钗、玉名虽二个，人却一身，此幻笔也。今书至三十八回时已过三分之一有余，故写是回，使二人合而为一。请看黛玉逝后宝钗之文字，便知余言不谬矣。

话说贾母一时醒了，就在稻香村摆晚饭。贾母因觉懒懒的，也没吃饭，便坐了竹椅小轿，回至房中歇息，命凤姐等去吃饭。他姊妹们方复进园来。吃过饭，大家散出，都无别话。

且说刘姥姥带着板儿，先来见凤姐，说："明儿一早定要家去了。虽然住了两三天，日子却不多，把古往今来没见过的，没吃过的，没听过的，都经验了。难得老太太和姑奶奶并那些小姐们，连各房里姑娘们，都这样怜贫惜老的照看我。我这一回去，没别的报答，惟有请些高香天天〔一〕给你们念佛，保佑你们长命百岁的，就算我的心了。"凤姐笑道："你别喜欢。都是为你，老太太也被风吹病了，睡着说不好过呢。我们大姐儿也着了凉，在那里发热呢。"刘姥姥听了，忙叹道："老太太有年纪的人，不惯十分劳乏的。"凤姐道："从来没像昨儿高兴。往常进园子逛去，不过到一两处坐坐就回来了。因为你在这里，要叫你逛逛，一个园子走了多半个。大姐儿因找我去了，太太递了一块糕给他，谁知风地里吃了，就发起热来。"刘姥姥道："小姐儿只怕不大进园子，生地方，小人家比不得我们的孩子们，会走了，就坟圈子里跑去。一则风扑了，也是有的；二则只怕他身上干净，眼又干净，或是遇见什么神了。依我说，给他瞧瞧祟书本子，仔细撞客着。"一语提醒了凤姐，便叫平儿拿出《玉匣记》来，叫彩明念。彩明翻了一会念道："八月廿五日，病者，东南方得之，遇见花神。用五色纸钱四十张，向东南方四十步送之，大吉。"凤姐道："果然不错，园子里头可不是花神！只怕老太太也是遇见了。[二]"一面说，一面命人请两分纸钱来，着两个人来，一个与贾母送祟，一个与大姐送祟。果见大姐儿安稳睡了。庚：岂真送了就安稳哉？盖妇人之心意皆如此。即不送，岂有一夜不睡之理？作者正描愚人之见耳。

　　凤姐笑道："到底是你们有年纪的人经历的多。我这大姐儿时常要病，也不知是什么缘故。"刘姥姥道："这也有的事。富贵人家养的孩子太娇嫩，自然禁不得一些儿委屈；再他小人家，过于尊贵了，也禁不起。以后姑奶奶倒少疼他些就好了。"凤姐道："这也有理。我想起来，他还没个名字，你就给他起个名字，借借你的寿；二则你们是庄稼人，不怕你恼，到底贫苦些，你这贫苦人起个名字，只怕还压的住他。"庚：一篇愚妇无理之谈，实是世间必有之事。刘姥姥听说，便想了一想，笑道："不知他几时生日？"凤姐道："正是呢。生的日子不大好，可巧是七月初七。"刘姥姥忙笑道："这个正好，就叫他作巧哥儿罢。这叫作'以毒攻毒，以火攻火'的法子。姑奶奶定要依我这名字，他必长命百岁。日后大了，各人成家立业，或一时有不遂心的事，必然是遇难成祥，逢凶化吉，却从那'巧'字上来①。"

---

① 　蒙侧：作谶（原作签）语，以影射后文。
　　靖眉：应了这话固好，批书人焉能不心伤！狱庙相逢之日，始知"遇难成祥，逢凶化吉"，实伏线千里。哀哉，伤哉！此后文字，不忍卒读！□□辛卯冬日。

凤姐听了，自然欢喜，忙道谢，又笑道："你只保佑他应了你这话，就好了。"说着叫平儿来吩咐道："明儿咱们有事，恐怕不得闲儿。你这空儿闲着，把送姥姥的东西打点了，他明儿一早就好走的便宜了。"刘姥姥忙说："不要多破费，已经遭扰了几日，又拿着走，越发心里不安起来。"①凤姐道："也没有什么，不过随常的东西。好也罢，不好也罢，带了家去，你们街坊邻舍看着也热闹些，也是上城一次。"说着，只见平儿走来说："姥姥过这边来瞧瞧。"

刘姥姥忙跟了平儿到那边屋里，只见堆着半炕东西。平儿一一的拿与他瞧，又说道："这是你昨儿要的青纱一匹，奶奶另外送你一个实地子月白纱做里子。这是两个茧绸，做袄儿做裙子都好。这包袱里是两匹绸子。年下做件衣服穿。这是一盒子各样的内造点心，也有你吃过的，也有你没吃过的，拿去摆碟子请客，比你们买的强些。这两条口袋是你前儿装瓜果来的，如今这一个里头装了两斗玉田京米，熬粥是难得的；这一条里是园子里的各样的果子。这一包是八两银子。都是我们奶奶给的。这两包每包里头五十两，共是一百两银子，是太太给的，叫你们拿去或者做个小本买卖，或是置几亩地，以后再别求人靠友〔三〕的。"说着又悄悄的笑道："这两件袄儿和这条裙子，还有四块包头，一包绒线，可是我送姥姥的。那衣裳虽是旧的，我也没大很穿，你要弃嫌，我就不敢送了。"平儿说一样，刘姥姥念一句佛，已经念了几千佛了，又见平儿也送他这些东西，又如此谦逊，忙念佛道："姑娘说那里话来？这样好东西我还弃嫌！我便有银子还没处买这样的去呢。只是怪臊的，收了不好，不收，又辜负了姑娘的心。"平儿笑道："休说外话，咱们都是自己，我才这样。你放心收罢，我还和你要东西呢。到年下，你只把你们晒的那灰条菜干子和豇豆、葫芦条儿各样菜干带些来，我们这里上上下下都爱吃。这个就算了，别的一概不要，别枉费心。"刘姥姥千恩万谢的答应了。平儿道："你只管睡你的去。我替你收拾妥当了就放在这里，明儿一早打发小厮们雇了车来装上，不用你费心。"

刘姥姥越发感激不尽，过来又千恩万谢的辞了凤姐，方过贾母这

---

① 蒙侧：世俗常态。逼真。

边睡了一夜,次早梳洗了就要告辞。因贾母欠安,众人都过来请安,命人出去传请大夫。一时婆子回说大夫来了。老嬷嬷们要请贾母进帐子去,放下帐子来。贾母道:"我已老了,那里养不出那阿物儿来,还怕他笑话不成!不用放帐子,就对面瞧罢。"众婆子听了,便拿过一张小桌子来,放下一套书,便命人出去请大夫。

一时,只见贾珍、贾琏、贾蓉三个人将王太医领进。王太医不敢走甬路,只走边砖,跟着贾珍到了阶矶上。早有四个婆子走在两边打起帘子,迈步进去,只见宝玉迎了出来。只见贾母穿着青皱绸一斗珠的羊皮褂子,端坐在榻上,两边四个未留头发小丫头都拿着蝇帚、漱盂等物;又有五六个老嬷嬷雁翅排立两旁。碧纱橱后,隐隐约约有许多穿红着绿,戴宝簪珠的人。王太医便不敢抬头,上来请了安。贾母见他穿着六品服色,便知是御医了,含笑称呼:"供奉好?"因问贾珍:"这位贵姓?"贾珍道:"姓王。"贾母笑道:"当日太医院正堂有个王君效,好脉息。"王太医忙躬身低头,含笑回说:"那是晚生的家叔祖。"贾母听了,笑道:"原来也是世交。"一面说,一面慢慢的伸手放在书上。王太医忙屈膝在榻上,歪着头诊了半日,又诊那只手毕,忙欠身低头退出。贾母笑道:"劳动。珍儿让出去书房里坐,好生看茶。"

贾珍、贾琏等忙答应了几个"是",复领王太医出至外书房中。王太医说:"太夫人并无别症,不过偶感一点风寒,究竟不用吃药,不过略清淡些,常暖着一点儿,就好了。如今写个方子在这里,若老人家爱吃呢,便按方煎一剂吃;若懒怠吃,也就罢了。"说着,吃了茶,写了方。刚要告辞,只见奶子抱了大姐出来,笑说:"王老爷也瞧瞧我们。"王太医听说,忙站起来,就奶子怀里,用左手挽着大姐儿的手,右手诊了诊脉,又摸一摸头,又叫伸出舌头来瞧瞧,笑道:"我说了,姐儿又要骂我了,只是要清清净净、饿两顿就好了。不必吃煎药,我送几丸丸药来,临睡时用姜汤研开,吃下去就好了。"说毕告辞。贾珍等送出,回来拿了药方,回明贾母,命将药方放在案上出去,不在话下。这里王夫人和李纨、凤姐、宝钗姊妹们见大夫出去,方从橱后出来。王夫人略坐了一坐,也回房去。

刘姥姥见无事,方上来向贾母告辞。贾母说:"闲了再来。"又命鸳鸯来："好生打发你姥姥出去，我身上不好，不能送了。"刘姥姥十分道了谢，又作辞，方同鸳鸯出来。到了下房，鸳鸯指炕上一个包袱说道："这是老太太的两件衣裳，都是往年间生日节下众人孝敬的，老太太从不穿人家做的，收着也是白收着，却是一次也没穿过的①。昨儿叫我拿出两套来送你带回去，或是自己家里穿或是送人。这盒子里是你要的面果子。这包儿里是你前儿说要梅花点舌丹，也有紫金锭，也有活络丹，也有清心丸，每一样是一张方子包着，总包在里头了。这是两个荷包，戴着玩罢。"说着便抽开系子，掏出两个笔锭如意的锞子来给他瞧瞧，笑道："荷包你拿去，这个留下给我罢。"刘姥姥已经喜出望外，早又念了几千声佛，听鸳鸯说，便说道："姑娘只管留下罢了。"鸳鸯见他信以为真，便笑着仍与装上，说道："哄你玩呢，我有好些呢②。你留着年下给小孩子们罢！"说着，只见一个小丫头拿了成窑钟子来递与刘姥姥，道："这是宝二爷给你的。"刘姥姥道："这是那里说起？我那一世修了来的，今儿这样的？"说着便接过来。鸳鸯道："前儿我叫你洗澡，换的那衣裳是我的，你不弃嫌，还有几件，也送你罢。"刘姥姥又忙道谢。鸳鸯果然又拿了两件出来与他包好。刘姥姥又要到园中辞谢宝玉和众姊妹、王夫人等去。鸳鸯道："不用去了，他们这会子也不见人，回来我替你说罢。闲了可再来。"又命一个老婆子，吩咐他："二门上叫个小子来，帮着他拿出去。"婆子答应了，又和刘姥姥到了凤姐那边，一并拿了东西，雇了车儿，命小厮搬了出去装上，一直送刘姥姥上车去了不提。

且说宝玉等吃过饭，又往贾母处问过安，回园中，至分路各归之时，宝钗便叫黛玉道："颦儿跟我来，有一句话问你。"黛玉便同了宝钗，来至蘅芜院中。进了房，宝钗便坐了，笑问道："你跪下，我要审你③。"黛玉不解何故，因笑道："你们瞧这宝丫头疯了！你审我什么？"宝钗冷笑道："好个不出闺门的女孩儿！好个千金小姐！满嘴里说的都是什么？你实说便罢。"黛玉不解，只管发笑，心里也不免

---

① 蒙侧：写富贵常态，一笔作三五笔用。妙文。
② 蒙侧：逼真。
③ 蒙侧：严整。

第四十二回　蘅芜君兰言解疑语　潇湘子雅谑补余香 | 531

疑惑起来，口里只说："我何曾说什么来？你不过拿我的错儿罢了。你倒说出来我听。"宝钗笑道："你还装憨儿。昨儿行酒令儿你说的是什么？我竟不知是那里来的①！"黛玉一想，方想起来了，昨日失于检点，把《牡丹亭》、《西厢记》说了两句，不觉红了脸，便上来搂着宝钗，笑道："好姐姐，原是我不知道随口说的。你教导我，我再不说了②。"宝钗笑道："我也不知道，听你说的怪生的，所以请教你。"黛玉道："好姐姐，你别说与别人知道，我以后再不说了。"

宝钗见他羞得脸飞红，满口央告，便不肯再追问了，因拉他坐下吃茶，款款的告诉他道："你当我是谁？我也是个淘气的。从小儿七八岁上[四]够个人缠的③。我们家也算是个读书人家④，祖父手里也极爱藏书。先时人口多，姊妹弟兄也在一处，都怕看正经书。弟兄们也有喜诗的，也有爱词的，诸如这《西厢》、《琵琶》以及《元人百种》，无所不有⑤。他们背着我们看，我们却偷着背了他们瞧。后来大人知道了[五]，打的打，骂的骂，烧的烧，才丢开了。所以咱们女孩儿家不认得字的好。男人们读书不明理，尚且不如不读书的，何况你我！就连作诗写字等事，这并非你我分内之事，究竟也不是男人分内之事⑥。男人们读书明理，辅国治民，这便好了⑦。只是能有几个这样？读了书倒更坏了。这是读书误了他，可惜他倒把书糟蹋了，所以倒是耕种买卖，倒没什么大害处。你我只该做些针线之事才是，偏又认得了字，既认得了字，不过拣那正经书看看也罢了，最怕是见了这些杂书，移了性情，就不可救了。"一席话，说的黛玉垂头吃茶，心下暗服，只有答应"是"的一字。忽见素云进来说⑧："我们奶奶请二位姑娘商议要

---

① 蒙侧：何等爱惜。
② 蒙侧：真能受教。尊重之态，娇痴之情，令人爱煞！
③ 蒙侧：若无下文，自己何由而知？笔下一丝不露痕迹中补足，存小姐身分，颦儿不得反问。
④ 靖眉："也算"二字太谦。
⑤ 蒙侧：藏书家当留意。
⑥ 靖眉：男人分内究是何事？
⑦ 蒙侧：作者一片苦心，代佛说法，代圣讲道，看书者不可轻忽。
⑧ 蒙侧：结得妙。

紧事呢。二姑娘、三姑娘、四姑娘、史大姑娘、宝二爷都在那里等着呢。"宝钗道："又有什么事？"黛玉道："咱们到那里就知道了。"说着便和宝钗往稻香村来，果然众人都在那里。

李纨见了他两个，先笑道："社才起，就有脱滑的了，四丫头要告一年的假呢。"黛玉笑道："都是老太太昨儿一句话，又叫他画什么园子图呢，惹得他乐得告假了。"探春笑道："也别怪老太太，都是刘姥姥一句话。"黛玉忙接道："可是呢，都是他一句话。那一门子的姥姥，直叫他个'母蝗虫'就是了。"说的众人都笑了，宝钗笑道："世上的话，到了凤丫头嘴里也就尽了。幸而凤丫头不认得字，不大通，不过一概是市俗取笑。惟有颦儿这促狭嘴，他用'春秋'的法儿，市俗的粗话，撮其要，删其繁，再加润色比方出来，一句是一句。这'母蝗虫'三字，把昨日那些形景都现出来了①。亏他想的倒也快。"众人听了，都笑道："你这一注解，也就不在他两个以下。"李宫裁道："我请你们来，大家商议，给他多少日子的假？我给了他一个月，他嫌少，你们怎么说？"黛玉道："论理一年[六]也不多。这园子盖才盖了一年。如今要画，自然得二年的工夫呢。又要研墨，又要蘸笔[七]，又要铺纸，又要着颜色，又要……"刚说到这里，众人知道他是取笑惜春，便都笑问说："还要怎样？"黛玉也自己撑不住，笑道："又要照着样儿慢慢的画，可不得二年的工夫！"众人听了，都拍手笑个不住。宝钗笑道："有趣，最妙落后一句是：'慢慢的画'，他可不画去，怎么就有了呢？所以昨日那些笑话儿虽然可笑，回想是没味的。你们细想颦儿这几句话，虽淡淡的，回想却有滋味。我倒笑的动不得了。"庚：看他刘姥姥笑后复一笑，亦想不到之文也。听宝卿之评，亦千古定论。惜春道："都是宝姐姐赞的他越发逞起强来了，这会子又拿我取笑儿。"黛玉忙拉他，笑道："我且问你，还是单画园子呢，还是连我们众人都画上呢？"惜春道："原说只画这园子的，昨儿老太太又说，单画园子成了个房样子了，叫连人都画上，就像'行乐'似的才好，我又不会这工致楼台，又不会画人物，又不好驳回，正为这个为难呢。"黛玉道："人物还容易，你草虫上能不能？"李纨道："你又说不通的话了，这个上头那里又用的

---

① 蒙侧：触目惊心，请自回思。

着［八］草虫了？或者羽毛倒要点缀一两样。"黛玉笑道："别的草虫儿不画罢了，昨儿的'母蝗虫'不画上，岂不缺典！"众人听了，又大笑起来。黛玉一面笑的两手捧着胸口，一面说道："你快画罢，我连题跋都有了，起个名字，就叫作《携蝗大嚼图》①。"众人听了，越发笑的前仰后合。只听"咕咚"一声响，不知什么倒了，急忙看时，原来是史湘云伏在椅子背上笑的，那椅子原不曾放稳，被他全身伏着背子大笑起来，他又不防，两下里错了劲，向东一歪，连人带椅子都歪倒了，幸有板壁挡住，不曾落地。众人一见，越发笑个不住。宝玉忙赶上去扶了起来，方渐渐的止了笑声。

宝玉和黛玉使个眼色儿，黛玉会意②，便走至里间屋里，将镜袱揭起，照了照，只见两鬓略松，忙开了李纨的妆奁，拿了抿子来，对镜抿了两抿，仍旧收拾好了出来，指着李纨道："这是你带着我们作针线、教道理呢，你反招了我们来大玩大笑的。"李纨笑道："你们听他这刁话！他领着头儿闹，引着众人笑了，倒赖我的不是。真真恨的我只保佑着你明儿得个利害婆婆，再得几个千刁万恶的大姑子、小姑子，试试你那会子还这么刁不刁了③。"

黛玉早红了脸，拉着宝钗说："咱们放他一年的假罢。"宝钗道："我有一句公道话，你们听听。四丫头虽会画，不过是几笔写意。如今画这园子，非离了肚子里有几幅丘壑的如何成得。这园子都是像画儿一般，山石树木，楼阁房屋，远近疏密，也不多，也不少，恰恰的是这样。你既照样儿往纸上画，是必不能讨好的。这要想纸上的地步，远近该多少，分主分宾，该添的要添，该减的要减，该藏的要藏，该露的要露。这一起了稿子，再端详斟酌，方成一幅图样。第二件，这些楼台房舍，是必要用界划的。一点不留神，栏杆也歪了，柱子也塌了，门窗也斜了，阶矶也离了缝，甚至于桌子挤到墙里头去，花盆放在帘子上，岂不倒成了一张笑'话'儿？第三件，安插人物，也要有疏密，有高低。衣褶裙带，手指足步，最是要紧的；下笔不细，

---

① 蒙侧：愈出愈奇。
② 蒙侧：何等妙文！故意唐突。
③ 蒙侧：收结转折，处处情趣。

不是肿了手，就是跩了脚，染脸撕发倒是小事。依我想，竟难的很。如今一年的假也太多，一月也太少，竟给他半年的假，再派宝兄弟帮着他。并不是为宝玉知道教着他画，那就更误了事了。为的是有不知道的，或难安插的，好叫宝兄弟拿出去问问那几个会画的相公，就容易了。"

宝玉听了，先喜的说："这极好。詹子亮的工致楼台就极好，程日兴的美人是绝技，如今就问他们去。"宝钗道："我说你是无事忙，说了一声，你就要问去。也等着商议定了再去。如今且说拿什么画？"宝玉道："家里有薛涛纸，又大又托墨。"宝钗冷笑道："我就说你不中用！那薛涛纸写字、画写意儿，或是会山水的画南宋山水，最托墨，禁得皴搜。若拿来画这图，又不托色，又难烘染，画也不好，纸也可惜。我教你一个法子。原先盖这园子，就有一张细致图样，虽是匠人描的，那地步、方向是不错的。你和太太要了出来，也比着那纸大小，和凤丫头要块重绢，叫相公给矾了出来，叫他照这园样删削着立了稿子，添了人物就是了。就是配这些青绿颜色并泥金泥银，也得他们配去。你们也得笼上风炉子，预备化胶、出胶、洗笔。还得一个粉油大案，铺上毡子好画。你们那些碟子也不全，笔也不全，都得从新再置才好。"惜春道："我何曾[九]有这些画器？不过写字的笔画画罢了。就是颜色，只有赭石、广花、藤黄、胭脂这四样[十]。再有，不过是两支着色的笔就完了。"宝钗道："你怎不早说？这些东西我却还有，只是你也用不着，给你也白放着，如今我且替你收着，等你用着这个的时候我送你些，也只可留着画扇子，若画这大幅的也就可惜了的。今儿替你开个单子，照着单子和老太太要去。你们也未必知道的全，我说着，宝兄弟写。"宝玉早已预备下笔砚，原怕记不清白，要写了记着，听宝钗如此说，喜的提起笔来静听。宝钗说道："头号排笔四支，二号排笔四支，三号排笔[十一]四支，大染四支，中染四支，小染四支，大南蟹爪十支，小蟹爪十支[十二]，须眉十支，大著色二十支，小著色二十支，开面十支，柳条二十支，箭头四两，南赭四两，石黄四两，石青四两，石绿四两，管黄四两，广花八两，蛤粉四匣，胭脂十张，大赤飞金二百张，鱼子金二百张，青金二百张，广匀胶四两，净矾二两。矾绢的胶矾在外，别管他们，只把绢交出去叫他们矾去。这些颜色,咱们淘澄飞跌[十三]着,又玩了,又使了,包你一辈子都够使了。再要顶细的绢箩四个,粗箩二个,掸笔四支,大小乳钵四个,大粗碗二十个,五寸碟子十个,三寸碟子三十个,风炉两个,大小沙锅四个,新瓷缸二个,新水桶四只,长一尺白布口袋四条,柠炭二十斤,柳木炭一斤,三屉木箱一个,实地纱一丈,生姜四两,酱半斤。"黛玉忙道:"铁锅一口,铁铲一个。"宝钗道:"做什么?"黛玉笑道:"你要生姜和酱这些作料,我替你要口锅来,好炒颜色吃。"众人都笑起来。宝钗笑道:"你那里知道[十四],那粗色碟子保不住不上火烤,不拿姜汁子和酱先抹在底子上烤过,一经火就炸的。"众人都道:"原来如此。"

黛玉又看了一会单子,拉着探春悄悄的道:"瞧!画画儿又要这样水缸箱子来了。想必他糊涂了,他把他的嫁妆单子也写出来了。"探春"嗳"了一声,笑了个不住,说道:"宝姐姐,你还不拧他的嘴?你问问他说你的是什么话?"宝钗道:"不用问,狗嘴里还有象牙!"一面说,一面走来,把黛玉按在炕上,便要拧他的嘴。黛玉笑着忙央告道:"好姐姐,饶了我罢!颦儿年纪小,只知说,不知道轻重,做姐姐的教训我。姐姐不饶我,我还求谁去?"众人不知话内有因,都笑道:"说的好可怜见的,连我们也软了,饶了他罢。"宝钗原要和他玩的,忽听又拉扯上前番说他胡看杂书的话,便不好再和他厮闹了,便放起他来。黛玉笑道:"到底是姐姐,要是我,再不饶人的。"宝钗笑指他道:"怪不得老太太疼你,众人爱你伶俐,今儿连我也怪疼你的了。过来,我替你把头发拢一拢。"黛玉果然转过身来,宝钗用手替他拢上去。宝玉在旁看着,只觉更好看,不觉后悔不该令他抿上鬓去,也该留着,叫我替他抿去①。正自胡想,只见宝钗说道:"写完了,明儿回老太太去。若家里有的就罢,没有的,去买了来,我帮着你们配。"宝玉收了单子。

大家闲话了一会,至晚饭后,又往贾母处请安。贾母原非大病,不过是劳乏了,着了些凉,温存了一日,又吃了一剂药疏散了疏散,至晚也就好了。不知次日又有何事,下回分解。

---

① **蒙侧:** 又一点,作者可称无漏子。

【总评】摹写富贵，至于家人女子，无不妆点；论诗书，讲画法，皆尽其妙；而其中隐语，惊人教人，不一而足。作者之用心，诚佛菩萨之用心也，读者不可因其浅近而渺忽之。

校　记：

[一] 此处的"天天"二字，原文为"大大的"，据庚辰本改。
[二] 原文无"只怕老太太也是遇见了"句，据庚辰本补。
[三] 此处的"靠友"二字，原文为"告友"，据庚辰本改。
[四] 原文无"上"字，据庚辰本补。
[五] 原文无"了"字，据蒙府本补。
[六] 原文无"一年"二字，据庚辰本补。
[七] 原文无"又要蘸笔"四字，据庚辰本补。
[八] 此处的"用的着"三字，原文为"用"，据庚辰本改。
[九] 此处的"何曾"二字，原文为"何从"，据庚辰本改。
[十] 原文无"这四样"三字，据庚辰本补。
[十一] 该段宝钗所言"排笔"，原文均为"挑笔"，据庚辰本改。
[十二] 原文无"小蟹爪十支"，据庚辰本补。
[十三] 原文无"飞跌"二字，据庚辰本补。
[十四] 原文无"你那里知道"数字，据庚辰本补。

第四十三回

闲取乐偶攒金庆寿　　不了情暂撮土为香

【回前】了与不了在心头，迷却原来难自由。如有如无谁解得，相生相灭第传流。

　　话说王夫人因见贾母那日在大观园不过着了些风寒，不是什么大病，请医生吃了药也就好了，便放了心，因命凤姐来，吩咐他预备给贾政带去的东西。正商议着，只见贾母打发人请，王夫人忙引着凤姐儿过来。王夫人又问："这会子可〔一〕又大安些？"贾母道："今日可大好了。方才你送来的鹌鹑崽子汤，我尝了尝，倒有味儿，又吃了两块肉，心里很受用。"王夫人笑道："这是凤丫头孝敬老太太的。算他的孝心虔，不枉了老太太素日疼他。"贾母点头笑道："难为他想着〔二〕。若是还有生的，炸两块，咸浸浸的，吃粥有味儿。那汤虽好，就只不对吃稀粥。"凤姐听了，连忙答应，命人厨房传话。

　　这里贾母又向王夫人笑道："我打发人请你，不为别的。初二日是凤丫头的生日，上两年我原就想着给他做生日，偏到跟前就有大事混过。今年人又齐全，料着又没事，大家好生乐一乐。"庚：贾母犹云"好生乐一日"，可见逐日虽乐，皆还不趁心也。所以世人无论贫富，各有愁肠，终不能时时遂心如意。此是至理，非不足语也。王夫人笑道："我也这么想着呢。既是老太太高兴，何不就商议定了？"贾母笑道："我想往年不拘谁做生日，都是各自送各自的礼，这个也俗了，也觉很生分的似的。今儿出个新法子，又不生分，又可取笑。"王夫人忙道："老太太怎么想着好，就是怎么样行。"贾母笑道："我想着，咱们也学那小家子大家凑分子，庚：原来凑（原作请）分子是小家的事。近见多少人家红白事一出，且筹算分子之多寡，不知何说？多少尽着这[三]钱去办，你道好玩不好玩？"庚：看他写与宝钗做生日后，又偏写与凤姐做生日。阿凤何人也，岂不为彼之华诞大用一回笔墨哉？只是亏他如何想来，特写于宝钗之后，较姊妹胜而有余；于贾母之前，较诸父母相去不远。一部书中，若一个一个只管写过生日，复成何文哉？故起用宝钗，盛用阿凤，终用贾母，各有妙文，各有妙景。余者诸人，或一笔不写，或偶用（原作因）一语带过，或丰或简，其情当理合，不表可知，岂必谆谆死笔，按数而写众人之生日哉？迥不犯宝钗。王夫人笑道："这个很好，但不知怎么凑法？"贾母听说，益发高兴起来，忙命人去请薛姨妈、邢夫人等，又叫请姑娘并宝玉，那府里珍儿媳妇并赖大家的等有头脸管事的媳妇，也都叫了来①。

众丫头、婆子见贾母十分高兴，也都高兴起来，忙忙的各自分头去请的请，传的传，没顿饭时的工夫，老的，少的，上上下下的，乌压压挤了一地。只薛姨妈和贾母对坐，邢夫人、王夫人只坐在房门前两张椅子上，宝钗姊妹等五六个人坐在炕上，宝玉坐在贾母怀前，地下满满的站了一地。贾母命拿几个小杌子来，给赖大家的等几个有体面、年高的嬷嬷坐了。贾府风俗，年高伏侍过父母的家人，比年轻的主子还有体面，所以尤氏、凤姐等只管地下站着，那赖大的母亲等三四个老嬷嬷告了罪，坐在小杌子上了。

贾母笑着把方才的一席话说与众人听了。众人谁不凑这趣儿？再也有和凤姐好的，情愿这样；也有畏惧凤姐的，巴不得[四]来奉承的，况且都是拿的出来的，所以一闻此言，都欣然应诺。贾母先道："我出二十两银子。"薛姨妈笑道："我随着老太太，也是二十两。"邢、王二夫人笑道："我们不敢和老太太并肩，自然矮一等，每人十六两罢了。"尤氏、李纨也笑道："我们自然又[五]矮一等，每人十二两罢。"贾母忙向李纨道："你寡妇失业的，那里还拉你出这个钱，我替你出了罢。"庚：必如是方妙。凤姐忙笑道："老太太别高兴，且算一算帐再揽

---

① 蒙侧：世家之长上，多犯此等办寿也要请人毛病。

事。老太太身上已有两分呢，这会子又替大嫂子出十二两，说着高兴，过会子又心疼了！过后儿又说'是为凤丫头花了钱'，使个巧法子，哄着我拿出三四倍来暗里补上，我还做梦呢。"说的众人都笑了。贾母道："依你怎么样呢？"庚：又写阿凤一评（原作详），更妙！若一笔直下，有何趣哉！凤姐笑道："生日没到，我[六]这会子已经折受的不受用了。我一个钱饶不出，惊动这些人实在不安，不如大嫂子这分我替他出了罢。我到了那日多吃些东西，就享了福了。"邢夫人等听了，都说："很是"。贾母方允了。凤姐又笑道："我还有句话儿呢。我想老祖宗自己二十两，又有林妹妹、宝兄弟的两分子。姨妈自己二十两，又有宝妹妹的一分子，这也公道。只是二位太太每位十六两，自己又少，又不替人出，这有些不公道。老祖宗吃了亏了！"贾母听了，忙笑道："倒是我的凤丫头向着我，说的很是。要不是你，我叫他们又哄了去了。"凤姐笑道："老祖宗只把他姐儿两个交给两位太太，一位点一个，派多派少，每位替出一分就是了。"贾母忙说："这很公道，就是这样。"赖大的母亲忙站起来笑说道："这可反了！我替二位太太生气。在那边是儿子媳妇，在这边是内侄女儿，倒不向着婆婆姑娘，倒向着别人。这儿媳妇成了陌路人，内侄女儿竟成了个外侄女儿了。"说的贾母与众人都大笑起来了[七]。庚：写阿凤全副精神，虽一戏，亦人想不到之文。赖大的母亲因又问道："少奶奶出十二两，我们自然也该矮一等了。"贾母听说，道："这可使不得。你们虽该矮一等，我知道你们这几个是财主，分位虽低，钱却比他们的多。庚：惊魂夺魄，只此一句。所以一部书，全是老婆舌头，全是讽刺世事，反面《春秋》也。所谓痴子弟正照风月（原作自）鉴。若单看了家常老婆舌头，岂非痴子弟乎！你们和他们一例才使得。"众妈妈听了，连忙答应："是。"贾母又道："姑娘们不过应个景儿，每人照一个月的月例[八]就是了。"又回头叫鸳鸯来："你们也凑几个人，商议商议凑了来。"鸳鸯答应了，去不多时，带了平儿、袭人、彩霞等，还有几个丫鬟来，也有二两的，也有一两的。贾母因问平儿道："你难道不替你主子做生日，还入在里头？"平儿笑道："我那个私自另外有了，这是官中的，也该出一分。"贾母笑道："这才是好孩子。"凤姐又笑道："上下都全了。还有二位姨奶奶，他们出不出，也问一声儿。尽到他们是礼，不然，他们只当小看了他们了。"庚：纯写阿凤，以衬后文。贾母听了，忙说："可是呢，怎么倒忘了他们！只怕他们不得闲儿，叫一个丫头问问去。"说着，早有一个丫头去了，半日回来，说道："每位也出二两。"贾母喜道："拿笔砚来算明，共计多少？"尤氏因悄骂凤姐道："我把你这没足厌的小蹄子！这么些婆婆、婶子来凑银子给你做生日，你还不足，又拉上两个苦瓠子做什么？"凤姐也悄笑道："你少胡说，你给我离了这里！他们两个为什么苦呢？有了钱也是白填送别人，不如拘了来，咱们乐。" 庚：纯写阿凤，以衬后文。二人形景如见，语言如闻，真描画的到！

说着，早已合算了，共凑了一百五十两有零。贾母道："一日戏酒用不了。"尤氏道："既不请客，酒席不多，两三日的用度都够了。头等，戏不用钱，省在这上头。"贾母道："凤丫头说那一班，就传那一班。"凤姐道："咱们家的班子都听熟了，倒是花几个钱叫一班来听听。"贾母道："这件事我交给珍哥媳妇了。率性叫凤丫头别操心，受用一日才是。" 庚：所以特受用了，才有琏卿之变。乐极生悲，自然之理。 尤氏答应着。又说了一会话，都知贾母乏了，才渐渐的散出去。

尤氏等送邢夫人、王夫人散去，便往凤姐房里来商议怎么办法的话。凤姐道："你不用问我，你只看老太太的眼色行事就完了。"尤氏笑道："你这阿物儿，也忒行了大运了。我当有什么事叫我们来，原来单为这个。出了钱不算，还要我来操心，你怎么谢我？"凤姐笑道："别拉臊，谁又没叫你来，谢你什么！你怕操心？你这会子就回老太太去，再派别人办就是了。"尤氏笑道："你瞧他兴的这样儿！我劝你收着些儿好，太满了就泼出来了。"二人又说了一会话方散。

次日，将银子送到宁国府来，尤氏方才起来梳洗，因问是谁送过来的，丫头们说："是林大娘。"尤氏便命叫他进来。丫头们走至下房，叫了林之孝家的过来。尤氏命他脚踏上坐了，一面忙着梳头，一面问他："这一包银子共多少？"林之孝家的回说："这是我们底下人的银子，凑了先送过来。老太太和太太们的还没有呢。"正说着，丫鬟们回说："那府太太和姨太太打发人送分子来了。"尤氏笑骂道："小蹄子，专会记得这些没要紧的话。昨日不过老太太一时高兴，故意的说要学小家子凑分子，你们就记住了，到了你们嘴里就当正经的话①。还不快接了进来好生待茶,再打发他们去。"丫鬟答应着,忙接了银子进来,一共两封,连宝钗、黛玉的都有了。尤氏问:"还少谁的?"林之孝家的道:"还少老太太、太太的和姑娘们的,还有底下姑娘们的。"尤氏道:"还有你们大奶奶的呢?"林之孝家的道:"奶奶过去,这银子都从二奶奶手里发,一共都有了②。"

说着,尤氏已梳洗了,命人伺候车辆,一时来至荣府,先来见凤姐。只见凤姐已将银子封好,正要送去。尤氏笑道:"都齐了?"凤姐笑【庚:"笑"字就有神情。】道:"都齐了,快拿了去罢,丢了我不管③。"尤氏笑道:"我有些信不及,倒要当面点一点。"说着果然按数一点,只没有李纨的一分④。尤氏笑道:"我说你弄鬼呢,怎么你大嫂子没有?"凤姐笑道:"那么些还不够么?便短一分儿也罢了,等不够了,我再给你。"尤氏道:"昨儿你在人跟前做人,今儿又和我赖,这个断不依你。我只和老太太要去。"凤姐笑道:"我看你利害。明儿有了事,我也'丁是丁卯是卯'的,你也别抱怨。"尤氏笑道:"你一般也怕,不看你素日孝敬我,我才是不依你呢⑤。"说着,把平儿的[+]一分子拿了出来,说道:"平儿,来!把你这分子收起去,等不够了,我替你添上。"平儿会意,因说道:"奶奶先使着,若剩下了,再赏我也是一样。"尤氏笑道:"只许你主子作弊,不许我作情⑥?"平儿只得收了。尤氏又道:"我看着你主子这么细致,弄这些钱那里使去!使不了,明儿带了棺材里使去。"【庚:此言不假,伏下后文短命。尤氏亦能干事矣,惜不能劝夫治家(原作字),惜哉痛哉!】

一面说,一面又往贾母处。请了安,大概说了两句话,便走到鸳鸯房中和鸳鸯商议,只听鸳鸯的主意行事,何以讨贾母的喜欢呢。二人计议妥当。尤氏临走,也把鸳鸯的二两银子还了他⑦,说:"还使不了呢。"说着,一径出来,又至王夫人跟前说了一会话。因王夫人进了

---

① 蒙侧:世家风调。
② 蒙侧:伏线。
③ 蒙侧:逗(原作斗)起。
④ 蒙侧:点明题面。
⑤ 蒙侧:处处是世情作趣,处处是随笔埋伏。
⑥ 蒙侧:请看!
⑦ 蒙侧:请看世情!可笑,可笑!

佛堂，把彩云一分也还了。他见凤姐不在跟前，把周、赵二人的也还了①，他两个还不敢收。庚：阿凤声势亦甚矣。尤氏道："你们可怜见的，那里有这些闲钱？凤丫头便知道了，有我应着呢。"二人听说，方千恩万谢的收了②。庚：尤氏亦可谓有才矣。论有德比阿凤高十倍，惜乎不能谏夫治家，所谓人各有当也。此方是至理至情。最恨近之野史中，恶则无往不恶，美则无一不美。何不近情理之如是耶？于是尤氏一径出来，坐车回家，不在话下。

且说转眼已是九月初二日，园中人都打听得尤氏办得十分热闹，不但有戏，连耍百戏的，并说书的男女瞎儿，全有③，因而都打点取乐玩耍。李纨又向众人道："今日是正经社日，可别忘了。庚：看书者已忘，批书者亦已忘了，作者竟未忘。忽写此事，真忙中愈忙，紧处愈紧也。宝玉也不来，想必他只图热闹，把清雅就忘了。"庚：此独宝玉乎？亦骂世人。余亦谓（原作为）宝玉忘了，不然何不来耶？说着，便命丫鬟去瞧做什么呢，快请了来。丫鬟去了半天，回来说："花大姐姐说，今日一早就出门去了。"庚：奇文。众人听了，都诧异说："再没有出门之理。这丫头糊涂，不知说话。"因又命翠墨去。一时翠墨回来说："可不真出了门了。说有个朋友死了，出去探丧去了。"庚：奇文。信有之乎？花团锦簇之日，偏如此写法。探春道："断然没有的事。凭他什么事，再没有今日出门之理。你叫袭人来，我问他。"刚说着，见袭人走来，李纨等都说道："今儿凭他有什么事，也不该出门。头一件，你二奶奶的生日，老太太都这么高兴④，两府里上下众人来凑热闹，他倒走了；第二件，又是头一社的正日子，他也不告假，就私自去了！"袭人笑道："昨儿晚上就说了，今儿一早有要紧的事到北静王府里去，就赶回来的。劝他不要去，他必不依。今儿一早起来，又要素衣裳穿，想必是北静王府里的要紧姬妾没了，也未可知。"李纨等道："果然[十一]如此，也该去走走，只是也该回来了。"说着，大家又商议："咱们只管作诗，等他来罚他。"刚说着，只见贾母已打发人来，便都往前头去了。袭人回明贾母宝玉的事，贾母不乐，便命人接去。

---

① 蒙侧：另是一番作用。
② 靖眉：人各有当，方是至情。
③ 蒙侧：剩笔，且影射能事不独熙凤。
④ 蒙侧：因行文不肯平，下一反笔，则文语并奇，好看煞人！

第四十三回　闲取乐偶攒金庆寿　不了情暂撮土为香

原来宝玉心内有件私事，于头一日就吩咐茗烟："明日一早要出门，备下两匹马在后门口等着，不要别的一个跟着。说给李贵，我往北府里去了。倘或有人找我，叫他拦住不用找，只说北府里留下了，横竖就来。"茗烟也摸不着头脑，只得依言说了。那日一早，果然备了两匹马在园子里后门等着。天亮了，只见宝玉遍体纯素，从角门出来，一语不发跨上马，一弯腰，顺着街就趱下去了。茗烟也只得跨马加鞭赶上，在后面忙问："往那里去？"宝玉道："这条路是往那里去的？"茗烟道："这是出北门的大道。出去了冷清清，没有可玩的去处。"宝玉听说，点头道："正要冷清清的地方才好。"说着，率性加了两鞭，那马早已转了两个弯子，出了城门。茗烟越发不得主意，只得紧跟着。

一气跑了七八里路出来，人烟渐渐稀少，宝玉方勒住马，回头问茗烟道："这里可有卖香的？"茗烟道："香倒有，不知要那一样？"宝玉道[十二]："别的香不好，须得檀、芸、降[十三]三样香。"茗烟笑道："这三样，可难得。"宝玉为难。茗烟见他为难，因问道："要香做什么使？我见二爷时常小荷包里有碎香，何不用？"一句话提醒了宝玉，便回手从衣襟下掏出一个荷包来，摸了摸，竟有两星儿沉素香，心内欢喜道："只是不恭些。"再想自己亲身带的，倒比买的好些。于是又问炉炭，茗烟道："这可罢了。荒郊野外那里有这个？既要用这些东西，何不早说，带了来岂不便宜？"宝玉道："糊涂东西，若可带了来，又不这样没命的跑了。"〖庚：奇奇怪怪，不知为何？看他下文怎样。〗

茗烟想了半日，笑道："我得了个[十四]主意，不知二爷心下如何？我想二爷不止用这个呢，只怕还要用别的东西。如今我们率性再往前走二里地，就是水仙庵。"宝玉听了忙问："水仙庵就在这里？更好了，我们就去。"说着，就加鞭前行，一面回头向茗烟道："这水仙庵的姑子常往咱们家去，咱们这一去到那里，借香炉使使，他自然是肯的。"茗烟道："别说是咱们家的香火，就是平常不认识的庙里，和他借，他也不敢驳回。只是一件，我常见二爷最厌这水仙庵的，如何今儿又这样喜欢了？"宝玉道："我素日因恨俗人不知缘故，混供神，混盖庙，这都是当日有钱的老公们和那些有钱的愚妇听见有个神，就盖起庙来供着,也不知那神是何人,因听些野史小说,便信了真。庚:近闻刚丙庙,又有三教庵,以如来为尊,太上为次,先师为末。真杀有余辜。所谓此书救世之溺,不假。比如这水仙庵里面因供的是洛神,故名水仙庵,殊不知古来并无有个洛神,那原是曹子建的谎话,谁知这起愚人就塑了像供着。今儿却合我的心事,故借他一用。"

说着,早已来到门前。那老姑子见宝玉来了,事出意外,就像天上掉下个活龙来的一般,忙上来问好,命老道来拉马。宝玉进去,也不拜洛神之像,却只管赏鉴。虽是泥塑的,却真有"翩若惊鸿,婉若游龙"之态,"荷出绿波,日映朝霞"之姿。庚:妙极!用《洛神赋》赞(原作谱)洛神。本地风光,愈觉新奇。宝玉不觉滴下泪来。老姑子献了茶,宝玉因和他借香炉烧香。那姑子去了半日,连香供、纸马都预备了来,宝玉道:"一概不用,单用个香炉。"便命茗烟出至后院中[十五],要拣一块干净地方儿,竟拣不出来。茗烟道:"那井台上如何?"宝玉点头,一齐来至井台上,将炉放下。庚:妙极之文!宝玉心中拣定是井台上了,故意使茗烟说出,使彼不犯疑猜矣。宝玉亦有欺人之才,盖不用耳。茗烟站过一边,宝玉掏出香来焚上,含泪施了半礼,庚:奇文!云"只施半礼",终不知为何事也。回身便命收了去。

茗烟答应着,且不收,忙爬下磕了几个头,口里祝道:"我茗烟跟随二爷这几年,二爷的事,我没有不知道的,只有今儿这一祭祀没有告诉我,我也不敢问。只是这受祭的阴魂虽不知名姓,想来自然是那人间有一,天上无双的极聪明、极精雅的一[十六]位姐姐妹妹了。二爷的心事不能出口,等我代祝:你若芳魂有感,香魄多情,虽然阴阳间隔,既是知己之间,时常来望候二爷,未尝不可。你在阴间保佑二爷来生也变个女孩儿,和你们一处相伴,再不可又托生[十七]这须眉浊物了。"说毕,又磕几个头,才爬起①。庚:忽插入茗烟一篇流言,粗看则小儿戏语,亦甚无味,细玩则大有深意。试思宝玉之为人,岂不应有一极伶俐乖巧小童哉?此一祝,亦如《西厢记》中双文降香第三炷(原作柱)则不语,红娘则代(原作待)祝数语,直将双文心事道破。此处若写宝玉一祝,则成何文字;若不祝,直成一哑谜,如何散场?故写茗烟一戏,直戏入宝玉心中,又发出前文,又可收后文,又写茗烟索日之乖觉可人,且衬出宝玉直似一个守礼待嫁的女儿一般,其索日脂香粉气不待写而全现出矣。今看此回,直欲将宝玉当作一个极清(原作轻)俊羞怯的女儿看,茗烟则极乖觉可人之丫鬟也。宝玉听他没说完,便撑不住笑了,庚:方一笑。盖原可发笑。且说的合心,愈见可笑也。因踢他道:"休胡说,看人听见笑话。"

---

① 靖眉:这方是作者真意。

第四十三回　闲取乐偶攒金庆寿　不了情暂撮土为香

庚：也知人笑，更奇！

　　茗烟起来，收过香炉，和宝玉走着，说道："我已经和姑子说了，二爷还没用饭，叫他随便收拾了些东西，二爷勉强吃些。我知道今儿咱们里头大排筵宴，热闹非常，二爷为此才躲了出来的。横竖在这里清净一天，也就尽到了礼了。若不吃些东西，断使不得。"宝玉道："戏酒既不吃，这随便素的吃些何妨。"茗烟道："这才是呢。还有一说，咱们出来了，必有人不放心，若[十八]没人不放心，就晚了进城何妨？若有人不放心，二爷须得进城回家去才是。头一件，老太太和太太也放了心；第二件，礼也尽了，不过如此。就是家去了，看戏吃酒，也并不是二爷有意，原不过陪着父母尽孝道。二爷若单为这个不顾老太太、太太悬心，就是方才那受祭的阴魂也不安。二爷想我这话如何？"宝玉笑道："你的意思我猜着了，你想着只你一个跟了我来，回去你怕担不是，所以拿这大题目来劝我。庚：亦知这个大，妙极！我才出来，不过为尽个礼，再去吃酒看戏，并没说一天不进城。这一完了心愿，赶着去，大家放心，岂不两尽其道。"庚：这是大通的意见，世人不及的去处。茗烟道："这更好了。"说着二人来至禅堂，果然那姑子收拾了些素菜，宝玉胡乱吃了些，茗烟也吃了。

　　二人便上马仍回旧路。茗烟在后面只嘱咐："二爷好生骑着，这马总没大骑，手提紧着些。"庚：看他偏不写凤姐那样热闹，却写这般清冷，真世人意料不到之（原作这）一篇文字也。一面说着，早已进了城，仍从后门进去，忙忙来至怡红院中。袭人等都不在房里，只有几个老婆子看屋子，见他来了，都喜的眉开眼笑，说："阿弥陀佛，可来了！把花姑娘急疯了！上头正坐席呢，二爷快去罢。"宝玉听说，忙将素衣服脱了，自去寻了华服换上，问在什么地方坐席，老婆子回说在新盖的大花厅上。

　　宝玉听说，一径往花厅上来，耳内早已隐隐闻得歌管之声。刚至穿堂那边，只见玉钏儿独坐在廊檐下垂泪。庚：总是千奇百怪的文字。一见他来，便收泪说道："凤凰来了，快进去罢。再一会子不回来，都反了。"庚：是平常言语，却是无限文章，无限情理。看至后文，再细思此言，则可知矣。宝玉赔笑道："你猜我往那里去了？"玉钏儿不答，只管擦泪。庚：无限情理。宝玉忙进厅内，见了贾母、王夫人等，众人真如得了凤凰一般。宝玉忙赶着[十九]与凤姐行礼。贾母、王夫人都说他不知好歹："怎么也不说声就私自跑了，这还了得！明儿再这样，等你老子回家，必告诉他打你。"说着又骂跟的人偏都听他的话，往那里去就去，也不回一声儿。一面又问他到底那里去了，可吃了什么没有，唬着了没有。庚：奇文逼肖。宝玉只应说："北静王的一个爱妾昨日死了，给他道恼去。他哭的那样，不好撇下就回来，所以多等了一会子。"贾母道："以后再私自出门，不先告诉我，一定叫你老子打你。"宝玉答应着。贾母又要打跟的人，众人又劝道："老太太也不必多虑了，他已经回来，大家该放心乐一回了。"贾母先不放心，自然发了恨，今见来了，喜且不尽，那里还恨，也就不提了；还怕他不受用，或者别处没吃饭，路上着了惊怕，反百般哄他。袭人早过来服待。大家仍旧看戏。当日演的是《荆钗记》，贾母、薛姨妈等都看的心酸落泪，也有笑的，也有骂的。要知端的，下回分解。

【总评】攒金办寿家常乐，素服焚香无限情。
写办事不独熙凤，写多情不漏亡人。情之所钟，必让若辈，此所谓"情情"者也。

校　记：

[一] 原文无"可"字，据庚辰本补。
[二] 原文无"着"字，据蒙府本补。
[三] 原文无"这"字，据庚辰本补。
[四] 此处的"巴不得"三字，原文为"爬不得"，据庚辰本改。
[五] 此处的"又"字，原文为"也"，据庚辰本改。
[六] 原文无"我"字，据庚辰本补。
[七] 如下一段："赖大的母亲忙站起来笑说道：'这可反了！我替二位太太生气。在那边是儿子媳妇，在这边是内侄女儿，倒不向着婆婆姑娘，倒向着别人。这儿媳妇成了陌路人，内侄女儿竟成了个外侄女儿了。'说的贾母与众人都大笑起来了。"戚序本无，据庚辰本补。
[八] 此处的"月例"二字，原文为"例"，据庚辰本改。
[九] 原文无"的"字，据蒙府本补。
[十] 原文无"的"字，据庚辰本补。

[十一] 原文无"然"字，据蒙府本补。

[十二] 此处的"宝玉道"，原文为"宝玉想道"，校者据前后行文删掉"想"字。

[十三] 此处的"降"字，原文为"桍"，据庚辰本改。

[十四] 原文无"个"字，据庚辰本补。

[十五] 此处的"后院中"二字，原文为"园后"，据庚辰本改。

[十六] 原文无"一"字，据庚辰本补。

[十七] 原文无"生"字，据庚辰本补。

[十八] 此处的"若"字，原文为"若说"，据庚辰本改。

[十九] 原文无"忙赶着"三字，据庚辰本补。

第四十四回

变生不测凤姐泼醋　　喜出望外平儿理妆

【回前】云雨谁家院，飘来花自奇。莺莺燕燕斗芳菲，枝枝因风滴玉露，正春时。

　　话说众人看演《荆钗记》，宝玉和姐妹们一处坐着。林黛玉因看到《男祭》这出上，便和薛宝钗说道："这王十朋也不通的很，不管在那里祭一祭罢了，必定跪到江边子上去做什么！俗语说，'睹物思人'，天下水总归一源，不拘那里的水，舀一碗，看着哭，也就尽情了。"宝钗不答。宝玉回头要热酒敬凤姐。
　　原来贾母说今日不比往日，定要叫凤姐痛乐一日。本来自己懒怠坐席，只在里间屋里榻上歪着和薛姨妈看戏，随心爱的拣几样放在小几上，随便吃着说话儿；将自己两桌席面赏给那没席面的大小丫头并那应差听差的妇人等，命他们在窗外廊檐下也只管坐着[一]随意吃喝，不必拘礼。王、邢二夫人在地下高桌上坐着，外面几席是他们姊妹们坐。贾母不时吩咐尤氏等："让凤丫头坐在上面，你们好生替我作东，难为他一年到头辛苦。"尤氏答应了，又笑回说："他[二]坐不惯首席，坐上头，横不是竖不是，酒也不肯吃。"贾母听了，笑道："你

第四十四回　变生不测凤姐泼醋　喜出望外平儿理妆

不会，等我亲自让他去。"凤姐听说，忙也进来笑道："老祖宗别信他们的话，我吃了好几钟了。"贾母笑着[三]，命尤氏："快拉他出去，按在椅子上，你们都轮流敬他。他再不吃，我当真的就亲自去了[四]。"尤氏听说，忙笑着又拉他出来坐下，命人拿了台盏来斟酒，笑道："一年到底，难为你孝顺老太太和太太和我。我今儿没什么疼你的，亲自斟杯酒，你乖乖儿的在我手里喝一口。"凤姐笑道："你要安心孝敬我，跪下，我就喝。"尤氏笑道："说的不知'你'是谁！我告诉你说罢，好容易今儿这一遭，过了后儿，知道还得像今儿这样不得了？趁着尽力灌丧两钟罢！"庚：闲闲一戏语，伏下后文，令人可伤，所谓"盛筵难再"。凤姐见推不过，只得喝了两钟。接着众姊妹也来敬酒，凤姐也只得每人的喝一口。赖大妈妈见贾母尚这等高兴，也少不得来凑趣儿，领着些嬷嬷们也来敬酒。凤姐也难推脱，只得喝了两口。鸳鸯等也都来敬酒，凤姐真不能了，忙央告道："好姐姐们，饶了我罢，我明儿再喝罢。"鸳鸯笑道："真个的，我们是没脸的了？就是我们在太太跟前，太太还赏个脸呢。往常倒有些体面，今儿当着这些人，倒拿起主子的款儿来了。我原不该来。不喝，我们就走。"说着真个回去了。凤姐儿忙赶上拉住，笑道："好姐姐，我喝就是了。"说着拿过酒来，满满的斟了一杯喝干，鸳鸯方笑了散去，然后又入席。

凤姐自觉酒沉了，心里突突的似往上撞，要往家去歇歇，只见那耍百戏的上来，便和尤氏说："预备赏钱，我要洗洗脸去。"尤氏点头。凤姐瞅人不防，便出了席，往房门后檐下走来。平儿留心，也忙跟了来，凤姐便扶着他。才至穿廊下，只见他房里的一个小丫头子正在那里站着，见他两个来了，回身就跑。凤姐便疑心，忙叫："站住！"那丫头先只装听不见，无奈后面连平儿也叫，只得回来。凤姐越发起了疑心，忙和平儿进了穿堂，叫那小丫头也进来，把槅窗关了。凤姐坐在小院子的台矶上，那丫头跪了，喝命平儿："叫两个二门上的小厮来，拿绳子、鞭子，把这眼睛里没主子的[五]小蹄子打烂了！"那小丫头已经唬的魂飞魄散，哭着只管磕头求饶。凤姐问道："我又不是鬼，你见了我，不说规规矩矩站住，怎么倒往前跑？"那小丫头哭道："我原没看见奶奶来。我又记挂着房里没人，所以跑了。"凤姐道："房里既无人，谁叫你又来的？你便没见我，我和平儿在后头扯着脖子叫了你十来声，越叫越跑。离的又不远，你聋了不成？你还和我强嘴！"说着便扬手一掌打在脸上，打的那小丫头子一栽；这边脸上又一下，登时小丫头脸上紫胀起来。平儿忙劝："奶奶仔细手疼。"凤姐便说："你再打着问他跑什么。他再不说，把嘴撕烂了他的！"那小丫头子先还强嘴，后来听见凤姐要烧了红烙铁来烙嘴，方哭道："二爷在家里，打发我来这里瞧着奶奶的，若是散了，先叫我送信儿去。不承望奶奶这会子就回来了。"凤姐见话中有文章，必有别的缘故，便又问道："叫你瞧着我做什么？难道怕我家去不成？快告诉我，从此以后疼你。你若不说，立刻拿刀子来割你的嘴！"说着，回手向头上拔下一根簪子来，向那丫头嘴上乱戳，唬的那丫头一行躲，一行哭求道："我告诉奶奶，可别说我说的。"平儿在旁劝一会，推他快说。那丫头便说道："二爷也是才来房里的，睡了一会醒了，打发人来瞧瞧奶奶，说才坐席，还得好一会才来呢。二爷就开了箱子，拿了两块银子，还有两根簪子，两匹缎子〔六〕，叫我悄悄的送与鲍二老婆去，叫他进来。他收了东西就往咱们屋里来了。二爷又叫我来瞧着奶奶，底下的事我就不知道了。"

　　凤姐听了，已气的浑身发软，忙立起身来一径来家。刚至院门，只见有个小丫头在门前探头，一见了凤姐，缩头就跑。庚：如见其形。凤姐提着名字喝叫站住。那丫头伶俐，见躲不过了，率性跑了出来，笑道："我正要告诉奶奶去呢，可巧奶奶来了。"凤姐道："告诉我什么？"那丫头便说二爷在家这般如此，将方才的话也说了一遍。凤姐啐道："你早做什么来着？这会子我看见你了，你来推干净儿！"说着也扬手一下，打的那丫头一个趔趄，便蹑手〔七〕蹑脚的走至窗前。往里听时，只听里面说笑。那妇人笑道："多早晚你那阎王老婆死了就好了。"贾琏道："他死了，再娶一个也是这样，又怎么样呢？"那妇人道："他死了，你倒是把平儿扶了正，只怕还好些。"贾琏道："如今连平儿他也不许我沾一沾了。平儿也是一肚子委屈不敢说。我命里怎么就该犯'夜叉星'！"

　　凤姐听了，气的浑身乱颤，又听他两个都赞平儿，便疑平儿素日背地里自然也有埋怨的话了。那酒越发涌上，也并不忖度，回身把平儿先打了两下，一脚踢开门进去，也不容分说，抓住鲍二家的打了一

第四十四回　变生不测凤姐泼醋　喜出望外平儿理妆

顿。又怕贾琏走出去，便堵着门站着骂道："好淫妇！你偷主子汉子，还要治死主子老婆！平儿过来！你们淫妇忘八一条藤儿，多嫌着我，外面儿你哄我！"说着又把平儿打了几下，庚：奇怪！先打平儿，可是世人想得着的？打的平儿有冤无处诉，只气得干哭，骂道："你们做这些没脸的事，好好的又拉上我做什么！"说着也把鲍二家的撕打起来。贾琏也因吃多了酒，进来高了兴，未曾做的机密，一见凤姐来了，已没了主意，又见平儿也闹起来，把酒也气上来了。凤姐儿打鲍二家的，他自己又气又愧，只不好说的，今见平儿也打，便上来踢，骂道："好淫妇！你也动手打人！"平儿怕打，忙住了手，哭道："你们背地里说话，为什么拉我呢？"凤姐见平儿怕贾琏，越发气了，又赶上来打着平儿，偏叫打鲍二家的。平儿急了，便跑出去找刀子要寻死。外面众婆子、丫头忙拦住解劝。这里凤姐见平儿寻死去，便自己一头撞在贾琏怀内，叫道："你们一条藤儿害我，被我听见了，倒都唬起我来了。你也勒死我罢！"贾琏气的墙上拔下剑来，说道："不用寻死，我也急了，一齐杀了，我偿了命，大家干净！"正闹的不开交，只见尤氏等一群人来了，说："这是怎么说，才好好的，就闹起来。"贾琏见了人，越发"倚酒三分醉"，逞起威风来，庚：天下小人大都如是。故意要杀凤姐。凤姐见有人来了，便不似先前那般泼了，庚：天下奸雄、妒妇、恶妇大都如是，只是恨无阿凤之才耳。丢下众人，便哭着往贾母那边跑。

此时戏已散出，凤姐跑到贾母跟前，爬在贾母怀内，只说："老祖宗救我！琏二爷要杀我呢！"庚：瞧他称呼。贾母、邢夫人、王夫人等忙问："怎么了？"凤姐哭道："我才家去换衣裳，不防琏二爷在家和人说话，我只当是有客来了，唬得我不敢进去。在窗户外头听了一听，原来是和鲍二家的商议，说我利害，要拿毒药给我吃了治死我，把平儿扶了正。我原气了，又不敢和他吵，原打了平儿两下，问他为什么要害我。他躁了，就要杀我。"贾母等听了，都信以为真，说："这还了得！快拿了那下流种子来！"一语未完，只见贾琏拿着剑赶来，后面许多人跟着。贾母素日疼他们，连母亲、婶母也无关碍，故逞强闹了来。邢夫人见了，气的忙拦住骂道："这下流种子！你越发反了，老太太还在这里呢！"贾琏乜斜着眼，道："都是老太太惯的他，他才这样，连我也骂起来了！"邢夫人气的夺下剑来，只管喝他："快出去！"那贾琏只管撒娇撒痴，涎言涎语的还只乱说。贾母气的说道："我知道你不把我们放在眼里，叫人把他老子叫来，看他去不去！"贾琏听见这话，方趔趄着脚儿出去了，赌气也不往家去，便往外书房来。

　　这里邢夫人、王夫人也说凤姐儿。贾母笑道："什么要紧的事！小孩子年轻，馋嘴猫似的，那里保得住不这么样。从小儿世人都打这么过的。都是我的不是，他多吃了两口酒，又吃起醋来。"说的众人都笑了。贾母又道："你放心，等明儿我叫他来替你赔不是。你今儿别过去，臊着他。"因又骂："平儿那蹄子，素习我倒看他好，怎么暗地这么坏。"尤氏等笑道："平儿没有不是，是凤丫头拿着人家出气。两口子不好对打，拿着平儿煞性子。平儿委屈的什么似的呢，老太太还骂人家。"贾母道："原来这样，我说那孩子倒不像那狐媚魇道的。既这么着，可怜见儿的，白受他主子的气。"因叫琥珀来："你去告诉平儿，就说我的话：我知道他受了委屈了，明儿我叫凤姐儿来替他赔不是。今儿是他主子的好日子，不许他胡闹。"

　　原来平儿早被李纨拉入大观园去了。〖庚：可知吃蟹一回，非闲文也。〗平儿哭的哽咽难抬，宝钗劝道："你是个明白人，〖庚：必用宝钗评出，方是身分。〗素日凤丫头何等待你，今儿他不过多吃了一口酒。他可不拿你出气，难道拿别人出气不成？别人又笑话他吃醉了。你只管这会子委屈，素日你的好处，岂不都是假的了？"正说着，只见琥珀走来，说了贾母的话。平儿自觉面上有了光辉，方才渐渐的好了，也不往前头来。宝钗等歇息了一会，方来看贾母、凤姐。

　　宝玉便让了平儿到怡红院中来。袭人忙接着，笑道："我先原要让你的，只因大奶奶和姑娘们都让你，我就不好让的了。"平儿也赔笑说："多谢。"因又说道："好好儿的从那里说起，无缘无故白受了一场气。"袭人笑道："二奶奶待你很好，这不过是一时气急〔八〕了。"平儿道："二奶奶倒没说的，只是那个淫妇，他又偏拿我凑趣儿，我们糊涂爷倒打我。"说着便又委屈，禁不住落泪。宝玉忙劝道："好姐姐，别伤心，我替他们两个赔个不是罢。"平儿笑道："与你什么相干？"宝玉笑道："我们弟兄姊妹都一样。他们得罪了人，我替赔个不

第四十四回　变生不测凤姐泼醋　喜出望外平儿理妆

是也是应该的。"又道："可惜这新衣裳也沾了，这里有你花妹妹的衣裳，何不换了下来，拿些烧酒喷喷熨一熨，把头也另梳一梳。"一面说，一面便吩咐小丫头子们舀洗脸水，烧熨斗来。平儿素习只闻人说宝玉专能和女孩子们接交；宝玉素日因平儿是贾琏的爱妾，又是凤姐的心腹，故不肯和他厮近，因不能尽心，也常为恨事。平儿今见他这般，心中也暗暗的掂掇：果然话不虚传，色色想的周到。又见袭人特特的开了箱子，拿出两件不大穿的衣裳来与他换，便连忙脱下自己的衣服，忙去洗了脸。宝玉在旁笑劝道："姐姐还该擦上些脂粉，不然倒像是和凤姐姐赌气了似的，况且又是他的好日子，而且老太太又打发了人来安慰你。"平儿听了有理，便去找粉，只不见粉。宝玉忙走至妆前，将一个宣窑瓷盒揭开，里面盛着一排十根玉簪花棒，拈了一根递与平儿。又向他道："这不是铅粉，这是紫茉莉花种，研碎了兑上香料制的。"平儿倒在掌上看时，果见青白红香，四样俱美，扑在面上也容易匀净，且能润泽肌肤，不似别的粉青重涩滞。随后看见胭脂也不是成张的，却是一个小小的白玉盒子，里面盛着一盒，如玫瑰膏子一样。宝玉笑道："那市卖的胭脂都不干净，颜色也薄。这是上好的胭脂拧出汁子来，淘澄净了渣滓，配了花露蒸叠成的。只用细簪子挑一点儿抹在手心里，用一点水化开抹在唇上；手心里剩的就够打颊腮了。"平儿依言粉饰，果见鲜艳异常，且又甜香满颊。宝玉又将盆内开的一枝并蒂秋蕙用竹剪撷了下来，与他簪在鬟上。忽见李纨打发丫头来唤他，方忙忙的去了。庚：忽使平儿在绛芸轩中梳妆，非但（原无）世人想不到，宝玉亦想不到者也。作者费尽心机了。写宝玉最善闺阁中事，诸如胭粉等类，不写别致文章，则宝玉不成宝玉矣。然要写又不便特为此费一番笔墨，故思及借人发端。然借人又无人，若袭人辈则逐日皆如此，又何必拣一日细写，似觉无味。若宝钗等又系姊妹，更不便来细搜袭人之妆奁，况也是自幼知道的了。因左想右想，须得一个又甚亲，又甚疏，又可唐突，又不可唐突，又和袭人等极亲，又和袭人等不大常处，又得袭人辈之美，又不得袭人辈之修饰一人来，方可发端，故思及平儿一人方如此，故放手细写绛芸闺中之什物也。

宝玉因自来从未在平儿跟前尽过心——且平儿又是个极聪明的人，极清俊上等女孩儿，比不得那起俗拙蠢物——深为恨怨。今日是金钏儿的生日，故一日不乐。庚：原来为此，宝玉之私祭，玉钏之潜哀，俱针对矣。然于此刻补明，又一法也。真千（原作十）变万化之文。万法俱备，毫无脱漏，真好书也。不想落后闹出这件事来，竟得在平儿跟前稍尽片心，亦今生意中不想之乐也。因歪在床上，心内怡然自得。忽又思及贾琏惟知以淫乐悦己，并不知作养脂粉。又思平儿并无父母、兄弟、姊妹，独自一人，供应贾琏夫妇二人。贾琏之俗，凤姐之威，他竟能周全妥帖，今日还遭荼毒，想来此人薄命，似黛玉尤甚。想到此间，便又伤感起来，不觉洒然泪下。因见袭人等不在房中，尽力落了[九]几点痛泪。复起身，又见方才的衣裳上喷的酒已半干，便拿熨斗熨了叠好。见他的[十]手帕子忘去，上面犹有泪渍，又在面盆中洗了晾上。又喜又悲，闷了一会，也往稻香村来，说了一会闲话，掌灯后方散。

　　平儿就在李纨处歇了一夜，凤姐只跟着贾母。贾琏晚间归房，冷清清的，又不好去叫，只得胡乱睡了一夜。次日醒了，想昨日之事，大没意思，后悔不来。邢夫人记挂着昨日贾琏醉了，忙一早过来，叫了贾琏过贾母这边来。贾琏只得忍愧前来，在贾母面前跪下。贾母问他："怎么了？"贾琏忙赔笑说："昨儿原是吃了酒，惊了老太太的驾了，今儿来领罪。"贾母啐道："下流东西，灌了黄汤，不说安分守己的挺尸去，倒打起老婆来了！凤丫头成日家说嘴[十一]，霸王似的一个人，昨儿唬得可怜。要不是我，你要伤了他的命，这会子可怎么样？"贾琏一肚子的委屈，不敢分辨，只认不是。贾母又道："那凤丫头和平儿还不是美人似的？还不足！成日家偷鸡摸狗，脏的、臭的，都拉了你屋里去。为这淫妇打老婆，打屋里的人，你还是大家的公子，活打了嘴了。你若眼睛里有我，你起来，我饶了你，你乖乖的替你媳妇赔个不是，拉了他家去，我就喜欢了。要不然，你只管出去，我也不敢受你的跪。"贾琏听如此说，又见凤姐儿站在那边，也不甚妆，哭的眼睛肿着，也不甚施脂粉，黄黄的脸儿，庚：大妙大奇之文，此一句便伏下病根了。草草看去，便可惜了作者行文苦心。比往常更觉可怜可爱。想着："不如赔了不是，彼此也好了，又讨了老太太的喜欢。"想毕，便笑道："老太太的话，我不敢不依，只是越发纵了他了。"贾母笑道："胡说！我知道他是最有礼的，再不会冲撞人。他日后要得罪了你，我自然要做主，叫你降伏他就是了。"

　　贾琏听说，爬起来，便向凤姐作了一个揖，笑道："原是我的不是，二奶奶饶过我罢。"满屋里的人都笑了。贾母笑道："凤丫头，不许恼了，再恼我就恼了。"说着，又命人去叫平儿来，命贾琏凤姐两个安慰他。贾琏见了平儿，越发顾不得了[十二]，所谓"妻不如妾，妾

第四十四回　变生不测凤姐泼醋　喜出望外平儿理妆

不如偷"[十三]，听贾母一说，便赶上来说道："姑娘昨儿受了委屈了，都是我的不是。奶奶得罪了你，也是因我起。我赔了不是不算外，还替你奶奶赔个不是。"说着，也作下揖去，贾母笑了，凤姐也笑了。贾母又命凤姐儿来安慰他。平儿忙走上来给凤姐磕头，说："奶奶的千秋，我惹了奶奶生气，是我该死。"凤姐正自愧悔昨日酒吃多了，不念素日之情，浮躁起来，为听了旁人的话，无故给平儿没脸。今反见他如此，又是惭愧，又是心酸，忙一把拉起来，落下泪来。平儿道："我伏侍了奶奶这么几年，也没弹我一指头。就是昨儿打我，我也不怨奶奶，都是那淫妇治的，怨不得奶奶生气。"说着，也哭了。

庚：妇人女子之情逼（原作有）肖，但世之大英雄羽翼偶摧，尚按剑生悲，况阿凤与平儿哉？所谓"此书真是哭成"的。

贾母便命人将他三人送回房去，"有一个再提此事，即刻回我，不管是谁，拿拐棍子给他一顿。"三个人从新给贾母、邢夫人、王夫人磕了头。老嬷嬷答应了，送他三人回。

至房中，凤姐见无人，方说道："我怎么像个阎王，又像夜叉？那淫妇咒我死，你也帮着咒。我千日不好，也有一日好。可怜我熬的连一个淫妇也不如了，我还有什么脸过这日子？"说着，又哭了。

庚：辖治丈夫，此是首计，懦夫来看此句。

贾琏道："你还不足？你细想想，昨儿谁的不是多？

庚：妙！不敢自说没不是，只论多少。懦夫来看（原作者）。

今儿当着人还是我跪了一跪，又赔不是，你也争足了光。这会子还唠叨，难道还叫我给你跪下才罢？太要足了强，也不是好事。"说的凤姐无言可对，"嗤"的一声笑了。贾琏也笑道："又好了！真真的我也没法了。"

正说着[十四]，只见一个媳妇来回说："鲍二媳妇吊死了。"

庚：倒（原作到）也有气性。只是又是情累一个。可怜！

贾琏、凤姐都吃了一惊。凤姐忙[十五]收了怯色，反喝道："死了罢了，有什么大惊小怪的！"庚：写阿凤如此。一时，只见林之孝家的进来悄回凤姐道："鲍二媳妇吊死了，他[十六]娘家亲戚要告呢。"凤姐笑道：庚：偏于此处写阿凤笑坏（原作怀）哉阿凤！"这倒好了，我正想要打官司呢！"林之孝家的道："我才和众人劝他们一会，又威嚇了一阵，又许了他几吊钱，也就依了。"凤姐道："我没一个钱！有钱也不给他，只管叫他去告。也不许劝他，也不用镇喝他，只管让他告去。告不成倒问他个'以尸讹诈'！"庚：写阿凤如此。林之孝家的正在为难，见贾琏和他使眼色儿，心下明白，便出去等着。贾琏道："等我出去瞧瞧，看是怎么样。"凤姐道："不许给他钱。"贾琏一径出来，和林之孝商议，命人去作好作歹，许了二百两银子才罢。贾琏生恐有变，又命人去和王子腾说了，将番役、仵作人等叫了几名来，帮着办丧事。那些人见了如此，纵要复办亦不敢办，只得忍气吞声罢了。贾琏又命林之孝将那二百银子入在流年帐上，分别添补开销过去。庚：大弊（原作敝）小弊（原作敝），无一不到。又体己给鲍二些银两，安慰他说："另日再挑个好媳妇给你。"鲍二又有体面，又有银子，有何不依，便仍然奉承贾琏，庚：为天下夫妻一哭！不在话下。

里面凤姐心中虽不安，面上只管佯不理论，因房内无人，便拉平儿笑道："我昨儿灌丧醉了，你别愤怨，打了那里了，让我瞧瞧。"平儿道："也没打重。"只听说，奶奶、姑娘们都进来了。下回分解。

【总评】富贵少年多好色，那如宝玉会风流。阎王、夜叉谁曾说，死到临头身不由。

校　记：

［一］原文无"着"字，据庚辰本补。
［二］原文无"他"字，据蒙府本补。
［三］此处的"着"字，原文为"道"，据庚辰本改。
［四］此处的"我当真的就亲自去了"数字，原文为"我当真的就亲去了"，据庚辰本改。
［五］原文无"的"字，据庚辰本补。
［六］原文无"两匹缎子"数字，据庚辰本补。
［七］原文无"蹑手"二字，据庚辰本补。
［八］原文无"急"字，据庚辰本补。
［九］原文无"落了"二字，据蒙府本补。
［十］原文无"的"字，据庚辰本补。
［十一］此处的"说嘴"二字，原文为"嘴"，据庚辰本改。
［十二］"顾不得了"，原文"图不得了"，据甲辰本改。
［十三］"所谓妻不如妾，妾不如偷"，原文无，据庚辰本补。
［十四］原文无"着"字，据蒙府本补。
［十五］原文无"忙"字，据蒙府本补。
［十六］原文无"他"字，据蒙府本补。

第四十五回

金兰契互剖金兰语　风雨夕闷制风雨词

【回前】富贵荣华春暖，梦破黄粱（原作粮）愁晚。金玉作楼台，也是戏场妆点。莫缓，莫缓，遗却灵光不远。

话说凤姐正在安慰平儿，忽见众人进来，忙让了坐，平儿斟上茶来。凤姐笑道："今儿来的这么齐全，倒像下帖子请了来的。"探春先笑道："我们有两件事：一件是我的〔一〕，一件是四妹妹的，还夹着老太太的话。"凤姐笑道："有什么事，这么要紧？"探春笑道："我们起了一个诗社，头一社就不齐全，众人脸软，所以就乱了。我想必得你去做个监社御史，铁面无私才好。再四妹妹为画园子的图儿，用的东西这般那般不全，回了老太太，说：'只怕后楼底下还有当年剩下的，找一找，若有呢，拿出来；若没有，叫人买去。'"凤姐笑道："我又不会做什么湿的干的，要我吃东西不成？"探春道："你虽不会作，也不要你作诗。只监察着我们里头有偷安的，有怠惰的，该怎么样罚就是了。"凤姐笑道："你们别哄我了，我猜着了，那里是请我做监社！这分明是叫我做一个进钱的铜商。你们算什么社，必是要轮流做东道的。你们月钱不够花了，想出这个法子来勾了我去，好和我要钱。可是这个主意？"一席话，说的众人都笑起来了。李纨笑道："真真你是个水晶心肝玻璃人。"凤姐笑道："亏你是个大嫂子呢！把姑娘们[二]原交给你带着念书学规矩针线的，他们不好，你还要劝。这会子他们起诗社，能用几个钱，你就不管了？老太太、太太罢了，原是老封君。你一个月十两银子的月钱，比我们多两倍子。老太太、太太还是说你寡妇失业的，可怜，不够用，因有个小子，又添了十两，和老太太、太太平等。又给你园子地，各人取租钱。年终分年例，又是上上分儿。你娘儿们，主子奴才共总没十个人，吃的穿的仍旧是官中的。一年通共算起来，也有四五百两银子。这会子你就每年拿出一二百两[三]银子来陪他们玩玩，能几年的限？他们各人出了阁，难道还要你赔不成？这会子你怕花钱，调唆他们来闹我，我乐得去吃一个河落海干，我还通不知道呢！"

李纨笑道："你们听听，我说了一句话，他就疯了似的，说了两车无赖的泥腿市俗家常打算盘分斤拨两的话出来。庚：心直口拙之人急了，恨不得将万句话来并成一句，说死那人。逼（原作毕）肖。这东西，亏他托生在诗书大宦名门之家做小姐出身，出了嫁又是这样，他还是这么着；若生在贫寒之家，小门小户的，做个小子，还不知怎么下作贫嘴恶舌的呢！天下人都被你算计了去！昨儿还打平儿呢，亏你伸的出手来！那黄汤难道灌丧了狗肚子里去了？气的我只要给平儿打抱不平儿。忖度了半日，好容易'狗长尾巴尖儿'的好日子，又怕老太太心里不受用，因此没来，究竟气还未平。你今儿还招我来了。给平儿拾鞋也不要，你们两个只该换一个过子才是。"说的众人都笑了。凤姐忙笑道："竟不是为诗为画来找我的，这脸子竟是为给平儿来报仇的。我竟不承望平儿有你这么一位仗腰子的人。早知道，便[四]有鬼拉着我的手打他，我也不打了。平姑娘，过来！我当着大奶奶、姑娘们给你赔个不是，担待我酒后无德罢。"说着，众人又都笑起来了。李纨笑问平儿道："如何？我说必定要给你争气才罢。"平儿笑道："虽然如此，奶奶们取笑，我禁不起。"李纨道："什么禁不起，有我呢。快拿钥匙叫你主子开了楼房找东西去。"

凤姐笑道："好嫂子，你且同他们回园子里去。我才要把这米帐和他们算一算，那边大太太又打发人来叫，又不知有什么话说，须得过去走一趟。还有年下你们添补的衣服,还没打点给他们做去。"李纨笑道:"这些事我都不管,你只把我的事完了我好歇着去,省得这些姑娘们、小姐们闹我。"凤姐忙笑道:"好嫂子,赏我一点空儿。你是最疼我的,怎么为平儿就不疼我了?往常你还劝我说,事情虽多,也该保养身子,检点着偷空儿歇歇,你今儿反倒逼我的命了。况且误了别人年下的衣裳无碍,他姊妹们若误了,却是你的责任,老太太岂不怪你不管闲事,连一句现成话也不说?我宁可自己落不是,岂敢带累你呢。"李纨笑道:"你们听听,说的好不好?把他会说话的!我且问你,这诗社你到底管不管?"凤姐笑道:"这是什么话,我若不入社花几个钱,我不成了大观园的反叛了,还想在这里吃饭?明日一早就到任,下马拜了印,先放下五十两银子给你们慢慢的做社会东道。过后几天,我又不作诗作文,只不过做个俗人罢了。'监察'也罢,不'监察'也罢,有了钱了,你们还撑出我来也使得!"说的众人又都笑起来。凤姐又道:"过会子我开了楼房,凡有的这些东西都叫人搬出来你们看,若使得,留着使,若少什么,照着你们的单子,我叫人替你们买去就是了。画绢我就裁出来。那图样没在太太跟前,还在珍大爷那里呢。说给你们,别碰钉子去。我打发人取了来,一并叫人连绢交给相公们矾去,如何?"李纨点头笑道:"这难为你,果然这样还罢了。既如此,咱们家去罢,等着他不送了去再来闹他。"说着,便带着众人就要走。凤姐道:"这些事再无两个人,都是宝玉作出来的。"李纨听了,忙回身笑道:"正是为宝玉来,反忘了。头一社就是他误了。我们脸软,你说[五]该怎么罚他?"凤姐想了一想,说道:"没有别的法子,只叫他把你们各人的屋子里的地,罚他扫一遍才好。"众人都笑道:"这话不差。"

说着,才要回去,只见一个小丫头扶了赖嬷嬷进来。凤姐儿等忙站起来,笑让:"大娘坐。"又都给他道喜,赖嬷嬷向炕沿上坐了,笑道:"我也喜,主子们也喜。若不是主子们恩典,我们这喜从何来?昨儿奶奶又打发彩哥儿赏东西,我孙子在门上朝上磕了头了。"李纨笑道:"多早晚上任去?"赖嬷嬷笑道:"我那里管他,由他们去罢!前儿在家里给我磕头,我没好话,我说:'哥儿,你别说你是官儿了,就横行霸道起来!你今年活了三十岁,虽然是人家的奴才,一落娘胎胞,主子的恩典,放你出来,上托着主子的洪福,下托着你老子娘,也是公子哥儿似的读书认字,也是丫头、老婆、奶子捧凤凰似的,长了这么大。你那里知道那'奴才'两字是怎么写!只知道享福,也不知你爷爷和你老子受的那苦恼,熬了三辈子,好容易挣出你这么个东西来。从小儿三灾八难,花的银子也照样打出你这么个银人来了。到二十岁上,又蒙主子的恩典,许你捐了前程在身上。你看那正根正苗的忍饥挨饿的要多少?你一个奴才秧子,仔细折了福!如今乐了十年,不知怎么弄神弄鬼的,求了主子,又选了出来。州县官儿虽小,事情却大,为那一州的州官,就是那一方的父母。你不安分守己,尽忠报国,孝敬主子。只怕天地不容你。"

李纨、凤姐都笑道:"你也多虑。我们看他也就好。先那几年还进来了几次,这有好几年没来了,年下生日,只见他的名字就罢了。前儿给老太太、太太磕头来,在老太太那院里,见他又穿着新官服色,倒发的威武了,比先时也胖了。他这一得了官,正该你乐呢,反倒愁起这些来!他不好,还有他父亲呢,你只管受用你的就完了。闲了坐个轿子进来,和老太太斗一天牌,说一天话儿,谁好意思的委屈了你。家去一般也是楼房厦厅,谁不敬你,自然也是老封君似的了。"

平儿斟上茶来,赖嬷嬷忙站起来接了,笑道:"姑娘不管叫那个孩子倒来罢了,又折受我。"说着,一面吃茶,一面又道:"奶奶不知道,这些孩子们全要管的严。饶这么样,他们还偷空儿闹个乱子来叫大人操心。知道的,说小孩子们淘气;不知道的,人家就说仗着财势欺人,连主子的名声也不好了。恨的我没法儿,常把他老子叫了来骂一顿,才好些。"因又指着宝玉道:"不怕你嫌我,如今老爷不过这么管你一管,老太太护在头里。当日老爷小时挨你爷爷的打,谁没看见的。老爷小时,何曾像你这么[六]天不怕地不怕的了。还有那边大老爷,虽然淘气,也没像你这扎窝子的样儿,也是天天打。还有东府里的珍哥儿,他爷爷那才是火上浇油的性子,说声恼了,什么儿子,竟是审贼!如今我眼里看着,耳朵里听着,那珍大爷管儿子倒像当日老祖宗的规矩,只是管的到三不着两的。他自己也不管一管自己,怎么怨的这些兄弟侄儿不怕他?你心里明白,喜欢我说,不明白,嘴里不好意思说,心里不知怎么骂我呢。"

正说着，只见赖大家的来了，接着周瑞家的、林之孝家的都进来回事情。凤姐儿笑道："媳妇来接婆婆来了。"赖大家的笑道："不是接他老人家，倒是打听打听奶奶、姑娘们赏脸不赏？"赖嬷嬷听了，笑道："可是我糊涂了，正经话且不说，且说陈谷子烂芝麻的混捣。因为我的小子选了出来，众亲友要给他贺喜，少不得家里摆个酒。我想，摆酒，请这个也不是，请那个也不是。又想了一想，托主子的洪福，想不到的这样荣耀，就倾了家，我也是愿意的。因此吩咐他老子连摆三日酒：头一日，在我们破花园子里摆几席酒，一台戏，请老太太、太太们、奶奶、姑娘们去散一日闷；外头大厅上一台戏，摆几席酒，请老爷们、爷们增增光；第二日，再请亲友们；第三日，再把我们的这两府里的伴儿们请一请。热闹三天，也是托着主子的洪福一场，光辉光辉。"李纨、凤姐都笑道："多早晚的日子？我们必去，只怕老太太高兴要去，也定不得。"赖大家的忙道："择了十四的日子，只看我们奶奶的老脸罢了。"凤姐笑道："别人不知道，我是一定去的。先说下，我是没有贺礼的，也不知道放赏，吃完了一走，可别笑话。"赖大家的笑道："奶奶说那里话？奶奶要赏，赏我们三二万银子就有了。"

赖嬷嬷笑道："我才去请老太太，也说去，可算我这脸还好。"说毕又叮咛了一会，方起身要走，因看见周瑞家的，便想起一事来，因说道："可是还有一句话问奶奶，周瑞的儿子犯了什么不是，撵了他不用了？"凤姐听了，笑道："正是我要告诉你媳妇，事情多，也忘了。赖嫂子回去说给你老头子，两府里不许收留他小子，叫他各人去罢。"赖大家的只得答应着，周瑞家的忙跪下央求。赖嬷嬷忙道："什么事？说给我评评。"凤姐儿道："前儿我的生日，里头还无吃酒，他小子先醉了。老娘那边送了礼来，他不说在外头张罗，他倒坐着骂人，礼也不送进来。两个女人进来了，他才带着小幺们往里抬。小幺儿们倒好，他拿的一盒子倒失了手，撒了一院子馒首。人去了，打发彩明去说他，他倒骂了彩明好一顿。这样无法无天的忘八羔子，还不撵了做什么！"赖嬷嬷笑道："我当什么事情，原来为这个。奶奶听我说：他有了不是，打他骂他，使他改过，撵了去断乎使不得。他又比不得咱们家的家生子儿，他现是太太的陪房。奶奶只顾撵了他，太太脸上[七]不好看。依我说，奶奶教导他几个板子，以戒下次，仍留着才是。不看他娘，也看太太。"凤姐听说，便向赖大家的说道："既这样，打他四十棍，以后不许他吃酒。"赖大家的答应了。周瑞家的磕头起来，又要与赖嬷嬷磕头，赖大家的拉着方罢。然后他三人去了，李纨等也就回园中来。

至晚，果然凤姐命人找了许多旧收的画具出来，送至园中。宝钗等选了一会，各色东西可用的只有一半，将那一半又开了单子，与凤姐去照样置买，不必细说。

一日，外面矾了绢，起了稿子拿进来。宝玉每日便在惜春这里帮忙。庚：自忙不暇，又加上一"帮"字，可笑可笑。所谓"春秋笔法"。探春、李纨、迎春、宝钗等也都往那里来闲坐，一则观画，二则便于会面。宝钗因见天气凉爽，夜复渐长，庚："复"字妙！补出宝钗每年夜长之事，皆"春秋字法"也。遂至母亲房中商议，打点些针线日间做，及至贾母处、王夫人处省候二次，不免又承色陪坐闲话半时，园中姊妹也要度时闲话一会，故日间不大得闲，每夜灯下女工必至三更方寝。庚：灯下秋夕。写针线下"商议"二字，直将寡母训女多少温存活现在纸上，不写阿呆兄，已见阿呆兄终日醉饱优游，怒则吼，喜则跃，家务一概无闻之形景毕露矣。"春秋笔法"。黛玉每岁至春分、秋分之际，必犯嗽痰；今秋又遇贾母高兴，多游玩了两次，未免过劳了神，近日又复嗽起来，觉得比往常又重些，所以总不出门，只在自己房中将养。有时闷了，又盼个姊妹们来说些闲话排遣排遣；及至宝钗等来望候他，说不得三五句话又厌烦了。众人都体谅他病中，且素日形体娇弱，禁不得一些委屈，所以他接待不周，礼数疏忽，都不苛责。

这日，宝钗来望他，因说起这病症来。宝钗道："这里走的几个太医虽都还好，只是你吃他们的药总不见效，不如再请一个高明人来瞧一瞧，治好了岂不好？每年间闹一春，又不老又不小，成个什么？不是个常法儿。"黛玉道："不中用。我知道我这病是不能好的。且别说病，只论好的日子我是怎么个形景，就可知了。"宝钗点头道："可正是这话。古人说'食谷者生'，你素日吃的竟不能添养精神血气，也是不好的事。"黛玉叹道："'死生有命，富贵在天'，也不是人力可强的。今年比往年反觉又重了些似的。"说话之间，已咳嗽两三次。宝钗道："昨儿我看你那药方上，人参、肉桂觉得太多了。虽然益气补神，也不宜太热。依我说，先以平肝健胃为要，肝火一平，不能克土，胃气无病，饮食就可以养人了。每日早起拿上等燕窝一两，冰糖五钱，用银铫子熬出粥来，若吃惯了，比药还强，最是滋阴补气的。"

黛玉叹道："你素日待人，固然是极好的，然我最是个多心的人，只当你心里藏奸。从前日你说看杂书不好，又说我那些好话，我大感激你。往日竟是我错了，实在误到如今。细细算来，我母亲去世的早，又无姊妹兄弟，我长了今年十五岁，庚：黛玉才十五岁。记清！竟无一个人像你前日的话教导我。怨不得云丫头说你好。我往日见他赞你，我还不受用，昨儿我亲自经过，才知道了。比如要是你说了那个，我再不轻放过；你竟不介意，反劝我那些话，可知我竟自误了。若不是从前日看出你来，今日这话，再不对你说。你方才说叫我吃燕窝粥的话，虽然燕窝易得，但只我因身上不好了，每年犯这个病，也没什么要紧的去处。请大夫、熬药，人参、肉桂，已经闹了个天翻地覆，这会子我又兴出新文来熬什么燕窝粥，老太太、太太、凤姐姐三个人便没话说，那些底下的人，未免嫌我太多事了。这里这些人，因见老太太多疼宝玉和凤丫头两个，他们尚虎视眈眈〔八〕，背地里言三语四的，何况于我？又不是他们这里正经主子，原是无依无靠投奔了来的，他们已经多嫌着我了。如今我还不知进退，何苦叫他们咒我？"宝钗道："这样说，我也是和你一样。"黛玉道："你如何比我？你又有母亲，又有哥哥，这里又有买卖地土，家里又仍旧有房有地。你不过是亲戚的情分，白住在这里，一应大小事情，又不沾他们一文半个，要走就走了。我是一无所有，吃穿用度，一草一纸，皆是和他们家姑娘一样，那起小人岂有不多嫌的。"宝钗笑道："将来也不过多费得一分嫁妆罢了，如今也愁不到这里。"庚：宝钗此一戏，直抵过通部黛玉之戏宝钗矣，又恳切，又真情，又平和，又雅致，又不穿凿，又不牵强。黛玉因识得宝钗后，方吐真情；宝钗亦识得黛玉后，方肯戏也。此是大关节、大章法，非细心看不出。□□细思（原作心）二人此时好看之极，真是儿女小窗中哪哪也。黛玉听了，不觉红了脸，笑道："人家才拿你当个正经人，把心里的烦难告诉你听，你反拿我取笑儿。"宝钗笑道："虽是取笑，却也是真话。你放心，我在这里一日，我与你消遣一日。你有什么委屈烦难，只管告诉我，我能解的，自替你解一解。我虽有个哥哥，你也是知道的，只有个母亲比你略强些。咱们也算同病相怜。你也是个明白人，何必作'司马牛之叹'？庚：通部众人必从宝钗之评方定，然宝钗亦必从颦儿之评始可，何妙之至！你才说的也是，多一事不如省一事。我明日家去和妈妈说了，只怕我们家里还有，与你送几两来，每日叫丫头们就熬了，又便宜，又不劳师动众的。"黛玉忙叹道："东西事小，难得你多情如此！"宝钗道："这有什么放在口里的？只愁我在你跟前失于应候罢了。只怕你烦了，我且去了。"黛玉道："晚上再来和你说句话儿。"宝钗答应着便去了，不在话下。

这里黛玉喝了两口稀粥，仍歪在床上，不想日未落时天就变了，渐渐沥沥下起雨来。秋霖脉脉，阴晴不定，那天渐渐的黄昏，且阴的沉重，兼着那雨滴竹梢，更觉凄凉。知宝钗不能来，便在灯下随便拿了一本书，却是《乐府杂稿》，有《秋闺怨》、《别离怨》等词。黛玉不觉心有所感，亦不禁发于章句，遂成《代别离》一首，拟《春江花月夜》之格，乃名其词曰《秋窗风雨夕》。其词曰：

秋花惨淡秋草黄，耿耿秋灯秋夜长。
已觉秋窗秋不尽，那堪风雨助凄凉！
助秋风雨来何速！惊破秋窗秋梦绿。
抱得秋情不得[九]眠，自向秋屏移泪烛。
泪烛摇摇爇短檠，牵情[十]照恨动离情。
谁家秋院无风入？何处秋窗无雨声？
罗衾不奈秋风力，残漏声催秋雨急。
连宵脉脉复飕飕，灯前似伴离人泣。
寒烟小院转萧条，疏竹虚窗时滴沥。
不知风雨几时休，已教泪洒窗纱湿。

吟罢搁笔，方欲要安寝，丫鬟报说："宝二爷来了。"一语未完，只见宝玉头上戴着大斗笠，身上披着蓑衣。黛玉不觉笑了，说："那里来的一个渔翁！"宝玉忙问："今儿好了？庚：一句。吃了药没有？庚：两句。今儿一日吃了多少饭？"庚：三句。一面说，一面摘笠脱蓑，忙一手举起灯来，一手遮住灯光，向黛玉脸上照一照，觑着眼细瞧了一瞧，笑道："今儿气色好了。"

黛玉看蓑衣里面，只穿着半旧红绫短袄，系着绿汗巾子，膝下露

第四十五回　金兰契互剖金兰语　风雨夕闷制风雨词

出油绿绸撒花裤子，底下是描金满绣的绵纱袜子，趿著蝴蝶落花鞋。黛玉问道："上头怕雨，底下不怕雨？鞋袜子也倒干净。"宝玉笑道："我这一套是全的。有一双棠木屐子，才穿了来，脱在廊檐上了。"黛玉又看那蓑衣斗笠不是寻常市卖的，十分细致轻巧，因说道："是什么草编的？怪道穿上不像那刺猬似的。"宝玉道："这三样都是北静王送的。他闲了下雨时，在家里也是这样。你喜欢这个，我也弄一套来送你。别的都罢了，惟有这斗笠有趣，竟是活的。上头这顶儿是活的，冬天下雪时，戴上帽子，就把竹信子抽了，去下顶子来，只剩了这圈子〔十一〕，男、妇都戴得，我送你一顶，冬天戴。"黛玉笑道："我不要他。戴上那个，成个画儿上画的和戏上〔十二〕扮的渔婆儿了。"及说了出来，方想起话未〔十三〕忖度，与方才说宝玉的话相连，后悔不及，羞的满面飞红，便伏在桌上嗽个不住。庚：妙极之文，使黛玉自己直说出夫妻来，却又云画的扮的。本是闲谈，却是暗隐不吉之兆，所谓"画儿中爱宠"是也，谁曰不然？

宝玉却不留心，庚：必云"不留心"方好，方是宝玉。若留心，又有何文字？且直是一时时猎色之（原作一）贼矣。因见案上有诗，遂拿起来看了一遍，不禁叫好。黛玉听了，忙起来夺在手内，向灯上烧了。宝玉笑道："我已经背熟了，烧了也无益。"黛玉道："我也好些，多谢你一天来几次瞧我，下雨还来。这会子夜深了，我也要歇着，你且请回去，明日再来。"宝玉听说，回手向怀中掏出个核桃大小的一个金表来，瞧了一瞧，那针已指到戌末、亥初之间，忙又揣了，说道："原该歇了，又扰的你劳了半日神。"说着，披蓑戴笠出去了，又翻身进来问道："你想什么吃，你告诉我，我明儿一早回老太太，岂不比老婆子们说的明白？"庚：直与后部宝钗之文遥遥针对。想彼姊妹房中婆子、丫鬟皆有，随便皆可遣使。今宝玉独云婆子而不云丫鬟者，心内已度定丫鬟之为人。一言一事，无论大小，是万（原作方）无错谬者也，一何可笑！黛玉笑道："等我夜里想起来，明儿早起告诉你。你听雨越发紧了，快去罢。可有人跟着没有？"有两个婆子答应道："有人在外面拿着伞，点着灯笼呢。"黛玉笑道："这个天点灯笼？"宝玉道："不相干，是明瓦的，不怕雨。"黛玉听说，回手向书架上把个玻璃绣球灯拿了下来，命点上一支小蜡来，递与宝玉，道："这个又比那个亮，正是雨里点的。"宝玉道："我也有这么一个，怕他们失脚滑倒了，打破了，所以没点来。"黛玉道："跌了灯值钱，跌了人值钱？你又穿不惯木屐子。那灯笼命他们前头照着。这个又轻巧又亮，原是雨里自己拿着的，你自己拿着这个，岂不好？明儿再送来。就失了手打了，也有限的，怎么又忽然变出这'剖腹藏珠'的脾气来了！"宝玉听说，连忙接了过去，前头两个婆子打着伞，提着明瓦灯，后头还有两个小丫头打着伞。宝玉便将这个灯递与一个小丫头捧着，宝玉扶着他的肩头，一径去了。

就有蘅芜院的一个婆子，也打着伞，提着灯，送了一大包上等燕窝来，还有一包子洁粉梅片雪花洋糖，说："这比买的强。姑娘说了，姑娘先吃着，吃完了再送来。"黛玉回说："费心。"命他外头坐了吃茶。婆子笑道："不吃茶了，我还有事呢。"黛玉笑道："我也知道你们忙。如今天又凉快，夜又长了，越发该会个夜局，痛赌两场了。"婆子笑道："不瞒姑娘说，今年我大沾了光了。横竖每夜各处有几个上夜的人，误了更也不好，不如会个夜局，又坐了更，又解了闷。今儿又是我的头家，如今园门关了，就该上场了。"庚：几句闲话，将潭潭大宅夜间所有之事，描写一尽。虽偌大一园，且值秋冬之夜，岂不寥落哉？今用老妪数语，更写得每夜深人定之后，各处灯（原无）光灿烂，人烟簇集，柳陌之上（原无），花（原无）巷之中，或提灯同酒，或寒月烹茶者，竟仍有络绎人迹不绝，不但不见寥落，且觉更胜于日间繁华矣。此是大宅妙景，不可不写出。又伏下后文，且又衬（原作趁）出后文之冷落。此闲话中写出，正是不写之写也。脂砚斋评。黛玉听说，笑道："难为你。误了你发财，冒雨送来。"命人给他几百钱，打些酒吃，避雨气。那婆子笑道："又破费姑娘赏酒吃。"说着，磕了个头，到外面接了钱，打着伞去了。

紫鹃收起燕窝，然后移灯下帘，伏侍黛玉睡下。黛玉在枕上感念宝钗，一时又羡他有母有兄；一面[十四]又想宝玉与我虽素习和睦，终有嫌疑。又听见窗外竹梢蕉叶之上，雨声渐沥，清寒透幔，不觉又滴下泪来。直到四更将阑，方渐渐睡了。暂且无话，且听下回分解。

【总评】请看赖大，则知贵家奴婢身分，而本主毫不以为过分。习惯自然，故是有之。见者当自度是否可也。

校 记：

　　[一] 此处"一件是我的"一句，原文无，据庚辰本补。
　　[二] 原文无"们"字，据蒙府本补。
　　[三] 原文无"两"字，据庚辰本补。
　　[四] 原文无"便"字，据蒙府本补。
　　[五] 原文无"说"字，据庚辰本补。
　　[六] 原文无"这么"二字，据蒙府本补。
　　[七] 原文无"脸上"二字，据庚辰本补。
　　[八] 此处的"虎视眈眈"数字，原文为"虎视昂昂"，据庚辰本改。
　　[九] 此处的"不得"二字，庚辰本为"不忍"。
　　[十] 此处的"牵情"二字，庚辰本为"牵愁"。
　　[十一] 原文无"戴上帽子，就把竹信子抽了，去下顶子来，只剩了这圈子"一句，据庚辰本补。
　　[十二] 原文无"上"字，据蒙府本补。
　　[十三] 此处的"未"字，原文为"来"，据庚辰本改。
　　[十四] 此处的"一面"二字，原文为"一回"，据蒙府本改。

第四十六回

尴尬人难免尴尬事　鸳鸯女誓绝鸳鸯侣

【回前】裹脚与缠头，欲觅终身伴。顾影自为怜，静住深深院。好事不称心，恶语将人慢。誓死守香闺，远却杨花片。

庚：此回亦有本而笔，非泛泛之笔也。
只看他题纲用"尴（原作尲）尬"二字于邢夫人，可知包藏含蓄，文字之中莫能量也。

话说林黛玉直到四更将阑，方渐渐的睡着，暂且无话。
如今且说凤姐，因见邢夫人叫他，不知何事，忙另穿了戴了，坐车过来。邢夫人将房内的人都遣出去，悄向凤姐道："叫你来，不为别的，有一件为难的事，老爷托我，我不得主意，先和你商议。老爷因看上了老太太的鸳鸯，要他做房里的人，叫我和老太太讨去。我想这倒是平常的事，只是怕老太太不给，你可有法子？"凤姐听了，忙道："依我说，竟别碰这个钉子去。老太太离了鸳鸯，饭也吃不下去的，那里肯？况且平日说起闲话来，老太太常说，老爷'如今上了年纪，做什么左一个小老婆，右一个小老婆放在屋里？没的耽误了人

第四十六回　尴尬人难免尴尬事　鸳鸯女誓绝鸳鸯侣

家。放着身子不保养，官儿也不好生做去，成日家和小老婆喝酒'。太太听这话，很喜欢老爷呢？这会子回避还回避不及，反倒拿草棍戳老虎的鼻子眼儿去！太太别恼，我是不敢去的。明放着不中用，而且反招出没意思来。如今老爷上了年纪，行事不妥，太太该劝才是。比不得年轻，做这些事无碍。如今兄弟、儿子、侄儿、孙子一大群，还这么闹起来，怎么见人呢？"邢夫人冷笑道："大家子三房五妾的也多，偏咱们就使不得？我劝了也未必依。就是老太太心爱的丫头，这么胡子苍白[一]了又做了官的大儿子，要了做房里的人，也未必好驳回的。我叫了你来，不过商议商议，你先派上一篇不是。也没有叫你要去的理，自然是我说去。你倒说我不劝，你还不知道的，那性子，劝不成，先和我恼了。"

凤姐知道他婆婆禀性愚拙，只知承顺贾赦以自保，贪婪财货为自得，家下一应大小事务，俱由贾赦摆布。凡出入银钱，一经他手，便克啬异常，以贾赦浪费，自为"须得我就中俭省，方可偿补"，儿女奴仆，一人不靠，一言不听的。如今又听他如此说，便知他又弄左性，劝了也不中用，连忙赔笑说道："太太这话说的极是。我能活了多大，知道什么轻重？想来父母跟前，别说一个丫头，就是那么大的一个活宝贝，不给老爷给谁？背地里的话那里信得？我竟是个呆子。琏二爷或有日得了不是，老爷、太太恨的那样，恨不得[二]立刻拿来一下子打死；及至见了面，也就罢了，依旧拿着老爷、太太心爱的东西赏他。如今老太太待老爷，自然也是那样了。依我说，老太太今儿喜欢，要讨今儿就讨去。我先过去哄着老太太发笑，等太太过去了，我搭讪着走开，把屋子里的人我也带开，太太好和老太太说。说的给，更好；不给，也没妨碍，众人也不得知道。"

邢夫人见他这般说，便又喜欢起来，又告诉他道："我的主意先不和老太太要。若老太太说不给，这事便死了。我心里想着先悄悄的和鸳鸯说，他虽害臊，我细细告诉他，他自然不言语，就妥了。那时再和老太太说，老太太虽不依，搁不住他愿意，常言'要去难留'，自然这就妥了。"凤姐笑道："到底是太太有智谋，这是千妥万妥的。别说是鸳鸯，凭他是谁，那个不想爬高望上，不想出头的？这半个主子不做，倒愿意做奴才、丫头，将来配个小子就完了？"邢夫人笑道：

"正是这个话了。别说鸳鸯，就是那些执事的大丫头，谁不愿意这样呢？你先过去，别露一点风声，我吃了晚饭就过来。"

凤姐暗想："鸳鸯素习是个可恶的，虽如此说，保不严他就愿意。我先过去了，太太后过去，若他依了便没话说；倘或不依，太太是多疑的人，只怕就疑我走了风声，使他拿腔作势的。那时太太又见应了我的话，羞恼变成怒，拿我出起气来，倒没意思。不如同着一齐过去了，他依也罢，不依也罢，就疑不到我身上了。"想毕，因笑道："方才临来，舅母那边送了笼子鹌鹑来，我[三]吩咐他们炸了，原要赶太太的晚饭送过来的。我才进大门时，见小子们抬车，说太太的车拔了缝了，拿去收拾去了。不如这会子坐了我的车一齐过去倒好。"邢夫人听了，便命人来换衣服。凤姐忙着伏侍了一回，娘儿两个坐车过来。凤姐又说道："太太过老太太那里去，我若跟了去，老太太若问起我过去做什么的，倒不好。不如太太先去，我脱了衣裳再来。"

邢夫人听了有理，便自往贾母处来，和贾母说了一会闲话，便出来假托往王夫人房去，从后房门出去，打鸳鸯的卧房门前过。只见鸳鸯正坐着做针线，见了邢夫人，忙站起来。邢夫人笑道："做什么呢？我瞧瞧，你扎的花儿越发好了。"一面便进来，接他手内的针线瞧了一瞧，只管赞好。放下针线，又浑身打量。只见他穿着半新的藕合色绫袄，青缎葱牙背心，下面水绿裙子。蜂腰削背，鸭蛋脸面，乌油头发，高高的鼻子，两边腮上微微几点雀斑。鸳鸯见这般看他，自己倒不好意思起来，心里便觉诧异，因笑问道："太太！这会子不早不晚的，过来做什么？"邢夫人使了个眼色，跟的人退出。邢夫人便坐下，拉着鸳鸯的手笑道："我特来给你道喜来了。"鸳鸯听了，心中已猜着三分，不觉红了脸，低了头不发一言。听邢夫人又道："你知道，你老爷跟前竟无有个可靠的人，【庚：说得得体。我正想开口一句不知如何说，如此则妙极，是极，如闻如见。】心里再要买一个，又怕那些人牙子家出来的不干不净，也不知道毛病儿，买了来家，三两日，又禽鬼吊猴的。因此满府里要挑一个家生子儿的女儿收了，又没有好的：不是模样不好，就是性子不好，有了这个好处，没有那个好处。因此冷眼选了半年，这些女孩子里头，就只你是个尖儿，模样儿，行事做人，温柔可靠，一概是齐全。意思要和老太太讨了你去，收在屋里。比不得外头新买的，你这一收进去了，进门就开了脸，就封你姨娘，又体面，又尊贵。你又是个要强的人，俗语说的，'金子终得金子换'，谁知竟被老爷看中了你。如今这一来，你可遂了素日的心高志大的愿了，也堵一堵那些嫌你的人的嘴。跟了我，回老太太去！"说着拉了他的手就要走。鸳鸯红了脸，夺手不行。邢夫人知他害臊，便又说道："这有什么臊处？你又不用说话，只跟着我就是了。"鸳鸯只低头不动身。邢夫人见他这样，便又说道："你这还不愿意不成？若果然真不愿意，可真是个傻丫头了。放着主子奶奶不做，倒愿做丫头！三年、二年，不过配上个人，还是奴才。你跟了我们去，你知道我的性子又好，又不是那不容人的。老爷待你们又好。过一年半载，生个或男或女，你就和我并肩了。家里人，你要使唤谁，谁还不动？现成主子不做去，错过了这个机会，后悔就迟了。"鸳鸯只管低了头，仍是不语。邢夫人又道："你这么个爽快人，怎么又这样积粘起来？有什么不称心之处，只管说与我，我包管你遂心如意就是了。"鸳鸯仍不言语。邢夫人又笑道："想必你有老子娘，你自己不肯说话，怕臊。你等他们问你，这也是理。等我问他们去，叫他们来问你，有话只管告诉他们。"说毕，便往凤姐房中来。

　　凤姐早换了衣服，因房内无人，便将此话告诉了平儿。平儿摇头，笑道："据我看，此事未必妥。平常我们背着人说起话来，听他那主意，未必是肯的。也只说着瞧罢。"凤姐道："太太叫来这屋里商量。依了还可，若不依，白讨个臊，当着你们，岂不脸上不好看。你说给他们，炸些鹌鹑，再有什么配几样，预备吃饭。你且别处逛逛去，估量着去了再来。"平儿听说，照样传给婆子们，便逍遥自在的往园里来。

　　这里鸳鸯见邢夫人去，必在凤姐房里商议去了，必定有人来问的，不如躲了这里，庚：终不免女儿气，不知躲在那里方无人来罗唣（原作皂），写得可怜可爱。因找了琥珀说道："老太太要问我，只说我病了，没吃早饭，往园子里逛逛去就来。"琥珀答应了。鸳鸯也往园子里来，各处游玩，不想正遇着平儿。平儿因见无人，便笑道："新姨娘来了！"鸳鸯听了，便红了脸，说道："怪道你们串通一气来算计我！等着我和你主子闹去就是了。"平儿听了，自悔失言，便拉他到枫树底下，庚：随笔带出妙景，正愁园中草木黄落，不想看此一句，便恍如置（原作值）身于千霞万锦、绛雪红霜之中矣。

坐在一块石上，率性把方才凤姐过去回来所有的形景言词、始末原由告诉与他。鸳鸯红了脸，向平儿冷笑道："这是咱们好，比如袭人、琥珀、素云和紫鹃、彩霞、玉钏儿、麝月、翠墨，跟了史姑娘去的翠缕，死了的可人和金钏儿，去了的茜雪，庚：余按此一算，亦是十二钗。真镜中花、水中月，云中豹、林中之鸟、穴中之鼠，无数可考，无人可指，有迹可追，有形可据，九曲八折，远响近影，迷离烟灼，纵横隐现，千奇百怪，眩目移神，现千手千眼大游戏法也。脂砚斋。连上你我，这十来个人，从小儿什么话儿不说？什么事儿不做？这如今因都大了，各自干各自的去了，庚：此语已可伤，犹未各自干各自去，后日更有各自之处也，知之乎？然我心里仍是照旧，有话有事，并不瞒你们。这话我先放在你心里，且别和二奶奶说：别说大老爷要我做小老婆，就是大太太这会子死了，他三媒六聘的娶我去做大老婆，我也不能去。"

平儿笑着，方欲答言，只听山石背后哈哈的笑道："好个没脸的丫头，亏你不怕牙碜。"二人听了不免吃了一惊，忙起身向山石背后找寻，不是别个，却是袭人笑着走了出来，问："什么事情？告诉我听。"说着，三人坐在石上。平儿又把方才的话，说与袭人听，道："真真这话论理不该我们说，这个大老爷太好色了，略平头正脸的，他就不放手了。"平儿道："你既不愿意，我教给你个法子，不用费事就完了。"鸳鸯道："什么法子？你说来我听听。"平儿笑道："你向老太太说，就说已经给了琏二爷了，大老爷就不好要了。"鸳鸯啐道："什么东西儿！你还说呢！前儿你主子不是这么混说的？谁知应在今日了！"袭人笑道："他们两个都不愿意，你向老太太说，叫老太太就说把你已经许了宝玉了，大老爷也就死了心了。"鸳鸯又是气，又是臊，又是急，因骂道："两个蹄子不得好死的！人家有为难的事，拿着你们当作正经人，告诉你们与我排解排解，你们倒替换着取笑儿。你们自为都有了结果了，将来都是做姨娘的。据我看，天下的事未必都遂心如意。你们且收着些儿，别忒乐过了头儿！"二人见他急了，忙赔笑央告道："好姐姐，别多心，咱们从小儿都是亲姊妹一般，不过无人处偶然取个笑儿。你的主意告诉我们知道，也好放心。"鸳鸯道："什么主意！我只不去就完了。"平儿摇头道："你不去，未必得干休。大老爷的性子你是知道的，虽然你[四]是老太太的人，此刻不敢把你怎么样，将来难道你跟老太太一辈子不成？也要出去的。那时落

第四十六回　尴尬人难免尴尬事　鸳鸯女誓绝鸳鸯侣

了他的手，倒不好了。"鸳鸯冷笑道："老太太在一日，我一日不离这里；若是老太太归西去了，他横竖还有三年的孝呢，没个娘死了，他先放小老婆的！等过了三年，知道又是怎么个光景，那时再说。纵到了至急为难，我剪了头发当姑子去；不然，还有一死。一辈子不嫁男人，又怎样？乐得干净呢！"平儿笑道："真这蹄子没了脸，越发信口儿都说出来了。"鸳鸯道："事到如此，臊一会子怎么样！你们不信，慢慢的看着就是了。大太太才说，找我老子娘去。我看南京找去！"平儿道："你的父母都在南边看房子，没上来，终究也寻的着。现在还有你哥哥、嫂子在这里。可惜你是这里家生女儿，不如我们两个人是单在这里。"鸳鸯道："家生女儿怎么样！'牛不喝水强按头'？我不愿意，难道叫了我的老子娘来就愿意了不成？"

　　正说着，只见他嫂子从那边走来。袭人道："当时找不着你的爹娘，一定和你嫂子说了。"鸳鸯道："这个娼妇专管是个'九国贩骆驼的'，听了这话，他有个不奉承去的！"说话之间，已来到跟前。他嫂子笑道："那里没找到，姑娘跑了这里来了！你跟了我来，我和你说句话。"平儿、袭人都忙让坐。他嫂子只说："姑娘们请坐，我[五]找我们姑娘说句话。"平儿、袭人都装不知道，笑道："什么事这样忙？我们这里猜谜儿，赢手批子打呢[六]，猜了这个再去。"鸳鸯道："什么话？你说罢。"他嫂子笑道："你跟了我来，到那里我告诉你，横竖有好话儿。"鸳鸯道："可是大太太和你说的那话？"他嫂子笑道："姑娘既知道，还奈何我！快来罢，我细细的告诉你，可是天大喜事。"鸳鸯听说，立起身来，照他嫂子脸上使劲的啐了一口，指着骂道："你快夹着那油嘴离了这里，好多着呢！什么'好话'！宋徽宗的鹰，赵子昂的马，都是'好话'。什么'喜事'！状元痘儿灌的浆儿又满是喜事。怪道成日家羡慕人家女儿做了小老婆了，一家子都仗着他横行霸道的，一家子都成了小老婆了！看的眼热了，也把我送在火坑里去。我若得脸呢，你们外头横行霸道，自己就封了自己[七]是舅爷了。我若不得脸败了时，你们把忘八脖子一缩，生死由我去。"一面骂，一面哭，平儿、袭人拦着劝。他嫂子脸上下不来，因说道："愿意不愿意，你也好说，不犯着牵三挂四的。俗语说，'当着矮人，别说短话'。姑娘骂我，我不敢还言，这二位姑娘并没有惹着你，小老婆长小老婆短，人家脸上怎么过得去？"袭人、平儿忙道："你别这么说，他也并不是说我们，你倒别牵三挂四的。你听见那位太太、老爷封了我们姨娘了？况且我们两个也没有爹娘、哥哥、兄弟在这门子里仗着我们横行霸道的。他骂的人自有他骂的，我们犯不着多心。"鸳鸯道："他见我[八]骂了他，他臊了，没的盖脸，又拿话挑唆你们两个，幸亏你们两个明白。原是我急了，也没分别出来，他就挑出这个空儿来。"他嫂子自觉没趣，赌气去了。鸳鸯气的还骂，平儿劝了他一会，方罢了。

平儿因问袭人道："你在那里藏着做什么的？我们就没看见你。"袭人道："我因为往四姑娘房里找我们宝二爷去的，谁知迟了一步儿，说是来家来了。我疑惑怎么没看见呢，想要往林姑娘屋里找去，又遇见他们屋里的人说也没去。我心里正疑惑是出园子去了，可巧你从那里来了，我一闪，你也没看见。后来他又来了。我从树后头走到山子石后，我却见你两个说话来了，谁知你们四个眼睛没看见我。"

一语未了，又听身后笑道："四个眼睛没见你？你们六个眼睛竟没见我！"三人唬了一跳，回头看时，不是别个，正是宝玉走来。庚：通部情案，皆必从石兄挂号，然各有各稿，穿插神妙。袭人先笑道："叫我好找，你在那里来？"宝玉笑道："我从四妹妹那里出来，迎头看见你来了，我就知道是找我去的，我就藏了起来哄你。看你赶着头过去了[九]，进了院子，又出来了，逢人就问我在那里。我好笑[十]。原要等你到了跟前，唬你一跳的。后来见你也藏藏躲躲的，我就知道也是要哄人了。我探头往前看了一看，却是他们两个，所以我就绕到你身后。你出去了，我就躲在你躲的那里了。"平儿笑道："咱们再找一找去，只怕还找出两个人来也未可知。"宝玉笑道："这可再没了。"鸳鸯已知话俱被宝玉听了去，只伏在石头上装睡。宝玉笑推他道："这石头上冷，咱们回房里去睡，岂不好？"说着拉起鸳鸯来，又忙让平儿来家吃茶。平儿、袭人都劝鸳鸯走，鸳鸯方立起身来，四人竟往怡红院来。宝玉将方才的话俱已听见，此时自然心中不悦，只默默的歪在床上，任他三人在外间说笑。

且说邢夫人因问凤姐鸳鸯的父母，凤姐回说："他爹的名字叫金彩，庚：姓金名彩，由"鸳鸯"二字化出，因文而生文也。两口子都在南京看房子，从不大上京。他哥哥金文翔，庚：更妙！现在是老太太那边的买办。他嫂子也是老太太那边浆洗上的头儿。"庚：只鸳鸯一家，写的荣府中人各有各职，如目已睹。邢夫人听了，便命人叫了他嫂子金文翔媳妇，细细说与他。金文翔媳妇自是欢喜，兴兴头头去找鸳鸯，指望一说必妥，不想被鸳鸯抢白了一顿，又被袭人、平儿说了几句，着恼回来，便对邢夫人说："不中用，他倒骂了我一顿。"因凤姐在旁，不敢提平儿，只说："袭人也帮着他抢白我，说了许多不知好歹的话，回不得主子的。太太和老爷商议再买罢。谅那小蹄子也没有这么大福，我们也没有这么大造化。"邢夫人听了，因说道："又与袭人什么相干？他如何知道的？"又问："还有谁在跟前？"金文翔家的道："还有平姑娘。"凤姐忙道："你不会拿嘴巴子打他！回回我一出了门，他就逛去了；我回家来，连个影儿也摸不着他的！他必定也帮着说什么来！"金文翔家的道："平姑娘没在跟前，远远的看着倒像是他，可也不真切，不过是我白忖度着。"凤姐便命人去："快打了他来，告诉他我来家了，大太太也在这里呢，请他来帮个忙儿。"丰儿忙上来回说："林姑娘打发人来下请字儿，请了三四次，他才去了。奶奶一进门来，我就叫他去的。林姑娘说：'告诉你奶奶，我烦他有事呢。'"凤姐听了方罢，故意的还说："天天烦他，有什么事！"

　　邢夫人无计，吃了饭回家，晚间告诉了贾赦。贾赦想了一想，即刻叫贾琏来，说道："南京的房子还有人看着，不止一家，即刻叫上金彩来。"贾琏回道："上次南京[十一]的信来，金彩已经得了痰迷心窍，那边连棺材银子都赏了去，不知如今是活是死，便是活着，人事不知，叫来无用。他老婆又是个聋子。"贾赦听了，喝了一声，又骂："下流囚攮的，偏你这么知道，还不离了这里！"嘘的贾琏退出，一时又叫传文翔。贾琏在外书房伺候着，又不敢家去，又不敢见他父亲，只得听着。一时金文翔来了，小幺儿们直带到二门口去，隔了五六顿饭时才出来去了。贾琏暂且不敢打听，隔了一会，又打听贾赦睡了，方才过来。至晚间凤姐儿告诉他，方才明白。

　　鸳鸯一夜没睡，至次日，他哥哥进来回贾母，说接他家去逛逛。贾母允了，命他出去。鸳鸯意欲不去，又怕贾母疑心，只得勉强出来。他哥哥只得将贾赦的话说与他听，又许他怎么体面，又怎么当家做姨娘。鸳鸯只咬定牙不愿意。他哥哥没法，少不得回复了贾赦。贾赦怒起，因说道："我这话告诉你，叫你女人向他说去，就说我的话：'自古嫦娥爱少年'，他必定是嫌我老了，大约他恋着少爷们，多半是看上宝玉，只怕也有贾琏。若有此心，叫他早早歇了。我要，他不来，以后谁还敢收他？此是一件。第二件，想着老太太疼他，将来自然往外聘，做[十二]正头夫妻去。叫他细想，凭他嫁到谁家，也难[十三]出我的手中。除非他死了，或是终身不嫁男人，我就服了他了！若不然时，叫他趁早回心转意，有多少好处。"贾赦说一句，金文翔应一声"是"。贾赦道："你别哄我，明儿还打发你太太过去问鸳鸯，你们说了，他不依，便不与你相干。若问他，他再依了，仔细你的脑袋！"

金文翔忙应了又应，退出回家，也等不得告诉他女人转说，竟自己对面说了这话。把个鸳鸯气的无话说，想了一想，便说道："我便愿意，也须得你们带了我，去回声老太太。"他哥嫂听了，只当他回想过来，都喜之不尽。他嫂子即刻带了他上来见贾母。

可巧王夫人、薛姨妈、李纨、凤姐、宝钗等姊妹，并外头几个执事有头脸的媳妇，都在贾母跟前凑趣儿呢。鸳鸯喜之不尽，拉了他嫂子，到贾母跟前跪下，一行哭，一行说，把邢夫人怎么来说，在园子里他嫂子又如何说，今儿他哥哥又如何说——"因为不依，方才大老爷率性说我恋着宝玉，不然要等着往外聘，凭我到天边上，这一辈子也跳不出他的手中去，终究要报仇。我是横了心的，当着众人在这里，我这一辈子，别说是'宝玉'，便是'宝金'、'宝银'、'宝天王'、宝皇帝[十四]，横竖不嫁人就完了！就是老太太逼着我，我一把刀子抹死了，也不能从命！若有造化，我死在老太太之先；若没造化，该讨吃的命，伏侍老太太归了西，我也不跟着我老子娘、哥哥去，或是寻死，或是剪了头发当姑子去！若说不是真心，暂且拿话支吾，日后再图别的，天地鬼神，日头月亮照着嗓子，从嗓子里头长疔烂了出来，烂化成酱！"原来他一进来时，便袖了一把剪子，一面说着，一面回手打开头发，右手就铰。众婆娘、丫头忙上来拉住，已剪下半绺来了。众人看时，幸而他的头发极多，铰的不透，连忙替他挽上。

第四十六回　尴尬人难免尴尬事　鸳鸯女誓绝鸳鸯侣

　　贾母听了，气的浑身乱颤，口内只说："我通共剩了这么一个可靠的人，他们还要来算计！"因见王夫人在旁，便向王夫人道："你们原来都是哄我呢！外头孝敬，暗地里盘算我。有好东西也来要，有好人也要，剩了这么个毛丫头，见我待他好了，你们自然气不过，弄开了他，好摆弄我！"[十五]王夫人忙站起，不敢还一言。庚：千奇百怪，王夫人亦有罪乎？老人家迁怒之言必应如此。薛姨妈见连王夫人怪上，反不好劝的了。李纨一听见鸳鸯这话，早带了姊妹们出去。探春是有心的人，想王夫人虽委屈，如何敢辩；薛姨妈现是亲姊妹，自然也是不好劝的；宝钗也不便为姨妈辩；李纨、凤姐、宝玉一概不敢辩；这正用着女孩儿之时，迎春老实，惜春又小，因此在窗外听了一听，便走进来，赔笑向贾母道："这事与太太什么相干？老太太想一想，也有大伯子要收屋里人，小婶如何知道？便知道，也推不知道。"话未说完，贾母笑道："可是我老糊涂了！姨太太别笑话我。你这个姐姐他极孝顺我，不像我那大太太一味怕老爷，婆婆跟前不过应景儿。可是我委屈了他了。"薛姨妈只答应"是"，又说："老太太偏心，多疼小儿子媳妇，也是有的。"

　　贾母道："我不偏心！"因又说："宝玉，我错怪了你娘，你怎么不提我，看着你娘受委屈？"宝玉笑道："我偏着我娘说大爷、大娘不成？通共一个不是，我娘在这里不认，却推给谁去？我倒要认是我的不是，老太太又不信。"贾母笑道："这也有理。你快给你娘跪下，你说太太别委屈了，老太太有年纪了，看着宝玉罢。"宝玉听了，忙走过来，便跪下要说；王夫人忙笑着拉起他来，道："起来！使不得！终不成你替老太太给我赔不是不成？"宝玉忙站起来。庚：宝玉亦有罪了。贾母又笑道："凤丫头也不提我。"庚：阿凤也有了罪。奇奇怪怪之文。所谓《石头记》不是作出来的。凤姐笑道："我倒不派老太太的不是，老太太倒寻上我了？"贾母听了，与众人都笑道："这可奇了！倒听听这不是。"凤姐道："谁教老太太会调理人，调理的水葱儿似的，怎么怨得人要？我幸亏是孙子媳妇，我若是孙子，我早要了，还等到这会子呢。"贾母笑道："这倒是我的不是了？"凤姐笑道："自然是老太太的不是。"贾母笑道："这样，我也不要了，你带了去罢！"凤姐笑道："等我修了这辈子，来生托生个男人，再要罢。"贾母笑道："你带了去，给琏儿放在屋里，看你那没脸的公公还要不要了！"凤姐道："琏儿不配，我和平儿这一对烧糊了的卷子和他混罢。"说的众人都笑起来了。

忽见丫鬟回说："大太太来了。"王夫人忙迎出来。要知端的，下回分解。

【总评】鸳鸯女从热闹中别具一副肠胃。"不轻许人"一事，是宦途中药石仙方。

校　记：

［一］此处的"苍白"二字，原文为"养白"，据庚辰本改。

［二］此处的"恨不得"字，原文为"怎不"，据庚辰本改。

［三］此处的"我"字，原文为"他"，据蒙府本改。

［四］原文无"你"字，据庚辰本补。

［五］原文无"我"字，据庚辰本补。

［六］此处的"我们这里猜谜儿，赢手批子打呢"句，原文为"我们这里猜谜儿呢，赢瓜子打呢"，据庚辰本改。

［七］原文无"己"字，据蒙府本补。

［八］此处的"见我"二字，原文为"见了我"，据庚辰本改。

［九］此处的"看你趁着头过去了"句，原文为"见回着头过去了"，据庚辰本改。

［十］此处的"逢人就问我在那里。我好笑"句，庚辰本为"逢人就问。我在那里好笑"。

［十一］此处的"南京"二字，原文为"东京"，据蒙府本改。

［十二］此处的"作"字，原文为"想"，据庚辰本改。

［十三］原文无"难"字，据蒙府本补。

［十四］此处的"宝皇帝"字，原文为"皇帝"，据庚辰本改。

［十五］原文无"有好东西也来要，有好人也要，剩了这么个毛丫头，见我待他好了，你们自然气不过，弄开了他，好摆弄我！"一句，据庚辰本补。

第四十七回

呆霸王调情遭毒打　冷郎君惧祸走他乡

【回前】不是同人，且莫浪作知心语。似假如真，事事应难许。着紧温存，白雪阳春曲。谁堪比，船上要离，未解奸侠起。

话说王夫人听见邢夫人来了，连忙迎了出来。邢夫人犹不知贾母已知鸳鸯之事，正还又来打听信息，进了院门，早有几个婆子悄悄的回了他，他方知道。待要回去，里面已知，又见王夫人接了出来，少不得进来，先与贾母请安，贾母一声儿也不言语，自己也觉得愧悔。凤姐早指一事回避了。鸳鸯也自回房去生气。薛姨妈、王夫人等恐碍着邢夫人的脸面，也都渐渐的退了。邢夫人且不敢出去。

贾母见无人，方说道："我听见你替你老爷说媒呢。你倒也三从四德的，只是这贤慧也太过了！你们如今也是孙子、儿子满眼了，你还怕他，劝两句都使不得，还由着你老爷那性儿闹！"邢夫人满面通红，回道："我劝过几次都不依。老太太还有什么不知道的呢，我也是不得已儿的。"贾母道："他逼着杀人，你也杀去？如今你也想想，你兄弟媳妇本来老实，又生得多病多痛的，上上下下那不是他操心？你一个媳妇虽然帮着，也是天天丢下笆儿弄扫帚。凡百事情，我如今都自己减了。他们两个就有一些不到的去处，有鸳鸯，那孩子还细心些，我的事情他还想着一点子：该要去的，他就要了来了；该添什么的，他就度空儿告诉他们添了。鸳鸯再不这样，他娘儿两个，里头外头，大的小的，那里不忽略一点半点，我如今反倒自己操心去不成？还是天天盘算和你们要东西去？我这屋里有的没的，剩了他一个，年纪还大些，我凡百的脾气性格儿他还知道些。二则他还投主子们的缘法，他也并不指着我和这位太太要衣裳去，又和那位奶奶要银子去。所以这几年一应事情，他都料理，从你小婶和你媳妇起，以至家中大大小小，没有不信的。所以不单我得靠，连你小婶和你媳妇也都省心。我有这么个人，便是媳妇、孙子媳妇有想不到的，我也不得缺了，也没气可生了。这会子他去了，你们弄个什么人来我使？你们就弄〔一〕他那么大一个真珠人来，不会说话也是无用。我正要打发人和你老爷说去，他要什么人，我这里有钱，叫他只管一万八千的买去，我只要这个丫头。但能留下他伏侍我几年，就比他日夜伏侍我尽了孝的一样。你来的也巧，你就去说，更妥当了。"

说毕，命人来："请了姨太太和你姑娘们〔二〕来，才高兴说个话儿，怎么又都散了？"丫头们忙答应着去了。众人忙赶的又来，只有薛姨妈向那丫鬟说道："我才来了，又做什么去？你就说我睡了觉。"那丫鬟道："好亲亲的姨太太，姨祖宗！我们老太太生气呢，你老人家不去，没个开交了，只当疼我们罢。你老人家嫌乏，背了你老人家去。"薛姨妈笑道："小鬼头儿，你怕些什么？不过骂几句完了。"说着，只得和这丫头走来。贾母忙让坐，又笑道："咱们斗牌罢。姨太太的牌也生，咱们一处坐着，别叫凤丫头混了我们去。"薛姨妈笑道："正是呢，老太太替我看着些。就是咱们娘儿四个斗呢，还是再添个人呢？"王夫人笑道："可不只四个人。"庚：老实人言语。凤姐道："再添一个人热闹些。"贾母道："叫鸳鸯来，叫他在这下手里坐着。姨太太的眼也花了，咱们两个的牌都叫他瞧着些儿。"凤姐儿叹了一声，向探春道："你们知书识字的，倒不学算命！"探春道："这又奇了。这会子你不打点精神赢老太太几个钱，又想算命！"凤姐道："我正要算算今儿该输多少钱呢，我还想赢！你瞧瞧，场子没上，左右都埋伏下了。"说的贾母、薛姨妈都笑了。

第四十七回　呆霸王调情遭毒打　冷郎君惧祸走他乡

一时，鸳鸯来了，便坐在贾母下手，鸳鸯之下是凤姐。铺下红毡子，洗牌告幺，五人起牌。斗了一会，鸳鸯见贾母的牌已十全，只等一张"二饼"，便递了个眼色与凤姐儿。凤姐正应该发牌，便故意踌躇半晌，笑道："我这一张牌定在姨妈的手里拿着呢。我若不发这一张，真顶不下来。"薛姨妈道："我手里没有你的牌。"凤姐儿道："我回来是查牌的。"薛姨妈道："你只管查。你且发下来，我瞧瞧是张什么。"凤姐便送在薛姨妈跟前，薛姨妈一看是个"二饼"，便笑道："我倒不稀罕他，只怕老太太满了。"凤姐儿听了，忙笑道："我发错了。"贾母笑的掷下牌来，说："你敢拿回去！谁叫你错了？"凤姐道："可是我要算一算命呢。这是自己发的，可埋怨谁！"贾母笑道："可是你自己该打着你那嘴，问着你[三]自己才是。"又向薛姨妈笑道："我不是小器爱赢钱，原是个彩头儿。"薛姨妈笑道："可不是这样，那里有那样糊涂人说老太太爱钱呢？"凤姐正数着钱，听了这话，又把钱穿上了，向众人笑道："够了我的了。竟不为赢钱，单为彩头儿。我到底小器，输了就数钱，快收起来罢。"贾母规矩是鸳鸯代洗牌，因和薛姨妈说笑，不见鸳鸯动手，贾母道："你怎么恼了，连牌也不替我洗。"鸳鸯拿起牌来，笑道："二奶奶不给钱么。"贾母道："他不给钱，那是交运了。"便命小丫头："把他那一吊钱都拿过来。"小丫头子真就拿了，搁在贾母旁边。凤姐忙笑道："赏我罢，我照数儿给就是了。"薛姨妈笑道："果然凤丫头小器，不过是玩儿罢了。"凤姐听说，便站起来，拉薛姨妈，回头指着贾母素日放钱的[四]一个木箱子，便笑道："姨妈瞧瞧，那个里头不知玩了我多少去了。这一吊钱玩不了半个时辰，那里头的钱就招手儿叫他了。只等把这一吊也叫[五]进去了，牌也不用斗了，老祖宗的气也平了，又有正经事情差我办去了。"话未说完，引的贾母、众人笑个不住。偏平儿怕钱不够，又送了一吊来。凤姐道："不用放在我跟前，也放在老太太的那一处罢。一齐儿叫他进去倒省事，不用做两次，叫箱子里的钱费事。"贾母笑的手里的牌撒了一桌子，推着鸳鸯，叫："快撕他的嘴！"

平儿依言放下钱，也笑了一会，方回来。至院门前遇见贾琏，问他："太太在那里呢？老爷叫我请过去呢。"平儿忙笑道："在老太太跟前呢，站了这半天还没动呢。趁早儿丢开手罢。老太太生了半日气，这会子亏二奶奶凑了半日趣儿，才略好些。"贾琏道："我过去只说讨老太太的示下，十四往赖大家去不去，好预备轿子。又请了太太，又凑了趣儿，岂不好？"平儿笑道："依我说，你竟不去罢。合家子连二太太、宝玉都有了不是，这会子你又填限去了。"贾琏道："已经完了，难道还找补不成？况且与我又无干。二则老爷又亲自吩咐我请太太的，这会子我打发人去，倘或知道了，正没好气呢，指着这个拿我出气罢。"说着就走。平儿见他说得有理，也便跟了过来。

　　贾琏到了堂屋里，便把脚步放轻了，往里间探头，只见邢夫人站在那里〔六〕。凤姐眼尖，先就瞧见了，便使眼色儿不命他进来，又使眼色与邢夫人。邢夫人不便就走，只得倒了一杯茶来，放在贾母跟前。贾母一回身，贾琏不防，便没躲伶俐。贾母便问："外头是谁？倒像小子一伸头。"凤姐忙起身说："我也恍惚看见一个人影儿，等我瞧瞧去。"一面说，一面起身出来。贾琏忙进去，赔笑道："打听老太太十四出门不出？好预备轿子。"贾母道："既这么样，怎么不进来？又作鬼作神的。"贾琏赔笑道："见老太太玩牌呢，不敢惊动，不过叫媳妇出去问问。"贾母就忙道："这一时等他家去，你问多少问不得？那一遭儿你这么小心来着！又不知是来做耳报神的，也不知是来做探子的，鬼鬼祟祟，倒唬了我一跳。什么好下流种子！你媳妇和我玩牌呢，还有半日的空儿，你家去再和那赵二家的商量着治他去罢。"说着，众人都笑了。鸳鸯笑道："鲍二家的，老祖宗又拉上赵二家的。"贾母笑道："可是，我那里记得什么抱着背着的，提起这些事来，不由我不生气！我进了这门子做重孙子媳妇起，到如今我也有了重孙子媳妇了，连头带尾五十四年，凭他什么大惊大险、千奇百怪的事，也经过了些，从无经过这些事。还不离了我这里呢！"

　　贾琏一声儿不敢言语，忙退了出来。平儿在窗外站着，悄悄笑道："说着你不听，到底碰在网里了。"正说着，只见邢夫人也出来了，贾琏道："都是老爷闹的，如今都搬在我和太太身上了。"邢夫人道："我把你这没孝心的雷打的下流种子！人家还替老子死呢，白说了几句，你就抱怨了。你还不好好的呢，这几日生气，仔细他捶你。"贾琏道："太太快过去罢，叫我来请了好半日了。"说着，送他母亲出

第四十七回　呆霸王调情遭毒打　冷郎君惧祸走他乡

来过那边去。

邢夫人将方才的话只略说了几句，贾赦无法，又含愧，自此要告病，且不敢见贾母，只打发邢夫人及贾琏每日过去请安。只得又各处遣人购求寻觅，终究费了八百两银子买了一个十七岁的女孩子来，名唤嫣红，收在屋内，不在话下。

这里斗了半日牌，吃晚饭才罢。此一二日间无话。

转眼到了十四日，黑早，赖大的媳妇又进来请。贾母高兴，便带了王夫人、薛姨妈及宝玉姊妹等，至赖大家花园中坐了半日。那花园虽不及大观园，却也十分齐整宽阔，泉石林木，楼阁亭轩，也有好几处惊人骇目的。外面厅上，薛蟠、贾珍、贾琏、贾蓉并几个近族的，很远的也就没来，贾赦也没来。赖大家内也请了几个现任的官长并几个世家子弟作陪。因其中有柳湘莲，薛蟠自上次会过一次，已念念不忘。又打听他最喜串戏，且都串的是生旦风月戏文，不免错会了意，误认了他是风月子弟，正要与他相交，恨没有个引进，这日可巧遇见，无可不可。且贾珍也慕他的名，酒盖住了脸，就求他串两出戏。下来，移席和他坐在一处，问长问短，说此说彼。

那柳湘莲原是世家子弟，读书不成，父母早丧，素性爽侠，不拘细事，酷好耍枪舞剑，赌博吃酒，以至眠花卧柳，吹笛弹筝，无所不为。因他年纪又轻，生得又美，不知他身分的人，都误认作优伶一类。那赖大之子赖尚荣与他素习交好，故今日请来作陪。不想酒后别人犹可，独薛蟠又犯了旧病。他心中早已不快，得便意欲要走开完事，无奈赖尚荣死也不放。赖尚荣又说："方才宝二爷又盼咐我，才一进门虽然见了，只是人多不好说话，叫我嘱咐你散的时候别走，他还有话说呢。你既一定要去，等我叫他出来，你两个见了再走，与我无干。"说着，便命小厮们到里头找一个老婆子，悄悄告诉"请出宝二爷来"。那小厮去了没一盏茶时，见宝玉出来了。赖尚荣向宝玉笑道："好叔叔，把他交给你罢，我张罗人去了。"说着，一径去了。

宝玉便拉了柳湘莲到厅侧小书房中坐下，问他这几日可到秦钟的坟上去了没有。庚：忽提此人，使我堕泪。近几回不见提此人，自谓不表矣，乃忽于此处将（原无）柳湘莲提及，所谓"方以类聚，物以群分"也。柳湘莲道："怎么不去？前日我们几个人放鹰，离他坟上不远。我想今年夏天雨水勤，恐怕他的坟站不住。我背着众人，走到那里去瞧了瞧，果然又动了一点子。回家来就便弄了几百钱，第三日出去，雇了两个人收拾好了。"宝玉道："怪道上月我们大观园池子里结了莲蓬，我摘了十个，叫茗烟出去到他坟上供去，回来我也问他可被雨冲坏了没有。他说不但没冲，且比上回又新了些。我想着，不过是这几个朋友新筑了。我只恨我天天圈在家里，一点儿做不得主，行动有人知道，不是这个拦，就是那个劝的，能说不能行。虽然有钱，又不能由我使。"湘莲道："这个事也用不着你操心，外头有我呢，你只心里有了就是了。眼前十月初一，我已经打点下上坟的花销了。你知道我一贫如洗，家里是没有积聚的，纵有几个钱来，随手就光的，不如趁空儿留下这一分，省得到了跟前扎煞手。"宝玉道："我也正为这个要打发茗烟找你去，你又不大在家，知道你天天萍踪浪迹，没个一定去处。"湘莲道："你也不用找我，这个事也不过各尽其道。眼前我还要出门去走走，外头逛个三年五载再回来。"宝玉听了，忙问："这是为何？"柳湘莲冷笑道："你不知道我的心事，等到跟前你自然知道。我如今要别过了。"宝玉道："好容易会着，晚上同散岂不好？"湘莲道："你那令姨表兄还是那样，再坐着未免有事，不如我回避了倒好。"宝玉想了一想说道："既是这样，倒是回避他为是。只是你要远行，必须先告诉我一声，千万别悄悄的走了。"说着便滴下泪来。柳湘莲道："自然要辞的。你只别和人说就是了。"说着便站起来要走，又道："你就进去罢，不必送我。"一面说，一面出了书房。

刚至大门前，早遇见薛蟠在那里乱嚷乱叫："谁放走了小柳儿①！"柳湘莲听了，火星乱迸，恨不得一拳打死，复思酒后挥拳，又碍着赖尚荣的脸面，只得忍了又忍。薛蟠忽见他走出来，如得了珍宝一般，忙趱趱走上来，一把拉住，笑道："我的兄弟，你往那里去？"湘莲道："走走就来。"薛蟠笑道："好兄弟，你一去都没兴了，好歹坐一坐，你就是疼我了②。凭你有什么要紧的事，交给哥，你只别忙，有你这个哥，你要做官、要发财都容易。"湘莲见他如此不堪，心中又恨又愧，忽心生一计，便拉他到别处，笑道："你真心和我好，假

---

① **靖眉**：奇谈，此亦是阿（原无）呆。
② **靖眉**：呆子声口如闻。

心和我好呢?"薛蟠听他如此说,喜得心痒难搔,乜斜着眼忙笑道:"好兄弟,你怎么问起我这话来?我要是假心,立刻死在眼前!"湘莲道:"既如此,这里不便。等坐一坐,我先走,你随后出来,跟我到下处,咱们提另喝一夜酒。我那里还有两个绝色的孩子,从没出门的。你可连一个跟的人也不用带了去,那里有人伏侍。"薛蟠听如此说,喜得酒醒了一半,说:"果然如此?"湘莲笑道:"如何!人拿真心待你,你倒不信了!"薛蟠忙笑道:"我又不是呆子,怎么有个不信的呢!既如此,我又不认得,你先去了,我在那里找你呢?"湘莲道:"我这下处在北门外头,你可舍得家,城外住一夜去?"薛蟠笑道:"有了你,我还要家做什么!"湘莲道:"既如此,我在北门外桥头上等你。咱们席上且吃酒去。你看我走了之后你再走,他们就不留心了。"薛蟠听了,连忙答应。于是二人复又入席,饮了一会。那薛蟠难熬,只拿眼看湘莲,心内越想越乐,左一壶又有一壶,并不用人让,自己便吃了又吃,不觉酒已八九分了。

湘莲便起身出来,瞅人不防,去了。至门外,命小厮杏奴:"先家去罢,我到城外就来。"说毕,直上马出城,桥上等候薛蟠。没顿饭时的工夫,只见薛蟠骑着一匹大马,远远的走来,张着口,瞪着眼,头拨浪鼓一般不住左右乱瞧。及至从湘莲马前过去,只顾望远处瞧,不曾留心近处,反踩过去了。湘莲又是笑,又是恨,便也撒马随后跟来。薛蟠往前看时,渐渐人烟稀少,便又圈马回来再找,不想一回头见了湘莲,如获奇珍,忙笑道:"我说你是个再不失信的。"湘莲笑道:"快[七]往前走,仔细人看见跟了来,就不好了。"说着,先就撒马前去,薛蟠也紧紧的跟随。

湘莲见前面人迹已稀,且有一带苇塘,便下马,将马拴在树上,向薛蟠笑道:"你下来咱们先设个誓,日后要变心,告诉人去的,就应誓了。"薛蟠笑道:"这话有理。"连忙下了马,也拴在树上,便跪下说道:"我要日久变了心,告诉人去的,天诛地灭!"一语未完,只听"噔"的一声,颈后好似铁锤砸[八]下来一般,只觉得一阵黑,满眼金星乱迸,身不由己,便倒下了。湘莲走上来瞧瞧,知他是个笨家子,不惯捱打,只使了三分气力,向他脸上拍了几下,登时便开了果子铺。薛蟠先还要挣扎起来,又被湘莲用脚尖点了两点,仍旧跌倒,口内说道:"原是两家情愿,你不依,只好说,为什么哄出我来打我?"一面说,一面乱骂。湘莲道:"我把你瞎了眼的,你认认大爷是谁!你并不哀求,你还伤我!我打死你也无益,只给你个利害罢。"说着,便取了马鞭子过来,从背至胫,打了三四十下。薛蟠酒已醒了大半,觉得疼痛难禁,不禁有"哎哟"之声。湘莲冷笑道:"也只如此!我只当你是[九]不怕打的。"一面说,一面又把薛蟠的左腿拉起来,朝苇中泞泥处拉了几步,滚的满身泥水,又问道:"你可认得我了?"薛蟠不应,只伏着哼哼。湘莲又掷下鞭子,用拳头向他身上擂了几下。薛蟠便乱滚乱叫,说:"肋条折了。我知道你是正经人,因为我错听了旁人的话了。"湘莲道:"不用拉旁人,你只说现在的。"薛蟠道:"现在也没有说的。不过你是个正经人,我错了。"湘莲道:"还要说软些,饶你。"薛蟠哼哼着道:"好兄弟。"湘莲便又一拳。薛蟠"哎哟"一声道:"好哥哥。"湘莲又连两拳,薛蟠忙"哎哟"叫道:"好老爷,饶了我这没眼睛的瞎子罢!从今以后我敬你、怕你了。"湘莲道:"你把这水喝两口。"薛蟠一面听了[十],一面皱眉道:"这水脏得很,怎么喝得下去!"湘莲举拳就打,薛蟠忙道:"我喝,我喝。"说着,只得俯头向苇根下喝了一口,犹未咽下去,只听"咕"的一声,把方才吃的东西都吐了出来。湘莲道:"好脏东西,你快吃干净了饶你。"薛蟠听了,叩头不迭说:"好歹积点阴功饶我罢!这个至死不能吃的。"湘莲道:"这样气息,倒熏坏了我。"说着丢下薛蟠,便牵马认镫骑上去了[十一]。这里薛蟠见他已去,放下心来,后悔自己不该误认了人。待要挣扎起来,无奈遍体疼痛难禁①。

谁知贾珍等在席上忽不见了他两个,便各处寻找不见。有人说:"恍惚出北门去了。"薛蟠的小厮们素日是惧怕他的,他吩咐了不许跟去,谁还敢找去?庚:亦如秦法自误。后来还是贾珍不放心,命贾蓉带着小厮们寻踪问迹,直找出北门,下桥二里多路,忽见一带苇坑旁边薛蟠的马拴在树上。众人都道:"可好了!有马必有人。"一齐来至马前,只听苇中有人呻吟。大家忙走来一看,只见薛蟠衣衫零碎,面目肿破,没头没脸,遍身内外,滚的似泥母猪一般。贾蓉心内已猜着了九分,忙

---

① 靖眉:纨袴子弟,齐来看此。

下马命人搀了出来，笑道："薛大叔天天调情，今儿调到苇子坑里来了。必是龙王爷也爱上你风流，想要你招驸马去，你就碰在龙犄角上了。"薛蟠羞的恨没地缝儿钻进去，那里爬的上马去？贾蓉只得命人到关厢里雇了一乘小轿来，薛蟠坐了，一齐进城。贾蓉还要抬往赖家赴席去，薛蟠百般央告，又命他不要告诉人，贾蓉方依允了，让他各自回家去了。贾蓉仍往赖家来回复贾珍，并说方才形象。贾珍也知被湘莲所打，笑道："他也须得吃了亏才好。"至晚散了，便来问候。薛蟠自在卧室将养，推病不见人。

且说贾母等回来，各自回房时，薛姨妈与宝钗见香菱哭得眼睛肿了。问其缘故，忙赶来瞧瞧薛蟠时，见脸上、身上虽有疮痕，并未伤筋动骨。薛姨妈又是心疼，又是发恨，骂一会薛蟠，又骂一会柳湘莲，意欲告诉王夫人，遣人寻拿湘莲。宝钗忙劝道："这不是什么大事，不过他们一处吃酒，醉后反脸，亦是常事。谁醉了，多挨几下子打，也是有的。况且咱们家的无法无天，人所共知。妈不过是心疼的缘故，要出气也容易，等三五天哥哥养好了出的去时，那边珍大哥、琏二哥这干人，也未必白丢开了手，自然备个东道，叫了那个人来，当着众人替哥哥赔不是、认罪就是了。如今妈先当件大事告诉众人，倒显得妈偏心溺爱，纵容他生事招人，今儿偶然吃了一次亏，妈就这样兴师动众，倚着亲戚之势欺压常人。"薛姨妈听了道："我的儿，到底是你想的到，我一时气糊涂了。"宝钗笑道："这才好呢。他又不怕妈，又不听人劝，一天纵似一天，吃过二三个亏，他倒罢了。"

薛蟠在炕上，痛骂柳湘莲，又命小厮们去拆他的房子，打死他，和他打官司。薛姨妈禁住小厮们，只说柳湘莲一时酒后放肆，如今酒醒，后悔不及，害怕逃走了。薛蟠见如此说了，气方渐平。且听下回分解。

【总评】自斗牌一节，写贵家长上之尊重，卑幼之侍奉。遭打一节，写薛蟠之呆，湘莲之豪，薛母、宝钗之言，无不逼真。

校　记：

［一］此处的"弄"字，原文为"弄个"，据庚辰本改。

［二］原文无"们"字，据蒙府本补。

［三］原文无"你"字，据庚辰本补。

［四］原文无"的"字，据庚辰本补。

［五］原文无"叫"字，据蒙府本补。

［六］此处的"在那里"三字，原文为"着"，据庚辰本改。

［七］此处的"快"字，原文为"忙"，据庚辰本改。

［八］此处的"砸"字，原文为"轧"，据蒙府本改。

［九］原文无"是"字，据蒙府本补。

［十］原文无"一面听了"数字，据庚辰本补。

［十一］此处的"牵马认蹬骑上去了"数字，原文为"牵马认蹬上骑去了"，据蒙府本改。

第四十八回

滥情人情误思游艺　慕雅女雅集苦吟诗

【回前】心地聪明性自灵，喜同雅品讲诗经，娇柔倍觉可怜形。皓齿朱唇真袅袅，痴情专意更娉娉，宜人解语小星星。

庚：题曰"柳湘莲走他乡"，必谓写湘莲如何走，今却不写，反细写阿呆兄之游艺心（原做了）了（原作心）却，湘莲之分内走者，而不细写其走，反写阿呆不应走而写其走。文牵歧（原作岐）路，令人不识者如此。

至"情小妹"回中（原作申），方写湘莲文字，真神化之笔。

话说薛蟠听见柳湘莲逃走，气方渐平。三五日后，疼痛虽愈，伤痕未平，只装病，愧见亲友。

转眼已到十月，因有各铺面伙计内有算年帐要回家的，少不得家内治酒饯行。内有一个张德辉，年过六十，自幼在薛家当铺内揽总，家内也有三二千金的过活，今岁也要回家，明春方来。因说起："今年纸扎、香料短少，明年必是贵的。明年先打发大小儿来当铺内照管照管，赶端阳节前我顺路贩些纸札、香扇来卖。除去关税花销，亦可以剩得几倍利息。"薛蟠听了，心下忖度："如今我捱了打，正难见人，想着要躲个一年半载，又没处去躲。天天装病，也不是事。况且我长了这么大，文不文，武不武，虽说做买卖，究竟戥子、算盘从没拿过，地土风俗、远近道路又不知道，不如也打点几个本钱，和张德辉逛一年来。赚钱也罢，不赚钱也罢，且躲躲羞去。二则逛逛山水也是好的。"心内主意已定，至酒席散后，便和张德辉说知，命他等一二日一同前往。

晚间薛蟠告诉了他母亲。薛姨妈听了虽是欢喜，但又恐他在外生事，花了本钱倒是末事，因此不命他去。只说："好歹你守着我，我还放心些。况且用不着你做买卖，也不等这几百银子来用。你在家里安分守己的，就强似这几百银子了。"薛蟠主意已定，那里肯依。只说："天天又说我不知世[一]事，这个也不知，那个也不学。如今我发狠，把那些没要紧的都断了，如今要成人主事，学习着做买卖，又不准我了，叫我怎么样呢？我又不是个丫头，把我关在家里，何日是个了？况且那张德辉又是个年高有德的，咱们和他是世交，我同他去，怎么得有舛错？我就一时半刻有不好的去处，自然他说我，劝我。就是东西贵贱行情，他是知道的，自然色色问他，何等顺利，倒不叫我去！过两日我不告诉家里，我自己打点了一走，明年发了财回来，那时才知道我呢。"说毕，赌气睡觉去了。

薛姨妈听他如此说，因和宝钗商议。宝钗笑道："哥哥果然要经历正事，正是好的了。只是他在家里说的好听，到了外头旧病复犯，越发难拘束他。但也愁不得许多。他若是真改了，是他一生的福。若不改，妈也不能又有别的法子：一半尽人力，一半听天命罢了。这么大人了，若只管怕他不知世路，出不得门，干不得事，今年关在家里，明年还是这个样儿。他既说的名正言顺，妈就打发他去试一试，只打量丢了八百、一千银子，横竖有伙计们帮着呢，也未必好意思哄骗他的。二则他出去了，左右没了助兴的人，又没了倚仗的人，到了外头，谁还怕谁，有了的吃，没了的饿着，举眼无靠，他见了这样，只怕比在家里省了事也未可知。"庚：作书者曾吃此亏，批书者亦曾吃此亏，故特于此注明，使后人深思默戒。脂砚斋。薛姨妈听了，思忖半响说道："倒是你说的是。花两个钱，叫他学些乖来也值了。"商议已定，一宿无话。

至次日，薛姨妈命人请了张德辉来，在书房中命薛蟠款待酒饭，自己在后廊下，隔着窗子，向里千言万语嘱托张德辉照管薛蟠。张德

第四十八回　滥情人情误思游艺　慕雅女雅集苦吟诗

辉满口应承,吃过饭告辞,又回说:"十四日是上好出门的日子,大世兄打点行李,雇下骡子,十四一早就长行了。"薛蟠喜之不尽,将此话告诉了薛姨妈。薛姨妈便和宝钗、香菱并两个老年的嬷嬷连日打点行装,派下薛蟠之乳父老苍头一名,当年谙事旧奴[二]二名,外有薛蟠随身常使小厮二人,主仆一共六人,雇了三辆大车,单拉行李使物,又雇了四个长行骡子。薛蟠自骑一匹家内养的大青走骡,外备一匹坐马。诸事完备,薛姨妈、宝钗等连日劝戒之言,自[三]不必细说。

至十三日,薛蟠先去辞了他母舅,然后过来辞了贾宅诸人。贾珍未免又有饯行之说,也不必细述。至十四日一早,薛姨妈、宝钗等直送薛蟠出了仪门,母女两个四只泪眼看他去了,方回来。

薛姨妈上京带来的[四]家人不过四五房,并两三个老嬷嬷、小丫头,今跟了薛蟠一去,外面只剩下一个男人。因此薛姨妈即到书房中,将一应陈设玩器并帘幔等物尽行搬了进来收贮,命那两个跟去的男子之妻一并也进来睡觉。又命香菱将他屋里也收拾严紧,"将门锁了,晚间和我去睡。"宝钗道:"妈既有这些人做伴,不如叫香菱姐姐和我做伴儿去。我们园子里又空,夜长了,我每夜做活,越多一个人岂不越好?"薛姨妈笑道:"正是忘了,原该叫他同你去才是。我前日还向你哥哥说,文杏又小,倒三不着两的,莺儿一个人不够伏侍的,还要买一个丫头来你使。"宝钗道:"买的不知底里,倘或走了眼,花了钱事小,没的淘气。倒是慢慢的打听着,有知道来历的,买个还罢了。"庚:闲言过耳无迹,然已伏下一事矣。一面说,一面命香菱收拾了衾褥妆奁,命一个老嬷嬷并臻儿送至蘅芜院去,然后宝钗和香菱才同回园中来。庚:细想香菱之为人也,根基不让迎、探,容貌不让凤、秦,端雅不让纨、钗,风流不让湘、黛,贤惠不让袭、平,所惜者幼年罹祸,命运乖蹇,致(原作足)为侧室,且虽曾读书,不能与林、湘辈并驰于海棠之社耳。然此一人岂可不入园哉?故欲令入园,终无可入之隙,筹画再四,欲令入园必呆兄远行后方可。然阿呆兄又如何方可远行?曰:名不可,利不可,正事不可,必得万人想不到自己忽一发机之事方可。因此思及"情"之一字,乃(原作及)呆兄(原无)素所误者,故借"情误"二字生出一事,使阿呆游艺之志已坚,则菱卿入园之隙方妥。回思因欲香菱入园,是写阿呆情误;因欲阿呆情误,先写一赖尚荣(原作华):实委婉严密之甚也。□□脂砚斋评。

香菱笑向宝钗道:"我原要和奶奶说的,大爷去了,我和姑娘做伴儿去。我又恐怕奶奶多心,说我贪着园内玩,谁知你竟说了。"宝钗笑道："我知道你心里羡慕这园子不是一日两日的了。只是没个空儿，就每日来一趟，慌慌张张的，也没趣儿。所以趁着这机会，率性住上一年，我也多个做伴的，你也遂了心。"香菱笑道："好姑娘，趁着这个工夫，你教给我作诗罢。" 庚：写得何其有趣！今忽见菱卿此句，合卷从纸上另走出一姣小美人来，并不是湘、林、探、凤等一样口气声色。真神骏之技，虽驰驱万里而不见有倦怠之色。 宝钗笑道："我说你'得陇望蜀'呢。我劝你今儿头一天进来，先出园东角门，从老太太起，各处各人你都瞧瞧，问候一声儿，也不必特意告诉他们说搬进园来。若有提起因由的，你只带口说我带了你进来做伴儿就完了。回来进了园子，再到各姑娘房里走走。"

香菱答应着才要走时，只见平儿忙忙走来。庚："忙忙"二字奇，不知何有妙文。香菱忙问了好，平儿只得勉强赔笑相问。① 宝钗因向平儿笑道："我今儿把他带了来做伴儿，正要打发人去回你奶奶一声儿。"平儿笑道："姑娘说的是那里话？我竟没话答应了。"宝钗道："这才是正理。店房也有个主人，庙里也有个住持。虽不是大事，到底告诉一声，便是园子里坐更上夜的人知道添了他两个，也好关门候户的。你回去就告诉一声罢，我不打发人说去了。"平儿答应着，因又向香菱笑道："你既来了，也不拜一拜街坊邻舍去？" 庚：是极，恰是戏言，实欲支出香菱去也。 宝钗笑道："我正要叫他去呢。"平儿道："你且不必往我们家去，二爷病了在家里呢。"香菱答应着去了，先从贾母处来，不在话下。

且说平儿见香菱去了，便拉宝钗悄说道："姑娘可听见我们家的新闻了？"宝钗道："我没听见新闻。因连日打发我哥哥出门，所以你们这里的事，一概也不知道，连姊妹们这两日也没见。"平儿笑道："老爷把二爷打了个动不得，难道姑娘就没听见？"宝钗道："早起恍惚听见一句，也信不真。我也正要瞧你奶奶去呢，不想你来了。又是为了什么打他？"平儿咬牙骂道："都是那贾雨村！什么半路途中，那里来的饿不死的野杂种！认了不到十年，生了多少事出来！今年春天，老爷不知在那个地方，看见了几把旧扇子，回家来看家里所有收着的些好扇子都不中用了，立刻叫人各处搜求。谁知就有一个不知死

---

① 庚眉："只得赔笑相问"，内有无限惊慌。作者摹似神情，无不周密。

的冤家，混号儿世人叫他作'石呆子'，穷的连饭也没的吃，偏他家就有二十把旧扇子，死也不肯拿出大门来。二爷好容易烦了多少情，见了这个人，说之再三，他把二爷请到他家里坐着，拿出这扇子略瞧了一瞧。据二爷说，原是不能再有的了，全是湘妃、棕竹、麋鹿、玉竹的，皆是古人写画的真迹，回来告诉老爷。老爷[五]便叫买他的，要多少银子给他多少银子。偏那石呆子说：'我饿死冻死，一千两银子一把我也不卖！'老爷没法，天天骂二爷。已经许他五百两了，先兑银子后拿扇子。他只是不卖，只说：'要扇子，先要我的命！'姑娘想想，这有什么法子？谁知雨村那没天理的听见了，便设了个法子，讹他拖欠官银子，拿他到衙门里去，说所欠官银，变卖家产赔补，把这扇子抄了来，做了官价送了来。那石呆子如今不知是死是活。老爷拿着扇子问着二爷说：'人家怎么弄来了？'二爷只说了一句：'为这点子小事，弄得人坑家败业，也不算什么能为！'老爷听了就生了气，说二爷拿话堵老爷了，因此这是第一件大的。还有几件小的，我也记不清，所以都凑在一处，就打起来了。也没拉倒用板子、棍子，就站着，不知拿什么混打了一顿，脸上打破了两处。我们听见姨太太那里有种丸药，上棒疮的，姑娘快寻一丸子给我，家去给他上。"宝钗听了，忙命莺儿去要了一丸子来与平儿。宝钗道："既这样，替我问候罢，我就不去了。"平儿答应着去了，不在话下。

且说香菱见过众人之后，吃过晚饭，宝钗等都往贾母处去了，自己便往潇湘馆中来。此时黛玉已好了大半，见香菱也进园来住，自是欢喜。香菱因笑道："我这一进来了，也得了空儿，好歹教给我作诗，就是我的造化了！"黛玉笑道："既要学作诗，你就拜我为师。我虽不通，大略还教得起你。"香菱笑道："果然这样，我就拜你作师。你可不许腻烦。"黛玉道："什么难事，也值得去学！不过是起承转合，当中承、转，是两副对子，平声的对仄声，虚的对实的，实的对虚的，若是果有了奇句，平仄虚实不对都使得的。"香菱笑道："怪道我常弄一本旧诗偷空儿看一两首，又有对的极工的，又有不对的，又听见说'一三五不论，二四六分明'。看古人的诗上，竟有二四六上错了的，所以天天的疑惑。如今听你一说，原来这些格调规矩竟是末事，只要词句新奇为上。"黛玉道："正是这个道理。词句究竟还是末事，第一是立意要紧。若意趣真了，连词句不用修饰，自是好的，这叫作'不以词害意'。"

香菱笑道："我只爱陆放翁的诗，有一对：

　　　　重帘不卷留香久　　古砚微凹聚墨多

说的真切有趣！"黛玉道："断不可看这样的诗。你们因不知诗，所以见了这浅近的就念，一入了这个格局，是再学不出来的。你只听我说，你若真心要学，我这里有王摩诘的全集，你且把他的五言律读一百首，细心揣摩透熟了，然后再读一二百首老杜的七言律，再李青莲的七言绝句读一二百首。肚子里先有了这三个人的诗做了底子，再把陶渊明、应场、谢、阮、庾、鲍等人的诗一看。你又是这样一个极聪明伶俐的人，不用一年的工夫，不愁是个诗翁了！"香菱听了，笑道："既这样，好姑娘，你就把这诗给我拿出来，我带回去夜里念几首也是好的。"黛玉听说，便命紫鹃将王右丞的五言律拿来，递与香菱，又道："你只看有红圈儿的，都是我选的，有一首念一首。不明白的问你姑娘，或者遇见我，我讲与你就是了。"香菱拿了诗，回至蘅芜院中，诸事不顾，只向灯下一首一首的读起来。宝钗连催他数次睡觉，他也不睡。宝钗见他这样苦心，只得随他去了。

　　一日，黛玉方梳洗完了，只见香菱笑吟吟的送了诗来，又要换杜律。黛玉笑道："共记得多少首？"香菱笑道："凡红圈选的我都读了。"黛玉道："可领略了些滋味没有？"香菱笑道："我倒领略了些滋味，不知可是不是，说与你听听。"黛玉笑道："正要讲究讨论，方能长进。你且说来我听。"香菱笑道："据我看来，诗的好处，有口里说不出来的意思，想去却是逼真的。有似无理的，想去竟是有情有理的。"黛玉笑道："这话有些意思了，但不知你从何处见得？"香菱笑道："见《塞上》一首内一联云：

　　　　大漠孤烟直　　长河落日圆

想来烟如何直？日自然是圆的：这'直'字似无理，'圆'字似太俗。

合上书一想，倒像是见了这景的。若说再找两个字换这两个字，竟找不出来。再还有：

  日落江湖白　　潮来天地青

这'白'、'青'两字也似无理。想来，必得这两字方才形容得尽，念在嘴里倒像有几千斤重的一个橄榄。还有：

  渡头余落日　　墟里上孤烟

这'余'字和'上'字，难为他怎么想来！我们那年上京来，那日下晚湾住船，岸上没有人，有几棵树，远远几家人家做晚饭，那个烟竟是碧青，连云直上。谁知我昨日晚上看了这两句，倒像又到了那个地方去了。"

  正说着，宝玉和探春也来了，也都入坐听他讲诗。宝玉笑道："既是这样，也不用看诗。会心处不用多，听你说了这两句，可知'三昧'你已得了。"黛玉笑道："你说他这'上孤烟'好，你还不知他这一句还是套了前人的来呢。我给你这一句瞧瞧，更比那个淡而现成。"说着便把陶渊明的"暧暧远人村，依依墟里烟"翻了出来，递与香菱。香菱瞧了，点头叹赏，笑道："原来'上'字是'依依'两字化出来的。"宝玉大笑道："你已得了，不用再讲，越发倒学杂了。你就作起来，必是好的。"探春笑道："明儿我补一个东道来，请你入社。"香菱笑道："姑娘何苦打趣我们，我不过羡慕，才学着玩罢了。"探春、黛玉都笑道："谁不是玩？难道我们是真作诗呢！若说我们认真成了诗，出了这园子，把人的牙还笑倒了呢。"宝玉道："这也算自暴自弃了。前日我在外头和相公们商议画儿，他们听见咱们起诗社，求我把稿子给他们瞧瞧。我就写了几首给他们看，谁不真心叹服。他们都抄了刻去了。"探春、黛玉忙问道："这是真话么？"宝玉笑道："说谎的是那架上的鹦哥儿。"黛玉、探春听说，都道："你真真胡闹！且别说那不成诗，便是成诗，我们的笔墨也不该传出去。"宝玉道："这怕什么！古来闺阁中的笔墨不要传出去，如今怎有人知道呢？"说着，只见惜春打发了入画来请宝玉，宝玉方去了。香菱又逼着换出杜诗来，又央告黛玉、探春二人："出个题目，等我诌去，诌了来，替我改正。"黛玉道："昨夜月景甚好，我正要诌一首，竟未诌成，你就作他一首来。十四寒的韵，由你爱用那几个字去。"

香菱听了，喜的拿了诗回来，又苦思一会，作两句诗，又舍不得杜律，又读两首。如此茶饭无心，坐卧不定。宝钗道："何苦自寻烦恼。都是颦儿引的你，我和他算帐去。你本来呆头呆脑的，再添上这个，越发弄成个呆子了。"庚："呆头呆脑的"，有趣之至！最恨野史有一百个女子，皆曰聪敏伶俐，究竟看来他行为也只平平。今以"呆"字为香菱定评，何等妩媚之至也！香菱笑道："好姑娘，别混我。"庚：如闻如见。一面说，一面作了一首，先与宝钗看。宝钗看了笑道："这个作法，你别怕臊，只管拿了给他瞧去，看他是怎么说。"香菱听了，便拿了诗找黛玉来。黛玉看时，只见写道是：

月挂中天夜色寒，清光皎皎影团团。
诗人助兴常思玩，旅客添愁不忍观。
翡翠楼边悬玉镜，珍珠帘外挂冰盘。
良宵何用烧银烛，晴彩辉煌映画栏。

黛玉看了，笑道："意思却有，只是措词不雅。皆因你看的诗少，被他缚住了。把这首丢开，再作一首，只管放开胆子去作。"

香菱听了，默默的回来，率性连房也不入，只在池边树下，或坐在石上出神，或蹲在地下抠土，来往的人都诧异。李纨、探春、宝钗、宝玉等听得此信，都远远的站在山坡上瞧着他笑。只见他皱一会眉，又自己含笑一会。宝钗笑道："这个人定要疯了！昨夜嘟嘟哝哝直闹到五更天才睡下，没一顿饭的工夫天就亮了。我就听见他起来了，忙忙碌碌梳了头就找颦儿去了。一回来，呆了半日，做了一首又不好，自然这会子另作呢。"宝玉笑道："这正是'地灵人杰'，老天生人再不虚赋性情的。我们成日叹说：可惜他这么个人竟俗了！谁知到底有今日！可见天地生人至公。"宝钗听了笑道："你能够像他这样苦心就好了，学什么不成的。"宝玉不答。

第四十八回　滥情人情误思游艺　慕雅女雅集苦吟诗

只见香菱兴头头的又往黛玉那边去了。探春笑道："咱们跟了去，看他有些意思没有。"说着，一齐都往潇湘馆来。只见黛玉正拿着诗和他讲究呢。众人因问黛玉作的如何，黛玉道："这也算难为他了，只是还不好。这一首过于穿凿了，还得另作。"众人因要诗看时，只见写道是：

　　非银非水映窗寒，试看晴空护玉盘。
　　淡淡梅花香欲染，丝丝柳带露初干。
　　只疑残粉涂金砌，恍若轻霜抹玉栏。
　　梦醒西楼人迹绝，余容犹可隔帘看。

宝玉看了笑道："不像吟月了，月字底下添一个'色'字倒还使得，你看句句倒[六]是月色。这也罢了，原是诗从胡说上起，再迟几天就好了。"香菱自为这首妙绝，听如此说，自己又扫了兴，不肯丢开手，便又思索起来。因见他姊妹们说笑，便自己走至阶前竹下闲步，抠心搜肠，耳不旁听，目不他视。一时探春隔窗笑说："菱姑娘！你闲闲罢。"香菱怔怔的答应道："'闲'字是十五删的，错了韵了。"众人听了，不觉大笑起来。宝钗道："可真是诗魔了。都是颦儿引的他！"黛玉笑道："圣人说，'诲人不倦'，他又来问我，我岂有不说的理。"李纨笑道："咱们拉他往四妹妹房里去，引他瞧瞧画儿，叫他也醒一醒才好。"

说着，真个出来拉他过藕香榭，至暖香坞中。惜春正乏倦，在床上歪着睡午觉，画缯[七]立在壁间，用纱罩着。众人唤醒了惜春，揭纱看时，十停方有了三停。香菱见画儿上有几个美人，因指着笑道："这个是我们姑娘，那个是林姑娘。"探春笑道："既会作诗的都画在上头，你快学罢。"说着，玩笑了一会。

各自散后，香菱满心还是思想。至晚间对灯出了一会神，至三更后上床卧下，两眼鳏鳏，直到五更方才朦胧睡去。一时天亮，宝钗醒了，听了一听，他安稳睡了，心下想："他翻腾了一夜，不知可作成了没有？这会子乏了，且别叫他。"正想着，只听香菱从梦中笑道："可是有了，难道这一首还不好？"宝钗听了，又是可叹，又是可笑，连忙唤醒了他，问他："得了什么了？你这诚心都通了仙了。学不成诗，还弄出病来呢！"一面说，一面起来梳洗了，会同姊妹们往贾母处来。原来[八]香菱苦志学诗，精神诚聚，日间不能作出，忽于梦中得了八句。梳洗已毕，便忙录出来。自己并不知好歹，便拿了又找黛玉来。刚至沁芳亭，只见李纨与众姊妹方从王夫人处回来，宝钗正告诉他们，说他梦中作诗说梦话。庚：一部大书起是梦，宝玉情是梦，贾瑞淫又是梦，秦氏（原作之）家计长策又是梦，今作诗也是梦，一柄（原作并）风月鉴（原作腌）亦从梦中所有，故曰（原无）"红楼（原作缕）梦"也。余今批评亦在梦中，特为梦中之人特作此一大梦也。□□脂砚斋。众人正笑着，抬头见他来了，便都争着要诗看。未知如何，且听下回分解。

【总评】一扇之微，而害人如此其毒，藏之者固是无味，购求者更觉可笑，多少没天理处，全不自觉。可见好爱之端，断不可生。求古董于古坟，争盆景而荡产，势所必至，可不慎诸。

校　记：

[一] 原文无"世"字，据庚辰本补。

[二] 此处的"旧奴"二字，庚辰本为"旧仆"。

[三] 此处的"自"字，原文为"是"，据蒙府本改。

[四] 原文无"的"字，据庚辰本补。

[五] 原文无"老爷"二字，据庚辰本补。

[六] 原文无"倒"字，据蒙府本补。

[七] 此处的"画缯"字，原文为"画绘"，据庚辰本改。

[八] 原文无"原来"二字，据庚辰本补。

第四十九回

白雪红梅园林佳景　割腥啖膻闺阁野趣

【回前】此回原为起社，而起社却在下回。然起社之地，起社之人，起社之景，起社之题，起社之酒肴，色色皆备，真令人跃然起舞。

庚：此回系大观园集十二正钗之文。

话说香菱见众人正在说笑，他便迎上去笑道："你们看这首，若使得，我便还学；若还不好，我就死了心了①。"说着，把诗递与黛玉及众人看时，只见写道是：

> 精华欲掩料应难，影自娟娟魄自寒。
> 一片砧敲千里白，半轮鸡唱五更残。
> 绿蓑江上秋闻笛，红袖楼头夜倚栏。
> 博得嫦娥应借问，何缘不使永团圆！

众人看了笑道："这首不但好，而且新巧有意趣。可知俗语说'天下无

---

① 蒙侧：说"死了心"不学，方是才人。"语不惊人死不休（原作体）"本怀。

难事，只怕有心人'。社里一定要请你了。"香菱听了心中不信，料着他们是哄自己的话，还只管问黛玉、宝钗等①。

正说之间，只见几个小丫头子并老婆子忙忙的走来，都笑道："来了好些姑娘、奶奶们，我们都不认得，奶奶、姑娘们快认亲去。"李纨笑道："这是那里的话？你们到底说明白了是谁的亲戚？"那婆子、丫头们都笑道："奶奶的两位妹妹都来了。还有一位姑娘，还有一位爷，说是薛大爷的兄弟，还有一位姑娘，说是薛大姑娘的妹妹，我这会子请姨太太去呢，奶奶和姑娘们先上去罢。"说着，一径去了。宝钗笑道："我们薛蝌和他妹妹来了不成？"李纨也笑道："我们婶子又上京来了不成？他们如何凑在一处？这可是奇事。"大家纳闷，来至王夫人上房内，只见乌压压的一地人。

原来邢夫人之兄嫂带了女儿岫烟进京，来投邢夫人的。可巧凤姐之兄王仁也正进京，两家亲戚一处打帮来了。走至半路泊船时，正遇见李纨之寡婶带着两个女儿——大名李纹，次名李绮——也上京。同叙起来又是亲戚，因此三家一路同行。后有薛蟠之从弟薛蝌，因当年他父亲在京时，已将胞妹薛宝琴许配都中梅翰林之子为婚②，正欲进京发嫁，闻得王仁进京，他也随后带了妹子赶来。所以今日会齐了，来访投各人亲戚。

于是大家见礼叙过，贾母、王夫人都欢喜非常。贾母因笑道："怪道昨儿晚上灯花爆了又爆，结了又结，原来应在今日③。"一面叙些家常，一面收看带来的礼物，一面命留酒饭。凤姐自不必说，忙上加忙。李纨、宝钗自然和婶母、妹子叙离别之情。黛玉见了，先是欢喜，次后想起众人皆有亲眷，独自己孤单，无个亲眷，不免又去垂泪④。宝玉深知其情，十分劝慰了一番方罢。

然后宝玉忙忙来至怡红院中，向袭人、麝月、晴雯等道："你们

---

① 蒙侧：听了不信，方是才人虚心。香菱可爱。
② 蒙侧：宝琴许配梅门，于叙事内先逗一笔，后文方不突然（原无），此等法脉，识者着眼。
③ 蒙侧："灯花"二语何等扯淡，何等包括有趣！着俗笔则语刺刺（原作喇喇）而不休矣。
④ 蒙侧：黛玉先喜后悲，不悲非情，不喜又非情，作……（按：下有缺文）。

还不快看人去！谁知宝姐姐的亲哥哥是那个样子，他这叔伯兄弟形容举止另是一样了，倒像宝姐姐同胞兄弟似的。更奇在你们成日家只说宝姐姐是绝色的人物，如今你们瞧瞧去，他这妹子，还有大嫂子的两个妹子，我竟形容不出来了。老天，老天，你有多少精华灵秀，生出这些人上之人来！可知我井底之蛙，成日家只说现在的这几个人，是有一无二的，谁知不必远寻，就是本地风光，一个赛似一个，如今我又长了一层学问了。除了这几个，难道还有几个不成？"一面自笑自叹。袭人见他又有些魔意，便不肯去瞧。晴雯等早去瞧了一遍，回来喜欢的笑向袭人道："你快瞧瞧去！大太太的一个侄女儿，宝姑娘一个妹妹，大奶奶的两个妹妹，倒像一把四根水葱儿。"

一语未了，只见探春也笑着进来找宝玉，因说道："咱们的诗社可兴旺了。"宝玉笑道："正是呢，这是你一高兴起诗社，所以鬼使神差来了这些人。但只一件，不知他们可学过作诗不曾？"探春道："我才都问了，他们虽是自谦，看其光景，没有不会的。便是不会也没难处，你看香菱就知道了。"袭人笑道："说薛大姑娘的妹妹更好，三姑娘看着怎么样？"探春道："果然的话。据我看怎么样，连他姐姐并所有这些人总不及他。"袭人听了，又是诧异，又笑道："这也奇了，还从那里再好去呢？我倒要瞧瞧去。"探春道："老太太一见了，喜欢的无可不可，已经逼着太太认了干女儿了。老太太要养活，才刚已经定了。"宝玉喜的忙问道："果然的？"探春道："我几时说过谎！"又笑道："有了这个好孙女儿，就忘了你这孙子了。"宝玉笑道："这倒不妨，原该多疼女儿些才是正理。明儿十六，咱们可该起社了。"探春道："林丫头刚起来了，二姐姐又病了，终是七上八下的。"宝玉道："二姐姐又不大作诗，没有他又何妨。"探春道："率性等几天，等他们新来的混熟了，咱们邀上他们岂不好？这会子大嫂子、宝姐姐自然心里没有诗兴，况且湘云又没来，颦儿才好了，人人不合式。不如等着云丫头来了，这几个新的也熟了，颦儿也大好了，大嫂子和宝姐姐心也闲了，香菱诗也长进了，如此邀一社岂不好？咱们两个如今且往老太太那里去听听，宝姐姐的妹妹不算，他一定是咱们家住定了的。倘或那三个要不在咱们家住，咱们央告着老太太留下他们，也在园子里住下，岂不多添几个人，越发有趣了。"宝玉听了，欢喜道：

"倒是你明白。我终究是个糊涂心肠，空欢喜一会子，却想不到这上头①。"

说着，兄妹二人一齐往贾母处来。且说贾母见了薛宝琴，甚是欢喜，便命王夫人认作干女儿，因此欢喜非常，连园中也不命住，晚上跟着贾母一处安寝。薛蝌自向薛蟠书房中住下。贾母便和邢夫人说："你侄女儿也不必家去了，园子里住几天，逛逛再家去。"邢夫人兄嫂家中原艰难，这一上京，原仗的是邢夫人与他们置房舍，帮盘缠，听如此说，岂不愿意〔一〕？邢夫人便将邢岫烟交与凤姐，凤姐筹算得园中姊妹多，性情不一，且又不便另设一处，莫若送到迎春一处去②，倘日后岫烟有些不遂意之事，纵然邢夫人知道了，与自己无干。从此后，若邢岫烟家去住的日期不算，若在大观园住到一个月上，凤姐亦照迎春分例一样送一分与岫烟。凤姐冷眼瞅着岫烟的心性行为，竟不像邢夫人并他父母一样，却是个极温厚可疼的人③。因此凤姐反怜他家贫命苦，比别的姊妹们多疼他些，邢夫人倒不大理论了。贾母和王夫人因素喜〔二〕李纨贤惠，且年轻〔三〕守节，令人敬服，今儿他寡婶来了，便不肯令他外头去住。那李婶虽十分不肯，无奈贾母执意不从，只得带着李纹、李绮在稻香村住下了。

这里安插既定，谁知保龄侯史鼎又迁委了外任大员，不日要〔四〕带了家眷去上任。贾母因舍不得湘云，便留下他了④，接到家中，原要命凤姐另设一处与他住。史湘云执意不肯，定要和宝钗一处住，因此也就罢了。

此时大观园中，比先热闹多少了⑤。李纨为首，余者迎春、探春、惜春、宝钗、黛玉、湘云、李纹、李绮、宝琴、岫烟，再添上凤姐和宝玉，一共十三个人。叙年庚，除李纨年纪最长，这十二个皆不过十五、六七岁，或有这三个同年，或有那五个共岁，或有这两个同

---

① 蒙侧：观宝玉"到底是你"数语，胸中纯是一团活泼泼天机。
② 蒙侧：凤姐一番筹算，总为与自己无干。奸雄每每如此。我爱之，我恶之。
③ 蒙侧：先叙岫烟，次叙李纨，又叙李纹、李绮，亦何精致可玩。
④ 蒙侧：史鼐未必左迁，但欲湘云赴社，故作此一折耳，莫（原作算）被他混过。
⑤ 蒙侧："此时大观园"数行收拾，是大手笔。

月、同日，或有那两个同刻、同时，所差者大半是时刻月分而已。连他们自己也不能记清谁长、谁幼了，连贾母、王夫人及家中婆娘、丫鬟，也不能细细分别，不过是"姊"、"妹"、"弟"、"兄"四个字随便乱叫。

如今香菱正满心满意只想作诗，又不敢罗唣宝钗，可巧来了个史湘云。那史湘云又是极爱说话的，那里禁得起香菱又请教他谈诗，越发高兴起来，便没昼没夜高谈阔论起来。宝钗因笑道："我实在聒噪的受不得了。一个女孩儿家，只管拿着作诗当正经事讲起来，叫有学问的人听了，反笑话说不守本分。一个香菱没闹清，偏又添了你这么个话口袋。满嘴里说的是什么：怎么是杜工部之沉郁，韦苏州之淡雅，又怎么是温八叉之绮靡，李义山之隐僻。放着现在的两个诗家不知道，提那些死人做什么！"湘云听了，忙笑问："现在是那两个？好姐姐，你告诉我。"宝钗笑道："呆香菱之心苦，疯湘云之话多。"二人听了，都大笑起来。

正说着，只见宝琴来了，披着一领斗篷，金翠辉煌，不知何物。宝钗忙问道："是那里的？"宝琴道："因下雪珠儿，老太太找了出来给我的。"香菱上来瞧道："怪道这么好看，原来是孔雀毛织的。"湘云笑道："那里是孔雀毛织的，就是野鸭子头上的毛做的。可见是老太太疼你了。这样疼宝玉，也没给他穿。"宝钗道："真俗语说'各人有缘法'。我再想不到他这会子来，既来了，又有老太太这么疼他。"湘云道："你除了在老太太跟前，就在园中来，这两处只管玩笑吃喝。到了太太屋里，若太太在屋里，只管和太太说笑，多坐一会无妨；若太太不在屋里，你可别进去，那屋里人多心坏，都是要害咱们的。"说的宝钗、宝琴、香菱、莺儿等都笑了。宝钗道："说你没心，却又有心；虽然有心，到底嘴太直了。我们这琴儿就有些像你。你天天说要我做亲姐姐，我今儿竟叫你认他做亲妹妹罢。"湘云又瞅了宝琴半日，笑道："这一件衣裳也就只配他穿，别人穿了，实在不配。"正说着，只见琥珀走来笑道："老太太说了，叫宝姑娘别管紧了琴姑娘。他还小呢，让他爱怎么着就由他怎么着。要什么东西只管要去，别多心。"宝钗忙起身来答应了，又推宝琴笑道："你也不知是那里来［五］的这段福气！你倒去罢，仔细我们委屈着你。我就不信我那些儿不如你。"

说话之间，宝玉、黛玉都进来了，宝钗犹是嘲笑。湘云因笑道："宝姐姐，你这话虽是玩话，却有人真心是这样想呢。"琥珀笑道："他倒不是这样人，真心恼的再无别人，就只是他。"口里说，手指着宝玉。宝钗对湘云笑道："莫不是他？"琥珀又笑道："不是他，就是他。"又指着黛玉。湘云便不喷声。庚：是不知道黛玉病中相谈赠燕窝之事也。□□脂砚。宝钗忙笑道："更不是了。我的妹妹和他的妹妹一样，他比我还更喜欢呢，那里还恼？你信云儿混说，他的那嘴有什么实据！"宝玉素习深知黛玉有些小性儿，然尚不知近日黛玉、宝钗之事，正恐贾母疼宝琴他心中不自在，今见湘云如此说了，宝钗又如此答，再审度黛玉声色亦不似往日，居然与宝钗之说相符，便心中闷闷不解。因想："他两个素日不是这样的，如今看来竟更比别人好了十倍。"一时又见林黛玉赶着宝琴叫妹妹，并不提名道姓，真是亲姊妹一般。那宝琴年轻心热，庚：四字道尽，不犯宝钗。□□脂砚斋评。本性聪明，自幼读书识字，庚：我批此书，竟得一秘诀以告诸公：凡（原作几）历史中所云才貌双全佳人者，细细通审之，只得一个粗知笔墨之女子耳。此书凡云知书识字者，便是上等才女，不信时，只看他通部行为及诗词诙谐皆可知。妙在此书从不肯自下评注，云此人系何等人，只借书中人闲评一二语，故不得有未密之缝被看书者指出，真狡猾之笔耳。今在贾府住了两日，大概人物已知。又见诸姊妹都不是那轻薄脂粉，且又和姐姐皆和契，故也不肯怠慢，其中又见林黛玉是个出类拔萃的，便更与他亲近异常。宝玉看着只是暗暗的纳闷。

一时，宝钗姊妹往薛姨妈房内去后，湘云往贾母处来，黛玉回房歇着。宝玉找了黛玉来，笑道："我虽看了《西厢记》，也曾有明白的几句，说了取笑，你还不恼过么。这如今想来，竟有一句不解的，我念出来你讲讲我听。"黛玉听了，便知有文章，因笑道："你念出来我听听。"宝玉笑道："那《闹简》上有一句说得最好，'是几时孟光接了梁鸿案？'这句最妙。孟光'接了梁鸿案'这五个字，不过是现成的典，难[六]为他这'是几时'的三个虚字问的有趣。是几时接了[七]？你说说我听。"黛玉听了，禁不住也笑了，因笑道："这原问的好。他也问的好，你也问的好。"宝玉道："先时你只疑我，如今你也没的说了，我反落了单。"黛玉笑道："谁知他竟真是个好人，我素日只当他藏奸。"因把说错了酒令起，连送燕窝病中所谈之事，细细告诉了宝玉。宝玉方知缘故，因笑道："我说呢，正纳闷'是几时孟光接了梁鸿案'，原来是从'小孩儿家口没遮拦'上就接了案了。"黛玉因又说起宝琴来，想起自己没有姊妹，不免又哭了。宝玉忙劝道："这又自寻烦恼了。你瞧瞧，今年比旧年越发瘦了，你还不保养保养。每天好好的，你必是自寻烦恼，哭一会子，才算完了这一天的事。"黛玉拭泪道："近来我只觉心酸，眼泪却像比旧年少了些似的。心里只管酸痛，眼泪却不多。"宝玉道："这是你哭惯了，心里疑的，岂有眼泪会少的！"

　　正说着，只见他屋里的小丫头子送了猩猩毡的斗篷来，又说："大奶奶才打发人来说，下了雪，要商议明日请人作诗呢。"一语未了，只见李纨的丫头走来请黛玉，宝玉便邀着黛玉同往稻香村来。黛玉换上掐[八]金挖云红香羊皮小靴，罩了一件大红羽纱面白狐皮里鹤氅，束一条青金闪绿双环四合如意绦，头上罩了雪帽。二人一齐踏雪行来，只见众姊妹已都在那边，都是一色大红猩猩毡与羽毛缎的斗篷，独李宫裁穿一件青哆啰呢对襟褂子，薛宝钗是一件莲青斗纹锦上添花洋线番羓丝的鹤氅，邢岫烟仍是家常旧衣裳，并无有遮雪之衣。一时史湘云来了，穿着贾母与他的一件貂鼠脑袋面子大毛黑灰鼠里子大褂子，头上带着一顶挖云鹅黄片金里大红猩猩毡昭君套，大貂鼠的风领围着。黛玉先笑道："你们瞧瞧，孙行者来了。他一般的也拿着雪褂子，故意装出一个小骚达子来。"湘云笑道："你们瞧我里头打扮的。"一面说，一面脱了褂子。只见他里头穿着一件半旧的靠色三镶领袖秋香色盘金五彩绣龙窄䘿小袖掩衿银鼠短袄，里面短短的一件水红装缎狐肷褶子，腰里束着一条蝴蝶结子长穗五色宫绦，脚下也穿着绿皮小靴，越显的蜂腰猿背，鹤势螂形。众人都笑道："偏他只爱打扮成个小子的样儿，原比他打扮女孩儿更俏丽些。"湘云笑道："快商议作诗！我听听是谁的东家？"李纨道："我的主意。想来昨儿的正日已过了，再等正日又太过，可巧又遇下雪，不如咱们大家凑个社，又给他们接风，又可以作诗。你们意思怎么样？"宝玉先道："这话很是。只是今日晚了，若到明日，晴了又无趣。"众人都道，"这雪未必晴。纵晴了，这一夜下的也够赏了。"李纨道："我这里虽好，又不比芦雪庵好。我已

庚：近之"拳谱"中有"坐马势"，便似螂之蹲立。昔人爱轻捷便俏，闲取一螂，观其仰颈叠胸之势。今四字无出处，却写尽矣。□□脂砚斋评。

经打发人笼地坑去了,咱们大家拥炉作诗。老太太想来未必高兴,况且咱们小玩儿,单给凤丫头个信儿就是了。你们每人一两银子就够了,送到我这里来。"指着香菱、宝琴、李纹、李绮、岫烟:"五个人不算,咱们里头二丫头病了不算,四丫头告了假也不算,你们四分子送了来,我包总五、六两银子也尽够了。"宝钗等一齐应诺。因又拟题限韵,李纨笑道:"我心里自己定了,等到了明日临期,横竖知道。"说毕,大家又闲话了一会,方往贾母处来。本日无话。

　　到了次日一早,宝玉因心里记挂着这事,一夜没好生得睡,天亮了就爬起来。掀起帐子一看,虽然门窗尚掩,只见窗上光辉夺目,内心踌躇起来,抱怨定是晴了,日光已出。一面忙起来揭起窗屉,从玻璃窗内往外一看,原来不是日光,竟是一夜大雪,下的将有一尺多厚,天上仍是搓绵扯絮一般。宝玉此时欢喜非常,忙唤起人来,盥漱已毕,只穿一件茄色哆啰呢狐皮袄子,罩一件海龙皮小小[九]鹰膀褂子,束了腰,披上玉针蓑,戴了金藤笠,登上沙棠屐,忙忙的往芦雪庵来。出了院门,四顾一望,并无二色,远远的是青松翠竹,自己却如装在玻璃盒内一般。于是走至山坡之下,顺着山脚刚转过去,已闻得一股寒香拂鼻。回头一看,却是妙玉门前栊翠庵中有十数株红梅如胭脂一般,映着雪色,分外显得精神,好不有趣!宝玉便住了脚,细细的赏玩一会。方欲走,只见蜂腰板桥上一个人打着伞走来,原来李纨打发了去请凤姐的人。

　　宝玉来至芦雪庵,只见丫鬟、婆子正在那里扫雪开径。原来这芦雪庵盖在傍山临水河滩之上,一带几间,茅檐土壁,槿篱竹牖,推窗便可垂钓,四面皆是芦苇,掩覆一条去径,逶迤穿芦度苇过去,就是藕香榭的竹桥了。众丫鬟、婆子见他披蓑戴笠来,都笑道:"我们才说正少个渔翁,如今果然全了。姑娘们吃了饭才来呢,你也太性急了。"宝玉听了,只得回来。刚至沁芳亭,只见探春正从秋爽斋出来,围着大红猩猩毡斗篷,戴着观音兜,扶着一个小丫头,后面一个妇人打着一把青绸油伞。宝玉知他往贾母处去,遂立在亭边,等他来到,二人一同出园前去。宝琴正在里间屋里梳头更衣。

　　一时,众姊妹来齐,宝玉只是嚷饿了,连连催饭。好容易等摆上饭来,头一样菜便是牛乳蒸羊羔,贾母便说:"这是我们有年纪的人的药，没见天日的东西，可惜你们小孩子们吃不得。今儿另外有新鲜鹿肉，你们等着吃罢。"众人答应了。宝玉却等不得，只拿茶泡了一碗饭，就着野鸡瓜子忙忙的咽完了。贾母道："我知道你们今儿又有事情，连饭也不顾了。"便叫"留着鹿肉与他晚上吃"，凤姐儿忙说："还有呢"，方罢了。史湘云悄和宝玉计较道："有新鲜鹿肉，不如咱们要一块，自己拿了园中弄着，又玩又吃。"宝玉听了，巴不得〔十〕一声儿，便真和凤姐要了一块，命婆子送入园中去。

一时，大家散后，进园齐往芦雪庵来，听李纨出题限韵，独不见湘云、宝玉二人。黛玉道："他两个再到不了一处，若到一处，生出多少事故来。这会子，一定算计那块鹿肉呢。"庚：联诗，极雅之事；偏于雅前写出小儿呶膻茹血极腌臜的事来，为锦心绣口作配。正说着，只见李婶也走来看热闹，因问李纨道："怎么那一个带玉的哥儿和那一个挂金麒麟的姐儿，那样干净清秀，又不少吃的，他两个在那里商议着要吃生肉呢，说的有来有去的。我只不信肉也生吃的。"众人听了，都笑道："了不得了，快拿了他两个来。"黛玉笑道："这可是云丫头闹的，我的卦再不错。"

李纨等忙出来找着他两个说道："你们两个要吃生的，我送你们到老太太那里去吃。那怕吃一只生鹿，撑病了不与我相干。这么〔十一〕大雪，怪冷的，替我作祸呢。"宝玉忙笑道："没有的事，我们烧着吃呢。"李纨道："这还罢了。"只见老婆子们拿了铁炉、铁叉、铁镞来，李纨道："仔细割了手，可不许哭！"说着，同探春过去了。

凤姐打发平儿来回复不能来，为发放年例正忙。湘云见了平儿，那里肯放。平儿也是个好玩的，素日跟着凤姐无所不至，见如此有趣，乐得玩笑，因而褪去手上的镯子，三个人围着火，平儿便要先烧三块吃。那边宝钗、黛玉平素看惯了，不以为异，宝琴等及李婶深为罕事。探春与李纨等已议定了题、韵。探春笑道〔十二〕："你闻闻，香气这里都闻见了，我也吃去。"说着，也找了他们来。李纨也随来，说："客已〔十三〕齐了，你们还没吃够？"湘云一面吃，一面说道："我吃这个方爱吃酒，吃了酒方才有诗。若不是这鹿肉，今儿断不能作诗。"说着，只见宝琴披着凫靥裘站在那里笑，湘云笑道："傻子，你来尝尝。"宝琴笑说："怪脏的。"宝钗笑道："你尝尝去，吃的甚有味。林姐姐弱，吃了不消化，不然他也爱吃。"宝琴听了，便过去吃了一块，果觉好吃，便也吃起来。

一时，凤姐打发丫头来叫平儿。平儿说："史大姑娘拉着我呢，你先去罢。"小丫头听说去了。一时只见凤姐也披了斗篷走来，笑道："吃这样好东西，也不告诉我！"说着也凑在一处吃起来。黛玉笑道："那里找这一群花子去！罢了，罢了！今日芦雪庵遭劫，生生被云丫头作践了。我为芦雪庵一哭！"庚：大约此话不独黛玉，观书者亦如此。湘云笑道："你知道什么！'是真名士自风流'，你们都清高，最可厌。我们这会子腥膻大吃大嚼，回来却［十四］是锦心绣口。"宝钗笑道："你回来若作不好了，把那鹿肉掏了出来，就把这雪压的芦苇子摁上些，以完此劫。"

说着，吃毕，洗漱了一回。平儿戴镯子时却少了一个，左右前后乱找了一番，踪迹全无。众人都诧异，凤姐笑道："我知道这镯子去向。你们只管不用找，作诗去，不出三日管就见了。"说着又问："你们今儿作什么诗？老太太说了，离年又近了，正月里还该作些灯谜儿大家玩笑。"众人听了，都笑道："可是倒忘了。如今赶着作几个好的，预备着正月里玩。"说着，一齐来至地炕屋里，只见杯盘果菜俱已齐备，墙上已贴出诗题来。宝钗、湘云二人忙看时，只见题目是"即景联句，五言排律一首，限二'萧'韵。"后面尚未列次序。李纨道："我不大会作诗，我只起三句罢，然［十五］后谁先得了谁先联。"宝钗道："到底分别次序的好。"要知端的，下回分解。

【总评】此回线索在斗篷，宝琴翠羽斗篷，贾母所赐，言其亲也。宝玉红猩猩毡斗篷，为后雪披一衬也。黛玉白狐皮斗篷，明其弱也。李宫裁斗篷是哆啰呢，昭其质也。宝钗斗篷是莲青斗纹锦，致其文也。贾母是大斗篷，尊之词也。凤姐是披着斗篷，恰似掌家人也。湘云有斗篷不穿，著其异样行动也。岫烟无斗篷，叙其穷也。只一斗篷，写得前后照耀生色。

一片含梅咀雪文字，偏从雉肉、鹿肉、鹌鹑肉上以渲（原作煊）染之，点成异样笔墨，较之雪吟雪赋诸作，更觉优秀。

校　记：

［一］原文无"邢夫人与他们置房舍，帮盘缠，听如此说，岂不愿意"一句，据庚辰本、蒙府本补。

［二］此处的"素喜"二字，原文为"素习"，据庚辰本、列藏本、梦稿本改。

［三］此处的"年轻"二字，原文为"轻年"，据庚辰本、梦稿本改。

［四］此处的"要"字，原文为"又"，据庚辰本改。

［五］原文无"来"字，据蒙府本补。

［六］此处的"难"字，原文为"雅"，据庚辰本改。

［七］此处的"是几时接了"，原文为"是几时接了你"，据蒙府本删去"你"字。

［八］原文无"掐"字，据庚辰本补。

［九］此处的"小小"二字，原文为"小"，第二个"小"字，据庚辰本补。

［十］此处的"巴不得"三字，原文为"把不得"，据庚辰本改。

［十一］"这么"二字，原文为"怎么"，据蒙府本改。

［十二］"探春与李纨等已议定了题、韵。探春笑道"一句，原文为："探春与李纨笑道"，据庚辰本改。

［十三］原文无"已"字，据庚辰本补。

［十四］此处的"却"字，原文为"都"，据蒙府本改。

［十五］原文无"然"字，据庚辰本补。

第五十回

芦雪庵争联即景诗　暖香坞雅制春灯谜

【回前】 此回着重在宝琴，却出色写湘云。写湘云联句极敏捷聪慧，而宝琴之联句不少于湘云，可知出色写湘云，正所以出色写宝琴。出色写宝琴者，全为与宝玉提亲作引也。金针暗度，不可不知。

　　话说薛宝钗道："到底分个次序，让我写出来。"说着，便令众人拈阄为次序。第一却是李纨，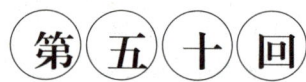然后按次各个开出〔一〕。凤姐道："既这样说，我也说一句在上头。"众人都笑说："更妙了！"宝钗便将稻香老农之上，补了个"凤"字，李纨又将题目讲与他听。凤姐想了半日，笑道："你们可别笑话，我只有一句粗话，下剩的我就不知道了。"众人都笑道："越是粗话越好，你说了就只管干正经事去罢。"凤姐笑道："我想下雪必刮北风。昨夜听见一夜的北风，我有了一句，就是'一夜北风紧'，可使得？"众人听了，都相视笑道："这句虽粗，不见底下的，这正是会作诗的起法。不但好，而且留了多少地步与后人。就是这句为首，稻香老农快写上，续下去！"凤姐和李婶、平儿又吃了两杯酒，各自去了。这里李纨写上：

　　一夜北风紧，

自己联道：

  开门雪尚飘。入泥怜洁白，

香菱道：

  迎地[二]惜琼瑶。有意荣枯草，

探春道：

  无心饰萎苕。价高村酿熟，

李绮道：

  年稔府梁饶。葭动灰飞管，

李纹道：

  阳回斗转杓。寒山已失翠，

岫烟道：

  冻浦不闻潮。易挂疏枝柳，

湘云道：

  难堆破叶蕉。麝煤融宝鼎，

宝琴道：

  绮袖笼金貂。光夺窗前镜，

黛玉道：

  香粘壁上椒。斜风仍故故，

宝玉道：

  清梦转聊聊。何处梅花笛？

宝钗道：

  谁家碧玉箫？鳌愁坤轴陷[三]，

李纨笑道："我替你们看热酒去罢。"宝钗命宝琴续联，只见湘云站起来道：

  龙斗阵云销。野岸回孤棹，

宝琴也站起道：

  吟鞭指灞桥。赐裘怜抚戍，

湘云那里肯让人，且别人也不如他敏捷，都看他扬眉挺身的说道①：

  加絮[四]念征徭。坳垤审夷险，

---

① 靖眉：的是湘云，写海棠是一样笔墨，如今联句，又是一样写法。

宝钗连声赞好，也便联道：

　　　　　　林枝[五]怕动摇。皑皑轻趁步，

黛玉忙联道：

　　　　　　剪剪舞随腰。煮芋成新赏，

一面说，一面推宝玉，命他联。宝玉正看宝钗、宝琴、黛玉三人共战湘云，十分有趣，那里还顾得联诗，今见黛玉推他，方联道：

　　　　　　撒盐是旧谣。艇蓑[六]犹泊钓，

湘云笑道："你快下去，你不中用，倒耽搁了我。"一面只听宝琴联道：

　　　　　　林斧乍停樵[七]。伏象千峰凸，

湘云忙联道：

　　　　　　盘蛇一径遥。花缘经冷聚，

宝钗与众人又忙赞好。探春联道：

　　　　　　色岂畏霜凋。深院惊寒雀，

湘云正渴了，忙忙的吃茶，已被岫烟联道：

　　　　　　空山泣老鸮。阶墀随上下，

湘云忙丢下茶杯，忙联道：

　　　　　　池水任浮漂。照耀临清晓，

黛玉联道：

　　　　　　缤纷入永宵。诚忘三尺冷，

湘云忙联道：

　　　　　　瑞释九重焦。僵卧谁相问，

宝琴也忙笑联道：

　　　　　　狂游客喜招。天机断缟带，

湘云道：

　　　　　　海市失鲛绡。

林黛玉不容他道，接着便道：

　　　　　　寂寞荒池榭，

湘云忙联道：

　　　　　　清贫陋巷瓢。

宝琴也不容情，也忙道：

烹茶冰渐沸，

湘云见了，自为又该自己，忙联道：

煮酒叶难烧。

黛玉也笑道：

没帚山僧扫，

宝琴也笑道：

埋琴稚子挑。

湘云笑弯了腰，忙念了一句，众人问"到底说的是什么？"湘云喊道：

石楼闲睡鹤[八]，

黛玉笑的捂着胸口，高声嚷道：

锦罽暖亲猫。

宝琴也忙笑道：

月窟翻银浪，

湘云忙联道：

霞城隐赤标。

黛玉忙笑道：

沁梅香可嚼，

宝钗笑着称好，也忙联道：

淋竹醉堪调。

宝琴也忙道：

或湿鸳鸯带，

湘云忙联道：

犹凝翡翠翘。

黛玉又忙道：

无风仍脉脉，

宝琴也忙笑联道：

不雨亦潇潇。

湘云伏着已笑软了。众人看他三人对抢，也顾不得作诗，看着也只是笑。黛玉还推他往下联，又道："你也有才尽力穷之时，我听听，还有什么舌根嚼了！"湘云只伏在宝钗怀里，笑个不住。宝钗推他起来道:"你有本事,把'二萧'的韵全用完了,我才服你。"湘云起身笑道:"我也不是作诗,竟是抢命了。"众人笑道:"倒是你自己说罢。"探春早已料定没有自己联的份了,便命写出来,因说道:"没收住呢。"李纨听了,接过来便联道:

　　欲志今朝乐,

李绮收了一句道:

　　凭诗祝舜尧。

李纨道:"够了,够了。虽无作完了韵,若生扭用了,倒不好。"说着,大家来细细评论一会,独湘云的多,都笑道:"这都是那块鹿肉的功劳。"

李纨笑道:"逐句评去,都还一气,只是宝玉又落了第了。"宝玉笑道:"我原不会联句,只好担待我罢。"李纨笑道:"也没有社社担待你的。又说韵险了,又整误了,又不会联句了,今日必罚你。我才看见栊翠庵的红梅有趣,我要折一枝来插瓶。可厌妙玉为人,我不理他。如今罚你去折一枝来。"众人都道:"这罚的又雅又有趣。"宝玉也乐为,答应着便要走,湘云、黛玉一齐说道:"外头冷得很,你且吃一杯热酒再去。"湘云早执起壶来,黛玉递了一个大杯,满斟了一杯,湘云笑道:"你吃了我们这杯酒,你要取不来,加倍罚你。"宝玉忙吃了酒,冒雪而去。

李纨命人好生跟着,黛玉忙拦说:"不必,有了人反不得了。"李纨点头说:"是。"一面命丫鬟将一个耸肩瓶拿来,贮了水准备插梅,因又笑道:"回来该咏红梅了。"湘云忙道:"我先作一首。"宝钗忙道:"今儿断乎不容你再做了。你都抢了去,别人都闲着,也没趣。回来还罚宝玉,他说不会联句,如今就叫他自己[九]作去。" 庚:想此刻宝玉已到庵中矣。

黛玉笑道:"这话很是。我还有主意,方才联句不够,莫若拣那联的少的人作红梅。"宝钗笑道:"这话是极。方才邢、李三位屈才,又且是客。琴儿和颦儿、云儿三个人也抢了许多了,我们一概都不作,只让他三个作才是。"李纨因说:"绮儿也不大会作,还是让琴妹妹罢。"宝钗只得依允,庚:想此刻二玉已会,不知肯见赐否?又道:"就用'红梅花'三个字作韵,每人一首七言律。邢大妹妹作'红'字，李大妹妹作'梅'字，琴儿作'花'字。"李纨道："饶过宝玉去，我不依。"湘云忙道："有个好题目叫他作。"众人问是何题？湘云道："命他就作《访妙玉乞红梅》，岂不有趣？"众人听了，都说有趣。

一语未了，只见宝玉笑嘻嘻背了一枝红梅进来，众丫鬟忙已接过，插入瓶中。众人都笑称谢，宝玉笑道："你们赏玩罢，也不知费了我多少精神呢。"说着，探春又递过一杯暖酒来，众丫鬟上来接了蓑笠掸雪。各人房中丫鬟都添送衣服来，庚：冬日午后景况。袭人也遣人送了半旧的狐腋褂来。李纨命人将那蒸的大芋头盛了一盘，又将朱橘、黄橙、橄榄等物盛了两盘，命人带与袭人吃去。湘云且告诉宝玉方才的诗题，又推宝玉快作，宝玉道："好姐姐妹妹，让我自己用韵罢。别限韵了。"众人都说："随你作去罢。〔十〕"

一面说，一面大家看梅花。原来这枝梅花只有二尺来高，旁有一横枝纵横而出，约有五六尺长，其间小枝分歧，或如蟠螭，或如僵蚓，或孤削如笔，或密聚如林，花吐胭脂，香欺兰蕙，庚：一篇《红梅赋》。各个称赏。谁知邢岫烟、李纹、薛宝琴三人都已吟成，各自写了出来。众人便依"红梅花"三字之序看〔十一〕去，写道是：

咏红梅花 得"红"字　邢岫烟
桃未芳菲杏未红，冲寒先喜〔十二〕笑东风。
魂飞庚岭春难辨，霞隔罗浮梦未通。
绿萼添妆融宝炬，缟仙扶醉跨残虹。
看来岂是寻常色，浓淡由他冰雪中。

咏红梅花 得"梅"字　李纹〔十三〕
白梅懒赋赋红梅，逞艳先迎醉眼开。
冻脸有痕皆是血，酸心无限〔十四〕亦成灰。
误吞丹药移真骨，偷下瑶池脱旧胎。
江北江南春灿烂，寄言蜂蝶漫疑猜。

咏红梅花 得"花"字　薛宝琴

疏是枝条艳是花，春妆儿女竞奢华。
闲庭曲槛无余雪，流水空山有落霞。
幽梦冷随红袖笛，游仙香泛绛河槎。
前生定是瑶台种，无复相疑色相差。

众人看了，都笑称赏了一番，又指末一首说更好。宝玉见宝琴[十五]年纪最小，才更敏捷，深为奇异。黛玉、湘云二人斟了一小杯酒，齐贺宝琴，宝钗笑道："三首各有好处。你们两个天天捉弄厌了我，如今又捉弄他来了。"

李纨又问宝玉："你可有了？"宝玉道："有倒有了，才一看见那[十六]三首，又唬忘了，等我再想一想。"湘云听说，便拿了一支铜火箸击着香炉，笑道："我击鼓了，若鼓绝不成，又要罚了。"宝玉笑道："我已有了。"黛玉提起笔来，笑道："你念，我写。"湘云便击了一下，笑道："一鼓绝。"宝玉笑道："有了，你写吧。"众人听他念道：

　　酒未开樽句未裁，

黛玉写了，摇头笑道："起的平平。"湘云又道"快着！"宝玉笑道：

　　寻春问腊到蓬莱。

黛玉、湘云都点头笑道："有些意思了。"宝玉又道：

　　不求大士瓶中露，为乞嫦娥[十七]槛外梅。

黛玉写了，又摇头道："巧凑而已。"湘云忙催二鼓，宝玉又笑道：

　　入世冷挑红雪去，离尘香割紫云来。
　　槎枒谁惜诗肩瘦，衣上犹沾佛院苔。

第五十回　芦雪庵争联即景诗　暖香坞雅制春灯谜

黛玉写毕，大家才评论，只见几个丫鬟跑进来回道："老太太来了。"

众人忙迎出来。大家又笑道："怎么这样高兴！"说着，远远见贾母围着大斗篷，戴着灰鼠暖兜，坐着小竹轿，打着青绸伞，众人拥轿而来。李纨等忙往上迎，贾母命人止住说："只站在那里就是了。"来至跟前，贾母笑道："我瞒着你太太和凤丫头来了。大雪地里，我坐着这个无妨，没的叫他娘儿们来踏雪。"众人忙一面上前接斗篷，搀扶下轿，一面答应着。贾母来至室中，先笑道："好俊梅花！你们也会乐，我来着了。"说着，李纨早命人拿了个大狼皮褥子来铺在当中。贾母坐了，因笑道："你们只管照旧玩笑吃喝。我因为天短了，不敢睡中觉，抹了一会骨牌，忽然想起你们来了，我也来凑个趣儿。"李纨早又捧过手炉来，探春另拿一副杯箸来，亲自斟了暖酒，奉与贾母。贾母便饮了一口，便问那个盘子里是什么东西。众人忙捧了过来，回说是糟鹌鹑，贾母道："这倒罢了，撕一两点腿子来。"李纨忙答应了，要水洗手，亲自来撕。贾母又道："你们仍旧坐下说笑我听。"又命李纨："你也只管坐下，就如同我没来的一样才是，不然我就去了。"众人听了，方依次坐下，只李纨挪到尽下边去了。贾母因问作何事来着，众人便说作诗。贾母道："有作诗的，不如作些灯谜，大家正月里好玩。"众人答应了。说笑了一会，贾母便说："这里潮湿，你们别久坐，仔细受了潮湿。"因说："你四妹妹那里暖和，我们到那里瞧瞧他的画儿，赶年可有了。"众人笑道："那里能年下就有了？只怕明年端阳有了。"贾母道："这还了得！他竟比盖园子还费工夫。"

说着，仍坐了竹轿，大家围随，过了藕香榭，穿入一条夹道，东西两边皆有过街门，门楼之上里外皆嵌石头匾，如今进的是西门，向外的匾上凿着"穿云"二字，向里的凿的"度月"两字。来至当中，向南的正门，贾母下了轿，惜春已接了出来。从里游廊过去，便是惜春的卧房，门斗上有"暖香坞"三个字。庚：看他又写出一处。从起至末一笔一部之文也有，千万笔成一部之文也有，一二笔成一部之文也有。如"试才"一回，起若都说完，以后则索然无味，故留此几处，以为后文之点染也。此方活泼不板，眼目屡新。早有几个人打起猩红毡帘，已觉温香拂脸。庚：各处皆如此，非独因"暖香"二字方有此景。戏注于此，以博一笑耳。大家进入房中，贾母并不归坐，只问画儿画的在那里。惜春笑回道："天气寒冷了，胶性皆凝涩不润，画了不好看，故此收起来。"贾母笑道："我年下就要的。你别托懒儿，快拿出来给我快画。"

一语未了，忽见凤姐披着紫绒褐裖，笑孜孜的来了，口内说道："老祖宗今儿也不告诉人，私自就来了，耍的我好找。"贾母见他来了，心中自是喜悦，便道："我怕你们冷着了，所以不许人告诉你们去。你真个鬼灵精儿，到底找了我来。论理，孝敬不在这上头。"凤姐笑道："我那里是孝敬的心找了来？我因为到了老祖宗那里，鸦没雀静的，庚：这四个字俗语中常闻，但不能落纸笔耳。便欲写时，究竟不知系何四字。今如此写来，真是不可移易。问小丫头子们[十八]，他们也不肯说，叫我到园子里来。我正疑惑，忽然又来了两三个姑子，我心里才明白了。那姑子必是来送年疏，或要年例香火银子，老祖宗年下的事也多，一定是躲债来了。我赶忙问了那姑子，果然不错。我连忙把年例给了他们去了。来回老祖宗，债主已去，不用躲了。已备下希嫩的野鸡，请吃晚饭去，再迟一会子就老了。"他一行说，众人一行笑。

凤姐也不等贾母说话，便命人抬过轿子来。贾母笑着，扶了凤姐，仍上竹轿，带着众人，说笑着出了夹道的东门。一看四面粉妆银砌，忽见宝琴披着凫靥裘站在山坡上遥等，身后一个丫鬟抱着一瓶红梅。众人都笑道："怪道少了两个人，他却在这里等着，也弄梅花去了。"贾母喜的忙笑道："你们瞧，这雪坡上配着他的这个人品，又是这件衣裳，后头又是这梅花，像个什么？"众人都笑道："就像老太太屋里挂的仇十洲画的《艳雪图》。"贾母摇头笑道："那画的那里有这件衣裳？人也不能这样好！"一语未了，只见宝琴身后又转出一个披大红猩毡的人来，贾母道："那又是那个女孩儿？"众人道："姑娘们都在这里，那是宝玉。"贾母笑道："我的眼越发花了。"说话之间，来至跟前，可不是宝玉！和宝琴笑向宝钗、黛玉等道："我才又到了栊翠庵。妙玉每人送了你们一枝梅花，已经打发人送去了。"众人都笑说："多谢你费心。"

说话之间，已出了园门，来至贾母房中。吃毕饭，大家又说笑了一会。忽见薛姨妈也来了，说："好大雪，一日也没过来望候老太太。今日老太太倒不高兴？正该赏雪才是。"贾母笑道："何曾不高兴了！我找了他们姊妹们去玩了一会子。"薛姨妈笑道："昨儿晚上，我原想着今儿要和我们姨太太借一日园子，摆两桌粗酒，请老太太赏雪的，又见老太太安息的早。我听得女儿说,老太太心下不大爽快,因此今日也没敢惊动。早知如此,我正该请的。"贾母笑道:"这才是十月里头场雪,往后下雪的日子多呢,再破费不迟。"薛姨妈笑道:"果然如此,算我的孝心虔了。"凤姐笑道:"姑妈仔细忘了,如今先秤五十两银子来,交给我收着;一[十九]下雪,我就预备下,姑妈也不用操心,也不得忘了。"贾母笑道:"既这么说,姨太太就给他五十两银子收着,我和他每人分二十五两,到下雪的日子,我装心里不快,就混过去了,姨太太更不用操心,我和凤姐得了实惠。"凤姐将手一拍,笑道:"妙极了,这和我的主意一样。"众人都笑了,贾母笑道:"呸!没脸的,就顺着竿子爬上来了!你不说姨太太是客,在咱们家受委屈,我们该请姨太太才是,那里有破费姨太太的理!不这样说呢,还有脸先要五十两银子,真不害臊!"凤姐笑道:"我们老祖宗最是[二十]有眼色的,试一试,姑妈若松呢,拿出五十两来,就和我分。这会子估量着不中用了,翻过脸来拿我作法子,说出这些话来。如今我也不和姑妈要银子,我竟替姑妈出银子置了酒,请老太太吃了,我另外再封五十两银子孝敬老祖宗,算是罚我包揽闲事。这可好不好?"话未说完,众人已笑倒在炕上。

贾母因又说及宝琴雪下折梅比画儿上还好,又细问他年庚八字并家内景况。薛姨妈度其意思,大约要与宝玉求配。薛姨妈心中固也遂意,只是已许过梅家,因贾母尚未明说,自己也不好拟定,遂半吐半露告诉贾母道:"可惜这孩子没福,前年他父亲就没了。他从小儿见的世面倒多,跟着他父亲四山五岳都走遍了。他父亲是好乐的,各处因有买卖,带着家眷,这一省逛一年,明年又往那一省逛半年,所以天下十停倒走了五六停了。那年在这里,把他许了梅翰林儿子,偏第二年他父亲就辞世了,如今他母亲又是痰疾。"凤姐也不等说完,便"哎"声不止说:"偏不巧,我正要作个媒呢,又已经许了人家。"贾母笑道:"你给谁说媒?"凤姐笑道:"老祖宗别管,我心里看准了他们两个却是一对。如今已许了人家,说也无益,不如不说罢了。"贾母也知凤姐之意,听见有了人家,也就不提了。大家又闲话了一会方散,一宿无话。

次日雪晴。饭后,贾母又亲嘱惜春:"不管冷暖,只画去,赶到年下，十分不能便罢了。第一要紧把昨日琴儿和丫头、梅花，照样，一笔别错，快快添上。"惜春听了虽是为难，只得应了。一时众人都来看他如何画，惜春只是出神。

李纨因笑向众人道："让他自己想去，咱们且说话儿。昨日老太太只叫作灯谜儿，回了家和绮儿、纹儿睡不着，我就编了两个《四书》的。他两个每人也编了一个。"众人听了，都笑道："这倒该作的。先说了，我们猜猜。"李纨笑道："'观音未有世家传'，打《四书》一句。"湘云接着说："就是在'止于至善'。"宝钗笑道："你也想一想'世家传'的意思再猜。"李纨笑道："再想。"黛玉笑道："哦，是了。是'虽善无征'。"众人都笑道："这句是了。"李纨又道："一池青草草何名。"湘云又忙道："这一定是[二一]'蒲芦'也。再不是不成？"李纨笑道："这难为你猜。纹儿的是'水向石边流出冷'，打一古人名。"探春看着他，笑问道："可是山涛？"李纨道："是。"又道："绮儿的是'萤'字，打一个字。"众人猜了半日，宝琴笑道[二二]："这个意思却深，不知可是花草的'花'字？"李绮笑道："恰是了。"众人道："萤与花何干？"黛玉笑道："妙得很！萤可不是草化的？"众人会意，都笑了说："妙！"

宝钗道："这些虽好，不合老太太的意，不如作些浅近的物儿，大家雅俗共赏才好。"众人都道："也要作些浅的俗物才是。"湘云想了一想，道："我编了一支《点绛唇》，却真是个俗物，你们猜猜。"说着念道：

溪壑分离，红尘游戏，真何趣？名利犹虚，后事[二三]终难继。

众人都不解，想了半日，也有猜是和尚的，也有猜是道士的，也有猜是偶戏人的。宝玉笑了半日，道："都不是，我猜着了，必定是耍的猴儿。"湘云笑道："这正是这个了。"众人道："前头却好，末后一句怎么解？"湘云道："那个耍的猴儿不是剁了尾巴去的？"众人听了，都笑起来，说："偏他编个谜儿也是刁钻古怪的。"

李纨道："昨儿姨妈说，琴儿妹妹见的世面多，走的道路也多，你正该编谜儿，正用着。你的诗又好，何不编几个我们猜一猜？"宝琴听了，点头含笑，自去寻思。宝钗也有了一个，念道：

镂檀锲梓一层层，岂系良工堆砌成？
虽是半天风雨过，何曾闻得梵铃声！
————打一物

众人猜时，宝玉也有了一个，念道：

天上人间两渺茫，琅玕节过谨提防。
鸾音鹤信须凝睇，好把唏嘘答上苍。

黛玉也有了一个，念道是：

騄駬何劳缚紫绳？驰城逐堑见狰狞。
主人指示风雷动，鳌背三山独立名。

探春也有了一个，方欲念时，宝琴走过来笑道："我从小儿所走的地方古迹不少。我如今拣了十个地方的古迹，作了《十首怀古》。诗虽粗鄙，却怀往事，又暗隐俗物十件，姐姐们请猜一猜。"众人听了，都说："这倒巧，何不写出来大家看看？"要知端的，下回分解。

【总评】诗词之俏丽，灯谜之隐秀不待言，须看他极整齐，极参差，愈忙迫，愈安闲，一波一折，路转峰回，一落一起，山断云连，各人局度，各人情性都现。至李纨主坛而起句却在凤姐，李纨主坛而结句却在最少之李绮，另是一样弄奇。

最爱他中幅惜春作画一段，似与本文无涉，而前后文之景色人物，莫不筋动脉摇，而前后文之起伏照应，莫不穿插映带。文字之奇，难以言状。

校　记：

［一］原文无"然后按次各个开出"一句，据庚辰本补。

［二］此处的"迎地"二字，蒙府本同，庚辰本为"匝地"。

［三］此处的"坤轴限"三字，蒙府本同，庚辰本为"坤轴陷"。

［四］此处的"加絮"二字，原文为"如絮"，据庚辰本改。

［五］此处的"林枝"二字，蒙府本为"枝林"，庚辰本为"枝柯"。

［六］此处的"艇蓑"二字，蒙府本为"带蓑"，庚辰本为"苇蓑"。

［七］此处的"乍停橈"三字，蒙府本、庚辰本均为"不闻樵"。

［八］此处的"闲睡鹤"三字，原文为"闲睡鸭"，据蒙府本改。

［九］此处的"自己"二字，原文为"自"，据庚辰本补"己"字。

［十］原文无"'……别限韵了。'众人都说：'随你作去罢。'"一句，据庚辰本补。

［十一］此处的"看"字，原文为"作"，据庚辰本改。

［十二］原文无"喜"字，据蒙府本补，庚辰本为"已"字。

［十三］此处的"李纹"二字，原文为"李绮"，据庚辰本改。

［十四］此处的"无限"二字，蒙府本同，庚辰本为"无恨"。

［十五］此处的"宝琴"二字，原文为"他"，据庚辰本改。

［十六］原文无"那"字，据庚辰本补。

［十七］此处的"孀娥"二字，蒙府本同，庚辰本为"嫦娥"。

［十八］此处的"小丫头子们"数字，原文为"小头子们"，据蒙府本改。

［十九］原文无"一"字，据庚辰本补。

［二十］原文无"是"字，据庚辰本补。

［二一］原文无"是"字，据庚辰本补。

［二二］原文无"宝琴笑道"数字，据庚辰本补。

［二三］此处的"后事"二字，原文为"事后"，据庚辰本改。

第五十一回

薛小妹新编怀古诗　　胡庸医乱用虎狼药

【回前】文有一语写出大景者，如："园中不见一女子"句，俨然大家规模；疑是"姑娘"一语，又俨然庸医口角，新医行径。笔大如椽。

话说众人闻得宝琴将素习所经过各省内的古迹为题，作了十首怀古诗，内隐十物，皆说这自然新巧。都争看时，只见写道是：

赤壁怀古
赤壁尘埋[一]水不流，徒留名姓载空舟。
喧阗一炬悲风冷，无限英魂在内游。

交趾怀古
铜铸金镛振纪纲，声传海外播戎羌。
马援自是功劳大，铁笛无烦说子房。

钟山怀古
名利何曾伴汝身,无端被诏出凡尘。
牵连大抵难休绝,莫怨他人嘲笑频。

淮阴怀古
壮士须防恶犬欺,三齐位定盖棺时。
寄言世俗休轻鄙,一饭之恩死也知。

广陵怀古
蝉噪鸦栖转眼过,隋堤风景近如何。
只缘占得风流号,惹出[二]纷纷口舌多。

桃叶渡怀古
衰草闲花映浅池,桃枝桃叶总分离。
六朝梁栋多如许,小照空悬壁上题。

青冢怀古
黑水茫茫咽不流,冰弦[三]拨尽曲中愁。
汉家制度诚堪叹[四],樗栎应惭万古羞。

马嵬怀古
寂寞脂痕渍汗光,温柔一旦付东洋。
只因遗得风流迹,此日衣裳尚有香。

蒲东寺怀古
小红骨贱最身轻,私掖偷携强撮成。
虽被夫人时吊起,已经勾引彼同行。

梅花观怀古
不在梅边在柳边,个中谁舍[五]画婵娟。
团圆莫忆春香到,一别西风[六]又一年。

众人看了,都称奇道妙。宝钗先说道:"前八首都是史鉴上有据的;后二首却无考,我们也不大懂得,不如另作两首为是。" 庚:如何?必得宝钗此驳,方是好文。后文若真另作,亦必无趣;若不另作,又有何法省之?看他下文如何。 黛玉忙拦道: 庚:好极!非黛玉不可。□□脂砚。 "这宝姐姐也忒'胶柱鼓瑟',矫揉造做了。这两首虽于史鉴上无考,咱们虽不曾看这些外传,不知底里,难道咱们连两本戏也没见过不成?那三岁的孩子也知道,何况咱们?"探春道:"这话正是了。" 庚:余谓颦儿必有尖语来讽,不望竟有此饰词代为解释,此则真心以待宝钗也。 李纨又道:"况且他原走到这个地方的。这两件事虽无考,古往今来,以讹传讹,好事者竟故意弄出这古迹来以愚人。比如那年上京的时节,单是关夫子的坟,倒见了三四处。关夫子一生的事业,皆是有据的,如何又有许多的坟?自然是后来人敬爱他生前为人,只怕从那爱敬上穿凿出来,也是有的。及至看《广舆记》上,不止关夫子的坟多,自古来有些名望的人,坟就不少,无考的古迹更多。如今这两首诗虽无考,凡说书唱戏,甚至于求的签上皆有注批,老少男女,俗语口头,人人皆知皆说的。况且又并不是看了《西厢记》、《牡丹亭》的词曲,怕看了邪书。这竟无妨,只管留着。"宝钗听说,方罢。 庚:此为三染无痕也。妙极!天衣(原作花)无缝之文。 大家猜了一会,皆不是。

冬日天短,不觉又是前头吃晚饭之时,一齐前来吃晚饭。因有人回王夫人说:"袭人的哥哥花自芳进来说,他母亲病了,想他女儿。他求恩典,接袭人家去走走。"王夫人听了,便说:"人家母女一场,岂有不许他去的。"一面就叫了凤姐来,告诉了凤姐,命他酌量去办理。

凤姐答应了,回至房中,便命周瑞家的去告诉袭人缘故。又吩咐周瑞家的:"再将跟着出门的媳妇传一个,你们两个人,再带两个小丫头子,跟了袭人去。外派四个有年纪跟车的。要一辆大车,你们带着坐;要一辆小车,给丫头们坐。"周瑞家的答应了,才要去,凤姐又[七]道:"那袭人是个省事的,你告诉他说我的话:叫他穿几件颜色好衣服。好衣裳大大的包一包袱拿着。包袱也要好的,手炉也拿好的。临走时,叫他先来,我瞧瞧。"周瑞家的答应去了。

半日,果见袭人穿戴了来了,两个丫头与周瑞家的拿着手炉与衣包。凤姐看袭人头上戴着几枝金钗珠钏,倒华丽;又看身上穿着桃红百花刻丝银鼠袄子,葱绿盘金彩绣锦裙,外面穿着青缎灰鼠皮褂。凤姐笑道："这三件衣裳都是太太赏的，倒是好的；但只这褂子太素了些，如今穿着也冷，你该穿一件大毛的。"袭人笑道："太太就给了这灰鼠的，还有一件银鼠的。说赶年下再给大毛的，还没有得呢。"凤姐笑道："我倒有一件大毛的，我嫌风毛出的不好了，正要改去。也罢，先给你穿去。等年下太太给你做的时节再做罢，只当你还我的一样。"众人都笑道："奶奶惯会说这话。成年家大手大脚的，替太太不知背地里赔垫了多少东西，真真赔的是说不出来的，那里又和太太算去？偏这会子又说这小器话取笑儿来了。"凤姐笑道："太太那里想的到这些？究竟这又不是正经事，再不照管，也是大家的体面。说不得我自己吃些亏，把众人打扮体统了，宁可我得个好名儿也罢了。一个一个像'烧糊了的卷子'似的，人先笑话我，说我当家倒把人弄出个花子来了。"众人听了，都叹道："谁似奶奶这样圣明！在上体贴太太，在下又疼顾下人。"一面说，一面只见凤姐命平儿将昨日那件石青刻丝八团天马皮褂子拿出来，与了袭人。又看包袱，只得一个弹墨花绫水红绸里的夹包袱，里面只包着两件半旧棉袄与皮褂子。凤姐又命平儿把一个玉色绸里的哆啰呢包袱拿出来，又命包上一件雪褂子。

平儿走去拿了出来，一件是半旧大红猩猩毡的，一件是大红半旧羽纱的。袭人道："一件就当不起了。"平儿笑道："你拿这猩猩毡的。把这件顺手带出来，叫人给邢大姑娘送去。昨儿那么大雪，人人都穿着，不是猩猩毡就是羽缎羽纱的，十来件大红衣裳，映着大雪好不齐整。就只他穿着那件旧毡斗篷，越发显的拱肩缩背，好不可怜见的。如今把这件给他罢。"凤姐笑道："我的东西，他私自就要给人。我一个还花不够，再添上你提着，更好了！"众人笑道："这都是奶奶素日孝敬太太，疼爱下人。若是奶奶素日是小器的，只以东西为是，不顾下人的，姑娘那里敢这样。"凤姐笑道："所以知道我的心的，也就是他还知三分罢了。"说着，又嘱咐袭人道："你妈要好了，就罢；要不中用了，只管住下，打发人来回我，我再另打发人给你送铺盖去。可别使他们的铺盖和梳头的家伙。"又盼咐周瑞家的道："你们自然是知道这里的规矩的，也不用我嘱咐了。"周瑞家的答应："都知道。我们这去到那里，总叫他们的人回避。若住下，必是另要一两间房子。"说着，跟了袭人出去了，盼咐小厮预备灯笼，遂坐车往花自芳家来，不在话下。

这里凤姐又将怡红院的嬷嬷唤了两个来，吩咐道："袭人只怕不来家了，你们素日知道那大丫头们，那两个知好歹，派出来在宝玉屋里上夜。你们也好生照管着，别由着宝玉胡闹。"两个嬷嬷答应着去了，一时来回说："派了晴雯和麝月在屋里，我们四个人原是轮流着带管上夜的。"凤姐听了点头，又说道："晚上催他早睡，早上催他早起。"老嬷嬷们答应了，自回园去。一时果有周瑞家的带了信回凤姐说："袭人之母病已挺床，不能回来。"凤姐回明了王夫人，一面着人往大观园去取他的铺盖妆奁。

宝玉看着晴雯、麝月二人打点妥当，送去之后，晴雯、麝月皆卸罢残妆，脱换过裙袄。晴雯只在熏笼上围坐，麝月笑道："你今儿别装小姐了，我劝你也动一动儿。"晴雯道："等你们都去尽了，我再动不迟。有你们一日，我且受用一日。"麝月笑道："好姐姐，我铺床，你把那穿衣镜的套子放下来，上头的划子划上，你的身量比我高些。"说着，便去与宝玉铺床。晴雯"哎"了一声，笑道："人家才坐暖和了，你就来闹。"此时宝玉坐着纳闷，想袭人之母不知是死是活，忽听见晴雯如此说，便自己起身出去，放下镜套，划上消息，进来笑道："你们暖和罢，都完了。"晴雯笑道："终究暖和不成的，我又想起来汤婆子还没拿来呢。"麝月道："这难为你想着！他素日又不要汤婆子，咱们那熏笼上又暖和，比不得那屋里炕冷，今儿可不用。"宝玉笑道："这个话，你们两个都在那上头睡了，我这外边没个人，怪怕的，一夜也睡不着。"晴雯道："我是在这里睡的。麝月你往他那外边睡去。"说话之间，天已二更，麝月早已放下帘幔，移灯炷香，伏侍宝玉卧下，二人方睡。晴雯自在熏笼上，麝月便在暖阁外边。

至三更以后，宝玉睡梦之中，便叫袭人。叫了两声，无人答应，自己醒了，方想起袭人不在家，自己也好笑起来。晴雯已醒，因叫唤麝月道："连我都醒了，他守在旁边还不知道，真是个〔八〕挺死尸的。"麝月翻身打个哈气，笑道："他叫袭人，与我什么相干！"因问："做什么？"宝玉说"要吃茶"，麝月忙起来，单穿着红绸小棉袄儿，宝玉道："披了我的袄儿再去，仔细冷着。"麝月听说，回手便把宝玉披着起夜的一件貂颏满襟暖袄披上，下去向盆内洗洗手，先倒了一钟温水，拿了大漱盂，宝玉漱了口；然后才向茶格上取了茶碗，先用温水荡了一荡，向暖壶中倒了半碗茶，递与宝玉吃了；自己也漱了一漱，吃了半碗。晴雯笑道："好妹妹，也赏我一口儿呢。"麝月笑道："越发上脸儿了！"晴雯道："好妹妹，明儿晚上你别动，我伏侍你一夜，如何？"麝月听说，只得也伏侍他漱了口，倒了半碗茶与他吃了。麝月笑道："你们两个别睡，说着话儿，我出去走走回来。"晴雯笑道："外头有个鬼等着你呢。"宝玉道："外头自然有大月亮的，我们说着话，你只管去。"一面说，一面便嗽了两声。

麝月便开了后房门，揭起毡帘一看，果然好月色。晴雯等他出去，便欲唬他玩耍。仗着素日比别人气壮，不畏寒冷，也不披衣，只穿着小袄，便蹑手蹑脚的下了熏笼，随后出来。宝玉笑劝道："罢呀！冻着不是玩的！"晴雯只摆手，随后去了，将出房门，忽然一阵微风，只觉侵肌透骨，不禁毛骨森然。心下自思道："怪道人说热身子不可被风吹，这一冷果然利害。"一面正要唬麝月，只听宝玉在内高声说道："晴雯出去了！"晴雯忙回身进来，笑道："那里就唬死了他了？偏你就蝎蝎螫螫老婆汉像的！"宝玉笑道："倒不为唬坏了他，头一件你冻着也不好；二则他不防，不免一唬，倘或惊醒了别人，不说咱们是玩意儿，反倒说袭人才去了一夜，你们就见神见鬼的。你来把我这边的被掖一掖。"晴雯听说，便上来掖了一掖，伸手进去就渥一渥，宝玉笑道："好冷手！我说看冻着。"一面又见晴雯两腮如胭脂一般，用手摸了一摸，也觉冰冷。宝玉道："快进被来渥渥罢。"一语未了，只听"咯噔"一声门响，麝月慌慌张张的笑进来，说道："唬了我一跳好的，黑影子里，山子石后头，只见一个人蹲着。我才要叫喊，原来是那个大锦鸡。见了人一飞，飞到亮处来，我才看真了。若冒冒失失一嚷，倒闹起人来。"一面说，一面洗手，又笑说道："晴雯出去了，我怎么不见？一定是要唬我去了。"宝玉笑道："这不是他，这里渥呢！我若不嚷的快，可是倒唬你一跳。"晴雯笑道："也不用我唬去，这小蹄子已经自惊自怪的了。"一面说，一面仍旧回自己被中去。麝月道："你就这么'跑解马'的打扮儿，伶伶俐俐的出去了不成？"宝玉道："可不就这么出去了。"麝月道："你要死，不拣好日子！你出去白站站，把皮不冻破了你的！"说着，又将大火盆上铜罩揭开，拿灰铲重将熟炭埋了一埋，拈了两块素香来，放在火盆内，仍旧罩上，至屏后重剔亮了灯，方才睡下。

晴雯因方才一冷，如今又一暖，不觉打了两个喷嚏。宝玉叹道："如何？到底伤了风了。"麝月笑道："他早起就嚷不受用，一日也没吃饭。他这会子不说保养着些，还要捉弄人。明儿病了，叫他自作自受的。"宝玉问道："头上可热？"晴雯嗽了两声，说道："不相干，那里这么娇嫩起来了。"说着，只听外间房中格上的自鸣钟"当、当"的两声，外间值宿的老嬷嬷嗽了两声，因说道："姑娘们睡罢，明儿再说罢。"宝玉方悄悄的笑道："咱们别说话了，看又惹他们说话。"说着，大家笑了一会睡了。

至次日起来，晴雯果觉有些鼻塞声重，懒于转动。宝玉道："快不要声张！太太知道了，又叫你搬了家去养息。家里纵好，到底冷些，不如在这里。你就在里间屋里躺着，我叫人请了大夫来，悄悄从后门进来瞧瞧就是了。"晴雯道："虽如此说，你到底要告诉大奶奶一声儿，不然一时大夫来了，人问起来，怎么说呢？"宝玉听了有理，便唤一个老嬷嬷来吩咐道："你回大奶奶去，就说晴雯白冷着了些，不是怎么大病。袭人又不在家，他若家去养病，这里更没有人了。传一个大夫，悄悄的从后门进来瞧瞧，别回太太罢了。"老嬷嬷去了半日，回来说："大奶奶知道了，说吃两剂药好了便罢，若不好时，还是出去的为是。如今时气不好，沾染了别人事小，二爷身子要紧。"晴雯睡在暖阁，只管咳嗽，听了这话，气的喊道："我那里就害瘟病了，生怕过了人！我离了这里，看你们这一辈子都别头疼脑热的。"说着，便真要起来。宝玉忙按他，笑道："别生气，这原是他的责任，生恐太太知道了说他，不过白说了一句。你素习爱生气，如今肝火自然又盛了。"

正说时，人回大夫来了。宝玉便走过来，避在书架后面。只见两三个后门口的老婆子带了一个太医[九]进来。这里的丫头都回避了，有三四个老嬷嬷放下暖阁上的大红绣幔，晴雯从幔帐中单伸出手去。那太医见这只手上有两根指甲，足有二三寸长，尚有金凤花染的通红的痕迹，便忙回过头来。有一个老嬷嬷忙拿了一块手帕掩了。那太医方诊了脉，起身到外间，向嬷嬷们说道："小姐的病症是外感内滞，是近日时气不好，竟算是个小伤寒。幸亏是小姐素日饮食有限，风寒也不大，不过是气血原弱，偶然沾染了些，吃两剂药，疏散疏散就好了。"说着，便又随婆子们出去。

彼时，李纨已遣人知会过后门上的人及各处丫鬟回避，那太医只见了园中景致，并不曾见一个女子。一时出了园门，就在守园门的小厮们的班房内坐了，开了方子。老嬷嬷们道："老爷且别去，我们小爷啰唆，恐怕还有话问。"那太医忙道："方才不是小姐，是位爷不成？那屋子竟是绣房，又是放下幔子来瞧的，如何是位爷呢？"老嬷嬷悄悄笑道："我的老爷，怪道小子才说今儿请了一位新太医来了，真不知我们家的事。那屋子是我们小哥儿的，那病人是他屋里的丫头，倒是个大姐，那里的小姐？若是小姐的绣房，小姐病了，你那么容易就进去了？"说着，拿了药方进去。

宝玉看时，上面有紫苏、桔梗、防风、荆芥等药，后面又有枳实、麻黄。宝玉道："该死，该死，他拿着女孩儿们也像我们一样的治，如何使得！凭他有什么内滞，这枳实、麻黄如何禁得。谁请了来的？快打发他去罢！再请一个熟的来。"老嬷嬷道："用药好不好，我们不知道。如今再叫小厮去请王太医去倒容易，只是这个大夫，又不是告诉总管房请的，这马钱是要给他的。"宝玉道："给他多少？"婆子笑道："王大医和张太医每常来了，也并没曾给银钱，不过每年四[十]节一趸送礼，那是一定的例。这个人新来了一次，须得给他一两银子，少了不好看。"宝玉听了，便命麝月去取银子。麝月道："花大姐姐还不知搁在那里呢？"宝玉道："我常见他在那小螺甸柜子里拿钱，我和你找去。"说着，二人来至袭人堆东西的房内，开了柜子，上一格都是些笔墨、扇子、香饼、各色荷包、汗巾等类的东西；下一格却有几串钱。于是开了抽屉，才看见一个小簸箩内放着几块银子，倒也有一把戥子。麝月便拿了一块银子，提起戥子[十一]来问宝玉："那是一两的星儿？"宝玉笑道："你问我？有趣，你倒成了是才来的了。"麝月也笑了，又要去问人。宝玉道："拣那大的给他一块就是了。又不做买卖，弄这些做什么！"麝月听了，便放下戥子，拣了一块，掂了一掂，笑道："这一块只怕是一两了。宁可多些好，别叫那穷小子笑话，不说咱们不认得戥子，倒说咱们小器似的。"那婆子站在门口，

第五十一回　薛小妹新编怀古诗　胡庸医乱用虎狼药

笑道："那是五两的锭子夹了半个，这一块至少还有二两呢！这会子又没夹剪，姑娘收了这个，再拣一块小些的罢。"麝月早关了柜子出来，笑道："谁又找去！多些你拿了去罢。"宝玉道："你只快请了王大夫来就是了。"婆子接了银子，自去料理。

一时，茗烟果请了王太医来，先诊了脉，说的病症与前相仿，只是方子上果无枳实、麻黄等药，倒有当归、陈皮、白芍等药，分量比先也减了些。宝玉喜道："这才是女孩儿们的药，虽然疏散，也不可太过。旧年我病了，却是伤寒内里饮食停滞，他瞧了，还说我禁不起麻黄、石膏、枳实等狼虎药。我和你们一比，我就如那野坟圈子里长的几十年的大杨树，你们就如秋天芸儿进我的那才开的白海棠，连我禁不起的药，你们如何禁得起。"麝月等笑道："野坟里只有杨树不成？难道就没有松柏？我最嫌的是杨树，那么大体，树叶子只一点子，没一丝风，他也乱响。你偏比他，也太下流了。"宝玉笑道："松柏不敢比。连孔夫子都说：'岁寒然后知松柏之后凋也。'可知这两件东西高雅，不怕羞臊的才拿他混比呢。"

说着，只见老婆子取了药来。宝玉命把煎药的银吊子找了出来，_{庚："找"字神理，乃不常用之物也。}就命在火盆上煎。晴雯因说："正经给他们茶房里煎去。弄得这屋里药气，如何使得？"宝玉道："药气比一切的花香、草香都雅。神仙采药烧药，再者高人逸士采药治药，最妙的一件东西。这屋里我正想各色都齐了，就只少药香，如今却好，全了。"一面说，一面早命人煨上。又嘱咐麝月打点些东西，遣老嬷嬷去看袭人，劝他少哭，一一妥当，方过前边，来贾母、王夫人处问安吃饭。

正值凤姐和贾母、王夫人商议说："天又短了，又冷，不如以后大嫂子带着姑娘们在园子里吃饭。等天和暖了，再来回的跑也不妨。"王夫人笑道："这也是好主意。刮风下雪倒便宜。吃些东西受了冷气也不好；空心走来，一肚子冷气，压上些东西也不好。不如园子里，后门里头五间大房子，横竖有女人们上夜，挑两个厨子女人在那里，单给他姊妹们弄饭。鲜东西菜蔬是有分例的，在总管房里支了去，或要钱，或要东西；那些野鸡、獐、狍各样野味，分些给他们就是了。"贾母道："我也正想着呢，就怕又添个厨房多事些。"凤姐道："并不多事。一样的分例，这里添了，那里减了。就便多费些事，姑娘们冷风朔气的,〖庚:"朔"字又妙!"朔"作"韶",北音也。用北(原作比)音,奇想,奇想!〗别人还可,第一林妹妹如何禁得住?就连宝兄弟也禁不住,何况众位姑娘!"贾母道:"正是这话了。上次我要说这话,我见你们的大事太多,如今又添出这些事来,你们固然不敢抱怨,未免想着我只顾疼这些小孙子、小孙女儿,就不顾你们这当家的人了。你既这么说,更好了。"因此时薛姨妈、李婶都在座,邢夫人及尤氏婆媳也都过来请安,还未过去,贾母便向王夫人等说道:"今儿我才说这话,素日我不说,一则怕逞了凤丫头的脸,二则众人不服。今儿你们都在这里,都是经过妯娌、姑嫂的,还有像他这样想的到的没有?"薛姨妈、李婶、尤氏等齐笑道:"真个少有。别人不过是礼上面子情儿,实在他是真疼小叔子、小姑子。就是在老太太跟前,也是真孝顺。"贾母点头叹道:"我虽疼他,我又怕他太伶俐了,也不是好事。"凤姐忙笑道:"这话老祖宗说差了。世人都说太伶俐聪明了,怕活不长。世人都说得,世人都信得,独老祖宗不当信,不当说。老祖宗只有伶俐聪明过我十倍的,怎么如今这样福寿双全的?只怕我明儿还胜老祖宗一倍呢!我活一千二百岁后,等老祖宗归了西,我才死呢。"贾母笑道:"众人都死了,单剩下咱们两个老妖精似的,有什么意思?"说的众人都笑了,且听下回分解。

【总评】此回再从猜谜着色,便与前回重复,且又是一幅即景联诗图矣,成何趣味?就灯谜中生一番讥评,别有情思,迥非凡艳。

搁(原作阁)起灯谜,接入袭人了,却不就袭人一面写照,作者大有苦心。盖袭人不盛饰,则非大家威仪,如盛饰,又岂有母其临危而盛饰者乎?在凤姐一面,于衣服、车马、仆从、房屋、铺盖等物,一一点检,色色亲嘱,既得掌家人体统,而袭人之俊俏风神毕现。

文有数千言写一琐事者,如一吃茶,偏能于未吃以前,既吃以后,细细描写;如一拿银,偏能于开柜时生无数波折,秤银时又生无数波折,心细如发。

校 记:

[一] 此处的"尘埋"二字,蒙府本同,庚辰本为"沉埋"。

[二] 此处的"惹出"二字,庚辰本为"惹得"。

［三］"弦"字原文为"弦"。

［四］此处的"叹"字，原文为"操"，蒙府本为"噪"，据庚辰本改。

［五］此处的"舍"字，蒙府本同，庚辰本为"拾"。

［六］此处的"风"字，原文为"方"，据庚辰本改。

［七］原文无"又"字，据庚辰本补。

［八］原文无"个"字，据庚辰本补。

［九］此处的"太医"，蒙府本、庚辰本均为"大夫"。下面几处"太医"亦如此，不再注。

［十］原文无"四"字，据庚辰本补。

［十一］此处的"戥子"字，原文为"戥"，据庚辰本补"子"字。

第五十二回

俏平儿情掩虾须镯　　勇晴雯病补雀金裘

【回前】写黛玉弱症的是弱症，写晴雯时症的是时症；写湘云性快的是快性，写晴雯性傲的是傲性。彼何人斯，而具肖物手段如此！

话说众人各自散后，宝钗姊妹等同贾母吃毕饭，宝玉因记挂着晴雯，便先回园子里来。到了房中，药香满室，一人不见，只见晴雯独卧于炕上，脸面烧得飞红，又摸了一摸，只觉烫手。忙又向炉上将手烘暖，伸进被去摸了一摸身上，也是发烧。因说道："别人去了也罢，麝月、秋纹也却无情，各自去了？"晴雯道："秋纹是我撵了他去吃饭的，麝月是方才平儿来找他出去了。两个人鬼鬼祟祟的，不知说什么。必是说我病了不出去。"宝玉道："平儿不是那样人。况且他并不知你病特来瞧你，想来一定是找麝月来说话，偶然见你病了，随口说特瞧你的病，这也是人情乖巧取和的常事。便不出去，有不是，与他何干？你们素日又好，断不肯为这无干的事伤和气。"晴雯道："这话也是，只是疑他为什么又忽然瞒起我来。" 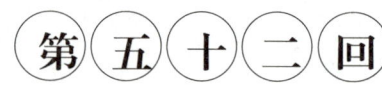宝玉笑道："等我从后门出去，到那窗根下听听他们说些什么，回来告诉你。"说着，果然从后门出去，至窗下潜听。

第五十二回　俏平儿情掩虾须镯　勇晴雯病补雀金裘

只闻麝月悄问道："你怎么就得了的？" 庚：妙！这才有神理，是平儿说过一半了。若此时从平儿（原作宝玉）口中，从头说起一原一故，直是二人特等宝玉来听，方说起也。 平儿道："那日洗手时不见了，二奶奶就不许吵嚷，出了园门，即刻就传给园子里各处的妈妈们小心查访。我们只疑心跟邢姑娘的人，本来又穷，只怕小孩子家没见过，拿了起来，也是有的；再不料是你们这里的，幸而二奶奶没有在屋里，你们这里的[一]宋妈妈去了，拿了这只镯子，说是小丫头子坠儿偷起来的，被他看见，来回二奶奶。庚：妙极！红玉既有归结，坠儿岂可不表哉？可知"奸贼"二字是相连的，故情字原非正道，坠儿原不情，也不过一愚人耳，可以传奸，即可以为盗。二次小窃皆出于宝玉房中，亦大有深意在焉。我赶忙接了镯子，想了一想：宝玉是偏在你们身上留心用意、争胜要强的。那一年有个良儿偷玉，刚冷了，这二年间，还有人提起来趁愿，这会子又跑出一个偷金镯子的来了。而且更偷到街坊家[二]去了。偏是他这样，偏是他的人打嘴。所以，我倒忙叮咛宋妈，千万别告诉宝玉，只当没有这事，别和一个人说。第二件，老太太、太太听见也生气。三则袭人和你们也不好看。所以我回二奶奶，只说，'我往大奶奶那里去的，谁知镯子褪了口，丢在草根底下，雪深了没看见。今儿雪化尽了，黄澄澄映着日头，还在那里，我就拣了起来。'二奶奶也就信了，所以我来告诉你们。以后防着他些，别使唤他到别处去。等袭人回来，你们商议着，变个法子打发出去就完了。"麝月道："这小蹄子也见过些东西，怎么这么眼皮子浅。"平儿道："究竟这镯子能多重，原是二奶奶的，说这叫'虾须镯'，倒是这颗珠子还罢了。晴雯那蹄子是块爆炭，要告诉了他，他是忍不住的。一时气了，或打或骂，依旧嚷出来，所以单告诉你，留心就是了。"说着便作辞而去。

宝玉听了，又喜又气。喜的是平儿能体贴自己；气的是坠儿小窃；再叹坠儿那样个伶俐人，做出这样丑事来。因而回至房中，把平儿之语一长一短告诉了晴雯。又说："他说你是个要强的，如今病着，听了这话越发要添病的，等好了再告诉你。"晴雯听了，果然气的蛾眉倒竖，凤眼圆睁，即时就叫坠儿。宝玉忙劝道："你这一喊出来，岂不辜负了平儿待你我之心了。不如领他这个情，过后打发他出去就完了。"晴雯道："虽如此说，只是这口[三]气如何忍得！"宝玉道："这有什么气的？你只养病[四]就是了。"

晴雯服了药，至晚间又服二和药，夜间虽有些汗，还未见效，仍是发烧，头疼鼻塞声重。次日，王太医又来诊视，另加减汤剂。虽然稍减了些烧，仍是头疼。宝玉便命麝月："取平安散，给他嗅些，痛打几个喷嚏，就通快了。"麝月果真去取了一个金镶双扣金星玻璃的一个扁盒来，递与宝玉。宝玉便揭开盒盖，里面有西洋珐琅的黄发赤身女子，两肋有肉翅，里面盛着些秘制平安散。晴雯只顾看画儿，宝玉道："嗅些，走了气就不好了。"晴雯听说，忙用指甲挑了些嗅入鼻中，不见怎样。便又多多挑了些嗅入。忽觉鼻中一股酸辣透入脑门，接连打了五六个喷嚏，眼泪鼻涕登时齐流。_{庚：写得出。}晴雯忙收盒子，笑道："了不得，好辣！快拿纸来！"早有一个小丫头子递过一搭子细纸，晴雯便一张一张的拿来擤鼻子。宝玉笑问："如何？"晴雯笑道："果觉通快些，只是太阳还疼。"宝玉笑道："率性尽用西洋药治一治，只怕就好了。"说着，便命麝月："和二姐姐要去，就说我说了：姐姐那里常有那西洋贴头疼的膏子药，叫做'依弗哪'，找寻一点儿。"麝月答应了，去了半日，果拿了半截来。便去找了一块红缎子角儿，铰了两块指头顶大的圆式[五]，将那药烤和了，用簪挺摊上。晴雯自拿着靶儿镜，贴在两太阳上。麝月笑道："病的蓬头鬼一样，如今贴了这个，倒俏皮了。二奶奶贴惯了，倒不大显。"说毕，又向宝玉道[六]："二奶奶说了，明日是舅老爷的生日，太太说叫你去呢。明儿穿什么衣裳？今儿晚上好打点齐备了，省得明儿早起费事。"宝玉道："什么顺手就是什么罢。一年闹生日也闹不清。"说着，便起身出房，往惜春房中去看画。

刚到了院门，忽见宝琴的小丫头名小螺者从那边过来，宝玉忙赶上问道："那去？"小螺笑道："我们二位姑娘都在林姑娘房里呢，我如今也往那里去。"宝玉听了，转步也便往潇湘馆来。不但宝钗姊妹在此，且连邢岫烟也在那里，四人团坐在熏笼上叙家常呢。紫鹃倒坐在暖阁里，临窗做针黹。一见他来，都笑说："又来了一个！可没了你的坐处了。"宝玉笑道："好一幅'冬闺集艳图'！可惜我来迟了一步。横竖这屋子比各屋子暖，这椅子上坐着并不冷。"说着，便坐在黛玉常坐、搭着灰鼠椅搭的一张椅子上。因见暖阁之中有一玉石条盆，里面攒三聚五栽着一盆单瓣水仙，点着宣石，便极口赞："好花！

第五十二回　俏平儿情掩虾须镯　勇晴雯病补雀金裘

这屋子越暖，这花香的越浓。昨日未见。"黛玉因说道："这是你家大总管赖大婶子送薛二姑娘的，两盆腊梅，两盆水仙。他送了我一盆水仙，送了蕉丫头一盆腊梅。我原不要的，又恐辜负了他的心。你若要，我转送你如何？"宝玉道："我屋里却有两盆，只是不及这个。琴妹妹送你的，如何又转送人，这个断使不得。"黛玉道："我一日药杯子不离手，我竟是药养着呢，那里还搁的住花香来熏？越发弱了。况且这屋里一股药香，反把这花香搅坏了。不如你抬了去，这花也倒清净了，没杂味来搅他。"宝玉笑道："我屋里今儿也有病人吃药呢，你怎么知道了？"黛玉笑道："这话奇了，我原是无心的话，谁知你屋里的事？你不早来听说古记，这会子来了，自惊自怪的。"

宝玉笑道："咱们明儿下一社又有了题目了，就咏水仙、腊梅。"黛玉听了，笑道："罢，罢！我再不敢作诗了，作一回，罚一回，没的怪羞的。"说着，便把两手捂起脸来。宝玉笑道："何苦来！又奚落我做什么？我还不怕臊呢，你倒捂起脸来了。"宝钗因笑道："下次我邀一社，四个诗题，四个词题。每人四首诗，四阕词。头一个诗题《咏〈太极图〉》，限一先的韵，五言律，要把一先的韵都用尽了，一个不许剩。"宝琴笑道："这一说，可知姐姐不是真心起社了，这分明是难人。若论起来，也强扭的出来，不过颠来倒去弄些《易经》上的话生填，究竟有何趣味。我八岁的时节，跟我父亲到西海沿子上买洋货，谁知有个真真国的女孩子，才十五岁，那脸面就和那西洋画上的美人一样，也披着黄头发，打着联垂，满头带着都是珊瑚、琥珀、猫儿眼、祖母绿这些宝石；身上穿着金丝织的锁子甲洋锦袄袖；带着倭刀，也是镶金嵌宝的，实在画儿上的也没他好看。有人说他通中国的诗书，会讲五经，能作诗填词，因此我父亲央烦了一个通事官，烦他写了一张字，就写的是他作的诗。"众人都称奇道异，宝玉忙笑道："好妹妹，你拿出来我瞧瞧。"宝琴笑道："在南京收着呢，此时那里取来？"宝玉听了，大失所望，便说："没福得见这世面。"黛玉笑拉宝琴道："你别哄我们。我知道你这一来，你的这些东西未必放在家里，自然都是要带了来的，这会子又扯谎说没带来。他们虽信，我是不信的。"宝琴便红了脸，低了头微笑不语。宝钗笑道："偏这个颦儿惯说这些白话[七]，把你就伶俐的。"黛玉笑道："若带了来，就给我们见识见识也罢了。"宝钗笑道："箱子、笼子一大堆，还没理清，知道在那个[八]里头呢！等过日收拾清了，找出来大家再看就是了。"又向宝琴道："你若记得，何不念念我们听听。"宝琴方答道[九]："记得是一首五言律，外国的女子也难为他了。"宝钗道："你且别念，等把云儿叫了来，也叫他听听。"说着，便叫小螺来，盼咐道："你到我那里去，就说我们这里有一个外国的美人来了，作的好诗，请你这'诗疯子'瞧去，再把我们那'诗呆子'也带来。"小螺笑着去了。

半日，只听见湘云笑问："那一个外国的美人来了？"一头说，一头果和香菱来了。众人笑道："未见形，先已闻声。"宝琴等忙让坐，遂把方才的话重叙了一遍。湘云笑道："快念来听听。"宝琴因念道：

　　昨夜朱楼梦，今宵水国吟。
　　岛云蒸大海，岚气接丛林。
　　月本无今古，情缘有浅深。
　　汉南春历历，焉得不关心。

众人听了，都道："难为他！竟比我们中国人还强。"一语未了，只见麝月走来说："太太打发人告诉说，二爷明日一早往舅舅那里去，就说太太身上不好，不能亲自来。"宝玉忙站起来答应："是。"因问宝钗、宝琴可去？宝钗道："我们不去，昨儿单送了礼去了。"大家说了一会方散。

宝玉因让诸姊妹先行，自己落后。黛玉便又叫住他，问道："袭人到底多早晚回[十]来？"宝玉道："自然等送了殡才来呢。"黛玉还有话说，又不曾出口，出了一会神，便说道："你去罢。"宝玉也觉心里有许多话，只是口里不知要说什么，想了一想，也笑道："明日再说罢"。一面下了阶矶，低头正要迈步，复又忙回身问道："如今的夜越发长了，你一夜咳嗽几遍？醒几遍？"庚：此皆好笑之极，无味扯淡之极，回思则皆沥血滴髓之至情至神也。岂别部偷寒送暖，私奔暗约，一味淫情浪态之小说可比哉！黛玉道："昨儿夜里好，只咳嗽了两遍，却只睡了四更一个更次，就再不能睡了。"宝玉又笑道："正是有句要紧的话，

第五十二回　俏平儿情掩虾须镯　勇晴雯病补雀金裘

这会子才想起来。"一面说，一面就挨进身来，悄悄的道："我想宝姐姐送你的燕窝……"一语未了，只见赵姨娘走了进来瞧黛玉，问："姑娘这两天好？"黛玉便知他是从探春处来，从门前过，顺路的人情。黛玉忙赔笑让坐，说："难为姨娘想着，怪冷的，亲自走来。"又忙命倒茶，一面又使眼色与宝玉。宝玉会意，便走了出来。

正值吃晚饭时，见了王夫人，王夫人又嘱咐他早去。宝玉回来，看晴雯吃了药。此夜宝玉便不命晴雯挪出暖阁来，自己便在晴雯外边。又命将熏笼抬至暖阁前，麝月便在熏笼上，一宿无话。

至次日，天未明时，晴雯便叫醒麝月道："你该醒醒了，只是睡不够！你出去叫人给他预备茶水，我叫醒他就是了。"麝月忙披衣起来道："咱们叫起他来，穿好衣服，抬过熏笼去，再叫他们进来。老嬷嬷们已经说过，不叫你在这屋里，怕过了病气。如今叫他们看见咱们挤在一处，又该唠叨了。"晴雯道："我也是这么说呢。"二人才叫时，宝玉已醒了，忙起来披衣。麝月先叫进小丫头子[十一]来，收拾妥了，才命秋纹、檀云等进来，一同伏侍宝玉梳洗毕。麝月道："天又阴阴的，只怕有雪，穿那[十二]一套毡子的罢。"宝玉点头，即时换了衣裳。小丫头便用小茶盘捧了一碗建莲红枣汤来，宝玉喝了两口。麝月又捧过一小碟法制紫姜来，宝玉嚼了一块。又嘱咐晴雯一回，便往贾母处来。

贾母犹未起来，知道宝玉出门，便开了房门，命宝玉进来。宝玉见贾母身后宝琴[十三]面尚向里还未起来呢。贾母见宝玉身上穿着荔色哆啰呢的天马箭袖，大红猩猩毡盘金[十四]彩绣石青妆缎沿边的排穗褂子。贾母问道："下雪么？"宝玉道："天阴着呢，还没有下雪。"贾母便命鸳鸯来："把昨儿那一件乌云豹的氅衣给他罢。"鸳鸯答应了，走去果然取了一件来。宝玉看时，金翠辉煌，碧彩闪烁，又不似宝琴所披凫靥裘。只听贾母笑道："这叫作'雀金呢'，这是哦啰斯国拿孔雀毛拈了线织的。前儿把那一件野鸭子头的给了你小妹妹了，庚："小"字更妙，盖王夫人之末女也。这件给你罢。"宝玉磕了一个头，便披在身上。贾母笑道："你先给你娘瞧瞧再去。"宝玉答应了，便出来，只见鸳鸯站在地下揉眼睁目。自那日鸳鸯发誓决绝之后，他总不和宝玉说话。宝玉正自日夜未安，此时见他又要回避，宝玉便上来笑道："好姐姐，你瞧瞧，我穿着这个好不好？"鸳鸯一摔手，便进贾母房中去了。宝玉只得来到王夫人房中，与王夫人看了，然后又回至园中，与晴雯、麝月看过，便回至贾母房中回说："太太看了，只说可惜了的，叫我仔细穿，别糟蹋了。"贾母道："就剩了这一件，你糟蹋了也再没了。这会子特给你做这个也是没有的事。"说着又嘱咐他："不许多吃酒，早些回来。"宝玉答应了几个"是"。

老嬷嬷们跟至厅上，只见宝玉的奶兄李贵、王荣、张若锦、赵品华、钱启、周瑞六个人，带着茗烟、伴鹤、锄药、扫红四个小子，背着衣包，抱着坐褥，拢着一匹雕鞍彩辔的白马，早已伺候多时了。老嬷嬷又吩咐了他六个人些话，六个人忙答应了几个"是"，便捧鞭坠镫。宝玉慢慢的上了马，李贵和王荣拢着嚼环，钱启、周瑞二人在前引导，张若锦、赵品华在两边紧贴宝玉身后。宝玉在马上笑道："周哥，钱哥，咱们打角门走罢，省得到了老爷的书房门口又下来。"周瑞侧身笑道："老爷不在家，书房天天锁着的，爷可以不用下来罢了。"宝玉笑道："虽锁着，也要下来的。"钱启、李贵等都笑道："爷说的是。要托懒不下来，倘或遇见赖大爷、林二爷，虽不好说，也要劝他两句。有的不是，都派在我们身上，又说我们〔十五〕不教爷礼了。"周瑞、钱启便一直引出角门来。

正说话时，顶头果见赖大进来。宝玉忙拢住马，意欲下来，赖大忙上来抱住腿。宝玉便在镫上站起来，笑携他的手，说了几句话。接着又见一个小厮带着二三十个拿扫帚、簸箕的人进来，见了宝玉，都顺墙垂手立住，独那为首的小厮打千儿，请了个安。宝玉不识名姓，只微笑点了点头。马已过去，庚：总为后文伏线。那人方带了人去。于是出了角门外，又有李贵等六个人的小厮并几个马夫，早预备下十来匹马专候。一出了角门，李贵等都各上了马，前引旁围的一阵烟去了，不在话下。

这里晴雯吃了药，仍不见病退，急的乱骂大夫，说："只会骗人的钱，一剂好药也不给人吃。"庚：奇文。真娇（原作姣）憨女儿之语也。麝月笑劝他道："你太性急了，俗语说：'病来如墙倒，病去如抽丝。'又不是老君的仙丹，那有这样灵药！你只静养几天，自然就好了。你越急越着手。"晴雯又骂小丫头子们："那里钻沙去了！瞅我病了，都大胆子走了。明儿我

第五十二回　俏平儿情掩虾须镯　勇晴雯病补雀金裘

好了，一个一个的才揭你们的皮呢！"唬的小丫头子篆儿忙进来问："姑娘做什么？"庚：此"姑娘"亦姑姑娘娘之称，亦如贾琏处小厮呼平儿，皆南北互用一语也。□□脂砚。晴雯道："别人都死绝了，就剩了你不成？"说着，只见坠儿也蹭了进来。晴雯道："你瞧瞧这小蹄子，不问他还不来呢。这里又放月钱了，又散果子了，你该跑在头里了。你往前些，我不是老虎吃了你！"坠儿只得前凑。晴雯便冷不防欠身一把将他的手抓住，庚：是病卧之时。向枕边取出一丈青，向他手上乱戳，口内骂道："要这爪子做什么？拈不得针，拿不得线，只会偷嘴吃。眼皮子又浅，手爪子又轻，打嘴现世的，不如戳烂了！"坠儿疼的乱哭乱喊。麝月忙拉开坠儿，按晴雯睡下，笑道："你才出了汗，又作死。等你好了，要打多少打不的？这会子闹什么！"晴雯便命人叫宋嬷嬷进来，说道："宝二爷才吩咐了我，叫我告诉你们，坠儿很懒，宝二爷当面使他，他拨嘴儿不动，连袭人使他，他背后骂他。今儿务必打发他出去，明儿宝二爷亲自回太太就是了。"宋嬷嬷听了，心下便知镯子事发，因笑道："虽如此说，也等花姑娘回来知道了，再打发他。"晴雯道："宝二爷今儿千叮咛万嘱咐的，什么'花姑娘'、'草姑娘'，我们自然有道理。你只依我的话，叫他家的人来领了他出去。"麝月道："这也罢了，早也是去，晚也是去，带了去早清静一日。"

宋嬷嬷听了，只得出去唤了他母亲来，打点他的东西，又来见晴雯等，说道："姑娘们怎么了，你侄女儿不好，庚："侄女"二字妙！余前注不谬。你们教导他，怎么撵出去？也到底给我们留个脸儿。"晴雯道："你这话，只等宝玉来问他，与我们无干。"那媳妇冷笑道："我有胆子问他去！他那一件事不是听姑娘们的调停？他纵依了，姑娘们不依，也未必中用。比如方才说话，虽是背地里，姑娘就直[十六]叫他的[十七]名字。在姑娘就使得，在我们就成野人了。"晴雯听说，益发急红了脸，说道："我叫了他的名字了，你在老太太跟前告我去，说我撒野，也撵我出去。"麝月忙道："嫂子，你只管带了人出去，有话再说。这个地方岂有你叫喊讲理的？你见谁和我们讲过理？别说嫂子你，就是赖奶奶、林大娘，也得担待我们三分。便是叫名字，从小儿直叫到如今，都是老太太吩咐过的，你们也知道的，恐怕难养活，巴不的写了他的小名儿，各处贴着叫万人叫去，为的是好养活。连挑水的挑粪的都叫得，何况我们！连昨日林大娘叫了一声'爷'，老太太还说他呢，此是一件。二则，我们这些人，常回老太太、太太的话去，可不叫着名字回话，难道也称'爷'？那一日不把宝玉念二百遍，偏嫂子又来挑这个来了！过一日嫂子闲了，在老太太、太太跟前，听听我们当着面儿叫他，就知道了。嫂子原也不在老太太、太太跟前当些体面差事，成年家只在三门外头混，怪不得不知我们里头的规矩。这里不是嫂子久站的，再一会子，不用我们说话，就有人来问你了。有什么分证的话，且带了他去，你回了林大娘，叫他来找二爷说。家里上千的人，你也跑来，我也跑来，我们认人问姓，还认不清呢！"说着，便叫小丫头子："拿了擦地的布来擦地！"那媳妇听了，无言可对，亦不敢久立，赌气带了坠儿就走。宋嬷嬷忙道："怪道你这嫂子不知规矩，你女儿在这屋[十八]里一场，临去时，也给姑娘磕个头。没有别的谢礼罢了——便有谢礼，他们也不希罕——不过磕个头，尽个心。怎么说走就走？"坠儿听了，只得翻身进来，给他两个磕了两个头，又找秋纹等。他们也不睬他。那媳妇哎声叹气，口不敢言，抱恨而去。

　　晴雯方才又闪了风，着了气，反觉更不好了，翻腾至掌灯，刚安静了些。只见宝玉回来，进门就哎声跺脚。麝月忙问缘故，宝玉道："今儿老太太喜喜欢欢的给了一件褂子，谁知不防，后襟子上烧了一块，幸而天晚了，老太太、太太都不理论。"一面说，一面脱下来。麝月瞧时，果然有指顶大的烧眼，说："这必定是香炉的火迸上了。这不值什么，赶着叫人悄悄的拿出去，叫个能干织补[十九]匠人织上就是了。"说着便用包袱包了，交与一个老嬷嬷送出去，说："赶天亮就有才好。千万别给老太太、太太知道。"婆子答应去了半日，仍旧拿回来，说："不但织补匠人，就连能干裁缝绣匠并做女工的问了，都不认得这是什么，都不敢揽。"麝月道："这怎么样呢！明儿不穿也罢了。"宝玉道："明儿是正日子，老太太、太太说了，还叫穿这个去呢。偏头一日就烧了，岂不扫兴。"

　　晴雯听了半日，忍不住翻身说道："拿来我瞧瞧罢。没那福气穿就罢了，这会子又着急。"宝玉笑道："这话倒说的是。"说着，便递与晴雯，又移过灯来，细瞧了一瞧。晴雯道："这是孔雀金线织的，如今

第五十二回　俏平儿情掩虾须镯　勇晴雯病补雀金裘

咱们也拿孔雀金线，就像界线似的界密了，只怕还可混得过去。"麝月笑道："孔雀线现成的，但这屋里除了你，还有谁会界线？"晴雯道："说不得，我挣命罢了。"宝玉忙道："这如何使得！才好了些，如何做得活。"晴雯道："不用你蝎蝎螫螫的，我自知道。"一面说，一面坐起来，挽了一挽头发，披上了衣裳，只觉头重身轻，满眼金星乱迸，实实撑不住。待要不做，又恐宝玉着急，少不得狠命咬牙捱着。便命麝月只帮着纫线。晴雯先拿了一根[二十]比一比，笑道："这虽不很像，若补上，也不很显。"宝玉道："这就很好，那里又找哦啰斯国的裁缝去。"晴雯先将里子打开，用茶钟口大小的一个竹弓钉牢在背面，再将破口四边用金刀刮的散松松的，然后用针纫了两条线，分出经纬，亦如界线之法，先界出地子来，然后依本衣之纹来回织补。织补两针，又看看，织补两针，又端详端详。无奈头晕眼黑，气喘神虚，补不上三五针，便伏在枕上歇一会。宝玉在旁，一时又问："吃些滚水不吃？"一时又命："歇一歇再补。"一时又拿一件灰鼠斗篷替他披在背上，一时又命拿个拐枕与他靠着。急的晴雯央告道："小祖宗！只管睡罢。再熬上半夜，明儿把眼睛抠搂了，怎么处！"宝玉见他着急，只得胡乱睡下，仍睡不着。一时只听自鸣钟已敲了四下，<u>庚：按"四下"乃寅正初刻。"寅"此样写（原无）法，避讳也。</u>刚刚补完；又用小牙刷慢慢的剔出[二一]绒毛来。麝月道："这就很好，若不留心，再看不出来。"宝玉忙要瞧瞧，笑说："真真一样了。"晴雯已嗽了几阵，好容易补完了，说了一声："补虽补了，到底不像，我也再不能了！""哎哟"了一声，便身不由自主倒下了。且听下回分解。

【总评】此回前幅以药香、花香联络为章法，后幅以西洋鼻烟、西洋依弗哪药、西洋画儿、西洋诗、西洋哦啰斯国雀金裘联络为章法，极穿插映带之妙。

写宝玉写不尽，却于仆从上描写一番，于管家见时描写一番，于园工诸人上描写一番。园中马是慢慢行，出门后又是一阵烟，大家气象，公子局度，如画。

中一段写黛玉与宝玉满怀愁绪，有口难言，说不出一种凄凉，真是吴道子画顶上圆光。

校　记：

〔一〕原文无"幸而二奶奶没有在屋里，你们这里的"一句，据蒙府本补。

〔二〕此处的"街坊家"三字，原文为"街坊上"，据庚辰本改。

〔三〕原文无"口"字，据庚辰本补。

〔四〕此处的"你只养病"数字，原文为"只保养病"，据庚辰本改。

〔五〕此处的"圆式"二字，原文为"图式"，据蒙府本改。

〔六〕原文无"'……二奶奶贴惯了，倒不大显。'说毕，又向宝玉道"一句，据庚辰本补。

〔七〕此处的"白话"二字，原文为"白说"，据蒙府本改。

〔八〕原文无"个"字，据庚辰本补。

〔九〕此处的"答道"二字，原文为"答应"，据庚辰本改。

〔十〕原文无"回"字，据庚辰本补。

〔十一〕此处的"小丫头子"数字，原文为"小丫头子们"，据庚辰本删去"们"字。

〔十二〕原文无"那"字，据庚辰本补。

〔十三〕原文无"身后宝琴"四字，据庚辰本补。

〔十四〕原文无"金"字，据庚辰本补。

〔十五〕原文无"们"字，据庚辰本补。

〔十六〕原文无"直"字，据庚辰本补。

〔十七〕原文无"的"字，据庚辰本补。

〔十八〕原文无"屋"字，据庚辰本补。

〔十九〕原文无"补"字，据蒙府本补。

〔二十〕此处的"拿了一根"数字，原文为"拿根"，据庚辰本改。

〔二一〕此处的"剔出"二字，原文为"剔去"，据蒙府本改。

第五十三回

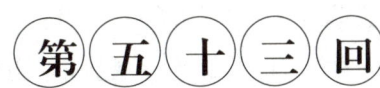

宁国府除夕祭宗祠　荣国府元宵开夜宴

【回前】"除夕祭宗祠"一题极博大,"元宵开夜宴"一题极富丽。拟此二题于一回中,早令人惊心动魄,不知措手处。乃作者偏就宝琴眼中款款叙来,首叙院宇匾对,次叙抱厦匾对,后叙正堂匾对,字字古绝。槛以外、槛以内,是男女分界处;仪门以外、仪门以内,是主仆分界处。献帛献爵择其人,应昭应穆从其讳,是一篇绝大典制文字。最高妙是"神主看不真切"一句,最苦心是用贾蓉为槛边传蔬人,用贾芷为仪门传蔬人,体贴入细。噫!文心至此,脉绝血枯矣!谁是知音者?

靖:"祭宗祠","开夜宴",一番铺叙,隐后回无限文字。亘古浩荡宏恩,无所母孀兄先无依,变故屡遭不逢辰,心摧人令断肠。积德子孙到于今,旺族都中吾首门。堪悲英立业雄辈,遗脉孰知祖父恩,知回首。

(霍国玲校勘如下:)
"祭宗祠","开夜宴",一番铺叙,隐后回无限文字。今回首:——

> 亘古浩荡无洪恩，屡遭变故不逢辰。
> 兄亡母孀无所依，令人断肠亦摧心。
> 积德于今到子孙，都中望族首吾门。
> 堪悲立业英雄辈，遗脉孰知祖父恩。

话说宝玉见晴雯将雀金裘补完，已使得力尽神危，忙命小丫头子来替他捶着，彼此歇下。没一顿饭时，天已大亮了，且不出门，只叫"快传大夫"。一时王太医来诊了脉，疑惑道："昨儿已好了些，今日如何反虚浮微缩起来，敢是吃多了饮食？不然就是劳了神思。外感却倒清了，这汗后失于调养，非同小可。"一面说，一面出去开了药方进来。宝玉看时，已将疏散驱邪诸药减去，倒添了茯苓、地黄、当归等益神养血之剂。宝玉一面忙命人煎去，一面叹说："这怎么处！倘或有个好歹，都是我的罪孽。"晴雯睡在枕上哎道："好大爷！你干你的去罢，那里就得痨病了！"宝玉无奈，只得去了。至下半天，说身上不好就回来了。晴雯此症虽重，幸亏他素习是个使力不使心的；再者素习饮食清淡，饥饱无伤。这贾宅中的秘法，无论上下，只略有些伤风咳嗽，总以净卧为主，次则服药。故于前日一病时，净卧了两三日，又谨慎服药调治，如今劳碌了些，又加倍养了几日，便渐渐的好了。近日园中姊妹皆各在房中吃饭，炊爨饮食亦便，宝玉自能变法要汤要羹调停，不必细说。

袭人送母殡后，业已回来，麝月便将平儿所说宋妈、坠儿一事，并晴雯撵逐坠儿出去，也曾回过宝玉等话[一]，一一的告诉了一遍。袭人也没别说，只说太性急了些。只因李纨亦因时气感冒；邢夫人又[二]正害火眼，迎春、岫烟皆过去朝夕侍药；庚：妙在一人不落，事事皆到。李婶之弟又接了李婶和李纹、李绮家去住几日；庚：来的也有理，去的也有情。宝玉又见袭人常常思母含悲，晴雯犹未大愈，因此诗社之日，皆未有人作兴，便空了几社。

当下已是腊月，离年日近，王夫人与凤姐置办年事。王子腾升了九省都检点，贾雨村补授了大司马，协理军机，参赞朝政，不题。

且说贾珍开了宗祠，看人打扫，收拾供器，请神主，又打扫上房，以备悬供遗真影像。此时荣、宁二府内外上下，皆忙忙碌碌。这日宁府中尤氏，正起来同贾蓉之妻，打点送贾母这边的针线礼物，

第五十三回　宁国府除夕祭宗祠　荣国府元宵开夜宴

正值丫头捧了一茶盘押岁的锞子进来，回说："兴儿回奶奶，前儿那一包碎金子共是一百五十三两六钱七分，里头成色不等，共总倾了二百二十个锞子。"说着递了上去。尤氏等看了一看，只见也有梅花式的，也有海棠式的，也有笔锭如意的，也有八宝联春的。尤氏命人："收起这个来，叫他把银子锞快快交进来。"丫鬟答应去了。

一时贾珍进来吃饭，贾蓉之妻回避了。贾珍因问尤氏："咱们春祭[三]恩赏可领了不曾？"尤氏道："今儿我打发蓉儿关去了。"贾珍道："咱们家虽不等这几两银子使，多少是皇恩。早关了来，给那边老太太看过，办了祖宗的供，上领皇恩，下则是托祖宗的福。咱们那怕用一万银子供祖宗，到底不如这个体面，又是沾恩赐福的。除[四]咱们这样一两家之外，那些世袭穷官儿，若不仗着这个银子，拿什么上供过年？真正皇恩浩荡，想的周到。"尤氏道："正是这话。"

二人正说着，只见人回："哥儿来了。"贾珍便命叫他进来。只见贾蓉捧着一个小黄布口袋进来，贾珍道："怎么去了这一日？"贾蓉赔笑回说："今儿不在礼部关了，又分在光禄寺的官上，因又到了光禄寺才领了下来。光禄寺的官儿们都说，问父亲好，多日不见，都着实想念。"贾珍笑道："他们那里是想我？这又到了年下了，不是想我的东西，就是想我的戏酒！"一面说，一面瞧那黄布口袋，上有印，就是"皇恩永锡"四字，那边又有礼部祠祭司的印记，又写着一行小字，道是"宁国公贾演荣国公贾源[五]恩赐永远春祭赏，共赏二分，净折银若干两，某年月日龙禁尉候补侍卫贾蓉当堂领讫，值年寺丞某人"，下面一个朱笔花押。

贾珍吃过饭，盥漱，换了靴帽，命贾蓉捧着银子跟了过来，回过贾母、王夫人，又至这边回过贾赦、邢夫人，方回家去，取出银子，命将布袋向宗祠火炉内焚了。又命贾蓉道："你顺便去问问你琏二婶子，正月里请客的日子拟了没有？若拟定了，叫书房里明白开了单子来，咱们再请时，就不能重犯了。旧年不留神重了几家，人家不说咱们不留心，倒像两宅商议定了送虚情、怕费事的一样。"贾蓉忙答应了过去。一时，拿了请人吃年酒的日期单子来了，贾珍看了，命交与赖升去看了，请人别重了这上头的日子。因在厅上看着小厮们抬围屏，擦抹几案、金银供器。

只见小厮手里拿着个禀帖并一篇帐目，回说："黑山村的乌庄头来了。"贾珍道："这个老砍头的今儿才来。"说着，贾蓉接过禀帖和帐目来，忙展开捧着，贾珍倒背着手，向贾蓉手内只[六]看红帖上写着："门下庄头乌进孝叩请爷、奶奶万福金安，并公子小姐金安。新春大喜大福，荣贵平安，加官进禄，万事如意。"贾珍笑道："庄家人有些意思。"贾蓉也忙笑说："别看文法，只取个吉利罢了。"一面忙展开单子看时，只见上面写着："大鹿三十只，獐子五十只，麂子五十只，暹猪二十只，汤羊二十个，龙猪二十个，野猪二十个，家腊猪二十个，野羊二十个，青羊二十个，家汤羊二十个，风干羊二十个，鲟鳇鱼二十尾，各色杂鱼二百尾，活鸡、鸭、鹅各二百只，风鸡、鸭、鹅各二百只，野鸡、兔子各二百对，熊掌二十对，鹿筋二十斤，海参五十斤，鹿舌五十条，牛舌五十条，蛏干二十斤，榛、杏、桃、松仁各二口袋，大对虾五十对，干虾二百斤，上等选用银霜炭一千斤、中等的二千斤，柴炭三万斤，玉田[七]胭脂米二石，碧糯五十斛，白糯五十斛，粉粳五十斛，杂谷各五十斛，下用常米一千石，各色干果一车，外卖粮食、牲口各项之银共折银二千五百两。外门下庄头孝敬哥儿、姐儿玩意：活鹿四只，活黑兔四对，白兔四对，活锦鸡两对，洋鸭两对。"

庚：《在园杂志（原作字）》曾有此说。

贾珍便命带进他来。一时，只见乌进孝在院内磕头请安，贾珍命人拉他起来："你还硬朗。"乌[八]进孝回道："托爷的福，还走得动。"贾珍道："你儿子也大了，该叫他走走也罢了。"乌进孝笑道："不瞒爷说，小的们走惯了，不来也闷的慌。他们可不是都愿意来见见天子脚下的世面？他们到底年轻，怕路上有闪失，再过几年就可以放心了。"贾珍道："你走了几日？"乌进孝道："回爷的话，今年雪大，外头都是四五尺深的雪，前日忽然一暖一化，路上竟难走的很，耽搁了几日。走了一个月零两天。是因日子有限了，怕爷心焦，可不赶着来了。"贾珍道："我说呢，怎么今儿才来。我才看那单子上，今年你这老货又来打擂台来了。"乌进孝忙前进了两步，回道："回爷说，今年年成实在不好。从三月下雨起，接接连连直到八月，竟没有一连晴过五日。九月里一场碗大的雹子，方近打了一千三百里地，连人带屋子并牲口粮食，打伤了上千上万的，所以才这样。小的并不敢

第五十三回　宁国府除夕祭宗祠　荣国府元宵开夜宴

说谎。"贾珍皱眉说道："我算定了你至少也有五千两银子来，这够做什么的！如今你们一共只剩了八九个庄子，今年倒有两处报了旱涝，你们[九]又打擂台，真真是叫别过年了。"乌进孝道："爷的这地方还算好呢！我兄弟离我那里只八百多里[十]，谁知竟又大差了。他现管着那府里八处地，比爷这边多着几倍，今年也只这些东西来，不过多二三千银子，也是有饥荒打呢。"贾珍道："正是呢，我这边都可以，已没有什么别项大事，不过是一年的[十一]费用。多呢，我受用些；少呢，我受些委屈，就省些。再者年例送人、请人，我把脸皮厚些，可以省些也就完了。比不得那府里，这几年添了许多花钱的事，一定不可免，是要花的，却又不添些银子产业。这二年倒赔了许多，不和你们要，找谁去！"乌进孝笑道："那府里如今虽[十二]添了事，是有去有来，娘娘和万岁爷岂不赏的！"庚：是庄头口中语气。□□脂砚。贾珍听了，笑向贾蓉等道："你们听听他这话，可笑不可笑？"贾蓉等忙笑道："你们山坳海沿子上的人，那里知道这道理。娘娘难道把万岁爷的库给了我们不成！他心里纵有这心，他也不能做主。岂有不赏之理，按时到节不过赏些彩缎、古董玩意儿。纵赏，不过一百两金子，才值一千两银子，够一年的什么？这二年，那一年不多赔出几千银子来！头一年省亲连盖花园子，你算算那一注共花了多少，就知道了。再两年再省一回亲，只怕就净穷了。"贾珍笑道："所以他们庄家人老实，分明不知里头的事。黄柏木做磬槌子——外头体面里头苦。"庚：新鲜趣语。贾蓉又笑向贾珍道："果真那府里穷了。前儿我听见凤姑娘庚：此亦南北互用之文，前注不谬。和鸳鸯悄悄的商议，要偷出老太太的东西去当银子呢。"贾珍笑道："那是你凤姑娘的鬼，那里就穷到如此？他必定是见去路太多了，实在赔的很了，不知又要省那一项的钱，先设出这个法子来使人知道。就穷到如此了？我心里却有个算盘，还不至如此田地。"说着，便命人带了乌进孝出去，好生待他，不在话下。

　　这里贾珍吩咐将方才各物，留出供祖的，将各样取了些，命贾蓉送过荣府里去。然后自己留下了家中所用的，余者派出等第来，一分一分的堆在月台底下，命人将族中的子侄唤来散与他们。接着，荣府也送了许多供祖之物及与贾珍之物。贾珍看着收拾完备供器，跟着鞋，披着猞猁狲大裘，命人在厅柱下石矶上太阳中铺了个大狼皮褥子坐下，看各子侄们来领取年物。因见贾芹亦来领物，贾珍叫他过来，说道："你做什么也来了？谁叫你来的？"贾芹垂手回说："听见大爷这里叫我们领东西，我没等人去叫就来了。"贾珍道："我这东西，原是给你那些闲着无事的无进益的小叔叔、小兄弟们的。那二年你闲着，我也给过你的。你如今在那府里管事，家庙里管和尚道士们，每月又有你的分例外，这些和尚、道士分例银子都从你手里过，你还来取这个来了，太也贪了！你自己瞧瞧，你穿的可像个手内使钱办事的？先前你说没进益，如今又怎么了？比先倒不像了。"贾芹道："我家里原人口多，费用大。"贾珍冷笑道："你还支吾我。你在家庙里干的事，打量我不知道呢。你到了那里自然是爷了，没人敢违拗你。你手里又有钱，离着我们又远，你就为王称霸起来，夜夜招集匪类赌钱，庚：这一回文字断不可少。养老婆小子①。这会子花的这个形象，你还敢领东西来？领不成东西，领一顿驮水棍去才罢。等过了年，我和你琏二叔说，换回你来。"贾芹红了脸，不敢答言。忽见人回："北府水王爷送了字联、荷包来了。"贾珍忙命贾蓉出去款待："只说我不在家。"贾蓉答应去了，这里贾珍看着领完东西，便回房与尤氏吃毕饭，一宿无话。至次日，更比往日忙，都不必说。

到了腊月二十九日，各色齐备，两府中都换了门神、对联、挂牌，新油了桃符板，焕然一新。宁国府从大门、仪门、大厅、暖阁、内厅、内三门、内仪门、塞门，直到正堂，一路正门大开，两边阶下一色朱红大高照，点的两边金龙一样。次日，由贾母有封诰者，皆按品级穿朝服，坐八人大轿，带领着众人先进宫朝贺，行礼领宴毕。回来，便到宁府暖阁前下轿。诸子弟有未随入朝者，皆在宁府门前排班伺候，然后引入宗祠。

且说薛宝琴是初次进贾府宗祠，便细细留神打量，原来宁府西边另一个院宇，黑油漆栅栏内五间大门，上面悬着一匾，写着是"贾氏宗祠"四个大字，旁书"衍圣公孔继宗书"。两边有一幅长联，写道是：

---

① 靖眉：招匪类赌钱，养红小婆子，即是败家的根本。

> 肝脑涂地　兆姓赖保育之恩
> 功名贯天　百代仰蒸尝之盛

亦是衍圣公所书。进入院中，白石甬路，两边皆是苍松翠柏。月台上设着青绿古铜鼎彝等器。抱厦前上面悬一九龙金字匾，写道是："星辉辅弼"，乃先皇御笔。两边一副对联，写道是：

> 勋业有光昭日月　功名无间及儿孙

亦是御笔。五间正殿前悬一闹龙填青匾，写道是："慎终追远"四字。旁边一副对联，写道是：

> 已后儿孙承福德　至今黎庶念荣宁

俱是御笔。里边香炉辉煌，锦幛绣幕，虽列着些神主，却看不真切。只见贾府诸人分昭穆排班立定：贾敬主祭，贾赦陪祭，贾珍献爵，贾琏、贾琮献帛，宝玉捧香，贾菖、贾菱展拜毯，守焚池。青衣乐奏，三献爵，拜兴毕[十三]，焚帛奠酒，礼毕[十四]，乐止，退出。众人围随着贾母至正堂上，影前锦幔高挂，彩屏张护，香炉辉煌。上面正居中悬着宁、荣二祖遗像，皆是披蟒腰玉[十五]；两边还有几轴列祖遗像。贾荇、贾芷等从内仪门挨次站立，直到正堂廊下。槛外方是贾敬、贾赦，槛内是各女眷。众家人小厮皆在仪门之外。每一道菜至，传至仪门，贾荇、贾芷等接了，按次序传至阶下贾敬手中。贾蓉系长房长孙，独他随女眷在槛内。每贾敬捧菜至，传至贾蓉，贾蓉便传与他妻子，妻子又传与凤姐、尤氏诸人，直传至供桌前，方传至王夫人。王夫人传与贾母，贾母方捧放桌上。邢夫人在供桌之西，东向立，同贾母共放。直至将菜饭、汤点、酒茶传完，贾蓉方退出下阶，归入阶位之首。当时，凡从文旁之名者，贾敬为首；下则从玉者，贾珍为首；再下从草头者，贾蓉为首。左昭右穆，男东女西。俟贾母拈香下拜，众人方一齐跪下，将五间正堂，三间抱厦，内外廊檐，阶上阶下，两丹墀内，花团锦簇的无隙空地。鸦雀无闻，只听铿锵叮当，金铃玉珮，微微摇曳之声，并起跪靴履飒沓之响。一时礼毕，贾敬、贾赦等便忙退出，至荣府专等与贾母行礼。

　　尤氏上房内早已袭地铺满红毡，当地放着象鼻三足鳅沿鎏金珐琅大火盆，正面炕上铺新红毡，设着大红彩绣云龙捧寿的靠背引枕，外另有黑狐皮的袱子搭在上面，大白狐皮坐褥，请贾母上去坐了。两边又铺皮褥，让贾母一辈的两三个妯娌坐了。这边横头插牌之后小炕上，也铺了皮褥，让邢夫人等坐了。地下四面相对十二张雕漆椅上，都是一色灰鼠椅搭小褥，每一张椅下一个大铜脚炉，让宝琴等姊妹坐了。尤氏用茶盘亲自捧茶与贾母，蓉妻捧与众老祖母，然后尤氏又捧与邢夫人等，蓉妻又捧与众姊妹。凤姐、李纨等只在地下伺候。吃毕茶，邢夫人等忙先起身来伏侍贾母。贾母吃了茶，与老妯娌闲话了两三句，便命看轿。凤姐忙上去搀起来。尤氏笑回说："已经预备下老太太的晚饭。每年都不肯赏些体面，用了晚饭过去，果然我们就不及凤丫头不成？"凤姐搀着贾母笑道："老祖宗快走罢！咱们家去吃去，别理他。"贾母笑道："你这里供着祖宗，忙的什么似的，那里搁得住我闹。况且每年我不吃，你们也要送去的。不如还送了去，我吃不了，留着明儿再吃，岂不多吃些。"说的众人笑了。又吩咐他："好生派妥当人夜里看火，不是大意得的。"尤氏答应了，一直送出来，至暖阁前上了轿。尤氏等闪过屏风后面，小厮们才领轿夫上来，请了轿出大门。尤氏亦随邢夫人等回至荣府。

　　这里轿出大门，只见这一条街上，东边合面设立着宁国府仪仗、执事、乐器，西边设立着荣国府的仪仗、执事、乐器，来往行人皆屏退不从此过。一时来至荣府，也是大门正门直开到底。如今便不在暖阁前下轿了，过了大厅，便转弯向西，至贾母这边厅上下轿。众人围随来至贾母正室之中，亦是锦裀绣屏，焕然一新。当地火盆内焚着松柏香、百合草。贾母归了坐，老嬷嬷们来回："老太太们来行礼。"贾母忙又起身，只见两个老妯娌已进来了。大家拉着手，笑了一会，让了一会。吃茶去后，贾母只送至内仪门便回来，归了正坐。贾敬、贾赦等领诸子侄进来。贾母笑道："一年家难为你们，不行礼罢。"一面说着，一面男一起，女一起，一起一起[十六]俱行过了礼。左右两旁设

第五十三回　宁国府除夕祭宗祠　荣国府元宵开夜宴

下交椅，然后又按长幼挨次归坐受礼。两府男妇、小厮、丫鬟亦按差役上中下行礼毕，又散押岁的钱、荷包、金锞，摆上合欢宴来。男东女西归坐，献屠苏酒、合欢汤、吉祥果、如意糕毕，贾母起身进内间更衣，众人方各散出。那晚各处佛堂、灶王前焚香上供，王夫人正房院内设着天地纸马香供，大观园正门上也挑着大明角灯，两溜高照，各处皆有路灯。上下人等，皆打扮的花团锦簇，一夜人声嘈杂，笑语喧阗，爆竹起火，络绎不绝。

　　至次日五鼓，贾母等又按品大妆，摆全副执事进宫朝贺，兼祝元春千秋。饮宴毕，回来又至宁府〔十七〕，祭过列祖，方回家受礼毕，便换衣裳歇息。所有贺节的亲友一概不会，只和薛姨妈、李婶二人说话取便，或者同宝玉、宝琴、钗、黛等赶围棋、抹骨牌作戏。王夫人与凤姐天天忙着请人吃年酒，那边厅上院内皆是戏酒，亲友来的络绎不绝，一连忙了七八日才完了。早又元宵将近，宁、荣二府皆张灯结彩。十一日是贾赦请贾母，次日贾珍又请，贾母皆去随便领了半日。王夫人和凤姐连日被人请去吃年〔十八〕酒，不能胜记。

　　至十五日之夕，贾母便在大花厅上命摆几席酒，定一班小戏，满挂各色佳灯，带领荣、宁二府各子侄孙男媳等家宴。贾敬素不茹酒，也不去请他，于后日十七日祀祖已完，他便仍出城修养去了。这几日在家内，亦是净室默处，一概无听无闻，不在话下。且说贾赦略领了贾母之赐，也便告辞而去。贾母知他在此彼此不便，也就随他去了。贾赦自到家中与众门客赏灯吃酒，自然是笙歌聒耳，锦绣盈眸，其取便快乐另与这边不同的。〔庚：又交代一个。〕

　　这边贾母花厅之上共摆了十来席。每一席旁边设一几，几上设炉瓶三事，焚着御赐百合宫香。又有八寸来长四寸宽二三寸高的点着山石布满青苔的小盆景，俱是新鲜花卉。又有小洋漆茶盘，内放着旧窑茶杯并十锦小茶杯，里面泡着上等香茗。一色皆是紫檀透雕，嵌着大红透绣花卉并草字诗词的璎珞。原来绣这璎珞的也是个姑苏的女子，名唤慧娘。因他亦是书香宦门之家，他原精于书画，不过偶然绣一两件针线作耍，并非市卖之物。凡这屏上所绣之花卉，皆仿的是唐、宋、元、明〔十九〕各名家的折枝花卉，故其格式配色皆从雅，本来非一味浓艳匠工可比。每一枝花侧，皆用古人题此花之旧句，或诗或歌不一，皆用黑绒绣出草字来，且字迹勾踢、转折、轻重、连断皆与笔写无异，亦不比市绣字迹倔强可恨。他不仗此技获利，所以天下虽知，得者甚少，凡世宦富贵之家，无此物者甚多，当今便称为"慧绣"。竟有世俗射利者，近日仿其针迹，愚人获利。偏这慧娘命夭，十八岁便死了，如今再不能得一件的了。所有之家，亦不过一两件而已，皆惜若宝玩一般。更有那一干翰林文魔先生们，因深惜"慧绣"之佳，便说这"绣"字不能尽其妙，这样针迹只说一"绣"字，反似乎唐突了，便大家商议了，将"绣"字隐去，换了一个"纹"字，所以如今都称为"慧纹"。若有一件真"慧纹"之物，价则无限。贾府之荣，也只有两三件，上年将两件已进了上，目下只剩这一副璎珞，一共十六扇，贾母爱之如珍如宝，不入请客各色陈设之内，只留在自己这边，高兴摆酒时赏玩。又有各色旧窑瓶中，都点缀着"岁寒三友"、"玉堂富贵"等鲜花。

　　上面两席是李婶、薛姨妈，贾母于东边设一席，是透雕夔龙护屏矮足短榻，靠背引枕皮褥俱全。榻之上一头又设一个极轻巧洋漆描金小几，几上放着茶碗、漱盂、手巾之类，又[二十]有一个眼镜盒子。贾母歪在榻上，与众人说笑一会，又自取眼镜向戏台上照一会，又向薛姨妈笑道："恕我老了，骨头疼，放肆，容我歪着相陪罢。"因[二一]又命琥珀坐在榻上，拿美人拳捶腿。榻下并不摆席面，只有一张高几，却设着璎珞、花瓶、香炉等物。外另设一精致小高桌，设着酒杯、匙箸，将自己这一席设于榻旁，命宝琴、湘云、黛玉、宝玉四人坐着。每一馔一果来，先捧与贾母看了，喜则留在小桌上尝一尝，仍撤了放在他四人席上，算他四人是跟着贾母坐。故下面方是邢夫人、王夫人之位，再下便是尤氏、李纨、凤姐、贾蓉之妻。西边一路是宝钗、李纹、李绮、迎春、探、惜等姊妹。两边大梁上，挂着一对联三聚五玻璃芙蓉彩穗灯。每一席前竖一柄漆干倒垂荷叶，叶上有烛[二二]信插着彩烛。这荷叶乃是錾珐琅的活计，可以扭转，如今皆将荷叶扭转向外，将灯影逼住全向外照，看戏分外真切。窗格门户一齐摘下，全挂彩穗各种宫灯。廊檐内外及两边游廊罩棚，将各色羊角灯、玻璃、戳纱、料丝、或绣、或画、或堆、或抠、或绢、或纸诸灯挂满。廊上几席，便是贾珍、贾琏、贾环、贾琮、贾蓉、贾芹、贾芸、贾菱、贾菖等。

贾母也曾差人去请族中众人，奈他们或有年迈[二三]懒于热闹的；或有家内无人不便来的；或有疾病淹缠，欲来竟不能来的；或有一等妒富愧贫的。甚至于有一等憎畏凤姐之为人赌气不来的；或有羞手羞脚，不惯见人，不敢来的。因此族中人[二四]虽多，女客来者只不过贾菌之母娄氏带了贾菌来了，男子只有贾芸、贾芹、贾葛、贾菱四人现在凤姐手下办事的来了。当下人虽不全，在家庭间小宴中，数来也算是热闹的了。

当下又有林之孝家的带了六个媳妇，抬了三张炕桌，每张桌上搭着一条红毡，毡上放着选净一般大新出局的铜钱，用大红彩绳串好，两个人抬一张，共三张。林之孝家的指示将那两张摆至薛姨妈、李婶的跟前，将一张送至贾母榻下。贾母道："放在当地罢。"这媳妇们都素知规矩的，放下桌子，一并将钱都打开，将彩绳抽去，竟堆在桌上。

正唱《西楼·楼会》这出将终，于叔夜因赌气去了，那文豹便发科诨道："你赌气去了，恰好今日正月十五，荣国府老祖宗家宴，待我骑了这马，赶进去讨些果子吃是要紧的。"说毕，引的贾母等都笑了。薛姨妈等都说："好个鬼头孩子，可怜见的。"凤姐便说道："这孩子才九岁了。"贾母笑说："难为他说的巧。"便说了一个"赏"字。早有三四个媳妇已经手下预备下小簸箩，听见叫"赏"字，便走上去向桌上的散钱堆内，每人撮了一簸箩，走出戏台说道："老祖宗、姨太太、亲家太太赏文豹买果子吃的！"说着，向台上便一[二五]撒，只听"豁啷啷"满台钱响。贾珍、贾琏已命小厮们抬了大簸箩的钱来，暗暗的预备在那里。听见贾母一赏，……要知端的，下回分解。

【总评】叙元宵一宴，却不叙酒何以清，菜何以馨，客何以盛，令何以行，先于香茗古玩上渲（原作煊）染，几榻坐次上铺叙，隐隐为下回张本，有无限含蓄，超迈獭祭者百倍。

前半整饬，后半疏落，浓淡相间。祭宗祠在宁府，开夜宴在荣府，分叙不犯手，是作者胸有成竹处。

校　记：

［一］此处的"等话"二字，原文为"等语"，据庚辰本改。

［二］原文无"又"字，据蒙府本补。

［三］此处的"春祭"二字，原文为"春季"，据庚辰本改。

［四］原文无"除"字，据蒙府本补。

［五］"贾源"，原文"贾法"，各本皆然，第三回作"贾源"，按"贾源"统一。

［六］原文无"只"字，据庚辰本补。

［七］此处的"玉田"二字，庚辰本为"御田"。

［八］原文无"乌"字，据蒙府本补。

［九］原文无"们"字，据庚辰本补。

［十］此处的"里"原文为"地"。

［十一］原文无"的"字，据蒙府本补。

［十二］原文无"虽"字，据庚辰本补。

［十三］此处的"拜兴毕"三字，原文为"兴拜毕"，据庚辰本改。

［十四］原文无"焚帛奠酒，礼毕"句，据蒙府本补。

［十五］此处的"披龙腰玉"，原文为"披蟒腰玉"，据庚辰本改。

［十六］原文无"一起一起"数字，据庚辰本补。

［十七］此处的"饮宴毕，回来又至宁府"句，庚辰本为"领宴回来，又至宁府"。

［十八］原文无"年"字，据庚辰本补。

［十九］原文无"明"字，据庚辰本补。

［二十］此处的"又"字，原文为"必"，据庚辰本改。

［二一］原文无"因"字，据庚辰本补。

［二二］此处的"烛"字，原文为"独"，据庚辰本改。

［二三］此处的"年迈"二字，原为"年近"，据庚辰本改。

［二四］原文无"人"字，据蒙府本补。

［二五］原文无"一"字，据庚辰本补。

第五十四回

史太君破陈腐旧套　王熙凤效戏彩斑衣

【回前】 积德于今到子孙，都中旺族首吾门。可怜立业英雄辈，遗脉谁知祖父恩。①

庚：首回楔子内云：古今小说"千部共出（原作成）一套"云云，犹未泄真，今借老太君一写，是劝后来胸中无机轴之诸君子，不可动笔作书。

凤姐乃太君之要紧陪堂，今题"斑衣戏彩"是作者酬我阿凤之劳，特贬贾珍、贾（原无）琏辈之无能耳。

话说贾珍、贾琏暗暗预备下钱，听见贾母说"赏"，他们也忙命小厮们快撒钱。只［一］听满台钱响，贾母大悦。

二人遂起身，小厮们忙将一把乌银新暖壶递过来，贾琏捧在手内，随了贾珍，先至李婶席上，躬身取下杯来，回身，贾琏忙斟了一杯；然后便至薛姨妈席上，也斟了一杯。二人忙起身笑说："二位爷

---

① 蒙府本与此同。靖藏本将此诗写入第五十三回回前批中。

请坐着罢，何必多礼。"于是除邢、王二夫人，满席都离了席，俱垂手旁立。贾珍等至贾母榻前，因榻矮，二人便屈膝跪了。贾珍在前捧杯，贾琏在后捧壶。虽止二人奉酒，那贾环弟兄等，却也是排班按序，一溜随着他二人进来，见他二人跪下，也都一溜跪下。宝玉也忙跪了。史湘云悄悄的推他笑道："你这会子又帮着[二]跪做什么呢？有这样的，你也去斟一巡酒岂不好？"宝玉笑道："再等一会子再斟去。"说着，等他二人斟完起来，方起来。又与邢夫人、王夫人斟过了酒。贾珍笑道："妹妹们怎么样呢？"贾母等都说："你们去罢，他们倒便宜些。"说了，贾珍等方退出去。

　　当下天未二鼓，戏演的是《八义》中《观灯》八出。正在热闹[三]之间，宝玉因下席来往外走，贾母因说："你往那里去？外头爆竹利害，仔细天上掉下火来烧了衣服！"宝玉道："不往远去，只出去就来。"贾母命人好生跟着，于是宝玉出来，只有麝月、秋纹并几个小丫头随着。贾母因说："袭人怎么不见？他如今也有些拿大了，单支使小女孩子们出来。"王夫人忙起身笑回道："他妈前日没了，因为热孝，不便前头来。"贾母听了点头，又笑道："跟主子却讲不起这孝与不孝。若是他还跟我，难道这会子也不在这里不成？皆因我们太宽了，有人使，不查这些，竟成了例了。"凤姐忙过来笑回道："今儿晚上他便没孝，那园子里也须得他看着，灯火花炮最是耽险的。这里唱戏，园子里的人谁不偷来瞧瞧。他还细心，各处照看照看。况且这一散后，宝兄弟回去睡觉，都是齐全的。若他再来了，众人又不经心，散了回去，铺盖也是冷的，茶水也不齐备，各样都不便宜，所以我叫他不用来，只看屋子。散了又齐备，我们这里又不耽心，又可以全他的礼，岂不三处有益。老祖宗要叫他，我叫他来就是了。"贾母听了这话，忙说："你这话很是，比我想的周到，快别叫他了。但只他妈几时死了，我怎么不知道？"凤姐笑道："前袭人亲自回老太太的，怎么就忘了？"贾母想了一想，笑说："想起来了。我的记性平常了。"众人都笑说："老太太那里还记得这些事？"贾母又叹道："我想着，他从小儿伏侍了我一场，又伏侍了云儿一场，末后给了个宝玉魔王，亏他魔了他这几年。他又不是咱们家根生土长的奴才，没受过咱们大恩典。他妈没了，我想着要给几两银子发送，也就忘了。"凤姐道："前

第五十四回　史太君破陈腐旧套　王熙凤效戏彩斑衣

儿太太已赏了他四十两银子，也就是了。"贾母听说，点头道："这还罢了。正好鸳鸯的娘前儿也没了，我想他老子娘都在南边，我也没叫他家去守孝，如今叫他两个一处做伴儿去。"又命人将些果子、菜馔、点心之类与他两个人吃去。琥珀笑说："还等这会子呢，他早就去了。"说着，大家又吃酒看戏。

且说宝玉一径来至园中，众婆子见他回房，便不跟去，只坐在园门里茶房里烤火，和管茶房的女[四]人偷空饮酒斗牌。宝玉来至院中，虽是灯花灿烂，却无人声。麝月道："他们都睡了不成？咱们悄悄的进去。唬他们一跳。"于是大家蹑足潜踪的进了镜壁一看，只见袭人和一人对面都歪在地炕上，那一头有两三个老嬷嬷打盹。宝玉只当他两个都睡着了，才要进去，忽听鸳鸯叹了一声，说道："可知天下的事难定。论理你单身在这里，父母在外头，每年他们东去西来，没个定准，想来你是再不能送终的了。偏生今年就死在这里，你倒出去送了终。"袭人道："正是。我也想不到能够看着父母回首。太太又赏了四十两银子，这也算养我一场，我也不敢妄想了。"宝玉听了，忙转身悄悄向麝月道："谁知他也来了。我这一进去，他又赌气走了，不如咱们回去罢，让他两个静静的说一会话儿。袭人正一个人闷的慌[五]，他幸而来的好。"说着，仍悄悄的出来。

宝玉便走过山石[六]背后去站着撩衣，麝月、秋纹都站住，背过脸来，口内笑说："蹲下再解小衣，仔细风吹了肚子。"后面两个小丫头子知是小解，忙先出去茶房内预备去了。这里宝玉刚转过身来，只见两个媳妇儿迎面走来，问是谁，秋纹道："宝玉在这里呢，你们大呼小叫，仔细唬了他。"那媳妇们忙笑道："我们不知道，大节下来惹祸了。姑娘们可连日辛苦了。"说着，便已到跟前，麝月等问："手里拿的是什么？"媳妇们道："是老太太赏金、花二位姑娘吃的东西。"秋纹笑道："外头唱的是《八义》，没唱《混元盒》，那里又跑出'金花娘娘'来了。"宝玉笑命[七]："揭开盒子，我瞧瞧。"秋纹、麝月忙上去将两个盒盖揭开。两个媳妇忙蹲下身子，庚：细腻之极！一部大观园之文，皆若食肥蟹。至此一句，则又三月于镇江江上，哜出网之鲜鲥矣。宝玉看了两盒内都是席上所有的上等果品菜馔，点了点头，迈步就走。麝月、秋纹胡乱掷了盒盖，跟上来。宝玉笑道："这两个女人倒和气，会说话，他们天天乏了，倒说你们连日辛苦了，却不是那矜功自伐的么。"麝月道："这好的也很好，那不知礼的也太不知礼。"宝玉笑道："你们是明白人，耽待他们是粗笨可怜的人就是了。"一面说，一面来至园中。那几个婆子虽吃酒斗牌，却不住的出来打探，见宝玉来了，也都跟上了。

来至花亭后廊上，只见那两个小丫头，一个捧着小沐盆，一个搭着手巾，又拿着沤子小壶在那里久等。秋纹忙先伸手向盆内试了试，说道："你越大越粗心了，那里弄的这冰水？"小丫头笑道："姑娘瞧瞧这个天啊！我怕水冷，巴巴的倒的是滚水，这还冷了呢。"正说着，可巧见一个老婆子一手端着茶杯，又提着一壶滚水走来。小丫头便说："好奶奶，给我倒上些。"那婆子道："哥哥儿，这是老太太泡茶的，劝你走了取去罢，那里会走大了脚！"秋纹道："凭你是谁的，你不给？我管[八]把老太太的茶杯子倒了洗手。"那婆子回头见是秋纹，忙提起壶来就倒。秋纹道："够了，你这么大年纪也没有见识，谁不知是老太太的水！要不着的人就敢要了？"婆子笑道："我眼花了，没认出这姑娘来。"宝玉洗了手，那小丫头拿小壶倒了些沤子在他手内，宝玉沤了。秋纹、麝月也趁热水洗了一洗，也沤了，跟进宝玉来。

宝玉便要一壶暖酒，也从李婶、薛姨妈斟起，二人也笑让坐。贾母便说："他小，让他斟去，大家倒要干过这杯。"说着，便自己干了。邢、王二夫人也忙干了，又让着薛、李二人，薛、李二人也只得干了。贾母又命宝玉道："连你姐姐妹妹一齐都斟上，不许乱斟，都要叫他干了。"宝玉听说，答应着，按次斟了。至黛玉前，偏他不饮，拿起杯来，放在宝玉唇边，宝玉一气饮干。黛玉笑说："多谢。"宝玉又替他斟上一杯，凤姐便笑道："宝玉，别喝冷酒，仔细手颤，明儿写不得字，拉不得弓。"宝玉忙道："没有喝冷酒。"凤姐笑道："我知道没有，不过白嘱咐你。"于是宝玉将里面斟完，只除贾蓉之妻是丫鬟们斟了，然后出至廊上，又与贾珍等斟了一巡。坐了一会，方进来仍归旧坐。

一时上汤后，又献上元宵。贾母便命将戏暂歇："小孩子们可怜见的，也给他们些滚汤滚菜的吃了再唱。"又命将各色果子拿些与他们吃去。一时歇了戏，便有婆子带了两个门下常走的女先儿进来，放了两张杌子在那一边命他坐了，将弦[九]子、琵琶递过去。贾母便问李、薛二人："听何书好？"他二人都回说："不拘什么都好。"贾母便问："近来可有添的什么新书么？"那两个女先儿回说："倒有一段新书，是残唐五代的故事。"贾母问是何名，女先儿道："叫做《凤求鸾》。"贾母道："这个名字倒好，不知因什么起的。你先大概说说缘故，若好再说。"女先儿道："这书上乃是说残唐之时，有一位乡绅，本是金陵人氏，名唤王忠，曾做过两朝宰辅。如今告老回家，膝下只有一位公子，名唤王熙凤。"众人听了，笑将起来。贾母笑道："这不重了我们凤丫头了。"媳妇们忙上去推他道："这是二奶奶的名字，混说。"贾母笑道："你说，你说！"女先儿忙笑着站起来，说："我们该死了，不知是奶奶的尊讳。"凤姐笑道："怕什么，你只管说罢，重名重姓的多呢。"女先儿又说道："这一年王老爷打发了王公子上京赶考，那日遇见了大雨，走到一个庄上避雨。谁知这庄上也有个乡绅，姓李，与王老爷是世交，所以便留下这公子住在书房里。这李乡绅膝下无儿，只有一位姑娘名唤作雏鸾，琴棋书画，无所不通。"

贾母忙道："怪道叫作《凤求鸾》。不用说，我已猜着了，自然是王熙凤要求这雏鸾小姐为妻了。"女先儿笑道："原来老祖宗听过这一回书。"众人都道："老太太什么没听过！便没听过，猜也猜着了。"贾母笑道："这些书都是一个套子，左不过是些才子佳人，最没趣儿。把人家女儿说的那样坏，还说是佳人，编的连影儿也没有。开口都是书香门第，父亲不是尚书就是宰相，生一个小姐必是爱如珍宝。这小姐必是通文知礼，无所不晓，竟是个绝代佳人。只一见了一个清俊的男子，不管是亲是友，便想起终身大事来了，父母也忘了，羞耻也没了[+]，鬼不成鬼，贼不成贼，那一点儿是佳人？就是满腹的文章，做出这些事来，也算不得是佳人了。比如：男人满腹文章去做贼①，难道那王法就看他是才子，不入贼情一案了不成？可知那编书的是自己塞了自己的嘴。再者，既说是世宦书香大家的小姐，都知礼读书，连夫人都知书识礼，便自告老还家，自然这样大家人口不少，奶母、丫鬟伏侍小姐的人也不少，怎么这些书上，凡有这样的事，就只小姐和

---

① **靖眉：** 满腹文章去做贼，余谓多多。（原作文章满去脏腹余谓多。）——注：此为周汝昌校。

紧跟的一个丫鬟？你们白想想，那些都是管什么的，可是前言不答后语？"众人听了，都笑说："老太太这一说，是谎都批出来了。"贾母笑道："这有个缘故：编这样书的，有一等妒人家富贵，或有求不遂心，所以编了来污秽人家。再一等，他自己看了这些书看魔了，他也想一个佳人，所以编了出来取乐。何尝他知道那世宦读书家的道理！别说他那书上那些世宦书礼[十一]大家，就如今眼下真的，拿我们这中等人家比说，也没有那样的事，别说是那些大家子。可知是[十二]诌掉了下巴的话。所以我们从不许说这些书，连丫头也不懂这些话。这几年我老了，他们姊妹们住的远，我偶然闷了，说几句听听，他们一来，就忙叫歇了。"李、薛二人都笑说："这正是大家的规矩，连我们家也没这些杂话给孩子们听见。"

　　凤姐走上来斟酒，笑道："罢了，酒冷了，老祖宗喝一口润润嗓子再[十三]辨谎罢。这一回就叫作《辨谎记》，就出在本朝本地本年本月本日本时，老祖宗一张口难说两家话，花开两朵，各表一枝，是真是谎且不表，再整观灯看戏的人。老祖宗且让二位亲戚吃一杯酒，听两出戏之后，再从昨朝话言辨起如何？"一面说，一面笑，话未曾说完，众人俱已笑倒。两个女先儿也笑个不住，都说："奶奶好钢口。奶奶要一说书，真连我们吃饭的地方都没了。"薛姨妈笑道："你少兴头些罢，外头有人，比不得往常。"凤姐笑道："外头的只有一位珍大哥。我们还是论哥哥妹妹，从小儿一处淘气了这么大。这几年因做了亲，我如今立了多少的规矩了。便不是从小儿的[十四]兄妹，便以伯叔论，那《二十四孝》上'斑衣戏彩'，他们不能来'戏彩'，引的老祖宗笑一笑，我这里好容易引的老祖宗笑了一笑，多吃一点儿东西，大家喜欢，都该谢我才是，难道反笑话我不成？"贾母笑道："可是这两日我竟没有痛痛的笑一场，倒是亏他才这一路笑的我心里痛快了好些，我再吃一钟酒。"吃着，又命宝玉："也敬你姐姐一杯。"凤姐笑道："不用他敬，我讨老祖宗的寿罢。"说着，便将贾母的半杯剩酒拿起吃了，酒杯递与丫鬟，另将温水浸的杯换了一个上来。于是各席上的杯[十五]都撤去，另将温水浸着待换的[十六]杯斟了新酒上来，然后归坐。

　　女先儿回说："老祖宗不听这个书，弹一套曲子听听罢。"贾母便说道："好！你们两个对一套《将军令》罢。"二人听说，忙和弦[十七]按调拨弄起来。贾母因问："天有几更了？"众婆子忙回："三更了。"贾母道："怪道寒浸浸的起来。"早有丫鬟拿了添换的衣裳，送来穿了。王夫人起身赔笑说道："老太太不如挪进暖阁里炕上倒也罢了。这二位亲戚也不是外人，我们陪着就是了。"贾母听说，笑道："既这样说，不如大家都挪进去，岂不暖和？"王夫人道："里面恐坐不下。"贾母笑道："我有道理。如今也不用这些桌子，只用两三张并起来，大家坐在一处挤着，又亲密，又暖和。"众人都道："这才有趣。"说着，便起身，众媳妇们忙撤去残席，在里面顺炕并了三张大桌，另又添换了果馔摆好了。贾母便说："这却不要拘礼，只听我分派你们就坐才好。"说着便让薛、李二位正面上坐，自己西向坐了，叫宝琴、黛玉、湘云三人皆紧依左右坐下，向宝玉说："你挨着你太太。"于是邢夫人、王夫人之中夹着宝玉，宝钗等姊妹在西边，挨次下去便是娄氏带着贾菌，尤氏、李纨夹着贾兰，下面横头便是贾蓉之妻。贾母便说："珍哥儿带着你兄弟们去罢，我也就睡了。"

贾珍等忙答应了，又都进来。贾母道："快去罢！不用进来，才坐好了，又都要起来。你快歇着去罢，明日还有大事呢。"贾珍忙答应了，又笑说："留下蓉儿斟酒才是。"贾母笑道："正是忘了他。"贾珍答应了一个"是"，转身带领贾琏等出来。二人自是欢喜，便命人将贾琮等各自送回家去，便邀了贾琏去追欢买笑，不在话下。

这里贾母笑道："我正想着虽然这些人取乐，竟无一对双全的，就忘了蓉儿了。这可全了，蓉儿就和你媳妇坐在一处，倒也团圆了。"因有媳妇儿回说开戏，贾母笑道："我们娘儿们正说的高兴，又要吵起来。况且那孩子们熬夜怪冷的，也罢，叫他们且歇歇，把咱们的女孩子们叫了来[十八]，就在这台上唱两出也给他们瞧瞧。"媳妇们听说，答应了出来，忙的一面着人大观园去传人，一面二门传小厮伺候。小厮忙至戏房，将班中所有的大人一概带出去，只留小孩子们。

一时，梨香院的教习带了文官等十二个人，从游廊角门出来。婆子们抱着几个软包，因不及抬箱，估量着贾母爱听的三五出戏的彩衣包了来。婆子们带了文官等进去见过贾母，皆垂手站着，贾母笑道："大出《八义》闹得我头疼，咱们清雅些好。你瞧瞧，薛姨太太，李亲家太太，都是有戏的人家，不知听过多少好戏。这些姑娘都比咱们家的姑娘见过好戏，听过好曲子。如今这小戏子又是那有名玩戏的班子，虽是小孩子，却比大班还强。咱们好歹别落了褒贬，少不得弄个新样儿的。叫芳官唱一出《寻梦》，只用箫随着，笙笛一概不用。"文官笑道："这也使得，我们的戏自然不能入姨太太和亲家太太姑娘们的眼，不过听我们一个发脱口齿，再听一个喉咙罢了。"贾母笑道："正是这话了。"李婶、薛姨妈喜的都笑道："好个灵透孩子，你也跟着老太太打趣我们。"贾母笑道："我们这原是随便的玩意儿，又不出去做买卖，所以竟不大合时。"说着又道："叫葵官唱一出《惠明下书》，也不用抹脸。只用这两出，叫他们听个野异罢了。若省一点力儿，我可不依。"文官等听了答应出来，忙去扮演上台，先是《寻梦》，次是《下书》。众人都鸦雀无闻，薛姨妈因笑道："实在戏也看过几百班，从没见用箫管随他的。"贾母道："也有，只是像方才《西楼·楚江情》一支，多有小生吹箫随的。这大套的实在少，这也在主人讲究不讲究罢了。这个就算出奇了？"指湘云道："我像他这么大的时节，他爷爷有一班小戏，偏有一个弹琴的凑来，即如《西厢记》的《听琴》，《玉簪记》的《琴挑》，《续琵琶记》的《胡笳十八拍》，竟成了真的了，比这个更如何？"众人都道："这更难得了。"贾母便命个媳妇来，吩咐文官等叫他们吹弹一套《灯月圆》，媳妇领命而去。

　　当下贾蓉夫妻二人捧酒斟了一巡，凤姐因见贾母十分高兴，便笑道："趁着女先儿在这里，不如叫他们击鼓，咱们传梅，行一个'春喜上眉梢'的令如何？"贾母笑道："这是个好令，正对时景。"忙命人取了一面黑漆铜钉花腔令鼓来与女先儿，席上取了一枝红梅来。贾母笑道："若到谁手里住了，吃一杯酒，也要说一个什么才好。"凤姐笑道："依我说，谁像老祖宗要什么有什么呢。我们这不会的，岂不没意思。依我说也要雅俗共赏，不如谁输了谁说个笑话罢。"众人听了，都知道他素日善说笑话，最是他肚子里有无限的新鲜趣谈。今见如此说，不但在席的诸人喜欢，连地下伏侍的老小人等无不喜欢。那小丫头子们都忙出去，找姐唤妹的告诉他们："快来听，二奶奶又说笑话儿了。"众丫头子们挤了一屋子。

　　于是戏完乐罢，贾母命将些汤点果菜与文官等吃去，便命响鼓。

第五十四回　史太君破陈腐旧套　王熙凤效戏彩斑衣

那女先儿们皆是惯的，或紧或慢，或如残漏之滴，或如迸豆之急，或如怒马之驰，或如掣电之疾。按其鼓声慢转，梅亦慢；鼓声急转，梅亦急。恰恰至贾母手中，鼓声忽住。大家哈哈一笑，贾蓉忙上来斟了一杯。众人都笑道："自然老太太先喜了，我们才托赖些喜。"贾母笑道："这酒也罢了，只是这笑话有些难说。"众人都说："老太太的[十九]比凤丫头的[二十]还好还多，赏一个我们也笑一笑儿。"贾母笑道："并无什么新鲜笑话，少不得老脸皮厚的说一个罢了。"因说道："一家养了十个儿子，娶了十个媳妇。惟有那第十个媳妇聪明伶俐，心巧嘴乖，公婆最疼，成日家说那九个不孝顺。这九个媳妇委屈，便商议说：'咱们九个心里孝顺，只是不像那小蹄子嘴巧，所以公婆老了，只说他好，这委屈向谁诉去？'大媳妇有主意，便道：'咱们明儿到阎王庙去烧香，和阎王爷说去，问一问，叫我们托生人，为什么单给那小蹄子一张巧嘴，我们都是笨的？'众人听了都欢喜，说这主意不错。第二日便都到阎王庙里来烧了香，九个人都在供桌底下睡着了。九个魂专等阎王的驾到，左等不来，右等不来。正等的着急，只见孙行者驾着筋斗云来了，看见九个魂便要拿金箍棒打，唬得九个魂忙跪下央求。孙行者因问缘故，九个魂忙细细的告诉了他，孙行者把脚一跺，嗟叹了一声道：'这个缘故，幸亏遇见我，就等着阎王来了，他也不得知道的。'九个魂听了，求说：'大圣发个慈悲，我们就好了。'孙行者笑道：'这却不难，那日你们妯娌[二一]十个托生时，可巧我到阎王这里来，因为撒了泡尿在地下，你们那个小婶儿便吃了。你们如今要伶俐嘴乖，有的是尿，再撒泡你们吃就是了。'"说毕，大家都笑起来。凤姐儿笑道："好的，幸而我们都笨嘴笨腮的，不然也就吃了猴儿尿了。"尤氏、娄氏都笑向李纨道："咱们这里谁是吃过猴儿尿的，别装没事人儿。"薛姨妈笑道："笑话儿不在好歹，只要对景就发笑。"

说着，又击鼓起来。小丫头子们只要听凤姐的笑话，便悄悄的和女先儿说明，以咳嗽为记。须臾传了两遍，刚到了凤姐手里，小丫头子们故意咳嗽，女先儿便住了鼓。众人齐笑道："这可拿住他了。快吃了酒说一个好的，别太逗人笑的肠子疼。"

凤姐吃过酒，想了一想，笑道："一家子也是过正月半，合家子赏灯吃酒，真真的热闹非常，祖婆婆、太婆婆、婆婆、媳妇、孙子媳妇、重孙子媳妇、亲孙子、侄孙子、重孙子、灰孙子，滴滴搭搭的孙子、孙女儿、侄孙女儿、外孙女儿、姨表孙女儿、姑表孙女儿……哎哟，真热闹！"众人听他说着，已经笑了，都说："听数贫嘴的，又不知编派那一个呢。"尤氏笑道："你要招我，我可撕你的嘴。"凤姐起身笑道："人家费力说，你们混，我就不说了。"贾母笑道："你说你说，底下怎么样？"凤姐想了一想，笑道："底下就团团的坐了一屋子，吃了一夜的酒就散了。"众人见他正言厉色的说了，便再无别话，都怔怔的还等他往下说，只觉冰冷无味。史湘云看了他半日。凤姐儿笑道："再说个过正月半的。一个人扛着一个房子大的爆竹往城外头放去，引了上万的人瞧。有一个性急的人等不得，便偷着〔二二〕拿香火点着了。只听'噗哧'一声，众人哄然一笑都散了。这扛爆竹的人道：'怎么没等放，就散了？'"湘云道："难道他本人没听见不成？"凤姐道："这本人是个聋子。"众人听说，一回想，不觉一齐失声都大笑起来。又想着先前那一个没说完的，问他："头里那一个怎么样？也该说完了。"凤姐将桌子一拍，说道："好罗唆，到了第二日是十六，年也过了，节也过了，我看着人忙着收东西还闹不清，那里还知道底下的事了。"众人听说，复又大笑起来。凤姐笑道："外头已经四更了，依我说，老祖宗也乏了，咱们也该'聋子放爆竹——散了'罢。"尤氏等用手帕子捂着嘴，笑的前仰后合，指他说道："这个东西真会数贫嘴。"贾母笑道："真真这凤丫头越发贫嘴了。"一面说，一面吩咐道："他提起爆竹来，咱们也把烟火放了解解酒。"

贾蓉听了，忙出去带着小厮们就在院内安下屏架，将烟火设吊齐备。这烟火皆系各处进贡之物，虽不甚大，却极精致，各色故事俱全，夹着各色花炮。林黛玉禀气虚弱，不禁响炮之声，贾母便搂他在怀里。薛姨妈便搂着湘云。湘云笑道："我不怕。"宝钗等笑道："他专爱自己放大爆竹呢，还怕这个。"王夫人便将宝玉搂在怀中。凤姐笑道："我们是没人疼的了。"尤氏笑道："有我呢，我搂着你，别害怕。你这会子撒娇儿了，听见放爆竹，吃了蜜蜂儿屎的似的，今儿又轻狂起来了。"凤姐笑道："等散了，咱们园子里放去！我比小厮们放的还好呢。"说话之间外面一色一色的放了，又放了许多的满天星、九龙入云、平地一声雷、飞天十响之类的零碎小爆竹方罢。然后又命

第五十四回　史太君破陈腐旧套　王熙凤效戏彩斑衣

小戏子打了一会"莲花落"，撒了满台的钱取乐。

又上汤时，贾母说道[二三]："夜长，觉得有些饿了。"凤姐忙回说："有预备的鸭子肉粥。"贾母道："我吃些清淡的罢。"凤姐忙道："也有枣儿熬的粳米粥，预备太太们吃斋的。"贾母笑道："不是油腻腻的就是甜的。"凤姐又忙道："还有杏仁茶，只怕也甜。"贾母道："倒是这个还罢了。"说着，已命人撤去残席，另设上各种精致小菜。大家随便吃了些，用过漱茶，方散。

十七日早，又过宁府行礼，伺候掩了宗祠，收过影像，方回来。此日便是薛姨妈请吃年酒。十八日便是赖大家，十九日便是宁府赖升家，二十日便是林之孝家，二十一日便是单大良家，二十二日便是吴新登家。这几家，贾母也有去的，也有不去的，也有高兴直等众人散方回的，也有兴尽半日一时就来的。凡诸亲友来请或来赴席的，贾母一概怕拘束不会，自有王夫人、邢夫人、凤姐三人料理。连宝玉只除王子腾家去了，余者亦皆不会，只说贾母留下解闷。所以倒是家下人家请，贾母可以自便之处，方高兴去逛逛。闲言不提，当下元宵已过——要知端的，下回分解。

【总评】读此回者凡三变。不善读者徒赞其如何演戏，如何行令，如何挂花灯，如何放爆竹，目眩（原作"眩"）耳聋，应接不暇。少解读者赞其坐次有伦，巡酒有度：从演戏渡至女先，从女先渡至凤姐，从凤姐渡至行令，从行令渡至放花爆，脱卸下来，井然秩然，一丝不乱。会读者须另具卓识，单着眼史太君一席话，将普天下不近理之奇文，不近情之妙作，一齐抹倒。是作者借他人酒杯，消自己块垒（原作傀儡），画一幅行乐图，铸一面菱花镜，为全部总评。噫！作者已逝，圣叹云亡，愚不自谅，辄拟数语，知我罪我，其听之矣。

校 记：

[一] 此处的"只"字，原文为"自"，据蒙府本改。
[二] 原文无"着"字，据庚辰本补。
[三] 此处的"热闹"二字，原文为"闹热"，据庚辰本改。
[四] 原文无"女"字，据庚辰本补。

[五]此处的"一个人闷的慌"句,原文为"一个闷闷的",庚辰本在"一个闷"旁添有"一个人闷的慌"句。此为据庚辰本旁添处改。

[六]原文无"石"字,据庚辰本补。

[七]此处的"笑命"二字,原文为"笑道命",据庚辰本删去"道"。

[八]原文无"管"字,据庚辰本补。

[九]此处的"弦"字,原文写作"弦",因讳"玄烨"(康熙)名,少一笔。

[十]原文无"羞耻也没了"数字,据蒙府本补。庚辰本为"书礼也忘了"。

[十一]此处的"书礼"二字,原文为"书香",据庚辰本改。

[十二]原文无"是"字,据蒙府本补。

[十三]原文无"再"字,据庚辰本补。

[十四]原文无"的"字,据蒙府本补。

[十五]原文无"杯"字,据庚辰本补。

[十六]原文无"的"字,据庚辰本补。

[十七]此处的"弦"字,原文写作"弦",因讳"玄烨"(康熙)名,少一笔。

[十八]此处的"况且那孩子们熬夜怪冷的,也罢,叫他们且歇歇,把咱们的女孩子们叫了来"一句,原文为"且把那些孩子们叫了来",据庚辰本改。

[十九]原文无"的"字,据庚辰本补。

[二十]原文无"的"字,据庚辰本补。

[二一]此处的"妯娌"二字,原文为"妯娌们",据庚辰本改。

[二二]此处的"偷着"二字,原文为"偷看",据蒙府本改。

[二三]原文无"说道"二字,按庚辰本补。

第五十五回

辱亲女愚妾争闲气　欺幼主刁奴蓄险心

【回前】此回接上文，恰似黄钟大吕后转出羽调商声，别有清凉滋味。

且说元宵已过，只因当今以孝治天下，目下宫中有一位太妃欠安，故各嫔妃皆为之减膳谢妆，不独不能省亲，亦且将宴乐俱免。故荣府今岁元宵亦无灯谜之集[一]。

刚将年事忙过[二]，凤姐便小月了，在家一月不能理事，天天两三个太医用药。凤姐自忖强壮，虽不能出门，然筹画计算，想起什么事来，便命平儿去回王夫人，任人谏劝，他只不听。王夫人便觉失了膀臂一样，一个人有多大精神？凡有了大事，自己主张；将家中琐碎之事，一应都暂令李纨协理。李纨是个尚德不尚才的，未免逞纵了下人。王夫人便命探春合同李纨裁处，只说过了一个月，凤姐将息好了，仍交与他。谁知凤姐禀赋气血不足，兼年幼不知保养，平生争强斗智，心力使亏，故虽系小月，竟着实亏虚下来；一月之后，复添了下红之症。他虽不肯说出来，众人见他面目黄瘦，便知失于调养。王夫人只令他好生服药调养[三]，不令他操心。他自己也怕成了大症，遗笑于人，便想偷空调养，恨不得一时复旧如常。谁知一时难痊，调养到八、九月间，才渐渐的起复过来，下红也渐渐的止了，此是后话。

如今且说目今王夫人见他如此，探春与李纨骤难卸事，园中人多，又恐失照管，因又特请了宝钗来，托他各处小心："老婆子们不中用，得空儿就斗牌吃酒，白日里睡觉，夜里斗牌，我都知道的。凤丫头在外头，他们还有个惧怕，如今他们又该取便了。好孩子，你还是个妥当的人，你兄弟妹妹们又小，我又没工夫，你替我辛苦两天，照看照看。凡有想不到的事，你来告诉我，别等老太太问出来，我没话回。那些人不好了，你只管说。他们如若不听，你来告诉我，别弄出大事来才好。"宝钗听说，只得答应了。

时届孟春，黛玉又犯了嗽症。湘云亦因时气所感，亦卧病于蘅芜院中，一天医药不断。探春同李纨相住间隔，二人近日同事，不比往年，来往回话人等亦不便宜，故二人议定：每日早晨皆到园门口南边的三间小花厅上去会齐办事，吃过早饭于午错方回房。这三间厅原系预备省亲之时，众执事太监起坐之处，故省亲之后也用不着了，每日只有婆子们上夜。如今天已和暖，不用十分修饰，只不过略略的铺陈了，便可他二人起坐。这厅上也有一匾，题着"辅仁谕德"〔四〕四字，家下俗呼皆只叫"议事厅"儿。如今他二人每日卯正至此，午正方散。凡一应执事媳妇来往回话者，络绎不绝。

众人先听见李纨独办，各个心中暗喜，以为李纨素日原是个厚道多恩无罚的，自然比凤姐好搪塞。后又添了一个探春，也都想着不过是个未出阁的年轻小姐，且素日也最和平恬淡，因此都不在意，比前便懈怠了许多。只三四日后，几件事过手，渐觉探春精细处不让凤姐，只不过是言语安静，性情和顺而已。庚：这是小姐身份耳。阿凤未出阁想亦如此。

可巧连日有王公侯伯、世袭官员十几处，皆系荣、宁非亲即世交之家，或有升迁，或有黜降，或有婚丧红白等事，王夫人吊贺迎送，应酬不暇，前边更无人。他二人便一日皆在厅上起坐。宝钗便一日在上房监察，至王夫人回方散。每于夜间针线暇时，临寝之先，坐了小轿，带领园中上夜人等，各处巡察一次。他三人如此一理，更觉比凤姐当权时，倒更谨慎了些。因此里外下人都暗中抱怨说："刚刚的去了一个'巡海夜叉'，又添了三个'镇山太岁'，率性连夜里偷着吃酒玩

第五十五回　辱亲女愚妾争闲气　欺幼主刁奴蓄险心

的工夫都没了。"

这日，王夫人正是往锦乡侯府去赴席，李纨与探春早已梳洗，伺候出门去后，才回至厅上坐下。刚吃茶时，只见吴新登家的媳妇进来回说："赵姨娘的兄弟赵国基昨儿死了。昨儿回过太太了，太太说知道了，叫回姑娘、奶奶来。"说毕，便垂手旁侍，再不言语。彼时来回话的不少，都打听他二人办事如何：若办得妥当，大家则安个畏惧之心；若少有嫌隙不妥之处，不但不畏服，一出二门，还要编出许多笑话来取笑。吴新登家的媳妇心中已有主意，若是凤姐前，他便献勤说出许多主意，又查出许多旧例来任凤姐儿拣择施行。庚：可知虽有才干，亦必有羽翼方可。如今他藐视李纨老实，探春是年轻的姑娘，所以只说出这一句话来，试他二人有何主见。探春便问李纨，李纨想了一想，便道："前儿袭人的妈死了，听见说赏了银子是四十两。这也赏他四十两罢了。"吴新登家的媳妇听了，忙答应个"是"，接了对牌就走。探春道："你且回来。"吴新登家的只得回来，探春道："你且别支银子去。我且问你：那几年老太太屋里的几位老姨娘，也有家里的，也有外头的，这有个分别。家里的若死了人，是赏多少？外头的死了人，是赏多少？你且说两个我们听听。"一问，吴新登家的本是忘了，忙赔笑回说："这也不是什么大事，赏多赏少，谁还敢争不成？"探春笑道："这话胡闹。依我说，赏一百倒好。若不按例[五]，别说你们笑话，明儿也难见你二奶奶。"吴新登家的道："既这么说，我查旧帐去，此时却记不得。"探春笑道："你办事办老了的，还记不得，倒来难我们？你素日回你二奶奶也现查帐去？若有这个道理，凤姐姐还不算利害，也就算是宽厚了！还不快找来我瞧。再迟一日，不说你们粗心，反像我们没主意了。"吴新登家的满面通红，忙转身出来。众媳妇们都伸舌头，这里又回别的事。

一时，吴新登家的取了旧帐来。探春接过来看时，上面有两个家里的，赏过，皆二十四两；两个外头的，皆赏过四十两。外还有两个外头的，一个赏过一百两，一个赏过六十两。这两笔底下皆注有缘故：一个是隔省迁父母之柩，外赏六十两；一个是现买葬地，外赏二十两。探春便递与李纨看了。探春便说："给他二十四两银。把这帐留下，我们细看看。"吴新登家的答应去了。

忽见赵姨娘进来，李纨、探春忙让坐下。赵姨娘开口便说道："这屋里的人都踩下我去还罢了。姑娘你也想一想，该替我出气才是。"一面说，一面便眼泪鼻涕哭起来，探春忙道："姨娘这话说谁，我竟不解。谁踩姨娘？说出来我替姨娘出气。"赵姨娘道："姑娘现踩我，我告诉谁去！"探春听说，忙站起来，说道："我并不敢。"李纨也忙站起来劝，赵姨娘道："你们请坐，听我说。我在这屋里熬油似的熬了这么大年纪，又有你和你兄弟，这会子连袭人都不如了，我还有什么脸？连你也没脸面！"探春笑道："原来为这个，我并不敢犯法违理。"一面就坐了，拿帐翻与赵姨娘瞧，又念与他听，又说道："这是祖宗手里的旧规矩，人人都依着，偏我改了这例不成？不但袭人，将来环儿收了外头的女孩儿，自然也是同袭人一样。这原不是什么争大争小的事，讲不到有脸没脸的话上。他是太太的奴才，我是按旧规矩办的。说办的好[六]，领的是祖宗的恩典、太太的恩典；若说办的[七]不匀，那是他[八]糊涂不知福，也只好凭他抱怨去。太太连房子赏了人，我有什么有脸之处；一文不赏，我也没什么没脸之处，依我说，太太不在家，姨娘安静些养神罢了。何苦只要操心。太太满心里疼我，因姨娘每每生事，几次寒心。我但凡是个男人，可以出得去，我必早走了，另立一番事业，那时自有我一番道理。偏我是个女孩家，一句多话也没有我说的。太太满心里都知道，如今因重看了我，才叫我照管家务，还没有做一件好事，姨娘倒先来作践我。倘或太太知道了，怕我为难，不叫我管了，那才正经是没脸呢，连姨娘真也没脸！"一面说，一面不禁滚下泪来。赵姨娘没了别话答对，便说道："太太疼你，你越发该拉扯拉扯我们。你只顾讨太太的疼，就把我们忘了。"探春道："我怎么忘了？叫我怎么拉扯？这也问他们各人，那一个主子不疼出力的奴才？那一个好人用人拉扯来着？"李纨在旁只管劝说："姨娘别生气。也怨不得姑娘，他满心里有拉扯的心，口里怎么说的出来。"探春忙道："这大嫂子也糊涂了。我拉扯谁？谁家姑娘拉扯奴才来着？他们的好歹，自然你们该知道，与我什么相干。"赵姨娘气的问道："谁叫你拉扯别人去了？你不当家我也不来问你。你如今现说一是一，说二是二。如今你舅舅死了，你多给二三十两银子，难道就不依你？太太是好太太，都是你们尖酸刻薄，可惜太太有恩无处施。姑娘放心，这也使不着你的银子。明儿等出了阁，我还想你额外照看赵家呢。如今没有长羽毛，就忘了根本，只拣高枝飞去了！"探春不听完，已气的脸白气噎，抽抽咽咽的一面哭，一面[九]问道："谁是我舅舅？我舅舅年下才升了九省检点去了，那里又跑出一个舅舅来了？我倒素习按礼尊敬，越发敬出这些亲戚来。既这么说，每日环儿出去，为什么赵国基又站起来，又跟他上学去？为什么不拿出舅舅的款来？何苦来，谁不知道我是姨娘养的，必要两三个月寻出一个由头来，彻底子翻腾一阵，生怕人不知道，故意的表白表白。也不知谁给谁没脸？幸亏我还明白，但凡糊涂不知道理的，早急了。"李纨急的只管劝，赵姨娘只管还唠叨。

忽听有人说："二奶奶打发平姑娘来了。"赵姨娘听说，方把口止住。只见平儿走进来，赵姨娘忙赔笑让坐，又忙问："你奶奶好些？我正要瞧去呢，就只没得空儿。"李纨见平儿进来，因问他做什么。平儿笑道："奶奶说，赵姨奶奶的兄弟死了，恐怕奶奶和姑娘不知有旧例，若照常例，只得二十四两。如今请姑娘、奶奶裁度着，再添些也使得。"探春早已拭去泪痕，忙说道："又好好的添什么，谁是二十四个月养的？不然也是那出兵放马背着主子逃过命的不成？你主子倒也巧，叫我开了例，他做好人，拿着太太不心疼的钱，乐得做人情。你告诉他，我不敢添减，混出主意。他添他施恩，等他好了出来，爱怎么添，怎么添去。"平儿一来时已明白了对半，今听这[十]一番话，越发会意，见探春有怒色，便不敢以往日喜乐之时相待，只一边垂手默侍。

时值宝钗也从上房中来，探春等忙起身让坐。未及开言，又有一个媳妇进来回事。因探春才哭了，便有三四个小丫鬟捧了沐盆、巾帕、靶镜等物来。此时探春因盘膝坐在矮板榻上，那捧盆的丫鬟走至跟前，便双膝跪下，高捧沐盆；那两个丫鬟，也都在旁屈膝捧着巾帕并靶镜脂粉之类。平儿见待书之类不在这里，便忙上前与探春挽袖卸镯，又接过一条大手巾来，将探春面前衣襟掩了。探春方伸手向盆中盥沐，那媳妇便回道："回奶奶姑娘，家学里支环爷和兰哥儿一年的公费。"平儿先道："你忙什么！你睁着眼睛看见姑娘洗脸，你不去伺候着，先说话来。二奶奶跟前你也这么没眼色来着？姑娘虽然恩宽，我去回了二奶奶，只说你们眼里都没姑娘，你们都吃了亏，可别怨我。"唬的那个媳妇忙赔笑说："我粗心了。"一面说，一面忙退出去。

探春一面匀脸，一面向平儿冷笑道："你迟来了一步儿，还有可笑的。连吴姐姐这么个办老了事的，也不查清楚了，就来混我们。幸亏我们问他，他竟有脸说忘了。我说他回你主子事也忘了再查去？我料着你那主子未必有耐性儿等他去查。"平儿忙笑道："他有这一次，包管腿上的〔十一〕筋早折了两根。姑娘别信，他们瞅着大奶奶是个菩萨，姑娘又是个〔十二〕腼腆小姐，固然是托懒来混。"说着，又向门外说道："你们只管撒野，等奶奶大安了，咱们再说。"门外的众媳妇都笑道："姑娘，你是个最明白的人，俗语说，'一人做罪一人当'，我们并不敢欺蔽小姐。小姐是娇客，若认真惹恼了，死无葬身之地。"平儿冷笑道："你们明白就好了。"又赔笑向探春道："姑娘知道二奶奶本来事多，那里照看的这些？保不住不忽略。俗语说：'旁观者清。'这几年姑娘冷眼看着，或有该添该减的去处，二奶奶没行到的，姑娘竟一添减，头一件于太太的事有益，第二件也不枉姑娘待我们奶奶的情义了。"话未说完，宝钗、李纨都笑道："好丫头，怨不得凤丫头偏疼他！本来无可添减之事，如今听你一说，倒要找出两件来斟酌斟酌，不辜负你这话。"探春笑道："我一肚子气，没人煞性子，正要拿他出气去，偏他蹦了来，说了这些话，叫我也没了主意了。"一面叫方才那媳妇来问："环爷和兰哥儿家学里这一年的银子，是做那一项用的？"那媳妇便回说："一年学里吃点心，剩的买纸笔，每位有八两银子的使用。"探春道："凡爷们的使用，都是各屋里领了月钱的。环哥儿的是姨娘屋里领二两，宝玉的是老太太屋里袭人领二两，兰哥是大奶奶屋里领。怎么学里每人又多这八两？原来上学去的是为这八两银子！从今儿起，把这一项蠲了。平儿，回去告诉你奶奶，就说我的话，把这一条务必免了。"平儿笑道："早就该免。旧年奶奶原说要免的，因年下忙，就忘了。"那个媳妇只得答应着去了。就有大观园中媳妇们捧了饭盒来。

待书、素云早已抬过一张小饭桌来，平儿也忙着上菜。探春笑道："你说完了话，你去罢，在这里忙什么？"平儿笑道："我原没事的。二奶奶打发了我来，一则说话，二则恐这里人不方便，原是叫我帮着妹妹们伏侍奶奶、姑娘的。"探春因问："宝姑娘的饭怎么不端来一处吃？"丫鬟们听说，忙出至檐外命媳妇们去说："宝姑娘如今在厅上一处吃，叫他们把饭送了来。"探春听说，便高声说道："你别混支使人！那都是办大事的管家娘子们，你们支使要饭要茶的，连一个高低都不知道！平儿这里站着做什么，你叫叫去。"

平儿忙答应了一声出来，那些媳妇们悄悄的拉住笑道："那里用姑娘去叫，我们已经有人叫去了。"一面说，一面用手帕掸了一掸石矶上，说："姑娘站了半天乏了，这太阳地里且歇歇。"平儿便坐下，又有茶房里的两个婆子拿了个坐褥铺下，说："石头冷，这是极干净的，姑娘将就坐一坐儿。"平儿忙赔笑道："多谢了。"一个又捧了一碗精致的新茶出来，也悄悄的笑说："这不是我们常用的茶，是伺候姑娘们的，姑娘且润一润喉罢。"平儿忙欠身接了，因指众媳妇们说道："你们太闹的不像了。他是个姑娘家，不肯发威动怒，这是他尊重，你们就藐视欺负他。果然招他动了大怒，不过说他一个粗糙就完了，你们就现吃不了的亏。他撒个娇儿，太太也得让他一二分，二奶奶也不敢怎样。你们就这么着大胆子小看他，可是鸡蛋往石头上碰[十三]。"众人道："我们何尝敢大胆了[十四]，都是赵姨奶奶闹的。"平儿又悄悄的道："罢了，好奶奶们。'墙倒众人推'，那赵姨奶奶原有些到三不到两的，有了事都就赖他。你们素日眼里没人，心里利害，我这几年难道还不知道？二奶奶若是略差一点儿的，早被你们这些奶奶治倒了。饶这么着，得一点空儿，还要难他一难，好几次没落了口声。"众人道"如何敢？"平儿道："他利害，你们都怕他，惟我知道，他心里也就不算不怕你们呢。前儿我们还议论到这里，再不能依头顺尾的，必有两场气生。那三姑娘虽是姨娘的姑娘，你们都看见了，二奶奶这些大姑子、小姑子里头[十五]，也就只单惧他五分。你们这会子倒不把他放在眼里了。"

正说着，只见秋纹走来，众人忙着问好，又说："姑娘也且歇歇，里头摆饭呢。等撤下饭桌子来，再回话去。"秋纹笑道："我比不得你们，我那里等得？"说着便直要上厅去，平儿忙叫："快回来。"秋纹回头见了平儿，笑道："你又在这里充什么外围的防护？"一回身便坐在平儿褥上,平儿悄问道:"回什么?"秋纹道:"问一问宝玉的月钱,我们的月钱多早晚才领?"平儿道:"这什么大事。你快回去告诉袭人,就说我的话,凭有什么事今儿都别回。若回一件,管驳一件;回一百件,管驳一百件。"秋纹听了,忙问道:"是为什么?"平儿与众媳妇等都忙告诉他缘故,又说:"正要找几处利害事与有体面的人来开例,作法子镇压,与众人做榜样呢。何苦你们先来碰在这钉子上。你这一去说了,他们若拿你们也做一二件榜样,又碍着老太太的嘴;若不拿你们做一二件榜样,人家又说偏一个向一个,仗着老太太、太太的威势的就怕,他不敢动,只拿我们软的做鼻子头。你听听罢,二奶奶的事,他还要驳两件,才压的住众人口声呢。"秋纹听了,伸舌笑道:"幸而平姐姐在这里,没的臊一鼻子灰。我赶早知会他们去。"说着,便起身走了。

接着,宝钗的饭至,平儿忙进来伏侍。那时赵姨娘已去,三人在板床上吃饭。宝钗面南,探春面西,李纨面东,众媳妇皆在廊下静候,里头只有他们紧跟常侍的丫鬟伺候,别人一概不敢擅入。这些媳妇们都悄悄的议论说:"大家省事罢,都别安着没良心的主意了。吴大娘才都[十六]讨了没意思,咱们又是什么有脸的。"他们一边悄悄议论,等饭完回事。只觉里面鸦雀无闻,并不闻碗箸之声。一时只见一个丫鬟将帘栊高揭,又有两个将桌子抬出。茶房内早有三个丫头捧着三沐盆水,见饭桌已出,三人便进去了。一会又捧出沐盆并漱盂来,方有待书、素云、莺儿三个,每人用茶盘捧了三盖碗茶进去。一时等他三人出来,待书命小丫头们:"好生伺候着,我们吃了饭来换你们,可又别偷坐着去。"众媳妇们方慢慢的一个一个的安分回事,不敢如先前轻慢疏忽了。

探春气方渐平,因向平儿道:"我有一件大事,要和你奶奶商议,如今可巧想起来。你吃了饭快来,宝姑娘也在此,咱们四个人商议了,再细细的问你奶奶可行可止。"平儿答应回去。

凤姐因问为何去这一日,平儿便笑着将方才的缘故细细说与他听了。凤姐笑道:"好,好,好个三姑娘!我说他不错。只可惜他命薄,没托生在太太肚子里。"平儿笑道:"奶奶也说糊涂话了。他便不是太太养的,难道谁敢小看他,不与别的一样看了不成?"凤姐叹道:"你那里知道，虽然说是一样，女儿却比不得男人，将来攀亲事，如今有种轻狂人，先要打听姑娘是正出、是庶出，多有为庶出不要的。殊不知别说庶出，便是我们的丫头们，比人家的小姐还强呢。将来不知那个没造化的挑庶、正误了事呢，也不知那个有造化的不挑庶、正得了去。"说着，又向平儿笑道："你知道，我这几年生了多少省俭法子，一家子大约也没个不背地里恨我的。我如今也是骑上老虎。虽然看破些，无奈一时也难宽放；二则家里出去的多，进来的少。凡有大小事仍是照着老祖宗手里的规矩，却一年进的产业又不及先时。多省俭了，外人又笑话；老太太、太太又受委屈，家下人也抱怨刻薄。若不趁早儿料理省俭之计，再几年就都赔尽了。"

平儿道："可不是！将来还有三四位姑娘，两三个小爷，一位老祖宗，这几件大事未完呢。"凤姐笑道："我也虑到这里，倒也够了：宝玉和林妹妹他两个一娶一嫁，可以使不着官中的钱，老太太自有体己拿出来。二姑娘是大老爷那边的，也不算。剩了两三个，满破着每人花上一万银子。环哥娶亲有限，花上三千银子，不拘那里省一捆子也就够了。老太太的事出来，一应都是全了的，不过零星杂项使费，也满破三五千两银子。如今再省俭些，陆续也就够了。只怕如今平空再生出一两件事来，可就了不得了。……咱们且别虑后事，你且吃了饭，快听他商议什么。这正碰了我的机会，我正愁没个膀臂。虽有个宝玉，他又不是这里头的货，纵收服了他也不中用。大奶奶是个佛爷，也不中用。二姑娘更不中用，况且不是这屋里的人。四姑娘小呢。兰小子更小。小环儿更是个燎毛的小冻猫子，只等有热灶火炕让他钻去罢。真真一个娘肚子里跳出这样天悬地隔的两个人来，我想到这里就不服。再者林丫头和宝姑娘他两个倒好，偏又都是亲戚，又不好管咱们家务事。况一个是美人灯儿，风吹吹就坏了；一个是拿定了主意，'不干己事不张口，一问摇头三不知'，也难十分去问他。倒只剩了三姑娘一个，心里嘴里都也来的，又是咱们家的正人，太太又疼他，虽然面上淡淡的，皆因是赵姨娘那老东西闹的，心里却是和宝玉一样疼呢。比不得环儿，实在令人难疼，要依我的性子早撵出去了。如今他既有这个主意，正该和他协同，大家做个膀臂，庚：阿凤有才处全在择人，收纳膀臂（原作背）羽翼，并非一味倚（原作以）才自恃者可知。这方是大才。我也不孤不独了。按正理，天理良心上论，咱们有他这一个人帮着，咱们也省些心，于太太的事也有益。若按私心藏奸上论，我也太行毒了，也该抽头退步。回头看看，再要穷追苦刻，人恨极了，暗地里笑里藏刀，咱们两人才四个眼睛，两个心，一时不防，倒弄坏了。趁着紧溜之中，他出头一料理，众人就把往日咱们的恨暂可解了。还有一件，我虽知你极明白，恐怕你心里挽不过来，如今嘱咐你：他虽是姑娘家，他心里却事事明白，不过是言语谨慎；他又比我知书识字，更利害一层了。如今俗语说'擒贼必先擒王'，他如今要作法开端，一定是先拿我开端。倘或他要驳我的回，你可别分辨，你只越恭敬，越说驳的是才好。千万别想着怕我没脸，和他一犟，就不好了。"平儿不等说完，便笑道："你太把人看糊涂了。我才已经行在先了，这会子反嘱咐我。"凤姐笑道："我是恐怕你心里眼里只有我，一概没有别人之故，不得不嘱咐。既已行在先，更比我明白了。你又急了，满嘴里'你儿'、'我儿'起来。"平儿笑道："偏说'你'！你不依，这不是嘴巴子，再打一顿。难道这脸上还没尝过的不成！"凤姐笑道："你这小蹄子，要翻多少过子才罢。看我病的这个样儿。还来怄我。过来坐下，横竖没人来，咱们一处吃饭是正经。"

说着，丰儿等三四个小丫头子进来放小炕桌。凤姐只吃燕窝粥，两碟子精致小菜，每日的分例暂已减去。丰儿便将平儿的四样分例菜端至桌上，与平儿盛了饭来。平儿屈一膝于炕沿之上，半身犹立于炕下，陪着凤姐吃了饭，〖庚：凤姐之才又在能邀买人心。〗伏侍盥漱毕，嘱咐了丰儿话，方往探春处来。只见院中人已散了，要知端的，下回分解。

【总评】噫！事亦难矣哉！探春以姑娘之尊，以贾母之爱，以王夫人之付托，以凤姐之未谢事，暂代数月，而奸奴蜂起，内外欺侮，辎铢小事，突动风波，不亦难乎！以凤姐之聪明，以凤姐之才力，以凤姐之权术，以凤姐之贵宠，以凤姐之日夜焦劳，百般弥缝，犹不免骑虎难下，为移祸东吴之计，不亦难乎！况聪明才力不及凤姐，权术贵宠不及凤姐，焦劳弥缝不及凤姐，又无贾母之爱，姑娘之尊，太太之付托，而欲左支右吾，撑前达后，不更难乎！士方有志做一番事业，每读至此，不禁为之投书以起，三复流连而欲泣也！

校　记：

［一］原文无下面一段："且说元宵已过，只因当今以孝治天下，目下宫中有一位太妃欠安，故各嫔妃皆为之减膳谢妆，不独不能省亲，亦且将宴乐俱免。故荣府今岁元宵亦无灯谜之集。"此段据庚辰本补。

［二］此处的"刚将年事忙过"句，原文为"话说刚将年事忙过"，据庚辰本删去"话说"二字。

［三］原文无"王夫人只令他好生服药调养"句，据甲辰本补。

［四］此处的"辅仁谕德"四字，原文为"辅仁论德"，据庚辰本改。

［五］此处的"例"字，原文为"理"，据庚辰本改。

［六］原文无"说办的好"一句，据庚辰本补。

［七］原文无"的"字，据庚辰本补。

［八］原文无"他"字，据庚辰本补。

［九］原文无"一面"二字，据庚辰本补。

［十］原文无"这"字，据庚辰本补。

［十一］原文无"的"字，据庚辰本补。

［十二］原文无"个"字，据庚辰本补。

［十三］］原文无"大胆子小看他，可是鸡蛋往石头上碰"一句，据庚辰本补。

［十四］原文无"我们何尝敢大胆了"一句，按庚辰本补。

［十五］原文无"里头"二字，据庚辰本补。

［十六］原文无"都"字，据庚辰本补。

第五十六回

敏探春兴利除宿弊　识宝钗小惠全大体

【回前】叙入梦景极迷离，却极分明，牛鬼蛇神，不犯笔端，全从至情至理中写出，《齐谐》莫能载也。

话说平儿陪着凤姐吃了饭，伏侍盥漱毕，方往探春处来。只见院中寂静，只有丫鬟、婆子在窗外听候。

平儿进入厅中，见他姊妹三人正议论些家务，说的便是年内赖大家来请吃酒，他家花园中的事。见他来了，探春便命他脚踏上坐了，因说道："我想的事不为别的，因想着我们一月有二两月银外，丫头们又另有月钱。前儿又有人回，要我们一月所用的头油脂粉，每人又有二两。这又同才刚学里的一样，重重叠叠，事虽小，钱有限，看起来也不妥当。你奶奶怎么就没想到这个？"平儿笑道："这有个缘故：姑娘们所用的这些东西，自然是该有分例的。每月买办买了，令[一]女人们各房交与我们[二]收管，不过预备姑娘们使用就罢了，没有一个我们天天各人拿着钱找人买胭脂粉的。所以外头买办总领了去，按月使人按房交与我们的。姑娘们的每月这二两，原不是为买这些东西，原是为的是一时当家奶奶、太太或不在家，或不得闲，姑娘们偶然一

第五十六回　敏探春兴利除宿弊　识宝钗小惠全大体

时要几个钱使，省得找人去。这是恐怕姑娘受了委屈，可知这个钱为这个才有的。如今我冷眼看着，各房里的姑娘，各门的姊妹都是现拿钱买这些东西的，竟有了一半。我就疑惑，不是买办脱了空，迟了日子，就是买的不是正经货，弄些使不得的东西搪塞。"探春、李纨都笑道："你也留心看出来了。脱空是没有的，也不敢，只是迟些日子；催急了，不知那里弄了来的那平常东西，使不得，依然得现买。就用这二两银子了，另叫别人的奶妈或是兄弟、哥哥、儿子，买了来，才使得。若使了官中的人买去，照旧是那样。不知他们是什么法子，是铺子里坏了的不要了，他们都弄了来，单预备给我们的？"平儿笑道："买办买的是那样的，他买了好的来，外办岂肯和他善开交，又说他使坏心，要夺这外办了。所以他们也只得如此，宁可得罪了主子，不肯得罪了外头办事的人。姑娘们只得使奶妈们，他们也就不敢说闲话了。"探春道："因此我心里不自在。钱费两起，东西又白掷一半，算起来，费两折子钱，不如把买办这一份子免了罢。此是一件事。第二件，年里头往赖大家去，你也去的，你看他那小园子，比咱们的这个如何？"平儿笑道："还没有咱们这一半大，树木花草也少多了。"探春道："我因和他们家女儿说闲话儿，谁知那么个园子，除他们戴的花儿、吃的笋、果、鱼、虾之外，一年还有人包了去，年终总有二百两银子剩。从那日我才知道，一个破荷叶，一根枯草根子，都是值钱的。"

宝钗笑道："真真膏粱纨袴之谈。你们原是千金小姐，不知道这事，但你们都念过书识字的，竟没看见朱夫子有一篇《不自弃》之文不成？"探春笑道："虽也看过，那〔三〕不过是勉人自励，虚比浮词，那里都真有的？"宝钗道："朱子都有虚比浮词？那句句都是有的。你才办了两天的时事，就利欲熏心，把朱夫子都看虚了。你再出去见了那些利弊大事，越发把孔子也看虚了！〔四〕"探春笑道："你这样一个通人，竟没看见子书？当日《姬子》曾云：'登利禄之场，处运筹之境者，窃尧舜之词，背孔孟之道。'"宝钗笑道："底下一句呢？"探春笑道："如今只断章取义，念出底下一句来，我自己骂我自己不成？"宝钗道："天下没有不可用的东西；既可用，便值钱。难为你是个聪明人，这些正事上竟没经历过，如今可惜迟了些。"〔庚：反点题，文法中又一变体也。〕李纨笑道："叫了人家来，不说正事，你们且对讲学问。"宝钗道："学问中便是正事。此刻于[五]小事上用学问，那小事越发作高一层了。不拿学问提着，便都流入市俗去了。"

三人都是取笑之谈，说笑了一会，仍谈正事。【庚：作者又用"金蝉脱壳"之法。】探春因又接着说道："咱们园子只算比他们的多一半，加一倍算，一年就有四百银子利息。若此时也出脱生发银子，自然小器，不是咱们这样人家行的事。若派出两个一定的人来，既有许多值钱之物，一味任人作践，似乎暴殄天物。不如在园子里的所有的老妈妈中，拣出几个本分老成能知园圃事的，派准他们收拾料理，也不必要他们交租纳税，只问他们一年可有些孝敬。一则园子有专管之人修理，花木自有一年好似一年的，也不用临时忙乱；二则也不至作践，白辜负了东西；三则老妈妈们也可借此小补，不枉每年在园中辛苦；四则亦可以省了些花儿匠、山子匠并打扫人等的工费钱。将此有余，以补不足，未为不可。"

宝钗正在地下看壁上的字画，听如此说，便点头笑道："善哉，三年之内无饥馑矣！"李纨笑道："好主意。这一行，太太必喜欢。省钱事小，第一省人打扫，专司其职，又许他们去卖钱。使之以权，动之以利，再无不尽职了。"平儿道："这件事须得姑娘说出来，我们奶奶虽有此心，也未必好出口。此刻姑娘在园子里住着，不能多弄些玩意儿去陪衬，反叫人去监管修理，图省钱，这话断不好出口。"

宝钗忙走过来，摸着他的脸笑道："你张开嘴，我瞧瞧你的牙齿舌头是什么做的？从早起到这会子，你说了这些话，一套一个样儿，也不奉承三姑娘，也没见他说他们奶奶才短，想不到。三姑娘说一句，你就说一句是；横竖三姑娘一套话出来，你就有一套话进去；总是三姑娘想的到，你奶奶也想的到，只是必有个不可办之故。这会子又是因姑娘住的园子，不好因省钱令人去监管。你们想想这话，若果真交与他人弄钱去的，那人自然是一枝花儿也不许掐，一个果子也不许动了，姑娘们分中自然不敢，天天与小姑娘们就吵不清了。他这远愁近虑，不亢不卑。他奶奶便不和咱们好，听他这一番话，也必要自愧的好了，不和的也便和了。"探春笑道："我早起一肚子气，听他来了，忽然想起他主子来，素日当家使出来的好撒野的奴才，我见他更生了气。谁知他来了，避猫鼠儿似的站了半天，怪可怜的。接着又说了那么些话，不说他主子待我好，倒说'不枉姑娘待我们奶奶素日的情意。'这一句话，不但没了气，我倒愧了，又伤起心来。我细想，我一个女孩儿家，自己还闹得没人疼没人顾的，我那里还有待人的好处？"口中说到这里，不免又流下泪来。李纨等见他说的恳切，又想他素日赵姨娘每生[六]诽谤，在王夫人跟前亦被赵姨娘所累，也不免都流下泪来，都忙劝他："趁今日清静，大家商议两件兴利剔弊的事，也不枉太太委托一场。又提这没要紧的事做什么？"平儿忙道："我已明白了。姑娘竟说谁好，竟一派人就完了。"探春道："虽如此说，也须得回你奶奶一声。我们这里搜剔不遗，已经不当。因你奶奶是个明白人，我才这样行，若是糊涂的，我也不肯，倒像抓了尖儿。岂可不商量了再行？"平儿笑道："既这样，我去告诉一声。"说着去了，半日方回来，笑说："我说是白走一趟，这样好事，奶奶岂有不依的！"

　　探春听了，便和李纨命人将园中所有的婆子的名单要来，大家参度，大概定了几个。又将他们一齐传来，李纨即将大概告诉了他们。众人听见，无不愿意，也有说："那一片竹子单交给我，一年工夫，明年又是一片。除了家里吃的笋，一年还可交些钱粮。"这一个说："那片稻地交给我，一年这些玩的大小雀鸟的粮食，不必动官中钱粮，我还可以交钱粮。"

　　探春才要说话，人回："大夫来了，进园瞧姑娘。"众婆子只得去领大夫。平儿忙说："单你们，有一百个也不成个体统，难道没有管事的头脑带进大夫来么？"回事的人说："有，吴大娘和单大娘他两个在西南角上聚锦门等着呢。"平儿听说，方罢了。

　　众婆子去后，探春问宝钗："如何？"宝钗笑答道："勤于始者怠于终，善其辞者嗜其利。"探春听了点头称赞，便向册上指出几个人来与他三个人看。平儿忙去取笔砚来，他三人说道："这一个老祝妈是个妥当的，况他老头子和他儿子代代都是管打扫竹子，如今竟把这所有的竹子交与他。这一个老田妈本是个种庄稼的，稻香村一带凡有菜蔬稻麦之类，虽是玩意儿，不必认真，耕种之事也须得他去。再一按时加意培植，岂不更好？"探春笑道："可惜，蘅芜院和怡红院这两处大地方竟没有出利息之物。"李纨忙笑道："蘅芜院里更利害。如今香料铺并大市大庙卖的各色香料香草儿，都是这些东西。算起来比别的利息更大。怡红院别说别的，单只说春、夏天二季玫瑰花，并那篱笆上的蔷薇花、月季花、宝相[七]、金银藤等类的没要紧的花草，干了，卖到茶叶铺、药铺去，也值几个钱。"探春笑道："原来如此。只是弄这香草的没有在行的人。"平儿忙笑道："跟宝姑娘的莺儿，他妈就是会弄这个的，上回他还采了些，晒干了，编成花篮葫芦给我玩，姑娘忘了不成？"宝钗笑道："我才赞你，你倒来捉弄我了。"三人都诧异，问道："这是为何？"宝钗道："这断断使不得！你们这里多少得用的人，一个个闲着没事办，这会子我又弄我的人来，叫那起人连我也看小了。我倒替你们想出一个人来：怡红院有个老叶妈，他就是茗烟的娘。那是个诚实老人家，他又和我们莺儿的娘极好，不如把这事交与叶妈。他有不知道的，不用咱们说[八]，他就找莺儿的娘去商议了。那怕叶妈全不管，竟交与那一个，那是他们的私情儿，有人说闲话，也就怨不到咱们身上了。如此一行，你们办的又至公，于事又甚妥。"李纨、平儿都道："是极。" 庚：宝钗此等非与凤姐一样，此是（原作时）随时俯仰，彼则逸才逾蹈也。 探春笑道："虽如此说，只怕他们见利忘义呢。" 庚：这是探春敏智过人处。此讽亦不可少。 平儿笑道："不相干，前儿莺儿还认了叶妈做干娘，请吃饭吃酒，两家和厚，好的很呢。" 庚：夹写大观园中多少儿女家常闲景，此亦补前文之不足也。 探春听了，方罢了。又共同斟酌出几个人来，俱是他四人素昔冷眼取中的，用笔圈出。

　　一时，婆子们来回大夫已去，将药方送上去。三人看了，一面遣人出去取药，并派煎药的人，一面探春与李纨明示诸人：某人管某处，按四季除家中定例用多少外，余者任凭你们采取了去取利，年终算帐。探春笑道："我又想起一件事：若年终算帐归钱时，自然归到帐房，仍是上头又添一层管主，还在他们手里，又剥一层皮。这如今我们兴出这事来派了你们，已是跨过他们的头去了，心里有气，只说不出来；你们年终去归帐，他们[九]还不捉弄你们等什么？再者，一年间管什么的，主子有一全分，他们就有半分。这是家常的旧例，人所共知的，别的偷着的在外。如今这园子是我的新创，竟别入他们的手，每年算帐，竟归到里头来才好。"宝钗笑道："依我说，里头也不用归帐。这个多了，那个少了，倒不好。不如叫他们领一分子去，

第五十六回　敏探春兴利除宿弊　识宝钗小惠全大体

就派他揽一宗事去。不过是园子里的人动用的东西。我替你们算出来了，有限的几件事：不过是头油、脂粉、香、纸，每一位姑娘几个丫头，都是有定例的；再者，各处笤帚、簸箕、掸子，并大小禽鸟、鹿、兔的粮食。不过这几样，都是他们包了去，不用帐房去领钱。你算算，就省下多少来？"平儿笑道："这几宗虽小[十]，一年通共算起来，也省的四百两银子。"

宝钗笑道："却又来，一年四百，二年八百，取租钱的房子也能置得几间了，薄地也可添几亩了。虽然还有富余的，但他们既辛苦一年，也要叫他们剩些，粘补粘补自己。虽是兴利节用为纲，亦不可太啬。纵再省上三二百银子，失了大体统也不像。所以如此一行，外头帐房里一年少出四五百银子，也不觉得很艰难了，他们里头却也得些小补。这些没营生的妈妈们也宽裕了，园子里花木，也可以每年滋生些，你们也得了可使之物。这庶几不失大体，若一味要省，那里搜不出几个钱来？凡有些余利的，一概入了官，那时怨声载道，岂不失了你们这样人家的大体？如今这园子里几十个老妈妈们，若只给了这几个，那剩的也必抱怨不公道。我才说的，他们只供给这几样，也未免太宽裕了。一年竟除了这个之外，每人不论有余无余，只叫他拿出几吊钱来，大家凑齐，单散与那些园中的妈妈们。他们虽不料理，他们也是日夜在园中当差之人，关门闭户，起早睡晚，大雨大雪，姑娘们出入抬轿子，撑船，拉冰床，一应粗糙活计，都是他们的差使。一年在园里辛苦到头，这园里既有出息，[十一]分内也该粘带些的。还有一句至小的话，率性说破了：你们只管了自己宽裕了，不分与他们些，他们虽不敢明怨，心里却有些不服，只用假公济私的，多摘上你们几个果子，多掐上几枝花儿，你们有冤无处诉呢。叫他们也得些便宜，你们有照顾不到的，他们就替你们照顾了。"

众婆子听了这个议论，又不去受帐房的辖制，又不与凤姐去算帐，一年不过多拿出几吊钱来，各各欢喜异常，都齐声说："愿意。强如出去被他们揉搓着，还得拿出钱来呢。"那不得管事的听了每年终又无故得钱，也都欢喜起来，口内说道："他们每年辛苦，是该剩些钱粘补的。我们怎好'稳吃三注'呢？"宝钗笑道："妈妈们也别推辞了，这也是分内应当的。你们只要日夜辛苦些，别躲懒纵放人吃酒赌钱就是了。不然，我也[十二]不说这事；你们一般听见，姨妈亲口嘱托我三五回，说大奶奶如今又不得闲儿，别的姑娘们又小，托我照看照看。我若不管，分明是叫姨妈操心。你们奶奶又多病多灾，家务也忙。我原是个闲人，便是个街坊邻居，也要帮着些，何况是亲姨妈托我。我少不得去小就大，讲不起众人嫌我。倘或我只顾了小分，沽名钓誉，那时酒醉赌博生出事来，我怎么见姨妈？你们那时后悔也迟了，就连你们那素昔的老脸也都丢了。这些姑娘、小姐们，这么一所大花园，都是你们看管，皆因看得你们[十三]是三、四代的老妈妈，最是循规蹈矩的，原该大家齐心，顾些体面。你们反纵放别人任意吃酒赌博，姨妈听见了，教训一场犹可，倘或被那几个管家娘子知道了，他们不用回姨妈，竟教导你们一场。你们这年老的反受了年少的气！虽是他们是管家，管的着，何不你们自己存些体面，他们如何得来作践？所以我如今替你们想出这个额外的进益来，也为大家齐心把这园子周全的谨谨慎慎，使那些有执事的看见这般严肃谨慎，且不用他们操心，他们心里岂不敬服？也不枉替你们筹画这进益，既能夺他们之权，生你们之利，又可以省无益之费，分他们之忧[十四]？你们自己想想这话。"众人听了都欢声鼎沸说："姑娘说的很是。从此姑娘、奶奶只管放心，姑娘、奶奶这样疼顾我们，我们真要不体上情，天地也不容了。"

刚说到这里，只见林之孝家的来说："江南甄府里家眷昨日到京，今日进宫朝贺。此刻先遣人来送礼请安。"说着，便将礼单送上来。探春接了，看道是："上等的妆缎蟒缎十二匹，上用各色宁绸十二匹，上用宫绸十二匹，上用缎十二匹，上用纱十二匹，上用各色绸缎四十匹。"李纨也看过，便说道："用上等封儿赏他。"因又命人去回贾母。贾母便命人叫李纨、探春、宝钗等也都过来，将礼物看了。李纨收过，一边吩咐内库上人说："等太太回来看了再收。"贾母因说道："甄家又不与别家相同，上等封儿赏男人，只怕转眼又打发女人来请安，预备尺头。"一语未完，果然人回："甄府四个女人来请安。"贾母听了，忙命人带进来。

那四个人都是四十往上年纪，穿戴之物，皆比主人不甚差远。请安问好毕，贾母便命拿了四个脚踏来，他四人谢了坐，待宝钗等坐了，方坐下。贾母便问："多早晚进京的？"四人忙站起来回说："昨日进的京。今日太太带了姑娘进宫请安去了，故先令奴才们来请安，问候姑娘们好。"贾母笑问道："这些年没进京，也不想到今年来。"四人也都笑道："正是，今年是奉旨进京的。"贾母问道："家眷都来了？"四人回说："老太太和哥儿、两位小姐并别位太太都没来，就只太太带了三姑娘来了。"贾母道："有了人家没有？"四人回道："没有呢。"贾母笑道："你们大姑娘和二姑娘这两家，都和我们甚好。"四人笑道："正是。每年姑娘们都有信回去，说全亏府上照看。"贾母笑道："什么照看，原是世交，又是老亲，原应当的。你们二姑娘又更好，更不自尊自大的，所以我们才走的亲密。"四人笑道："这是老太太过谦了。"贾母又问："你们哥儿也跟着你们老太太？"四人回说："也是跟着老太太。"贾母道："几岁了？念书了没有？"四人笑说："今年十三岁。因长得齐整，老太太很疼。自幼淘气异常，天天逃学，老太太也不敢十分管教。"贾母笑道："也不成了我们家的了！你们那哥儿叫什么名字？"四人说道："因老太太当作宝贝一样，他又生的白，老太太便叫他作宝玉。"贾母笑向李纨等道："偏也叫作宝玉。"李纨等忙欠身笑道："从古至今，同时隔代重名的很多。"四人也笑道："起了这个小名儿之后，我们上下都疑惑，不知那位亲友家也倒像有个似的。只是十来年没进京，都记不真了。"贾母笑道："岂敢，就是我的孙子。人来！"众媳妇、丫鬟答应了一声，走进来。贾母笑道："园子里把咱们的宝玉叫了来，给这管家娘子瞧瞧，比他们的宝玉如何？"

众媳妇听了，忙去了，半刻围了宝玉进来。四人一见，忙起身笑道："唬了我们一跳。若是我们不进府来，倘若别处遇见，还只当我们的宝玉后赶着也进了京呢。"一面说，一面都上来拉他的手，问长问短。宝玉也忙笑问好。贾母笑道："比你们的长的如何？"李纨等笑道："四位妈妈才一说，可知模样儿相仿了。"贾母笑道："那有这样巧事？大家子的孩子们再养的娇嫩，除了面上有残疾十分黑丑的，大概看去都是一样的齐整，这也没有什么怪处。"四人笑道："如今看来，模样儿是一样。老太太说，淘气也一样。我们看来，这位哥儿性情却比我们的好些。"贾母忙问："怎么见得？"四人笑道："方才我们拉哥儿的手说话便知。我们那一个只说我们糊涂，慢说拉手，他的东西我们略动一动也不依。所以使唤的人都是女孩子们……"话未说完，李纨等忍不住笑了，贾母也笑道："我们这会子也打发人去见了你们宝玉，若拉他的手，他也自然勉强忍耐一时。可知你我这样人家的孩子们，凭他们有什么刁钻古怪的毛病儿，见了外人，必是要还出正经礼数来的。若他不还正经礼数，也不容他刁钻去了。就是大人溺爱，一则生的得人意儿，二则见人礼数竟比大人行出来的不错，使人见了可疼可爱，背地里所以才[十五]纵他一点子。若一味他只管没里没外，不与大人争光，凭他生的怎样，也是该打死的了。"四人听了，都笑说："老太太这话正是。虽然我们宝玉淘气古怪，有时见了人客，规矩礼数更比大人有趣，所以无人见了不爱，只说为什么还打他。殊不知他在家里无法无天，大人想不到的话他偏会说，想不到的事他偏要行，所以老爷、太太恨的无法。就是弄性，也是小孩子的常情，胡乱花费，这也是公子哥儿的常情，怕上学，也是小孩子的常情[十六]，还都治的过来。第一，天生下来这一种刁钻古怪的脾气，如何使得？"一语未了，人回："太太回来了。"王夫人进来问安毕。他四人请了安，大概说了两句。贾母便命歇歇去罢。王夫人亲捧过茶来，方退出。四人告辞了贾母，便往王夫人处来，说了一会家务，打发他们回去，不必细说。

　　这里贾母喜的逢人便告诉，他家也有一个宝玉，形景也是一样。众人都为天下世宦之家，多有同名者，也有祖母溺爱孙者，亦古今之常情，不是什么罕事，故皆不介意。独宝玉是个迂阔呆公子的心性，自为是那四人承悦贾母之词。后回至园中，去看史湘云病去，湘云说他："你放心闹罢，先是'单丝不成线，孤树不成林'[十七]，如今有了个对子了，闹急了，再打狠了，你逃走到南京找那一个去。"宝玉道："那里的谎话你也信了，偏又有个宝玉了？"湘云道："怎么列国有蔺相如，汉朝又有个司马相如呢？"宝玉笑道："这也罢了，偏又模样儿也一样，这是没有的事。"湘云道："怎么匡人看见孔子，只当是阳货呢？"宝玉笑道："孔子、阳货貌虽同，却不同名姓；蔺与司马虽同名，而又不同貌；偏我和他就两样俱同不成？"湘云没话答对，因笑道："你只会胡搅[十八]，我也不和你分证。有也罢，没也罢，与我无干。"说着便睡下了。

宝玉心中便又疑惑起来：若说必无，然亦似有；若说必有，又并无目睹。心中闷闷，回至房中榻上默默盘算，不觉忽忽睡去，竟到了一座花园之内。宝玉诧异道："除了我们大观园，竟又有这个园子？"庚：写园可知。正疑惑间，从那边来了几个女儿，都是丫鬟。宝玉道："除了鸳鸯、袭人、平儿之外，也竟还有这干人？"庚：写人可知。妙在并（原作更）不说"更强"二字。只见那些丫鬟笑道："宝玉怎么跑到这里来了？"宝玉只当是说他，自己忙来赔笑说道："因我偶步到此，不知是那位世家的花园？好姐姐们，带我逛逛。"众丫鬟都笑道："原来不是咱们家的宝玉。他生的倒也还干净，庚：妙！在玉卿（原作乡）身上只落了这两个字，亦不奇了。嘴儿倒也乖。"宝玉听了，忙道："姐姐们这里，也竟有个宝玉？"丫鬟们忙道："'宝玉'二字，我们是奉老太太、太太之命，为保佑他延寿消灾。我们叫他，他听见喜欢。你是那里远方来的一个臭小子，也乱叫起来。仔细你的臭肉，打不烂你的！"又是一个笑道："咱们快走罢，别叫宝玉看见，又说同这臭小子说了话，把咱们薰臭了。"说着一径去了。

宝玉纳闷道："从来没有人如此涂毒我，他们如何竟这样？真亦有我这样一人不成？"一面想，一面顺步早到了一所院内。宝玉又诧异道："除了怡红院，也竟还有这么一个院落？"忽上了台阶，进了屋内，只见榻上有一个人卧着，那边有几个女孩儿做针线，也有嬉笑玩耍的。只见榻上那个少年叹了一声。一个丫鬟笑问道："宝玉，你不睡又叹什么？想必为你妹妹病了，你又胡愁乱恨呢。"宝玉听说，心下也便吃惊，只见榻上少年说道："我听见老太太说，长安都中也有个宝玉，和我一样的性情，我只不信。我才做了一个梦，竟梦中到了都中一个花园子里头，遇见几个姐姐，都叫我臭小子，不理我。我好容易找到他房里，偏他睡觉。空有皮囊，真性不知那去了。"宝玉听说，忙说道："我因找宝玉来到这里，原来你就是宝玉？"榻上的宝玉忙下来拉住笑道："原来你就是宝玉？这可不是梦里？"宝玉道："如何是梦？真而又真了。"一语未了，只见人来说："老爷叫宝玉。"唬得二人都慌了。一个宝玉就走，一个宝玉便忙叫："宝玉快回来，快回来！"

袭人在旁，听他梦中自唤，忙推醒他，笑问道："宝玉在那里？"此时宝玉虽醒，神思恍惚，因向门外指道："才出去了。"袭人笑道："那是你梦迷了。你揉眼细瞧瞧，是镜子里照的你的影儿。"宝玉向前照了一照，原是那嵌的大镜对面相照，自己也笑了。早有人捧过漱盂茶卤来，漱了口。麝月道："怪道老太太常嘱咐说小人屋里不可多有镜子。人小魂不全，镜子照多了，睡觉惊恐做胡梦。如今倒在大镜子那里安了床。有时放下镜套还好；往前去〔十九〕，天热人肯困，那里想的到放他，比如方才就忘了。自然是先躺下瞧着影儿玩，一时合上眼，自然是胡梦颠倒。不然如何看得着自己叫自己的名字？不如明儿挪进床来是正经。"一语未了，只见王夫人遣人来叫宝玉，不知有何话说，庚：此下紧接"慧紫鹃试忙玉"。且听下回分解。

【总评】探春看得透，拿得定，说得出，办得来，是有才干者，故赠以"敏"字。宝钗认的真，用的当，责的专，待的厚，是善知人者，故赠以"识"字。"敏"与"识"合，何事不济？

叙园圃事极板重，却极活泼，营心孔方，带以图记，劳形案牍，不费讴吟，高人焉肯以书香混于铜臭也哉？

校　记：

〔一〕此处的"令"字，原文为"会"，据蒙府本改。
〔二〕此处的"我们"二字，原文为"他们"，据庚辰本改。
〔三〕原文无"那"字，据庚辰本补。
〔四〕原文无"你再出去见了那些利弊大事，越发把孔子也看虚了"句，据庚辰本补。
〔五〕原文无"于"字，据庚辰本补。
〔六〕此处的"每生"二字，原文为"每每"，据庚辰本改。
〔七〕此处的"宝相"二字，原文为"宝香"，据蒙府本改。
〔八〕原文无"说"字，据庚辰本补。
〔九〕原文无"们"字，据庚辰本补。
〔十〕此处的"小"字，原文为"少"，据蒙府本改。
〔十一〕原文无"姑娘们出入抬轿子，撑船，拉冰床，一应粗糙活计，都是他们的差使。一年在园里辛苦到头，这园里既有出息"一句，据庚辰本补。

〔十二〕原文无"也"字，据庚辰本补。

〔十三〕原文无"们"字，据庚辰本补。

〔十四〕原文无"又可以省无益之费，分他们之忧"句，据庚辰本补。

〔十五〕原文无"才"字，据庚辰本补。

〔十六〕原文无"胡乱花费，这也是公子哥儿的常情，怕上学，也是小孩子的常情"句，据庚辰本补。

〔十七〕此处的"单丝不成线，孤树不成林"句，原文为"单丝不线，孤树不林"，据庚辰本添加了两个"成"字。

〔十八〕此处的"胡搅"二字，原文为"胡揽"，据庚辰本改。

〔十九〕此处的"往前去"三字，原文为"往前来"，据庚辰本改。

第五十七回

慧紫鹃情词试宝玉　慈姨母爱语慰痴颦

【回前】作者发无量愿，欲演出真情种，性地圆光，遍示三千，遂滴泪为墨，研血成字，画一幅大慈大悲图。

话说宝玉听说王夫人唤他，忙至前边来，原来是王夫人要带他拜甄夫人去。宝玉自是[一]欢喜，忙去换衣服，跟了王夫人到那里。见其家中的形景，自与荣、宁不甚差别，或有一二稍盛者。细问，果有一宝玉。甄夫人留席，竟日方回，宝玉方信。因晚间回家来，王夫人又吩咐预备上等的席面，定名班的大戏，请过甄夫人母女。后二日，他母女二人便不作辞，回任去了，无话。

这日宝玉因见湘云渐愈，然后去看黛玉。正值黛玉才歇午觉，宝玉不敢惊动，因紫鹃正在回廊上手里做针线，便上来问他："昨日夜里咳嗽可好些？"紫鹃道："好些了。"宝玉笑道："阿弥陀佛！宁可好了罢。"紫鹃笑道："你也念起佛来，真是新闻！[二]"宝玉笑道："所谓'病笃乱投医'了。"一面说，一面见他穿着弹墨绫子薄绵袄，外面只穿着青缎子夹背心，宝玉便伸手向他身上摸了一摸[三]，说："穿这样单薄，还在风口里坐着，春风才至，时气最不好，你再病了，越发难了。"紫鹃便说道:"从此咱们只可说话,别动手动脚的。一年大二年小的,叫人看着不尊重。又打着那起混帐行子背地里说你,你总不留心,还只管和小时一般行为,如何使得?姑娘常常吩咐我们,不叫和你说笑。你近来瞧他,远着你还恐远不及呢。"说着便起身,携了针线进别房去了。

宝玉见了这般景况,心中忽觉浇了一盆冷水一般,只看着竹子,发了回呆。因祝妈正来挖笋修竿,便忙忙走了出来,一时魂魄失守,心无所知,随便坐在一块石上出神,不觉滴下泪来。直呆了五六顿饭时,千思万想,总不知如何是好。偶值雪雁从王夫人房中取了人参来,从此经过,忽扭项看见桃花树下石上一人手托腮颊在那里出神,不是别人,却是宝玉。庚:画出宝玉来,却又不画阿颦,何等笔力!□□偏(原作便)不从鹃写,却写一雁。更奇是仍归写鹃。雪雁疑惑道:"怪冷的,他一个人在这里做什么?春天凡有残疾的人都犯病,敢是他犯了呆病了?"庚:写妍憨女儿之心,何等新巧!一边想,一边便走过来蹲下笑道:"你在这里做什么呢?"宝玉忽见了雪雁,便说道:"你又做什么来招我?你难道不是女儿?他既防嫌,总不许你们理我,你又来寻我,倘被人看见,岂不又生口舌?你快家去罢。"

雪雁听了,只当是他又受了黛玉的委屈,只得回至房中。黛玉未醒,将人参交与紫鹃。紫鹃因问他:"太太做什么呢?"雪雁道:"也歇中觉,所以等了这半日。姐姐,你听笑话,我因等太太的工夫,和玉钏儿姐姐在下房里说话,谁知赵姨奶奶招手儿叫我。我只当有什么话说,原来和太太告了假,去给他兄弟坐夜,明儿送殡去,跟他的小丫头子小吉祥儿没衣裳,要借我的月白缎子袄儿。我想他们一般也有两件子,往脏地方去恐怕弄脏了,自己舍不得穿,故此借别人的。借我的弄脏了也是小事,只是我想,他素日有什么好处到咱们跟前,所以我说了:'我的衣裳簪环都是姑娘叫紫鹃姐姐收着呢。如今先得去告诉他,还得回姑娘呢。姑娘又病着,竟费了大事,误了你老出门,不如再转借罢。'"紫鹃笑道:"你这小东西倒也巧。你不借给他,你往我和姑娘身上推,叫人怨不着你。他这会子就去了,还是等明日一早才去?"雪雁道:"这会子就去,只怕此时已去了。"紫鹃点头,雪雁道:"姑娘还没醒呢,是谁给了宝玉气受,坐在那里哭呢。"紫鹃听了，忙问："在那里呢？"雪雁道："在沁芳亭后头桃花底下呢。"

紫鹃听说，忙放下针线，又嘱咐雪雁："好生听叫。若问我，答应我就来。"说着，便出了潇湘馆，一直来寻宝玉，走至宝玉跟前，含笑说道："我不过说了两句话，为的是大家好，你就赌气跑了这风地里来哭，作出病来唬我？"宝玉忙笑道："谁赌气了！我因为听你说的有理，我想你们既这样说，自然别人也是这样说，将来渐渐的都不理我了，我所以想着自己伤心。"紫鹃也便挨他坐下，宝玉笑道："方才对面说话你尚走开，这会子如何又来挨着我坐着？"紫鹃道："你都忘了？几日前，你们兄妹两个正说话之间，赵姨娘一头走进来，我才听见他不在家，所以我来问你。正是前日你和他才说了一句'燕窝'就歇住了，总没提起，我正想着问你。"宝玉道："也没什么要紧。不过我想着宝姐姐也是客中，既吃燕窝，不可间断，若只管和他要去，太也托实。虽不便和太太要，我已经在老太太跟前略露了个风声，只怕老太太和凤姐姐说了。我正要告诉他，没得说完。我如今听见说他一日给你们一两燕窝，这也就完了。"紫鹃道："原来是你说了，这又多谢你费心。我们正疑惑，老太太怎么忽然想起来叫人每日送一两燕窝来呢？这就是了。"宝玉笑道："这要天天吃惯了，吃上二三年就好了。"

紫鹃道："在这里吃惯了，明年家去，那里有这闲钱吃这个。"宝玉听了，吃了一惊，忙问："谁？往那个家去？"庚：这句不成话（原作写），细读细嚼，方有无限神情（原作清）滋（原作嗞）味。紫鹃道："你妹妹回苏州家去。"宝玉笑道：庚："笑"字奇甚！"你又说白话。苏州虽是原籍，因没了姑父、姑母，无人照看，才来的。明年回去找谁？可见是撒谎。"庚：此论极是不介意。紫鹃冷笑道："你看小了人。你们贾家虽是大族，人口多，除了你们家，别人只得一父一母，族中真个再无人了不成？我们姑娘来时，原是老太太心疼他年小，虽有伯、叔，不如亲父母，故此接来住几年。大了该出阁时，自然要送还林家的。终不成林家的女儿在你贾家一世不成？林家虽贫到没饭吃，也是世代书宦之家，断不肯将他家的人丢与亲戚，落人耻笑。所以早则明年春天，迟则秋天。这里纵不送去，林家亦必有人来接的。前日夜里姑娘和我说了，叫我告诉你：将从前小时玩的东西，有他送你的，叫你都打点

第五十七回　慧紫鹃情词试宝玉　慈姨母爱语慰痴颦

出来还他。他将你送他的也打点在那里呢。"宝玉听了，便如头顶上打了一个焦雷一般；紫鹃看他怎么回应，只见他总不作声。忽见晴雯找来说："老太太叫你呢，谁知在这里。"紫鹃笑道："他这里问姑娘病症。我告诉了他半日，他只不信。你倒拉他去罢。"说着，便自己走回房去了。

晴雯见他呆呆的，一头热汗，满脸紫胀，忙拉他的手，一直到怡红院中。袭人见了这般光景，慌张起来，只说时气所感，热身子被风吹了。无奈宝玉发热事犹小可，更觉两个眼珠儿直直的起来，口角边津液流出，皆不知觉。给他个枕头，他便睡下；扶起他来，他便坐着；倒了茶来，他便吃茶。众人见他这样，一时忙乱起来，又不敢造次去回贾母，便先叫人出去请李嬷嬷。

一时李嬷嬷来了，看了半日，问他几句话也无回答，用手向他脉上摸了一摸，嘴唇人中上边着力掐了两下，掐的指印如许来深，竟也不觉疼。李嬷嬷只说了一声"可了不得了"，"呀"的一声[四]便搂着放声大哭起来，急的袭人忙拉他说："你老人家瞧瞧，可怕不怕？且告诉我们去回老太太、太太去。你老人家怎么先哭起来？"李嬷嬷捶床捣枕说："可不中用了！我白操一世心了！"袭人等以他年老多知，所以请他来看，如今见他这般一说，都信以为实，都哭起来。

晴雯便告诉袭人，方才如此这般，袭人听了，便忙到潇湘馆来见紫鹃，紫鹃正伏侍黛玉吃药，也顾不得什么了，便走上来问紫鹃道："你才和我们宝玉说些什么？你瞧瞧他去，回老太太去，我也不管了！"说着，便坐在椅子上。黛玉忽见袭人满面急怒，又有泪痕，举止大变，更不免也慌了，忙问怎么了。袭人定了一会，哭道："不知紫鹃姑奶奶说了些什么，那个呆子眼也直了，手脚也凉了，话也不说了，李嬷嬷掐着他也不疼了，已死了大半个了！庚：奇极之语！从急怒娇（原作姣）憨口中描出不成话之话来，方是千古奇文。五句（原作字）是一口气来的。连李嬷嬷都说不中用了，那里放声大哭。只怕这会子都死了！"黛玉一听此言，李嬷嬷乃久经老妪，说他不中用了，可知必不中用了[五]。"哇"的一声，将腹中之药一概呛出，抖肠搜肺、炽胃扇肝的大嗽了几阵，一时面红发乱，目肿筋浮，喘的抬不起头来。紫鹃忙上来捶背，黛玉伏枕喘息了半响，推紫鹃哭道："你不用捶，你竟拿绳子来勒死我是正经！"紫鹃哭道："我并没说什么，不过是说了几句玩话,他就认了真。"袭人道:"你还不知道那傻子?每每玩话认了真。"黛玉道:"你说了什么话,趁早儿去解说,只怕就醒过来了。"紫鹃听说,忙下了床,同袭人到了怡红院。

谁知贾母、王夫人等都已在那里了。贾母一见了紫鹃,便眼内出火,骂道:"小蹄子!和他说了什么?"紫鹃忙道:"并没敢说什么,不过说了几句玩话儿。"谁知宝玉见了紫鹃,方"哎哟"了一声,哭出来了。众人一见,方都放下心来。贾母拉住紫鹃,只当他得罪了宝玉,所以拉紫鹃命他打。谁知宝玉一把拉住紫鹃,死也不放,说:"要去连我也带了去。"众人不解,细问起来,方知紫鹃说"要回苏州去"一句玩话引出来的。贾母流泪道:"我当有什么要紧大事,原来是这句玩话。"又向紫鹃道:"你这孩子素日是个伶俐的,你又知道他有个呆根子,平白的哄他做什么?"薛姨妈劝道:"宝玉素来心实,可巧林姑娘又是从小儿来的,他兄妹两个一处长了这么大,比别的兄妹更不同。这会子热刺刺的说一个去,别说他是个实心的傻子,便是冷心肠的大人也要伤心。这不是什么大病,老太太和姨太太只管安心,吃一两剂药就好了。"

正说着,人回:林之孝家的、单大良[六]家的都来瞧哥儿来了。贾母道:"难为他们想着,叫他们来瞧瞧。"宝玉听了一个"林"字,便满床闹起来了说:"了不得了,林家的人接他们来了,快打出去罢!"贾母听了,忙说:"打出去罢。"又忙安慰说:"那不是。林家的人都死绝了,没人来接他,你只管放心罢。"宝玉哭道:"凭他是谁,除了林妹妹,都不许姓林!"贾母道:"没姓林的来,凡姓林的我都打出去了。"一面吩咐众人:"以后别叫林之孝家的进园来,你们也别说'林'字。好孩子们,你们听我一句话罢!"众人忙答应了,又不敢笑。一时宝玉又一眼见了十锦格子上陈设的一只金西洋自行船,便指着乱叫说:"那不是接他们来的船来了,湾在那里呢。"贾母忙命拿下来。袭人忙拿下来。[七]宝玉伸手要,袭人递过去。宝玉便掖在被中,笑道:"这可去不成了!"一面说,一面死拉着紫鹃不放。

一时回:"王太医来了。"贾母忙命快进来。王夫人、薛姨妈等暂避入里间,贾母便端坐在宝玉身旁。王太医进来见许多的人,忙上去请了贾母的安,拿了宝玉的手诊了一会。那紫鹃少不得低了头。王太医也不解何意，起身说道："世兄这症乃是急痛迷心。古人曾云，'痰迷有别。有气血亏柔，饮食不能熔化痰迷者[八]，有怒恼中痰裹而迷者，有急痛壅塞者，'此亦痰迷之症，系急痛所致，不过一时壅闭，较诸痰迷似略轻。"贾母道："你只说怕不怕，谁同你背药书呢。"王太医忙躬身笑说："不妨，不妨。"贾母道："果真不妨？"王太医道："实在不妨，都在晚生身上。"贾母道："既如此，请到外面坐着开方子。若治好了，我另外预备好谢礼，叫他亲自去磕头；若耽误了，我打发人去拆了太医院的大堂。"王太医只躬身笑说："不敢，不敢。"他原听了说"另具上等谢礼命宝玉去磕头"，故满口说"不敢"，并未听见贾母后来说拆太医院之戏语，犹说"不敢"，贾母与众人反倒笑了。一时，按方煎了药服下去，果觉比先安静些。无奈宝玉只不肯放紫鹃，只说他去了便是回苏州去了。贾母王夫人无法，只得命紫鹃守着他，另将琥珀去伏侍黛玉。

黛玉不时遣雪雁来探消[九]息，这边事务尽知，心中暗叹。幸喜众人都知宝玉原有些呆气，自幼是他二人亲密，如今紫鹃之戏语亦是常情，宝玉之病亦非罕事，因不疑到别事去。

晚间宝玉稍安，贾母、王夫人等方回房去。一夜遣人来问讯数次。李奶母带领宋妈等几个年老人用心看守，紫鹃、袭人、晴雯等日夜相伴。有时宝玉睡去，必从梦中惊醒，不是哭了说黛玉已去，便是说有人来接。每一惊时，必得紫鹃安慰一番方罢。彼时贾母又将袪邪守灵丹及开窍通神散各样上方秘制诸药，按方饮服。次日又服了王太医的药，渐次好起来。宝玉心中明白。因恐紫鹃回去，故又或作佯狂之态。紫鹃自那日也着实后悔，如今日夜辛苦，并没有怨意。袭人等皆心安神定，因向紫鹃笑道："都是你闹的，还得你来治。也没见我们这呆子听见风就是雨，往后怎么好呢。"暂且不提。

此时却说湘云之症已愈，天天过来瞧看，见宝玉明白了，便将他病中狂态形容学与他瞧，引的宝玉自己伏枕而笑。原来起先那样他竟是不知的，如今听人说还不信。无人时紫鹃在侧，宝玉又拉他的手问道："你为什么唬我？"紫鹃道："不过是哄你玩的话，你就认真了。"宝玉道："你说的那样有情有理，如何是玩话？"紫鹃笑道："那些玩话都是我编的。林家真没了人了，纵有也是极远的。族中也都不在苏州住，各省[十]流寓不定[十一]。纵有人来接，老太太也是不肯放去的。"宝玉道："便老太太放去，我也不依。"紫鹃笑道："果真你不依？只怕是口里话。你如今也大了，连亲也定下了，过二三年再娶了亲，你眼睛里还有谁了？"宝玉听了，又惊问道："谁定了亲？定谁？"紫鹃笑道："年里我就听见老太太说，要定下琴姑娘呢。不然那么疼他？"宝玉笑道："人人只说我傻，你比我更傻。不过是句玩话，他已经许给梅翰林家了。果然定下了他，我还是这个形景了？先是我发誓赌咒，砸这劳什古子，你[十二]都没劝过，说我疯了？刚刚的这几日才好了，你又来怄我。"一面说，一面咬牙切齿的，又说道："我只愿这会子立刻我死了，把心拿出来你们瞧。瞧见了，然后连皮带骨一概都化成灰，灰还有形迹，不如再化一股烟，烟还有凝聚，人还看的见，须得一阵大风吹的四面八方，都登时散了，这才好！"一面说，一面又滚下泪来。紫鹃忙上来捂他的嘴，替他擦眼泪，又忙笑解劝他道："你不用着急。这原是我心里着急，故来试你。"宝玉听了，更又诧异，问道："你又着什么急？"紫鹃笑道："你知道，我不是林家的人，我也和鸳鸯、袭人是一样的，偏把我给了林姑娘使。偏生他又和我极好，比他苏州带来的好十倍，一刻半刻我们两个离不开。我如今心里都愁，他倘或要去了，我必要跟了去的。我是合家在这里，我若不去，辜负了我们素日的情肠；若去，又弃了本家。所以我疑惑，故说出这谎话来问你，谁知你就呆闹起来。"宝玉笑道："原来是你愁这个，所以你是傻子。从此后再别愁了。我只告诉你一句总话：活着，咱们在一处活着；不活着，咱们一处化灰化烟，如何？"紫鹃听说，心下暗暗筹画。忽有人回："环爷、兰哥儿看来了。"宝玉笑道："就说难为他们，我才睡了，不必进来。"婆子答应去了。紫鹃笑道："你也好了，该放我回去瞧瞧那一个去了。"宝玉道："正是这话。我昨日就要叫你去的，偏生又忘了。我已经大好了，你就去罢。"紫鹃听说，方打叠铺盖妆奁之类，宝玉笑道："我看见你文具里头有两三面镜子，你把那面小菱花的给我留下罢。我搁在枕头旁边睡觉好照，明儿出门带着轻巧。"紫鹃听说，只得与他留下，先命人将东西送过去，然后别了众人，自回潇湘馆来。

　　林黛玉近日闻得宝玉如此形景，未免又添了些病，又多哭几场。

今见紫鹃来，问其缘故，已知大愈，仍遣琥珀去伏侍贾母。夜间人定后，紫鹃已宽衣卧下之时，悄向黛玉笑道："宝玉的心倒实，听见咱们去就那样起来。"黛玉不答。紫鹃停了半晌，自言自语的说道："一动不如一静。我们这里就算好人家，别[十三]的都容易，最难得的是从小儿一处长大的，脾气性格都彼此知道的了。"黛玉啐道："你这几天还不乏，你这会子不歇一歇，还嚼什么蛆？"紫鹃笑道："倒不是白嚼蛆，我倒是一片真心为姑娘。替你愁了这几年，无父母无兄弟，谁是知疼着热的人？趁早儿老太太还明白硬朗的时节，作定了大事要紧。俗语说，'老健春寒秋后热'，倘或老太太一时有个好歹[十四]，那时虽也完事，只怕耽搁了时光，还不得趁心如意呢。公子王孙虽多，那一个不是三房五妾，今儿朝东，明儿朝西？娶一个天仙来，也不过三夜五夕，也丢在脖子后头了，甚至于当作丫头使妾，反目成仇的。若娘家有人有势的还好些，若是姑娘这样的人，有老太太一日还好，若没了老太太，也只好凭人欺负罢了。所以说，拿主意要紧。姑娘是个明白人，岂不闻俗语说的，'黄金万两容易得，知心一个也难求'。"黛玉听了，便说道："这丫头，今儿可疯了？怎么去了几日，忽然变了一个人。我明儿必回老太太退回你去罢，我不敢要你了。"紫鹃笑道："我说的是好话，不过叫你心里留神，并没叫你为非作歹，何苦回老太太，叫我吃了亏，又有何好处？"说着，竟自己睡了。黛玉听了这话，口内虽如此说，心内未尝不伤感，待他睡了，便直哭泣了一夜，至天明方打了一个盹儿。次日勉强盥漱了，吃了些燕窝粥，便有贾母等亲来看视他，又嘱咐许多话。

目今是薛姨妈的生日，自贾母起，诸人皆有祝贺的礼。黛玉亦备了两色针线送去。是日也定了一班小戏请贾母与王夫人等，独有宝玉与黛玉二人不曾得去。至晚散时，贾母等顺路又瞧了他二人一遍，方回房去。次日，薛姨妈家又命薛蟠陪诸伙计吃了一天酒，连忙了四五天方完。

因薛姨妈看见邢岫烟生得端雅稳重，且家道贫寒，是个荆钗裙布的女儿，便欲说与薛蟠为妻。因薛蟠素习行止浮奢，又恐怕糟蹋了人家的女儿。正在踌躇之间，忽想起薛蝌来，未曾娶亲，看他二人，恰是一对天生地设的夫妻，因而谋之于凤姐儿。凤姐儿叹道："姑妈素知我们太太有些左性的，这事等我慢谋。"因贾母去瞧凤姐儿时[十五]，凤姐儿便和贾母说："薛姨妈有一件事求老祖宗，只是自己不好启齿的。"贾母忙问何事，凤姐便将求亲一事说了。贾母笑道："这有什么不好启齿的？这是极好的好事。等我和你婆婆说了，怕他不依？"因回房来，即刻就命人来请了邢夫人过来，硬做保山。邢夫人想了一想：薛家根基不错，且现大富大贵，薛蝌生得又好，且贾母硬做保山，将计就计便应了。

贾母十分喜欢，忙命人请了薛姨妈来。二人见了，自然有许多谦辞。邢夫人即刻命人去告诉邢忠夫妇。他夫妇此来原是投靠邢夫人的，如何不依的，早接口说："妙极！"贾母笑道："我最爱管个闲事，今儿又管成了一件事，不知得多少谢媒钱？"薛姨妈笑道："这是自然的。纵抬了十万银子来，只怕不希罕。但只一件，老太太既是主亲，还得一位才好。"贾母笑道："别的没有，我们家折腿烂手的人还有两个。"说着，便命人去叫过贾珍婆媳二人来。贾母告诉他缘故，彼此都忙道喜。贾母吩咐道："咱们家的规矩你们是知道的，从没有两亲家争礼的理。如今你算在当中替我料理，也不可太俭，也不可太费，把他两家的事周全了回我。"尤氏忙答应了。薛姨妈喜之不尽，回家来忙命写了请帖送过宁府。尤氏深知邢夫人性情，本不欲管，无奈贾母吩咐的，只得应了，惟忖度邢夫人之意行事。薛姨妈是个无可无不可的人，倒还容易说，这且不在话下。

如今薛姨妈既定了邢岫烟为媳，合宅皆知。邢夫人本欲接出岫烟去住，贾母因说："这又何妨，两个孩子又不能见面，就是姨太太和他一个大姑子，一个小姑子，又何妨？况且都是女儿，正好亲香呢。"邢夫人方罢。

蝌、岫二人前次途中皆曾有一面之遇，大约二人心中也皆如意。只是邢岫烟未免比先时拘泥些，不好与宝钗姊妹共处闲话，又兼湘云是个爱取笑的，更觉不好意思。幸他是个知书达礼的，虽有女儿身分，还不是那种佯羞诈愧一味轻薄造作之辈。宝钗自见他时，见他家业贫寒，二则别人之父母皆是年高有德之人，独他父母偏是酒糟透之人，于女儿分中平常；邢夫人也不过是脸面之人，亦非真心疼爱；且岫烟为人雅重，迎春是个有气的死人[十六]，连他自己尚未照管齐全，如何能照管到他身上，凡闺阁中家常一应需用之物，或有亏乏，无人照管，他又不与人张口，宝钗倒暗中每相体贴接济，也不敢与邢夫人知道，亦恐多心闲话之故耳。如今却是意外之奇缘，做成这门亲事。岫烟心中先取中宝钗，然后方取薛蝌。有时岫烟仍与宝钗闲话，宝钗仍以姊妹相呼。

这日宝钗因来瞧黛玉，恰值岫烟也来瞧黛玉，二人在半路相遇。宝钗含笑唤他到跟前，二人因走至一块石壁后，宝钗笑问他："这天还冷的很，你怎么倒全换了夹的？"岫烟见问，低头不答。宝钗便知道又有了缘故，因又笑问道："必定是这个月的月钱又没得，凤丫头如今也这样没心没计了。"

岫烟道："他倒想着，不错日子的。因姑娘打发人和我说，一个月用不了二两银子，叫我省一两给爹妈送出去，要使什么，横竖有二姐姐的东西，挪着些搭着就使了。姐姐想，二姐姐是个老实人，也不大留心，我使他的东西，他虽不说什么，他那些丫头、妈妈，那一个是省事的，那一个嘴里是不尖的？我虽在那屋里，却不敢很使唤他们，过三五天，我倒得拿出些钱来给他们打酒买点心吃才好。因此一月二两银子还不够使，如今又去了一两。前儿我悄悄的把棉衣服叫人当了几吊钱盘缠。"宝钗听了，皱眉叹道："偏梅家又合家在任上，后年才进来。若是在这里，琴儿过去了，好再商量你这事。离了这里就完了。如今不先完他妹妹的事，也断不敢先娶亲的。如今倒是一件难事。再迟两年，又怕你熬煎出病来。等我和妈再商议，有人欺负你，你只管耐些烦儿，千万别自己弄出病来。不如把一两银子明儿也率性给了他们，倒都歇了心。你以后也不用白给那些人东西吃，他们刻薄你，你装听不见，各人走开就完了。倘或短了什么，你别存那小家子女儿气，只管找我去。并不是做亲后方如此，你一来时咱们就好的。便怕人说闲话，你打发小丫头子悄悄的和我说去就是了。"岫烟低头答应了。

宝钗又指他裙上一个玉佩问："这是谁给你的？"岫烟道："这是三姐姐给的。"宝钗点头笑道："他见人人皆有，独你一个没有，怕人笑话，故此送你一个。这是他聪明细致之处。但还有一说也要知道，这些妆饰原出于大官富贵之家，你看我从头至脚可有这些富丽妆饰么？然而七八年之先，我也是这样来着，如今一时比不得一时了，所以我都自己该省的就省了。将来你过我们家，这些没用的东西，只怕还有一箱子。咱们如今比不得他们了，总要一色从实守分为主，不比他们才是。"岫烟笑道："姐姐既这样说，我回去摘了就是了。"宝钗忙笑道："你也太听说了。这是他的好意送你，你不佩着，他岂不疑心。我不过是偶然提到这里，以后知道就是了。"岫烟忙又答应，又问："姐姐此时那里去？"宝钗道："我到潇湘馆去。你且回去把那当票子叫丫头送到我那里，悄悄的取出来，晚上再悄悄的送给你去，早晚好穿，不然冻病了事大。但不知当在那里了？"岫烟道："叫作'舒恒当'，是鼓楼西大街的。"宝钗道："这闹在一家子去了。伙计们倘或知道了，好说'人没过来，东西倒先来了'。"岫烟听说，便知是他家的本钱，也不觉红了脸一笑，二人走开。

　　宝钗就往潇湘馆来，正值他母亲也来瞧黛玉，正说闲话呢。宝钗笑道："妈多早晚来的？我竟不知道。"薛姨妈道："我这几天连日忙，总没来瞧瞧宝玉和他。所以今儿瞧他两个，一瞧也都好了。"黛玉忙让宝钗坐了，因向宝钗道："天下的事真是人想不到的，怎么想的到姨妈和大舅母又做了一门亲家。"薛姨妈道："我的儿，你们女孩儿家那里知道，自古道：'千里姻缘一线牵'。管姻缘的有一个月下老人，预先注定，暗里只用一根红丝把这两个人的脚绊住，凭你两家隔着海，隔着国，有世仇的，也终久有机会做了夫妇。这一件事都是出人意料之外，凭你父母本人都愿意了，或是年年在一处的，以为是定了的亲事，若月下老人不用红线拴的，再不能到一处。比如你姐妹两个的婚姻，此刻也不知眼前，也不知在山南海北呢。"

　　宝钗道："惟有妈，说动话就拉上我们。"一面说，一面伏在他母亲怀里笑说道："咱们走罢。"黛玉笑道："你瞧，这么大了，离了姨妈他就是个最老到的人，见了姨妈他就撒娇儿。"薛姨妈用手摩弄着宝钗，叹向黛玉道："你这姐姐就和凤姐儿在老[十七]太太跟前一样，有了正经事他商量，没了事幸亏得他开开我的心。我见了他这样，任有多少愁也散了。"黛玉听说，流泪叹道："他偏在这里这样，分明是气我没娘的人，故意来刺我的心。"宝钗笑道："妈瞧他轻狂，倒说我撒娇儿。"

薛姨妈道："也怨不得他伤心，可怜没父母的，到底没个亲人。"又摩挲着黛玉笑道："好孩子，别哭。你见我疼你姐姐你伤心了，你不知道我心里更疼你呢。你姐姐虽没了父亲，到底有我，有亲哥哥，这就比你强了。我常常和你姐姐说，心里很疼你，只是外头不好带出来。这里人多口杂，说好话的人少，说歹话的人多，你无依无靠，为人做人可配人疼，只说我们看老太太疼你了，我们也伏上水了。"

黛玉笑道："姨妈既这么说，我明日就认姨妈做娘，若是弃嫌我不认，便是假意疼我了。"薛姨妈道："你不厌我，我就认了才好呢。"宝钗忙道："认不得的。"黛玉道："怎么认不得？"宝钗笑道："我且问你，我哥哥还没定亲事，为什么反将邢妹妹先说与兄弟了，是什么道理？"黛玉道："他不在家，或属相不对，所以先说与兄弟。"宝钗道："我哥哥已经相准，只等来年就下定了，也不必提出人来，我方才说你认不得娘，你细想去。"说着，便和他母亲挤眼儿发笑。

黛玉听了，便也一头伏在薛姨妈身上，说道："姨妈不打，我不依。"薛姨妈便也搂他笑道："你别信你姐姐的话，他和你玩呢。"宝钗笑道："真个的，明儿妈和老太太说求了他做媳妇，岂不比外头寻的好？"黛玉便够上来要抓他，口内笑说："你越发疯了。"薛姨妈忙也笑劝，用手分开方罢。又向[十八]宝钗道："连邢女儿我还怕你哥哥糟蹋了他，所以给你兄弟说了。别说这孩子，我也断不肯给他。前儿老太太因要把你妹妹说给宝玉，偏生又有了人家，不然倒是一门好亲。前儿我说定了邢女儿，老太太还取笑说：'我原要说他的人，谁知他的人没到手，倒被他说了我们的一个去了。'虽是玩话，细想也有些意思。我想宝琴虽有了人家，我虽没人可给，难道一句话也不说？我想着，你宝兄弟老太太那样疼他，他又生的那样，若要外头说去，老太太断不中意。不如竟把你林妹妹定与他，岂不四角俱全？"林黛玉先还怔怔的听，后来见说到自己身上，便啐了宝钗一口，红了脸，拉着宝钗笑道："我只打你！你为什么招出姨妈这些老没正经的话来？"宝钗道："这可奇了！妈说你，为什么打我？"紫鹃忙也跑来笑道："姨太太既有这个主意，为什么不和老太太说去？"薛姨妈呵呵笑道："你这孩子，急什么，想必催着你姑娘出了阁，你也要早些寻一个小婿子去了。"紫鹃听了，脸红了，笑道："姨太太真个倚老卖老的起来。"

说着，便转身去了。黛玉先骂："又与你这小蹄子什么相干？"后来见了这样，也笑起来说："阿弥陀佛！该也臊了一鼻子灰去了！"薛姨妈母女二人及屋内婆子、丫鬟都笑起来。婆子们因也笑道："姨太太虽是玩话，却倒也不差呢。闲了时，和我们老太太商议商议，姨太太竟做媒保成这门亲事，是千妥万妥的。"薛姨妈道："我一出这主意，老太太必喜欢的。"

　　一语未了，忽见湘云走来，手拿着一张当票，口内笑道："这是什么帐篇子？"黛玉瞧了，也不认得。地下婆子们都笑道："这可是一件奇货，这个乖可不是白学的。"宝钗忙一把接了，看时，正是岫烟才说的当票子，忙折了起来。薛姨妈忙说："那必定是那个妈妈的当票子失落了，回来急的他们找。那里得的？"湘云道："什么是当票子？"众人都笑道："真真是个呆子，连当票子也不知道。"薛姨妈叹道："怨不得他，真真是侯门千金，而且又小，那里知道这个？那里去看这个？便是家下人有这个，他如何得见？别笑话他是呆子，若给你们家姑娘们见了，也都成了呆子了。"众婆子笑道："林姑娘方才也不认得，别说姑娘们，此刻宝玉他倒是外头常出去走的，只怕也还没见过呢。"薛姨妈忙将缘故讲明。湘云、黛玉二人听了方笑道："原来为此。人也太会想钱了，姨妈家的当铺也有这个不成？"众人笑道："这又呆了。'天下老鸹一般黑'，岂有两样的？"问道："是那里拣的？"湘云方欲说时，宝钗忙说："一张死了没用的，不知那年勾了帐的，香菱拿着哄他们玩的。"薛姨妈听了此话是真，也就不问了。一时人来回："那里大奶奶过来了，请姨太太说话呢。"薛姨妈起身去了。

　　这里屋内无人时，宝钗方问湘云何处拣的。湘云笑道："我见你令弟媳的丫头篆儿悄悄的递与莺儿。莺儿便随手夹在书里，只当我没看见。我等他们出去了，我偷着看，竟不认得。知道你们都在这里，所以拿来大家认认。"黛玉忙问："怎么，他也当衣裳不成？既当了，怎么又给你送去？"宝钗见问，不好隐瞒他两个，便将方才之事都告诉了他二人。黛玉便说："兔死狐悲，物伤其类。"不免感叹起来。史湘云便动了气说："等我问着二姐姐去！我骂那起子老婆子、丫头一顿，给你们出气何如？"说着，便要走，宝钗忙一把拉住，笑道："你又发疯了，还不给我坐下呢。"黛玉笑道："你要是个男人，出去打一个报不平儿。你又充什么荆柯、聂政，真真好笑！"湘云道："既不叫我问去，明儿也把他接到咱们园里一处住去，岂不好？"宝钗笑道："明日再商量。"说着，人报："三姑娘、四姑娘来了。"三人听说，忙掩了口，不提此事，且听下回分解。

【总评】写宝玉、黛玉呼吸相关，不在字里行间，全从无字句处，运鬼斧神工之笔，摄魄追魂，令我哭一回，叹一回，浑身都是呆气。

写宝钗、岫烟相叙一段，真有英雄失路之悲，真有知己相逢之乐。时方午夜，灯影幢幢，读书至此，掩卷出户，见星月依稀，寒风微起，默立阶除良久。

校 记：

[一] 原文无"是"字，据蒙府本补。

[二] 原文无"宝玉笑道：'阿弥陀佛！宁可好了罢。'紫鹃笑道：'你也念起佛来，真是新闻'"数句，据蒙府本补。

[三] 此处的"摸了一摸"数字，原文为"抹了一抹"，据庚辰本改。

[四] 原文无"'呀'的一声"数字，据蒙府本补。

[五] 原文无"可知必不中用了"句，据蒙府本补。

[六] 此处的"单大良"，原文为"单大"，第五十四回曾出现"单大良"其人，从改。

[七] 原文无"袭人忙拿下来"句，据蒙府本补。

[八] 原文无"……有别。有气血亏柔，饮食不能熔化痰迷者"句，据蒙府本补。

[九] 原文无"消"字，据蒙府本补。

[十] 此处"省"字，原文为"有"，据庚辰本改。

[十一] 原文无"不定"二字，据庚辰本补。

[十二] 原文无"你"字，据蒙府本补。

[十三] 原文无"别"字，据蒙府本补。

[十四] 此处的"好歹"二字，原文为"好共歹"，据蒙府本改。

[十五] 原文无"凤姐儿叹道：'姑妈素知我们太太有些左性的，这事等我慢谋。'因贾母去瞧凤姐儿时"句，据蒙府本补。

[十六] 此处的"有气的死人"数字，原文为"有气之人"，据庚辰本改；

此句蒙府本为"老实人"。

　　[十七] 原文无"老"字，据蒙府本补。

　　[十八] 此处"向"字，原文为"问"，据蒙府本改。

第五十八回

杏子阴假凤泣虚凰　茜红纱真情揆痴理

【回前】用清明烧纸徐徐引入园内烧纸，较之前文用燕窝隔回照应，别有草蛇灰线之趣，令人不觉。前文一接，怪蛇出水；此文一引，春云吐岫。

话说他三人因见探春等进来，忙将此话掩住不提。探春等问候过[一]，大家说笑了一会方散。

谁知上回所说的那位老太妃已薨，凡诰命等皆入朝随班，按爵守制。敕谕天下：凡有爵之家，一年内不得筵宴音乐，庶民皆三月不许嫁娶。贾母、邢、王夫人、尤氏婆媳、祖孙等[二]，皆每日入朝随祭，至未正以后方回。在偏殿二十一日后，方请灵入先陵，地名曰孝慈县陵，**庚：随事命名。**离都来往得十来日之功，如今请灵至此，还停放数日，方入地宫，故得一月光景。**庚：周到细腻之至。□□真细之至，不独写侯府得理，亦且将皇宫赫赫，写得令人不敢坐阅。**宁府贾珍夫妻二人，也少不得是要去的。两府无人，因此大家计议。家中无主[三]，便报了尤氏产育，将他腾挪出来，办理荣、宁两府事体。因又托了薛姨妈在园内照管他姊妹、丫鬟等。薛姨妈也只得挪进园来。因宝钗处有湘云、香菱；李纨处目今李婶母女二人虽去，然亦时常来往，住三五日不定，贾母又将宝琴送与他去照管；迎春处有岫烟；探春处因家务冗杂，且不时有赵姨娘与贾环来聒噪，甚不方便；惜春处房屋狭小；况贾母又千叮咛万嘱咐托他照管林黛玉，薛姨妈素习也最疼爱他的，今既巧遇这事，便至潇湘馆来和黛玉同房，一应药饵饮食十分经心。黛玉感激不尽，以后便如宝钗之呼，连宝钗前亦且以"姊姊"呼之，宝琴前直以"妹妹"呼之，俨似同胞共出，较诸人更觉亲切。贾母见如此，也十分喜悦放心。薛姨妈只不过照管他姊妹，禁约丫鬟辈，一应家中大小事务也不肯多口。尤氏虽天天过来，也不过应名点卯，亦不肯乱作威福，且他家内上下也只剩他一人料理，再者每日还要照管贾母、王夫人的下处一应所需饮馔、铺设之物，所以也甚操劳。

当下宁、荣二府主人既如此不暇，并两处执事人等，或有人跟随入朝的，或有朝外照料下处的，又有先蹅踏下处的，也都各有差使。因此两处下人无了正经头绪，也都偷安，或乘隙结党，与那现执事的窃弄威福。荣府只留得赖大并几个管事的照管外务。这赖大手下常用的几个人已去，虽另委人，都也是些生的，只觉不顺手。且他们无知，或赚骗无节，或呈告无据，或举荐无因，种种不善，在在生事，也难备述。

又见各官宦家，凡有优伶男女者，一概蠲免遣发，尤氏等便议定，待王夫人回家回明，也欲遣发十二个女孩子，又说："这些人原是买的，如今虽不学戏，尽可留着使唤，只令其教习们自去也罢了。"王夫人因说："这学戏的倒比不得使唤的，他们也是好人家的儿女，因无能卖了做这件丑事，装神弄鬼的这几年。如今有这机会，不如给他们几两银子盘缠，各自去罢。当日祖宗手里都是有例的。咱们如今损阴坏德，而且还小器。如今虽有几个老的还在，那是他们各有缘故，不肯回去的，所以才留下使唤使唤，大了配了咱们家的小子们了。"尤氏道："如今我们也问问那十二个女孩子去，有愿意回去的，就带了信儿，叫上他的父母来，亲自领回去，赏他们几两银子盘费方妥。倘若不叫上他的父母来，只怕有混帐人顶名冒领出去，又转卖了，岂不辜负了这恩典？若有[四]不愿意回去的，就留下。"王夫人笑道："这话妥当。"

尤氏等又遣人告诉了凤姐。庚：看他任意鄙俚诙谐之中，必有一个"礼"字还清，足见大家形景。一面说与总理人，每教习给银八两，令其自便。凡梨香院一应物件，查清记册收明，派人上夜。将十二个女孩子叫来，当面细问，倒有一大半不愿意回家的：也有说"父母虽有，只以卖我姐妹为事，这一去还被他卖了"。也有父母已亡，或被叔伯、兄弟所卖的，也有说没人可投的。也有说恋恩不舍的；所愿去者只四五人。王夫人听了，只得留下。将去者四五人皆令其干娘领回家去，单等他亲父母来领；将不愿去者分散在园中使唤。贾母便留下文官自使，将正旦芳官指与宝玉，将小旦蕊官送了宝钗，将小生藕官指与黛玉，将大花面葵官送了湘云，将小花面豆官送了宝琴，将老外艾官送与了探春。尤氏便讨了老旦茄官〔五〕去。当下各得其所，就如放鸟出笼，每日园中游戏。众人皆知他们不能针黹〔六〕，不惯使用，皆不大责备。其中或有一二个知事的，愁将来无应时之技，亦将本技丢开，便学起针黹〔七〕纺绩女工诸务来。

一日，正是朝中大祭，贾母等五更便去了，先到下处用些点心小食，然后入朝。早膳已毕，方退至下处，用过午饭，略歇片刻，复入朝待中晚二祭，完毕方出。方退至下处歇息，用过晚饭方回家。可巧这下处乃是一个大官的家庙，此内比丘尼焚修，房舍极多极静。东西二院，荣府便赁了东院，北静王府便赁了西院。太妃、少妃每日宴息，见贾母等在东院。彼此同出同入，都有照应。外面诸事不消细述。

且说大观园内，因贾母、王夫人天天不在家内，又送灵去一月方回，各丫鬟、婆子皆有闲空，多在园内游玩，便又将梨香院内伏侍的众婆子一概撤回，都散在园内听使，更觉人多了几十个。因文官等一干人或心性高傲，或倚势凌下，拣衣挑食，或口角锋芒，大概不安分循理者多，因此众婆子含怨，只是口中不敢与他们分争。如今散了学，大家称了愿，也有丢开手的，也有心地狭窄犹怀旧怨的，因将众人皆分在各房名下，不敢来欺隐。

可巧这日乃是清明之日，贾琏已备下年例祭祀，带领贾环、贾琮、贾兰三人去往铁槛寺上坟。宁府贾蓉也同族中几人各办祭祀前往。因宝玉未大愈，故不曾去。饭后发倦，袭人因说："天气甚好，你且出去逛逛，省得丢下饭碗就睡，存在心里可不好。"宝玉听说，只得挂了一支杖，趿着鞋，步出院来。庚：画出病势。因近日将园中分与婆子料理，各司各业，皆在忙时，也有修竹的，也有剔树的，也有栽花的，也有种豆的，池中间有[八]驾娘们行着船夹泥种藕的。湘云、香菱、宝琴与些丫鬟等都坐在山石上，瞧他们取乐。宝玉也慢慢的行来。湘云见了他来，忙笑说："快把这船打出去，他们是接林妹妹的。"众人都笑起来。宝玉红了脸，也笑道："人家的病，谁是好意的，你也形容着取笑儿。"湘云笑道："病与人家另是一样，原招笑儿，反说起人来。"说着，宝玉便坐下，看着众人忙乱了一会，湘云因说道："这里有风，石头上又冷，那屋里坐坐去罢。"

宝玉也正要去瞧黛玉，便起身拄拐辞了他们，从沁芳桥一带堤上走来。只见柳垂金线，桃吐丹霞，山石之后，一株大杏树，花已全落，叶稠阴翠，上面已结了豆子大小的许多小杏。宝玉因想道："我能病了几天，竟把杏花辜负了！不觉已到'绿叶成荫子满枝'了！"因此仰望杏子不舍。又想起邢岫烟已择了夫婿一事，虽说是男女大事，不可不行，但未免又少了一个好女孩儿，不过二年，便是"绿叶成荫子满枝"了。再过几日，这杏树子落枝空；再几年，岫烟乌发如银，红颜似槁了，因此不免伤心，只管对杏流泪叹息。庚：近之淫书满纸伤春，究竟不知伤春原委。看他并不提伤春字样，却艳恨秾愁，香流满纸矣。正悲叹时，忽见一个雀儿飞来，落于枝上乱啼。宝玉又发了呆性，心下想道："这雀儿必定是杏花正开时他曾来过，今见无花空有子叶，故也乱啼。这声韵必是啼哭之声，可恨公冶长不在眼前，不能问他。但不知明年再发时，这个雀儿可还记得飞到这里来与杏花一回否？"

正胡思间，忽见一片火光从山石那边发出，将雀儿惊飞。宝玉吃一大惊，又听那边有人喊道："藕官，你要死，怎么弄些纸钱进来烧？我回奶奶们去，仔细你的肉！"宝玉听了，越发疑惑起来，忙转过山石看时，只见藕官满面泪痕，蹲在那里，手内还拿着火，守着些纸钱灰作悲。宝玉忙问道："你与谁烧纸钱？快不要在这里烧，你或是为父母兄弟，你告诉我名姓，外头去叫小厮们打了包袱，写上名姓去烧[九]。藕官见了宝玉，只不作一声。宝玉数问不答，忽见一婆子恶狠狠走来拉藕官，口内说："我已经回了奶奶们，奶奶们气的了不得。"藕官听了，终是孩气，怕辱没了脸，便不肯去。婆子说："我说你们别太兴头过余了，如今还比你们在外头随心乱闹呢。这是尺寸地方儿。"指宝玉道："连我们的爷还守规矩呢，你是什么阿物儿，跑来胡闹。怕也不中用，跟我快走罢！"庚：如何？必是含怨之人。又拉上宝玉，画出小人得意来。宝玉忙道："并没烧纸钱，原是林妹妹叫他来烧烂字纸的。你没看真，反错告了他。"藕官正没了主意，见了宝玉，又正添了畏惧，忽听他反掩饰，心内转忧成喜，也便硬着口说道："你很看真是纸钱么？我烧的是林姑娘写坏了的字纸。"那婆子听如此说，益发狠起来，便弯腰向纸灰中拣那不曾化尽的遗纸，拣了两块在手内，说道："你还嘴硬，有据有证在这里。我只和你厅上讲去！"说着，拉了袖子，就拽[十]着要走。宝玉忙把藕官拉住，用拄杖敲开那婆子的手，说道："你只管拿了那个回去。我实告诉你，我昨夜做了一个梦，梦见杏花神和我要一挂白纸钱，不可叫本房人烧，要一个生人替我烧了，我的病就好的快。所以我请了这白钱，巴巴儿的和林姑娘烦了他来，替我烧了祝讖。原不许一个人知道的，所以我今日才好些，能起来，偏你看见了。我这会子又不好了，都是你冲了！你还要告他去！藕官，只管去，见了他们你就照依我这话说。等老太太回来，我就说他故意来冲神祇，保佑我早死。"藕官听了越发得了主意，反倒拉着婆子要走。那婆子听了这话，忙丢下纸钱，赔笑央告宝玉道："我原不知道，二爷若回了老太太，我这老婆子岂不完了？我如今回奶奶们去，就说是爷祭祀，我看错了。"宝玉道："你也不用再回去了，我便不说。"婆子道："我已经回了，叫我来带他，我怎好不回的。也罢，就说我已经叫到了，又被林姑娘叫了去了。"宝玉想一想，方点头应允，那婆子去了。

这里宝玉又问他："到底是为谁烧纸？我想来若为父母兄弟，你们皆烦人外头烧过了，这里烧这几张，必有私自情理。"藕官因方才护庇之情感激于衷，便知他是自己一派的人物，便含泪说道："我这事，除了你屋里的芳官并宝姑娘的蕊官，并没第三个人知道。今日忽然被你遇见，又有这段意思，少不得也告诉了你，你只不许再对一人言讲。"又哭道[十一]："我也不便[十二]和你细说，你只回去背人悄问芳官就知道了。"说毕，怏怏[十三]而去。

宝玉听了，心下纳闷。庚：连观书者亦纳闷。只得踅到潇湘馆，瞧黛玉越发瘦得[十四]可怜，问起来，比往日已算大好了。庚：好！若只管病，亦不好。黛玉见他也比先大瘦了，想起往日之事，不免流下泪来，些微谈了一谈，便催宝玉去歇息调养。宝玉只得回来。因记挂着要问芳官那原委，偏又有湘云、香菱来了，正和袭人、芳官一处说笑，不好叫他，恐人又盘问，只得耐着。

一时，芳官又跟了他干娘去洗头。他干娘偏又先叫了他亲女儿洗过了后，才叫芳官洗。芳官见了这般，便说他偏心，"把你女儿的剩水给我洗。我一个月的月钱都是你拿着，沾我的光不算，反倒给我剩东剩西的。"他干娘羞愧变成怒，便骂他："不识抬举的东西！怪不得人人说戏子没一个好缠的。凭你什么好人，入了这一行，都弄坏了。这一点子猴崽子，挑幺挑六，咸嘴淡舌，咬群的骡子似的！"娘儿两个吵起来。

袭人忙打发人去说："少乱嚷，瞅着老太太不在家，你们连句安静话也不说了。"晴雯因说："都是芳官不省事，不知狂的是什么？也不过是会两出戏，倒像杀了贼王，擒了反叛来的。"[十五]袭人道："一个巴掌拍不响，老的也太不公道，小的也太可恶些。"宝玉道："怨不得芳官。自古说：'物不平则鸣'。 庚：来自（原作自来）经语未遭如是用也。他少爹没娘的，在这里没人照看他，反倒赚了他的钱，又作践他，这如何怪得他？"因又向袭人道："他一月多少钱？以后不如你收了过来照管他，岂不省事？"袭人道："我要照看他，那里照看不了，又要他那几个钱才照看他？没的讨人骂去了。"说着，便起身走至那屋里取了一瓶花露头油，并些鸡蛋、香皂、头绳之类，叫了一个婆子来送给芳官去，叫他另要水自己洗，不许吵闹了。他干娘越发羞愧，便说芳官："没良心，花摆我剋扣你的钱。"便向他身上拍了几下，芳官便哭起来。宝玉便走出来，袭人忙劝："做什么？我去说他。"晴雯忙先过来，指他干娘说道："你老人家太不懂事了。你不给他好好的洗，我们饶给他东西，你不害臊，还有脸打他！他要是[十六]还在学里学艺，你也敢打他不成！"那婆子便说："一日叫娘，终身是母，他排场我，我就打得！"

袭人唤麝月道："我不会和人拌嘴，晴雯性太急，你快过去震吓他几句。"麝月听了，忙过来说道："你且别嚷。我且问你，别说我们这一处，你看满园子里，谁在主子院子里教导过女儿的？便是你的亲女儿，既分了房，有了主子，自有主子打得骂得，再者，大些的姑

第五十八回　杏子阴假凤泣虚凰　茜红纱真情揆痴理

娘、姐姐们打得骂得，谁许他本人的老子娘又中间管闲事了？都这样管起来，又要叫他们跟着我们学针线做什么？越老越没了规矩！你见前儿坠儿妈来吵来着，你也跟着他学？你们放心，因连日这个病那个病[十七]，老太太又不得闲心，所以我没回。等两日，咱们痛回一回，大家把威风煞一煞才好。宝玉才好了些，连我们不敢大声说话，你反倒打的人狼号鬼叫的。上头能出了几日门，你们就无法无天的，眼珠子里[十八]没了我们，再两天，你们就该打我们了。他不要这干娘，怕粪草埋了他不成？"

宝玉恨的用拄杖敲着门槛子说道："这些老婆子们都是些铁心石头肠子，也是件大奇的事。不能照管，反倒挫磨，天长地久，如何是好！庚：画出宝玉来。都撵了出去，不要这些中看不中吃的！"那婆子羞愧难当，一言不发。那芳官只穿着海棠红的小棉袄，底下绿绸撒花夹裤，敞着裤腿，庚：四字奇想，写得纸上跳出一个女优来。一头乌油似的头发披在脑后，哭的泪人一般。麝月笑道："把个莺莺小姐，反弄成了拷打红娘了！这会子又不妆，就是活现的，还是这么松怠怠的。"宝玉道："他是本来面目，极好，倒别弄紧衬了。"晴雯过去拉了他，替他洗净了发，方才用手巾拧干，松松的挽了一个慵妆髻，命他穿了衣服过这边来。

接着，厨房内的婆子来问："晚饭有了，可送不送？"小丫头们听了，问袭人。袭人笑道："方才胡吵了一阵，也没留心听钟几下子了。"晴雯道："那钟又不知怎么了，又得去收拾。"说着，拿过表来瞧了一瞧说："再略等半钟茶的工夫就是了。"小丫头去了。麝月笑道："提起淘气，芳官也该打几下子。昨儿是他摆弄了那坠子，半日就坏了。"说话之间，便将食具打点现成，小丫头子挑了盒子进来站住。晴雯、麝月揭盖看时，还是这四样小菜。晴雯笑道："已经好了，还不给两样清淡菜。这稀饭闹到多偺？"一面摆，一面又看那盒子内，却有碗火腿鲜笋汤，忙端了放在宝玉跟前。宝玉便就桌上喝了一口，庚：画出病人。说："好烫！"袭人笑道："几日没见荤腥，馋的就这样起来？"一面说，一面忙端起，轻轻用口吹油。庚：画。因见芳官在侧边，便递与芳官，笑道："你也学着些伏侍，别一味呆憨呆睡的。口劲轻着，别吹上唾沫星子。"芳官依言果吹了几口，甚妥。

他干娘也忙端饭在门外伺候。原来芳官等初到时，原从外边认的，就同往梨香院去了。这婆子原系荣府三等人物，不过令其与他们浆洗，皆不曾入内答应，故此不知内帏规矩。今亦托赖他们方入园中，随女归房。这婆子先领过麝月的排场，方知了一二分，深恐不令芳官认他做干娘，便有许多失利之处，故心中只要买转他们。今见芳官吹汤，便忙跑进来笑道："他不老成，仔细打了碗，让我吹罢。"一面说，一面就接。晴雯忙喊："快出去！你让他砸了碗，也轮不到你吹。你什么空儿跑到内槅里来了？还不出去！"一面又骂小丫头子们："瞎了心的，他不知道，你们也不说给他！"小丫头们都说："我们撵他，他不出去；说他，他又不信。如今带累我们受气，你可信了？我们到的地方儿，有你到的一半儿，还有你〔十九〕一半到不去的呢。何况又跑到我们到不去的地方，还不算，又去伸手动嘴的了。"一面说，一面推他出去。阶下几个等空盒家伙的婆子见他出来，都笑道："嫂子也没有用镜子照一照，就进去了。"羞的那婆子又气又恨，只得忍耐下去了。

芳官吹了几口，宝玉笑道："好了。仔细伤了气。你尝一口，可好了？芳官只当是玩话儿，只是笑着看袭人等。袭人道："你就尝一口何妨。"晴雯笑道："你瞧我尝。"说着便喝了一口。芳官见如此，自己也便尝了一口。说："好了。"递与宝玉。宝玉喝了半碗，吃了几片笋，又吃了半碗粥就罢了。众人捧收出去了。小丫头子又捧了沐盆，盥漱已毕，袭人等出去吃饭。宝玉便使个眼色与芳官，芳官本来伶俐，又学了几年戏，何事不知？便装头疼说不吃饭了。袭人道："既不吃饭，你就在这屋里做伴儿，把这粥给你留着，一会儿饿了再吃。"说着，都去了。

这里宝玉和他只二人，宝玉便将方才从火光发起，如何见了藕官，又如何谎言护庇，又如何"藕官叫我问你"，从头至尾，细细的告诉他一遍，又问："他祭的果系何人？"芳官听了，满面含笑，又叹一口气，说道："这事说来可笑，可叹！"宝玉听了，忙问："他到底祭的是谁？"芳官笑道："他祭的是死了的菂官〔二十〕。"宝玉道："这是友谊，也是应当的。"芳官笑道："他那里是友谊？竟是疯傻的想头，说他自己是小生，菂官是小旦，常做夫妻，虽说是假的，每日演那曲文排场，皆是真正温柔体贴之事，故此二人就疯了，虽不做戏，寻常饮食起居，两个人竟是你恩我爱。药官一死，他哭的死去活来，至今不忘，所以每节烧纸。后来补了蕊官，我们见他一般的温柔体贴，也曾问他得新弃旧的。他说道：'这又有个大道理。比如男子死了妻，或有必当续弦[二一]者，也必要续弦[二二]为是。但只是不把死的丢开不提，便是情深义重了。若一味因死的不续，孤守一世，妨了大节，也不是礼，死者反不安了。'你说可是又疯又呆？说来可是好笑？"宝玉听说了这篇呆话，独合了他的呆性，不觉又是欢喜，又是悲叹，又称奇道绝，说："天既生这样人，又何用我这须眉浊物玷辱世界。"因又拉芳官嘱道："既如此说，我也有一句话嘱咐他，我若亲对他讲未免不便，须得你告诉他。"芳官问何事？宝玉道："以后断不可烧纸钱。这纸钱[二三]原是后人的异端，不是孔子的遗训。以后逢时按节，只备一个炉，到日随便焚香，一心虔诚，就可感格了。愚人原不知，无论神佛、死人，必要分出等例[二四]，各式各样来的。殊不知只以'诚信'二字为主。即值仓皇流离之日，虽连香也无，随便有土有草，只以洁净，便可为祭，不独死者享祭，便是鬼神皆是来享的。你瞧瞧我那案上，只设一炉，不论日期，时常焚香。他们皆不知缘故，我心里却各有所因。随便有新茶新水，供一钟两盏，或有鲜花鲜果，甚至于荤羹腥菜，只要心诚意洁，便是佛爷也都来享。所以说，只在敬，不在虚名。以后快命他不可再烧纸钱了。"芳官听了，便答应着。一时吃过饭，便有人回："老太太、太太回来了。"要知端的，且听下回分解。

【总评】道理彻上彻下，提笔左濚右拂，浩浩千万言不绝，又恐后人溺词失旨，特自注一句以结穴，曰诚曰信。
杏子林对禽惜花一席话，仿佛茂叔庭草不除襟怀。

校记：

[一]原文无"过"字，据蒙府本补。
[二]此处的"贾母、邢、王夫人、尤氏婆媳、祖孙等"句，原文为"贾母、邢夫人、尤氏婆媳、祖孙等"，蒙府本为"贾母、婆媳、祖孙等"，庚、

己、列、梦各本为"贾母、邢、王、尤、许婆媳、祖孙等",笔者参照各本补一"王"字。

　　[三]原文有"少不得又计议",据蒙府本删除。

　　[四]原文无"有"字,据蒙府本补。

　　[五]此处的"茄官",蒙、庚、己、列本为"茄官"。

　　[六][七]"针黹"二字,原文为"针指",据庚辰本改。

　　[八]此处的"间有"二字,原文为"又",据蒙府本改。

　　[九]原文无"烧"字,据庚辰本补。

　　[十]"拽"字,原文为"掖",据庚辰本改。

　　[十一]此处的"哭"字,原文为"笑",据庚辰本改。

　　[十二]此处的"不便"二字,原文为"便不",据庚辰本改。

　　[十三]此处的"怏怏"二字,原文为"佯常",据蒙府本改。

　　[十四]此处的"得"字,原文为"到",据蒙府本改。

　　[十五]原文无"也不过是会两出戏,倒像杀了贼王,擒了反叛来的"一句,据蒙府本补。

　　[十六]原文无"要是"二字,据蒙府本补。

　　[十七]原文无"那个病"三字,据庚辰本补。

　　[十八]此处的"眼珠子里"数字,原文为"眼睛",据蒙府本改。

　　[十九]原文无"你"字,据列藏本补。

　　[二十]此处的"芳官"二字,原文为"药官",据庚辰本改。后面凡"药官"处,均改为了"芳官",不再另注。

　　[二一][二二]此处的"弦"字,原文为"弦",因讳"玄烨"(康熙之名),而少写一笔。

　　[二三]原文无"这纸钱"三字,据庚辰本补。

　　[二四]此处的"等例"二字,原文为"等列",据庚辰本改。

第五十九回

柳叶渚边嗔莺咤燕　　绛云轩里召将飞符

【回前】山无起伏，便是玩山；水无潆洄，便是死水。此文于前回叙过事，字字应；于后回未叙事，语语伏：是上下关节。至铸鼎象物手段，则在下回施展。

话说宝玉听说贾母等回来了，遂[一]多添了一件衣服，挂杖前边来，都见过。贾母等[二]因每日辛苦，都要早些歇息，一宿无话，次日五鼓，又往朝中去。

离送灵日不远，鸳鸯、琥珀、翡翠、玻璃四人都忙着打点贾母之物，玉钏、彩云、彩霞等皆打点王夫人之物，当面查点与跟随管事媳妇。跟随的一共大小六个丫鬟，十个老婆子、媳妇，男人不算。连日收拾驮轿器械。鸳鸯与玉钏儿皆不随去，只看屋子。一面先几日预发帐幔铺陈之物，先有四五个媳妇并几个男人领了出来，坐了几辆车绕道先至下处，铺陈安插等候。

临日，贾母带着蓉妻坐二乘驮轿，王夫人在后只坐一乘驮轿，贾珍骑马率领众家丁围护。又有几辆大车子与婆子、丫鬟等，并放些随换的衣服等件。是日薛姨妈、尤氏率领诸人直送至大门方回。贾琏恐路上不便，一面打发了他父母起身赶上贾母、王夫人驮轿，自己也随后带领家丁押后跟来。

荣府内，赖大添派人丁上夜，将两处厅院都关了，一应出入人等，皆是西边小角门。日落时，便命关了仪门，不放人出入。园中前后东西角门亦皆关锁，只留王夫人大房之后常系他姊妹出入之门，东边通薛姨妈的角门，这两门因在内院，不必关锁。里面鸳鸯和玉钏儿也各将上房门关了，自领丫鬟、婆子下房去安歇。每日林之孝之妻进来，带领十来个婆子上夜，穿堂内又添了许多小厮[三]坐更打梆子，已安插得十分妥当。

一日清晓，宝钗春困已醒，搴帷下榻，微觉轻寒，及启户视之，院中土润苔青，原来五更时落了几点微雨。于是唤起了湘云等人来，一面梳洗，湘云因说两腮作痒，恐又犯了杏癍癣，因问宝钗要些蔷薇硝擦。宝钗道："前儿剩的都给了妹子。"因说："颦儿配了许多，我正要和他要些，因今年竟不发痒，就忘了。"因命莺儿去取些来。莺儿应了才要去，蕊官便说："我同你去，顺便瞧瞧藕官。"说着，一径同莺儿出蘅芜院。

二人你言我语，一面行走，一面说笑，不觉到了柳叶渚，顺着柳堤走来。因见柳叶才吐浅碧，丝若垂金，莺儿便笑说："你会拿这柳条子编东西不会？"蕊官笑道："编什么东西？"莺儿道："什么编不得？玩的、使的都可。等我摘些下来，带着叶子编他一个花篮，采了各色花儿放在里头，才是好玩呢。"说着，且不去取硝，且伸手挽翠披金，采了许多嫩条，命蕊官拿着。他却一行走着编花篮，随路见花便采一二枝，编出一个玲珑过梁的篮子。枝上自有本来的翠叶满布，将花放上，却也别致有趣。喜的蕊官笑道："好姐姐，给了我罢。"莺儿道："这一个咱们送林姑娘，回来咱们[四]再多采些，编几个大家玩。"说着，来至潇湘馆。

黛玉也正晨妆，见了这篮子，便笑说："这个新鲜花篮是谁编的？"莺儿笑说："我编了送姑娘玩的。"黛玉接了笑道："怪道人人赞你的手巧，这玩意儿却也别致。"一面瞧了，一面便命紫鹃挂在那里。莺儿又问候了薛姨妈，方和黛玉要硝。黛玉忙命[五]紫鹃包了一包，递与莺儿。黛玉又说道："我好了，今日要出去逛逛。你回去说与

第五十九回　柳叶渚边嗔莺咤燕　绛云轩里召将飞符

姐姐，不用过来问候妈妈，也不敢劳他来瞧，我梳了头，同妈都过去往你们那里去，连饭也端了那里去吃，大家热闹些。"

莺儿答应了出来，便到紫鹃房中找蕊官，只见蕊官与藕官二人正说得高兴，不能相舍，莺儿便笑说："姑娘也去呢，藕官先同我们去等着岂不好？"紫鹃听如此，说道："这话倒是，他这里淘气的可厌。"一面说，一面便将黛玉的匙箸用一块汗巾包了，交与藕官道："你先带了这个去，也算一趟差了。"

藕官接了，笑嘻嘻同他二人出来，一径顺着柳堤走来。莺儿便又采些柳条，越性坐在山石上编起来，又命蕊官先送了硝去再来。他二人只顾爱看他编，那里舍得去，莺儿只管催他们说："你们再不去，我也不编了。"藕官便说："我同你去了，再快回来。"二人方去了。

这里莺儿正编，只见何婆的小女春燕走来，笑问："姐姐编什么呢？"正说着，蕊、藕二人也到了。春燕便向藕官道："前儿你到底烧什么纸？被我姨妈看见了，要告你没告成，倒被宝玉赖了他一大些不是，气的一五一十告诉我妈。你们在外头这二三年积了些什么仇恨，如今还不解开？"藕官笑道："有什么仇恨？他们不知足，反怨我们。在外头这两年，别的东西不算，只算一日我们的米菜，不知赚了多少家去，合家子吃不了，还有每日买东买西赚的钱在外。逢我们使他们一使儿，就怨天怨地的。你说说可有良心？"春燕笑道："他是我的姨妈，也不好向着外人反说他的。怨不得宝玉说：'女孩儿未出嫁时，是一颗宝珠；出了嫁，不知怎么变出许多的不好毛病来，虽是颗珠子，却也没有光彩宝色，是颗死珠了；再老了，更变的不是珠子，竟是鱼眼睛了。分明一个人，怎么变出三样来？'这话虽是混话，倒也有些不差。别人不知道，只说我妈和姨妈，他老姊妹两个，如今越老了越把钱看的真了。先是老姐儿两个在家抱怨没个差使，没个进益，幸亏有这园子，挑进来，可巧把我分在怡红院。家里省了一个人费用不算外，每月还有四五百钱的余剩，也还说不够。后来老姊妹二人都派到梨香院去照看他们，藕官认了我姨妈，芳官认了我妈，这几年着实宽裕了。如今挪进来也算撒开手了，还只无厌。你说好笑不好笑？我姨妈刚和藕官吵了，接着我妈为洗头就和芳官吵，芳官连要洗头也[六]不给他洗。昨日得了月钱，推不去了，买了东西先叫我洗。我想了一想：'我自己有月钱，就没了钱，要洗时，不管袭人、晴雯、麝月，那一个跟前和他们说一声，也都容易，何必借这个光儿？好没意思。'所[七]以我不洗。他又叫妹妹小鸠儿洗了，才叫芳官，果然就吵起来。接着又要给宝玉吹汤，你说笑死了人？我见他一进来，我就告诉那些规矩，他只不信，只要强做知道，足的讨个没趣儿。幸亏园里的人多，没人分记的清楚谁是谁的亲故[八]。若有人记得，只我们一家人吵，什么意思呢？你这会子又跑来[九]弄这一带地上的东西，都是我姨妈管着。他一得了这地方，比得了永远基业还利害，每日起早睡晚，自己辛苦了还不算，每日逼着我们照看，深恐有人糟蹋，我又怕误了我的差使。如今我们进来，老姨妈两个照看得谨谨慎慎，一根草儿也不许人动。你还掐这些花儿，又折他的嫩树，他们即刻就来，仔细他们抱怨。"莺儿道："别人乱折乱掐使不得，独我使得。自从分了地基之后，各房里皆有分例，吃的不用算，单算花草玩意儿。谁管什么，每日谁就把各房里姑娘、丫鬟戴的，必要送些折枝的去，另外还有插瓶的。惟有我们姑娘说了：'一概不用送，等要什么再和你们要。'究竟总没要过一次。我今儿便掐些，他们也不好意思说的。"

一语未了，他那姨娘果然拄了拐走来，莺儿、春燕等忙让坐。那婆子见采了许多嫩柳，又见藕官等采了多少鲜花，心内便不受用。看着莺儿，偏又不好说什么，便说春燕道："我叫你来照看照看，你就贪住玩了，拿我做隐身符儿，你乐。"春燕道："你老又使我，又怕，这会子反说我。难道把我劈八瓣子不成？"莺儿笑道："姨妈，你别信小燕的话。都是他摘下来的，烦我给他编，我撺他，他不去。"春燕笑道："你可少玩儿，你只顾玩儿，老人家就认了真了。"那婆子本是愚顽之辈，兼之年迈昏愦，惟利是命，一概情面不管，正心疼肝断，无计可施，听莺儿如此说，便倚老卖老，拿起拄杖来向春燕身上击了几下，骂道："小蹄子，我说着你，你还和我强嘴儿呢！你妈恨的牙痒，要撕你的肉吃呢！你还来和我梆子似的。"打的春燕又羞、又愧、又急，因哭道："莺儿姐姐玩话，你老就认真打我。我妈为什么恨我？我又没烧胡了洗脸水，有什么不是！"莺儿本是玩话，忽见婆子认真动了气，忙上去拉住，笑道："我才是玩话，你老人家打他，我岂不愧？"那婆子道："姑娘，你别管我们的事，难道为姑娘这里，不许我们管孩子不成？"莺儿听见这般蠢话，便赌气红了脸，撒了手冷笑道："你老人家要管，那一刻管不得，偏我说了一句玩话就管他了。我看你老管去！"说着，便坐下，仍编柳篮子。

偏又有春燕的娘出来找他，喊道："你不来舀水，在那里做什么呢？"这婆子便接声儿道："你来瞧瞧，你的女儿连我也不服了！在那里排揎我呢。"那婆子一面走过来说："姨妈！你又怎么了？我们丫头眼里没娘罢了，连姨妈也没了不成？"莺儿见他娘来了，只得又说缘故。他姨妈那里容人说话，便将石上的花篮与他娘瞧道："你瞧瞧，你女儿这么大孩子玩的。他先领着人糟蹋我，我怎么说人？"他娘也正为芳官之气未平，又恨春燕不遂他的心，便上来打耳刮子，骂道："小娼妇，你能上来了几年？你也跟着那轻薄浪小妇学，怎么就管不得你了？干的我管不得，你是我肚里掉出来的，难道也不敢管你不成！既是这样你们这起蹄子到的去的地方我到不去，你就该死在那里伺候，又跑出来浪汉子么？"又抓起柳条子来，直送到他[+]脸上，问道："这叫做什么？这编的是你娘的屁！"莺儿忙道："那是我们编的，你老别指桑骂槐。"那婆子深妒袭人、晴雯一干人，凡房中大些的丫头都比他们有些权势，凡见了这一干人，心中又畏又让，未免又气又恨，亦且迁怒于众，复又看见了藕官，又是他令姊的冤家，四处凑成一股怒气。

那春燕啼哭着往怡红院去了。他娘又恐问他为何哭，怕他又说出打他，自己又要受晴雯等之气，不免着急起来，又忙喊道："你回来！我告诉你再去。"春燕那里肯回来？急的他娘跑了去又拉他。他回头看见，便也往前飞跑。他娘只顾赶他，不防脚下被苔滑倒，引的莺儿三个人反都笑了。莺儿赌气将花柳皆掷于河中，自回房去。这里把个婆子心疼的只念佛，又骂："促狭小蹄子！糟蹋了花儿，雷也是要打的。"自己且掐花儿往各房送去不提。

却说春燕一直跑入院中，顶头遇见袭人往黛玉处去问安。春燕便一把抱住袭人，说："姑娘救我！我娘又打我呢。"袭人见他娘来了，不免生气，便说道："三日两头儿打了干的打亲的，还是卖弄你女儿多，还是[+一]认真不知王法？"这婆子虽来了几日，见袭人不言不语是好性子的，便说道："姑娘，你不知道，别管我们闲事！都是你们纵的,这会还管什么?"说着,便又赶着打。袭人气的转身进来,见麝月正[十二]在海棠下晾手巾,听得如此喊闹,便说:"姐姐别管,看他怎样。"一面使眼色与春燕,春燕会意,便直奔了宝玉去。众人都笑说:"这可是没有的事都闹出来了。[十三]"麝月向婆子道:"你再略煞一煞气儿,难道这些人的脸面,和你讨了一个情还讨不下来不成?"那婆子见他女儿奔到宝玉身边去,又见宝玉拉了春燕的手说:"你别怕,有我呢。"春燕又一行哭,又一行将方才莺儿等事都说出来。宝玉越发急起来,说:"你只在这里闹也罢了,怎么连亲戚也都得罪了?"麝月又向婆子及众人道:"怨不得这嫂子说我们管不着他们的事,我们虽无知,错管了,如今请出一个管得着的人来管一管,嫂子就心服口服,也知道规矩了。"便回头命小丫头子:"去把平儿给我们叫来!平儿不得闲,就把林大娘叫来。"那小丫头子应了就走。众媳妇上来笑说:"嫂子,快求姑娘们叫回那孩子罢。平姑娘来了,可就不好了。"那婆子说道:"凭是那个平姑娘来了,也评个理,没有个娘管女儿,大家管着娘的。"众人笑道:"你当是那个平姑娘?是二奶奶屋里的平姑娘。他有情呢,说你两句。他一翻脸,嫂子就吃不了的兜着走!"

说话之间,只见那小丫头子回来说:"平姑娘正有事,问我做什么,我告诉了他,他说:'既这样,且撵他出去,告诉与林大娘在角门外打他四十板子就是了。'"那婆子听如此说,自不舍得出去,便又泪流满面,央告袭人等说:"好容易我进来了,况且我是寡妇,家里没人,正好一心无挂的在里头伏侍。姑娘们也便宜,我家里也省些交过。我这一去,又要自己生火过活,将来不免又没了过活。"袭人见他如此,早又心软了,便说:"你既要在这里,又不守规矩,又不听说,又乱打人。那里弄你这个不晓事的来,天天斗口,也叫人笑话,失了体面。"晴雯等道:"理他呢,打发去了是正经。谁和他去对嘴对舌的。"那婆子又央众人道:"我虽错了,姑娘吩咐,我以后改过。姑娘们那不是行好积德?"又央春燕道:"原是我为打你起的,究竟没打成你,如今我反受了罪?你也替我说说。"宝玉见如此可怜,只得留下,吩咐他不可再闹,那婆子一一谢过了下去。

只见平儿走来,问系何事?袭人等忙说:"已完了,不必再提。"

第五十九回　柳叶渚边嗔莺咤燕　绛云轩里召将飞符

平儿笑道："'得饶人处且饶人'，得省的且省些事儿也罢了。能去了几日，只听各处大小人儿都作起反来了，一处不了又一处，叫我不知管那一处的是。"袭人笑道："我只说我们这里反了，原来还有几处。"平儿笑道："这算什么。正和珍大奶奶等算呢，这三四日的工夫，一共大小出来了八九件了。你这里是极小的，算不起数儿来，还有大的可气可笑之事。"不知袭人问他果系何事，且听下回分解。

【总评】苏堤柳暖，阆苑春浓，兼之晨妆初罢，疏雨梧桐，正可借软草以慰佳人，采奇花以寄公子。不意莺嗔燕怒，陡（原作逗）起波涛；婆子长舌，丫鬟碎语，群相聚讼，又是一样烘云托月法。

校　记：

[一] 原文无"听说贾母等回来了，遂"数字，据蒙府本补。
[二] 原文无"贾母等"数字，据蒙府本补。
[三] 此处的"小厮"，原文为"小厮们"，据蒙府本改。
[四] 原文无"送林姑娘，回来咱们"数字，据蒙府本补。
[五] 此处的"命"字，原文为"问"，据蒙府本改。
[六] 此处的"也"字，原文为"他"，据庚辰本改。
[七] 此处的"所"字，原文为"既"，据庚辰本改。
[八] 原文无"故"字，据蒙府本补。
[九] 此处的"跑来"二字，原文为"跑了"，据庚辰本改。
[十] 原文无"他"字，据蒙府本补。
[十一] 原文无"是"字，据蒙府本补。
[十二] 原文无"正"字，据蒙府本补。
[十三] 原文无"了"字，据蒙府本补。

第六十回

茉莉粉替去蔷薇硝　玫瑰露引来茯苓霜

【回前】前回叙蔷薇硝戛然便住，至此回方结过蔷薇案，接笔转出玫瑰露，引起茯苓霜，又戛然便住。着笔如苍鹰搏兔，青狮戏球，不肯下一死爪，绝世妙文。

话说袭人因问平儿，何事这等忙乱？平儿笑道："都是世人想不到的，说来也好笑，等几日告诉你，如今没有头绪呢，且也不得闲呢。"一语未了，只见李纨的丫鬟来了，说："平姐姐可在这里，奶奶等你，你怎么不去了？"平儿忙转身出来，口内笑说："来了！来了！"袭人等笑道："他奶奶病了，他又成了个香饽饽了，都抢不到手。"平儿去了不提。

这里宝玉便叫春燕："你跟了你妈去，到宝姑娘房里给莺儿几句好话听听，也不可白得罪了他。"春燕答应了，和他妈出去。宝玉又隔窗说道："不可当着宝姑娘说，仔细反叫莺儿受教导。"

娘儿两个应了出来，一面走着，一面说闲话儿，春燕因向〔一〕他娘道："我素日劝你老人家再不信，何苦闹出没趣来才罢。"他娘笑道："小蹄子，你走罢，俗语说'不经一事，不长一智'。我如今知道

第六十回　茉莉粉替去蔷薇硝　玫瑰露引来茯苓霜

了。你又该质问着我。"春燕笑道："若妈安分守己，在这屋里长久了，自有许多的好处。我且告诉你一句话：宝玉常说，这屋里人，无论家里外头的，一应我们这些人，他都要回太太全放出去，与本人父母自便呢。庚：补前文不足处。你只说这一件可好不好？"他娘听说，喜的忙问："这话果真么？"春燕道："谁可扯这谎做什么？"婆子听了，便念佛不绝。

当时来至蘅芜院中，正值宝钗、黛玉、薛姨妈等吃饭。莺儿自去泡茶，春燕便和他妈一径到莺儿前，赔笑说"方才言语冒撞了，姑娘莫嗔莫怪，特来陪罪"等语。莺儿忙笑让坐，又倒茶。他娘儿两个说有事，便辞回来，忽见蕊官赶出叫："妈妈，姐姐，略站一站。"一面走上来，递了一个纸包与他们，说是蔷薇硝，带与芳官去擦脸。春燕笑道："你们也太小器了，还怕那里没有这个与他，巴巴的你又弄一包给他去。"蕊官道："他是他的，我送是我的。姐姐千万带回去罢。"春燕只得接了。娘儿两个回来，正值贾环、贾琮二人来问候宝玉，也才进来，春燕便向他娘说："只我进去罢，你老不用去。"他娘听了，自此便百依百随的，不敢倔强了。

春燕进来，宝玉知道回复，便[二]先点头。春燕会意，便不再说一语，略站了一站，便转身出去，使眼色与芳官。芳官出来，春燕方悄悄的说与蕊官之事，并与他硝。宝玉并无与琮、环可谈之语，因笑问芳官手里是[三]什么，芳官便忙递与宝玉瞧，又说是擦春癣的蔷薇硝。宝玉笑道："难为他想得到。"贾环听了，便伸着头瞧了一瞧，又闻得一股清香，便弯腰向靴桶内掏出一张纸来托着，笑说："好哥哥，给我一半儿。"宝玉只得要与他，芳官心中因是蕊官相赠，不肯与别人，连忙拦住，笑说："别动这个，我另拿出些来。"宝玉会意，忙笑包上，说道："快取来。"

芳官接了这个，自去收好，便从奁中去寻自己常使的。启奁看时，盒内已空，心内疑惑："早间还剩了些，如何没了？"因问人，都说不知。麝月便说道："这会子且忙着问这个，不过是这里的人，一时短了，使了。你不管拿些什么给他们，那里看得出来？快打发他去了，咱们好吃饭。"芳官听说，便将些茉莉粉包了一包拿来。贾环见了，喜的就伸手来接，芳官便忙向炕上一掷，贾环只得向炕上拾了，揣在怀内，方作辞而去。

原来贾政不在家，且王夫人等又不在家，贾环连日也便装病逃学。如今得了硝，兴兴头头来找彩云。正值彩云和赵姨娘闲谈，贾环嘻嘻笑向彩云道："我也得了一包好的，送你擦脸。你常说，蔷薇硝擦癣，比外头的银硝强。你且看看，可是这个？"彩云打开一看，"嗤"的一声笑了，说道："你和谁要来的？"贾环便将方才之事说了，彩云笑道："这是他们哄你这乡老呢。这不是硝，这是茉莉粉。"贾环看了一看，果见比先的带些红色，闻闻也是喷香的，因笑道："这也是好的，硝粉一样，留着擦罢，自是比外头买的高，便好。"彩云只得收了。赵姨娘便说："他有好的给你！谁叫你要去了，怎怨他们耍你！依我，拿了去照脸摔给他，趁着撞尸的撞尸去了，挺床的挺床，吵一出子，大家别心净，也算是报仇。莫不成两个月之后，还找出这个碴儿来问你不成？便问你，你也有话说。宝玉是哥哥，不敢冲撞他罢了。难道他屋里的猫儿狗儿，也不敢去问问他不成！"贾环听了，便低了头。彩云忙说："这又何苦生事，不管怎样，忍耐些罢了。"赵姨娘道："你快休管，横竖与你无干。乘着抓着了理，骂他那些浪淫妇们一顿也是好的。"又指贾环道："呸！你这下流没刚性的，也只好受这毛崽子的气！平白我说你一句儿，或无心错拿了一件东西给你，你倒会扭头暴筋、瞪着眼蹾摔！这会子被那起毛崽子耍弄就罢了，你明儿还想这些家里人怕你呢？你没有这本事，我也替你羞。"贾环听了，不免又愧又气，又不敢去，只摔手说道："你这么会说，你又不敢去，指使了我去闹他们。倘或往学里告我去，我捱了打，你敢自不疼呢[四]？你遭遭调唆我去，闹出事来，我捱了打骂，你一般也低了头。这会子又调唆我和毛丫头们去闹，你不怕三姐姐，你敢去，我就服你。"只这一句话，便戳了他娘的肺，便喊说："我肚子里爬出来的，我再怕起来！这屋里越发有些话头了。"一面拿了纸包子，便飞跑往园中去了。彩云死劝不住，只得躲入别房。贾环便也躲出仪门，自去玩耍。

赵姨娘直进园子，正是一头火，顶头正遇见藕官的干娘夏婆子走来。见赵姨娘气恨恨的走来，因问："姨奶奶那去？"赵姨娘又说："你瞧瞧，这屋里连三日、两日进来唱戏的小粉头们，都三般两样的掂人分两放小菜碟[五]儿了。若是别一个，我还不恼，若叫这些[六]小

第六十回　茉莉粉替去蔷薇硝　玫瑰露引来茯苓霜

娼妇捉弄了，还成了什么！"夏婆子听了，正中己怀，忙问因何？赵姨娘悉将芳官以粉作硝轻侮贾环之事说了，夏婆子道："我的奶奶，你今儿才知道，这算什么事？连昨儿这个地方他们私自烧纸钱，宝玉还拦到头里。人家还没拿进个什么来，就说使不得，不干不净的东西忌讳。你老想一想，这屋里除了太太，谁还大似你？你老自己撑不起来，谁还怕你老人家？如今我想，乘着这几个小粉头儿都不是正头货，得罪了他们也有限的，快把这两件事抓着理扎个筏[七]子，我在旁帮着作个证据，你老把威风抖抖，也好争别的理。便是奶奶、姑娘们，也不好为那起小粉头子说你老不是。"赵姨娘听了这话，益发有理，便说："烧纸的事我不知道，你却细细的告诉我。"夏婆子便将前事一一的说了，又说："你只管说去，倘或闹起来，还有我们帮着你呢。"赵姨娘听了越发得了意，仗着胆，便一径到了怡红院中。

可巧宝玉听见黛玉在那里，便往那里去了。芳官正与袭人等吃饭，见赵姨娘来了，忙都起身笑让道："姨奶奶吃饭，有什么事这等忙？"赵姨娘也不答话，走上来便将粉照芳官脸上撒来，指芳官骂道："小淫妇！你是我银子钱买来学戏的，不过娼妇粉头之流！我家里下三等奴才也比你高贵些，你都会看人下菜碟儿！宝玉要给东西，你拦在头里，莫不是要了你的了？拿这个哄他，你也只当他不认得呢！好不好，他们是手足，都是一样的主子，那里有你小看人的！"芳官那里禁得住这话，一行哭，一行便说："没了硝，我才把这个给他。若说没了，又恐不信，难道这不是好的？我便学戏，也没往外头唱去。我一个女孩儿家，我知道什么是粉头、面头的！姨奶奶犯不着来骂我，我又不是姨奶奶家买的。'梅香拜把子——都是奴才'呢！"袭人等拉他说道："休胡说！"赵姨娘气的上来便打了两个耳刮子。袭人等忙上来拉劝，说："姨奶奶，别和小孩子一般见识，等我们说他。"芳官挨了两下打，那里肯依，便撞头打滚，泼哭泼闹起来，口内便道："你打得起我么？你照照那模样儿再动手！我叫你打了去，我还活着！"便撞在他怀里叫他打。众人一面劝，一面拉他。晴雯悄拉袭人说："别管，他们闹去，看怎么开交！如今乱为王了，什么你也来打，我也来打，都这样起来还了得呢！"

外面跟赵姨娘来的一干人听见如此，心中各各称愿，都念佛说：

"也有今日！"又有那一干怀怨的老婆子，见打了芳官，也都称愿。

当下藕官、蕊官等[八]正在一处作耍，湘云的大花面葵官，宝琴的豆官，两个人闻了此信，慌忙找着蕊、藕二人说："芳官被人欺负，咱们也没趣，须得大家破着脸大闹一场，方争过气来。"四人终是小孩子心性，只顾他们情分上义愤，便不顾别的，一齐跑入怡红院中。豆官先便一头撞去，几乎将赵姨娘撞了一跤；那三个也便拥上，放声大哭，手撕头撞，把个赵姨娘裹住。晴雯等一面笑，一面假意去拉，劝他们众人。急的袭人拉起这个，又跑了那个，口内只说："你们要死！有委屈只好说，这没理如何使得！"赵姨娘反没了主意，只好乱骂。蕊官、藕官两个一边一个，抱住左右手；葵官、豆官前后头顶住。四人只说："你只打死我们四个就罢！"芳官直挺挺的躺在地下，哭得死过去。

正没开交，谁知晴雯早遣春燕回了探春。当下尤氏、李纨、探春三人带着平儿与众媳妇走来，将四个喝住。问起缘故，赵姨娘便气的瞪着眼粗了筋，一五一十说个不清。尤、李两个不答言，只喝禁他四人。探春叹气说道："这有什么大事，姨娘也太肯动气了！我正有句话要请姨娘去商议，怪道丫头们说不知在那里，原来在这里生气呢，姨娘快同我来。"尤氏、李纨都笑说："姨娘请到厅上来，咱们商量。"

赵姨娘无法，只得同他三人出来，口内犹说长说短。探春便说："那些小丫头子们原是些玩意儿。喜欢，和他们说说笑笑；不喜欢，便可以不理他。便他不好了，也如同猫儿狗儿抓了一下子，可恕就恕，不恕时也只该叫了管家媳妇们去说给他去责罚，何苦自己不尊重，大吆小喝也失了体统。你瞧周姨娘，怎不见人欺他，他也不寻人去。我劝姨娘且回房去煞煞性儿，别听那些人调唆，没的惹人笑话，自己呆，白给人做粗活。心里有二十分的气，也忍耐这几天，等太太回来自然料理。"一席话说得赵姨娘闭口无言，只得回房去了。

这里探春和尤氏、李纨说："这么大年纪，行出来的事总不叫人敬服。这是什么意思，也值得吵一吵，并不留体统，耳朵又软，心里又没计算。这又是那起没脸面的奴才们调停的，作弄出来个呆人替他们出气。"越想越气，因命人查是谁调唆的。媳妇们只得答应着出来，相视而笑，都说是"大海里那里寻针去？"只得将赵姨娘的人，并园中人唤来盘诘，都说不知道。众人也无法，只得回探春："一时难查，慢慢的访查，凡有口舌不妥的，一总来回了责罚。"

探春气渐渐的平服方罢。可巧艾官便悄悄的回探春说："都是夏妈素日和我们不对，每每的造言生事。前儿赖藕官烧纸，幸亏是宝玉叫他烧的，宝玉自己应了，他才[九]没话说[十]。今儿我与姑娘送手帕去，看见他和姨奶奶在一处说了半天，喊喊喳喳的，见了我才走开了。"探春听了，虽知情弊，亦料定他们皆是[十一]一党，皆淘气异常，便只答应，也不肯据此为实。

谁知夏婆子孙女儿[十二]蝉姐儿便是探春处当役的，时常与房中丫鬟们买东西、呼唤人，众女孩儿皆待他好。这日饭后，探春正在厅上理事，翠墨在家看屋子，因命蝉姐儿出去叫小幺儿买糕去。蝉姐儿便笑说："我才扫了一个大院子，腰腿生疼的，你叫个别的去罢。"翠墨笑说："我又叫谁去？你趁早儿去，我告诉你句好话，到后门顺路告诉你老娘防着些儿。"说着，便又将艾官告他老娘的话告诉他。蝉姐听了，忙接了钱道："这个小蹄子也要捉弄人，等我告诉去。"说着，便起身出来。至后门边，只见厨房内此刻手闲之时，都坐在阶砌上说闲话，那时他老娘亦在内。蝉姐便命一个婆子出去买糕，他且一行骂，一行说，将方才之话告诉与夏婆子。夏婆子听了，又气又怕，欲去找艾官问他，又要往探春前诉冤。蝉姐忙拦住了说："你[十三]老人家去怎么说呢？这话怎么知道的，可又叮登不好了。说给你老防着就是了，那里忙到这一时儿？"

正说着[十四]，忽见芳官走来，扒着院门，笑向厨房中柳家媳妇说道："柳嫂子，宝二爷说了：晚饭的素菜要一碗凉的、酸酸的东西，只别搁上香油弄腻了。"柳家的笑道："知道，今儿怎么遣你来告诉我这么一句话。你[十五]不嫌脏，进来逛逛儿不是？"芳官才进来，忽有一个婆子手里托着一碟糕来，芳官便戏道："谁买的热糕？我先尝一块。"蝉姐一手接了道："这是人家买的，你们还稀罕这个。"柳家的见了，忙笑道："芳姑娘，你喜吃这个？我这里有才买下的，给你姐姐吃的，不曾吃，还放在那里，干干净净没动呢。"说着，便拿了一碟出来，递与芳官，又说："你等我替你顿口好茶来。"一面进去，现通开火顿茶。芳官便拿着那糕，问到蝉姐脸上说："谁稀罕吃你那糕，这个不是糕不成？不过说着玩罢了，你给我磕上头，我也不吃。"说着，便把手内的糕一块一块的擗了，掷着打雀儿玩，口内说："柳嫂子，你别心疼，我回来买二斤给你。"小蝉姐气的怔怔的，瞅着冷笑道："雷公老爷也有眼睛，怎不打这作孽的！他还气我呢。我可拿什么比你们，又有人进贡，又有人作干奴才，溜溜你们，好上好儿，帮衬着说句话儿。"众媳妇都说："姑娘们，罢哟，天天见了就咕唧。"有几个伶透的，见他们对了口，怕又生事，拿起脚来各自走开了。当下蝉姐也不敢十分说，一面咕唧着去了。

这里柳家的见人散了，忙出来和芳官说："前儿那话说了不曾？"芳官道："说了。等一二日再提这事。偏那赵不死的又和我闹了一场。前儿那玫瑰露，姐姐吃了不曾，他到底可好些？"柳家的道："可不都吃了。他爱的什么似的，又不好问你再要的。"芳官道："不值什么，等我再要些来，给他就是了。"

原来这柳家的有个女儿，今年才十六岁，虽是厨役之女，生的人物与平、袭、紫、鸳皆类同。因他排行第五，便叫做五儿。庚：五月之柳，春色可知。因素有弱疾，故没得差。近因柳家的见宝玉房中差轻人多，且又闻得宝玉将来都要放他们，故如今要送他到那里去应名儿。正无头路，可巧这柳家的是梨香院的差役，他最小意殷勤，伏侍得芳官一干人比别的干娘还好。芳官等亦待他们极好，如今便和芳官说了，央芳官去与宝玉说。虽是依允，只是近日病着，又见事多，尚未说得。

前言少述，且说当下芳官回至怡红院，回复了宝玉。且说宝玉前在正厅见赵姨娘厮吵，心中自是不悦，说又不是，不说又不是，只得等他吵完了，打听着探春劝了他去后，方从蘅芜院回来，劝了芳官一阵，方大家安妥。今见他回来，又说还要些玫瑰露送柳五儿去，宝玉忙道："有的，我又不大吃，你都给他去罢。"说着命袭人取了出来，见瓶中亦不多，遂连瓶与了他。

芳官便自携了瓶与他去。正值柳家的带进他女儿来散闷，在那边墙角外一带地方儿逛了一会，便回到厨房内，正吃茶歇脚儿。芳官拿了一个五寸来高小玻璃瓶来，迎面照着，里面小半瓶胭脂一般的汁子，还当是宝玉吃的西洋葡萄酒。母女两个忙说："快拿旋子烫滚水，你且坐下。"芳官笑道："就剩了这些，连瓶子都给你们罢。"五儿听了，方知是玫瑰露，忙接了，谢了又谢。芳官又问他："好些？"五儿道："精神好些，进来逛逛。只后边一带，也没什么意思，不过是些大石头、大树和房子后墙，正经好景致也没见。"芳官道："你为什么不往前去？"柳家的道："我没叫他往前去。姑娘们也不认得他，倘有不对眼的人看见了，又是一番口舌。明儿托你携带他有了房头；怕没有人带着逛呢，只怕逛腻了的日子还有呢。"芳官听了，笑道："怕什么，有我呢。"柳家的忙道："哎哟哟，我的姑娘，我们的头皮薄，比不得你们。"说着，又倒了茶来。芳官那里吃这茶，只漱了一口便走了。柳家的说："我这里占着手，五丫头送送。"

五儿便送出来，因见无人，又拉着芳官说道："我的话到底说了没有？"芳官笑道："难道还哄你〔十六〕不成？你听见屋里正经还少两个人的窝儿，并无补上。一个是红玉的，琏二奶奶要了去还没给人来；一个是坠儿的，也还没补。如今要你一个不算过分。皆因平儿每每的和袭人说，凡有动人动钱的事，得挨的且挨一日更好。如今三姑娘正要拿人扎筏子呢，连他屋里的事都驳了两三件，如今正要寻我们屋里的事没寻着，何苦来往网里碰去。倘或说些话驳了，那时老了，倒难回转。不如等冷一冷，老太太、太太心闲了，凭是天大的事先和老的一说，没有不成的〔十七〕。"五儿道："虽如此说，我却性急等不得了。趁如今挑上来了，一则给我妈妈争口气，也不枉养我一场；庚：为母。二则我添了月钱，家里从容些；庚：二为家中。三则我的心开一开，只怕这病就好了。便是请大夫吃药，也省了家里的钱。"芳官道："我都知道了，只放心。"二人别过，芳官自去不提。

单表五儿回来，与他娘深谢芳官之情，他娘因说："再不承望得了这些东西，虽然是个金贵物儿，却是吃多了又最动热。竟把这个倒些送个人去，也是个大情。"五儿问："送谁？"他娘道："送你舅舅的儿子，昨日热病；也想这些东西吃。如今我倒了半盏与他去。"五儿听了，半日没言语，随他妈倒了半盏子去，将剩的连瓶儿放在家伙厨内。五儿冷笑道："依我说，竟别给他也罢了。倘有人盘问起来，倒又是一场事了。"他娘道："那里怕这些个来，还了得了。我们辛辛苦苦的，里头赚些东西，也是应当的。难道做贼偷的不成？"说着，不听，一径去了。直至外边他哥哥家中，他内侄正躺着，一见了这个，他哥嫂、侄男无不喜欢。现从井上取了凉水，和吃了一碗，心中一畅，头目清凉。剩的半盏，用纸盖着，放在桌上。

可巧又有家中几个小厮同他外甥素日相好的，走来问候他的病。内中有一小伙名唤钱槐者，乃系赵姨娘之内侄。他父母现在库上管帐，他本身又随贾环上学。因他有些钱势，尚未娶亲，素日看上了柳家的五儿标致，一心和父母说了，欲娶他为妻。也曾央托中保媒人再四求告。柳家父母却也情愿，争奈五儿执意不从，虽未明言，却行止中已带出，他父母未敢应允。近日又想往园中去，越发将此事丢开，只等三五年后放出时，自向外边择婿了。钱家见他如此，也就罢了。怎奈钱槐不得五儿，心中又气又愧，发狠定要弄取成配，方了此愿。今也来瞧望柳侄，不期柳家的在内。

柳家的忽见一群人来了，内中有钱槐，便推说不得闲，起身便走了。他哥嫂忙说："姑妈怎么不吃茶就走？倒难为姑妈记挂。"柳家的因笑道："只怕里面传饭，再闲了出来瞧侄子罢。"他嫂子因向抽屉内取了一个纸包出来，拿在手内送了柳家的出来，至墙角边递与柳家的，又笑道："这是你哥哥昨日在门上该班儿，谁知这五天一班子冷淡，一个外财没发。只有昨儿粤东的官儿来拜，送了上头两小篓子茯苓霜。余外给了门上人一篓作门礼，你哥哥分了这些。这地方千年松柏最多，所以单取了这茯苓的精液和了药，不知怎么弄出这怪俊的白霜儿来。说第一用人乳和着，每日早起吃一钟，最补人的；第二用牛奶子；万不得，滚白水也好。我们想着，正宜外甥女儿吃。原要上半日打发小丫头子送了家去的，他说锁着门，连外甥女儿也进去了。本来我要瞧瞧他去，给他带了去的，又想着主子们不在家，各处严紧，我又没什么差使，有要没紧跑些什么。况且这两日风声，闻得里头家反宅乱的，倘或沾带了倒值多了。姑妈来的正好，亲自带去罢。"

柳氏道了生受，作别回来。刚到角门前，只见一个小幺儿笑道："你老人家那里去了？里头三次、两趟叫人传呢，我们的三四个人都找你老去了，还没来。你老人家却从那里来了？这条路又不是家去的路，我倒疑心起来。"那柳家的笑骂道："好猴儿崽子，……"要知端的，下回分解。

第六十回　茉莉粉替去蔷薇硝　玫瑰露引来茯苓霜

【总评】以硝出粉是正笔，以霜陪露是衬笔。前必用茉莉粉才能构起争端，后不用茯苓霜亦必败露马脚。须知有此一衬，文势方不径直，方不寂寞，宝光四映，奇彩缤纷。

校　记：

［一］此处的"向"字，原文为"问"，据蒙府本改。
［二］原文无"便"字，据蒙府本补。
［三］原文无"是"字，据蒙府本补。
［四］此处的"自不疼呢"数字，原文为"是不疼我"，据庚辰本改。
［五］原文无"碟"字，据庚辰本补。
［六］原文无"些"字，据蒙府本补。
［七］此处的"筏"字，原文为"法"，据蒙府本改。
［八］原文无"等"字，据蒙府本补。
［九］此处的"才"字，原文为"总"，据庚辰本改。
［十］原文无"说"字，据庚辰本补。
［十一］原文无"是"字，据庚辰本补。
［十二］此处的"夏婆子孙女儿"数字，蒙、庚、梦各均为"夏婆子的外孙女儿"，列藏本为"夏婆子的外甥女儿"。
［十三］原文无"你"字，据蒙府本补。
［十四］原文无"着"字，据蒙府本补。
［十五］原文无"你"字，据蒙府本补。
［十六］此处的"哄你"二字，原文为"哄我"，据蒙府本改。
［十七］原文无"的"字，据蒙府本补。

第六十一回

投鼠忌器宝玉情赃　判冤决狱平儿徇私

【回前】数回用金（原无）蝉蜕体，络绎写来，读者几不辨何自起，何自结，浩浩无涯。须看他争端起自环哥，却起自彩云；争端结自宝玉，却亦结自彩云。首尾收束精严，六花长蛇阵也。识者着眼。

话说那柳家的笑道："好猴儿崽子，亲婶子找野老儿去了，你岂不得了一个叔叔，有什么疑的！别讨我把你头上杩子盖似的几根黄毛挦下来！还不开门让我进去呢。"这小厮且不开门，且拉着笑说："婶子，你这一进去，好歹偷些杏子出来赏我吃。我这里老等你，若忘了时，日后半夜三更打酒买油的，我不给你老人家开门，也不答应你，随你干叫去。"柳氏笑啐道："发了昏的，今年不比往年，把这些东西都分给了众奶奶了。一个个的不像抓破了脸的，人打树底下一过，两眼就似那鹭鸶鸡似的，还动他的果子！昨儿我从李子树下一走，偏有一个蜜蜂儿往脸上一过，我一招手儿，偏你郝舅母就看见了。他离的远看不真，只当我摘李子呢，就泼声浪嗓喊叫起来，又是'还没供佛呢'，又是'老太太、太太不在家，还没进鲜呢，等进了上头，嫂子们都有分的'，倒像谁害了馋痨等李子出汗呢。叫我也没好话，抢白了他一顿。可是你舅母、姨娘两三个亲戚都管着，怎不和他们要去，倒和我来要。这可是'仓老鼠和老鸦借粮——守着的没有，飞着的倒有'[二]。"小厮笑道："哎哟哟，没有罢了，说上这些闲话！我看你老以后就用不着我了？就便姐姐有了好地方，将来更呼唤着的日子多，只要我们多答应他些就有了。"柳氏听了，笑道："你这个小猴精，又捣鬼吊白的，你姐姐有什么好地方了？"那小厮笑道："别哄我了，早已知道了。单是你们有内牵，难道我们就没有内牵不成？我虽在这里听呵，里头却也有两个姊妹成个体统的，什么事瞒了我们！"

正说着，只听门内又有老婆子向外叫："小猴儿们，快传你柳婶子去罢，再不来可就误了。"柳家的听了，不顾和小厮们说话，忙推门进去，笑说："不用忙，我来了。"一面来至厨房，——虽有几个同伴的人，他们俱不敢自专，单等他来调停分派——一面问众人："五丫头那里去了？"众人都说："才往茶房[三]里找他们姊妹去了。"柳家的听了，便将茯苓霜搁起，且按着房头分派菜馔。

忽见迎春房里小丫头莲花儿走来 _{庚：总是写春景将残。} 说："司棋姐姐说了，要碗鸡蛋，炖的嫩嫩的。"柳家的道："就是这样尊贵。不知怎的，今年这鸡蛋短的很，十个钱一个还找不出来。昨儿上头给亲戚家送粥米去，四五十个买办[四]出去，好容易才凑了二千个来。我那里找去？你说给他，改日吃罢。"莲花儿道："前儿要吃豆腐，你弄些馊的，叫他说了我一顿。今儿要鸡蛋又没有了。什么好东西，我就不信连鸡蛋都没有了，叫我翻出来。"一面说，一面真个走来，揭起菜箱一看，只见里面果有十来个鸡蛋，说道："这不是？你就这么利害！吃的是主子的，给我们的分例，你为什么心疼？又不是你下的蛋，怕人吃了。"柳家的忙丢了手里的活计，便上来说道："你少满嘴里混呛！你的娘才下蛋呢！通共留这几个，预备菜上的浇头，姑娘们不要，还不肯做上去呢[五]，预备接急的。你们吃了，倘或一声要起来，没有，还了得。你们深宅大院，水来伸手，饭来张口，只知鸡蛋平常物件，那里知道外头买卖的行市？别说这个，有一年连草根子都没了的日子还有呢！我劝他们，细米白饭，每日肥鸡大鸭子，就将就些儿也罢了。吃腻了膈，天天又闹出故事来了。鸡蛋、豆腐，又是什么面筋、酱萝卜炸儿，敢自倒换口味。只是我又不是答应你们的，一处要一样，就是十来样。我倒别伺候头层主子了，只预备你们二层主子罢。"莲花儿听了，便红了脸，喊道："谁天天要你什么来？你说上这两车子话！叫你来，不是为便宜，都为什么？前儿小燕说'晴雯姐姐要吃芦蒿'，你怎么忙的还问肉炒、鸡炒？小燕说'因荤不好，才另叫你炒了面筋的，少搁油才好。'你忙的倒说'自己发昏'，赶着洗手炒了，狗颠儿似的亲捧了去。今儿反倒拿我做筏子，说给众人听。"柳家的忙道："阿弥陀佛！这些人眼见的。别说前儿一次，就从旧年一立厨房以来，凡各房里要添一样半样，谁不是先拿了钱，另买另添。有的没的，名声好听，说我单管姑娘的厨房省事，又有剩头儿，算起帐来，惹人恶心：连姑娘带姐儿们四五十人，一日也只管要两只鸡，两只鸭子，十来斤肉，一吊钱的菜蔬。你们算算，够做什么的？连本项两顿饭还撑持不住，还搁的住这个点这样，那个点那样，买来的又不吃，又买别的去。既这样，不如回了太太，多添些分例，也像大厨房里预备老太太的饭，把天下所有的菜蔬用水牌写了，天天转着，吃到一个月，现算倒好。连前儿三姑娘和宝姑娘偶然商议了要吃个油盐炒枸杞芽儿来，打发个姐儿拿着五百钱给我，我倒笑起来了，说：'二位姑娘就是大肚子弥勒佛，也吃不了五百钱的。这三二十钱的事，还预备的起。'赶着我送回钱去，到底不收，赏我打酒吃。又说：'如今厨房在里头，保不住屋里〔六〕的人不去叮登，一盐一酱，那不是钱买的？你不给又不好，给了你又没的赔。你拿着这个钱，全当还了他们素日叨登东西的窝儿。'这是明白体下的姑娘，我们心里只替他念佛。没的赵姨奶奶听了又气不忿，反说太便宜了我，隔不了十天，也打发个小丫头子来寻这样、寻那样，我倒好笑起来。你们竟成了例，不是这个，就是那个，我那里有这些赔的。"

正说着，只见司棋又打发人来催莲花儿，说他："死在这里，怎么就不回去？"莲花儿赌气回来，便添了一篇话，告诉了司棋。司棋听了，不免心头起火。此刻伺候迎春饭罢，带了小丫头们走来，见了许多人正吃饭，见他势头不好，都忙站起来赔笑让坐。司棋便喝命小丫头子动手："凡箱柜所有的菜蔬，只管丢出来喂狗，大家赚不成。"小丫头子们巴不得一声，七手八脚抢上去，一顿乱翻乱掷的。慌的众人一面拉劝，一面央告司棋说："姑娘，别误听了小孩子的话。柳嫂子有八个头，也不敢得罪姑娘。说鸡蛋没有。我们才也说他不知好歹，凭他什么东西，也少不得变法儿去。他已经悟过来了，连忙蒸上了。姑娘不信瞧那火上。"司棋被众人一顿好言，方将气劝的渐平。小丫头子们也没得摔完东西，便拉开了。司棋连说带骂，闹了一会，方被众人劝去。柳家的只好摔碗、丢盘自己咕嘟了一会，蒸了一碗鸡蛋令人送去。司棋全泼在地下了。那人回来也不敢说，恐又生事。

柳家的打发他女儿喝了一碗汤，吃了半碗粥，又将茯苓霜一节说了。五儿听罢，便心下要分些赠芳官，遂用纸另包了一半，趁黄昏人稀之时，自己花遮柳隐的来找芳官。且喜无人盘问，一径到了怡红院门首，不好进去，只在一簇玫瑰花前站定，远远的望着。一盏茶时，可巧小燕出来，忙上前叫住。小燕不知是那个，至跟前方看真切，因问做什么？五儿笑道："你叫出芳官来，我和他说话。"小燕悄笑道："姐姐太性急了，横竖等十来日就来了，只管找他做什么。方才使了他往前头去了，你且等他一等。不然，有什么要紧话，告诉我，等我告诉他。恐怕你等不得，只怕关园门了。"五儿便将茯苓霜递与了小燕，又说这是茯苓霜[七]，如何吃，如何补益："我得了些送他的，转烦你递与他就是了。"说毕，作辞回来。

正走蓼溆一带，忽见迎头林之孝家的带着几个婆子走来，五儿藏躲不及，只得上来问好。林之孝家的问道："听见你病了，怎么跑到这里来？"五儿赔笑说道："因这两日好些，跟我妈进来散散闷。才因我妈使我到怡红院送家伙去。"林之孝家的说道："这话差了。方才见你妈出去，我才关门。既是你妈使了你来，他如何不向我说你在这里呢，竟出去让我关门，这个我就实在的不懂得他是何主？可知你扯谎。"五儿听了，没话回答，只说："原是我妈一早叫我取去的，我忘了，挨到这会我才想起来了。只怕我妈错当我先[八]出去了，所以没和大娘说得。"

林之孝家的听他辞钝色虚，又因近日玉钏儿说那边正房内失落了东西，几个丫头对赖，没主儿，心下便起了疑。可巧小蝉、莲花儿并几个媳妇子走来，见了这事，便说道："林奶奶倒要审审，他这两日往这里头跑的不像，鬼鬼祟祟的，不知干些什么事？"小蝉又道："正是。昨日玉钏姐姐说，太太耳房里的柜子开了，少了好些零碎东西。

琏二奶奶打发平姑娘和玉钏姐姐要些玫瑰露，谁知也少了一罐子。若不是寻露，还不知道呢。"莲花儿笑道："这话我没听见，今儿倒看见一个露瓶子。"林之孝家的正因这些事没主儿，每日凤姐使平儿催逼他，一听此言，忙问在那里，莲花儿便说："在他们厨房里呢。"林之孝家的听着，忙命打了灯笼，带着众人来寻。五儿急的便说："原是宝二爷屋里芳官给我的。"林之孝家的说："不管你方官圆官，现有了赃证，我只呈报了，凭你主子前辩去。"一面说，一面进入厨房，莲花儿带着，取出露瓶。恐还有偷的别物，又细细搜了一遍，又得了一包茯苓霜，一并拿了，带了五儿，来回李纨与探春。

那时李纨正因兰哥病了，不理事件，只命去见探春。探春已归房。人回进去，丫鬟们都在院内纳凉，探春在内盥沐，只有待书回进去。半日，出来说："姑娘知道了，叫你们找平儿回二奶奶去。"林之孝家的只得领出来。到凤姐那边，先找着了平儿，平儿进去回了凤姐。凤姐方才歇下，听见此事，便吩咐："将他娘打四十板子，撵出去，永不许进二门。把五儿打四十板子，立刻给庄子上，或卖了或配人。"平儿听了，依言吩咐了林之孝家的。五儿吓的哭哭啼啼，给平儿跪着，细诉芳官之事。平儿道："这也不难，等明日问了芳官便知真假。但这茯苓霜前日送了来，还等老太太、太太回来看了才敢动，这不该偷了去。"五儿着忙又将他舅舅送的一节说了出来。平儿听了，笑道："这样说，你竟是无罪之人，拿你来顶缸的。此时天晚，奶奶才进了药歇下，不便为这点子事絮叨。如今且将他交给上夜的人看守一夜，等明儿我回奶奶，再作道理。"林之孝家的不敢违拗，只得带了出来，交与上夜的媳妇们看守，自便去了。

这里五儿被人软禁起来，一步不敢多走。又兼众媳妇也有劝他说，不该做这没行止的事；也有抱怨说，正经更还坐不上来，又弄个贼来给我们看，倘或眼不见寻了死，逃走了，都是我们的不是。于是又有一干素日与柳家不睦的人，见了这般，十分称愿，都来奚落、嘲戏他。这五儿心内又气、又受委屈，竟无处可诉；且本来怯弱有病，这一夜思茶无茶，思水无水，思睡无衾枕，呜呜咽咽直哭了一夜[九]。

谁知和他母女不和的那些人，巴不得一时撵出他们去，深恐次日有变，大家先起了个清早，都悄悄[十]的来买转平儿，一面送些东西，一面又奉承他办事简断，一面又讲述他母亲素日许多不好。平儿一一都应着，打发他们去了，却悄悄来访袭人，问他可果真是芳官给他露了没有。袭人便说："露却是给了芳官，芳官转给谁，我却不知。"袭人于是又问芳官，芳官听了，唬天跳地，忙应是自己送他的。芳官便又告诉了宝玉，宝玉也慌了，说："露虽有了，若勾起茯苓霜来，他自然也实供。若听见了是他舅舅门上得的，他舅舅又有了不是，人家的好意，反被咱们陷害了。"因忙和平儿计议："露的事虽完，然这霜也是有不是的。好姐姐，你只说也是芳官给他的就完了。"平儿笑道："虽如此，只是他昨晚上已经同人说是他舅舅给的了，如何又说你给的？况且那边所丢的正无主儿，如今有赃证的白放了，又去找谁？谁还肯认？众人也未必心服。"晴雯走来笑道："太太那边的露再无别人，分明是彩云偷了给环哥儿去了。你们可瞎乱说。"平儿笑道："谁不知是这个缘故！但今玉钏儿急的哭，悄悄问着他，他若应了，玉钏也罢了，大家也就罢了。难道我们好意兜揽这事不成！可恨彩云不但不应，他还挤玉钏儿，说他偷了去了。两个人窝里发炮，先吵的合府里皆知，我们如何装没事人？少不得要查的。殊不知告失盗的就是贼人，又没赃证，怎么说他？"宝玉道："也罢，这件事我也应起来，就说是我和他们玩的，悄悄的偷了太太的来了。两件事都完了。"袭人道："倒也是件阴骘事，保全人的贼名儿。只是太太听见，又说你小孩子气，不知好歹了。"平儿笑道："这也是件小事。如今便从赵姨娘屋里起了赃来也容易，只怕又伤着一个好人的体面。别人都别管，只这一个人岂不又生气？我可怜的是他，不肯为打老鼠伤了玉瓶。"说着，把三个指头一伸。袭人等听说，便知他说的是探春，大家都忙说："可是这话。竟是我们这里应起来的为是。"平儿又笑道："也须得把彩云和玉钏儿两个孽障叫了来，问准了他方好。不然他们得了益，不说为这个，倒像我没了本事，问不出来，烦出这里来完事，他们以后越发偷的偷，不管的不管了。"袭人笑道："正是，你也要留个地步儿。"

　　平儿[十一]便命一个人叫了他两个来，说道："不用慌，贼已有了。"玉钏儿先问："贼在那里？"平儿道："现在二奶奶屋里呢，问他什么应什么。我心里明知不是他偷的，可怜他害怕都承认。这里宝二爷不过意，要替他认一半。我待要说出来，但只是这做贼的素日又是和我好的一个姊妹，窝主虽是平常，里面却伤着一个好人的体面，因此为难，少不得〔十二〕央求宝二爷应了，大家无事。如今反要问你二人，还是怎样〔十三〕？若从此以后大家小心存体面，这便求宝二爷应了；若不然，我就回了二奶奶，别冤屈了好人。"彩云听了，不觉红了脸，一时羞恶之心感发，便说道："好姐姐放心，也别冤屈了好人，也别带累了无辜之人伤体面。偷东西原是赵姨奶奶央告我再三，我拿了些与环儿是情真。连太太在家我们还拿过，各人去送人〔十四〕，也是常事。我原说嚷过两天就罢了。如今既冤屈了好人，我心里也不忍。姐姐竟带了我回奶奶去，我一概应了完事。"众人听了这话，一个个都诧异，竟这样有肝胆。宝玉忙笑道："彩云姐姐果然是个正经人。如今也不用你应，我只说是我悄悄的偷了的，唬你们玩，如今闹出事来，我原该承认。只求姐姐们以后省些事，大家就好了。"彩云道："我干的事为什么叫你应，死活我该去受。"平儿、袭人忙道："不是这样说，你一应了，未免又叨登出赵姨奶奶来，那时三姑娘听了，岂不生气？竟不如宝二爷应了，大家无事，且除这几个人，皆不得知道，这是何等的干净。但只以后千万大家小心些就是了。要拿什么，好歹等太太到家，那怕连这房子给了人，我们就无干系了。"彩云听了，低头想了一想，方依允。

于是大家商议妥帖，平儿带了他两个并芳官往前边来至上夜房中，叫了五儿，将茯苓霜一节也悄悄的叫他说系芳官所赠，五儿感谢不尽。平儿带他们来至自己这边，已见林之孝家的带领了几个媳妇，押解着柳家的等候多时。林之孝家的又向平儿说："今儿一早押了他来，恐园里没人伺候姑娘们的饭，我暂且将秦显的女人派了去伺候。一并回明奶奶，他倒干净谨慎，以后就派他常伺候罢。"平儿道："秦显的女人是谁？我不相熟。"林之孝家的道："他是园里南角门上夜的，白日里没什么事，所以姑娘不大认识。高高的孤拐，大大的眼睛，最干净爽利的。"玉钏儿道："是了。姐姐，你怎么忘了？他是司棋的婶娘。司棋的父母虽是大老爷那边的人，他这叔叔却是咱们这边的。"平儿听了，方想起来，笑道："哦，你早说是他，我就明白了。"又笑道："太派急了些。如今的这事八下里水落石出了，连前儿太太屋里丢的也有主儿。是宝玉那日过来和这两个孽障要什么的，偏他两个人怄他玩，说太太不在家不敢拿。宝玉便瞅着他两个不提防的时节，自己进去拿了些什么出来。这两个孽障不知道，就唬慌了。如今宝玉听见带累了别人，方细细的告诉了我，拿出东西来我瞧，一件不差。那茯苓霜也是外头得了的，他曾赏过许多人，不独园内人有，连妈妈子们讨了出去给亲戚们吃，又转送人，袭人也曾给过芳官一流的人。他们私情各相来往，也是常事。前儿两篓还摆在议事厅上，好好的原封没动，怎么就混赖起人来？等我回了奶奶再说。"说毕，抽身进了卧房，将此事照前言回了凤姐一遍。

凤姐道："虽如此说，但宝玉为人不管青红皂白爱兜揽事情。别人再求求他去，他又搁不住人两句好话，给他个炭篓子戴上，什么事他不应承？咱们若信了，将来若大事情也如此，如何治人？还要细细的追求才是。依我的主意，把太太屋里的丫头都拿来，虽不必擅加拷打，只叫他们垫着瓷瓦子跪在太阳地下，茶饭也别给他们吃。一日不说跪一日，便是铁打的，一日也管招了。又道是'苍蝇不抱没缝的鸡蛋'。虽然这柳家的[十五]没偷，到底有些影儿，人才说他。虽不加贼刑，也[十六]革出不用。朝廷家原有挂误的，倒也不算委屈了他。"平儿道："何苦来操这个心！'得放手时须放手'，什么大不了的事，乐得不施恩呢。依我说，纵在这屋里操上一百分心，终久咱们是往那边屋里去的。没的结些小人仇恨，使人含怨。况且自己又三灾八难的，好容易怀了一个哥儿，到了六七个[十七]月还掉了，焉知不是素日操劳太过，气恼伤着的。如今趁早见一半不见一半，到也罢了。"一席话，说的凤姐倒笑了，说道："凭你这小蹄子发放去罢。我才清爽些了，没的淘气。"平儿笑道："这不是正经话！"说毕，转身出来，一一发放。要知端的，下回分解。

【总评】赵姨痛儿，弄得羞愧满面；柳家惜女，几至鞭楚随身：可知养子种孙，自有大体，莫学那溺爱禽犊。柳家婆煮糕烹茶，何等殷勤，未得些儿便宜；秦家婆偷仓盗库，百般赔垫，反伤无数钱财；可知君子安贫，达人知命，原有乐处。

校　记：

［一］此回目"投鼠忌器宝玉情赃"，蒙府本为"投鼠忌器宝玉瞒赃"。

［二］此处的"飞着的倒有"句，原文为"飞的有"，据蒙府本改。

［三］此处的"茶房"二字，原文为"厨房"，据蒙府本改。

［四］此处的"四五十个买办"，蒙府本、庚辰本均为"四五个买办"。

［五］原文无"预备菜上的浇头，姑娘们不要，还不肯做上去呢"句，据蒙府本补。

［六］原文无"里"字，据蒙府本补。

［七］原文无"……递与了小燕，又说这是茯苓霜"句，据庚辰本补。

［八］原文无"先"字，据蒙府本补。

［九］原文无"这一夜思茶无茶，思水无水，思睡无衾枕，呜呜咽咽直哭了一夜"一句，按蒙府本补。

［十］此处的"悄悄"二字，原文为"悄"，据蒙府本补另一个"悄"字。

［十一］原文无"平儿"二字，据蒙府本补。

［十二］原文无"少不得"三字，据蒙府本补。

［十三］此处的"怎样"二字，原文为"怎么"，据蒙府本改。

［十四］此处的"送人"二字，原文为"送他"，据庚辰本补。

［十五］原文无"的"字，据蒙府本补。

［十六］原文无"也"字，据蒙府本补。

［十七］原文无"个"字，据蒙府本补。

第六十二回

憨湘云醉眠芍药裀　　呆香菱情解石榴裙

【回前】众姊妹一番赠贶，诸僧尼一番祷祝，确是宝玉生辰。园中行礼，不亢不卑；席上设筵，不丰不啬：确是宝玉分地。

探春围棋理事，气象严厉。香菱斗草善谑，姿态俊逸。湘云喜饮酒，何等疏爽。黛玉怕吃茶，何等妩媚。晴雯刺芳官，语极尖利。袭人给裙子，意极纯（原作醇）良，字字曲到。

话说平儿出来，吩咐林之孝家的道："大事化为小事，小事化为无事，方是兴旺之家。若得不了一点子小事，便扬铃打鼓，乱折腾起来，不成道理。如今将他母女带回，照旧去当差。将秦显家的仍旧退回。再不必提此事，只是每日小心巡察要紧。"说毕，起身走了。柳家母女忙上来磕头，林家的带回园中，回了李纨、探春，二人皆说："知道了，宁可无事，很好。"

司棋等人空兴头了一阵。那秦显家的好容易得了这个空儿钻了来，只兴头了半天。在厨房内正乱着接收家伙、米粮、煤炭等物，又查出许多亏空来，说："粳米短了两石，常用米又多支了一个月的，炭也欠着额数。"一面又打点送林之孝家的礼，悄悄的备了一篓炭，五百斤木柴，一担粳米，在外边就遣了子侄送入林家去了；又打点送帐房的礼；又预备几样菜蔬请几位同事的人，说："我来了，全仗列位扶持。自今以后都是一家人了。我有照管不到的，好歹大家照管些儿。"正乱着，忽有人来说与他："看过这早饭就出去罢。柳嫂儿原无事，如今还交与他管了。"秦显家的听了，轰去魂魄，垂头丧气，登时捲旗收鼓，卷包而出。送人之物白丢了许多，自己倒折变了赔补亏空。连司棋都气了个倒仰，无计挽回，只得罢了。

　　赵姨娘正因彩云私赠了多少东西，被玉钏儿吵出〔一〕，生恐查诘出来，每日捏一把汗打听信儿。忽见彩云来告诉说："都是宝玉应了。从此无事。"赵姨娘方把心放下来。谁知贾环听如此说，便起了疑心，将彩云凡私赠之物都拿了出来，照着彩云的脸摔了来，说："这两面三刀的东西！我不稀罕。你不和宝玉好，他如何替你应。你既有担当给了我，原该不与一个人知道。如今你既然告诉人，我再要这个，也没趣。"彩云见如此，急的发身赌誓，以至哭着百般解说。贾环执意不信，说："不看你素日之情，去告诉二嫂子，就说你偷来给我，我不敢要。你细想去！"说毕，摔手出去了，急的赵姨娘骂："没造化的种子，蛆心孽障！"气的彩云哭个泪干肠断，赵姨娘百般安慰他："好孩子，他辜负了你的心，我看的真。让我收起来，过两日，他自然回转过来了。"说着，就要收东西。彩云一顿赌气包起来，乘人不见时，来至园中，都撇在河内，顺水沉的沉、漂的漂了。自己气的夜间在被里暗哭。

　　当下又值宝玉生日已到，原来宝琴也是这日，二人相同。因王夫人不在家，也不像往年热闹。只有张道士〔二〕送了四样礼，换的寄名符儿；还有几处僧尼庙的〔三〕和尚、姑子送了供尖儿，并寿星纸马疏头，并本命星官，值年太岁，周年换的锁儿。家中常走的女先儿来上寿。王子腾那边，仍是一双鞋袜，一套衣服，一百寿桃，一百束上用银丝挂面。薛姨妈处减一等。其余家中人，尤氏仍是一双鞋袜；凤姐是一个宫制四面和合荷包，里面装一个金寿星，一件波斯国所制的玩器。各庙中遣人去放堂舍钱。又另有宝琴之礼，不能备述。姐妹中皆有随便，或一扇的，或有一字的，或有一画的，或有一诗的，聊复应景而已。

第六十二回　憨湘云醉眠芍药裀　呆香菱情解石榴裙

这日宝玉清晨起来，梳洗已毕，冠带出来。至厅院中，有李贵等四五个人在那里设下天地香烛，宝玉炷了香。行礼毕，奠焚纸后，便至宁府宗祠祖先堂两处行礼毕，出至月台上，又朝上遥拜过贾母、贾政、王夫人等。一顺到尤氏房中，行过礼，坐了一会，方回荣府。先至薛姨妈处，薛姨妈再三拉着，然后又遇见薛蝌，让了一会，方进园来。晴雯、麝月二人，并些小丫头子夹着毡子，从李氏起[四]一一挨着，所长的房中到过。便出二门，至李、赵、张、王四个奶媪家让了一会，方进来了。虽众人要行礼，也不曾受。回至房中，袭人等只都来说了一声就是了。王夫人有言，不令年轻人受礼，恐折了福寿，故皆不磕头。

歇一时，贾环、贾兰来了，袭人连忙拉住，坐了一坐，便去了。宝玉笑说走乏了，便歪在床上。方吃了半盏茶，只听外面叽叽呱呱，一群丫头笑了来，原来是小螺、翠墨、翠缕、入画，邢岫烟的丫头篆儿，并奶子抱着巧姐儿，彩鸾、绣鸾八九个人，都抱了红毡笑着走来，拜寿的挤破了门，说："拿面来我们吃！"刚进门时，探春、湘云、宝琴、岫烟、惜春也都来了。宝玉忙迎出来，笑说："不敢起动，快预备好茶。"进入房中，不免推让一会，大家归坐。袭人等捧过茶来，吃了一口，平儿也打扮的花枝招展来了。宝玉忙迎出来，笑说："我方才到凤姐姐门上，回了进去，不能见，我又打发人进去让姐姐的。"平儿笑道："我正打发你姐姐梳头，不得闲出来回你。后来听见又说让我，我那里经当的起，所以特赶来磕头。"宝玉笑道："我也经当不起。"袭人早在外安坐，让坐。平儿便福下去，宝玉作揖不迭；平儿便跪下去，宝玉也忙还跪；平儿连忙又下了一福，宝玉又还了一揖。袭人忙推宝玉："你再作揖！"宝玉道："已经完了，怎么又作揖？"袭人笑道："这是他来给你拜寿。今儿也是他的生日，你也该给他拜寿！"宝玉听了，喜的忙作下揖去，说："原来今儿也是姐姐的芳诞。"平儿还福不迭。湘云拉宝琴、岫烟说："你们四个人对拜寿，直拜一天才是。"探春忙问："原来邢妹妹也是今日？我怎么就忘了。"忙命丫头："去告诉二奶奶，赶着补了一分礼，与琴姑娘的[五]一样，送到二姑娘房里去。"丫头答应着去了。岫烟见湘云直口说出来，少不得要到各房去让让。

探春笑道："倒有些意思，一年十二个月，月月有几个生日。人多了，便这等巧，有三个一日的、两个一日的。大年初一日也不白过，大姐姐占了去，怨不得他福大，生日比别人就占先，又是太祖太爷的生日。过了灯节[六]，就是老太太和宝姐姐，他们娘儿两个遇的巧。三月初一日是太太的，初九日是琏二哥哥。二月里没人。"袭人道："二月十二日是林姑娘，怎么就不是咱们家的人？"探春笑道："我这个记性是怎么了！"宝玉笑指袭人道："他和林妹妹是一日，所以他记的。"探春笑道："原来你两个倒是一日，每年连头也不给我们磕一个。平儿的生日我们也不知，这也是才知道。"平儿笑道："我们是那牌儿名上的人？生日也没有拜寿的福，也没有受礼的职分，可吵闹什么，可不悄悄的过去？今儿他又偏吵出来了，等姑娘们回房，我再行礼去罢。"探春笑道："也不敢惊动。只是我今儿[七]倒要替你作个生日，我心里才过得去。"宝玉、湘云等一齐都说："很是。"探春吩咐丫头："去告诉他奶奶，就说我们大家说了，今儿一日不放平儿出去，我们也大家凑分子过生日呢。"丫头笑着去了，半日，回来说："二奶奶说了，多谢姑娘们给他脸。不知过生日给他些什么吃？只别忘了二奶奶，就不来絮叨他了。"众人都笑了。

　　探春因说道："可巧今儿里头厨房不预备饭，下面弄菜都是外头收拾。咱们就凑了钱叫柳家的来揽了去，只在咱们里头收拾倒好。"众人都说："是极。"探春一面遣人去问李纨、宝钗、黛玉，一面遣人去传柳氏进来，吩咐他内厨房中快收拾两桌酒席。柳家的不知道何意，因说道："外厨房都预备了。"探春笑道："你原来不知道，今儿是平姑娘华诞。外头预备的是上头的，这如今我们是私下的，又凑了分子，单为平姑娘预备两桌请他。你只管拣新巧的菜蔬预备了来，开了帐，我那里领钱。"柳家的笑道："原来今日也是平姑娘的千秋，我竟不知道。"说着，便向平儿磕下头去，忙的平儿拉起他来。柳家的忙去预备酒席。

　　这里探春又邀了宝玉，同到厅上去吃面，等到李纨、宝钗一齐来全，又遣人去请薛姨妈与黛玉。因天气和暖，黛玉之疾渐愈，故也来了。花团锦簇，挤了一厅的人。

　　薛蟠又送了巾扇香帛四色寿礼与宝玉，宝玉于是过去陪他吃面。

第六十二回　憨湘云醉眠芍药裀　呆香菱情解石榴裙

两家皆是寿酒，互相酬送，彼此同领。至午间，宝玉又陪薛蝌吃了两杯酒。宝钗、宝玉、宝琴过来与薛蝌行礼，把盏毕，宝钗因嘱薛蝌："家里的也不用送过他那边去，这虚套竟可收了。你只请伙计们吃罢。我们和宝兄弟进去还要待人去呢，也不能陪你了。"薛蝌忙说："姐姐兄弟只管请，只怕伙计们也就好来了。"宝玉告过罪，方同他姊妹回来。

一进角门，宝钗命婆子将门锁上，把钥匙要了自己拿着。宝玉忙说："这一道门何必关，又没多的人走。况且姨娘、姐姐、妹妹都在里头，倘或家去取什么，岂不费事。"宝钗道："小心没过逾的。你瞧你们那边，这几日七事八事，竟没有我们这边的人，可知是这门关的有功效了。若是开着，保不住那些人图顺脚，抄近往这里走，拦谁的是？不如锁了，连妈和我也禁着些，大家别走。纵有了事，就赖不着这边的人了。"宝玉笑道："原来姐姐也知道我们那边近日丢东西？"宝钗笑道："你只知道玫瑰露和茯苓霜两件，乃因人而及物。若非因人，你连这两件还不知道呢。殊不知还有几件比这两件大的呢。若以后叨登不出来，是大家的造化；若叨登出来，不知里头连累多少人呢。你也是不管事的人，我才告诉你。平儿是个明白人，我前儿也告诉了他，皆因他奶奶不在外头，所以使他明白了。若不闹破，大家乐得丢开手。若犯出来，心里已有稿子，自有头绪，就冤屈不着平人了。你只听我说，以后留神小心就是了，这话也不可向第二个人讲。"

说着，来到沁芳亭边，只见袭人、香菱、待书、素云、晴雯、麝月、芳官、藕官、蕊官十来个人都在那里看鱼作耍。见他们来了，都说："芍药栏里头预备下了，快去上席罢！"宝钗等遂携了他们同到芍药栏中红香圃五间[八]小敞厅内。连尤氏已请过来了，诸人都在那里，只没平儿。

原来平儿出去，有赖、林诸家来送礼，连三接四，上中下三等家人来拜寿送礼的不少，平儿忙着打发赏钱道谢，一面又巴巴的回过凤姐，不过留下几样，也有不收的；也有收下的，即刻赏人。忙了一会，又直待凤姐吃过面，方换了衣裳往园里来。

刚进园门，就有几个丫鬟来找他，一同到了红香圃中。只见园中筵开玳瑁，褥设芙蓉。众人都笑道："寿星全来了。"上面四座定要让他四个人坐，四人皆不肯。薛姨妈说："我老天拔地，又不合你们的群儿，我倒觉拘的慌，不如我到厅上随便躺躺去倒好。我又吃不下什么去，又不大喝酒，这里让他们倒便宜。"尤氏等执意不从，宝钗道："这也罢了，倒是让妈在厅上歪着自如些，爱吃的送过去，倒自在。且前头没人在那里，又可照应了。"探春等笑道："既这样，恭敬不如从命。"因大家送到议事厅上，眼看着命小丫头铺了一个锦褥并靠背、卧枕之类，又嘱小丫头："好生给姨太太捶腿，要茶要水别推三扯四的。回来送了东西来，姨太太吃了就赏你们吃。只别离了这里出去。"小丫头子们都答应了。

　　探春等方回来。终究让宝琴、岫烟二人在上，平儿面西，宝玉面东坐。探春又携了鸳鸯来，二人并肩对面相陪。西边一桌，宝钗、黛玉、湘云、迎春、惜春依序，一面又拉了香菱、玉钏儿二人打横。三桌上，尤氏、李纨又拉了袭人、彩云陪坐。四桌上便是紫鹃、莺儿、晴雯、小螺、司棋等人围坐妥当。探春等还要把盏与众献寿，宝琴等说："这一闹，一日都坐不成了。"方才罢了。两个女先儿要弹词上寿，众人都说："我们没人要听那些野话，你厅上去说给姨太太解闷儿去罢。"一面又将各色吃食拣了，命人送与薛姨妈去。

　　宝玉便说："雅坐无趣，须要行令才好。"众人有的说行这个令好，那个又说行那个令好，黛玉道："依我说，拿了笔砚将各色全都写了，拈成阄儿[九]，咱们抓出那个来，就是那个。"众人都道："妙极。"即命拿了一副笔砚花笺。香菱近日学了诗，又天天学写字，见了笔砚便图不得了，连忙起身说："我写。"众人[十]想了一想，共得十个，念着，香菱一一的写了，搓成阄儿，掷在一个瓶中。探春便命平儿拣，平儿向前搅了一搅，用箸拈了一个出来，打开看时，上写着"射覆"二字。宝钗笑道："把个酒令的祖宗拈出来。'射覆'从古有的，如今失了传，这是后人纂的，比一切的令都难。这里头倒有一半是不会的，不如毁了，另拈一个雅俗的。"探春笑道："既拈了出来，如何又毁？如今再拈一个，若是雅俗共赏[十一]的，便叫他们行去。咱们行这个。"说着又叫袭人拈了一个，却是"拇战"。史湘云笑着说："简断爽利，合了我的脾气。我不行这个'射覆'，没的垂头丧气闷人，我只猜拳去了。"探春道："惟有他乱令，宝姐姐快罚他一钟。"宝钗不容分说,便灌了湘云一杯。

探春道:"我是令官,我吃一杯,也不用宣,只听我分派。"命取了令盆来,"从琴妹妹掷起,挨下掷去,对了点的二人射覆。"宝琴一掷,是个三。岫烟、宝玉等皆掷的不对,直到香菱方掷了个三来。宝琴笑道:"只好室内生春,若说到外头,太没头绪了。"探春道:"自然。三次不中者罚一杯。你覆,他射。"宝琴想了一想,说了个"老"字。香菱原生于这令,想着这满室满席都不见有与"老"字相连的成语。湘云先听了,便也乱看,忽见门斗上贴着"红香圃"三字,便知宝琴覆的是"吾不如老圃"的"圃"字。见香菱射不着,众人击鼓又催,便悄悄的拉香菱,叫他说"药"字。黛玉偏看见,说"快罚他,又在那里私相传递呢。"哄的众人都知道了,忙又罚了一杯。恨的湘云拿筷子敲黛玉的手。于是罚了香菱一杯,下射。宝钗和探春对了点子。探春便说了[十二]一个"人"字。宝钗笑道:"这个'人'字泛的很。"探春笑道:"添一字,两覆一射也不泛了。"说着,便又说了个"窗"字,宝钗一想,因见[十三]席上有鸡,便射着用"鸡窗""鸡人"二典了,因射了一个"埘"字。探春知他射着,用了"鸡栖于埘"的典,二人一笑,各饮一杯。[十四]

湘云等不得,和宝玉"三"、"五"乱叫,划起拳来。那边[十五]尤氏和鸳鸯隔着席也"七"、"八"乱叫划起来。平儿、袭人也作了一对划拳,叮叮当当只听得腕上镯子响。一时湘云赢了宝玉,鸳鸯赢了尤氏,袭人赢了平儿,三人限酒底酒面。湘云便说:"酒面要一句古文,一句旧诗,一句骨牌名,一句曲牌名,还要一句时宪书上有的话,共总凑成一句话。酒底要关人事的果菜名。"众人听了,都笑说:"惟有他的令比人唠叨,倒也有意思。"便催宝玉快说,宝玉笑道:"谁说过这个,也等我想一想儿。"黛玉便道:"你多喝一钟,我替你说。"宝玉真个喝了酒,听黛玉说道:

> 落霞与孤鹜齐飞,
> 风急江天过雁哀,
> 却是一只折足雁,
> 叫的人九回肠,

这是鸿雁来宾。

说的大家笑了,说:"这一串子倒有些意思。"黛玉又拈了一个榛穰,说酒底道:

榛子非关隔院砧,
何来万户捣衣声。

令完,鸳鸯袭人等皆说的是一句俗语,都带了个"寿"字的,不能多赘。

大家轮流乱划了一阵,这上面湘云又和宝琴对了手,李纨和岫烟对了点子。李纨便说了[十六]一个"瓢"字,岫烟便射了一个"绿"[十七]字,二人会意,各饮一杯。湘云的[十八]拳却输了,请酒面酒底。宝琴笑道:"请君入瓮。"大家笑起来,说:"这个典用的当。"湘云便说道:

奔腾而砰湃,
江间波浪兼天涌,
须要铁锁缆[十九]孤舟,
既遇着一江风,
不宜出行。

说的众人都笑了,说:"诌断了肠子的。怪道他出这个令行,故意惹人笑。"又听他说酒底。湘云吃了酒,拣了一块鸭肉呷口,忽见碗内有半个鸭头,遂拣了出来吃脑子。众人催他"别吃,你到底快说了。"湘云便用箸子举着说道:

这鸭头不是那丫头,
头上那讨桂花油。

众人越发笑起来,引的晴雯、小螺、莺儿等一干人都走来说:"云姑娘会开心儿，拿着我们取笑儿，快罚他一杯才罢。怎见得我们就擦不起桂花油？倒得每人给一瓶子桂花油擦擦。"黛玉笑道："倒有心给你们一瓶子油，又怕挂误着打窃盗官司。"众人不理论，宝玉却明白，低了头。彩云有心，不觉红了脸。宝钗忙暗暗的瞅了黛玉一眼。黛玉自悔失言，原是讥宝玉的，就忘了打趣着彩云，自悔不及，忙一顿行令划拳分开了。

底下宝玉可巧与宝钗对了点子。宝钗便说了个"宝"字，宝玉想了一想，便知是宝钗作戏，指自己所佩通灵玉而言，便笑道："姐姐拿我作戏谑，我却射着了。说出来姐姐别恼，就是姐姐的讳'钗'字就是了。"众人道："怎么解？"宝玉道："他说'宝'，底下自然是'玉'了。我射'钗'字，旧诗曾有'敲断玉钗红烛冷'，岂不射着了。"湘云道：这用时事却使不得，两个人都该罚。"香菱道："不是时事，这也有出处。"湘云道："'宝玉'二字并无出处，不过是春联上或有之，诗书记载并无，算不得。"香菱道："前儿我读岑嘉州五言律，现有一句说'此乡多宝玉'，怎么你倒忘了？后来又读李义山七言绝句，又有一句'宝钗无日不生尘'，我还笑说他两个名字原来在唐诗上呢。"众人笑道："这可问住了，快罚一杯。"湘云无语，只得饮了。大家又该对点的对点，划拳的划拳。这些人因贾母、王夫人不在家，没了管束，便任意取乐，呼三喝四，喊七叫八。满厅中红飞翠舞，玉动珠摇，真是十分热闹。玩了一日，大家方起席散了一散，倏然不见了湘云，只当外头自便就来，谁知越等越没了影儿[二十]，使人各处去找，那里找得着。

接着林之孝家的同着几个老婆子来，深恐有正事呼唤，二者恐丫鬟们年轻，乘王夫人不在家不服约束，恣意痛饮，失了体统，故来请问有事无事。探春见他们来了，便知其意，忙笑道："你们又不放心，来查我们来了。我们并无有多吃酒，不过是大家玩笑，将酒作引子，妈妈们别耽心。"李纨、尤氏也都笑说："你们歇着去罢，我们也不敢叫他们多吃酒。"林之孝家的等笑说："我们知道，连老太太叫姑娘们吃酒，姑娘们还不吃呢，何况太太不在家，自然是玩罢了。我们怕有事，来打听打听。二则天长了，姑娘们玩一会子，还该点补些小食儿。素日又不大[二一]吃杂东西，如今吃一两杯酒，若不多吃些东西，怕受伤。"探春笑道："妈妈们说的是，我们正也要吃呢。"因回头命取点心来。两旁丫鬟们答应了，忙去传点心，探春又笑让："你们歇着去罢，或是姨妈他那里说话儿去。我们即刻打发人送酒你们吃去。"林之孝家的等笑回："不敢领。"又站了一会，方退了出去。平儿摸着脸笑道："我的脸都热了，也不好意思见他们。依我说竟收了罢，别惹他们再来，倒没意思了。"探春笑道："不相干，横竖咱们不认真喝酒就罢了。"

　　正说着，只见一个小丫头笑嘻嘻走来说："姑娘快瞧云姑娘去，吃醉了图凉快，在山子后头一块青石板凳上睡着了。"众人听说，都笑道："快别吵嚷。"说着，都走来看时，果见湘云卧于山石僻处一个石凳子上，业经香梦沉酣，四面芍药花飞了一身，满头脸衣襟上皆是红香散乱，手中的扇子在地下，也半被落花埋了，一群蜂蝶闹嚷嚷的围着他，又用鲛帕包了一包芍药花瓣枕着。众人看了，又是爱，又是笑，忙上来推唤扶挽。湘云口内犹作睡语说酒令，唧唧嘟嘟说：

> 泉香而酒洌，
> 玉碗盛来琥珀光，
> 直饮到梅梢月上，
> 醉扶归，
> 却为宜会亲友。

众人笑推他，说道："快醒了，吃饭去！这潮凳上还睡出病来呢。"湘云慢启秋波，见了众人，又低头看了一看自己，方知醉了。原是来纳凉避静的，不觉的因多罚了两杯酒，娇弱不胜，便睡着了，心中反觉自愧。连忙起身挫挣着同人来至红香圃，用过水，吃了两盏浓茶。探春忙命将醒酒石拿来，给他衔在口内，一时又命他喝了些酸汤，方才觉得好了些。

　　当下又选了几样果菜与凤姐送去，凤姐又送了几样来。宝钗等吃过点心，大家也有坐的，也有立的，也有在外观花的，也有扶栏观鱼的，各自取便，说笑不一。探春便同宝琴下棋，宝钗、岫烟观局。黛玉和宝玉在一簇花下唧唧哝哝，不知说些什么。

只见林之孝家的和一群女人带了一个媳妇进来。那媳妇愁眉苦脸，也不敢进厅，只到了阶下，便朝上跪了，磕头有声。探春因一块棋受了敌，算来算去总得了两个眼，便折了官着，两眼只瞅着棋枰，一只手却伸在盒内，只管抓弄棋子作想，林之孝家的站在旁边，站了半天，因回头要茶时才看见，问："什么事？"林之孝家的便指那媳妇说："这是四姑娘房里小丫头彩儿的娘，现是园内伺候的人。嘴很不好，才是听见了，问着他，他说的话也不敢回姑娘，竟要撵出去才好。"探春道："怎么不回大奶奶？"林之孝家的道："方才大奶奶都往厅上姨太太处去了，顶头看见，我已回明白了，叫回姑娘来。"探春道："怎么不回二奶奶？"平儿道："不回去也罢，我回去说一声就是了。"探春点点头，道："既这么着，就撵出他去，等太太回来，再作定夺。"说毕仍又下棋。这里林之孝家的带了那人出去不提。

黛玉和宝玉二人站在花下，遥遥看着，黛玉便说道："你家三丫头倒是个乖人。虽然叫他管些事，倒也一步儿不敢多走。差不多的人就早作起威来了。"宝玉道："你不知道呢。你病着时，他干了好几件事。这园子里头也分了人管，如今多掐一草也不能了。又蠲了几件事，单拿我和凤姐姐做筏子禁止别人。最是心里有算计的人，岂只乖而已。"黛玉道："要这样才好，咱们家里也太花费了。我虽不管事，心里每常闲了，替他们〔二二〕算着，出的多进的少，如今若不省俭，致后手不接。"宝玉笑道："凭他怎么后手不接，也短不了咱们两个人的。"黛玉听了，转身就往厅上寻宝钗去了。

宝玉正要走时，只见袭人走来，手内捧着一个小连环洋漆茶盘，里面放着两钟新茶，因问："他往那去了？我见你两个半日没吃茶，巴巴儿的倒了两钟茶来，他又走了。"宝玉道："那不是他？你给他送去。"说着自拿了一钟。袭人便送了那钟去，偏和宝钗在一处，笑道："一钟茶，那位渴了，那位先接了吃，我再倒去。"宝钗笑道："我却不渴，只要漱一漱口就够了。"说着先拿起来喝了一口，剩下了半杯递在黛玉手内。袭人笑说："我再倒去。"黛玉笑道："你知道我这病，大夫不许多吃茶，这半钟尽够了，难为你想的到。"说毕，饮干，将杯放下。袭人又来接宝玉的，宝玉因问："这半日没见芳官，他在那里呢？"袭人四顾一瞧说："才在这里几个人斗草的，这会子不见了。"

宝玉听说，便忙回至房中，果见芳官面向里睡在床上。宝玉推他说道："快别要睡觉，咱们外头玩儿去，一会儿就该吃饭了。"芳官道："你们吃酒不理我，叫我闷了半日，可不来睡觉罢了。"宝玉拉了他起来，笑道："咱们晚上家去再吃，回来我叫袭人姐姐带你桌子上吃饭，何如？"芳官道："藕官、蕊官都不上去，单我在那里也不好。我不惯吃面条子，早起也没好生吃。刚才饿了，我已告诉了柳嫂子，先给我做碗汤盛半碗粳米饭送来，我这里吃了就是了。若是晚上吃酒，不许叫人管着我，我要尽量吃够了才罢。我先在家里，吃二三斤好惠泉酒呢。偏学了这劳什古子，他们说怕坏嗓子，这几年也没闻见，赶今儿我是要开斋了。"宝玉道："这个容易。"

说着，只见柳家的果遣人送了一个盒子来，小燕接着揭开，里面是一碗虾丸鸡皮汤，又是一碗酒酿清蒸鸭子，一碟腌肉，又一碟腌的胭〔二三〕脂鹅脯，还有一碟四个奶油松瓤卷酥，并一碗热腾腾、碧荧荧蒸的绿畦香稻粳米饭。小燕放在案上，走去拿了小菜并碗箸过来，拨了一碗饭，芳官说："油腻腻的，谁吃这些东西！"只将汤泡饭吃了一碗，拣了两块腌鹅就不吃了。宝玉闻着，倒觉比往常之味又胜些似的，遂吃了一个卷酥，又命小燕也拨了半碗饭，泡汤一吃，十分香甜可口。小燕和芳官都笑了。吃毕，小燕便将剩的要交回去。宝玉道："你吃了罢，若不够再要些来。"小燕道："不用要，这就够了。方才麝月姐姐拿了两盘子点心给我们吃了，我再吃了这个，尽够了，不用再吃了。"说着，便站在桌子旁一顿吃了，又留下两个卷酥，说："这个留着给我妈吃。晚上要吃酒，给我两碗酒吃就是了。"宝玉笑道："你也爱吃酒？等着咱们晚上痛喝一阵。你袭人姐姐和晴雯姐姐量也好，也要喝，只是每日不好意思。趁今儿大家开斋。还有一件事，想着嘱咐你，我竟忘了，此刻才想起来。以后芳官全要你照看他，他或有不到处，你提他，袭人照顾不过这些人来。"小燕道："我都知道，都不用操心。但只这五儿怎么样？"宝玉道："你和柳家的说去，明儿直叫他进来罢，等我告诉他们一声就完了。"芳官听了，笑道："这倒是正经。"小燕又叫进两个丫头来，伏侍洗了手，倒茶，自己收了家伙，交与婆子，也洗了手，便去找柳家的，不在话下。

第六十二回　憨湘云醉眠芍药裀　呆香菱情解石榴裙

宝玉便出来，仍往红香圃寻众姐妹，芳官在后拿着巾扇。刚出了院门，只见袭人、晴雯二人携手回来，宝玉问："你们做什么？"袭人道："摆下饭了，等你们吃饭呢。"宝玉便笑着将方才吃饭一节告诉了他两个，袭人笑道："我说你是猫儿食，闻见了就是好的。隔口饭儿香。虽然如此，也该上去陪他们多少应个景儿。"晴雯用手指戳着芳官额上，说道："你就是个狐媚子，什么空儿，跑了去吃饭，两个怎么就约下了，也不告诉我们一声儿。"袭人笑道："不过是误打误撞的遇见了，说约下，可是没有的事。"晴雯道："既这么着，要我们无用。明儿我们都走了，让芳官一个人就够使了。"袭人笑道："我们都去了使得，你却去不得。"晴雯道："惟我是第一个要去的，又懒又笨，性子又不好，又没用。"袭人笑道："倘或那孔雀褂子角儿再[二四]烧个窟窿，你去了，谁可会补呢？你倒别和我拿三撇四的，我烦你做个什么，把你懒的横针不拈，竖线不动。一般也不是我的私活烦你，横竖都是他的，你就都不肯做。怎么我去了几天，你病的七死八活，一时连命也不顾给他做了出来，这又是什么缘故？你到底说话，别只佯憨，和我笑，也当不了什么！"大家说着，来至厅上。薛姨妈也来了。大家依序坐下吃饭。宝玉只用茶泡了半碗饭，应景而已。一时吃毕，吃茶闲话，又随便玩笑。

外面小螺和香菱、芳官、蕊官、藕官、荳官等四五个人，都满园中玩了一会，大家采了些花草来兜着，坐在花草堆中斗草。这一个说："我有观音柳。"那一个说："我有罗汉松。"那一个说："我有君子竹。"这一个又说："我有美人蕉。"这一个说："我有星星翠。"那一个又说："我有月月红。"这一个又说："我有《牡丹亭》畔的牡丹叶。"那一个又说："我有《琵琶记》里的琵琶果。"荳官便说："我有姊妹花。"众人没了，香菱便说："我有夫妻蕙。"荳官说："从没听见有个夫妻蕙。"香菱道："一箭一花为兰，一箭数花为蕙。凡蕙有两枝，上下结花的为兄弟蕙，并头结花的为夫妻蕙[二五]。我这一枝并头者，怎么不是？"荳官没的说了，便起身笑道："依你说，若是这两枝一大一小，就是老子、儿子蕙了？若是两枝背面开的，就是仇人蕙了？你汉子去了大半年，你想夫妻了？便扯上蕙也有夫妻，好不害羞！"

香菱听了，红了脸，忙要起身拧他，笑骂道："我把你这烂了嘴的小蹄子！满嘴里汗瘪的胡说了。"荳官见他来要拧，怎容他起身，便连忙欠身将他压倒，回头笑着央告蕊官等："你们来，帮着我拧他这诌嘴。"两个滚在草地下，众人拍手笑说道："这了不得了，那是一洼子水，可惜污了他的新裙子了。"荳官回头看见，果然旁边有一汪积雨，香菱的半扇裙子都污湿了，自己不好意思，忙夺了手跑了。众人笑个不住，怕香菱拿他出气，也都哄笑了一散。

香菱起身一瞧，那裙子犹滴滴点点流下水来，正恨骂不绝，可巧宝玉见他们斗草，也寻了些花草来凑戏，忽见众人跑了，只剩了香菱一个低头弄裙，因问："怎么散了？"香菱说："我有枝夫妻蕙，他们不知道，反说我诌，因此闹起来，把我的新裙子也脏了。"宝玉笑道："你有夫妻蕙，我这里倒有枝并蒂莲。"口内说，手内却真个拈着一枝并蒂莲花，又拈着那枝夫妻蕙在手内。香菱道："什么夫妻不夫妻，并蒂不并蒂，你瞧瞧这裙子！"宝玉方低头一瞧，便"哎哟"了一声，说："怎么就拖在泥里了？可惜这石榴红绫裙最不经染。"香菱道："这是前儿琴姑娘带来的。姑娘做了一条，我做了一条，今儿才上身。"宝玉跺脚叹道："若你们家，一日〔二六〕糟蹋这一百条也不值什么。只是头一件，琴姑娘带来的，你和宝姐姐每人才一件，他的尚好着，你的先脏了，岂不辜负了他的心。二则姨妈老人家嘴碎，饶这么样，我还听见常说你们不知过日子，只会糟蹋东西，不知惜福呢。只叫姨妈看见了，又说个不清。"香菱听了这话，却碰在心坎儿上，反倒喜欢起来了，因笑道："就是这话了。我虽有几条新裙子，都不和这一样，若也有一样的，赶着换了，也就好了。过后再说。"宝玉道："你快休动，只站着方好，不然连小衣儿膝裤鞋面都要拖脏了。我有个主意：袭人上月做了一条和这个一模一样的，他因有孝，如今也不穿。竟送了你换下这个〔二七〕来，如何？"香菱笑着摇头说："不好。倘或他们要听见了倒不好。"宝玉道："这怕什么。等他孝满了，他爱什么，难道不许你送他不成？你若这样，不是你素日为人了！况且不是瞒人的事，只管告诉宝姐姐也可，只不过怕姨妈老人家生气罢了。"香菱想了一想有理，便点头笑说："就是这样罢了，别辜负了你的心。我等着你，千万叫他亲自送来才好。"

第六十二回　憨湘云醉眠芍药裀　呆香菱情解石榴裙

宝玉听了，欢喜非常，答应了忙忙的回来。一面低头暗算："可惜这么一个人，没父母，连自己本身姓都忘了，被人拐出来，偏又卖与了这个霸王。"又因想起上日平儿也是意外想不到的，今日更是意外之意外的事了。一面胡思乱想，庚：又下此四字。来至房中，拉了袭人，细细的告诉他缘故。

香菱之为人，无人不怜爱的。袭人本又是个手中撒漫的，况与香菱素相交好，一闻此言，忙就[二八]开箱取了出来折好，随了宝玉来寻着香菱，他还站在那里等呢。袭人笑道："我说你太[二九]淘气了，到底淘出个故事来才罢。"香菱红了脸，笑说："多谢姐姐了，谁知那起促狭鬼使黑心。"说着，接了裙子，展开一看，果然同自己的一样。又命宝玉背过脸去，自己叉手向内解下来，将这条系上。袭人道："把这脏了的交与我拿回去，收拾了再给你送来。若拿回去，看见了也是要问的。"香菱道："好姐姐，你拿去不拘给那个妹妹罢。我有了这个，不要他了。"袭人道："你倒大方的很。"香菱忙又万福道谢，袭人拿了脏裙便走。

香菱见宝玉蹲在地下，将方才的夫妻蕙与并蒂莲用树枝抠了一个坑，先抓些落花来铺垫了，将这莲蕙安放好，又将些落花来掩住了，方撮土掩埋平服。香菱拉他的手，笑道："这又做什么？怪不得人人说你[三十]惯会鬼鬼祟祟的作这使人肉麻的事。你瞧瞧！这手弄的泥污苔滑的，还不快洗去。"宝玉笑着，方起身走了去洗手，香菱也自走开。二人已走远了数步，香菱复转身回来叫住宝玉。宝玉不知有何话，扎着两只泥手，笑嘻嘻的转来问："什么？"香菱只顾笑。因那边他的小丫头臻儿走来说："二姑娘等你说话呢。"香菱方向宝玉道："裙子的事可别和你哥哥说才好。"说毕，即转身走来。宝玉笑道："可不我疯了，往虎口里探头儿去呢。"说着，也回去洗手去了。要知端的，下回分解。

【总评】写寻闹是贾母不在家景况。写设筵亦是贾母不在家景况。如此说来，如彼说来，真有笔歌墨舞之乐。

看湘云醉卧青石，满身花影，宛若百十名姝抱云笙月鼓，而簇拥太真者。

校　记：

　　[一] 原文无"出"字，据蒙府本补。
　　[二] 原文无"士"字，据蒙府本补。
　　[三] 此处的"的"字，原文为"内"，据蒙府本改。
　　[四] 原文无"起"字，据蒙府本补。
　　[五] 原文无"的"字，据蒙府本补。
　　[六] 原文无"大姐姐占了去，怨不得他福大，生日比别人就占先，又是太祖太爷的生日。过了灯节"一段，据庚辰本补。
　　[七] 此处的"今儿"二字，原文为"今"，据庚辰本改。
　　[八] 此处的"五间"，蒙府本、庚辰本均为"三间"。
　　[九] 此处的"众人有的说行这个令好，那个又说行那个令好，黛玉道：'依我说，拿了笔砚将各色全都写了，拈成阄儿'"一段，原文为"众人有的说：'行令，须都写了拈阄儿'"，据庚辰本改。
　　[十] 此处的"众人"二字，原文为"众人大家"，据蒙府本改。
　　[十一] 原文无"共赏"二字，据蒙府本补。
　　[十二] 此处的"探春便说了"，原文为"探春便射了"，校者据书中所述的射覆规则改。
　　[十三] 此处的"因见"二字，原文为"便见"，据蒙府本改。
　　[十四] 以下数处"射""覆"二字，与前面所述射覆规则用法颠倒，校者径作改正。
　　[十五] 此处的"那边"二字，原文为"那"，据蒙府本改。
　　[十六] 此处的"说了"二字，原文为"射了"，校者按书中所述的射覆规则改。
　　[十七] 此处的"绿"字，原文为"缘"，据蒙府本改。
　　[十八] 原文无"的"字，据蒙府本补。
　　[十九] 此处的"缆"字，原文为"练"，据庚辰本改。
　　[二十] 此处的"越等越没了影儿"句，原文为"越等没了影响"，据蒙府本改。
　　[二一] 原文无"大"字，据蒙府本补。
　　[二二] 原文无"他们"二字，据蒙府本补。
　　[二三] 原文无"胭"字，据蒙府本补。
　　[二四] 原文无"再"字，据蒙府本补。
　　[二五] 此处的"上下结花的为兄弟蕙，并头结花的为夫妻蕙"句，原文为

"上下结花者为夫妻蕙。"据蒙府本改。

　　[二六]原文无"一日"二字，据庚辰本补。

　　[二七]原文无"这个"二字，据蒙府本补。

　　[二八]原文无"就"字，据蒙府本补。

　　[二九]原文无"太"字，据蒙府本补。

　　[三十]原文无"你"字，据蒙府本补。

第六十三回

寿怡红群芳开夜宴　　死金丹独艳理亲丧

【回前】此书写世人之富贵子弟易流邪鄙，其做长上者有不能稽查之处。如宝玉之夜宴，始见之，文雅韵致，细思之，何事生端不基于此？更能写贾蓉之恶赖无耻，亦世家之必有者。读者当以"三人行必有我师"之说为念，方能领会作者之用意也，戒之！

话说宝玉回至房中洗手，因与袭人商议："晚间吃酒，大家取乐，不可拘泥。如今吃什么，好早说给他们备办去。"袭人笑道："你放心，我和晴雯、麝月、秋纹四个人，每人五钱银子，共是二两。芳官、碧痕、小燕、四儿，他每人三钱银子，其余告假的不算，共是三两二钱银子，早已交给了柳嫂子，预备四十碟果子。我和平儿说了，已经抬了一坛好绍兴酒〔一〕藏在那边了。我们八个人单替你过生日。"宝玉听了，喜的忙说："他们是那里的钱，不该叫他们出才是。"晴雯道："他们没钱，我们是有钱的！这原是各人的心。那怕他偷的呢，只管领他们的情就是了。"宝玉听了，笑说："你说的是。"袭人笑道："你一天不挨他两句硬话儿，蠢蠢的你再过不去。"晴雯笑道："你如今也学坏了，专会架桥儿拨火儿。"说着，大家都笑了。宝玉说："关院门罢。"袭人笑道："怪不得人说你'无事忙'！这会子关了门，人倒疑惑，越性再等一等。"

宝玉点头，回说："我出去走走。四儿舀水去，小燕一个跟我去罢。"说着，走至外边，因见无人，便问五儿之事，小燕道："我才告诉了柳嫂子，他倒喜欢的很。只是五儿那夜受了委屈烦恼，回家去又气病了，那里来得？只等好好罢。"宝玉听了，不免后悔长叹，因又问："这事袭人知道不知道？"小燕道："我没告诉，不知芳官可说了不曾。"宝玉道："我却没告诉过他，也罢，等我告诉他就是了。"说毕，复走进来，故意洗手。

已是掌灯时分，听得院门前有一群人进来。大家隔窗悄视，果见林之孝家的和几个管事的女人走来，前头一人提着大灯笼。晴雯悄笑道："他们查上夜的人来了。这一出去，咱们好关门了。"只见怡红院凡上夜的人都迎了出来，林之孝家的看了不少。林之孝家的吩咐："别耍钱吃酒，放倒头睡到大天亮。我听见是不依的。"众人都笑说："那里有那样大胆子的人？"林之孝家的又问："宝二爷睡下了没有？"众人都回不知道。袭人忙推宝玉，宝玉趿了鞋，便迎出来，笑道："我还没睡呢，进来歇歇。"又叫："袭人倒茶来。"林之孝家的忙进来，笑说："还没睡呢？如今天长夜短了，该早些睡，明儿起的方早。不然明日起迟了，被人笑话，说不是个读书上学的公子了，倒像那起挑脚汉子。"说毕，又笑。宝玉忙笑道："妈妈说的是。我每日都睡的早，妈妈每日进来多是我不知道，已经睡了。今儿因吃了面怕停住食，所以多玩一会。"林之孝家的又向袭人等笑说："该沏[二]些普洱茶吃。"袭人、晴雯二人忙笑说："沏了一杯子女儿茶，已经吃过两碗了。大娘也尝一尝，都是现成的。"说着，晴雯倒了一碗来。

林之孝家的又笑道："这些时，我听见二爷嘴里都换了字眼，赶着这几位大姑娘们竟叫起名字来。虽然在这里，到底是老太太、太太的人，还该嘴里尊重些才是。若一时半刻偶然叫[三]一声使得，若是只管叫起来，怕以后兄弟侄儿照样，便惹人笑话，说这家子的人眼里没有长辈。"宝玉笑道："妈妈说的是。我原不过是一时半刻的。"袭人、晴雯都笑说："这可别委屈了他。直到如今，他还姐姐不离口。不过玩的时候叫一声半声名字，若当着人，却是和先一样。"林之孝家的笑道："这才好呢，才是读书知礼的呢。越自己谦逊越尊重，别说是三五代的陈人，现从老太太、太太屋里拨过来的，便是老太太、太太屋里猫儿、狗儿，轻易也伤他不得。这才是受调教的公子行事。"说毕，吃了茶，便说："请安歇罢，我们走了。"宝玉还说："再歇歇。"那林之孝家的已带了众人，又查别处去了。

这里晴雯等忙命关了门，进来笑说："这位奶奶那里吃了一杯来了？唠三叨四的，又排场了我们一顿去了。"麝月笑道："他也不是好意的，少不得也要常提着些儿，也提防着怕走了大褶儿的意思。"说着，一面摆上酒果。袭人道："不用围桌，咱们把那张花梨圆炕桌子放在炕上坐，又宽绰，又便宜。"说着，大家果然抬来。麝月和四儿那边去搬果子，用两个大茶盘做四五回搬运了来。两个老婆子蹲在外面火盆上烫酒。

宝玉说："天热，咱们都脱了大衣裳才好。"众人笑道："你要脱你脱，我们还要轮流安席呢。"宝玉笑道："这一安就要安到五更天了。知道我最怕这些俗套子，在外人跟前不得已的，这会子还怄我就不好了。"众人听了，都说："依你。"于是先不上座，且忙着卸妆宽衣。庚：凡吃酒，从未先如此者。此独怡（原作拾）红风俗。故王夫人云："他行事总是与世人两样的。"知子莫过母也。一时将正装卸去，头上只随便挽着鬏儿，身上皆是长裙短袄。宝玉只穿着大红棉纱小袄子，下面绿绫弹墨夹裤，散着裤脚，倚着一个各色玫瑰芍药花瓣装的玉色夹纱新枕头，和芳官两个先划拳。当时芳官满口嚷热，庚：余亦此时太热了，恨不得一冷。既冷时思此热，果然一梦矣。只穿着一件玉色红青驼绒三色缎子斗的水田小夹袄，束着一条柳绿汗巾，底下是水红撒花夹裤，也散着裤脚。头额编一圈小辫，总归至顶心，结一根鹅卵粗[四]细的总辫，拖在脑后。右耳眼内，只塞着米粒大小的一个小玉塞子，左耳上带着一个白果大小的硬红[五]镶金大坠子，越显的面如满月犹白，眼如秋水还清。引的众人笑说："他两个倒像一双生弟兄两个。"

袭人等一一的斟了酒来，说："且等等再划拳，虽不安席，每人在手里吃我们一口罢了。"于是袭人为先，端在唇上吃了一口，余依次下去，一一吃过，大家方团团坐定。小燕、四儿因炕沿坐不下，便端了两张椅子，近炕放下。那四十个碟子，皆是一色白粉定窑的，不过只有小茶钟大,里面不过是山南海北,中原外国,或干或鲜,或水或陆,(稿:三两二钱银子,如何得这东西?(按:此批混入梦稿本正文。))天下所有的酒馔果菜。

宝玉因说:"咱们也该行个令才好。"袭人道:"斯文些的才好,别大呼小叫,惹人听见。二则我们不识字,可不要那些文的。"麝月笑道:"拿骰子咱们抢红罢。"宝玉道:"没趣,不好。咱们占花名儿好。"晴雯笑道:"正是,也想弄这个玩意儿。"袭人道:"这个玩意儿虽好,人少了没趣。"小燕笑道:"依我说,咱们竟悄悄的把宝姑娘、林姑娘请了来玩一会子,到二更天再睡不迟。"袭人道:"又开门合户的闹,倘或遇见巡夜的问呢?"宝玉道:"怕什么,咱们三姑娘也吃酒,再请他一声才好。还有琴姑娘。"众人都道:"琴姑娘罢了,他在大奶奶屋里,叮登的大发了。"宝玉道:"怕什么,你们就快请去。"小燕、四儿都得不了一声,二人忙命开了门,分头去请。

晴雯、麝月、袭人三人又说:"他两个去请,只怕宝、林两个不肯来,须得我们请去,死活拉他来。"于是袭人、晴雯忙又命老婆子打个灯笼,二人又去。果然宝钗说夜深了,黛玉说身上不好,他二人再三央求说:"好歹给我们一点体面,略坐坐再来。"探春听了却也欢喜,因想:"不请李纨,倘或被他知道了倒不好。"便命翠墨同了小燕再三的请了李纨和宝琴二人,会齐,先后都到了怡红院中,袭人又死活拉了香菱来。炕上又并了一张桌子,方坐开了。

宝玉忙说:"林妹妹怕冷,过这边靠板壁坐。"又拿个靠背垫着些。袭人等都端了椅子在炕沿下陪。黛玉却离桌远远的靠着靠背,因笑向宝钗、李纨、探春等道:"你们日日说人夜饮聚赌,今儿我们自己也如此,以后怎么说人?"李纨笑道:"这有何妨?一年之中不过生日、节间如此,并无夜夜如此,这倒也不怕。"

说着,晴雯拿了一个竹雕的签筒来,里面装着象牙花名签子,摇了一摇,放在当中。又取过骰子来,盛在盒内,摇了一摇,揭开一看,里面是五点,数至宝钗。宝钗便笑道:"我抓,不知抓出个什么来。"说着,将筒摇了一摇,伸手掣着一支,大家一看,只见签上画着一枝牡丹,题着"艳冠群芳"四字,下面镌刻的小字一句唐诗,道是[六]:

　　　　　任是无情也动人。

　　又注着:"在席共贺一杯,此为群芳之冠,随意命人,不拘诗词歌曲,道一则以侑酒。"众人都笑说:"巧的很,你也原配牡丹花。"说着,大家共贺了一杯。

　　宝钗吃过,便笑说:"芳官唱一支我们听罢。"芳官道:"既这样,大家吃了门杯好听。"于是大家吃酒。芳官便唱:"寿筵开处风光好……"众人都道:"快回去。这会子很不用你来上寿,拣你极好的唱来。"芳官只得细细的唱了一支《赏花时》:

　　　　　翠凤毛翎扎帚叉,
　　　　　闲为仙人扫落花[七]。
　　　　　您看那风起玉尘沙。
　　　　　猛可的那一层云霞[八],
　　　　　抵多少门外即天涯。
　　　　　你再休要剑[九]斩黄龙一线儿差,
　　　　　再休向东老贫穷卖酒家。
　　　　　你与俺眼向云霞。
　　　　　洞宾呵!你得了人可便早些儿回话;
　　　　　若迟呵!错教人留恨碧桃花。

　　才罢。宝玉却只管拿着那签,口内颠来倒去念:"任是无情也动人。"听了这曲,眼看芳官不语。

　　湘云忙一手夺了,递与宝钗。宝钗掷了个十六点,数到探春。探春[十]笑道:"我还不知得个什么呢?"伸手掣了一根出来,自己一瞧,便撂在地下,红了脸,笑道:"这东西不好,不该行这令。这原是外边男人们行的令,许多混话在上头。"众人不解,袭人等忙拾了起来。众人看,上面是一枝杏花,那红字写着"瑶池仙品"四字,诗云:

　　　　　日边红杏倚云栽。

注云:"得此签者,必得贵婿,大家共贺一杯,共同饮一杯。"众人笑道:"我说是什么呢。这签原是闺阁中取戏的,除了这两三根有这话的,并无杂话,这有何妨?我们家已有了个王妃,难道你也是不成?大喜,大喜!"说着,大家来敬。探春那里肯饮,却被史湘云、香菱、李纨等三四人强死强活灌了下去。探春只得蹴了这个,再行别的,众人断不肯依。湘云拿着他的手强掷了一个九点出来,便该李纨掣。

李纨摇了一摇,掣出一根来一看,笑道:"好极!你们瞧!这劳什古子竟有些意思。"众人瞧那签上,画着一枝老梅,是写着"霜晓寒姿"四字,那一面的旧诗是:

竹篱茅舍自[十一]甘心。

注云:"自饮一杯,下家掷骰。"李纨笑道:"真有趣,你们掷去罢。我只吃一杯,不问你们废与兴。"说着,便吃酒,将骰过与黛玉。

黛玉一掷,是个十八点,便该湘云掣。湘云便揎拳掳袖的伸手掣了一根出来。大家看时,一面画着一枝海棠,题着"香梦沉酣"四字,那一面诗道是:

只恐夜深花睡去。

黛玉笑道:"'夜深'两个字,改'石凉'两个字。"众人便知他打趣白日间湘云醉卧的事,都笑了。湘云笑指那自行船与黛玉看,又说"快坐上那船家去罢,别多说了。"众人都笑了。因看注云:"既云'香梦沉酣',掣此签者不饮酒,只令上下二家各饮一杯[十二]。"湘云拍手笑道:"阿弥陀佛,真真好签!"恰好黛玉是上家,宝玉是下家。二人斟了两杯只得要让宝玉先饮。宝玉只饮了半杯,瞅人不见,递与芳官,端起来便一扬脖子。黛玉只管和人说话,将酒全折在唾盂内了。

湘云便抄起骰子来掷了个九点,数去该麝月。麝月便掣了一根出来。大家看时,这上面是一枝荼蘼花,题着"韶华胜极"四字,那边

写的一句旧诗,道是:

　　开到荼蘼花事了。

注云:"在席各饮三杯送春。"麝月问道:"怎么讲?"宝玉皱着眉,忙将签藏了,说:"咱们且喝酒。"说着,大家吃了三口,以充三杯之数。

　　麝月掷个十九点,该香菱。香菱便掣了一根并蒂花,题着"联春绕瑞",那面写着一句诗,道是:

　　连理枝头花正开。

注云:"共贺掣者三杯,大家陪饮一杯。"香菱便又掷了一个六点,该黛玉。黛玉默默的想道:"不知有什么好的被我掣着方好。"一面伸手取了一支,只见上面画着一枝芙蓉,题着"风露清愁"四字,那面一句旧诗,道是:

　　莫怨东风当自嗟。

注云:"自饮一杯,牡丹陪饮一杯。"众人笑说:"这个好极。除了他,别人不配做芙蓉。"黛玉也自笑了。于是饮了酒,便掷了个二十点,该着袭人。

　　袭人也伸手取了一根出来,却是一枝桃花,题着"武陵别景"四字,那一面旧诗写着道是:

　　桃红又见一年春。

注云:"杏花陪一盏,坐中间同庚者陪一盏,同辰者陪一盏,同姓者陪一盏。"众人笑道:"这一回热闹有趣。"大家算来,香菱、晴雯、宝钗三人皆与他同庚,黛玉与他同辰,只无同姓者。芳官忙道:"我也姓花,我也陪他一钟。"于是大家斟了酒,黛玉因向探春笑道:"命中该

第六十三回 寿怡红群芳开夜宴 死金丹独艳理亲丧

着招贵婿的,你是杏花,快喝了,我们好喝。"探春笑道:"你说的是什么?大嫂子顺手给他一下子!"李纨笑道:"人家不得贵婿反挨打,我也不忍的。"说的众人都笑了。

袭人才要掷,只听见有人叫门。老婆子忙出去问时,原来是薛姨妈打发人来接黛玉的。列:奇文,不接宝钗而接黛玉。（按:此批被混入列藏本正文。）众人因问几更了,来人回:"二更以后了,钟打过十一下了。"宝玉犹不信,要过表来瞧了一瞧,已是子初初刻十分。黛玉便起身说:"我可撑不住了,回去还要吃药呢。"众人说:"也都该散了。"袭人、宝玉等还要留着众人,李纨、宝钗等都说:"夜太深了不像,这已是破格了。"袭人道:"既如此,每位再吃一杯再走。"说着,晴雯等已都斟满了酒,每人吃了,都命点灯。袭人等［十三］直送过沁芳亭河那边方回来。

关了门,大家复又行起令来。袭人等又复用大钟斟了几钟,用盘攒了各样果菜与地下的老嬷嬷们吃。彼此有了三分酒,便猜拳赢唱小曲儿。那天已四更时分,老嬷嬷们一面明吃,一面暗偷,酒坛已罄,众人听了纳罕,方收拾盥漱睡觉。芳官吃的两腮胭脂一般,眉梢眼角越添了许多丰韵,身子图不得,便睡在袭人身上,道:"好姐姐,心跳的很。"袭人笑道:"谁许你尽力灌起来。"小燕、四儿也图不得,早睡了。晴雯只管叫,宝玉道:"不用叫了,咱们且胡乱歇一歇罢。"自己便枕了那红香枕,身子一歪,便也睡着了。袭人见芳官醉的很,恐他闹酒,只得轻轻的起来,就将芳官扶在宝玉之侧,由他睡了。自己却在对面［十四］榻上倒下。大家齐睡一觉,不知所之［十五］。

及至天明,袭人睁眼,见天色晶明,忙说:"可迟了。"向对面床上瞧了一瞧,只见芳官头枕着炕沿上,睡犹未醒,连忙起来叫他。宝玉已翻身醒了,笑道:"可迟了!"因又推芳官起身。芳官坐起来,犹发怔揉眼睛,袭人笑道:"不害羞,你吃醉了,怎么也不拣地方儿乱挺下了。"芳官听了,瞧了瞧,方知是和宝玉同榻,忙笑的下地来,说:"我怎么吃的都不知道了?"宝玉笑道:"我竟也不知道了。若知道,给你脸上抹些黑墨。"说着,丫头进来伺候梳洗,宝玉笑道:"昨日有扰,今儿晚上我还席。"袭人笑道:"罢,罢!今儿可别闹了,再闹就有人说话了。"宝玉道:"怕什么,不过才两次罢了。咱们也算是会吃酒了,那一坛子酒,怎么就吃光了。正是有趣,偏又没了。"袭人笑道:"原要这样才有趣。必至兴尽了,反无后味了。昨儿都好上来了,晴雯连臊也忘了,我记得他还唱了一个曲儿。"四儿笑道:"姐姐忘了,连姐姐还唱了一个呢。在席的谁没听见!"众人听见,俱红了脸,用两手捂着[十六]笑个不住。

忽见平儿笑嘻嘻的走来,说亲自来请昨日在席的人:"今儿我还东,短一位使不得。"众人忙让坐吃茶。晴雯笑道:"可惜昨夜没他。"平儿忙问:"你们夜里做什么来?"袭人便说:"告诉不得你。昨儿夜里热闹非常,连往日老太太[十七]、太太带着众人玩也不及昨儿这一玩。一坛酒我们都鼓捣光了,一个个吃的把臊都忘了,三不知的又都唱起来咧。四更多天,才横三竖四的打了一个盹儿。"平儿笑道:"好,罢咧!和我要了酒来,也不请我,还说着给我听,气我。"晴雯道:"今儿他还席,必来请你的,等着罢。"平儿笑道:"他是谁,谁是他?"晴雯听了,赶着打,笑说道:"偏你这耳朵尖,听得真!"平儿笑道:"这会子有事不和你说,我干事去了。迟一会再打发人来请,一个不到,我是打上门来的!"宝玉等忙留,他已经去了。

这里宝玉梳洗了,正吃茶,忽然一眼看见砚台底下压着一张纸,因说道:"你们这随便混压东西也不好。"袭人、晴雯等忙问:"又怎么了,谁又有了不是了?"宝玉指道:"砚台底下是什么?一定又是那位的样子忘记了收的。"晴雯忙启砚拿了出来,却是一张字帖儿,递与宝玉看时,原来是一张粉笺,上面写着:"槛外人妙玉恭肃遥叩芳辰。"宝玉看了,直跳了起来,庚:帖文亦蹈俗套之外(原作卧)。忙问:"是谁接了来的?也不告诉!"袭人、晴雯等见了这般,不知当是那个要紧的人来的帖子,忙一齐问:"昨日谁接下了一个帖子?"四儿忙飞跑进来,笑说:"昨儿妙玉并无亲身,只打发妈妈送来。我就搁在那里,谁知一顿酒就忘了。"众人听了,道:"我当谁的,这样大惊小怪!这也不值的。"宝玉忙命:"快拿纸来。"当时拿了笔砚,看他下着"槛外人"三字,自己竟不知回帖上回个什么字样才相敌。只管提笔出神,半天仍没主意。因又想:"若问宝钗去,他必又批评怪诞,不如问黛玉去。"想罢,袖了帖儿,径来寻黛玉。

刚过了沁芳亭,忽见岫烟颤颤巍巍的迎面走来,列:四个俗字写出一个活跳美人,转觉别书

第六十三回　寿怡红群芳开夜宴　死金丹独艳理亲丧

（原作出）中若干"莲步香尘"、"纤腰玉体"字样无味之甚。（按：此批混入列藏本正文。）宝玉忙问："姐姐那里去？"岫烟笑道："我找妙玉说话。"宝玉听了诧异，说："他为人孤僻，不合时宜，万人不入他的目。原来他推重姐姐，竟知姐姐不是我们一流的俗人。"岫烟笑道："他也未必真心重我，但我和他做过十年的邻居，只一墙之隔。他在蟠香寺修炼，我家原寒素，赁房居住，就赁的是他庙里的房子，住了十年，无事到他庙里去做伴。我所认的字都是承他所授。我和他又是贫贱之交，又有半师之分。因我们投亲去了，闻得他因不合时宜，权势不容，竟投到这里来。如今又天缘凑巧，我们得遇，旧情竟未易。承他青目，更胜当日。"宝玉听了，恍如听了焦雷一般，喜的笑道："怪道姐姐举止言谈，超然如野鹤闲云，原来有本而来。正因他的一件事我为难，要请教别人去。如今遇见姐姐，真是天缘巧合，求姐姐指教。"说着，将拜帖取与岫烟看，岫烟笑道："他这脾气竟不能改，是生成的这等放诞诡僻了。从来没见拜帖上写别号的，这可是俗语说的'僧不僧，俗不俗，女不女，男不男'，成个什么道理！"宝玉听说，忙笑道："姐姐不知道，他原不在这些人中算，他原是世人意外之人。因取我是个些微有知识的，方给我这帖子。我因不知回什么字样才好，竟没主意，正要去问林妹妹，可巧遇见了姐姐。"岫烟听了宝玉这话，且只顾用眼上下细细打量了半日，方笑道："怪道俗语说的'闻名不如见面'，又怪不得妙玉竟下这帖子给你，又怪不得上年竟给你那些梅花。既然连他都这样，少不得我告诉你缘故。他常说：'古人中自晋汉五代唐宋以来，皆无好诗，只有两句好，说是：

　　纵有千年铁门槛，终须一个土馒头。

所以他自称'槛外之人'。又赞文是庄子的好，故又或称为'畸人'。他若帖子是称'畸人'的，你就还他个'世人'。畸人者，他自称是畸零之人；你自谦自己乃世中扰扰之人，他便喜了。如今他自称'槛外之人'，是自[十八]谓蹈于铁槛之外之故。你如今只下'槛内人'，便合了他的心了。"宝玉听了，如醍醐灌顶，"哎哟"了一声，方笑道："怪道我们家庙说是'铁槛寺'呢，原来有这一说。姐姐就请，让我去写回帖。"岫烟听了,便自往栊翠庵来。宝玉回房写了帖子,上面只写"槛内人宝玉熏沐谨拜"几个字,亲自拿了到栊翠庵,只隔门缝儿投进去便回来了。

因又见芳官梳了头,挽起鬓来,带了些花翠,忙命他改妆,又命将周围的短发剃了去,露出碧青头皮来〔十九〕,后面当分大顶,又说:"冬天必须作大〔二十〕貂鼠卧兔儿带,脚上穿〔二一〕虎头磕云五彩小绒鞋,或散着裤腿,只用净袜厚底镶鞋。"又说:"芳官之名不好,若改了男名才别致。"因又改作"雄奴"。芳官十分称心,便说:"既如此,你出门也带我出去。有人问,只说和茗烟一样的小厮就是了。"宝玉笑道:"到底人看的出来。"芳官笑道:"我说你是无才的,咱们家现有几家土番,你就说我是个小土番儿。况且人人说我打联垂好看,你想这说的可不妙么?"宝玉听了,喜出意外,忙笑道:"这很好。我也常见官员人等多有跟从外国献俘之种,图其不畏风霜,鞍便马捷。既这等,再起个番名,叫作'耶律雄奴'。二音又与匈奴相通,都是犬戎名姓。况且这两种人自尧舜时便为中华之患,晋唐诸朝,深受其害。幸得咱们有福,生在当今之世,大舜之正裔,圣虞之功德仁孝,赫赫格天,同天地日月亿兆不朽,所以凡历朝中跳梁猖獗之小丑,到了如今,不用一干一戈,皆天使其拱俯,缘远来降。我们正该作践他们,为君父生色。"芳官笑道:"既这样着,你该去操习弓马,学些武艺,挺身出去,拿几个反叛来,岂不尽忠效力了。何必借我们,你鼓唇摇舌,自己开心作戏,却自己称功颂德!"宝玉笑道:"所以你不明白。如今四海宾服,八方宁静,千秋万载不用武备。咱们虽一戏一笑,也该称颂,方不负坐享升平了。"芳官听见说的有理,二人自为妥帖合宜。宝玉便叫他"耶律雄奴"。

庚:用芳官一骂有趣。

究竟贾府二宅皆有先人当年所获之囚赐为奴隶,只不过令其饲养马匹,皆不堪大用。湘云素习憨戏异常,他也最喜武扮,每每自己束鸾带,穿折袖。近见宝玉将芳官扮成男子,他便将葵官也扮了个小子。那葵官本是常刮剔短发,便于面粉抹油,手脚又灵便,打扮了又省一层手。李纨、探春见了也爱,便将宝琴的荳官也就命他打扮了一个小童,头上两个丫髻,短袄红鞋,只差了涂脸,便俨然是戏上的一个琴童。

湘云将葵官改了,唤作"大英"。因他姓韦,便叫他作韦大英,方合自己的意思,暗藏'惟大英雄能本色'之语,何必涂朱抹粉!荳官身量、年纪皆极小,又鬼灵,故曰荳官,园中人也有唤他作"阿荳"的,也有唤作"炒豆子"的。宝琴反说琴童、书童等名太俗了,竟是荳字别改,唤作"荳童"。

因饭后平儿还席,说红香圃太热,便在榆荫堂中摆了几席新酒佳肴。列:榆荫中者,余荫也。兹既感灵,今故怀亲,所谓不失忠孝之大纲也。(按:此批被混入列藏本正文。)可喜尤氏又带了佩凤、偕鸳〔二二〕二妾过来游玩。这二妾亦是青年娇态女子,不常过来的,今既入了这园,再遇见湘云、香菱、芳、蕊一干女子,所谓'方以类聚,物以群分'二语不错,只见他们说笑不了,也不管尤氏在那里,只凭丫鬟们去伏侍,且同众人游玩。一时到了怡红院,忽听宝玉叫"耶律雄奴",把佩凤、偕鸳、香菱三个人笑在一处,问是什么话,大家也学着叫这名字,又叫错了音韵,或忘了字眼,甚至于叫出"野驴子"来,引的合园中人凡听见者无不笑倒。宝玉又见人人取笑,恐作践了他,忙又说:"海西福朗思牙,闻有金星玻璃宝石,他本国番语以金星玻璃名为'温都里纳'。如今将你比作他,就改名唤叫'温都里纳'可好?"芳官听了更喜,说:"就是这样罢。"因此又换了这名。众人嫌拗口,仍翻汉名叫"玻璃"。

闲言少述,且说当下众人都在榆荫堂中以酒为名,大家玩笑,命女先儿击鼓。平儿采了一枝芍药,大家约二十来人传花为令,热闹一会。因人回说:"甄家有两个女人送东西来了。"探春和李纨、尤氏三人出去议事厅相见,这里众人且出来散一散。佩凤、偕鸳二人去打秋千玩耍,庚:大家千金不令作此戏,故写不及探春等人也。宝玉便说:"你两个上去,让我送。"慌的佩凤说:"罢!罢!别替我们闹乱子,倒是叫'野驴子'来送送使得。"宝玉忙笑说:"好姐姐们别玩了,没的叫人跟着你们学着骂他。"偕鸳又说:"笑软了,怎么打呢?掉下来栽出你的黄子来。"佩凤便赶着他打。

正玩笑不绝,忽见东府中几个人慌慌张张跑来说:"老爷宾天〔二三〕了。"众人听了,唬了一大跳,忙都说:"好好的并无疾病,怎么就没了?"家下人说:"老爷天天修炼,定是功行圆满,升仙去了。"尤氏一闻此言,又见贾珍父子并贾琏等皆不在家,一时竟没个着己的男子来,未免忙了。只得忙卸去了妆饰,命人先到玄〔二四〕真观将所有的道士都锁了起来,等大爷来家审问。一面忙忙坐车带了赖升一干家人、媳妇出城。又请太医看视到底是何病。大夫们见人已死，何处诊脉来[二五]，素知贾敬导气之术总属虚诞，至于参星礼斗，守庚申，服灵砂等，妄作虚为，过于劳神费力，反因此伤了性命的。如今虽死，肚中坚硬似铁，面皮嘴唇烧的紫绛皱裂。便向媳妇回说："系玄[二六]教中吞金服砂，烧胀而殁。"众道士慌的回说："原是老爷秘法新制的丹砂吃了坏事，小道们也曾劝说'功行未到且服不得'，不承望老爷于今夜守庚申时悄悄的服了下去，便升仙了。这恐是虔心得道，已出苦海，脱去皮囊，自了去也。"尤氏也不听，只命锁着，等贾珍来发落，且命人去飞马报信。一面看视这里窄狭，不能停放，横竖也不能进城的，忙装裹好了，用软轿抬至铁槛寺来停放，掐指算来，至早也得半月的工夫，贾珍方能来到。目今天气炎热，实不得相待，遂自行主持，命天文生择了日期入殓。寿木已系早年备下寄在此庙的，甚是便宜。三日后开丧破孝。一面且做起道场来等贾珍。

荣府中凤姐儿出不来，李纨又照顾姊妹，宝玉不识事体，便将外头之事暂托与几个家中二等管事人。贾琏、贾珖、贾珩、贾㻞、贾菖、贾菱等各有执事。尤氏不能回家，便将他继母接来在宁府看家。他这继母只得将两个未出嫁之小女带来，一并起居才得放心。

庚：原为"放心"而来，终是"放心"而去，妙甚！

且说贾珍闻了此信，即忙告假，并贾蓉是有职之人，礼部因当今隆敦孝弟，不敢自专，具本情旨。原来天子极是仁孝过天的，且更隆重功臣之裔，一见此本，便诏问贾敬何职。礼部代奏："系进士出身，祖职已荫其子贾珍。贾敬因年迈多病，常养静于都城之外玄[二七]真观。今因病殁于寺中，其子珍，其孙蓉，现因国丧随驾在此，故乞假归葬。"天子听了，遂下格外恩旨曰："贾敬虽白衣，无功于国，念彼祖父之功，追赐五品之职。令其子孙扶柩由北下之门进都，入彼私第殡殓。任子孙尽丧礼毕扶柩归籍外，着光禄寺按上例[二八]赐祭。朝中自王公以下准其祭吊。钦此。"此旨一下，不但贾府中人谢恩，连朝中所有大臣皆嵩呼称颂不绝。

贾珍父子星驰而回，半路中又见贾琏、贾珖二人领家丁飞骑而来，看见贾珍，一齐滚鞍下马请安。贾珍忙问："做什么？"贾琏回

第六十三回　寿怡红群芳开夜宴　死金丹独艳理亲丧

说："嫂子恐哥哥和侄儿来了，老太太路上无人，叫我们两个来护送老太太的。"贾珍听了，称赞不绝，又问家中如何料理。贾璜等便将如何拿了道士，如何挪至家庙，怕家内无人接了亲家太太和两个姨娘在上房住着。贾蓉当下也下了马，听见两个姨娘来了，便和贾珍一笑。贾珍忙说了几声"妥当"，加鞭便走，店也不投，连夜换马飞驰。

一日，到了都门，先奔入铁槛寺。那天已是四更天气，坐更的闻知，忙喝起众人来。贾珍下了马，同[二九]贾蓉放声大哭，从大门外便跪爬至棺前，稽颡泣血，直哭到天亮喉咙都哑了方住。尤氏等都一齐见过。贾珍父子忙按礼换了凶服，在棺前俯伏，无奈自要理事，竟不能目不观物，耳不闻声，少不得减些悲戚，好指挥众人。因将恩旨备述与众亲友听了。一面先打发贾蓉家中料理停灵之事。

贾蓉巴不得一声儿，先骑马飞来。至家，忙命前厅收桌椅，下槅扇，挂孝幔子，门前起鼓手棚、牌楼等事。又忙着进来看外祖母、两个姨娘。原来尤老安人因年高喜睡，常歪着了。他两个姨娘都和丫头们做活计，见他来了都道烦恼。贾蓉且嘻嘻的望他二姨娘笑说："二姨娘，你又来了，我们父亲正想你呢。"尤二姐便红了脸，骂道："蓉小子，我过两日不骂你几句，你就过不得了。越发连个体统都没了。还亏你是大家公子哥儿，每日念书学礼的，越发连那小家子刨坎的也跟不上！"说着顺手拿起一个铜熨斗来，兜头就打，贾蓉抱着头滚到怀里告饶。尤三姐[三十]便上来撕嘴，又说："等姐姐来家，咱们告诉他。"贾蓉忙笑着跪在炕上求饶，他两个又笑了。贾蓉又和二姨抢砂仁吃，尤二姐嚼了一嘴渣子，吐了他一脸。贾蓉用舌头舔着吃。众丫头看不过，都笑说："热孝在身上，老娘才睡着了，他两个虽小，到底是姨娘家，你太眼里没有奶奶了。回来告诉爷，你吃不了的兜着走！"贾蓉撇下他姨娘，便搂着那丫头们亲嘴，说："我的心肝，你说的很是。咱们饶那两个丫头。"众丫头忙推他，恨得骂："短命鬼儿！你一般有老婆丫头的，只和我们闹。知道的说是玩①，庚：妙极之"玩"，天下有是之"玩"，亦有趣甚。此语余亦亲闻者，非编有也。不知道的人，再遇见那脏心烂肺的、爱多管闲事嚼舌根

---

① 靖眉：天（原作有天）下有（原无）是之玩，亦有趣甚。此语余亦亲闻者，非编有也（原作玩余亦之玩极妙此语编有也非亲闻）。

子的人，吵嚷的那府里谁不知道，谁不背地里嚼舌说咱们这边混帐。"贾蓉笑道："各门另户，谁管谁的事？都够使的了。从古至今，连汉朝和唐朝，人还说脏唐臭汉，何况咱们这宗人家。谁家没风流事？别讨我说出来。连那边大老爷这么利害，琏叔还和那小姨娘[三一]不干净呢！凤姐那样刚强，瑞叔还想他的帐！那一件瞒了我！"

贾蓉只管信口开合，胡言乱道之间，只见他老娘醒了，请安问好，又说："难为老祖宗劳心，又难为两位姨娘受委屈，我们爷儿们感戴不尽！惟有等事完了，我们合家大小，登门去磕头。"尤老安人点头道："我的儿，倒是你们会说话。亲戚们原是该的。"又问："你父亲好？几时得了信赶到的？"贾蓉道："才刚赶到的，先打发我瞧你老人家来了。好歹求你老人家事完了再去。"说着，又和他二姨挤眼，那尤二姐便悄悄咬牙含笑骂："很会嚼舌头的猴儿崽子，留下我们给你爹做娘不成！"贾蓉又戏他老娘道："放心罢，我父亲每日为两位姨娘操心，要寻两个又有根基、又富贵、又青年、又俏皮的两位姨爹，好聘嫁这二位姨娘。这几年总没拣得，可巧前日路上才相准了一个。"尤老只当真话，忙问是谁家的[三二]。尤二姐丢了活计，一头笑，一头赶着打。说："妈别信这雷打的。"连丫头们都[三三]说："天老爷有眼，仔细看雷要紧！"又值人来回话："事已完了，请哥儿出去看了，回爷的话去。"那贾蓉方笑嘻嘻的去了。未知如何，且听下回分解。

【总评】宝玉品高性雅，其终日花围翠绕，用力维持其间，淫荡之至，而能使旁人不觉，被人不厌。贾蓉不分长幼微贱，纵意驰骋于中，恶习可恨，二人之形景天渊而终归于邪，其滥一也。所谓五十步之间耳。持家有意于子弟者，揣此以照察之可也。

第六十三回　寿怡红群芳开夜宴　死金丹独艳理亲丧

校　记：

［一］此处的"抬了一坛好绍兴酒"句，原文为"抬了坛好绍酒"，据庚辰本改。

［二］此处的"沏"字，原文为"渍"。此句之后，"沏了一杯女儿茶"之"沏"，原文亦为"渍"，后不注。

［三］原文无"叫"字，据蒙府本补。

［四］原文无"粗"字，据庚辰本补。

［五］此处的"硬红"二字，原文为"映红"，据己卯本改。

［六］此处的"下面"，原文为"一面"。

［七］此处的"闲为仙人扫落花"句，己卯本为"闲踏天门扫落花"。

［八］此处的"云霞"二字，原文为"云下"，据蒙府本改。

［九］原文无"剑"字，据己卯本补。

［十］原文无"探春"二字，据己卯本补。

［十一］此处的"自"字，原文为"是"，据蒙府本改。

［十二］此处的"各饮一杯"四字，原文为"合饮一杯"，据蒙府本改。

［十三］原文无"等"字，据庚辰本补。

［十四］原文无"面"字，据庚辰本补。

［十五］此处的"之"字，原文为"止"，据庚辰本改。

［十六］此处的"捂着"二字，原文为"握着"，校者改。本书相应类似处亦照此做了改动，不再注。

［十七］原文无"老太太"三字，按庚辰本补。

［十八］原文无"自"字，据庚辰本补。

［十九］此处的"头皮来"三字，原文为"头"，据庚辰本改。

［二十］原文无"作大"二字，据庚辰本补。

［二一］原文无"穿"字，据庚辰本补。

［二二］此处及后面的"偕鸳"二字，蒙府本为"偕鸾"。

［二三］此处的"宾天"二字，原文为"仙逝"，庚辰本为"殡天"，诸本多与此同。按，"宾天"指道家"飞升"，古时专称帝王之死，后泛指尊者的死亡。又，"殡""宾"古亦有通用例。

［二四］［二六］［二七］此处的"玄"字，原文写作"玊"，因讳玄烨（康熙之名）而少一笔。

［二五］原文无"来"字，据庚辰本补。

［二八］原文无"按上例"三字，据庚辰本补。

［二九］原文无"同"字，据蒙府本补。

［三十］此处的"尤三姐"三字，原文为"尤二姐"，据程甲本改。

［三一］此处的"小姨娘"三字，原文为"小厮姨娘"，据庚辰本删去"厮"字。

［三二］原文无"'这几年总没拣得，可巧前日路上才相准了一个。'尤老只当真话，忙问是谁家的"句，据庚辰本补。

［三三］原文无"都"字，据庚辰本补。

第六十四回

幽淑女悲题五美吟　浪荡子情遗九龙佩

【回前】此一回紧接贾敬灵柩进城，原当铺叙宁府丧仪之盛。但上回秦氏病故，熙凤理丧，已描写殆尽，若仍极力写去，不过加倍热闹而已。故书中于迎灵送殡极忙乱处，却只闲闲数笔带过，忽插（原作挥）入钗、玉评诗，琏、尤赠佩一段闲雅文字来，正所谓急脉缓受也。

列：题曰：
　　　　深闺有奇女，绝世空珠翠。
　　　　情痴苦泪多，未惜颜憔悴。
　　　　哀哉千秋魂，薄命无二致。
　　　　嗟彼桑间人，好丑非其类。

话说贾蓉见家中诸事已妥，连忙赶至寺中，回明贾珍。于是连夜分派各项执事人役，并预备一切应用幡杠等物。择于初四日卯时请灵柩进城，一面使人知会诸位亲友。是日，其丧仪炫[一]耀，宾客如云，自铁槛寺至宁府，夹路而观者何啻万数[二]。也有嗟叹的，也有羡慕的，又有一等半瓶醋的读书人，说是"丧礼与其奢易莫若俭戚"

的，一路纷纷议论不一。至未申时方到，将灵柩停放正室[三]之内。供奠举哀已毕，亲友渐次散回，只剩族中人分理迎宾应客等事。近亲只有邢大舅等相伴未去。贾珍、贾蓉此时为礼法所拘，不免在灵旁藉草枕苫，恨苦居丧。人散后，仍乘空寻他小姨厮混。宝玉亦每日在宁府穿孝，至晚人散，方回内里。凤姐身体未愈，虽不能时常在此，或遇开坛诵经亲友行祭之日，亦扎挣过来，相帮尤氏料理料理。

　　一日，供毕早饭，因天气尚长，贾珍等连日劳倦，不免在灵旁假寐。宝玉见无客到，遂欲回家看视黛玉，因先回至怡红院中，进入门来，只见院中寂静，悄无人声，有几个老婆子与小丫头们在回廊下取便乘凉，也有睡觉的，也有坐着打盹的，宝玉也不去惊动。只有四儿看见，连忙上前打帘子。将掀起时，只见芳官自内带笑跑出，几乎与宝玉撞个满怀。一见宝玉，方含着笑站着，说道："你怎么来了？你快与我拦住晴雯，他要打我呢！"一语未了，只听得屋内叽溜咕噜的乱响，不知是何物撒了一地。随后晴雯赶来骂道："我看你这小蹄子往那里去，输了不叫打！宝玉不在家，我看着谁来救你！"宝玉连忙带笑拦住，说道："你妹子小，不知怎么得罪了你？看我的分上，饶了他罢！"晴雯也不想宝玉此时回来，乍一见，不觉好笑，遂笑说道："芳官竟是个狐狸精变的，就是会勾神遣将的符咒，也没有这样快！"又笑道："就是你请了神来，我也不怕！"遂夺手仍要捉拿芳官。芳官早已藏在宝玉身后，宝玉遂一手拖了晴雯，一手携了芳官，进入屋内。看时，只见西边[四]床上麝月、秋纹、碧痕、紫绡等正在那里抓子儿赢瓜子呢。却是芳官输与晴雯，芳官不肯叫打，跑了出去。晴雯因赶芳官，将怀内的子儿撒了一地，宝玉欢喜道："如此长天，我不在家，正恐你们寂寞，吃了睡觉，睡出病来，大家寻一件事玩笑消遣甚好。"因不见袭人，又问道："你袭人姐姐呢？"晴雯道："他么，越发道学了，独自个在屋里面壁呢。这好一会我们没进去，不知他做什么呢，一些声气也听不见。你快瞧瞧去罢，或者此时参悟了，也未可定。"

　　宝玉听说，一面笑，一面走至里间。只见袭人坐在近窗床上，手中拿着一根灰色绦子，正在那里打结子呢。见宝玉进来，连忙站起，笑道："晴雯这东西编派我什么呢？我因要赶着打完这结子，没工夫和

第六十四回　幽淑女悲题五美吟　浪荡子情遗九龙佩

他们瞎闹，因说道：'你们玩去罢，趁着二爷不在家，我要在这里静坐一坐，养养神。'他就编派了我这些混话，什么'面壁了'、'参禅了'的，等一会我不撕他那嘴！"宝玉笑着挨近袭人坐下，瞧他所打的结子，问道："这么长天，你也该歇息，或和他们玩笑，要不，瞧瞧林妹妹去也好。怪热的，打这个那里使？"袭人道："我见你带的扇套，还是那年东府里蓉大奶奶的事情上做的。因那个青东西除族中或亲友家夏月有丧事方带得着，一年遇着带一两遭，平常又不犯做。如今那府里有事，这是要过去天天带的，所以我赶着另做了一个。等打完了结子，你换下那旧的来。虽然你不讲究这个，若叫老太太回来看见，又该说我们躲懒，连你的穿带之物都不经心了。"宝玉笑道："这真难为你想的到，只是也不可过于赶，热着了倒是大事。"说着，芳官早托了一杯凉水内新湃的茶来。因宝玉素习秉赋柔脆，虽暑月不敢用冰，只以新汲井水将茶连壶浸在盆内，不时更换，取其凉意而已。宝玉就芳官手内吃了半盏，遂向袭人道："我来时已吩咐了茗烟，若珍大哥那边有要紧人客来时，令彼即来通禀；若无甚要事，我就不过去了。"说毕，遂出了房门，又回头向碧痕等道："如有事，往林姑娘处来找我。"于是一径往潇湘馆来看黛玉。

将过了沁芳桥，只见雪雁领着两个老婆子，手中都拿着菱藕瓜果之类。宝玉忙问雪雁道："你们姑娘从不大吃这些凉东西的，拿这些瓜果何用？莫非要请那位姑娘、奶奶么？"雪雁笑道："我告诉你，可不许你对姑娘说去。"宝玉点头应允。雪雁便命那两个婆子："先将瓜果送去交与紫鹃姐姐。他要问我，你就说我做什么呢，就来。"那婆子答应着去了。雪雁方说道："我们姑娘这两日方觉身上好些了。今日饭后，三姑娘会着要瞧二奶奶去，姑娘也没去。又不知想起了什么来，自己伤感了一会，提笔写了好些，不知是诗阿、词阿。叫我传瓜果时，又听叫紫鹃将屋内摆着的小琴桌上的陈设搬了下来，将桌子挪在外间当地，又叫将那龙文鼒_{子之切，小鼎也。}放在桌上，等瓜果来时听用。若说是请人呢，不犯先忙着把个炉摆出来。若说是点香呢，我们姑娘素日屋内除摆新鲜花果木瓜之类，又不大喜熏衣服，就是点香，亦当点在常坐卧之处。难道是老婆子们把屋子熏臭了，要拿香熏熏不成？究竟连我也不知何故。"说毕，便连忙的去了。

宝玉这里不由的低头细想，心内道："据雪雁说来，必有缘故。若是同那一位姊妹们闲坐，亦不必如此先设馔具。或者是姑爹、姑妈[五]的忌日，但我记得每年到此日期，老太太都吩咐另外整理肴馔送去林妹妹私祭，此时已过。大约必是七月因为瓜果之节，家家都上秋祭[六]的坟，林妹妹有感于心，所以在私室自己奠祭，取《礼记》：'春秋荐其时食'之意，也未可定。但我此刻走去，见林妹妹伤感，必极力劝解，又怕他烦恼郁结于心；若竟不去，又恐他过于伤感，无人劝止。两件皆可致疾。莫若先到凤姐姐处一看，在彼稍坐即回，如若见林妹妹伤感，即设法开解，既不致使其过悲，而哀痛稍伸，亦不致抑郁致病。"想毕，遂出了园门，一径到凤姐处来。

正有许多执事婆娘们回事毕，纷纷散出。凤姐儿正倚着门和平儿说话呢。一见宝玉，笑道："你回来了么。我才吩咐了林之孝家的，使人告诉跟你的小厮，若没甚事趁便请你回来歇息歇息。再者彼处人多，你那里禁得住那些气味？不想恰好你回来了。"宝玉笑道："多谢姐姐记挂。我也因今日没事，又见姐姐这两日没往那府里去，不知身上可大愈否，所以回来看视看视。"凤姐道："左右也不过是这样，三日好两日不好的。老太太、太太不在家，这些大娘们，哎，那一个是安分的，每日不是打架，就拌嘴[七]，连赌博偷盗之事，已出来了两三件了。虽有三姑娘相帮办理，他又是个未出阁的姑娘。也有好叫他知道的，也有对他说不得的事，也只好强扎挣着罢了。总不得心静一会。别说想病好，求其不添，也罢了。"宝玉道："虽如此说，姐姐还要保重身体，少操些心才是。"说毕，又说了些闲话，别过凤姐，一直往园中来。

走进了潇湘馆门看时，只见炉袅残烟，奠余玉醴。紫鹃正看着人往里收桌子，搬陈设呢。宝玉便知已经祭完了，走入屋内，只见黛玉面向里歪着，病体恹恹，大有不胜之态。紫鹃忙说道："宝二爷来了。"黛玉方慢慢的起来，含笑让坐，宝玉道："妹妹这两日可大好些了？气色倒觉比先静些，只是为何又伤心了？"黛玉道："可是你没的说了，好好的我多早晚又伤心了？"宝玉道："妹妹脸上现有哭泣之状，如何还哄我呢。只是我想妹妹素日本来多病，凡事当各自宽解，不可过作无益之悲。若作践坏了身子，将来使我……"说到这里，觉

第六十四回　幽淑女悲题五美吟　浪荡子情遗九龙佩

得以下话有些难说，连忙掩住。只因他虽说与黛玉一处长大，情投意合，愿同生死，却只是心中领会，从来未曾当面说出。况兼黛玉心重，每每说话间造次，得罪了黛玉，致彼哭泣。今日原为的是来劝解黛玉，不想把话又说造次了，接不下去，心中一急，又怕黛玉恼他。又想一想自己的心实在的是为好，因而转念为悲，早已滚下泪来①。黛玉起先原恼宝玉说话不论轻重，如今见此光景，心有所感，本来素习爱哭，此时亦不免无言对泣。

却说紫鹃端了茶来，打量他二人不知又为何事角口，因说道："姑娘才身上好些，宝二爷又来怄来了，到底是怎么样？"宝玉一面拭泪笑道："谁敢怄妹妹了。"一面搭讪着起来闲步，只见砚台底下微露一纸角，不禁伸手拿起。黛玉忙要起身来夺，已被宝玉揣在怀内，笑说道："好妹妹，赏我看看罢。"黛玉道："不管什么，来了就混翻。"

一语未了，只见宝钗走来，笑道："宝兄弟要看什么？"宝玉因未见上面是何言词，又未知黛玉心中如何，未敢造次回答，却望着黛玉笑。黛玉一面让宝钗坐，一面笑说道："我曾见古史中有才色的女子，终身遭际，令人可欣可羡可悲可叹者甚多。今日饭后无事，因欲择出数人，胡乱凑几首诗以寄感慨，可巧探丫头来会我瞧凤姐姐去，我也身上懒懒的没同他去。适才将做了五六首，一时困倦起来，撂在那里，不想二爷来了就瞧见了，其实给他看也倒没有什么，但只我嫌他是不是的写了给人看去。"宝玉笑道："我多早晚给人看了呢？昨日那把扇子，原是我爱那几首白海棠诗，所以我自己用小楷写了，不过为的是拿在手中看着便易。我岂不知闺阁中诗词字迹是轻易往外传诵不得的？自从你说了，我总没拿出园子去。"宝钗道："林妹妹这虑的也是。既写在扇子上，偶然忘记了，拿在书房里去被相公们看见了，岂有不问是谁作的呢？倘或传扬开去，反为不美。自古道'女子无才便是德'，总以贞静为主，女工次之。其余诗词之类，不过闺阁中游戏，原可以会，可以不会。咱们这样人家的姑娘，倒不要这些才华的名誉。"因又笑向黛玉道："拿出来给我看看无妨，只不叫宝兄弟拿去

---

① 靖旁：玉兄此想周到，的是在可女儿工夫上身左右于此时难其亦不故证其后先以恼况无夫嗔处。（此为原文照录）

就是了。"黛玉笑道:"既如此说,连你[八]也可以不必看了。"又指宝玉笑道:"他早已抢了去了。"宝玉听了,方自怀内取出,凑至宝钗身旁,一同细看。只见写道是:

西　施
一代倾城逐浪花,吴宫空自忆儿家。
效颦莫笑东邻女,头白溪边尚浣纱。

虞　姬
肠断乌骓夜啸风,虞兮幽恨对重瞳。
黥彭甘受他年醢,饮剑何如楚帐中。

明　妃
绝艳惊人出汉宫,红颜薄命[九]古今同。
君王纵使轻颜色,予夺权何畀画工?

绿　珠
瓦砾明珠一例抛,何曾石尉重娇娆。
都缘玩福前生[十]造,更有同归慰寂寥。

红　拂
长揖雄谈态自[十一]殊,美人巨眼识穷途。
尸居余气杨公幕,岂得羁縻女丈夫!

宝玉看了,赞不绝口,又说道:"妹妹这诗恰好只做了五首,何不就命名曰《五美吟》。"于是不容分说,便提笔写在后面。《五美吟》与后《十独吟》对照。宝钗亦说道:"作诗不论何题,只要善翻古人之意。若要随人脚踪走去,纵使字句精工,已落第二义,究竟算不得好诗。即如前人所咏昭君之诗甚多,有悲挽昭君的,有怨恨延寿的,又有讥汉帝不能使画工图貌贤臣而画美人的,纷纷不一。后来王荆公复有'意态由来画不成,当时枉杀毛延寿';永叔又有'耳目所见尚如此,万里安能制夷狄'。二诗各能俱出己见，不袭前人。今日林妹妹这五首诗，亦可谓命意新奇，别开生面了。"

仍欲往下说时，只见有人回道："琏二爷回来了。适才外间传说，往东府里去了好一会子，想必就回来的。"宝玉听了，连忙起身，迎至大门以内等待。恰好贾琏自外下马进来，于是宝玉先迎着贾琏跪下，口中给贾母、王夫人等请了安，又给贾琏请了安。二人携手走了进来，只见李纨、凤姐、宝钗、黛玉、迎、探、惜等早在中堂等候，俱相见已毕。因听贾琏说道："老太太明日一早到家，一路身体甚好。今日打发我先回家来看视，我赶明日五更，仍要出城迎接。"说毕，众人又问了些路途的光景。因贾琏远路才归，遂大家别过，让贾琏回房歇息。一宿晚景，不必细述。

至次日饭时前后，果见贾母、王夫人等到来。众人接见毕，略坐了一坐，吃了一杯茶，便领了王夫人等人过宁府中来。只听见里面哭声震天，却是贾瑞、贾珖送贾母到家即过这边来了。当下贾母进入里面，早有贾赦率领族中人哭着迎了出来。贾瑞、贾珖一边一个挽了贾母，走至灵前，又有贾珍、贾蓉跪着扑入贾母怀中痛哭。贾母暮年之人，见此光景，亦搂了珍、蓉等痛哭不已。贾赦和众人苦劝，方略略止住。又转至灵右，见了尤氏婆媳，不免又相持大痛一场。哭毕，众人方上前一一请安问好。贾珍因贾母才回家来，未得歇息，坐在此间看着，未免要伤心，遂再三求贾母回家；王夫人等亦再三相劝。贾母不得已，方回来了。果然年迈的人禁不住风霜伤感，至夜间便觉头闷心酸，鼻塞声重。连忙请了医生来诊脉下药，足足的忙乱了半夜。幸而发散的快，未曾传经，至三更天，些许发了点汗，脉静身凉，大家方才放心。至次日仍服药调理。

又过了数日，乃贾敬送殡之期，贾母犹未大愈，遂留宝玉在家侍奉。凤姐因未曾甚好，亦未去。其余贾赦、贾政、邢夫人、王夫人等率领家人仆妇，都送至铁槛寺，至晚方回。贾珍、尤氏并贾蓉仍在寺中守灵，等过百日后，方扶柩回籍。家中仍托尤老娘并二姐、三姐照管。

却说贾琏素日既闻尤氏姊妹之名，恨无缘得见。近因贾敬停灵在家，每日与二姐、三姐相认已熟，不禁动了垂涎之意。况知与贾珍、贾蓉等素有聚麀之诮，因而乘机百般撩拨，眉目传情。尤三姐却只是淡淡相对,只有二姐也十分有意。但只是眼目众多,无从下手。贾琏又怕贾珍吃醋,不敢轻动,只好二人心领神会而已。此时出殡以后,贾珍家下人少,除尤老娘带领二姐、三姐并几个粗使的丫鬟、老婆子在正室居住外,其余婢妾,随在寺中。外面仆妇,不过晚间巡更,日间看守门户。白日无事,亦不进里面去。所以贾琏便欲趁此下手。遂托相伴贾珍为名,亦在寺中住宿,又时常借着替贾珍料理家务,不时至宁府中来勾搭二姐。

一日,有小管家俞禄来回贾珍道:"前者所用棚杠孝布并旛杠人青衣,共使银一千两,除给银五百两外,仍欠五百两。两处买卖人俱来催讨,小的特来讨爷示下。"贾珍道:"你且向库上去领就是了,这又何必来回我?"俞禄道:"昨日已曾向库上去领,但只是老爷仙逝以后,各处支领甚多,所剩还要预备百日道场及寺中用度,此时竟不能给发。所以小的今日特来回爷,或是爷内库里暂且发给,或者挪借何项,吩咐了小的好办去。"贾珍笑道:"你还当是先呢,有银子放着不使。你无论那里暂且借了给他罢。"俞禄笑回道:"若说一二百两,小的还可以挪借。这四五百两,小的一时那里办得来?"贾珍想了一想,向贾蓉道:"你问你娘去,昨日出殡以后,有江南甄家送来打祭银五百两,未曾交到库上去,你先要了来,给他去罢。"贾蓉答应了,忙过这边来回了尤氏,复转来回他父亲道:"昨日那项银子也使了二百两,下剩的三百两令人送至家中交与老娘收了。"贾珍道:"既然如此,你就带了他去,向你老娘要了出来交给他。再也瞧瞧家中有事无事,问你两个姨娘好。下剩的俞禄先借了添上罢。"

贾蓉与俞禄答应了,方欲退出,只见贾琏走了进来,俞禄忙上前请了安。贾琏便问何事,贾珍一一告诉了。贾琏心中想道:"趁此机会正可至宁府寻二姐一面。"遂说道:"这有多大事,何必向人借去。昨日我方得了一项银子还没使呢,莫若给他添上,岂不省事。"贾珍道:"如此甚好。你就吩咐了蓉儿,一并令他取去。"贾琏忙道:"这必得我亲身取去。再我这几日没回家了,还要给老太太、老爷、太太们请请安去。到大[十二]哥哥那边查查家人们有无生事,再也给亲家太太请请安。"贾珍笑道:"只是又劳动老二,我心不安。"贾琏也笑道:"自家兄弟,这有何妨呢。"贾珍又吩咐贾蓉道:"你跟了你叔叔

第六十四回　幽淑女悲题五美吟　浪荡子情遗九龙佩

去，也到那边给老太太、老爷、太太们请安，说我和你娘都请安，打听打听老太太身上可大安了？还服药呢没有？"贾蓉一一答应了，跟随贾琏出来，带了几个小厮，骑上马一同进城。

在路间叔侄闲话，贾琏有心，便提到尤二姐，因夸说如何标致，如何做人好："举止大方，言语温柔，无一处不好，令人可敬可爱，人人都说你婶子好，据我看那里及你二姨一零儿。"贾蓉揣知其意，便笑道："叔叔既这样爱他，我给叔叔作媒，说了做二房，如何？"贾琏笑道："你这是玩话，还是正经话？"贾蓉道："我说的是当真的话。"贾琏又笑道[十三]："敢是好呢。只是怕你婶子不依，再也怕你老娘不愿意。况且我听见说你二姨已有了人家了。"贾蓉道："这都无妨。我二姨、三姨都不是我老爷养的，原是我老娘带了来的。听见说，我老娘在那一家时，就把我二姨许与皇庄张家，指腹为婚。后来张家遭了官司败落了，我老娘又自那家嫁了出来，如今这十数年，两家音信不通。我老娘时常抱怨，要与他家退婚，我父亲也要将二姨转聘。只等有了好人家，不过令人找着张家，给他十数两银子，写上一张退婚字儿。想张家穷极了的人，见了十数两银子，有什么不依的。再他也知道咱们这样的人家，也不怕他不依。又是叔叔这样人说了做二房，我管保我老娘和我父亲都愿意。倒只是婶子那里却难。"贾琏听到这里，心花都开了，那里还有什么话说，只是一味呆笑而已。贾蓉又想了一想，笑道："叔叔若有胆量，依我主意行去，管保无妨，不过多花上几个钱。"贾琏忙道："有何主意，快些说来，我没有不依的。"贾蓉道："叔叔回家，一点声色也别露，等我回明了我父亲，向我老娘说妥，然后在咱们府后坊近左右买上一所房子及应用家伙什物。再拨两窝子家人过去伏侍。择了日子，人不知鬼不觉娶了过去，嘱咐家下人不许走漏风声。婶子在里住着，深宅大院，那里就得知道了？叔叔两下里住着，过个一年半载，即或闹出来，不过挨上老爷一顿骂。叔叔只说婶子总不生育，原是为子嗣起见，所以私自在外面做成此事。就是婶子，见生米做成熟饭，也只得罢了。再求一求老太太，没有不完的事。"自古道："欲令智昏"，贾琏只顾贪图二姐美色，听了贾蓉一篇话，遂为计出万全，将现今身上有服，并停妻再娶，严父妒妻种种不妥之处，皆置之度外了。却不知贾蓉亦非好意，素日因同他两个姨娘有情，只因贾珍在内，不能畅意。如今若是贾琏娶了，少不得在外居住，趁贾珍不在时，好去鬼混之意。贾琏那里意想及此，遂向贾蓉致谢道："好侄儿！果然能够说成了，再买两个绝色的丫头谢你。"说着，已至宁府门首[十四]。贾蓉说道："叔叔进去，向我老娘要出银子来，就交给俞禄罢。我先给老太太请安去。"贾琏含笑点头道："老太太跟前别提我和你一同来的。"贾蓉道："知道。"又附耳向贾琏道："今日要遇见二姨，可别性急了，闹出事来，往后倒难办了。"贾琏笑道："少胡说，你快去罢。我在这里等你。"于是贾蓉自去给贾母请安。

贾琏进入宁府，早有家人头儿率领家人等请安，一路围随至厅上。贾琏一一问了些话，不过塞责而已，便命家人散去，独自往里面走来。原来贾琏、贾珍素日亲密，又是弟兄，本无可避忌之人，自来是不等通报的。于是走至上房，早有廊下伺候的老婆子打起帘子，让贾琏进去。贾琏进入房中一看，只见南边床上只有尤二姐带着两个丫鬟一处做活，却不见尤老娘与三姐。贾琏忙上前问好相见。尤二姐亦含笑让坐，便靠东边板壁坐了。贾琏坐在上首，与二姐寒温毕，贾琏笑问道："亲家太太同三妹妹那去了，怎么不见？"尤二姐笑道："才有事往后面去了，也就来的。"此时伺候的丫鬟因倒茶去，无人在跟前，贾琏睨视二姐一笑。二姐亦低了头，只含笑不理。贾琏又不敢造次动手动脚，因见二姐手中拿一条拴着荷包的手巾摆弄，便搭讪着，往腰内摸了一摸，说道："槟榔荷包也忘了带来了，妹妹有槟榔，赏我一口吃。"二姐道："槟榔倒有，只是我的槟榔从来[十五]不给人吃。"贾琏便笑着欲近身来拿，二姐怕来人看见不雅，便连忙一笑，撂了过来。贾琏接在手中，都倒了出来，拣了半块吃，剩下的都揣了起来。将欲把荷包亲身送过去，只见两个丫鬟端了茶来。贾琏一面接了茶吃茶，一面暗将自己带的一个汉玉九龙佩解了下来，拴在手巾上，趁丫鬟回头时，撂了过去。二姐且不去拿，只装看不见，坐着吃茶。只听后面一阵帘子响，却是尤老娘、三姐带着两个小丫头自后面走来。贾琏送目与二姐，令其拾取，这尤二姐只是不理。贾琏不知二姐何意，甚是着急，只得迎上来与尤老娘、三姐相见。一面又回头看二姐时，只见二姐笑着，没事人似的；再又看一看，手巾已不知那里去了，贾琏方放了心。

于是大家归坐，叙了些闲话。贾琏说道："大嫂子说，前日有一包银子交给亲家太太收起来了，今日因要还人，珍大哥令我来取。再也看看家里有事无事。"尤老娘听了，连忙使二姐拿钥匙去取银子。这里贾琏又说道："我也要给亲家太太请请安，瞧瞧二位妹妹。亲家太太脸面倒好，只是二位妹妹在我们家里受委屈。"尤老娘笑道："咱们都是至亲骨肉，说那里的话。在家里也是住着，在这里也是住着。不瞒二爷说，我们家里自从先夫去世，家计也着实艰难了，全亏了这里姑爷帮助。如今姑爷家里有了这样大事，我们不能别的出力，白看一看家，还有什么委屈了的呢？"正说着，二姐已取了银子来，交与尤老娘。老娘便递与贾琏。贾琏又命一个小丫头叫了一个老婆子来，吩咐他道："你把这个交给俞禄，叫他拿过那边去等我。"老婆子答应了出去。

只听得院内是贾蓉的[十六]声音说话。须臾进来，给他老娘、姨娘请了安，又向贾琏笑道："才刚老爷还问叔叔呢，说是什么事情要使唤。原要使人到庙里去叫，我回老爷说叔叔就来。老爷还吩咐我，路上遇着叔叔叫快去呢。"贾琏听了，忙要起身，又听贾蓉和他老娘说道："那一次我和老太太说的，我父亲要和二姨说的姨爹，比起来，就和我这叔叔的面貌、身量差不多儿。老太太说好不好？"一面说着，又悄悄的用手指着贾琏和他二姨努嘴儿。二姐倒不好意思说什么，只见三姐笑骂道："坏透了的小猴儿崽子！没了你娘的！等我撕他那嘴！"一面说着，便赶了过来。贾蓉早笑着跑了出去，贾琏也笑着辞了出来。至厅上，又吩咐了家人些不可耍钱吃酒等语，又悄悄的央贾蓉，回去急速和他父亲说。一面便带了俞禄过来，将银子添足，交彼拿去。一面给贾赦请安，又[十七]给贾母去请安不提。

却说贾蓉见俞禄跟了贾琏去取银子，自己无事，便仍回至里面，和他姨娘嘲戏了一会，方起身。至晚到寺，见了贾珍回道："银子已经交给俞禄了。老太太已大愈了，如今已经不服药了。"说毕，又趁便将路上贾琏要娶尤二姐做二房之意说了。又说如何在外头置房子住，不使凤姐知道："此时总不过为的是子嗣艰难起见。为的是二姨是见过的，亲上做亲，比别处不知道的人家说了来的好。所以二叔再三央我对父亲说。"只不说是他自己的主意。贾珍想了一想，笑道："其实倒也罢了。只不知你二姨心中愿意不愿意。明日你先去和你老娘商量，叫你老娘问准了你二姨，再作定夺。"于是又教了贾蓉一篇话，便走过来将此事告诉了尤氏。尤氏却知此事不妥，因而极力劝止。无奈贾珍主意已定，素日又是顺从惯了的，况且他与二姐本非一母，不便深管，因而也只得由他们闹去。

至次日一早，果然贾蓉复进城来见他老娘，将他父亲之意说了。又添上许多话，说贾琏做人如何好，目今凤姐身子有病，已是不能好的了，暂且买了房子在外面住着，过个一年半载，只等凤姐一死，便接了二姨进去做正室。又说他父亲此时如何聘，贾琏那边如何娶，如何接了你老人家养老，往后三姨也是那边应了替聘，说得天花乱坠，不由得尤老娘不肯。况素日全亏贾珍周济，此时又是贾珍做主替聘，而且妆奁不用自己置买，贾琏又是青年公子，比张华胜强十倍，遂连忙过来和二姐商议。二姐又是水性的人，在先和姐夫不妥，又常怨恨当时错许张华，致使后来终身失所。见贾琏有情，况是姐夫将他聘嫁，有何不肯？亦便点头依允。当下回复了贾蓉，贾蓉回复了他父亲。

次日，命人请了贾琏到寺中来，贾珍当面告诉了他尤老娘应允了此事。贾琏自是喜出望外，又感谢贾珍、贾蓉父子不尽。于是二人商议着，使人看房子打首饰，给二姨置买妆奁及新房中应用床帐等物。不多几日，早将诸事办妥。已于宁荣街后二里远近，小花枝[十八]巷内买定一所房子，共二十余间。又买了两个小丫头。贾珍又给了一房家人，名叫鲍二，夫妻两口，以备二姐过去时伏侍；使人将张华父子叫来，逼勒着与尤老娘写退婚书。

却说张华之祖，原当皇庄，后来死去。至张华父亲时，仍充此役，因与尤老娘前夫相好，所以将张华与尤二姐指腹为婚。后来不料遭了官司，败落了家产，弄得衣食不周，那里还娶得起媳妇呢。尤老娘又自那家嫁了出来，两家有十数年音信不通。今被贾府家人唤至，逼他与二姐退婚，心中虽不愿意，无奈惧怕贾珍等势焰，不敢不依，只得写了一张退婚文约，尤老娘与银十两。

两家退亲不提外，这里贾琏等见诸事已妥，遂择了初三黄道吉日，娶二姐过门。下回分解[十九]。正是：

第六十四回　幽淑女悲题五美吟　浪荡子情遗九龙佩

只为同枝贪色欲，致教连理起干戈。

【总评】五首新诗何所居？颦儿应自日欷嘘。柔肠一段千般结，岂是寻常望雁鱼？

五百年风流债，一见了偏作怪。你贪我爱自难休，天巧姻缘浑无奈。

父母者于子女间，莫失教训说前缘。防微之处休弛纵，严厉才能真爱怜。

校　记：

〔一〕此处的"炫"字，原文写作"炫"，因讳玄烨（康熙之名）而少一笔。

〔二〕此处的"夹路而观者何啻万数"句，庚辰本为"夹路看的何止数万人"。

〔三〕此处的"正室"二字，蒙、列本与此同，已、庚本为"正堂"。

〔四〕此处的"西边"二字，原文为"两边"，据己卯本改。

〔五〕此处的"姑爹、姑妈"，原文为"姑娘妈"，据己卯本改。

〔六〕此处的"秋祭"二字，原文为"秋季"，据梦稿本原文改。

〔七〕此处的"拌嘴"二字，原文为"办嘴"，据己卯本改。

〔八〕此处的"你"字，原文为"他"，据蒙府本改。

〔九〕此处的"薄命"二字，原文为"薄面"，庚辰本为"命薄"。校者参照庚辰本改。

〔十〕此处的"前生"二字，原文为"前王"，据己卯本改。

〔十一〕此处的"自"字，原文为"日"，据己卯本改。

〔十二〕原文无"大"字，据己卯本补。

〔十三〕原文无"'你这是玩话，还是正经话？'贾蓉道：'我说的是当真的话。'贾琏又笑道"一句，据己卯本补。

〔十四〕此处的"门首"二字，原文为"道"，据蒙府本补。

〔十五〕原文无"来"字，据蒙府本补。

〔十六〕原文无"的"字，据己卯本补。

〔十七〕此处的"一面给贾赦请安，又"句，原文为"自己见他父亲"，据己卯本改。

〔十八〕原文无"枝"字，据己卯本补。

〔十九〕此处的"下回分解"数字，原文为"下回便见"，据己卯本改。

第六十五回

膏粱子惧内偷娶妾　淫奔女改行自择夫

【回前】笔笔叙二姐温柔和顺，高凤姐十倍；言语行事，胜凤姐五分，堪为贾琏二房。所以深著凤姐不念宗祀血食，为贾宅第一罪人。《纲目》书法。

文有双管齐下法，此文是也。事在宁府，却把凤姐之奸毅刻薄，平儿之任侠直鲠，李纨之号菩萨，探春之号玫瑰，林姑娘之怕倒，薛姑娘之怕化，一时齐现，是何等妙文。

话说贾琏、贾珍、贾蓉三人商议，事事妥帖，至初二日，先将尤老和三姐送入新房。尤老一看，虽不似贾蓉口内之言，倒也十分齐备，母女二人也却称了愿。鲍二夫妇见了如一盆火，赶着尤老一口一声唤"老娘"，又或是"老太太"；赶着三姐叫"三姨"，或是"姨娘"。至次日五更天，一乘素轿，将二姐抬来。各色香烛纸马，并铺盖以及酒饭，早已预备得十分妥当。一时，贾琏素服坐了小轿而来，拜过天地，焚了纸马。那尤老见了二姐身上头上焕然一新，不似在家模样，十分得意。拽入洞房。是夜贾琏同他颠鸾倒凤，百般恩爱。

那贾琏越看越爱，越瞧越喜，不知要怎生奉承这二姐，乃命鲍二家的等人不许提三说二的,直以"奶奶"称之,自己也称"奶奶",竟将凤姐一笔勾销。有时回家中,只说在东府有事羁绊,凤姐辈因知他和贾珍相得,自然是或有事商议,也不疑心。家下人虽多,都不管这些事。便有那些游手好闲专打听小事的人,也都去奉承贾琏,乘机讨些便宜,谁肯去露风。于是贾琏深感贾珍不尽。贾琏一月出五两银子做天天的供给。若不来时,他母女三人一处吃饭;若贾琏来了,他夫妻二人一处吃,他母女便回房自吃。贾琏又将自己积年所有体己,一并搬了与二姐收着,又将凤姐之为人行事,枕边尽情告诉了他,只等一死,便接进去。二姐听了,自是愿意。当下十来个人,倒也过起日子来,十分丰足。

眼看已是两个月的光景,这日贾珍在铁槛寺回家时,因与他姊妹久别,竟要去探望探望。先命小厮去打听贾琏在与不在,小厮回来说不在。贾珍欢喜,将左右一概先遣回去,只留[一]两个心腹小童牵马。一时,到了新房,已是掌灯时分,悄悄进去。两个小厮将马拴在棚内,自往下房听候。

贾珍进来,屋里才点灯,先看过了尤氏母女,然后二姐出见,贾珍仍唤二姨。大家吃茶,说了一会闲话。贾珍因笑说:"我做的这保山如何?若错过了,打着灯笼还没处寻,过日你姐姐还备了礼来瞧你们呢。"说话之间,尤二姐已命人预备下酒馔,关起门来,都是一家人[二],原没回避。鲍二来请安,贾珍便说:"你还是个有良心的小子,所以叫你来伏侍。日后自有大用你之处,不可在外头吃酒生事。我自然赏你。倘或这里短了什么,你琏二爷事多,那里人杂,你只管去回我。我们弟兄不比别人。"鲍二答应道:"是,小的知道。若小的不尽心,除非不要这脑袋了。"贾珍点头说:"要你知道。"当下四人一处吃酒。尤二姐知局,便邀他母亲说:"我怪怕的,妈同我到那边走走来。"尤老也会意,便真个同他出来,只剩了小丫头们。贾珍便和三姐挨肩擦脸,百般轻薄起来。小丫头子们[三]看不过,也都躲了出去,凭他两个自在取乐,不知做些什么勾当。

跟的两个小厮都在厨房和鲍二饮酒,鲍二女人上灶。忽见两个丫头也走了来嘲笑,要吃酒。鲍二因说:"姐儿们不在[四]上头伏侍,也偷来了。一时要叫起来没人,又是事。"他女人骂道:"胡涂浑帐的忘八！你馕丧那黄汤罢。馕丧醉了，抱着你那脑袋挺你的尸去！叫不叫，与你什么相干！一应有我承当，风雨横竖洒不着你头上。"这鲍二原是因妻子发迹的，近日越发亏他。自己除赚钱吃酒之外，一概不管，贾琏等也不肯责备他，故他视妻如母，百依百随，且吃够了便去睡觉。这里鲍二家的陪着这些丫鬟小厮吃酒，讨他们的好，准备在贾珍前上些好话儿。

　　四人正吃的高兴，忽听扣门之声，鲍二家的忙出来开门看时，见是贾琏下马，问有事无事。鲍二女人便悄悄的告他说："大爷在这里西院里呢。"贾琏听了，便回至卧房。只见尤二姐和他母亲都在房中，见他来了，二人面上便有些讪讪的。贾琏反推不知，只命："快拿酒来，咱们吃两杯好睡觉。我今日很乏了。"二姐忙上来赔笑接衣奉茶，问长问短。贾琏喜的心痒难受。一时鲍二家的端酒上来，二人对饮。他丈母不吃，自回房去了。两个小丫头分了一个过来伏侍。

　　贾琏的心腹小童隆儿〔五〕拴马去，见已有了一匹马，细瞧一瞧，知是贾珍的，心下会意，也来厨下。只见喜儿、寿儿两个正坐着吃酒，见他来了，说："惟恐怕犯夜，往这里借宿一宵的。"隆儿便笑道："有的是炕，只管睡。我是二爷使我送月银的，交给了奶奶，我也不回去了。"喜儿便说："我们吃多了，你来吃一钟。"隆儿才坐下，端起酒来，忽听马棚内闹将起来。原来二马同槽，不能相容，互相蹶踢起来。隆儿等慌的忙放下酒杯，出来喝马，好容易喝住，另拴好了，方进来。鲍二家的笑道："你三人就在这里罢，茶也现成了，我可去了。"说着，带门出去。这里喜儿喝了几杯，已是楞子眼了。隆儿、寿儿关了门，回头见喜儿直挺挺的仰卧炕上，二人便推他说："好兄弟，起来好生睡，只顾你一个人，我们就苦了。"那喜儿便说道："咱们今儿可要公公道道的贴一炉子烧饼，要有一个充正经人的，我痛把你妈一骂。"隆儿、寿儿见他醉了，也不多说，只得吹了灯，将就卧下。

　　尤二姐听见马闹，心下便不自安，只管用言语混乱贾琏。那贾琏吃了几杯，春兴发作，便命收了酒果，掩门宽衣。尤二姐只穿着大红小袄，散挽乌云，满脸春色，比白日更增了颜色。贾琏搂他笑道："人人都说我们那夜叉婆齐整，如今我看来，给你拾鞋也不要。"尤二姐

第六十五回　膏粱子惧内偷娶妾　淫奔女改行自择夫

道："我虽标致，却无品行。看来到底是不标致的好。"贾琏忙问："这话如何说？我却不解。"尤二姐滴泪说道："你们拿我做愚人待，我什么事不知道？我如今和你做了两个月的夫妻，日子虽浅，我也知你不是愚人。我生是你的人，死是你的鬼，如今既做了夫妻，我终身靠你，岂敢瞒藏一字？我算是有靠，将来我妹子却如何结果？据我看来，这个形景恐非长策，要作长久之计方可。"贾琏听了，笑道："你且放心，我不是那拈酸吃醋之辈。前事我已尽知，你也不必惊慌。你姐夫是做兄的，自然不好意思，不如我去破了这例。"说着走了，便至西院中来，只见窗内灯烛辉煌，二人正吃酒取乐。

贾琏便推门进去，笑说："大爷在这里，兄弟来请安。"贾珍羞的无话，只得起身让坐。贾琏忙笑道："何必又做如此景象，咱们弟兄从前是如何样来！大哥为我操心，我今日粉身碎骨，感激不尽。大哥若多心，我意何安？从此以后，还求[六]大哥如昔方好，不然，兄弟宁可绝后，再不敢到此处来了。"说着，便要下跪。慌的贾珍连忙搀起，只说："兄弟怎么说，我无不领命。"贾琏忙命人："看酒来，我和大哥吃两杯。"又拉尤三姐说："你过来，陪小叔子一杯。"贾珍说笑着说[七]："老二，到底是你，哥哥必要吃干这钟。"说着，一扬脖子。

尤三姐站在炕上，指贾琏笑道："你不用和我花马吊嘴的，咱们清水下杂面，你吃我也见。提着影戏人子上场，好歹别戳破这层纸儿。你别油蒙了心，打量我们不知道你府上的事。这会子花了几个臭钱，你们哥儿俩个拿着我们姐儿两个权当粉头来取乐儿，你们就打错了算盘了。我也知道你老婆太难缠，如今把我姐姐拐了来做二房，偷的锣儿敲不得。我也要会会凤奶奶去，看他是几个脑袋几只手。若大家好，取和便罢；倘若有一点叫人过不去，我有本事先把你两个的[八]牛黄狗宝掏出来，再和那泼妇拼了这命，也不算是尤三姑奶奶！喝酒怕什么，咱们就喝！"说着，自己绰起壶来便斟了一杯，自己先喝半杯，搂过贾琏的[九]脖子来就灌，说："我和你哥哥已经吃过了，咱们来亲香亲香。"唬的贾琏酒都[十]醒了。贾珍[十一]也不承望尤三姐这等无耻老辣。弟兄两个本是风月场中耍惯的，不想今日反被这个闺女一席话说住。尤三姐一叠声叫："将姐姐请来！"说："要乐，咱们四个一处同乐。俗语说：'便宜不过当家。'他们是弟兄，咱们是姊妹，又不是外人，只管上来。"尤二姐反不好意思起来。贾珍得便就一溜，尤三姐那里肯放。贾珍此时方后悔，不承望他是这种为人，与贾琏反不好轻薄起来。

这尤三姐松松挽着头发，大红袄子半掩半开，露着葱绿抹胸，一痕雪脯。底下绿裤红鞋，一对金莲或翘或并，没半刻斯文。两坠子却似打秋千一般，灯光之下，越显得柳眉笼翠雾，檀口点丹砂。本是一双秋水眼，再吃了酒，又添了饧涩淫浪，不独将他二姊压倒，据珍、琏评去，所见过的上下贵贱若干女子，皆未有此绰约风流者。二人已酥麻如醉，不禁去招他，那妇淫态风情，反将二人禁住。那尤三姐放出手眼来略试了一试，他弟兄两个竟全然无一点别识别见，连口中一句响亮话都没了，不过是酒色二字而已。自己高谈阔论，任意挥霍洒落一阵，拿他弟兄二人嘲笑取乐，竟真是他嫖了男人，并非男人淫了他。一时他的酒足兴尽，也不容他弟兄多坐，撵了出去，自己关门睡〔十二〕去了。

自此后，或略有丫鬟婆娘不到之处，便将贾珍、贾琏、贾蓉三个泼声厉言痛骂，说他爷儿三个诓骗了他寡妇孤女。贾珍回去之后，以后也不敢轻易再来，有时尤三姐自己高兴悄命小厮来请，方敢去一会，到了这里，也只好随他的便。谁知这尤三姐天生的脾气不堪，自己仗着风流标致，偏要打扮的出色，另式做出许多万人不及的淫情浪态来，哄的男子们垂涎落魂，欲近不能，欲远不舍，迷离颠倒，他以为乐。他母、姊二人也十分相劝，他反说："姐姐糊涂。咱们金玉一般的人，白叫这两个现世包沾污了去，也算无能！而且他家有一个极利害的女人，如今瞒着他不知，咱们方安。倘或一日他知道了，岂肯干休，必有一场大闹，不知谁生谁死！趁如今我不拿他们取乐作践，准折到那时白落个臭名，后悔不及。"因此一说，他母女见不听劝，只得罢了。那尤三姐天天挑拣吃穿，打了银的，又要金的；有了珠子，又要宝石；吃着肥鹅，又宰肥鸭。或不称心，连桌一推；衣裳不如意，不论绫缎新旧，便用剪刀剪碎，撕一条，骂一句。究竟贾珍等何曾随意了一日，反花了许多昧心钱。

贾琏来了，只在二姐房内，心中也悔上来。无奈二姐倒是个多情人，以为贾琏是终身之主，凡事倒还知疼着痒的。若论起温柔和顺，凡事必商议，不敢恃才自专，实较凤姐高十倍；若论标致，言谈行事，也胜五分。虽然如今改过，但已经失了脚，有了个"淫"字，凭有甚好处也不算了。偏这贾琏又说："谁人无错，知过必改就好了。"故不提已往之淫，只取现今之善，便如胶投漆，似水如鱼，一心一计，誓同生死，那里还有凤、平二人在意上？二姐在枕边衾内，也常劝贾琏说："你和珍大哥商议商议，拣个相熟的人，把三丫头聘了罢。留着他不是常法，终久要生出事来，怎么处？"贾琏道："前儿我也曾回过大哥，他只是舍不得。我说：'是块肥羊肉，只是烫的慌；玫瑰花儿可爱，刺太扎手[十三]。咱们未必降的住，正经拣个人聘了罢。'他只意意思思的，就丢开手了。你叫我有何法？"二姐道："你放心。明日咱们先劝三丫头，他肯了，让他自己闹去。闹的无法，少不得聘他。"贾琏听了，说："这话极是。"

至次日，二姐另备了酒，贾琏也不出门，至午间特请他小妹过来，与他母亲上坐。尤三姐便知其意，庚：全用醍醐灌顶，全不是大翻身、大解悟法。酒过三巡，不用姐姐开口，先便滴泪泣道：庚：全用如是等语，一洗孽障。"姐姐今日请我，自有一番大礼要说，但妹子不是那愚人，也不用絮絮叨叨提那从前丑事了，世人也知，说[十四]也无益。既如今姐姐也得了好处安身，妈也得了安身之处，我也要自寻归结去，方是正理。但终身大事，一生至死，非同儿戏。我如今改过守分，只要我拣个素日可心如意的人方跟他去。若凭你们拣择，虽是富比石崇，才过子建，貌比潘安的，我心里进不去的，也白过了一世。"贾琏笑道："这也容易。凭你说是谁就是谁，一应彩礼都有我们置办，母亲也不用操心。"尤三姐泣道："姐姐知道，不用我说。"贾琏笑问二姐是谁，二姐一时也想不起来。大家想来，贾琏料定是此人无疑了！便拍手笑道："我知道了。这人果不差，果然好眼力。"二姐笑问是谁，贾琏笑道："别人他如何进得去，一定是宝玉。"二姐与尤老听了，亦以为然。

尤三姐便啐了一口，道：庚：奇，不知何为。"我们有姊妹十个，也嫁你弟兄十个不成？庚：有理之极！难道除了你家，天下就没了人了！"庚：一骂反有理。众人听了都诧异："除去他，还有那一个？"庚：余亦如此想。尤三姐笑道："别在眼前想，姐姐只在五年前想就是了。"庚：奇甚！

　　正说着，忽见贾琏的心腹小厮兴儿来回话："老爷那边紧等着叫爷呢。小的答应往舅老爷那边去了，小的连忙来请。"贾琏忙问："家里没人问么？"兴儿道："小的回奶奶说，爷在家庙里同珍大爷商议做百日的事，只怕不能来家。"贾琏忙命拉马，隆儿跟随去了，留下兴儿答应人来事务。

　　二姐拿了两碟菜，命拿大杯斟了酒，就命兴儿在炕沿下蹲着吃，一长一短向他说话儿。问他家里奶奶多大年纪，怎么利害，老太太多大年纪，太太多大年纪，几个姑娘，各样家常等语。

　　兴儿笑嘻嘻的在炕沿下一头吃，一头将荣府之事备细告诉他母女。又说："我是二门上该班的人。我们共是两班，一班四个人。这八个人，有几个是奶奶的心腹，有几个是爷的心腹。奶奶的心腹我们不敢惹，爷的心腹奶奶就敢惹。提起我们奶奶来，告诉不得奶奶，心里歹毒，口里尖快。我们二爷也就算是一个好的，那里见得他？倒是跟前的平姑娘为人很好，虽然和奶奶一气，他倒背着奶奶常做些好事。小的们常有不是，奶奶是容不过的，只求求他去就完了。如今合家大小除了老太太、太太两个人，没有不恨他的，只不过面子情儿怕他。皆因他一时看的人都不及他，只一味哄着老太太、太太喜欢。他说一是一，说二是二，没人敢拦他。又恨不得把银子钱省下来堆成山，好叫老太太、太太说他会过日子，殊不知苦了下人，他讨好儿。估量着有好事，他就不管别人去说，他先抓尖儿；或有了不好事，或他自己错了，他便一缩头推到别人身上来，他还在旁边拨火儿。如今连他正经婆婆大太太都嫌了他，说他'雀儿拣着旺处飞，黑母鸡一窝儿，自己的事倒不管，倒替人家去瞎张罗'。若不是老太太在头里，早叫过他去了。"

　　尤二姐笑道："你背着他这等说他，将来你不知怎样说我呢。我差一层儿，越发有的说了。"兴儿忙跪下说道："奶奶要这样说，小的不怕雷打！但凡小的们有造化，起先娶奶奶时，若得了奶奶这样人，小的们也少挨多少打骂，也少提心吊胆的。如今跟爷的这些人，谁不背前背后称扬奶奶的圣德。我们商量着，叫二爷要出来，情愿答应奶奶呢。"

第六十五回　膏粱子惧内偷娶妾　淫奔女改行自择夫

二姐笑道："猴儿崽子，还不起来呢。说句玩话，就唬的这样起来。你们做什么来，我还要找了你奶奶去呢。"兴儿连忙摆手说："奶奶千万不要去。我告诉奶奶，一辈子别见才好。嘴甜心苦，两面三刀；上[十五]头一脸笑，脚下使绊子；明是一盆火，暗是一把刀；都占全了。只怕三姨这张嘴还说他不过。奶奶这样斯文良善的人，那里是他的对手！"

尤氏笑道："我只以礼待他，他敢怎样！"兴儿道："不是小的吃了酒放肆胡说，奶奶便有礼让他，他看见奶奶比他标致，又比他得人心，他怎肯干休善罢？人家是醋罐子，他是醋缸、醋瓮。凡丫头们二爷多看一眼，他有本事当面打个烂羊头。虽然平姑娘在屋里，大约一年之间两个有一次到一处，他还口里掭十个过子呢，气的平儿性子发了，哭闹一场，说：'又不是我自己寻的，你又浪着劝我，我原不依，你反说我反了，这会子又这样。'他一般也罢了，倒央告平姑娘。"

尤二姐笑道："可是说谎？这样一个夜叉，怎样反怕屋里人呢？"兴儿道："这就是俗语说的'天下逃不过一个理字去'了。这平儿是他自幼的丫头，陪了过来一共四个，嫁人的嫁人，死的死了，只剩了这个心腹。他原为收了屋里，一则显他[十六]的贤良名儿，二则又叫拴爷的心，别往外头走邪路。又还有一段因果：我们家的规矩，爷们大了，未娶亲之先，都先放两个人伏侍。二爷原有两个，谁知他来了没半年，都寻出不是来，都打发出去了。别人虽不好说，自己脸上过不去，所以强逼着平姑娘做了房里人。那平姑娘又真是个正经人，从不把这件事放在心上，也不会挑妻窝夫的，倒一味忠心赤胆伏侍他，所以他才容下了。"

尤二姐笑道："原来如此。但我听见你们家里还有一位寡妇奶奶和几位姑娘。他这样利害，这些人如何容得呢？"兴儿拍手笑道："原来奶奶不知道，我们家这位守寡的大奶奶，他的诨名儿叫作'大菩萨'，第一个善德人。我们家的规矩又大，寡妇奶奶们不管事，只宜清净守节。妙在姑娘们又多，只把姑娘们交给他，看书写字，学针线，学道理，这是他的责任。除此，问事不知，闲事不管。只因这一向他病了，事多，这大奶奶暂管几日。究竟也无可管，不过是按例而行，不像他多事逞才。我们大姑娘不用说，但凡不好也没这么大福了。二姑娘诨名[十七]叫'二木头'，戳十针也不哎哟一声。三姑娘的诨名是'玫瑰花'。"尤氏姊妹忙问何意。兴儿笑道："玫瑰花又红又香，无人不爱的，只是有刺戳手。也是一位神道，可惜不是太太养的，'老鸹窝里出了凤凰'。四姑娘小，他不是太太养的，是珍大爷的亲妹子，因自幼无母，老太太命太太抱过来养着，也是一位不管事的。奶奶不知道，我们家里的姑娘不算，另外有两位姑娘，真是天上少有，地下无双。一个是我们姑太太的女儿，姓林，小名叫什么黛玉，面庞身段和三姨不差什么，一肚子文章，只是一身多病；这样的天，还穿夹的，好着出来，风儿一吹就倒了。我们这起没王法的嘴都悄悄的叫他'病西施'。还有一位姨太太的女儿，姓薛，叫宝钗，竟是雪堆出来的。每常出门或上车，或一时院子里碰见了[十八]，我们鬼使神差，见了他们两个，不敢出气儿。"尤二姐笑道："你们大家子规矩，虽然小孩子进的去，然遇见小姐们，原该远远的藏开。"兴儿摇手道："不是，不是。那正经大礼，自然藏开，不必说就藏开了。自己不敢出气，生怕这气大了，吹倒了林姑娘；气暖了，吹化了薛姑娘。"说的满屋里都笑了。要知端的，下回分解。

【总评】房内兄弟聚麀，棚内两马相闹，小厮与家母饮酒，小姨与姐夫同床。可见有是主必有是奴，有是兄必有是弟，有是姐必有是妹，有是人必有是马。

校　记：

[一] 原文无"留"字，据庚辰本补。

[二] 此处"一家人"三字，原文"一个人"，据庚辰本改。

[三] 原文无"们"字，据庚辰本补。

[四] 原文无"在"字，据庚辰本补。

[五] 原文无"隆儿"二字，据庚辰本补。

[六] 原文无"大哥为我操心，我今日粉身碎骨，感激不尽。大哥若多心，我意何安。从此以后，还求"一段，据庚辰本补。

[七] 此处的"说笑着说"数字，原文为"笑道"，据庚辰本改。

[八] 原文无"的"字，据庚辰本补。

[九] 原文无"贾琏的"三字，据庚辰本补。

第六十五回 膏粱子惧内偷娶妾 淫奔女改行自择夫

[十] 此处"都"字,原文"却",据庚辰本改。

[十一] 此处的"贾珍"二字,原文为"贾琏",据庚辰本改。

[十二] 原文无"睡"字,据庚辰本补。

[十三] 原文无"玫瑰花儿可爱,刺太扎手"句,据庚辰本补。

[十四] 原文无"但妹子不是那愚人,也不用絮絮叨叨提那从前丑事了,世人也知,说……"一段,据庚辰本补。

[十五] 此处的"上"字,原文为"一",据庚辰本改。

[十六] 此处的"显他"二字,原文为"显化他",据庚辰本改。

[十七] 此处的"诨名"二字,原文为"混名",校者改。

[十八] 此处的"院子里碰见了"数字,原文为"瞥眼一见",据庚辰本改。

第六十六回

情小妹耻情归地府　冷二郎一冷入空门

【回前】余叹世人不识情字，常把淫字当作情字；殊不知淫里无情，情里无淫，淫必伤情，情必戒淫，情断处淫生，淫断处情生。三姐项下一横是绝情，乃是正情；湘莲万根皆削是无情，乃是至情。生为情人，死为情鬼，故结句曰："来自情天，去自情地。"岂非一篇尽情文字？再看他书，则全是淫，不是情了。

话说鲍二家的把兴儿打了一下子，笑道："原有些真的，叫你又编这混话，越发没了捆儿了。你倒不像跟二爷的人，这些混话倒像跟宝玉那边的。"尤二姐才要又问，忽见尤三姐笑问道："可是你们家那宝玉，除了上学，他做些什么？"

兴儿笑道："姨娘别问他，说起来姨娘也未必信。他长了这么大，独他没有上过正经学。我们家从祖宗直到二爷，谁不是寒窗十载，偏他不喜读书。老太太的宝贝，老爷先还管他，如今可也不敢管了。成天疯疯癫癫的，说的话人也不懂，干的事人也不知。外头人人看着好清俊模样儿，心里自然是聪明的，谁知是外清而内浊，见了人，一句话也没有。所有的好处，虽没上过学，难为他认得几个字。每日也不

第六十六回　情小妹耻情归地府　冷二郎一冷入空门

学文习武，又怕见人，只爱在丫头群里闹。再者也没刚柔，有一时喜欢，见了我们时，没上没下的，乱玩一阵；不喜时，各自走了，他也不理人。我们坐着、卧着，见了他，也不理他，他不责备。因此没人怕他，只管随便，都过的去。"尤三姐笑道："主子宽了，又说；严了，又抱怨。可知你们难缠。"庚：情语、情文，至语。尤二姐道："我们看他倒好，原来这样。可惜了一个好胎子。"尤三姐道："姐姐信他胡说，咱们又不是见过一面两面的，行事言谈吃喝，原有些女儿气，那是天天只在里头惯了的。若说糊涂，那些儿糊涂？姐姐记得，穿孝时，那日，正是和尚们进来绕棺，咱们都在那里站着，他只站在头里挡着人。人说他不知礼，又说没眼色。过后他没悄悄的告诉咱们说：'姐姐不知道，我不是没眼色。细想和尚们脏，恐怕气味熏了姐姐们。'接着他吃茶，姐姐又要茶，那个老婆子就拿了他的碗去倒。他连忙说：'我吃脏了的，另洗了再拿来。'这两件上，我冷眼看去，原来他在 [一] 女孩儿们跟前，不管怎样都过的去，只不大合外人的式，所以他们不知道。"尤二姐听说，笑道："依你，两个已是情投意合了。竟把你许了他，如何？"三姐见有兴儿，不便说话，只低了头嗑瓜子儿。兴儿笑道："若论模样儿行事为人，倒是一对好的。只是他已有了，未露出来。将来准是林姑娘定了的。因林姑娘多病，二则都还小，故尚未及此。再过二三年，老太太便一开言，那 [二] 是再无不准的了。"

大家正说话，只见隆儿又来了，说："老爷有事，是件机密大事，要遣二爷往平安州去。不过三五天就起身，来回也得半月工夫。今日不能来了。请老奶奶早和二姨定了那事，明日爷来，好作定夺。"说着，带了兴儿也回去了。

这里尤氏二姐命掩了门早睡，盘问他妹子一夜。至次日午后，贾琏方来了。尤二姐因劝他说："既有正事，何必忙忙又来，千万别为我误了事。"贾琏道："也没甚事，只是偏偏的又出来了一件远差。出了月就起身，须得半个月工夫才回来。"尤二姐道："既如此，你只管放心前去，这里一应不用你记挂。三妹子他不会朝更暮改。他已说了改悔，必是改悔的。他已择定了人，你只要依他就是了。"贾琏忙问："是谁？"尤二姐笑道："这人此刻不在这里，不知多早才来，也难为他眼力。他自己说了，这人一年不来，他等一年；十年不来，他等十年,若这人死了再不来了,他情愿剃了头发当姑子,吃长斋念佛,以了今生。"贾琏问:"到底是谁,这样动他的心?"二姐笑道:"说来的话儿长。五年前我们老娘家里做生日,妈和我们在那里做生日。他家请了一起串客,里头有个做小生的叫作柳湘莲,他看上了,如今要是他才嫁。旧年我们闻得柳湘莲他惹了一个祸,逃走了,不知可又来了不曾?"贾琏听了道:"怪道呢!我说是个什么样人,原来是他!果然眼力不错。你不知道这柳二郎,那样一个标致人,最是冷面冷心的,差不多的人,他都没情没义。他最和宝玉合的来。因打了薛呆子一顿,他不好意思见我们,不知那里去了一向。后来听见有人说来了,不知是真是假。一问跟宝玉的小子们就知道了。倘或不来时,他萍踪浪迹,知道几年才来,岂不白耽搁了?"尤二姐道:"我们这三丫头说的出来,干的出来。他怎样说,只依他便了。[三]"

庚:千奇百怪之文,何至于此!

尤三姐走来说道:"姐夫,你只放心[四]。我们不是那心口两样的人,说什么是什么。若有了姓柳的来,我便嫁他。从今日起,我吃斋念佛,只伏侍母亲,等他来了,嫁了他去,若一百年不来,我自己修行去了。"说着,将一根玉簪,敲作两段:"一句不真,就如这簪子一样!"说罢,回房去了。真个竟非礼不动,非礼不言起来[五]。贾琏没了法,只得和二姐商议了一会家务,复回家与凤姐商议起身之事。一面着人问茗烟,茗烟说:"竟不知道的。"一面又问他的街坊,也说未来。贾琏只得回复了二姐。至起身之日已近,前两日便说起身,却先往二姐这边来住两夜,从这里再悄悄长行。果见小妹又竟换了一个人,又见二姐持家勤慎,自是不消记挂。

是日一早出城,竟奔平安州大道,晓行夜住,渴饮饥餐。方走了三日,那日正走之间,顶头来了一群驮子,内中一伙,主仆十来骑马,到了一看,原来不是别人,竟是薛蟠、柳湘莲,深为奇怪。庚:余亦为怪。忙伸马迎上,在马上大家一齐相见,说些别后寒温,便拣个酒店歇下,叙谈叙谈。贾琏笑说:"闹过之后,我们忙着请你两个说和,谁知柳兄踪迹全无。怎么你两个今日倒在一处了?"薛蟠笑道:"天下竟有这等奇事。我同伙计贩了货物,自春天起身,往回里走了,一路平安。谁知前日到了平安州界,遇见一伙强盗,已将东西劫去。不想柳二弟从

第六十六回　情小妹耻情归地府　冷二郎一冷入空门

那边来了，方把贼人赶散，夺回货物，还救了我们的性命。我谢他又不受，所以我们[六]结了生死弟兄，如今一路进京。从此后我们是亲弟亲兄一般。到前面岔口上分路，他就往南二百里，有他一个姑妈，他去望候望候。我先进京去安置了我的事，然后给他寻一所宅子，寻一门好亲事，大家过起来。"

贾琏听了，道："原来如此，倒教我们悬了几日心。"又听见寻亲事，便忙说道："我正有一门好亲事堪配二弟。"说着，便将自己娶尤氏，如今又要发嫁小姨一节说了出来，只不说自择之语。又嘱薛蟠且不可告诉家里，等生了儿子，自然是知道的。薛蟠听了大喜，说："早该如此，这都是舍表妹之过。"湘莲忙笑说："你又忘情了，还不住口。"薛蟠忙止住不语，便说道："既是这等，这门亲事定要做的。"湘莲道："我本有愿，定要个绝色的女子。如今既是贵昆仲高谊，顾不得许多了，任凭裁夺，我[七]无不从命。"贾琏笑道："如今口说无凭，柳兄一见，便知我这内姨的品貌是古今第一个的了。"湘莲听了大喜，说："既如此说，等弟探过姑母，不过月半就进京的，那时再定如何？"贾琏笑道："你我一言为定，只是我信不过柳兄。你乃萍踪浪迹，倘然淹滞不归，岂不误了人家。须得留一定礼。"湘莲道："大丈夫岂有失信之理。小弟素习寒贫，客中，何能有定礼。"薛蟠道："我这里现成，就备一分二哥带去。"贾琏笑道："也不用金帛之物，须是柳兄亲身自有之物，不论物之贵贱，不过我带去取信耳。"湘莲道："既如此说，弟无别物，此剑防身，不能解下。囊中尚有一把鸳鸯剑，乃吾传代之宝，弟也不敢擅用，只随身收藏而已。贾兄请拿去为定。弟[八]纵系水流花落之性，断不舍此剑者。"说毕，大家又饮了几杯，方各自上马，作别起程。正是：

　　将军不下马，各自奔前程。

且说贾琏一日到了平安州，见了节度，完了公事。因又嘱他十月以前，务要还来一次，贾琏领命。次日连忙取路回家，先到了尤二姐处探望。谁知自贾琏出门之后，尤二姐操持家务十分谨肃，每日闭门阖户，一点外事不闻。他小妹果是个斩钉截铁之人，每日侍奉母姊之余，只安分守己，随分过活。虽是夜晚间孤衾独枕，不惯寂寞，奈一心丢了众人，只念柳湘莲早早回来，完了终身大事。这日贾琏进门，见了这般景况，喜之不尽，亦念二姐之德。大家叙些寒温之后，贾琏便将路遇湘莲之事说了出来，又将鸳鸯剑取出，递与三姐。三姐看时，上面龙吞夔护，珠宝晶莹，一拔出来，里面却是两把合体的。一把上面錾"鸳"字，一把上面錾"鸯"字，冷飕飕，明亮亮，如两痕[九]秋水一般。三姐喜出望外，连忙取来，挂在自己绣房床上，每日望着剑，自笑终身有靠。贾琏住了两天，回去复了父命，回家合宅相见。那时凤姐大愈，已出来理事行走了。贾琏又[十]将此事告诉了贾珍。贾珍因近日又相遇了新友，将[十一]这事丢过，不在心上，任凭贾琏裁夺，只怕贾琏独力不加，少不得又给了他三十两银子。贾琏拿来交与二姐预备妆奁。

谁知八月内湘莲方进京来，拜见薛姨妈，又遇见了薛蝌，方知薛蟠不惯风霜，不服水土，一进京时便病倒在床，请医调治。听见湘莲来了，请入卧室相见。薛姨妈也不提旧事，只感新[十二]恩，母子们十分称谢。又说起亲事一节，凡一应东西皆已妥当，只等择日。柳湘莲也感激不尽。

次日，又来见宝玉，二人相会，如鱼得水。湘莲因笑问贾琏偷娶二房之事，宝玉笑道："我听见茗烟一干人说，我却未见，我也不敢多管。我又听见茗烟说，琏二哥哥着实问你，不知有何话说？"湘莲就[十三]将路上所有之事一概告诉宝玉，宝玉笑道："大喜，大喜！难得这个标致人，果然是个古今[十四]绝色，堪配你之为人。"湘莲道："既是这样，他那里少了人物，单想到我？况且我又素日不大和他相厚，也关切不至此。路上忙忙的就那样再三要定礼，难道女家反赶着男家不成？我自己疑惑起来，后悔不该留下这剑作定。所以后来想起你来，可以细细问个底里才好。"宝玉道："你原是个精细人，如何既许了定礼又疑惑起来？你原说只要一个绝色，如今既得了个绝色便罢了，何必再疑？"湘莲道："你既不知他偷娶，如何又知是绝色？"宝玉道："他是珍大嫂子的继母带来的两位小姨。我在那里和他们混了两个月，怎么不知？真真一对人物，庚：可巧。他姓'尤'。"湘莲听了，跌足道："这事不好，断乎做不得了。你们东府里除了两个石头狮子干净，

第六十回　情小妹耻情归地府　冷二郎一冷入空门

只怕连猫儿狗儿都不干净。我不做这剩忘八。"庚：奇极之文，极趣之文。《金瓶梅》中有云"把忘八的脸打打绿了"，已奇之至。此云"剩忘八"，岂不更奇？宝玉听说，红了脸。湘莲自惭失言，连忙作揖说："我该死胡说。"庚：忽用湘莲提东府之事骂及宝玉，可是人想得到的？所谓一个人不曾放过。你好歹告诉我，他品行如何？"宝玉笑道："你既深知，又来问我做什么？连我也未必干净了。"湘莲笑道："原是我自己一时忘情，好歹别多心。"宝玉笑道："何必再提，这倒似有心了。"湘莲作揖告辞出来，若去找薛蟠，一则他现卧病，二则他又浮躁，不如去索回定礼。主意已定，便一[十五]径来找贾琏。

贾琏正在新房中，听见湘莲来了，喜之不尽，忙迎出来，让到内室与尤老相见。湘莲只[十六]作揖，称老伯母，自称晚生，贾琏听了诧异。吃茶之间，湘莲便说："客中偶然忙促，谁知家姑母于四月间订了弟妇，使弟无言可回。若从了老兄背了姑母，似非合理。若系金帛之物，弟不敢索取，但此剑系祖父所遗，请仍赐回为幸。"贾琏听了，便不自在，还说："定者，定也。原怕反悔所以为定。岂有婚姻之事，出入随意？还要斟酌。"湘莲笑道："虽如此说，弟愿领责罚，然此事断不敢从命。"贾琏还要饶舌，湘莲便起身："请兄外坐一叙，此处不便。"

那尤三姐在房明明听见。好容易等了他来，今忽反悔，便知他在贾府中得了消息，自然是[十七]嫌自己淫奔无耻之流，不屑为妻。今若容他出去[十八]和贾琏说退亲，料那贾琏必无法可处，自己岂不无趣。一听贾琏要同出去，连忙摘下剑来，将一股雌锋隐在身后，出来便说："你们不必出去再议，还你的定礼。"一面泪如雨下，左手将剑并鞘送与湘莲，右手回肘[十九]只往项下一横。可怜：

　　揉碎桃花红满地，玉山倾倒再难扶。

芳灵蕙性，渺渺冥冥，不知那里去了。当下吓得众人急救不迭。尤老一面吓哭，一面又骂湘莲。贾琏忙揪住湘莲，命人捆了送官。尤二姐忙止泪反劝贾琏："你太多事，人家并无威逼他死，是他[二十]自寻短见。你便送他到官，又有何益，反觉生事出丑。不如放手去罢，岂不省事。"贾琏此时也没了主意，便放了手命湘莲快去。湘莲反不动身，泣道："我并不知道是刚烈贤妻，可敬！"湘莲反伏尸大哭一场。等买了棺木来，眼见入殓，又俯棺大哭一场，方告辞而去。

出门正无所之，昏昏默默，自想方才之事："原来尤三姐这样标致，又这等刚烈！"自悔不及。正走之间，只见薛蟠的小厮寻他家去，那湘莲只管出神。那小厮带他到新房之中，十分齐整。忽听环佩叮当，尤三姐从外而入，一手捧着鸳鸯剑，一手捧着册子一卷，向柳湘莲泣道："妾痴情待君五年矣。不期君果冷心冷面，妾已以死报此痴情。妾[二一]今奉警幻仙子之命，前往太虚幻境修注案中所有一干情鬼。妾不忍一别，故因一会，从此再不能相见了。"说着便走。湘莲不舍，忙欲上前拉住问时，那尤三姐便说："来自情天，去自情地。前生误被情惑，今既耻情而觉，与君两无干涉。"说毕，一阵香风，无踪无迹去了。

湘莲惊觉，似梦非梦，睁眼看时，那里有薛家小童，也非新室，竟是一座破庙，旁边坐着一个跏腿道士捕虱。湘莲便起身稽首相问："此系何方？仙师仙名法号？"道士笑道："连我也不知道此系何方，我系何人，不过暂来歇足而已。"柳湘莲听了，不觉冷然如寒冰浸骨，掣出那股雄剑，将万根烦恼丝一挥而尽，随那道士，不知那里去了。且听下回分解。

【总评】尤三姐失身时，浓妆艳抹，凌辱群凶；择夫后，念佛吃斋，敬奉老母。能辨宝玉，能识湘莲，活是红拂、文君一流人物。

鸳鸯剑能斩鸳鸯，鸳鸯人能破鸳鸯，岂有此理？鸳鸯剑梦里不会杀奸妇，鸳鸯人白日偏要助淫夫，焉有此情？真天地间不测的怪事。

校 记：

[一] 原文无"在"字，据蒙府本补。

[二] 此处的"那"字，原文为"却"，据庚辰本改。

[三] 原文无"他怎样说，只依他便了"一句，据庚辰本补。

[四] 原无"姐夫，你只放心"一句，据庚辰本补。

[五] 原文无"真个竟非礼不动，非礼不言起来"一句，据庚辰本补。

［六］此处的"我们"二字，原文为"我"，据蒙府本补"们"字。
［七］原文无"我"字，据庚辰本补。
［八］原文无"弟"字，据蒙府本补。
［九］此处的"两痕"二字，原文为"雨痕"，据蒙府本改。
［十］原文无"又"字，据庚辰本补。
［十一］原文无"将"字，据庚辰本补。
［十二］原文无"新"字，据庚辰本补。
［十三］原文无"就"字，据庚辰本补。
［十四］原文无"古今"二字，据庚辰本补。
［十五］原文无"一"字，据庚辰本补。
［十六］原文无"只"字，据庚辰本补。
［十七］原文无"自然是"三字，据庚辰本补。
［十八］原文无"去"字，据蒙府本补。
［十九］此处的"回肘"二字，原文为"回时"，据蒙府本改。
［二十］原文无"他"字，据蒙府本补。
［二一］原文无"妾"字，据蒙府本补。

第六十七回

馈土物颦卿思故里　讯家童凤姐蓄阴谋

【回前】靖：末回（原作四）"撒手"，乃已悟，虽眷恋，却破此迷关。是何必（原作必何）削发？青（原无）埂峰证了前（原作时）缘，仍不（原做了证情）出士隐（原作士不隐）梦中，而中秋时前引即三姐（原作而前引即秋三中姐）。周汝昌校为：末回"撒手"，乃是已悟；此虽眷恋，却破迷关。是何必削发？青埂峰证了前缘，仍不出士隐梦中；而前引即湘莲（原作中秋）三姐。

　　话说尤三姐自戕之后，尤老娘以及尤二姐、尤氏并贾珍、贾蓉、贾琏等闻之，俱各不胜悲伤，自不必说，忙着人置买棺木盛殓，送往城外[一]埋葬。却说柳湘莲见尤三姐身亡，迷性不悟，尚有痴情眷恋，却[二]被道人数句偈言打破迷关，竟自削发出家，跟随道士飘然而去，不知何往。后事暂且不表。

　　且说薛姨妈闻知湘莲已说定了尤三姐为妻，心甚喜悦，正自高高兴兴要打算替他买房置屋、办妆奁、择吉日、迎娶过门等事，以报他救命之恩。忽有家中小厮见薛姨妈，告知尤三姐自戕与湘莲出家的信息，心甚叹息。正自猜疑，是为什么缘故？时值宝钗从园子里过来，薛姨妈便对宝钗说道："我的儿，你听见了没有？你珍大嫂子的妹妹尤三姐，他不是已经许定了给你哥哥的义弟柳湘莲的？这也很好，不知为什么尤三姐自刎了。湘莲也出了家了。真正奇怪的事，叫人意想不到。宝钗听了，并不在意，便说道："俗语说的好：'天有不测风云，人有旦夕祸福。'这也是前生命定，活该不是夫妻。妈所为的是因有救哥哥的一段好处，故谆谆感叹。如果他二人齐齐全全的，妈自然该替他料理，如今死的死了，出家的出了家了，依我说，也只好由他罢了。妈也不必为他们伤感，损了自己的身子。倒是自从哥哥打江南回来了许多日，贩了来的货物，想来也该发完了。那同伴去的伙计们辛辛苦苦的，来回几个月，妈同哥哥商议商议，也该请一请，酬谢酬谢才是。不然倒叫他们轻看了无礼似的。①"

母女正说之间，见薛蟠自外而入，眼中尚有泪痕未干。一进门来，便向他母亲拍手说道："妈可知道柳大哥、尤三姐的事么？"薛姨妈说："我在园子里听见大家议论，正在这里才和你妹子说这件公案呢。"薛蟠说："这事奇不奇？"薛姨妈说："可是。柳相公那样一个年轻聪明的人，怎么就一时糊涂，跟着道士去了呢②？我想他前世必是有夙缘的、有根基的人，所以才容易听得进这些度他的话去。想你们相好了一场，他又无父母兄弟，单身一人在此，你也该各处找一找才是。靠那跛足道士，疯疯颠颠的能往那里去？左不过是在这房前左右的庙里、寺里躲藏着罢咧。"薛蟠说："何尝不是呢。我一听见这个信儿，就连忙带了小厮们在各处寻找去，连个影儿也没有。又去问人，人人都说不曾看见。我因如此急的没法，惟有望着西北上大哭了一场③，回来了。"说着，眼眶儿又红上来了。薛姨妈说："你既找寻了，没有，把你待朋友的心也尽了。焉知他这一出家，不是得了好处呢！你也不必太过虑了。一则张罗张罗买卖，二则你把你自己娶媳妇应办

---

① 靖侧：宝卿不以为怪，遂（原作虽）以此言慰（原作慰此言以）其母。不然，亦知何为□□□□宝卿心机，余已此又是□□。（注：前四字不清，后两字蛀去。）

② 靖眉：似"糊涂"却不"糊涂"。若非有夙（原作风）缘，有根基（原作根基有）之人，岂能如此？尤三姐（原澒漫）册之副者也。

③ 呆（原作岂是犬）兄也是（原无）有情之人。

的事情，倒是早些料理料理。咱们家里没人手儿，竟是笨雀儿先飞，省得临期丢三忘四的不齐全，令人笑话。再者你妹子说，你也回家半个多月了，想货物也该发完了，同你做买卖去的伙计们，也该设桌酒席请请他们，酬酬劳乏才是。他们固然是咱们家约请的吃工食劳金的人，到底也算是客，又陪着你走了一二千里的路程，受了四五个月的辛苦，而且在路上又替你担了惊怕沉重。"薛蟠闻听，说："妈说的很是，妹妹想的周到。我也这样想来着，只因这些日子，为各处发货，闹的头晕。又为柳大哥的亲事，又忙了这几日，反倒落了一个空，白张罗了一会子，倒把正经事都误了。要不然，就定了明儿后儿下帖子请请罢。"薛姨妈说："由你办去罢。"

话犹未了，外面小厮回说："张总管的伙计送了两个箱子来，说这是爷各自买的，不在货帐里面。本要早送来，因货箱子压着，未得拿。昨日货物发完了，所以今儿才送来了。"一面说，一面又见两个小厮搬进了两个夹板夹的大棕箱来。薛蟠一见，说："哎哟，可是我怎么就糊涂到这步田地了！特特的给妈和妹妹带来的东西都忘了，没拿了家里来，还是伙计送了来了。"宝钗说："亏你才说，还是特特的带来的，还是放了一二十日才送来。若不是特特的带来，必定是要放到年底下才送进来呢。你也诸事太不留心了。"薛蟠笑道："想是我在路上，叫贼把魂吓掉了，还没归壳呢。"说着，大家笑了一阵，便向回话的小厮说："东西收下了，叫他回去罢。"

薛姨妈同宝钗忙问："是什么好东西，这样捆着夹着的？"便命人挑了绳子，去了夹板，开了锁。看时，都是些绫、罗、缎、绸、锦、洋货等，家常应用之物。独有宝钗他的那个箱子，除笔、墨、砚、各色笺纸、香袋、香珠、扇子、扇套、花粉、胭脂、头油等物外，还有虎丘带来的自行人、酒令儿、水银灌的打筋斗的小小子，沙子灯，一出一出的泥人儿的戏，用青纱罩的匣子装着；又有在虎丘山上作的薛蟠的像，泥捏成的，与薛蟠毫无相差，以及许多碎小玩意儿的东西。宝钗一见，满心欢喜。宝钗见了别的都不理论，倒是薛蟠的小像，拿着细细看了一看，又看他哥哥，不禁笑起来了[三]。便叫自己使的丫鬟来吩咐："你将我这个箱子，与我拿了园子里去，我好就近从那边送送人。"说着便站起身来，告辞母亲，往园子里来了。这里薛姨妈将自己这个箱子

第六十七回　馈土物颦卿思故里　讯家童凤姐蓄阴谋

里东西取出，一分一分的打点清楚，着同喜丫头送往贾母并王夫人等处去不讲。

且说宝钗随着箱子到了自己房中，将东西逐件过了目，除将自己留用外，遂一分一分配合妥当，也有单送玩意的，也有送笔墨砚纸的，也有送香袋、扇子、香坠的，也有送胭脂头油的；酌量其人分办，只有黛玉与别人不同，比诸人加厚一倍。一一打点完毕，使莺儿同一老婆子跟着，往各处去送。

其李纨、宝玉等以及诸人，不过收了东西，赏赐来使，皆说些见面再谢等语而已。惟有黛玉，他见江南家乡之物，反自触物伤情，因想起他父母来了，便对着这些东西挥泪自叹。暗想：我乃江南之人，父母双亡，又无兄弟，只身一人，可怜寄居外祖母家中，而且又多疾病，除外祖母以及舅母姐妹看问外，哪里还有一个姓林的亲人来看望看望，给我带些土物来，使我送送人，装装脸面也好。可见人若无至亲骨肉手足，是最寂寞，极冷清，极寒苦，无趣味的。想到这里，不觉就大伤起心来了。紫鹃乃伏侍黛玉多年，朝夕不离左右的，深知黛玉的心腹：他为见了江南故土之物，因感动了心怀，追思亲人的缘故，但不敢说破，只在一旁劝说道："姑娘的身子多病，早晚尚服丸药，这两日不过看着比那些日子略饮食好些，精神壮一点儿，还算不得十分大好。今儿宝姑娘送来这些东西，可见宝姑娘素日看姑娘甚重，姑娘看着该欢喜才是，为什么反倒伤感？这不是宝姑娘送东西，为的是叫姑娘喜欢，这反倒招姑娘烦恼了？若令宝姑娘知道了，怎么脸上下的来呢！再，姑娘也想一想，老太太、太太们为姑娘的病症，千方百计的请好大夫诊脉配药调治，所为的是病急好。这如今才好些，又这样的哭哭啼啼的，岂不是自己糟蹋自己的身子，不肯叫老太太看着喜欢？难道说姑娘这个病，不是因素日从忧虑过度上，伤多了气血得的么？姑娘的千金贵体，别自己看轻了。"紫鹃正在这里劝解黛玉，只听见小丫头子在院内说："宝二爷来了。"紫鹃忙说："快请！"

话犹未毕，只见宝玉已进房来了，黛玉让坐毕，宝玉见黛玉泪痕满面，便问："妹妹，又是谁得罪了你了？你两眼哭的都红了，是为什么？"黛玉不回答，旁边紫鹃将嘴向床上一努，宝玉会意，便往床上一看，见堆着许多东西，便知是宝钗送来的，便笑着取笑说道："好东西，想是妹妹开杂货铺么？摆着这些东西做什么？"黛玉只是不理。紫鹃说："二爷还提东西呢。因宝姑娘送了些东西来，我们姑娘一看就伤心哭起来了。我正在这里好劝歹劝，总劝不住呢。而且又是没吃了饭，若只管哭太乏了，犯了旧病，可不叫老太太骂死了我们么！倒是二爷来的很好，替我们劝一劝。"宝玉他本是聪明人，而且一心总留意在黛玉身上最重，所以深知黛玉之为人心细心窄，而又多心要强，不落人后，因见了人家哥哥自江南带了东西来送人，又系故乡之物，勾想起别的痛肠来，是以伤感是实。这是宝玉肚里揣摩黛玉的心病，却不肯明明的说出，恐黛玉越发动情，乃笑道："你们姑娘哭的缘故不为别的，为的是宝姑娘送来东西少，所以生气伤心。妹妹，你放心，等我明年往江南去，与你多多的带两船来，省得你淌眼抹泪的。"黛玉听了这话，不由"嗤"的一声笑了，忙说道："我任凭[四]怎么没见过世面，也到不了这一步田地上，因送的东西少，就生气伤心。我也不是三两岁小孩子，你也忒把人看的平常小器了！我有我的缘故，你哪里知道！"说着，眼泪又流下来。宝玉忙移至床上，挨黛玉坐下，将那些东西一件一件的摆弄着细瞧，故意的问："这是什么，叫什么名字？""那是什么做的，这样齐整？""这是什么，要他做什么？""妹妹你瞧这一件！可以摆在书阁儿上做陈设，放在条案上做古董儿倒好呢！"一味的将这些没要紧的话，来支吾搭讪了一会。黛玉见宝玉那些呆样子，问东问西的招人可笑，稍将烦恼去些，略有些喜欢之意。宝玉见他有些喜色，便说道："宝姐姐送东西给咱们，我想着，咱们也该到他那里道谢去才是，不知妹妹可去不去？"黛玉原不愿意为送些东西来，就特特的道谢去，不过一时见了谢一声就完了。今被宝玉说的有理，难以推托，无可奈何，同宝玉去了。这且不提。

且说薛蟠听了母亲之言，急忙下请帖，置办酒筵，张罗了一日。果至次日，三四个伙计俱个个到齐，未免说了些店内发货帐目之事，毕，列席让座。薛蟠与众人各位奉酒酬劳。里面薛姨妈又著人出来致谢道乏毕。内有一位问道："今日席上怎么柳大哥不出来，想是东家忘了没请么？"薛蟠闻听，把眉一皱，叹了一口气说道："休提，休提！想来众位不知深情。若说起此人，真真可叹！于两日前忽被一个疯道士度化的出了家，跟着他去了。你们众位听一听，可奇不奇？"众人说道："我们在店内也听见外面人吵嚷说，有一个道士三言两语把一个俗家弟子度了去了，又闻说一阵风刮了去了，又说驾着一片彩云去了。纷纷议论不一。我们也因发货事忙，哪里有功夫当正经事，也没去仔细打听，到如今还是似信不信的。今听此言，那道士度化的原来就是柳大哥么？早知是他，我们大家也该劝解劝解。任凭怎么，也不容他去！又少了一个有趣儿的好朋友了。实实在在的可惜可叹！也怨不得东家你心里不爽快。想他那样一个伶俐人，未必是真跟了道士去罢？柳大哥他会些武艺，又有力量，或者看破了道士有些什么妖术邪法的破绽出来，故意假跟了去，在背地里摆布他，也未可知。"薛蟠说："谁知道。果能如此，倒好罢咧。世上也少一个妖言惑众的人了。"众人说："难道你知道了的时候也没寻找他去不成？"薛蟠说："城里城外，哪里没有找到？因找了不见，不怕你们笑话，我还哭了一场呢！"言毕，只是长吁短叹，无精打采的，不像往日高兴让酒畅饮。席上虽设了些鸡鸭鱼肉、山珍海味，美品佳肴，怎奈东家皱眉叹气，众伙计看此光景，不便久坐，不过随便喝了几杯酒，吃了些饭食，就都散了，这也不必提。

且说宝玉拉了黛玉，至宝钗处来道谢，彼此见面，未免说几句客言套语。黛玉便对宝钗说道："大哥哥辛辛苦苦的，能带了多少东西来，搁的住送我们这些，你还剩什么呢？"宝玉说："可是这话呢。"宝钗笑说："东西不是什么好的，不过是远路带来的土物，大家看着略觉新鲜似的，我剩不剩什么要紧。我如今果爱什么，今年虽然不剩，明年我哥哥去时，再叫他给我带些来，有什么难呢？"宝玉听说，忙笑道："明年再带了什么来，我们还要姐姐送我们呢！可别忘了我们！"黛玉说："你只管说，不必拉扯上'我们'的字眼。姐姐瞧！宝哥哥不是给姐姐来道谢，竟是又要定下明年的东西来了。"宝玉笑说："我要出来，难道没有你一份不成？你不知道帮着说，反倒说起这散话来了！"黛玉听了，笑了一声。宝钗问："你二人如何来的这样巧？是谁会谁去的？"宝玉说："休提。我因姐姐送我东西，想来林妹妹也必有，我想要道谢，想林妹妹也必来道谢，故此我就到他房里，会了他一同要到这里来。谁知到了他家，正在房里伤心落泪，也不知是为什么这样爱哭？"宝玉刚说到"落泪"二字，见黛玉瞪了他一眼，恐他往下还说。宝玉会意，随即换过口来说道："林妹妹这几日因身上不爽快，恐怕又病扳嘴，故此着急落泪，我劝解了一会子才来了。一则道谢，二则一个人在房坐着发闷。"宝钗说："妹妹怕病闷，固然是正理，也不过是在那饮食起居穿脱衣服冷热上加些小心就是了。为什么伤起心来呢？妹妹你难道不知：伤心难免不伤血气精神，把要紧的伤了，反倒要受病的。妹妹你细想想。"黛玉说："姐姐说的很是。我自己何尝不知道呢？只因我这几年，姐姐是看见的，那一年不病一两场，病的我怕的了。见了药，吃了见效不见效，一闻见，先就头疼发恶心，怎么不叫我怕病呢？"宝钗说："虽然如此说，却也不该伤心。倒是觉着身上不爽快，反自己强扎挣着出来，各处走走逛逛，把心松散松散，比在屋里闷坐着还强呢。伤心是自己添病的大毛病。我那两日不是觉着发懒，浑身乏倦，只是要歪着，心里也是为时气不好，怕病，因此偏扭着他寻些事件做做，一般里也混过去了。妹妹别怪我说，越怕越有鬼。"宝玉听说，忙问道："宝姐姐，鬼在哪里呢？我怎么看不见一个鬼？"惹的众人哄声大笑。宝钗说道："呆小爷，这是比喻的话。哪里真有鬼呢？认真的果有鬼，你又该吓哭了。"黛玉因此笑道："姐姐说的很是。很该说他，谁叫他嘴快！"宝玉说："有人说我的不是，你就乐了，你这会子心里也不懊悔了，咱们也该走罢！"于是二人又说笑一会，二人辞了宝钗出来。宝玉仍把黛玉送至潇湘馆门首，自己回家，这且不提。

且说赵姨娘因见宝钗送环哥儿物件，忙忙接下，心中甚喜，满口夸奖："人人都说宝姑娘会行事，很大方，今日看来果然不错。他哥哥能带了多少东西来，他挨家送到，并不遗漏一处，也不露出谁薄谁厚，连我们搭拉嘴子他都想到，实在的可敬。若是林姑娘，也罢么，也没人给他送东西带什么来，即或有人带了来，他只是拣着那有势力、有体面的人头儿跟前才送去，那里还轮的到我们娘儿们身上呢！可见人会行事，真真露着各别另样的好。"赵姨娘因环哥儿得了东西，深为得意，不住的托在掌上摆弄，瞧看一会，想宝钗乃系王夫人之表侄女，特要在王夫人跟前卖好儿。自己叠叠歇歇的拿着那东西，走至王夫人房中，站在一旁说道："这是宝姑娘才给环哥的，他哥哥带来的。他年轻轻的人，想的周到。我还给了送东西的小丫头二百钱。听见说姨太太也给太太送来了，不知是什么东西？你们瞧瞧这一个门里头就是两份儿，能多少呢？怪不得老太太同太太都夸他疼他，果然招人爱。"说着，将抱的东西递过去，与王夫人瞧。谁知王夫人头也没抬，手也没伸，只口内说了声："好，给环哥玩罢咧。"并无正眼看一看。赵姨娘因招了一鼻子灰，满肚气恼，无精打采的回至自己房中，将东西丢在一边，说了许多劳儿三巴儿四，不着要的一套闲话，也无人问他。他却自己咕哆着嘴，一边子坐着。可见赵姨娘为人小器糊涂，饶得了东西，反说许多令人不入耳生厌的闲话，也怨不得探春生气，看不起他。闲话休提。

　　且说宝钗送东西的丫头回来说，也有道谢的，也有赏赐的，独有给巧姐儿送的那一份儿，仍旧拿回来了。宝钗一见，不知何意，便问："为什么这一份没送去呢？还是送了去没收呢？"莺儿说："我方才给环哥儿送东西去的时候，见琏二奶奶往老太太房里去了，我想琏二奶奶不在家，知道交给谁呢？所以没有去送。"宝钗说："你也太糊涂了。二奶奶不在家，难道平儿、丰儿也不在家不成？你只管交给他们收下，等二奶奶回来，自有他们告诉就是了，必定要你当面交给才算么？"莺儿听了，复又拿着东西，出了园子，往凤姐处去。在路上走着，便对拿东西的老婆子说："早知道一就事送了去不完了！省的又走这一趟。"老婆子说："闲着也是白闲着，借此出来逛逛也好。只是姑娘你今日来回各处走了好些路儿，想是不惯、乏了，咱们送了这个，可就完了。一打总儿再歇着。"二人说着话，到了凤姐处送了东西。回来见宝钗问道："你见了琏二奶奶没有？"莺儿说："我没见。"宝钗说："想是二奶奶还没回来么？"丫头说："回是回来了，因丰儿对我说，'二奶奶自老太太屋里回房来，不像往日欢天喜地的，一脸的怒气，叫了平儿去唧唧咕咕的说话，也不叫人听见，连我都撵出来了。你不必见，等我替你回一声儿就是了。'因此便着丰儿拿进去，回了，出来说：'二奶奶说，给你们姑娘道生受。'赏了我们一吊钱，就回来了。"宝钗听了，自己纳闷，也想不出凤姐是为什么生气。这也不表。

　　且说袭人见宝玉，便问："你怎么不逛，就回来了。你原说约着林姑娘两个同到宝姑娘处道谢去，可去了没有？"宝玉说："你别问，我原说是要会林姑娘同去的，谁知到了他家，他在房里守着东西哭呢。我也知道林姑娘的那些缘故的，又不好直问他，又不好说他，只装不知道，搭讪着说别的，宽解了一会子，才好了。然后方拉了他到了宝姐姐那里道了谢，说了一会子闲话，方散了。我又送他到家，才回来了。"袭人说："你看送林姑娘的东西，比送我们的多些，少些，还是一样呢？"宝玉说："比送我们的多着一两倍呢。"袭人说："这才是明白人，会行事。宝姑娘他想别的姐妹等都有亲的热的跟着，有人送东西，况且他们两个，不但是亲戚，还是干姐妹，难道你不知道林姑娘去年曾认过薛姨太太做干妈的？论理多给他些也是该的。"

　　宝玉笑说："你就是会评事的一个公道佬儿。"说着话儿，便叫小丫头取了拐枕来，要在床上歪着。袭人说："你不出去了？我有一句话告诉你。"宝玉便问什么话，袭人说："素日琏二奶奶待我很好，你是知道的。他自从病了一大场之后，如今又好了，我早就想着要到那里看看去，只因琏二爷在家不方便，始终总没有去。闻说琏二爷不在家，你今日又不往那里去，而且初秋天气，不冷不热，一则看二奶奶尽个礼，省得日后见了，受他的数落；二则借此逛一逛。你同他们看着家，我去去就来。"晴雯说："这却是该的，难得这个巧空儿。"宝玉说："我方才说，为他议论宝姑娘，夸他是个公道人。这一件事，行的又是一个周到人了。"袭人笑道："好小爷，你也不用夸我。你只在家同他们好生玩，好歹别睡觉。睡出病来，又是我担沉重。"宝玉说："我知道了。你只管去罢。"言毕，袭人遂到自己房里换了两件新鲜衣服，拿着把镜儿照着抿了抿头，匀了匀脸上脂粉，步出下房，复又嘱咐了晴雯、麝月几句话，便出了怡红院。

　　来至沁芳桥上立住，往四下里观看那园中景致。时至秋令，秋蝉鸣于树，草虫鸣于野，见这石榴花也开败了，荷叶也将残上来了，倒是芙蓉近着河边，都发了红扑扑的骨朵子，衬着碧绿的叶儿，倒令人可爱。一壁厢下了桥不远，迎见李纨房里使唤的丫头素云，跟着个老婆子，手里捧着个洋漆盒儿走来。袭人便问："往哪里去？送的是什么东西？"素云说："这是我们奶奶给三姑娘送去的菱角、鸡豆。"袭人说："这个东西还是咱们园子里河内采的、还是外头买来的呢？"素

第六十七回 馈土物颦卿思故里 讯家童凤姐蓄阴谋

云说:"这是我们房里使唤的刘妈妈,他告假瞧亲戚去,带来的孝敬奶奶,因三姑娘在我们那里坐着看见了,我们奶奶叫人剥了让他吃,他说才喝了热茶了,不吃,一会儿再吃罢。故此给三姑娘送了家去。"言毕,各自分路走了。

袭人远远看见那边葡萄架底下有一个人拿着掸子在那里动手动脚的,因迎着日光,看不真切。至离的不远,那祝老婆子见了袭人,便笑嘻嘻的迎上来说道:"姑娘今日怎么得工夫出来闲逛,往那里去?"袭人说:"我哪里还得工夫来逛?我往琏二奶奶家瞧瞧去。你在这里做什么?"那祝老婆子说:"我在这里赶马蜂呢。今年三伏里雨水少,不知怎么果木树上长虫子,把果子吃的疤拉眼睛的掉了好些下来,可惜了的白掷了。就是这葡萄,刚成了珠儿,怪好看的,那马蜂、蜜蜂儿满满的围着嘬,都咬破了。这还罢了,喜鹊、雀儿,他也来吃。这个葡萄,还有一个毛病儿,无论雀儿、虫儿一嘟噜上,只咬破三五个,那破的水淌到好的上头,连这一嘟噜都是要烂的。这些雀儿、马蜂可恶着呢,故此我在这里赶。姑娘你瞧咱们说话的空儿没赶,就嘬了许多上来了。"袭人说:"你就是不住手儿赶,也赶不了这许多。你刚这里赶,那里又来了。倒是告诉买办说,叫他多多的做些冷布口袋来,一嘟噜一嘟噜的套上,免得翎禽草虫糟蹋,而且又透风,捂不坏。"婆子笑道:"倒是姑娘说的是。我今年才上来,哪里就知道这些巧法儿呢。"

袭人说:"如今这园子里这些果品,有好些种儿,倒是哪样先熟的快些?"祝老婆子说:"如今才入七月的门,果子都是才红上来,要是好吃,想来还得月尽头儿才熟透了呢。姑娘不信,我摘一个给姑娘尝尝。"袭人正色说道:"这哪里使得。不但没熟吃不得;就是熟了,一则没有供佛,二则主子们尚然没有吃,咱们如何先吃得呢。你是这府里的陈人,难道连这个规矩也不晓得么?"老婆子忙笑道:"姑娘说的有理。我因为姑娘问我,我白这样说。"口内说,心里想说道:"够了,我方才幸亏是在这里赶马蜂,若是顺着手儿摘一个尝尝,叫他们看见,还了得么?"袭人说:"我方才告诉你要口袋的话,你就回一回二奶奶,叫管事的做去罢。"言毕,遂一直出了园子门,就到凤姐这里来了。

正是凤姐与平儿议论贾琏之事，因见袭人，他是轻意不来之人，又不知是有什么事情，便连忙止住话语，勉强带笑说道："贵人从哪阵风儿刮了我们这个贱地来了？"袭人笑说："我就知道奶奶见了我，是必有麻烦我一顿的，有什么呢？但是奶奶欠安，本心惦着要过来请请安。头一件，琏二爷在家不便；二则奶奶在病中，又怕嫌烦，故未敢来。想奶奶素日疼爱我的那个份儿上，自必是体谅我，再不肯恼我的。"凤姐笑道："宝兄弟屋里虽然人多，就靠着你一个儿照看，也实在的离不开。我常听见平儿告诉我说，你背地里还惦着〔五〕我，常问。我听见就很欢喜的什么似的。今日见了你，我还要给你道谢呢！我还舍得麻烦〔六〕你吗，我的姑娘？"袭人说："我的奶奶，若是这样说，就是真疼我了。"凤姐拉了袭人的手，让他坐下。袭人哪里肯坐，让之再三，方才挨炕沿脚踏上坐了。

平儿忙自己端了茶来，袭人说："你叫小人们端罢，劳动姑娘，我到不安。"一面站起接过茶来吃着，一面回头看见床沿上放着一个活计，簸箩儿内，装着一个大红洋锦的小兜肚。袭人说："奶奶一天七事八事的，忙的不了，还有工夫做活计么？"凤姐说："我本来不会做什么，如今病了才好，兼着家务事闹个不清，哪里还有工夫做这些呢。要紧的我都丢开了，这是我往老太太屋里请安去，正遇见薛姨太太送老太太这些花红柳绿的，到对给小孩子们做小衣小裳儿的穿着到好玩呢，因此我就问老祖宗讨了来了。还惹的老祖宗说了好些玩话，说我是老太太的命中小人，见了什么要什么，见了什么拿什么，惹的众人都笑了。你是知道我是脸皮儿厚，不怕说的人，老祖宗只管说，我只管装不听见。所以才交给平儿，给巧姐儿先做件小兜肚穿着，还剩下的，等消闲有工夫，再做别的。"

袭人听毕，笑道："也就是奶奶，才能够怄的老祖宗喜欢罢咧。"伸手拿起来一看，便夸道："果然好看，各样颜色都有，好材料，也须这样巧手的人才会做。况又是巧姐儿他穿的，抱了出去，谁不多看一看！"又说道："巧姐儿哪里去了，我怎么这半日没见他？"平儿说："方才宝姑娘那里送了些玩的东西来，他一见了很希罕，就摆弄玩了好一会子。他奶妈子才抱了出去，想是乏了，睡觉去了。"袭人说："巧姐儿比先前自然越发会玩了。"平儿说："小脸蛋子吃的银盆似的，见了人就赶着笑，再不得罪人。真真的是我奶奶的解闷的宝贝疙瘩儿。"凤姐便问："宝兄弟在家做什么呢？"袭人笑道："我才求他同晴雯他们看家，我才告了假来了。可是呢，只顾说话，我也来了好大半天了，要回去了。别叫宝玉在家里抱怨，说我屁股沉，到那里就坐住了。"说着，便立起身来告辞，回怡红院来了。这且不提。

且说凤姐见平儿送出袭人回来，复又把平儿叫入房中，追问前事，越说越气，说道："二爷在外边偷娶老婆，你说你是听见二门上小小子们说，到底是谁？哪一个说的呢？"平儿说："是旺儿他说的。"凤姐便命人把旺儿叫来，问道："你二爷在外边买房子娶小老婆，你知道么？"旺儿说："小的终日在二门上听差，如何知道二爷的事？这是听见兴儿告诉的。"凤姐说："兴儿是几时告诉你的？"旺儿说："还是二爷没起身的头里告诉的。"凤姐说："兴儿在哪里呢？"旺儿说："兴儿在新二奶奶那里呢。"凤姐一听，满腔怒气，啐了一口骂道："下作猴儿崽子，什么是新奶奶旧奶奶，你就私自封奶奶了？满嘴里胡说，这就该打嘴巴。"又问："兴儿他是跟二爷的人，怎么没有跟了二爷去呢？"旺儿说："特留下他在这里照看尤二姐，故此未曾跟了去。"凤姐听说，忙的一叠连声，命旺儿："快把兴儿叫来！"

旺儿忙忙的跑了出去。见了兴儿，只说："二奶奶叫你呢。"兴儿正在外边同小子们玩笑，听见叫他，也不问旺儿二奶奶叫他做什么，便跟了旺儿急急忙忙的来至二门前，回明进去。见了凤姐，请了安，旁边侍立。凤姐一见，便先瞪了两眼，问道："你们主子奴才，在外面干的好事！你们打量我是呆瓜，不知道？！你是紧跟二爷的人，是必深知根由。你须细细的对我实说，稍有些儿隐瞒撒谎，我将你的腿打折了。"兴儿跪下磕头说："奶奶问的是什么事？是我同爷干的？"凤姐骂道："好小杂种，你还敢来支吾我！我问你，二爷在外边怎么就说成了尤二姐？怎么买房子、置家伙？怎么娶了过来？一五一十的说个明白，饶你的狗命！"

兴儿听了，仔细想了一想："此事两府皆知，就是瞒着老爷、太太、老太太同二奶奶不知道，终久也是要知道的，我如今何苦来瞒着，不如告诉了他，省得挨眼前打，受委屈。"再，兴儿一则年幼，不知事的轻重；二则素日又知道凤姐是个烈口子，连二爷还惧他五分；三则此事原是二爷同珍大爷、蓉哥儿，他叔侄弟兄商量着办的，与自己无干。故此把主意拿定，壮着胆子，跪着说道："奶奶别生气，等奴才回禀奶奶听。只因那府里大老爷的丧事上穿孝，不知二爷怎么看见过尤二姐几次，大约就看中了，动了要说的心，故此先同蓉哥商议，求蓉哥替二爷从中调停办理，做了媒人说合，事成之后，还许下谢礼。蓉哥满应，将此话转告诉了珍大爷，珍大爷告诉了珍大奶奶和尤老娘。尤老娘听了很愿意，但说是二姐从小儿已许过张家为媳，如何又许二爷呢，恐张家知道，生出事来不妥当。珍大爷笑道：'这算什么大事？交给我。'便说那张姓小子本是个穷苦破落户，哪里见得多给他几两银子，叫他写张退亲的休书就完了。后来果然找了姓张的来，如此说明，写了休书，给了银子去了。二爷闻知，方得放心大胆的说定了。又恐怕奶奶知道，拦阻不允，所以在外边咱们后身儿买了几间房子，置了东西〔七〕，就娶过来了。珍大爷还给了爷两口人使唤。时常推说给老爷办事，又说给珍大爷张罗事，都是些支吾的谎话，竟是在外头住着。从前原是娘儿三个住着，还要商量给尤三姐说人家，又许下厚聘嫁他。如今尤三姐也死了，只剩下那尤老娘跟着尤二姐住着做伴儿呢。这是一往从前的实话，并不敢隐瞒一句。"说毕，复又磕头。

凤姐听了这一篇言词，只气得痴呆了半晌，面如金纸，两只吊梢子眼越发直竖起来了，浑身乱颤，半天连话也说不上来，只是发怔，猛低头见兴儿在地下跪着，便说道："这也没有你的大不是，但只是二爷在外头行这样的事，你也该早些告诉我才是，这却很该打。因你肯实说，不撒谎，且饶恕你这一次。"兴儿说："未能早回奶奶，这是奴才该死的。"便叩头有声。凤姐说："你去罢。"兴儿才立起身要走，凤姐又说："叫你时须要快来，不可远去。"兴儿连连答应了几个"是"，就出去了。到外面伸了伸舌头，说："够了〔八〕我的了，差一差儿，没有挨一顿好打。"暗自后悔不该告诉旺儿，又愁二爷回来怎么见，各自害怕。这且不提。

且说凤姐见兴儿出去，回头向平儿说："方才兴儿说的话，你都听见了没有？"平儿说："我都听见了。"凤姐说："天下哪有这样没脸的男人！吃着碗里，看着锅里，见一个爱一个，真成了喂不饱的狗，实在的是个弃旧迎新坏货，只是可惜这五六品的顶带给他。他别想着俗语说的家花那有野花香的话，他要信了这个话，可就大错了。多早晚在外面闹一个很没脸、亲戚朋友见不得的事出来，他才罢手呢。"平儿一旁劝道："奶奶生气，却是该的，但奶奶身子才好了，也不可过于气恼。看二爷自从鲍二的女人那一件事之后，倒很收了心、好了呢，如今为什么又干起这样事来？这都是珍大爷的不是。"凤姐说："珍大爷固然有不是，也总因咱们那位下作不堪的爷他眼馋，人家才引诱他罢咧。俗语说：'牛儿不吃水，也强按头么'？"平儿说："珍大爷干这样事，珍大奶奶也该拦阻不依才是。"凤姐说："可是这话呢。珍大奶奶也不想一想，把一个妹子要许上几家子才好呢？先许了姓张的，今又嫁了姓贾的，天下的男人都死绝了，都嫁到贾家来，难道贾家的衣食这样好不成？这不是说幸而那一个没脸的尤三姐，知道好歹，早早死了，若是不死，将来不是嫁宝玉，就是嫁环哥儿呢。总也不见给那妹子留一些儿体面，叫妹子怎么抬头竖脸的见人呢。妹子好歹也罢咧，那妹子本来也不是他亲的，而且听见说原是个混帐烂桃，难道珍大奶奶现做着命妇，家中有这样一个打嘴现世的妹子，也不知道羞臊，躲避着些，反到大面上扬名打鼓的在这门里丢丑，也不怕笑话么？再者珍大爷也是做官的人，别的律例不知道也罢了，连个服中娶亲、停妻再娶使不得的规矩，他也不知道不成？你替我细想想，他干的这件事，是疼兄弟、还是害兄弟呢？"平儿说："珍大爷只顾眼前，叫兄弟喜欢，也不管日后的轻重干系了。"凤姐冷笑道："这是什么叫兄弟喜欢，这是给他的毒药吃呢。若论亲叔伯兄弟中，他年纪又最大，又居长，不知教导学好，反引诱兄弟学不长进，担罪名儿。日后闹出事来，他在一边缸沿上站着看热闹，真真我要骂也骂不出口来。再者他那边府里的丑事坏名儿，已经叫人听不上了，必定也叫兄弟学他一样，才好显不出他的丑来，这是什么做哥哥的道理？倒不如撒泡尿浸死了，替大老爷死了也罢了，活着做什么呢？你瞧东府里大老爷那样厚德，吃斋念佛行善，怎么反得了这样一个儿子、孙子，大概是好风水都叫他老人家一个拨尽了。"平儿说："想来不错。若不然，怎么这样差着格儿呢！"凤姐说："这件事幸而老太太、老爷、太太不知道，倘或吹到这几位耳朵里去，不但咱们那没出息的二爷挨打受骂，就是珍大爷和珍大奶奶管保要吃不了的兜着走呢。"连说带闹了半天，连午饭也推头疼，没过去吃。平儿看此光景，越说越气，说道："奶奶也煞一煞气儿，事从缓来，等二爷回来，慢慢的再商量就是了。"凤姐听了此言，从鼻孔内哼了两声，冷笑道："好罢咧。等爷回来，可就迟了。"平儿便跪在地下，再三苦劝安慰一会子。凤姐才略消了些气恼，喝了口茶，喘息了良久，便要了拐枕歪在床上，闭着眼睛打主意。平儿见凤姐躺着，才退出。偏有不懂眼的几个回事的人来，都被丰儿撵出去了。又有贾母处着玛瑙来问："二奶奶为什么不吃饭？老太太不放心，着我来瞧瞧。"凤姐因是贾母处打发人来，遂勉强起来说："我白日有些头疼，并没别的病，请老太太放心。我已经躺了一躺儿好了。"言毕，打发人去后，却自己一个将前事从头至尾细细的盘算多时，得了个一计害三贤的狠主意，自己暗想须得如此如此方妥。主意已定，也不告诉平儿，反外面做出嬉笑自在、无事的光景，并不露出恼恨妒嫉之意。

于是叫丫头传了来旺来，盼咐令他明日传唤匠役人等，收拾东厢房，裱糊陈设等语，平儿与众人皆不知为何缘故。要知端的，且听下回分解。

校　记：

［一］原文无"城外"二字，据蒙府本补。

［二］原文无"却"字，据蒙府本补。

［三］原文无"宝钗见了别的都不理论，倒是薛蟠的小像，拿着细细看了一看，又看他哥哥，不禁笑起来了"一句，据蒙府本补。

［四］此处的"我任凭"三字，原文为"我凭他"，据蒙府本改。

［五］此处的"惦着"二字，原文为"垫着"，据蒙府本改。

［六］此处的"麻烦"二字，原文为"麻犯"，校者改。

［七］此处的"置了东西"数字，原文为"治了东西"，校者改。

［八］此处的"够了"二字，原文为"勾了"，校者改。

第六十八回

苦尤娘赚入大观园　酸凤姐闹翻宁国府

【回前】余读《左氏》见郑庄，读《后汉》见魏武，谓古之大奸巨猾，惟此为最。今读《石头记》，又见凤姐作威作福，用柔用刚，占步高，留步宽，杀得死，救得活。天生此等人，断丧元气不少。

话说贾琏起身去后，偏遇平安节度巡边在外，约一个月方回。贾琏未得确信，只得住在下处等候。及至回来相见时，事情办妥，回程将是两个月的限了。

谁知凤姐心下早已算定，只待贾琏前脚走了，回来传各色匠役，收拾东厢房三间，照依自己正室一样装饰陈设。至十四日便回明贾母、王夫人，说十五一早要到姑子庙进香去。只带了平儿、丰儿、周瑞媳妇、旺儿媳妇四人，未曾上车，便将缘故告诉了众人。又吩咐众人，素衣素盖，一径前来。

兴儿引路，一直到了二姐门前扣门。鲍二家的开了门。兴儿笑说："快回二奶奶去，大奶奶来了。"鲍二家的听了这话，顶梁骨走了真魂，忙飞报进与尤二姐。尤二姐虽也一惊，但已来了，只得以礼相待，于是忙整衣来迎接。出至门前，凤姐方下车进来。尤二姐一看，只见头上皆是素白银器，身上月白缎袄，青缎披风，白绫素裙。眉弯柳叶，高吊两梢，目横丹凤，神凝三角。俏丽若三春之桃，清素若九秋之菊。两个女人搀扶入院来，尤二姐赔笑忙迎上来万福，张口便叫："姐姐下降，不曾远迎，望恕仓促之罪。"说着便福了下来。凤姐忙赔笑还礼不迭。

　　二人携手同入室中。凤姐上座，尤二姐命丫鬟拿褥子来便行礼，说："奴家年轻，一从到了这里，诸事皆系家母和家姐商议主张。今日有幸相会，若姐姐不弃奴家寒微，凡事求姐姐的指示教训。奴亦倾心吐胆，只伏侍姐姐。"说着，便行下礼去。凤姐忙下座以礼相还，口内忙说："皆因奴家妇人之见，一味劝夫慎重，不可眠花卧柳，恐惹父母耽忧。此皆是你我之痴心，怎奈二爷错会了奴意。眠花卧柳之事，瞒奴或可，今娶姐姐二房之大事，亦人家大礼，亦不曾对奴说。奴亦曾劝过二爷，早行此礼，以备生育。不想二爷反以奴为那等嫉妒之妇，私自行此大事，并未说知，使奴有冤难诉，惟天地可表。前于十日之先，奴已风闻，恐二爷不乐，遂不敢先说。今可巧远行在外，故奴家亲自拜见过，还求姐姐下体奴心，起动大驾，挪至家中。你我姊妹同房同处，彼此合心，谏劝二爷慎重世务，保养身体，方是大礼。若姐姐在外，奴在内，虽愚贱不堪相伴，奴心何安？再者，使外人闻之，亦甚不雅观。二爷之名也要紧，倒是谈论奴家，奴亦不怨。所以今生今世奴之名节，全在姐姐身上。那起下人小人之言……。"[一]未免见我素日持家太严，背后加减些言语，自是常情。姐姐乃何等样人物，岂可信真？若我实有不好之处，上头三层公婆，有无数姐妹妯娌，况贾府世代名家，岂容我到今日！今日二爷私娶姐姐在外，若别人则怒，我则以为幸。正是天地神佛不忍我被小人们诽谤，故生此事。我今来求姐姐进去和我一样同居同处，同分同列，同侍公婆，同谏丈夫。喜则同喜，悲则同悲；情同亲妹，和同骨肉。不但那起小人见了，自悔从前错认了我；就是二爷来家一见，他做丈夫之人，心中也未免后悔。所以姐姐竟是我的大恩人，使我从前之名一洗无余了。若姐姐不随奴去，奴亦情愿在此相陪。奴愿做妹子，每日伏侍姐姐梳洗。只求姐姐在二爷跟前替我好言方便，容我一席之地安身，我死也愿意。"说着，便呜呜咽咽哭将起来。尤二姐见了这般，也不免滴下泪来。

　　二人对见了礼，分序坐下。平儿忙也上来要见礼。尤二姐见他打扮不凡，举止品貌不俗，料定是平儿，连忙亲身挽住，只叫"妹子快休如此，你我是一样的人。"凤姐忙也起身笑说："折死他了！妹子只管受礼，他原是咱们的丫头。以后快别如此。"说着，又命周家的从包袱里取出四匹上色尺头来，四对金珠簪环为拜见之礼。尤二姐忙拜受了。

　　二人吃茶，对诉已往之事。凤姐口内全是自怨自错，"怨不得别人，如此只求姐姐疼我"等语。尤二姐见了这般，便认他作极好的人，小人不遂心，诽谤主子，亦是常理，故倾心吐胆，叙了一回，竟把凤姐认为知己。又见周瑞等媳妇在旁边称扬凤姐素日许多善政，只是吃亏心太痴了，惹人怨；又说"已经预备了房屋，奶奶进去一看便知。"尤氏心中早已要进去同住方好，今又见如此，岂有不依之理，便说："原该跟了姐姐去，只是这里怎样？"凤姐道："这有何难，姐姐的箱笼细软，只着小厮搬了进去。这些粗笨货要他无用，还叫人看守。姐姐说谁妥当就叫谁在这里。"尤二姐忙说："今日既遇见姐姐，这一进去，凡事只凭姐姐料理。我也来的日子〔二〕浅，也不曾当过家，不明白世事，如何敢做主？这几件箱柜拿进去罢。我也没有什么东西，那也不过是二爷的。"

　　凤姐听了，便命周瑞家的记清，好生看管着，抬到东厢房去。于是催着尤二姐穿戴了，二人携手出来，同坐一车，又悄悄的告诉他："我们家的规矩大。这事老太太一概不知，倘或知二爷〔三〕孝中娶你，管把他打死了。如今且别见老太太、太太去。我们有一个花园子极大，姊妹们住着，轻易〔四〕没人去的。你这一去且在园里住两天，等我设个法子回明白了，那时再见方妥。"尤二姐道："任凭姐姐裁处。"

　　那些跟车的小厮们皆是预先说明的，如今不进大门，竟奔后门而来。下了车，赶散众人。凤姐便带尤氏进大观园的后门，来到李纨处相见了。彼时大观园中十停人已有九停人知道了，今忽见凤姐带了进来，引动多人来看问。尤二姐一一见过。众人见他标致和悦，无不称扬。凤姐一一的盼咐了众人："都不许在外走了风声，若老太太、太太知道了，我先叫你们死。"园中婆子、丫鬟都素惧凤姐的，又系贾琏国孝家孝中所行之事，知道关系非常，都不管这事。凤姐悄悄的求李纨收养几日，"等回明了，我们自然过去。"李纨见那边已收拾房屋，况在服中，不敢张扬，自是正理，只得收下权住。凤姐又变法将他的丫头一概退出，又将自己的几个丫头送他使唤。暗暗吩咐园中媳妇："好生照看着他。若有走失逃亡，一概和你们算帐。"自己又去暗中行事。合家之人无不纳罕，都说："看他如何这等贤惠起来了。"那尤二姐得了这个所在，又见园中姊妹各各相好，倒也安心乐业的自为得其所矣。

谁知三日之后，丫头善姐便有些不服使唤起来。尤二姐因说："没了头油了，你去回声大奶奶拿些来。"善姐道："二奶奶，你怎么不知好歹没眼色！我们奶奶天天承应了老太太，又要[五]承应这边太太，那边太太。这些妯娌姊妹，上下几百男女，天天起来，都等他的话。一日少说，大事也有一二十件，小事还有三五十件。外头的[六]从娘娘算起，以及王公侯伯家多少人情客礼，又有这些亲友的调度。银子上千钱上万，一日都从他一个手，一个心，一个口里调度[七]，那里为这点子小事去烦琐他。我劝你省着些儿罢。咱们又不是明媒正娶来的，这是他亘古少有一个贤良人，才这样待你，若差些的，听见了这话，吵嚷起来，把你丢在外，死不死，活不活，你又敢怎样呢！"一席话，说的尤氏垂了头，自为有这一说，少不得将就些儿罢了。那善姐渐渐的连饭也不端与他吃，或早一顿，或晚一顿，所拿来之物，皆是剩的。尤二姐说过两次，他反先乱叫起来。尤二姐又怕人笑他不安分，少不得忍着。隔上五日、八日，见凤姐却是和颜悦色，满嘴里"姐姐"不离口。又说："倘有下人不到之处，你降不住他们，只管告诉我，我打他们。"又骂丫头、媳妇说："我深知你们，软的欺，硬的怕，背开我的眼，还怕谁？倘或二奶奶告诉我一个不字，我要你们的命！"尤氏见他这般好心："既有他，何必我又多事。下人不知好歹，也是常情。我若告了，他们受了委屈，反叫人说我不贤良。"因此反替他们遮掩。

凤姐一面使旺儿在外打听细事，这尤二姐之事皆已深知。原来已有了婆家的，他婿现在才十九岁，成日在外嫖赌，不理生业，家资花

第六十八回　苦尤娘赚入大观园　酸凤姐闹翻宁国府

尽，父亲撵他出来，现在赌钱厂存身。父亲得了尤婆十两银子退了亲的，这女婿尚不知道。原来这小伙子名张华。凤姐都一一尽知原委，便封了二十两银子与旺儿，悄命他将张华勾来养活，着他写一张状子，只管往有司衙门中告去，就告琏二爷"国孝家孝，背旨瞒亲，仗财依势，强逼退亲，停妻再娶"等语。这张华也深知利害，先不敢造次。旺儿回了凤姐，凤姐气的骂：癞狗扶不上墙去的种子。你细细的说给他，便告我们家谋反也没事的。不过是借他一闹，大家没脸。若告大了，我这里自然能够平息。"旺儿领命，只得细说与张华。凤姐又嘱咐旺儿："他若告了，你就和他对词去。"如此如此，这般这般，"我自有道理。"旺儿听了有他做主，便又命张华状子上添上自己，说："你只告调唆来往过付，都是我就是了。"张华便得了主意，和旺儿商议定了，写上一纸状子，次日便往都察院处喊了冤。

察院坐堂看状，见是告贾琏的事，上面有家人旺儿一人，只得传旺儿来对词。青衣不敢擅入，只命人带信。那旺儿正等着此事，不用人带信，早在这条街上等候。见了青衣，反迎上去笑道："惊动众位兄弟，我犯了事。说不得，快来套上。"众青衣不敢，只说："你老去罢，别闹了。"于是来至堂前跪倒。察院命将状子与他看，旺儿故意看了一遍，磕头说道："这事小的尽知，小的主人实有此事。但这张华素与小的有仇，故意攀扯[八]小的在内。其中还有别人，求老爷再问。"张华磕头说："虽还有人，小的不敢告他，所以只告他下人。"旺儿故意急的说："糊涂东西，还不快说出来！这是朝廷公堂之上，凭是主子，也要说出来。"张华便说出贾蓉来。察院听了无法，只得去传贾蓉。

凤姐又差了庆儿暗中打听，告了起来，便忙将王信唤来，告诉他此事，命他托察院只虚张声势惊唬而已，又拿了三百银子与他去打点。是夜王信到了察院私第，安了根子。那察院深知原委，收了赃银。次日回堂，只说张华无赖，拖欠了贾府银两，枉捏虚词，诬赖良人。都察院素来与王子腾交好，王信也只到家说了一声，此时贾府之人，巴不得了事，便也不提此事，且都收下，只传贾蓉对词。

且说贾蓉等正忙着贾珍之事，忽有人来报信，说有人告你们如此如此，快作道理。贾蓉慌了，忙来回贾珍。贾珍说："我早防这一着，只亏他大胆子。"即刻封了二百银子着人去打点察院，又命家人去对词。正商议之间，人报："西府二奶奶来了。"贾珍听了这句，倒吃了一惊，忙要同贾蓉藏躲。不想凤姐进来了，说："好大哥哥，带着兄弟干的好事！"贾蓉忙请安，凤姐拉了他进来。贾珍还笑说："好生伺候你婶娘，盼咐他们杀牲口备饭。"说了，忙命备马，躲往别处去了。

这里凤姐带着贾蓉走至上房，尤氏正迎了出来，见凤姐气色不善，忙笑说："什么事情这么忙？"凤姐照脸一口唾沫啐了来，说道："你尤家的丫头没人要了，偷着只往贾家送！难道贾家的人都是好的，普天下死绝了男人了！你就愿意给，也要三媒六证，大家说明，成个体统才是。你痰迷了心，脂油蒙了窍，国孝家孝两重在身，就把人送来了。这会子被人家告我们，我又是个没脚蟹，连官场中都知道我利害吃醋，如今指名提我，要休我[九]。我来了你家，干错了什么不是，你们这等害我？或是老太太、太太有了话在你心里，使你们做这圈套，要挤我出去。如今咱们两个一同见官，分证明白。回来咱们再同族中人，大家亲面说个明白。给我休书，我就走！"一面说，一面大哭，拉着尤氏，只要去见官。急的贾蓉跪在地下磕头，只求"姑娘、婶婶息怒。"凤姐一面又骂贾蓉："天雷劈出脑子、五鬼分尸的、没良心的种子！不知天有多高，地有多厚，成日家调三窝四，干出这样没天理、没王法、败家破业的营生。你死了的娘阴灵儿也不容你，祖宗也不容你，还敢来劝我！"哭骂着扬手就打。贾蓉忙磕头有声说："婶婶别动气！仔细手。让我自己打。婶婶别生气。"说着，自己举手左右开弓，自己打了一顿嘴巴，又自己问着自己说："以后可再顾三不顾四的混管闲事了么？以后还单听叔叔的话，不听婶婶的话么？"众人又是劝，又要笑，又不敢笑。

凤姐滚到尤氏怀里，嚎天动地，大放悲声，只说："给你兄弟娶亲，我不恼。为什么使他违旨背亲，将混帐名儿给我背着？咱们只去见官，省得捕快皂隶来拿。再，咱们过去，见了老太太、太太、阖族中人，大家公议了，我既不贤良，又不容丈夫娶亲买妾，只给我一纸休书，我即刻就走。你妹妹我已亲身接了来家，生怕老太太、太太生气，也不敢回，现在三茶六饭，金奴银婢的住在园里。我这里赶着收拾房子，和我的一样，只等老太太知道了。原说接过来大家安分守己的，我也不提旧事了。谁知又是有了人家的。不知你们干的什么事，我一概不知道。如今告我，我昨日急了，纵然我出去见官，也丢的是你贾家的脸。少不得偷把太太五百银子去打点。如今把我的人还锁在那里！"说了又哭，哭了又骂，后来放声又哭起祖宗爷娘来，又要寻死撞头。把个尤氏揉搓成了一个面团儿，衣服上全是眼泪鼻涕，尤氏没别话，只骂贾蓉："孽障种子！和你老子做的好事！我就说不好的。"凤姐一面说，哭着，两手搬着尤氏的脸，紧对相问道："你发昏了？你的嘴里难道有茄子塞着？不然他们给你嚼子衔上了？为何你不告诉我去？你若告诉了我，这会子平安了，怎得惊官动府，闹到这步田地，你这会子还抱怨他们！自古说：'妻贤夫祸少，表壮不如里壮。'你但凡是个好的，他们怎得闹出这些事来！你又没才干，又没口齿，锯了嘴的葫芦，就只会一味瞎小心，图贤良的名儿！总是他们也不怕你，也不听你说。"说着又啐了几口。尤氏也哭道："何曾不是这样！你不信，问问跟的人，我何曾不劝的？也得他们听！叫我怎么样呢？怨不得妹妹生气，只好听着罢了。"

众姬妾、丫鬟、媳妇已是乌压压跪了一地，赔笑求说："二奶奶最圣明的，虽是我们奶奶的不是，奶奶也作贱的够了。当着奴才们，奶奶们素日何等的好来！如今还[+]求奶奶给留脸！"说着，捧上茶来。凤姐也摔了，一面止了哭，挽头发，又喝骂贾蓉："出去请大哥哥来。我问他，亲大爷的孝才五七，侄儿娶亲，这个礼我竟不知道。我问问，也好学着日后教导子侄！"贾蓉只跪着磕头，说："这事原不与我父母相干，都是儿子一时吃了屎，调唆着叔叔做的。我父亲并不知道。如今我爷爷正要出殡，婶婶若闹了起来，儿子也是一个死。只求婶婶责罚儿子，儿子谨领！这官司还求婶婶料理，儿子竟不能干这大事。婶婶是何等样人！岂不知俗语说的'胳膊只折在袖子里'。儿子糊涂死了，既做了不肖的事，就同那猫儿一般。婶婶既教训，就不和儿子一般见识了，少不得还要婶婶费心费力将外头的事压住了才好。原是婶婶有这个不肖的儿子，既惹了祸，少不得委屈，还要疼儿子！"说着，又磕头不绝。

凤姐见他母子这般，也再难往前施展了，只得又转过一副形容言谈来，与尤氏反赔礼说："我是年轻不知事的人，一听见有人告了官，把我吓昏了，不知方才怎样得罪了嫂子。可是蓉儿说的'胳膊折了往袖子里藏'，少不得嫂子要体谅我。还要嫂子转替哥哥说了，先把这官司按下去才好。"尤氏、贾蓉一齐说："婶婶放心，横竖一点儿连累不着叔叔。婶婶方才说用过五百银子，少不得我娘儿们打点五百两银子与婶婶送过去，好补上，不然岂有反叫婶婶又添上亏空之名？越发我们该死了！但还有一件，老太太、太太们跟前，婶婶还要周全方便，别提这些话方好！"

凤姐又冷笑道："你们饶压着我的头干了事，这会子反哄我替你们周全。我虽然是个呆子，也不至如此呆。嫂子的兄弟是我的丈夫，嫂子既怕他绝后，我岂不比嫂子更怕绝后？嫂子令妹就是我的妹子一样。我一听见这话，连觉也睡不成，赶着传人收拾了屋子，就要接进来同住。倒是奴才小人的见识，他们倒说：'奶奶太好性儿了。若是我们的主意，先回了老太太、太太看是怎样，再收拾房子去接也不迟。'我听了这话，叫我要打要骂的，才不言语了。谁知偏不称我的意，偏打我的嘴，半空里又跑出一个张华来告了。我听见了，吓的两夜没合眼儿，又不敢声张[十一]，只得求人去打听这张华是什么人，这样大胆。打听了两日，谁知是个无赖的花子。我年轻不知事，反笑了，说：'他告什么？'倒是小子们说：'原是二奶奶许了他的。他如今正是急了，冻死饿死也是一个死；现在有这个理他抓着，他纵然死了，死的倒比冻饿死值些。怎么怨的他告呢？这事原是爷做的太急了。两重孝在身，就是两重罪。背着父母一重罪，停妻再娶一重罪。俗语说，拼着一身剐，敢把皇帝拉下马。他穷疯了的人，什么事做不出来？况且他又拿着这满理，不告等请不成？'嫂子说，我便是个韩信、张良，听了这话，也把智谋吓回去了。你兄弟又不在家，又没个商量，少不得拿钱去垫补。谁知越使钱，越被人拿住了刀靶儿，越发来讹。我是耗子尾上长疮，——多少脓水儿。所以又急又气，少不得来找嫂子。"

尤氏、贾蓉不等说完，都说："不必操心，自然要料理的。"贾蓉又道："那张华不过是穷急，故舍了命才告咱们。我如今想了一个法子，竟许他银子，只叫他应了妄告不实的罪，咱们替他打点。完了官司，他出来时，再给他些银子就完了。"凤姐笑道："好孩子，怨不得

第六十八回　苦尤娘赚入大观园　酸凤姐闹翻宁国府

你顾一不顾二的做这些事出来，原来你竟糊涂。若照你这话，他暂且依了，且打出官司来，又得了银子，眼前自然了事。这些人既是无赖之徒，银子到手，一旦光了，他又寻事故讹诈。倘又叨登出事来，这可怎么样？虽不怕他，也终担心。搁不住他说：'既没毛病，为什么反给他[十二]银子？'终久是[十三]不了之局。"贾蓉原是个明白人，听如此一说，便笑道："我还有个主意，'来是是非人，去是是非者'，我事还得我了才好。如今我竟去问张华个主意，或是他定要人，或是愿意了事得钱。他若说一定要人，少不得我去劝我二姨，叫他出来仍叫他去嫁他去；若说要钱，我们这里少不得给他。"凤姐忙道："虽如此说，我断舍不得你姨娘出去，我也断不叫他出去。好侄儿，你若疼我，只宁可多给他钱为是。"贾蓉深知凤姐口虽如此，心却是巴不得本人出来，他却做贤良人。如今怎说怎依。

凤姐欢喜了，又说："外头好处了，家里终久怎么样呢？你也同我过去回明才是。"尤氏又慌了，拉凤姐讨主意如何撒谎才好。凤姐冷笑道："既没这本事，谁叫你干这事了？这会子又这个腔儿，我看不上。待要不出了主意，我又是个心慈面软的人，凭人撮弄我，我还一片痴心。说不得我应起来。如今你们只别露面，我只领了你妹妹去与老太太、太太们磕头，只说原系你妹妹，我看上了很好。正因我不大生长，原说买两个人放在屋里的，今既见了你妹妹很好，而又亲上做亲的，我愿意娶来做二房。皆因家中父母姊妹新近一概死了，日子又艰难，不能度日，若等百日之后，无奈无家无业，实难等待。我的主意接了进来，已经厢房收拾出来暂且住着，等满了服再圆房。仗着我不害臊的脸，死活赖去，有了不是，也寻不着你们了。你们可想想，可使得？"尤氏、贾蓉一齐笑说："到底是婶婶宽洪大量，足智多谋。等事妥了，少不得我们娘儿两个过去拜谢。"尤氏忙命丫鬟们伏侍凤姐梳妆洗脸，又摆酒饭，亲自递酒捧菜。

凤姐也不多坐，执意回去了。进园中将此事告诉与尤二姐，又说我怎么操心打听，又怎么设法子，须得如此如此方救下众人才无罪，少不得我去拆开这鱼头才好。要知端的，下回分解。

【总评】人谓：闹宁国府一节，极凶猛；赚尤二姐一节，极和蔼。

吾谓闹宁国府情有可恕，赚尤二姐法不容诛；闹宁国府声声是泪，赚尤二姐字字皆锋。

校　记：
　　[一] 本段以上的部分，原本有较大的改动。校者认为：改动之前的文字更符合作者本意，故予以采纳。有关改动之后的文字，请参看本回注释后面的"附文"。
　　[二] 原文无"子"字，据蒙府本补。
　　[三] 原文无"二爷"二字，据庚辰本补。
　　[四] 此处的"轻易"二字，原文为"轻容易"，参照其他抄本，校者去掉了"容"字。
　　[五] 原文无"又要"二字，据庚辰本补。
　　[六] 原文无"的"字，据庚辰本补。
　　[七] 原文无"银子上千钱上万，一日都从他一个手，一个心，一个口里调度"，据庚辰本补。
　　[八] 此处的"攀扯"二字，原文为"扳扯"，己卯本、庚辰本为"攀折"，蒙府本为"搬扯"。第二回曾出现"攀扯"一词，故与此统一。
　　[九] 原文无"休我"二字，据蒙府本补。
　　[十] 原文无"奶奶也作贱的够了。当着奴才们，奶奶们素日何等的好来！如今还……"一段，据庚辰本补。
　　[十一] 原文无"我听见了，吓的两夜没合眼儿，又不敢声张"一句，据己卯本补。
　　[十二] 原文无"他"字，据己卯本补。
　　[十三] 原文无"是"字，据蒙府本补。

附　文：
　　本回在原钞本中，有个段落曾做较大的改动。正文中收入的是改动之前的文字，下面是改动之后有关的部分：

　　　　凤姐忙下座以礼相还，口内忙说："皆因奴家妇人之见，一味的只劝二爷保重，不可眠花卧柳，恐叫太爷、太太耽心。此皆是你我之痴心，怎奈二爷错会了我的意。若是在外包占人家姐妹，瞒着家里也罢了，今娶了妹妹做二房这样正经大事，也是人家大

第六十八回　苦尤娘赚入大观园　酸凤姐闹翻宁国府

礼，却不曾对我说。我也曾劝过二爷早办这件事，果然生个一男半女，连我后来都有靠。不想二爷反以我为那等嫉妒不堪的人，私自办了，真真叫我有冤没处诉。我的这个心，惟天地可表。前十天头里，我就风闻着知道了，所以我亲自过来拜见，还求妹妹体谅我的苦心，起动大驾，挪至家中。你我姊妹同房同处，彼此合心谏劝二爷，慎重世务，保养身体，方是大礼。若姐姐在外头，我在里头，虽愚贱不堪相伴，妹妹想想：我心里怎么过的去呢？再者，使外人听着，不但我的声名不好听，就是妹妹的名儿也不雅；况且二爷的名声更是要紧，倒是谈论咱们姐妹们还是小事。至于那起下人小人之言……

第六十九回

弄小巧用借剑杀人　觉大限吞生金自逝

【回前】写凤姐写不尽，却从上下左右写。写秋桐极淫邪，正写凤姐极淫邪。写平儿极义气，正写凤姐极不义气。写使女欺压二姐，正写凤姐欺压二姐。写下人感戴二姐，正写下人不感戴凤姐。史公用意，非念死书子之所知。

话说尤二姐听了凤姐之言，感谢不尽，只得跟了他来。尤氏那边怎好不过来的，跟着凤姐回，方是大礼。凤姐笑说："你只别说话，等我去说。"尤氏道："这个自然。""但一有了不是，是[一]往你身上推的[二]。"说着，大家先来至贾母房中。

正值贾母和园中姊妹们说笑解闷，忽见凤姐带了一个标致小[三]媳妇进来，忙觑着眼瞧，说："这是谁家的孩子？好可怜见的。"凤姐上来笑道："老祖宗倒细细的看看，好不好？"说着，忙拉二姐说："这是太婆婆，快磕头。"二姐忙行了大礼，展拜起来。又指着众姊妹说：这是某人某人，"你先认了，等给老太太瞧过了，再见礼。"二姐听了，一一又重新故意的问过，垂头站在旁边。贾母上下瞧了一遍，因又笑问："你姓什么？今年十几了？"凤姐忙又笑说："老祖宗且别

第六十九回　弄小巧用借剑杀人　觉大限吞生金自逝

问，只说比我俊不俊？"贾母又戴上[四]眼镜，命鸳鸯、琥珀："把那孩子拉过来，我瞧瞧肉皮儿。"众人都抿嘴笑着，只得推他上去。贾母细瞧了一遍，又命琥珀："拿出手来我[五]瞧瞧。"鸳鸯又揭起裙子来。贾母看毕，摘下眼镜来，笑说道："竟是个[六]齐全孩子，我看比你俊些。"凤姐听说，笑着忙跪下，将尤氏那边所编之话，一五一十细细的说了一遍，"少不得老祖宗发慈心[七]，先许他进来，住一年后再圆房。"贾母道："这有什么不是？既你这样贤慧，很好。只是一年后方可圆房。"凤姐听了，叩头起来，又求贾母着两个女人一同带去见太太们，说是老祖宗的主意。贾母依允，遂使二人带去见了邢夫人等。王夫人正因他声名不雅，深为忧虑，今[八]见他行此事，岂有不乐之理。于是尤二姐自此见了天日，挪到厢房住居。

凤姐一面使人暗暗调唆张华，只叫他要原妻，这里还有许多赔送外，还有给他银子安家过活。张华原无胆，无心告贾家的，后来又见贾蓉打发人来对词，那人原说的："张华先退了亲。我们皆是亲戚。接到家里住着是真，并无婚娶[九]之说。皆因张华拖欠了我们的债务，追索不与，方诬赖小人。"至于那些察院，都和贾、王两处有瓜葛，况有了贿，只说张华无赖，以穷民讹诈，状子也不收，打了一顿赶出来。庆儿在外替张华打点，也没打重。又调唆张华："亲原是你家定的，你只要亲事，官必断给你。"于是又告。王信那边又透了消息与察院，察院便批："张华所欠贾宅之银，令其限内按数交足；其所定之亲，仍令其有力时娶回。"又传了他父亲来当堂批准。他父亲亦系庆儿说明，乐得人财两进，便去贾家领人。

凤姐一面吓得来回贾母，说如此这般，都是珍大嫂子干事不明，并没退准，惹人家告了，如此官断。贾母听了，忙唤尤氏过来，说他做事不妥："既是你妹子[十]从小曾与人家指腹为婚，又没退断，使人混告了。"尤氏听了，只得说："他银子都收了，怎么没准？"凤姐在旁又说："张华的口供上现说不曾见银子，也没见人去。他老子说：'原是母亲家说过一次，并没应准。母亲家死了，你们就接进去做二房。'如此没有对证，这只好由他混说。幸而琏二爷不在家，没曾圆房，这还无妨[十一]。只是人已来了，怎好送回去，岂不伤脸。"贾母道："又没圆房，没的强占人家有夫之人，名声也不好，不如送给他去。那里寻不出好人来。"尤二姐听了，又回贾母说："我母亲实于某年月日给了他十两银子退准的。他因穷急了告，又翻了口。我姐姐原没错办。"贾母听了，便说："可见刁民难惹。既这样，凤丫头去料理料理。"凤姐听了无法，只得应着。回来只命人去找贾蓉。贾蓉深知[十二]凤姐之意，若要使张华领回，成何体统，便回了贾珍，暗暗遣人去说张华："你如今既有许多银子，何必定要原人。若只管执定主意，岂不怕爷们一怒，寻出一个由头，你死无葬身之地。你有了银子，回家去什么好人寻不出来。你若走时，还赏你些路费。"张华听了，心中想了一想，这倒是好主意，和父亲商议已定，约共得了有百金，父子次日起个五更，便回家去了。

　　贾蓉打听得真了，回了贾母、凤姐，说："张华父子妄告不实，惧罪逃走，官府已知此情，也不追究，大事完毕。"凤姐听了，心中一想："若必定着张华带回二姐去，未免贾琏回来再花几个钱包占住，不怕张华不依。还是二姐不去，自己相伴着还妥当，且再作道理。只是张华此去，不知何往，倘或他将此事再告诉别人，或日后再寻出这由头来翻案，岂不是自己害了自己？原先不该如此将刀靶付与外人去的。"因此悔之不迭，复又想了[十三]一条主意出来，悄命旺儿遣人寻着了他，或讹他做贼，和他打官司将他治死，或暗中使人算计，务将张华治死，方剪草除根，保住自己的名誉。旺儿领命出来，回家细想："人已走了完事，何必如此大作？人命关天，非同儿戏！我且哄过他去，再作道理。"因此在外躲了几日，回来说："张华是有了几两银子在身上，逃去第三日在[十四]京口地界五更天已被截路的人拿闷棍打死了。他老子吓死在店房，在那里验尸掩埋。凤姐听了不信，说："你[十五]要扯谎，我再使人打听出来敲你的牙！"自此方丢过不究。凤姐和尤二姐和美非常，更比亲姊亲妹还胜十倍。

　　那贾琏一日事毕回家，先到了新房中，已竟悄悄的封锁，只有一个看房子的老儿。细说原委，贾琏只在镫中跌足。少不得来见贾赦与邢夫人，将所完之事回明。贾赦十分欢喜，说他中用，赏了他一百两[十六]银子，又将房中一个十七岁的丫头赏他为妾，名唤秋桐者。贾琏叩头领去，喜之不尽。见了贾母和家中人，回来见凤姐[十七]，未免脸上有些得意之色、骄矜之容。凤姐听了，忙命两个媳妇坐车在那边接了来。心中一刺未除,又凭空添了一刺,说不得且吞声忍气,将好颜面换出来遮饰。一面又命摆酒接风,一面带了秋桐来见贾母与王夫人等。贾琏也心中纳罕。

那日已是腊月十二日,贾珍起身,先拜了宗祠,然后过来辞拜贾母等人。合族中人直送到洒泪亭方回,独贾琏、贾蓉二人送出三日三夜方回。一路上贾珍命他"好生收心治家"等语,二人口内答应,也说些大礼套话,不必繁叙。

且说凤姐在家,外面待尤二姐是不必说得,只是心中又怀别意。无人处只和尤二姐说:"妹妹的声名很不好听,连老太太、太太们都知道了,说你在家做女孩儿就不干净,又和姐夫有些首尾,'没人要的了,你拣了来,还不休了,再寻好的。'我听见这话,气个倒仰,查是谁说的,又查不出来。这日久天长,这些个奴才跟前,怎么说嘴?我反弄了个鱼头来拆。"说了两遍,自己又气病了,茶饭也不吃,除了平儿一人,众丫头、媳妇无不言三语四,指桑说槐,暗相讥刺。

秋桐自为是贾赦所赐,无人挤他的,连凤姐、平儿皆不放在眼里,岂肯容他。张口是"先奸后娶、没汉子要的娼妇,也来占我的强"。凤姐听了暗乐,尤二姐听了暗怒、暗气。凤姐既装病,便不和尤二姐吃饭了。每日只命人端了菜饭到他房中去吃,那茶饭都系不堪之物。平儿看不过,自拿了钱出来弄菜与他吃,或是有时只说和他园中去玩,在园中厨内另做了汤水与他吃,也没人敢回凤姐。只有秋桐一时撞见了,便去说舌告诉凤姐,说:"奶奶的声名,生是平儿弄坏了的。这样好菜好饭浪着不吃,却往园子里偷着吃。"凤姐听了,骂平儿说:"人家养猫拿耗子,我的猫只拿鸡。"平儿不敢多说,自此后也要远着了。又暗恨秋桐,难以出口。

园中姊妹如李纨、迎春、惜春等人,皆为凤姐是好意,然宝、黛一干人暗为二姐担心。虽都不便多事,惟见二姐可怜,常来了,倒还都悯恤他。每日无人处说起话来,尤二姐便淌眼抹泪,又不敢说凤姐,并没露出一点坏形来。

贾琏来家时,见了凤姐贤良,也便不留心。况素习以来因贾赦姬妾、丫鬟最多,贾琏每怀不轨之心,只未敢下手。如这秋桐辈等人,皆是恨老爷年迈昏愦,贪多嚼不烂,没的留下这些人做什么。因此除了几个知礼有耻的，余者或有[十八]和二门上小子们嘲戏的。甚至于与[十九]贾琏眉来眼去相偷期约的，只惧贾赦之威，未敢到手。这秋桐便和贾琏有意，从未来过一次。今日天缘凑巧，竟赏了他，真是一对烈火干柴，如胶似漆，燕尔新婚，连日那里拆的开？那贾琏在二姐身上之心也渐渐淡了，只有秋桐一人是命。

　　凤姐虽恨秋桐，且喜借他先可[二十]发脱二姐，自己且抽头，用"借剑杀人"之法，"坐山观虎斗"，等秋桐杀了尤二姐，自己再杀秋桐。主意已定，没人处常又私劝秋桐说："你年轻不知事。他现在是二房奶奶，你爷心坎儿[二一]上的人，我还让他三分，你去硬碰他，岂不是自寻其死？"那秋桐听了这话，越发恼了，天天大口乱骂说："奶奶是软弱人，那等贤慧，我却做不来。奶奶把素日的威风怎都没了？奶奶宽洪大量，我却眼里揉不下沙子去！让我和他这[二二]淫妇做一回，才知道！"凤姐在屋里，只装不听见，不做声儿。气的尤二姐在屋里哭泣，饭也不吃，又不敢告诉贾琏。

　　次日，贾母见他眼红红的肿了，问他，又不敢说。秋桐正是抓乖卖俏之时，他便悄悄的告诉贾母、王夫人等说："他专会作死，好好的[二三]成天家号丧，背地里咒二奶奶和我早死了，他好和二爷[二四]一心一计的过。"贾母听了便说："人太生俊了，可知心就嫉妒。凤丫头倒好意待他，他倒这样争风[二五]吃醋的。可是个贱骨头！"因此渐次便不大喜欢。众人见贾母不喜，不免又往下踏践起来，弄得尤二姐要死不能，要生不得。还是亏了平儿，时常背着凤姐，看他这般，与他排解排解。

　　那尤二姐原是个花为肠肚、雪为肌肤的人，如何禁得这般折磨，不过受了一个月的暗气，便恹恹得了一病，四肢懒动，茶饭不思，渐次黄瘦下去。夜来合上眼，只见他小妹子手捧鸳鸯宝剑前来说："姐姐，你一生为人心痴意软，终吃了这亏。休信那妒妇花言巧语，外做贤良，内藏奸狡，他发狠定要弄你一死方罢。若妹子在世，断不肯令你进来，即进来时，亦不容他这样。此亦理数应然，你我生前淫奔不才，使人家丧伦败行，故有此报。你还依我，将此剑斩了那妒妇，一同归至警幻案下，听其发落。不然，你则白白的丧命，且无人可惜。"尤二姐泣道："妹妹，我生品行已亏，今日之报既系当然，何必

第六十九回　弄小巧用借剑杀人　觉大限吞生金自逝

又结杀戮之冤？随我去忍耐。若天见怜，使我好了，岂不两全！"小妹笑道："姐姐，你终是个痴人。自古'天网恢恢，疏而不漏'，天道好还。你虽悔过自新，然已将人父子兄弟置于[二六]聚麀之乱，天怎容你安生！"尤二姐泣道："既不得安生，亦是理之当然，奴亦无怨。"小妹听了，长叹而去。尤二姐惊醒，却是一梦。等贾琏来看时，因无人在侧，便泣说："我这病不能好了。我来了半年，腹中已有身[二七]孕，但不能预知男女。倘天[二八]见怜，生了下来还可，若不然，我这命就不保，何况于他！"贾琏亦泣说："你只放心，我请名人[二九]来医治。"于是出去即刻请医生。

谁知王太医亦谋干了军前去效力，回来时好讨荫封。小厮们走去，便请了个姓胡的太医来了，号叫君荣。进来诊脉看了，说是经水不调，全要大补。贾琏便说："已是三月庚信不行，又常作呕酸，恐是胎气。"胡君荣听了，复又命老婆子们请出手来再看看。尤二姐少不得又从帐内伸出手来。胡君荣又诊了半日，说："若论胎气，肝脉自应洪大。然木盛则生火，经水不调亦皆因由肝木所致。医生要大胆，须得请奶奶将金面露一露，医生观观气色，方敢下药。"贾琏无法，只得命将帐子掀起来，尤二姐露出脸来。胡君荣一见，魂魄如飞上九天，通身麻木，一无所知。一时掩了帐子，贾琏陪他出来，问是何如。胡太医道："不是胎气，只是淤血凝结。如今只以下淤血通经脉要紧。"于是写了一方，作辞而去。

贾琏命人送了药礼，抓了药来，调服下来。只半夜，尤二姐腹痛不止，谁知竟将一个已成形的男胎打了下来。于是血行不止，二姐就[三十]昏迷过去。贾琏闻知，大骂胡医生。一面着人再去请医生调治，一面命人去打胡君荣。胡君荣听了，早已卷包逃走。这里太医说："本来气血生成亏弱，受胎以来，想是着了些气恼，郁结于中。这位先生擅用虎狼之剂，如今大人元气十分伤其八九，一时难保就愈。煎丸二药并行，还要一些闲言闲事别管，庶可望好。"说毕而去。急的贾琏查是谁请了姓胡的来，一时查出，便打了个半死。

凤姐比贾琏更急十倍，只说："咱们命中无子，好容易有了一个，又遇见这样没本事的大夫！"于是天地前烧香礼拜，自己通陈祷告说："我或有病，只求尤氏妹子身体大愈，再得怀胎生一男子，我愿吃长斋念佛！"众人见了，无不称赞。

贾琏与秋桐在一处时，凤姐又做汤做水，着人送去与二姐。又骂平儿："不是个有福的，"也和我一样。我因多病了，你却无病，也不见怀个胎。如今二奶奶这样，皆因咱们无福，或犯了什么，冲的他这样。"因又叫人出去算命打卦。偏算了回来又说："系属兔的阴人冲犯。"大家算将起来，只有秋桐一人属兔，说他冲的。

秋桐近见贾琏请医、调治、服药、打人，为尤氏十分尽心，他心中早一缸醋在内了。今又听见如此说他冲了，凤姐又劝他说："你暂且别处去躲几个月再来。"秋桐便气的哭骂道："理那起子瞎肏的混嚼舌根！我和他'井水不犯河水'，怎么就冲了他！好个爱八哥儿，在外什么人不见，偏来了就有人冲了。白眉赤眼，那里来的孩子〔三一〕？他不过指着哄我们那个棉花耳朵的爷罢了。纵有孩子，也不知姓张姓王。奶奶希罕那杂种羔子，我不喜欢！老了谁不成？谁不会养！一年半载养一个，倒还是一点搀杂没有的呢！"骂的众人又要笑，又不敢笑。

可巧邢夫人过来请安，秋桐便哭告邢夫人说："二爷、二奶奶要撵我，我没了安身之处，太太好歹开恩。"邢夫人听说，慌的数落了凤姐一阵，又骂贾琏："不知好歹的种子，凭他怎不好，是你父亲给的。为个外头来的撵他，连老子都没了。你要撵他，不如还你父亲去倒好。"说着，赌气去了。秋桐更又得意，越性走到他窗户根底下大哭大骂起来。

尤二姐听了，不免更添烦恼。晚间，贾琏在秋桐房中歇了，凤姐已睡，平儿过来瞧他，又悄悄的劝他："好生〔三二〕养着，不要理那畜生！"尤二姐拉他哭道："姐姐，我从到了这里，多亏姐姐照应。为我，姐姐也不知受了多少闲气。我若逃出命来，我必报答姐姐的恩德；只怕我逃不出命来，也只好等来生罢！"平儿也不禁滴泪说道："想来都是我坑〔三三〕了你，我原是一片痴心，从没瞒他的话。既听见你在外头，岂有不告诉他的。谁知生出这些事来。"尤二姐忙道："姐姐这话错了。姐姐便〔三四〕不告诉他，他岂有打听不出来的，不过是姐姐说的在先。况且我也单要一心进来，方成个体统，与姐姐何干！"二人哭了一会，平儿又嘱了几句，夜已深了，方去安息。

第六十九回　弄小巧用借剑杀人　觉大限吞生金自逝

　　这里尤二姐心下自思："病已成势，日无所养，反有所伤，料定必不能好。况[三五]胎已打下来了，无可悬心之处，何必受这些零气，不如一死，倒还干净。常闻生金子可以坠死，岂不比上吊、自刎又干净！"想毕，扎挣起来，打开箱子，找出一块生金，也不知多重，狠命含泪便吞入口中，几次狠命直脖子，方咽了下去[三六]。于是赶忙将衣服、首饰穿戴齐整，上炕躺下了。当下人不知，鬼不觉。

　　到第二日早晨，丫鬟、媳妇们见他不叫人，乐得自己去梳洗。凤姐和秋桐都上去了。平儿看不过，说丫头们："你们就没人心，打着骂着使唤倒也罢了，一个病人，也不知可怜可怜！他虽好性儿，你们也该拿出个样儿来，别太过了，墙倒众人推！"丫鬟们听了，急推房门进去看时，却穿戴的齐齐整整，死在炕上。方吓慌了，喊叫起来。平儿进来看了，不禁大哭。众人虽素习惧怕凤姐，然想尤二姐实在温和怜下，比凤姐原强，如今死去，谁不伤心落泪？只不敢与凤姐看见。

　　当下合宅皆知。贾琏进来，搂尸大哭不止。凤姐也假意哭："狠心的妹妹！你怎么丢下我去了，辜负了我的心！"尤氏、贾蓉等也来哭了一场，劝住贾琏。贾琏便回了王夫人，讨了梨香院停放五日，挪到铁槛寺去，王夫人依允。贾琏忙命人去开了梨香院的门，收拾出正房三间来停灵。贾琏嫌后门出灵不便，对着正墙开了通街一个大门。两边搭棚，安坛场做佛事。用软榻铺了锦缎衾褥，将二姐抬上榻去，用衾单盖了。八个小厮和几个媳妇围随，从内子墙一带抬往梨香院来。那里已请下天文生预备，揭起[三七]衾单一看，只见这尤二姐面色如生，比活着还美貌。贾琏又搂着大哭，只叫"奶奶，你死的不明，都是我坑了你！"贾蓉忙上来劝："叔叔解着些儿，我这个姨娘自己没福。"说着，又向南指大观园的界墙，贾琏会意，只悄悄跌脚说："我想着了，终究对出来，我替你报仇！"天文生回说："奶奶卒于今日正卯时，五日出不得，三日或七日方可。明日寅时入殓。"贾琏道："三日使不得，竟是七日。因家叔家兄皆在外，不敢多停。因小丧，等到外头，还放五七，做大道场才掩灵。明年往南去下葬。"天文生应诺，写了殃榜而去。宝玉早已过来，陪着哭了一场。众族中也都来了。

　　贾琏忙进去找凤姐要银子，治办棺椁丧礼。凤姐见抬了出去，推有病，面回老太太、太太说："我病着，忌三房[三八]，不许我去。"

因此也不出来穿孝，且往大观园中来。绕过群山，至北头墙根下往外听，隐隐约约听了一言半语，回来又回贾母说如此这般。贾母道："信他胡说，谁家痨病死的孩子，不烧了一撒，也认真了开丧破土起来！既是二房夫妻一场，停五七抬出去，或一烧，或捡乱葬地上埋了完事。"凤姐笑道："可是这话。我又不敢劝他。"正说着，丫鬟来请凤姐，说："二爷等着奶奶拿银子呢！"凤姐只得来了，便问他"什么银子？家里近来艰难，你还不知道？咱们的月例，一月赶不上一月，鸡儿吃了过年粮。昨儿我把金项圈当了三百银子，你还做梦呢！这里还有二三十两银子，你要就拿去！"说着，命平儿拿了出来，递与贾琏，指着贾母有话，又去了。恨的贾琏没话可说，只得开了尤氏箱柜，去拿自己的体己。乃开了箱柜，一点无存，只有些折簪烂花并几件半新不旧的绸绢衣服，都是尤二姐素习所穿的，不禁又伤心哭了起来。自己用个包袱一齐包了，也不命小厮、丫鬟来拿，便自己拿着来烧。

平儿又是伤心，又是好笑，忙将二百两一包碎银子偷了出来，到厢房拉住贾琏，悄递与他说："你只别作声才好，你要哭，外头多少哭不得，又跑了这里来点眼！"贾琏听说，便说："你说的是。"接了银子，又将一条裙子递与平儿，说："这是他家常穿的，你好生替我收着，做个念想儿。"平儿只得接了，自己收去。贾琏拿了银子与衣服走来，命人先去买板。好的又贵，中的又不要。贾琏骑马自去要瞧，至晚间果抬了一副好板来，价值五百两，赊着，连夜赶造。一面分派人口，穿孝守灵，贾琏晚来也不进去，只在这里伴宿〔三九〕。下回分解。

【总评】凤姐初念在张华领出二姐，转念又恐仍为外宅，转念即欲杀张华为斩草除根计。一时写来，觉满腔都是荆棘，浑身都是爪牙。安得借鸳鸯剑，手刃其首，以寒千古奸妇之胆。

看三姐梦中相叙一段，真有孝子悌弟、义士忠臣之概。我不禁泪流一斗，湿地三尺。

第六十九回　弄小巧用借剑杀人　觉大限吞生金自逝

校　记：

[一] 原文无"是"字，据庚辰本补。
[二] 原文无"的"字，据蒙府本补。
[三] 原文无"小"字，据庚辰本补。
[四] 此处的"戴"字，原文为"带"，校者改。
[五] 原文无"我"字，据蒙府本补。
[六] 原文无"个"字，据蒙府本补。
[七] 此处的"慈心"，原文为"慈光"，据蒙府本改。
[八] 原文无"今"字，据蒙府本补。
[九] 此处的"婚娶"，原文为"娶妻"，据列藏本改。
[十] 原文无"妹子"二字，据庚辰本补。
[十一] 此处的"无妨"二字，原文为"没妨"，据庚辰本改。
[十二] 原文无"凤姐听了无法，只得应着。回来只命人去找贾蓉。贾蓉深知……"一段，据庚辰本补。
[十三] 原文无"了"字，据蒙府本补。
[十四] 本文中"张华是有了几两银子在身上，逃去第三日在……"一句，据庚辰本补。
[十五] 原文无"你"字，据蒙府本补。
[十六] 原文无"两"字，据庚辰本补。
[十七] 庚辰本在此处，有如下一段："未免脸上有些愧色。谁知凤姐儿他反不似往日容颜，同尤二姐一同出迎，叙了寒温。贾琏将秋桐之事说了……"
[十八] 原文无"有"字，据庚辰本补。
[十九] 原文无"于与"二字，据庚辰本补。
[二十] 此处的"且喜借他先可"一句，原文为"可喜借他也"，据庚辰本改。
[二一] 原文无"儿"字，据庚辰本补。
[二二] 原文无"他这"二字，据庚辰本补。
[二三] 原文无"的"字，据蒙府本补。
[二四] 原文无"和二爷"三字，据庚辰本补。
[二五] 此处的"争风"二字，原文为"争锋"，校者改。
[二六] 此处的"置于"二字，原文为"致于"，校者改。
[二七] 原文无"身"字，据庚辰本补。
[二八] 此处的"天"字，原文为"得"，据庚辰本改。
[二九] 此处的"名人"二字，原文为"明人"，校者改。

［三十］原文无"谁知竟将一个已成形的男胎打了下来。于是血行不止，二姐就……"一段，据庚辰本补。

　　［三一］此处的"那里来的孩子"，原文为"谁那里来的孩子"，据庚辰本删去"谁"字。

　　［三二］原文无"生"字，据蒙府本补。

　　［三三］原文为"错"字，据庚辰本改。

　　［三四］原文无"便"字，据庚辰本补。

　　［三五］原文无"况"字，据庚辰本补。

　　［三六］此处原文有"了"字，据庚辰本删去。

　　［三七］此处的"揭起"二字，原文为"接起"，据庚辰本改。

　　［三八］此处的"忌三房"三字，原文为"忌三堂"，据庚辰本改。

　　［三九］原文无"只在这里伴宿"一句，据庚辰本补。

第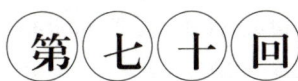回

林黛玉重建桃花社　史湘云偶填柳絮词

【回前】 空将佛事图相报，已触飘风散艳花。一片精神传好句，题成谶语任吁嗟。

话说贾琏自在梨香院伴宿七日夜，天天僧道不断做佛事。贾母唤了他去，吩咐不许送往家庙里去。贾琏无法，只得又和地主说了，就在尤三姐之上点了一穴，破土埋葬。那日送殡，只不过族中人与王信夫妇、尤氏婆媳而已。凤姐一应不管，只凭他自己办理。

因又年近岁逼，诸务猬集不算外，又有林之孝开了一个人名单子来，共有八个二十八岁的单身小厮应该娶妻成房的，等里面有该放的丫头们好求指配。凤姐儿见了，先来问贾母和王夫人。大家商议，虽有几个发配的，奈各人皆有缘故：第一个鸳鸯发誓不去。自那日之后，一向未和宝玉说话，也不盛妆浓饰。众人见他志坚，也不好相强。第二个琥珀，现有病，这次不能了。彩云因近日和贾环分崩，也染了无医之症。只有凤姐和李纨房中粗使的大丫头出去了，其余年纪未足。令他们外头自择了。

原来这一向因[一]凤姐病了，李纨、探春料理家务不得闲暇，接着过年过节，出了多少杂事，竟将诗社搁起。如今虽得了工夫，怎奈宝玉因冷淡了柳湘莲，剑刎了尤小妹，金逝了尤二姐，气病了柳五儿，连连接接，闲愁胡恨，一重不了又一重。弄得情色若痴，言语常乱，似染怔忡之症。慌的袭人等又不敢回贾母，只百般逗他玩笑。

这日清晨方醒，只听外间房内叽叽呱呱，笑声不断。袭人因笑说："你快出去解救，晴雯和麝月两个人，按住温都里那儿胳肢呢。"宝玉听了，忙披上灰鼠皮袄走出来一瞧，只见他三人被褥尚未叠起，大衣也未穿。那晴雯只穿着葱绿花绸小袄，红小衣，红睡鞋，披着头发，骑在雄奴身上。麝月是红绫抹胸，披着一身旧衣，在那里抓雄奴的胁肢。雄奴却仰在炕上，穿着撒花的紧身儿，红裤绿袄，两脚乱蹬，笑的喘不过气来。宝玉忙笑说："两个大的欺负一个小的，等我助力。"说着，也上床来抓晴雯胁肢。晴雯怕痒，笑的忙丢下雄奴，来抓宝玉。雄奴趁势又将晴雯按倒，向他胁下抓动。袭人笑说："仔细冻着了。"看他四人裹在一处倒好笑。

忽有李纨打发碧月来说："昨日晚上奶奶在这里把块手巾忘了去，不知可在这里？"小燕道："有，有，有，我在地下拾起来，不知是那一位的，才洗了出来晾着，还未干呢。"碧月见他四人乱滚，因笑道："倒是这里热闹，大清早起就咭咭呱呱的玩到一处。"宝玉道："你们那里人也不少，怎么不玩？"碧月道："我们奶奶不玩，把两个姨娘和琴姑娘也掭住了。如今琴姑娘往老太太前头去，更觉寂寞了。两个姨娘今年过了，到明年冬天都去了，又更寂寞呢。你瞧宝姑娘那里，出去了一个香菱，就冷清了多少，把个云姑娘落了单。"

正说着，只见湘云又打发翠缕来说："请二爷快去瞧好诗。"宝玉听了，忙问："那里的好诗？"翠缕笑道："姑娘们都在沁芳亭上，你去了便知。"宝玉听了，忙梳洗了出来，果见黛玉、宝钗、湘云、宝琴、探春都在那里，手拿着一篇诗看。见他来时，都笑说道："这会子还不起来，咱们的社散了一年，也没有人作兴。如今正是初春时，万物更新，正该鼓舞另立起来才好。"湘云笑道："一起社时是秋天，就不应发达。如今恰好万物逢春，皆主生盛。况这首桃花诗又好，就把海棠社改作桃花社。"庚：起时是后有名，此是先有名。宝玉点头道："很好。"且忙着要诗看。众人都又说："咱们此时就访稻香老农去，大家议定好起的。"说着,一齐起来,都往稻香村来。

宝玉一壁里走,一壁里看那纸上写的《桃花行》一篇,曰:

> 桃花帘外东风软,桃花帘内晨妆懒。
> 帘外桃花帘内人,人与桃花隔不远。
> 东风有意揭帘栊,花欲窥人帘不卷。
> 桃花帘外开仍旧,帘中人比桃花瘦。
> 花解怜人花也愁,隔帘消息风吹透。
> 风透湘帘花满庭,庭前春色倍伤情。
> 闲苔院落门空掩,斜日栏杆人自凭。
> 凭栏人向东风泣,茜裙偷傍桃花立。
> 桃花桃叶乱纷纷,花绽新红叶凝碧。
> 雾裹烟封一万株,烘楼照壁红模糊。
> 天机烧破鸳鸯锦,春酣欲醒移珊枕。
> 侍女金盆进水来,香泉影蘸胭脂冷。
> 胭脂鲜艳何相类,花之颜色人之泪;
> 若将人泪比桃花,泪自长流花自媚。
> 泪眼观花泪易干,泪干春尽花憔悴。
> 憔悴花遮憔悴人,花飞人倦易黄昏。
> 一声杜宇春归尽,寂寞帘栊空月痕!

宝玉看了,并不称赞,却滚下泪来。便知出自黛玉,因此落泪,又怕众人看见,又忙自己擦了。因问:"你们怎么得来?"宝琴笑道:"你猜是[二]谁作的?"宝玉笑道:"自然是潇湘子的稿咧。"宝琴笑道:"现是我作的呢!"宝玉笑道:"我不信。这声调口气,迥乎不像蘅芜之体,所以不信。"宝钗笑道:"所以你不通。难道杜工部首首都作'丛菊两开他日泪'之句不成?一般的也有'红绽雨肥梅'、'水荇牵风翠带长'之媚语。"宝玉笑道:"固然如此说。但只我知道姐姐断不许妹妹有此伤悼语句,妹妹虽有此才,是断不肯作的。比不得林妹妹曾经离丧,作此哀音。"众人听说,都笑了。

已至稻香村中,将诗与李纨看了,自不必[三]说称赏不已。说起诗社，大家议定：明日乃三月初二日，就起社，便改"海棠社"为"桃花社"，林黛玉就为社主。明日饭后，齐集潇湘馆。因又大家拟题。黛玉便说："大家就要桃花诗一百韵。"宝钗道："使不得。从来桃花诗最多，纵做了必落套，比不得你这一首古风。须得再拟。"正说着，人回："舅太太来了。姑娘们出去请安。"因此大家都往前头来见王子腾的夫人，陪着说话。吃饭毕，又陪入园中来，各处游玩一遍。至晚饭后掌灯方去。

次日乃是探春的寿日，元春早打发了两个小太监送了几件玩器。合家皆有寿仪，是不必细说。饭后，探春换了礼服，各处去行礼。黛玉笑向众人道："我这一社开的又不巧了，偏忘了这两日是他的生日。虽不摆酒唱戏的，少不得都要陪他在老太太、太太跟前玩笑一日，如何能得闲空儿？"因此改至初五。

这一日，众姊妹皆在房中侍膳毕，便有贾政书信到了。宝玉请安，将请贾母的安禀拆开，念与贾母听，上面不过是请安的话，说六月、七月回京。其余家信事务之帖，自有贾琏和王夫人开读。众人听说六七月回京，[四]都喜之不尽。偏生近日王子腾之女许与保宁侯之子为妻，择于五月初十日过门，凤姐又忙着张罗，常三五日不在家。这日王子腾的夫人又来接凤姐儿，一并请众[五]甥男甥女闲乐一日。贾母和王夫人命宝玉、探春、林黛玉、宝钗四人同凤姐去。众人不敢违拗，只得回房去另妆饰了起来。五人作辞，去了一日，掌灯方回。

宝玉进了怡红院，歇了半刻，袭人便乘机见景劝他收心，闲时把书理一理，预备着。宝玉屈指一算说："还早呢。"袭人道："书是第一件，字是第二件。到那时你纵有了书，你的字写的在那里呢？"宝玉笑道："我时常也有写了的好些的，难道都没收着？"袭人道："何曾没收着？你昨儿不在家，我就拿出来共算，数了一数，才有五六十篇。这三四年工夫，难道只有了这几张字不成？依我说，从今日起，把别的心全收了起来，天天快临几张字补上。虽不能按月都有，也要大概看得过去。"宝玉听了，忙的自己亲检了一遍，实在搪塞不过去，便说："明日为始，一天写一百字才好。"说话时，大家安下。

至次日起来，梳洗了，便在窗下研墨，恭楷临帖。贾母因不见他，只当病了，忙使人来问。宝玉方去请安，便说写字之故，先将早起清晨的工夫尽了出来，再作别的，因此出来迟了。贾母听说，便十分欢喜，就吩咐他："以后只管写字念书；不用出来也使得。你去回你太太知道。"宝玉听说，便来王夫人房中说明。王夫人便[六]说："临阵磨枪，也不中用。有这会子着急的，天天写写念念，有多少完不了的。这一赶，又赶出病来才罢。"宝玉回说不妨事。这里贾母也说怕急出病来。探春、宝钗等都笑说："老太太不用急。书虽替不得，字却替得的。我们每人每日临一篇给他，搪塞过这一步就完了。一则老爷到家不生气，二则他也急不出病来。"贾母听说，喜之不尽。

原来林黛玉闻得贾政回家，必问宝玉的工课，恐临期吃了亏。因此自己只装不耐烦，把诗社便不起，也不以外事去勾引他。探春、宝钗二人每日也临一篇楷书字与宝玉，宝玉自己也加工，或写二百三百不拘。至三月下旬，便将字又集凑出许多来。这日正算，再得五十篇，也就混得过去了。谁知紫鹃走来，送了一卷东西与宝玉，扯开看时，却是一色老油竹纸上临的是钟王蝇头小楷，字迹且与自己十分相似。喜的宝玉向紫鹃做了一个揖，又说亲自来道谢。史湘云、宝琴二人皆亦临了几篇相送。凑成虽不足工课，亦足搪塞了。宝玉放了心，于是将所读之书，又温理过几次。正是天天用功，可巧近海一带海啸，又糟蹋了几处生民。地方官题本奏闻，奉旨就着贾政顺路赈济回来。如此算去，至冬底方回。宝玉听了，便把书字搁在一边，仍是照旧游荡。

时值暮春之际，史湘云无聊，因见柳花飘舞，便偶成一小令，调寄《如梦令》，其词曰：

> 空[七]是绣绒残吐，
> 卷起半帘香雾，
> 纤手自拈来，
> 岂使鹃啼燕妒。
> 且住，且住！
> 莫放[八]春光别去。

自己作了，心中得意，便用一条纸儿写好，与宝钗看了，又来找黛玉。黛玉看毕，笑道："好，也新鲜有趣。我却不能。"湘云笑道："咱们这几社总没有填词。你明日何不起社填词，改个样儿，新鲜些。"黛玉听了，偶然兴动，便说："这话说的极是。我如今便请他们去。"说着，一面吩咐预备了几色果品之类，就打发人分头去请众人。这里二人便拟了柳絮之题，又限出[九]几个调来，写了绾在壁上。

众人来看时，以柳絮为题，限各色小调。又都看了史湘云的，称赏了一会。宝玉笑道："这词上我倒平常，少不得胡编起来。"于是大家拈阄，宝钗便拈得了《临江仙》，宝琴拈得了《西江月》，探春拈得了《南柯子》，黛玉拈得了《唐多令》，宝玉拈得了《蝶恋花》。紫鹃焚了一支梦甜香，庚：重建，故又写香。大家思索起来。一时黛玉有了，写完。接着宝琴、宝钗都有了。他三人写完，互相看时，宝钗便笑道："我先瞧完了你们的，再看我的。"探春笑道："哎呀！今儿这香怎么这样快，已剩了三分了！我才有了半首。"因又问宝玉："可有了？"宝玉虽做了些，只是自己嫌不好，又都抹了，又另作，回头看香，已将烬了。李纨等笑道："这算输了。瞧三丫头的半首且写出来。"探春听说，忙写了出来。众人看时，庚：却是先看没作完的，总是又变一格也。上面却只半首，写道是：

南柯子
空挂纤纤缕，
徒垂络络丝，
也难绾系也难羁，
一任东西南北各分离。

李纨笑道："这也都好作，何不续上？"宝玉见香没了，情愿认输，不肯勉强塞责，将笔搁下，来瞧这半首。见[十]没完时，反倒动了兴，开了机，乃提笔续道是：

落去君休惜，
飞来我自知。
莺愁蝶倦[十一]晚芳时，

第七十回　林黛玉重建桃花社　史湘云偶填柳絮词

　　纵是明春再见隔年期！

众人笑道："正经你分内的又不能，这却偏有了。纵然好，也不算得。"说着，看黛玉的《唐多令》：

　　粉堕百花洲，
　　香残燕子楼。
　　一团团逐队成毬。
　　飘泊亦如人命薄，
　　空缱绻，说风流！

　　草木也知愁，
　　韶华竟白头！
　　叹今生，谁舍谁收？
　　嫁与东风春不管，
　　凭尔去，忍淹留！

众人看了，俱点头感叹，说："太作悲了，好果然是好的。"因又看宝琴的是：

　　西江月
　　汉苑零星有限，
　　隋堤点缀无穷。
　　三春事业付东风，
　　明月梅花一梦。

　　几处落红庭院，
　　谁家香雪帘栊？
　　江南江北一般同，
　　偏是离人恨重！

众人都笑说:"到底是他的声调悲壮。'几处'、'谁家'两句最妙。"宝钗笑道:"终不免过于丧败。我想,柳絮原是一件轻薄无根无绊的东西,然依我的主意,偏要把他说好了,才不落套。所以我诌了一首来,未必合你们的意思。"众人笑道:"不要太谦。我们且赏鉴,自然是好的。"因看这一首《临江仙》道是:

白玉堂前春解舞,
东风卷得均匀。

湘云先笑道:"好个'东风卷得均匀'!这一句就出人之上了。"又看底下道:

蜂团蝶阵乱纷纷。
几曾随逝水,
岂必委芳尘。

万缕千丝终[十二]不改,
任他随聚随分。 稿:人事无常,原不必戚戚也。
（按:此批被梦稿本混入正文。）
韶华休笑本无根,
好风频借力,
送我上青云!

众人拍案叫绝,都说:"好!果然翻得好气力,自然是这首为尊。缠绵悲感,让潇湘妃子;情致妩媚,却是枕霞;小薛与蕉客今日落第,要受罚的。"宝琴笑道:"我们自然受罚,但不知付白卷子,又怎么罚?"李纨道:"不要忙,这定要重重罚他。下次为例。"

一语未了,只听窗外竹子上一声响,恰似窗屉子倒了一般,众人唬了一跳。丫鬟出去瞧时,帘外丫鬟嚷道:"一个大蝴蝶风筝挂在竹梢上了。"众丫鬟笑道:"好一个齐整风筝!不知谁家放的,断了绳,拿下他来。"宝玉等[十三]听了,也都出来看时,宝玉笑道:"我认得这风筝。这是大老爷那院里嫣红姑娘放的,拿下来给他送过去罢。"紫

第七十回　林黛玉重建桃花社　史湘云偶填柳絮词

鹃笑道："难道天下没有一样的风筝，单他有这个不成？我不管，我且拿起来。"探春道："紫鹃也学小气[十四]了。你们一般的也有，这会子拾人家丢了的，也不怕忌讳？"黛玉笑道："可是呢，知道是谁放晦气的，快掉出去罢。把我们的拿出来，我们也放晦气。"紫鹃听了，赶着[十五]令小丫头们，将这风筝送出与园门上值日的婆子去了，倘有人来找，好与他们去的。

这里小丫头子们听见放风筝，巴不得一声儿，七手八脚都忙着拿出一个美人风筝来。也有搬高凳的，也有捆剪子股的，也有拨籰子的。宝钗等都立在院门前，命丫头们在院外敞地下放去。宝琴笑道："你这个不大好看，不如三姐姐的那一个软翅大凤凰好。"宝玉笑道："果然。"因回头向翠墨笑道："你去把你们的拿来也放一放。"翠墨笑嘻嘻的果然取去了。宝玉又兴头起来，也打发个小丫头子家去，说："把昨儿赖大娘送我的那个大鱼取来。"小丫头子去了半天，空手回来，笑道："晴姑娘昨儿放丢了。"宝玉道："我还没放一遭儿呢！"探春笑道："横竖是给你放晦气罢了！"宝玉道："也罢。再把那个大螃蟹拿来罢！"[十六]丫头们去了，同了几个人扛了一个美人并籰子来，说道："袭姑娘说，昨儿把螃蟹给了三爷了。这一个是林大娘才送来的，放这一个罢。"宝玉细看了一会，只见这美人做的十分精致。心中欢喜，便命叫："放起来！"此时探春的也取了来，翠墨带着几个小丫头子们在那里山坡上已放了起来。宝琴也命人将自己的一个大红蝙蝠也取来。宝钗也高兴，也取了一个来，却是一连七个大雁的，都放起来了。独有宝玉的美人放不起来。宝玉说："丫头们不会放。"自己放了半天，只起房高便落下来了[十七]。急的宝玉头上出汗，众人又笑。宝玉恨的掷在地下，指着风筝道："若不是个美人，我一顿脚跺个稀烂。"黛玉笑道："那是顶线不好，拿出去另打了顶线就好了。"宝玉一面使人拿出去另打顶线，一面又取出一个来放。大家都仰面而看，天上这几个风筝都起在半空中去了。一时，丫鬟又都拿了许多各式各样的送饭的，玩了一会。紫鹃笑道："这一回的劲大了，姑娘来放罢！"黛玉听说，用手帕垫着手，顿了一顿，果然风紧力大，接过望子来，随着风筝的势将籰子一松，只听一阵"豁喇喇"响，登时籰子线尽。

黛玉因让众人来放，众人都笑道："各人都有，你先请罢。"黛玉笑道："这一放虽有趣，只是不忍。"李纨道："放风筝图的是这一乐，所以又说放晦气，你更该多放些，把你这病根儿都带了去就好了。"紫鹃笑道："我们姑娘越发小气了。那一年不放几个子？今日忽然又心疼了。姑娘不放，等我放！"说着便向雪雁手中接过一把西洋小银剪子来，齐簦子根下寸丝不留，"咯登"一声铰断，笑道："这一去把病根儿可都带了去了！"那风筝飘飘摇摇，只管往后退了去，一时只有鸡蛋大小，转眼只剩了一点，再转眼不见了。众人皆仰面睃眼说："有趣，有趣！"宝玉道："可惜不知落在那里去了。若落在有人烟处，被小孩子得了还好；若落在荒郊野外无人烟处，我替他寂寞。想起来把这个也放去，叫他两个做伴儿罢！"于是也用剪子剪断，照先放了。

探春正要剪自己的凤凰，见天上也有一个凤凰，因道："这也不知是谁家的？"众人皆笑说："且别剪你的，看他倒像要来绞的样儿。"说着，只见那个凤凰渐逼近来，遂与这凤凰绞在一处。众人方要往下收线，那一家也要收线，正不开交，又见一个门扇大的玲珑喜字，响鞭在半天如钟鸣一般，也逼近来。众人笑道："这个也来绞绞。且别收，让他三个绞在一处倒有趣呢！"说着，那喜字果然与这两个凤凰绞在一处。三下齐收乱顿，谁知线都断了，那三个风筝飘飘摇摇都去了。众人拍手哄然一笑，说道："有趣！可不知那喜字是谁家的！忒促狭了些。"黛玉说："我的风筝也放了，我也乏了，我也要歇歇去了。"宝钗说："且等我们放了去，大家好散。"说着，看姊妹都放去了，大家方散。黛玉回房歪着养乏。要知端的，下回分解。

【总评】文与雪天联诗篇一样机轴，两样笔墨。前文以联句起，以灯谜结，以作画为中间横风吹断；此文以填词起，以风筝结，以写字为中间横风吹断，是一样机轴。前文叙联句详，此文叙填词略，是两样笔墨。前文之叙作画略，此文叙写字详，是两样笔墨。前文叙灯谜，叙猜灯谜；此文叙风筝，叙放风筝，是一样机轴。前文叙七律在联句后，此文叙古歌在填词前，是两样笔墨。前文叙黛玉替宝玉写诗，此文叙宝玉替探春续词，是一样机轴。前文赋诗后有一首诗，此文填词前有一首词，是两样笔墨。噫！参伍其变，错综其数，此固难为粗心者道也。

校 记：

　　[一]原文无"因"字，据庚辰本补。
　　[二]原文无"是"字，据庚辰本补。
　　[三]此处的"自不必"三字，原文为"是不必"，据蒙府本改。
　　[四]原文无"其余家信事务之帖，自有贾琏和王夫人开读。众人听说六七月回京"句，据庚辰本补。
　　[五]原文无"众"字，据庚辰本补。
　　[六]原文无"便"字，据庚辰本补。
　　[七]此处的"空"字，原文为"岂"，据庚辰本改。
　　[八]此处的"莫放"二字，蒙、庚、己、列、梦各本均为"莫使"。
　　[九]此处的"又限出"三字，原文为"限"，据庚辰本补全。
　　[十]原文无"见"字，据庚辰本补。
　　[十一]此处的"蝶倦"二字，原文为"蝶卷"，据庚辰本改。
　　[十二]原文无"终"字，据庚辰本补。
　　[十三]原文无"等"字，据庚辰本补。
　　[十四]此处的"小气"二字，原文为"小器"，据蒙府本改。
　　[十五]原文无"着"字，据蒙府本补。
　　[十六]原文无"宝玉道：'也罢。再把那个大螃蟹拿来罢！'"一句，据己卯本补。
　　[十七]原文无"宝玉说：'丫头们不会放。'自己放了半天，只起房高便落下来了。"一句，据庚辰本补。

第七十一回

嫌隙人有心生嫌隙　鸳鸯女无意遇鸳鸯

【回前】叙贾母开寿筵，与宁府祭宗祠（原作祀），是一样手笔，俱为五凤裁诏体。

话说贾政回京之后，诸事完毕，赐假一月在家歇息。因年景渐老，事重身衰，又因在外几年，骨肉离异，今得晏然复聚于庭室，自觉喜幸不尽。所有大小事务一概发付于度外，只是看书，闷了便与清客们下棋吃酒，或日间在里面母子、夫妻共叙天伦之乐。

因今岁八月初二日乃贾母八旬之庆，又因亲友全来，恐筵席排设不开，便早同贾赦及贾珍、贾琏等商议，定了于七月二十八日起至八月初五日止，荣宁两府齐开筵宴，宁国府中单请官客，荣国府中〔一〕单请堂客，大观园中收拾出缀锦阁并嘉荫堂几处大地方来作退居。二十八日请皇亲、驸马、王公，并郡主、王妃、国君、太君、夫人等，二十九日便是阁下、都府、督镇、诰命等，三十日便是诸官长、诰命并远近亲友、堂客。初一日是贾赦的宴，初二日是贾政，初三日是贾珍、贾琏，初四日是贾府中合族长幼大小共凑的家宴。初五日是赖大、林之孝等共凑一日。

第七十一回　嫌隙人有心生嫌隙　鸳鸯女无意遇鸳鸯

自七月上旬，送寿礼的[二]便络绎不绝。礼部奉旨：钦赐金玉如意各一柄，彩缎四端，金玉杯四个，帑银千两。元春又命太监送出金寿星一尊，沉香拐一只，伽南珠一串，福寿香一盒，金锭二对，银锭四对，彩缎十二匹，玉杯四只。余者自亲王、驸马，以及大小文武官员之家凡素有往来者，莫不有礼，不能胜记。堂屋内设下大桌案，铺了红毡，凡庆寿之物都摆上，请贾母过目。贾母先一二日还高兴过来瞧瞧，后来烦了，也不过目，只说："叫凤丫头收了，改日闲了再瞧。"

至二十八日，两府中俱悬灯结彩，屏开鸾凤，褥设芙蓉，笙箫鼓乐之音，通衢越巷。宁府中本日只有南安王、北静王、永昌驸马、乐善郡王，并些个公侯世交应袭；荣府中南安太妃、北静王妃并几位世交公侯的诰命。贾母等皆是按品大妆迎接。大家厮见，先请入大观园内嘉荫堂，茶毕更衣，方出至荣庆堂上拜寿入席。大家谦逊半日，方才入席。上面两桌席是两王妃，下面依次便是众公侯的诰命。左边下手一席，陪客是锦乡侯的诰命与临昌伯的诰命；右边下手一席，方是贾母的主位。邢、王二夫人带领尤氏、凤姐并族中几个媳妇，两溜雁翅站在贾母身后侍立。林之孝、赖大家的带领众媳妇都在竹帘外面伺候上菜、上酒，周瑞家的带领几个丫鬟在围屏后伺候呼唤。凡跟来的人，早又有人款待别处去了。

一时，台上参了场，台下一色十二个未留发的小厮伺候。须臾，一小厮捧了戏单至阶下，先递与回事的媳妇。这媳妇接了，才递与林之孝家的，用一小茶盘托上，挨身入帘来递与尤氏的侍妾[三]佩凤。佩凤接了才递与尤氏。尤氏托着走至上席南安太妃前，太妃让了一回，点了一出吉庆戏，然后又谦让了一回，北静王妃也点了一出。众人又谦了一回，才罢了。少时，菜已四献，汤始一道，跟来的人拿出赏来，各家放了赏。大家便更衣复入园来，另献好茶。

南安太妃问宝玉，贾母笑道："今日几处庙里念'保安延寿经'，他跪经去了。"又问众小姐们，贾母笑道："他们姊妹们病的病，弱的弱，见人腼腆，所以叫他们给我看屋子去了。有的是小戏子，传了一班在那边厅上陪着他姨娘家的姊妹们也看戏呢。"南安太妃笑道："即这样，叫人请来。"贾母回头命凤姐去把史、薛、林带来，"再只叫你三妹妹陪着来罢。"凤姐答应了，来至贾母这边，只见他姊妹们正吃果子看戏呢，宝玉也从庙里回来。凤姐说了话。宝钗姊妹与黛玉、探春、湘云五人来至园中，大家见了，不过请安、问好、让坐等事。众人中也有见过的，还有一两家不曾见过的，都齐声夸赞不绝。人非草木，见此数人，焉得不垂涎称妙[四]？其中湘云最熟，南安太妃因笑道："你在这里，听我来了也不出来，还等请去。我明儿和你叔叔算帐。"因一手来拉探春，一手来拉宝钗，问几岁了，又连连连夸赞。因又松了他两个，又拉着黛玉、宝琴，也着实细看，极夸一回。又笑道："都是好的，不知叫我夸那一个的是。"早有一人将备用的礼物打点出五分[五]来：金玉戒指各五个，香串五副。南安太妃笑道："别笑话，留着赏丫头们罢。"五人忙拜谢过。北静王妃也有五样礼物，余者不必细说。

吃了茶，园中略逛了一逛，贾母等因又让入席。南安太妃便辞，说："身上不快，今日若不来，实在使不得，因此恕我竟[六]先告别了。"贾母等听说，也不便强留，大家又让了一回，送至园门，坐轿而去。接着北静王妃略一坐也就告辞了。余者也有终席的，也有不终席的。

贾母劳乏了一日，次日便不出来会人，一应都是邢、王二夫人款待。有那些老世家子弟拜寿的，只到厅上行礼，贾赦、贾政等还礼款待，至宁府坐席。不在话下。

这几日，尤氏晚间也不回那府里去，白日待客，晚间陪贾母玩笑。又帮着凤姐料理出入大小器皿以及收放赏礼事务。晚间在李纨房中歇宿。这一日晚间伏侍过[七]贾母晚饭后，贾母说："你们也乏了，我也乏了，早些寻一点子吃的歇歇去。明儿还要起早闹呢。"尤氏答应着退了出来，到凤姐房里来吃饭。凤姐在楼上看着收送礼的围屏，只有平儿在房里与凤姐叠衣服。尤氏因问："你们奶奶吃了饭了没有？"平儿笑道："吃饭岂有不请奶奶去的？"尤氏笑道："既这样，我别处找吃的去。饿的我受不得了！"说着，就走。平儿忙笑道："奶奶请回来！这里有点心，且点补一点儿，回来再吃饭。"尤氏笑道："你们忙的这样，我园子里和他姊妹们闹去。"一面就走。平儿留不住，只得罢了。

第七十一回　嫌隙人有心生嫌隙　鸳鸯女无意遇鸳鸯

　　且说尤氏一径来至园中，只见园中正门与各处角门 庚：伏下文。仍未关，犹吊着各色彩灯，因回头命小丫头子叫该班的女人。那丫鬟走入班房中，竟没一个人影儿，回来回了尤氏。尤氏便命传管家的女人。这丫头应了出去，到一门外鹿顶内，乃是管事的女人议事之所。到了这里，只有两个婆子分菜果呢。因问："那一位奶奶在这里？东府奶奶立等一位奶奶，有话吩咐！"这两个婆子只顾分菜，又听见是东府里的奶奶，不大在心，因就回说："管家奶奶们才散了。"小丫头子道："散了，你们家里传他去。"婆子道："我们只管看屋子，不管传人。姑娘要传人再派传人的去！"丫头听了道："哎哟，哎哟！这可反了！怎么你们不传去？你哄那新来的，怎么哄起我来了！素日你们不传，谁传？这会子打听了体己信儿，或是赏那一位管家奶奶的东西，你们争着狗颠儿似的传去，不知谁是谁呢。琏二奶奶要传，你们可也这么回？"这两个婆子一则吃了酒，二则被这丫头揭挑急了，便羞激怒了，因回口道："扯你的臊！我们的事，传不传不与你相干！你不用[八]揭挑我们，你想想，你那老子娘在那边管家爷们跟前，比我们还更会溜呢！什么'清水下杂面，你吃我也见'的事，各家门，另家户，你有本事，排场你家人去。我们这边，你们还早些呢！"丫头听了，气白了脸，因说道："好，好！这话说的好！"一面转身进来回话。

　　尤氏已早入园来，因遇见了岫烟、宝琴、湘云三人，同着地藏庵的两个姑子，正说故事玩笑。尤氏因说："我饿了。"先到怡红院，袭人装了几样荤素点心来与尤氏吃。两个姑子、宝琴、湘云等[九]都吃茶，仍说故事。那小丫头子一径找了来，气狠狠的把方才的话都说了出来。尤氏听了，冷笑道："这是两个什么人？"两个姑子同宝琴、湘云等听了，生怕尤氏生气，忙劝说："没有的事，必定是这一个听错了。"两个姑子笑推这丫头道："你这孩子好性气，那糊涂老妈妈们的话，你也不该来回才是。咱们奶奶万金之躯，劳乏了几天，黄汤辣水没吃，咱们哄的他欢喜一会儿还不得一半儿，说这些话做什么！"袭人也忙笑拉出他去，说："好妹妹，你且出去歇歇，我打发人叫他们去。"尤氏道："你不要叫人，你去就叫这两个婆子来，再到那边把他们家的凤儿叫来。"袭人笑道："我请去。"尤氏道："偏不要你。"

两个姑子忙立起身来，说："奶奶素日宽宏大量，今日老祖宗的千秋，奶奶生气，岂不惹人议论。"宝琴、湘云也都笑劝。尤氏道："不为老太太的千秋，我不依。且放着就是了。"

说话之间，袭人早又遣了一个丫头去到园门外找人，可巧遇见周瑞家的，这小丫头子将这话告诉周瑞家的。周瑞家的不管事，因他仗着是王夫人的陪房，原有些体面，心性乖滑，专管各处献勤讨好，所以各房主人都喜欢他。他今日听了这话，忙的跑入怡红院来，一面飞走，一面口内说道："气坏了奶奶，可使不得！我们家里，如今惯的太不堪了。偏生我不在跟前，若在跟前〔十〕，且打他们几个耳刮子，再等过了这〔十一〕几日再算帐。"

尤氏见了他，便笑道："周姐姐你来，有个理你说说。这早晚园门大开着，明灯蜡烛，出入的人又杂，倘有不防的事，如何使得？因此叫该班的人吹灯关门。谁知一个人芽也没有。"周瑞家的道："这还了得！前儿二奶奶吩咐了他们了，说这几日事多人杂，一晚就关门吹灯，不是园里的人不许放进去。今儿就没了人。这事过了几日，必要打几个才好。"尤氏又说了小丫头子的话。周瑞家的道："奶奶不要生气，等过了事儿，我告诉管事的打他个臭死。只问他们，谁叫他们说这'各家门，各家户'的话！我已经叫他们吹了灯，关上正门和角门子了。"只见凤姐打发人来请尤氏吃饭。尤氏道："我也不饿了，才吃了几个饽饽，请你奶奶自吃罢。"

一时，周瑞家的得便出去，便把方才的事回了凤姐，又说："这两个婆子好像管家奶奶，时常我们和他说话，都是狠虫一般。奶奶若不戒饬，大奶奶脸上过不去。"凤姐道："既这般，记着这两个人的名字，等过了这两天，捆了送到那府里凭大嫂子开发，或是打几下子，或是他施恩饶了他们，随他去就是了。"周瑞家的听了，巴不得一声儿，素日因与这几个人不睦，出来了便命一个小厮到林之孝家传凤姐的话，立刻叫林之孝家的进来见大奶奶；一面又传人立刻捆起这两个婆子来，交到马棚里派人看守。

林之孝家的不知有什么事，此时已经点灯，坐车进来，先见凤姐。至二门上传进话去了，丫头们出来说："奶奶才歇下了。大奶奶在园子里呢，叫大娘去见见大奶奶就是了。"林之孝家的只得进园来到

第七十一回　嫌隙人有心生嫌隙　鸳鸯女无意遇鸳鸯

稻香村，丫鬟们回进去，尤氏听了反过不去，忙唤进来，因笑说："我不过为找人找不着因问你，你既去了，也不是什么大事，谁又把你叫进来，倒要你白跑了一遭。不大的事，已经撂开手了。"林之孝家的也笑道："二奶奶打发人传我，说奶奶有话吩咐。"尤氏笑道："这是那里的话，只当你没去，白问你。这是谁又多事告诉了凤丫头，大约周姐姐说的。你家去歇着罢，没有什么大事。"李纨又要说缘故，尤氏反拦住[十二]了。

林之孝家的见如此，只得便回身出园去。可巧遇见赵姨娘，因笑道："哎哟哟，我的嫂子！这会子还不家去歇歇，还跑些什么？"林之孝家的便笑说何曾不家去的，如此这般进来了。又是个齐头故事。赵姨娘原是个好察听的，且素日又与管事的女人们扳厚，互相连络，作首尾。方才之事，已经闻得八九，听林之孝家的如此说，便恁般如此告诉了林家的一遍，林之孝家的听了，笑道："原来如此，也值一个屁！开恩呢，就不理论；心窄些呢，也不过打几下子就完了。"赵姨娘道："我的嫂子，事虽不大，可见他们太猖狂了些。巴巴儿的传进你来，明明的戏弄你，玩耍你。快歇歇去，明儿还有事呢，也不留你吃茶去！"

说毕，林之孝家的出来，到了侧门前，就有方才两个婆子的女儿上来哭着求情。林之孝家的笑道："你这孩子好糊涂，谁叫你娘吃酒混说了，惹出事来，连我也不知道。二奶奶打发人捆他，连我还有不是呢。我替谁讨情去？"这两个小丫头子才七八岁，原不识事，只管哭啼求告。缠的林家的无法，因说道："糊涂东西！你放着门路不去，却缠我。你姐姐现给了那边大太太的陪房费大娘的儿子，你走过去告诉你姐姐，叫亲家娘求大太太，什么完不得的事！"一语提醒了这一个丫头，那一个还求。林之孝家的啐道："糊涂攮的！他过去一说，自然都完了。没有个单放了他妈，又只打你妈的理。"说毕，坐车去了。

这一个小丫头子果然过来告诉了他姐姐，和费婆子说了。这费婆子原是邢夫人的陪房[十三]，起先也兴过时，只因贾母近来不大作兴[十四]邢夫人，所以连这边的人也减了威势。凡贾政这边有些体面的人，那边皆虎视耽耽。这费婆子倚老卖老，仗着邢夫人，常吃些酒，嘴里胡乱詈骂着出气。如今贾母庆寿这样大事，干看着人家逞才卖技办事，呼么喝六的弄手脚，心里早已不自在，指鸡骂狗〔十五〕、闲言闲语的乱闹，这边的人也不和他较量。如今听见周瑞家的捆了他亲家，越发火上浇油，仗着酒兴，指着隔断的墙〔庚：细致之甚！〕大骂了一阵，便走上来求邢夫人，说他亲家并没有什么〔十六〕不是，"不过和那府里的大奶奶的小丫头白斗了两句话，周瑞家的便调唆了咱家二奶奶捆到马圈里〔十七〕，说过了这两日还要打。求太太——我那亲家也是七八十岁的老婆子——和二奶奶说声，饶他这一次罢。"邢夫人自为要鸳鸯之后讨了没意思，后来见贾母越发冷淡了他，凤姐的体面反胜自己；且前日南安太妃来了，要见他姊妹，贾母又令探春出来，迎春竟似有如无，自己心里早已怨忿不乐，只是使不出来。又值这一干小人在侧，他们心内嫉妒挟怨之事不敢施展，便背地里造言生事，调拨主人。先不过是告那边的奴才；后来渐次告到凤姐，只说凤姐"只哄着老太太喜欢了，他好就中作威作福，辖治着琏二爷，调唆二太太，把这边正经太太倒不放在心上。"后来又告到王夫人，说："老太太不喜欢太太，都是二太太和琏二奶奶调唆的。"邢夫人纵是铁心铜胆的人，妇人家终不免生些嫌隙之心，近日因此着实恶绝凤姐。今又听见如此一篇话，也不说长短。

　　至次日一早，见过贾母，众族中人到齐，坐席开戏。贾母高兴，又见今日无远亲，都是自己族中子侄辈，只穿便衣出来，堂上受礼。当中独设一席，引枕靠背脚踏俱全，自己歪在榻上。榻之前后左右，皆是一色矮凳，宝钗、宝琴、黛玉、湘云、迎、探、惜姊妹等围绕。因贾瑞〔十八〕之母带了女儿喜鸾，贾琼之母也带了女儿四姐儿，还有几房子女，大小共二十个。贾母独见喜鸾与四姐儿生得又好，说话行事与众不同，心中喜欢，便命他两个也过来榻前同坐。宝玉却在榻上脚下捶腿。首席便是薛姨妈，下边两溜皆顺着房头辈数坐下去。帘外两廊却是族中男客，也依次而坐。先是那女客一起一起行礼后，方是男客行礼。贾母歪在榻上，只命人说"免了罢"，早已都行完了。然后赖大等带领众家人，从仪门直跪至大厅上，磕头礼毕，又是众家人媳妇，然后是各家的丫鬟，足闹了两三顿饭时。然后又抬了许多雀笼来，在当院子里放了生。贾赦等焚过香、天地寿星纸，方开戏饮酒。直到歇了中台，贾母方进来歇息，命他们取便，因命凤姐留下喜鸾四姐儿玩两日再去。凤姐出来便和他母亲说，他两个的母亲素日都承凤姐儿的照顾，也巴不得一声儿。他两个也愿意在园内玩耍，至晚便不回家了。

邢夫人直至晚间散时，当着众人赔笑和凤姐求情说："我听见昨儿晚上二奶奶生气，打发周管家的娘子捆了两个老婆子，可也不知犯了什么罪？论理我不该讨情，我想老太太好日子，发狠的还舍钱舍米，周贫济老，咱们家先倒折磨起老人家来了。不看我的脸，权且看老太太的好日子，竟放了他们罢。"说毕，上车去了。

凤姐听了这话，又当许多人，又羞又气，一时抓寻不着头脑，憋得[十九]脸紫涨起来，回头向赖大等家的笑道：庚：又写笑，妙！凡凤真（原作直）怒处必曰笑，凌凌不错。"这是那里的话！昨儿因为这里的人得罪了那府里的大嫂子，我怕大嫂子多心，所以尽让他发放，并不为得罪了我！这又是谁的耳报神这么快？"王夫人因问为什么事，凤姐笑将昨日的事说了，尤氏也笑道："连我并不知道，你原也太多事了。"凤姐道："我为你脸上过不去，所以等你开发，不过是个礼。就如我在你那里有人得罪了我，你自然送了来尽我开发。凭他是什么好奴才，到底错不过这理去。这又不知谁过去没的献勤儿，这也当作一件事情去说。"王夫人道："你太太说的是。就是珍哥媳妇也不是外人，也不用这些虚礼。老太太的千秋要紧，放了他们为是。"说着，回头就命人去放了那两个婆子。凤姐由不得越想越气越愧，不觉的灰心，遂滚下泪来。因赌气回房哭泣，又不肯使人知觉。偏又贾母打发琥珀来问，叫立等着说话。琥珀见了，诧异道："好好的，这是什么缘故？那里立等你呢。"凤姐听了，忙擦干了眼泪，洗了洗脸，另施了脂粉，方同琥珀过来。

贾母因问道："前儿这些人家送礼来的共有几家有围屏？"凤姐道："共有十六家有围屏，有十二架大的，四架小的炕屏。内中只有江南甄家庚：好！一提甄事。盖真（原作直）事欲显，假事将尽。一架大围屏十二扇，是大红缎子刻丝'满床笏'，一面泥金'百寿图'的，是头等的。还有粤海将军邬家的一架玻璃的还罢了。"贾母道："既这样，这两样别动，好生放着，我要给人的。"凤姐答应了。

鸳鸯忽过来向凤姐面上只管细瞧，引的贾母问说："你不认得他？只管瞧什么。"鸳鸯笑道："怎么他的眼睛肿肿的？所以我诧异。"

贾母听说，便叫近前来，也觑着眼看。凤姐笑道："才觉得一阵痒，揉肿了些。"鸳鸯笑道："别又是受了谁的气了？"凤姐笑道："谁敢给我气受！便受了气，老太太的好日子，我也不敢哭。"贾母道："正是呢。我正要吃晚饭，你在这里打发我吃，剩下的你就和珍儿媳妇吃了。你两个帮着两个师父替我拣佛豆儿，你们也积积寿，前儿你姊妹们和宝玉都拣了，如今也叫你们拣拣，别说我偏心。"说话之间，先摆上一桌素的来。两个姑子吃了，然后摆上荤的，奉贾母吃毕，抬出外间。尤氏、凤姐二人正吃着，贾母又叫把〔二十〕喜鸾、四姐儿二人也叫来，跟着他二人吃。吃毕，洗手，点上香，捧过一升豆子来。两个姑子先念了佛偈，然后方一颗一颗的拣在簸箩里，每拣一颗，念声佛。明日煮熟了，令人在十字街上结寿缘。贾母歪着听两个姑子又说些佛家的因果善事。

鸳鸯早已听见琥珀说凤姐儿哭一事，又和平儿前打听得缘故。晚间人散时，便回说："二奶奶还是哭的，那边大太太当着人给二奶奶没脸来。"贾母因问为什么缘故，鸳鸯便将缘故说了。贾母道："这才是凤丫头知礼处！难道为我的生日由着奴才们把一家子的主子都得罪了也不管罢！这是大太太素日没好气，不敢发作，所以今儿拿着这个作法子，明是当着人给凤姐没脸罢了。"说着，只见宝琴等进来，也就不说了。

贾母因问："你在那里来？"宝琴道："在园里林姐姐屋内大家说话来。"贾母忽想起一事，忙唤过一个老婆子来，吩咐他："到园里各处女人跟前吩咐吩咐，留下的喜姐儿和四姐儿虽然穷，和家里姑娘们是一样，大家照看经心些。我知道咱们家的男男女女都是'一个富贵心，两只体面眼'，未必把他两人放在眼里。有人小看了他们，我听见，可不饶！"婆子答应了，方要走时，鸳鸯道："我说去罢。他们那里听他的话！"说着，便一径往园里来。

先到了稻香村中，李纨与尤氏都不在这里。问丫鬟们，说："都在三姑娘那里呢。"鸳鸯回身又来至晓翠堂，果见那园中人都在那里说笑。见他来了，都笑说道："你这会子又跑了来做什么？"又让他坐。鸳鸯笑道："不许我也逛逛么？"于是把方才的话说了一遍。李纨忙起身听了，即刻把各房的丫头头儿唤了来。令他们传与诸人知道，不在话下。

　　这里尤氏笑道："老太太也太想的到，实在我们年轻力壮的人捆上十个也赶不上。"李纨道："凤丫头仗着鬼聪明，还离脚踪儿不远。咱们是不能了。"鸳鸯道："罢哟，还提凤丫头呢，他可怜见的。虽然这几年没有在老太太跟前有个错缝儿，暗里也不知得罪了多少人！总而言之，为人是难的：若太老实了没有个机变，公婆又嫌太老实了，家里人也不怕；若有机变，未免治一经又损一经。如今咱们家更好，新出来的这些底下奴字号的奶奶们，心满意足，都不知要怎么样才好，稍不得意，不是背地嚼舌，就挑三窝四。不过安静日子！这不是三姑娘听着，老太太偏疼宝玉，有人背地里怨言还罢了，算是偏心。如今老太太偏疼你，我听着也是不好。这可笑不可笑？"探春笑道："糊涂人多，那里较量得许多。我说倒不如小人家儿，人少的好，虽然人少寒苦些，倒是娘儿们欢天喜地的，大家快乐。我们这样人家人多，外头看着我们，不知我们千金万金小姐，何等快乐，殊不知这里说不出来的苦难，更利害。"宝玉道："谁像三妹妹好多心多事！我常劝你，总别听那些俗话，想那些俗事，只管安富尊荣才是。比不得我们没这清福，该应浊闹的。"

　　尤氏道："谁都像你，真是一心〔二一〕无挂碍，只知道和姊妹们玩笑，饿了吃，倦了睡，再过几年，不过还是这样，一点子后事也不虑。"宝玉道："我能够和姊妹们过一日是一日，死了完了。什么后事不后事！"李纨等都笑道："这可又是胡说。就算你是个没出息的，终老在这里，难道他姊妹们都不出门的？"尤氏笑道："怨不得人都说他是假长了一个胎子，究竟是个又傻又呆的。"宝玉笑道："人事莫定，知道谁死谁活？倘或我在今日明日死了，也算是遂心一辈子……"众人不等话说完，便说："可是又疯了！别和他说话才好。若和他说话，不是呆话，就是疯话。"喜鸾因笑道："二哥哥，你别这样说，等这里姐姐们果然都出了门，横竖老太太、太太也寂寞，我来和你做伴儿。"李纨、尤氏等都笑道："姑娘也别说呆话，难道你是不出门的？这话哄谁？"说的喜鸾也低了头。当下已是起更时分，大家各自归房安息，众人都且不提。

　　且说鸳鸯一径回来，刚至园门，只见角门虚掩，犹未上闩。此时园内无人来往,只有该班房内灯光掩映,微月半天。庚:是月初旬起更时(原作初旬时)也。鸳鸯又不曾有个做伴的,也不曾提灯笼,独自一个,脚步又轻,所以该班的人皆不理会。偏生又要小解,因下了甬路,寻微草处,行至一山石后大桂树阴下。庚:是八月,随笔点景。刚转过石后,只听一阵衣衫响,吓了一惊不小。定睛一看,只见是两个人在那里,见他来了,便想往树丛里石后藏躲。鸳鸯眼尖,趁月色看准一个穿红裙子、梳鬅头的高大丰壮身材庚:是月下所见(原无)之像,故不写至容貌(原作儿)也。的,是迎春房里的司棋。鸳鸯只当他和别的女孩子也在此小解,见自己来了,故意藏躲恐吓着玩,庚:此见是女儿们常事(原无),观书者自(原作白)亦为如此事(原作事此)。因便笑叫道:"司棋,你不快出来,吓着我,我就喊起来当贼拿了。这么大丫头,也没个[二]黑家白日的只管玩不够!"这本是鸳鸯的戏语,叫他出来。谁知他贼人胆虚,庚:更奇!不(原作不何)知后为何(原无)事。只当鸳鸯已看见他的首尾了,生恐叫喊出来使众人知觉更不好了,且素日鸳鸯又和自己亲厚不比别人,便从树后跑出来,一把拉住鸳鸯,便双膝跪下,只说:"好姐姐,千万别嚷!"庚:奇甚!鸳鸯反不知因何,忙拉他起来,笑问:"这是怎么说?"司棋满面紫胀,又流下泪来。鸳鸯再一回想,那一个人影恍惚像一个小厮,便心下猜疑了八九,庚:是聪敏女儿。妙!自己反羞的面红过耳,又怕起来。庚:是娇(原作姣)贵女儿,笔笔皆到。因定了一会,忙悄问:"那一个是谁?"司棋复跪下道:"是我姑舅兄弟。"庚:妙!鸳鸯啐了一口,道:"要死,要死!"庚:如见其面,如闻(原作问)其声。司棋又回头悄说道:"你也不用藏着,姐姐已看见了,快出来磕头!"那小厮听了,只得也从树后爬出来,磕头如捣蒜。鸳鸯忙要回身,司棋拉住苦求,哭道:"我们的性命,都在姐姐身上,只求姐姐超生要紧!"鸳鸯道:"你放心,我横竖不告诉一人就是了。"

一语未了,只听角门上有人说道:"金姑娘已出去了,上锁罢!"鸳鸯正被司棋拉住,不得脱身,听见如此说,便接声说道:"我在这里有事,略住住手,我就出来了。"司棋听了,只得松了手让他去了。且听下回分解。

【总评】叙一番灯火未熄,门户未关;叙一番赵姨失体,费婆憋(原作瘪)气;叙一番林家托大,周家献勤;叙一番凤姐灰心,鸳鸯传信:非为本文渲(原作煊)染,全为下文引逗。良工苦心,可谓惨淡经营。

司棋事从鸳鸯误吓得来,是善周全处,方与鸳鸯前后行景不至矛盾,一何精细如此!

校　记:

[一] 原文无"……单请官客,荣国府中……"数字,据庚辰本补。

[二] 原文无"的"字,据蒙府本补。

[三] 此处的"侍妾"二字,原文为"使妾",据庚辰本改。

[四] 此处的"人非草木,见此数人,焉得不垂涎称妙?"句,在戚序本中为正文。蒙府本与此同。因在庚辰本等抄本中无此句,故有红学家认为此句为批语。

[五] 此处的"五分"二字,原文为"两分",据庚辰本改。

[六] 原文无"竟"字,据庚辰本补。

[七] 原文无"过"字,据庚辰本补。

[八] 此处的"不用"二字,原文为"未曾"字,据甲辰本改。

[九] 原文无"等"字,据庚辰本补。

[十] 原文无"若在跟前"数字,据蒙府本补。

[十一] 原文无"这"字,据庚辰本补。

[十二] 此处的"反拦住"三字,原文为"又拦住"字,据庚辰本改。

[十三] 原文无"原是邢夫人的陪房"句,据庚辰本补。

[十四] 此处的"作兴"二字,原文为"兴",据蒙府本改。

[十五]"指鸡骂狗"数字,原文为"虽",据庚辰本改。

[十六] 原文无"什么"二字,据庚辰本补。

[十七] 原文无"不过和那府里的大奶奶的小丫头白斗了两句话,周瑞家的便调唆了咱家二奶奶捆到马圈里"一句,据庚辰本补。

[十八] 此处的"贾瑞"二字,原文为"贾瑞",据庚辰本改。

[十九] 此处的"憋得"二字,原文为"瘪的",校者改。

[二十] 原文无"把"字,据庚辰本补。

[二一] 原文无"心"字,据蒙府本补。

[二二] 原文无"个"字,据庚辰本补。

第七十二回

王熙凤恃强羞说病　来旺妇倚势霸成亲

【回前】此回似着意，似不着意；似接续，似不接续。在画师为浓淡相间，在墨客为骨肉停匀，在乐工为笙歌间作，在文坛为养局，为别调；前后文气，至此一歇。

话说鸳鸯出了角门，脸上犹红，心内突突的，真是意外之事。因想这事非常，若说出来，奸盗相连，关系人命，还保不住带累了旁人。横竖与自己无干，且藏在心里，不说与一人知道。回房复了贾母的命，大家安息。从此凡晚间便不大往园中来。因思园中尚有这些奇事，何况别处，因此连别处也不大轻走动了。

原来那司棋因从小儿和他姑表兄弟在一处玩笑起住时，小儿戏言，便都订下将来不娶不嫁。近年大了，彼此又出落得品貌风流，时常司棋回家时，二人眉来眼去，旧情不忘，只不能入手。又彼此生怕父母不从，二人便设法彼此里外买嘱园内老婆子们留门看道〔一〕，今日趁乱，方初次入港。虽未成双，却也海誓山盟，私传表记，已有无限的风情了。忽被鸳鸯惊散，那小厮早穿花度柳，从角门出去了。司棋一夜不曾睡着，又后悔不来。直至次日见了鸳鸯，自是脸上一红一

第七十二回　王熙凤恃强羞说病　来旺妇倚势霸成亲

白，百般过不去。心内怀着鬼胎，茶饭无心，起坐恍惚。挨了两日，竟不听见有动静，方略放下了心。这日晚间，忽有个婆子来悄告诉他道："你兄弟竟逃走了，三四天没归家。如今打发人四下里找他呢。"司棋听了，气个倒仰，因思道："纵是闹了出来，也该死在一处。他自为是男人，先就走了，可见是个没情意的。"因此又添了一层气。次日便觉心内不快，百般支持不住，一头睡倒，恹恹的成了大病。

鸳鸯闻知那边走了一个小厮，司棋又病重，要往外挪，心下料定："是二人惧罪之故，生怕我说出来，方吓到这样。"因而自己反过意不去，指着来望候司棋，支出人去，反自己立身发誓与司棋听，说："我要告诉一个人，立刻现死现报！你只管放心养病，别白糟蹋了小命儿。"司棋一把拉住，哭道："我的姐姐，咱们从小儿耳鬓厮磨，你不曾拿我当外人待，我也不敢怠慢了你。如今我虽一着走错，你若果然不告诉一个人，你就是我亲娘一样。从此后我活一日是你给我一日的。我的病好之后，把你立个灵牌，我天天焚香礼拜，保佑你一生福寿双全。我若死了时，变驴变马报答你。再俗语说：'千里搭长[二]棚，没有个不散的筵席。'再过三二年，咱们都是要离这里的。俗语又说：'浮萍尚有相逢日，为人岂无见面时。'倘或日后咱们遇见了，那时我又怎么报你的德行！"一面说，一面哭。这一席话，反把鸳鸯说的心酸，也哭起来了。因点头道："正是这话。我又不是管事的人，何苦我坏你的声名，我白去献勤？况且[三]这事我自己也不便开口向人说。你只放心。从此养好了，可要安分守己，再不许行了。"司棋在枕边点头不绝。

鸳鸯又安慰了他一番，方出来。因知贾琏不在家中，又因这两日见凤姐声色怠惰了些，不似往日一样，因顺路儿也来望候。因进入凤姐院中来，二门上的人见是他来，便立身待他进去。鸳鸯刚入堂屋中，只见平儿从里间出来，见了他来，便忙上来悄声笑道："才吃了一口饭，歇了午觉，你且别屋里坐着。"鸳鸯听了，只得同平儿到东边房里来。小丫头子倒了茶来。鸳鸯因悄问："你奶奶这两日是怎么了？我只看他懒懒的。"平儿见房内无人，便叹道："他这懒懒的也不止一日了，这有一月之前便是这样。又兼这几日忙乱了几天，又受了些闲气，重新又勾起来。这两日比先又添了些病，所以支持不住，便露出马脚来了。"鸳鸯忙道:"既这样,怎么不请大夫治呢?"平儿叹道:"我的姐姐,你还不知道他那脾气的?别说请大夫来吃药,我看不过,白问一声儿:'身上怎样?'他就动了气,反说我咒他病了。饶这样,天天还是查三访四,自己再不肯[四]看破些,且养身子。"鸳鸯道:"虽然如此,到底该请大夫瞧瞧是什么病,也都好放心。"平儿叹道:"说起病来,据我看也不是什么小症候。"鸳鸯忙道:"是什么病呢?"平儿往前又凑了一凑,向耳边说道:"只[五]从上月行了经之后,这一个月竟沥沥渐渐[六]没有止住。这可是大病不是大病?"鸳鸯听了,忙道:"哎哟!依你这话,这可不成了血崩了?"平儿啐了一口,又悄笑道:"你女孩儿家,这是怎么说,你倒会咒人呢。"鸳鸯见说,不禁红了脸,又悄笑道:"究竟我也不知什么是崩不崩的,你倒忘了不成,先我姐姐不是害这个病死了?我也不知是什么病,因无心中听见妈和亲家娘说,我还纳闷,后来也是听见妈细说缘故,才明白了一二分。"平儿笑道:"你知道的[七],我也竟忘了。"

二人正说着,只见小丫头进来向平儿道:"方才朱大娘又来了。我们回了他,奶奶才午觉。他往太太上头去了。"平儿听了点头。鸳鸯问:"那一个朱大娘?"平儿道:"就是官媒婆那朱嫂子。因有什么孙大人家来和咱们求亲,所以他这两日天天弄个帖子来,赖死赖活[八]。"一语未了,小丫头子跑进来说:"二爷来了。"说话之间,贾琏已走至堂屋门,口内唤平儿。平儿答应着才要出来,贾琏已找至这间房内来,至门口,忽见鸳鸯坐在炕上,便煞住脚,笑道:"鸳鸯姐姐,今儿贵人[九]踏贱地!"鸳鸯只坐着,笑道:"来请爷、奶奶的安!偏又不在家的不在家,睡觉的睡觉。"贾琏笑道:"姐姐一年到头辛苦伏侍老太太,我还没看你去,那里还敢劳动来看我们!正是[十]巧的很,我才要找姐姐去。因为穿着这袍子热,先来换了袍子,再过去找姐姐去。不想天可怜,省我走这一趟[十一]。姐姐先在这里等我了。"一面在椅子坐下。

鸳鸯因问:"又有什么说的?"贾琏未语先笑道:"有一件事,我竟忘了,只怕姐姐还记得。上年老太太生日,曾有一个外路来的和尚,孝敬了一个蜡油冻的佛手,因老太太爱,就即刻拿过来摆着[十二]了。因前日老太太生日,我看古董帐上还有这一笔,却不知此时这件

第七十二回　王熙凤恃强羞说病　来旺妇倚势霸成亲

东西着落何方。古董房的人也回过我多次，等我问准了好注上一笔。所以我问姐姐，如今还是老太太摆着呢，还是交到谁手里去了呢？"鸳鸯听说，便道："老太太摆了几天，厌烦了，就给了你们奶奶。你这会子又问我来。我连日子还记得，还是我打发老王家的送来。你忘了，或是问问你们奶奶和平儿。"平儿正拿衣服，听见如此说，忙出来回说："交过来了，现在楼上放着呢。奶奶已经打发过人出去说过给了这屋里了。他们发昏，没记上，又来叮蹬这些没要紧的事。"贾琏笑道："既然给了你奶奶，我怎么不知道，你们就昧下了？"平儿道："奶奶告诉二爷，二爷还要送人，奶奶不肯，好容易留下的。这会子自己忘了，倒说我们昧下。那是什么好东西，什么没有的物儿。比那强十倍的东西也没有昧下一遭儿，这会子又爱上那不值钱的！"贾琏垂头含笑想了一想，拍手道："我如今竟糊涂了！丢三忘四，惹人抱怨，竟大不像先了。"鸳鸯笑道："怨不得。事情又多，口舌又杂，你再喝上两杯酒，那里清楚的许多！"一面说，一面就起身要去。

贾琏忙也立身说道："好姐姐，再坐坐，兄弟还有一事相求。"说着便骂小丫头子："怎么不沏好茶来！快拿干净盖碗，把昨儿进上的新茶沏一碗来！"说着向鸳鸯道："这两日因[十三]老太太的千秋，所有的几千两银子都使了。几处房租、地租通在九月才得，这会子竟接不上。明儿又要送南安府里的礼，又要预备娘娘的重阳节礼，还有几家的红白大事，至少还得三二千两银子用，一时难去支借。俗语说：'求人不如求己'，可怎样呢？说不得姐姐担个不是，暂且把老太太用不着的金银家伙偷着运出一箱子来，暂押千数两银子支腾过去。不上半个月的光景，银子来了，我就赎了交还，断不能叫姐姐落不是。"鸳鸯听了，笑道："你倒会变法儿，亏你怎么想来？"贾琏笑道："不是我扯谎，若论除了姐姐，也还有人手里管的起千数两银子的事，只是他们的为人都不如你明白有胆气。我若和他们一说，反吓住了他们。所以我'宁撞金钟一下，不打破鼓三千'！"一语未了，忽有贾母处小丫头子，忙忙走来找鸳鸯，说："老太太找姐姐，这半日我们那里没找到？却在这里。"鸳鸯听说，忙的且去见贾母。

贾琏见他去了，回来瞧凤姐。谁知凤姐早已醒了，听他和鸳鸯借当，自己不便答话，只躺[十四]在炕上。听见鸳鸯去了，贾琏进来，凤姐因问道:"他可应了?"贾琏笑道:"虽然未应准,却有几分成手,须得你晚上再和他一说,就十分成了。"凤姐笑道:"我不管这事。倘或说准了,这会说得好听,有了钱的时节,你就丢在脖子后头了,谁和你打饥荒去?倘或老太太知道了,倒把我这几年的脸面都丢了。"贾琏笑道:"好人,你若说定了,我谢你如何?"凤姐道:"你说,谢我什么?"贾琏道:"你说要什么,就有什么。"平儿在旁笑道:"奶奶倒不要谢的。昨儿正说,要做一件什么事,却少一二百银子使,不如借了来,奶奶拿一二百银子,岂不两全其美。"凤姐笑道:"幸亏提起我来,就是这样罢了。"贾琏笑道:"你们也太狠了。你们这会子别说一千两银子的当头,就是现银子要三五千两,只怕也难不倒你。不和你们借就罢了。这会子烦你说一句话,还要利钱,真真了不得!"凤姐听了,翻身起来说道:"我有三千、五万,不是赚的你的。如今里里外外上上下下背着我嚼说我的不少,就差你来说了,可知没家亲引不出外鬼来。我们王家可那里来的钱?都是你们贾家赚的!别叫我恶心了。你们看着你们石崇、邓通,把王家地缝子扫一扫,就够你们过一辈子的了!说出来的话也不怕臊!现有对证:把太太和我的嫁妆细细的看看,比你们的那一样儿是配不上的!"贾琏笑道:"说句玩话儿就急了。这有什么这样的,你要使一二百银子值什么!多的没有,这还有,先拿进来,你使了再说,如何?"凤姐道:"我又不等着含口垫背,忙了什么。"贾琏道:"何苦来这么着,不犯着这么肝火盛!"凤姐听了,又自笑道:"不是我着急,你说的话戳人的心。我因为想着后日是尤二姐的周年,我们好了一场,梦:奇文奇想。(按:此批被梦稿本混入正文。)虽不能别的,到底给他上个坟烧张纸,也是姊妹一场。他虽没留下个男女,不要'前人撒土迷了后人的眼'。"这一语倒把贾琏说没了话,低头打算半响,方说道:"难为你想着,想的周全,我竟忘了。既是后日才用,明日得了这个,你随便使多少就是了。"

一语未了,只见旺儿媳妇走进来。凤姐问道:"可成了没有?"旺儿媳妇道:"竟不中用。我说须得奶奶做主就成了。"贾琏便问:"又是什么事?"凤姐便道:"不是什么大事。旺儿有个小子,今年十七岁了,还没得女人,因要求太太房内的彩霞,不知太太怎么样,就没有计较得。前日太太见彩霞大了,二则又多病多灾的,因此开恩打发

第七十二回 王熙凤恃强羞说病 来旺妇倚势霸成亲

他出去了，给他老子娘随便自己拣女婿去罢。因此旺儿媳妇来求我。我想他两家也就算门当户对的，一说去自然成的了，谁知他这会子来了，说不中用。"贾琏道："这是什么大事，比彩霞好的多着呢！"旺儿家的赔笑道："爷虽如此说，连他家还看不起我们，别人越发看不起我们了。好容易相看准一个媳妇，我只说求爷奶奶的恩典，替我做成了。奶奶又说他必肯的，我就烦了人过去一试，谁知白讨了一个没趣。若论那孩子倒好，与我素日合意儿，是他心内没有甚说的，只是他老子、娘两个老东西太心高了些。"一语戳动了凤姐和贾琏。凤姐因见贾琏在此，且不作一声，只看贾琏的光景。贾琏心中有事，那里把这点子事放在心上。待若不管，只是看着他是凤姐儿的陪房，且又素日出过力的，脸上过不去，因说道："什么大事，只管咕咕唧唧的。你放心且去，我明儿作媒，打发两个有体面的，带着定礼，就说我的话。他十分不依，叫他来见我。"凤姐看着旺儿家的，便扭嘴儿。旺儿家的会意，忙爬下就给贾琏磕头谢恩，贾琏忙道："你只给你姑娘磕头。我虽如此说了这样行，到底也得你姑娘打发个人去，叫他女人来，和他好说更好些。虽然他们必依，这事也不可太霸了。"

凤姐忙道："连你还这样施恩操心呢，我反倒袖手旁观不成？旺儿家的，你听见了。说了这事，你也忙忙的给我完了事来。说给你男人，外头所有的帐，一概都赶今年年底下收了进来，少一个钱我也不依。我的声名不好，再放一年，都要生吃了我呢！"旺儿媳妇笑道："奶奶也太胆小了。谁敢议论奶奶，若收了时，公道说，我们倒 [十五] 还省些事，不大得罪人。"凤姐冷笑道："我也是一场痴心白使了。我真个 [十六] 的还等钱做什么，不过为的是日用出的多，进的少。这屋里有的没的，我和你姑爷一月的月 [十七] 钱，再连上四个丫头的月钱，通共一二十两银子，还不够三五天的使用呢。若不是我千凑万挪的，早不知道过到什么破窑子里去了。如今倒落了个放帐破落户的名儿。

庚：可知放帐乃发，所谓此家儿知（原作如）耻恶之事也。

既这样，我就收了回来。我比谁不会花钱？咱们以后就坐着花，花到多早晚再说。这不是样儿么：前儿老太太的生日，太太急了两个月，想不出法儿来，还是我提了一句，后楼上有那没要紧的大铜锡器四五箱子，拿出来弄了三百银子，才把太太遮羞的礼儿搪过去了。我是你们知道的，那一个金自鸣钟卖了五百六十四两银子。没有半个月，大事倒有十来件，白填在里头。今儿外头也短住了，不知是谁的主意，搜寻上老太太了。明儿再过几年，各人搜寻到头面衣服，可就好了！"旺儿媳妇笑道："那一位奶奶太太的头面衣服折变了，不够过一辈子的？只是不肯罢了。"庚：闲（原作间）语补出近日诸事。凤姐道："不是我说没了能奈的话，要像这样，我竟不能了。昨儿晚上忽然做了一个梦，说来也好笑，庚：反说"可笑"，妙甚！若必以此梦为凶兆，则思反落套，非"红楼"之梦矣。梦见一个人，虽然面善，却又不知名姓，庚：是以前授方相之旧，数十年后矣。找我。问他做什么，他说娘娘打发他[十八]来要一百匹锦。我问他是那位娘娘，他说的[十九]又不是咱们家的娘娘。我就不肯给他，他就上来夺。正夺着，就醒了。"庚：妙！实家常触景问梦，必有之理，却是江淹才尽之兆也，可伤。旺儿家的笑道："这是奶奶的日间操心，常应候宫里的事。"庚：淡淡的抹去，妙！

一语未了，人回："夏太府打发了一个小太监家来说话。"贾琏听了，忙皱眉道："又是什么话？一年他们也搬够了。"凤姐道："你藏起来，等我见他。若是小事罢了，若是大事，我自有话回他。"贾琏便躲入套间去。这里凤姐命人带进小太监来，让他椅上坐吃茶，因问何事。那小太监便说："夏爷爷因今儿偶见一所房子，如今竟短二百两银子，打发我来问舅奶奶家里，有现成的银子暂借一二百两，过几天就送过来。"庚：可谓密（原作蜜）处不容（原作用）针。凤姐见说，笑道："什么是送过来，有的是银子，只管先兑了去。改日等我们短了，再借去也是一样。"小太监道："夏爷爷还说了，上两回还有一千二百两银子没送来，等今年年底下，自然都一齐送了过来。"凤姐笑道："你夏爷爷[二十]好小气，这也提在心上。我说一句话，不怕他多心，若是这样记的清还我们，不知还了多少了。只怕没有；若有，只管拿去。"因叫旺儿媳妇来："不管那里先支二百两银子来！"旺儿媳妇会意，说："我才因别处支不动，才来和奶奶支的。"凤姐道："你们只会里头来要钱，叫你们外头弄去就不能了。"说着叫平儿："把我那个金项圈拿出去，暂且押四百两银子。"平儿答应着，去了半日，果然拿了一个锦盒子来，里面两个锦袱包着。打开是一个金累丝攒珠的，那珍珠都有莲子大小；一个点翠嵌宝石的。两个都与宫中之物不离上下。庚：是太监眼中看，心中评。一时拿去，果然拿了四百两银子来。凤姐命与小太监打叠起一半，那一半命人与了旺儿媳妇，命他拿去办八月中秋的节礼。庚：过下伏脉。那小太监便告辞，凤姐命人替他拿着银子，送出大门去了。这里贾琏出来笑道："这一起外祟何日是了！"凤姐笑道："刚说着，就来了一股子。"贾琏道："昨儿周太监来，张口一千两。我略应的慢了些，他就不自在。将来得罪人之处不少。这会子再发上个[二一]三二万银子的财就好了。"一面说话，一面平儿伏侍凤姐另洗了面，更衣往贾母处去伺候晚饭。

这里贾琏出来，刚至外书房，忽见林之孝走来。贾琏因问何事，林之孝说道："方才打听得雨村降了，却不知因何事，只怕未必真。"贾琏道："真不真，他那官儿也未必保得长。将来有事，只怕未必不连累咱们，宁可疏远着他好。"林之孝道："何尝不是？只是一时难以疏远。如今东府大爷和他更好，老爷又喜欢他，时常来往，那一个不知？"贾琏道："横竖不和他谋事，也不相干。你去再打听，真是为了什么？"

林之孝答应了，却不动身，坐在下面椅子上，且说些闲话。因又说些家道艰难，便趁势又说："人口太众了。不如拣个空日回明老太太、老爷[二二]，把这些出过力的老家人用不着的，开恩放几家出去。一则他们各有营运，二则家里一年也省些口粮月钱。再者里头的姑娘也太多。俗语说：'一时比不得一时。'如今说不得先时的例了，少不得大家委屈些，该使八个的使六个，该使四个的便使两个。若各房算起来，一年也可以省许多月米月钱。况且里头的女孩子们一半都太大了，也该配人的配人。成了房，岂不又是一件好事，又滋生出人来。"贾琏道："我也这样想着，只是老爷才回家来，多少大事未回，那里议到这个上头？前儿官媒拿了个庚帖来求亲，太太还说老爷才来家，每日欢天喜地的说骨肉团聚，忽然就提起这事，恐老爷又伤心，所以且不叫提这事。"林之孝道："这也是正理，二爷想的到。"

贾琏道："正是，提起这话，我想起一件事来。我们旺儿的小子要说太太屋里的彩霞。他昨儿求我，我想什么大事，不管谁去说一声去。这会子谁闲着，我打发个人去说一声，就说我的话就是了。"林之孝听了，答应着，半晌笑道："依我说，二爷竟别管这件事。旺儿的那小子虽然年轻，在外头吃酒赌钱，无所不至。虽说都是奴才们，到底是一辈子[二三]的事。彩霞那孩子这几年我虽没见，听得越发出挑[二四]的好了，何苦来白糟蹋他做什么！"贾琏道："他小子原会吃酒，不成人？"林之孝道："岂只吃酒赌钱，在外头无所不为。我们看他是奶奶的陪房，也只见一半不见一半罢了。"贾琏道："我竟不知道这些事。既这样，那里还给他老婆，且给他一顿棍子，锁起来，再问他老子娘。"林之孝笑道："何必在这一时。那是我错了，等他再生事，我们自然回爷处治。如今且恕他。"贾琏不语，一时林之孝出去。

凤姐晚间已命人唤了彩霞之母来说。他纵不愿意，见凤姐亲自和他说，何等体面，庚：今时人因图此现在体面，误了多少女儿！此正是回今时女儿一哭笑。便心不由意的满口应承出来。今[二五]凤姐问贾琏可说了没有，贾琏因说道："我原要说的，打听他小儿子太不成人，故还不曾说。若果然不成人，且管教他两日，给他老婆不迟。"凤姐听说，便说道："你听见谁说他不成人？"贾琏道："不过是家里的人，还有谁？"凤姐笑道："我们王家的人，连我还不中你的意，何况奴才呢！我才已和他娘说了，他娘已经欢天喜地应了，难道又叫进[二六]他来不要了不成？"贾琏道："你既说了，又何必退，明儿说给他老子好生管他就是了。"这里说话不提。

且说彩霞因前日出去，等父母择人，心中虽是与贾环有旧，尚未准。今日又见旺儿每每求亲，早闻得旺儿之子酗酒赌博，而且容貌丑陋，一技不知，自此[二七]心中越发懊恼。生恐旺儿仗凤姐之势，一时作成，终身为患，不免心中急躁。遂至晚间悄命他妹子小霞庚：霞有大小？奇奇怪怪之文，更觉有趣。进二门来找赵姨娘，问个端的。赵姨娘素日深[二八]与彩霞契合，巴不得与了贾环，方有个膀臂，不承望王夫人又放了出去。每日调唆贾环去讨，一则贾环羞口难开，二则贾环也不大甚在意，不过是个丫头，将来还有，庚：这是世人之情，亦是丈夫之情。迁延着不说，意思便丢开手。无奈赵姨娘又不舍，又见他妹子来问，是晚得空，便先求了贾政。庚：这是使人想不到之文，却是大家必有之事。贾政因说道："且忙什么，等他们再念一二年书，再放人不迟。我已经看中了两个丫头，一个与宝玉，一个给环儿。只是年纪还小，又怕他们误了书,所以再等一二年。"庚:妙文,又写出贾老儿女之情。细思一部书,总不写贾老则不成文,然若不如此写,则又非贾老。赵姨娘道:"宝玉已有了二年了,老爷难道还不知道?"贾政听了,忙问道:"是谁给的?"赵姨娘才欲说话[二九],只听外面一声响,要知端的,下回分解。

【总评】夏雨冬风,常不解其何自来,何自去。鸳鸯与司棋相哭发誓,事已瓦释冰消,及平地风波一起,措手不及,亦不解何自来,何自去。

校　记:

[一]此处的"看道"二字,原文为"看到",据庚辰本改。

[二]原文无"长"字,据蒙府本补。

[三]原文无"且"字,据庚辰本补。

[四]原文无"肯"字,据庚辰本补。

[五]此处的"只"字,原文为"是",据蒙府本改。

[六]此处的"沥沥渐渐"数字,原文为"沥沥渐渐",据庚辰本改。

[七]原文无"的"字,据庚辰本补。

[八]原文无"赖活"二字,据庚辰本补。

[九]此处的"人"字,原文为"体",据庚辰本改。

[十]此处的"正是"二字,原文为"正说",据蒙府本改。

[十一]此处的"一趟"二字,原文为"一淌",校者改。

[十二]原文无"着"字,据蒙府本补。

[十三]原文无"因"字,据庚辰本补。

[十四]此处的"躺"字,原文为"淌",校者改。

[十五]原文无"倒"字,据庚辰本补。

[十六]此处的"真个"二字,原文为"真果",据庚辰本改。

[十七]原文无"月"字,据庚辰本补。

[十八]原文无"他"字,据庚辰本补。

[十九]原文无"的"字,据庚辰本补。

[二十]此处的"夏爷爷"三字,原文为"夏爷",据庚辰本改。

[二一]原文无"上个"字,据庚辰本补。

[二二]此处的"不如拣个空日回明老太太、老爷"数字,原文为"不如减些,好回回老太太、老爷",据庚辰本改。

[二三]原文无"子"字,据庚辰本补。

〔二四〕此处的"出挑"二字,原文为"出条",校者改。
〔二五〕原文无"今"字,据庚辰本补。
〔二六〕原文无"进"字,据庚辰本补。
〔二七〕原文无"一技不知,自此"数字,据庚辰本补。
〔二八〕原文无"深"字,据庚辰本补。
〔二九〕原文无"话"字,据庚辰本补。

第七十三回

痴丫头误拾绣春囊　懦小姐不问累金凤

【回前】贾母一席话，隐隐照起全文，便可一直叙去。接笔却置贼不论，转出赌钱；接笔又置赌钱不论，转出奸证；接笔又置奸证不论，转出讨情。一波未平，一波又起，势如怒蛇出穴，蜿蜒不就捕。

话说赵姨娘和贾政说话，忽听外面一声响，不知何物。忙问时，原来是外间窗屉不曾扣好，塌了屈戌了掉下来。赵姨娘骂了丫头两句，自己带领丫鬟上好，方进来打发贾政安歇了。不在话下。

却说怡红院中宝玉才睡下，丫鬟们正欲各散安歇，忽听有人击院门。老婆子开了门，见是赵姨娘房内的丫鬟名唤小鹊的。问他什么事，小鹊不答，直往房内来找宝玉。庚：奇！从未见此婢也。只见宝玉才睡下，晴雯等犹在床边坐着，大家玩笑，见他来了，都问："什么事，这时候又跑了来做什么？" 庚：又是补出前文矣，非只此（原作张）一回也。小鹊笑向宝玉道："我来告诉你一个信儿。方才我们奶奶这般如此在〔一〕老爷前说了。明儿你仔细老爷问你话。"说着，回身就走。袭人欲留他吃茶，因怕关门，遂一直去了。

这里宝玉听了这话，便如孙大圣听见了紧箍儿咒一般，登时四肢五内一齐皆不自在起来。想来想去，别无他策，只理熟了书，预备明儿盘考。只能书不舛错，便有他事，也不相干，也可以搪塞。想罢，忙披衣起来要读书。心中又[二]自后悔，这些日子只说不提了，偏又丢生，早知该天天好歹温习些的[三]。如今打算打算，肚子内现可[四]背诵的，不过只有《学》、《庸》、《二论》是带注背得出的。至上本《孟子》，是夹生的，若凭空提一句，断不能接背的；至下《孟子》，就有一大半忘了。算起《五经》来，因近来作诗，常把《诗经》读些，虽不甚精湛[五]，还可塞责。庚：妙！宝玉读书原系从问中临（滥）而有。别的虽不记得，素日贾政也未曾吩咐过读的，纵不知，也不妨。至于古文，这是那几年所读过的几篇，连《左传》、《国策》、《公羊》、《谷梁》、汉唐等文，不过几十篇，这几年竟未曾记得半篇片语，虽闲时也曾遍阅，不过一时之兴，随看随忘，未曾下苦工夫，如何记得？这是断难塞责的。更有时文八股一道，因平素深恶此道，原非圣贤之制撰，焉[六]能阐发圣贤之微奥，不过是后人饵名钓禄之阶。虽贾政当日起身时选了百十篇命他读的，不过偶因其中或一二股内，或承题之中，有作得精致、或流荡、或游戏、或悲感，稍能动心悦意，偶一读之，不过供一时之兴趣，究竟何曾成篇潜心玩索。庚：妙！写宝玉读书，非为功名也。如今若温习这个，又恐明日盘诘那个；若温习那个，又恐盘诘这个。一夜之功，亦不能全然温习。因此越添了焦躁。自己读书不知紧要，却带累着一房丫鬟们皆不能睡。袭人、麝月、晴雯等几个人，大的是不用说，在旁剪烛斟茶；那些小的，都困眼朦胧，前仰后合起来。晴雯因骂道："什么蹄子们，一个个黑日白夜挺尸挺不够，偶然一次睡迟了些，就装出这腔调来了。再这样，我拿针戳你们两下子！"

话[七]犹未了，只听外间"咕咚"一声，急忙看时，原来是一个小丫头子坐着打盹，一头撞到壁上了，从梦里惊醒，恰正是晴雯说话之时，他怔怔的只当是晴雯打了他一下，遂哭央说："好姐姐，我不敢了。"众人都发起笑来。宝玉忙劝道："饶他罢，原该叫他们都睡才是。你们也乏了，该替换着睡去。"袭人忙道："小祖宗！你只顾你的罢！通共这一夜的功夫，你把心暂且用在这书上，等过了这关，由你再张罗别的去，也不算误了什么。"宝玉听他说的恳切，只得又读。读了没有几句，麝月又斟一杯茶来润舌，宝玉接茶吃着。因见麝月只穿着短袄，解了裙子，宝玉道："夜静了，冷，到底穿一件大衣裳才是。"麝月笑指书道："你暂且把我们忘了，心且略对着他些罢！" 庚：此处岂是读书之处？又岂是伴读之人？古今天下误尽多少纨袴，何况又是此等时之怡红院，此等之鬟婢，又是此等一个宝玉哉！

　　话犹未了，只听金星玻璃从后房门跑进来，口内喊说："不好了，一个人从墙上跳下来了！"众人听说，忙问在那里，即喝起人来，各处寻找。晴雯因见宝玉读书苦恼，劳费一夜的神思，明日也未必妥当，心下正要替宝玉想出一个主意来脱此难，正好忽逢此惊怪，便出计，向宝玉道："趁这个机会快装病，只说唬着了。"正中宝玉心怀，因而遂传起上夜看门的人等来，打着灯笼，各处搜寻，并无踪迹，都说："小姑娘们想是睡花了眼出去，想是风摇的树枝儿，错认做人了。"晴雯说："别放狗屁！你们查的不严，怕得不是，还拿这话来支吾！刚才并不是一人见的，宝玉和我们出去有事，大家亲见的。如今宝玉唬的颜色都变了，满身皆发热，我如今还要上房里取安魂丸药去。太太问起来，是要回明的，难道依你们说就罢了不成！"众人听了，唬的不敢喷声，只得又各处去找。晴雯和玻璃二人果出去要药，故意闹的众人皆知宝玉着了惊唬病了。王夫人听了，忙命人来看视给药，又吩咐各上夜人仔细搜查，又一面叫查二门外邻围墙上夜的小厮们。于是园内灯笼火把，直闹了一夜。至五更天，就传管家男人，命仔细查访，一会细问内外上夜男女人等。

　　贾母闻知宝玉被唬，细问原由，不敢再隐，只得回明。贾母道："我料到必有此事。如今各处上夜的人都不小心，还是小事，只怕他们就是贼也未可知！"当下邢夫人并尤氏等都过来请安，凤姐、李纨及姊妹等皆陪侍贾母，听如此说，都默无所答。独探春出位笑道："近因凤姐身子不好，几日园内的人比先放肆了许多。先前不过是大家偷着一时半刻，或夜里坐更时，三四个人聚在一处，或掷骰或斗牌，小小的玩儿，不过为熬困。近来渐次放荡，竟开了赌局，甚至有头家局主，或三十吊、五十吊、一百吊大输赢。半月前竟有争斗相打之事。"贾母忙说："你既知道，为何不早回我们来？"探春道："我因想着太太事多，且连日不自在；凤姐又病着，所以没回。只告诉了大嫂子和管事的人们，戒饬过几次，近日好些。"贾母忙道："你姑娘家，如何知道这里头的利害！你自为耍钱常事，不过怕起争端。殊不知夜间既耍钱，就保不住不吃酒；再保不住门户不任意开锁。或买东西，寻张觅李[八]，其中夜静人稀，趋便藏贼引盗，何等事作不出来。况且园内你姊妹们起居相伴皆系丫头、媳妇们，贤愚混杂，贼盗事小，再有别事，倘略沾带了，关系不小。这事岂可轻恕！"探春听说，便默然归坐。

凤姐虽未大愈，精神比素常稍加，庚：看他渐次写来，从不作一平直（原作一年）易安之笔，况阿凤之文哉！今见贾母如此说，便忙道："偏生我又病了。"遂回头命人速传林之孝家的等总理家事四个媳妇到来，当着贾母申饬了一顿。贾母命即刻拿赌家来，有人出首者赏，隐情不告者罚。林之孝家的等见贾母动怒，谁敢徇私，忙至园中传齐人，一一盘问。虽不免大家赖一回，终不免水落石出。查得大头家三人，小头家八人，聚赌者共二十多人，都带来见贾母，跪在院内磕头求饶。贾母先问大头家名姓和钱之多少。原来这三个大头家，一个就[九]是林之孝两姨亲家，一个是园内厨房柳家媳妇之妹，一个是迎春之乳母。这是三个为首的，余者不能多记。贾母便命将骰子、牌一并烧毁，所有的钱入官分散与众人，将为首者每人四十大板，撵出，总不许再入；从者每人二十大板，革去三月月钱，贬入坑厕行内。又将林之孝家的申饬了一番。林之孝家的亲戚又给他打了嘴，自己也觉没趣。

迎春在坐，也觉没意思。黛玉、宝钗、探春等见迎春的乳母如此，也是物伤其类的意思，遂都起身笑着向贾母讨情说："这个妈妈素日原不玩的，不知怎么今日也偶然高兴。求看二姐姐面上，饶他这次罢！"贾母道："你们不知。大约这些奶妈子们，一个个仗着奶过哥儿、姐儿，原比别人有些体面，他们就生事，比别人更可恶，专管调唆主子护短偏向。我都是经过的。况且要拿一个作法子，恰好果然遇见了一个。你们别管！我自有道理。"宝钗等听说，只得罢了。

一时，贾母歇晌，大家散出，都知贾母今日生气，皆不敢各散回家，只得在此暂候。尤氏便往凤姐处来闲话了一会，因他也不自在，只得园内寻众姐妹闲谈。邢夫人在王夫人处坐了一会，也就往园内散散闷来。刚至园门前，只见贾母房内的小丫头子名唤傻大姐，笑嘻嘻

第七十三回　痴丫头误拾绣春囊　懦小姐不问累金凤

的走来，手内拿着个花红柳绿的东西，低头一壁瞧着，一壁只管走，不防迎头撞着邢夫人，抬头看见，方才站住。邢夫人因说："这痴丫头，又得了个什么狗不识儿，这么欢喜？拿来我瞧瞧。"原来这傻大姐年方十四五岁，是新挑上来的，与贾母这边提水桶、扫院子，专做粗活的一个丫头。只因他生得体肥面阔，两只大脚做粗活简捷爽利，其心性愚顽，一无知识，行事出言，常在规矩之外。贾母因喜欢他爽利便捷，又喜他出言可以发笑，便起名为"呆大姐"，发闷时便引他取笑，毫无避忌[+]，因此又叫他作"痴丫头"。他纵有失礼之处，见贾母喜欢，他们依然不去责备。这丫头也得了这个力，若贾母不唤他时，便入园内来玩耍。今日正在园内掏促织，忽在山石背后得了一个五彩绣香囊，极其华丽精致，固是可爱，但上面绣的并非花鸟等物，一面却是两个人赤条条盘踞相抱，一面是几个字。这痴丫头原不认得是春意，便心下盘算："敢是两个妖精打架？不然必是两口子相打！"左右猜解不来，正要拿去与人瞧看，【庚：险极，妙极！荣府（原作富）堂堂诗礼之家，且大观园又何等严肃清幽之地，金闺玉阁尚有此等秽物（原作妙），天下浅阁薄幕（原作闲浦募）之家宁不慎乎？虽然，但此等偏出大家（原做官）世族之中者，盖因其房室春（原作宝香）宵，鬟婢混杂（原作杀），焉（原作鸟）保其个个守礼持节（原作特即）哉？此正为大家（原做官）世族而告诫（原作戒）。其浅阁薄幕之处，母女（原作如）主婢日夕耳鬓交磨，一止一动悉在耳目之中，又何必谆谆再四焉？】是以笑嘻嘻的一壁看，一壁走，忽见了邢夫人如此说，便笑道："太太真个说的巧，真是个狗不识呢。【庚：妙！寓言也。大凡（原作几）知此交媾之情者，真狗畜之流（原作说）耳。非（原作飞）肆言恶詈，凡识此事者即狗矣。然则云与贾母看，则先骂贾母矣。此处邢（原作刑）夫人亦看，然则又骂邢（原作刑）夫人乎！故作者又难。】太太请瞧一瞧。"【庚：妙！这一"吓"字，方是写世家夫人之笔。虽前文明书邢夫人之为人稍劣。然亦（原作不）在情理之中，若不用慎重之笔，则邢（原作刑）夫人直系一小家卑污极轻贱之人矣（原做贼极轻之人已），岂（原作已）得与荣府联房哉！所谓此书针线缜（原作锦慎）密处，全在无意中一字一句之间耳。看者细心方得。】说着，便送过去。邢夫人接来一看，吓得连忙死紧攥住，忙问："你是那里得的？"傻大姐道："我掏促织，忽在山石背后拣了这个。"邢夫人道："快休告诉人！这不是好东西，连你也要打死才是。皆因素日是傻子，以后再别提起。"这傻大姐听了，反唬的白了脸，说："再不敢了。"磕了个头，呆呆而去。邢夫人回头看时，都是些女孩儿，不便递与，自己塞在袖里，心内十分罕异，揣摩此物从何而至，且不形于声色，且来至迎春室中。

迎春正因他乳母获罪，自觉无趣，心中不自在，忽报母亲来了，遂接入内室。奉茶毕，邢夫人因说道："你这么大了，你那奶妈子行此事，你也不说说他。如今别人都好好的，偏咱们的人做出这事来，什么意思！"庚："咱们"二字便见自怀异心，从上文生离异发泄（原作沥）而来，缜（原作谨）密之至。更有人甚（原无）于此者，君未知也，一叹（原作矣）。

迎春低首弄衣带，半晌答道："我说他两次，他不听也无法。况且他是妈妈，只有他说我的，没有我说他的。"庚：妙极，一直画出一个懦弱小姐来。邢夫人道："胡说！你不好了他原该说；如今他犯了法，你就该拿出小姐的身分来。他敢不从，你就回我去才是。如今直等[十一]外人共知，这是什么意思！庚：我敬问"外人"为谁？再者，只他去放头儿，还恐怕他巧言花语借簪环、衣服作本，你这心活面软的，未必不周济他些。若被他骗去，我是一个钱没有的，看你明日怎么过节！"迎春不语，只低头弄衣裳。邢夫人见他这般，因冷笑道："总是你那好哥哥、好嫂子，一对儿赫赫扬扬，琏二爷、凤奶奶，两口子遮天盖地，百事周到，竟通共这一个妹子，全不在意！庚：加在于琏、凤，的是父母常情，极是。何必又如此说来，便见又有私意。但凡是我身上掉下来的，又有一话说，——只好凭他罢了。庚：如何？此皆妇女私假之意，大不可者。况且你也不是我养的，庚：更不好。你虽不是同他一娘所生，到底是同出一父，也该彼此瞻顾些，也免别人笑话。庚：又问"别人"为谁？又问彼二人虽不同母，终是同父。彼（原作被）二人既同父，其父又系君之何人？吁！妇人私心，今古有之。我想天下的事也难较定，你是大老爷跟前的人养的，这里探春丫头也是二老爷跟前的人养的，出身一样。如今你娘死了，从前看来你两个的娘，只有你娘比如今赵姨娘强十倍的，你该比探丫头强才是。怎么你反不及他一半！谁知竟不然，这可不是异事。倒是我一生无儿无女的，一生干净，也不能惹人笑话议论为高！"庚：最可恨妇人无子（原作字）者引此（原作屯）话如（原无）是说。旁边伺候的媳妇们便趁机道："我们的姑娘老实仁德，那里像他们三姑娘伶牙俐齿，会要姊妹们的强。他明知姐姐这样，他竟不照顾一点儿。"庚：杀，杀，杀！此辈专生离异。余因实受其蛊，今读此（原作屯）文，直欲拔剑劈纸。又不知作者多少眼泪洒出此（原作屯）回也。又问，不知如何"顾恤"些，又不知有何可"顾恤"之处？真令人不解。愚奴贱婢之言，酷肖之至！邢夫人道："连他哥哥嫂子还如是，别人又做什么呢！"一言未了，人回："琏二奶奶来了。"邢夫人听了，冷笑两声[十二]，命人出去，说："请他自去养病，我这里不用他伺候。"接着又有探事的来报说："老太太醒了。"邢夫人方起身前边来。迎春送至院外方回。

绣桔因说道："如何，前儿我回姑娘，那一个攒珠累丝金凤竟不知那里去了。回了姑娘，姑娘竟不问一声儿。我说必是老奶奶拿去当了放头儿的，姑娘不信，只说司棋收着呢。叫问司棋，司棋虽病着，心里却明白。我去问他，他说没有收起来，还在书架上匣内放着，预备八月十五恐怕要戴呢。姑娘就该问老奶奶一声，只是脸软怕人恼。如今正无着落，明儿要都戴时，独咱们不戴，是何意思呢！"庚：这个"咱们"使得，恰是女儿喁喁私语，非前问之一例（原作倒）可比者，写得出，批得出。迎春道："何用问，自然是他拿去暂借一肩儿。我只说他悄悄的拿了出去，不过一时半晌，仍旧悄悄的送来就完了，谁知他就忘记了。今日偏又闹出事来，问他也无益。"庚：总是懦语。绣桔道："他何曾是忘记！他是识准了姑娘的性格，所以才这样。如今我有了主意：我竟走到二奶奶房里将此事回了他，或他着人去要，或他省事拿出几个钱来替他赔补，如何？"庚：写女儿各有机变，个个不同。迎春忙道："罢，罢！省些事罢。宁可无事，何必生事！"庚：总是懦语。绣桔道："姑娘怎么这样软弱。都要省起事来，将来连姑娘还骗了去呢。我竟去的是。"说着便走。迎春便不言语，只好由他。

谁知迎春乳母之媳王住儿的媳妇，正因他婆婆得了罪，来求迎春去讨情，听他们正说金凤一事，且不进去。也因素日迎春懦弱，他们不放在心上。如今见绣桔立意去回凤姐，估量这事脱不去了，且又有求迎春之事，只得进来，哭着先向绣桔说："姑娘，你别去生事。姑娘的金凤，原是我们老奶奶老糊涂了，输了几个钱，没的捞稍，所以暂借了去。原说一日半晌就赎的，因总未捞过本来，就迟误了。可巧今儿又不知谁走了风声，弄出事来。虽然这样，到底是主子的东西，我们不敢迟误下，终久是要赎的。如今还要求姑娘，看从小儿吃奶的情分，往老太太那边去讨个情面，救出他老人家来才好。"迎春先便说道："嫂子，你趁早打了这妄想，要等我去说情，等到明年也不中用的。方才连宝姐姐、林妹妹大伙儿说情，老太太还不依，何况是我一个人。我自己愧还愧不过来，反去讨臊！"绣桔便说："赎金凤是一件，说情是一件，莫绞在一处说。难道姑娘不去说情，你就不赔了不成？嫂子且取了金凤来再说。"

王住儿家的听迎春如此拒绝他，绣桔的话又锋利，无可回答，一时脸上过不去，也明欺迎春素日好性，乃向绣桔发话道："姑娘，你别太仗势了。你满家子算一算，谁的妈妈奶奶不仗着主子哥儿、姐儿多得些益，偏咱们就这样'丁是丁，卯是卯'的，只许你们偷偷摸摸的哄骗了去。自从邢姑娘来了，太太吩咐一个月俭省出一两银子来与舅太太去，这里饶添了邢姑娘的使费，反少了一两银子。常时短了这个，少了那个，不是我们供给？谁又要去？不过大家将就些罢了。算到今日，少说些也有三十两了。我们这一项钱，岂不白填了眼呢。"绣桔不待说完，便啐了一口，道："做什么白填了三十两银子，我且和你算一算，姑娘要了些什么东西？"迎春听见这媳妇发邢夫人之私意，【庚：大书。此句诛心之笔。】忙止道："罢，罢！你不能拿了金凤来，不必牵三扯四乱嚷！我也不要那凤了。便是太太们问时，我只说丢了，也妨碍不着你什么，你出去歇息歇息倒好。"一面叫绣桔倒茶来。绣桔又气又急，因说道："姑娘虽不怕，我们是做什么的，把姑娘的东西丢了。他倒赖说姑娘使了他的钱，这如今竟〔十三〕要准折起来。倘或太太问姑娘为什么使了这些钱，敢是我们就中取势了？这还了得！"一行说，一行就哭了。司棋听不过，只得勉强过来，帮着绣桔问着那媳妇。迎春劝止不住，自拿了一本《太上感应篇》去看。【庚：神妙之甚（原作其）！从书上跳（原无）出一位懦弱小姐，且（原作从上且）书又有奇文（原作大）。妙！】

三人正没开交，可巧宝钗、宝琴、黛玉、探春等因恐迎春今日不自在，都约来安慰他。走至院中，听得两三个人较口。探春从窗内一看，只见迎春倚在床上看书，若有不闻之状。【庚：看他写迎春虽稍劣，然亦大家千金之格也。】探春也笑了。小丫头们忙打起帘子，报道："姑娘们来了。"迎春方放下书起身。那媳妇见有人来，且又有〔十四〕探春在内，不劝而止，遂趁便要走。探春坐下，便问："刚才谁在这里说话？倒像拌嘴的？"【庚：瞧他写探春气宇。】迎春笑道："没有说什么，不过是他们小题大作罢了。何必问他！"探春笑道："我才听见什么'金凤'，又是什么'没有钱只和我们奴才要，'谁和奴才要钱了？难道姐姐和奴才要钱了不成？难道姐姐不是和我们一样有月钱的，一样的用度不成？"

司棋、绣桔道："姑娘说的是了。姑娘们都是一样的，那一位姑娘的钱不是由着奶奶妈妈们使，连我们也不知道怎样是算帐，不过是要东西只说得一声儿。如今他偏要说姑娘使过了头儿，他赔出许多来。究竟姑娘何曾和他要什么了？"探春笑道："姐姐既没有和他要，必定是我们和他们要了不成！你叫他进来，我倒要问问他！"

迎春笑道："这话又可笑。你们又无沾碍，何得带累于他？"探春道："这倒不然。我和姐姐一样，姐姐的事和我的事也一般，他说姐姐即是说我。我那边的人有抱怨我的，姐姐听见也即同怨姐姐是一理。咱们是主子，自然不理论那些钱财小事，只知想起什么要什么，也是有的事。但不知金纍丝凤因何又夹在里头？"那王住儿媳妇恐绣桔等告出他来，遂忙进来用话掩饰。探春深知其意，因笑道："你们所以糊涂。如今你奶奶既得了不是，趁此求二奶奶，把方才的钱尚未散人的，拿出些来赎了就完了。比不得没闹出来，大家都藏着留脸面。如今既是没了脸，趁此时纵有十分罪，也只一人受去，没有砍两个头的理。你依我，竟是和二奶奶说去。在这里大声小气，如何使得？"这媳妇被探春说出真病，也无可赖了，只不敢往凤姐处去自首。探春笑道："我不听见便罢，既听见，少不得替你们分解分解。"使个眼色与待书，待书出去。

正说话，忽见平儿进来。宝琴拍手笑道："三姐姐敢是有驱神遣将的符术？"黛玉笑道："这倒不是道家玄[十五]术，倒是用兵最精，所谓'守如处女，脱如狡兔'，出其不备之妙策也。"二人取笑。宝钗使眼色与二人，令其不可，遂以别话岔开[十六]。

探春见平儿来了，遂问："你奶奶可好些了？真是病糊涂了，事事都不在心上，叫我们受这样的委屈。"平儿忙道："姑娘怎么委屈？谁敢给姑娘气受，快吩咐我。"

当时住儿媳妇慌了手脚，遂上来赶着平儿叫："姑娘坐下，让我说缘故请听。"平儿正色道："姑娘这里说话，也有你混插口的理！但凡知礼，只该在外头伺候。不叫你，进不来的。几时有外头的媳妇子们无故到姑娘房里来的例呢？"绣桔道："你不知我们这房里没礼的，谁爱来就来。"平儿道："都是你们的不是。姑娘好性儿，你们就该打出去，然后再回太太去才是。"住儿媳妇见平儿出了言，红了脸方退出去。

　　探春接着道："我且告诉你，若是别人得罪了我，倒还罢了。如今这住儿媳妇和他婆婆仗着是妈妈，又瞅着二姐姐好性儿，如此这般私自拿了首饰去赌钱，而且还捏造假帐折算，威逼着还要去讨情，和这两个丫头在卧房里大嚷大叫，二姐姐竟不能辖治，所以我看不过，才请你来问一声：还是他原是天外的人，不知道理？还是有谁主使他如此，先把二姐姐制伏，然后就制伏我并四姑娘了？"

　　平儿忙赔笑道："姑娘怎样今日说这话出来？我们奶奶如何当得起！"探春冷笑道："俗语：'物伤其类''齿竭唇亡'，我自然有些惊心。"平儿问迎春道："若论此事，还不是大事，极好处治。但他现是姑娘的奶嫂，据姑娘怎么样为是？"当下迎春只和宝钗阅《感应篇》，究竟连探春之语亦不曾闻得，忽听平儿如此说，乃笑道〔十七〕："问我，我也没什么法子。他们的不是，自作自受，我也不能讨情，我也不去苛责就是了。至于私自拿去的东西，送来我收下，不送来我也不要了。太太们要问，我若能隐瞒，遮饰过去，是他的造化；若瞒不住，我也没法，没有个为他们反欺诳太太们的理，少不得直说。你们若说我好性儿，没个决断，竟有个好主意可以八面周全，不使太太们生气，任凭你们处治，我总不知道。"众人听了，都好笑起来。黛玉笑道："真是'虎狼屯食阶陛，尚谈因果'。若使二姐姐是个男人，这一家上下许多人，又如何裁治他们？"迎春笑道："正是。多少男人尚如此，何况我哉！"一语未了，只见一人进来。不知是谁，且听下回分解。

　　【总评】一篇奸盗淫邪文字，反以《四子书》、《五经》、《公羊》、《谷梁》、秦汉诸作起，以《太上感应篇》结，彼何心哉？他深见"书中自有黄金屋"、"书中有女美如玉"等语，误尽天下苍生，而大奸大盗皆从此出，故特作此一起结，为五阴浊世顶门一声棒喝也。眼空似箕，笔大如椽，何得以寻行数墨绳之。

　　探春处处出头，人谓其能，吾谓其苦。迎春处处藏舌，人谓其怯，吾谓其超。探春运符咒，固足役鬼驱神；迎春说因果，更可降狼伏虎。

第七十三回　痴丫头误拾绣春囊　懦小姐不问累金凤

校　记：

［一］原文无"在"字，据庚辰本补。

［二］此处的"又"字，原文为"正"，据庚辰本改。

［三］原文无"的"字，据庚辰本补。

［四］此处的"可"字，原文为"有"，据庚辰本改。

［五］此处的"精湛"二字，原文为"精阐"，校者改。

［六］此处的"焉能"二字，原文为"亦能"，据蒙府本改。

［七］此处的"话"字，原文为"说"，校者改。

［八］此处的"觅"字，原文为"不见"。庚辰本为"找"。故此处实应为"觅"。

［九］原文无"就"字，据庚辰本补。

［十］此处的"毫无避忌"数字，原文为"一毫无避忌"，据庚辰本改。

［十一］此处的"直等"二字，原文为"只等"，据庚辰本改。

［十二］此处的"两声"二字，原文为"道"，据庚辰本改。

［十三］原文无"竟"字，据庚辰本补。

［十四］原文无"有"字，据蒙府本补。

［十五］此处的"玄"字，原文为"玄"，为讳康熙皇帝之名"玄烨"。

［十六］此处的"岔开"二字，原文为"分开"，据蒙府本改。

［十七］此处的"乃笑道"三字，原文为"仍笑道"，校者改。

第七十四回

惑奸谗抄检大观园　矢孤介杜绝宁国府

【回前】司棋一事，在七十一回叙明，暗用山石伏线；七十三回用绣春囊在山石一逗便住；至此回可直叙去，又用无数曲折，渐渐逼来，及至司棋，忽然顿住，结到入画。文气如黄河出昆仑，横流数万里，九曲至龙门，又有孟门、吕梁峡束不得入海，是何等奇险怪特文字，令我拜服。

话说平儿听了迎春之言，正是好笑，忽见宝玉也来了。原来管厨房的柳家媳妇之妹，也在案内。因园中有素与他不睦的， 便又告诉出来，说柳家的和他妹子是伙计，虽然他妹子出名，其实赚了钱两个人平分。因此凤姐要治柳家之罪。那柳家的得了此信，便慌了手脚，因思素日与怡红院人最为深厚，故走来悄悄的央求晴雯、金星玻璃等人。金星玻璃告诉了宝玉。宝玉因思迎春之乳母也现有此[一]罪，不若来约同迎春去，比自己独去单为柳家说情又更妥当，故此前来。忽见许多人在此，见他来时，都问："你的病可好了？跑来做什么？"宝玉不便说出讨情一事，只说："来看二姐姐。"当下众人也不在意，且说些闲话。

第七十四回　惑奸谗抄检大观园　矢孤介杜绝宁国府

平儿便出去，那王住儿媳妇紧跟在后，口内百般央求，只说："姑娘好歹口内超生，横竖去赎了来。"平儿笑道："你迟也赎，早也赎，'既有今日，何必当初'！你的意思得过去[二]就过去了。既是这样，我也不好意思告人，趁早赎了来，交与我送去，一字不提。"王住儿媳妇听说，方放下心来，说就拜缴，又说："姑娘自去贵干，我赶晚拿了来，先回了姑娘，再送去，如何？"平儿道："赶晚不来，可别怨我！"说毕，二人方分路散了。

平儿到房，凤姐问他："三姑娘叫你做什么？"平儿笑道："三姑娘怕奶奶生气，叫我劝着奶奶，这两天可吃些什么。"凤姐笑道："倒是他还记挂着我。刚才又出了一件事：有人来告柳二媳妇和他妹子通同开局，凡他妹子所为，都是他做主。我想，你素日肯劝我'多一事不如省一事'，就可闲一时，自己保养保养也是好的。我因听不进去，果然应了些，先把太太得罪了，而且自己反赚了一身病。如今我也看破了，随他们闹去罢，横竖还有许多人呢！我白操一会子心，倒惹的万人咒骂。我且养病要紧。便是病好了，我也做个好好先生，得乐且乐，得笑且笑，一概是非却凭他们去罢！庚：历来（原做了）世人到此作此想，但悔不及矣，可伤可叹！所以我只答应着知道了，自不在心上。"平儿笑道："奶奶果然如此，便是我们的造化。"

一语未了，只见贾琏进来，拍手叹气道："好好的又生事！前儿我和鸳鸯借当，那边太太怎么知道了？刚才叫过我去，叫我不管那里先迁挪二百银子，做八月十五日节间使用。我回没处迁挪。太太就说：'你没有钱就有地方迁挪，我白和你商量，你就搪塞我，说是没地方了。前儿那一千两银子的当是那里的？连老太太的东西你都有神通弄出来，这会子二百银子，你就这样。幸亏我没和别人说！'我想太太分明不短，何苦来要寻事奈何人！"凤姐道："那一日并无一个外人，谁走了这个消息？"平儿听了，也细想那日有谁在此，想了半天，笑道："是了。那日晚上送东西来的时节，老太太那边傻大姐的娘也来送浆洗的衣服。他在下房里坐了一会子，见大箱子，自然要问，必是小丫头子们不知道，说了出来，也未可知？"庚：奇奇怪怪，从何处转至素日成真，如常山之蛇！因此便唤了几个小丫头来问，那日谁告诉傻大姐的娘来。众丫头慌了，都跪下赌咒发誓，说："自来也不敢多说一句话。有人凡问什么，都答应不知道，这事如何敢说！"凤姐详情说道："他们必不敢多说，倒别委屈了他们。如今且把这事靠后，且把太太打发了去要紧。宁可咱们短些，再别讨没意思！"因叫平儿："把我的金项圈拿来，且暂押二百银子来送去完事。"贾琏道："越性多押二百，咱们也要使呢。"凤姐道："很不必，我没处使钱。这一去还不知指那一项赎呢。"平儿拿去，吩咐一个人叫了来旺媳妇来领去，一时拿了银子来。贾琏亲自送去，不在话下。

　　这里凤姐和平儿猜疑，是谁走的风声，竟拟不出来。凤姐道："知道这事还是小事，怕的是小人趁便又造言生事。那边正和鸳鸯结下仇了，如今听得他私自借给琏二爷东西，那起小人眼馋肚饱，没缝儿还要下明蛆。如今有了这个因由，恐怕又造出些缘故来，又说些没天理的话，也定不得。在你琏二爷还不妨，只是鸳鸯正经女儿，带累他受屈，岂不是咱们的过失！"平儿笑道："这也无妨。鸳鸯借东西原看的是奶奶，并不为的是二爷。一则鸳鸯虽应名是他的私情，其实他是回过老太太的。老太太因怕孙男弟女多，这个也借，那个也借，到跟前都撒个娇儿，和谁要去，因此只装不知道。庚：奇文，神文！岂世人意想（原作余相）得出者？前文云"一箱（原作想）子，若私自（原作私是）拿出，贾母岂（原作其）睡梦中之人矣？盖此等事作者曾经，批者曾经，实系一写往事（原作是），非特造出，故弄新笔，究竟（原作经）不记不神也。鸳鸯借物一回于此便结案（原作乐）。纵闹了出来，究竟他也无碍。"凤姐道："理虽如此，只是你我知道的，便罢了，不知道的，焉得不生疑呢！"

　　一语未了，人报："太太来了。"凤姐听了诧异，不知为何事亲来，与平儿等忙迎出来。只见王夫人气色更变，庚：奇。只带一个贴己的小丫头走来，一语不发，走至里间坐下。凤姐忙奉茶，因赔笑问道："太太今日高兴，到这里逛逛？"王夫人喝命："平儿出去！"平儿见了这般光景，心内着慌不知怎么样了，忙应了一声，带着众丫鬟一齐出去，在房门外站住，越性将房门掩了，自己坐在台基上，所有的人，一个不许进去。凤姐也着了慌，不知有何等事。只见王夫人含着泪，从袖里掷出一个香袋来，说："你瞧！"凤姐拾起一看，是十锦春意香袋，也吓了一跳，忙问："太太从那里得来？"王夫人见问，越发泪如雨下，颤声说道："我从那里得来！我天天坐在井里，把你当个细心人，所以我才偷了空儿。谁知你也和我一样。这样东西，大天白日里明摆在园里山石上，被老太太的丫头拾着，不亏你婆婆遇见了，早已送到老太太跟前去。我且问你，这个东西如何遗在那里来？"庚：奇问。凤姐听了，也变了颜色，忙问："太太怎知是我的？"庚：问的是（原作甚的）。王夫人又哭又叹说道："你反问我！你想，一家子除了你们小夫妻，余者老婆子们，要这何用？女孩子们是从那里得来？自是那琏儿不长进下流种子那里弄来。你们又和气，当作一件玩意儿，年轻人儿闺房私意是有的，你还和我赖！幸而园内上下人还不解事，尚未拣得。倘或丫头拣着，你姊妹看见，这还了得！不然，有那丫头们拣着，出去说是园内拣着的，外人知道，这性命脸面要也不要？"

凤姐听说，又急又愧，登时紫涨了面皮，便依炕沿双膝跪下，也含泪诉道："太太说的固然有理，我也不敢辩我并没有这样东西。但其中还要求太太细详其理：这香袋是外头雇工做的，请看带子、穗子一概是卖货。若是内工绣的，自然都是好的，我便年轻不尊重些，也不要这劳什古子！此是一。二者，这东西也不是常带着的。我纵有，也只好在家里，焉肯带在身上各处去？况且又在园里，个个姊妹我们都拉拉扯扯，倘或露出来，不但在姊妹前，就是奴才们看见，我有什么意思？我虽年轻不尊重，亦不能糊涂至此。三则论主子内我是年轻的媳妇，算起奴才来，比我更年轻的又不止一个人了。况且他们也常进园，晚间各人家去，焉知不是他们身上的？四则除我常在园里之外，还有那边太太常带几个小姨娘们来，如嫣红、素云等人，皆系年轻，他们更该有这个。还有珍大嫂子，他也不算甚老，他也常带过佩凤[三]等人来，焉知又不是他们的？五则园内丫头太多，保的住个个是正经的不成？焉知年纪大些的知道了人事，或者一时半刻人查问不到偷着出去，或借着因由同二门上小幺儿们打牙犯嘴，外头得了来的，也未可知。如今不但我没此事，就连平儿我也[四]可以下保的。太太请细想。"

王夫人听了这一席话大近情理，因叹道："你起来。我也知道，你大家子小姐出身，焉得轻薄至此，不过我气急了，拿话激你。但如今却怎么处？你婆婆才打发人封了给我瞧，说是从傻大姐手里得的，把我气了个死。"凤姐道："太太快别生气。若被众人觉察了，保不定老太太不知道。且平心静气暗暗访查，才得确实；纵然访不着，外人也不得知道。这叫作'胳膊折了在袖内'。如今惟有趁着赌钱的因由，革了许多的人这空儿，把周瑞媳妇、旺儿媳妇等四五个人，贴近不能走话的人安插在园内，以查赌为由。再，如今的丫头也太多了，保不住人大心大，生事作耗，等闹出事来，反悔之不及。如今若无故[五]裁革，不但姑娘委屈烦恼，就连太太和我也过不去。不如趁此机会，以后凡年纪大些的，或有些难缠咬牙的，拿错儿撵出去配了人。一则保得住没有别的事，二则也可省些用度。太太想我这话如何？"王夫人叹道："你[六]说的何尝不是，但从公细想，你这几个姊妹也甚可怜了。庚：犹云"可怜"，妙（原多人）！在别人视之，今古无比矣（原作移）。若在荣府论，实不能比先前（原无）矣。也不用远比，只说你林妹妹的母亲，未出阁时，是何等娇生惯养，是何等金尊玉贵，那时像个千金小姐的体统。如今这几个姊妹，不过比人家丫头略强些罢。庚：所谓"观于（原作贯子）海者难为水"，俗子谓王夫人"不知足"，是不可矣。又谓"作太过"，真蟪蛄、鸠、莺（原作璕姑鸠觉）之见也。通共每人只有两三个丫头像个人，余者纵有四五个小丫头子，竟是庙里的小鬼。如今还要裁革了去，不但于我心不忍，只怕老太太未必就依。虽然艰难，也穷不至此。我虽无受过大荣华富贵，比你们是强的。如今宁可我省些，别委屈了他们。以后要省俭先从我来倒使得。你如今且叫人传了周瑞家的等人进来，就吩咐他们快快暗地访拿这事要紧。"凤姐听了，即唤平儿进来，吩咐出去。

一时，周瑞家的与吴兴家的、郑华家的、来旺、来兴两家的，现在五家陪房进来，余者皆在南方各有执事。庚：又伏一笔。王夫人正嫌人少不能勘察，忽见邢夫人的陪房王善保家的走来，方才正是他送了香袋来的。王夫人向来看视邢夫人之得力心腹人等原无二意，庚：大书。看下人犹如此，可知待邢（原作刑）夫人矣。今见他来了打听此事，十分关切，庚：小人外是内非，悉（原作委）皆如此。便向他说："你去回了太太，你也进园来照管照管，不比别人又强些？"王善保家的[七]因素日进园去，那些丫鬟们不大趋奉[八]他，心里不大自在，要寻他们的事故又寻不着，恰好生出这样事来，以为得了把柄。又听见王夫人托他，正撞在心坎上，连忙应道："这个容易。不是奴才多话[九]，论理这事早该严紧[十]些的。太太也不大往园子里去，这些

第七十四回　惑奸谗抄检大观园　矢孤介杜绝宁国府

女孩子们一个个倒像受了封诰似的，他们就成了千金小姐了。闹下天来，谁敢哼一声儿！不然，就调唆姑娘们，说欺负了姑娘们了，谁还当得起！"王夫人道："这也是有的，本是常情，跟姑娘们的丫头原[十一]比别的娇贵些。你们该劝他们。连主子们的姑娘不教导，尚且不是，何况他们？"王善保家的道："别的都罢了。太太不知，头一个宝玉屋里的晴雯丫头，仗着他生的模样儿比别人标致，又生了一张巧嘴，天天打扮的像个西施的样儿，在人跟前能说惯道，掐尖要强。一句话不投机，他就立起两个吊眼睛来骂人，妖妖娆娆，大不成个体统！"

庚：活画晴雯出来。可知以（原作已）前知晴雯必应遭妒者，可怜，可伤！一竟死矣。

王夫人听了这话，猛然触动往事，便问凤姐道："上次我们跟了老太太进园逛去，有一个水蛇腰、

庚：妙，妙！好腰！

削肩膀、

庚：妙，妙！好肩！俗云水蛇腰（原作要），则游曲小也。又云美人无肩，又曰削肩（原作前或），皆至美之型（原作之美之刑）也。凡写美人，偏用俗笔、反笔，与他书不同也。

眉眼又有些像你林妹妹的，

庚：更好，形容（原作刑客）尽矣。

正在那里骂小丫头。我的心里很看不上那狂样子，因同老太太走，我不曾说得。后来要问是谁，又偏忘了。今日对了坎儿，这丫头想就是他了。"凤姐道："若论众丫头们，共总比起来，都没晴雯生得好。论举止言语，他原轻薄些。方才太太说的倒很像他，我也忘了那日的事。"王善保家的便道："不用这样，此刻不难叫了他来，太太瞧瞧。"王夫人道："宝玉房里常见我的，只有袭人、麝月，这两个笨笨的倒好。若有这个，也自然不敢来见我的。我一生最嫌这样的人，况且又出来了这事。好好的宝玉，倘或被这蹄子勾引坏了，那还了得！"因叫自己的丫头来，吩咐他："到园里去，只说我说的话，叫他们留下袭人、麝月伏侍宝玉不必来，有一个晴雯最伶俐，叫他即刻快来！你不许和他说什么！"

丫头子答应着，走入怡红院，正值晴雯身上不自在，

庚：传（原作音）神之至，所谓魂早离舍（原作会）矣，将死之兆也。若俗笔必云"十分妆饰"，今（原作金）云"不自在"，想无挂心之态（原作罢），更不入王夫人之眼也。

睡中觉才起来，正发闷，听如此说，只得随了他来。素日这些丫鬟皆知王夫人最恶乔妆艳饰、语薄言轻者，故晴雯不敢出头见王夫人。今因连日不自在，并无十分妆饰，自为无碍。

庚：好！可知天生美人原不在妆饰，使人一见不觉心惊目骇。可恨世（原作也）之涂脂（原作之）抹粉，真同鬼魅而不见觉。

及到了凤姐房中，王夫人一见他钗歪鬓松，衫垂带褪，有春睡捧心之遗风，而且形容面貌，恰正是上月的那人，不觉勾起方才的火

来。王夫人原是天真烂漫之人，喜怒出于心臆，不比那些饰词掩意之人，今既真怒攻心，又勾起往事，便冷笑道："好个美人！真像个病西施了。你天天作这个轻狂样儿给谁看？你干的事，打量我不知道呢！且放着你，自然明儿揭你的皮！宝玉今日可好些？"晴雯一听如此说，心内诧异，便知有人暗算了他，虽然着恼，只不敢作声。他本是聪明过顶的人，庚：深罪聪明，到底（原作应）不错一笔。见问宝玉，他便不肯以实言对，只说："我不大到宝玉房里去，又不常和宝玉在一处，好歹我不能知，只问袭人、麝月两个人。"王夫人道："这就该打嘴！你难道是死人，要你们做什么！"晴雯道："我原是跟老太太的人。老太太说园里空，大人少，宝玉害怕，所以拨了我去外间屋里上夜，不过看屋子。我原回过我笨，不能伏侍。老太太骂了我一顿，说：'又不叫你管他的事，要伶俐的做什么？'我听了这话才去的。不过十天、半月之内，宝玉闷了，大家玩一会子就散了。至于宝玉饮食起居，上一层有老奶奶、老妈妈们，下一层有袭人、麝月、秋纹几个人。我闲着还要做老太太屋里的针线，所以宝玉的事竟不曾留心。太太既怪，自后我留心就是了。"王夫人信以为实，忙说："阿弥陀佛！你不近宝玉是我的造化，竟不劳你费心。既是老太太给宝玉的，我明儿回明了老太太，再拨你。"因向王善保家的道："你们进去，好生防他几日，不许他在房里睡觉。等我回过老太太，再处治他。"喝声："去罢！站在这里，我看不上这浪样儿！谁许你这样花红柳绿的妆扮！"晴雯只得出来，这气非同小可，一出门便拿手巾捂脸，一头走，一头哭，直哭到园内去。

这里王夫人向凤姐自怨道："这几年我越发精神短了，照顾不到。这样妖精似的东西，我竟没看见！只怕这样的还有，明日倒得查查。"凤姐见王夫人盛怒之际，又因王善保家的是邢夫人的耳目，常[十二]调唆着邢夫人生事，纵有[十三]千百样的言词，此刻也不敢说，只低头答应着。王善保家的道："太太且请养息身体要紧，这些小事，只管交给奴才。如今要查这个主儿，也极容易，等到晚上园门关了的时节，内外不通风，我们竟给他们个猛不防，带着人到各处丫头房中搜寻一遍。想来谁有这个，断不单只有这一个，自然还有别的东西。那时翻出别的来，自然这个也是他的了。"王夫人道："这话倒是。若不如此，断不能清的清、白的白"。因问凤姐如何？凤姐只得

第七十四回　惑奸谗抄检大观园　矢孤介杜绝宁国府

答应说："太太说的是，就行罢了。"王夫人道："这主意很是[十四]，不然一年也查不出来。"于是大家商议已定。

至晚饭后，贾母安寝了，宝钗等入园时，王善保家的便请凤姐同入园，喝命园门皆锁上，便[十五]从上夜的婆子处抄检[十六]起来，不过抄检出些多余攒下[十七]的蜡烛、灯[十八]油等物。庚：逼真。王善保家的道："这也是赃，不许动，明儿回过太太再动。"

于是先就到怡红院中，喝命关门。当下宝玉正因晴雯不自在，忽见这一干人来，不知为何直扑了丫头们房内去，因迎向凤姐，问是何故。凤姐道："丢了一件东西，因大家混赖，恐怕有丫头偷了，所以大家都查一查去疑儿。"一面说，一面坐下吃茶。王善保家的等搜了一会，又细问这几个箱子是谁的，都叫本人来亲自打开。袭人因见晴雯这样，知道必有异事，又见这番抄检，只得自己先出来打开了箱子并匣子，任其搜检一番，不过是平常动用之物。遂放下又搜别人的，挨次都一一搜过。到了晴雯的箱子，因问："是谁的，怎不开了让搜？"袭人等方欲代晴雯开，只见晴雯挽着头发闯进，"豁啷"的一声将箱子掀开，两手提着，底子朝上，往地下尽情一倒，将所有之物尽都倒出。王善保家的也觉没趣，看了一看，也无甚私弊之物。回了凤姐，要往别处去。凤姐道："你们可细细的查，若这一番查不出东西来，难回话去。"众人都道："都细细的翻着看了，没有什么差错东西。虽有几样男人的物件，都是小孩子的东西，想是宝玉的旧时物件，没甚关系。"凤姐听了，笑道："既是如此，咱们就往别处去。"

说着，一径出来，因向王善保家的道："我有一句话，不知是不是？要抄检只抄检咱们家的人，薛大姑娘屋里，断乎抄不得的。"王善保[十九]家的笑道："这个自然，岂有抄起亲戚来！"凤姐笑道："我也这样说。"庚：写阿凤心灰意懒，且避祸从时，迥又是一个人矣。一头说，一头到了潇湘馆内。黛玉已睡下了，忽报这些人来，也不知为何事。才要起来，只见凤姐已走进来，忙按住他不许起来，只说："睡着罢，我们就走。"这边且说些闲话。那个王善保家的带了众人到丫鬟房中，也一一开箱倒笼抄检了一番。因在紫鹃房中抄出宝玉常换下来的两副寄名符，一副束带上的披带，两个荷包并[二十]扇套[二一]，扇套之内有扇子。打开看时皆是[二二]宝玉往年往日手内曾拿过的。王善保家的自为得了意，遂忙请凤姐过来验视，又说："这些东西从那里来的？"凤姐笑道："宝玉和他们从小儿一处混了几年，自然是宝玉的旧东西。这也不算什么罕事，撂下再往别处去是正经。"紫鹃笑道："直到如今，我们两下里的帐也算不清。要问这个，连我也忘了是那年月日有的了。"王善保家的听凤姐如此说，也只得罢了。庚：一处一样。

又到探春房内，谁知早有人报与探春了。庚：不板。探春也就猜着了必有缘故，所以引出这等丑态来，庚：实注一笔。遂命丫鬟们秉烛而待。一时众人来了。探春故问："何事？"凤姐笑道："因丢了一件东西，访查不出人来，恐怕旁人赖这些女孩子们，所以越性大家搜一搜，使人去疑，倒是洗净他们的好法子。"探春冷笑道："我们的丫头自然都是些贼，我就是头一个窝主。既如此，先来搜我的箱柜，他们所偷了来的，都交给我藏着呢。"说着便命丫鬟们把箱一齐打开，将镜奁、妆盒、衾袱、衣包若大若小之物一齐打开，请凤姐去抄阅。凤姐赔笑道："我不过奉太太的命来，妹妹别错怪了我。何必生气！"因命丫鬟们快快关上。平儿、丰儿等先忙着替待书等关的关，收的收。探春道："我的东西倒许你们搜阅，要想搜我的丫头，这却不能！我原比众人歹毒，凡丫头所有的东西我[二三]都知道，都在我这里间收着，一针一线他们也没的收藏，要搜自来搜我。你们不依，只管去回太太，只说我违背了太太，该怎么处治，我去自领。你们别忙，自然连你们抄的日子有呢！你们今日早起不曾议论甄家，自己家里好好的抄家，果然真抄了。庚：奇极！此日甄家事。咱们也渐渐的来了。可知这样大族人家，若从外头杀来，一时是杀不死的[二四]，古人曾说：'百足之虫，虽死不僵。'必须先从家里自杀自灭起来，才能一败涂地呢！"说着，不觉流下泪来。凤姐只看着众媳妇们、周瑞家的便道："既是女孩子的东西全在这里，奶奶且请到别处去罢，也让姑娘好安寝！"凤姐便起身告辞。探春道："可细细的搜明白了？若明日再来，我就不依了。"凤姐笑道："既是丫头们的东西都在这里，就不必搜了。"探春冷笑道："你果然倒乖。连我的包袱都打开了，还说没翻。明日敢说我护着丫头们，不许你们翻了。你趁早说明，若还要翻，不妨再翻一遍。"凤姐知道探春素日与众不同的，只得赔笑道："我已经连你的东西都搜查明白了。"探春又问众人："你

第七十四回 惑奸谗抄检大观园 矢孤介杜绝宁国府

们也都搜明白了不曾？"周瑞家的等都赔笑说："都翻明白了。"

那王善保家的本是个心内无成算的人，素日虽闻探春的名，他自为众人没眼力、没胆量罢了，那里有一个姑娘就这样起来；况且又是庶出，便敢怎么他。自恃是陪房，连王夫人尚且另眼相看，何况别人。今儿见探春如此，只当是探春认真单恼凤姐，与他们无干。他便要趁势作脸献好，因越众向前，拉起探春的衣襟，故意一掀，嘻嘻笑道："连姑娘身上我都翻了，果然没有什么。"凤姐见他这样，忙说："妈妈走罢，别疯疯颠颠的了。"一语未了，只听"啪"一声响，王家脸上早着了探春一掌。探春登时大怒，指着王善保家的问道："你是什么东西，敢来拉扯我的衣服！我不过看着太太的面上，你又有年纪，叫你一声妈妈，你就狗仗人势，天天作耗，专管生事！如今越性了不得了。你打量我是同你们姑娘那样好性儿，由着你们欺负他，就错了主意！你来搜检东西我不恼，你不该拿着我取笑儿。"说着，便亲自解衣卸裙，拉着凤姐儿细细的翻。又说："省得叫奴才来翻我身上。"凤姐、平儿等忙与探春束裙整袄，口内喝着王善保家的说："妈妈吃两口酒就疯疯颠颠的起来。前儿把太太也冲撞了。快出去，不要提起了！"又[二五]劝探春休得生气。探春冷笑道："我但凡有气性，早一头碰死了！不然岂许奴才来我身上翻贼赃呢？明儿，我先回了老太太、太太，然后过去给大娘赔礼，该怎么，我就领！"那王善保家的讨了个没意思，在窗外说："罢了，罢了！这也是头一遭挨打。我明儿回了太太，仍回老娘家去罢。这个老命还要他做什么！"探春喝命丫鬟道："你们听着他说话，还等我和他对嘴去不成！"待书等听说，便出去说道："你果然回老娘家去，倒是你的造化了。只怕你舍不得去。"凤姐笑道："好丫头，真是有其主必有其仆。"探春冷笑道："我们做贼的人，嘴里都有三言两语的。这还算笨的，背地里就只不会调唆主子。"平儿忙也赔笑解劝一会，又拉了待书进来。周瑞家的等人劝了一番。凤姐直待[二六]伏侍探春睡下，方带着人往对过暖香坞来。

彼时李纨犹病在床上，他与惜春是紧邻，又与探春相近，故顺路先到这两处。因李纨才吃了药睡着，不好惊动，只到丫鬟们房中一一的搜了一遍，也没有什么东西，遂到惜春房中来。因惜春年纪尚幼小，吓的不知当怎样，凤姐少不得安慰他。谁知竟在入画箱中寻出一大包金银锞子来，约共三四十个，庚：奇！为查奸情，反得贼赃。又有一副玉带板子并一包男人的靴袜等物。入画也黄了脸。因问是那里来的，入画只得跪下哭诉真情，说："珍大爷赏我哥哥的。庚：妙极，是（原作事）极！盖入画本系宁府之人也。因[二七]我老子、娘都在南方，如今只跟着叔叔过日子。我叔叔、婶子只要吃酒赌钱，我哥哥怕交给他们又花了，所以每常得了，悄悄的烦老妈妈带进来叫我收着的。"惜春胆小，见了这个也害怕，说："我竟不知道。这还了得！二嫂子，你要打他，好歹带他去打罢，我听不惯的。"凤姐笑道："这话若果是真呢，也倒可恕，只是不该私自传送进来。这个可以传递得，什么不可以传递呢？这倒是传的那人的不是了。若这话不真，倘是偷来的，你可就别想活了。"入画跪哭道："我不敢扯谎。奶奶只管明日问我们奶奶和大爷去，若说不是赏的，就拿我和我哥哥一同打死无怨。"凤姐道："这个是要问的，只是真赏的也有不是。谁许你私自传送东西的！你且说谁做接应，我便饶你。下次万万不可。"惜春道："嫂子别饶他这次方可。我们这里人多，若不拿一个人作法，那些大的听见了，又不知怎么样呢。嫂子若依他，我就不依！"庚：这是自己反不依的。各得自然之理，各有自然之妙。凤姐道："我看他素日还好。谁没一个错，只这一次。二次犯下，二罪并罚。但不知传递是谁？"惜春道："若说传递，再无别个，必是后门上的张妈。他肯和这些丫头们鬼鬼祟祟的，这些丫头们也都照顾他。"凤姐听了，便命人记下，将东西且交与周瑞家的暂拿着，等[二八]明日对明再议。于是别了惜春，方往迎春处来。

迎春已经睡着了，众人叩门半日才开。凤姐吩咐："不必惊动小姐。"遂往丫鬟们房里来。因司棋是王善保家的外孙女儿，庚：玄妙奇诡，出人意外。凤姐倒要看看王家私藏不私藏，遂留神看他搜检。先从别人箱子搜起，皆无别物。及到了司棋箱中搜了一会，王善保家的说："也没有什么东西。"才要关箱，周瑞家的道："且住，这是什么？"说着，伸手掣出一双男子的棉袜，并一双缎鞋来。庚：险极！又有一个小包袱，打开看时，里面是一个同心如意并一个字帖，一总递与凤姐看。凤姐因理家事，每每看帖并帐目，也颇识得几个字了。便看那帖

第七十四回　惑奸谗抄检大观园　矢孤介杜绝宁国府

子，是大红双喜笺，**庚：纸就好。余为司棋（原作其）心动。**帖面上写道：

> 上月你来家后，父母已觉察你我之意。但姑娘未出阁，尚不能完你我之意愿。若园内可以相见，你可托张妈给一信息。若得在园内一见，倒比来家得说话。千万，千万！再赐香袋二个，今已查收外，特寄香珠一串，略表我心。千万收存。表弟潘又安拜具。**庚：名字便妙！**

凤姐看毕，不怒而反乐。**庚：恶（原作要）毒之至！**别人并不识字。王善保家的素日并不知道他姑表兄弟有这一节风流故事，见了这鞋袜，心中已是[二九]有些毛病，又见有一红帖，凤姐又看着笑，他便说道："必是他们胡[三十]写的帐目，不成个字，所以奶奶见笑。"凤姐笑道："正是这个帐竟算不过来。你是司棋的姥姥，他的表弟也该姓王，怎么又姓潘呢？"王善保家的见问的奇怪，只得勉强告道："司棋的姑妈给了潘家。他姑表兄弟姓潘。上次逃走了的潘又安是他的姑表兄弟。"凤姐笑道："这就是了。"因说："我念给你听听。"说着从头念了一遍，大家都唬一跳。这王善保家的一心只要拿人错儿，不想反拿住他外孙女儿，又气又臊。周瑞家的等人又都问着他道："你老可听见了？明明白白，再没的说了。如今据你老人家，该怎样？"这王善保家的只恨没地缝儿钻进去。凤姐只瞧着他嘻嘻的笑，**庚：恶毒之至！**向周瑞家的道："这倒也好。不用你们老娘操一点儿心，他鸦雀不闻的给你们弄个好女婿来，大家倒省心。"**庚：刻毒之至！按凤姐虽系刻毒，然不应在下人前如此不逊（原作不寻）。此（原作次）等人前不得不如是也。**周瑞家的也笑着凑趣儿。王善保家的气没处泄，自己回手打自己的脸，骂道："老不死的娼妇，怎么造下孽了！说着打嘴，现世现报在人眼里。"众人见这般，俱笑了个不住，又半劝半讽的。凤姐见司棋低头不语，也并无畏惧之心，倒觉可异。料此时夜深，且不必盘问，只怕他夜里去寻短志，遂唤两个婆子监守起来。带了人，拿了赃证回来，且自安歇，等待明日办理。谁知到夜里一连起来几次，下面血淋不止。

至次日，便觉身体软弱，头目发晕，遂撑不住。请太医来。诊脉毕，遂立药案，云："看得少奶奶系心血不足，虚火入脾，皆由忧劳所伤，以致嗜卧好眠，胃弱土虚，不思饮食。聊用升阳降火养荣之剂。"写案毕，遂开了几样药名，不过是人参、当归、黄芪等类之剂。一时退出，有老妈妈们拿了方子回过王夫人，不免又添一番愁闷，遂将司棋等事暂且不理。

可巧这日尤氏来看凤姐，坐了一会，到园中去又看过李纨。才要望候众姊妹们去，忽见惜春遣人来请，尤氏遂到了他房中去。惜春便将昨晚之事细细告诉与尤氏，又命将入画的东西一概要来与尤氏过目。尤氏道："实是你哥哥赏他哥哥的，只是不该私自传送，如今官盐竟成了私盐了。"因骂入画："糊涂脂油蒙了心的。"惜春道："你们管教不严，反骂丫头。这些姊妹，独我的丫鬟这样没脸，我如何去见人？昨儿我立逼着凤姐姐带了他去，他只不肯。我想，他原是那边的人，凤姐姐不带他去，也原有理。我今日正要送过去，嫂子来的却好，快带了他去。或杀，或卖，我一概不管！"入画听说，又跪下哭求，说："不敢了。只求姑娘看从小儿情分，好歹生死在一处罢！"尤氏和奶娘等人也都十分分解，说他"不过一时糊涂了，下次再不敢的。从小儿伏侍你一场，到底留着他为是。"

谁知惜春虽年幼，却天生成一种百折不回的廉介孤独僻性，任人怎说，他只以为丢了他的体面，咬定牙断乎不肯。更又说的好："不但不要入画，如今我已大了，连我也不便往你们那边去了。况且近日我每每〔三一〕风闻得有人背地里议论多少不堪闲话，我若再去，连我也编派上来。"尤氏道："谁议论什么？又有什么可议论的！姑娘是谁？我们是谁？姑娘既听见议论我们，就该问着他才是。"惜春冷笑道："你这话问着我倒好。我一个姑娘家，只有躲是非的，我反去寻是非，成个什么人了！还有一句话：我不怕你恼，好歹自有公论，又何必去问人。古人说得好，'善恶生死，父子不能有所勖助'，何况你我二人之间。我只知道保得住我就够了，不管你的。从此以后，你们有事别累我。"

尤氏听了，又气又好笑，因向地下众人道："怪道人人都说这四丫头年轻糊涂，我只不信。你们听方才这篇话，无原无故，又不知好歹，又没个轻重。虽然是小孩子的话，却又能寒人的心！"众妈妈笑道："姑娘年轻，奶奶自然吃些亏的。"惜春冷笑道："我虽年轻，这话却不年轻。你们不看书，不识几个字，所以都是些傻子，看着明白人，倒说年轻糊涂！"尤氏道："你是状元、榜眼，古今第一个才子。我们是糊涂人，不如你明白，何如？"惜春道："状元、榜眼难道就没有糊涂的不成？可知他们更有不能了悟的更多。"尤氏笑道："你倒好。才是才子，这会子又做大和尚了，又讲起了悟来。"惜春道："我不了悟，我也舍不得入画了。"尤氏道："可知你是心冷口冷的人。"惜春道："古人曾说的，'不做狠心人，难得自了汉。我清清白白的一个人，为什么叫你们带累坏了我！"

尤氏心内原有病，怕说这些话。听见有人议论，已是心中羞恼激烈，只是在惜春分中不好发作，忍耐了大半。今见惜春又说这句，因按捺不住，因问惜春道："怎么就带累了你？你的丫头的不是，无故说我，我倒忍了这半日，你倒越发得了意，只管说这些话，你是千金万金小姐，我们以后就不敢亲近，仔细带累了小姐的美名。即刻就叫人将入画带了过去！"说着，便赌气起身去了。惜春道："若果然不来，倒也省了口舌是非，大家倒还清静。"尤氏也不答言，一径往前边去了。不知后事如何，且听下回分解。

【总评】诸院皆偃（原作宴）息，独探春秉烛以待，大有提防，的是干才，须另置一席款待。

凤姐喜事，忽作打破虚空之语；惜春年幼，偏有老成练达之操。世态何常，知人其难。

校 记：

［一］此处的"此"字，原文为"些"，据蒙府本改。
［二］此处的"得过去"三字，原文为"得过去了"，"了"字据庚辰本删。
［三］此处的"佩凤"二字，原文为"珮凤"，据庚辰本改。
［四］原文无"也"字，据庚辰本补。
［五］此处的"无故"二字，原文为"无"，"故"字据庚辰本补。
［六］原文无"你"字，据蒙府本补。
［七］此处的"王善保家的"数字，原文为"王保善家的"，据庚辰本改。
［八］此处的"趋奉"二字，原文为"抽奉"，据蒙府本改。
［九］此处的"话"字，原文为"说"，据蒙府本改。

[十]此处的"严紧"二字,原文为"严禁",据列藏本改。

[十一]原文无"原"字,据庚辰本补。

[十二]此处的"常调唆"三字,原文为"常时调唆",据庚辰本删去"时"字。

[十三]此处的"纵有"二字,原文为"总有",据庚辰本改。

[十四]此处的"很是"二字,原文为"狠是",据蒙府本改。

[十五]原文无"便"字,据庚辰本补。

[十六]此处的"抄检"二字,原文为"抄拣",据蒙府本改。此后,"抄拣"、"搜拣"之"拣",均改为"检"。

[十七]此处的"攒下"二字,原文为"剩下",据蒙府本改。

[十八]原文无"灯"字,据庚辰本补。

[十九]此处的"王善保"三字,原文为"王保",据庚辰本补"善"字。

[二十]原文无"并"字,据庚辰本补。

[二一]原文无"扇套"二字,据庚辰本补。

[二二]原文无"是"字,据庚辰本补。

[二三]此处的"我"字,原文为"我们",据庚辰本改。

[二四]此处原有"这是"二字,校者删。

[二五]原文无"又"字,据庚辰本补。

[二六]此处的"直待"二字,原文为"只待",据梦稿本改。

[二七]原文无"因"字,据庚辰本补。

[二八]原文无"等"字,据庚辰本补。

[二九]原文无"是"字,据庚辰本补。

[三十]此处的"胡"字,原文为"故",据列藏本改。

[三一]此处的"每每"二字,原文为"每日",据蒙府本改。

第七十五回

开夜宴异兆发悲音　赏中秋新词得佳谶

【回前】贾珍居长，不能承先启后，丕振家风。兄弟问柳寻花，父子呼幺喝六，贾氏宗风，其坠地矣，安得不发先灵一叹？

庚：乾隆二十一年五月初七日对清。缺中秋诗，俟雪芹。
　□□□　开夜宴　发悲音
　□□□　赏中秋　得佳谶

　　话说尤氏从惜春处赌气出来，正欲往王夫人处去。跟从的老嬷嬷们因悄悄的回道："奶奶且别往上房去。才有甄家的几个人来，还有些东西，不知是做什么机密事，这一去恐不便。"尤氏听了道："昨日听见你爷说，看邸报甄家犯了罪，现今抄没家私[一]，调取进京治罪。怎么又有人来？"老嬷嬷道："正是呢。才来了几个女人，气色不成气色，慌慌张张的，想必有什么瞒人的事情。"

　　尤氏听了，便不往前去，仍往李氏这边来了。恰好太医才诊了脉去。李纨近日也略觉清爽了些，拥衾倚枕，坐在床上，正欲一二人来说些闲话。因见尤氏进来不似往日和蔼可亲，只呆呆的坐着。李纨因问道："你过来了这半

庚：前只有探春一语，过至此回，又用尤氏略为陪点，且轻轻淡（原作谈）染出甄家事故，此画家（原多来）落墨之法也。

日，可曾在别处屋里吃些东西没有？只怕饿了。"命素云瞧有什么新鲜点心拣了来。尤氏忙止道："不必，不必。你这[二]一向病着，那里有什么新鲜东西？我也不饿。"李纨道："他姨娘家送来的好茶面，倒是兑碗来你喝罢。"说毕，便吩咐人去兑茶。

尤氏仍出神无话。跟来[三]的丫头、媳妇们因问："奶奶今儿中晌尚未洗脸，这会子趁便可洗一洗好？"尤氏点头。李纨忙命素云来取自己妆奁。素云一面取来，一面将自己的脂粉拿来，笑道："我们奶奶就少这个[四]。奶奶不嫌脏，这是我的，哝着用些。"李纨道："你该往姑娘们那里取去，怎么公然拿出你的来。幸而是他，若是别人，岂不恼呢？"尤氏道："这又何妨！自来我每逢过来，谁的没使过，今日又嫌脏了？"一面说，一面盘膝坐在炕上。银蝶上来忙代为卸去腕镯戒指，又将一大袱手巾盖在下截，将衣服护严。小丫鬟炒豆儿捧了一大盆温水走至尤氏跟前，只弯腰捧着。银蝶笑道："说一声没权变的！说一个葫芦就是个瓢。奶奶不过待咱们宽些，在家里不管怎样罢了，你就得了意，不管在家出外，当着亲戚也只随便罢了？"尤氏道："你随他去罢，横竖洗了就完事了。"炒豆儿赶着跪下。尤氏笑道："我们家上下大小的人只会讲外面的假礼、假体面，究竟做出来的事都够使的了，

庚：按尤氏犯七出之条，不过只是"过于（原作干）从夫"四字，此世间妇人之常情耳。其心术慈厚宽顺，竟可出于阿凤之上。特（原作时）用此明（原作之名）犯七出之人从公一论，可知（原之）贾宅中暗犯七出之人亦不少。似明犯者反可宥恕（原作恐），其饰己（原作什已）非而扬人恶者，阴昧（原作味）僻谲之流，实不能容于（原作客干）世者也。□□此为"打草惊蛇法"，实写邢（原作形）夫人也。"李纨听如此说，便知他已知昨夜之事，因笑道："你这话有因，谁做事究竟[五]够使了？"尤氏道："你倒问我！你敢病着死过去了！"

一语未了，人报："宝姑娘来了。"忙说快请时，宝钗已走进来。尤氏忙擦脸起身让坐，因问："怎么忽然一个人走来，别的姊妹都怎么不见？"宝钗道："正是。我也没见他们。只因今日我妈妈身上不自在，家里两个女人也都因时症未起炕，别的靠不得，我今儿要出去伴着老人家夜里做伴儿。要去回老太太、太太，我想又不是什么大事，且不用提，等好了我横竖进来的，所以来告诉大嫂子一声。"李纨听说，只看着尤氏笑。尤氏也只看着李纨笑。一时尤氏洗漱毕，

第七十五回　开夜宴异兆发悲音　赏中秋新词得佳谶

大家吃面茶。李纨因[六]笑道："既这样，且打发人去请姨妈的安，问是何病。我也病着，不能亲自来的。好妹妹，你去只管去，我自然打发人，去到你那里去看屋子。好歹住一两天还进来，别叫我落不是。"宝钗道："落什么不是呢，这也是通融常情，你又不曾卖放了贼。依我的主意，也不必添人过去，竟把云丫头请了来，你和他[七]住一两日，岂不省事？"尤氏道："可是史大姑娘往那里去了？"宝钗道："我才打发他们找你们探丫头去了，叫他同到这里来，我也明白告诉他。"

正说着，人报："云姑娘和三姑娘来了。"大家让坐已毕，宝钗便说要出去一事。探春道："很好。不但姨妈好了还来的，就便好了不来也使得。"尤氏道："这话奇怪，怎么撑起亲戚来了？"探春冷笑道："正是呢，有叫人撑的，不如我[八]先撑。亲戚们好，也不必要死住着才好。咱们倒是一家子亲骨肉呢，一个个不像乌眼鸡，恨不得你吃了我，我吃了你！"尤氏笑道："我今儿是那里来的晦气，偏都碰着你姊妹们的气头儿上了！"探春道："谁叫你赶热灶来了！"因问："谁又得罪了你呢？"因又寻思道："惜丫头也不犯罗唣你，却是谁呢？"尤氏只含糊答应。探春知他[九]畏事不敢多言，因道："你别装老实了。除了朝廷治罪，没有砍头的，你不必畏头畏尾的。实告诉你罢，我昨儿把王善保的那老婆子打了，我还顶着了罪呢。不过背地里说我些闲话，难道也还打我一顿不成！"宝钗因问因何又打他，探春悉把昨日怎的抄检，怎的打他，一一都说了出来。尤氏见探春已经说了出来，便把惜春方才之事也说了出来。探春道："这是他僻性孤介太过，我们再傲不过他的。"又告诉他们说："今日一早不见动静，打听凤辣子又病了。我就打发我奶妈子出去打听王善保家是怎样。回来告诉我说，王善保家挨了一顿打，嗔着他多事。"尤氏、李纨道："这倒也是正理。"探春冷笑道："这种掩饰谁不会做？且再瞧就是了。"尤氏、李纨皆默无所答。一时估量着前头用饭，湘云和宝钗回房打点衣衫，不在话下。

尤氏辞了李纨，往贾母这边来。贾母坐在榻上，王夫人说甄家因何获罪，如今抄没了家产，回京治罪等语。贾母听的不自在，恰好见他姊妹来了，因问："从那里来的？可知凤姐妯娌两个的病今日怎样？"尤氏便忙回道："今日都好些。"贾母点头叹道："咱们别管人家的事,且商量咱们八月十五日赏月是正经。"庚:贾母已看破,狐（原作孤）悲兔死,故不改已往（原无）,聊以自遣（原作未自遣）耳。王夫人道："都已齐备下了。不知老太太拣那里好,只是园里恐夜晚风冷。"贾母道："多穿两件衣裳何妨,那里正是赏月的地方,岂可倒不去的？"

　　说话之间,早有媳妇、丫鬟们抬过饭桌来,王夫人、尤氏等忙上来帮着捧饭。贾母见自己的几色菜已摆完,另有两大捧盒内捧了几样菜来,便知道各房另外孝敬的旧规矩。贾母因问："都是些什么？上几次我就吩咐过,如今可以把这些蠲了罢,你们还不听。如今比不得在［+］先辐辏的时光了。"鸳鸯忙道："我说过几次,都不听,也只得罢了。"王夫人道："不过都是家常东西。今日我吃斋,没有别的。那些面筋豆腐老太太又不大甚爱吃,只拣了一样椒油蓴虀酱来。"贾母道："这样正好,正想这个吃。"鸳鸯听说,便将碟子挪在跟前。宝琴一一都让了,方归坐。贾母便命探春来同吃。探春也都让过了,便同宝琴对面坐下。待书忙取出碗菜来。鸳鸯又指几样菜道："这两样看不出是什么东西,是大老爷送来的。这一碗是鸡髓笋,是外头老爷送上来的。"一面说,一面就只将这碗笋送至桌上。贾母略尝了两点,便命："将那两样着人送回去,就说我吃了。以后不必天天送,我想吃,自然来要。"媳妇们答应着,仍送过去,不在话下。

　　贾母问："有稀饭吃些罢。"尤氏早捧过一碗来,说是红稻米粥。贾母接来吃了半碗,便吩咐："将这粥送给凤姐儿吃去",又指："这碗笋和这盘风腌果子狸给颦儿、宝玉两个吃去,那一碗肉给兰小子吃去。"又向尤氏道："你就来吃了罢。"尤氏答应着,待贾母洗手漱口毕,贾母便下地和王夫人说话行食。尤氏告坐。探春、宝琴二人也起来了,笑道："失陪！"尤氏笑道："剩我一个人,大排桌不惯。"贾母笑道："鸳鸯、琥珀来趁势也吃些,又做了陪客。"尤氏笑道："好,好,好！我正说呢。"贾母笑道："看着多多的人吃饭,最有趣的。"又指银蝶道："这孩子也好,也来同你主子一块儿来吃,等你们离了我,再立规矩去。"尤氏道："快过来,不必装假。"贾母背着手看着取乐。因见伺候添饭的手内捧着一碗下人的米饭,尤氏吃的仍是白粳米[十一]饭,贾母问道:"你怎么昏了,盛这个饭来给你奶奶?"那人道:"老太太的饭完了。今日添了一位姑娘,所以短了些。"鸳鸯道:"如今都是可着头做帽子了,要一点富余也不能的。"王夫人回道:"这一二年水旱不定,田上米都不能按数交的。这几样细米更艰难了,所以都可着吃的多少关去,生恐一时短了,买的不顺口。"贾母笑道:"这正是'巧媳妇做不出没米的粥'来了。"众人都笑起来。鸳鸯道:"既这样,你就去把三姑娘的饭拿来添也是一样,就这么笨!"尤氏笑道:"我这个就够了,也不用去取。"鸳鸯道:"你够了,我不会吃的?"地下的媳妇们听说,方忙着取去了。庚:总伏下文。一时王夫人也去用饭。

这里尤氏直陪贾母说话取笑。到起更的时候,贾母说:"黑了,过去罢。"尤氏方告辞出来。走至大门前上了车,银蝶坐在车沿上。众媳妇放下帘子来,便带小丫头儿们先直走过那边大门口等着去了。因两府之门相隔没有一箭之路,每日家常来往不必定要周备,况黑夜之间回来的遭数更多,所以老嬷嬷带着小丫鬟,只几步便走了过来。两边大门上的人都在东西街口,早把行人断住。尤氏大车上也不用牲口,只用七八个小厮挽环拽轮,轻轻的便推拽过这边台基上了。于是众小厮退过狮子以后,众嬷嬷打起帘子,银蝶先下来,然后搀下尤氏来。大小七八个灯笼照的十分真切。尤氏回头见两边狮子下放着四五辆大车[十二],便知是来赴赌之人,遂向银蝶众人道:"你看,坐车的是这样,骑马的还不知有几个?马自然在棚里拴着,咱们[十三]看不见。也不知他娘老子挣下多少钱与他们,这么开心。"一面说,一面已到了厅上。贾蓉之妻带家下众媳妇、丫头们,也都来秉烛接了出来。尤氏道:"成日家我要偷着瞧瞧,也没得便。今儿倒巧,就便打他们窗户跟前走过去。"众媳妇答应,提灯笼引路,又有一个先去悄悄的知会小子们不要失惊打怪。于是尤氏一行人悄悄的来至窗下,只听里面称三赞四,耍笑之音虽多,庚:妙!先画赢(原作嬴)家。又兼着恨五骂六,忿怨之声亦不少。庚:妙!又(原做人)画输家。

原来贾珍近因居丧,不得游玩,又不得观优闻乐作遣,无聊之际,便生了个破闷之法。日间以习射为由,请了各世家弟兄及诸富贵亲友来较射。因说："白白的只管乱射，终无裨益，不但不能长进[十四]，而且坏了式样，必须立个罚约，赌个利物，大家[十五]才有勉力之心。"因此在[十六]天香楼下箭道内立了鹄子，皆约定每日早起饭后来射鹄子。贾珍不肯出名，便命贾蓉作局家。这些来的皆系世袭公子，人人家道丰富，且都在少年，正是斗鸡走狗、问柳评花的一干游荡纨袴。因此大家议定，每日轮流作晚饭之主，——每日来射箭，不便独扰贾蓉一人之意。于是天天宰猪割羊，屠鸡戮鸭，好似[十七]临潼斗宝一般，都要卖弄自己家的好厨役好烹宰。

不到半月工夫，贾赦、贾政听见这般，不知就里，反说：这才是正理，文既误矣，武事当亦该习，况现在世族。也命贾环、贾琮、宝玉、贾兰等四人于饭后过来，跟着贾珍习射一会，方许回去。

贾珍志不在此，再过几日[十八]便渐次以歇臂养力为由，晚间或抹牌，赌个酒东而已，至后渐次赌钱。如今三四月的光景，一日一日赌胜于射了，公然斗叶掷骰，放头开局，日夜赌起来。家下人借此名有些便益，巴不得的如此，所以竟成了事。外人皆不知一字。近日邢夫人之胞弟邢德全，也素好如此，故也在其中。又有薛蟠，头一个惯喜送钱与人的，见此岂不快乐。这邢德全虽系邢夫人胞弟，却居心行事大不相同。只知吃酒赌钱、眠花宿柳为乐，滥漫使钱，待人无二心，好酒者喜之，不饮者则[十九]不去亲近，无论上下主仆皆出自一意，无贵贱之分，因此都唤他"傻大舅"。薛蟠更是早已出名的呆大爷，今日二人都凑在一处，都爱"抢新快"爽利，便会了两家，在外间炕上"抢新快"。别的又有几家在当地下大桌子上打幺番。里间又一起斯文些的，抹骨牌、打天九。此间伏侍的小厮都是十五岁以下的，若成丁的男子到不了这里，故尤氏方潜至窗外偷看。其中有两个十七八岁优童以备奉酒的，都打扮的粉妆玉琢的。

今日薛蟠又输了一帐，正没好气，幸而掷第二帐完了，算来除翻过来倒赢了，心中只是兴头起来。贾珍道："且打住，吃了东西再来。"因问那两处怎样。里头打天九的，也做了帐等吃呢。打幺番的未清，且不肯吃。于是不顾，先放下一大桌，贾珍陪着吃，命贾蓉落后陪那一起。薛蟠兴头了，便搂着一个娈童吃酒，又命将酒去敬邢傻舅。傻舅输了，没心绪，吃了两碗，便有醉意，嗔着两个娈童只赶着

第七十五回　开夜宴异兆发悲音　赏中秋新词得佳谶

赢家不理输家了，因骂道："你们这起兔子，就是这样。天天在一处，谁的恩不沾过？只不过这一会子输了几两银子，你们就三六九等了。难道从此以后再没有求着我们的事了！"众人见他带酒，都说："很是，很是[二十]。果然他们风俗不好。"因喝道："快敬酒赔罪！"两个娈童都是演就的局套，都跪下奉酒，说："我们这行人，师父教的不论远近厚薄，只看一时有钱势就亲敬，便是活佛活仙，一时没了钱势，也不许理他。况且我们又年轻，又居这个行次，求舅太爷体恕些我们就过去了。"说着，便举着酒俯膝跪下。庚：调（原作吊）侃，骂死世人不是骂。那邢大舅心里虽软了，只还故作怒意。众人又劝道："这孩子是实情话，说得倒是。老舅是久惯怜香惜玉的，如何今日反这样起来？若不吃这酒，他两个怎敢起来！"邢舅已撑不住了，便说道："若不是众位说，我再不理。"① 说着，方接过来一气喝干，又斟了一碗来。

这大舅便酒勾往事，醉露真情起来，乃拍案对贾珍叹道："怨不的他们视钱如命。多少世宦大家出身的，若提起'钱势'二字，连骨肉都认不得了。老贤甥，昨日我和你那边的令伯母赌气，你不知道么？"贾珍道："不曾听见。"邢大舅叹道："就为钱这件混帐东西。利害！"贾珍深知他与邢夫人不睦，每遭邢夫人弃恶，扳出怨言，因劝道："老舅，你也太散漫些。若只管花去，有多少给老舅花的？"邢大舅道："老贤甥，你不知我邢家底里。我母亲去世时我尚小，世事不知。他姊妹三个人，只有你令伯母年长出阁，一分家私都是他把持带来。如今二家姊虽也出阁，他家甚也艰穷，三家姊尚在家里，一应用度都是这里陪房王善保家的[二一]掌管。便来要钱，也非要的是你贾府的，我邢家家私也就够我花了。无奈竟不得到手，所以有冤无处诉。"

庚：众恶之，必察也。今邢夫人一人，贾母先恶之，恐贾母心偏，亦可解之。若贾琏、阿凤之怨怒，恐（原作恕）儿女之私亦可解之。若探春之怒，女子不识大而知小，亦可解之。今又忽用乃弟一怨，吾不知将又何如矣。贾珍见他酒后絮絮叨叨，恐被众人听见不雅，连忙用言语去解释。

这外面尤氏等听得十分真切，乃悄悄向银蝶道："你听见了？这

---

① **庚眉：**此一段娈童语句太真，反不得其为钱为势之神，当改以委屈认罚语为妥。

就是北院里大太太的兄弟抱怨他呢。可怜他亲兄弟还是这么样，可就怨不得这些人了。"因还要再往下听时，正值打幺番的也歇住了，要吃酒。因有一个问道："方才是谁得罪了老舅，我们竟不曾听得明白，且告诉我，我替评评这理。"邢德全见问，便把两个娈童不来理输的只去赶赢的话，告诉了一遍。这个年少的就夸道："这样说来，原实可恼，怨不得舅太爷生气。我且问你两个：舅太爷输了的，不过是银子钱，并没有输丢了指头〔二二〕，你怎么就该不理他了？"众人听了都大笑起来，连邢德全也喷了一地饭。尤氏在外面悄悄的啐了一口，骂道："你听听，这等没廉耻的小挨刀的，才丢了脑袋骨子，就胡嘤嚼毛的。若再灌嗓下些黄汤去，还不知再咥出些什么东西来呢。"一面说，一面便进去卸妆安歇。这里贾珍直至四更时，方才散了，就往佩凤屋里去了。

次日起来，就有人回，西瓜、月饼都预备全了，只待分派送人。贾珍吩咐佩凤："你请你奶奶看着送罢，我还有别的事呢。"佩凤答应去了，回了尤氏。尤氏只得一一分派遣人送去。一时，佩凤又来说："爷问奶奶，今儿出门不出？说咱们是孝家，明日十五过不得节，今儿晚上倒好，可以大家应应景儿，吃些瓜果酒饼。"尤氏道："我倒不愿出门。那边珠大奶奶病了，凤丫头又睡倒了，我再不过去，越发没了人了。况且他又不得闲，应什么景儿。"佩凤道："爷说了，今儿已辞了众人，直等十六才来呢，好歹定要请奶奶吃酒。"尤氏笑道："请我，我没的还席。"佩凤去了，一时又来道："爷说，连晚饭也请奶奶吃，好歹早些回来，叫我跟了奶奶去。"尤氏道："这样，早饭吃什么？快些吃了，我好走。"佩凤道："爷说早饭在外头吃，请奶奶自己吃罢。"尤氏问道："今日外头有谁？"佩凤道："听见说外头有两个新来的南京人，倒不知是谁？"说话之间，贾蓉之妻也梳妆了来见过。少时，摆上饭，尤氏在上，贾蓉之妻在下陪。婆媳二人吃毕，尤氏便换了衣服，仍过荣府，至晚方回。

果然贾珍煮了一口猪，烧了一腔羊，余者果菜亦不可胜记，就在会芳园中丛绿堂上，屏开孔雀，褥设芙蓉，带领妻子姬妾，先饭后酒，开怀赏月。将一更时分，真是风清月朗，上下如银。贾珍要行令，尤氏便叫佩凤等四人入席，下面一溜坐下，猜枚划拳，饮了一

第七十五回 开夜宴异兆发悲音 赏中秋新词得佳谶

会。贾珍有了几分酒,益发高兴,便命取了一竿紫竹箫,命佩凤吹箫,文化唱曲,喉清嗓嫩,真令人魄散魂飞。唱罢复又行令。那天将有三更时,贾珍酒已八分了。大家饮茶,换盏更酌之际,忽听那边墙下有人长叹之声。大家明明听见,都悚然疑畏起来。庚:余亦悚然疑畏。贾珍忙厉声叱咤,问:"谁在那里?"连问几声,并无有人答应。尤氏道:"是墙外边家里人也未可知。"贾珍道:"胡说。这墙四面皆无下人的房子,况且那边又紧靠着祠堂,庚:奇绝神想,余更为之悚俱矣。焉得有人?"一语未了,一时只听得一阵风声,过墙去了。恍惚闻得祠堂内扄房槅之声,只觉得风气森森,比先更觉凉飒起来;月色惨淡,也不似先明朗。众人都觉毛发悚然,贾珍酒已醒了一半,只比别人撑持得住些,心下也十分疑畏,大没兴头起来。勉强又坐了一会,就归房安歇了。次日一早起来,乃是十五日,带领众人开祠堂行朔望之礼。细看祠内,都仍照旧好好的,并无异怪之迹。贾珍自为醉后自怪,也不提此事。礼毕,仍闭上门,照旧锁上。庚:未写"荣府庆中秋",却先写"宁府开夜宴",未写荣府数尽,先写宁府异兆(原作道)。盖宁乃家宅,凡有关于吉凶者,故必先示之。且列祖祠祀(原作此),岂无得而警乎凡(原作几)人?先人虽远,然气运(原作远)相关,必有之理(原作利)也,非宁府之祖独有感应也。

贾珍夫妻至晚饭后方过荣府来。只见贾赦、贾政都在贾母房内坐着说闲话,与贾母取笑。贾琏、宝玉、贾环、贾兰皆在地下侍立。贾珍来了,都一一见过。说了两句话后,贾母命坐,贾珍方在近门杌子上坐了。贾母问道:"你兄弟这两日箭如何了?"贾珍道:"大长了,不但式样好,弓也长了一个力。"贾母道:"这也够了,且别贪力,仔细弩伤。"贾珍答应:"是"。贾母道:"昨日送来的西瓜、月饼皆好。"贾珍道:"月饼是新来的一个专做点心的厨子,我试了试,果然好,才敢做了孝敬。西瓜往年都还可以,不知今年怎么就不好了。"贾政道:"大约今年雨水太勤之故。"[二三] 贾母道:"此时月已[二四]上了,咱们且去上香。"便起身扶着宝玉的肩,带领众人齐往园中来。

园之正门俱已大开,吊着羊角大灯。嘉荫堂前月台上,焚着斗香,秉着风烛,陈献着瓜饼、各色果品。邢夫人等一干女客皆在里面久候。正是月明灯彩,人气香烟,晶艳氤氲,不可形状,地下铺着拜毯锦褥。贾母盥手上香拜毕,于是大家皆拜过[二五]。贾母便说:"赏月在山上最好。"因命在那山脊上的大亭上去。众人听说,忙着到那里去铺设。贾母且在嘉荫堂中吃茶少歇，说些闲话。一时，人回："都齐备了。"贾母方扶着人上山。王夫人等说："恐石上苔滑，还是坐竹椅子上去。"贾母道："天天有人打扫，况且极平稳的宽路，何必不疏散疏散筋骨。"于是贾赦、贾政等在前引路，两个老婆子秉着两把羊角手罩灯，鸳鸯、琥珀、尤氏等贴身搀扶，邢夫人等在后围随，从下逶迤而上[二六]，不过百余步，至主山之峰脊上，便是这座敞厅。因在山之高脊，故名曰凸碧山庄。于厅前平台上列下桌椅，又用一架大围屏隔作两间。凡桌椅形式[二七]皆是圆的，特取团圆之意。居中贾母坐下，左垂手贾赦、贾珍、贾琏、贾蓉；右垂手贾政、宝玉、贾环、贾兰，团团围坐。下面还有半壁余空。贾母道："常日倒还不觉人少，今日看来，究竟咱们人也甚少[二八]。庚：未饮先感人丁，总是将散之兆。想当年过的日子，到今夜男女三四十个，何等热闹。今日就这样，太少了。待要再叫几个来，他们都是有父母的，家里去应景，不好来的。如今叫女孩们来坐在那边罢。"于是将迎春、探春、惜春三个请出来，依次坐定。

贾母便命折一枝桂花来，命一媳妇在屏后击鼓传花。若在手中，饮酒一杯，罚说笑话一个。庚：不犯前几次饮酒。先从贾母起，次贾赦，一一接过。鼓声两转，恰恰在贾政手中，庚：奇妙，偏在政老手中，竟能使政老一谑，真大文章矣。只得饮了酒。众姊妹弟兄皆悄悄的你扯我一下，暗暗的我又捏你一把，都含笑倒要听是何笑话[二九]。庚：余也要细听。贾政见贾母喜悦，只得说。方欲说时，贾母道："若说的不笑了，还要罚。"贾政道："只得一个，若不笑，只好愿罚了。一家子一个人，最怕老婆。"只说了这一句，大家都笑了。因从不曾见贾政说过，所以才笑。庚：是极！摹神之至！贾母道："这必是好的。"贾政道："若好，老太太多吃一杯。"贾母道："自然。"贾政道："这个怕老婆的人从不敢多走一步。偏是那日是八月十五日，到街上买东西，便遇见了几个朋友，拉到家里去吃酒。不想吃醉了，就在朋友家睡着了。第二日醒了，后悔不及，只得来家赔罪。他老婆正洗脚，说：'既是这样，你替我舔舔就饶你。'这男人只得舔，未免恶心要吐。他老婆便恼了，要打，说：'就这么轻狂！'吓得男人忙跪下说：

'并不是奶奶脚臭。只是昨晚吃多了黄酒，又吃了月饼馅子，所以今日有些作酸的。'"贾母众人都笑了。庚：这方是贾政之谑，亦善谑矣。贾政忙斟了一杯，送与贾母。贾母道："既这样，快叫人取烧酒来，别叫你们受累。"众人又都笑起来。

又击鼓，从贾政传起，可巧传至宝玉鼓止。因贾政在坐，自是踧踖不安，偏又在他手内，因想："说笑话倘或说不好了，又说没口才；若说好了，又说正经的不会，只管油嘴贫舌，更有不是。不如不说的好。"庚：实写旧日往事。乃起身辞道："我不能说笑话，求再限别的罢了。"贾政道："既这样，限一个'秋'字，就即景作一首诗。若好，便赏你；若不好，明日好好仔细！"贾母忙道："好好的行令，如何又作诗？"贾政道："他能的。"贾母听说，就命："快作！"叫取了纸笔来，贾政道："只不许用那些冰、玉、晶、银、彩、光、明、素等样堆砌字眼，要另出己见，试试你这几年的心思。"宝玉听了，碰在心坎上，遂立想了四句，向纸上写了，呈与贾赦看，道："是。"……贾政看了，点头不语。贾母见这般，知无甚大不好，便问："怎么样？"贾政因欲贾母喜悦，便说："难为他。只是不肯念书，到底词句不雅。"贾母道："就罢了。他能多大，定要他做才子不成！这就该奖励他，以后越发上心了。"贾政道："正是。"因回头命个婆子："出去吩咐书房内小子们，把我海南带来的扇子取两把给他。"宝玉忙拜谢，仍复归座行令。

当下贾兰见奖励宝玉，他便出席也作了一首递与贾政，贾政看了喜不自胜，遂并讲与贾母听时，贾母也十分欢喜，也忙令赏。于是大家归坐，复行起令来。

这次贾赦手内住了，只得吃了酒，说笑话。因说道："一家子一个儿子最孝顺。偏生母亲病了，各处求医不得，便请了一个针灸的婆子来。这婆子原不知道脉理，只说是心火，如今用针灸之法，针灸针灸就好了。这儿子慌了，便问：'心见铁即死，如何针得？'婆子道：'不用针心，只针肋条就是了。'儿子道：'肋条离心甚远，怎么就好？'婆子道：'不妨事。你可知道天下的父母的心偏得多呢！'"众人都笑起来。贾母也只得吃半杯酒，半日笑道："我也得这个婆子针一针就好了。"贾赦听见，便知自己失言冒撞，贾母疑了心，忙起身笑与贾母把盏，以别言解释。贾母亦不好再提，且行起令来。

不料这次花在贾环手里。贾环近日读书稍进，其脾胃中不好务正也与宝玉一样，故每常也好看些诗词，专好奇诡仙鬼一路。今见宝玉作诗受奖，他便技痒，只当着贾政不敢造次。如今可巧花在手中，便也拾取纸笔立挥一绝与贾政。庚：偏写（原作立）贾政戏谑，已是异文，而贾环作诗，实（原作贾）奇中又奇之奇文也，总在人意料之外。竟有人曰：贾环如何又有好诗，似前言不搭后文矣，故不可详（原作盖不可向）。试（原作说）问：贾环亦荣公之正脉，虽少年玩劣，乃（原作见）今古（原作故）小儿之常情耳（原作年），读书岂无长进之理哉？况贾政之教是弟子自（原作目）己，大觉疏忽矣。若是贾环连一平仄也不知，岂荣府是寻常膏粱（原作梁）不知诗书之家哉？然后知（原作之）宝玉之一种情思，正非有益之聪（原作子总）明，不得谓比诸人皆妙者也。贾政看了，亦觉罕异，只是词句中略带着不乐读书之意，不悦道："可见是弟兄了。发言吐气总属邪派，将来都是不由规矩准绳，一起下流货。妙在古人云有'二难'，你两个也可称'二难'了。只是你两个的'难'字，却是要作难以教训的'难'字讲才好。哥哥是公然以温飞卿自居，如今兄弟又自为曹唐再世了。"说的贾赦等都笑了。贾赦因要诗瞧一遍，连声赞道："好！这诗据我看去，甚有气骨。想来咱们这样人家，原不比那起寒酸，定要'雪窗萤火'，一日蟾宫折桂，方得扬眉吐气。咱们的子弟都原该读些书，不过比人略明白些，可以看得过时就跑不了一个官的。何必多费了工夫，反弄出呆子来！所以爱他这诗，不失咱们侯门气概。"因回头吩咐人去取了自己的玩物来赏赐与他。因又拍着贾环的头，笑道："以后就这样作法，方是咱们的口气，将来这世袭的前程定跑不了你袭呢！"贾政听说，忙劝道："不过他胡诌如此，那里就论到后事了。"说着便斟上酒，又行一会令。庚：便又轻轻抹去也。

贾母便说："你们去罢。自然外头还有相公们候着，也不可轻忽了他们。况且二更多了，你们散了，再让我和[三十]姑娘们多乐一会，好歇着。"贾赦听了，方止了令，大家共进了一杯酒，方带着子侄们出去了。要知端的，下回分解。

【总评】下回有一篇极清雅文字，下幅有半篇极整齐文字，故先叙抢快摸牌，沉湎酒色为反振，有骏马下坡，鸷鸟将翔之势。

看聚赌一段，宛然宵小群居终日图。看赏月一段，又宛然望族序齿燕毛录。说火则热，而说冰则寒，文心固无所不可。

校　记：

[一] 此处的"家私"，原文为"家事"，据梦稿本改。

[二] 原文无"这"字，据庚辰本补。

[三] 原文无"来"字，据庚辰本补。

[四] 原文无"奶奶就少这个"数字，据蒙府本补。

[五] 此处的"究竟"二字，原文为"就竟"，据庚辰本改。

[六] 原文无"因"字，据庚辰本补。

[七] 此处的"你和他"三字，原文为"你合"，据蒙府本改。

[八] 原文无"我"字，据蒙府本补。

[九] 原文无"他"字，据蒙府本补。

[十] 原文无"在"字，据庚辰本补。

[十一] 原文无"米"字，据庚辰本补。

[十二] 此处的"尤氏回头见两边狮子下放着四五辆大车"句，原文为"尤氏见两边狮子下四五辆大车"，其中"回头"和"放着"数字，据庚辰本补。

[十三] 原文无"们"字，据庚辰本补。

[十四] 原文无"进"字，据列藏本补。

[十五] 原文无"大家"二字，据庚辰本补。

[十六] 原文无"在"字，据庚辰本补。

[十七] 此处的"好似"二字，原文为"好是"，据庚辰本改。

[十八] 此处的"再过几日"数字，原文为"再过一次"，据梦稿本改。

[十九] 此处的"则"字，原文为"只亦"，据梦稿本改。

[二十] 此处的"很是，很是"数字，原文为"狠是，狠是"，据蒙府本改。

[二一] 原文无"的"字，据庚辰本补。

[二二] 此处的"指头"二字，庚辰本为"乩乩"。

[二三] 原文无"'……西瓜往年都还可以，不知今年怎么就不好了。'贾政道：'大约今年雨水太勤之故。'"一段，据庚辰本补。

[二四] 原文无"已"字，据庚辰本补。

[二五] 原文无"贾母盥手上香拜毕，于是大家皆拜过"一句，据庚辰本补。

[二六] 原文无"从下逶迤而上"一句，据庚辰本补。

[二七] 此处的"形式"二字，原文为"形势"，据庚辰本改。

[二八] 此处的"究竟咱们人也甚少"一句，庚辰本为"还是咱们的人也甚

少算不得甚么。"

［二九］"众姊妹弟兄皆悄悄的你扯我一下，暗暗的我又捏你一把，都含笑倒要听是何笑话"一句，原文为"众姊妹弟兄皆要听是何笑话"，据庚辰本改。

［三十］此处的"我和"二字，原文为"我们"，据庚辰本改。

第七十六回

凸碧堂品笛感凄清　凹晶馆联诗悲寂寞

【回前】此回着笔最难。不叙中秋夜宴则漏，叙夜宴又与上元相犯；不叙诸人酬和则俗，叙酬和又与起社相犯。诸人在贾政前吟诗，诸人各自为一席，又非礼。既叙夜宴，再叙酬和，不漏不俗，更不相犯。云行月移，水流花放，别有机括，深宜玩索。

话说贾赦、贾政等散去不提。且说贾母这里命将围屏撤去，两席并为一席。众媳妇另行擦桌整果，更杯洗箸，陈设一番。贾母等都添了衣，盥漱吃茶，方又入坐，团团围绕。贾母看时，宝钗姊妹二人不在坐内，知他们家去圆月去了，且李纨、凤姐二人又病着，少了四个人，便觉冷清了好些。贾母因笑道："往年你老爷们不在家，咱们随性都请姨太太来，大家赏月，却十分闹热。忽一时想起你老爷来，又不免想到母子、夫妻、儿女不能一处，也都有些没兴。及至今年你老爷来了，大家团圆，却又不便请他娘儿们来说说笑笑。况且他们今年又添了两口人，也难丢了他们跑到这里来。偏又把凤丫头病了，有他一人来说说笑笑，还抵得十个人的空儿。可见天下的事总难十全。"说毕，不觉长叹一声，遂命拿大杯来斟热酒。王夫人笑道："今日得母子团圆，自比往年有趣。往年娘儿们虽多，终不似今年自己骨肉齐全的好。"贾母笑道："正是为此，所以我才高兴拿大杯来吃酒。你们也换大杯才是。"邢夫人等只得换上大杯来。因夜深体乏，不能饮酒，却有些倦意，无奈贾母兴犹未尽，只得陪饮。

贾母又命将氍毹铺于阶上，命人将月饼、西瓜、果品等类都叫搬下去，令丫头、媳妇们也都团团围坐赏月。贾母因见月至中天，比先益发精彩可爱，因说："如此好月，不可不闻笛。"因命人将十番上女孩子传来。吩咐说："音乐多，反失雅致，只用吹笛的远远吹起来就够了。"说毕，刚去吹时，只见跟邢夫人的媳妇便走来向邢夫人前说了两句话。贾母便问："什么事？"那媳妇便回说："方才大老爷出去，被石头绊了一下，崴了腿。"贾母听说，忙命两个婆子快看去，又命邢夫人快去。邢夫人遂告辞起身。

贾母便又说："珍哥媳妇趁着便你就去罢，我也就睡了。"尤氏笑道："我今日不回去了，定与老祖宗吃一夜。"贾母说道："使不得，使不得。你们小夫妻家，今夜也要团团圆圆，如何为我耽搁了？"尤氏红了脸，笑道："老祖宗说的我们太不堪了。我们虽年轻，已经十来年的夫妻，也奔四十岁的人了。况且孝服未满，陪着老太太玩一夜还罢了，岂有自去团圆之理！"贾母听说，笑道："这话很是，我倒也忘了孝未满。可怜你公公转眼已是二年多了，庚：不是算（原作弄）贾敬，却是算贾（原作弄）赦死期（原作斯）也。可是我倒忘了，该罚我一大杯。既这样，你就率性别去，陪着我罢。你叫蓉儿媳妇，他就顺便回去罢。"尤氏说了。蓉妻答应着，送出邢夫人，一同至大门，各自上车回去。不在话下。

这里贾母仍带众人赏了一会桂花，又入席换暖酒来。正说着闲话，猛不防那壁厢桂花树下，呜呜咽咽，悠悠扬扬，吹出笛声来。趁着明月清风，天空地净，真令人烦心顿解，万虑齐消，都肃然危坐，默相赏听。约两盏茶时，方才止住，大家称赞不已。于是遂又斟上暖酒来，贾母笑道："果然好听么？"众人笑道："实在好听。我们也想不到这样，须得老太太带领着，我们也得开心胸。"贾母道："这还不大好，须得拣那曲谱中越慢的吹来越好。"说着，便将自己吃的一个内造瓜仁油的松穰月饼，又命斟一大杯热酒，送给谱笛之人，慢慢的吃了来，再细细的吹一套。媳妇们答应了，方送去，只见方才瞧贾赦

第七十六回　凸碧堂品笛感凄清　凹晶馆联诗悲寂寞

的两个婆子回来，说："瞧了，右脚面上白肿了些，如今服了药，疼的好些了，也不甚大关系。"贾母点头叹道："我也太操心得紧。说我偏心，我反这样。"因就将方才贾赦的笑话说与王夫人、尤氏等听，王夫人等因笑，说劝道："这原是酒后说笑，不留心也是有的，岂有敢说老太太之理！自当解释才是。"只见鸳鸯拿了软巾兜与大斗篷来，说："夜深了，恐露水下来，风吹了头，须要添了这个。坐坐也该歇了。"贾母道："偏今儿高兴，你又来催。难道我醉了不成，偏天亮才歇！"命斟酒来。一面戴了兜巾，披了斗篷，大家陪着又饮，说些笑话。只听桂花阴里，呜呜咽咽，袅袅悠悠，又发出一缕笛音来，果真比先越发凄凉。大家都寂然而坐。夜静月明，且笛声悲怨，贾母年老带酒之人，听此声音，不免有触于心，禁不住堕下泪来。众人此时也都不禁凄凉寂寞之意，半日，方知贾母伤感，才忙转身赔笑，发语解释。庚："转身"，妙！画出对月听笛，如痴如呆，不觉尊长在上之形景来（原有月听笛如痴如呆）。又命换酒，且住了笛。

尤氏笑道："我也就学了一个笑话儿，说与老祖宗解解闷。"贾母勉强的笑道："这样更好，快说来我听。"尤氏乃说："一家子养了四个儿子：大儿子是一个眼睛，二儿子是一个耳朵，三儿子只一个鼻子眼，四儿子是个哑巴……"正说到这里，只见贾母已朦胧双眼，似有睡着之态。庚：总写出凄凉无兴景况来。尤氏方住了，忙和王夫人轻轻请醒。贾母睁眼笑道："我不困，白闭闭眼养神。你只管说，我听着呢。"庚：活画。王夫人笑道："夜已四更了，风露也大，请老太太安歇罢了。明日再赏十六，也不辜负这月色。"贾母道："那里就四更了？"王夫人笑道："实已四更，他们姊妹们熬不过，都去睡了。"贾母听说，细看了一看，果然都散了，只有探春一人在此。贾母笑道："也罢。你们也熬不惯夜，况且弱的弱，病的病，可倒要费心。只有三丫头可怜见儿的，尚还等着呢。你也去罢，我们要散了。"说着，便起身，吃了一口清茶，便预备下竹椅小轿，便围着斗篷坐上，两个婆子搭起，众人围随出园去了。不在话下。

这里众媳妇归收杯盘碗盏时，少了一个细茶杯，各处寻觅不见，又问众人："必是谁失手打了。撂在那里，告诉我拿了磁瓦子去交收是证见，不然又说偷起来了。"众人都说："没有打了，只怕是跟姑娘们的人打了,也未可知。你细想想,或是问问他们去。"一语未了,提醒了这管家伙的媳妇,因笑道:"是了,那一回记得是翠缕拿着的。我去问他去。"随说[一]着便去找时,刚下了甬路,就遇见了紫鹃和翠缕来了。翠缕便问道:"老太太散了,可知我们姑娘那去了?"媳妇道:"我来问那一个茶杯往那里去了,你们倒问我要姑娘。"翠缕笑道:"我倒茶给姑娘吃的,展眼回头,就连姑娘都不见了。"那媳妇道:"太太才说都睡觉去了。你不知那里玩去了,还不知道呢!"翠缕和紫鹃道:"断乎没有悄悄的睡觉之理,只怕在那里走了走。如今见老太太走了,赶过前边送了去,也未可知。我们且往里边找找去。有了姑娘,自然你的茶杯也有了。你明日一早再找,有什么忙的!"媳妇笑道:"有了下落就不忙了,明儿就和你要罢。"说毕回去,仍查收家伙。这紫鹃和翠缕便往贾母处来,不提。

原来黛玉和湘云二人并未曾去睡。只因黛玉见贾府中许多人赏月,贾母犹叹人少,不似当年热闹,又提宝钗姊妹家去母女弟兄自去赏月等语,不觉对景感怀,自去俯栏垂泪。宝玉近日因晴雯病势甚重,诸事无心,王夫人再三遣他去睡,他便去了。探春又因近日家事着恼,也无暇游玩。虽有惜春、迎春二人,偏[二]又素日不大甚合。所以只剩了湘云一人宽慰他,因说:"你是个明白人,何必作此形象自苦。我也和你一样,我就不似你这样心窄。何况你又多病,还不自己保养。可恨宝姐姐姊妹,天天说亲道热,早已[三]说今年中秋要大家一处赏月,必要起社,大家联句,到今日便弃了咱们,自己赏月去了。社也散了,诗也不做了。倒是他们父子叔侄纵横起来。可是说的好:'卧榻之侧,岂容他人酣睡。'他们不作,咱们两个联句来,明日羞[四]他们一羞!"

黛玉见他这般劝慰,不负他的豪兴,因笑道:"你看这里这等人声嘈杂,有何诗兴!"湘云笑道:"这山上赏月虽好,终不及近水更妙。你知道这山坡底下就是那沿。山坳里近水一个所在,就是凹晶馆。可知当日盖这园子时就有学问。这山之高处,就叫作凸碧山;山之低洼近水处,就叫作凹晶馆。这'凹'、'凸'二字,历来用的人最少。如今只用作轩馆之名,更觉新鲜,不落窠臼。可知这两处一上一下,一明一暗,一山一水,竟是特因玩月而设此两处。有爱那山高月小的,

第七十六回　凸碧堂品笛感凄清　凹晶馆联诗悲寂寞

便就这里来；有爱那皓月清波的，便往那里去。只是这两个字俗念作'洼'、'拱'[五]二音，便说俗了，不大见用了，只有陆放翁用了一个'凹'字，说'古砚微凹聚墨多'，还有人批他俗，岂不可笑！"黛玉道："也不但放翁才用，古人中用者太多。如江淹《青苔赋》，东方朔《神异经》，以至《画记》上云张僧繇画一乘寺的故事，不可胜举。只是今人不知，误作俗字用了。实和你说罢，这两个字还是我拟的呢。因那年试宝玉，因他拟了几处，也有存的，也有删改的，也有尚未拟的。[六]这是后来我们大家把没有名色的也都拟出，注了出来，写了这房屋的坐落，一并带进去与大姐姐瞧了。他又带出来，命给舅舅瞧过。谁知舅舅倒喜欢起来，又说：'早知道这样，那日该就叫他姊妹一并拟了，岂不有趣！'所以凡我拟的，一字不改都用了。如今就往凹晶馆去看看。"

说着，二人便同下了山坡。只一转弯，就是池上，一带竹栏相接，直通那边藕香榭的路径。庚：点明，妙！不然此园竟有多大地亩了？因这几间就在此山怀抱之中，乃凸碧山庄之退居，因低洼而近水，故颜其馆曰"凹晶溪馆"。因此处房宇不多，且又矮小，只有两个老婆子上夜。今日打听得凸碧山庄人应差，与他们无干，这两个老婆子关了月饼、果品并犒赏的酒，并各色的菜，二人吃得既醉且饱，早已息灯睡了。庚：妙极！此书有"进（原作又径）一步"写法。如王夫人云"他姊妹可怜，那里像当日林姑妈那样"；又（原作有）如：贾母云"如今人少，那里有（原作日）当日人多"等语（原作数）。此谓"进一步"法也。有"退一步"法。如宝钗之对邢（原作刑）岫烟云（原无）"此一时也，彼一时也，如今比（原作此）不得先的话（原作活）了，只好随是十分"；又如凤姐之对平儿云"如今我也（原作我也我）明白了，我如今也要作好好先生罢"等类。此谓退一步法也。今（原作今有）方收拾过（原作故）贾母高乐，却又（原作有）写出二婆子高乐：此"进（原无）一步"之实也。如前文海棠诗四首已（原作手以）足，忽又用湘云独成二律反压（原作厌）卷：此又"进一步"实事也。所谓法法皆全，全（原作然）然不爽（原作夹）也。

黛玉、湘云见息了灯，湘云笑道："倒是他们睡了好。咱们就在这卷棚底下赏这水月如何？"二人遂在两个湘妃竹墩上坐下。只见天上一轮皓月，池中一轮水月，上下争辉，如置身于晶宫鲛室之内。微风一过，粼粼然池面皱碧铺纹，真令人神清气爽。湘云笑道："怎得这会子坐上船吃酒倒好。这要是我家里这样，我就立刻坐船了。"黛玉笑道："正是古人常说的好，'事若求全何所乐'。据我说，这也罢了，偏要坐船起来！[七]"湘云笑道："得陇望蜀，人之常情。可知那些古人说的不错。说贫穷之家自为富贵之家事事称心，告诉他说竟不能称心，他也不肯信的；必得亲历其境，他方知觉了。就如咱们两个，虽父母不在，然也忝在富贵之乡，只你我就有许多不遂心的事。"黛玉笑道："不但你我不得称心，就连老太太、太太以至宝玉、探丫头等人，无论事大事小，有理无理，皆不能各遂其心者，同一理也，何况你我是旅居客寄之人！"庚：以点化（原作立未）不怡然得享自然之乐者矣。书中若干女子，从主及婢，未（原作未有）必各有所觉，各有所试，各有所长者，皆未如宝玉（原作宝宝）无可关切筹画，可叹！湘云听说，恐怕黛玉又伤感起来，忙道："休说这些闲话，咱们且联句。"

正说间，只听笛声悠扬起来。黛玉笑道："今日老太太、太太高兴了，这笛子吹的有趣，倒是助咱们的诗兴庚：妙！正是吹笛之时，勿（原作分）认作又（原作人）一处之笛也。咱们两个都爱五言，就还是五言排律罢。"湘云道："限何韵？"黛玉笑道："咱们数这个栏杆的直柱，这头到那头为止。他是第几根就用第几韵。若十六根，便是'一先'起。这可新鲜？"湘云笑道："这倒别致。"于是二人起身，便从头数至尽头止，得十三根。湘云笑道："偏又是十三根，'元'字。这韵少，作排律只怕牵强不能押的稳呢。少不得你先起一句罢了。"黛玉笑道："倒要试试咱们谁强谁弱，只是没个纸笔记。"湘云道："不妨，明日再写。只怕这一点记性还有。"黛玉道："我先起一句现成的俗语罢。"因念道：

　　三五中秋夕，

湘云想了想，道：

　　清游拟上元。撒天箕斗灿，

黛玉道：

　　匝地管弦繁。几处狂飞盏，

湘云笑道："这[八]一句'几处狂飞盏'有些意思。这倒要对的好呢。"想了一想，笑道：

　　谁家不启轩。轻寒风剪剪，

黛玉道："对的比我的却[九]好。只是这一句又说熟话了，就该加上劲说了去才好。"湘云笑道："诗多韵险，也要铺陈些才是。纵有好的，且留在后头。"黛玉笑道："到后头没有好的，我看你羞不羞？"因联道：

  良夜景暄暄。争饼嘲黄发，

湘云笑道："这句不好，是你杜撰，用俗事来难我了。"黛玉笑道："我说你是不曾见过书呢。吃饼是旧典，《唐书》、《唐志》你看了来再说。"湘云道："这也难不倒我，也有了。"因联道：

  分瓜笑绿媛。香新荣玉桂，

黛玉笑道："分瓜可是实实你的杜撰了。"湘云笑道："明日咱们对查出来，大家再说，这会别耽误了工夫。"黛玉笑道："虽如此，下句也不好不犯，又用'玉桂'、'金兰'等字样来塞责。"因联道：

  色健茂金萱。蜡烛辉琼宴，

湘云笑道："'金萱'二字便宜你了，省了多少力。这样现成的韵被你得了，只是不犯着替他们颂圣去。况且下句你也是塞责了。"黛玉笑道："你不说'玉桂'，我难道强对'金萱'么？再也要铺陈些富丽的话才是，方才是即景之实事。"湘云只得又联道：

  觥筹乱绮园。分曹尊一令，

黛玉笑道："下句好，只是难对些。"因想了一想，联道：

  射覆听三宣。骰彩红成点，

湘云笑道："'三宣'有趣，竟化俗成雅了。只是下句又说上骰子。"少不得联道：

  传花鼓滥喧。晴光摇院宇，

黛玉笑道："对的却好[十]。下句又溜了，只管拿些风月来塞责。"湘云道："究竟没说到月上，也要点缀点缀，方不落题。"黛玉道："且姑存之，明日再斟酌。"因联道：

  素彩接乾坤。赏罚无宾主，

湘云道："又说他们做什么，不如说咱们。"只得联道：

  歌吟序仲昆。构思时倚槛，

黛玉道："这可以入上你我了。"因联道：

  拟景或依门[十一]。酒尽情犹在，

湘云说道："这时候了。"乃联道：

  更残乐已谖。渐闻语笑寂，

黛玉说："这时可知一步难似一步了。"因联道：

　　　　空剩雪霜痕。阶露团朝菌，

湘云笑道："这一句怎么押韵，让我想想。"因起身背手，想了一想，笑道："够了，幸而想出一个字来，几乎败了。"因联道：

　　　　庭烟敛夕楦。秋湍泻石髓，

黛玉听了，不禁也起身叫妙，说："这促狭鬼，果然留下好的。这会子才说'楦'字，亏你想得出。"湘云道："幸而昨日看《历朝文选》，见了这个字，我不知何树，要查一查。宝姐姐说不用查，这就是如今俗叫作明开夜合的。我信不及，到底查了一查，果然不错。看来宝姐姐知道的竟多。"黛玉笑道："'楦'字用在此时更确，这也罢了。只是'秋湍'这一句亏你好想。只这一句，别的都要抹倒。我少不得打起精神来对这一句，只是再不能似这一句了。"因想了一想，联道：

　　　　风叶聚云根。宝婺情孤洁，

湘云说："这句对的也还好。只是下一句你[十二]也溜了，幸而是景中情，不单用'宝婺'来塞责。"因联道：

　　　　银蟾气吐吞。药经灵兔捣，

黛玉不语点头，半日遂念道：

　　　　人向广寒奔。犯斗邀牛女，

湘云也望月点首，联道：

　　　　乘槎待帝孙。虚盈轮莫定，

黛玉笑道："又用比兴了。"因联道：

　　　　晦朔魄空存。壶漏声将涸，

湘云方欲联时，黛玉指池中黑影与湘云看道："你看那河里怎么像个人在黑影里去了，敢是个鬼罢？"湘云笑道："可是又见鬼了。我是不怕鬼的，等我打他一下。"因弯腰拾了一块小石片向那池中打去，只听打得水响，一个大圆圈将月影荡散复聚者几次。〔庚：写得出。试思若非亲历其境（原作竟）者，如何摹〔原作莫〕写得如此！〕只听那黑影里嘎然一声，却飞起一个白鹤来，〔庚：写得出〕直往藕香榭去了。黛玉笑道："原来是他，猛然想不到，反吓了一跳。"湘云笑道："这个鹤有趣，倒助了我了。"因联道：

　　　　窗灯焰已昏。寒塘渡鹤影，

林黛玉听了，又叫好，又跺足，说道："了不得，这鹤真是助他的了！这一句更比'秋湍'不同，叫我对什么才好？'影'字只有一个'魂'

字可对,况且'寒塘渡鹤'何等自然,何等现成,何等有景且又新鲜,我竟要搁笔了。"湘云笑道:"大家细想就有了,不然就放着明日再联也可。"黛玉只看天,不理他,半日,猛然笑道:"你不必得意,我也有了,你听听。"因对道:

　　　　冷月葬花魂。

湘云拍手赞道:"果然好极!非此不能对。好个'葬花魂'!"因又叹道:"诗固新奇,只是太颓丧了些。你现病着,不该作此过于凄楚奇谲之语。"黛玉笑道:"不如此如何压倒你?下句竟还未得,只为用工在这一句了。"

　　一语未了,只见栏外山石后转出一个人来,笑道:"好诗,好诗!果然太悲凄了。不必再往下联,若底下只这样,反不显这两句了,倒觉得堆砌牵强。"二人不防,倒唬了一跳。细看,不是别人,却是妙玉。二人皆诧异,【庚:原可诧异(原作意),余亦诧异(原作赤诧意)。】因问:"你如何到了这里?"妙玉笑道:"我听见你们大家赏月,又吹的好笛,我也出来玩赏这清池皓月,顺脚[十三]走到这里。忽听见你两个联诗,更觉清雅异常,故此就听住了。只是方才我听见这一首诗中,有几句虽好,只是过于颓丧凄楚。此亦关人之气数而有,所以我出来止住。如今老太太都早已散了,满园的人想已睡熟,你两个的丫头还不知在那里找你们呢!你们也不怕冷着了?快同我来,到我那里去吃杯茶去罢,只怕天就亮了。"黛玉笑道:"谁知道就这个时候了。"

　　三人遂一同来至栊翠庵中。只见龛焰青青,炉香未烬。几个老嬷嬷也都睡了,只有小丫鬟在蒲团上垂头打盹。妙玉唤他起来,现去烹茶。忽听叩门之声,小丫鬟忙去开门看时,却是紫鹃、翠缕与几个老嬷嬷来找他姊妹两个。进来见他们正[十四]吃茶,因都笑道:"要[十五]我们好找,一个园子走遍了,连姨太太那里都找到了。才到了那山坡底下小亭里找时,可巧上夜的睡醒了。我们就问他们,他们说,方才亭外头棚下两人说话,后来又添了一个人,听见大家说往庵里去。我们就知道是这里了。"

　　妙玉忙命小丫鬟引他们到[十六]那里去坐着歇歇吃茶。自己却[十七]取了笔砚纸墨出来,方才的诗叫他二人念着,遂从头至尾写出来。黛玉见他十分高兴,便笑道:"从来没见你这样高兴。若不见你这样高兴，我也不敢唐突请教，这还可以见教否？若不堪时，便就烧了；若可改正，即请改正改正。"妙玉笑道："不敢妄改评赞。只是这才有了二十二韵。我意思想着你二位的警句已出，再若续时，恐后力不加。我竟要续貂，又恐有玷。"黛玉从无见妙玉作过诗，今见他高兴如此，忙说："果然如此，我们的虽不好，亦可以带好了。"妙玉道："如今收法，到底还该归到本来面目上去。若只管丢了真情真事，且去搜奇检怪，一则失了咱们的闺阁体，二则也与题目无涉了。"林、史二人皆道："极是"。妙玉遂提笔一挥而就，递与他二人道："休要见笑。依我必须如此，方翻转过来，虽前头[十八]有凄楚之句，亦无甚碍了。"二人接了看时，只见他续道：

香篆销金鼎，脂冰腻玉盆。
箫增嫠妇泣，衾倩侍儿温。
空帐悬文凤，闲屏掩彩鸳。
露浓苔更滑，霜重竹难扪。
犹步萦纡沼，还登寂历原。
石奇神鬼搏，木怪虎狼蹲。
赑屃朝光透，罘罳晓露屯。
振林千树鸟，啼谷一声猿。
歧熟焉忘径，泉知不问源。
钟鸣栊翠寺，鸡唱稻香村。
有兴悲何继，无愁意岂烦。
苦情[十九]只自遣，雅趣向谁言。
彻思[二十]休云倦，烹茶更细论。

《中秋夜大观园即景联句三十五韵》

黛玉、湘云皆赞赏不已，说："可见我们天天舍近而求远。现有这样诗仙在此，却天天纸上谈兵。"妙玉笑道："明日再润色。此时想已快天明了，到底要歇息歇息。"林、史二人听说，便起身告辞，带领丫鬟出来。妙玉送至门外，看他们去远，方掩门进来。不在话下。

这里翠缕向湘云道："大奶奶那里还有人等着咱们睡去呢。如今还是那里去好？"湘云笑道："你顺路告诉他们，叫他们睡罢。我这一去未免惊动起来，不如闹林姑娘一夜去罢。"说着，大家走至潇湘馆中，有一半人已睡去。二人进去，方才卸妆宽衣，盥漱已毕，方上床安歇。紫鹃放下绡帐，移灯掩门出去。谁知湘云有择席[二一]之病，虽在枕上，只白睡不着。黛玉又是一个心血不足常常失眠的，今日又错过困头，自然也是睡不着。二人在枕上翻来复去。黛玉因问道："你怎么还没睡着？"湘云笑道："我有择席[二二]的病，况且走了困[二三]，只好躺躺[二四]罢。你怎么也睡不着？"黛玉叹道：庚：一"笑"一"叹"，只二字便写出平日之形景。"我这睡不着并非今日，大约一年之中，通共也只好睡十夜满足的。"湘云道："却是你病的缘故，所以……"不知下文是什么，下回分解。

【总评】诗词清远闲旷，自是慧业人才，何须赘评？须看他众人联句填词时，各人性情，各人意见，叙来恰肖其人。二人联诗时，一番讥评，一番叹赏，叙来更得其神。再看漏永吟残，忽开一洞天福地，字字出人意表。

只一品笛，疑有疑无，若近若远，有无限逸致。

校 记：

[一] 原文无"说"字，据庚辰本补。

[二] 此处的"偏"字，原文为"便"，据庚辰本改。

[三] 原文无"说亲道热，早已"数字，参考庚辰本补。

[四] 此处的"羞"字，原文为"着"，据蒙府本改。

[五] 此处的"拱"字，原文为"迭"，据蒙府本改。文中的"凹"、"凸"应读作"洼（wā）"、"拱（gǒng）"。

[六] 原文无"因那年试宝玉，因他拟了几处，也有存的，也有删改的，也有尚未拟的"一句，据庚辰本补。

[七] 原文无"偏要坐船起来"一句，据庚辰本补。

[八] 此处的"这"字，原文为"只"，据庚辰本改。

[九] 此处的"却"字，原文为"恰"，据庚辰本改。

[十] 此处的"对的却好了"数字，原文为"对却好了"，按庚辰本改。

[十一] 此处的"依门"二字，原文为"敲门"，据列藏本改。

[十二] 原文无"你"字，据庚辰本补。

[十三] 原文无"脚"字，据庚辰本补。
[十四] 原文无"正"字，据庚辰本补。
[十五] 此处的"要"字，原文为"耍"，据梦稿本改。
[十六] 原文无"到"字，据庚辰本补。
[十七] 此处的"却"字，原文为"都"，校者改。
[十八] 原文无"头"字，据庚辰本补。
[十九] 此处的"苦情"二字，庚辰本为"芳情"。
[二十] 此处的"彻思"二字，庚辰本为"彻旦"。
[二一][二二] 此处的"择席"二字，原文为"择息"，据蒙府本改。
[二三] 此处的"走了困"数字，原文为"去了困"，据蒙府本改。
[二四] 此处的"躺躺"二字，原文为"淌淌"，据蒙府本改。

第七十七回

俏丫鬟抱屈夭风流　美优伶斩情归水月

【回前】司棋一事，前文着实写来，此却随笔收去。晴雯一事，前文不过带叙，此却竭力发挥。前文借晴雯一衬，文不寂寞；此文借司棋一引、文愈曲折。

话说王夫人见中秋已过，凤姐的病已比先减了些，虽未大愈，然亦可出入行走得了，仍命大夫每日诊脉服药，又开了丸药方子来配调理养荣丸。因用上等人参二两，王夫人命人取时，寻了半日，只向小匣内寻了几枝簪挺粗细的。王夫人看了嫌不好，命再找去，又找了一包须末出来。王夫人焦躁道："用不着偏有，但用着了，再找不着。成日家我说叫你们查一查，都归拢在一处，你们白不听，就随手混搁。你们不知他的好处，用起来得多少换买来还不中使呢！"彩云道："想是没了，就只有这个。上次那边的太太来寻了些去，太太都给过去了。"王夫人道："没有的话，你再细找一找。"彩云只得又去找寻了几包药来说："我们不认得这个，请太太自看。除了这个再没有了。"王夫人打开看时，也都忘了，不知是些什么东西，并无有一枝人参在内。因一面遣人去问凤姐有无，凤姐来说："也只有些参膏、芦须。虽有几枝,也不是上好的,每日还要煎药用呢。"王夫人听了,只得向邢夫人那里问去。邢夫人说:"因上次没了,才往你太太那里去寻。早已用完了。[一]"王夫人没法,只得亲自过来请问贾母。贾母忙命鸳鸯取去。当日所余的,竟还有一大包,皆是手指粗的,遂称了二两与王夫人。王夫人出来交与周瑞家的拿去,命人送与医生家去,又命将那几包不能辨得的药也带了去,命医生认了,各记号了来。 庚:此等皆(原无)家常细事(原作是),岂是(原作事)揣摩得(原作拿得此皆)者?

不一时,周瑞家的拿了来说:"这几包都各包好记上名字了。但这一包人参固然是上好的,如今就三十换也不能得这样的,就只是年代太陈了。这东西与别的不同,凭是怎样好的,只过了一百年后,自己就成了灰了。如今这个虽未成灰,然[二]已成了朽株枯木,也无性力的了。请太太收了这个,不拘好歹,再换些新的倒好。"王夫人低头半日方说:"这可没法了,只好去买二两来罢。"也没心看那些,只命:"都收了罢!"因说给周瑞家的:"你就去说给外头的人们,拣好的换二两来。倘或一时老太太再问,你们只说用的是老太太的,不必多说。"

周瑞家的方才要去时,宝钗因在坐,乃笑道:"姨娘且住,如今外头买的人参都没好的。虽有一枝全的,他们也必截做两三段,镶嵌上芦泡须枝,卷匀了好卖,看不得粗细。我们铺子里常和参行交易,如今我和妈妈说了,叫哥哥去托个伙计过去和参行说明,叫他把未做的原枝好参兑二两来。不妨咱们多使几两银子,也得了好的。"王夫人笑道:"倒是你明白。就难为你亲[三]自走一趟更好。"于是宝钗去了,半日回来说:"已遣人去,赶晚就有回信的。明日一早去配不迟。"王夫人自是喜悦,因说道:"'卖油的娘子水梳头'[四],好的歹的,不知给了人多少。这会子轮到自己用,反倒各处求人去了。"说毕长叹。宝钗笑道:"这东西虽然值钱,究竟不过是药,原该济众散人才是。咱们比不得那没见世面的人家,得了就珍藏密敛的。"庚:调侃语。王夫人点头道:"这话很是。"

一时,宝钗去后,因见无别人在室,遂唤周瑞家的来问前日园中搜检的事情可得个下落。周瑞家的已和凤姐等人商议停妥,一字不隐，遂回明王夫人。王夫人听了，虽惊且怒，却又作难，因思司棋系迎春之人，皆系那边的人，只得令人去回邢夫人。周瑞家的回道："前日那边太太嗔着王善保家的多事，打了几个嘴巴子，如今他也装病在家，不肯出头。况且又是他外孙女儿，自己打了嘴，只好装个忘了，日久平静了再说。如今我们过去回时，恐怕又多心，倒像是咱们多事的。不如直把司棋带过去，一并连赃证与那边太太瞧了，不过打一顿，再指个丫头来，岂不省事！如今白告诉去，那边太太再推三阻四的，又说'既这样你太太就该料理，又来说什么'，岂不反耽搁了？倘或那丫头瞅空寻了死，反不好了。如今看了两三天，都有个偷懒的样儿，倘一时不到，岂不倒弄出事来！"王夫人想了一想，说："这也倒是。快办了这一件，再办咱们家的那些妖精。"

周瑞家的听了吩咐，会齐了那边几个媳妇，先到迎春房中，回迎春道："太太们说了，司棋大了，连日他娘求了太太，太太已赏了他娘配人，今日叫他出去，另挑好的给姑娘使。"说着，便令司棋打点出去。迎春听了，含泪似有不舍之意，因前夜已闻得别的丫头悄悄的说了缘故，虽数年之情难舍，但事关风化，亦无可如何了。司棋亦曾求了迎春，实指望迎春能保救下的，只是迎春语言迟慢，耳软心活，是不能做主的。司棋见了这般，知不能免，因哭道："姑娘好狠心！哄了我这两日，如今怎么连一句话也没了？"周瑞家的等说道："你还想姑娘留你不成？便留下，你也难见园子里的人了。依我们的话，好快快收拾了，倒是人不知鬼不觉的去罢，大家体面些。"迎春含泪道："我知道你干了什么大不是，我若说情留下，岂不连我也完了。你瞧入画也是几年的，怎么说去就去了。自然不止你两个，想这园里凡大的都要去呢。依我说，将来终有一散，不如你各自去罢。"周瑞家的道："到底是姑娘明白。明儿还有打发的人呢，你放心罢。"司棋无法，只得含泪与迎春磕头，和众姊妹作别，又向迎春耳边说："姑娘好歹打听我受罪，替我说个情儿，就是主仆一场！"迎春亦含泪答应说："你放心！"

于是周瑞家的等人带了司棋出去，又命两个婆子将司棋所有的东西都与他拿着。走了没几步，后头只见绣桔赶来，一面也擦着眼泪，一面递与司棋一个绢包儿说：[五]"这是姑娘给你的。主仆一场，如今一旦分离，这个与你作个念想儿罢。"司棋接了，不觉又哭起来，又和绣桔哭了一会。周瑞家的不耐烦，只管催促，二人只得散了。司棋又哭告道："婶婶大娘们，好歹略徇个情儿，如今且歇一歇，让我到相好的姊妹跟前辞一辞，也是我们这几年好了一场。"周瑞家的等人皆各有事务，做这些事便是不得已的，况且又深恨素日他们大样，如今那里有工夫听他们的这些话，因冷笑道："我劝你走罢，别拉拉扯扯的了。我们还有正经事呢。谁是你一个衣包里爬出来的，辞他们做什么，他们看你的笑声儿还看不了呢。你不过挨一会是一会的罢了，难道就算了不成！依我，快走罢。"一面说，一面总不住脚，直带到后角门出去了。司棋无奈，又不敢再说，只得跟了出来。

可巧正值宝玉从外而入，一见带了司棋出去，又见后面抱着些东西，料着此去又不能来了。因闻得昨夜之事，又因晴雯之病是那日加重，细问晴雯，又不知是为何。昨日又见入画已去，又见司棋出来，不觉如丧魂魄一般，因忙拦住问道："那里去？"周瑞家的等[六]皆知宝玉素日行为，又恐唠叨误事，因笑道："不干你事，快念书去罢！"宝玉笑道："好姐姐们，且站一站，我有道理。"周瑞家的便道："太太盼咐不许少捱一刻，又有什么道理？我们只遵太太的话，管不得许多。"司棋见了宝玉，因拉住哭道："他们做不得主，你好歹求求太太去。"宝玉不禁也伤心，含泪说道："我不知你做了什么大事，晴雯也气病了，如今你又去。都要去了，这却怎么的好。" 庚：宝玉之语全作囫囵（原作图图）意，最是极无味（原作未）之语（原无），是极浓极有情之语也。只合如此写，方是（原作字）宝玉；稍有真切（原作功），则不是宝玉了。 周瑞家的听了宝玉之言，忙发躁言向司棋道："如今你已是有事的人，不是伏侍小姐的了，若不听话，我就打得你了！别想着往日有姑娘护着，任你们作耗。越说着，你还不好好儿的走。如今又和小爷们拉拉扯扯的，成个什么体统！"那几个媳妇不由分说，拉着司棋就出去了。

宝玉又恐他们去告舌，急的只瞪着他们，看看已去远了，方指着恨道："奇怪，奇怪！怎么这些人[七]只嫁了一个汉子，染了男人的气味，就这样混帐起来，比男人更可杀了！"①守园门[八]的婆子们听了，也不禁笑起来，说道："这个宝二爷说的也不知是些什么，也不知

---

① 庚眉："染了男人气味"，实有此情理。非躬亲阅历者。亦不知此语之妙。

第七十七回　俏丫鬟抱屈夭风流　美优伶斩情归水月

从哪里学来的这些话，叫人听了又可气又可笑。"因问道："这样说，但凡女儿个个都是好的了，女人们个个都是坏的了？"宝玉点头道："也不错，也不错！"婆子们笑道："还有一句话我们糊涂不解，倒要请问请问……"方欲说时，只见几个老婆子走来，忙说道："你们小心着，传齐了伺候着。太太亲自来园子里，在那里查点人呢。只怕还查到这里来呢。又吩咐快传怡红院的晴雯姑娘的哥哥嫂子来，在这里等着领出他姊妹去。"因又笑道："阿弥陀佛！今日天睁了眼了，把这个祸害妖精退送了，大家清净些。"宝玉一闻得王夫人进来亲自查点，便料定晴雯也保不住了，早飞也似的赶了去，所以这后来称愿之语竟未听见。

宝玉及到了怡红院，只见一群人在那里，王夫人在屋里坐着，一脸怒色，见宝玉也不理。晴雯四五日水米没曾沾牙，恹恹弱息，如今现从炕上拉了下来，蓬头垢面，两个女人搀架起来去了。王夫人吩咐道："只许把他贴身的衣服撂出去，余者好衣服留下给好丫头们穿。"又命把这里所有的丫头们都叫来一一过目。

原来王夫人自那日着恼之后，王善保家的趁势儿治倒了晴雯，他和园中不睦之人，他也就随机趁便下了些话，说在王夫人耳中，王夫人皆记在心里。因节间有事，故忍了两日，所以今日特来亲自到园中阅人。一则为晴雯事犹可，二则因竟有人指宝玉为由，说他也近来已解人事，都由屋里丫头们不长进引诱坏了。因这事更比晴雯一人较甚，庚：暗伏一段"更比"，觉烟迷雾罩之中，更有无限（原作恨）溪山矣。乃从袭人起至做粗活的小丫头，个个亲自看了一遍。

因问："谁是和宝玉一日生日的？"本人不敢答应，老嬷嬷指道："这一个蕙香，又叫作四儿的，是同宝玉一日生日。"王夫人细看了一看，虽比不上晴雯，却也有几分水色。视其行止，聪明皆露于外面，且也打扮的不同。王夫人冷笑道："这也是个不害臊的。他背地里说的，同日同时就是夫妻。这可是你说的？打量我隔的远，都不知道呢。可知我身子虽不大来，我的心耳神意时时都在这里。难道我通共一个宝玉，就白放心凭你们勾引坏了不成！"这个四儿见王夫人说为他素日和宝玉的私语，不禁红了脸，低头垂泪。王夫人即命也快把他家的人叫来，领了去配人。

又问："谁是什么耶律雄奴？"嬷嬷便将芳官指出。王夫人道："唱戏的女孩子，自然是狐狸精了！上次放你们，你们又懒怠出去，可就该安分守己才是。你就成精鼓捣起来，调唆着宝玉无所不为。"芳官哭辩道："并不敢调唆什么来。"王夫人笑道："你还强嘴。我且问你，前年我们往皇陵上去，是谁调唆宝玉要柳家的五儿丫头来着？幸而那丫头短命死了，不然进来，你们又是连伙聚党遭害这园子。你连你干娘都欺倒了，岂止别人！"因喝命："叫他干娘来领去，就赏他外头寻个女婿去吧。把他的东西一概给他们。"又吩咐上年凡有姑娘们分使的唱戏的女孩子们，一概都令其干娘带去，自行聘嫁。一语传出，这些干娘皆感恩称愿不尽[九]，都约齐了来与王夫人磕头。

王夫人又满屋搜捡一遍宝玉之物。凡略有眼生之物，一并命人收的收，卷的卷，着人拿到自己房内去了。因说道："这才干净，省得旁人口舌。"因又吩咐袭人、麝月等人："你们可要小心！往后再有一点分外之事，我一概不饶。因叫人查看了书，不宜迁挪，暂且挨过今年，明年一并给我仍旧搬出去清净。"庚：一段神奇鬼讶之文，不知从何想来。王夫人从来未理家务，岂不一木偶哉？且前文隐隐约约已有无限口舌浸润之谮（原作漫阔之潜），原非一日矣。若无此一番更变，不独终无散场之局，且亦大不近乎情理。况此亦是（原作此）余旧日目睹亲闻（原作问），作者身历之现成文字，非搜造而成者，故迥不与小说之离合悲欢窠臼（原作旧）相对。想遭零（原作令）落之大族儿孙（原作见子）见此，虽（原作难）事有各殊，然其情理似亦有默（原作点）契于心者焉。此一段不独批此，直从"抄检（原作妙脸）大观园"及"贾母对月兴（原作典）尽生悲"，皆可附者也。说毕，茶也不吃，遂带领众人又往别处去阅人。暂且说不到后文。

如今且说宝玉只当王夫人不过来搜检，即搜检，也无甚大事，谁知竟这样雷嗔电怒的来了。所责之事皆系平日私语，一字不错，料必不能挽回的。虽心下恨不能一死，但王夫人盛怒之际，自不敢多言一句，多动一步，一直跟王夫人到沁芳亭。王夫人命："回去好生念念那书，仔细明儿问你。才已发下狠了。"

宝玉听如此说[十]，方回来，一路打算："谁这样犯舌？况这里事也无人知道，如何就都[十一]说着了？"一面想，一面进来，只见袭人在那里垂泪。且去了心上第一个人，岂不伤心，便倒在床上也哭起来。袭人知他心内别的还犹可，独有晴雯是第[十二]一件大事，乃推他劝道："哭也不中用了。你起来我告诉你，晴雯今日已经好了，他这家去，倒清净养几天。你果然舍不得他，等太太气消了，你再求老太太，慢慢叫他进来也不难。不过太太偶然信了人的谗言，一时气头上如此罢了。"宝玉哭道："我究竟不知晴雯犯了何等滔天大罪！"袭人道：庚：余亦不知。盖此等冤，实非晴雯一人也。"太太只嫌他生的太好了，未免轻佻些。在太太是深知道这样美人似的必不安静，所以很嫌他，像我们这粗粗笨笨的倒好。"宝玉道："这也罢了。咱们私自玩的话怎么也知道了？又没外人走风，这可奇怪。"袭人道："你有甚忌讳的，一时高兴了，你就不管有人没人了。我也曾使过眼色，也曾递过暗号，被那人已知道了，你反不觉。"宝玉道："怎么人人的不是太太都知道，单不挑出你和麝月、秋纹来？"袭人听了这话，心内[十三]一动，低头半日，无可回答。因慢笑道："正是呢。若论我们也有玩笑不留心的孟浪去处，怎么太太竟忘了？想是还有别事，等完了再发放我们，也未可知。"宝玉笑道："你是头一个出了名的至善至贤之人，他两个又是你[十四]陶冶教育的，焉能还有孟浪之处！只是芳官尚小，过于伶俐些，未免倚强压弱，惹人厌。四儿是我误了他，还是那年我和你拌嘴的那日起，叫上来做些细活，未免夺占了地位，故有今日。只是晴雯也是和你一样，从小儿在老太太屋里[十五]过来的，虽然他生得比人强些，也没甚么要紧。就只他的性情爽利，口角锋芒些，究竟也不曾得罪你们。想是他过于生得好了，反被这好所误。"说毕，复又哭起来。

袭人细揣此话，好似宝玉有疑他们之意，竟不好再往前劝，因叹道："天知道罢了。此时也查不出人来，白哭一会子也无益。倒是养着精神，等老太太喜欢时，回明白了再要他进来是正理。"宝玉冷笑道："你不必虚宽我的心。等到太太平服了再瞧势头去要他时，知他的那病等得等不得。他自幼上来娇生惯养，何尝受过一日委屈[十六]。他这一下去，就如[十七]同一盆才抽出来的嫩箭兰花送到猪窝里去一般。况又是一身重病，里头一肚子的闷气。他又没有亲爷娘，只有一个醉泥鳅的姑舅哥哥。他这一去时，是不惯的，那里还等得几日？知道还能见他一面两面，能不能了！"说着又越发伤心起来。

袭人笑道："可见你'只许州官放火，不许民间点灯'。我们偶然说一句略妨碍些的话，就说是不利之谈，你如今好好的咒他，是该的！他便比别人娇些，也不至这样起来！"宝玉道："不是我妄口咒他，今年春天已有兆头的。"袭人忙问何兆？宝玉道："这阶下好好的一株海棠花，竟无故死了半边，我就知有异事，果然应在他身上。"袭人听了，又笑起来，因说道："我待不说，又撑不住，你太婆婆妈妈的了。这样话，岂是你读书的男人说的？草木怎又关系起人来？若不是婆婆妈妈的，真也成了个呆子了。"宝玉叹道："你们那里知道，不但草木，凡天下之物，皆是有情有理的，也和人一样，得了知己，便极有灵验的。若用大题目比，就是孔子庙前之桧、坟前之蓍，诸葛祠前之柏，武穆王坟前之松。这都是堂堂正大随人之正气，千古不磨之物。世乱则萎，世治则荣，几千百年了，枯而复生者几次。岂不是兆应？就是小题目比，也有杨太真沉香亭之木芍药，端正楼之相思树，王昭君冢上之草，岂不也有灵验？所以这海棠亦应其人欲亡，故先就死了半边。"袭人听了这篇痴话，又可笑，又可叹，因笑道："真真的这话越发说上我的气来了。那晴雯是个什么东西，就费这样心思，比出这些人来！还有一说，他纵好[十八]，也灭不过我的次序。便是这海棠，也该先来比我，也还轮不到他。想是我要死的了。"宝玉听说，忙捂他的嘴，劝道："这是何苦！一个未清，你又这样起来。罢了，再别提这事，别弄的去了三个，再饶上一个。"袭人听说，心下暗喜道："若不如此，你也不能了局。"

宝玉乃道："从此休提起，全当他们三个死了，不过如此。况且死了的也曾有过，也没见我怎么样，总是一理。如今且说现在的，倒是把他的东西，瞒上不瞒下，悄悄的打发人送与了他。再或咱们常日积攒下的钱，拿几吊出去给他养病，也是你姊妹好了一场。"袭人听了，笑道："你太把我们看的小器了，又没人心了。这话还等你说，我才已将他素日所有的衣裳，以至各色各物，总打[十九]点下了，都放在那里。如今白日里人多眼杂，又恐生事，且等到晚上，悄悄的叫宋妈给他拿出去。我还有攒下的钱也有几吊，也给他去罢。"宝玉听了，感谢不尽。袭人笑道："我原是早已出了名的贤人，连这一点子现成的好名儿还不会买来不成！"宝玉听了他方才的话，忙赔笑抚慰一会。晚间果密遣宋妈送去。

庚：宝玉至终一直（原作着）全作如是想，所以始（原作此）于情终于悟（原作语）者，既能终于悟而止，则情不得滥漫而涉于淫佚之事矣。一人前事，一人了法，皆非"弃竹而复悯笋"之意。

第七十七回　俏丫鬟抱屈夭风流　美优伶斩情归水月

宝玉将一切人稳住，便独自得便[二十]出了后角门，央一个老婆子带他到晴雯家去瞧瞧。偏这婆子百般不肯，只说怕人知道，"回了太太，我还吃饭不吃！"无奈宝玉死活央告，又许他些钱，那个婆子方带了来。这晴雯当日系赖大家用银子买的，那晴雯才得十岁，尚未留头。因常跟着赖嬷嬷进来，贾母见他生得十分伶俐标致，十分喜爱。故此赖嬷嬷就孝敬了贾母使唤，后来所以到了宝玉房里。这晴雯进来时，也不记得家乡父母，只有姑舅哥哥，专能庖宰，也流落在外，故又求了赖大家的收买进来食工食。赖大家的见晴雯虽到贾母跟前，千伶百俐，嘴尖性大，在赖家却还不忘旧故，庚：只（原作口）此一句，便是晴雯正传。可知夭（原作无）晴雯为聪明风流所（原作可）害也。一篇为晴雯写传，是哭晴雯也；非哭晴雯，乃哭风流也。又将他姑舅哥哥收买进来，把家里的一个女孩子配了他。成了房后，谁知他姑舅哥哥一朝身安乐，就[二一]忘却当年流落时，任意饮酒，家小也不顾。偏又娶了个多情美色之妻，见他不顾身命，不知风月，一味死吃酒，便不免有兼葭倚玉之叹，红颜寂寞之悲。又见他器量宽宏，庚：趣极！器量宽宏（原作红）如此用，真扫地矣。并无嫉妒衾枕之意，这媳妇遂恣意纵欲，延揽满宅内的英雄，收纳才俊，上上下下，竟有一半是他"考试"过的。若问他夫妻行径，与上回所述的多浑虫多姑娘一般，这媳妇却叫做灯姑娘。庚：奇奇怪怪，左盘右旋（原作族），千丝万线（原作方缘），皆自一体也。目今晴雯只有这门亲戚，出来就住他家。

此时，他表哥往外头去了，那灯姑娘吃了晚饭，也去串门子去了，只剩下晴雯一人，在外间房内卧着。庚：总哭晴雯。宝玉命那婆子在院内瞭望，他独自掀起草帘庚："草帘"。进来，一眼就瞧见晴雯睡在芦席土炕上，庚："芦席土炕"。幸而衾枕被褥还是旧日铺的。见了心里不知自己怎么着才好，因上来含泪伸手轻轻的拉他，悄悄唤两声。当下晴雯又因着了风，又受了哥嫂的一夕话，病上加病，嗽了一日[二二]，才朦胧睡着。忽闻有人唤他，强展星眸，一见是宝玉，又惊又喜，又悲又痛，忙一把死攥住他的手。哽咽了半日，方说出半句话来："我只当今生不得见你了。"一句话未完，便咳嗽了个不住。宝玉也只有哽咽的分儿。晴雯道："阿弥陀佛，你来的很好，且把那茶倒半盏给我喝。渴了这半日，叫半个人也叫不着。"宝玉听说，忙拭泪问："茶在那里？"晴雯道："那炉台上就是。"宝玉看时，虽有个黑沙吊子，却不像个茶壶。

只得桌上去拿个碗,也大也粗,不像个茶碗,未到手内,先就闻得油膻之气。庚:不独为晴雯一哭,且为宝玉一哭亦可。宝玉只得拿了来,先拿些水洗了两次,后又用水汕了两遍,方提起茶壶斟了半碗。看时,绛红颜色,也太不成茶了。晴雯扶枕道:"快递给我喝一口罢!这就是茶了。那里比得咱们的茶!"宝玉听说,先自己尝了一口,并无清香,只一味苦涩,略有茶意而已。尝毕,方递与晴雯。只见晴雯如得了甘露一般,一气都灌下去了。宝玉心下暗道:"往常那样好茶,他尚有不如意之处,今日这样。看来,可知古人说的'饱饫烹宰,饥餍糟糠',又道'饭饱弄粥',可见都不错了。"庚:妙!通篇宝玉最恶(原作要)书者,每因女子之所历始信其可,此谓触类旁通之妙诀(原作快)矣。一面想,一面流泪问道:"你有什么话,趁着没人告诉我。"

晴雯呜咽道:"有什么可说的!不过挨一刻是一刻,挨一日是一日。我已知道横竖不过三五日的光景,我就好回去了。只是一件,我死也不甘心的:我虽生的比人略好些,并没有私情密意勾引你怎样,如何一口死咬定了我是狐狸精!我太不服。今日既已担了虚名,而且临死,不是我说句后悔的话,早知如此,我当日也另有个道理。不料痴心痴意,只说大家横竖是在一处。不想平空里生出这一节话来,有冤无处诉!"说毕又哭。

宝玉拉着他的手,只觉骨如枯柴,腕上犹戴着四个银镯,因泣道:"且卸下这个来,等好了再戴上罢。"因与他卸下来,塞在枕下。又说:"可惜这两个指甲,好容易长了二寸长,这一[二三]病好了,又损好些。"晴雯拭泪,就伸手取剪子,将左手上两根葱管一般的指甲都齐根铰下,又伸手向被内将贴身穿着一件旧红绫袄脱下,并指甲都与宝玉道:"这个你收了,以后就如见我一般,快把你的袄儿脱下来我穿。我将来在棺材内躺着,也就像还在怡红院的一样了。论理不该如此,只是担了虚名,我也是无可如何了。"宝玉听说,忙宽衣换上,藏了指甲。晴雯又哭道:"回去他们看见要问,不必撒谎,就说是我的。既担了虚名,率性如此,也不过……"列:晴雯此举胜袭人多矣。真一字一哭也,又何必鱼水相得而后为情哉?

一语未了,只见他嫂子笑嘻嘻掀帘进来,说道:"好呀,你两个的话,我已都听见了。"又向宝玉道:"你一个做主子的,跑到下人房里做什么?看我年轻又俊,敢是来调戏我么?"宝玉听说,忙赔笑央

第七十七回　俏丫鬟抱屈夭风流　美优伶斩情归水月

道："好姐姐，快别大声。他伏侍我一场，我私自出来瞧瞧他。"灯姑娘便一手拉了宝玉进里间来，笑道："你不叫我嚷也容易，只是依我一件事。"说着，便坐在炕沿上，却紧紧的将宝玉搂入怀中。宝玉如何见过这个，心内早突突的跳起来了[二四]，急的满面红涨，只说："好姐姐，别闹。"（庚：如闻（原作问）如见。"别闹"二字活跳。）灯姑娘亦斜醉眼，笑道："呸！成日家听见你风月场中惯作工夫的，怎今日就反讪起来？"宝玉红了脸，笑道："姐姐放手，有话好说。外头有婆子，听见什么意思。"灯姑娘笑道："我早进来了，已叫那婆子去园子门等你。我等什么似的，今儿等着了你。虽然闻名，不如见面，空长了一个好模样儿，竟是个没药性的爆竹，只好装幌子罢了，倒比我还发讪怕羞。可知人的嘴一概听不得的。就比如方才我们小姑下来，我也料定你们素日偷鸡摸狗，我进来一会在窗外细听，屋内只你二人，若有偷鸡盗狗的事，岂有不谈及于此，谁知你两个竟还是各[二五]不相扰的。可知天下委屈事也不少，如今我反后悔错怪了你们。既然如此，你但放心；以后你只管来，我不啰唣你。"

宝玉听说，才放下心来，方起身整衣央道："好姐姐，你千万照看他两天。我如今去了。"说毕出来，又告诉晴雯。二人自是依依不舍，也少不得一别。晴雯知宝玉难行，遂用被蒙头，总不理他，宝玉方出来。意欲到芳官、四儿处去，无奈天黑，出来了半日，恐里面找他不见，又恐生事，遂且进园来了，明日再作计较。因乃至后角门看时，只见角门上小厮正抱铺盖，里边嬷嬷们正查人，若再迟一步儿，门就关了。

宝玉进入园中，且喜无人知道。到了自己房中，告诉袭人只说在薛姨妈家去的，也就罢了。一时铺床，袭人不得不问今日怎么睡。宝玉道："不管怎么睡罢了。"原来这一二年间袭人因王夫人看重了他，他越发自尊自重。凡背人之处，或夜晚之间，总不与宝玉狎昵，比先幼时反倒疏远了。况虽无大事办理，然一应针线并宝玉及诸小丫头们凡出入银钱衣履事务，也甚烦琐；且有失血旧症虽愈，每因劳碌风寒所感，即嗽中带血，故迩来夜间总不与宝玉同房。宝玉夜间常醒，又极胆小，每醒必唤人。因晴雯睡卧警心，且举动轻便，故夜间一应茶水起坐呼唤之事皆系委他一人，所以宝玉外床只是他睡。今他去了，袭人只得要问，因思此任比日间要紧之意。宝玉既答不管怎样，袭人只得还依旧年之例，遂仍将自己铺盖搬来设于床外。

宝玉发了一晚上呆。庚：一句，足矣。及催他睡下，袭人等也都睡后，听着宝玉在炕上长吁短叹，复去翻来，直至三更以后[二六]，方渐渐的安顿了，略有鼾声。袭人方放心，也就朦胧睡着。没半盏茶时，只听宝玉叫"晴雯"。袭人忙睁开眼连声答应，问做什么。宝玉因要吃茶。袭人忙下去向盆内蘸过手，从暖壶内倒了半盏茶来吃过。宝玉乃笑道，庚："笑"字好极，有文章，盖恐冷落袭人也。"我近来叫惯了他，却忘了是你。"袭人笑道："他乍来时，你也是睡梦中直叫我，半年后才改了。我知道这晴雯人虽去了，只怕这两个字是不能去的。"说着，大家又卧下。宝玉又翻转了一个更次，至五更方睡去时，只见晴雯从外头走来，仍是往日形景，进来哭向宝玉道："你们好生过罢，我从此就别过了。"说毕，翻身便走。宝玉忙叫时，又将袭人叫醒。袭人还只当他惯了口乱叫，却见宝玉哭了，说道："晴雯死了。"袭人笑道："这是那里话！你就知道胡闹，被人听着什么意思！"宝玉那里肯听，恨不得一时亮了就遣人去问信。

及至亮时，就有王夫人房里小丫头立刻叫开前角门传王夫人的话："'即时叫起宝玉，快洗脸，穿了衣裳，因今儿有人请老爷寻秋赏桂花，老爷因喜欢他前儿作得诗好，故此要带他去。'这都是太太的话，一句别错了。你们快飞告诉，立逼他快来，老爷在上房里还等他们吃面茶呢。环哥儿已经来了。再着一个人去叫兰哥儿，也要带他去呢，这等说。"

里面的婆子听一句，应一句，一面扣纽子，一面开门。一面早有两三个人一行扣衣裳，一行分头去叫。袭人听得叩院门，便知有事，忙一面命人问时，自己已起来了。听得这话，忙着叫人来舀了面汤，催宝玉起来盥漱。他自去取衣服。因思跟贾政出门，便不肯拿出十分出色的新鲜衣履来，只拿那二等成色的来。宝玉此时亦无法，只得忙忙的前来。果然贾政在那里吃茶呢，十分喜悦。宝玉忙行了省晨之礼。贾环、贾兰二人也都见过了宝玉。贾政命他坐了吃茶，向环、兰二人道："宝玉读书不如你两个，论题联和诗这种聪明，你们皆不及他。今日此去,未免强你们作诗,宝玉须得帮助他们两个。"王夫人等自来不曾听见这等考语,真是意外之喜。

　　一时候,他父子四人去了,方欲过贾母这边来时,就有芳官等三人的干娘走来,回说:"芳官自那日蒙太太的恩典赏了出去,他就疯了似的,茶也不吃,饭也不吃,勾引上藕官、蕊官,三人寻死觅活,只要剪了头发做尼姑。我只当是小孩子家一时出去不惯也是有的,不过隔两日就好了。谁知越闹越凶,打骂着也不怕。实在没法,所以来求太太,或是就依他们做尼姑去,或教导他们一顿,赏给别人做女儿去罢,我们也没这福。"王夫人听了道:"胡说!那里由得他们起来,佛门也是轻易进入得的!每人打一顿给他们,看还闹不闹了!"

　　当下因八月十五日各庙内上供去,皆有各庙内的尼姑来送供尖之例,王夫人曾留下水月庵的智通与地藏庵的圆信住两日,至今未回,听得此信,巴不得又拐两个女孩子去好做活使唤,因都向王夫人道:"太太府上到底是善人家。因太太好善,所以感得这些小姑娘们皆如此。虽说佛门轻易难入,也要知道佛法平等。我佛立愿,原是连一切众生无论鸡犬皆要度脱他。无奈迷人不醒。若果有善根能醒悟,即可以超脱轮回。所以如今现有虎狼蛇虫得道的就不少。如今这三个姑娘既然无父母,家乡又远,他们既经过了这富贵,又想从小儿命苦入了这风流行次,将来知道终身怎样,所以苦海回头,立意出家,修修来世,也是他们的高意。太太别要阻他善念。"

　　王夫人原是个好善的,先听彼等之语不肯听其自由者,因思芳官等不过皆系小儿女,一时不遂意之谈,但恐将来熬不得清净,反致获罪。今听了这两个姑子的话大近情理,且近日家中多故,又有邢夫人遣人来知会,明日接迎春家去住两日,以备人家相看。且又有官媒婆来求说探春等事,心绪甚烦,那里着意在这些小事上。既听此言,便笑答道:"你两个既这等说,你们就带了做徒弟去如何呢?"姑子们听了,念一声佛道:"善哉!善哉!若如此,可是你老人家的阴德不小。"说毕,便稽首拜谢。王夫人道:"既这样,你们问他们去。若果真心,即上来当着我拜了师父去罢。"

　　这三个女人听了出去,果然将他三人带来。王夫人问之再三,他们已是立定主意,遂与两个姑子叩了头,又拜辞了王夫人。王夫人见他们意皆决断，知不可强了，反倒伤心可怜，忙命人取了些东西来都赏了他们，又送了两个姑子些礼物。从此芳官跟了水月庵的智通，蕊官、藕官二人跟了地藏庵的圆信，出家去了。再听下回分解。

【总评】看晴雯与宝玉永绝一段，的是销魂文字。看宝玉几番呆论，真是至诚种子。看宝玉给晴雯斟茶，又真是呆公子。前文叙袭人奔丧时，宝玉夜来吃茶先呼袭人，此又夜来吃茶先呼晴雯。字字龙跳天门，虎卧凤阙；语语婴儿恋母，稚鸟寻巢。

校　记：

［一］原文无"早已用完了"一句，据庚辰本补。
［二］原文无"然"字，据庚辰本补。
［三］原文无"亲"字，据庚辰本补。
［四］原文无"卖油的娘子水梳头"一句，据庚辰本补。
［五］原文无"说"字，据庚辰本补。
［六］原文无"等"字，据庚辰本补。
［七］原文无"怎么这些人"一句，据庚辰本补。
［八］原文无"门"字，据庚辰本补。
［九］此处的"不尽"二字，原文为"不禁"，据庚辰本改。
［十］原文无"说"字，据庚辰本补。
［十一］此处的"都"字，原文为"多"，据庚辰本改。
［十二］原文无"第"字，据庚辰本补。
［十三］此处的"心内"二字，原文为"心"，据庚辰本改。
［十四］原文无"你"字，据庚辰本补。
［十五］原文无"在老太太屋里"数字，据庚辰本补。
［十六］此处庚辰本有"连我知道他的性格，还时常冲撞了他"一句。
［十七］原文无"如"字，据庚辰本补。
［十八］此处的"纵好"二字，原文为"总好"，校者改。
［十九］原文无"打"字，据庚辰本补。
［二十］此处的"得便"二字，原文为"特便"，据庚辰本改。
［二一］原文无"就"字，据庚辰本补。
［二二］此处的"一日"二字，原文为"一口"，据蒙府本改。
［二三］原文无"一"字，据庚辰本补。

［二四］此处的"心内早突突的跳起来"数字，原文为"蚤突突的跳起来了"，据庚辰本改。

［二五］此处的"各"字，原文为"个"，据庚辰本改。

［二六］此处的"以后"二字，原文为"已后"，据庚辰本改。

第七十八回

老学士闲征姽婳词　痴公子杜撰芙蓉诔

【回前】文有宾主不可误。此文以《芙蓉诔》为主，以《姽婳词》为宾；以宝玉古歌为主，以贾环、贾兰诗绝为宾。文有宾中宾不可误。以清客作序为宾，以宝玉出游作诗为宾中宾。由虚入实，可歌可咏。

　　话说两个尼姑领了芳官等去后，王夫人便往贾母处来省晨，见贾母喜欢，便回道："宝玉屋里有个晴雯，那丫头也大了，而且病不离身；我常见他比别人分外淘气，也懒；前日又病倒了十几天，大夫瞧，说是女儿痨，所以我就赶着叫他出去了。若养好了也不用叫进来，就赏他家配人去也罢了。再那几个学戏的女孩子，我也做主意放了。一则他们都会戏，口里没轻没重，只会混说，女孩儿听了如何使得？二则他们既唱了会子戏，白放了他们，也是应该的。况丫头们也太多，若说不够，再挑上几个来也是一样。"贾母听了，点头道："这是正理，我正想着如此呢。但晴雯那丫头我看他甚好，怎么就这样起来？我的意思，这些丫头的模样、爽利、言语、针线多不及他，将来只他还可以给宝玉使唤。谁知变了性。"

第七十八回　老学士闲征姽婳词　痴公子杜撰芙蓉诔

　　王夫人笑道："老太太挑中的人原不错。只怕他命里没造化，所以得了这个病。俗语又说，'女大十八变'。况且有了本事的人，未免有调歪。老太太还有什么不曾经验过的。三年前我就留心这件事，先只取中了他，色色比人强，只是不大沉重。若说沉重知大礼，莫若袭人第一。虽说贤妻美妾，却也要性情和顺、举止沉重的更好些。就是袭人的模样虽比晴雯略次一等，然放在屋里，也算是一二等的了。况且行事大方，心地老实，这几年来，从未逢迎着宝玉淘气。凡宝玉十分胡闹的事，他只有死劝的。因此品择了二年，一点不错了，我就悄悄的把他丫头的月钱止住，我的月分银子里拿出二两银子来给他。不过使他自己知道越发小心学好之意。且不明说者，一则宝玉年轻，老爷知道了又恐说耽误了书；二则宝玉再自为已是跟前的人〔一〕，不敢劝他说他，反倒纵性起来。所以直到今日才回明了老太太。"

　　贾母听了，笑道："原来这样，如此更好了。袭人本来从小儿不言不语，我只说他是没嘴的葫芦。既是你深知，岂还有错误的。而且你这不明与宝玉的主意更好。且大家别提这事，只是心里知道罢了。我深知宝玉将来也是个不听妻妾劝的。我也解不过来，也从未见过这样孩子。别的淘气都是应该的，他这种和丫头们好却是难得。我为此也耽心，每冷眼查看他。只和丫头们闹，必是人大心大，知道男女的事了，所以爱亲近他们。既细细查试，究竟不是为此。岂不奇怪？想必他原是丫头，错投了胎不成！"说着，大家笑了。王夫人又回今日贾政如何夸奖，又如何带他们逛去，贾母听了，更加喜悦。

　　一时，只见迎春打扮了前来告辞过去。凤姐也来省晨，伺候过早饭，又笑说了一会。贾母歇晌午觉，王夫人便唤了凤姐，问他丸药可曾配好。凤姐道："还不曾呢，如今还是吃汤药。太太只管放心，我已是大好了。"庚：总是勉强。王夫人见他精神复初，也就信了。庚：只用此一句，便有（原作又）后文。因又告诉撵逐晴雯等事，又说："怎么宝丫头私自回家〔二〕睡去了，你们都不知道？我前儿顺路都查了一查。谁知兰小子这一个新进来的奶子也十分妖娆，我也不喜欢他。我也说与你嫂子，好不好叫他各自去罢。况且兰小子〔三〕又大了，用不着这些奶子。我因问你大嫂子：'宝丫头出去难道你不知道不成？'他说是告诉了他的，不过住〔四〕两三日，等你姨妈好了就进来。你姨妈究竟无甚大病，不过还是咳嗽腰疼，年年是如此的。他这去必有缘故，敢是有人得罪了他不成？那孩子心重，亲戚住一场，倒得罪他，反不好了。"凤姐笑道："谁可好好的得罪他们？他们天天在园子里面住着，左不过是他们一群人。"王夫人道："别是宝玉有口无心，孩子似的，高兴了信嘴胡说也是有的。"凤姐笑道："这可是太太过于操心了。若说他出去，说正经话、干正经事去，却像个孩子。若只叫他进来在这些姊妹跟[五]前，以至于大小的丫头们[六]跟前，最有尽让，又恐怕得罪了人，可是再不得有人恼他的。我想薛妹妹出去，想必为着前日搜检众丫头的东西的缘故。他自然为信不及园子里的人才搜检，他又是亲戚，现也有丫头老婆子在内，我们又不好搜检，他恐我们疑他，所以多了这个心，自己回避了。也是应该避嫌疑的。"

　　王夫人听了这话不错，自己遂低头想了一想，便命人请了宝钗来，分析[七]前日的事，以解他的疑心，又仍命他进来照旧居住。宝钗笑道："我原早要出去的，只是姨妈有许多的大事，所以不便来说。可巧前日母亲又不好了，家里两个靠得的女人也病着，所以我趁便出去了。姨妈今既知道了，我正好明讲出情理来，就从今日辞了好搬东西出去的。"王夫人、凤姐都笑道："你太固执了。正经仍搬进来的为是，休为无要紧的事反疏远了亲戚。"宝钗笑道："这说的话太不解了，并没为什么事我出去。我为的是妈近日神思较先大减，而且夜间晚上没有靠得的人，通共只我一个。二则我哥哥眼前娶嫂子，多少针线活计并家里一切动用的器皿，尚有未齐备的，我也须得帮着妈去料理料理。姨妈和凤姐姐都知道我们家的事，不是我撒谎。三则自我在园里，东南上小角门子就常开着，原是为我走的，保不住出入的人就图省路也从那里走，又没人盘查，设若从那里做出一件事来，岂不两碍脸面。而且我进园里来睡原不是什么大事，因前几年年纪皆小，且家里没事，有在外头的，不如进来姊妹相共，或作针线，或玩笑，皆比在外头闷坐着不好么？但如今彼此都大了，也都有事。况[八]姨妈这边，历年皆遇不遂心的事故，那园子也太大，一时照顾不到，皆有关系，惟有少几个人儿，就可以少操些心。所以今日不但我执意辞去，此后还要劝姨妈该减些的也就减些罢，也不会失了大家子的体面。据我看，园子里的这一项费用也竟可以免的，说不得当日的话。

第七十八回　老学士闲征姽婳词　痴公子杜撰芙蓉诔

姨妈深知我家的，难道我们家当日也是这等零落不成？"凤姐听了这篇话，便向王夫人道："这话依我说，便不必强他了。"王夫人点头道："我也无可回答，只好随你的便罢了。"

说话之间，只见宝玉等已回来，因说父亲还未散："恐天黑了，所以先叫我们回来了。王夫人忙问道："今日可曾丢了丑？"宝玉道："不但不丢丑，倒拐了东西来了。"接着，就有老婆子们从二门上小厮们手里接了东西来。王夫人看时，只见扇子三把，扇坠三个，笔墨共六匣，香珠三串，玉套环三个。宝玉说道："这是梅翰林送的，那是杨侍郎送的，这是李员外送的，每人一份。"说着，又向怀中取出一个旃檀香的小护身佛来，说："这是庆国公单给我的。"王夫人又问在席何人、作何诗词，宝玉一一答应毕，只将宝玉一分令人拿着，同宝玉、环、兰前来见过贾母。贾母看了，喜欢不尽，不免又问些话。无奈宝玉一心记挂着晴雯，答应完了话时，便说骑马颠了，骨头疼。贾母说："快回房里换了衣服，疏散疏散就好了，不许睡倒。"宝玉听了，便忙入园来。

当下麝月、秋纹已带了两个丫头来等候，见宝玉出来，秋纹便将笔墨拿起，一同随来。宝玉满口里说"好热"，一壁走，一壁便摘冠解带，将外面的大衣服都脱下来，麝月拿着，〖庚：看他用智之处。〗只穿着一件松花绿绫子夹袄，内露出血点般大红裤子来。秋纹见这条裤子是晴雯做的，因叹道："这条裤子以后收了罢，真是物在人不在了。"麝月忙道："这是晴雯的〖九〗针线么？"又叹道："真是物在人亡了！"秋纹将麝月拉了一把，笑道："这裤子配着松花袄儿、石青靴子，越显出这靛青头皮，雪白的脸来了。"宝玉在前只装听不见，又走了两步，便止住步道："我要走一走，这怎么好？"麝月道："大白日里，还怕什么？还怕丢了你不成！"因叫两个小丫头跟着："我们送了这些东西去再来。〖十〗"宝玉道："好姐姐，等我一等再去。"麝月道："我们去了就来。两个人手里都有东西，倒象摆执事的，一个捧着文房四宝，一个捧着冠袍带履，成个什么样子。"宝玉听说，正中心怀，便让他两个去了。

他便带了两个小丫头到一石后，也不怎么样，只问他二人道："自我去了，你袭人姐姐可打发人瞧晴雯姐姐去了不曾？"这一个答道:"打发宋妈妈瞧去了。"宝玉道:"回来说什么?"小丫头道:"回来说晴雯姐姐直着脖子叫了一夜,今儿早起就闭了眼,住了口,人事不知,也出不得一声儿了,只有倒气的分儿了。"宝玉忙道:"一夜叫的是谁?"小丫头子说:"一夜只叫他娘。"宝玉拭泪道:"他还叫谁?"〔十一〕小丫头子道:"没有听见叫别人。"宝玉道:"你糊涂,想必没听真。"

旁边那小丫头子最伶俐,听见宝玉如此说,便来说道:"真个他糊涂。"又向宝玉道:"不但我听得真切,我还亲自偷着看他去的。"宝玉听说,忙问:"你怎么又亲自看他去?"小丫头道:"我因想晴雯姐姐素日与别人不同,待我们极好。如今他虽受了委屈出去了,我们不能别的,只去瞧瞧他,也不枉了素日疼我们一场。就是太太知道了,打我一顿,也是愿受的。所以我拼着挨一顿打,偷着下去瞧瞧他。谁知他生平为人聪明,至死不变。也因他想着那起人不可说话,所以只闭眼养神,见我去了,睁开眼,拉着我的手问:'宝玉那去了?'我告诉实情。他叹了一口气说:'不能见了。'我就说:'姐姐何不等一等他回来见一面,岂不两完愿心?'他就笑道:'你们不知道。我不是死,如今天上〔十二〕少了一位花神星,敕命着我去司主。我如今在未正二刻到任司花,那宝玉须待未正三刻才到家,只少得一刻的工夫,不能见面。世上凡该死之人阎君勾取了过去,是差些小鬼来提人魂。若要迟延一时半刻,不过烧些纸钱浇些浆水,那鬼只顾抢钱去了,该死的人可就多待些工夫①。庚:好!奇之至!"又,从来皆说"阎王注定三更死,谁能留人至五更"之语。庚:今忽借此小女儿一篇无稽之谈,反成无人敢翻之案,且又寓意调侃,骂尽世态(原作熊),岂非文章之至(原作之至文章)耶?寄语观者:至此不(原作一)浮一大白者,以后不必看书也。我这如今是天上的神仙来召请,岂可挨得时刻!'我听了这话,竟不大信,至回来看表时,果然是未时正二刻他咽了气,正三刻上就有人来叫我们,说你来了。这时候倒都对合。"

宝玉忙道:"你不识字看书,所以不知道。这原是有的,不但花

---

① **靖眉**:古来皆说"阎王注定三更死,谁能留人至五更"。今忽以小女儿一番无稽之谈,反(原作及)成无人敢翻之案,且寓调侃世人之意,骂尽世态,岂(原作真)非绝妙之文?寄(原作可)语观者浮一大(原无)白后,不必看书了。

第七十八回 老学士闲征姽婳词 痴公子杜撰芙蓉诔

有一个神，一样花有一位神之外，还有总花神。"这丫头听了一时发呆。宝玉又问道："但不知是他做总花神去了，还是他单管一样的花神？"这丫头听了，一时诌不出来。恰好这是八月节，园中芙蓉正开。这丫头见景生情，忙答道："我曾问他是管什么花的神，告诉我们日后也好供养的。他说：'天机不可泄漏。你既这样虔诚，我告诉你，只可告诉宝玉一人。除他之外，若泄了天机，五雷就来轰顶。'他就告诉我说，他是单管芙蓉花的。"宝玉听了这话，不但不为怪，亦且去愁而生喜，乃指芙蓉花笑道："此花也须得这样一个人司掌。我就说他〔十三〕那样人，必有一番事业做的。虽然临终未见，如今且去灵前一拜，也算尽这五六年的情肠。"

想毕，忙至房中，又另穿戴了，只说去看黛玉，遂一径出园来，往前日之处去〔十四〕，意谓停灵在内。谁知他哥嫂见他一咽气便回了进去，希图得几两发送例银。王夫人闻知，便就赏了十两银子，又命："即刻送到外头焚化了罢。女儿痨死的，断不可留！"他哥嫂听了这话，一面就雇了人来入殓，抬往城外化人厂去了。剩的衣履簪环，还有三四百金之数，他兄嫂自收了为日后之计。二人将门锁上，一同送殡去未回。宝玉走来扑了个空。庚：收拾晴雯，故为红颜一哭，然亦大令人不堪。□□上云：王夫人怕女儿痨不祥（原作详），今则忽从宝玉心中道（原无）其苦。□□又非模拟得出（原作模拟出非），是已悒郁其（原无）词，其母子至心中体贴眷爱之情，曲委已尽。

宝玉发怔，自立了半天，别没法儿，只得翻身进入园中。待回自房，甚觉无趣，因乃顺路来找黛玉。偏他不在房中，问问丫头，说："往宝姑娘那里去了。"宝玉又到蘅芜苑中，只见寂静无人，房内搬的空空落落的，不觉吃了一大惊。忽见几个老婆子走来，宝玉忙问这是什么缘故〔十五〕。老婆子道："宝姑娘出去了。这里交给我们看着，还没有搬清楚呢。我们帮着送了些东西去，这也就完了。你老人家请出去罢，让我们扫扫灰尘也好，从此你老人家也省跑这一处的腿子了。"宝玉听了，怔了半响，看着那院中的香藤异蔓，仍翠翠青青，忽比昨日好似改作凄凉一派，更又添了伤感。默默出来，又见门外的一条翠樾埭上也半日无人往来，不似当日各房中的丫鬟不约而来者络绎不绝。又俯身看那埭下水，仍是溶溶脉脉的流将过去。心下因想："天地间竟有这样无情的事！"悲感一番，忽又想到去了司棋、入画、芳官等五个，死了晴雯，今又去了宝钗，迎春虽尚未去，然连日也不见回来，且接连有媒人来求亲：大约园中之人不久都要散的了。纵生烦恼，也无济于[十六]事。不如还找黛玉去相伴一时，回来还是和袭人厮混，只这两三个人，只怕还是同死同归的。想毕，仍往潇湘馆来，偏黛玉尚未回来。宝玉想亦当出去送送晴雯才是，无奈又怕悲感，还是不去的好，遂又垂头丧气的回来。

正在不知所以之际，忽见王夫人的丫头进来找他说："老爷回来了，找你呢，又得了好题目来了。快走，快走！"宝玉听了，只得跟了出来。到王夫人房中，贾政已出去了。王夫人命人送宝玉到书房去。

彼时贾政正与众幕友谈论寻秋之胜，又说："临散时忽然谈及一事，最是千古佳谈，'风流俊逸，忠义慷慨'八字皆备，倒是个好题目，大家都要作一首挽词。"众人听了，都忙请教是何等妙题。贾政乃说："近日有一位恒王，出镇青州，这王最喜女色，且公余好武，因选了许多美女，日习武事。每公余辄开宴，日会众女习战斗攻拔之事。其姬中有一姓林行四者，姿色既冠，且武艺更精，皆呼为林四娘。恒王最得意，遂超拔林四娘统辖诸姬，又呼为'姽婳将军'。"众清客都称"妙极神奇。竟以'姽婳'下加'将军'二字，更觉妩媚风流，真绝世奇文。想这恒王也是第一风流人物了。"贾政笑道："这是自然如此，但更有可奇可叹之事。"众清客都骇然惊问道："不知何等奇事？"贾政道："谁知次年便有'黄巾'、'赤眉'一干流贼余党复又乌合，抢掠山左一带。

庚：妙！赤眉、黄巾两时之事（原作时），今合而为一，盖云不（原作一）过是此等众类，非特历历指名某赤某黄。若云不合两用，便呆矣。此书全是如此，为混人也。

恒王意为犬羊之恶，不足大举，因轻骑前剿。不意贼众颇有诡谲智术，恒王两战不胜，遂为贼众所杀。于是青州府内文武官员，各各皆谓'王尚不胜，尔我何为！'遂有献城之举。林四娘得闻凶信，遂集聚众女将，发令说道：'你我皆向蒙王恩，戴天履地，不能报其万一。今王既殒身国事，我意亦当殒身于王。尔等有愿随者，即时同我前往，同一死战；如不愿者，亦早各散。'众女将听他这样，都一齐说愿去。于是林四娘带领众人连夜出城，直杀至贼营。众贼不防，竟被斩戮了几员首贼。然贼见不过是几个女人，料不济事，遂回戈奋力一阵，把林四娘等一个不曾留下，倒作成了林四娘

第七十八回　老学士闲征姽婳词　痴公子杜撰芙蓉诔

的一片忠义之志。后来报至中都，自天子以至百官，无不惊骇道奇。后朝中方遣将去剿灭了。其事不必深论。只就这林四娘一节，众位听了，可羡不可羡？"众幕友都叹道："实是可羡可奇！果是个妙题，原该大家挽一挽才是。"说着，一清客按贾政口中之言稍加改易，写成了一篇短序，贾政看道："不过如此。他们却原是有序。因送往礼部去了，未曾抄得来。"大家听了这新闻，都要作一首《姽婳词》。

说话之间，贾环叔侄亦到。贾政命他们看了题目。他两个虽则能诗，相去宝玉不远，但一件他二人终是别途，若论举业一道，似高过宝玉，若论杂学，则远不及；况他二人才思滞钝，不及宝玉空灵，每作诗亦如八股之法，未免拘板庸涩。宝玉虽不算是个读书人，然他天性聪明，且素喜[十七]好些杂书，他自谓古人中也有杜撰的，也有误失处，拘较不得许多；若只管怕前怕后起来，堆砌成篇，也觉得甚没趣味。因心里怀着这念头，每见一题，不拘难易，他便毫无费力之处，就如世上的油嘴滑舌之人，无风作有，信着伶口俐舌，长篇大论，胡扳乱扯，诌出一篇话来。虽无稽考，却都说得四座春风。虽有正言厉语之人，亦不得压倒这一种风流去的。

近日贾政年迈，名利亦渐冷，然起初天性也是个诗酒放诞之人，因在子侄辈中，少不得规以正路。因见宝玉虽不读书，竟颇能解此，细评起来，也还不算十分玷辱祖宗。况母亲溺爱，遂也不以举业逼他了、所以近日是这等待他。又要环、兰二人举业之余，怎样也如宝玉才好，所以每如作诗，必将三人一齐唤来对作。庚：妙！世事皆不可无足厌，只有（原作又）"读书"二字是万不可足厌的，父母之心可不甚哉！近日（原作只）父母只怕儿子不能名利，岂不可叹乎！

闲言少叙。且说贾政又命三人各作一首，先成者赏，佳者额外加赏。环、兰二人近日当着多人皆作过几首了，胆气愈壮，看了这题目，遂自去思索。一时，贾兰先有了。贾环生恐落后也就有了。二人皆已录出，宝玉尚出神呢。庚：妙！偏（原作篇）写出钝态（原作熊）来。贾政同众人且看他二人的二首。贾兰是一首七言绝句，写道是：

　　姽婳将军林四娘，玉为肌骨铁为肠，
　　捐躯自报恒王后，此日青州土亦香。

众幕友看了，便皆大赞："小哥儿十三岁的人就如此，可知家学渊源。"贾政笑道："稚子口角，也还难为他。"又看贾环的，是首五言律，写道是：

> 红粉不知愁，将军意未休。
> 掩啼离绣幕，抱恨出青州。
> 自谓酬王德，谁能复寇仇。
> 诗题忠义墓，千古独风流。

众人道："更佳。倒底是大几岁年纪，主意又自不同。"贾政道："倒还不大甚错，终不恳切。"众人道："就罢了。三爷才大不多两岁，俱在未冠之时，如此用了功去，再过几年，怕不是大阮、小阮了。"贾政笑道："过奖了。只是不肯读书的过失。"

因又问宝玉怎样。众人道："二爷细心镂刻，定又是风流悲感，不同此等了。"宝玉笑道："这个题目似不称近体，须得古体，或歌或行，长篇一首，方能恳切。"众人听了，都立身点头拍手道："我说他立意不同！每一题到手，必先度其体格宜与不宜，这便是老手妙法。就如裁衣一般，未下剪时，须度其身量[十八]。这题目名曰《姽婳词》，且既有了序，必要长篇歌行方合题势。或拟温八义《击瓯歌》，或拟古词，或拟白乐天《长恨歌》，半叙半咏，流利飘逸，始能尽妙。"贾政听说，也合了主意，自提笔向宝玉笑道："你念我写。若不好了，我捶你那屁股。谁许你大言不惭了！"宝玉只得念了一句，道是：

> 恒王好武兼好色，

众幕友道："起的就有力。"贾政道："姑存之，且看他底下。"宝玉又道：

> 遂教美女习骑射。

第七十八回　老学士闲征姽婳词　痴公子杜撰芙蓉诔

> 秾歌艳舞不成欢，列阵挽戈为自得。

贾政写出，众人都道："只这第三句便古朴老健，极妙。第四句平叙出，也最得体。"贾政道："且看转的如何。"宝玉念道：

> 眼前不见尘沙起，将军俏影红灯里。

众人听了这两句，便都叫："妙极！好个'不见尘沙起'！又承一句'将军俏影红灯里'，用字用句，皆入神化了。"宝玉道：

> 叱咤声闻口舌香[十九]，霜矛雪剑娇难举。

众人听了，更拍手笑道："益发画[二十]出来了。当日敢是宝公也在座，见其娇且闻其香否？不然，何体贴至此。"宝玉笑道："闺阁习武，纵任其勇悍，怎似男人（庚：贾老在坐，故不便出"浊物"二字。妙甚，细甚！）不问而可知娇怯之形的了。"贾政道："还不快续，你又说嘴了。"宝玉听了，又想了一想，念道：

> 丁香结子芙蓉绦，

众人都道："转'绦'，潇洒更流利。而且这一句也绮靡秀媚的妙。[二一]"贾政道："只顾用这一句，底下如何能转至武事？若再多说两句，岂不蛇足了。"宝玉道："如此，底下一句转煞住，想亦可矣。"贾政冷笑道："你有多大本领？上头说了一句大开门的散话，如今又要一句连转带煞，岂不是心有余而力不足些？"宝玉听了，垂头想了一想，说了一句道：

> 不系明珠系宝刀。

忙问："这一句可使得？"众人拍案叫绝。贾政看了笑道："且放着，再续。"宝玉道："若使得，我好一气下去了。若使不得，越性涂了，我再想别的意思出来，再另措词。"贾政听了，便喝道："多话！不好

了再作,便作十篇百篇,还怕辛苦了不成!"宝玉听说,只得想了一会,便念道:

战罢夜阑心力怯,脂痕粉渍污鲛绡。

贾政道:"又一宕。底下怎样?"宝玉道:

明年流寇走山东,强吞虎豹势如蜂。

众人道:"好个'走'字!且通句精的,也不板。"宝玉又念道:

王率天兵思剿灭,一战再战不成功。
腥风吹折陇头麦,日照旌旗虎帐空。
青山寂寂水澌澌,正是恒王战死时。
雨淋[二二]白骨血染草,月冷黄沙鬼守尸。

众人都道:"妙极,妙极!布置、叙事、词藻,无不尽美。且看如何至四娘,必另有妙转。"宝玉又念道:

纷纷将士只保身,青州眼见皆灰尘,
不期忠义明闺阁,愤起恒王得意人。

众人都[二三]道:"铺叙得委婉。"贾政道:"太多了,底下只怕累赘呢。"宝玉乃又念道:

恒王得意数谁行,就是[二四]将军林四娘,
号令秦姬驱赵女,艳李秾桃临战场。
绣鞍有泪春愁重,铁甲无声夜气凉。
胜负自然难预定,誓盟生死报前王。
贼势猖獗不可敌,柳折花残实可伤,
魂依城郭家乡近,马践胭脂骨髓香。

第七十八回　老学士闲征姽嫿词　痴公子杜撰芙蓉诔

　　星驰电报[二五]入京师，谁家儿女不伤悲！
　　天子惊慌恨失守，此时文武皆垂首。
　　何事文武立朝纲，不及闺中林四娘！
　　我为四娘长太息，歌成余意尚傍徨。

　　念毕，众人大赞不止，都从头看了一遍。贾政笑道："虽然说了几句，到底不大恳切。"因说："去罢。"三人如得了赦的一般，一齐出来，各自回家。

　　众人皆无别话，独有宝玉一心凄楚，回至园中，猛看见池上芙蓉，想起小丫鬟说晴雯做了芙蓉之神，不觉又喜欢起来，乃看着芙蓉嗟叹了一会。忽又想起死后并未至灵前一祭，如今何不在芙蓉之前一祭，岂不尽了礼，比俗人去灵前祭吊又更觉别致。想毕，便欲行礼。忽又止住道："虽如此，也不可太草率了，也须得衣冠齐整，奠仪周备，方为诚敬。"想了一想，"如今若学世俗之奠礼，断然不可；也还别开生面，另立个排场，风流奇异，于世无涉，方不负我二人之为人。况且古人有云：'潢污行潦，蘋蘩蕴藻之贱，可以羞王公，荐鬼神。'原不在物之贵贱，全在心之诚敬而已。此其一也。二则诔文挽词也须另出己见，自放手眼，亦不可蹈袭前人套头，填几字搪塞耳目之文。亦必须洒泪泣血，一字一咽，一句一啼，宁使文不足，悲有余方是，不可尚文藻而反失悲切。况且古人多有微词，非自我今作俑。无奈今之人，全切于功名二字，故尚古之风，一洗皆尽，恐不合时宜，于功名有碍之故也。我又不希罕那功名，我又不为世人观阅称赞，何必不远师楚人之《大言》[二六]、《招魂》、《离骚》、《九辩》[二七]、《枯树》、《问难》[二八]、《秋水》、《大人先生传》等法，或杂参单句，或偶成短联，或用实典，或设譬喻，随其所之，信笔而去，喜则以文为戏，悲则以言志痛，辞达意尽为止，何必若世俗之拘拘于绳尺之间哉！"宝玉本是个不读书之人，再心中有了这片歪意，怎得有好诗好文作出来。他自己却任意纂著，并不为人知慕，所以大肆妄诞之，竟[二九]杜撰成一篇长文。用晴雯素日所喜之冰鲛縠一幅，楷字写成，名曰《芙蓉女儿诔》，前序后歌。又备四样晴雯所喜之物，于是夜月下，命那小丫头捧至芙蓉花之前，先行了礼，将那诔文即挂于芙蓉枝上，乃[三十]泣涕念曰：庚：诸君阅至此，只当一笑话看去，便可醒倦。

惟太平不易之元，庚：年便奇。蓉桂竞芳之月，庚：是八月。无可奈何之日。庚：日更奇，细思日（原作月）何难于说真某某，今偏用如此说，则可知矣。怡红院浊玉庚：自谦的更奇。盖常以浊字评（原作许）天下之男子，竟自谓。所谓以责人之心责己矣。谨以群花之蕊、庚：奇香。冰鲛之縠、庚：奇奠。沁芳之泉、庚：奇泉。枫露之茗，庚：奇茗（原作名）。四者虽微，聊以达诚申信。乃致祭于白帝宫中抚司秋艳芙蓉女儿之前，庚：奇称。曰：

窃思女儿自临浊世，庚：世不浊，因（原作内）物所混而浊也。前后便有照应。□□"女儿"称，妙！盖思普天下之称，断不能有如此二字之清洁者，亦是宝玉之真心。迄今凡十有六载。庚：方十六岁而夭，亦伤矣。其先之乡籍姓氏，湮没而莫能考者久矣。庚：忽又有此文不可，后来亦可伤矣。而玉得于衾枕栉沐之间，栖息晏游之夕，亲昵狎亵，相与共处者，仅[三一]五年八月有畸。庚：相共不足六载，一旦夭别，岂不可伤！

忆女儿襄生之昔[三二]，其为质则金玉不足喻其贵，其为性则冰雪不足喻其洁，其为神则星日不足喻其精，其为貌则花月不足喻其色。姊妹悉慕幽娴，妪媪咸仰惠德。

孰料鸠鸩恶其高，鹰鸷翻遭罦罬；庚：《离骚》："鸷鸟之不群兮（原作分）。"又："吾（原作语）令鸩为媒兮，鸩告余以不好。雄（原作鸩）鸠之鸣逝兮（原作分），余犹（原无）恶其（原作真）佻巧（原作轻佻）。"注：鸷（原作鹜），特立不群，故不群，故不豫（原作于）。鸩羽毒杀人。雄（原无）鸠多声，有如人之多言不实。罦罬，音孚拙，翻车网（原作毕绸）。《诗经》："雉罹于罦。"《尔雅》："罬（原作罬）谓之罦。"葠葹妒其臭，茞、兰竟被芟荑！庚：《离骚》葠葹皆恶草，以辨（原作便）邪佞（原作接）；茞兰：芳草，以别君子。花原自怯，岂耐狂飚；柳本多愁，何禁骤雨。偶遭蛊虿之谗，遂抱膏肓[三三]之疚。故尔樱唇红褪，韵吐呻吟；杏脸香枯，色陈顾颔。庚：《离骚》："长顾颔亦何伤。"面诼谣謑诟，出自屏帏；荆棘蓬榛，蔓延户牖。岂招尤则替，实攘诟而终。庚：《离骚》："朝谇（原作许）夕替。"替，废也。"忍（原作恐）尤而攘（原作相）诟。"诟同诟。攘，取也。既忳[三四]幽沉于不尽，复含屈于无穷。高标见嫉，闺帏恨比长沙；庚：汲黯辈嫉贾谊之才，谪（原作谣）贬长沙。直烈遭危，巾帼惨于羽野。庚：鲧（原作鲛）刚直（原作真）自命，舜殛于羽山。离骚曰："鲧婞直（原作鲛悻真）以亡身兮（原作身之兮），终然夭（原作大）乎羽之野。"自蓄辛酸，谁怜夭折！仙云既散，芳趾难寻。洲迷聚窟，何来却死之香[三五]？海失灵槎，不获回生之药。

眉黛烟青，昨犹我画；指环玉冷，今倩谁温？鼎炉之剩药犹存，襟泪之余痕尚渍。镜分鸾别，愁开麝月之奁；梳化龙飞，哀折檀云之齿。委金钿于草莽，松[三六]翠匐于尘埃。楼空鳷鹊，徒悬七夕之针；带断鸳鸯，谁续五丝之缕？

况乃金天届节，白帝司权。孤衾有梦，空室无人。桐阶月暗，芳魂与倩[三七]影同消；蓉帐香残，娇喘共细言皆息[三八]。连天衰草，岂独蒹葭；匝地悲声，无非蟋蟀。露台晚砌，穿帘不度寒砧；雨洒秋垣，隔院悉闻怨笛。芳名未泯，檐前鹦鹉犹呼；艳质将亡，槛外海棠预老。庚：恰极。埋香屏后，莲瓣无声；

庚：无微之诗：
"小楼深迷藏。"

斗草庭前，兰芽罔苗。抛残绣线，银笺彩缕谁裁？折断冰丝，金斗御香未熨。

昨承严命，既趋车而远涉芳园；今犯慈威，复泣杖而遽抛孤柩，及闻椟棺被焚，惭违共穴之盟。石椁成灾，愧逮同灰之诮。

庚：唐诗云："先开石棺，木可为棺。"晋杨公回诗云："生为（原作回）并身物（原作杨），死作同（原多同）棺灰。"

尔乃西风古寺，淹滞青磷；落日荒墟，零星白骨。秋榆飒飒，蓬艾萧萧。隔雾圹以啼猿，绕烟塍而泣鬼。自为[三九]红绡帐里，公子多情[四十]；始信黄土垄中，女儿薄命！汝南泣血，斑斑洒向西风；梓泽余哀，默默诉凭冷月。

呜呼！固鬼蜮之为灾，岂神灵而亦嫉。钳诐奴之口，罚岂从宽；剖悍妇之心，忿犹未释！庚：《庄子》："钳杨、墨之口。"《孟子》谓："诐辞知其所蔽。"在卿之尘缘虽浅，然玉之鄙意岂终。因蓄此惓惓之思，不禁谆谆之问。

始知上帝垂旌，花宫待诏，生侪兰蕙，死辖芙蓉。听小婢之言，似涉无稽；以浊玉之思，则[四一]深为有据。何也？昔叶法善摄魂以撰碑，李长吉被诏而为记。事虽相殊，其理则一也。故相物以配才。苟非其人，恶乃滥乎其位？始信上帝委托权衡，可谓至确至协，庶不负其所秉赋也。自希其不昧之灵，或陟降于花；特不揣鄙俗之词，有污慧听。乃歌而招之曰：

天何如是之苍苍兮，乘玉虬以游乎穹窿耶？庚：《楚辞》："驷玉虬以乘鹥兮。"

地何如是之茫茫兮，驾瑶象以降乎泉壤耶？　庚：《楚辞》："驾（原作杂）瑶象以为车。"

望繖盖之陆离兮，抑箕尾之光耶？

列羽葆而为前导兮，卫危虚于旁耶？

驱丰隆而为庇从兮，望舒月以临耶？　庚：危、虚二星为卫护星。丰隆：雷（原作电）师。望（原无）舒：月御也。

听车轴而伊轧兮，御鸾鹥以征耶？

闻馥郁而蔼然兮，纫蘅杜以为纕耶？

炫裙裾之烁灿[四二]兮，镂明月以为珰耶？

藉葳蕤而成坛畤兮，檠莲焰以烛兰膏耶？

文瓟匏以为觯斝兮，漉醽醁以浮桂醑耶？

瞻云气而凝眸兮，仿佛有所观耶？

俯窈窕而属耳兮，恍惚有所闻耶？

期汗漫而为天阆兮，忍捐弃余于尘埃耶？　庚：《逍遥游》：天（原作天）阆，止（原作上）也。

倩飞廉之为余驱车兮，冀联辔而携归耶？

余中心为之慨然兮，　庚：《庄子·至乐篇》："我独何能无慨然。"　徒嗷嗷而何为耶？

庚：《庄子》："嗷嗷然（原作嗷嗷善）随而哭之（原作子）。"

卿偃然长寝兮，岂天运之变于斯耶？　庚：《庄子》："偃然（原作善）寝于巨室"，谓人死也。又："变而有（原无）气。气变而有形，形变之有生，今又变而（原无）之死，是相与为春秋冬夏。四行时也。"《天道篇（原作变）》："其死也物化。"

既窀穸且安稳兮，反其真而复奚化耶？　庚：窀音（原作夂）肫。《左传》："窀穸之事"，墓穴幽堂也。左贵嫔（原作殡）《杨后（原作石）诔》："早即窀穸。"《庄子·大（原作太）宗师（原作归）》："而已其（原作以反）真。"注："以死为真。"

余从[四三]桎梏[四四]而悬附兮，灵格余[四五]以嗟来耶？

庚：《庄子·大宗师》：桎梏（原作桔）之名。"彼（原作被）以生为悬疣附赘，以死为决（原作快）疣溃（原作溃）痈。"　"嗟来桑户乎，嗟来桑户乎！"注：桑户，人名。孟子反（原无）琴、张二人，招其魂而语之也。　"方将不化，知已化（原作恶如意）哉！"言人死犹如化去。《法华经》云："法华道师多诸（原作硃）方便，于险道中化一城（原作诚），疲极之众，入（原作人）城皆生已度想，安稳想。"

来兮止兮，卿[四六]其来耶？

若夫鸿蒙而居，寂静以处，虽临于兹，余亦莫睹。搴烟萝而为步障，列枪蒲而森行伍。警柳眼之贪眠，释莲心之味苦。素女约于桂岩，宓妃迎于兰渚。弄玉吹笙，寒簧击敔[四七]。征嵩岳之妃，启骊山之姥。龟呈洛酒之灵，兽作咸池之舞。潜赤水兮龙吟，集珠林兮凤翥。爰格爰诚，匪蒲匪苫。

发轫乎霞城，返旌乎玄圃。既显微而若通，复氤氲而倏阻。离合兮烟云，空濛兮雾雨。尘霾敛兮星高，溪山丽兮月午。何心意之怦怦[四八]，若寤寐之栩栩。余乃欷歔怅望，涕泣彷徨。人语兮寂历，天籁兮篔箮，鸟喈啾而欲下，鱼唼喋以空昂。志哀兮足祷，成礼兮期祥。呜呼哀哉！尚飨！

读毕，遂焚帛奠茗，犹依依不舍。小鬟催至再四，方才回身。忽听山石之后有一人笑道："且请留步。"二人听了，不免一惊。那小鬟回头一看，却是个人影从芙蓉花中走出来，他便大叫："不好，有鬼。晴雯真来显魂了！"唬得宝玉也忙看时，——且听下回分解。[四九]

【总评】前文入一院，必叙一番养竹种花，为诸婆争利渲（原作煊）染。此文入一院，必叙一番树枯香老，为亲眷凋零凄楚。字字实境，字字奇情，令我把玩不释。

《姽婳词》一段与前后文似断似连，如罗浮二山，烟雨为连合，时有精气来往。

校 记：

[一] 此处的"二则宝玉再自为已是跟前的人"，原文为"二则宝玉最是为自己跟前的人"，据蒙府本改。

[二] 此处的"私自回家"数字，原文为"私自己回家"，据庚辰本删去"己"字。

[三] 原文无"兰小子"三字，据庚辰本补。

[四] 原文无"过住"二字，据庚辰本补。

[五] 原文无"跟"字，据庚辰本补。

[六] 此处的"大小的丫头们"数字，原文为"大小人"，据庚辰本改。

[七] 此处的"分析"二字，原文为"分晰"，校者改。

[八] 原文无"况"字，据庚辰本补。

[九] 原文无"的"字，据庚辰本补。

[十] 此处的"我们送了这些东西去再来"句，原文为"我们送了这些东西回来"，据庚辰本改。

[十一] 原文无"小丫头子说：'一夜只叫他娘。'宝玉拭泪道：'还叫谁？'"数句，据庚辰本补。

[十二] 此处的"天上"二字，原文为"天下"，据蒙府本改。

[十三] 原文无"他"字，据庚辰本补。

[十四] 此处的"去"字，原文为"来"，据甲辰本改。

[十五] 原文无"老婆子走来，宝玉忙问这是什么缘故"一句，据庚辰本补。

[十六] 原文无"于"字，据庚辰本补。

[十七] 此处的"喜"字，原文为"习"，据庚辰本改。

[十八] 原文无"就如裁衣一般，未下剪时，须度其身量"句，据庚辰本补。

[十九] 此处的"叱咤声闻口舌香"字，蒙府本同，庚辰本为"叱咤时间口舌香"。

[二十] 此处的"画"字，原文为"化"，据庚辰本改。

[二一] 庚辰本这里有一段："贾政看了，道：'这一句不好。已写过"口舌香"，"娇难举"，何必又如此？这是力量不加，故又用这些堆砌字眼来搪塞。'宝玉笑道：'长歌也须得要些词藻点缀点缀，不然便觉萧索。'"

[二二] 此处的"淋"字，原文为"零"，据蒙府本改。

[二三] 原文无"都"字，据庚辰本补。

[二四] 此处的"就是"二字，蒙府本、庚辰本、列藏本均同此，梦稿本为"娖媔"。

[二五] 此处的"电报"二字，蒙府本同，庚辰本为"时报"，列藏本为"羽报"。

[二六] 此处的"楚人之《大言》"，原文为"楚人之言"，据列藏本改。

[二七] 此处的"《九辩》"，原文为"九转"，据列藏本改。

[二八] 此处的"《问难》"，原文为"闲观"，据庚辰本改。

[二九] 此处的"竟杜撰成"数字，原文为"意杜撰成"，校者改。

[三十] 此处的"乃"字，原文为"了"，据庚辰本改。

[三一] 原文无"仅"字，据庚辰本补。

[三二] 此处的"昔"字，原文为"日"，据蒙府本改。

[三三] 此处的"膏肓"二字，原文为"膏盲"，据庚辰本改。

[三四] 此处的"忳"字，原文为"屯"，据蒙府本改。

[三五] 此处的"香"字，原文为"乡"，据蒙府本改。

[三六] 此处的"松"字，蒙府本同，庚辰本为"拾"。
[三七] 此处的"倩"字，原文为"清"，据蒙府本改。
[三八] 此处的"皆息"二字，庚辰本为"皆绝"。
[三九] 此处的"自为"二字，原文为"自分"，据庚辰本改。
[四十] 此处的"公子多情"四字，蒙府本、庚辰本均为"公子情深"。
[四一] 原文无"则"字，据庚辰本补。
[四二] 此处的"烁灿"字，蒙府本同，庚辰本为"烁烁"。
[四三] 此处的"从"字，蒙府本同，庚辰本为"犹"。
[四四] 此处的"桎梏"二字，原文为"桎楛"，据列藏本改。
[四五] 此处的"余"字，原文为"全"，据庚辰本改。
[四六] 此处的"卿"字，原文为"君"，据蒙府本改。
[四七] 此处的"击敌"字，原文为"繁敌"，据庚辰本改。
[四八] 此处的"忡忡"二字，原文为"冲冲"，据庚辰本改。
[四九] 原文无下面一段："读毕，遂焚帛奠茗，犹依依不舍。小鬟催至再四，方才回身。忽听山石之后有一人笑道：'且请留步。'二人听了，不免一惊。那小鬟回头一看，却是个人影从芙蓉花中走出来，他便大叫：'不好，有鬼。晴雯真来显魂了！'唬得宝玉也忙看时，——且听下回分解。"参照庚辰本、列藏本补。

第七十九回

薛文龙悔娶河东狮　贾迎春误嫁中山狼

【回前】静合天地自宽，动荡吉凶难定。一啄一饮系生成，何必梦中说醒。

话说宝玉才祭完了晴雯，只听花[一]影中有人声，倒唬了一跳。走出来细看，不是别人，却是林黛玉，满面含笑，口内说道："好新奇的祭文！可与曹娥碑并传的了。"宝玉不觉红了脸，笑道："我想着世上这些祭文都蹈于熟滥了，所以改个新样，原不过是我一时玩意，谁知又被你听见了。有什么大使不得的，何不改削改削。"黛玉道："原稿在那里？倒要细细一读。长篇大论，不知说的是些什么，只听见中间两句，什么'红绡帐里，公子多情；黄土垄中，女儿薄命。'这一联意思却好，只是'红绡帐里'未免熟滥些。放着现成的真事，为什么不用？咱们如今都是霞彩糊窗的窗槅，何不就说'茜纱窗下，公子多情'呢？"宝玉听了，不禁跌足笑道："好，是极！到底是你想的出，说的出。可知天下古今现成的好景妙事尽多，只是愚人蠢才说不出想不出罢了。就只一件：既然这一段新妙之极，但你居此则可，在我实不敢当。"说着，又接连一二百句"不敢当"。黛玉笑道："何

第七十九回　薛文龙悔娶河东狮　贾迎春误嫁中山狼

妨。我的窗即可为你之窗，何必分析得如此生疏。古人异姓陌路，尚然同肥马，衣轻裘，敝之而无憾，何况咱们呢。"宝玉笑道："论交之道，不在肥马轻裘，即黄金白璧，亦不当锱铢较量。倒是这唐突闺阁，万万使不得的。如今我率性将'公子''女儿'改去，竟算你诔他的倒妙。况且素日你又待他甚厚，今宁可弃此一篇大文，万不可弃此'茜纱'新句。竟莫若改作'茜纱窗下，小姐多情；黄土垄中，丫鬟薄命。'如今一改，虽于我无涉，我也是惬怀的罢了。"黛玉笑道："他又不是我的丫头，何用作此语。况且小姐、丫鬟亦不典雅，等我的紫鹃死了，我再如此说，还不算迟呢。"【庚：明是为与阿颦作谶，却先偏说紫鹃，总用此狡狯之法。】宝玉忙笑道："这是何苦来又咒他。"【庚：又画出宝玉来。究竟不知是咒谁，使人一笑一叹。】黛玉笑道："是你要咒他，并不是我说的。"宝玉道："我又有了，这一改可极妥当。莫若说'茜纱窗下，我本无缘；【庚：双关句，意妥极。】黄土垄中，卿何薄命。'①【庚：如此，我亦谓（原作为）妥极。但试问当面用"尔""我"字（原作是）样，究竟不知是为谁之谶，一笑一叹。□□一篇诔文（原作问）总因此二句而有。又当知，虽诔（原作来）晴雯，而又实诔黛玉也。奇幻（原作纫）至此。若云必因晴（原作请）雯而（原无）诔（原作来），则呆之至矣。】"黛玉听了，怵然变色，【庚：慧心人可为一哭。□□观此句，便知诔文实不为晴雯而作也。】心中虽有无限的胡乱之想，【庚：用此字（原作事）更妙，盖又欲瞒观者。】外面却[二]不肯露出，反连忙含笑点头称妙，说："果然改的好。再不必改了，快去干正经事罢。才刚太太打发人叫你明儿一早过大舅母那边去。你二姐姐已有人家求准了，想是明儿那人家来拜允，所以叫你们过去呢。"宝玉拍手道："何必如此忙？我身上也不大好，明儿还未必能去呢。"黛玉道："又来了，我劝你把脾气改改罢。一年大二年小……"一面说话，一面咳嗽起来。【庚：总为后文伏线。阿颦之文（原作问）可见不是一笔两笔所写。】宝玉忙道："这里风凉，咱们只顾站着，快回去罢。"黛玉道："我也家去歇息去了，明儿再见罢。"说着，便自取路去了。宝玉只得闷闷的转步，又忽想起黛玉无人随伴，忙命小丫鬟跟送回去。自己到了怡红院中，果然有王夫人打发老嬷嬷来，吩咐他明日一早过贾赦那边去，与适才黛玉之言相对。

原来贾赦已将迎春许与孙家了。这孙家乃是大同府人氏，【庚：设云"大概相同"也。若必云真"大同府"则呆。】祖上系军官出身，乃当日宁荣府中之门生，算来

---

① 靖眉：观此知虽诔晴雯，实诔黛玉也。试观"证前缘"回黛玉逝后诸文便知。

亦系世交。如今孙家只有一人在京，现袭指挥之职，此人名唤孙绍祖，生得相貌魁伟，身体健壮，弓马娴熟，应酬权变，庚：画出一个俗物来。年纪未满三十，且又家资饶富，庚：此句断不可少。现在兵部候缺题升。因未有室，贾赦见是[三]世交子侄，且人品家当都相称合，遂情愿择为东床娇婿。亦曾回明贾母。贾母心中却不十分称意，但想来拦阻亦未必听，儿女之事自有天意前因，况且自他父母主张，何必出头多事，因此只说"知道了"三字，余不多及。贾政又深恶孙家，虽是世交，当年不过是彼祖希慕宁荣之势，有不能了[四]结之事才拜在门下的，并非诗礼名族之裔，因此倒劝过两次，无奈贾赦不听，也只得罢了。

　　宝玉却从未[五]会过这孙绍祖一面的，次日只得过去聊以塞责。只听见说娶的日子甚急，不过今年就要过门的，又见邢夫人等回了贾母将迎春接出大观园去等事，越发扫兴了，每日痴痴呆呆的，不知作何消遣。又听得说陪四个丫头去，更又跌足自己叹道："从今后这世上又少了五个清洁人了。"因此天天到紫菱洲一带地方徘徊瞻顾，见其轩窗寂寞，屏帐萧然，不过只有几个该班上夜的老妪。庚：先为"对境（原作竟）悼颦儿"作引。再看那岸上的蓼花苇叶，池内的翠荇香菱，也都觉摇摇落落，似有追忆故人之态，迥非素常逞妍斗色之可比。既领略得如此寥落凄惨之景，是以情不自禁，乃信口吟成一歌曰：庚：此回题上半截是"悔娶河东（原作灰聚向秉）狮"，今却偏逢（原作连）"中山狼（原作狠）"。倒装上下情孽（原作业下情工），细（原多下）腻写来，可见迎春是书中正传，阿呆夫妻（原作凄）是副。宾（原作殡）主次序严肃之至。其婚娶（原作聚）俗礼一概不及，只用宝玉（原多玉）一人过去，正是书中之大旨（原作吉）。

　　　　池塘一夜秋风冷，吹散菱荷[六]红玉影。
　　　　蓼花菱叶不胜愁，重露繁霜压纤梗。
　　　　不闻永昼敲棋声，燕泥点点污棋枰。
　　　　古人惜别怜朋友，况我今当手足情！

　　宝玉方才吟罢，忽闻背后有人笑道："你又发什么呆呢？"宝玉回头忙看是谁，原来是香菱。宝玉忙转身笑问道："我的姐姐，你这会子跑到这里来做什么？多日不进来逛逛。"香菱拍手笑嘻嘻的说道："我何曾

第七十九回　薛文龙悔娶河东狮　贾迎春误嫁中山狼

不要来？如今你哥哥回来了，那里比得先时自由自在的了。才刚我们奶奶使人找你凤姐姐，竟找不着，说往园子里来了。我听见了，我就讨了这件差使进来找他。遇见他的丫头，说在稻香村呢。如今我往稻香村去，就遇见了你，我且问你，袭人姐姐这几日可好？怎么忽然把个晴雯姐姐也没了，到底是什么病？二姑娘搬出去的好快，你瞧瞧这地方好空落落的。"宝玉应之不迭，又让他同到怡红院去吃茶。庚：断不可少。香菱道："此刻竟不能，等我找着琏二奶奶，说完了正经事再来。"宝玉道："什么正经事这么忙？"香菱道："为你哥哥娶嫂子，所以要紧。"庚：出题法（原作去），闲闲引出。宝玉道："正是。说的到底是那一家子的？只听见吵嚷了这半年，今儿又说张家的好，明儿又说李家的，后儿又议论王家的。这些人家的女儿他并不知道犯了什么罪，叫人好好的议论。"香菱道："这如今定了，可以不用搬扯别家了。"宝玉忙问："定了谁家的？[七]"香菱道："因你哥哥上次出门贸易时，在顺路到了个亲戚家去。这门亲原是老亲，且又和我们是同在户部挂名行商，也是数一数二大门户的。前日说起来时，你们两府都也知道。合长安城中，上至王侯，下至买卖人，都称他家[八]是'桂花夏家'。"庚：夏日何得有桂？又"桂花"时节焉得有（原作即焉有得又）雪？三者（原作是）原系风马牛，今（原作金）若强凑合，故终不相符。来此败运之事，大都如此，当局者自不解耳。宝玉忙笑问道：庚：听得"桂花"诨（原作回）号，原觉新雅，故不觉（原无）又一笑。余亦欲笑问。"如何又称'桂花夏家'？"香菱道："他家本姓夏，非常的富贵。其田地不用说，单有几十顷地种桂花，凡这长安城中桂花局都是他家的，连宫里一应陈设盆景亦是他家供应，因此才有这个诨号。如今太爷也没了，只有老奶奶带着一个亲生的姑娘过活，也并没有哥儿弟兄，可惜他们家竟绝了后。"宝玉忙道："咱们也别管他绝后不绝后，只是这姑娘如何？你们大爷怎么就中意了？"庚：补出阿呆素日难得中意来。香菱笑道："一则是天缘，二则是'情人眼里出西施'。当年时又是通家常来往的，从小儿都一处厮混。叙老亲又是姑舅兄妹，又没嫌疑。虽离了这几年，前儿一到他家，夏奶奶又是没儿子的，一见了你哥哥出落的这样，又是哭，又是笑，竟比见了儿子的还亲热。又令他兄妹相见，谁知这姑娘出落得花朵儿似的了，在家里也读书写字，所以你哥哥当时一心就看准了。连当铺里的伙计们一群人糟蹋了人家三四日，他们还留多住着呢，好容易苦辞才放回家。你哥哥一进门，就咕咕唧唧求我们奶奶去求亲。我们奶奶原也是见过的，又且门当户对的，也依了。和这里姨太太、凤姑娘商量了几日，打发人去一说就成了。只是娶的日子太急，所以我们很忙。庚：阿呆求妇一段文字，却（原作切）从香菱口中补明，省却许多闲文赘笔。我也巴不得早些娶过来，又添一个作诗的人了。"

庚：妙极！香菱（原作菱香）口声断（原作段）不可少。看他下此（原作作）死语，知其心中略无忌讳疑虑（原作卢）等意，真（原作夏）是浑然天真。余为之（原作之余为）一哭。

宝玉冷笑道： 庚：忽曰（原作日）"冷笑"道，二字便有文章。"虽如此说，但只我倒替你耽心虑后呢。" 庚：又为香菱之谶（原作识），偏是此等事体等到。香菱听了，不觉红了脸，正色道："这话是什么话！素日咱们都是斯抬斯敬的，今日忽然提起这些事，是什么意思！怪道人人都说你是个亲近不得的人。"一面说，一面转身走了。

宝玉见这样，便怅然如有所失，呆呆的站了半天，思前想后，不觉滴下泪来，只得没精打采，回入怡红院来。一夜不曾安稳，睡梦之中犹唤晴雯，或魇魔惊悸，种种不宁。次日便懒进饮食，身体作热。此皆近日抄检大观园、逐司棋、别迎春、悲晴雯等羞辱、惊悸、悲凄之所致，兼以风寒外感，故酿成一疾，卧床不起。贾母听得如此，天天亲来看视。王夫人心中自悔不该因晴雯过于逼责了他。心中虽如此，脸上却不露出。只吩咐众奶娘等好生伏侍看守，一日两次带进医生来诊脉下药。一月之后，渐渐的痊愈。好生保养，过百日方许动荤腥油面等物，方准出门行走。这百日内，连院门也不许出，只在房中玩笑。至五六十日后，就把他拘束的火星乱迸，那里忍耐得住。诸般设法，无奈贾母王夫人执意不从，也只得罢了。因此和那些丫头们无所不至，恣意耍笑作戏。又听得薛蟠摆酒唱戏，热闹非常，已娶亲入门。闻得这夏家小姐十分俊俏，也略通文墨，宝玉恨不得就过去一见才好。再过些时，又闻得迎春出了阁。宝玉思及当时姊妹们一处，耳鬓厮磨，从今一别，纵得相逢，也必不似先前那等亲密了。眼前又不能去一望，真令人凄惶迫切之至。少不得潜心忍耐，暂同这些丫鬟们厮闹释闷，幸免贾政责备逼迫读书之难。这百日内，只不曾拆了怡红院，和这些丫头们无法无天，凡世上所无之事，都玩耍出来。如今且不屑[九]细说。

第七十九回　薛文龙悔娶河东狮　贾迎春误嫁中山狼

且说香菱自那日抢白了宝玉之后，心中自为宝玉有心唐突他，"怨不得我们宝姑娘不敢亲近他，可见我不如宝姑娘远矣；怨不得林姑娘时常和他角口气的痛哭，自然唐突他也是有的了。从此倒要远避他才好。"因此，以后连大观园也不轻易进来了。日日忙乱着，薛蟠娶过，自为得了护身符，自己身上分去责任，到底比这样安宁些；二则又闻得是个有才有貌的佳人，自然是温雅和平的：因此他心中盼过门的日子比薛蟠还急十倍。好容易盼得一日娶过了门，也便十分殷勤小心伏侍。

原来这夏家小姐今年方才十七岁，生得亦颇有姿色，也识得几个字。若论心中的丘壑经纬[十]，颇步熙凤之后尘。只吃亏了一件，从小儿父亲去世的早，又无同胞弟兄，寡母独守此女，娇养溺爱，不啻珍宝，凡女儿一举一动，彼母皆百依百随，因此未免娇养太过，竟酿成个盗跖的性气。爱自己尊若菩萨，待他人秽如粪土；外具花柳之姿，内秉风雷之性。在家中时常就和丫头们使性弄气，轻骂重打的。今日出了阁，自为要做当家的奶奶，比不得做女儿时腼腆温柔，须要拿出这威风来，才钤压得住人；况且见薛蟠气质刚硬，举止骄奢，若不趁热灶一气炮制熟烂，将来必不能自立旗帜矣；又见有香菱这等才貌俱全的爱妾在室，越发添了"宋太祖灭南唐"之意，"卧榻之侧岂容他人[十一]酣睡"之心。因他家多桂花，他小名就唤做金桂。他在家时不许人口中带出"金桂"二字来，凡有不留心误道二字者，他便定要苦打重罚才罢。他因想"桂花"二字是禁止不住的，须得另换一名，因想桂花曾有广寒嫦娥[十二]之说，便将桂花改为嫦娥[十三]花，又寓[十四]自己身分如此。

薛蟠本是个怜新弃旧的人，且是有酒胆无饭力的，如今得了这样一个妻子，正在新鲜兴头上，凡事未免尽让他些。那夏金桂见了这般形景，便也试着一步紧似一步。一月之中，二人气概还都相平；至两月之后，便觉薛蟠的气概渐次低矮了下去。一日薛蟠酒后，不知要行何事，先与金桂商议，金桂执意不从。薛蟠忍不住便发了几句话，赌气走出去了，这金桂便气的哭如醉人一般，茶饭不进，装起病来。请医疗治，医生又说"气血相逆，当进宽胸顺气之剂。"薛姨妈恨的骂了薛蟠一顿，说："如[十五]今娶了亲，眼前抱儿子了，还是这样胡闹。人家凤凰蛋似的，好容易养了一个女儿，比花朵儿还轻巧，原看你是个人物，才给你做老婆。你不说收了心安分守己，一心一计和和气气的过日子，还是这样胡闹，灌了黄汤，折磨人家。这会子花钱吃药白操心。"一席话说的薛蟠后悔不迭，反求安慰金桂。金桂见婆婆如此说丈夫，越发得了意，更装出些张致来，总不理薛蟠。薛蟠没了主意，惟自怨恨，好容易十天半月之后，才渐渐的哄转过金桂来，自此更加一倍小心，不免气概又矮了半截下来。那金桂见丈夫旗纛渐倒，婆婆良善，也就渐渐的持戈试马起来。先时不过挟制薛蟠，后来倚娇作媚，将及薛姨妈，又将至宝钗。宝钗久察其不轨之心，每随机应变，暗以言语弹压。金桂知其不可犯，每欲寻隙，又无隙可寻，只得曲意俯就。一日金桂无事，因和香菱闲谈，问香菱家乡父母。香菱皆答忘记，金桂便不悦，说有意欺瞒了他。因问他"香菱"二字是谁起的名字，香菱便答："姑娘起的。"金桂冷笑道："人人都说姑娘通，只这一个名字就不通。"香菱笑道："奶奶不知道，我们姑娘的学问，连我们姨老爷时常还夸呢。"且听下回分解。

【总评】作诔后，黛玉飘然而至，增一番感慨，及说至迎春事，遂飘然而去。作词后，香菱飘然而至，增一番感慨，及说至薛蟠事，遂飘然而去。一点一逗，为下文引线。且二段俱以"正经事"三字作眼，而正经里更有大不正经者。在文家固无一呆字死句。

从起名上设色，别有可玩。

校　记：

[一] 原文无"花"字，据蒙府本补。
[二] 此处的"却"字，原文为"都"，据庚辰本改。
[三] 此处的"是"字，原文为"其"，据庚辰本改。
[四] 原文无"了"字，据蒙府本补。
[五] 此处的"从未"二字，原文为"未"，据庚辰本补"从"字。
[六] 此处的"菱荷"二字，蒙府本同，庚辰本为"荇荷"。
[七] 原文无"香菱道：'这如今定了，可以不用搬扯别家了。'宝玉忙问：'定了谁家的？'"一句，据庚辰本补。
[八] 原文无"家"字，据庚辰本补。

［九］此处的"不屑"二字，原文为"不消"，校者改。

［十］此处的"经纬"二字，原文为"泾渭"，据庚辰本改。

［十一］原文无"他"字，据庚辰本补。

［十二］［十三］此两处的"嫦娥"二字，原文为"婵娥"，据列藏本改。

［十四］此处的"又寓"二字，原文为"又写"，据蒙府本改。

［十五］原文无"如"字，据庚辰本补。

第八十回

懦弱迎春肠回九曲　姣怯香菱病入膏肓［一］

　　【回前】叙桂花妒，用实笔。叙孙家恶，用虚笔。叙宝玉卧病，是省笔。叙宝玉烧香，是停笔。

　　话说香菱言还未尽，金桂将脖项一扭，嘴唇一撇［二］，庚：画出一个悍妇来。鼻孔里"哧"两声，庚：真真追魂摄魄之笔。拍着手冷笑道："菱角谁闻见香来着？若说菱角香了，正经那些香花放在那里去？可是不通之极①！"香菱道："不独菱角，就连荷叶莲蓬，都是有一股清香的。但他原不是花香可比，若静日静夜或清早半夜细领略了去，那一股清香皆比是花儿都好闻呢。就连菱角、鸡头、苇叶、芦根得了风露，那一股清香，就令人心神爽快的。"庚：说的出便是慧心人，何况菱卿哉！金桂说："依你说，那兰花、桂花倒香的不好了？"庚：又陪（原作一倍）一个兰花，一则是自高身（原作声）价，二则是诱人犯法。香菱说到热闹上，忘了忌讳，便接口道："兰花、桂花的香，又非别花之香可比。"一句未说

---

①　**靖眉：**是仍（原作乃）不及钗（原作全）儿。昨闻煦堂语，更难揣其意。然则余亦有幸（原作幸有），两（原作雨）意不（原无）期然而合（原作合而不），□（原溇漫）同。

完，金桂的丫鬟名唤宝蟾者，忙指着香菱的脸说道："要死，要死！你怎直叫起姑娘的名字来了！"香菱猛省了，反不好意思，忙赔笑赔罪说："一时说顺了嘴，奶奶别计较。"金桂笑道："这有什么，你也太小心了。但只是我想这个'香'字到底不妥，意思要换一个字，不知你服不服？"香菱忙笑道："奶奶说那里话来，此刻连我一身一体俱属奶奶，何得换一名字反问我服不服，叫我如何当得起。奶奶说那一个字好，就用那一个字。"金桂冷笑道："我虽说的是，只怕姑娘多心，说'我起的名字，反不如他的意？他能来了几日，就驳我的面了[三]。'"香菱笑道："奶奶有所不知，当日我来的时候，原是老太太使唤的，故此姑娘起的名字。后来我自伏侍了爷，就与姑娘无涉了。如今又有了奶奶，益发不与姑娘相干了。况且姑娘又是极明白的人，如何恼得这些呢。"金桂道："既这样说来，'香'字竟不如'秋'字妥当。菱角、菱花皆盛于秋，岂不比'香'字有来历些。"香菱笑道："就依奶奶这样罢了。"自此以后遂改了"秋"字，宝钗亦不在意。

只因薛蟠天性是"得陇望蜀"的，如今得娶了金桂，又见金桂的丫鬟宝蟾有三分姿色，举止轻浮可爱，便时常要茶要水的故意撩逗他。宝蟾虽亦解事，只是怕金桂，不敢造次，且看金桂的眼色。金桂亦颇觉察其意，想："其意正要摆布香菱，无处寻隙，如今他既看上了宝蟾，如今且舍了宝蟾去与他，他一定就和香菱疏远了，我且乘他疏远之时，摆布了香菱，那时宝蟾原是我的人，也就好处了。"打定了主意，待机而发。

这日薛蟠晚间微醺，又命宝蟾倒茶来吃。薛蟠接碗，故意捏他的手。宝蟾又假装躲闪，连忙缩手。两下里失误，"豁啷"一声，茶碗落地，泼了一身一地的茶。薛蟠不好意思，佯说宝蟾不好生拿着。宝蟾说："姑爷不好生接着。"金桂冷笑道："两个人的腔调都够使的了。别打量谁是傻子。"薛蟠只低头微笑不语，宝蟾红了脸出去。一时安歇之时，金桂便故意的撵薛蟠别处去睡，"省得你馋痨饿眼。"薛蟠只是笑。金桂道："要做什么和我说，别偷偷摸摸的，不中用！"薛蟠听了，仗着酒盖脸，便趁势跪在被上，拉着金桂笑道："好姐姐，你若把宝蟾赏了我，你要怎样就怎样！你要活人脑子也弄来给你。"金桂笑道："这话好不通。你爱谁，就把谁收在房里，省得别人看着不雅。我可要什么呢。"薛蟠得了这话,喜的称谢不尽,是夜曲尽丈夫之道,奉承金桂。庚:"曲尽丈夫之道",奇闻(原作问),奇语。次日也不出门,只在家中厮耐,越发放大胆了。

至午后,金桂故意出去,让个空儿与他二人。薛蟠便拉拉扯扯起来。宝蟾也知八九了,也就半推半就,正要入港。谁知金桂是有心等候的,料在难分之际,便叫丫头小舍儿过来。原来这小丫头也是金桂从小儿在家使唤的,因他自幼父母死亡,无人看管,便大家叫他作小舍儿,专做些粗笨的生活。庚:铺叙(原作钗)小舍儿首(原作手)尾,忙(原作亡)中又点"薄命"二字,与痴丫头遥遥作对。金桂如今有意,独唤他来吩咐道:"你去告诉秋菱[四],到我屋里将手帕取来,不必说我说的。"庚:金桂极坏,所以独使小舍为此。小舍儿听了,一径寻着香菱说:"菱姑娘,奶奶的手帕忘了在屋里了。你去取来送上去岂不好?"香菱正因近日金桂每每的折挫他,不知何意,百般竭力挽回不暇。庚:总为痴心人一哭(原作一人笑)。听了这话,忙往房里来取。不防正遇见他二人推就之际,一头撞了进去,自己倒羞的耳面飞红,忙转身回避不迭。那薛蟠自为是过了明路的,除了金桂,无人可怕,所以连门也不掩,今儿香菱撞来,也略有些惭愧,还不十分在意。无奈宝蟾素日最是说嘴要强的,今既被香菱遇见了,便恨无地缝儿可入,忙推开薛蟠,一径跑了出来,口内还怨恨不迭,说道"强奸力逼着"等语。薛蟠好容易圈哄的要上手,却被香菱冲散,不免一腔兴头变做了一腔恶怒,都在香菱身上,不容分说,赶出来啐了一口,骂道:"死娼妇,你这会子做什么来撞尸游魂!"香菱料事不好,三步二步早已跑了。薛蟠再来找宝蟾,已无踪迹了,于是恨的只骂香菱。至晚饭后,已吃得醺醺然,洗澡时不防水略热了些,烫了脚,便说香菱有意害他,赤条精光赶着香菱踢打了两下。香菱虽未受过这气苦,既到了此时,也说不得了,只好自悲自怨,各自走开。

彼时金桂已暗和宝蟾说明,今夜令薛蟠在宝蟾房中去成亲,命香菱过来陪自己先睡。先是香菱不肯,金桂说他嫌脏了,再必是图安逸,怕夜里劳动伏侍人,又骂说:"你那没见世面的主子,见了一个,爱一个,把我的人霸占了去,又不叫你来。到底是什么主意,想必是逼我死罢了。"薛蟠听了这话,又怕闹黄了宝蟾之事,忙又赶来骂香

第八十回　懦弱迎春肠回九曲　姣怯香菱病入膏肓

菱："不识抬举！再不去时便要打了！"香菱无奈，只得抱了铺盖来。金桂命他在地下铺睡。香菱无奈，只得依命。刚睡下，便叫倒茶，一时又叫捶腿，如是者一夜七八次，总不使其安逸稳睡片时。那薛蟠得了宝蟾，如获宝珍一般，一概都置之不顾。恨的金桂暗暗的发恨道："且叫你乐这几天，等我慢慢的摆布着来，那时可别怨我！"一面隐忍，一面设计摆布香菱。

半月光景，忽又装起病来，只说心疼难忍，四肢不能转动。庚：半月工夫，诸计安矣。请医疗治不效，众人都说是香菱气的。闹了两日，忽又从金桂枕头内抖出纸人来。上面写着金桂的年庚八字，有五根针钉在心窝内。于是众人反乱起来，当作新闻[五]，先报与薛姨妈。薛姨妈忙手忙脚的，薛蟠自然更反乱起来，立刻要拷打众人。金桂笑道："何必冤枉众人呢，大约是宝蟾的镇魇[六]法儿。"庚：恶极！坏极！薛蟠道："他这些时并没多空儿在你房里，何苦奈何好人。"庚：正要老兄此句。金桂冷笑道："除了他还有谁，莫不是我自己害我自己不成！虽有别人，谁可敢进我的房呢？"薛蟠道："香菱如今是天天跟着你，他自然知道，先拷问他就知道了。"金桂道："拷问谁，谁肯认？依我说竟装个不知道[七]，大家丢开手罢了。横竖治死了我也没什么要紧，乐得再娶好的。若据良心上说，左不过是你三个多嫌我一个。"说着，一面恸哭起来。

薛蟠更被这一席话激怒，顺手抓起一根门闩来，庚：与前要打死宝玉遥遥一对。一径抢步找着香菱，不容分辨便劈头劈脸浑身打起来，一口咬定是香菱所施。香菱叫屈不迭，薛姨妈跑来禁喝说："不问明白，你[八]就打起人来！这丫头伏侍了你这几年，那一点儿不周到，不尽心？他岂肯如今做这没良心的事！你且问个青红皂白，再动粗卤。"金桂听见他婆婆如此说，生怕薛蟠耳软心活，便益发嚎咷大哭起来，一面又哭喊道："这半个多月把我的宝蟾霸占了去，不容进我的房，唯有香菱跟着我睡。我要拷问宝蟾，你又护到头里。你这会子又赌气打他去。治死我，再拣富贵的标致的娶来就是了，何苦作出这些把戏来！"薛蟠听了这些话，越发着了急。薛姨妈听见金桂句句挟制着儿子，百般恶赖的样子，十分可恨。无奈儿子偏不硬气，已是被他挟制软惯了。如今又勾搭[九]上了丫头，说被他霸占了去，他自己反先占温柔让夫之礼。这魇魔法究竟不知谁作的[十],实是俗语说的"清官难断家务事",此时正是公婆难断床帏事了。因此无法,只得赌气骂薛蟠说:"不争气的孽障!骚狗也比你体面些!谁知你三不知的把陪房丫头也摸索[十一]上了,叫老婆说霸占了丫头,什么脸出去见人!也不知谁使的法子,也不问青红皂白,好歹就来打人。我知道你是个得新弃旧的东西,白辜负了我当日的心。他既不好,你也不许打,我即刻叫人牙子来卖了他,你就心静了。"说着,又命香菱"收拾了东西跟我来",一面叫人去,"快叫个人来找个人牙子,多少卖几两银子,拔出肉中刺,眼中钉,大家过太平日子罢了。"

薛蟠见母亲动了气,早也低头了。金桂听了这话,便隔着窗子往外哭道:"你老人家只管卖人,不必说着一个扯着一个的。我们很是[十二]那吃醋拈酸容不下人的不成,怎么'拔出肉中刺,眼中钉'?是谁的钉?谁的刺?但凡多嫌着他,也不肯把我的丫头也收在房里了。"薛姨妈听说,气的身颤气咽道:"这是谁家的规矩?婆婆这里说话,媳妇隔着窗子拌嘴。亏你是旧家人家的女儿!满嘴里大呼小叫的,说的是什么!"薛蟠急的跺脚说:"罢哟!人听见笑话。"金桂意谓一不做,二不休,越性发泼喊起来了,说:"我不怕人笑话!你的小老婆治我害我,我倒怕人笑话了!再不然,就留下他,卖了我罢!谁还不知道你薛家有钱,行动拿钱垫人,又有好亲戚挟制着别人。你不趁早儿施为,还等什么?嫌我不好,谁叫你们瞎了眼,三求四告的跑了我们家做什么去了!这会子人也来了,金的银的也赔了,略有个眼睛鼻子的也霸占去了,该挤发我了!"一面哭喊[十三],一面滚揉,自己拍打。薛蟠急的说又不好,劝又不好,打又不好,央告又不好,只是出入咳声打气,抱怨说运气不好。庚:果然不差（原作羞）。

当下薛姨妈早被宝钗劝进去了,只命叫人来卖香菱。宝钗笑道:"咱们家从来只知买过人,并不曾有卖过人之说。妈可是气胡涂了,倘或叫人听见,岂不笑话!哥哥嫂嫂嫌他不好,留着我使唤,我正也没人使呢。"薛姨妈道:"留下他还是淘气,不如打发了他倒干净。"宝钗笑道:"他跟着我也是一样,横竖不叫他到前头去。从此断绝了他那里,也如卖了一样。"香菱早已跑到薛姨妈这边,也只得罢了。

自此以后,香菱果跟随宝钗去了,把前面路径一心断绝。虽然如

第八十回　懦弱迎春肠回九曲　姣怯香菱病入膏肓

此，终不免对月伤悲，挑灯自叹。本来怯弱，虽在薛蟠房中几年，皆因血分中有病，是以并无胎孕。今复加以气怒伤感，内外折挫不堪，竟酿成干血痨之症，日渐羸瘦作烧，饮食懒进，请医诊视服药亦不效验。那时金桂又吵闹了数次，气的薛姨妈母女惟有暗中垂泪，怨命而已。薛蟠虽曾仗着酒胆挺撞过三两次，持棍欲打，那金桂便递与他身子着他随意打，这里持刀砍杀时，便伸与他脖子。薛蟠也实不能下手，只得乱闹一阵罢了。如此习惯成自然，反使金桂越发长了威风，薛蟠越发软了气骨。虽是香菱犹在，却亦如不在的一般，虽不能十分畅意，也就不觉他碍眼了，且姑置之不究。

如此又渐次寻趁上宝蟾。宝蟾却不比香菱的情性，最是个烈火干柴，既和薛蟠情投意合，便把金桂忘在脑后。列：妙！所谓天理还不爽。近见金桂又作践他，他便不肯低服容让一半点儿。先是一冲一撞的拌嘴角口，后来金桂气急，甚至于骂，再至于厮打。他虽不敢还手，便大撒[十四]泼性，拾头打滚，寻死觅活，昼则刀剪，夜则绳索，无所不至。薛蟠此时一身难以两顾，惟徘徊观望于二者之间，十分闹的没法，便出门躲在外头。金桂不发作性气，有时欢喜，便纠聚人来斗纸牌、掷骰子作乐。又生平最喜啃骨头，每日务要杀鸡鸭，将肉赏人吃，只单以油炸焦骨头下酒。吃的不耐烦或动了气，便肆行海骂，说："有别的忘八粉头乐的，我为什么不乐！"薛家母女总不去理他。薛蟠此时亦无别法，惟日夜悔恨不该娶这搅家星罢了，都是一时无了主意。庚：补足本题。于是宁、荣二府之人，上上下下，无人不知，无有不叹者。

此时宝玉已过了百日，出门行走。亦曾过来见过金桂，"举止形容也不怪厉，一般是鲜花嫩柳，与众姊妹不差上下的，焉得这等样情性，可为奇之至极[十五]。"庚：别书中形容妒妇，必曰"黄发鳖面"，岂不可笑！因此心下纳闷。这日与王夫人请安去，又正遇见迎春奶娘来家请安，说起话来，孙绍祖甚属不端："姑娘惟有背地淌眼抹泪的，只要接了来家散宕两日。"王夫人因说："我正要这两日接他去，只因七事八事的都不遂心，庚：草蛇灰线，后文方不见突然。所以就忘了。前儿宝玉去了，回来也曾说过的。庚：补明。明日是个好日子，就接他去罢。"正说着，贾母打发人来找宝玉，说："明日一早往天齐庙还愿去。"宝玉如今巴不得各处去逛逛，听见如此说，喜的一夜不曾睡着，盼明不明的。

次日一早，梳洗穿戴已毕，随了两三个老嬷嬷坐车出西城门外天齐庙来烧香还愿。这庙里已是于昨日预备停妥。宝玉天生性怯，不敢近狰狞神鬼之像。这天齐庙本系前代所修，极其宏壮。如今年深岁久，又极其荒凉，泥胎塑像皆极其凶恶，是以忙忙的供过纸马钱粮，便退至道院歇息。一时吃过饭，众嬷嬷和李贵等人围随着宝玉到各处散宕玩耍了一会。宝玉困倦，复回至静室安歇。众嬷嬷生恐他睡着了，便请了当家的老王道士来陪他说话。这王道士专在江湖上卖药，弄些海上方治人射利，这庙外现挂着招牌，丸散膏丹，色色俱备，亦常在宁、荣两府走动熟惯，都与他起了个诨号儿，唤作"王一贴"，言他的膏药最灵[十六]验，只一贴百病皆除之意。当下王一贴进来，宝玉正歪在炕上想睡，李贵等正说"哥儿别睡着了，厮混着"。见王一贴进来，都笑道："来的好，来的好。王师父，你极会说古记的，说一个我们小爷听听。"王一贴道："正是呢。哥儿别睡，仔细肚子里面筋作怪。"说着，满屋里人都笑了。庚：王一贴又与张道士遥遥一对，特犯不犯。

宝玉也笑着起身整衣。王一贴喝命徒弟们快泡好茶来。茗烟道："我们爷不吃你的茶，连在这屋里坐着还嫌膏药气息呢。"王一贴笑道："膏药从不拿进这屋里来的。知道哥儿今日来，头一两天就拿香熏了又熏的。"宝玉道："可是呢，天天只听见你的膏药好，到底治什么病？"王一贴道："哥儿若问我的膏药，说来话长，其中细理，一言难尽。共药一百二十味，君、臣相配，宾、主得宜，温凉兼用，贵贱殊方。内则补元气，开胃口。养荣卫，宁神安志，去寒暑，化食化痰；外则和血脉，舒筋络，去死肌，生新肉，去风散毒。其效如神，贴过的便知。"宝玉道："我不信一张膏药就治这些病。我且问你，倒有一种病可也贴的好么？"王一贴道："百病千灾，无不效验。若不见效，哥儿只管揪着胡子打我的老脸，拆[十七]我的庙何如？只说出病源！"宝玉笑道："你猜的着，便贴的好了。"王一贴寻思一会，笑道："这倒难猜，只怕膏药有些不灵了。"宝玉命李贵等："你们出去散散。这屋里人多，越发蒸臭了。"李贵等听说，且都出去自便，只留茗烟。茗烟手内点着一枝梦甜香，庚：与前文一照。宝玉命他坐在身旁，却倚在他身上，

第八十回　懦弱迎春肠回九曲　姣怯香菱病入膏肓

王一贴心有所动，(庚：四字好！万端生（原作生端）于心，心邪则意（原多射则）在于财（原作邪）。□□列：四字好。万端生于心，心邪则意在于财。)便笑嘻嘻的走近前来，悄悄的说道："我可猜着了。想是哥儿大了，如今有了房中事情，要滋补的药，可是不是？"话[十八]犹未了，茗烟先喝道："该死，打嘴！"宝玉犹未解，(庚：未解妙，若解则不成文矣。)忙问："他说什么？"茗烟道："信他胡说。"唬的王一贴不敢再问，只说："哥儿明说了罢。"

宝玉道："我问你，可有贴女人们的妒病方子没有？"(列：千古奇文奇语，仍归缩结至上半回正文，细密如此。)王一贴听说，拍手笑道："这可罢了。不但说没有方子，就是听也没听见过。"宝玉笑道："这样还算不得什么。"王一贴又忙道："这贴妒的膏药倒没经过，倒有一种汤药或者可医，只是慢些儿，不能立竿见影的见效。"宝玉道："什么汤药，怎么吃法？"王一贴道："这叫做'疗妒汤'：用极好的秋梨一个，二钱冰糖，一钱陈皮，水三碗，梨熟为度，每日清早吃这么一个梨，吃来吃去就好了。"宝玉道："这也不值什么，只怕未必见效。"王一贴道："一剂不效吃十剂，今日不效明日再吃，明日不效吃到明年。横竖这三味药都是润肺开胃不伤人的，甜丝丝的，又止咳嗽，又好吃。吃过一百岁，人横竖要死去，还妒什么！那时就见效了。"(庚：此科诨一收，方为奇趣之至！)说着，宝玉、茗烟都大笑不止，骂"油嘴的牛头"。王一贴笑道："不过是闲着解午盹儿罢了，有什么关系。说笑了你们可就值钱。实告诉你们说罢，连膏药也是假的。我有真药，我还吃了做神仙去呢。有真的，跑到这里来混？"(庚：寓意深远，在此数语（原作目）。)正说着，已到吉时，请宝玉出去焚化钱粮散福。工课完毕，方进城回家。

那时迎春已来家好半日，孙家的婆娘媳妇等人已待过晚饭，打发回家去了。迎春方哭哭啼啼的告诉王夫人这些委屈，说[十九]孙绍祖"一味好色，好赌酗酒，所有的媳妇、丫头将及淫遍。略劝过三两次，便骂我'醋汁子老婆拧出来的'。(庚：奇文奇骂，为迎春一哭。□□恨薛蟠何等刚霸，偏不能以此语及（原无）金桂，使人忿忿。是（原作世）书中全是不平，又全是意料之外（原作意外之料）。)又说老爷曾收着他五千两银子，不该使了他的。如今要了两三次不得，他便指着我的脸说道：'你别和我充夫人娘子，你老子使了我五千两银子，把你准折卖给我的。好不好，打一顿撑到下房里睡去。当日有你爷爷在时，希图上[二十]我们的富贵，赶着相与的。论理我和你父亲是一辈，如今强压我的头，晚了一辈。又不该做了这门亲，倒没的叫人看着赶势利似的。'" 庚：不通可笑，遁辞如闻（原作开）。一行说，一行哭的呜呜咽咽，连王夫人并众姊妹无不落泪。

王夫人只得用言语解劝说："已是遇见了这不晓事的人，可怎么样呢。想当日你叔叔也曾劝过大老爷，不叫做这门亲的。大老爷执意不听，一心情愿，到底做不好了。我的儿，这也是你的命。"迎春哭道："我不信我的命就这么苦！从小儿没了娘，幸而过婶娘这边来过了几年清静日子，如今偏又是这么个结果！"

王夫人一面解劝，一面问他随意在那里安歇。迎春道："乍乍的离了姊妹们，只是眠思梦想。二则还记挂着我的屋子，还得在园子里住得三五天，死了也甘心。不知下次还可能得住不得住了呢！"王夫人忙劝道："快休乱说。不过年轻的夫妻们，斗牙斗齿，亦是万万人之常事，何必说这丧气的话。"仍命人忙忙的收拾紫菱洲的房屋，命姊妹们陪伴着解释他，又盼咐宝玉："不许在老太太跟前走漏一些风声，倘或老太太知道了这些事，都是你说的。"宝玉唯唯的听命。

迎春是夕仍在旧馆安歇。众姊妹、丫鬟等更加亲热异常。一连住了三日，才往邢夫人那边去。先辞了贾母及王夫人，然后与众姊妹分别，悲伤不舍。还是王夫人、薛姨妈等安慰劝释，方止住了，过那边去。庚：凡（原作几）迎春之文，皆从宝玉眼中写出。前"悔娶（原作聚）河东狮"是实写，"误嫁（原作家）中山（原作去）狼"出迎春口中，可为虚（原作实）写。以虚虚实实变幻（原作纫）体格，各尽其法。又在邢夫人处住了两日，就有孙绍祖的人来接去。迎春虽不愿去，无奈惧孙绍祖之恶，只得勉强忍情作辞去了。邢夫人本不在意，也不问其夫妻和睦，家务烦难，只面情塞责而已。且听下回分解。

【总评】此文一为择婿者说法，一为择妻者说法。择婿者必以得人物轩昂，家道丰厚，荫袭公子为快；择妻者必以得容貌艳丽，妆奁富厚，子女盈门为快。殊不知以貌取人，失之子羽，试看桂花夏家，指挥孙家，何等可羡可乐，卒至迎春含悲，薛蟠贻恨，可慨也夫！

第八十回　懦弱迎春肠回九曲　姣怯香菱病入膏肓

校　记：

〔一〕此处的"膏肓"二字，原文为"膏盲"，校者改。又，此回庚辰本没有回目，列藏本第七十九、八十两回没有分开；梦稿本在"懦弱迎春肠回九曲，姣怯香菱病入膏肓"旁，写有另一回目："美香菱屈受贪夫棒，王道士胡诌妒妇方"。

〔二〕此处的"撇"字，原文为"瘪"，据蒙府本改。

〔三〕此处的"就驳我的面了"数字，原文为"就剥我的回了"，据蒙府本改。

〔四〕此处的"秋菱"二字，原文为"香菱"，据梦稿本改。

〔五〕此处的"新闻"二字，原文为"新文"，据庚辰本改。

〔六〕此处的"镇魔"二字，原文为"镇压"，据庚辰本改。

〔七〕原文无"拷问谁，谁肯认？依我说竟装个不知道"一句，据庚辰本补。

〔八〕原文无"你"字，据庚辰本补。

〔九〕此处的"勾搭"二字，原文为"勾答"，据庚辰本改。

〔十〕原文无"的"字，据庚辰本补。

〔十一〕此处的"摸索"二字，原文为"摸娑"，据蒙府本改。

〔十二〕此处的"很是"二字，原文为"狠是"，校者改。

〔十三〕原文无"喊"字，据庚辰本补。

〔十四〕原文无"撒"字，据庚辰本补。

〔十五〕原文无"极"字，据列藏本补。

〔十六〕原文无"灵"字，据庚辰本补。

〔十七〕此处的"拆"字，原文为"折"，据庚辰本改。

〔十八〕此处的"话"字，原文为"说"，据庚辰本改。

〔十九〕原文无"说"字，据庚辰本补。

〔二十〕此处的"上"二字，原文为"仗"，据蒙府本改。

附件一

《石头记》小说背后的隐史①

一、《石头记》有正反两面 …………………………………………983

二、如何才能看到《石头记》背面的隐史？ ……………………985
　（一）应当细心查找作者安插在书中的大量"误谬"………985
　（二）应明确脂砚斋系曹雪芹及其妻子合用的批书笔名，
　　　　而其中的核心批语则系曹雪芹本人所加 …………986
　（三）在脂批的引导下，了解曹雪芹的写作奇法、秘法 …987

三、《石头记》背后隐写着何人何事？ …………………………997
　（一）《石头记》所隐写之史的时间 ………………………997
　（二）《石头记》所隐写之史的地点 ………………………997
　（三）《石头记》所隐写之史中的人物 ……………………998

四、《石头记》所隐之史的事件 ………………………………… 1000

---

① 本文仅介绍了如何通过《石头记》正面小说看到其背面历史的最基本的一些方法。至于如何具体运用这些方法，读者可参看"石学"论丛（现已出版第一、二、三、四、五、六、七、八集及编外集《红楼圆明隐秘》，专集《反读红楼梦》《曹雪芹毒杀雍正帝》等。

一、《石头记》有正反两面

《红楼梦》是部奇书。"奇"在何处？奇就奇在该书有正反两面——表面看是一部小说，而在小说背后还隐写着一部历史。

曹雪芹为了说明自己的书有"两面"，打了个比喻——该书如同"风月宝鉴"一样。"风月宝鉴"是个两面皆可照人的镜子：照正面，是个美人；照反面，是个骷髅。《石头记》在庚辰本以后有四个书名，其一便叫作《风月宝鉴》（另外两个书名为《金陵十二钗》和《情僧录》），以此比喻《石头记》一书有正反两面：正面是空虚幻设的假话，背面是不敢稍加穿凿的真人真事。

《石头记》最初叫作《脂砚斋重评石头记》。这就决定了脂砚斋评语的价值非同一般。关于如何正确认识《石头记》的问题，脂砚斋为读者留下了数千条批语。

如第十二回，在"取出一面宝镜来"处，庚辰本、戚序本均有夹批曰：

凡看书人，从此细心体贴方许你看，否则此书哭矣。

又在"这物出自太虚幻境空灵殿上，警幻仙子所制"处，亦有夹批曰：

言此书原系空虚幻设。

这些批语都是把"宝镜"看作了"书"。而在"两面皆可照人"处，有夹批曰：

此书表里皆有喻也。

明确此书有两面："表"和"里"。不仅如此，而且还谆谆告诫读者,此书"表里皆有喻"。"表"即指小说本身,亦即"空虚幻设的荒唐言"。"里"则指隐写在小说背后的真人真事,亦即真实历史。

早期读过带脂批的《石头记》的读者,有些也体察到该书有正反两面。如戚蓼生曾写道:

> 吾闻绛树两歌,一声在喉,一声在鼻;黄华二牍,左腕能楷,右腕能草,神乎技矣。吾未之见也。今则两歌而不分乎喉鼻,二牍而无区乎左右。一声也而两歌,一手也而二牍,此万万所不能有之事,不可得之奇,而竟得之《石头记》一书。嘻!异矣!

这段话的意思是:我听说绛树这个人,同时能发出两种歌音。一声从喉咙发出,一声从鼻中发出。我还听说黄华这个人,同时能写出两种字体。左腕写楷书时,右腕便同时写出了草书。这真是神奇的技艺啊!但我却未能亲眼看到过。然而,今天我却亲眼看到有人一声便能唱出两种歌,而不分喉鼻。落笔便写出两种字体,而不分左右手。这是万万不能有之事,不可得之奇,而我竟从《石头记》中得到了。这实在奇异啊!

"一声也而两歌,一手也而二牍",这正是对《石头记》一书的形象比喻,与《风月宝鉴》正反皆可照人意思相同,同样是说,一部作品包含不同性质的两种内容。

那么,怎样才能把《石头记》从"正面"小说翻转到"背面"历史呢?

《石头记》第十二回,在"镜子从里面调过来"处,蒙府本有批曰:"此一句力如龙象,意谓正面你方才自己领略了,你也当思想反面才是。"这句话的意思是:你既领略了"正面"(小说),也应当"思想反面"(历史)才是。为了"思想反面",便须把"镜子"翻转过来,这就需要使出"龙象之力"。

作为读者,应当遵照作者和脂砚斋的指引,使出"龙象之力",将

《石头记》从"正面"翻转到"背面",以便看到其所隐写的历史。①

二、如何才能看到《石头记》背面的隐史?

如何通过《石头记》假语村言的小说,看到其背面所隐写的真史呢?这并不难,但需按着下列步骤去做:

(一)应当细心查找作者安插在书中的大量"误谬"

《石头记》中存在着大量"误谬",所有这些"误谬",绝非作者的疏忽,而是作者有意所为。因为当作者通过小说隐写历史时,必然会出现许多历史和小说之间不相吻合之处,即脂砚斋所说的"误谬",所以只有了解了书中存在着的大量"误谬",并正确地阐释这些"误谬"之后,才算真正地"解"开了其中之"味"。

关于这些"误谬",举例来说:

1. 黛玉离开苏州时,是六七岁的幼童;而一到京城后,便成了与迎、探、惜三春年龄相仿的少女。己卯本写作"十三岁",路上竟走了六七年?

2. 贾母问刘姥姥多大年纪,答曰:七十五岁。贾母说:比我大好几岁。而过了两年,贾母便过起八十大寿。贾母年纪到底多大?

3. 宁国府在中轴线上,列有九座建筑:大门——仪门——大厅——暖阁——内厅——内三门——内仪门——塞门——正堂。常言说:"君门九重。"一个贵族之家,因何也有九重门?

4. 关于大观园的帘子,贾珍对贾政说:"……帘子二百挂,昨日俱得了。外有猩猩毡帘二百挂,金丝藤红漆竹帘二百挂,墨漆竹帘二百挂,五彩线络盘花帘二百挂,每样得了一半,也不过秋天都全了……"只帘子就定做了一千挂,大观园的房屋该多少间?有这样大的贵族花园吗?

5. 大观园的居民也很奇怪,除贾宝玉一人是成年男子外,其余皆为女子,而绝大多数都年轻貌美。且不说黛玉、宝钗、贾氏三春、李纨,尼姑妙玉,都是女姓;后来的客人,如李纹、李绮、宝琴、

---

① 请参阅《反照"风月宝鉴"》一文,载于《红楼解梦》第一集。

岫烟、湘云，也都是妙龄女子。教引那些姑娘的是"嬷嬷"。修理花木、值班上夜的都是"婆子"，就连撑船、采菱的亦是"苏州驾娘"，均为女性。任何男子，包括像贾政、贾赦、贾珍、贾蓉这样的主人，也绝对不能随便闯进园中。世上竟有如此的私家花园？

6. 贾宝玉游太虚幻境，看金陵十二钗簿册时说："常听人说，金陵极大，怎么只十二个女子？如今单我家里，上上下下，就有几百女孩子呢！"贾家仅"女孩子"就有"几百"吗？

7. 李纨是贾珠的遗孀，在贾家是孙子媳妇的地位，但她每月的月银却是二十两，与老太太、太太这些"老封君"的月银相同。此外，她还有园子地，每年取租钱，"一年通共算起来，也有四五百两银子……"她的这种优厚待遇，在贾府无人可比。为什么？

8. 从书中情节来看，贾母有两个儿子，即贾赦、贾政，一个女儿，即黛玉的母亲贾敏。然而，冷子兴却说：贾敏有"老姊妹四个"，她是"极小的"。为什么书中对另外三个未做任何交待？

……

只要认真查找，几乎每回都可找到数处谬误。然而找出这些谬误并不是一件容易的事。脂砚斋指出："非细究至再三再四不计其数，哪能领会也。"①

找出谬误，不是目的，最终还是要设法解开这些"误谬"。那么如何才能解开这些"误谬"呢？

（二）应明确脂砚斋系曹雪芹及其妻子合用的批书笔名，而其中的核心批语则系曹雪芹本人所加

脂批中有首诗云：

> 自执金矛又执戈，自相戕戮自张罗。
> 茜纱公子情无限，脂砚先生恨几多。
> 是幻是真空历遍，闲风闲月枉吟哦。
> 情机转得情天破，情不情兮奈我何？

---

① 关于《石头记》中存在"误谬"问题，请参见《〈红楼梦〉是一部史书、谜书》一文，该文载于《红楼解梦》第五集。

这首诗明确告知读者：书中许多批语是作者所加。他既是"执矛"者，又是"执戈"者；既是"茜纱公子"，又是"脂砚先生"。当然，许多批语，尤其是核心批语，系作者本人所加，但并不排除其他人也加了批语。①

既然脂批的核心部分均为作者曹雪芹本人所加，且已成为《石头记》一书不可分割的重要组成部分，因而，便应重视脂批，认真阅读与研究，并对其给予正确理解。

脂砚斋批道：

> 书中之秘法亦复不少，余亦于逐回中搜剔刳剖，明白注释，以待高明，再批示误谬……

这段脂批说明：凡"高明"的读者，只要理解了脂批的"注释"，识破了"书中之秘法"，便可"批示误谬"，即定会按照作者和脂砚斋的引导，正确解读此书。

（三）在脂批的引导下，了解曹雪芹的写作奇法、秘法

应当明了：能不能真正"解"得《石头记》之"味"，能不能正确阐释书中大量的"谬误"，关键在于能不能识破该书中的写作奇法、秘法。

这些写作奇法、秘法包括：

1. "谐音法"，如："贾"谐"假"，"甄"谐"真"等。
2. "拆字法"，如："瑕""瑛"可拆出"玉"等。
3. "隐寓法"：

第一回，在"巷内有个古庙，因地方窄狭"，戚序本有夹批曰：

> 世路宽平者最少。

甲戌本的侧批为：

---

① 关于此问题，请参阅《解开脂砚斋之谜》《对〈解开脂砚斋之谜〉一文的评价、验证和补充》《畸笏叟辨析》等文（载于《红楼解梦》第三集）。

>　　世路宽平者甚少。亦凿。

"地方窄狭",指的是面积不够大,十分局促窄小;而"世路宽平者甚少"指的则是社会生活艰难。很明显,这是两种范畴。然而批者却将这两种范畴彼此勾挂,而且在"世路宽平者甚少"后面,还特别加上两个字——"亦凿"。批书人这样做,是要引导读者对类似的问题也进行深入思考和引伸。即文中写的是"地方窄狭",却包含有"世路宽平者最少"这样的隐喻。

　　4. "射覆法":什么叫"射覆"?射覆是一种酒令。第六十二回,宝钗说:

>　　"把个酒令的祖宗拈出来。'射覆'从古有的,如今失了传,这是后人纂的,比一切的令都难……"

　　对于这种射覆法,在《林黛玉的原名叫竺香玉——兼析〈红楼梦〉里的射覆法》①一文中做了论述,并说明在《石头记》中,作者为隐写小说背面的历史,是如何运用这种特殊的写作方法的,读者可参看。

　　5. "分身法"②:这是一种利用诸多小说人物,隐写同一个历史人物的写作秘法。即这些小说人物,在每一个人身上,都隐写着同一历史人物的某一个或数个特点。

　　我们应当理解曹雪芹是怎样设计的分身法。

　　关于曹雪芹是如何设计"分身法"问题的,需从女娲石说起。

　　1)"女娲石"有正反两面。

　　《红楼梦》第一回讲了一段女娲氏炼石补天的故事:

>　　原来女娲氏炼石补天之时,于大荒山无稽崖炼成高经

---

① 该文载于《红楼解梦》第二集。
② 请参阅《红楼梦里的分身法》一文,载于《红楼解梦》第一集。

十二丈，方经二十四丈顽石三万六千五百零一块。娲皇氏只用了三万六千五百块，只单单剩了一块未用，便弃在此山青埂峰下……

在上面引文的"高经十二丈"处，戚序本有夹批曰："照应十二钗。"在"方经二十四丈"处，有批曰："照应副十二钗。"

女娲石是块石头，十二钗是人。为什么作者把石头和人联结在一起呢？很明显，这是在明告读者：女娲石是用来喻指某人的。

《石头记》的基本特点是包含着正反两面。就这段话来说，也有正反两面。

正面：讲女娲炼石补天时，多炼了一块，被弃于青埂峰下，未用。

反面：这块被遗弃于青埂峰下之女娲石，喻指着某个人。表面是在写石，实际是在写人。

2）"女娲石"寓写着谁？

作者究竟把谁比喻成了"女娲石"呢？

我们需要首先将这块女娲石研究清楚。

从《南康记》：女娲石"山石红丹，赫若彩绘"所述来看，应是红颜色的。后来经一道一僧大施佛法幻术，将其变成一块扇坠大小、鲜明莹洁的美玉，被衔入宝玉口中，随宝玉的降生而降临人间。此玉便被称作"通灵宝玉"，此石既然是女娲石的幻象，自然亦应是红色的。

原来这块女娲石，竟是一块"红玉"。

由上面论述可推断："女娲石"所寓指的是一位名叫"红玉"的人。

3）绛珠仙草也有正反两面。

下面我们再来看绛珠仙草。

关于"绛珠仙草"书中是这样叙述的：

只因西方灵河岸上三生石畔，有绛珠草一株，时有赤瑕宫神瑛侍者，日以甘露灌溉，这绛珠草始得久延岁月。后来既受天地精华，复得雨露滋养，遂得脱却草胎木质，得换人形，仅修成个女体，终日游于离恨天外，饥则食蜜青果为膳，渴则饮灌愁海水为汤……（第一回）

在此处，甲戌本有侧批曰：

饮食之名奇甚，出身履历更奇甚，写黛玉来历自与别个不同。

原来"绛珠仙草"也有正反两面：从正面看，它是生长在三生石畔的一株仙草；而从反面看，则是喻指一个人。此人即黛玉的前身。

4）绛珠仙草具有怎样的特点？

关于"绛珠"的"绛"字，有脂批曰："点红字。"而"珠"字，根据脂批关于"瑕""瑛"字均可点"玉"字的规律看，则亦可点"玉"字。因此"绛珠"实隐"红玉"二字。这样黛玉便和"红玉"勾挂起来，即黛玉背后隐写的是一个名叫"红玉"的人。因"黛玉"只是小名，那么"红玉"也应是小名。

果然，第三十四回在"小名红玉"处，有脂批曰："红切绛珠，玉则直通矣。"这样，一个小名叫"红玉"的人与绛珠（即黛玉）亦勾挂起来。即从另外一面说明：黛玉背后隐写着一个小名叫"红玉"的人。

5）"红玉"=正副十二钗之总和。

当我们把上面的论述倒回去，便形成了如下的逻辑：

在现实生活中有一个小名叫"红玉"的人，可以与《红楼梦》小说中的黛玉相勾挂（或说是她的原型）；

小说中的黛玉又可以与绛珠仙草相勾挂；

绛珠仙草又可以与红色玉石相勾挂；

红色玉石又可以与通灵宝玉相勾挂；

通灵宝玉又可以与女娲石相勾挂；

女娲石又可以与正副十二钗，或三十六钗，乃至六十钗相勾挂。

多么神奇！在现实生活中一个名叫"红玉"的人，在曹雪芹的笔下，怎么竟变成了《红楼梦》中的三十六钗（乃至六十钗）！也就是说，在现实生活中的红玉其人在《石头记》小说中，被分写在了三十六钗（乃至六十钗）的身上。

这便是曹雪芹为了隐写现实生活中的人物所独创的写作秘法之一——"分身法"，即把现实生活中一个人的特点、经历分写到小说中众多人物身上的一种奇特的写作方法。

6）曹雪芹对"分身法"的比喻——小耗子偷运"香玉"：

曹雪芹对"分身法"的设计是比较复杂的。他为了使读者易于理解，特地在第十九回让宝玉讲了一个小耗子用分身法偷运"香玉"①的故事。怎样偷运"香玉"（喻《香玉传》）呢？

使人看不出，听不见，却暗暗的用分身法搬运，渐渐的就搬运尽了。

此故事亦有正、反两面：

正面是小耗子偷运"香玉"（"香玉"谐音"香芋"，即带香味的芋头）的故事。

反面则以小耗子喻指曹雪芹。意即曹雪芹通过《石头记》一书，利用"分身法"写《香玉传》。

6."合身法"②：这是一种利用同一个小说人物，隐写数个历史人物的写作秘法。我们不妨用"石头"为例说明。

《石头记》中的"石头"有不同的寓意。从"正面"看，它有时指通灵宝玉，有时指《石头记》其书，有时指贾宝玉其人。而翻到"背面"看，"石头"则隐写着作者曹雪芹及其恋人竺香玉。这是作者把"石头"拟人化了，以此隐写了两个历史人物。

1）"石头"有时指《石头记》作者曹雪芹。

---

① "香玉"，其人即黛玉的原型。按戚序本，乃至蒙府本、庚辰本、列藏本等，小耗子所偷的均为"香玉"；己卯本原为"香玉"，经点改为"香芋"；仅梦稿本为"香芋"。尽管现在社会上所流传的各种《红楼梦》版本均是"香芋"，但综合各种早期钞本的情况来看，"香玉"更符合曹雪芹的本意。

② 请参阅《红楼梦里的合身法》一文，载于《红楼解梦》第四集。

第二十回，黛玉与宝玉正在拌嘴时，宝钗走来，说史湘云在等宝玉，说着便推宝玉走了。这使黛玉越发不自在起来。

没两盏茶的功夫，宝玉仍来了。……不料自己未张口，只见黛玉先说道："你又来做什么？横竖如今有人和你玩，比我又会念，又会作，又会写，又会说笑，又怕你生气，拉了你去，你又做什么来？死活凭我去罢了！"

在"不料自己未张口"处，庚辰本有侧批曰：

石头惯用如此笔仗。

此处"石头"指作者。

第二十七回，在黛玉葬花一段原文处，庚辰本有眉批曰：

开生面，立新场，是书不止《红楼梦》一回，惟是回更生更新。且读去，非阿颦无是佳吟，非石兄断无是章法行文，愧杀古今小说家也。畸笏

批语中的"石兄"指作者。

第五回，在"开辟鸿蒙，谁为情种"处，甲戌本有夹批曰：

非作者为谁？余又曰：亦非作者，乃石头耳。

批书人先说情种是作者，进而又说不是作者，而是石头。批书人是在以"情种"为纽带，巧妙地将石头与作者相缔系，暗示书中的"石头"即喻此书的作者。

2）"石头"有时指黛玉原型竺香玉。

在《红楼解梦》第二集中有四篇文章：《宝玉所佩之玉是红玉》《黛玉原型小名红玉》《红玉姓竺不姓林》和《林黛玉的原型名叫竺香玉》。将这几篇文章综合起来看，已可知：在这种情况下，通灵宝玉

被用来喻指竺香玉。下面举一例说明。

第二十五回，贾政对癞僧、跛道说："小儿落草时虽带了一块宝玉下来，上面说能除邪祟，谁知竟不灵验。"之后那僧道："长官，你那里知道那物的妙用。只因他如今被声色货利所迷，故不灵验了……"在"所迷"之后，戚序本有夹批曰：

> 石且能迷，可知其害不小。观者着眼，方可读《石头记》。

这里的"石"或"宝玉"既能"被声色货利所迷"，当是指人，而非物。那么，是指谁呢？从前后文所喻指的内容看，应是指隐写在小说背后的竺香玉皇后。当她被"和尚""持诵"后，便能"除邪祟"了。这里的"邪祟"隐指雍正帝；而书中的"一僧一道"谐音"亦僧亦道"，喻指曹雪芹。

同一回，和尚将宝玉"擎在掌上"持诵道：

> 可羡你当时的那段好处：
> 天不拘兮地不羁，心头无喜亦无悲。
> 却因锻炼通灵后，便向人间觅是非。

能"向人间觅是非"者当是指人，此人即"锻炼通灵"后的"宝玉"或"石头"。这里的"锻炼"是何意？在第一回"此石自经锻炼之后，灵性已通"处，戚序本有夹批曰：

> 锻炼后性方通。甚哉，人生不能不学也！

之后，甲戌本在"如此也只好踮脚而已"处，有侧批曰：

> 锻炼过尚与踮脚，不学者又当如何？

之后，和尚继续持诵曰：

> 可叹你今日这番经历：
> 粉渍脂痕污宝光，绮栊昼夜困鸳鸯。
> 沉酣一梦终须醒，冤孽偿清好散场！

此处甲戌本有侧批曰：

> 三次锻炼，焉得不成佛作祖？

所谓"三次锻炼"，即竺香玉的三次学习：第一次，学习过两年戏曲音乐；第二次，曾做过天祐的四年伴读；第三次，曾做过公主、郡主的两年侍读。所以说，"持诵"通灵宝玉即"持诵"竺香玉。在这里，"石头"即指竺香玉。

同是一块"石头"，在不同的时间、地点、条件下，却隐写了不同的历史人物。曹雪芹的这种写作方法，即被我们称作"合身法"。

7.《石头记》中隐写地点的写作秘法：前两节叙述了分身法和合身法。这种写作方法不仅可以秘写人物，而且还可以秘写地点。这种写作方法，此时便可称作"分写法"和"合写法"。

分写法：《石头记》作者在书中，不仅将一个历史人物的特点及经历分写到不同的小说人物身上，而且亦将历史上的同一个事件或地点，在小说中分别写到不同的事件或地点上。此时，便可称这种写作方法为分写法。若将一个城市分作两个或几个城市来写，就可称作地点上的分写法。比如作者不仅将北京明写成长安大都、都中、神京、京城、天子脚下，而且还隐写成金陵、苏州。比如，苏州那座葫芦庙，便被隐写成了北京的清皇宫，此时我们可以称苏州为北京的分写。

合写法：同样，作者也将合身法这种写作秘法运用到隐写事件或地点中。即通过小说中的某一件事或某一个地点，来隐写历史当中两件或数件事，两个地点或数个地点。这种写作方法，亦可称作"一笔多用法"。

作者在隐写历史上的地点时，除去使用分写法和合写法外，还使用了缩地法。

缩地法：作者将位于北京的清皇宫即小说中的宁国府，与位于南京（金陵）的江宁织造，即书中的荣国府，写成比邻，便是使用了缩地法。此法除了在清皇宫与江宁织造府之间使用外，书中还多处使用。例如：清皇宫与圆明园之间相隔数十里之遥，一个建在北京城市中心，一个建在北京西郊。但在作者笔下，却将圆明园移到了宁国府西侧，仅有一墙之隔，成了《石头记》里的大观园，使其夹在宁荣两府之间。再举一例，妙玉所居住的栊翠庵，隐写着北京香山卧佛寺西侧的广慧庵，原本属于清宫，作者为了隐写方便，便将此庵隐写进大观园内，将它附着在圆明园内"慈云普护"景区的一座建筑上。这些都可称作"缩地法"。

8. 两套纪年法：《石头记》中引用李白的诗句"双悬日月照乾坤"，而从中探查到：书中存在着两套纪年：一套雍正纪年，一套曹雪芹纪年。为了隐写历史，书中将两套纪年做了错综、交叉运用。在运用纪年时，"岁"和"年"同义，几"岁"即几"年"，而此"年"，有时代表雍正纪年，有时代表曹雪芹纪年。比如黛玉七岁离开苏州，十三岁来京一事，其中"七"岁是她由苏州到南京曹府学戏时的年龄。黛玉十三岁到京时宝玉十四岁，即隐指曹雪芹十四年，此年亦即雍正六年（1728年）。[①] 江宁织造曹家，于是年的正月十五日被查抄，并被调取进京领罪。这年曹雪芹十四岁，竺香玉比雪芹小一岁，恰好十三岁。

9. "颠倒相酬"法：

戚序本第六回的回后批有这样一段话：

> 梦里风流，醒后风流，试问何真何假？刘姆乞谋，蓉儿借求，多少颠倒相酬！英雄反正用机筹，不是死生看守。

此批向读者揭示了作者的一种隐写秘法——"颠倒相酬"法。"酬"：酬劳、酬谢、报答。"颠倒相酬"法，意即将某件事物颠倒着过来写的方法。具体来说，即作者将历史上曾经发生的事情，并不是

---

① 请参阅《双悬日月照乾坤》一文，载于《红楼解梦》第一集。

按其本来的面目书写，而是在时间、人物、性别、事件等方面颠倒后，再隐入书中。①

10.《石头记》其他的写书奇法：

首先要指出的是，前几章所谈及的诸如谐音法、拆字法、隐寓法、射覆法、分身法、合身法、"颠倒相酬"法，等等，都属于写书技法，这里所谈的写书技法，是除此之外的《石头记》中的其他写作技法。

《石头记》第一回在"至若离合悲欢，兴衰际遇，则又追踪蹑迹，不敢稍加穿凿，徒为哄人之目而反失其真传者"处，甲戌本有一段眉批，前面曾做过引证，因这段批语涉及该书写书技法，现再做引证：

> 事则实事，然亦叙得有间架，有曲折，有顺逆，有映带，有隐有见，有正有闰，以至草蛇灰线、空谷传声、一击两鸣、明修栈道、暗度陈仓、云龙雾雨、两山对峙、烘云托月、背面傅（原作传）粉、千皴万染诸奇。书中之秘法，亦复不少。余亦于逐回中搜剔刳剖，明白注释，以待高明，再批示误谬。

第二十七回，在"只见宝钗、探春正在那边看鹤舞"处，庚辰本有一段眉批，亦涉及写作技法：

> 《石头记》用截法、岔法、突然法、伏线法、由近渐远法、将繁改简法、重作轻抹法、虚敲实应法。种种诸法，总在人意料之外，且不曾见一丝牵强，所谓"信手拈来无不是"是也。□□己卯冬夜。

对于这些写书技法，脂砚斋在批语中多有解释。了解这些批语，有益

---

① 请参阅《〈红楼梦〉里的颠倒相酬法》，载于《〈红楼解梦〉第八集——黛玉原型画像考》。

于理解《石头记》的写作技巧。①

读者只要破解了书中各种奇法、秘法，也就知晓了隐藏在小说背后的真实历史。

三、《石头记》背后隐写着何人何事？

（一）《石头记》所隐写之史的时间

《石头记》所隐写之史的时间是在康雍乾时期。②

（二）《石头记》所隐写之史的地点

《石头记》的地点有两条线索：

第一条线索：曹家。

曹家第一次被抄没之前：家住南京。

曹家第一次被抄没之后：家住北京。

1. 刚回北京时，住在原蒜市口大街一幢有17间半房屋的院落内。③

---

① 可参考《红楼解梦·脂砚斋批语与〈石头记〉》一文中的"利用批语揭示写书技巧"部分，载于该书第三集。文中共涉及40种特殊的写作方法，计有：1) 不写之写法；2) 春秋字法；3) 一笔多用法；4) 烘云托月法；5) 横云断岭法；6) 草蛇灰线法；7) 回风舞雪，倒峡逆波法；8) 就简生繁法；9) 云罩峰尖法；10) 一击两鸣法；11) 偷度金针法（又称金针度法）；12) 错综法；13) 山断云连法；14) 避难法；15) 未扬先抑法；16) 倒卷帘法；17) 暗透之法；18) 衬贴法；19) 反衬法；20) 避俗套法；21) 避繁文法；22) 白描法；23) 分叙单传法；24) 重作轻抹法；25) 金蝉脱壳法（又称金蝉脱体法）；26) 进一步法，退一步法；27) 层峦叠翠法；28) 一击空谷，八方皆应法；29) 烘染法；30) 自难自法；31) 间色法；32) 双管齐下法；33) 画家三五聚散法；34) 画家三染法 35) "柳藏鹦鹉语方知"之法；36) 画家山水树头丘壑俱备，末用浓淡墨点苔法；37) 避繁章法；38) 转换法；39) 省却闲文之法；40) 虚敲旁击，反逆隐回法。

② 请参见《双悬日月照乾坤》一文及其后面的"《红楼梦》年表"，载《红楼解梦》第一集。

③ 请参阅《曹雪芹蒜市口故居考》一文，载于《红楼解梦》第五集。

2. 回京后不久，曹家迁至原"和珅府"的前身（后来的"恭王府"）。① 雍正十一年至十二年（1733—1734年），修建"省亲别院"即恭王府中的"天香庭院"。

3. 雍正十一年至十二年，修建"省亲别墅"，地点即原燕京大学校园（现属北京大学）。②

4. 乾隆十六年（1751年），曹家第二次被抄没后，曹雪芹来到北京香山正白旗村39号院老宅居住。③

第二条线索：清皇宫。

1. 清皇宫。④
2. 圆明园。⑤

（三）《石头记》所隐写之史中的人物

《石头记》人物有两条线索：

第一条线索：曹家。

1. 曹雪芹。

2. 竺香玉（竺红玉）：曹家买来的小戏子。后做曹雪芹的伴读丫鬟，并成为曹雪芹的情人，即书中黛玉的原型。⑥

3. 柳蕙兰：曾做曹雪芹的伴读丫鬟，后为雪芹的妾，雪芹的正室夫人死后，被扶正，此人即书中花袭人的原型。⑦

---

① 请参阅《曹雪芹京城内的故居——恭王府前身》一文，载于《红楼解梦》第五集。
② 请参阅《燕京大学校园前身是曹雪芹故居》一文，载于《红楼解梦》第五集。
③ 请参阅《曹雪芹故居考论》一文，载于《红楼解梦》编外集《红楼圆明隐秘》。
④ 请参阅《宁国府实隐清皇宫》，载于《红楼解梦》第二集。
⑤ 请参阅《大观园实隐圆明园》，载于《红楼解梦》第二集，以及编外集《红楼圆明隐秘》。
⑥ 请参阅《黛玉原型小名红玉》《红玉姓竺不姓林》《林黛玉的原型名叫竺香玉》，均载于《红楼解梦》第二集。
⑦ 请参阅《花袭人原型柳蕙兰》，载于《红楼解梦》第二集；《解开脂砚斋之谜》和《对〈解开脂砚斋之谜〉一文的评价、验证和补充》，载于《红楼解梦》第三集。

4. 李香玉（李大姑娘）：李煦的孙女，曹雪芹祖母的侄孙女，此人即史湘云的生活原型。李煦家被抄后，李香玉被曹家收留，由曹頫认作女儿，改姓曹，后成为曹雪芹的妻子。①

5. 曹寅：曹雪芹的祖父。

6. 曹雪芹祖母。

7. 曹顒：曹雪芹的父亲。②

8. 马氏公主：曹雪芹的母亲。③

9. 曹頫：曹雪芹的堂叔父；曹顒死后，过继给曹雪芹祖母为子，以接替曹顒的江宁织造之职。

10. 曹頫妻王夫人：曹雪芹的婶娘。

11. 棠村：曹雪芹的堂弟。

12. 杏斋：曹頫的末女，曹雪芹的堂妹。④

第二条线索：

1. 康熙皇帝。

2. 雍正皇帝。⑤

3. 竺香玉皇后：十五岁时，改名曹香玉，代李大姑娘进宫。先做公主、郡主的伴读，后被选为皇贵妃，生皇子弘曕后被册封为皇后。⑥

4. 乾隆皇帝。⑦

---

① 请参阅《曹雪芹祖母的侄孙女——李大姑娘》，载于《红楼解梦》第五集。
② 请参阅《从脂批中的两首佚诗看曹雪芹的身世》，载于《红楼解梦》第三集和《〈红楼梦〉中隐写着曹雪芹之父曹顒的生年——兼及曹雪芹家庭成员表》，载于《红楼解梦》第五集。
③ 请参阅《曹雪芹的母亲马氏是康熙的公主》，载于《红楼解梦》第四集。
④ 请参阅《对〈解开脂砚斋之谜〉一文的评价、验证和补充》，载于《红楼解梦》第三集。
⑤ 请参阅《薛蟠浅析》《雨村其人》和《贾敬探源》三文，均载于《红楼解梦》第三集。
⑥ 请参见《〈红楼梦〉里的二玉与四春》，载于《红楼解梦》第二集。
⑦ 请参见《雍正暴亡之谜》中第八节，载于《红楼解梦》第四集。

四、《石头记》所隐之史的事件①

《石头记》中隐写了如下的历史事件:

1. 康熙五十四年五月初三日(1715年6月4日),曹雪芹出生于江宁织造府曹頫(本雪芹的叔父,后过继给雪芹祖母为子)家。当时,雪芹名霑,字天祐。其祖父曹寅、父亲曹顒已故,雪芹为遗腹子。②

2. 康熙六十年(1721),曹家买了一个小戏班,其中有个小女孩名竺红玉。

3. 雍正元年(1723),雍正生母薨逝,有爵之家一年之内不得筵宴音乐,于是各家所养之戏班均自行解散,红玉成为雪芹祖母的丫鬟。是年,曹家办家学,雪芹的祖母将红玉和另一丫鬟柳蕙兰给予雪芹做伴读丫鬟。

4. 雍正六年(1728)正月十五日之前,曹家(在南京)第一次被抄没。随后,曹頫带领全家老少进京领罪。

5. 雍正八年(1730),清宫挑选秀女、才女。竺红玉代李香玉应选,被选为才女,成为公主、郡主的陪读。③

6. 雍正十年(1732),竺香玉被选为皇贵妃。④

7. 雍正十年(1732),曹雪芹看到与竺香玉结婚已无望,便同意祖母的安排,与李香玉结婚。

8. 雍正十一年(1733)六月十一日,竺香玉生皇子弘曕,第二天被册封为皇后。⑤

---

① 关于《石头记》背后所隐写的历史史实,可参看《〈红楼梦〉中隐入了何人何事》一文(载于《红楼解梦》第一集)、《曹公为竺香玉写的一篇诗体小传——〈芦雪庵争联即景诗〉》(载于《红楼解梦》第六集)和《香玉皇后传略》(待刊出)。
② 请参阅《曹雪芹生辰考》,载于《红楼解梦》第一集;《再论曹雪芹的生辰》,载于《红楼解梦》第二集;《三论曹雪芹的生辰》,载于《红楼解梦》第五集。
③ 请参阅《〈红楼梦〉里的二玉与四春》,载于《红楼解梦》第二集。
④ 同上。
⑤ 同上。

9. 雍正十三年（1735）八月二十三日，曹雪芹和竺香玉为能搞一次宫廷政变，用丹砂毒杀了雍正皇帝，准备由香玉之子弘曕继位，雪芹作为国舅辅佐，不料皇权却落入弘历（乾隆）之手。政变虽未成功，但毒杀雍正之事，乾隆也未予追究。①

10. 乾隆元年（1736），香玉皇后带发出家，到六郎庄真武庙修行。

11. 乾隆元年（1736），曹雪芹为了帮助弘曕夺回皇权，利用自己管理皇家道士、和尚的机会，发动少林寺和尚反"乾"起义，但很快失败。

12. 乾隆三年（1738）果亲王死后，乾隆皇帝将弘曕过继给果亲王，继承他的王位。弘曕搬出皇宫。为此，以庄亲王为首，组织皇族反"乾"力量。在这当中雪芹也在青州利用自己管理皇家道士、和尚的职权，进行反"乾"活动。但乾隆于四年（1739）十一月将这场皇族内部的反"乾"斗争镇压下去。

13. 乾隆七年（1742），曹雪芹开始创作《红楼梦》，有关宫内之事由香玉提供资料，或协助创作。乾隆十一年（1746年），香玉迁居香山广慧庵，继续与雪芹合作。此时雪芹常住香山正白旗39号老屋。

14. 乾隆十五年（1750）冬，竺香玉在雪芹的正室夫人李香玉的要求下，为雪芹生一子。谁知此为李香玉之计，妄图以此威逼竺香玉与曹雪芹断绝来往。第二年春竺香玉被逼自杀，酿成曹家第二次被抄没，全家被扫地出门。竺香玉未被葬于皇家陵园，而被葬在北京陶然亭公园内。②

15. 曹家被抄后,雪芹逃禅。因在曹家发现香玉皇后给曹家的三四十件文物、字画原为宫中藏品,于是乾隆将曹家定为贼案,拘留了户主曹頫。风声过后,曹雪芹来到香山正白旗村居住,休妻李香玉,将妾柳蕙兰扶正,在柳的协助下,将《红楼梦》改名为《石头记》,并进行反复修订。

16. 乾隆二十四年（1759），柳蕙兰病故。

17. 乾隆二十五年（1760），曹雪芹续娶许芳卿为妻。许芳卿继续

---

① 请参阅《揭开雍正暴亡之谜》《一首嘲讽雍正的诗歌——〈好了歌〉》《曹雪芹的思想体系和政治理想》和《乾隆篡位考》四文，均载于《红楼解梦》第四集。

② 请参阅《香玉皇后的陵寝在北京陶然亭公园》，载于《红楼解梦》第四集。

协助雪芹进行《石头记》的修订、批注工作。

18. 乾隆二十八年除夕（1764年2月1日），曹雪芹因饮酒过度，病逝于香山正白旗村39号老屋，葬于香山地藏沟。①

将上述历史事件连贯起来，即为如下的历史事实：

曹雪芹于康熙五十四年五月初三（1715年6月4日）出生在金陵（即南京），原名曹霑，谱名天祐，曾中举，官至州同。他所钟爱的女子黛玉原型竺红玉，是曹家买来的小戏子，当时年仅七岁，与曹雪芹同岁。九岁时做了雪芹的伴读丫头。与她一起做伴读的还有另外一个丫头，名叫柳蕙兰，长雪芹一岁。此外，与雪芹一起读书的还有曹雪芹祖母的侄孙女，雪芹的表妹李香玉。当时李家被抄，李香玉已父母双亡。她比竺红玉小一岁。

雍正六年（1728）元宵节前夕，曹雪芹十四岁时曹家被抄，之后竺、柳、李三人便随曹家由金陵来到北京。李香玉被曹雪芹叔父曹頫认作女儿，改名"曹香玉"。雍正七年，李香玉作为曹家小姐必须亲名达部，以备第二年清宫挑选秀女、并选才女。李香玉不肯参选，竺红玉被雪芹的婶娘（曹頫之妻）收作女儿，以曹香玉之名代李大姑娘参选。是年，她以十五岁的曹香玉之名，被选为"才女"，进宫后做了公主、郡主的侍读。为了将她与李大姑娘相区别，"石学"研究者在论文中称进宫的竺红玉为"竺香玉"。

雍正九年（1731）九月，雍正嫡配皇后薨逝。十年春，竺香玉十七岁被纳为皇贵妃，主持后宫事宜。曹雪芹虽与竺香玉深深相爱，但此时与她结婚无望，于是听从家里安排，与李大姑娘结婚。柳蕙兰成为雪芹之妾。

竺香玉做皇贵妃一年后生子弘瞻，被晋为皇后。在弘瞻三岁时，曹雪芹得知雍正在密诏中已定弘瞻为皇太子，便密谋搞一次宫廷政变，以实现自己的政治抱负。于是曹雪芹说服竺香玉与他合作，计划以毒丹杀死雍正，立弘瞻为皇帝，由于他年纪尚小，暂由他人（包括雪芹在内）辅政。然而，雍正虽死，皇位却被乾

---

① 请参阅《曹雪芹的卒年与葬地》，载于《红楼解梦》第一集。

隆篡夺。乾隆虽未追究其父皇死因，香玉却受到排挤而出家带发修行。

乾隆元年（1736），曹雪芹为了帮助弘瞻夺回皇权，利用自己管理皇家道士、和尚的机会，发动少林寺和尚反"乾"起义，但很快失败。

乾隆三年（1738）果亲王死后，乾隆皇帝将弘瞻过继给果亲王，继承他的王位。弘瞻搬出皇宫。为此，以庄亲王为首，组织皇族反"乾"力量。在这当中雪芹也在青州利用自己管理皇家道士、和尚的职权，进行反"乾"活动。但乾隆于四年（1739）十一月将这场皇族内部的反"乾"斗争镇压下去。

乾隆五年以后曹雪芹开始游览六朝遗迹，遍访名山大川，饱读诗书，乾隆九年中举，官为州同，并开始写百十回《红楼梦》，其中有关清皇宫内的秘事均由竺香玉提供。

乾隆十五年（1750）春，竺香玉受到曹雪芹的正室夫人李氏蛊惑，至冬季，为雪芹生下一子后，因受李氏的威逼，悬梁自尽，香玉原是婢女身份事发。乾隆十六年（1751）元月曹家二次被抄，雪芹妻子史湘云原型李氏被休后投水自尽，有关竺香玉的全部历史档案被销毁或篡改。曹雪芹一度逃禅，待灾难过去，便隐居香山。此时曹雪芹的妾柳蕙兰来到他的身边，曹雪芹将她扶正，并在她的协助下，将百十回本《红楼梦》改写为带有大量批语的八十回本《石头记》，将香玉及自己的传记，以及有关清宫秘史隐入书中。

霍国玲　紫军
2002年2月5日第一稿
2005年3月13日定稿
2013年11月10日改订

附件二

曹雪芹家族世系表

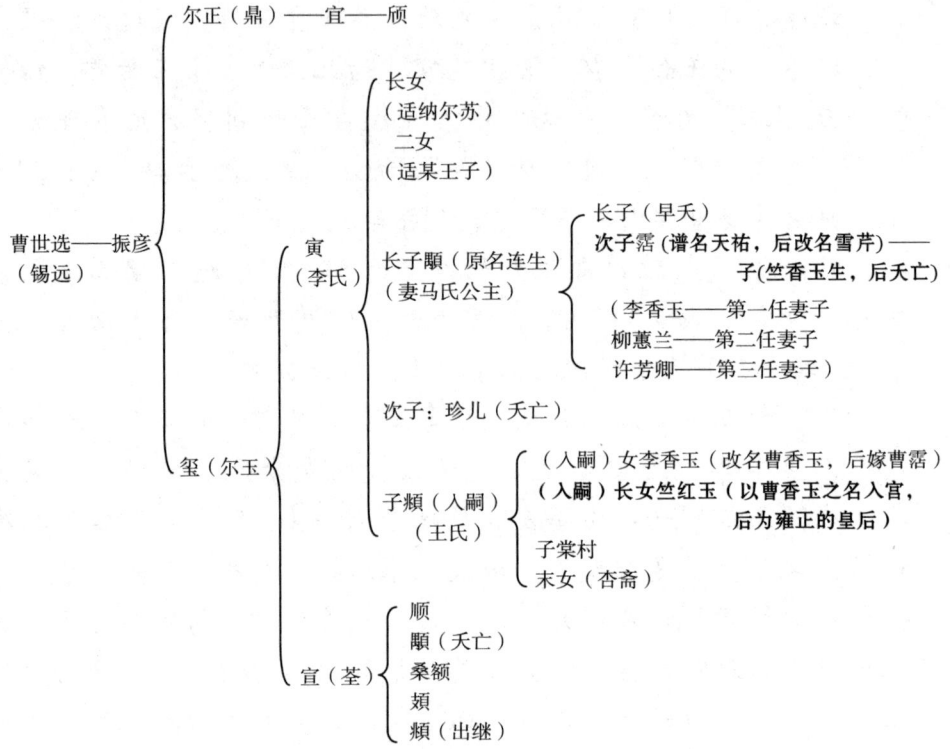

现对此表中的主要内容做个简略说明：

1. 曹雪芹的始祖（五世祖）为曹世选（锡远），高祖为曹振彦，曾祖为曹玺，祖父为曹寅，父亲为曹颙（原名连生）。

2. 在曹寅的几个子女中，长女适纳尔苏，次女适某王子。曹雪芹之父曹颙为曹寅独子，他原叫做"连生"，后康熙赐他"颙"之名。在他死后，康熙命曹宣（曹雪芹的叔祖）之第四子曹頫入嗣曹寅之妻李氏，以能赡养曹颙遗留下的两代遗孀（曹寅之妻李氏，曹颙之妻马氏公主），当时曹頫年龄只有十六七岁（虚龄）。

3. 曹颙生过两个儿子，长子早夭，次子名曹霑，谱名天祐，后自己改名为雪芹。雪芹系颙之遗腹子。曹颙于康熙五十四年初病逝，雪芹生于当年五月初三日。雪芹因有一兄长早夭，排行为二，故在小说中他的"分身"（如主要"分身"贾宝玉）为"二爷"。

4. 李香玉（李氏）为李煦的孙女，曹雪芹祖母的侄孙女，在李煦家被抄没后，来到曹家，在雪芹祖母的授意下，由曹𫖯夫妇认作干女儿，改名曹香玉。后李香玉被亲名达部，以待参加入选秀女或才女。因其不愿入宫，由竺红玉代她入选才女，入宫做公主、郡主的侍读。之后，李香玉嫁与了雪芹。

5. 柳蕙兰：原为雪芹的伴读丫鬟，后做雪芹侍妾。

竺香（红）玉之死，主要因芹妻李氏醋妒所致。李氏耍手腕，诱竺红玉为雪芹生下一子，却以此作为要挟手段，逼得红玉自缢。雪芹了解事件原委后，将李氏休弃，同时将蕙兰扶正。

许芳卿：乾隆二十四年春蕙兰病逝，第二年春，雪芹娶江南才女许芳卿为妻。敦诚《挽曹雪芹》诗中的"新妇"即指她。

6. 竺红玉：小名红玉。七岁时被曹家买来学戏，后与蕙兰一起做雪芹伴读丫头。曹家被抄后，随曹家进京。十五岁时曹𫖯与王氏认她做女儿，以曹家小姐的身份代李香玉进宫，先做了公主、郡主的伴读，后被选为雍正的皇贵妃，生子弘曕的第二天被册封为皇后。

启 事

一、对于本书"附件一"中所记"隐史"须按照《著作权法》尊重著作权人的权益

本书附件一《〈石头记〉小说背后的隐史》是霍国玲等对《石头记》研究的结晶,其结论已具备文学的时间、地点、人物、事件、情节等基本要素,已构成文学创作或改编成各种文艺形式的故事梗概。任何个人或单位欲将该作品翻译或改编为电影、电视、录像、戏剧、小说等表现形式者,请按照《中华人民共和国著作权法》第二十三条"同著作权人订立合同"的规定,与该文作者联系。

二、"石学论丛"各书简介

对于带有脂砚斋批语的八十回本《石头记》的研究,已形成一种不同于《红楼梦》研究的新的学问,一门新的学科——"石学"。本《石头记》校勘者霍国玲、紫军以及霍纪平、霍力君等人从1980年便开始研究《石头记》,并撰写"石学"论文,到现在已形成"论丛"规模。除本书外,"石学论丛"已出版如下著作:

《红楼解梦》第一集 定价25元。重点:"石学"的理论基础(反照"风月宝鉴"),《石头记》的写作目的,带脂砚斋全部批语的八十回本《石头记》即曹著之全璧,曹雪芹的写作方法之一——"分身法",《石头记》中的两套纪年,论曹雪芹的生辰,论曹雪芹的卒年及葬地。

第二集 定价28元。重点:宁国府实隐清皇宫,大观园实隐圆明园,黛玉原型的名字,袭人原型的名字,曹雪芹的写作方法之一——"射覆法",谈《石头记》中的二玉与四春。

第三集(上、下)(售缺)。重点:雍正驾崩时身边有皇后陪伴,黛玉原型的十二幅行乐图,薛蟠、雨村、贾敬都隐写着雍正,脂砚斋、畸笏叟是何人,分类简释脂砚斋批语。

第四集（上、下）（售缺）。重点：黛玉原型的葬地在北京陶然亭公园，曹雪芹的母亲是康熙的十六公主，雍正暴亡之谜，释《好了歌》，乾隆是位篡位的皇帝，曹雪芹的写作方法之一——"合身法"，释《姽嫿词》，释《芙蓉女儿诔》。

第五集（上、下）（售缺）。重点：《石头记》的文学理论问题，《石头记》是部奇书、谜书，湘云和凤姐的原型为同一人，释《葬花吟》，释《好了歌解注》；恭王府的前身是曹雪芹在城内的故居，燕京大学校园前身是曹雪芹在郊外的故居。

第六集（《红楼史诗》） 定价38元。重点：释《芦雪庵争联即景诗》，《石头记》中的情案，《石头记》中的孽缘，乾隆与和珅是阉割《石头记》的罪魁，戚序本是曹雪芹最后修定的抄本。

第七集（《解析秦可卿》） 定价43元。重点：秦可卿内室的装饰和葬礼的隆重所隐写的是香玉皇后的身份，薨后（已是皇太后）各路王爷、贵族都来送葬的情景。

第八集（《黛玉原型画像考》） 定价45元。重点：黛玉原型的"采花图"画像，曹雪芹的写作方法之一——"颠倒相酬法"，怎样划分"红学"研究中的学派。

编外集（《红楼圆明隐秘》，16开本） 定价45元。重点：大观园与圆明园的园景对照；贾政一伙人在"大观园"的游览路线；曹雪芹在香山地区的故居；黛玉原型晚年带发修行的地点——广慧庵。

专集《反读红楼梦》（售缺）。全书分为三部分：奇书篇（《石头记》是奇书、谜书）；反读篇（只有掌握了作者的写作奇法、秘法，才有可能透过小说看到其背后历史）；解读篇（列举了如何反读的数个实例）。

专集《曹雪芹毒杀雍正帝》 定价60元。重点：根据历史考证雍正是因食毒丹而猝死，说明是被杀，并非慢性中毒而亡。雍正被谁所杀？雍正有食丹药的喜好，这种丹药是有益于健康的。曹雪芹依据雍正的爱好，制造毒丹，香玉与之配合，致使雍正误食毒丹而暴亡。

专集《考证曹雪芹》 定价58元。重点：本书通过内证与外证相结合的方法，考证了曹雪芹及其家世，包括曹雪芹的生卒日、曹雪芹与清皇族、曹雪芹被封侯考、曹家芹的父亲和母亲是谁、曹雪芹的家世、曹家的中兴等各个方面。